JN219717

日本の児童文学
登場人物索引 単行本篇
2018-2020

刊行にあたって

本書は、小社の既刊「日本の児童文学登場人物索引 単行本篇 2013-2017」の続編にあたるものである。

採録の対象期間は 2018 年（平成 30 年）～2020 年（令和 2 年）とし、その 3 年間に国内で刊行された日本の児童文学の単行本作品の中から主な登場人物を採録し、登場人物から引ける索引とした。

前刊「日本の児童文学登場人物索引 単行本篇 2008-2012」「日本の児童文学登場人物索引 単行本篇 2013-2017」と同様、図書館の児童書架に置かれた書籍群を採録対象として多様な作品から主な登場人物を拾い出し、名前、年齢や短いプロフィールを抜き出して、人物名から作品を探せる索引とした。

この索引は、児童文学の作品の中から登場人物の名をもとに目当てのものを探すための索引である。しかし、何らかの目的を持った探索だけでなく、これらの豊富な作品群の中から、読んでみたい、面白そう、内容に興味が涌く、といった作品の存在を知り、そしてまったく知ることのなかった作品に思いがけず出会うきっかけにもなり得る一覧リストである。

学校内の子どもたちが読書をする場所や、図書館のレファレンスの現場で利用していただくだけでなく、本書自体も一つのブックガイド、または登場人物情報として、子どもから大人まで、まだ知らない児童文学作品や物語を知ることのきっかけになれば幸いである。

既刊の「日本の児童文学登場人物索引 単行本篇 2008-2012」「日本の児童文学登場人物索引 単行本篇 2013-2017」「世界の児童文学登場人物索引 単行本篇 2020-2022」などと併せて活用いただけることを願ってやまない。

2025 年 1 月

DBジャパン編集部

凡例

1. 本書の内容

本書は国内で刊行された日本の児童文学（絵本、詩を除く）の単行本に登場する主な登場人物を採録した人物索引である。

2. 採録の対象

2018 年（平成 30 年）～2020 年（令和 2 年）の 3 年間に日本国内で刊行された日本の児童文学の単行本 1,729 作品に登場する主な登場人物のべ 6,531 人を採録した。

3. 記載項目

登場人物名見出し / 人物名のよみ
学年・身分・特長・肩書・職業 / 登場する単行本の書名 / 作家名;挿絵画家名 /出版者（叢書名） / 刊行年月

（例）

青葉 心音（ココ）　あおば・ここね（ここ）

バレエが大好きな元気な小学 4 年生の女の子 「リトル☆バレリーナ 1」 工藤純子作;佐々木メエ絵;村山久美子監修 学研プラス 2020 年 8 月

1）登場人物名に別名がある場合は（ ）に別名を付し、見出しに副出した。

2）人物名のよみ方が不明のものについては末尾に＊（アステリスク）を付した。

4. 排列

1）登場人物名の姓名よみ下しの五十音順とした。「ヴァ」「ヴィ」「ヴェ」「ヴォ」はそれぞれ「バ」「ビ」「ベ」「ボ」とみなし、「ヲ」は「オ」、「ヂ」「ヅ」は「ジ」「ズ」とみなして排列した。

2）濁音・半濁音は清音、促音・拗音はそれぞれ一字とみなして排列し、長音符は無視した。

5. 名前から引く登場人物名索引

人物名の姓ではなく、名前からも登場人物名見出しを引けるように索引を付した。

（例）

織子　おりこ→関 織子（おっこ）

1）排列はよみの五十音順とした。

2）→（矢印）を介して登場人物名見出しを示した。

6. 収録作品名一覧

巻末に索引の対象とした作品名一覧を掲載。

（並び順は作家名→書名の字順排列とした。）

登場人物名目次

【あ】

【い】

【う】

【え】

【お】

【か】

【き】

【く】

【け】

【こ】

【さ】

【し】

【す】

【せ】

【そ】

【た】

【ち】

【つ】

【て】

【と】

【な】

【に】

【ぬ】

【ね】

【の】

【は】

【ひ】

【ふ】

【ま】

【み】

【む】

【め】

【も】

【や】

【ゆ】

【よ】

【ら】

【り】

【る】

【れ】

【ろ】

【わ】

登場人物索引

【あ】

藍上 恵一　あいうえ・けいいち
クラスで一人でいることを気にせず周囲の無理解にも耐える冷静な性格の少年「スベらない同盟」にかいどう青著　講談社　2019年9月

藍内 陽菜　あいうち・ひな
放送部に入部した中学1年生の女の子「この声とどけ!：恋がはじまる放送室☆」神戸遥真作;木乃ひのき絵　集英社(集英社みらい文庫)　2018年4月

藍内 陽菜　あいうち・ひな
放送部に入部した中学1年生の女の子「この声とどけ![2]」神戸遥真作;木乃ひのき絵　集英社(集英社みらい文庫)　2018年9月

藍内 陽菜　あいうち・ひな
放送部に入部した中学1年生の女の子「この声とどけ![3]」神戸遥真作;木乃ひのき絵　集英社(集英社みらい文庫)　2019年2月

藍内 陽菜　あいうち・ひな
放送部に入部した中学1年生の女の子「この声とどけ![4]」神戸遥真作;木乃ひのき絵　集英社(集英社みらい文庫)　2019年6月

藍内 陽菜　あいうち・ひな
放送部に入部した中学1年生の女の子「この声とどけ![5]」神戸遥真作;木乃ひのき絵　集英社(集英社みらい文庫)　2019年11月

相生 あおい　あいおい・あおい
姉のあかねと二人暮らしの高校2年生「空の青さを知る人よ」超平和バスターズ原作;額賀澪作;あきづきりょう挿絵　KADOKAWA(角川つばさ文庫)　2019年9月

相生 あかね　あいおい・あかね
市役所で働くあおいの姉「空の青さを知る人よ」超平和バスターズ原作;額賀澪作;あきづきりょう挿絵　KADOKAWA(角川つばさ文庫)　2019年9月

愛川 愛　あいかわ・あい
とても貧乏でいじめられている小学4年生「小説秘密のチャイハロ 1」鈴木おさむ原作;伊藤クミコ文;桜倉メグ絵　講談社(講談社青い鳥文庫)　2019年1月

愛川 愛　あいかわ・あい
とても貧乏でいじめられている小学4年生「小説秘密のチャイハロ 2」鈴木おさむ原作;伊藤クミコ文;桜倉メグ絵　講談社(講談社青い鳥文庫)　2019年5月

愛川 愛　あいかわ・あい
とても貧乏でいじめられている小学4年生「小説秘密のチャイハロ 3」鈴木おさむ原作;伊藤クミコ文;桜倉メグ絵　講談社(講談社青い鳥文庫)　2019年8月

愛川 雫　あいかわ・しずく
足が不自由で体も弱いが愛を一人で産み育てている優しい母親「小説秘密のチャイハロ 1」鈴木おさむ原作;伊藤クミコ文;桜倉メグ絵　講談社(講談社青い鳥文庫)　2019年1月

愛川 雫　あいかわ・しずく
足が不自由で体も弱いが愛を一人で産み育てている優しい母親 「小説秘密のチャイハロ2」 鈴木おさむ原作;伊藤クミコ文;桜倉メグ絵　講談社(講談社青い鳥文庫) 2019年5月

愛川 雫　あいかわ・しずく
足が不自由で体も弱いが愛を一人で産み育てている優しい母親 「小説秘密のチャイハロ3」 鈴木おさむ原作;伊藤クミコ文;桜倉メグ絵　講談社(講談社青い鳥文庫) 2019年8月

相川 晴　あいかわ・はる
プロのマンガ家を夢見る伊呂波学園中等部1年の女の子 「マンガ部オーバーヒート!：へっぽこ3人組、天才マンガ家に挑む」 河口柚花作;けーしん絵　集英社(集英社みらい文庫) 2018年1月

相坂 水春　あいさか・みはる
オカルトには興味はなかったがオカルト同好会に入ることになる中学1年生の女の子 「悪魔召喚! 1」 秋木真作;晴瀬ひろき絵　講談社(講談社青い鳥文庫) 2018年1月

相坂 水春　あいさか・みはる
オカルトには興味はなかったがオカルト同好会に入ることになる中学1年生の女の子 「悪魔召喚! 2」 秋木真作;晴瀬ひろき絵　講談社(講談社青い鳥文庫) 2018年4月

相坂 水春　あいさか・みはる
オカルトには興味はなかったがオカルト同好会に入ることになる中学1年生の女の子 「悪魔召喚! 3」 秋木真作;晴瀬ひろき絵　講談社(講談社青い鳥文庫) 2018年8月

相沢 灯里　あいざわ・あかり
勝ち気だが面倒見が良い海のクラスの級長 「世々と海くんの図書館デート2」 野村美月作;U35絵　講談社(講談社青い鳥文庫) 2020年10月

相沢 薫子　あいざわ・かおるこ
七実と公園で出会い俳句を教え心の支えとなるおばあさん 「俳句ステップ!—こころのつばさシリーズ」 おおぎやなぎちか作;イシヤマアズサ絵　佼成出版社 2020年8月

逢沢 ひまり(マリィ)　あいざわ・ひまり(まりぃ)
頭脳明晰な美少女、人気アイドル 「天才謎解きバトラーズQ [2]」 吉岡みつる作;はあと絵　講談社(講談社青い鳥文庫) 2020年8月

相島 美雪　あいしま・みゆき
「カラダ探し」の呪いに関わる人物で棺桶に入って数日が経過している女子生徒 「カラダ探し 最終夜1」 ウェルザード著　双葉社(双葉社ジュニア文庫) 2019年11月

相島 美雪　あいしま・みゆき
仲間と共に「赤い人」の呪いを解くため廃墟に挑む女子生徒 「カラダ探し 第2夜3」 ウェルザード著　双葉社(双葉社ジュニア文庫) 2018年7月

相島 美雪　あいしま・みゆき
同級生の翔太の死後謎の「カラダ探し」に巻き込まれ呪いを解くために廃墟へと向かう女子生徒 「カラダ探し 第2夜2」 ウェルザード著　双葉社(双葉社ジュニア文庫) 2018年3月

合田 俊樹　あいだ・としき
なぎさのクラスメートの男の子 「もしも、この町で 1」 服部千春作;ほおのきソラ絵　講談社(講談社青い鳥文庫) 2018年7月

会田 美桜　あいだ・みおう
夏樹と同じ美術部に所属する女の子 「告白予行練習 愛蔵版」 藤谷燈子著　汐文社 2018年2月

会田 美桜　あいだ・みおう
美術部副部長、あかりと夏樹の親友 「ヤキモチの答え 愛蔵版―告白予行練習」 藤谷燈子著　汐文社　2018年2月

合田 美桜　あいだ・みおう
片思いの春輝くんと毎日一緒に帰る仲の女の子 「いつだって僕らの恋は10センチだった。」 香坂茉里作;モゲラッタ挿絵;ろこる挿絵　KADOKAWA(角川つばさ文庫)　2018年1月

あいつ
首に鈴をつけた飼い猫 「あいつのすず 新装版―トガリ山のぼうけん ; 6」 いわむらかずお文・絵　理論社　2019年10月

アイドル
オオカミのぬいぐるみのアバターでルームの参加者の一人 「奇譚ルーム」 はやみねかおる著　朝日新聞出版　2018年3月

愛野 美奈子　あいの・みなこ
うさぎたちに会う前から幻の正義の戦士「セーラーV」として活躍していた少女、セーラーヴィーナス 「小説美少女戦士セーラームーン : 青い鳥文庫版 2」 武内直子原作・絵;池田美代子文　講談社(講談社青い鳥文庫)　2018年11月

相葉 孝司　あいば・こうじ
ある日突然時間停止現象に巻き込まれる高校1年生の少年 「初恋ロスタイム」 仁科裕貴著;シソ絵　KADOKAWA(角川つばさ文庫)　2019年8月

相葉 俊介　あいば・しゅんすけ
陸上部の主将、短距離専門の中学2年生 「ユーチュー部!! 駅伝編」 山田明著　学研プラス(部活系空色ノベルズ)　2019年4月

相葉 俊介　あいば・しゅんすけ
陸上部の主将、中学2年生の男の子 「ユーチュー部!! : 〈衝撃&笑劇〉ユーチューブ参考にして練習したらポンコツ陸上部が全員覚醒したwww」 山田明著　学研プラス(部活系空色ノベルズ)　2018年8月

相葉 俊介　あいば・しゅんすけ
陸上部所属で志望校合格を目指しYouTubeを活用する努力家の中学生 「ユーチュー部!! 受験編」 山田明著　学研プラス(部活系空色ノベルズ)　2020年6月

相原 浩太　あいはら・こうた
勉強も運動も平均以下で内気な小学6年生の少年 「名探偵AI・HARA : ぼくの相棒はIQ500のスーパーAI」 佐東みどり作;ふすい絵　毎日新聞出版　2020年3月

相原 徹　あいはら・とおる
英治の親友、英治と学校の卒業式で驚くような出来事を引き起こす少年 「ぼくらの卒業いたずら大作戦 上下」 宗田理作;YUME絵　KADOKAWA(角川つばさ文庫)　2018年3月

相原 徹　あいはら・とおる
英治の親友、仲間をまとめるリーダー 「ぼくら×怪盗レッド VRパークで危機一髪!?の巻」 宗田理作;秋木真作;YUME絵;しゅー絵　KADOKAWA(角川つばさ文庫)　2019年1月

相原 徹　あいはら・とおる
英治の親友、仲間をまとめるリーダー 「ぼくらのいじめ救出作戦」 宗田理作;YUME絵 KADOKAWA(角川つばさ文庫) 2020年3月

相原 徹　あいはら・とおる
英治の親友、仲間をまとめるリーダー 「ぼくらのメリー・クリスマス」 宗田理作;YUME絵 KADOKAWA(角川つばさ文庫) 2019年12月

相原 徹　あいはら・とおる
英治の親友、仲間をまとめるリーダー 「ぼくらの地下迷路」 宗田理作;YUME絵 KADOKAWA(角川つばさ文庫) 2019年7月

相原 徹　あいはら・とおる
英治の親友、仲間をまとめるリーダー 「ぼくらの宝探し」 宗田理作;YUME絵 KADOKAWA(角川つばさ文庫) 2019年3月

相原 徹　あいはら・とおる
英治の親友、仲間をまとめるリーダー的存在の男の子 「ぼくらのミステリー列車」 宗田理作;YUME絵 KADOKAWA(角川つばさ文庫) 2018年12月

相原 徹　あいはら・とおる
英治の親友、仲間をまとめるリーダー的存在の男の子 「ぼくらの大脱走」 宗田理作;YUME絵 KADOKAWA(角川つばさ文庫) 2018年7月

相原 美羽　あいはら・みわ
怜奈のクラスメイトで吹奏楽部のトランペット担当の女の子 「花里小吹奏楽部 1 図書館版」 夕貴そら作;和泉みお絵 ポプラ社 2019年4月

相原 美羽　あいはら・みわ
怜奈のクラスメイトで吹奏楽部のトランペット担当の女の子 「花里小吹奏楽部 2 図書館版」 夕貴そら作;和泉みお絵 ポプラ社 2019年4月

相原 美羽　あいはら・みわ
怜奈のクラスメイトで吹奏楽部のトランペット担当の女の子 「花里小吹奏楽部 3 図書館版」 夕貴そら作;和泉みお絵 ポプラ社 2019年4月

相原 美羽　あいはら・みわ
怜奈のクラスメイトで吹奏楽部のトランペット担当の女の子 「花里小吹奏楽部 4 図書館版」 夕貴そら作;和泉みお絵 ポプラ社 2019年4月

相原 美羽　あいはら・みわ
怜奈のクラスメイトで吹奏楽部のトランペット担当の女の子 「花里小吹奏楽部 5 図書館版」 夕貴そら作;和泉みお絵 ポプラ社 2019年4月

アイラ
故郷を追われエーデルダム修道院で見習い修道女となる少女 「ウパーラは眠る」 小森香折作;三村晴子絵 BL出版 2018年11月

愛梨　あいり
美月と同じ団地に住む同級生の友人、美月を支える存在 「団地のコトリ」 八束澄子著 ポプラ社(teens' best selections) 2020年8月

アイリス
カナタと一緒に冒険している少女 「白猫プロジェクト : 大いなる冒険の始まり」 コロプラ原作・監修;橘もも作;布施龍太絵 KADOKAWA(角川つばさ文庫) 2019年3月

アイリス
第8特殊消防隊のシスターで焔ビトの鎮魂を担う心優しい少女 「炎炎ノ消防隊 [4]」 大久保篤原作・絵;緑川聖司文 講談社(講談社青い鳥文庫) 2020年12月

アイール
夜桜パーティーで手品師として登場した男、宝の石をめぐる事件に関与する旅人 「はりねずみのルーチカ : トゥーリのひみつ」 かんのゆうこ作;北見葉胡絵 講談社(わくわくライブラリー) 2020年3月

アイン
頭脳明晰でどんな暗号も得意とするクラスのリーダー 「暗号サバイバル学園 : 秘密のカギで世界をすくえ! 01」 山本省三作;丸谷朋弘絵;入澤宣幸暗号図;松本弥ヒエログリフ監修 学研プラス 2020年9月

アーウィン
ゲームの主人公でタケルをモンスターから救い仲間に迎え入れる勇者 「レベル1で異世界召喚されたオレだけど、攻略本は読みこんでます。」 宮沢みゆき著;鈴木彩乃イラスト 小学館(小学館ジュニア文庫) 2020年7月

アオ
アオバの相棒のドラゴン、秘密の友達 「ぼくのドラゴン」 おのりえん作;森環絵 理論社 2018年2月

青足 あおあし
青い足の姿をしていて走ることが大好きなもののけ 「もののけ屋 [1] 図書館版」 廣嶋玲子作;東京モノノケ絵 ほるぷ出版 2018年2月

アオイ
ダンスユニット「Air」のメンバー、ミステリアスだが天然な男子 「ダンスの王子様 : 男子のフリしてダンスなんかできません!」 麻井深雪作;朝香のりこ絵 ポプラ社(ポケット・ショコラ) 2020年5月

アオイ
音楽創作サークル「ソライロ」の代表、姿を見せない作曲担当 「ソライロ♪プロジェクト 3」 一ノ瀬三葉作;夏芽もも絵 KADOKAWA(角川つばさ文庫) 2018年5月

アオイ
音楽創作サークル「ソライロ」の代表、姿を見せない作曲担当 「ソライロ♪プロジェクト 4」 一ノ瀬三葉作;夏芽もも絵 KADOKAWA(角川つばさ文庫) 2018年11月

アオイ
音楽創作サークル「ソライロ」の代表、姿を見せない作曲担当 「ソライロ♪プロジェクト 5」 一ノ瀬三葉作;夏芽もも絵 KADOKAWA(角川つばさ文庫) 2019年4月

あおい
本が苦手な小学2年生の女の子 「おとうとのたからもの」 小手鞠るい作;すずきみほ絵 岩崎書店 2020年10月

青い傘の男　あおいかさのおとこ
ヒミツの周りをうろつく謎の男 「恐怖コレクター 巻ノ10」 佐東みどり作;鶴田法男作;よん絵 KADOKAWA(角川つばさ文庫) 2018年12月

青い傘の男　あおいかさのおとこ
ヒミツの周りをうろつく謎の男 「恐怖コレクター 巻ノ11」 佐東みどり作;鶴田法男作;よん絵 KADOKAWA(角川つばさ文庫) 2019年4月

青い傘の男　あおいかさのおとこ
ヒミツの周りをうろつく謎の男 「恐怖コレクター 巻ノ12」 佐東みどり作;鶴田法男作;よん絵 KADOKAWA(角川つばさ文庫) 2019年8月

青い傘の男　あおいかさのおとこ
ヒミツの周りをうろつく謎の男 「恐怖コレクター 巻ノ13」 佐東みどり作;鶴田法男作;よん絵 KADOKAWA(角川つばさ文庫) 2019年12月

青い傘の男　あおいかさのおとこ
ヒミツの周りをうろつく謎の男 「恐怖コレクター 巻ノ14」 佐東みどり作;鶴田法男作;よん絵 KADOKAWA(角川つばさ文庫) 2020年6月

青い傘の男　あおいかさのおとこ
ヒミツの周りをうろつく謎の男 「恐怖コレクター 巻ノ15」 佐東みどり作;鶴田法男作;よん絵 KADOKAWA(角川つばさ文庫) 2020年12月

青い傘の男　あおいかさのおとこ
ヒミツの周りをうろつく謎の男 「恐怖コレクター 巻ノ8」 佐東みどり作;鶴田法男作;よん絵 KADOKAWA(角川つばさ文庫) 2018年4月

青い傘の男　あおいかさのおとこ
ヒミツの周りをうろつく謎の男 「恐怖コレクター 巻ノ9」 佐東みどり作;鶴田法男作;よん絵 KADOKAWA(角川つばさ文庫) 2018年8月

蒼井 克哉　あおい・かつや
「30人31脚」のキャプテンの男の子 「ぼくらの一歩：30人31脚」 いとうみく作;イシヤマアズサ絵 アリス館 2018年10月

青いグラスくん　あおいぐらすくん
アフガニスタンの古都ヘラートで作られている吹きガラス 「アリババの猫がきいている」 新藤悦子作;佐竹美保絵 ポプラ社 2020年2月

蒼井 柊哉　あおい・しゅうや
ピアノが得意な別の学校の男の子 「放課後、きみがピアノをひいていたから [3]」 柴野理奈子作;榎木りか絵 集英社(集英社みらい文庫) 2019年10月

蒼井 柊哉　あおい・しゅうや
ピアノが得意な別の学校の男の子 「放課後、きみがピアノをひいていたから [4]」 柴野理奈子作;榎木りか絵 集英社(集英社みらい文庫) 2020年2月

蒼井 柊哉　あおい・しゅうや
風音と同じピアノ教室に通う別の学校の男の子 「放課後、きみがピアノをひいていたから [2]」 柴野理奈子作;榎木りか絵 集英社(集英社みらい文庫) 2019年6月

青井 美希　あおい・みき
健太の幼なじみで小学6年生、真実の仲間として奮闘する少女 「科学探偵VS.暴走するAI 後編―科学探偵謎野真実シリーズ」 佐東みどり作;石川北二作;木滝りま作;田中智章作;木々絵 朝日新聞出版 2020年12月

青井 美希　あおい・みき
健太の幼なじみで小学6年生、真実の仲間として奮闘する少女 「科学探偵VS.暴走するAI 前編―科学探偵謎野真実シリーズ」 佐東みどり作;石川北二作;木滝りま作;田中智章作;木々絵 朝日新聞出版 2020年8月

青井 美希　あおい・みき
健太の幼なじみで小学6年生、真実の仲間として妖怪の正体を暴くために奮闘する少女 「科学探偵VS.超能力少年―科学探偵謎野真実シリーズ」 佐東みどり作;石川北二作;木滝りま作;田中智章作;木々絵 朝日新聞出版 2019年12月

青井 美希　あおい・みき
健太の幼なじみで小学6年生、真実の仲間として妖怪の正体を暴くために奮闘する少女 「科学探偵VS.妖魔の村―科学探偵謎野真実シリーズ」 佐東みどり作;木滝りま作;田中智章作;木々絵 朝日新聞出版 2019年8月

青井 美希　あおい・みき
新聞部の部長で健太と真実の友達 「科学探偵VS.闇のホームズ学園―科学探偵謎野真実シリーズ ; 4」 佐東みどり作;石川北二作;木滝りま作;田中智章作;木々絵 朝日新聞出版 2018年8月

青井 美希　あおい・みき
新聞部の部長で健太と真実の友達 「科学探偵VS.魔界の都市伝説―科学探偵謎野真実シリーズ ; 3」 佐東みどり作;石川北二作;木滝りま作;田中智章作;木々絵 朝日新聞出版 2018年3月

青井 美希　あおい・みき
新聞部の部長で健太の幼なじみ 「科学探偵VS.消滅した島―科学探偵謎野真実シリーズ ; 5」 佐東みどり作;石川北二作;木滝りま作;田中智章作;木々絵 朝日新聞出版 2018年12月

蒼井 結衣　あおい・ゆい
大人っぽくてしっかり者だけど臆病な女の子 「小説12歳。: キミとふたり―CIAO BOOKS」 まいた菜穂原作;山本櫻子著 小学館 2018年12月

青色のカービィドクター　あおいろのかーびぃどくたー
ケガを治すチカラを持つカービィ 「星のカービィ スーパーカービィハンターズ大激闘!の巻」 高瀬美恵作;苅野タウ絵;ぽと絵 KADOKAWA(角川つばさ文庫) 2019年12月

青木 翔太　あおき・しょうた
6年2組の信号トリオ、運動神経バツグンの男の子 「猛獣学園!アニマルパニック : 百獣の王ライオンから逃げきれ!」 緑川聖司作;畑優以絵 集英社(集英社みらい文庫) 2018年11月

青木 翔太　あおき・しょうた
6年2組の信号トリオ、運動神経バツグンの男の子 「猛獣学園!アニマルパニック [2]」 緑川聖司作;畑優以絵 集英社(集英社みらい文庫) 2019年3月

青木 心平　あおき・しんぺい
真斗の幼なじみで親友「小説\映画明日、キミのいない世界で」服部隆著　講談社 2020年1月

青木 トウマ　あおき・とうま
学園のアイドル、ゆのが担当しているマンガ家「こちらパーティー編集部っ! 12」深海ゆずは作;榎木りか絵　KADOKAWA(角川つばさ文庫) 2019年2月

青木 トウマ　あおき・とうま
学園のアイドル、ゆのが担当しているマンガ家「こちらパーティー編集部っ! 13」深海ゆずは作;榎木りか絵　KADOKAWA(角川つばさ文庫) 2019年7月

青木 トウマ　あおき・とうま
学園のアイドル、ゆのが担当しているマンガ家「こちらパーティー編集部っ! 14」深海ゆずは作;榎木りか絵　KADOKAWA(角川つばさ文庫) 2020年3月

青木 トウマ　あおき・とうま
学園のアイドル、ゆのが担当しているマンガ家「スイッチ!×こちらパーティー編集部っ! : 私たち、入れ替わっちゃった!?」深海ゆずは作;加々見絵里絵;榎木りか絵　KADOKAWA(角川つばさ文庫) 2020年9月

青木 トウマ　あおき・とうま
私立三ツ星学園の中学2年生、学園のアイドル的存在でマンガを描くのが得意な少年「こちらパーティー編集部っ! 10」深海ゆずは作;榎木りか絵　KADOKAWA(角川つばさ文庫) 2018年1月

青木 トウマ　あおき・とうま
私立三ツ星学園の中学2年生、学園のアイドル的存在でマンガを描くのが得意な少年「こちらパーティー編集部っ! 11」深海ゆずは作;榎木りか絵　KADOKAWA(角川つばさ文庫) 2018年7月

アオジ
桃源郷の泉で暮らしている龍の神様「怪奇漢方桃印 [3]」廣嶋玲子作;田中相絵　講談社 2020年12月

蒼月 蓮　あおつき・れん
ももかの同級生で映画監督志望の少年「鬼ガール!! : ツノは出るけど女優めざしますっ!」中村航作;榊アヤミ絵　KADOKAWA(角川つばさ文庫) 2020年9月

青野先生　あおのせんせい
ミサキに感想文の書き方を教えるため図書館行きを命じた担任教師「あやかし図書委員会」羊崎ミサキ著;水溜鳥イラスト　PHP研究所(PHPジュニアノベル) 2019年2月

アオバ
ドラゴンの卵を持って生まれドラゴンのアオを相棒とする男の子「ぼくのドラゴン」おのりえん作;森環絵　理論社 2018年2月

青葉 心音(ココ)　あおば・ここね(ここ)
バレエが大好きな元気な小学4年生の女の子「リトル☆バレリーナ 1」工藤純子作;佐々木メエ絵;村山久美子監修　学研プラス 2020年8月

青葉 心音(ココ)　あおば・ここね(ここ)
バレエが大好きな元気な小学4年生の女の子 「リトル☆バレリーナ 2」 工藤純子作;佐々木メエ絵;村山久美子監修 学研プラス 2020年12月

青葉 文乃　あおば・ふみの
ココのお母さん 「リトル☆バレリーナ 1」 工藤純子作;佐々木メエ絵;村山久美子監修 学研プラス 2020年8月

青葉 文乃　あおば・ふみの
ココのお母さん 「リトル☆バレリーナ 2」 工藤純子作;佐々木メエ絵;村山久美子監修 学研プラス 2020年12月

碧海 麻耶　あおみ・まや
心優しくしっかり者で周囲を思いやる小学生の女の子 「子ども食堂かみふうせん」 齊藤飛鳥著 国土社 2018年11月

青柳 マコト　あおやぎ・まこと
クールでイケメンな女の子、依音の親友 「メチャ盛りユーチューバーアイドルいおん☆」 山本李奈著;ふじたはすみイラスト 小学館(小学館ジュニア文庫) 2020年12月

青山 ギュウカク　あおやま・ぎゅうかく
ソフトボール部所属で運動能力が高い少年 「人狼サバイバル : 絶体絶命!伯爵の人狼ゲーム」 甘雪こおり作;himesuz絵 講談社(講談社青い鳥文庫) 2019年6月

アオヤマ君　あおやまくん
何事にも研究熱心な小学4年生の男の子 「ペンギン・ハイウェイ」 森見登美彦作;ぶーた絵 KADOKAWA(角川つばさ文庫) 2018年6月

青山 コウ　あおやま・こう
水を操る東方青龍族の王子 「龍神王子(ドラゴン・プリンス)! 12」 宮下恵茉作;kaya8絵 講談社(講談社青い鳥文庫) 2018年4月

青山 コウ　あおやま・こう
水を操る東方青龍族の王子 「龍神王子(ドラゴン・プリンス)! 13」 宮下恵茉作;kaya8絵 講談社(講談社青い鳥文庫) 2018年8月

青山 コウ　あおやま・こう
水を操る東方青龍族の王子 「龍神王子(ドラゴン・プリンス)! 14」 宮下恵茉作;kaya8絵 講談社(講談社青い鳥文庫) 2018年12月

青山 コウ　あおやま・こう
水を操る東方青龍族の王子 「龍神王子(ドラゴン・プリンス)! 15」 宮下恵茉作;kaya8絵 講談社(講談社青い鳥文庫) 2019年4月

青山 コウ　あおやま・こう
東方青龍族の王子 「龍神王子(ドラゴン・プリンス)! 外伝」 宮下恵茉作;kaya8絵 講談社(講談社青い鳥文庫) 2020年6月

青山 美月　あおやま・みずき
瞬のお父さんの同級生で行方不明になっていた少女 「稲妻で時をこえろ!」 小森香折作;柴田純与絵 文研出版(文研じゅべにーる) 2018年8月

赤井 さくら　あかい・さくら
6年2組の信号トリオ、ひっこみじあんの優しい女の子 「猛獣学園!アニマルパニック：百獣の王ライオンから逃げきれ!」 緑川聖司作;畑優以絵 集英社(集英社みらい文庫) 2018年11月

赤井 さくら　あかい・さくら
6年2組の信号トリオ、内気な優しい女の子 「猛獣学園!アニマルパニック [2]」 緑川聖司作;畑優以絵 集英社(集英社みらい文庫) 2019年3月

赤井 秀一　あかい・しゅういち
FBI捜査官で優れた推理力と射撃技術を持つ赤井一家の長男 「名探偵コナン赤井一家(ファミリー)セレクション緋色の推理記録(コレクション)」 青山剛昌原作・イラスト;酒井匙著 小学館(小学館ジュニア文庫) 2020年4月

赤井 秀一　あかい・しゅういち
高い洞察力と射撃の腕を持つ謎多きFBI捜査官 「名探偵コナン赤井秀一セレクション赤と黒の攻防(クラッシュ)」 青山剛昌原作・イラスト;酒井匙著 小学館(小学館ジュニア文庫) 2020年4月

赤井 秀一　あかい・しゅういち
黒ずくめの組織に対抗する重要な役割を担うFBI捜査官 「名探偵コナン ブラックインパクト!組織の手が届く瞬間」 青山剛昌原作;水稀しま著 小学館(小学館ジュニア文庫) 2020年12月

赤い人　あかいひと
「カラダ探し」に関わる恐ろしい存在で美雪や翔太に襲いかかり呪いの核心にある謎の人物 「カラダ探し 第2夜2」 ウェルザード著 双葉社(双葉社ジュニア文庫) 2018年3月

赤い人　あかいひと
かつての悲しい過去を抱え美雪たちを次々と恐怖に陥れる謎の人物 「カラダ探し 第2夜3」 ウェルザード著 双葉社(双葉社ジュニア文庫) 2018年7月

赤い人　あかいひと
ぬいぐるみを探しており夜の学校で怪談のように現れ留美子たちに襲いかかる謎の存在 「カラダ探し 第3夜1」 ウェルザード著 双葉社(双葉社ジュニア文庫) 2018年11月

赤い人　あかいひと
呪いを引き起こし人々を次々と殺す謎の存在 「カラダ探し 最終夜2」 ウェルザード著 双葉社(双葉社ジュニア文庫) 2020年3月

赤い人　あかいひと
呪いを引き起こし人々を次々と殺す謎の存在 「カラダ探し 最終夜3」 ウェルザード著 双葉社(双葉社ジュニア文庫) 2020年7月

赤い人　あかいひと
呪いを引き起こし人々を次々と殺す謎の存在 「カラダ探し 第3夜2」 ウェルザード著 双葉社(双葉社ジュニア文庫) 2019年3月

赤い人　あかいひと
呪いを引き起こす「カラダ探し」を強要する謎の存在 「カラダ探し 最終夜1」 ウェルザード著 双葉社(双葉社ジュニア文庫) 2019年11月

赤い人　あかいひと
呪いを引き起こす存在で人々を次々と殺す謎の存在 「カラダ探し 第3夜3」 ウェルザード著 双葉社(双葉社ジュニア文庫) 2019年7月

赤城 絵美　あかぎ・えみ
美術部の中学1年生、落書きした絵が動き出すという不思議な能力を持つ子 「らくがき☆ポリス 6」 まひる作;立樹まや絵 KADOKAWA(角川つばさ文庫) 2019年2月

赤城 絵美　あかぎ・えみ
美術部の中学1年生、落書きした絵が動き出すという不思議な能力を持つ子 「らくがき☆ポリス 7」 まひる作;立樹まや絵 KADOKAWA(角川つばさ文庫) 2019年8月

赤木 絵美　あかぎ・えみ
美術部の中学1年生、落書きした絵が動き出すという不思議な能力を持つ子 「らくがき☆ポリス 4」 まひる作;立樹まや絵 KADOKAWA(角川つばさ文庫) 2018年2月

赤木 絵美　あかぎ・えみ
美術部の中学1年生、落書きした絵が動き出すという不思議な能力を持つ子 「らくがき☆ポリス 5」 まひる作;立樹まや絵 KADOKAWA(角川つばさ文庫) 2018年8月

赤城 リュウ　あかぎ・りゅう
炎を操る南方紅龍族の王子 「龍神王子(ドラゴン・プリンス)! 12」 宮下恵茉作;kaya8絵 講談社(講談社青い鳥文庫) 2018年4月

赤城 リュウ　あかぎ・りゅう
炎を操る南方紅龍族の王子 「龍神王子(ドラゴン・プリンス)! 13」 宮下恵茉作;kaya8絵 講談社(講談社青い鳥文庫) 2018年8月

赤城 リュウ　あかぎ・りゅう
炎を操る南方紅龍族の王子 「龍神王子(ドラゴン・プリンス)! 14」 宮下恵茉作;kaya8絵 講談社(講談社青い鳥文庫) 2018年12月

赤城 リュウ　あかぎ・りゅう
炎を操る南方紅龍族の王子 「龍神王子(ドラゴン・プリンス)! 15」 宮下恵茉作;kaya8絵 講談社(講談社青い鳥文庫) 2019年4月

赤城 リュウ　あかぎ・りゅう
南方紅龍族の元王子 「龍神王子(ドラゴン・プリンス)! 外伝」 宮下恵茉作;kaya8絵 講談社(講談社青い鳥文庫) 2020年6月

赤坂 速人　あかさか・はやと
仲間を支えながら走り続ける正義感の強い小学6年生の少年 「虹のランナーズ」 浅田宗一郎作;渡瀬のぞみ絵 PHP研究所(カラフルノベル) 2020年11月

赤坂 日向　あかさか・ひなた
人気者で唯以のクラスメート「ぼくの声が消えないうちに。―初恋のシーズン」 西本紘奈作;ダンミル絵 KADOKAWA(角川つばさ文庫) 2018年6月

赤ずきん　あかずきん
FBI要注意犯罪者リストに載っている変装が得意な怪盗、17～8歳ぐらいの女の子 「華麗なる探偵アリス&ペンギン [11]」 南房秀久著;あるやイラスト 小学館(小学館ジュニア文庫) 2018年7月

赤ずきん　あかずきん
FBI要注意犯罪者リストに載っている変装が得意な怪盗、17～8歳ぐらいの女の子 「華麗なる探偵アリス&ペンギン [12]」 南房秀久著;あるやイラスト 小学館(小学館ジュニア文庫) 2018年12月

赤ずきん　あかずきん
FBI要注意犯罪者リストに載っている変装が得意な怪盗、17～8歳ぐらいの女の子 「華麗なる探偵アリス&ペンギン [13]」 南房秀久著;あるやイラスト 小学館(小学館ジュニア文庫) 2019年10月

赤ずきん　あかずきん
FBI要注意犯罪者リストに載っている変装が得意な怪盗、17～8歳ぐらいの女の子 「華麗なる探偵アリス&ペンギン [14]」 南房秀久著;あるやイラスト 小学館(小学館ジュニア文庫) 2020年2月

赤月 翔太　あかつき・しょうた
青星学園中等部1年のSクラスの一員でゆずの同級生、サッカー部のスポーツ特待生の男の子 「青星学園★チームEYE-Sの事件ノート [10]」 相川真作;立樹まや絵 集英社(集英社みらい文庫) 2020年12月

赤月 翔太　あかつき・しょうた
青星学園中等部1年のSクラスの一員でゆずの同級生、サッカー部のスポーツ特待生の男の子 「青星学園★チームEYE-Sの事件ノート [4]」 相川真作;立樹まや絵 集英社(集英社みらい文庫) 2019年1月

赤月 翔太　あかつき・しょうた
青星学園中等部1年のSクラスの一員でゆずの同級生、サッカー部のスポーツ特待生の男の子 「青星学園★チームEYE-Sの事件ノート [5]」 相川真作;立樹まや絵 集英社(集英社みらい文庫) 2019年5月

赤月 翔太　あかつき・しょうた
青星学園中等部1年のSクラスの一員でゆずの同級生、サッカー部のスポーツ特待生の男の子 「青星学園★チームEYE-Sの事件ノート [6]」 相川真作;立樹まや絵 集英社(集英社みらい文庫) 2019年9月

赤月 翔太　あかつき・しょうた
青星学園中等部1年のSクラスの一員でゆずの同級生、サッカー部のスポーツ特待生の男の子 「青星学園★チームEYE-Sの事件ノート [7]」 相川真作;立樹まや絵 集英社(集英社みらい文庫) 2019年12月

赤月 翔太　あかつき・しょうた
青星学園中等部1年のSクラスの一員でゆずの同級生、サッカー部のスポーツ特待生の男の子 「青星学園★チームEYE-Sの事件ノート [8]」 相川真作;立樹まや絵 集英社(集英社みらい文庫) 2020年4月

赤月 翔太　あかつき・しょうた
青星学園中等部1年のSクラスの一員でゆずの同級生、サッカー部のスポーツ特待生の男の子 「青星学園★チームEYE-Sの事件ノート [9]」 相川真作;立樹まや絵 集英社(集英社みらい文庫) 2020年9月

赤月 翔太　あかつき・しょうた
青星学園中等部1年のゆずの同級生、サッカー部の男の子 「青星学園★チームEYE-Sの事件ノート [2]」 相川真作;立樹まや絵 集英社(集英社みらい文庫) 2018年5月

赤月 翔太　あかつき・しょうた
青星学園中等部1年のゆずの同級生、サッカー部の男の子 「青星学園★チームEYE-Sの事件ノート[3]」 相川真作;立樹まや絵 集英社(集英社みらい文庫) 2018年9月

暁 幸路(ユキネエ)　あかつき・ゆきじ(ゆきねえ)
23歳の華蓮のいとこ、華蓮の母の姉の娘 「グルメ小学生 : パパのファミレスを救え!」 次良丸忍作;小笠原智史絵 金の星社 2018年6月

我妻 善逸　あがつま・ぜんいつ
臆病だが強力な雷の呼吸を使う鬼殺隊の隊士 「鬼滅の刃 : ノベライズ きょうだいの絆と鬼殺隊編」 吾峠呼世晴原作・絵;松田朱夏著 集英社(集英社みらい文庫) 2020年7月

我妻 善逸　あがつま・ぜんいつ
臆病だが強力な雷の呼吸を使う鬼殺隊の隊士 「劇場版鬼滅の刃無限列車編 : ノベライズ みらい文庫版」 吾峠呼世晴原作;ufotable脚本;松田朱夏著 集英社(集英社みらい文庫) 2020年10月

茜　あかね
成美の道場仲間で共に稽古に励む少女 「まっしょうめん! [3]」 あさだりん作;新井陽次郎絵 偕成社(偕成社ノベルフリーク) 2020年3月

茜崎 夢羽　あかねざき・むう
銀杏が丘第一小学校5年1組にやってきた不思議な転校生、頭が良く美少女の名探偵 「IQ探偵ムー ピー太は何も話さない―IQ探偵シリーズ ; 37」 深沢美潮作 ポプラ社 2018年4月

茜崎 夢羽　あかねざき・むう
銀杏が丘第一小学校5年1組にやってきた不思議な転校生、頭が良く美少女の名探偵 「IQ探偵ムー 夢羽、ホームズになる! 上下」 深沢美潮作;山田J太画 ポプラ社(ポプラカラフル文庫) 2018年7月

茜崎 夢羽　あかねざき・むう
銀杏が丘第一小学校5年1組にやってきた不思議な転校生、頭が良く美少女の名探偵 「IQ探偵ムー絵画泥棒の挑戦状―IQ探偵シリーズ ; 36」 深沢美潮作 ポプラ社 2018年4月

茜崎 夢羽　あかねざき・むう
銀杏が丘第一小学校5年1組にやってきた不思議な転校生、頭が良く美少女の名探偵 「IQ探偵ムー元の夢、夢羽の夢―IQ探偵シリーズ ; 39」 深沢美潮作 ポプラ社 2018年4月

茜崎 夢羽　あかねざき・むう
銀杏が丘第一小学校5年1組にやってきた不思議な転校生、頭が良く美少女の名探偵 「IQ探偵ムー赤涙島の秘密―IQ探偵シリーズ ; 38」 深沢美潮作 ポプラ社 2018年4月

茜崎 夢羽　あかねざき・むう
銀杏が丘第一小学校5年1組にやってきた不思議な転校生、頭が良く美少女の名探偵 「IQ探偵ムー勇者伝説～冒険のはじまり―IQ探偵シリーズ ; 35」 深沢美潮作 ポプラ社 2018年4月

茜崎 夢羽　あかねざき・むう
元と瑠香のクラスに転校してきた美少女 「IQ探偵ムー夢羽のホノルル探偵団」 深沢美潮作;山田J太画 ポプラ社(ポプラカラフル文庫) 2019年7月

茜崎 夢羽　あかねざき・むう

元と瑠香のクラスに転校してきた美少女 「IQ探偵ムー踊る大運動会」 深沢美潮作;山田J太画 ポプラ社(ポプラカラフル文庫) 2020年10月

赤根咲 霧雨　あかねざき・むう

美人ミステリー作家「IQ探偵ムー元の夢、夢羽の夢―IQ探偵シリーズ ; 39」 深沢美潮作 ポプラ社 2018年4月

赤羽 スバル　あかばね・すばる

花まる寮の寮長、高校2年生の男子 「おいでよ、花まる寮!」 宇津田晴著;わんにゃんぷーイラスト 小学館(小学館ジュニア文庫) 2018年4月

赤羽 由宇　あかばね・ゆう

正義感がつよくて元気な高校1年生の女子 「小説黒崎くんの言いなりになんてならない 1―Kodansha Comics DELUXE」 マキノ原作・イラスト;森川成美著 講談社 2019年2月

赤羽 由宇　あかばね・ゆう

正義感が強くて元気な高校1年生の女子 「小説黒崎くんの言いなりになんてならない 2―Kodansha Comics DELUXE」 マキノ原作・イラスト;森川成美著 講談社 2019年2月

赤羽 由宇　あかばね・ゆう

正義感が強くて元気な高校1年生の女子 「小説黒崎くんの言いなりになんてならない 3―Kodansha Comics DELUXE」 マキノ原作・イラスト;森川成美著 講談社 2019年2月

赤妃 リリカ　あかひ・りりか

中学2年生のアリスのクラスメート、赤妃グループの会長の一人娘でありハリウッド女優でありアイドル歌手 「華麗なる探偵アリス&ペンギン [11]」 南房秀久著;あるやイラスト 小学館(小学館ジュニア文庫) 2018年7月

赤妃 リリカ　あかひ・りりか

中学2年生のアリスのクラスメート、赤妃グループの会長の一人娘でありハリウッド女優でありアイドル歌手 「華麗なる探偵アリス&ペンギン [12]」 南房秀久著;あるやイラスト 小学館(小学館ジュニア文庫) 2018年12月

赤妃 リリカ　あかひ・りりか

中学2年生のアリスのクラスメート、赤妃グループの会長の一人娘でありハリウッド女優でありアイドル歌手 「華麗なる探偵アリス&ペンギン [13]」 南房秀久著;あるやイラスト 小学館(小学館ジュニア文庫) 2019年10月

赤松 玄太　あかまつ・げんた

心霊探偵団のメンバー、霊感がある小学5年生 「心霊探偵ゴーストハンターズ 4」 石崎洋司作;かしのき彩画 岩崎書店 2019年8月

赤松 玄太　あかまつ・げんた

心霊探偵団のメンバー、霊感がある小学5年生 「心霊探偵ゴーストハンターズ 5」 石崎洋司作;かしのき彩画 岩崎書店 2019年12月

赤松 千裕(おマツ)　あかまつ・ちひろ(おまつ)

真先の同級生で鬼灯京十郎に頼んでオバケの謎を解決しようとする女子 「オバケはあの子の中にいる!―ホオズキくんのオバケ事件簿 ; 2」 富安陽子作;小松良佳絵 ポプラ社 2019年10月

赤松 千裕(おマツ) あかまつ・ちひろ(おまつ)
真先の幼なじみでオバケ探偵団を結成する少女 「4年1組のオバケ探偵団―ホオズキくんのオバケ事件簿 ; 3」 富安陽子作;小松良佳絵 ポプラ社 2020年9月

赤村 ハヤト あかむら・はやと
椿が丘中学1年生の少年 「人狼サバイバル : 絶体絶命!伯爵の人狼ゲーム」 甘雪こおり作;himesuz絵 講談社(講談社青い鳥文庫) 2019年6月

赤村 ハヤト あかむら・はやと
椿が丘中学1年生の少年 「人狼サバイバル [2]」 甘雪こおり作;himesuz絵 講談社(講談社青い鳥文庫) 2020年1月

赤村 ハヤト あかむら・はやと
椿が丘中学1年生の少年 「人狼サバイバル [3]」 甘雪こおり作;himesuz絵 講談社(講談社青い鳥文庫) 2020年4月

赤村 ハヤト あかむら・はやと
椿が丘中学1年生の少年 「人狼サバイバル [4]」 甘雪こおり作;himesuz絵 講談社(講談社青い鳥文庫) 2020年7月

赤村 ハヤト あかむら・はやと
椿が丘中学1年生の少年 「人狼サバイバル [5]」 甘雪こおり作;himesuz絵 講談社(講談社青い鳥文庫) 2020年11月

赤目 刻弥 あかめ・ときや
旧家の子息で大学生、パティスリー「アントルメ・アカメ」のオーナー 「うちの執事が言うことには」 高里椎奈作;ロク絵 KADOKAWA(角川つばさ文庫) 2019年4月

あかり
りりと一緒にケガをしているこうすけのお世話をする女の子 「あしたもチャーシューメン」 最上一平作;青山友美絵 新日本出版社 2018年3月

あかり
広島平和記念資料館の訪問を通じて成長する14歳の中学生 「ワタシゴト : 14歳のひろしま」 中澤晶子作;ささめやゆきえ 汐文社 2020年7月

あかり
身体に障害があり支援学級に通いながらも子犬との出会いをきっかけに自分と向き合い成長する少女 「いのちのカプセルにのって」 岡田なおこ著;サカイノビー絵 汐文社 2019年12月

あかり
祖母の家で見つけた家紋をきっかけに自分のルーツを探求し始めた女子中学生 「結び蝶物語」 横山充男作;カタヒラシュンシ絵 あかね書房 2018年6月

秋川 和真 あきかわ・かずま
茉優の弟、動画配信者 「貞子 : 角川つばさ文庫版」 鈴木光司原作;杉原憲明映画脚本;山室有紀子文;あきづきりょう絵 KADOKAWA(角川つばさ文庫) 2019年5月

秋川 茉優 あきかわ・まゆ
臨床心理士として病院で働く24歳の女性 「貞子 : 角川つばさ文庫版」 鈴木光司原作;杉原憲明映画脚本;山室有紀子文;あきづきりょう絵 KADOKAWA(角川つばさ文庫) 2019年5月

安芸 桜　あき・さくら
2年D組で図書委員長 「すみっこ★読書クラブ : 事件ダイアリー 1」 にかいどう青作;のぶたろ絵　講談社(講談社青い鳥文庫)　2019年7月

秋月 孝雄　あきずき・たかお
靴職人を目指す高校1年生の少年 「小説言の葉の庭―新海誠ライブラリー」 新海誠著　汐文社　2018年12月

秋樽 桜備　あきたる・おうび
第8特殊消防隊の大隊長を務める人格者 「炎炎ノ消防隊 : 悪魔的ヒーロー登場」 大久保篤原作・絵;緑川聖司文　講談社(講談社青い鳥文庫)　2020年3月

秋樽 桜備　あきたる・おうび
第8特殊消防隊の大隊長を務める人格者 「炎炎ノ消防隊 [4]」 大久保篤原作・絵;緑川聖司文　講談社(講談社青い鳥文庫)　2020年12月

秋野 真月　あきの・まつき
おっこと同級生、花の湯温泉で一番大きな秋好旅館の跡取り娘 「若おかみは小学生! : 映画ノベライズ」 令丈ヒロ子原作・文;吉田玲子脚本　講談社(講談社青い鳥文庫)　2018年8月

あきの りんご　あきの・りんご
おしゃれに憧れ自分に自信が持てない女の子 「とつぜんのシンデレラ : ひみつのポムポムちゃん―おともだちピース」 ハタノヒヨコ原案・絵;講談社編集;村山早紀文　講談社　2020年5月

秋谷先輩　あきやせんぱい
実坂高校2年生、やる気がなくクールな女の子 「ゆけ、シンフロ部!」 堀口泰生小説;青木俊直絵　学研プラス(部活系空色ノベルズ)　2018年1月

秋山 絵理乃　あきやま・えりの
読書好きの5年生・ひびきの友だち、おしゃれな女の子 「ふしぎ古書店 7」 にかいどう青作;のぶたろ絵　講談社(講談社青い鳥文庫)　2018年1月

アキヨシ
大けがをした父を元気づけるため母と一緒に犬小屋を作ろうとする男の子 「まかせて!母ちゃん!!」 くすのきしげのり作;小泉るみ子絵　文溪堂　2018年4月

秋吉 一歌(いっちー)　あきよし・いちか(いっちー)
「ソライロ」で絵師をしている小学6年生の女の子 「ソライロ♪プロジェクト 5」 一ノ瀬三葉作;夏芽もも絵　KADOKAWA(角川つばさ文庫)　2019年4月

秋吉 一歌(いっちー)　あきよし・いちか(いっちー)
「ソライロ」で絵師をしている小学6年生の女の子 「ソライロ♪プロジェクト 6」 一ノ瀬三葉作;夏芽もも絵　KADOKAWA(角川つばさ文庫)　2019年9月

秋吉 一歌(いっちー)　あきよし・いちか(いっちー)
絵を描くことが取り柄の女の子 「ソライロ♪プロジェクト 3」 一ノ瀬三葉作;夏芽もも絵　KADOKAWA(角川つばさ文庫)　2018年5月

秋吉 一歌(いっちー)　あきよし・いちか(いっちー)
絵を描くことが取り柄の女の子 「ソライロ♪プロジェクト 4」 一ノ瀬三葉作;夏芽もも絵　KADOKAWA(角川つばさ文庫)　2018年11月

アキラ
ハルの好きな子となるハルの同級生の女の子 「お絵かき禁止の国」 長谷川まりる著 講談社 2019年6月

明楽 あきら
流れ者の女火狩り 「火狩りの王 2」 日向理恵子作;山田章博絵 ほるぷ出版 2019年5月

明楽 あきら
流れ者の女火狩り 「火狩りの王 4」 日向理恵子作;山田章博絵 ほるぷ出版 2020年9月

あきらくん
2年2組で一番元気な男の子 「はるかちゃんが、手をあげた」 服部千春作;さとうあや絵 童心社(だいすき絵童話) 2019年11月

鮎喰 響 あくい・ひびき
15歳の天才女子高生作家 「響-HIBIKI-」 柳本光晴原作;西田征史脚本;時海結以著 小学館(小学館ジュニア文庫) 2018年8月

阿久津 善太 あくつ・ぜんた
クマのような巨体を持ち授業で剣道の模範試合を行う小学生の男の子 「流星と稲妻」 落合由佳著 講談社 2018年9月

アグネス
愛らしく無邪気な性格を持つ三姉妹の末っ子 「怪盗グルーのミニオン危機一発」 澁谷正子著 小学館(小学館ジュニア文庫) 2018年7月

アグネス
愛らしく無邪気な性格を持つ三姉妹の末っ子 「怪盗グルーの月泥棒」 澁谷正子著 小学館(小学館ジュニア文庫) 2018年7月

アグモン
二足歩行の爬虫類型デジモン 「デジモンアドベンチャーLAST EVOLUTION絆：映画ノベライズみらい文庫版」 大和屋暁脚本;河端朝日著 集英社(集英社みらい文庫) 2020年2月

明智 咲 あけち・さく
古文の教師、映画研究部の顧問 「いつだって僕らの恋は10センチだった。」 香坂茉里作;モゲラッタ挿絵;ろこる挿絵 KADOKAWA(角川つばさ文庫) 2018年1月

明智 光秀 あけち・みつひで
織田信長に仕える戦国武将 「本能寺の敵：キリサク手裏剣」 加部鈴子作;田中寛崇画 くもん出版(くもんの児童文学) 2020年4月

明智 光秀 あけち・みつひで
野球チーム「本能寺ファイターズ」の3番ファースト 「戦国ベースボール［14］」 りょくち真太作;トリバタケハルノブ絵 集英社(集英社みらい文庫) 2018年11月

明丸 あけまる
行くあてのない阿古を助けてくれた少年 「さよなら、かぐや姫：月とわたしの物語」 深山くのえ著;サカノ景子イラスト 小学館(小学館ジュニア文庫) 2018年8月

阿古　あこ
天涯孤独になってしまった13歳の少女 「さよなら、かぐや姫：月とわたしの物語」 深山くのえ著;サカノ景子イラスト 小学館(小学館ジュニア文庫) 2018年8月

亜湖(バニラ)　あこ(ばにら)
父の仕事で転校を繰り返している中学2年生の女の子 「恋の始まりはヒミツのメールで」 一色美雨季作;雨宮うり絵 ポプラ社(ポケット・ショコラ) 2018年5月

あごひげ館長　あごひげかんちょう
森の図書館の館長 「森のとしょかんのひみつ」 小手鞠るい作;土田義晴絵 金の星社 2018年9月

朝霧 退助　あさぎ・たいすけ
ナイトメア攻略部で舞と共にバトルに挑む仲間の一人、優しく気配り上手 「オンライン! 18」 雨蛙ミドリ作;大塚真一郎絵 KADOKAWA(角川つばさ文庫) 2019年6月

朝霧 退助　あさぎ・たいすけ
私立緑花学園の生徒、悪魔のゲーム「ナイトメア」のクリアを目指す部活「ナイトメア攻略部」の部員でまじめで優しい少年 「オンライン! 15」 雨蛙ミドリ作;大塚真一郎絵 KADOKAWA(角川つばさ文庫) 2018年2月

朝霧 退助　あさぎ・たいすけ
私立緑花学園の生徒、悪魔のゲーム「ナイトメア」のクリアを目指す部活「ナイトメア攻略部」の部員でまじめで優しい少年 「オンライン! 16」 雨蛙ミドリ作;大塚真一郎絵 KADOKAWA(角川つばさ文庫) 2018年6月

朝霧 退助　あさぎ・たいすけ
私立緑花学園の生徒、悪魔のゲーム「ナイトメア」のクリアを目指す部活「ナイトメア攻略部」の部員でまじめで優しい少年 「オンライン! 17」 雨蛙ミドリ作;大塚真一郎絵 KADOKAWA(角川つばさ文庫) 2018年10月

朝霧 退助　あさぎ・たいすけ
私立緑花学園の生徒、悪魔のゲーム「ナイトメア」のクリアを目指す部活「ナイトメア攻略部」の部員でまじめで優しい少年 「オンライン! 19」 雨蛙ミドリ作;大塚真一郎絵 KADOKAWA(角川つばさ文庫) 2020年1月

朝霧 退助　あさぎ・たいすけ
私立緑花学園の生徒、悪魔のゲーム「ナイトメア」のクリアを目指す部活「ナイトメア攻略部」の部員でまじめで優しい少年 「オンライン! 20」 雨蛙ミドリ作;大塚真一郎絵 KADOKAWA(角川つばさ文庫) 2020年6月

朝霧 晴　あさぎり・はる
周囲に秘密を抱えつつ麻里と絆を深めるクラスメートの少年 「妖しいクラスメイト：だれにも言えない二人の秘密」 無月兄著 KADOKAWA(カドカワ読書タイム) 2020年11月

浅草 みどり　あさくさ・みどり
映像研の中心人物で超人見知りながら天才的な監督センスを持つ高校生 「映像研には手を出すな!」 大童澄瞳原作;英勉脚本・監督;高野水登脚本;日笠由紀著 小学館(小学館ジュニア文庫) 2020年9月

浅窪 沙斗　あさくぼ・さと
透明人間のような包帯をした転校生 「メイドイン十四歳 = Made in 14 years old」 石川宏千花著 講談社 2020年11月

麻倉 豪太郎　あさくら・ごうたろう
人殺しの濡れ衣を着せられ四国の山中を逃げまどっていたヤクザ 「陰陽師東海寺迦楼羅の事件簿 1」 石崎洋司著;亜沙美絵 講談社 2020年11月

朝倉 永久　あさくら・とわ
バスケ部のイケメン四天王の一人 「小説映画春待つ僕ら」 あなしん原作;おかざきさとこ脚本;森川成美著 講談社 2019年2月

朝倉 永久　あさくら・とわ
バスケ部のイケメン四天王の一人 「小説映画春待つ僕ら」 あなしん原作;おかざきさとこ脚本;森川成美著 講談社(講談社KK文庫) 2018年11月

麻倉 悠馬　あさくら・ゆうま
伊呂波学園に転校してきた晴のクラスメート、天才マンガ家 「マンガ部オーバーヒート!:へっぽこ3人組、天才マンガ家に挑む」 河口柚花作;けーしん絵 集英社(集英社みらい文庫) 2018年1月

朝永 咲希　あさなが・さき
少年探偵の響の助手、ミステリー小説が大好きで映像記憶能力を持つ高校1年生の少女 「少年探偵響 5」 秋木真作;しゅー絵 KADOKAWA(角川つばさ文庫) 2018年10月

朝永 咲希　あさなが・さき
少年探偵の響の助手、ミステリー小説が大好きで映像記憶能力を持つ高校1年生の少女 「少年探偵響 6」 秋木真作;しゅー絵 KADOKAWA(角川つばさ文庫) 2019年7月

朝永 咲希　あさなが・さき
少年探偵の響の助手、ミステリー小説が大好きで映像記憶能力を持つ高校1年生の少女 「少年探偵響 7」 秋木真作;しゅー絵 KADOKAWA(角川つばさ文庫) 2020年10月

浅野 モカ　あさの・もか
内気だけど頑張り屋な中学3年生の女の子 「特等席はキミの隣。」 香乃子著;茶乃ひなの絵 スターツ出版(野いちごジュニア文庫) 2020年10月

浅羽 睦月　あさばね・むつき
初恋以来誰にも本気にならない男子高生 「お別れを前提にお付き合いしてください。」 榊あおい作;伊藤里絵 ポプラ社(ポケット・ショコラ) 2020年7月

アサヒ
優しい性格でナナセの幼なじみ 「釣りスピリッツ:ダイヒョウザンクジラを釣り上げろ!」 相坂ゆうひ作;なみごん絵 KADOKAWA(角川つばさ文庫) 2020年8月

アサヒナ
リョウを支え一緒に区役所へ行き相談する頼りになる仲間 「区立あたまのてっぺん小学校」 間部香代作;田中六大絵 金の星社 2020年6月

朝比奈 翔　あさひな・しょう
陽奈の幼なじみで同じくタイムスリップした小学6年生の男の子 「お江戸怪談時間旅行」 楠木誠一郎作;亜沙美絵 静山社 2018年9月

朝比奈 陽飛(ハル)　あさひな・はるひ(はる)
超人的な運動神経を持つ中学3年生のスポーツ少女 「天才謎解きバトラーズQ:vs.大脱出!超巨大遊園地」 吉岡みつる作;はあと絵 講談社(講談社青い鳥文庫) 2020年3月

朝比奈 陽飛(ハル)　あさひな・はるひ(はる)
超人的な運動神経を持つ中学3年生のスポーツ少女 「天才謎解きバトラーズQ [2]」 吉岡みつる作;はあと絵　講談社(講談社青い鳥文庫) 2020年8月

朝吹 雫　あさぶき・しずく
蘭のクラスに転校してきた女の子 「七つのおまじない―泣いちゃいそうだよ」 小林深雪作;牧村久実絵　講談社(講談社青い鳥文庫) 2018年8月

アーサー・ボイル
青い炎の剣を作り出せる第8特殊消防隊の二等消防官 「炎炎ノ消防隊:悪魔的ヒーロー登場」 大久保篤原作・絵;緑川聖司文　講談社(講談社青い鳥文庫) 2020年3月

アーサー・ボイル
青い炎の剣を作り出せる第8特殊消防隊の二等消防官 「炎炎ノ消防隊 [4]」 大久保篤原作・絵;緑川聖司文　講談社(講談社青い鳥文庫) 2020年12月

亜沙見　あさみ
音羽の親友で姉の死後に出生の秘密を知り家出をしてしまう女の子 「トリガー」 いとうみく著　ポプラ社(teens' best selections) 2018年12月

麻宮 うさぎ　あさみや・うさぎ
ギロンパの忠実な手下でカジノ・ザ・ラビットで行われるギルティゲームを取り仕切る司会者 「ギルティゲーム stage5」 宮沢みゆき著;鈴羅木かりんイラスト　小学館(小学館ジュニア文庫) 2018年8月

芦原 咲野　あしはら・さくや
水鳥と暁生の幼なじみ 「窓をあけて、私の詩をきいて」 名木田恵子著　出版ワークス 2018年12月

アシュラム
中学1年生で異国のリアル王子様 「こちらパーティー編集部っ! 10」 深海ゆずは作;榎木りか絵　KADOKAWA(角川つばさ文庫) 2018年1月

明日夏　あすか
西藤のダンス仲間で美少女中学生 「かなわない、ぜったい。[2]」 野々村花作;姫川恵梨絵　集英社(集英社みらい文庫) 2019年4月

明日香　あすか
「カラダ探し」を繰り返し呪いの真実を解明しようとする少女 「カラダ探し 第3夜3」 ウェルザード著　双葉社(双葉社ジュニア文庫) 2019年7月

明日香　あすか
新たに加わったメンバーと共に「カラダ探し」を繰り返し呪いの真実を解明しようとする少女 「カラダ探し 最終夜1」 ウェルザード著　双葉社(双葉社ジュニア文庫) 2019年11月

明日香　あすか
新たに加わったメンバーと共に「カラダ探し」を繰り返し呪いの真実を解明しようとする少女 「カラダ探し 最終夜2」 ウェルザード著　双葉社(双葉社ジュニア文庫) 2020年3月

明日香　あすか
新たに加わったメンバーと共に「カラダ探し」を繰り返し呪いの真実を解明しようとする少女 「カラダ探し 最終夜3」 ウェルザード著　双葉社(双葉社ジュニア文庫) 2020年7月

明日香　あすか
真子と仲良しでおっとりしている女の子 「消えた時間割」 西村友里作;大庭賢哉絵 学研プラス(ジュニア文学館) 2018年5月

飛鳥 和樹　あすか・かずき
テニス部に所属する咲良の想い人、練習に励む高校2年生の男子 「ないしょのウサギくん」 時羽紘作;岩ちか絵 ポプラ社(ポケット・ショコラ) 2020年1月

明日菜　あすな
莉麻の小学校時代の同級生、成績トップの秀才として知られ難関校に進学すると思われていた女の子 「いじめ-希望の歌を歌おう-」 武内昌美著;五十嵐かおる原案・イラスト 小学館(小学館ジュニア文庫) 2018年4月

明日野 アミ　あすの・あみ
元気が取り柄の小学5年生の女の子 「ファースト・ステップ : ひよっこチームでダンス対決!?」 西本紘奈作;月太陽絵 KADOKAWA(角川つばさ文庫) 2019年5月

明日野 アミ　あすの・あみ
元気が取り柄の小学5年生の女の子 「ファースト・ステップ 2」 西本紘奈作;月太陽絵 KADOKAWA(角川つばさ文庫) 2019年11月

吾妻 庵路　あずま・あんじ
狐を使役する一族の末裔、レンタルショップの店長 「見た目レンタルショップ化けの皮」 石川宏千花著 小学館 2020年11月

東崎 輝　あずまざき・てる
学校で人気のイケメン4人組の一人 「4DX!! : 晴とひみつの放課後ゲーム」 こぐれ京作;池田春香絵 KADOKAWA(角川つばさ文庫) 2018年11月

東崎 輝　あずまざき・てる
学校で人気のイケメン4人組の一人 「4DX!! : 晴のバレンタインデーは滅亡する!? [2]」 こぐれ京作;池田春香絵 KADOKAWA(角川つばさ文庫) 2019年5月

東 舜　あずま・しゅん
nobleの副総長で生徒会副会長 「総長さま、溺愛中につき。1」 *あいら*著;茶乃ひなの絵 スターツ出版(野いちごジュニア文庫) 2020年12月

我妻 総一朗　あずま・そういちろう
大翔のクラスメート 「絶望鬼ごっこ [12]」 針とら作;みもり絵 集英社(集英社みらい文庫) 2019年7月

我妻 総一朗　あずま・そういちろう
大翔のクラスメートで鬼祓いの家の子 「絶望鬼ごっこ [13]」 針とら作;みもり絵 集英社(集英社みらい文庫) 2020年1月

我妻 総一朗　あずま・そういちろう
大翔のクラスメートで鬼祓いの家の子 「絶望鬼ごっこ [14]」 針とら作;みもり絵 集英社(集英社みらい文庫) 2020年6月

我妻 総一朗　あずま・そういちろう
大翔のクラスメートで鬼祓いの家の子 「絶望鬼ごっこ [15]」 針とら作;みもり絵 集英社(集英社みらい文庫) 2020年12月

東 美音　あずま・みおん
ある日突然いじめの犯人扱いをされてしまう小学6年生の少女 「図書館B2捜査団：秘密の地下室」 辻堂ゆめ作;bluemomo絵　講談社(講談社青い鳥文庫) 2020年6月

東 美音　あずま・みおん
いじめの犯人扱いをされて悩んでいた時に波浜図書館の秘密の地下室にたどり着きB2捜査団に入った小学6年生の少女 「図書館B2捜査団 [2]」 辻堂ゆめ作;bluemomo絵　講談社(講談社青い鳥文庫) 2020年9月

東 レオ　あずま・れお
自他共に認めるイケてる中学2年生で軽音部のメインボーカルとして活躍し運動も得意な少年「スベらない同盟」 にかいどう青著　講談社 2019年9月

明日海 サキ　あすみ・さき
クールで頼れるファントミラージュのメンバー 「劇場版ひみつ×戦士ファントミラージュ!～映画になってちょーだいします～」 加藤陽一脚本;富井杏著;ハラミユウキイラスト 小学館 2020年7月

足立 夏月　あだち・なつき
お菓子作りとお料理が好きな女の子 「キミと、いつか。[11]」 宮下恵茉作;染川ゆかり絵 集英社(集英社みらい文庫) 2019年7月

足立 夏月　あだち・なつき
お菓子作りとお料理が好きな女の子 「キミと、いつか。[13]」 宮下恵茉作;染川ゆかり絵 集英社(集英社みらい文庫) 2020年3月

足立 夏月　あだち・なつき
人見知りで泣き虫な女の子 「キミと、いつか。ボーイズ編」 宮下恵茉作;染川ゆかり絵　集英社(集英社みらい文庫) 2019年3月

足立 夏月　あだち・なつき
幼なじみの祥吾と付き合っている家庭科部の女の子 「キミと、いつか。[15]」 宮下恵茉作;染川ゆかり絵　集英社(集英社みらい文庫) 2020年11月

足立 夏月　あだち・なつき
莉緒と家庭科研究会を立ち上げた少女 「キミと、いつか。[7]」 宮下恵茉作;染川ゆかり絵 集英社(集英社みらい文庫) 2018年3月

足立 夏月　あだち・なつき
莉緒と家庭科研究会を立ち上げた少女 「キミと、いつか。[8]」 宮下恵茉作;染川ゆかり絵 集英社(集英社みらい文庫) 2018年7月

足立 夏月　あだち・なつき
莉緒と家庭科研究会を立ち上げた少女 「キミと、いつか。[9]」 宮下恵茉作;染川ゆかり絵 集英社(集英社みらい文庫) 2018年11月

足立 将也　あだち・まさや
将来の夢を持ち香耶に影響を与える同級生 「夢見る横顔」 嘉成晴香著　PHP研究所(カラフルノベル) 2018年3月

あたる
懸賞が大好きな男の子 「ポチっと発明ピカちんキット：キミのピラメキで大発明!?」 加藤綾子文　KADOKAWA(角川つばさ文庫) 2018年7月

アツ
「かねやま本館」の規則を破った少年 「保健室経由、かねやま本館。2」 松素めぐり著 講談社 2020年8月

アッチ
「レストラン・ヒバリ」のコックでちょっと変わった料理を作る小さなおばけ 「おばけのアッチとくものパンやさん―小さなおばけ」 角野栄子さく;佐々木洋子え ポプラ社(ポプラ社の新・小さな童話) 2018年1月

アッチ
「レストラン・ヒバリ」のコックを務める小さなおばけ、料理が得意な天才コック 「おばけのアッチとコロッケとうさん―小さなおばけ;43」 角野栄子さく;佐々木洋子え ポプラ社(ポプラ社の新・小さな童話) 2020年11月

アッチ
「レストランヒバリ」のコックをしているおばけ 「アッチとドッチのフルーツポンチ―小さなおばけ;41」 角野栄子さく;佐々木洋子え ポプラ社(ポプラ社の新・小さな童話) 2019年8月

アッチ
「レストランヒバリ」のコックをしているおばけ 「おばけのアッチ スパゲッティ・ノックダウン!―小さなおばけ;40」 角野栄子さく;佐々木洋子え ポプラ社(ポプラ社の新・小さな童話) 2019年1月

アッチ
「レストランヒバリ」のコックをしているおばけ 「おばけのアッチおもっちでおめでとう―小さなおばけ;42」 角野栄子さく;佐々木洋子え ポプラ社(ポプラ社の新・小さな童話) 2019年12月

アディソン
あおいの考え方に影響を与えるあおいのクラスメート 「あおいの世界 = Aoi's World」 花里真希著 講談社 2020年7月

アーティ・バロック
ロマンのお父さん、美術警察長官 「らくがき☆ポリス 4」 まひる作;立樹まや絵 KADOKAWA(角川つばさ文庫) 2018年2月

アーティ・バロック
ロマンのお父さん、美術警察長官 「らくがき☆ポリス 5」 まひる作;立樹まや絵 KADOKAWA(角川つばさ文庫) 2018年8月

アーティ・バロック
ロマンのお父さん、美術警察長官 「らくがき☆ポリス 7」 まひる作;立樹まや絵 KADOKAWA(角川つばさ文庫) 2019年8月

アーティ・ロマン
美術品の中で起きる事件を解決する美術警察官、美術部員のエミが落書きした絵の中で動き出した理想の彼氏 「らくがき☆ポリス 4」 まひる作;立樹まや絵 KADOKAWA(角川つばさ文庫) 2018年2月

アーティ・ロマン
美術品の中で起きる事件を解決する美術警察官、美術部員のエミが落書きした絵の中で動き出した理想の彼氏 「らくがき☆ポリス 5」 まひる作;立樹まや絵 KADOKAWA(角川つばさ文庫) 2018年8月

アーティ・ロマン
美術品の中で起きる事件を解決する美術警察官、美術部員のエミが落書きした絵の中で動き出した理想の彼氏 「らくがき☆ポリス 6」 まひる作;立樹まや絵 KADOKAWA(角川つばさ文庫) 2019年2月

アーティ・ロマン
美術品の中で起きる事件を解決する美術警察官、美術部員のエミが落書きした絵の中で動き出した理想の彼氏 「らくがき☆ポリス 7」 まひる作;立樹まや絵 KADOKAWA(角川つばさ文庫) 2019年8月

あてねちゃん
岬の次姉、自由奔放だが頼れる高校1年生 「魔女ラグになれた夏」 蓼内明子著 PHP研究所(わたしたちの本棚) 2020年3月

アトス
常に冷静で「三銃士」のリーダー的存在 「モンスト三銃士:ダルタニャンの冒険!」 相羽鈴作;希姫安弥絵 集英社(集英社みらい文庫) 2018年5月

アトニャン
ネコの形をしたAIロボット 「GO!GO!アトム」 手塚プロダクション監修 KADOKAWA(角川アニメ絵本) 2020年8月

アトム
人間の男の子の形をしたAIロボット 「GO!GO!アトム」 手塚プロダクション監修 KADOKAWA(角川アニメ絵本) 2020年8月

アトル
エルドラドのお城をチョコレートにした魔女 「チョコルとチョコレートの魔女:cafeエルドラド」 こばやしゆかこ著 岩崎書店 2020年11月

アナ
アレンデール王国の王女、エルサの妹 「アナと雪の女王家族の思い出」 中井はるの文 講談社(講談社KK文庫) 2018年3月

あなご
新しい飼い主を探すために動物プロダクションに引き取られてきた美しい白猫 「女優猫あなご」 工藤菊香著;藤凪かおるイラスト 小学館(小学館ジュニア文庫) 2018年2月

アーナンダ
ブッダの弟子、ブッダの教えを広めるために重要な役割を果たした信頼深い従者 「ブッダ:心の探究者」 小沢章友文;藤原カムイ絵 講談社(講談社火の鳥伝記文庫) 2020年3月

アニー
不思議なハチミツをこっそりなめ、不思議な出来事を体験する好奇心旺盛なネズミ 「100年ハチミツのあべこべ魔法―魔法の庭ものがたり;23」 あんびるやすこ作・絵 ポプラ社(ポプラ物語館) 2019年7月

あの子 あのこ
過去の約束を果たすため、サクラさんたちを手まり歌で呼び寄せた存在 「ゆりの木荘の子どもたち」 富安陽子作;佐竹美保絵 講談社(わくわくライブラリー) 2020年4月

阿比留先生　あびるせんせい
毎日アヒル柄のネクタイをして登校する航平のクラスの担任 「つなげ!アヒルのバトン」 麦野圭作;伊野孝行絵 文研出版(文研じゅべにーる) 2020年6月

アブダラクン
パキスタンから転校してきた少年 「となりのアブダラくん」 黒川裕子作;宮尾和孝絵 講談社 2019年11月

アブドゥルラッザークアハマドカーン(アブダラクン)
パキスタンから転校してきた少年 「となりのアブダラくん」 黒川裕子作;宮尾和孝絵 講談社 2019年11月

安倍川 玲奈　あべかわ・れいな
のえるの幼なじみの女の子 「パティシエ=ソルシエお菓子の魔法はあまくないっ!：オレ様魔法使いと秘密のアトリエ」 白井ごはん作;行村コウ絵 集英社(集英社みらい文庫) 2019年6月

阿部くん　あべくん
るい子と怪談研究クラブを共にする仲間 「怪談研究クラブ [2]」 笹原留似子作 金の星社 2020年9月

阿部くん　あべくん
るい子と怪談研究クラブを共にする仲間 「怪談研究クラブ」 笹原留似子作絵 金の星社 2019年8月

阿部 ソウタ　あべ・そうた
負けず嫌いの小心者の少年 「生き残りゲームラストサバイバル [3]」 大久保開作;北野詠一絵 集英社(集英社みらい文庫) 2018年3月

阿部 ソウタ　あべ・そうた
負けず嫌いの小心者の少年 「生き残りゲームラストサバイバル [4]」 大久保開作;北野詠一絵 集英社(集英社みらい文庫) 2018年7月

阿部 ソウタ　あべ・そうた
負けず嫌いの小心者の少年 「生き残りゲームラストサバイバル [5]」 大久保開作;北野詠一絵 集英社(集英社みらい文庫) 2018年11月

阿部 ソウタ　あべ・そうた
負けず嫌いの小心者の少年 「生き残りゲームラストサバイバル [6]」 大久保開作;北野詠一絵 集英社(集英社みらい文庫) 2019年2月

阿部 ソウタ　あべ・そうた
負けず嫌いの小心者の少年 「生き残りゲームラストサバイバル [7]」 大久保開作;北野詠一絵 集英社(集英社みらい文庫) 2019年6月

阿部 ソウタ　あべ・そうた
負けず嫌いの小心者の少年 「生き残りゲームラストサバイバル [8]」 大久保開作;北野詠一絵 集英社(集英社みらい文庫) 2019年10月

阿倍の右大臣　あべのうだいじん
かぐや姫に惹かれるが条件を達成できずに諦めた右大臣 「竹取物語」 長尾剛文;若菜等絵;Ki絵 汐文社(すらすら読める日本の古典：原文付き) 2018年10月

天池 晴雄　あまいけ・はるお
中学3年生の男の子 「ぼくらののら犬砦―「ぼくら」シリーズ；26」 宗田理作 ポプラ社 2019年7月

天池 ミミ　あまいけ・みみ
晴雄の妹で中学1年生 「ぼくらののら犬砦―「ぼくら」シリーズ；26」 宗田理作 ポプラ社 2019年7月

天ケ瀬 リン　あまがせ・りん
13歳の誕生日に白魔女だと分かった中学生、同時に3悪魔と婚約した女の子 「白魔女リンと3悪魔［10］」 成田良美著;八神千歳イラスト 小学館(小学館ジュニア文庫) 2019年12月

天ケ瀬 リン　あまがせ・りん
13歳の誕生日に白魔女だと分かった中学生、同時に3悪魔と婚約した女の子 「白魔女リンと3悪魔［7］」 成田良美著;八神千歳イラスト 小学館(小学館ジュニア文庫) 2018年1月

天ケ瀬 リン　あまがせ・りん
13歳の誕生日に白魔女だと分かった中学生、同時に3悪魔と婚約した女の子 「白魔女リンと3悪魔［8］」 成田良美著;八神千歳イラスト 小学館(小学館ジュニア文庫) 2018年8月

天ケ瀬 リン　あまがせ・りん
13歳の誕生日に白魔女だと分かった中学生、同時に3悪魔と婚約した女の子 「白魔女リンと3悪魔［9］」 成田良美著;八神千歳イラスト 小学館(小学館ジュニア文庫) 2019年4月

天我通 奏　あまがつ・そう
異能四家の筆頭家に生まれまだ目立った能力がないため周囲から冷たい目で見られる少年 「こちらへそ神異能少年団」 奈雅月ありす作;アカツキウォーカー絵 ポプラ社(ノベルズ・エクスプレス) 2019年1月

天川 咲　あまかわ・さき
美人で才女の泰陽の元カノ 「映画『4月の君、スピカ。』」 杉山美和子原作;池田奈津子映画脚本;宮沢みゆき著 小学館(小学館ジュニア文庫) 2019年3月

天川 タケル　あまかわ・たける
普通の小学5年生でゲームの世界に迷い込み「ただの村人レベル1」として冒険に挑む少年 「レベル1で異世界召喚されたオレだけど、攻略本は読みこんでます。」 宮沢みゆき著;鈴木彩乃イラスト 小学館(小学館ジュニア文庫) 2020年7月

天川 隼斗　あまかわ・はやと
高校2年生の美々花のいとこ 「おいでよ、花まる寮!」 宇津田晴著;わんにゃんぷーイラスト 小学館(小学館ジュニア文庫) 2018年4月

天川 美織　あまかわ・みおり
「スペース合宿」に参加することになった好奇心旺盛な小学5年生の少女 「スペース合宿へようこそ」 山田亜友美作;末崎茂樹絵 文研出版(文研じゅべに一る) 2018年8月

天川 美々花　あまかわ・みみか
天川財閥会長の孫娘でありながら地味で冴えない子を演じている中学2年生の女子 「おいでよ、花まる寮!」 宇津田晴著;わんにゃんぷーイラスト 小学館(小学館ジュニア文庫) 2018年4月

アマくん
雑木林で人間の子どもと出会い秘密を共有するアマノジャク 「妖怪たちと秘密基地―妖怪一家九十九さん」 富安陽子作;山村浩二絵 理論社 2020年6月

アマゾンのやんちゃたち
ペルーのアマゾンの学校の先生が作った素焼きの人形たち 「アリババの猫がきいている」 新藤悦子作;佐竹美保絵 ポプラ社 2020年2月

天竹 かおり あまたけ・かおり
突然竹夫の前に現れたカグヤ姫 「ぼくの同志はカグヤ姫」 芝田勝茂作;倉馬奈未絵;ハイロン絵 ポプラ社(ポプラ物語館) 2018年2月

天野 あかり あまの・あかり
中学1年生、スポーツクライミングのスランプを乗り越えようと奮闘する少女 「星くずクライミング」 樫崎茜作;杉山巧画 くもん出版(くもんの児童文学) 2019年11月

天の邪鬼 あまのじゃく
考えていることと反対のことを言うけれど心優しいもののけ 「大江戸もののけ物語」 川崎いづみ文;渡辺ナベシ絵 KADOKAWA(角川つばさ文庫) 2020年6月

天野 陽菜 あまの・ひな
「祈る」と空を晴れにできる帆高が出会った女の子 「天気の子」 新海誠作;ちーこ挿絵 KADOKAWA(角川つばさ文庫) 2019年8月

天野 めぐみ あまの・めぐみ
保育士 「オレは、センセーなんかじゃない!―感動のお仕事シリーズ」 おかざきさとこ著;くじょう絵 学研プラス 2018年8月

アママイコ
マオの相棒でフルーツポケモン 「ポケットモンスターサン&ムーン サトシ編―よむポケ」 福田幸江文;姫野よしかず絵;小学館集英社プロダクション監修 小学館 2018年7月

天海 美夏 あまみ・みなつ
両親の洋菓子店を手伝うケーキ好きの中学1年生の少女 「初恋オレンジタルト = Hatsukoi Orange tart」 天沢夏月著;高上優里子イラスト PHP研究所(PHPジュニアノベル) 2019年5月

天宮 翼 あまみや・つばさ
三角と仲が良い児童会長 「生活向上委員会! 10」 伊藤クミコ作;桜倉メグ絵 講談社(講談社青い鳥文庫) 2019年3月

天宮 晴人 あまみや・はると
神高の生徒会長、変人揃いのメンバーをまとめる頼もしいリーダー 「「未完成」なぼくらの、生徒会」 麻希一樹著 KADOKAWA 2019年7月

あまんじゃこ
悪だくみをする力士 「菜の子ちゃんとキツネ力士―福音館創作童話シリーズ. 日本全国ふしぎ案内 ; 3」 富安陽子作;蒲原元画 福音館書店 2018年5月

アミ
インフルエンザで学校を休んでいる女の子 「まじょのナニーさん女王さまのおとしもの」 藤真知子作;はっとりななみ絵 ポプラ社 2018年2月

亜美　あみ
ピアノが好きな中学生の少女 「エリーゼさんをさがして = Looking for Elize」 梨屋アリエ著 講談社 2020年11月

アミさん
家庭科室で「世界一大きい作品」を作ろうとするレース編み作家 「ホテルやまのなか小学校の時間割」 小松原宏子作;亀岡亜希子絵 PHP研究所(みちくさパレット) 2018年12月

あみちゃん
新しい学校の友だち、はるかの大事などろだんごを割ってしまう少女 「どろだんご、さいた―おはなしのまど ; 7」 中住千春作;はせがわかこ絵 フレーベル館 2019年1月

安室 透　あむろ・とおる
毛利小五郎の弟子となり喫茶店ポアロで働きつつ探偵を務めるが実は黒の組織とも関わりを持つ人物 「名探偵コナン : 安室透セレクションゼロの推理劇」 青山剛昌原作・イラスト;酒井匙著 小学館(小学館ジュニア文庫) 2018年4月

アメちゃん
2年B組の演劇部員 「劇部ですから! Act.5」 池田美代子作;柚希きひろ絵 講談社(講談社青い鳥文庫) 2019年3月

アメちゃん
青北中学校演劇部の2年生、正直すぎるのが長所でもあり欠点でもあるかわいい顔立ちの少女 「劇部ですから! Act.3」 池田美代子作;柚希きひろ絵 講談社(講談社青い鳥文庫) 2018年2月

アメちゃん
青北中学校演劇部の2年生、正直すぎるのが長所でもあり欠点でもあるかわいい顔立ちの少女 「劇部ですから! Act.4」 池田美代子作;柚希きひろ絵 講談社(講談社青い鳥文庫) 2018年8月

アーメンさま
歯が1本ない誰にも見えないおじさん 「歯っかけアーメンさま」 薫くみこ作;かわかみたかこ絵 理論社 2018年1月

怪しい男　あやしいおとこ
美雪たちの前に突然現れ翔太を襲うなど不穏な行動をとる正体不明の人物 「カラダ探し 第2夜3」 ウェルザード著 双葉社(双葉社ジュニア文庫) 2018年7月

奇野 妖乃　あやしの・あやの
特製アイテムで悩みを解決する養護教論 「あやしの保健室 4」 染谷果子作;HIZGI絵 小峰書店 2020年4月

綾瀬 楓　あやせ・かえで
表向きは完璧だがお尻星人という奇妙な一面を持つ超絶イケメン俳優 「小説午前0時、キスしに来てよ = COME TO KiSS AT 0:00 A.M 上下」 みきもと凜原作;時海結以著 講談社(講談社KK文庫) 2019年11月

綾瀬 恋雪　あやせ・こゆき
園芸部所属の蒼太のクラスメート 「ヤキモチの答え 愛蔵版―告白予行練習」 藤谷燈子著 汐文社 2018年2月

綾瀬 千早　あやせ・ちはや
瑞沢高校で競技かるた部を創設しかるたに情熱を燃やす少女「小説映画ちはやふる 結び」末次由紀原作;小泉徳宏脚本;時海結以著 講談社 2018年2月

綾瀬 花日　あやせ・はなび
元気で明るい女の子「小説12歳。:キミとふたり—CIAO BOOKS」まいた菜穂原作;山本櫻子著 小学館 2018年12月

綾瀬 大和　あやせ・やまと
ワケあって愛子さんの家で暮らしていたが父の転勤でアメリカへと旅立った高校1年生の男の子「夜カフェ 2」倉橋燿子作;たま絵 講談社(講談社青い鳥文庫) 2019年1月

綾瀬 大和　あやせ・やまと
ワケあって愛子さんの家で暮らしていたが父の転勤でアメリカへと旅立った高校1年生の男の子「夜カフェ 3」倉橋燿子作;たま絵 講談社(講談社青い鳥文庫) 2019年5月

綾瀬 大和　あやせ・やまと
ワケあって愛子さんの家で暮らしていたが父の転勤でアメリカへと旅立った高校1年生の男の子「夜カフェ 4」倉橋燿子作;たま絵 講談社(講談社青い鳥文庫) 2019年9月

綾瀬 大和　あやせ・やまと
ワケあって愛子さんの家で暮らしていたが父の転勤でアメリカへと旅立った高校2年生の男の子「夜カフェ 5」倉橋燿子作;たま絵 講談社(講談社青い鳥文庫) 2020年1月

綾瀬 大和　あやせ・やまと
ワケあって愛子さんの家で暮らしていたが父の転勤でアメリカへと旅立った高校2年生の男の子「夜カフェ 6」倉橋燿子作;たま絵 講談社(講談社青い鳥文庫) 2020年5月

綾瀬 大和　あやせ・やまと
ワケあって愛子さんの家で暮らしていたが父の転勤でアメリカへと旅立った高校2年生の男の子「夜カフェ 7」倉橋燿子作;たま絵 講談社(講談社青い鳥文庫) 2020年9月

綾瀬 大和　あやせ・やまと
ワケあって今は愛子さんの家で暮らしている高校1年生の男の子「夜カフェ 1」倉橋燿子作;たま絵 講談社(講談社青い鳥文庫) 2018年10月

あやちゃん
栗の木特別支援学校のダウン症の児童「手と手をぎゅっとにぎったら—こころのつばさシリーズ」横田明子作;くすはら順子絵 佼成出版社 2019年6月

妖巳　あやみ
京の出町という辺りを縄張りにしている女岡っ引き「妖怪捕物帖乙 古都怨霊篇1—ようかいとりものちょう;9」大﨑悌造作;ありがひとし画 岩崎書店 2019年2月

妖巳　あやみ
京の出町という辺りを縄張りにしている女岡っ引き「妖怪捕物帖乙 古都怨霊篇2—ようかいとりものちょう;10」大﨑悌造作;ありがひとし画 岩崎書店 2019年9月

鮎川 笑美　あゆかわ・えみ
「冒険クラブ」に加入したクラスで人気の女の子「金田一くんの冒険 1」天樹征丸作;さとうふみや絵 講談社(講談社青い鳥文庫) 2018年1月

鮎川 笑美　あゆかわ・えみ
「冒険クラブ」に加入したクラスで人気の女の子 「金田一くんの冒険 2」 天樹征丸作;さとうふみや絵 講談社(講談社青い鳥文庫) 2018年6月

あゆみ
戦後の山村に住む小学6年生の少女 「あゆみ」 坂井ひろ子著 解放出版社 2018年7月

亜由美　あゆみ
里菜の親友の女の子 「リーナのイケメンパパ」 田沢五月作;森川泉絵 国土社 2018年1月

あゆむ
ヘッチャラくんと一緒に過ごすクラスメートの少年 「わすれないよ!ヘッチャラくん」 さえぐさひろこ作;わたなべみちお絵 新日本出版社 2018年1月

あらいぐま
コインランドリーに現れシミがついたハンカチを持つ子どものアライグマ 「あらいぐまのせんたくもの」 大久保雨咲作;相野谷由起絵 童心社(だいすき絵童話) 2019年11月

荒井先生　あらいせんせい
元桜ヶ島小学校の教師 「絶望鬼ごっこ[10]」 針とら作;みもり絵 集英社(集英社みらい文庫) 2018年4月

荒井 誠　あらい・まこと
日系ブラジル人の中学3年生の男の子 「ぼくらののら犬砦—「ぼくら」シリーズ ; 26」 宗田理作 ポプラ社 2019年7月

新井 武蔵　あらい・むさし
地方出身の素朴な新入部員 「ラスト・ホールド!」 川浪ナミヲ脚本;高見健次脚本;松井香奈著 小学館(小学館ジュニア文庫) 2018年5月

新井 わたる　あらい・わたる
栗の木特別支援学校との交流授業をする虹川小学校の4年生の男の子 「手と手をぎゅっとにぎったら—こころのつばさシリーズ」 横田明子作;くすはら順子絵 佼成出版社 2019年6月

荒木 咲来　あらき・さくら
跳の小学校時代からの同級生の少女 「七転びダッシュ! 1」 村上しいこ作;木乃ひのき絵 講談社(講談社青い鳥文庫) 2018年5月

荒木 咲来　あらき・さくら
跳の小学校時代からの同級生の少女 「七転びダッシュ! 2」 村上しいこ作;木乃ひのき絵 講談社(講談社青い鳥文庫) 2018年10月

荒木 咲来　あらき・さくら
跳の小学校時代からの同級生の少女 「七転びダッシュ! 3」 村上しいこ作;木乃ひのき絵 講談社(講談社青い鳥文庫) 2019年5月

アラミス
清楚で凛とした美女で三銃士の一人 「モンスト三銃士 : ダルタニャンの冒険!」 相羽鈴作;希姫安弥絵 集英社(集英社みらい文庫) 2018年5月

アラン先生　あらんせんせい
遠足を通して大切なことを生徒たちに伝えようとする小学校の教師 「ねこの町の小学校：たのしいえんそく」 小手鞠るい作;くまあやこ絵　講談社(わくわくライブラリー) 2020年11月

アリー
心優しき美貌の教王の第2王子 「月の王子砂漠の少年」 三木笙子著;須田彩加イラスト　小学館(小学館ジュニア文庫) 2018年12月

アーリア
白い長毛と青い目を持つ猫もどきの生き物 「エンマ先生の怪談帳：霊の案件で放課後は大いそがし!」 池田美代子作;戸部淑絵　講談社(講談社青い鳥文庫) 2019年10月

アーリア
白い長毛と青い目を持つ猫もどきの生き物 「エンマ先生の怪談帳 [2]」 池田美代子作;戸部淑絵　講談社(講談社青い鳥文庫) 2020年2月

有明 雄天　ありあけ・ゆうてん
夕陽の丘小学校5年3組チーム「トリプル・ゼロ」の一人で算数の天才 「トリプル・ゼロの算数事件簿 ファイル7」 向井湘吾作;イケダケイスケ絵　ポプラ社(ポプラポケット文庫) 2018年5月

有明 雄天　ありあけ・ゆうてん
夕陽の丘小学校5年3組チーム「トリプル・ゼロ」の一人で算数の天才 「トリプル★ゼロの算数事件簿 ファイル1 図書館版」 向井湘吾作;イケダケイスケ絵　ポプラ社 2019年4月

有明 雄天　ありあけ・ゆうてん
夕陽の丘小学校5年3組チーム「トリプル・ゼロ」の一人で算数の天才 「トリプル★ゼロの算数事件簿 ファイル2 図書館版」 向井湘吾作;イケダケイスケ絵　ポプラ社 2019年4月

有明 雄天　ありあけ・ゆうてん
夕陽の丘小学校5年3組チーム「トリプル・ゼロ」の一人で算数の天才 「トリプル★ゼロの算数事件簿 ファイル3 図書館版」 向井湘吾作;イケダケイスケ絵　ポプラ社 2019年4月

有明 雄天　ありあけ・ゆうてん
夕陽の丘小学校5年3組チーム「トリプル・ゼロ」の一人で算数の天才 「トリプル★ゼロの算数事件簿 ファイル4 図書館版」 向井湘吾作;イケダケイスケ絵　ポプラ社 2019年4月

有明 雄天　ありあけ・ゆうてん
夕陽の丘小学校5年3組チーム「トリプル・ゼロ」の一人で算数の天才 「トリプル★ゼロの算数事件簿 ファイル5 図書館版」 向井湘吾作;イケダケイスケ絵　ポプラ社 2019年4月

有明 雄天　ありあけ・ゆうてん
夕陽の丘小学校5年3組チーム「トリプル・ゼロ」の一人で算数の天才 「トリプル★ゼロの算数事件簿 ファイル6 図書館版」 向井湘吾作;イケダケイスケ絵　ポプラ社 2019年4月

有明 雄天　ありあけ・ゆうてん
夕陽の丘小学校5年3組チーム「トリプル・ゼロ」の一人で算数の天才 「トリプル★ゼロの算数事件簿 ファイル7 図書館版」 向井湘吾作;イケダケイスケ絵　ポプラ社 2019年4月

有彩　ありさ
シンフロ部創設メンバーの女性 「ゆけ、シンフロ部!」 堀口泰生小説;青木俊直絵　学研プラス(部活系空色ノベルズ) 2018年1月

アリス
だんご山団地に住む女の子 「ぼくたちのだんご山会議」 おおぎやなぎちか作;佐藤真紀子絵 汐文社 2019年12月

アリス姫 ありすひめ
元気いっぱいでセンス抜群のマール王国の双子のプリンセスの妹 「ふたごのプリンセスとおしゃれまじょのスイーツ―まほうのドレスハウス」 赤尾でこ原作;まちなみなもこ絵 学研プラス 2020年11月

アリス姫 ありすひめ
元気いっぱいでセンス抜群のマール王国の双子のプリンセスの妹 「ふたごのプリンセスとマーメイドのときめきドレス―まほうのドレスハウス」 赤尾でこ原作;まちなみなもこ絵 学研プラス 2019年11月

アリス・リドル
「ペンギン探偵社」の探偵見習い、鏡の世界に入れる指輪の力で探偵助手アリス・リドルに変身する中学2年生の女の子 「華麗なる探偵アリス&ペンギン [13]」 南房秀久著;あるやイラスト 小学館(小学館ジュニア文庫) 2019年10月

アリス・リドル
「ペンギン探偵社」の探偵見習い、鏡の世界に入れる指輪の力で探偵助手アリス・リドルに変身する中学2年生の女の子 「華麗なる探偵アリス&ペンギン [14]」 南房秀久著;あるやイラスト 小学館(小学館ジュニア文庫) 2020年2月

アリス・リドル
「ペンギン探偵社」の探偵見習い、鏡の世界に入れる指輪の力で探偵助手アリス・リドルに変身する中学2年生の女の子 「華麗なる探偵アリス&ペンギン [15]」 南房秀久著;あるやイラスト 小学館(小学館ジュニア文庫) 2020年8月

アリス・リドル
「ペンギン探偵社」の探偵見習い、鏡の世界に入れる指輪の力で名探偵アリス・リドルに変身する中学2年生の女の子 「華麗なる探偵アリス&ペンギン [11]」 南房秀久著;あるやイラスト 小学館(小学館ジュニア文庫) 2018年7月

アリス・リドル
「ペンギン探偵社」の探偵見習い、鏡の世界に入れる指輪の力で名探偵アリス・リドルに変身する中学2年生の女の子 「華麗なる探偵アリス&ペンギン [12]」 南房秀久著;あるやイラスト 小学館(小学館ジュニア文庫) 2018年12月

アリーナ・スタネンベルグ
魔女の疑いをかけられる伯爵家の娘 「魔女裁判の秘密」 樹葉作;北見葉胡絵 文研出版(文研じゅべにーる) 2019年3月

アリババ
イラン出身の言語学者でシャイフの飼い主 「アリババの猫がきいている」 新藤悦子作;佐竹美保絵 ポプラ社 2020年2月

有星 タエ ありほし・たえ
妖怪が見える能力を持つ少女 「映画妖怪ウォッチFOREVER FRIENDS」 日野晃博製作総指揮・原案・脚本;レベルファイブ原作;松井香奈著;レベルファイブ監修;映画妖怪ウォッチ製作委員会監修 小学館(小学館ジュニア文庫) 2018年12月

有馬 アリス　ありま・ありす
将来の夢が思いつかなくて悩んでいる好奇心いっぱいの小学6年生の少女 「VR探偵尾野乃木ケイト：アリスとひみつのワンダーランド!!」 HISADAKE原作;前野メリー文;モグモ絵 講談社(講談社青い鳥文庫) 2020年7月

有馬 リュウ　ありま・りゅう
運動神経バツグンのユウキの幼なじみ 「モンスターストライク [3]」 XFLAGスタジオ原作;高瀬美恵作;オズノユミ絵 KADOKAWA(角川つばさ文庫) 2019年1月

有村 拓海　ありむら・たくみ
頭が良くてサッカーもできる女子からモテる小学6年生の少年 「かなわない、ぜったい。：きみのとなりで気づいた恋」 野々村花作;姫川恵梨絵 集英社(集英社みらい文庫) 2018年12月

在平 業平　ありわらの・なりひら
自由に生きようとした帝の血筋をひく貴族 「ちはやぶる：百人一首恋物語」 時海結以文;久織ちまき絵 講談社(講談社青い鳥文庫) 2019年12月

アル
死神協会序列第5位のエリート死神 「今日から死神やってみた!：イケメンの言いなりにはなりません!」 日部星花作;Bcoca絵 講談社(講談社青い鳥文庫) 2020年3月

アル
死神協会序列第5位のエリート死神 「今日から死神やってみた! [2]」 日部星花作;Bcoca絵 講談社(講談社青い鳥文庫) 2020年8月

アルジェント・シュヴァルツ(アル)
死神協会序列第5位のエリート死神 「今日から死神やってみた!：イケメンの言いなりにはなりません!」 日部星花作;Bcoca絵 講談社(講談社青い鳥文庫) 2020年3月

アルジェント・シュヴァルツ(アル)
死神協会序列第5位のエリート死神 「今日から死神やってみた! [2]」 日部星花作;Bcoca絵 講談社(講談社青い鳥文庫) 2020年8月

RG-K1　あーるじーけーわん
モンスターバトルに出る宇宙ロボット 「はくねつ!モンスターバトル：きゅうけつきVSカッパ雪男VS宇宙ロボット」 小栗かずまたさく・え 学研プラス 2020年7月

アルゼル
マーサの兄 「かいけつゾロリのドラゴンたいじ 2―かいけつゾロリシリーズ；63」 原ゆたかさく・え ポプラ社(ポプラ社の新・小さな童話) 2018年7月

RD　あーるでぃー
クイーンの飛行船を管理する世界最高の人工知能 「怪盗クイーンニースの休日：アナミナティの祝祭 前編」 はやみねかおる作;K2商会絵 講談社(講談社青い鳥文庫) 2019年7月

RD　あーるでぃー
クイーンの飛行船を管理する世界最高の人工知能 「怪盗クイーンモナコの決戦：アナミナティの祝祭 後編」 はやみねかおる作;K2商会絵 講談社(講談社青い鳥文庫) 2019年8月

アルテミス
あかりの親、占い師「占い師のオシゴト」高橋桐矢作;鳥羽雨絵 偕成社(偕成社ノベルフリーク) 2019年2月

アルム
平民出身で無属性魔法しか使えないが膨大な魔力を持つ少年「白の平民魔法使い:無属性の異端児」らむなべ著 KADOKAWA(カドカワ読書タイム) 2020年11月

亜蓮 あれん
読者モデル「ゆめ☆かわ ここあのコスメボックス[3]」伊集院くれあ著;池田春香イラスト 小学館(小学館ジュニア文庫) 2018年7月

亜蓮 あれん
読者モデル「ゆめ☆かわ ここあのコスメボックス[4]」伊集院くれあ著;池田春香イラスト 小学館(小学館ジュニア文庫) 2019年4月

亜蓮 あれん
読者モデル「ゆめ☆かわ ここあのコスメボックス[5]」伊集院くれあ著;池田春香イラスト 小学館(小学館ジュニア文庫) 2019年7月

アン
ファッションが大好きでセンス抜群な少女「鹿鳴館の恋文—歴史探偵アン&リック」小森香折作;染谷みのる絵 偕成社 2019年11月

アン
思ったことをはっきり言うアライグマ「クークの森の学校:友だちって、なあに?」かさいまり作・絵 KADOKAWA(角川つばさ文庫) 2018年6月

アンゲルス
ギリシャのひきこもりの探偵卿「怪盗クイーンニースの休日:アナミナティの祝祭 前編」はやみねかおる作;K2商会絵 講談社(講談社青い鳥文庫) 2019年7月

アンゲルス
ギリシャのひきこもりの探偵卿「怪盗クイーンモナコの決戦:アナミナティの祝祭 後編」はやみねかおる作;K2商会絵 講談社(講談社青い鳥文庫) 2019年8月

あんごうマン
サムくんに挑戦状を送る謎の人物「めいたんていサムくんとあんごうマン」那須正幹作;はたこうしろう絵 童心社(だいすき絵童話) 2020年12月

暗御 留燃阿 あんご・るもあ
ギューピッドの魔女学校時代のクラスメート、大形の元インストラクター「6年1組黒魔女さんが通る!! 12」石崎洋司作;亜沙美絵;藤田香キャラクター原案 講談社(講談社青い鳥文庫) 2020年10月

アンジャナフ
好戦的で執念深い暴れん坊のモンスター「モンスターハンター:ワールド:オトモダチ調査団」相坂ゆうひ作;貞松龍壱絵 KADOKAWA(角川つばさ文庫) 2018年12月

アンジュ
龍樹の前に突然現れ美しい姿で彼の心を動かした銀色の猫「初恋まねき猫」小手鞠るい著 講談社 2019年4月

杏　あんず*
文化祭中止に無関心だったが復活作戦に巻き込まれていく中学2年生の少女 「魔女と花火と100万円」 望月雪絵作 講談社 2020年7月

安藤 彩花　あんどう・あやか
みうは大の苦手な学級委員長の女の子 「いたずら★死霊使い(ネクロマンサー) : 大賢者ピタゴラスがあらわれた!?」 白水晴鳥作;もけお絵 講談社(講談社青い鳥文庫) 2019年9月

安藤 ジーナ　あんどう・じーな
渉のクラスメイト、イタリア人の父と日本人の母を持ち明るくハキハキとした性格の女の子 「キセキのスパゲッティー」 山本省三作;十々夜絵 フレーベル館(ものがたりの庭) 2019年11月

安藤 ナツメ　あんどう・なつめ
陽介を茶道部に誘った茶道経験者、家族にまつわる秘密を抱える少女 「はじめまして、茶道部!」 服部千春作;小倉マユコ絵 出版ワークス 2019年11月

安藤 奈々　あんどう・なな
クラス一のモテ男子の石黒君に片思い中の大人しい小学6年生の女の子 「1% 10」 このはなさくら作;高上優里子絵 KADOKAWA(角川つばさ文庫) 2018年8月

安藤 奈々　あんどう・なな
クラス一のモテ男子の石黒君に片思い中の大人しい小学6年生の女の子 「1% 11」 このはなさくら作;高上優里子絵 KADOKAWA(角川つばさ文庫) 2018年12月

安藤 奈々　あんどう・なな
クラス一のモテ男子の石黒君に片思い中の大人しい小学6年生の女の子 「1% 12」 このはなさくら作;高上優里子絵 KADOKAWA(角川つばさ文庫) 2019年4月

安藤 奈々　あんどう・なな
クラス一のモテ男子の石黒君に片思い中の大人しい小学6年生の女の子 「1% 13」 このはなさくら作;高上優里子絵 KADOKAWA(角川つばさ文庫) 2019年8月

安藤 奈々　あんどう・なな
クラス一のモテ男子の石黒君に片思い中の大人しい小学6年生の女の子 「1% 14」 このはなさくら作;高上優里子絵 KADOKAWA(角川つばさ文庫) 2019年12月

安藤 奈々　あんどう・なな
クラス一のモテ男子の石黒君に片思い中の大人しい小学6年生の女の子 「1% 9」 このはなさくら作;高上優里子絵 KADOKAWA(角川つばさ文庫) 2018年4月

安藤 奈々　あんどう・なな
クラス一のモテ男子の石黒君の彼女で大人しい小学6年生の女の子 「1% 15」 このはなさくら作;高上優里子絵 KADOKAWA(角川つばさ文庫) 2020年4月

安藤 奈々　あんどう・なな
石黒君に片思い中の大人しくて何の取り柄もないがんばり屋さんの女の子 「いみちぇん!×1% : 1日かぎりの最強コンビ」 あさばみゆき作;このはなさくら作;市井あさ絵;高上優里子絵 KADOKAWA(角川つばさ文庫) 2018年6月

安藤 奈々　あんどう・なな
翔太君と遠距離恋愛中の中学1年生の女の子 「1%×スキ・キライ相関図：みんな、がんばれ!学園祭」 このはなさくら作;高上優里子絵 KADOKAWA(角川つばさ文庫) 2020年12月

安藤 平三郎　あんどう・へいざぶろう
占い屋敷を訪ねてくる謎めいたおじいさん 「占い屋敷と消えた夢ノート」 西村友里作;松嶌舞夢画 金の星社 2018年5月

安堂 麦菜　あんどう・むぎな
パン屋を営む家族と暮らす少女、高校1年生 「ドーナツの歩道橋」 升井純子著 ポプラ社(teens' best selections) 2020年3月

安堂 裕高　あんどう・ゆたか
麦菜の弟、ぷっくりしたのんびり屋 「ドーナツの歩道橋」 升井純子著 ポプラ社(teens' best selections) 2020年3月

アンドロひめ
ひでくんに助けられることを待っているゲームの中で捕えられたお姫様 「妖怪いじわるスマートフォン」 土屋富士夫作・絵 PHP研究所(とっておきのどうわ) 2018年6月

アンナ
魔女見習いの赤ずきんで幼なじみのジャックと共に大冒険に挑む勇敢な少女 「赤ずきんと狼王―プリンセス・ストーリーズ」 久美沙織作;POO絵 KADOKAWA(角川つばさ文庫) 2019年7月

アンナ(へんくつさん)
気難しくへりくつばかり言うおばあさん、パン屋の店主 「へんくつさんのお茶会：おいしい山のパン屋さんの物語」 楠章子作;井田千秋絵 学研プラス(ジュニア文学館) 2020年11月

アンバー
ソフィアの新しいお姉さん 「ちいさなプリンセスソフィア友情ストーリー：エンチャンシアのうた クローバーといっしょ―はじめてノベルズ」 駒田文子文・編集協力 講談社(講談社KK文庫) 2018年2月

アンバー
意地悪の罰として子パンダの姿になったセレニティスの召使い猫 「ムーンヒルズ魔法宝石店 2」 あんびるやすこ作・絵 講談社(わくわくライブラリー) 2019年4月

アンバー
意地悪の罰として子パンダの姿になったセレニティスの召使い猫 「ムーンヒルズ魔法宝石店 3」 あんびるやすこ作・絵 講談社(わくわくライブラリー) 2019年11月

アンバー
子パンダに姿を変えられている口の悪い猫、セレニティスの過去について重要な情報を語る存在 「ムーンヒルズ魔法宝石店 4」 あんびるやすこ作・絵 講談社(わくわくライブラリー) 2020年7月

皇帝　あんぷるーる
クイーンの師匠、自称宇宙一の怪盗 「怪盗クイーンニースの休日：アナミナティの祝祭 前編」 はやみねかおる作;K2商会絵 講談社(講談社青い鳥文庫) 2019年7月

皇帝　あんぷるーる
クイーンの師匠、自称宇宙一の怪盗 「怪盗クイーンモナコの決戦：アナミナティの祝祭 後編」 はやみねかおる作;K2商会絵 講談社(講談社青い鳥文庫) 2019年8月

あんみんガッパ
パジャマ店を営むカッパ 「あんみんガッパのパジャマやさん」 柏葉幸子作;そがまい絵 小学館 2018年2月

あんり
しのぶの転校先での友達で色鉛筆がなくなる事件の中心となる女の子 「転校生は忍者?!―こころのつばさシリーズ」 もとしたいづみ作;田中六大絵 佼成出版社 2018年11月

アンリ先生　あんりせんせい
王国の魔法使いで「星見の塔」の先生 「魔法医トリシアの冒険カルテ 6」 南房秀久著;小笠原智史絵 学研プラス 2018年10月

【い】

飯島 凛　いいじま・りん
ホームズ学園学園長の息子 「科学探偵VS.闇のホームズ学園―科学探偵謎野真実シリーズ；4」 佐東みどり作;石川北二作;木滝りま作;田中智章作;木々絵 朝日新聞出版 2018年8月

飯島 凛　いいじま・りん
ホームズ学園学園長の息子 「科学探偵VS.魔界の都市伝説―科学探偵謎野真実シリーズ；3」 佐東みどり作;石川北二作;木滝りま作;田中智章作;木々絵 朝日新聞出版 2018年3月

飯綱 猛　いいずな・たける
「イイヅナ」に変身すると人や物の「縁」が見える能力を持つ少年 「イイズナくんは今日も、」 櫻いいよ著 PHP研究所(カラフルノベル) 2020年8月

飯田 強士　いいだ・つよし
母親を亡くし施設で暮らすことになった小学6年生の少年 「虹のランナーズ」 浅田宗一郎作;渡瀬のぞみ絵 PHP研究所(カラフルノベル) 2020年11月

飯田 円佳　いいだ・まどか
県立自然史博物館で職場体験をする中学2年生の少女 「ヴンダーカンマー：ここは魅惑の博物館」 樫崎茜著 理論社 2018年11月

井伊 直虎　いい・なおとら
地獄の野球チーム「桶狭間ファルコンズ」の2番センター 「戦国ベースボール [12]」 りょくち真太作;トリバタケハルノブ絵 集英社(集英社みらい文庫) 2018年3月

井伊 直虎　いい・なおとら
地獄の野球チーム「桶狭間ファルコンズ」の2番センター 「戦国ベースボール [13]」 りょくち真太作;トリバタケハルノブ絵 集英社(集英社みらい文庫) 2018年7月

井伊 直虎　いい・なおとら
地獄の野球チーム「桶狭間ファルコンズ」の2番センター 「戦国ベースボール [14]」 りょくち真太作;トリバタケハルノブ絵 集英社(集英社みらい文庫) 2018年11月

井伊 直虎　いい・なおとら
地獄の野球チーム「桶狭間ファルコンズ」の2番センター 「戦国ベースボール [15]」 りょくち真太作;トリバタケハルノブ絵 集英社(集英社みらい文庫) 2019年4月

井伊 直虎　いい・なおとら
地獄の野球チーム「桶狭間ファルコンズ」の2番センター 「戦国ベースボール [18]」 りょくち真太作;トリバタケハルノブ絵 集英社(集英社みらい文庫) 2020年3月

井伊 直虎　いい・なおとら
地獄の野球チーム「桶狭間ファルコンズ」の2番センター 「戦国ベースボール [19]」 りょくち真太作;トリバタケハルノブ絵 集英社(集英社みらい文庫) 2020年7月

井伊 直虎　いい・なおとら
地獄の野球チーム「桶狭間ファルコンズ」の3番センター 「戦国ベースボール [16]」 りょくち真太作;トリバタケハルノブ絵 集英社(集英社みらい文庫) 2019年7月

井伊 直虎　いい・なおとら
地獄の野球チーム「桶狭間ファルコンズ」の7番センター 「戦国ベースボール [17]」 りょくち真太作;トリバタケハルノブ絵 集英社(集英社みらい文庫) 2019年11月

いおん
学校では地味な小学6年生女子だが動画チャンネルで人気アイドル「いおん☆」として活躍する少女 「メチャ盛りユーチューバーアイドルいおん☆」 山本李奈著;ふじたはすみイラスト 小学館(小学館ジュニア文庫) 2020年12月

イガグリくん
スイカちゃんの友達で彼女のコンプレックスを笑いながらも支えるフルーツ小学生 「フルーツふれんずスイカちゃん」 村上しいこ作;角裕美絵 あかね書房 2019年9月

五十嵐 色葉　いがらし・いろは
リア充美少女で筒井光に突然告白して驚きの恋愛ライフを展開する女子高生 「小説映画3D彼女リアルガール」 那波マオ原作;高野水登脚本;英勉脚本;松田朱夏著 講談社 2019年2月

五十嵐 色葉　いがらし・いろは
リア充美少女で筒井光に突然告白して驚きの恋愛ライフを展開する女子高生 「小説映画3D彼女リアルガール」 那波マオ原作;高野水登脚本;英勉脚本;松田朱夏著 講談社(講談社KK文庫) 2018年8月

五十嵐 海人　いがらし・かいと
航の同級生、地元のプール存続のために奔走する佐渡の小学6年生 「スイマー」 高田由紀子著;結布絵 ポプラ社(teens' best selections) 2020年7月

いがらしくん
ごんすけのことを気にかけにしやんの家を訪ねる少年 「山のちょうじょうの木のてっぺん」 最上一平作;有田奈央絵 新日本出版社 2019年9月

五十嵐くん　いがらしくん
工事現場での出来事を通じてりゅうせいくんとの関係を深める少年 「にんげんクラッシャー、さんじょう!」 最上一平作;有田奈央絵 新日本出版社 2020年1月

五十嵐 純　いがらし・じゅん
中学最後の夏休みを迎え日常から少し外れた経験を通じて自分の世界が広がっていく少年「ネッシーはいることにする」長薗安浩著 ゴブリン書房 2019年8月

五十嵐 翔　いがらし・しょう
サッカーのクラブチームに所属する明るくさわやかで女子人気が高い中学1年生の少年「キミと、いつか。[7]」宮下恵茉作;染川ゆかり絵 集英社(集英社みらい文庫) 2018年3月

五十嵐 翔　いがらし・しょう
以前麻衣に告白して断られた中学1年生の少年「キミと、いつか。[14]」宮下恵茉作;染川ゆかり絵 集英社(集英社みらい文庫) 2020年7月

五十嵐 翔　いがらし・しょう
女子人気が高くサッカー部所属の男の子「キミと、いつか。[12]」宮下恵茉作;染川ゆかり絵 集英社(集英社みらい文庫) 2019年11月

いがらし すすむ　いがらし・すすむ
しずくちゃんに声をかけお手紙を交換することで友達との絆を大切にする少年「へんてこテーマソング」最上一平作;有田奈央絵 新日本出版社 2019年11月

五十嵐 流　いがらし・ながれ
放送部の部長で中学2年生の男の子「この声とどけ!：恋がはじまる放送室☆」神戸遥真作;木乃ひのき絵 集英社(集英社みらい文庫) 2018年4月

五十嵐 流　いがらし・ながれ
放送部の部長で中学2年生の男の子「この声とどけ![2]」神戸遥真作;木乃ひのき絵 集英社(集英社みらい文庫) 2018年9月

五十嵐 流　いがらし・ながれ
放送部の部長で中学2年生の男の子「この声とどけ![3]」神戸遥真作;木乃ひのき絵 集英社(集英社みらい文庫) 2019年2月

五十嵐 流　いがらし・ながれ
放送部の部長で中学2年生の男の子「この声とどけ![4]」神戸遥真作;木乃ひのき絵 集英社(集英社みらい文庫) 2019年6月

五十嵐 流　いがらし・ながれ
放送部の部長で中学2年生の男の子「この声とどけ![5]」神戸遥真作;木乃ひのき絵 集英社(集英社みらい文庫) 2019年11月

五十嵐 祐輔　いがらし・ゆうすけ
花依に好意を抱く優しい性格のクラスメート「小説映画私がモテてどうすんだ」ぢゅん子原作;時海結以著 講談社(講談社KK文庫) 2020年6月

五十嵐 留偉　いがらし・るい
病弱で入退院を繰り返している小学5年生で流の弟「この声とどけ![3]」神戸遥真作;木乃ひのき絵 集英社(集英社みらい文庫) 2019年2月

行先 マヨイ　いきさき・まよい
迷宮教室の先生、全ての子どもたちを恨み生徒を苦しませることだけを考える最悪の教師「迷宮教室：出口のない悪魔小学校」あいはらしゅう作;肘原えるぼ絵 集英社(集英社みらい文庫) 2020年4月

行先 マヨイ　いきさき・まよい
迷宮教室の先生、全ての子どもたちを恨み生徒を苦しませることだけを考える最悪の教師 「迷宮教室 [2]」 あいはらしゅう作;肘原えるぼ絵　集英社(集英社みらい文庫)　2020年9月

行先 マヨイ　いきさき・まよい
迷宮教室の先生、全ての子どもたちを恨み生徒を苦しませることだけを考える最悪の教師 「迷宮教室 [3]」 あいはらしゅう作;肘原えるぼ絵　集英社(集英社みらい文庫)　2020年12月

池沢 雪人　いけざわ・ゆきと
小説家を目指す高校生の男の子 「作家になりたい! 3」 小林深雪作;牧村久実絵　講談社(講談社青い鳥文庫)　2018年3月

池沢 雪人　いけざわ・ゆきと
小説家を目指す高校生の男の子 「作家になりたい! 4」 小林深雪作;牧村久実絵　講談社(講談社青い鳥文庫)　2018年11月

池沢 雪人　いけざわ・ゆきと
小説家を目指す高校生の男の子 「作家になりたい! 5」 小林深雪作;牧村久実絵　講談社(講談社青い鳥文庫)　2019年5月

池沢 雪人　いけざわ・ゆきと
小説家を目指す高校生の男の子 「作家になりたい! 6」 小林深雪作;牧村久実絵　講談社(講談社青い鳥文庫)　2019年10月

池沢 雪人　いけざわ・ゆきと
小説家を目指す高校生の男の子 「作家になりたい! 7」 小林深雪作;牧村久実絵　講談社(講談社青い鳥文庫)　2020年4月

池沢 雪人　いけざわ・ゆきと
小説家を目指す高校生の男の子 「作家になりたい! 8」 小林深雪作;牧村久実絵　講談社(講談社青い鳥文庫)　2020年8月

池田 拓海　いけだ・たくみ
オーストラリア生活を通じて異文化や言葉の壁に直面しながら心の交流を深める浅草育ちの日本人少年 「ハロー、マイフレンズ」 大矢純子作;みしまゆかり絵　朝日学生新聞社　2019年11月

池田 百合子　いけだ・ゆりこ
主任の保育士 「オレは、センセーなんかじゃない!―感動のお仕事シリーズ」 おかざきさとこ著;くじょう絵　学研プラス　2018年8月

憩　いこい
「愛情融資店まごころ」の美しい女店主 「愛情融資店まごころ」 くさかべかつ美著;新堂みやびイラスト　小学館(小学館ジュニア文庫)　2018年12月

憩　いこい
愛情融資店「まごころ」の店主 「愛情融資店まごころ 2」 くさかべかつ美著;新堂みやびイラスト　小学館(小学館ジュニア文庫)　2019年7月

イザベラ
孤児院「グレイス=フィールドハウス」のママ 「約束のネバーランド：映画ノベライズみらい文庫版」 白井カイウ原作;出水ぽすか作画;後藤法子脚本;小川彗著 集英社(集英社みらい文庫) 2020年12月

勇 いさむ
古い家に住み続けることを望んでいるが家の修繕に困っている拓真の祖父 「ドリーム・プロジェクト = Dream project」 濱野京子著 PHP研究所(わたしたちの本棚) 2018年6月

イーサン
ナナと共にバンドを組み演奏に明け暮れる仲間 「卒業旅行 = The Graduation Trip」 小手鞠るい著 偕成社 2020年11月

石川 香 いしかわ・かおり
小学6年生、同じく特別養子縁組で家族の一員になった結の姉 「神様のパッチワーク」 山本悦子作;佐藤真紀子絵 ポプラ社(ポプラ物語館) 2020年9月

石川 鈴奈 いしかわ・すずな
ガードロイドを探そうとする6年1組の生徒 「つくられた心 = Artificial soul」 佐藤まどか作;浦田健二絵 ポプラ社(teens' best selections) 2019年2月

石川 結 いしかわ・むすぶ
小学4年生、特別養子縁組で現在の家族の一員になった男の子 「神様のパッチワーク」 山本悦子作;佐藤真紀子絵 ポプラ社(ポプラ物語館) 2020年9月

石川 莉麻 いしかわ・りま
おっとりとした性格で中学受験を乗り越え憧れの伝統女子校に入学した女子中学生 「いじめ-希望の歌を歌おう-」 武内昌美著;五十嵐かおる原案・イラスト 小学館(小学館ジュニア文庫) 2018年4月

石倉 紬 いしくら・つむぎ
男の子っぽい性格で陸上部員の中学1年生の少女 「これが恋かな? Case1」 小林深雪作;牧村久実絵 講談社(講談社青い鳥文庫) 2018年4月

石黒 晶 いしぐろ・あきら
学校一の美少女 「スキ・キライ相関図 2」 このはなさくら作;高上優里子絵 KADOKAWA(角川つばさ文庫) 2020年5月

石黒 晶 いしぐろ・あきら
学校一の美少女 「スキ・キライ相関図 3」 このはなさくら作;高上優里子絵 KADOKAWA(角川つばさ文庫) 2020年10月

石黒 晶 いしぐろ・あきら
学校一の美少女で翔太の義理の妹 「1%×スキ・キライ相関図：みんな、がんばれ!学園祭」 このはなさくら作;高上優里子絵 KADOKAWA(角川つばさ文庫) 2020年12月

石黒 翔太 いしぐろ・しょうた
サッカー部で明るく優しい男の子 「1% 10」 このはなさくら作;高上優里子絵 KADOKAWA(角川つばさ文庫) 2018年8月

石黒 翔太 いしぐろ・しょうた
サッカー部で明るく優しい男の子 「1% 11」 このはなさくら作;高上優里子絵 KADOKAWA(角川つばさ文庫) 2018年12月

石黒 翔太　いしぐろ・しょうた
サッカー部で明るく優しい男の子 「1% 12」 このはなさくら作;高上優里子絵 KADOKAWA(角川つばさ文庫) 2019年4月

石黒 翔太　いしぐろ・しょうた
サッカー部で明るく優しい男の子 「1% 13」 このはなさくら作;高上優里子絵 KADOKAWA(角川つばさ文庫) 2019年8月

石黒 翔太　いしぐろ・しょうた
サッカー部で明るく優しい男の子 「1% 14」 このはなさくら作;高上優里子絵 KADOKAWA(角川つばさ文庫) 2019年12月

石黒 翔太　いしぐろ・しょうた
サッカー部で明るく優しい男の子 「1% 15」 このはなさくら作;高上優里子絵 KADOKAWA(角川つばさ文庫) 2020年4月

石黒 翔太　いしぐろ・しょうた
サッカー部で明るく優しい男の子 「1% 9」 このはなさくら作;高上優里子絵 KADOKAWA(角川つばさ文庫) 2018年4月

石黒 翔太　いしぐろ・しょうた
サッカー部で明るく優しい男の子 「1%×スキ・キライ相関図：みんな、がんばれ!学園祭」 このはなさくら作;高上優里子絵 KADOKAWA(角川つばさ文庫) 2020年12月

石黒 翔太　いしぐろ・しょうた
サッカー部所属で明るく優しい男の子 「いみちぇん!×1%：1日かぎりの最強コンビ」 あさばみゆき作;このはなさくら作;市井あさ絵;高上優里子絵 KADOKAWA(角川つばさ文庫) 2018年6月

石崎 智哉　いしざき・ともや
女子人気が高い男の子 「キミと、いつか。ボーイズ編」 宮下恵茉作;染川ゆかり絵 集英社(集英社みらい文庫) 2019年3月

イシシ
いたずらなキツネの冒険家・ゾロリの手下、イノシシきょうだいの兄 「かいけつゾロリうちゅう大さくせん―かいけつゾロリシリーズ；65」 原ゆたかさく・え ポプラ社(ポプラ社の新・小さな童話) 2019年7月

イシシ
いたずらなキツネの冒険家・ゾロリの手下、イノシシきょうだいの兄 「かいけつゾロリスターたんじょう―かいけつゾロリシリーズ；66」 原ゆたかさく・え ポプラ社(ポプラ社の新・小さな童話) 2019年12月

イシシ
いたずらなキツネの冒険家・ゾロリの手下、イノシシきょうだいの兄 「かいけつゾロリのドラゴンたいじ 2―かいけつゾロリシリーズ；63」 原ゆたかさく・え ポプラ社(ポプラ社の新・小さな童話) 2018年7月

イシシ
いたずらなキツネの冒険家・ゾロリの手下、イノシシきょうだいの兄 「かいけつゾロリロボット大さくせん―かいけつゾロリシリーズ；64」 原ゆたかさく・え ポプラ社(ポプラ社の新・小さな童話) 2018年12月

イシシ
オオカミのウルウルに捕まったが物語を使って生き延びようとする元気なイノシシ 「百桃太郎―イシシとノシシのスッポコペッポコへんてこ話」 原京子文;原ゆたか絵 ポプラ社(ポプラ物語館) 2019年10月

イシシ
ゾロリの手下、イノシシ双子きょうだいの兄 「かいけつゾロリのレッドダイヤをさがせ!!―かいけつゾロリシリーズ ; 67」 原ゆたかさく・え ポプラ社(ポプラ社の新・小さな童話) 2020年6月

イシシ
ゾロリの仲間で元気いっぱいのイノシシ 「かいけつゾロリきょうふのエイリアン―かいけつゾロリシリーズ ; 68」 原ゆたかさく・え ポプラ社(ポプラ社の新・小さな童話) 2020年12月

石島 多朗　いしじま・たろう
伊吹と共に青春を共にする同級生の少年 「南西の風やや強く」 吉野万理子著 あすなろ書房 2018年7月

石塚さん　いしずかさん
民芸品店「ひらけごま」の店主、アリババの友達 「アリババの猫がきいている」 新藤悦子作;佐竹美保絵 ポプラ社 2020年2月

石田 将也　いしだ・しょうや
小学6年生の時に硝子と出会い5年後再会を果たす少年 「小説聲の形 上下」 大今良時原作・絵;倉橋燿子文 講談社(講談社青い鳥文庫) 2019年3月

石田 太一　いしだ・たいち
剣道大会を目指していたが成美との練習で負傷してしまう小学生の男の子 「まっしょうめん! [2]」 あさだりん作;新井陽次郎絵 偕成社(偕成社ノベルフリーク) 2018年12月

石田 ヤマト　いしだ・やまと
大学院への進級を決めている大学4年生の青年 「デジモンアドベンチャーLAST EVOLUTION絆 : 映画ノベライズみらい文庫版」 大和屋暁脚本;河端朝日著 集英社(集英社みらい文庫) 2020年2月

いしだ りゅうせい　いしだ・りゅうせい
両親の離婚で名字が変わり父親が工事現場のオペレーターをしている少年 「にんげんクラッシャー、さんじょう!」 最上一平作;有田奈央絵 新日本出版社 2020年1月

石作の皇子　いしつくりのみこ
かぐや姫の求婚者の一人で無理難題に挑戦するも失敗する皇子 「竹取物語」 長尾剛文;若菜等絵;Ki絵 汐文社(すらすら読める日本の古典 : 原文付き) 2018年10月

石野 咲月　いしの・さつき
小春と理未の親友 「はじまる恋キミとショパン」 周桜杏子作;加々見絵里絵 ポプラ社(ポケット・ショコラ) 2020年9月

石橋 賛晴　いしばし・さんせい
風花と一緒に列車に乗るクラスメートの男の子 「冒険は月曜の朝」 荒木せいお作;タムラフキコ絵 新日本出版社 2018年9月

石松 陸(リック)　いしまつ・りく(りっく)
クールで歴史マニアな少年「鹿鳴館の恋文―歴史探偵アン&リック」小森香折作;染谷みのる絵 偕成社 2019年11月

井住 伊織　いすみ・いおり
死神見習いとなったごく普通の中学1年生の少女「今日から死神やってみた!:イケメンの言いなりにはなりません!」日部星花作;Bcoca絵 講談社(講談社青い鳥文庫) 2020年3月

井住 伊織　いすみ・いおり
死神見習いとなったごく普通の中学1年生の少女「今日から死神やってみた![2]」日部星花作;Bcoca絵 講談社(講談社青い鳥文庫) 2020年8月

泉 吟蔵　いずみ・ぎんぞう
理緒に心惹かれる純朴な男子高生「小説映画青夏:きみに恋した30日」南波あつこ原作;持地佑季子脚本;有沢ゆう希著 講談社 2019年2月

泉 吟蔵　いずみ・ぎんぞう
理緒に心惹かれる純朴な男子高生「小説映画青夏:きみに恋した30日」南波あつこ原作;持地佑季子脚本;有沢ゆう希著 講談社(講談社KK文庫) 2018年7月

泉田 黒斗　いずみだ・くろと
青星学園中等部1年のゆずの同級生、王子様みたいな雰囲気の男の子「青星学園★チームEYE-Sの事件ノート[2]」相川真作;立樹まや絵 集英社(集英社みらい文庫) 2018年5月

泉田 黒斗　いずみだ・くろと
青星学園中等部1年のゆずの同級生、王子様みたいな雰囲気の男の子「青星学園★チームEYE-Sの事件ノート[3]」相川真作;立樹まや絵 集英社(集英社みらい文庫) 2018年9月

泉田 黒斗　いずみだ・くろと
青星学園中等部1年のゆずの同級生、王子様みたいな雰囲気の男の子「青星学園★チームEYE-Sの事件ノート[4]」相川真作;立樹まや絵 集英社(集英社みらい文庫) 2019年1月

泉田 黒斗　いずみだ・くろと
青星学園中等部1年のゆずの同級生、王子様みたいな雰囲気の男の子「青星学園★チームEYE-Sの事件ノート[7]」相川真作;立樹まや絵 集英社(集英社みらい文庫) 2019年12月

泉田 黒斗　いずみだ・くろと
青星学園中等部1年のゆずの同級生、王子様みたいな雰囲気の男の子でプロの芸術家「青星学園★チームEYE-Sの事件ノート[10]」相川真作;立樹まや絵 集英社(集英社みらい文庫) 2020年12月

泉田 黒斗　いずみだ・くろと
青星学園中等部1年のゆずの同級生、王子様みたいな雰囲気の男の子でプロの芸術家「青星学園★チームEYE-Sの事件ノート[8]」相川真作;立樹まや絵 集英社(集英社みらい文庫) 2020年4月

泉田 黒斗　いずみだ・くろと
青星学園中等部1年のゆずの同級生、王子様みたいな雰囲気の男の子でプロの芸術家 「青星学園★チームEYE-Sの事件ノート[9]」 相川真作;立樹まや絵 集英社(集英社みらい文庫) 2020年9月

和泉 ノゾミ　いずみ・のぞみ
妖怪が見える小学5年生、孤独な日々を送る中でリリと出会った少年 「クラスメイトはあやかしの娘」 石沢克宜@滝音子著;shimanoイラスト PHP研究所(PHPジュニアノベル) 2018年10月

和泉 陽人　いずみ・はると
サッカー少年で走るのが得意な小学6年生、玲の親友 「逃走中：オリジナルストーリー[2]」 小川彗著 集英社(集英社みらい文庫) 2020年9月

和泉 陽人　いずみ・はると
サッカー少年で走るのが得意な小学6年生の少年、玲の親友 「逃走中：オリジナルストーリー：参加者は小学生!?渋谷の街を逃げまくれ!」 小川彗著;白井鋭利絵 集英社(集英社みらい文庫) 2019年9月

和泉 雪　いずみ・ゆき
一歌の親友 「ソライロ♪プロジェクト 3」 一ノ瀬三葉作;夏芽もも絵 KADOKAWA(角川つばさ文庫) 2018年5月

和泉 雪　いずみ・ゆき
一歌の親友 「ソライロ♪プロジェクト 4」 一ノ瀬三葉作;夏芽もも絵 KADOKAWA(角川つばさ文庫) 2018年11月

和泉 凛　いずみ・りん
優羽と家が隣同士の幼なじみ、実は優羽のことが好きで意地悪してしまう男の子 「映画ういらぶ。」 星森ゆきも原作;高橋ナツコ脚本;宮沢みゆき著 小学館(小学館ジュニア文庫) 2018年10月

泉 月　いずみ・るな
中性的な転校生の少女、珊瑚が仲良くなりたいと思う存在 「月(るな)と珊瑚」 上條さなえ著 講談社(講談社文学の扉) 2019年7月

居想 直矢　いそう・なおや
物に残された記憶を読み取ることができる月光スクールに通う中学1年生の少年 「異能力フレンズ：スパーク・ガールあらわる! 1」 令丈ヒロ子作;ニリツ絵 講談社(講談社青い鳥文庫) 2019年11月

居想 直矢　いそう・なおや
物に残された記憶を読み取ることができる月光スクールに通う中学1年生の少年 「異能力フレンズ 2」 令丈ヒロ子作;ニリツ絵 講談社(講談社青い鳥文庫) 2020年3月

居想 直矢　いそう・なおや
物に残された記憶を読み取ることができる月光スクールに通う中学1年生の少年 「異能力フレンズ 3」 令丈ヒロ子作;ニリツ絵 講談社(講談社青い鳥文庫) 2020年8月

石上の中納言　いそのかみのちゅうなごん
かぐや姫の心を射止めるために試練を受けるも果たせずに去る中納言 「竹取物語」 長尾剛文;若菜等絵;Ki絵 汐文社(すらすら読める日本の古典：原文付き) 2018年10月

井田垣 マスエ　いたがき・ますえ
昔食堂で黄金のカレーライスを提供していたカレンの祖母 「グルメ小学生 [2]」 次良丸忍作;小笠原智史絵　金の星社　2019年7月

板チョコ　いたちょこ
賞味期限切れ間近のチョコレート、人間に食べてもらいたいと願う防災室の一員 「防災室の日曜日 : カラスてんぐととうめい人間」 村上しいこ作;田中六大絵　講談社(わくわくライブラリー) 2020年11月

イチ
記憶迷宮の管理人、サノと双子 「君型迷宮図」 久米絵美里作;元本モトコ絵　朝日学生新聞社　2018年12月

市ヶ谷さん　いちがやさん
演劇学校の校長 「ここはエンゲキ特区!」 保木本佳子著;環方このみイラスト　小学館(小学館ジュニア文庫) 2020年9月

市來 ましろ　いちき・ましろ
お化けが苦手なのに降霊術を行ったら大変なことになる中学1年生の少女 「神様の救世主 : 屋上のサチコちゃん」 ここあ作;teffish絵　講談社(講談社青い鳥文庫) 2020年11月

1956317KK　いちきゅうごろくさんいちななけーけー
自分の名前を思い出せない少年 「ぼくたちの緑の星」 小手鞠るい作　童心社　2020年5月

一行 瑠璃　いちぎょう・るり
直実のクラスメートでいつも一人でいることが多い女子生徒 「HELLO WORLD : 映画ノベライズみらい文庫版」 松田朱夏著　集英社(集英社みらい文庫) 2019年8月

市毛 理沙　いちげ・りさ
毛深さに悩む中学2年生の女の子 「moja」 吉田桃子著　講談社　2019年5月

イチさん
サオリの特別コーチになったスーツ姿の品の良いおじいさん 「テニスキャンプをわすれない! : スポーツのおはなしテニス―シリーズスポーツのおはなし」 福田隆浩作;pon-marsh絵　講談社　2020年1月

一条 甲斐　いちじょう・かい
バスケ部の部長で3年生の少年 「劇部ですから! Act.3」 池田美代子作;柚希きひろ絵　講談社(講談社青い鳥文庫) 2018年2月

一条 トオル　いちじょう・とおる
モンスト・ジュニア界で名前の通ったプレイヤー 「モンスターストライク [3]」 XFLAGスタジオ原作;高瀬美恵作;オズノユミ絵　KADOKAWA(角川つばさ文庫) 2019年1月

一条 春菜　いちじょう・はるな
心霊探偵団のメンバー、元気で明るい転校生の小学4年生 「心霊探偵ゴーストハンターズ 4」 石崎洋司作;かしのき彩画　岩崎書店　2019年8月

一条 春菜　いちじょう・はるな
心霊探偵団のメンバー、元気で明るい転校生の小学4年生 「心霊探偵ゴーストハンターズ 5」 石崎洋司作;かしのき彩画　岩崎書店　2019年12月

一条 大和　いちじょう・やまと
大の鉄道ファンで全国の鉄道に詳しい小学5年生の少年 「北斗星：ミステリー列車を追え!：リバイバル運行で誘拐事件!?」 豊田巧作;NOEYEBROW絵 KADOKAWA(角川つばさ文庫) 2020年5月

一条 美喜(ミッキー)　いちじょう・よしき(みっきー)
かっこいいが不愛想でダンスが得意な男の子 「ダンシング☆ハイ = DANCING HIGH 1 図書館版」 工藤純子作;カスカベアキラ絵 ポプラ社 2018年4月

一条 美喜(ミッキー)　いちじょう・よしき(みっきー)
かっこいいが不愛想でダンスが得意な男の子 「ダンシング☆ハイ = DANCING HIGH 2 図書館版」 工藤純子作;カスカベアキラ絵 ポプラ社 2018年4月

一条 美喜(ミッキー)　いちじょう・よしき(みっきー)
かっこいいが不愛想でダンスが得意な男の子 「ダンシング☆ハイ = DANCING HIGH 3 図書館版」 工藤純子作;カスカベアキラ絵 ポプラ社 2018年4月

一条 美喜(ミッキー)　いちじょう・よしき(みっきー)
かっこいいが不愛想でダンスが得意な男の子 「ダンシング☆ハイ = DANCING HIGH 4 図書館版」 工藤純子作;カスカベアキラ絵 ポプラ社 2018年4月

一条 美喜(ミッキー)　いちじょう・よしき(みっきー)
かっこいいが不愛想でダンスが得意な男の子 「ダンシング☆ハイ = DANCING HIGH 5 図書館版」 工藤純子作;カスカベアキラ絵 ポプラ社 2018年4月

一条 美喜(ミッキー)　いちじょう・よしき(みっきー)
元子役アイドル、抜群のルックスでダンスが上手い小学5年生 「ダンシング☆ハイ [5]―ガールズ」 工藤純子作;カスカベアキラ絵 ポプラ社(ポプラポケット文庫) 2018年1月

一条 楽　いちじょう・らく
極道一家「集英組」の一人息子でごく普通の真面目な高校生 「ニセコイ：映画ノベライズ みらい文庫版」 古味直志原作;小山正太脚本;杉原憲明脚本;はのまきみ著 集英社(集英社みらい文庫) 2018年12月

一瀬 在　いちのせ・あり
イケメンの数学研究部部長 「無限の中心で」 まはら三桃著 講談社 2020年6月

一ノ瀬 じゅら　いちのせ・じゅら
ゲームセンターで知り合った子たちと駄菓子屋で万引きし真名子先生に声をかけられて「夏期アシストクラス」に通うことになった6年生の少女 「あたしたちの居場所 特装版―学校に行けないときのサバイバル術；2」 高橋桐矢作;芝生かや絵 ポプラ社 2020年4月

一ノ瀬 星　いちのせ・せい
田舎町で育ったモノマネが得意な女の子 「ここはエンゲキ特区!」 保木本佳子著;環方このみイラスト 小学館(小学館ジュニア文庫) 2020年9月

一ノ瀬 尊　いちのせ・たける
夢子のクラスメートでちょっと変わり者の男の子 「少女マンガじゃない! 1」 水無仙丸作;まごつき絵 KADOKAWA(角川つばさ文庫) 2018年3月

一ノ瀬 尊　いちのせ・たける
夢子のクラスメートでちょっと変わり者の男の子 「少女マンガじゃない! 2」 水無仙丸作;まごつき絵 KADOKAWA(角川つばさ文庫) 2018年9月

一ノ瀬 尊　いちのせ・たける
夢子のクラスメートでちょっと変わり者の男の子 「少女マンガじゃない! 3」 水無仙丸作;まごつき絵 KADOKAWA(角川つばさ文庫) 2019年2月

一ノ瀬 勇希　いちのせ・ゆうき
動物嫌いだったが動物病院での経験を通じて命の大切さに気づき成長する少年 「おれんち、動物病院」 山口理作;岡本順絵 文研出版(文研じゅべにーる) 2019年4月

一ノ瀬 悠真　いちのせ・ゆうま
ワケあって秘密のバイトを始めた中学1年生 「死神デッドライン 1」 針とら作;シソ絵 KADOKAWA(角川つばさ文庫) 2019年11月

一ノ瀬 悠真　いちのせ・ゆうま
死神見習い中の中学1年生の少年 「死神デッドライン 2」 針とら作;シソ絵 KADOKAWA(角川つばさ文庫) 2020年5月

一之瀬 リオ　いちのせ・りお
ダンスが得意なモモの幼なじみ 「いみちぇん! 11」 あさばみゆき作;市井あさ絵 KADOKAWA(角川つばさ文庫) 2018年3月

一之瀬 リオ　いちのせ・りお
ダンスが得意なモモの幼なじみ 「いみちぇん! 12」 あさばみゆき作;市井あさ絵 KADOKAWA(角川つばさ文庫) 2018年7月

一之瀬 リオ　いちのせ・りお
ダンスが得意なモモの幼なじみ 「いみちぇん! 13」 あさばみゆき作;市井あさ絵 KADOKAWA(角川つばさ文庫) 2018年12月

市原 晴人(ハル)　いちはら・はると(はる)
スポーツ万能でバスケット部のエース、ユウの親友 「小説映画二ノ国」 レベルファイブ原作;日野晃博製作総指揮・原案・脚本;有沢ゆう希著 講談社(講談社KK文庫) 2019年8月

市原 由奈　いちはら・ゆな
初恋の王子様にそっくりな少年と出会う人見知りで恋に夢見がちな少女 「思い、思われ、ふり、ふられ：まんがノベライズ特別編：由奈の初恋と理央のひみつ」 咲坂伊緒原作・絵;はのまきみ著 集英社(集英社みらい文庫) 2020年7月

市原 由奈　いちはら・ゆな
初恋の王子様にそっくりな少年と出会う人見知りで恋に夢見がちな少女 「思い、思われ、ふり、ふられ：映画ノベライズみらい文庫版」 咲坂伊緒原作;米内山陽子脚本;三木孝浩脚本;はのまきみ著 集英社(集英社みらい文庫) 2020年7月

一星 光　いちほし・ひかる
かつてオリオン財団の影響下にあったが仲間の力で救われる日本代表のメンバーの一人 「小説イナズマイレブン：オリオンの刻印 2」 レベルファイブ原作;日野晃博総監督・原案・シリーズ構成;江橋よしのり著 小学館(小学館ジュニア文庫) 2019年7月

一星 光　いちほし・ひかる
かつてオリオン財団の影響下にあったが仲間の力で救われる日本代表のメンバーの一人 「小説イナズマイレブン：オリオンの刻印 3」 レベルファイブ原作;日野晃博総監督・原案・シリーズ構成;江橋よしのり著 小学館(小学館ジュニア文庫) 2019年8月

イチマツ
トドマツのピラミッド探索に同行し兄弟と共に冒険を進めるガイド役 「小説おそ松さん : 6つ子とエジプトとセミ」 赤塚不二夫原作;都築奈央著;おそ松さん製作委員会監修 小学館(小学館ジュニア文庫) 2018年2月

一輪車 いちりんしゃ
バケツが飼っている金魚が死んでしまっているのを発見する一輪車 「体育館の日曜日 : ペットショップへいくまえに」 村上しいこ作;田中六大絵 講談社(わくわくライブラリー) 2018年5月

イチロー
天国ツアーで地獄行きになってしまったガキ大将の少年 「天国から地獄に連れて行かれた男の子」 やまもとよしあき著 青山ライフ出版 2020年8月

樹 いつき
町はずれの「だんご山」を大切に思いながらもテーマパークの計画に心が揺れる少年 「ぼくたちのだんご山会議」 おおぎやなぎちか作;佐藤真紀子絵 汐文社 2019年12月

五木 祥平 いつき・しょうへい
車掌 「北斗星 : ミステリー列車を追え! : リバイバル運行で誘拐事件!?」 豊田巧作;NOEYEBROW絵 KADOKAWA(角川つばさ文庫) 2020年5月

五木 麻里 いつき・まり
両親を亡くし妖が見えることを隠している高校1年生の少女 「妖しいクラスメイト : だれにも言えない二人の秘密」 無月兄著 KADOKAWA(カドカワ読書タイム) 2020年11月

井辻 暁生 いつじ・あきお
水鳥と咲野の幼なじみ 「窓をあけて、私の詩をきいて」 名木田恵子著 出版ワークス 2018年12月

一色 玲人 いっしき・れいと
両親が占い師にだまされているのではないかと悩む中学1年生の少年 「図書館B2捜査団[2]」 辻堂ゆめ作;bluemomo絵 講談社(講談社青い鳥文庫) 2020年9月

いっちー
「ソライロ」で絵師をしている小学6年生の女の子 「ソライロ♪プロジェクト 5」 一ノ瀬三葉作;夏芽もも絵 KADOKAWA(角川つばさ文庫) 2019年4月

いっちー
「ソライロ」で絵師をしている小学6年生の女の子 「ソライロ♪プロジェクト 6」 一ノ瀬三葉作;夏芽もも絵 KADOKAWA(角川つばさ文庫) 2019年9月

いっちー
絵を描くことが取り柄の女の子 「ソライロ♪プロジェクト 3」 一ノ瀬三葉作;夏芽もも絵 KADOKAWA(角川つばさ文庫) 2018年5月

いっちー
絵を描くことが取り柄の女の子 「ソライロ♪プロジェクト 4」 一ノ瀬三葉作;夏芽もも絵 KADOKAWA(角川つばさ文庫) 2018年11月

イッパイアッテナ
東京でルドルフの面倒を見ているトラ猫 「ルドルフとノラねこブッチー : ルドルフとイッパイアッテナ 5―児童文学創作シリーズ」 斉藤洋作;杉浦範茂絵 講談社 2020年6月

イップ
タミーを連れて密かに山のてっぺんを目指す猫 「こぶたのタミーはじめてのえんそく」 かわのむつみ作;下間文恵絵 国土社 2019年1月

一平 いっぺい
お菓子屋「金沢丹後」で働く西洋のお菓子作りを学んだ職人 「花のお江戸の蝶の舞」 岩崎京子作;佐藤道明絵 てらいんく 2018年10月

イッポ
ダンスチーム「ファーストステップ」のメンバーの一人、ドジで内気な小学5年生 「ダンシング☆ハイ [5]―ガールズ」 工藤純子作;カスカベアキラ絵 ポプラ社(ポプラポケット文庫) 2018年1月

イッポ
ドジで内気だけど歌だけは得意な小学5年生の女の子 「ダンシング☆ハイ = DANCING HIGH 1 図書館版」 工藤純子作;カスカベアキラ絵 ポプラ社 2018年4月

イッポ
ドジで内気だけど歌だけは得意な小学5年生の女の子 「ダンシング☆ハイ = DANCING HIGH 2 図書館版」 工藤純子作;カスカベアキラ絵 ポプラ社 2018年4月

イッポ
ドジで内気だけど歌だけは得意な小学5年生の女の子 「ダンシング☆ハイ = DANCING HIGH 3 図書館版」 工藤純子作;カスカベアキラ絵 ポプラ社 2018年4月

イッポ
ドジで内気だけど歌だけは得意な小学5年生の女の子 「ダンシング☆ハイ = DANCING HIGH 4 図書館版」 工藤純子作;カスカベアキラ絵 ポプラ社 2018年4月

イッポ
ドジで内気だけど歌だけは得意な小学5年生の女の子 「ダンシング☆ハイ = DANCING HIGH 5 図書館版」 工藤純子作;カスカベアキラ絵 ポプラ社 2018年4月

一本木 光次 いっぽんぎ・こうじ
論理的思考能力が高く回転の速い頭脳を持つ中学3年生の少年 「図書館B2捜査団：秘密の地下室」 辻堂ゆめ作;bluemomo絵 講談社(講談社青い鳥文庫) 2020年6月

一本木 光次 いっぽんぎ・こうじ
論理的思考能力が高く回転の速い頭脳を持つ中学3年生の少年、B2捜査団団員 「図書館B2捜査団 [2]」 辻堂ゆめ作;bluemomo絵 講談社(講談社青い鳥文庫) 2020年9月

イディス
好奇心旺盛で少しおてんばな三姉妹の次女 「怪盗グルーのミニオン危機一発」 澁谷正子著 小学館(小学館ジュニア文庫) 2018年7月

イディス
好奇心旺盛で少しおてんばな三姉妹の次女 「怪盗グルーの月泥棒」 澁谷正子著 小学館(小学館ジュニア文庫) 2018年7月

糸居 鞠香 いとい・まりか
同級生の琴理とユニット「コトマリ」を組んでアイドルを目指している小学5年生の女の子 「アイドル・ことまり! 3」 令丈ヒロ子作;亜沙美絵 講談社(講談社青い鳥文庫) 2018年1月

糸井 莉香　いとい・りか
被服部のメンバーで優人を強引に助っ人にする空気を読まないクラスメート 「ぼくのまつり縫い：手芸男子は好きっていえない」 神戸遥真作;井田千秋絵　偕成社(偕成社ノベルフリーク) 2019年11月

伊藤 健太　いとう・けんた
自分が生き残るために弱虫な桃を利用しようとする冷血人間 「人生終了ゲーム：センタクシテクダサイ」 cheeery著;シソ絵　スターツ出版(野いちごジュニア文庫) 2020年12月

伊藤 孝司　いとう・こうじ
桜ヶ島小学校6年生、読書好きで普段は大人しい性格の男の子 「絶望鬼ごっこ[10]」 針とら作;みもり絵　集英社(集英社みらい文庫) 2018年4月

伊藤 真司　いとう・しんじ
三橋の相棒でまじめな性格ながらケンカでは頼りになるツッパリ 「今日から俺は!!劇場版」 西森博之原作;福田雄一脚本・監督;江橋よしのり著　小学館(小学館ジュニア文庫) 2020年7月

伊藤 空良　いとう・そら
中学に入り文芸部に入部する女の子 「わたしの空と五・七・五」 森埜こみち作;山田和明絵　講談社(講談社文学の扉) 2018年2月

伊藤 マツ　いとう・まつ
かわいい子馬を家に迎えた家族の中心で馬を大切に見守る農家の少女 「戦争にいったうま 改訂版」 いしいゆみ作;大庭賢哉絵　静山社　2020年11月

伊藤 マツ　いとう・まつ
かわいい子馬を家に迎えた家族の中心で馬を大切に見守る農家の少女 「戦争にいったうま」 いしいゆみ作;大庭賢哉絵　静山社　2020年6月

伊藤 みなみ　いとう・みなみ
運動会の400メートルリレーで俊足を活かして活躍する他のメンバーを引っ張る女子 「空に向かって走れ!：スポーツのおはなしリレー―シリーズスポーツのおはなし」 小手鞠るい作;大庭賢哉絵　講談社　2019年11月

糸川 忍　いとかわ・しのぶ
動物が大好きで叱られた時には動物を使った屁理屈「どうくつ」でごまかすのが得意な男の子 「どうくつをこねる糸川くん」 春間美幸作;宮尾和孝絵　講談社(わくわくライブラリー) 2018年1月

糸川 音色　いとかわ・ねいろ
野依の幼なじみで異世界に飛ばされた後何者かにさらわれた少女 「少年Nの長い長い旅04」 石川宏千花著　講談社(YA!ENTERTAINMENT) 2018年1月

糸川 音色　いとかわ・ねいろ
野依の幼なじみで異世界に飛ばされた後何者かにさらわれた少女 「少年Nの長い長い旅05」 石川宏千花著　講談社(YA!ENTERTAINMENT) 2018年8月

イトツー
「森の家」に参加する中学生 「世界とキレル」 佐藤まどか著　あすなろ書房　2020年9月

イトワン
「森の家」に参加する中学生 「世界とキレル」 佐藤まどか著　あすなろ書房　2020年9月

稲城 徹平　いなぎ・てっぺい
食いしん坊でやんちゃ坊主の中学1年生 「魔天使マテリアル 27」 藤咲あゆな作;藤丘ようこ絵　ポプラ社(ポプラカラフル文庫) 2019年6月

稲葉 ナナミ　いなば・ななみ
ガリガリ君の商品開発部で新しい味を作るため挑戦を続ける女性 「ガリガリ君ができるまで」 岩貞るみこ文;黒須高嶺絵　講談社　2020年7月

井波 あきら　いなみ・あきら
高校2年生で水族館部の部長、生物への情熱と部の団結を支えるリーダー 「長浜高校水族館部!」 令丈ヒロ子文;紀伊カンナ絵　講談社　2019年3月

稲森 明日人　いなもり・あすと
日本代表「イナズマジャパン」のメンバーの一人 「小説イナズマイレブン : オリオンの刻印 1」 レベルファイブ原作;日野晃博総監督・原案・シリーズ構成;江橋よしのり著　小学館(小学館ジュニア文庫) 2019年4月

稲森 明日人　いなもり・あすと
日本代表「イナズマジャパン」のメンバーの一人 「小説イナズマイレブン : オリオンの刻印 2」 レベルファイブ原作;日野晃博総監督・原案・シリーズ構成;江橋よしのり著　小学館(小学館ジュニア文庫) 2019年7月

稲森 明日人　いなもり・あすと
日本代表「イナズマジャパン」のメンバーの一人 「小説イナズマイレブン : オリオンの刻印 3」 レベルファイブ原作;日野晃博総監督・原案・シリーズ構成;江橋よしのり著　小学館(小学館ジュニア文庫) 2019年8月

稲森 明日人　いなもり・あすと
日本代表「イナズマジャパン」のメンバーの一人 「小説イナズマイレブン : オリオンの刻印 4」 レベルファイブ原作;日野晃博総監督・原案・シリーズ構成;江橋よしのり著　小学館(小学館ジュニア文庫) 2019年10月

稲森 明日人　いなもり・あすと
雷門中サッカー部の明るいFWの少年 「小説イナズマイレブン : アレスの天秤 1」 レベルファイブ原作;日野晃博総監督・原案・シリーズ構成;江橋よしのり著　小学館(小学館ジュニア文庫) 2018年6月

稲森 明日人　いなもり・あすと
雷門中サッカー部の明るいFWの少年 「小説イナズマイレブン : アレスの天秤 2」 レベルファイブ原作;日野晃博総監督・原案・シリーズ構成;江橋よしのり著　小学館(小学館ジュニア文庫) 2018年8月

稲森 明日人　いなもり・あすと
雷門中サッカー部の明るいFWの少年 「小説イナズマイレブン : アレスの天秤 3」 レベルファイブ原作;日野晃博総監督・原案・シリーズ構成;江橋よしのり著　小学館(小学館ジュニア文庫) 2018年8月

稲森 明日人　いなもり・あすと
雷門中サッカー部の明るいFWの少年 「小説イナズマイレブン : アレスの天秤 4」 レベルファイブ原作;日野晃博総監督・原案・シリーズ構成;江橋よしのり著　小学館(小学館ジュニア文庫) 2018年10月

稲森 のぞみ　いなもり・のぞみ
チアリーダー部のわかばの元親友 「チア☆ダンROCKETS 2」 映画「チア☆ダン」製作委員会原作;徳尾浩司ドラマ脚本;木村涼子ドラマ脚本;みうらかれん文;榊アヤミ絵 KADOKAWA(角川つばさ文庫) 2018年10月

稲森 望　いなもり・のぞみ
わかばとモメていたけど今は仲良しの女の子 「チア☆ダンROCKETS 3」 映画「チア☆ダン」製作委員会原作;木村涼子ドラマ脚本;徳尾浩司ドラマ脚本;渡邉真子ドラマ脚本;みうらかれん文;榊アヤミ絵 KADOKAWA(角川つばさ文庫) 2018年12月

稲森 真人　いなもり・まさと
行方不明だった明日人の父親 「小説イナズマイレブン：オリオンの刻印 3」 レベルファイブ原作;日野晃博総監督・原案・シリーズ構成;江橋よしのり著 小学館(小学館ジュニア文庫) 2019年8月

稲荷 アリサ　いなり・ありさ
かわいくて賢くておしゃれなクラスのリーダー的存在の女子 「怪盗ネコマスク：真夜中の小さなヒーロー」 近江屋一朗作;ナカユウ絵 集英社(集英社みらい文庫) 2019年4月

稲荷 アリサ　いなり・ありさ
かわいくて賢くておしゃれなクラスのリーダー的存在の女子 「怪盗ネコマスク [2]」 近江屋一朗作;ナカユウ絵 集英社(集英社みらい文庫) 2019年9月

イヌ(サイトーさん)
家族が引っ越した後に残された黒い犬、モモコさんに名前を付けられたモモコさんのお供 「まじょかもしれない?」 服部千春作;かとうようこ絵 岩崎書店(おはなしトントン) 2019年10月

乾 和臣　いぬい・かずおみ
由奈と同じマンションに住む穏やかで優しい性格の幼なじみ 「思い、思われ、ふり、ふられ：まんがノベライズ特別編：由奈の初恋と理央のひみつ」 咲坂伊緒原作・絵;はのまきみ著 集英社(集英社みらい文庫) 2020年7月

乾 和臣　いぬい・かずおみ
由奈と同じマンションに住む穏やかで優しい性格の幼なじみ 「思い、思われ、ふり、ふられ：映画ノベライズみらい文庫版」 咲坂伊緒原作;米内山陽子脚本;三木孝浩脚本;はのまきみ著 集英社(集英社みらい文庫) 2020年7月

犬井 京平　いぬい・きょうへい
スポーツが得意な完全体育男子なのに水泳だけはヘタクソな中学1年生の少年 「スプラッシュ!：ぼくは犬かきしかできない」 山村しょう作;凸ノ高秀絵 集英社(集英社みらい文庫) 2019年12月

犬井 京平　いぬい・きょうへい
スポーツが得意な完全体育男子なのに水泳だけはヘタクソな中学1年生の少年 「スプラッシュ! [2]」 山村しょう作;凸ノ高秀絵 集英社(集英社みらい文庫) 2020年4月

犬江親兵衛仁　いぬえしんべえまさし
仁の玉を持つ八犬士の一人で小文吾の甥 「南総里見八犬伝：かけぬけろ!宿命の八犬士」 曲亭馬琴原作;奥山景布子著;縞絵 集英社(集英社みらい文庫) 2020年4月

犬飼現八信道　いぬかいげんぱちのぶみち
信の玉を持つ八犬士の一人で冷静沈着な策略家 「南総里見八犬伝：かけぬけろ!宿命の八犬士」 曲亭馬琴原作;奥山景布子著;縞絵 集英社(集英社みらい文庫) 2020年4月

犬神 コウスケ　いぬがみ・こうすけ
何かと一ノ瀬君につっかかってくる少年 「少女マンガじゃない! 2」 水無仙丸作;まごつき絵 KADOKAWA(角川つばさ文庫) 2018年9月

犬神 コウスケ　いぬがみ・こうすけ
何かと一ノ瀬君につっかかってくる少年 「少女マンガじゃない! 3」 水無仙丸作;まごつき絵 KADOKAWA(角川つばさ文庫) 2019年2月

犬川荘助義任　いぬかわそうすけよしとう
義の玉を持つ八犬士の一人で忠義に厚い剣士 「南総里見八犬伝 : かけぬけろ!宿命の八犬士」 曲亭馬琴原作;奥山景布子著;縞絵 集英社(集英社みらい文庫) 2020年4月

犬坂毛野胤智　いぬさかけのたねとも
智の玉を持つ八犬士の一人で父の仇を討とうとしている青年 「南総里見八犬伝 : かけぬけろ!宿命の八犬士」 曲亭馬琴原作;奥山景布子著;縞絵 集英社(集英社みらい文庫) 2020年4月

犬塚 信乃　いぬずか・しの
番作の息子 「南総里見八犬伝 1」 曲亭馬琴原作;松尾清貴文 静山社 2018年3月

犬塚信乃戍孝　いぬずかしのもりたか
孝の玉を持つ八犬士の一人で剣術に優れている青年 「南総里見八犬伝 : かけぬけろ!宿命の八犬士」 曲亭馬琴原作;奥山景布子著;縞絵 集英社(集英社みらい文庫) 2020年4月

犬塚 番作　いぬずか・ばんさく
足利持氏の元家臣 「南総里見八犬伝 1」 曲亭馬琴原作;松尾清貴文 静山社 2018年3月

犬田小文吾悌順　いぬたこぶんごやすより
悌の玉を持つ八犬士の一人で古那屋を営む文五兵衛の息子 「南総里見八犬伝 : かけぬけろ!宿命の八犬士」 曲亭馬琴原作;奥山景布子著;縞絵 集英社(集英社みらい文庫) 2020年4月

犬走 凪人　いぬばしり・なぎと
幼なじみの鰐淵頼子と共に空飛ぶくじらの世界に連れて行かれる頼もしい少年 「空飛ぶくじら部」 石川宏千花著 PHP研究所(カラフルノベル) 2019年8月

犬丸　いぬまる
牛飼い見習い、萌黄の幼なじみで彼女を支える心優しい少年 「もえぎ草子」 久保田香里作;tono画 くもん出版(くもんの児童文学) 2019年7月

犬村大角礼儀　いぬむらだいかくまさのり
礼の玉を持つ八犬士の一人で家族思いの優しい男 「南総里見八犬伝 : かけぬけろ!宿命の八犬士」 曲亭馬琴原作;奥山景布子著;縞絵 集英社(集英社みらい文庫) 2020年4月

犬山道節忠与　いぬやまどうせつただとも
忠の玉を持つ八犬士の一人で火を自在に操る火遁の術が使える青年 「南総里見八犬伝 : かけぬけろ!宿命の八犬士」 曲亭馬琴原作;奥山景布子著;縞絵 集英社(集英社みらい文庫) 2020年4月

イヌヨシ
おねしょで埋蔵金の地図を発見し埋蔵金を探すために「パンダにんじゃ6にんしゅう」を指揮する殿様 「パンダにんじゃ：どっくがわまいぞう金のなぞ」 藤田遼さく;SANAえ PHP研究所(とっておきのどうわ) 2018年8月

井上 オサム(サムくん) いのうえ・おさむ(さむくん)
見た目は普通の小学生で空色のハンカチを使って推理をする名探偵 「めいたんていサムくん」 那須正幹作;はたこうしろう絵 童心社(だいすき絵童話) 2020年9月

井上 オサム(サムくん) いのうえ・おさむ(さむくん)
見た目は普通の小学生で空色のハンカチを使って推理をする名探偵 「めいたんていサムくんとあんごうマン」 那須正幹作;はたこうしろう絵 童心社(だいすき絵童話) 2020年12月

井上 希星 いのうえ・きらら
麻衣・莉緒・若葉・夏月に憧れる地味女子 「キミと、いつか。[11]」 宮下恵茉作;染川ゆかり絵 集英社(集英社みらい文庫) 2019年7月

井上 希星 いのうえ・きらら
麻衣・莉緒・若葉・夏月に憧れる地味女子 「キミと、いつか。[13]」 宮下恵茉作;染川ゆかり絵 集英社(集英社みらい文庫) 2020年3月

井上 光平 いのうえ・こうへい
おばあちゃんからもらった魔法の日記を活用して努力を続け泳ぎや読書感想文で成功を収める竜也の友達 「望みがかなう魔法の日記」 本田有明著 PHP研究所(わたしたちの本棚) 2019年6月

井上さん いのうえさん
カケルのクラスメートで彼の気になる存在の女子高生 「ベランダの秘密基地：しゃべる猫と、家族のカタチ」 木村色吹著 KADOKAWA(カドカワ読書タイム) 2020年9月

井上 太一郎 いのうえ・たいちろう
マニアの間では有名な古書店「ヒトリ書房」の店主 「ビブリア古書堂の事件手帖 3」 三上延作;越島はぐ絵 KADOKAWA(角川つばさ文庫) 2018年2月

井上 斗真 いのうえ・とうま
高校1年生で水族館部の繁殖班班長、奮闘しながら成長する期待の星 「長浜高校水族館部!」 令丈ヒロ子文;紀伊カンナ絵 講談社 2019年3月

井上 磐理 いのうえ・ばんり
詠子の新しいクラスの学級委員の少年 「言葉屋 6」 久米絵美里作;もとやままさこ絵 朝日学生新聞社 2019年2月

猪上 琉偉(ルイルイ) いのうえ・るい(るいるい)
6年5組にやってきた転校生、生活向上委員の一人 「生活向上委員会! 10」 伊藤クミコ作;桜倉メグ絵 講談社(講談社青い鳥文庫) 2019年3月

猪上 琉偉(ルイルイ) いのうえ・るい(るいるい)
6年5組にやってきた転校生、生活向上委員の一人 「生活向上委員会! 11」 伊藤クミコ作;桜倉メグ絵 講談社(講談社青い鳥文庫) 2019年8月

猪上 琉偉(ルイルイ) いのうえ・るい(るいるい)
6年5組にやってきた転校生、生活向上委員の一人 「生活向上委員会! 12」 伊藤クミコ作;桜倉メグ絵 講談社(講談社青い鳥文庫) 2019年12月

猪上 琉偉(ルイルイ) いのうえ・るい(るいるい)
6年5組にやってきた転校生、生活向上委員の一人 「生活向上委員会! 13」 伊藤クミコ作;桜倉メグ絵 講談社(講談社青い鳥文庫) 2020年4月

猪上 琉偉(ルイルイ) いのうえ・るい(るいるい)
6年5組にやってきた転校生、生活向上委員の一人 「生活向上委員会! 7」 伊藤クミコ作;桜倉メグ絵 講談社(講談社青い鳥文庫) 2018年3月

猪上 琉偉(ルイルイ) いのうえ・るい(るいるい)
6年5組にやってきた転校生、生活向上委員の一人 「生活向上委員会! 8」 伊藤クミコ作;桜倉メグ絵 講談社(講談社青い鳥文庫) 2018年7月

猪上 琉偉(ルイルイ) いのうえ・るい(るいるい)
6年5組にやってきた転校生、生活向上委員の一人 「生活向上委員会! 9」 伊藤クミコ作;桜倉メグ絵 講談社(講談社青い鳥文庫) 2018年11月

伊能 万太郎(万ちゃん) いのう・まんたろう(まんちゃん)
2年B組の美少年の演劇部員 「劇部ですから! Act.5」 池田美代子作;柚希きひろ絵 講談社(講談社青い鳥文庫) 2019年3月

伊能 万太郎(万ちゃん) いのう・まんたろう(まんちゃん)
青北中学校演劇部の2年生、手先が器用で衣装づくりに興味がある色白で美しい少年 「劇部ですから! Act.3」 池田美代子作;柚希きひろ絵 講談社(講談社青い鳥文庫) 2018年2月

伊能 万太郎(万ちゃん) いのう・まんたろう(まんちゃん)
青北中学校演劇部の2年生、手先が器用で衣装づくりに興味がある色白で美しい少年 「劇部ですから! Act.4」 池田美代子作;柚希きひろ絵 講談社(講談社青い鳥文庫) 2018年8月

いのばあちゃん
雲の上に連れて行ってもらったおばあさん 「雷になったいのばあちゃん」 あらい太朗絵と文 さきたま出版会 2020年11月

猪原 進 いのはら・すすむ
3年生のゴールキーパー 「DAYS 3」 安田剛士原作・絵;石崎洋司文 講談社(講談社青い鳥文庫) 2018年2月

伊野 遥 いの・はるか
実坂高校1年生、極度のあがり症の女の子 「ゆけ、シンフロ部!」 堀口泰生小説;青木俊直絵 学研プラス(部活系空色ノベルズ) 2018年1月

伊吹先輩 いぶきせんぱい
全校女子が憧れるモテ男子、天才的なトランペット奏者 「君のとなりで。: 音楽室の、ひみつのふたり」 高杉六花作;穂坂きなみ絵 KADOKAWA(角川つばさ文庫) 2019年9月

伊吹先輩 いぶきせんぱい
全校女子が憧れるモテ男子、天才的なトランペット奏者 「君のとなりで。2」 高杉六花作;穂坂きなみ絵 KADOKAWA(角川つばさ文庫) 2020年1月

伊吹先輩 いぶきせんぱい
全校女子が憧れるモテ男子、天才的なトランペット奏者 「君のとなりで。3」 高杉六花作;穂坂きなみ絵 KADOKAWA(角川つばさ文庫) 2020年6月

伊吹先輩　いぶきせんぱい
全校女子が憧れるモテ男子、天才的なトランペット奏者 「君のとなりで。4」 高杉六花作;穂坂きなみ絵 KADOKAWA(角川つばさ文庫) 2020年12月

伊吹 涼　いぶき・りょう
圭吾先生の後輩でサーヤを引き取った喫茶店のマスター 「魔天使マテリアル 25」 藤咲あゆな作;藤丘ようこ画 ポプラ社(ポプラカラフル文庫) 2018年6月

伊吹 涼　いぶき・りょう
圭吾先生の後輩でサーヤを引き取った喫茶店のマスター 「魔天使マテリアル 26」 藤咲あゆな作;藤丘ようこ絵 ポプラ社(ポプラカラフル文庫) 2018年11月

伊吹 涼　いぶき・りょう
圭吾先生の後輩でサーヤを引き取った喫茶店のマスター 「魔天使マテリアル 29」 藤咲あゆな作;藤丘ようこ絵 ポプラ社(ポプラカラフル文庫) 2019年12月

今泉 俊輔　いまいずみ・しゅんすけ
自転車競技に命をかける高校1年生 「映画弱虫ペダル」 渡辺航原作;板谷里乃脚本;三木康一郎脚本;輔老心ノベライズ 岩崎書店(フォア文庫) 2020年7月

今泉 俊輔　いまいずみ・しゅんすけ
自転車競技に命をかける高校1年生 「小説弱虫ペダル 1」 渡辺航原作;輔老心ノベライズ 岩崎書店(フォア文庫) 2019年10月

今泉 俊輔　いまいずみ・しゅんすけ
自転車競技に命をかける高校1年生 「小説弱虫ペダル 2」 渡辺航原作;輔老心ノベライズ 岩崎書店(フォア文庫) 2019年10月

今泉 俊輔　いまいずみ・しゅんすけ
自転車競技に命をかける高校1年生 「小説弱虫ペダル 3」 渡辺航原作;輔老心ノベライズ 岩崎書店(フォア文庫) 2020年3月

今泉 俊輔　いまいずみ・しゅんすけ
自転車競技に命をかける高校1年生 「小説弱虫ペダル 4」 渡辺航原作;輔老心ノベライズ 岩崎書店(フォア文庫) 2020年10月

今治 美奈都　いまばり・みなと
スマホに突如表示された「生贄投票」アプリによってクラス崩壊の中心となる女子高生 「生贄投票」 葛西竜哉著 双葉社(双葉社ジュニア文庫) 2018年3月

今村 澄子　いまむら・すみこ
あおぎり作業所の所長 「星に語りて：Starry Sky」 山本おさむ原作;広鰭恵利子文;きょうされん監修 汐文社 2019年10月

イーヨーツム
くしゃみで増えて張り切るとビッグツムになる小さなツムたちの一人 「ディズニーツムツムの大冒険 [2]」 橋口いくよ著;ウォルト・ディズニー・ジャパン株式会社監修 小学館(小学館ジュニア文庫) 2018年2月

イライザ
ユーモアと知性で周囲を和ませる女子寮の冷静な先輩 「お庭番デイズ：逢沢学園女子寮日記 上下」 有沢佳映著 講談社 2020年7月

入口 今日子　いりぐち・きょうこ
子どもたちが抱える悩みに対して優しくヒントを与える相談室の先生 「レインボールームのエマ : おしごとのおはなしスクールカウンセラー―シリーズおしごとのおはなし」 戸森しるこ作;佐藤真紀子絵 講談社 2018年2月

イルカ
船旅の途中で出会う海の動物 「はりねずみのルーチカ : 人魚の島」 かんのゆうこ作;北見葉胡絵 講談社(わくわくライブラリー) 2019年7月

入間 依織　いるま・いおり
優しすぎるアミの親友 「ファースト・ステップ : ひよっこチームでダンス対決!?」 西本紘奈作;月太陽絵 KADOKAWA(角川つばさ文庫) 2019年5月

入間 依織　いるま・いおり
優しすぎるアミの親友 「ファースト・ステップ 2」 西本紘奈作;月太陽絵 KADOKAWA(角川つばさ文庫) 2019年11月

イレシュ
ヤイレスーホから魔力を授けられた特別な力を持つ少女 「ヤイレスーホ = Yaylesuho」 菅野雪虫著 講談社 2018年6月

岩井 菜々子　いわい・ななこ
大人しくて恥ずかしがり屋のみうのクラスメートで親友の女の子 「いたずら★死霊使い(ネクロマンサー) : 大賢者ピタゴラスがあらわれた!?」 白水晴鳥作;もけお絵 講談社(講談社青い鳥文庫) 2019年9月

岩井 梨乃　いわい・りの
3.11の被災者であることを隠し都内の高校で新たな生活を始めようとする女子高生 「この川のむこうに君がいる」 濱野京子作 理論社 2018年11月

岩崎 ニコラ　いわさき・にこら
小学5年生の写真家で完璧な技術で電車の魅力を捉える少年 「撮り鉄Wクロス! : 対決! ターゲットはサフィール号」 豊田巧作;田伊りょうき絵 あかね書房 2020年10月

岩瀬 美咲　いわせ・みさき
マイナスの感情が心を占めると息ができなくなって叫び声をあげてしまう女の子 「となりの火星人」 工藤純子著 講談社(講談社文学の扉) 2018年2月

岩田 大五郎(横綱)　いわた・だいごろう(よこずな)
体は大きいけれど気は小さい泣き虫な男の子 「6年1組黒魔女さんが通る!! 09」 石崎洋司作;亜沙美絵;藤田香絵・キャラクター原案 講談社(講談社青い鳥文庫) 2019年10月

岩田 友希　いわた・ともき
小学校2年生、きみひろくんと親しい友達で彼の嘘に気づきながらも心配して行動する優しい少年 「きみひろくん」 いとうみく作;中田いくみ絵 くもん出版(くもんの児童文学) 2019年11月

岩田 廉　いわた・れん
咲希の隣のクラスの図書委員で咲希の失恋相手の少年 「恋する図書室 [2]」 五十嵐美怜作;桜井みわ絵 集英社(集英社みらい文庫) 2020年1月

岩橋 千紗　いわはし・ちさ
2年生から転校してきた転校生、希美と同じ吹奏楽部で明るく華やかな中学2年生の少女 「恋する図書室［4］」 五十嵐美怜作;桜井みわ絵 集英社(集英社みらい文庫) 2020年9月

岩本 すみれ　いわもと・すみれ
光丘学園に通う高校1年生、父親に禁止されている陸南工業高校の生徒である拓に恋をする女の子 「制服ジュリエット」 麻井深雪作;池田春香絵 ポプラ社(ポケット・ショコラ) 2018年3月

岩本 すみれ　いわもと・すみれ
水森利世のいとこで光丘学園の2年生 「制服シンデレラ」 麻井深雪作;池田春香絵 ポプラ社(ポケット・ショコラ) 2019年9月

イワン
ダヤンとジタンを取り戻すために計画を進めるワニ 「猫のダヤン 7」 池田あきこ作 静山社(静山社ペガサス文庫) 2019年4月

イワン
ダヤンの仲間で森の中で一人暮らしをしているきこりのワニ 「ダヤン、奇妙な夢をみる―ダヤンの冒険物語」 池田あきこ著 ほるぷ出版 2020年5月

イワン
ダヤンの仲間で森の中で一人暮らしをしているきこりのワニ 「ダヤンと恐竜のたまご 新版―ダヤンの冒険物語」 池田あきこ著 ほるぷ出版 2020年7月

犬童 かおる　いんどう・かおる
桜木高校サッカー部キャプテン 「DAYS 3」 安田剛士原作・絵;石崎洋司文 講談社(講談社青い鳥文庫) 2018年2月

【う】

ウィスピーウッズ
プププランドの森に住んでいる甘くておいしい赤い実をつける木 「星のカービィ カービィカフェは大さわぎ!?の巻」 高瀬美恵作;苅野タウ絵;ぽと絵 KADOKAWA(角川つばさ文庫) 2020年12月

ウィリアム・ホイットフィールド
捕鯨船ジョン・ハウランド号の船長 「ジョン万次郎―波乱に満ちておもしろい!ストーリーで楽しむ伝記；4」 金原瑞人著;佐竹美保絵 岩崎書店 2020年2月

ウィル
「グリム・ブラザーズ」として知られる天才犯罪コンサルタント 「華麗なる探偵アリス&ペンギン［11］」 南房秀久著;あるやイラスト 小学館(小学館ジュニア文庫) 2018年7月

ウィル
女王陛下の革手袋をつくるためケニルワース城へ向かい女王暗殺の計画に巻き込まれた少年 「王の祭り」 小川英子著 ゴブリン書房 2020年4月

ウィルヘム・グリム(ウィル)
「グリム・ブラザーズ」として知られる天才犯罪コンサルタント 「華麗なる探偵アリス&ペンギン［11］」 南房秀久著;あるやイラスト 小学館(小学館ジュニア文庫) 2018年7月

ウィルヘルム
エリザベスの幼なじみ、ユリウス王子の側近で親友 「パティシエ志望だったのに、シンデレラのいじわるな姉に生まれ変わってしまいました!」 日部星花著;中嶋ゆかイラスト 小学館(小学館ジュニア文庫) 2019年10月

上空 星 うえから・きらり
フランス在住の美少女天才ブーランジェ(パン職人) 「大熊猫(パンダ)ベーカリー : パンダと私の内気なクリームパン!」 くればやしよしえ著;新井陽次郎イラスト 小学館(小学館ジュニア文庫) 2019年3月

上杉 和典 うえすぎ・かずのり
数学が得意な知的でクールな男の子 「ブラック教室は知っている―探偵チームKZ事件ノート」 藤本ひとみ原作;住滝良文;駒形絵 講談社(講談社青い鳥文庫) 2018年3月

上杉 和典 うえすぎ・かずのり
数学が得意な知的でクールな男の子 「消えた黒猫は知っている―探偵チームKZ事件ノート」 藤本ひとみ原作;住滝良文;駒形絵 講談社(講談社青い鳥文庫) 2018年12月

上杉 和典 うえすぎ・かずのり
数学が得意な知的でクールな男の子 「恋する図書館は知っている―探偵チームKZ事件ノート」 藤本ひとみ原作;住滝良文;駒形絵 講談社(講談社青い鳥文庫) 2018年7月

上杉 和典 うえすぎ・かずのり
知的でクールで数学が得意な少年 「学校の影ボスは知っている―探偵チームKZ事件ノート」 藤本ひとみ原作;住滝良文;駒形絵 講談社(講談社青い鳥文庫) 2019年3月

上杉 和典 うえすぎ・かずのり
知的でクールで数学が得意な少年 「校門の白魔女は知っている―探偵チームKZ事件ノート」 藤本ひとみ原作;住滝良文;駒形絵 講談社(講談社青い鳥文庫) 2019年7月

上杉 和典 うえすぎ・かずのり
知的でクールで数学が得意な少年 「呪われた恋話(こいばな)は知っている―探偵チームKZ事件ノート」 藤本ひとみ原作;住滝良文;駒形絵 講談社(講談社青い鳥文庫) 2019年12月

上杉 和典 うえすぎ・かずのり
知的でクールな数学が得意な少年 「ブラック保健室は知っている―探偵チームKZ事件ノート」 藤本ひとみ原作;住滝良文;駒形絵 講談社(講談社青い鳥文庫) 2020年7月

上杉 和典 うえすぎ・かずのり
知的でクールな数学が得意な少年 「初恋は知っている 砂原編―探偵チームKZ事件ノート」 藤本ひとみ原作;住滝良文;駒形絵 講談社(講談社青い鳥文庫) 2020年12月

上杉 玄 うえすぎ・げん
出版社の新米編集者 「IQ探偵ムー元の夢、夢羽の夢―IQ探偵シリーズ ; 39」 深沢美潮作 ポプラ社 2018年4月

上杉 謙信 うえすぎ・けんしん
東軍で一モンズのピッチャー 「戦国ベースボール [20]」 りょくち真太作;トリバタケハルノブ絵 集英社(集英社みらい文庫) 2020年11月

上杉 昴　うえすぎ・すばる
小学校6年生の水瓶座で名前が男の子だと勘違いされがちな女の子 「星明かり」 熊谷千世子作;宮尾和孝絵 文研出版(文研じゅべにーる) 2020年12月

上杉 智則(トモ)　うえすぎ・とものり(とも)
小学5年生、突然消えた母を探しながらキャラバンを引き不思議な世界で冒険する少年 「ぼくと母さんのキャラバン」 柏葉幸子著;泉雅史絵 講談社(講談社文学の扉) 2020年4月

上杉 ゆみえ　うえすぎ・ゆみえ
突然いなくなったトモの母親、不思議な世界でキャラバンを引いていたことが明らかになる女性 「ぼくと母さんのキャラバン」 柏葉幸子著;泉雅史絵 講談社(講談社文学の扉) 2020年4月

上田 真白　うえだ・ましろ
外見も性格も普通で親友のモモちゃんといつも一緒にいる小学6年生の少女 「あの日、そらですきをみつけた」 辻みゆき著;いつかイラスト 小学館(小学館ジュニア文庫) 2018年4月

上田 凛　うえだ・りん
KTTのリーダーで私鉄が好きな少年 「電車で行こう! : 80円で関西一周!!駅弁食いだおれ463.9km!!!」 豊田巧作;裕龍ながれ絵 集英社(集英社みらい文庫) 2018年2月

上田 凛　うえだ・りん
KTTのリーダーで私鉄が好きな少年 「電車で行こう! : 運気上昇!?西鉄と特急で行く水路の街」 豊田巧作;裕龍ながれ絵 集英社(集英社みらい文庫) 2019年2月

上田 凛　うえだ・りん
KTTのリーダーで私鉄が好きな少年 「電車で行こう! : 鉄道&船!?ひかりレールスターと瀬戸内海スペシャルツアー!!」 豊田巧作;裕龍ながれ絵 集英社 2020年8月

上野 潤子　うえの・じゅんこ
速人と強士と共に困難に立ち向かう意志の強い小学6年生の少女 「虹のランナーズ」 浅田宗一郎作;渡瀬のぞみ絵 PHP研究所(カラフルノベル) 2020年11月

植野 直花　うえの・なおか
将也の小6の時のクラスメート 「小説聲の形 上下」 大今良時原作・絵;倉橋燿子文 講談社(講談社青い鳥文庫) 2019年3月

植松 真次　うえまつ・しんじ
父親を亡くし東京から愛知県の祖父の家に引っ越してきた小学6年生 「早咲きの花 : ぼくらは戦友」 宗田理作;YUME絵 KADOKAWA(角川つばさ文庫) 2019年8月

上村 育子　うえむら・いくこ
亜梨紗の新しい中学校の担任の先生 「それでも人のつもりかな」 有島希音著;流亜絵 岩崎書店 2018年7月

植村 久子　うえむら・ひさこ
東京学術大学理学部化学研究室の助手 「お江戸怪談時間旅行」 楠木誠一郎作;亜沙美絵 静山社 2018年9月

上山 秀介　うえやま・しゅうすけ
春馬の親友 「絶体絶命ゲーム 3」 藤ダリオ作;さいね絵 KADOKAWA(角川つばさ文庫) 2018年3月

上山 秀介　うえやま・しゅうすけ
春馬の親友「絶体絶命ゲーム 5」藤ダリオ作;さいね絵　KADOKAWA(角川つばさ文庫) 2019年3月

上山 秀介　うえやま・しゅうすけ
春馬の親友「絶体絶命ゲーム 6」藤ダリオ作;さいね絵　KADOKAWA(角川つばさ文庫) 2019年10月

上山 章　うえやま・しょう
数学研究部員で相撲部も兼務する巨漢の男子「無限の中心で」まはら三桃著　講談社 2020年6月

鵜飼 朔　うかい・さく
ゆりあの弟、夏芽の彼氏「1% 11」このはなさくら作;高上優里子絵　KADOKAWA(角川つばさ文庫) 2018年12月

鵜飼 ゆりあ　うかい・ゆりあ
二次元ラブのゆるふわ女子「1% 11」このはなさくら作;高上優里子絵　KADOKAWA(角川つばさ文庫) 2018年12月

鵜飼 ゆりあ　うかい・ゆりあ
二次元ラブのゆるふわ女子「1% 16」このはなさくら作;高上優里子絵　KADOKAWA(角川つばさ文庫) 2020年8月

宇賀田 悠真　うがた・ゆうま
学校で孤立している由加と関わりを持ち共に過ごすことになる幼なじみの男の子「世界は「 」で満ちている」櫻いいよ著　PHP研究所(カラフルノベル) 2019年5月

宇喜多 千明　うきた・ちあき
夜の町で奇妙なランナーを目撃し異様な力に目覚める少年「ポーン・ロボット」森川成美作;田中達之絵　偕成社 2019年3月

宇喜多 理央　うきた・りお
千明の妹で兄と共に町の異変の原因を追う少女「ポーン・ロボット」森川成美作;田中達之絵　偕成社 2019年3月

卯木 睦　うぎ・むつみ
放送部部長で優しい声が特徴の憧れの先輩「君の声は魔法のように」花本かなみ作;藤もも絵　ポプラ社(ポケット・ショコラ) 2020年11月

右京　うきょう
飛黒と萩乃の双子の息子で兄「妖怪の子預かります 7」廣嶋玲子作;Minoru絵　東京創元社 2020年10月

右近衛中将頼宗(頼宗)　うこのえのちゅうじょうよりむね(よりむね)
藤原道長の子、「今光君」と呼ばれている美少年「紫式部の娘。賢子がまいる! [図書館版]」篠綾子作;小倉マユコ絵　ほるぷ出版 2019年3月

右近衛中将頼宗(頼宗)　うこのえのちゅうじょうよりむね(よりむね)
藤原道長の子、「今光君」と呼ばれている美少年「紫式部の娘。賢子はとまらない! [図書館版]」篠綾子作;小倉マユコ絵　ほるぷ出版 2019年3月

ウサギ
「ピンクのぬいぐるみのウサギ」スーツに身を固めた宇宙人スパイ 「世界のはてのペンギン・ミステリー―宇宙スパイウサギ大作戦；パート2-4」 岡田貴久子作;ミヤハラヨウコ絵 理論社 2018年10月

ウサギ
突然清少納言の前に現れたウサギの男の子 「枕草子：平安女子のキラキラノート」 清少納言作;福田裕子文;朝日川日和絵 KADOKAWA(角川つばさ文庫) 2020年2月

ウサギさん
ウサギのかぶり物をして咲良の恋をサポートする謎の男子生徒 「ないしょのウサギくん」 時羽紘作;岩ちか絵 ポプラ社(ポケット・ショコラ) 2020年1月

うさ子 うさこ
ホテル「やまのなか小学校」を立ち上げた卒業生の一人、仲間と共に訪れる人々を迎える心優しい女性 「ホテルやまのなか小学校の時間割」 小松原宏子作;亀岡亜希子絵 PHP研究所(みちくさパレット) 2018年12月

宇佐美 はる子(うさ子) うさみ・はるこ(うさこ)
ホテル「やまのなか小学校」を立ち上げた卒業生の一人、仲間と共に訪れる人々を迎える心優しい女性 「ホテルやまのなか小学校の時間割」 小松原宏子作;亀岡亜希子絵 PHP研究所(みちくさパレット) 2018年12月

宇佐美 水月 うさみ・みずき
睦月の姉、中学1年生 「七つのおまじない―泣いちゃいそうだよ」 小林深雪作;牧村久実絵 講談社(講談社青い鳥文庫) 2018年8月

宇佐美 睦月 うさみ・むつき
蘭の幼なじみでクラスメートの男の子 「七つのおまじない―泣いちゃいそうだよ」 小林深雪作;牧村久実絵 講談社(講談社青い鳥文庫) 2018年8月

宇佐美 優心 うさみ・ゆうしん
飛鳥の友人、不良と噂されるコワモテ男子 「ないしょのウサギくん」 時羽紘作;岩ちか絵 ポプラ社(ポケット・ショコラ) 2020年1月

丑の刻マイリ うしのこくまいり
今回の「絶体絶命ゲーム」の案内人 「絶体絶命ゲーム 6」 藤ダリオ作;さいね絵 KADOKAWA(角川つばさ文庫) 2019年10月

後谷 紬(ムギ) うしろや・つむぎ(むぎ)
おっとりした性格で周囲から軽んじられがちな少女 「保健室経由、かねやま本館。3」 松素めぐり著;おとないちあき装画・挿画 講談社 2020年10月

碓氷 トウヤ うすい・とうや
聖ラヴィアン学園中等部3年生、女子人気の男子寮寮長 「学園ファイブスターズ 1」 宮下恵茉作;kaya8絵 講談社(講談社青い鳥文庫) 2019年8月

碓氷 トウヤ うすい・とうや
聖ラヴィアン学園中等部3年生、女子人気の男子寮寮長 「学園ファイブスターズ 2」 宮下恵茉作;kaya8絵 講談社(講談社青い鳥文庫) 2019年12月

碓氷 トウヤ　うすい・とうや
聖ラヴィアン学園中等部3年生、女子人気の男子寮寮長 「学園ファイブスターズ 3」 宮下恵茉作;kaya8絵　講談社(講談社青い鳥文庫)　2020年4月

碓氷 トウヤ　うすい・とうや
聖ラヴィアン学園中等部3年生、女子人気の男子寮寮長 「学園ファイブスターズ 4」 宮下恵茉作;kaya8絵　講談社(講談社青い鳥文庫)　2020年8月

碓氷 トウヤ　うすい・とうや
聖ラヴィアン学園中等部3年生、女子人気の男子寮寮長 「学園ファイブスターズ 5」 宮下恵茉作;kaya8絵　講談社(講談社青い鳥文庫)　2020年12月

臼井 雄太　うすい・ゆうた
ディフェンスリーダーとしてチームを引っぱる副キャプテン 「DAYS 3」 安田剛士原作・絵;石崎洋司文　講談社(講談社青い鳥文庫)　2018年2月

ウスズ
伝説の勇者、竜騎士 「魔女の産屋―竜が呼んだ娘」 柏葉幸子作;佐竹美保絵　朝日学生新聞社　2020年11月

ウソップ
狙撃の腕がピカイチの麦わらの一味のムードメーカー 「劇場版ONE PIECE STAMPEDE : ノベライズみらい文庫版」 尾田栄一郎原作・監修・カバーイラスト;冨岡淳広脚本;大塚隆史脚本;志田もちたろう著　集英社(集英社みらい文庫)　2019年8月

宇太佳　うたか
拓人の仲間でスケボーが得意な男の子 「昔はおれと同い年だった田中さんとの友情―ブルーバトンブックス」 椰月美智子作;早川世詩男絵　小峰書店　2019年8月

宇田川 朝子　うだがわ・あさこ
夏海とは恋人同士のまじめな児童会長 「いみちぇん! 11」 あさばみゆき作;市井あさ絵　KADOKAWA(角川つばさ文庫)　2018年3月

宇田川 朝子　うだがわ・あさこ
夏海とは恋人同士のまじめな児童会長 「いみちぇん! 12」 あさばみゆき作;市井あさ絵　KADOKAWA(角川つばさ文庫)　2018年7月

宇田川 朝子　うだがわ・あさこ
夏海とは恋人同士のまじめな児童会長 「いみちぇん! 13」 あさばみゆき作;市井あさ絵　KADOKAWA(角川つばさ文庫)　2018年12月

宇田川 泰陽　うだがわ・たいよう
チャラめだが学年トップの秀才の少年 「映画『4月の君、スピカ。』」 杉山美和子原作;池田奈津子映画脚本;宮沢みゆき著　小学館(小学館ジュニア文庫)　2019年3月

ウタドリ
ギンドロの先生で一緒にややこし森を目指す先生 「ヤービの深い秋―Tales of Madguide Water ; 2」 梨木香歩著;小沢さかえ画　福音館書店　2019年8月

内 桜蘭　うち・おらん
きっこの母、旅するパン職人 「大熊猫(パンダ)ベーカリー : パンダと私の内気なクリームパン!」 くればやしよしえ著;新井陽次郎イラスト　小学館(小学館ジュニア文庫)　2019年3月

内 希子　うち・きっこ
栗木町に住む内気な性格の小学生 「大熊猫(パンダ)ベーカリー：パンダと私の内気なクリームパン!」 くればやしよしえ著;新井陽次郎イラスト 小学館(小学館ジュニア文庫) 2019年3月

ウチダ君　うちだくん
アオヤマ君と二人で「探検隊」を結成している友達 「ペンギン・ハイウェイ」 森見登美彦作;ぶーた絵 KADOKAWA(角川つばさ文庫) 2018年6月

内田 柊　うちだ・しゅう
綾瀬楓の元カノで彼を取り戻そうと急接近する女優 「小説午前0時、キスしに来てよ = COME TO KiSS AT 0:00 A.M 上下」 みきもと凜原作;時海結以著 講談社(講談社KK文庫) 2019年11月

内田 れい　うちだ・れい
レイの隣家に住む同じ名前を持つ日本の少女 「れいとレイ：ルックアットザブライトサイド」 うちやまともこ作;岡山伸也絵 絵本塾出版 2020年8月

宇宙人　うちゅうじん
宇宙学校の修学旅行で地球にやって来た宇宙人、教室の仲間たちと協力して問題解決を試みる未知の存在 「教室の日曜日 [2]」 村上しいこ作;田中六大絵 講談社(わくわくライブラリー) 2020年5月

内 米子　うち・よねこ
生粋のお米党のきっこの祖母 「大熊猫(パンダ)ベーカリー：パンダと私の内気なクリームパン!」 くればやしよしえ著;新井陽次郎イラスト 小学館(小学館ジュニア文庫) 2019年3月

宇津木 海　うつぎ・うみ
マジメすぎる学級委員長 「ファースト・ステップ 2」 西本紘奈作;月太陽絵 KADOKAWA(角川つばさ文庫) 2019年11月

内海 悠　うつみ・ゆう
さやかの家庭科部に新入部員として加わったかっこよく生意気な1年生の男子 「噂のあいつは家庭科部!」 市宮早記作;立樹まや絵 ポプラ社(ポケット・ショコラ) 2018年3月

内海 悠　うつみ・ゆう
学校一かっこいいと噂の高校1年生の男子 「噂の彼女も家庭科部!」 市宮早記作;立樹まや絵 ポプラ社(ポケット・ショコラ) 2019年3月

宇渡 幹久　うど・みきひさ
体が大きく力持ちだが気が小さいパワフル高校の野球部員 「実況パワフルプロ野球：めざせ最強バッテリー!」 はせがわみやび作;ミクニシン絵 KADOKAWA(角川つばさ文庫) 2018年5月

羽野 黄良々　うの・きらら
口の悪いギャルでエミの親友 「らくがき☆ポリス 4」 まひる作;立樹まや絵 KADOKAWA(角川つばさ文庫) 2018年2月

羽野 黄良々　うの・きらら
口の悪いギャルでエミの親友 「らくがき☆ポリス 5」 まひる作;立樹まや絵 KADOKAWA(角川つばさ文庫) 2018年8月

ウーフ
日々の暮らしの中で疑問を抱きながら成長していく好奇心旺盛なくまの子 「おかあさんおめでとう―くまの子ウーフのおはなし；2」 神沢利子作;井上洋介絵 ポプラ社 2020年11月

ウーフ
日々の暮らしの中で疑問を抱きながら成長していく好奇心旺盛なくまの子 「さかなにはなぜしたがない―くまの子ウーフのおはなし；1」 神沢利子作;井上洋介絵 ポプラ社(角川つばさ文庫) 2020年11月

生方 千加子 うぶかた・ちかこ
つくしのクラスメートでサッカー部のマネージャー 「DAYS 3」 安田剛士原作・絵;石崎洋司文 講談社(講談社青い鳥文庫) 2018年2月

うぶめ
子どもを守る妖怪 「妖怪の子預かります 1」 廣嶋玲子作;Minoru絵 東京創元社 2020年6月

うぶめ
子どもを守る妖怪 「妖怪の子預かります 2」 廣嶋玲子作;Minoru絵 東京創元社 2020年6月

うぶめ
子どもを守る妖怪 「妖怪の子預かります 9」 廣嶋玲子作;Minoru絵 東京創元社 2020年12月

ウマル
諸国を旅する商人 「月の王子砂漠の少年」 三木笙子著;須田彩加イラスト 小学館(小学館ジュニア文庫) 2018年12月

海根 然子 うみね・ぜんこ
絶望的な状況からあゆみと体が入れ替わり彼女の美しい顔や恋人を手に入れることになるあゆみと同じクラスの女子 「宇宙(そら)を駆けるよだか：まんがノベライズ～クラスでいちばんかわいいあの子と入れかわれたら～」 川端志季原作・絵;百瀬しのぶ著 集英社(集英社みらい文庫) 2018年8月

海野 珊瑚 うみの・さんご
ビブリオバトルでチャンプ本を勝ち取るために奮闘する小学4年生の女の子 「なみきビブリオバトル・ストーリー 2」 森川成美作;おおぎやなぎちか作;赤羽じゅんこ作;松本聰美作;黒須高嶺絵 さ・え・ら書房 2018年2月

梅野 つむぎ うめの・つむぎ
俳句に興味を持ちクラス全員での俳句大会に挑む小学4年生の少女 「俳句ガール」 堀直子作;高橋由季絵 小峰書店 2018年12月

梅バアチャン うめばあちゃん
駄菓子屋のおばあさん 「打順未定、ポジションは駄菓子屋前」 はやみねかおる作;ひのた絵 講談社(講談社青い鳥文庫) 2018年6月

浦方 灯里 うらかた・あかり
素直で単純でお人よしの中学1年生の少女 「チーム怪盗JET：王子とフリョーと、カゲうすい女子!?」 一ノ瀬三葉作;うさぎ恵美絵 集英社(集英社みらい文庫) 2019年3月

浦方 灯里　うらかた・あかり
素直で単純でお人よしの中学1年生の少女 「チーム怪盗JET [2]」 一ノ瀬三葉作;うさぎ恵美絵　集英社(集英社みらい文庫) 2019年7月

浦方 灯里　うらかた・あかり
素直で単純でお人よしの中学1年生の少女、怪盗チームJETのリーダー 「チーム怪盗JET [3]」 一ノ瀬三葉作;うさぎ恵美絵　集英社(集英社みらい文庫) 2019年11月

浦沢 ユラ　うらさわ・ゆら
中学3年生、塾に現れ「魔女のゲーム」に関わるなと内人に警告する謎の少女 「都会(まち)のトム&ソーヤ 外伝16.5」 はやみねかおる著　講談社(YA!ENTERTAINMENT) 2020年3月

浦島 太郎　うらしま・たろう
竜宮城から帰ってツルになった妖怪 「緒崎さん家の妖怪事件簿 [3]」 築山桂著;かすみのイラスト　小学館(小学館ジュニア文庫) 2018年1月

浦島 太郎　うらしま・たろう
竜宮城から帰ってツルになった妖怪 「緒崎さん家の妖怪事件簿 [4]」 築山桂著;かすみのイラスト　小学館(小学館ジュニア文庫) 2018年10月

ウリ坊　うりぼう
春の屋に住みついている幽霊少年 「若おかみは小学生! : 映画ノベライズ」 令丈ヒロ子原作・文;吉田玲子脚本　講談社(講談社青い鳥文庫) 2018年8月

瓜生 御影　うりゅう・みかげ
白魔女のリンと婚約した3悪魔の一人、猫の時はルビー色の眼の黒猫で炎を操る悪魔 「白魔女リンと3悪魔 [10]」 成田良美著;八神千歳イラスト　小学館(小学館ジュニア文庫) 2019年12月

瓜生 御影　うりゅう・みかげ
白魔女のリンと婚約した3悪魔の一人、猫の時はルビー色の眼の黒猫で炎を操る悪魔 「白魔女リンと3悪魔 [7]」 成田良美著;八神千歳イラスト　小学館(小学館ジュニア文庫) 2018年1月

瓜生 御影　うりゅう・みかげ
白魔女のリンと婚約した3悪魔の一人、猫の時はルビー色の眼の黒猫で炎を操る悪魔 「白魔女リンと3悪魔 [8]」 成田良美著;八神千歳イラスト　小学館(小学館ジュニア文庫) 2018年8月

瓜生 御影　うりゅう・みかげ
白魔女のリンと婚約した3悪魔の一人、猫の時はルビー色の眼の黒猫で炎を操る悪魔 「白魔女リンと3悪魔 [9]」 成田良美著;八神千歳イラスト　小学館(小学館ジュニア文庫) 2019年4月

ウル
冬眠中に足がしもやけになってしまったクマ 「しもやけぐま」 今江祥智ぶん;あべ弘士え　文研出版(わくわくえどうわ) 2019年11月

ウルウル
イシシとノシシを捕まえて食べようとするが二人の物語に引き込まれていく山賊のオオカミ 「百桃太郎―イシシとノシシのスッポコペッポコへんてこ話」 原京子文;原ゆたか絵　ポプラ社(ポプラ物語館) 2019年10月

うるおいちゃん
化粧水の妖精 「にじいろフェアリーしずくちゃん 2」 ぎぼりつこ絵;友永コリエ作 岩崎書店 2020年6月

漆戸 太郎 うるしど・たろう
頼りない社会科教師、チアダンス部の顧問 「チア☆ダンROCKETS 1」 映画「チア☆ダン」製作委員会原作;後藤法子ドラマ脚本;徳尾浩司ドラマ脚本;みうらかれん文;榊アヤミ絵 KADOKAWA(角川つばさ文庫) 2018年8月

漆戸 太郎 うるしど・たろう
頼りない社会科教師、チアダンス部の顧問 「チア☆ダンROCKETS 2」 映画「チア☆ダン」製作委員会原作;徳尾浩司ドラマ脚本;木村涼子ドラマ脚本;みうらかれん文;榊アヤミ絵 KADOKAWA(角川つばさ文庫) 2018年10月

漆戸 太郎 うるしど・たろう
頼りない社会科教師、チアダンス部の顧問 「チア☆ダンROCKETS 3」 映画「チア☆ダン」製作委員会原作;木村涼子ドラマ脚本;徳尾浩司ドラマ脚本;渡邉真子ドラマ脚本;みうらかれん文;榊アヤミ絵 KADOKAWA(角川つばさ文庫) 2018年12月

ウルトラマンジード
別次元から現れ共に戦うウルトラマン 「小説劇場版ウルトラマンR/B:セレクト!絆のクリスタル」 伊豆平成文;布施龍太挿絵;円谷プロダクション監修 KADOKAWA 2019年3月

ウルトラマントレギア
突然現れた謎のウルトラマン 「小説劇場版ウルトラマンR/B:セレクト!絆のクリスタル」 伊豆平成文;布施龍太挿絵;円谷プロダクション監修 KADOKAWA 2019年3月

ウルトラマンブル
水を操る力を持つ弟イサミが変身するウルトラマン 「小説劇場版ウルトラマンR/B:セレクト!絆のクリスタル」 伊豆平成文;布施龍太挿絵;円谷プロダクション監修 KADOKAWA 2019年3月

ウルトラマンロッソ
炎を操る力を持つ兄カツミが変身するウルトラマン 「小説劇場版ウルトラマンR/B:セレクト!絆のクリスタル」 伊豆平成文;布施龍太挿絵;円谷プロダクション監修 KADOKAWA 2019年3月

ウルフギャング
少女を農家から売り飛ばす奴隷商人 「グリーズランド = THE GRiSE LAND 1」 黒野伸一著 静山社 2019年2月

ウロロ
トガリィたちを助け夜の森を飛ぶ気のいいムササビ 「空飛ぶウロロ 新装版―トガリ山のぼうけん ; 4」 いわむらかずお文・絵 理論社 2019年10月

ウロロ
トガリィたちを森の奥のぬしさまのところへ案内するムササビ 「ウロロのひみつ 新装版―トガリ山のぼうけん ; 5」 いわむらかずお文・絵 理論社 2019年10月

うんこるめん
見た目はうんこだが紳士的な態度でジェントル町の平和を守るヒーロー 「紳士ヒーローうんこるめん [1]―紳士ヒーローシリーズ ; 1」 コーヘーさく;すけまるえ 小学館 2018年11月

うんこるめん
見た目はうんこだが紳士的な態度でジェントル町の平和を守るヒーロー 「紳士ヒーローうんこるめん [2]—紳士ヒーローシリーズ ; 2」 コーヘーさく;すけまるえ 小学館 2018年11月

【え】

瑛 えい
花と関わる中で心に傷を抱えた少年 「キャンドル」 村上雅郁作 フレーベル館(文学の森) 2020年12月

詠子 えいこ
言葉屋修行中の中学生の女の子 「言葉屋 5」 久米絵美里作;もとやままさこ絵 朝日学生新聞社 2018年2月

詠子 えいこ
言葉屋修行中の中学生の女の子 「言葉屋 6」 久米絵美里作;もとやままさこ絵 朝日学生新聞社 2019年2月

詠子 えいこ
言葉屋修行中の中学生の女の子 「言葉屋 7」 久米絵美里作;もとやままさこ絵 朝日学生新聞社 2019年9月

笑生子 えいこ
戦争の影響で次第に日常が変わっていく国民学校に通う小学3年生の女の子 「ガラスの梨 : ちいやんの戦争」 越水利江子作;牧野千穂絵 ポプラ社(ノベルズ・エクスプレス) 2018年7月

嬴政 えいせい
玉座を奪われた秦国の若き王 「キングダム : 映画ノベライズみらい文庫版」 原泰久原作;松田朱夏著 集英社(集英社みらい文庫) 2019年4月

永泉 エナ えいせん・えな
かわいいものに憧れているアミたちのクラスメート 「ファースト・ステップ 2」 西本紘奈作;月太陽絵 KADOKAWA(角川つばさ文庫) 2019年11月

エイト
未来科学研究所が開発した栄太にそっくりなAIロボット 「AIロボット、ひと月貸します!」 木内南緒作;丸山ゆき絵 岩崎書店(おはなしガーデン) 2020年8月

エイプリル
ピアノが上手いジャレットの友達 「ハーブ魔女とふしぎなかぎ—魔法の庭ものがたり ; 22」 あんびるやすこ作・絵 ポプラ社(ポプラ物語館) 2018年7月

エイリアン
地球を乗っ取ろうとする未知の存在 「かいけつゾロリきょうふのエイリアン—かいけつゾロリシリーズ ; 68」 原ゆたかさく・え ポプラ社(ポプラ社の新・小さな童話) 2020年12月

エオナ
現在のサダン・タラム「風の楽人」の19歳の女頭 「風と行く者 : 守り人外伝」 上橋菜穂子作;佐竹美保絵 偕成社(軽装版偕成社ポッシュ) 2018年12月

エオナ
現在のサダン・タラムの女頭、19歳 「風と行く者：守り人外伝」 上橋菜穂子作;佐竹美保絵 偕成社 2018年12月

絵かき　えかき
ミミとお店で親しくなり彼女に外の世界への一歩を促す画家 「本屋のミミ、おでかけする!」 森環作 あかね書房 2020年5月

エカシ
400年以上生きるハルニレの大木、森の長老としてポンコに大人になることを教える存在 「エカシの森と子馬のポンコ」 加藤多一作;大野八生絵 ポプラ社(teens' best selections) 2020年12月

エクサ
一葉の大学に来たイケメン留学生 「地底アパートのアンドロイドは巨大ロボットの夢を見るか 特装版—蒼月海里の「地底アパート」シリーズ；3」 蒼月海里著 ポプラ社 2020年4月

エクサ
一葉の大学に来たイケメン留学生で実は兵器を搭載したアンドロイド 「地底アパートと幻の地底王国 特装版—蒼月海里の「地底アパート」シリーズ；5」 蒼月海里著 ポプラ社 2020年4月

エクサ
一葉の大学に来たイケメン留学生で実は兵器を搭載したアンドロイド 「地底アパートの咲かない桜と見えない住人 特装版—蒼月海里の「地底アパート」シリーズ；4」 蒼月海里著 ポプラ社 2020年4月

江口 勝四郎　えぐち・かつしろう
相生病院の院長 「赤ちゃんと母(ママ)の火の夜」 早乙女勝元作;タミヒロコ絵 新日本出版社 2018年2月

江口 瑠香　えぐち・るか
銀杏が丘第一小学校5年1組、元の幼なじみで気が強く活発な女の子 「IQ探偵ムー勇者伝説～冒険のはじまり—IQ探偵シリーズ；35」 深沢美潮作 ポプラ社 2018年4月

江口 瑠香　えぐち・るか
銀杏が丘第一小学校5年1組で杉下元の幼なじみ、素直で正義感も強い少女 「IQ探偵ムー 夢羽、ホームズになる! 上下」 深沢美潮作;山田J太画 ポプラ社(ポプラカラフル文庫) 2018年7月

江口 瑠香　えぐち・るか
元の幼なじみで5年1組の生徒 「IQ探偵ムー夢羽のホノルル探偵団」 深沢美潮作;山田J太画 ポプラ社(ポプラカラフル文庫) 2019年7月

江口 瑠香　えぐち・るか
元の幼なじみで5年1組の生徒 「IQ探偵ムー踊る大運動会」 深沢美潮作;山田J太画 ポプラ社(ポプラカラフル文庫) 2020年10月

エース
最強の龍喚士を目指して相棒のタマゾーと共にドラゴーザ島を冒険する新人ギルド龍喚士 「パズドラクロス 3」 ガンホー・オンライン・エンターテイメントパズドラクロスプロジェクト2017・テレビ東京原作;諸星崇著 双葉社(双葉社ジュニア文庫) 2018年5月

エス

ミー太郎が迷い込んだ不思議な世界で出会った英須投手にそっくりな少年 「おはなし猫ピッチャー 空飛ぶマグロと時間をうばわれた子どもたちの巻」 そにしけんじ原作・カバーイラスト;江橋よしのり著;あさだみほ挿絵 小学館(小学館ジュニア文庫) 2018年1月

エッちゃん

アッチの仲良しで外国から帰ってきてスパゲッティを食べに訪れる女の子 「おばけのアッチ スパゲッティ・ノックダウン!—小さなおばけ ; 40」 角野栄子さく;佐々木洋子え ポプラ社(ポプラ社の新・小さな童話) 2019年1月

えっちゃん

お菓子が大好きな一人っ子でわがままっ子な女の子 「おかしえんのごろんたん 新装版」 おくやまれいこ作・絵 双葉社 2019年8月

江戸川 音 えどがわ・おと

英徳学園高等部2年の庶民の女子高生 「花のち晴れ : 花男Next Season : ノベライズ」 神尾葉子原作・絵;松田朱夏著 集英社(集英社みらい文庫) 2018年5月

江戸川 コナン えどがわ・こなん

高校生探偵・工藤新一が姿を変えた名探偵で鋭い推理力を持つ小学生の姿の少年 「名探偵コナン赤井秀一セレクション赤と黒の攻防(クラッシュ)」 青山剛昌原作・イラスト;酒井匙著 小学館(小学館ジュニア文庫) 2020年4月

江戸川 コナン えどがわ・こなん

高校生探偵・工藤新一の姿を変えた名探偵で真純と共に事件を解決する小学生探偵 「名探偵コナン世良真純セレクション : 異国帰りの転校生」 青山剛昌原作・イラスト;酒井匙著 小学館(小学館ジュニア文庫) 2020年11月

江戸川 コナン えどがわ・こなん

黒ずくめの組織の陰謀を阻止するためFBIと協力する小学生の姿の名探偵 「名探偵コナン ブラックインパクト!組織の手が届く瞬間」 青山剛昌原作;水稀しま著 小学館(小学館ジュニア文庫) 2020年12月

江戸川 コナン えどがわ・こなん

正体は高校生探偵・工藤新一で難事件を次々と解決する小学生探偵 「名探偵コナン 大怪獣ゴメラVS仮面ヤイバー」 青山剛昌原作;大倉崇裕脚本;水稀しま著 小学館(小学館ジュニア文庫) 2020年1月

江戸川 コナン えどがわ・こなん

赤井一家と関わりながら数々の事件を解決する小学生探偵の姿をした天才高校生探偵 「名探偵コナン赤井一家(ファミリー)セレクション緋色の推理記録(コレクション)」 青山剛昌原作・イラスト;酒井匙著 小学館(小学館ジュニア文庫) 2020年4月

江戸川 コナン えどがわ・こなん

天才的な推理力を持ち少年の姿に変わりながらも事件を解決し続ける高校生探偵 「名探偵コナン : 安室透セレクションゼロの推理劇」 青山剛昌原作・イラスト;酒井匙著 小学館(小学館ジュニア文庫) 2018年4月

江戸川 コナン えどがわ・こなん

天才的な推理力を持ち少年の姿に変わりながらも事件を解決し続ける高校生探偵 「名探偵コナン : 怪盗キッドセレクション月下の予告状」 青山剛昌原作・イラスト;酒井匙著 小学館(小学館ジュニア文庫) 2019年4月

江戸川 コナン　えどがわ・こなん
天才的な推理力を持ち少年の姿に変わりながらも事件を解決し続ける高校生探偵「名探偵コナン：京極真セレクション蹴撃の事件録」青山剛昌原作・イラスト;酒井匙著　小学館(小学館ジュニア文庫) 2019年7月

江戸川 コナン　えどがわ・こなん
天才的な推理力を持ち少年の姿に変わりながらも事件を解決し続ける高校生探偵「名探偵コナン ゼロの執行人」青山剛昌原作;櫻井武晴脚本;水稀しま著　小学館(小学館ジュニア文庫) 2018年4月

江戸川 コナン　えどがわ・こなん
天才的な推理力を持ち少年の姿に変わりながらも事件を解決し続ける高校生探偵「名探偵コナン 紺青の拳(フィスト)」青山剛昌原作;大倉崇裕脚本;水稀しま著　小学館(小学館ジュニア文庫) 2019年4月

江戸川 コナン　えどがわ・こなん
天才的な推理力を持ち少年の姿に変わりながらも事件を解決し続ける高校生探偵「名探偵コナン紅の修学旅行」青山剛昌原作;水稀しま著　小学館(小学館ジュニア文庫) 2019年1月

江戸川 コナン　えどがわ・こなん
天才的な推理力を持ち少年の姿に変わりながらも事件を解決し続ける高校生探偵「名探偵コナン瞳の中の暗殺者」青山剛昌原作;古内一成脚本;水稀しま著　小学館(小学館ジュニア文庫) 2018年1月

エナ
母親が家を出たことをきっかけに罪悪感に悩む小学5年生の少女「てっぺんの上」イノウエミホコ作;スカイエマ絵　文研出版(文研じゅべに一る) 2020年6月

榎木 妙子　えのき・たえこ
エノキ食堂の看板娘「チア☆ダンROCKETS 1」映画「チア☆ダン」製作委員会原作;後藤法子ドラマ脚本;徳尾浩司ドラマ脚本;みうらかれん文;榊アヤミ絵　KADOKAWA(角川つばさ文庫) 2018年8月

榎木 妙子　えのき・たえこ
エノキ食堂の看板娘「チア☆ダンROCKETS 2」映画「チア☆ダン」製作委員会原作;徳尾浩司ドラマ脚本;木村涼子ドラマ脚本;みうらかれん文;榊アヤミ絵　KADOKAWA(角川つばさ文庫) 2018年10月

榎木 妙子　えのき・たえこ
エノキ食堂の看板娘「チア☆ダンROCKETS 3」映画「チア☆ダン」製作委員会原作;木村涼子ドラマ脚本;徳尾浩司ドラマ脚本;渡邉真子ドラマ脚本;みうらかれん文;榊アヤミ絵　KADOKAWA(角川つばさ文庫) 2018年12月

榎本 武揚　えのもと・たけあき
旧幕府海軍副総裁で蝦夷地で新選組と合流し新政府軍に立ち向かった武士「新選組戦記 = THE SHINSENGUMI'S WAR 上中下」小前亮作;遠田志帆絵　小峰書店 2019年11月

榎本 季子　えのもと・ときこ
新しい庭付きのお屋敷に引っ越し家の安さに不安を抱きつつも家族と共に新生活を始めた少女「幽霊屋敷貸します 新装版」富安陽子作;篠崎三朗絵　新日本出版社 2018年2月

榎本 夏樹　えのもと・なつき
美桜の友達「いつだって僕らの恋は10センチだった。」 香坂茉里作;モゲラッタ挿絵;ろこる挿絵 KADOKAWA(角川つばさ文庫) 2018年1月

榎本 夏樹　えのもと・なつき
美術部所属の蒼太の幼なじみ「ヤキモチの答え 愛蔵版―告白予行練習」 藤谷燈子著 汐文社 2018年2月

榎本 夏樹　えのもと・なつき
幼なじみの優に片思い中の女子高生「告白予行練習 愛蔵版」 藤谷燈子著 汐文社 2018年2月

エビータ
「フラココノ実」を食べたことがない中年の女性「4ミリ同盟」 高楼方子著;大野八生画 福音館書店 2018年3月

えびのや
温泉を独占し人々を困らせる悪役「おぶぎょうざさま」 さききみお作・絵 文研出版(わくわくえどうわ) 2020年3月

エーファ
マインの母「本好きの下剋上 第1部[1]」 香月美夜作;椎名優絵 TOブックス(TOジュニア文庫) 2019年7月

エーファ
マインの母「本好きの下剋上 第1部[2]」 香月美夜作;椎名優絵 TOブックス(TOジュニア文庫) 2019年10月

エーファ
マインの母「本好きの下剋上 第1部[3]」 香月美夜作;椎名優絵 TOブックス(TOジュニア文庫) 2020年4月

エマ
いろんなことを考えているレインボールームにいる小さな人形「レインボールームのエマ:おしごとのおはなしスクールカウンセラー―シリーズおしごとのおはなし」 戸森しるこ作;佐藤真紀子絵 講談社 2018年2月

エマ
おばあちゃんを亡くし母親の出張で一人ぼっちになる少女「まじょのナニーさんなみだの海でであった人魚」 藤真知子作;はっとりななみ絵 ポプラ社 2020年6月

エマ
孤児院から子どもたち全員を救おうとするリーダー的存在の少女「約束のネバーランド:映画ノベライズみらい文庫版」 白井カイウ原作;出水ぽすか作画;後藤法子脚本;小川彗著 集英社(集英社みらい文庫) 2020年12月

絵真理　えまり
バームクーヘン発祥の地でバームクーヘン作り体験をしバウムクーヘンの歴史に触れる少女「バウムクーヘンとヒロシマ:ドイツ人捕虜ユーハイムの物語」 巣山ひろみ著;銀杏早苗絵 くもん出版 2020年6月

エミリー・ワン
マンハッタン生まれで小説家志望の女性 「ある晴れた夏の朝」 小手鞠るい著 偕成社 2018年8月

エメラ
タキオンの幹部の一人 「怪盗レッド 18」 秋木真作;しゅー絵 KADOKAWA(角川つばさ文庫) 2020年6月

江本 灯恵　えもと・ともえ
真心と奈美のクラスメート、クラスの仕切り役的存在の女の子 「愛情融資店まごころ 2」 くさかべかつ美著;新堂みやびイラスト 小学館(小学館ジュニア文庫) 2019年7月

江本 優里亜　えもと・ゆりあ
大病院の院長の娘でクラスを支配する発言力を持つ中心的存在の少女 「いじめ-女王のいる教室-」 武内昌美著;五十嵐かおる原案・イラスト 小学館(小学館ジュニア文庫) 2020年7月

江森 愛理　えもり・あいり
運動会の400メートルリレーに参加するピアノが大好きな女子 「空に向かって走れ!:スポーツのおはなしリレー―シリーズスポーツのおはなし」 小手鞠るい作;大庭賢哉絵 講談社 2019年11月

エリ
横浜から山口に引っ越してきた小学生、じいちゃんの勧めで自分だけの畑を始め自然との触れ合いを通して成長していく少女 「あららのはたけ」 村中李衣作;石川えりこ絵 偕成社 2019年7月

エリカ
平凡な自分に自信が持てないイタチの女の子 「ルルとララのアニバーサリー・サンド」 あんびるやすこ作・絵 岩崎書店(おはなしトントン) 2018年4月

エリカさん
販売を一人で切り盛りしている女性 「めざせ!No.1パティシエ:ケーキ屋さん物語―あこがれガールズコレクションストーリー」 しまだよしなお文;森江まこ絵 小学館 2018年3月

エリザベス(リズ)
和奏が生まれ変わった人物でシンデレラの意地悪な義理の姉 「パティシエ志望だったのに、シンデレラのいじわるな姉に生まれ変わってしまいました!」 日部星花著;中嶋ゆかイラスト 小学館(小学館ジュニア文庫) 2019年10月

エリザベス女王　えりざべすじょおう
日本に飛ばされてしまうイングランドの女王 「王の祭り」 小川英子著 ゴブリン書房 2020年4月

エリーゼさん
ニット帽にピアノとト音記号のブローチをつけたおばあさん 「エリーゼさんをさがして=Looking for Elize」 梨屋アリエ著 講談社 2020年11月

えるくん
そうまくんと友達で母親に反対されながらも友達を守りたいと思う心優しい男の子 「こだわっていこう」 村上しいこ作;陣崎草子絵 学研プラス(ジュニア文学館) 2018年7月

エルサ
アレンデール王国の女王、アナの姉 「アナと雪の女王家族の思い出」 中井はるの文 講談社(講談社KK文庫) 2018年3月

エルミラ・ロードピス
没落貴族の家系で前向きに努力する少女 「白の平民魔法使い:無属性の異端児」 らむなべ著 KADOKAWA(カドカワ読書タイム) 2020年11月

エロエース
6年1組のスケベ番長 「6年1組黒魔女さんが通る!! 09」 石崎洋司作;亜沙美絵;藤田香絵・キャラクター原案 講談社(講談社青い鳥文庫) 2019年10月

エンゲル
ぽぷらが飼っている相棒のハムスター 「はじまりの夏」 吉田道子作;大野八生絵 あかね書房(読書の時間) 2020年6月

袁傪 えんさん
若くして官吏という試験に合格した中国の役人 「山月記・李陵:中島敦名作選」 中島敦作;Tobi絵 KADOKAWA(角川つばさ文庫) 2019年3月

円城 信也 えんじょう・しんや
IT企業「クロノス」の社長、健太たちの町で「AIモデル特区」プロジェクトを推進する人物 「科学探偵VS.暴走するAI 後編―科学探偵謎野真実シリーズ」 佐東みどり作;石川北二作;木滝りま作;田中智章作;木々絵 朝日新聞出版 2020年12月

円城 信也 えんじょう・しんや
健太たちの町で「AIモデル特区」プロジェクトを推進するIT企業「クロノス」の社長 「科学探偵VS.暴走するAI 前編―科学探偵謎野真実シリーズ」 佐東みどり作;石川北二作;木滝りま作;田中智章作;木々絵 朝日新聞出版 2020年8月

遠田 健士郎 えんだ・けんしろう
連ドラなどに出演している有名な俳優 「図書館B2捜査団:秘密の地下室」 辻堂ゆめ作;bluemomo絵 講談社(講談社青い鳥文庫) 2020年6月

遠田 健士郎 えんだ・けんしろう
連ドラなどに出演している有名な俳優、B2捜査団団員 「図書館B2捜査団 [2]」 辻堂ゆめ作;bluemomo絵 講談社(講談社青い鳥文庫) 2020年9月

遠藤 イツキ えんどう・いつき
夏休みの間伯父のマンションに住むことになった小学5年生の男の子 「悪ノ物語:紙の悪魔と秘密の書庫」 mothy_悪ノP著;柚希きひろイラスト;△○□×イラスト PHP研究所(PHPジュニアノベル) 2018年3月

遠藤 イツキ えんどう・いつき
夏休みの間伯父のマンションに住むことになった小学5年生の男の子 「悪ノ物語 [2]」 mothy_悪ノP著;柚希きひろイラスト;△○□×イラスト PHP研究所(PHPジュニアノベル) 2018年7月

遠藤 大介 えんどう・だいすけ
旅行会社「エンドートラベル」の社長 「電車で行こう!:西武鉄道コネクション!52席の至福を追え!!」 豊田巧作;裕龍ながれ絵 集英社(集英社みらい文庫) 2020年1月

円堂 守　えんどう・まもる
旧雷門を優勝に導いた経験を持つ伝説的なキーパー、利根川東泉の指揮を執る名監督「小説イナズマイレブン：アレスの天秤 4」レベルファイブ原作;日野晃博総監督・原案・シリーズ構成;江橋よしのり著　小学館（小学館ジュニア文庫）2018年10月

遠藤 マリナ　えんどう・まりな
聖ラヴィアン学園中等部1年生「学園ファイブスターズ 1」宮下恵茉作;kaya8絵　講談社（講談社青い鳥文庫）2019年8月

遠藤 マリナ　えんどう・まりな
聖ラヴィアン学園中等部1年生「学園ファイブスターズ 2」宮下恵茉作;kaya8絵　講談社（講談社青い鳥文庫）2019年12月

遠藤 マリナ　えんどう・まりな
聖ラヴィアン学園中等部1年生「学園ファイブスターズ 3」宮下恵茉作;kaya8絵　講談社（講談社青い鳥文庫）2020年4月

遠藤 マリナ　えんどう・まりな
聖ラヴィアン学園中等部1年生「学園ファイブスターズ 4」宮下恵茉作;kaya8絵　講談社（講談社青い鳥文庫）2020年8月

遠藤 マリナ　えんどう・まりな
聖ラヴィアン学園中等部1年生「学園ファイブスターズ 5」宮下恵茉作;kaya8絵　講談社（講談社青い鳥文庫）2020年12月

えんま大王　えんまだいおう
じごくの支配者「キャベたまたんていじごくツアーへごしょうたい―キャベたまたんていシリーズ」三田村信行作;宮本えつよし絵　金の星社　2019年7月

エンヤ
フクタロウが落ちてきてケガをしたサル「森のクリーニング店シラギクさん」髙森美由紀作;jyajya絵　あかね書房（スプラッシュ・ストーリーズ）2019年9月

【お】

お篤　おあつ
江戸時代平太と出会い泥棒の疑いをかけられたところを平太に救われる同い年の少女「大坂オナラ草紙」谷口雅美著;イシヤマアズサ画　講談社　2018年6月

及川 ジョージ　おいかわ・じょーじ
アメリカ帰りのイケメン転校生「キミマイ：きみの舞 2」緒川さよ作;甘塩コメコ絵　講談社（講談社青い鳥文庫）2019年2月

及川 ジョージ　おいかわ・じょーじ
アメリカ帰りのイケメン転校生「キミマイ：きみの舞 3」緒川さよ作;甘塩コメコ絵　講談社（講談社青い鳥文庫）2019年6月

おいち
ゼロ吉の妹「ようかいとりものちょう 8」大崎悌造作;ありがひとし画　岩崎書店　2018年6月

尾入 伊織(DJオイリー) おいり・いおり(でぃーじぇいおいりー)
「しぶかつ」をこよなく愛する人気DJ 「とんかつDJアゲ太郎：映画ノベライズみらい文庫版」 イーピャオ原作;小山ゆうじろう原作・絵;二宮健脚本;志田もちたろう著 集英社(集英社みらい文庫) 2020年10月

オーウェン
恐竜の調教師でクレアと共に恐竜保護のために島に向かう男性 「ジュラシック・ワールド：炎の王国」 坂野徳隆著 小学館(小学館ジュニア文庫) 2018年7月

逢坂 久遠 おうさか・くおん
ギロンパを生み出してしまった少年 「ギルティゲーム Last stage」 宮沢みゆき著;鈴羅木かりんイラスト 小学館(小学館ジュニア文庫) 2019年3月

王さま おうさま
イスが大好きでさまざまなイスを集め最高のイスを決める「いいイスコンテスト」を開催するイスーン国の王様 「しんぶんのタバー」 萩原弓佳作;小池壮太絵 PHP研究所(とっておきのどうわ) 2019年2月

王さま おうさま
スプーンになったおたまじゃくしに食べ物を奪われて不思議に思う王さま 「王さまのスプーンになったおたまじゃくし」 さくら文葉作;佐竹美保絵 PHP研究所(とっておきのどうわ) 2018年2月

王さま おうさま
まぼろしのどうぶつを見つける旅をしているさばくのお城の王様 「しまうまのたんけん」 トビイルツ作・絵 PHP研究所(とっておきのどうわ) 2019年5月

王さま おうさま
海の国の王様 「ノラネコぐんだんと海の果ての怪物」 工藤ノリコ著 白泉社(コドモエのほん) 2018年5月

王様 おうさま
「人間を1名殺すごとに罰の執行を1年延長する」という非情な条件を提示する冷酷な命令を下す存在 「王様ゲーム 再生9.24-2」 金沢伸明著;千葉イラスト 双葉社(双葉社ジュニア文庫) 2018年11月

王様ライオン おうさまらいおん
レオとタオのお父さん、ライオンの群れのリーダー 「レオたいせつなゆうき：どうぶつのかぞくライオン―シリーズどうぶつのかぞく」 村上しいこ作;こばようこ絵 講談社 2019年1月

王蜜の君 おうみつのきみ
太鼓長屋の弥助の家に居候し事件を解決しようとする気まぐれな妖猫族の姫 「妖怪の子預かります 5」 廣嶋玲子作;Minoru絵 東京創元社 2020年8月

王蜜の君 おうみつのきみ
太鼓長屋の弥助の家に居候し事件を解決しようとする気まぐれな妖猫族の姫 「妖怪の子預かります 6」 廣嶋玲子作;Minoru絵 東京創元社 2020年9月

王蜜の君 おうみつのきみ
太鼓長屋の弥助の家に居候し事件を解決しようとする気まぐれな妖猫族の姫 「妖怪の子預かります 9」 廣嶋玲子作;Minoru絵 東京創元社 2020年12月

大石 碧人　おおいし・あおと
お姉ちゃんのリベンジを果たすため強い気持ちを持って挑む小学4年生の男の子 「なみきビブリオバトル・ストーリー 2」 森川成美作;おおぎやなぎちか作;赤羽じゅんこ作;松本聰美作;黒須高嶺絵 さ・え・ら書房 2018年2月

大井 政作　おおい・せいさく
ヘリコプター墜落事故に巻き込まれた現職の県知事 「県知事は小学生?」 濱野京子作;橋はしこ絵 PHP研究所(カラフルノベル) 2020年2月

大磯 真理恵　おおいそ・まりえ
遠矢に猫じゃらしを取ってきてほしいと頼んだ幼なじみの女の子 「猫町ふしぎ事件簿：猫神さまはお怒りです」 廣嶋玲子作;森野きこり絵 童心社 2020年10月

大井 雷太　おおい・らいた
ギロンパ帝国に無断で侵入し行方不明の美晴ちゃんを探し求めている少年 「ギルティゲーム stage4」 宮沢みゆき著;鈴羅木かりんイラスト 小学館(小学館ジュニア文庫) 2018年1月

大井 雷太　おおい・らいた
クールでハッカーとして美晴をサポートする少年 「ギルティゲーム Last stage」 宮沢みゆき著;鈴羅木かりんイラスト 小学館(小学館ジュニア文庫) 2019年3月

大江 奏　おおえ・かなで
瑞沢高校競技かるた部員 「小説映画ちはやふる 結び」 末次由紀原作;小泉徳宏脚本;時海結以著 講談社 2018年2月

大岡 一善　おおおか・いちぜん
結にちょっかいをかけてくる5年間同じクラスの男子 「スキ・キライ相関図 1」 このはなさくら作;高上優里子絵 KADOKAWA(角川つばさ文庫) 2020年1月

大岡 一善　おおおか・いちぜん
結にちょっかいをかけてくる5年間同じクラスの男子 「スキ・キライ相関図 2」 このはなさくら作;高上優里子絵 KADOKAWA(角川つばさ文庫) 2020年5月

大岡 一善　おおおか・いちぜん
結にちょっかいをかけてくる5年間同じクラスの男子 「スキ・キライ相関図 3」 このはなさくら作;高上優里子絵 KADOKAWA(角川つばさ文庫) 2020年10月

大岡 智　おおおか・さとし
自転車でぶつかったことでパラレルワールドに迷い込んだ少年 「おれからもうひとりのぼくへ」 相川郁恵作;佐藤真紀子絵 岩崎書店(おはなしガーデン) 2018年8月

大形 京　おおがた・きょう
チョコのクラスメートで黒魔法使いの男の子 「6年1組黒魔女さんが通る!! 06」 石崎洋司作;亜沙美絵 講談社(講談社青い鳥文庫) 2018年10月

大形 京　おおがた・きょう
強力な魔力を持つ黒魔法使い 「6年1組黒魔女さんが通る!! 11」 石崎洋司作;亜沙美絵;藤田香キャラクター原案 講談社(講談社青い鳥文庫) 2020年6月

大形 京　おおがた・きょう
強力な魔力を持つ黒魔法使い 「6年1組黒魔女さんが通る!! 12」 石崎洋司作;亜沙美絵;藤田香キャラクター原案 講談社(講談社青い鳥文庫) 2020年10月

大形 京　おおがた・きょう
現在亡き祖父京太郎のもとで修行中で強力な魔力を持つ男の子 「6年1組黒魔女さんが通る!! 07」 石崎洋司作;亜沙美絵　講談社(講談社青い鳥文庫) 2019年1月

大形 京　おおがた・きょう
黒魔法使いの男の子 「6年1組黒魔女さんが通る!! 05」 石崎洋司作;藤田香絵;亜沙美絵　講談社(講談社青い鳥文庫) 2018年3月

大形 桃　おおがた・もも
ギュービッドの後輩黒魔女 「6年1組黒魔女さんが通る!! 07」 石崎洋司作;亜沙美絵　講談社(講談社青い鳥文庫) 2019年1月

大形 桃　おおがた・もも
ギュービッドの後輩黒魔女 「6年1組黒魔女さんが通る!! 11」 石崎洋司作;亜沙美絵;藤田香キャラクター原案　講談社(講談社青い鳥文庫) 2020年6月

大形 桃　おおがた・もも
チョコの妹弟子 「黒魔女さんの小説教室 : チョコといっしょに作家修行! : 青い鳥文庫版」 石崎洋司作;藤田香作;青い鳥文庫編集部作　講談社(講談社青い鳥文庫) 2019年1月

大形 桃　おおがた・もも
黒魔女・ギュービッドの魔女学校での後輩 「6年1組黒魔女さんが通る!! 05」 石崎洋司作;藤田香絵;亜沙美絵　講談社(講談社青い鳥文庫) 2018年3月

大形 桃　おおがた・もも
黒魔女・ギュービッドの魔女学校での後輩 「6年1組黒魔女さんが通る!! 06」 石崎洋司作;亜沙美絵　講談社(講談社青い鳥文庫) 2018年10月

オオカミ
ぶっきらぼうだけど優しい性格でポン吉の背中を見てコロッケと間違えてかぶりついたオオカミ 「こだぬきコロッケ」 ななもりさちこ作;こばようこ絵　こぐま社(こぐまのどんどんぶんこ) 2018年6月

大かみくん　おおかみくん
問題を抱えた1年生 「へのへのカッパせんせい [1]―へのへのカッパせんせいシリーズ ; 1」 樫本学ヴさく・え　小学館　2019年11月

大神 洸　おおがみ・こう
背が高くイケメンなひびきのクラスメート 「ことばけ! : ツンツンでもふもふな皇子が私のパートナー!?」 衛藤圭作;Nardack絵　集英社(集英社みらい文庫) 2020年11月

大木 大　おおき・だい
ひかりの父 「たったひとつの君との約束 [7]」 みずのまい作;U35絵　集英社(集英社みらい文庫) 2018年10月

大木 大　おおき・だい
ひかりの父 「たったひとつの君との約束 [8]」 みずのまい作;U35絵　集英社(集英社みらい文庫) 2019年2月

大木 大　おおき・だい
ひかりの父 「たったひとつの君との約束 [9]」 みずのまい作;U35絵　集英社(集英社みらい文庫) 2019年6月

大城戸 丈　おおきど・たける
長年秘密にしてきた左右の区別がつかない悩みを抱える小学6年生の男の子 「右手にミミズク」 蓼内明子作;nakaban絵 フレーベル館(文学の森) 2018年10月

大木 ひかり　おおき・ひかり
小5の時に未来と出会い6年生で再会したサッカーが大好きな少年 「たったひとつの君との約束 [5]」 みずのまい作;U35絵 集英社(集英社みらい文庫) 2018年4月

大木 ひかり　おおき・ひかり
小5の時に未来と出会い6年生で再会したサッカーが大好きな少年 「たったひとつの君との約束 [6]」 みずのまい作;U35絵 集英社(集英社みらい文庫) 2018年6月

大木 ひかり　おおき・ひかり
小5の時に未来と出会い6年生で再会したサッカーが大好きな少年 「たったひとつの君との約束 [7]」 みずのまい作;U35絵 集英社(集英社みらい文庫) 2018年10月

大木 ひかり　おおき・ひかり
小5の時に未来と出会い6年生で再会したサッカーが大好きな少年 「たったひとつの君との約束 [8]」 みずのまい作;U35絵 集英社(集英社みらい文庫) 2019年2月

大木 ひかり　おおき・ひかり
未来に告白して付き合うことになったサッカーが大好きな少年 「たったひとつの君との約束 [9]」 みずのまい作;U35絵 集英社(集英社みらい文庫) 2019年6月

大木 未知子(ミッチー)　おおき・みちこ(みっち—)
不思議堂古書店の一人娘で古書店を手伝いながら出版プロデューサーを目指す本好きの小学生 「痛快!天才キッズ・ミッチー：不思議堂古書店三代目のベストセラー大作戦」 宗田理著 PHP研究所(カラフルノベル) 2018年4月

大鯨　おおくじら
ジローが憧れ目標とする強い横綱 「しろくまジローはすもうとり—福音館創作童話シリーズ」 ななもりさちこ作・絵 福音館書店 2018年9月

大久保 歩　おおくぼ・あゆむ
演劇クラブ「あさひ座」所属の佳乃のクラスメート 「五年霊組こわいもの係 13」 床丸迷人作;浜弓場双絵 KADOKAWA(角川つばさ文庫) 2018年3月

大久保 ノリオ　おおくぼ・のりお
御石井小学校5年1組の恐怖の大王 「牛乳カンパイ係、田中くん [6]」 並木たかあき作;フルカワマモる絵 集英社(集英社みらい文庫) 2018年4月

大久保 ノリオ　おおくぼ・のりお
御石井小学校5年1組の恐怖の大王 「牛乳カンパイ係、田中くん [8]」 並木たかあき作;フルカワマモる絵 集英社(集英社みらい文庫) 2018年11月

大久保 ノリオ　おおくぼ・のりお
御石井小学校5年1組の元気印の男の子 「牛乳カンパイ係、田中くん [7]」 並木たかあき作;フルカワマモる絵 集英社(集英社みらい文庫) 2018年7月

大隈 重信　おおくま・しげのぶ
栄一を政府に招いた明治政府の要人 「渋沢栄一：日本資本主義の父—歴史人物ドラマ」 小沢章友作;十々夜絵 講談社(講談社青い鳥文庫) 2020年11月

大久間屋　おおくまや
鶴屋にお店を売った男性 「つくもがみ貸します」 畠中恵作;もけお絵 KADOKAWA(角川つばさ文庫) 2018年6月

大河内 杏　おおこうち・あん
四つ子と同じ中学に通う新聞部の1年生 「四つ子ぐらし 3」 ひのひまり作;佐倉おりこ絵 KADOKAWA(角川つばさ文庫) 2019年6月

大河内 杏　おおこうち・あん
四つ子と同じ中学に通う新聞部の1年生 「四つ子ぐらし 4」 ひのひまり作;佐倉おりこ絵 KADOKAWA(角川つばさ文庫) 2019年10月

大河内 杏　おおこうち・あん
四つ子と同じ中学に通う新聞部の1年生 「四つ子ぐらし 6」 ひのひまり作;佐倉おりこ絵 KADOKAWA(角川つばさ文庫) 2020年7月

大河内 直幸　おおこうち・なおゆき
新聞部で湊くんの幼なじみの少年 「四つ子ぐらし 7」 ひのひまり作;佐倉おりこ絵 KADOKAWA(角川つばさ文庫) 2020年11月

大河内 直幸　おおこうち・なおゆき
新聞部の杏の双子の弟 「四つ子ぐらし 3」 ひのひまり作;佐倉おりこ絵 KADOKAWA(角川つばさ文庫) 2019年6月

大河内 直幸　おおこうち・なおゆき
新聞部の杏の双子の弟 「四つ子ぐらし 4」 ひのひまり作;佐倉おりこ絵 KADOKAWA(角川つばさ文庫) 2019年10月

大河内 直幸　おおこうち・なおゆき
新聞部の杏の双子の弟 「四つ子ぐらし 6」 ひのひまり作;佐倉おりこ絵 KADOKAWA(角川つばさ文庫) 2020年7月

大崎 天馬　おおさき・てんま
小学6年生の夏休みに転校してきた少年 「よりみち3人修学旅行」 市川朔久子著 講談社 2018年2月

大塩 平八郎　おおしお・へいはちろう
飢饉で苦しむ民を救うために幕府に反旗を翻す大坂町奉行組与力 「天保の虹―白狐魔記」 斉藤洋作 偕成社 2019年12月

大島 盛太郎　おおしま・せいたろう
中華料理屋「大幸軒」の息子、父の入院による危機に立ち向かい商店街を巻き込んで問題解決に奮闘する少年 「中くらいの幸せの味」 みとみとみ作;岡田千晶絵 国土社 2019年10月

大城 珊瑚　おおしろ・さんご
沖縄で暮らす少女、勉強ができないことに恥ずかしさを感じ日記を書きながら努力する小学6年生 「月(るな)と珊瑚」 上條さなえ著 講談社(講談社文学の扉) 2019年7月

大瀬 龍之介　おおせ・りゅうのすけ
航を水泳に誘う佐渡の同級生、海人や信司と行動を共にする小学6年生 「スイマー」 高田由紀子著;結布絵 ポプラ社(teens' best selections) 2020年7月

大空 翼　おおぞら・つばさ
南葛中学サッカー部のキャプテンで全国大会3連覇を目指す中学3年生のサッカー選手「キャプテン翼 中学生編上下」高橋陽一原作・絵;ワダヒトミ著 集英社(集英社みらい文庫) 2018年12月

大高 深月　おおたか・みずき
天文好きの無口な美少年「映画『4月の君、スピカ。』」杉山美和子原作;池田奈津子映画脚本;宮沢みゆき著 小学館(小学館ジュニア文庫) 2019年3月

太田 訓(くんちゃん)　おおた・くん(くんちゃん)
甘えん坊の4歳の男の子「未来のミライ」細田守作;染谷みのる挿絵 KADOKAWA(角川つばさ文庫) 2018年6月

大嶽 重弘　おおたけ・しげひろ
柳の相棒で圧倒的な力を誇る北根壊高校のメンバー「今日から俺は!!劇場版」西森博之原作;福田雄一脚本・監督;江橋よしのり著 小学館(小学館ジュニア文庫) 2020年7月

大塚 蟇六　おおつか・ひきろく
番作の腹違いの姉の夫、大塚村の村長「南総里見八犬伝 1」曲亭馬琴原作;松尾清貴文 静山社 2018年3月

大てんぐ先生　おおてんぐせんせい
ジェットくんたちにてんぐ術を教える立派なてんぐの先生「カラスてんぐのジェットくん」富安陽子作;植垣歩子絵 理論社 2019年11月

大殿　おおとの
八姫に力を貸し山を守るために協力する山合いの国の統治者「龍にたずねよ」みなと菫著 講談社 2018年7月

大伴の大納言　おおとものだいなごん
かぐや姫の求婚者であり挑戦を試みるも挫折する大納言「竹取物語」長尾剛文;若菜等絵;Ki絵 汐文社(すらすら読める日本の古典:原文付き) 2018年10月

大伴 旅人　おおともの・たびと
国の政治を正すために「万の言の葉」を作ることを志した大伴家持の父「令和の旗:「万葉集」誕生ものがたり」しのざきこういち著 てらいんく 2019年11月

大伴 家持　おおともの・やかもち
父の遺志を継いで「万の言の葉」をつくるために旅をし、悲劇的な最期を迎えた万葉集を創作した大伴旅人の息子「令和の旗:「万葉集」誕生ものがたり」しのざきこういち著 てらいんく 2019年11月

鳳　おおとり
花頴が信頼し衣更月が憧れる烏丸家の前執事「うちの執事が言うことには」高里椎奈作;ロク絵 KADOKAWA(角川つばさ文庫) 2019年4月

大鳥 万里香　おおとり・まりか
吟蔵の恋模様に影響を与える婚約者の女子高生「小説映画青夏:きみに恋した30日」南波あつこ原作;持地佑季子脚本;有沢ゆう希著 講談社 2019年2月

大鳥 万里香　おおとり・まりか
吟蔵の恋模様に影響を与える婚約者の女子高生「小説映画青夏:きみに恋した30日」南波あつこ原作;持地佑季子脚本;有沢ゆう希著 講談社(講談社KK文庫) 2018年7月

大野 大牙　おおの・たいが
身体能力に優れたハイテンションな小学5年生の少年 「一発逆転お宝バトル：僕らのハチャメチャ課外授業 [2]」 志田もちたろう作;NOEYEBROW絵　集英社(集英社みらい文庫) 2019年5月

大野 大牙　おおの・たいが
身体能力に優れたハイテンションな小学5年生の少年 「一発逆転お宝バトル：僕らのハチャメチャ課外授業」 志田もちたろう作;NOEYEBROW絵　集英社(集英社みらい文庫) 2019年1月

大野 元希　おおの・もとき
転校を繰り返しているため友達をつくらないようにしている少年 「うそつきタケちゃん」 白矢三恵作;たかおかゆみこ絵　文研出版(文研ブックランド) 2019年7月

大野 佑臣　おおの・ゆうしん
真白と幼なじみでクラスメートの男の子 「あの日、そらですきをみつけた」 辻みゆき著;いつかイラスト　小学館(小学館ジュニア文庫) 2018年4月

大場 カレン　おおば・かれん
わがままで気の強いお嬢様 「生き残りゲームラストサバイバル [10]」 大久保開作;北野詠一絵　集英社(集英社みらい文庫) 2020年5月

大場 カレン　おおば・かれん
わがままで気の強いお嬢様 「生き残りゲームラストサバイバル [11]」 大久保開作;北野詠一絵　集英社(集英社みらい文庫) 2020年10月

大場 カレン　おおば・かれん
わがままで気の強いお嬢様 「生き残りゲームラストサバイバル [3]」 大久保開作;北野詠一絵　集英社(集英社みらい文庫) 2018年3月

大場 カレン　おおば・かれん
わがままで気の強いお嬢様 「生き残りゲームラストサバイバル [4]」 大久保開作;北野詠一絵　集英社(集英社みらい文庫) 2018年7月

大場 カレン　おおば・かれん
わがままで気の強いお嬢様 「生き残りゲームラストサバイバル [5]」 大久保開作;北野詠一絵　集英社(集英社みらい文庫) 2018年11月

大場 カレン　おおば・かれん
わがままで気の強いお嬢様 「生き残りゲームラストサバイバル [6]」 大久保開作;北野詠一絵　集英社(集英社みらい文庫) 2019年2月

大場 カレン　おおば・かれん
わがままで気の強いお嬢様 「生き残りゲームラストサバイバル [7]」 大久保開作;北野詠一絵　集英社(集英社みらい文庫) 2019年6月

大場 カレン　おおば・かれん
わがままで気の強いお嬢様 「生き残りゲームラストサバイバル [8]」 大久保開作;北野詠一絵　集英社(集英社みらい文庫) 2019年10月

大場 カレン　おおば・かれん
わがままで気の強いお嬢様 「生き残りゲームラストサバイバル [9]」 大久保開作;北野詠一絵　集英社(集英社みらい文庫) 2020年2月

オオハシ・キング(キンちゃん)
人間の言葉を話す生意気で不思議な鳥 「オオハシ・キング : ぼくのなまいきな鳥」 当原珠樹作;おとないちあき絵 PHP研究所(みちくさパレット) 2020年10月

大橋 志穂 おおはし・しほ
怜奈の5年生の時の担任で吹奏楽部の顧問の先生 「花里小吹奏楽部 3 図書館版」 夕貴そら作;和泉みお絵 ポプラ社 2019年4月

大橋 志穂 おおはし・しほ
怜奈の5年生の時の担任で吹奏楽部の顧問の先生 「花里小吹奏楽部 4 図書館版」 夕貴そら作;和泉みお絵 ポプラ社 2019年4月

大橋 志穂 おおはし・しほ
怜奈の5年生の時の担任で吹奏楽部の顧問の先生 「花里小吹奏楽部 5 図書館版」 夕貴そら作;和泉みお絵 ポプラ社 2019年4月

大橋 志穂 おおはし・しほ
怜奈のクラスの担任で吹奏楽部の顧問の先生 「花里小吹奏楽部 1 図書館版」 夕貴そら作;和泉みお絵 ポプラ社 2019年4月

大橋 志穂 おおはし・しほ
怜奈のクラスの担任で吹奏楽部の顧問の先生 「花里小吹奏楽部 2 図書館版」 夕貴そら作;和泉みお絵 ポプラ社 2019年4月

大橋 拓真 おおはし・たくま
小学4年生、ピンクの卵から孵った鳥と交流を深める少年 「オオハシ・キング : ぼくのなまいきな鳥」 当原珠樹作;おとないちあき絵 PHP研究所(みちくさパレット) 2020年10月

大場 大翔 おおば・ひろと
鬼祓いの修行を積んでいる正義感が強い少年 「絶望鬼ごっこ [12]」 針とら作;みもり絵 集英社(集英社みらい文庫) 2019年7月

大場 大翔 おおば・ひろと
鬼祓いの修行を積んでいる正義感が強い少年 「絶望鬼ごっこ [13]」 針とら作;みもり絵 集英社(集英社みらい文庫) 2020年1月

大場 大翔 おおば・ひろと
鬼祓いの修行を積んでいる正義感が強い少年 「絶望鬼ごっこ [14]」 針とら作;みもり絵 集英社(集英社みらい文庫) 2020年6月

大場 大翔 おおば・ひろと
鬼祓いの修行を積んでいる正義感が強い少年 「絶望鬼ごっこ [15]」 針とら作;みもり絵 集英社(集英社みらい文庫) 2020年12月

大場 大翔 おおば・ひろと
桜ヶ島小学校6年生、正義感が強く友達思いの少年 「絶望鬼ごっこ [10]」 針とら作;みもり絵 集英社(集英社みらい文庫) 2018年4月

大場 大翔 おおば・ひろと
桜ヶ島小学校6年生、正義感が強く友達思いの少年 「絶望鬼ごっこ [11]」 針とら作;みもり絵 集英社(集英社みらい文庫) 2019年1月

大原 拓真　おおはら・たくま
亡き祖母と過ごした古い家を懐かしみ祖父・勇のためにその家を再生したいと考える中学2年生の少年 「ドリーム・プロジェクト = Dream project」 濱野京子著　PHP研究所(わたしたちの本棚) 2018年6月

大宮 まりん　おおみや・まりん
ひかりのサッカーチームのマネージャー 「たったひとつの君との約束 [5]」 みずのまい作;U35絵　集英社(集英社みらい文庫) 2018年4月

大森 俊哉　おおもり・しゅんや
陽詩の祖父、ドッグ・トレーナー 「探偵犬クリス : 柴犬探偵、盗まれた宝石を追う!」 田部智子作;KeG絵　KADOKAWA(角川つばさ文庫) 2020年8月

大山 あずさ　おおやま・あずさ
沖縄の亀鳴島という離島の出身で遅刻の常習犯の刑事 「浜村渚の計算ノート 1」 青柳碧人作;桐野壱絵　講談社(講談社青い鳥文庫) 2019年9月

大山 あずさ　おおやま・あずさ
沖縄の亀鳴島という離島の出身で遅刻の常習犯の刑事 「浜村渚の計算ノート 2」 青柳碧人作;桐野壱絵　講談社(講談社青い鳥文庫) 2019年10月

大和田 半兵衛　おおわだ・はんべえ
1800年の江戸に暮らす青年 「お江戸怪談時間旅行」 楠木誠一郎作;亜沙美絵　静山社 2018年9月

大和田 南　おおわだ・みなみ
一緒にバレエを習ってきてめいが何でも話せる親友 「エトワール! 6」 梅田みか作;結布絵　講談社(講談社青い鳥文庫) 2019年6月

大和田 南　おおわだ・みなみ
一緒にバレエを習ってきてめいが何でも話せる親友 「エトワール! 7」 梅田みか作;結布絵　講談社(講談社青い鳥文庫) 2020年4月

大和田 南　おおわだ・みなみ
一緒にバレエを習ってきてめいが何でも話せる親友 「エトワール! 8」 梅田みか作;結布絵　講談社(講談社青い鳥文庫) 2020年12月

おかあさん
くんちゃんとミライちゃんの母親、編集者 「未来のミライ」 細田守作;染谷みのる挿絵　KADOKAWA(角川つばさ文庫) 2018年6月

おかあさん
はづきの母親 「ふしぎないどうどうぶつえん」 くさのたき作;つぼいじゅり絵　金の星社 2019年9月

おかあさん
ユウユウの母親で常にユウユウと一緒に過ごす野生パンダ 「ぼくのなまえはユウユウ―どうぶつのかぞくパンダ」 小手鞠るい作;サトウユカ絵;今泉忠明監修　講談社 2018年12月

おかあさん
ユールとミールの優しい母親、雪の家で子どもたちを育てるホッキョクグマ 「ちびしろくまのねがいごと : どうぶつのかぞくホッキョクグマ―シリーズどうぶつのかぞく」 小林深雪作;庄野ナホコ絵　講談社 2019年2月

おかあさん
由羽来の母親「107小節目から」大島恵真著 講談社 2018年9月

お母さん おかあさん
アイドルの追っかけをしている幸介の母親「かみさまのベビーシッター」廣嶋玲子作;木村いこ絵 理論社 2020年4月

お母さん おかあさん
あゆみの母「あゆみ」坂井ひろ子著 解放出版社 2018年7月

お母さん おかあさん
そうまくんの行動に不安を抱き一緒に遊ばないように言うえるの母親「こだわっていこう」村上しいこ作;陣崎草子絵 学研プラス(ジュニア文学館) 2018年7月

お母さん おかあさん
帽子作りをしている香耶の母「夢見る横顔」嘉成晴香著 PHP研究所(カラフルノベル) 2018年3月

お母さん おかあさん
有木家のお母さん「わたしは保護犬モモ:モモの歩んだ365日」佐原龍誌作;角田真弓絵 合同フォレスト 2019年5月

お母さん おかあさん
鈴と圭の亡き母親「地図を広げて」岩瀬成子著 偕成社 2018年7月

お母ちゃま おかあちゃま
紗里奈の亡き母「スケッチブック:供養絵をめぐる物語」ちばるりこ作;シライシユウコ絵 学研プラス(ティーンズ文学館) 2018年12月

岡崎 アオイ おかざき・あおい
マリナのクラスメート「学園ファイブスターズ 1」宮下恵茉作;kaya8絵 講談社(講談社青い鳥文庫) 2019年8月

岡崎 アオイ おかざき・あおい
マリナのクラスメート「学園ファイブスターズ 2」宮下恵茉作;kaya8絵 講談社(講談社青い鳥文庫) 2019年12月

岡崎 アオイ おかざき・あおい
マリナのクラスメート「学園ファイブスターズ 3」宮下恵茉作;kaya8絵 講談社(講談社青い鳥文庫) 2020年4月

岡崎 アオイ おかざき・あおい
マリナのクラスメート「学園ファイブスターズ 4」宮下恵茉作;kaya8絵 講談社(講談社青い鳥文庫) 2020年8月

岡崎 アオイ おかざき・あおい
マリナのクラスメート「学園ファイブスターズ 5」宮下恵茉作;kaya8絵 講談社(講談社青い鳥文庫) 2020年12月

岡崎 有沙 おかざき・ありさ
クラスのファッションリーダー「シロガラス 5」佐藤多佳子著 偕成社 2018年7月

小笠原 源馬　おがさわら・げんま
響の探偵の師匠 「少年探偵響 7」 秋木真作;しゅー絵 KADOKAWA(角川つばさ文庫) 2020年10月

小笠原 源馬　おがさわら・げんま
日本で実際に名探偵として大活躍している有名人 「少年探偵響 5」 秋木真作;しゅー絵 KADOKAWA(角川つばさ文庫) 2018年10月

小笠原 源馬　おがさわら・げんま
日本で実際に名探偵として大活躍している有名人 「少年探偵響 6」 秋木真作;しゅー絵 KADOKAWA(角川つばさ文庫) 2019年7月

小笠原 未来　おがさわら・みらい
スポーツ万能で撮り鉄の小学5年生の少女 「電車で行こう!:運気上昇!?西鉄と特急で行く水路の街」 豊田巧作;裕龍ながれ絵 集英社(集英社みらい文庫) 2019年2月

小笠原 未来　おがさわら・みらい
スポーツ万能で撮り鉄の小学5年生の少女 「電車で行こう!:奇跡を起こせ!?秋田新幹線こまちと幻のブルートレイン」 豊田巧作;裕龍ながれ絵 集英社(集英社みらい文庫) 2019年6月

小笠原 未来　おがさわら・みらい
スポーツ万能で撮り鉄の小学5年生の少女 「電車で行こう!:東武特急リバティで行く、さくら舞う歴史旅!」 豊田巧作;裕龍ながれ絵 集英社(集英社みらい文庫) 2018年5月

小笠原 未来　おがさわら・みらい
スポーツ万能で撮り鉄の小学5年生の少女 「電車で行こう!:特急宗谷で、目指せ最果ての駅!」 豊田巧作;裕龍ながれ絵 集英社(集英社みらい文庫) 2020年3月

小笠原 和月　おがさわら・わつき
みんなを仕切れるタイプの少年 「スイッチ! 1」 深海ゆずは作;加々見絵里絵 KADOKAWA(角川つばさ文庫) 2018年2月

小笠原 和月　おがさわら・わつき
みんなを仕切れるタイプの少年 「スイッチ! 2」 深海ゆずは作;加々見絵里絵 KADOKAWA(角川つばさ文庫) 2018年8月

小笠原 和月　おがさわら・わつき
みんなを仕切れるタイプの少年 「スイッチ! 3」 深海ゆずは作;加々見絵里絵 KADOKAWA(角川つばさ文庫) 2018年12月

小笠原 和月　おがさわら・わつき
みんなを仕切れるタイプの少年 「スイッチ! 4」 深海ゆずは作;加々見絵里絵 KADOKAWA(角川つばさ文庫) 2019年6月

小笠原 和月　おがさわら・わつき
みんなを仕切れるタイプの少年 「スイッチ! 5」 深海ゆずは作;加々見絵里絵 KADOKAWA(角川つばさ文庫) 2019年12月

小笠原 和月　おがさわら・わつき
みんなを仕切れるタイプの少年 「スイッチ! 6」 深海ゆずは作;加々見絵里絵 KADOKAWA(角川つばさ文庫) 2020年8月

小笠原 和月　おがさわら・わつき
みんなを仕切れるタイプの少年 「スイッチ!×こちらパーティー編集部っ! : 私たち、入れ替わっちゃった!?」 深海ゆずは作;加々見絵里絵;榎木りか絵 KADOKAWA(角川つばさ文庫) 2020年9月

岡島 健太郎　おかじま・けんたろう
取手坂大学ボルダリング部主将、4年生卒業を前に伝統ある部の存続を目指して奮闘する青年 「ラスト・ホールド!」 川浪ナミヲ脚本;高見健次脚本;松井香奈著 小学館(小学館ジュニア文庫) 2018年5月

緒方 平太　おがた・へいた
絵を描くことが得意だが似顔絵で友達を傷つけたことから絵を描かないと決めていた大阪に住む小学5年生 「大坂オナラ草紙」 谷口雅美著;イシヤマアズサ画 講談社 2018年6月

おかみさん
たまきの母 「花のお江戸の蝶の舞」 岩崎京子作;佐藤道明絵 てらいんく 2018年10月

岡 みほこ　おか・みほこ
内気で孤立しがちな小学4年生の女の子 「マネキンさんがきた」 村中李衣作;武田美穂絵 BL出版 2018年4月

岡本 栄太　おかもと・えいた
エイトと心を通わせようとする少年、最初はAIロボットに頼りきりだったが次第に不安を感じ心の交流を求める小学4年生 「AIロボット、ひと月貸します!」 木内南緒作;丸山ゆき絵 岩崎書店(おはなしガーデン) 2020年8月

岡本 次郎　おかもと・じろう
大阪から来た転校生、中学2年生 「ぼくらののら犬砦―「ぼくら」シリーズ ; 26」 宗田理作 ポプラ社 2019年7月

岡本 みさき　おかもと・みさき
KTTのツッコミ担当で音鉄の少女 「電車で行こう! : 80円で関西一周!!駅弁食いだおれ463.9km!!!」 豊田巧作;裕龍ながれ絵 集英社(集英社みらい文庫) 2018年2月

小川 紗季　おがわ・さき
秀太と梨絵の友人の女の子 「教室に幽霊がいる!?」 藤重ヒカル作;宮尾和孝絵 金の星社 2018年9月

小川 セイラ　おがわ・せいら
本のことで負けたくない思いを抱える小学4年生の女の子 「なみきビブリオバトル・ストーリー 2」 森川成美作;おおぎやなぎちか作;赤羽じゅんこ作;松本聰美作;黒須高嶺絵 さ・え・ら書房 2018年2月

小川 蘭　おがわ・らん
幼なじみの修治と遠距離恋愛を続けながら編集者を目指す高校生 「未来を花束にして―泣いちゃいそうだよ《高校生編》」 小林深雪著 講談社(YA!ENTERTAINMENT) 2019年7月

小川 蘭　おがわ・らん
良い子と思われがちなのが悩みの小学6年生の女の子 「七つのおまじない―泣いちゃいそうだよ」 小林深雪作;牧村久実絵 講談社(講談社青い鳥文庫) 2018年8月

小川 凌平　おがわ・りょうへい
サッカーへの本気を取り戻していく絢羽の幼なじみで才能ある少年 「未完成コンビ 1」 舞原沙音作;ふすい絵 KADOKAWA(角川つばさ文庫) 2020年11月

小川 凛　おがわ・りん
蘭の姉、中学1年生 「七つのおまじない―泣いちゃいそうだよ」 小林深雪作;牧村久実絵 講談社(講談社青い鳥文庫) 2018年8月

沖田 翔馬　おきた・しょうま
シンガポールに引っ越す途中でムジーク(音楽)が魔法の力「マギオ」を持つ異世界ガル・パ・コーサに迷い込んだ小学5年生 「マギオ・ムジーク = MAGIO MUZIK―JULA NOVELS」 仁木英之作;福井さとこ絵 JULA出版局 2020年7月

沖田 総悟　おきた・そうご
真選組の一番隊隊長でドSな性格と剣の腕前を持つ少年 「銀魂：映画ノベライズみらい文庫版 2」 空知英秋原作;福田雄一脚本;田中創小説 集英社(集英社みらい文庫) 2018年8月

沖田 総司　おきた・そうし
剣術に秀でた試衛館に集う若き剣士 「新選組戦記 = THE SHINSENGUMI'S WAR 上中下」 小前亮作;遠田志帆絵 小峰書店 2019年11月

沖田 総司　おきた・そうし
野球チーム「新選組ガーディアンズ」の9番ピッチャー 「戦国ベースボール [12]」 りょくち真太作;トリバタケハルノブ絵 集英社(集英社みらい文庫) 2018年3月

沖田 悠翔　おきた・ゆうと
転入生で正義感が強く推理が得意な少年 「無限×悪夢：午後3時33分のタイムループ地獄」 土橋真二郎作;岩本ゼロゴ絵 集英社(集英社みらい文庫) 2019年11月

おきの
はたごで働く美人の女性、清次の常連客 「つくもがみ貸します」 畠中恵作;もけお絵 KADOKAWA(角川つばさ文庫) 2018年6月

小木 裕子　おぎ・ゆうこ
いつも冷静で落ち着いているミステリアスなメガネ女子 「人生終了ゲーム：センタクシテクダサイ」 cheeery著;シソ絵 スターツ出版(野いちごジュニア文庫) 2020年12月

お京　おきょう
両親の離婚をきっかけに祖母の住む離島に預けられることになったが複雑な思いを抱えて島に降り立つ少女 「夏に泳ぐ緑のクジラ」 村上しいこ作 小学館 2019年7月

小城 吉子　おぎ・よしこ
いつも一人でノートに何か書いている不気味女子 「人生終了ゲーム：センタクシテクダサイ」 cheeery著;シソ絵 スターツ出版(野いちごジュニア文庫) 2020年12月

おくさん
都会に住むキダマッチ先生の奥さん 「キダマッチ先生! 4」 今井恭子文;岡本順絵 BL出版 2020年2月

小倉 奏太　おぐら・そうた
のえると玲奈の幼なじみの男の子 「パティシエ=ソルシエお菓子の魔法はあまくないっ! : オレ様魔法使いと秘密のアトリエ」 白井ごはん作;行村コウ絵 集英社(集英社みらい文庫) 2019年6月

小倉 姫香　おぐら・ひめか
被服部の新入部員で協調性に欠けるクールな後輩 「ぼくのまつり縫い [2]」 神戸遥真作;井田千秋絵 偕成社(偕成社ノベルフリーク) 2020年9月

小倉 ひろみ　おぐら・ひろみ
駅で困っていたところを翼に助けられ友達になったちょっと上から目線の強気な女の子 「電車で行こう! : 追跡!スカイライナーと秘密の鉄道スポット」 豊田巧作;裕龍ながれ絵 集英社(集英社みらい文庫) 2020年12月

小倉 まりん　おぐら・まりん
花日と結衣の友達、恋愛の達人 「小説12歳。: キミとふたり―CIAO BOOKS」 まいた菜穂原作;山本櫻子著 小学館 2018年12月

オーケン
山小屋の主人 「アナと雪の女王家族の思い出」 中井はるの文 講談社(講談社KK文庫) 2018年3月

お紅　おこう
清次の姉 「つくもがみ貸します」 畠中恵作;もけお絵 KADOKAWA(角川つばさ文庫) 2018年6月

オコジョ姫　おこじょひめ
サヤが呼び出された世界の姫 「魔女が相棒?オコジョ姫とカエル王子」 柏葉幸子作;長田恵子絵 理論社 2020年11月

尾財 拓弥　おざい・たくや
警視庁鑑識課第23班リーダー 「浜村渚の計算ノート 1」 青柳碧人作;桐野壱絵 講談社(講談社青い鳥文庫) 2019年9月

尾財 拓弥　おざい・たくや
警視庁鑑識課第23班リーダー 「浜村渚の計算ノート 2」 青柳碧人作;桐野壱絵 講談社(講談社青い鳥文庫) 2019年10月

おさかべひめ
気に入らないことがあれば人の物を取りあげる意地悪なおばけ 「きょうふ!おばけまつり―おばけのポーちゃん ; 9」 吉田純子作;つじむらあゆこ絵 あかね書房 2019年7月

尾崎 美奈子　おざき・みなこ
鬼灯京十郎がオバケにとりつかれていると診断する女子 「オバケはあの子の中にいる!―ホオズキくんのオバケ事件簿 ; 2」 富安陽子作;小松良佳絵 ポプラ社 2019年10月

緒崎 若菜　おざき・わかな
かつて妖怪が住んでいたという竹取屋敷の取り壊し日に立ち会うことになり、伝説の大妖怪二人と同居することになった中学生の女の子 「緒崎さん家の妖怪事件簿 [3]」 築山桂著;かすみのイラスト 小学館(小学館ジュニア文庫) 2018年1月

緒崎 若菜　おざき・わかな
かつて妖怪が住んでいたという竹取屋敷の取り壊し日に立ち会うことになり、伝説の大妖怪二人と同居することになった中学生の女の子 「緒崎さん家の妖怪事件簿 [4]」 築山桂著;かすみのイラスト 小学館(小学館ジュニア文庫) 2018年10月

長女　おさめ
職御曹司で下働きの者たちをまとめている人物 「もえぎ草子」 久保田香里作;tono画 くもん出版(くもんの児童文学) 2019年7月

小沢　おざわ
震災後に支援活動に参加し障害者との交流を深める男性 「星に語りて : Starry Sky」 山本おさむ原作;広鰭恵利子文;きょうされん監修 汐文社 2019年10月

小澤 和平　おざわ・かずへい
結羽の父で桔平の兄、弁天堂の社長 「女神のデパート 4」 菅野雪虫作;椋本夏夜絵 ポプラ社(ポプラポケット文庫) 2018年11月

小澤 桔平　おざわ・きっぺい
結羽のおじ、弁天堂の副社長 「女神のデパート 4」 菅野雪虫作;椋本夏夜絵 ポプラ社(ポプラポケット文庫) 2018年11月

小澤 桔平　おざわ・きっぺい
結羽のおじ、弁天堂の副社長 「女神のデパート 5」 菅野雪虫作;椋本夏夜絵 ポプラ社(ポプラポケット文庫) 2020年4月

小澤 絹　おざわ・きぬ
結羽の祖母、誰もが恐れる弁天堂の会長 「女神のデパート 4」 菅野雪虫作;椋本夏夜絵 ポプラ社(ポプラポケット文庫) 2018年11月

小沢 今日香(キョウちゃん)　おざわ・きょうか(きょうちゃん)
チャラの叔母、自由気ままなフリーアナウンサー 「キミマイ : きみの舞 1」 緒川さよ作;甘塩コメコ絵 講談社(講談社青い鳥文庫) 2018年9月

小沢 今日香(キョウちゃん)　おざわ・きょうか(きょうちゃん)
チャラの叔母、自由気ままなフリーアナウンサー 「キミマイ : きみの舞 2」 緒川さよ作;甘塩コメコ絵 講談社(講談社青い鳥文庫) 2019年2月

小沢 今日香(キョウちゃん)　おざわ・きょうか(きょうちゃん)
チャラの叔母、自由気ままなフリーアナウンサー 「キミマイ : きみの舞 3」 緒川さよ作;甘塩コメコ絵 講談社(講談社青い鳥文庫) 2019年6月

小澤 結羽　おざわ・ゆう
父の入院中に社長代理を務めたことでデパート愛に目覚める弁天堂デパートの娘 「女神のデパート 4」 菅野雪虫作;椋本夏夜絵 ポプラ社(ポプラポケット文庫) 2018年11月

小澤 結羽　おざわ・ゆう
父の入院中に社長代理を務めたことでデパート愛に目覚める弁天堂デパートの娘 「女神のデパート 5」 菅野雪虫作;椋本夏夜絵 ポプラ社(ポプラポケット文庫) 2020年4月

小澤 涼子　おざわ・りょうこ
結羽の母、市役所に勤めるキャリアウーマン 「女神のデパート 4」 菅野雪虫作;椋本夏夜絵 ポプラ社(ポプラポケット文庫) 2018年11月

オシ
ミー太郎が迷い込んだ不思議な世界で出会った大嶋選手にそっくりで元気な少年 「おはなし猫ピッチャー 空飛ぶマグロと時間をうばわれた子どもたちの巻」 そにしけんじ原作・カバーイラスト;江橋よしのり著;あさだみほ挿絵 小学館(小学館ジュニア文庫) 2018年1月

おじいさん
いつもジャム・パンのもとへ事件を持ち込んでくる不思議な老人 「大どろぼうジャム・パン[4]」 内田麟太郎作;藤本ともひこ絵 文研出版(わくわくえどうわ) 2020年11月

おじいさん
ジャム・パンの秘密を全て知る不思議な老人 「大どろぼうジャム・パン[3]」 内田麟太郎作;藤本ともひこ絵 文研出版(わくわくえどうわ) 2019年11月

おじいさん
みさきとこうすけの隣人、団地の階段でこうすけと出会い親しくなる優しい老人 「チ・ヨ・コ・レ・イ・ト!」 ばんひろこ作;丸山ゆき絵 新日本出版社 2019年10月

おじいさん
不思議でわくわくの場所へ出かける今を生きる元気なおじいさん 「おじいさんは川へおばあさんは山へ」 森山京作;ささめやゆき絵 理論社 2019年7月

おじいさん(林 大助) おじいさん(はやし・だいすけ)
公園で久美と心を通わせる優しい友だち 「白いブランコがゆれて:久美は二年生」 松本梨江作;西真里子絵 銀の鈴社(銀鈴・絵ものがたり) 2018年12月

おじいちゃん
「三日月堂」の前店主で弓子の祖父 「活版印刷三日月堂[5]特装版」 ほしおさなえ著 ポプラ社 2020年4月

おじいちゃん
カイトのことをまもるにいちゃんだと思い込んでいるカイトの祖父 「ぼくはおじいちゃんのおにいちゃん」 堀直子作;田中六大絵 ポプラ社(本はともだち♪) 2020年4月

おじいちゃん
たくまに「いつか食べられる時が来る」と優しく助言する知恵深い祖父 「そのときがくるくる」 すずきみえ作;くすはら順子絵 文研出版(わくわくえどうわ) 2020年4月

おじいちゃん
駅の階段で転んで入院し排泄の問題に苦しむ大志の祖父 「昨日のぼくのパーツ」 吉野万理子著 講談社 2018年12月

おじいちゃん
人間を驚かせたい見越し入道のおじいちゃん、7人家族の妖怪の祖父 「妖怪一家の温泉ツアー―妖怪一家九十九さん」 富安陽子作;山村浩二絵 理論社 2018年2月

おじいちゃん
退院後カレーパンを一日限定でふるまう企画を提案し手伝いを頼む小麦の祖父 「妖精のカレーパン」 斉藤栄美作;染谷みのる絵 金の星社 2019年3月

おじさん
シロの飼い主でホームレスのおじさん 「犬がすきなぼくとおじさんとシロ」 山本悦子作;しんやゆう子絵 岩崎書店(おはなしガーデン) 2019年9月

おじさん
河川敷の広場で突然バク転を披露する謎のおじさん 「8・9・10(バクテン)!」 板橋雅弘作;柴崎早智子絵 岩崎書店 2020年4月

おじさん
真名子が駅で出会った不思議な男性 「ジグソーステーション」 中澤晶子作;ささめやゆき絵 汐文社 2018年11月

おじさん
雄太のおじさん、大学の先生 「ぼくたちのP(パラダイス)」 にしがきようこ作 小学館 2018年7月

忍 俊雄 おし・としお
3年前に真心と知り合い転校してきたが以前とは異なりそっけない態度を見せる謎めいた男の子 「愛情融資店まごころ」 くさかべかつ美著;新堂みやびイラスト 小学館(小学館ジュニア文庫) 2018年12月

忍 俊雄 おし・としお
真心のクラスメート、真心に愛を贈った少年 「愛情融資店まごころ 2」 くさかべかつ美著;新堂みやびイラスト 小学館(小学館ジュニア文庫) 2019年7月

おしゃべりうさぎ
だんまりうさぎの友達でよくおしゃべりをしながら一緒に時間を過ごすウサギ 「ゆきのひのだんまりうさぎ―だんまりうさぎとおしゃべりうさぎ」 安房直子作;ひがしちから絵 偕成社 2019年2月

おしゃべりうさぎ
話好きでだんまりうさぎをサポートしながら一緒に冒険を楽しむウサギ 「だんまりうさぎとおほしさま―だんまりうさぎとおしゃべりうさぎ」 安房直子作;ひがしちから絵 偕成社 2018年6月

おしりたんてい
鋭い推理力で事件を次々に解決する探偵 「おしりたんてい おしりたんていのこい!?―おしりたんていシリーズ. おしりたんていファイル ; 10」 トロルさく・え ポプラ社 2020年11月

おしりたんてい
鋭い推理力で事件を次々に解決する探偵 「おしりたんてい かいとうとねらわれたはなよめ―おしりたんていシリーズ. おしりたんていファイル ; 8」 トロルさく・え ポプラ社 2019年4月

おしりたんてい
鋭い推理力で事件を次々に解決する探偵 「おしりたんてい みはらしそうのかいじけん―おしりたんていシリーズ. おしりたんていファイル ; 7」 トロルさく・え ポプラ社 2018年8月

おしりたんてい
鋭い推理力で事件を次々に解決する探偵 「おしりたんてい ラッキーキャットはだれのてに!―おしりたんていシリーズ. おしりたんていファイル ; 9」 トロルさく・え ポプラ社 2019年8月

おしりたんてい
町で活躍し冷静な推理力を持つ名探偵 「おしりたんてい あやうしたんていじむしょ―おしりたんていシリーズ. おしりたんていファイル ; 6」 トロルさく・え ポプラ社 2018年3月

おしりたんてい
町で活躍し冷静な推理力を持つ名探偵 「おしりたんてい カレーなるじけん―おしりたんていシリーズ. おしりたんていファイル」 トロルさく・え ポプラ社 2019年1月

おすいようかいオッシー
地下から地上に移動し、学校に隠れ子ども達に悪さをしている妖怪 「へんなともだちマンホーくん [2]」 村上しいこ作;たかいよしかず絵 講談社(わくわくライブラリー) 2019年2月

おすいようかいオッシー
地下から地上に移動し、学校に隠れ子ども達に悪さをしている妖怪 「へんなともだちマンホーくん [3]」 村上しいこ作;たかいよしかず絵 講談社(わくわくライブラリー) 2019年7月

おすいようかいオッシー
地下から地上に移動し、学校に隠れ子ども達に悪さをしている妖怪 「へんなともだちマンホーくん [4]」 村上しいこ作;たかいよしかず絵 講談社(わくわくライブラリー) 2020年2月

雄蜂 おすばち
来年の女王蜂となる雌蜂と交尾し種の存続に寄与する役割を持つあしなが蜂 「あしなが蜂と暮らした夏」 甲斐信枝著 中央公論新社 2020年10月

オソマツ
エジプトのオアシスでトドマツと出会いピラミッド探索に協力するガイド役の兄弟 「小説おそ松さん：6つ子とエジプトとセミ」 赤塚不二夫原作;都築奈央著;おそ松さん製作委員会監修 小学館(小学館ジュニア文庫) 2018年2月

尾高 惇忠 おだか・あつただ
栄一の従兄 「渋沢栄一：日本資本主義の父―歴史人物ドラマ」 小沢章友作;十々夜絵 講談社(講談社青い鳥文庫) 2020年11月

小田切 巧 おだぎり・たくみ
銀河の1年後輩パワフル高校の野球部のショート 「実況パワフルプロ野球：めざせ最強バッテリー!」 はせがわみやび作;ミクニシン絵 KADOKAWA(角川つばさ文庫) 2018年5月

おたこさん
8本の足を使って一人で給食を作っている給食室の調理員さん 「へのへのカッパせんせい [2]―へのへのカッパせんせいシリーズ；2」 樫本学ヴさく・え 小学館 2019年11月

織田 青司 おだ・せいじ
カメラマンを目指している登生の弟 「ゆめ☆かわ ここあのコスメボックス [4]」 伊集院くれあ著;池田春香イラスト 小学館(小学館ジュニア文庫) 2019年4月

織田 登生 おだ・とうい
ティーンに人気のブランド「リップル」の専属モデル、俳優としても活躍している青年 「ゆめ☆かわ ここあのコスメボックス [2]」 伊集院くれあ著;池田春香イラスト 小学館(小学館ジュニア文庫) 2018年2月

織田 登生 おだ・とうい
ティーンに人気のブランド「リップル」の専属モデル、俳優としても活躍している青年 「ゆめ☆かわ ここあのコスメボックス [3]」 伊集院くれあ著;池田春香イラスト 小学館(小学館ジュニア文庫) 2018年7月

織田 登生　おだ・とうい
ティーンに人気のブランド「リップル」の専属モデル、俳優としても活躍している青年 「ゆめ☆かわ ここあのコスメボックス [4]」 伊集院くれあ著;池田春香イラスト 小学館(小学館ジュニア文庫) 2019年4月

織田 登生　おだ・とうい
ティーンに人気のブランド「リップル」の専属モデル、俳優としても活躍している青年 「ゆめ☆かわ ここあのコスメボックス [5]」 伊集院くれあ著;池田春香イラスト 小学館(小学館ジュニア文庫) 2019年7月

織田 登生　おだ・とうい
ティーンに人気のブランド「リップル」の専属モデル、俳優としても活躍している青年 「ゆめ☆かわ ここあのコスメボックス [6]」 伊集院くれあ著;池田春香イラスト 小学館(小学館ジュニア文庫) 2020年4月

織田 信長　おだ・のぶなが
タケルに同化してサッカーの試合で活躍する戦国武将 「戦国ストライカー!：織田信長の超高速無回転シュート—歴史系スポーツノベルズ」 海藤つかさ著 学研プラス 2018年3月

織田 信長　おだ・のぶなが
戦国時代に天下布武を目指し歴史を大きく変えた武将 「桂太の桂馬 [2]」 久麻當郎作;オズノユミ絵 集英社(集英社みらい文庫) 2020年9月

織田 信長　おだ・のぶなが
戦国武将で地獄の野球チーム「桶狭間ファルコンズ」のキャプテン、1番ファースト 「戦国ベースボール [16]」 りょくち真太作;トリバタケハルノブ絵 集英社(集英社みらい文庫) 2019年7月

織田 信長　おだ・のぶなが
戦国武将で地獄の野球チーム「桶狭間ファルコンズ」のキャプテン、4番ファースト 「戦国ベースボール [12]」 りょくち真太作;トリバタケハルノブ絵 集英社(集英社みらい文庫) 2018年3月

織田 信長　おだ・のぶなが
戦国武将で地獄の野球チーム「桶狭間ファルコンズ」のキャプテン、4番ファースト 「戦国ベースボール [13]」 りょくち真太作;トリバタケハルノブ絵 集英社(集英社みらい文庫) 2018年7月

織田 信長　おだ・のぶなが
戦国武将で地獄の野球チーム「桶狭間ファルコンズ」のキャプテン、4番ファースト 「戦国ベースボール [14]」 りょくち真太作;トリバタケハルノブ絵 集英社(集英社みらい文庫) 2018年11月

織田 信長　おだ・のぶなが
戦国武将で地獄の野球チーム「桶狭間ファルコンズ」のキャプテン、4番ファースト 「戦国ベースボール [15]」 りょくち真太作;トリバタケハルノブ絵 集英社(集英社みらい文庫) 2019年4月

織田 信長　おだ・のぶなが
戦国武将で地獄の野球チーム「桶狭間ファルコンズ」のキャプテン、4番ファースト 「戦国ベースボール [17]」 りょくち真太作;トリバタケハルノブ絵 集英社(集英社みらい文庫) 2019年11月

織田 信長　おだ・のぶなが
戦国武将で地獄の野球チーム「桶狭間ファルコンズ」のキャプテン、4番ファースト 「戦国ベースボール [18]」 りょくち真太作;トリバタケハルノブ絵　集英社(集英社みらい文庫) 2020年3月

織田 信長　おだ・のぶなが
戦国武将で地獄の野球チーム「桶狭間ファルコンズ」のキャプテン、4番ファースト 「戦国ベースボール [19]」 りょくち真太作;トリバタケハルノブ絵　集英社(集英社みらい文庫) 2020年7月

織田 信長　おだ・のぶなが
天下統一目前の戦国武将 「本能寺の敵 : キリサク手裏剣」 加部鈴子作;田中寛崇画　くもん出版(くもんの児童文学) 2020年4月

織田 信長　おだ・のぶなが
東軍で―モンズのファースト 「戦国ベースボール [20]」 りょくち真太作;トリバタケハルノブ絵　集英社(集英社みらい文庫) 2020年11月

織田 信長　おだ・のぶなが
日本の武将 「王の祭り」 小川英子著　ゴブリン書房 2020年4月

おたまじゃくし
お腹を空かせ思う存分おいしいものを食べたいと考えるオタマジャクシ 「王さまのスプーンになったおたまじゃくし」 さくら文葉作;佐竹美保絵　PHP研究所(とっておきのどうわ) 2018年2月

お茶の水博士　おちゃのみずはかせ
科学のことならなんでも知っている天才科学者 「GO!GO!アトム」 手塚プロダクション監修 KADOKAWA(角川アニメ絵本) 2020年8月

おちゃパン
パンダの姿をした天界からやってきたパンの魔法使い 「大熊猫(パンダ)ベーカリー : パンダと私の内気なクリームパン!」 くればやしよしえ著;新井陽次郎イラスト　小学館(小学館ジュニア文庫) 2019年3月

おっこ
おばあちゃんの温泉旅館で若女将修行をする小学6年生の女の子 「若おかみは小学生! : 映画ノベライズ」 令丈ヒロ子原作・文;吉田玲子脚本　講談社(講談社青い鳥文庫) 2018年8月

おっさんウシ
関西弁を話すユーモラスな性格のウシ 「ウシクルナ! : 飛ぶ教室の本」 陣崎草子著　光村図書出版 2018年6月

オッシー
地下にいられなくなって地上の子どもたちに悪さをしようとするおすい妖怪 「へんなともだちマンホーくん [1]」 村上しいこ作;たかいよしかず絵　講談社(わくわくライブラリー) 2018年8月

乙 千代子(おっちょこ先生)　おつ・ちよこ(おっちょこせんせい)
学校の保健室の先生で実は魔女 「おっちょこ魔女先生 : 保健室は魔法がいっぱい!」 廣嶋玲子作;ひらいたかこ絵　KADOKAWA 2020年3月

乙 千代子(おっちょこ先生) おつ・ちよこ(おっちょこせんせい)
学校の保健室の先生で実は魔女 「おっちょこ魔女先生 [2]」 廣嶋玲子作;ひらいたかこ絵 KADOKAWA 2020年11月

おっちょこ先生 おっちょこせんせい
学校の保健室の先生で実は魔女 「おっちょこ魔女先生:保健室は魔法がいっぱい!」 廣嶋玲子作;ひらいたかこ絵 KADOKAWA 2020年3月

おっちょこ先生 おっちょこせんせい
学校の保健室の先生で実は魔女 「おっちょこ魔女先生 [2]」 廣嶋玲子作;ひらいたかこ絵 KADOKAWA 2020年11月

音石 孝平 おといし・こうへい
涼平の父、過去に人を殺し罪を告白して許しを求めているがその罪の重さに苦しむ加害者 「羊の告解」 いとうみく著 静山社 2019年3月

音石 涼平 おといし・りょうへい
父が人を殺した加害者家族の息子、父の犯した罪とその重さに向き合いながら許しを求める心の葛藤を抱える少年 「羊の告解」 いとうみく著 静山社 2019年3月

おとうさん
くんちゃんとミライちゃんの父親、建築家 「未来のミライ」 細田守作;染谷みのる挿絵 KADOKAWA(角川つばさ文庫) 2018年6月

おとうさん
ミッチと一緒にセミクジラを飼い始めクジラの世話を手伝うミッチのお父さん 「セミクジラのぬけがら:ミッチの道ばたコレクション」 如月かずさ作;コマツシンヤ絵 偕成社 2019年8月

おとうさん
由羽来の父親 「107小節目から」 大島恵真著 講談社 2018年9月

お父さん おとうさん
タミーの父親 「タミーと魔法のことば = Tammy and the words of magic」 野田道子作;クボ桂汰絵 小峰書店 2020年5月

お父さん おとうさん
戦時中ボルネオに派遣され戦後に肺結核を患って帰郷したあゆみの父 「あゆみ」 坂井ひろ子著 解放出版社 2018年7月

お父さん おとうさん
有木家のお父さん 「わたしは保護犬モモ:モモの歩んだ365日」 佐原龍誌作;角田真弓絵 合同フォレスト 2019年5月

お父さん おとうさん
離婚しイタリアに住んでいる隆之の父 「父とふたりのローマ」 日野多香子著;内田新哉絵 銀の鈴社(鈴の音童話) 2018年5月

お父さん おとうさん
鈴と圭の父親 「地図を広げて」 岩瀬成子著 偕成社 2018年7月

オトウトカシ
卑弥呼の弟、邪馬台国を実質的に動かす男 「邪馬台戦記 2」 東郷隆作;佐竹美保絵 静山社 2019年1月

男 おとこ
「いのちの木」の木の実をたくさんとり始めた男 「砂漠の中の大きな木 : 月と砂漠と少年の物語」 川島宏知作;はらだたけひで絵 冨山房インターナショナル 2020年12月

男の子 おとこのこ
井戸の異変に気付いた少年 「砂漠の中の大きな木 : 月と砂漠と少年の物語」 川島宏知作;はらだたけひで絵 冨山房インターナショナル 2020年12月

落としものパンツ おとしものぱんつ
職員室の仲間、気弱でユニークなキャラクター 「職員室の日曜日 [2]」 村上しいこ作;田中六大絵 講談社(わくわくライブラリー) 2019年5月

オトッペ
おばけのくにの学校から脱走してきたおひめさまの一人、大きな音を出す騒がしい姫 「おばけひめがやってきた!―おばけマンション ; 46」 むらいかよ著 ポプラ社(ポプラ社の新・小さな童話) 2019年9月

音琴姫王 おとのことのおおきみ
両親を失い記憶をなくしたが天皇を狙う勢力と戦う奈良時代の姫王 「白き花の姫王(おおきみ) : ヴァジュラの剣」 みなと菫著 講談社 2020年9月

おとのさま
子どもたちの心に共感し保育士体験を通じて成長しようとするお城の殿様 「おとのさま、ほいくしさんになる―おはなしみーつけた!シリーズ」 中川ひろたか作;田中六大絵 佼成出版社 2018年12月

おとのさま
忍者修行を始めた明るく前向きな殿様 「おとのさま、にんじゃになる―おはなしみーつけた!シリーズ」 中川ひろたか作;田中六大絵 佼成出版社 2019年12月

おとのさま
魔法使いの魔法のほうきに乗りたいおとのさま 「おとのさま、まほうつかいになる―おはなしみーつけた!シリーズ」 中川ひろたか作;田中六大絵 佼成出版社 2020年12月

オトひめ(オトッペ)
おばけのくにの学校から脱走してきたおひめさまの一人、大きな音を出す騒がしい姫 「おばけひめがやってきた!―おばけマンション ; 46」 むらいかよ著 ポプラ社(ポプラ社の新・小さな童話) 2019年9月

おとん
元旦の朝奇妙な夢を見た後富士山に願いをかなえてもらうため死んだ妻を生き返らせたいと願う父親 「一富士茄子牛焦げルギー」 たなかしん作・絵 BL出版 2019年11月

オーナー
ギャラリーのオーナーで画材店の店主の男性 「日曜日の王国」 日向理恵子作;サクマメイ絵 PHP研究所(わたしたちの本棚) 2018年3月

鬼　おに
人間を襲い炭治郎の家族を奪った存在で人類の脅威 「鬼滅の刃：ノベライズ 炭治郎と禰豆子、運命のはじまり編」 吾峠呼世晴原作・絵;松田朱夏著　集英社(集英社みらい文庫) 2020年6月

鬼瓦 ももか　おにがわら・ももか
青春&恋したい高校1年生の少女、鬼と人間の子ども 「鬼ガール!!：ツノは出るけど女優めざしますっ!」 中村航作;榊アヤミ絵　KADOKAWA(角川つばさ文庫) 2020年9月

鬼食い　おにくい
王宮の若い魔女 「魔女の産屋―竜が呼んだ娘」 柏葉幸子作;佐竹美保絵　朝日学生新聞社 2020年11月

鬼塚 夢子　おにずか・ゆめこ
少女マンガみたいな恋を夢見る14歳の女の子 「少女マンガじゃない! 1」 水無仙丸作;まごつき絵　KADOKAWA(角川つばさ文庫) 2018年3月

鬼塚 夢子　おにずか・ゆめこ
少女マンガみたいな恋を夢見る14歳の女の子 「少女マンガじゃない! 2」 水無仙丸作;まごつき絵　KADOKAWA(角川つばさ文庫) 2018年9月

鬼塚 夢子　おにずか・ゆめこ
少女マンガみたいな恋を夢見る14歳の女の子 「少女マンガじゃない! 3」 水無仙丸作;まごつき絵　KADOKAWA(角川つばさ文庫) 2019年2月

鬼瀬 大雅　おにせ・たいが
真っ赤な髪を持つコワモテだが純粋で思いやりにあふれる高校1年生の男子 「honey：映画ノベライズみらい文庫版」 目黒あむ原作・カバーイラスト;山岡潤平脚本;はのまきみ著　集英社(集英社みらい文庫) 2018年2月

おねえさん
駅のトイレの清掃員、トイレさんをトイレの神さまと信じ感謝する働き者の女性 「きょうからトイレさん」 片平直樹作;たごもりのりこ絵　文研出版(わくわくえどうわ) 2019年6月

お姉さん　おねえさん
近所の歯科医院で働いているアオヤマ君の憧れの女性 「ペンギン・ハイウェイ」 森見登美彦作;ぶーた絵　KADOKAWA(角川つばさ文庫) 2018年6月

おねえちゃん
図書館の本を返さずに遊びに出かけてしまいサキに悪口を言われる対象となるサキの姉 「魔女ののろいアメ」 草野あきこ作;ひがしちから絵　PHP研究所(とっておきのどうわ) 2018年10月

小野 タクト　おの・たくと
カケルの親友 「少年探偵カケルとタクト 6」 佐藤四郎著　幻冬舎メディアコンサルティング 2018年7月

小野田 坂道　おのだ・さかみち
ママチャリで往復90キロの秋葉原への道のりを毎週欠かさず通う高校1年生 「映画弱虫ペダル」 渡辺航原作;板谷里乃脚本;三木康一郎脚本;輔老心ノベライズ　岩崎書店(フォア文庫) 2020年7月

小野田 坂道　おのだ・さかみち
ママチャリで往復90キロの秋葉原への道のりを毎週欠かさず通う高校1年生 「小説弱虫ペダル 1」 渡辺航原作;輔老心ノベライズ 岩崎書店(フォア文庫) 2019年10月

小野田 坂道　おのだ・さかみち
ママチャリで往復90キロの秋葉原への道のりを毎週欠かさず通う高校1年生 「小説弱虫ペダル 2」 渡辺航原作;輔老心ノベライズ 岩崎書店(フォア文庫) 2019年10月

小野田 坂道　おのだ・さかみち
ママチャリで往復90キロの秋葉原への道のりを毎週欠かさず通う高校1年生 「小説弱虫ペダル 4」 渡辺航原作;輔老心ノベライズ 岩崎書店(フォア文庫) 2020年10月

小野田 坂道　おのだ・さかみち
ママチャリで往復90キロの秋葉原への道のりを毎週欠かさず通う自転車競技部の高校1年生 「小説弱虫ペダル 3」 渡辺航原作;輔老心ノベライズ 岩崎書店(フォア文庫) 2020年3月

小野田 隼　おのだ・しゅん
身体能力バツグンの小学6年生の男の子 「幽霊探偵ハル [4]」 田部智子作;木乃ひのき絵 KADOKAWA(角川つばさ文庫) 2019年6月

小野田 由衣　おのだ・ゆい
美織の合宿仲間で明るい性格の少女 「スペース合宿へようこそ」 山田亜友美作;末崎茂樹絵 文研出版(文研じゅべにーる) 2018年8月

小野寺 ヒサシ　おのでら・ひさし
オバケがいるかもしれないとマサキに相談した男子 「4年1組のオバケ探偵団―ホオズキくんのオバケ事件簿 ; 3」 富安陽子作;小松良佳絵 ポプラ社 2020年9月

小野寺 耀　おのでら・よう
恋が生まれる図書室の噂を聞いて図書委員になった中学2年生の男子 「恋する図書室 [3]」 五十嵐美怜作;桜井みわ絵 集英社(集英社みらい文庫) 2020年5月

尾野乃木 ケイト　おののぎ・けいと
見た目はクールな少年でワンダーランドの探偵 「VR探偵尾野乃木ケイト : アリスとひみつのワンダーランド!!」 HISADAKE原作;前野メリー文;モグモ絵 講談社(講談社青い鳥文庫) 2020年7月

小野原 琴音　おのはら・ことね
希星の友達、思っていることをなかなか言葉にできない性格の女の子 「キミと、いつか。[12]」 宮下恵茉作;染川ゆかり絵 集英社(集英社みらい文庫) 2019年11月

尾野 ひびき　おの・ひびき
怖がりな性格ながらオノマトペに少し詳しい中学1年生の少女 「ことばけ! : ツンツンでもふもふな皇子が私のパートナー!?」 衛藤圭作;Nardack絵 集英社(集英社みらい文庫) 2020年11月

小野 ミカ　おの・みか
新しいモデル校に通い始めガードロイド探しの中で人間の心とAIについて考える小学6年生 「つくられた心 = Artificial soul」 佐藤まどか作;浦田健二絵 ポプラ社(teens' best selections) 2019年2月

小野 芽衣　おの・めい
男子が苦手でちょっぴり内気な性格の小学6年生の少女 「かなわない、ぜったい。：きみのとなりで気づいた恋」 野々村花作;姫川恵梨絵 集英社(集英社みらい文庫) 2018年12月

小野山 美紗　おのやま・みさ
カラダ探しに関する秘密や真実を留美子に告げる謎めいた転校生 「カラダ探し 第3夜2」 ウェルザード著 双葉社(双葉社ジュニア文庫) 2019年3月

叔母　おば
萌黄を育てた優しい存在で、遠国に旅立つ前に父の紙を託す女性 「もえぎ草子」 久保田香里作;tono画 くもん出版(くもんの児童文学) 2019年7月

おばあさん
おじいさんと共に不思議な冒険に出かけいつまでもはずむ心を持つおばあさん 「おじいさんは川へおばあさんは山へ」 森山京作;ささめやゆき絵 理論社 2019年7月

おばあさん
コインランドリーでアライグマと出会う女性 「あらいぐまのせんたくもの」 大久保雨咲作;相野谷由起絵 童心社(だいすき絵童話) 2019年11月

おばあさん
みさきとこうすけの隣人、おじいさんと一緒に階段でこうすけと交流する温かい女性 「チ・ヨ・コ・レ・イ・ト!」 ばんひろこ作;丸山ゆき絵 新日本出版社 2019年10月

おばあさん
モユに昔の話をして彼女の不思議な体験を導くモユの祖母 「本を読んだへび」 山本ひろみ作;ちばえん絵 みつばち文庫 2019年7月

おばあさん
森の中でサキに出会い何かの導きを与える不思議な雰囲気を持つ老女 「エレベーターのふしぎなボタン」 加藤直子作;杉田比呂美絵 ポプラ社(本はともだち♪) 2018年11月

おばあさん
幼少期に広島に疎開し原爆を体験した過去をゆみに語る女性 「空を飛んだ夏休み：あの日へ」 丘乃れい作;大西雅子絵 東方出版 2018年12月

おばあちゃん
ソッチのために黒と白とねずみ色の布を使ってドレスを作ってくれるおばあちゃん 「おばけのソッチぞびぞびオーディション―小さなおばけ」 角野栄子さく;佐々木洋子え ポプラ社(ポプラ社の新・小さな童話) 2018年8月

おばあちゃん
ちえちゃんに干し柿作りを教えるおばあちゃん 「しぶがきほしがきあまいかき―福音館創作童話シリーズ」 石川えりこさく・え 福音館書店 2019年9月

おばあちゃん
介護が必要な麦菜の祖母、家庭内のぎくしゃくした関係の中心にいる人物 「ドーナツの歩道橋」 升井純子著 ポプラ社(teens' best selections) 2020年3月

おばあちゃん
元気で明るい大阪人だったが脳梗塞の後遺症で変化しあかりとの生活に影響を与えるあかりの祖母 「ビター・ステップ = Bitter Step」 高田由紀子作;おとないちあき絵 ポプラ社(ノベルズ・エクスプレス) 2018年9月

おばあちゃん
光平に魔法の日記を渡した今は亡き光平の祖母 「望みがかなう魔法の日記」 本田有明著 PHP研究所(わたしたちの本棚) 2019年6月

おばあちゃん
食いしん坊でなんでも食べようとするやまんばのおばあちゃん、7人家族の妖怪の祖母 「妖怪一家の温泉ツアー―妖怪一家九十九さん」 富安陽子作;山村浩二絵 理論社 2018年2月

おばあちゃん
太郎の本当の気持ちに寄り添い支える太郎の祖母 「太郎の窓」 中島信子著 汐文社 2020年11月

おばあちゃん
田舎に住む翔の祖母 「ぼくのわがまま宣言!」 今井恭子著 PHP研究所(カラフルノベル) 2018年8月

おばあちゃん
夫と共に「三日月堂」を営んでいた弓子の祖母 「活版印刷三日月堂 [5] 特装版」 ほしおさなえ著 ポプラ社 2020年4月

おばあちゃん
優しくのび太を見守る存在で「お嫁さんをひと目見たい」と願う大切な家族 「小説STAND BY MEドラえもん2」 藤子・F・不二雄原作;山崎貴著 小学館(小学館ジュニア文庫) 2020年11月

おはぐろべったり
ポーちゃんが肝試しの道中で出会った右手がカマになっているイタチのおばけ 「きもだめしキャンプ―おばけのポーちゃん ; 7」 吉田純子作;つじむらあゆこ絵 あかね書房 2018年3月

おばけのこ
るうくんと出会い、共にぽんぽん山を目指すおばけの子 「くまのこのるうくんとおばけのこ」 東直子作;吉田尚令画 くもん出版(くもんの児童文学) 2020年10月

おばさんの幽霊 おばさんのゆうれい
季子たち一家がこの家にふさわしいかどうかを確かめるため現れた幽霊 「幽霊屋敷貸します 新装版」 富安陽子作;篠崎三朗絵 新日本出版社 2018年2月

おばば(ベス)
森の奥に隠れ住み不思議な術を使うおばあさん 「魔女裁判の秘密」 樹葉作;北見葉胡絵 文研出版(文研じゅべにーる) 2019年3月

お雛 おひな
気が強く頼りになる新海一馬の教え子 「大江戸もののけ物語」 川﨑いづみ文;渡辺ナベシ絵 KADOKAWA(角川つばさ文庫) 2020年6月

お姫さま　おひめさま
海の国の王様の一人娘「ノラネコぐんだんと海の果ての怪物」工藤ノリコ著　白泉社(コドモエのほん)　2018年5月

オーファン
故郷を取り戻すことに執念を燃やす火馬の民の族長「鹿の王 3」上橋菜穂子作;HACCAN絵　KADOKAWA(角川つばさ文庫)　2020年5月

オーファン
故郷を取り戻すことに執念を燃やす火馬の民の族長「鹿の王 4」上橋菜穂子作;HACCAN絵　KADOKAWA(角川つばさ文庫)　2020年8月

おぶぎょうざさま
弱気な少年だが本当の顔はおぶぎょうざさま、仲間と共に事件を解決するヒーロー「おぶぎょうざさま」ささきみお作・絵　文研出版(わくわくえどうわ)　2020年3月

おまざりさま
多くの猫を従える猫の神様「猫町ふしぎ事件簿：猫神さまはお怒りです」廣嶋玲子作;森野きこり絵　童心社　2020年10月

おマツ
真先の同級生で鬼灯京十郎に頼んでオバケの謎を解決しようとする女子「オバケはあの子の中にいる!—ホオズキくんのオバケ事件簿；2」富安陽子作;小松良佳絵　ポプラ社　2019年10月

おマツ
真先の幼なじみでオバケ探偵団を結成する少女「4年1組のオバケ探偵団—ホオズキくんのオバケ事件簿；3」富安陽子作;小松良佳絵　ポプラ社　2020年9月

親方　おやかた
ラビントットの修業時代の師匠「ラビントットと空の魚 第5話—福音館創作童話シリーズ」越智典子作;にしざかひろみ画　福音館書店　2020年6月

親方　おやかた
ラビントットの修行時代の師匠「ラビントットと空の魚 第4話—福音館創作童話シリーズ」越智典子作;にしざかひろみ画　福音館書店　2020年6月

オラフ
エルサが幼い頃に魔法で作り出した雪だるま「アナと雪の女王家族の思い出」中井はるの文　講談社(講談社KK文庫)　2018年3月

オリビア
犬の村で野菜畑を管理する野菜博士、「しあわせレストラン」の店主「ねこの町の小学校：たのしいえんそく」小手鞠るい作;くまあやこ絵　講談社(わくわくライブラリー)　2020年11月

お良　おりょう
菓子屋の孫娘「結び蝶物語」横山充男作;カタヒラシュンシ絵　あかね書房　2018年6月

オリンピックゆうれい
オリンピックの年だけに人間の町に現れるおじいさんの幽霊「モンスター・ホテルでオリンピック」柏葉幸子作;高畠純絵　小峰書店　2019年9月

オールマイト
出久の憧れの存在でナンバー1ヒーロー 「僕のヒーローアカデミアTHE MOVIE～2人の英雄(ヒーロー)～：ノベライズみらい文庫版」 堀越耕平原作総監修キャラクター原案;黒田洋介脚本;小川彗著 集英社(集英社みらい文庫) 2018年8月

おれ
活発で野球が好きな少年 「しらとりくんはてんこうせい」 枡野浩一ぶん;目黒雅也え あかね書房 2018年2月

お六 おろく
コン七と幼なじみのろくろっ首の女の子 「ようかいとりものちょう 8」 大崎悌造作;ありがひとし画 岩崎書店 2018年6月

小川 蛍 おわが・ほたる
ヌクが密かに思いを寄せる同級生、直樹の幼なじみ 「打順未定、ポジションは駄菓子屋前」 はやみねかおる作;ひのた絵 講談社(講談社青い鳥文庫) 2018年6月

おんなのこ
古びた頭巾しか持たず家を欲しがる心優しい少女 「おうちずきん」 こがしわかおり作 文研出版(わくわくえどうわ) 2019年7月

【か】

ガア
ヤマビトの子ども、ヒロキと友情を築きながら共に冒険する活発な少年 「山のうらがわの冒険」 みおちづる作;広瀬弦絵 あかね書房(読書の時間) 2020年6月

かあさん
レッツの母 「レッツがおつかい」 ひこ・田中さく;ヨシタケシンスケえ 講談社 2018年8月

かあさん
レッツの母 「レッツとネコさん」 ひこ・田中さく;ヨシタケシンスケえ 講談社 2018年6月

かあさん
レッツの母 「レッツのふみだい」 ひこ・田中さく;ヨシタケシンスケえ 講談社 2018年7月

かあさん
レッツの母親 「レッツはおなか」 ひこ・田中さく;ヨシタケシンスケえ 講談社 2020年4月

かあさん
海外出張の帰りに倒れ黒い靄に覆われる謎の現象に巻き込まれた一の母親 「精霊人、はじめました!」 宮下恵茉作;十々夜絵 PHP研究所(カラフルノベル) 2020年12月

かあさん
再婚話を進める中で苦悩しながらも、新たな家族としての絆を娘と築こうとする母親 「はじまりの夏」 吉田道子作;大野八生絵 あかね書房(読書の時間) 2020年6月

かあさん
自然食の食堂をオープンさせるが地元の有力者から嫌がらせを受ける越とつぐみの母親 「ずっと見つめていた」 森島いずみ作;しらこ絵 偕成社 2020年3月

カアちゃん
桜子のお母さん、看護師 「ジャンピング・サクラ：天才テニス少女対決!」 本條強作;himesuz絵 講談社(講談社青い鳥文庫) 2019年10月

かあちゃん
牧場で牛を育て、きんじろうの命を守るために奮闘する牛飼いの女性 「子うしのきんじろう いのちにありがとう」 今西乃子作;ひろみちいと絵 岩崎書店(おはなしトントン) 2020年6月

母ちゃん　かあちゃん
アキヨシの母 「まかせて!母ちゃん!!」 くすのきしげのり作;小泉るみ子絵 文溪堂 2018年4月

母ちゃん　かあちゃん
めいとゆきの飼い主 「ゴキゲンめいちゃん森にくらす」 のりぼうさく;りかさく;さげさかのりこえ コスモス・ライブラリー 2018年1月

カイ
マイを優しく見守る幼なじみの少年 「小説ゲキカワデビル：恋するゲキカワコーデ―CIAO BOOKS」 やぶうち優原作・イラスト;宮沢みゆき著 小学館 2019年3月

カイ
気が弱くオドオドしているSSランク50位 「天才謎解きバトラーズQ：vs.大脱出!超巨大遊園地」 吉岡みつる作;はあと絵 講談社(講談社青い鳥文庫) 2020年3月

カイ
夜の間におてつだい妖精のティムと共に冒険に出かける少年 「カイとティムよるのぼうけん」 石井睦美作;ささめやゆき絵 アリス館 2019年3月

海江田 美緒　かいえだ・みお
将来寿司職人になる夢を持つ少女、伝のクラスメイト 「すし屋のすてきな春原さん―おはなしSDGs. ジェンダー平等を実現しよう」 戸森しるこ作;しんやゆう子絵 講談社 2020年12月

開くん　かいくん
「山村留学センター」の小学6年生の少年 「ぼくらの山の学校」 八束澄子著 PHP研究所(わたしたちの本棚) 2018年1月

解決デカ　かいけつでか
怪盗チョッキンナーを追いかける刑事 「でかいケツで解決デカ：怪盗チョッキンナーから歴史人物を守れ!」 小室尚子作;たかいよしかず絵 PHP研究所(とっておきのどうわ) 2020年2月

ガイコツくん
モン太くんの親友、今年のハロウィーンパーティーを計画するガイコツ 「モン太くんのハロウィーン―モンスタータウンへようこそ」 土屋富士夫作・絵 徳間書店 2019年9月

界耳 豪　かいじ・ごう
「耳族」界耳家の次男、スポーツが得意でイケメンな自信家 「こちらへそ神異能少年団」 奈雅月ありす作;アカツキウォーカー絵 ポプラ社(ノベルズ・エクスプレス) 2019年1月

カイト
優人が被服部に通うことを知らず復帰を待っている優人のサッカー仲間 「ぼくのまつり縫い：手芸男子は好きっていえない」 神戸遥真作;井田千秋絵 偕成社(偕成社ノベルフリーク) 2019年11月

海斗　かいと
愛奈の幼なじみの少年 「かなわない、ぜったい。[3]」 野々村花作;姫川恵梨絵 集英社(集英社みらい文庫) 2019年8月

海斗　かいと
犬を飼いたい小学4年生の男の子 「犬がすきなぼくとおじさんとシロ」 山本悦子作;しんやゆう子絵 岩崎書店(おはなしガーデン) 2019年9月

海翔　かいと
宮城県・気仙沼で大地震を経験し家族と共に北海道・根室に移住した少年 「いつか、太陽の船」 村中李衣作;こしだミカ絵;根室の子ども達絵 新日本出版社 2019年3月

怪盗赤ずきん(赤ずきん)　かいとうあかずきん(あかずきん)
FBI要注意犯罪者リストに載っている変装が得意な怪盗、17～8歳ぐらいの女の子 「華麗なる探偵アリス&ペンギン [11]」 南房秀久著;あるやイラスト 小学館(小学館ジュニア文庫) 2018年7月

怪盗赤ずきん(赤ずきん)　かいとうあかずきん(あかずきん)
FBI要注意犯罪者リストに載っている変装が得意な怪盗、17～8歳ぐらいの女の子 「華麗なる探偵アリス&ペンギン [12]」 南房秀久著;あるやイラスト 小学館(小学館ジュニア文庫) 2018年12月

怪盗赤ずきん(赤ずきん)　かいとうあかずきん(あかずきん)
FBI要注意犯罪者リストに載っている変装が得意な怪盗、17～8歳ぐらいの女の子 「華麗なる探偵アリス&ペンギン [13]」 南房秀久著;あるやイラスト 小学館(小学館ジュニア文庫) 2019年10月

怪盗赤ずきん(赤ずきん)　かいとうあかずきん(あかずきん)
FBI要注意犯罪者リストに載っている変装が得意な怪盗、17～8歳ぐらいの女の子 「華麗なる探偵アリス&ペンギン [14]」 南房秀久著;あるやイラスト 小学館(小学館ジュニア文庫) 2020年2月

怪盗キッド　かいとうきっど
世界を股にかけて美術品や宝石を狙う大泥棒 「名探偵コナン：怪盗キッドセレクション月下の予告状」 青山剛昌原作・イラスト;酒井匙著 小学館(小学館ジュニア文庫) 2019年4月

怪盗キッド　かいとうきっど
世界を股にかけて美術品や宝石を狙う大泥棒 「名探偵コナン 紺青の拳(フィスト)」 青山剛昌原作;大倉崇裕脚本;水稀しま著 小学館(小学館ジュニア文庫) 2019年4月

海藤 朔　かいとう・さく
身体能力が高い中学1年生の少年 「チーム怪盗JET：王子とフリョーと、カゲうすい女子!?」 一ノ瀬三葉作;うさぎ恵美絵 集英社(集英社みらい文庫) 2019年3月

海藤 朔　かいとう・さく
身体能力が高い中学1年生の少年 「チーム怪盗JET [2]」 一ノ瀬三葉作;うさぎ恵美絵 集英社(集英社みらい文庫) 2019年7月

海藤 朔　かいとう・さく
身体能力が高い中学1年生の少年、JETのメンバー 「チーム怪盗JET [3]」 一ノ瀬三葉作;うさぎ恵美絵　集英社(集英社みらい文庫) 2019年11月

怪盗ジェント　かいとうじぇんと
20年前の盗難品を探して盗み花城に返還している謎の盗賊 「少女探偵月原美音 2」 横山佳作;スカイエマ絵　BL出版　2019年3月

怪盗チョッキンナー　かいとうちょっきんなー
歴史上の人物のお宝をハサミで切り取って逃げる怪盗 「でかいケツで解決デカ：怪盗チョッキンナーから歴史人物を守れ!」 小室尚子作;たかいよしかず絵　PHP研究所(とっておきのどうわ) 2020年2月

怪盗パラドックス　かいとうぱらどっくす
世間を騒がす悪の怪盗 「チーム怪盗JET [2]」 一ノ瀬三葉作;うさぎ恵美絵　集英社(集英社みらい文庫) 2019年7月

怪盗パラドックス　かいとうぱらどっくす
世間を騒がす悪の怪盗 「チーム怪盗JET [3]」 一ノ瀬三葉作;うさぎ恵美絵　集英社(集英社みらい文庫) 2019年11月

怪盗ムッシュ　かいとうむっしゅ
世界的な大泥棒、ミルキーの宿敵 「あいことばは名探偵」 杉山亮作;中川大輔絵　偕成社　2018年8月

かいとうU　かいとうゆー
変装が得意な世紀の大泥棒 「おしりたんてい かいとうとねらわれたはなよめ―おしりたんていシリーズ. おしりたんていファイル ; 8」 トロルさく・え　ポプラ社　2019年4月

海里　かいり
真実の恋を求めて恋愛リアリティーショーに参加する本気の恋を追い求める若者、歌手 「オオカミくんには騙されない：本気の恋と、切ない嘘」 AbemaTV『オオカミくんには騙されない♥』原案・企画協力;深海ゆずは作;遠山えま絵　KADOKAWA(角川つばさ文庫) 2020年1月

楓　かえで
学校では男勝りなキャラで知られる中学2年生の女の子 「ウラオモテ遺伝子」 櫻いいよ著;モゲラッタイラスト　PHP研究所(PHPジュニアノベル) 2019年4月

カエル王子　かえるおうじ
呪いでカエルに姿を変えられた王子 「魔女が相棒?オコジョ姫とカエル王子」 柏葉幸子作;長田恵子絵　理論社　2020年11月

かおだけ
せんねん町のまんねん小学校の図工室にいる不思議な顔だけの像 「図工室の日曜日：おいしい話に気をつけろ」 村上しいこ作;田中六大絵　講談社(わくわくライブラリー) 2018年11月

かおる
ぼくと同じクラスの仲良しで水泳大会のリレー選手にぼくを推薦した男の子 「しゅくだいクロール」 福田岩緒作・絵　PHP研究所(とっておきのどうわ) 2018年6月

薫さん　かおるさん
ムゲの父親の婚約者 「泣きたい私は猫をかぶる」 岩佐まもる文;永地挿絵 KADOKAWA（角川つばさ文庫） 2020年6月

加賀美 薫　かがみ・かおる
モデルの仕事もしている大学生、女装男子 「地底アパートと幻の地底王国 特装版―蒼月海里の「地底アパート」シリーズ；5」 蒼月海里著 ポプラ社 2020年4月

加賀美 薫　かがみ・かおる
モデルの仕事もしている大学生、女装男子 「地底アパートのアンドロイドは巨大ロボットの夢を見るか 特装版―蒼月海里の「地底アパート」シリーズ；3」 蒼月海里著 ポプラ社 2020年4月

加賀美 薫　かがみ・かおる
モデルの仕事もしている大学生、女装男子 「地底アパートの咲かない桜と見えない住人 特装版―蒼月海里の「地底アパート」シリーズ；4」 蒼月海里著 ポプラ社 2020年4月

加賀美 薫　かがみ・かおる
モデルの仕事もしている大学生、女装男子 「地底アパートの迷惑な来客 特装版―蒼月海里の「地底アパート」シリーズ；2」 蒼月海里著 ポプラ社 2020年4月

加賀美 薫　かがみ・かおる
モデルの仕事もしている大学生、女装男子 「地底アパート入居者募集中! 特装版―蒼月海里の「地底アパート」シリーズ；1」 蒼月海里著 ポプラ社 2020年4月

鏡 未来（ミラミラ）　かがみ・みらい（みらみら）
演劇が大好きな青北中学校2年生 「劇部ですから! Act.5」 池田美代子作;柚希きひろ絵 講談社（講談社青い鳥文庫） 2019年3月

鏡 未来（ミラミラ）　かがみ・みらい（みらみら）
青北中学校演劇部の2年生、ずっと演劇部に憧れていていつか舞台に立つことを夢見ている少女 「劇部ですから! Act.3」 池田美代子作;柚希きひろ絵 講談社（講談社青い鳥文庫） 2018年2月

鏡 未来（ミラミラ）　かがみ・みらい（みらみら）
青北中学校演劇部の2年生、ずっと演劇部に憧れていていつか舞台に立つことを夢見ている少女 「劇部ですから! Act.4」 池田美代子作;柚希きひろ絵 講談社（講談社青い鳥文庫） 2018年8月

加賀谷 周斗　かがや・しゅうと
サッカーチームのキャプテンで移籍してきた大地にキャプテンマークを渡すことになり孤立感と葛藤を抱える少年 「キャプテンマークと銭湯と」 佐藤いつ子作;佐藤真紀子絵 KADOKAWA 2019年3月

香川 紘　かがわ・ひろ
メグとサワの支えとなり自分らしさを大切にするメグの幼なじみの男子 「赤毛証明」 光丘真理作 くもん出版（くもんの児童文学） 2020年5月

カキ
サトシのクラスメート 「ポケットモンスターサン&ムーン サトシ編―よむポケ」 福田幸江文;姫野よしかず絵;小学館集英社プロダクション監修 小学館 2018年7月

柿木園 豹　かきぞの・ひょう
男らしくイケメンだが好きな人の前で時折見せる可愛らしい一面が魅力の「けだもの男子」の男子高生 「花にけだもの」 杉山美和子原作;松本美弥子脚本;橋口いくよ著 小学館（小学館ジュニア文庫） 2018年8月

柿木園 豹　かきぞの・ひょう
男らしくイケメンだが好きな人の前で時折見せる可愛らしい一面が魅力の「けだもの男子」の男子高生、久実の彼氏 「花にけだもの Second Season」 杉山美和子原作;松本美弥子脚本;橋口いくよ著 小学館（小学館ジュニア文庫） 2019年4月

柿原 真帆　かきはら・まほ
黒髪ロングの三つ編みがトレードマークで学校や塾でまじめに生きてきた女子高生 「制服ラプンツェル」 麻井深雪作;池田春香絵 ポプラ社（ポケット・ショコラ） 2018年11月

隠し蓑　かくしみの
友だちや親や先生にバレたくない失敗やいたずらをきれいさっぱり隠してくれるもののけ 「もののけ屋 [2] 図書館版」 廣嶋玲子作;東京モノノケ絵 ほるぷ出版 2018年2月

郭 秀良　かく・しゅうりょう
南河国将軍 「南河国物語 = Nangakoku story 暴走少女、国をすくう?の巻」 濱野京子作;Minoru絵 静山社 2019年10月

額蔵　がくぞう
蟇六の使用人 「南総里見八犬伝 1」 曲亭馬琴原作;松尾清貴文 静山社 2018年3月

かぐたん
おばけのくにの学校から脱走してきたおひめさまの一人、鼻が利く姫 「おばけひめがやってきた!―おばけマンション ; 46」 むらいかよ著 ポプラ社（ポプラ社の新・小さな童話） 2019年9月

書 道子　かく・みちこ
いい加減に字を書く龍彦にまじないをかける大きな筆を背負ったおばあさんの書道教師 「ぼくのジユウな字」 春間美幸作;黒須高嶺絵 講談社（わくわくライブラリー） 2018年9月

かぐや姫　かぐやひめ
竹から生まれ光り輝く美しさを持ち多くの求婚者を退け月に帰る運命を背負う姫 「竹取物語」 長尾剛文;若菜等絵;Ki絵 汐文社（すらすら読める日本の古典 : 原文付き） 2018年10月

かぐや姫　かぐやひめ
竹の中から現れた女の子 「さよなら、かぐや姫 : 月とわたしの物語」 深山くのえ著;サカノ景子イラスト 小学館（小学館ジュニア文庫） 2018年8月

かぐやひめ（かぐたん）
おばけのくにの学校から脱走してきたおひめさまの一人、鼻が利く姫 「おばけひめがやってきた!―おばけマンション ; 46」 むらいかよ著 ポプラ社（ポプラ社の新・小さな童話） 2019年9月

神楽　かぐら
万事屋の紅一点で怪力と食欲が自慢の「夜兎族」の少女 「銀魂 : 映画ノベライズみらい文庫版 2」 空知英秋原作;福田雄一脚本;田中創小説 集英社（集英社みらい文庫） 2018年8月

神楽木 晴　かぐらぎ・はると
伝説のF4に憧れ「コレクト5」を結成する容姿端麗なお坊ちゃま高校生 「花のち晴れ：花男Next Season：ノベライズ」 神尾葉子原作・絵;松田朱夏著 集英社(集英社みらい文庫) 2018年5月

影ノ裏 未知　かげのうら・みち
天才パソコンマスターでヒカルと共に迷宮教室からの脱出を目指すクラスメート 「迷宮教室：出口のない悪魔小学校」 あいはらしゅう作;肘原えるぼ絵 集英社(集英社みらい文庫) 2020年4月

影ノ裏 未知　かげのうら・みち
天才パソコンマスターでヒカルと共に迷宮教室からの脱出を目指すクラスメート 「迷宮教室 [2]」 あいはらしゅう作;肘原えるぼ絵 集英社(集英社みらい文庫) 2020年9月

影ノ裏 未知　かげのうら・みち
天才パソコンマスターでヒカルと共に迷宮教室からの脱出を目指すクラスメート 「迷宮教室 [3]」 あいはらしゅう作;肘原えるぼ絵 集英社(集英社みらい文庫) 2020年12月

影法師　かげぼうし
あの子みたいになりたいという憧れをかなえてくれるがんばり屋のもののけ 「もののけ屋 [2] 図書館版」 廣嶋玲子作;東京モノノケ絵 ほるぷ出版 2018年2月

影山　かげやま
宝生麗子に仕える執事 「謎解きはディナーのあとで 2」 東川篤哉著 小学館(小学館ジュニア文庫) 2018年8月

影山　かげやま
宝生麗子に仕える執事 「謎解きはディナーのあとで 3」 東川篤哉著 小学館(小学館ジュニア文庫) 2019年12月

景山 大輔　かげやま・だいすけ
ヒナのクラスの担任、放送部の顧問 「この声とどけ!：恋がはじまる放送室☆」 神戸遥真作;木乃ひのき絵 集英社(集英社みらい文庫) 2018年4月

景山 大輔　かげやま・だいすけ
ヒナのクラスの担任、放送部の顧問 「この声とどけ! [2]」 神戸遥真作;木乃ひのき絵 集英社(集英社みらい文庫) 2018年9月

影山 光　かげやま・ひかる
水神学園のルーキーの中学1年生の少年 「スプラッシュ!：ぼくは犬かきしかできない」 山村しょう作;凸ノ高秀絵 集英社(集英社みらい文庫) 2019年12月

影山 幽斗　かげやま・ゆうと
最強の転校生という噂の男の子 「少女マンガじゃない! 2」 水無仙丸作;まごつき絵 KADOKAWA(角川つばさ文庫) 2018年9月

影山 幽斗　かげやま・ゆうと
最強の転校生という噂の男の子 「少女マンガじゃない! 3」 水無仙丸作;まごつき絵 KADOKAWA(角川つばさ文庫) 2019年2月

影山 零治　かげやま・れいじ
サッカー名門「帝国学園」を指揮する悪名高い監督 「小説イナズマイレブン：アレスの天秤 2」 レベルファイブ原作;日野晃博総監督・原案・シリーズ構成;江橋よしのり著 小学館(小学館ジュニア文庫) 2018年8月

カケル
白石ゆのが夢の中で出会った男の子、自分が誰だか思い出せない幽霊 「こちらパーティー編集部っ! 11」 深海ゆずは作;榎木りか絵 KADOKAWA(角川つばさ文庫) 2018年7月

カーコ
つっきーといつも一緒に過ごすカラス 「つっきーとカーコのけんか—おはなしみーつけた!シリーズ」 おくはらゆめ作 佼成出版社 2018年11月

カーコ
つっきーと大の仲良しで、宝物について考えるきっかけを得るカラス 「つっきーとカーコのたからもの—おはなしみーつけた!シリーズ」 おくはらゆめ作 佼成出版社 2020年11月

河西 ひまり　かさい・ひまり
オタクで友達ゼロの地味な高校1年生、実はプロの少女まんが家・彩華ジゼルとして活躍している女子高生 「キラモテ先輩と地味っ子まんが家ちゃん」 清水きり作;あおいみつ絵 ポプラ社(ポケット・ショコラ) 2018年9月

風間 陣　かざま・じん
天才的なサッカーセンスを持つ1年生、つくしの親友 「DAYS 3」 安田剛士原作・絵;石崎洋司文 講談社(講談社青い鳥文庫) 2018年2月

風祭警部　かざまつりけいぶ
警視庁国立署の警部で新米刑事・宝生麗子の上司、自動車メーカー社長の御曹司で32歳の独身貴族 「謎解きはディナーのあとで 3」 東川篤哉著 小学館(小学館ジュニア文庫) 2019年12月

風見 志穂　かざみ・しほ
破魔のマテリアル・サーヤの同級生、小学6年生の風のマテリアル 「魔天使マテリアル 26」 藤咲あゆな作;藤丘ようこ絵 ポプラ社(ポプラカラフル文庫) 2018年11月

風見 翔平　かざみ・しょうへい
器械体操部のエースの高校2年生の少年 「図書館B2捜査団：秘密の地下室」 辻堂ゆめ作;bluemomo絵 講談社(講談社青い鳥文庫) 2020年6月

香椎 水鳥　かしい・みどり
詩を書くことと同性の咲野への特別な感情という二つの秘密を抱える中学2年生の少女 「窓をあけて、私の詩をきいて」 名木田恵子著 出版ワークス 2018年12月

柏浦 悠乃　かしうら・ゆの
何事も普通で地味な性格の小学生の女の子 「子ども食堂かみふうせん」 齊藤飛鳥著 国土社 2018年11月

梶田 莉子　かじた・りこ
中学受験を目指して塾に通う元芽の幼なじみ 「ねこやなぎ食堂 レシピ1」 つくもようこ作;かわいみな絵 講談社(講談社青い鳥文庫) 2019年7月

梶田 莉子　かじた・りこ
中学受験を目指して塾に通う元芽の幼なじみ 「ねこやなぎ食堂 レシピ2」 つくもようこ作;かわいみな絵 講談社(講談社青い鳥文庫) 2020年1月

梶田 莉子　かじた・りこ
中学受験を目指して塾に通う元芽の幼なじみ 「ねこやなぎ食堂 レシピ3」 つくもようこ作;かわいみな絵 講談社(講談社青い鳥文庫) 2020年10月

梶野 篤史　かじの・あつし
勉強ができる誠矢の同級生 「朝顔のハガキ：夏休み、ぼくは「ハガキの人」に会いに行った」 山下みゆき作;ゆの絵 朝日学生新聞社 2020年3月

柏木 明香里　かしわぎ・あかり
不慮の事故で視力と家族を失った女性 「小説映画きみの瞳が問いかけている = Your eyes tell」 登米裕一脚本;時海結以著 講談社(講談社KK文庫) 2020年10月

柏木 慧　かしわぎ・けい
ムードメーカーで友達が多いちゆきのクラスメート「この恋は、ぜったいヒミツ。」 このはなさくら著;遠山えま絵 スターツ出版(野いちごジュニア文庫) 2020年12月

柏木 悠人　かしわぎ・ゆうと
高校受験を控え家族の期待の中で自分の存在意義を見出せずにいる中学3年生の少年「ウィズ・ユー = with you」 濱野京子作;中田いくみ装画・挿画 くもん出版(くもんの児童文学) 2020年11月

春日 温(ヌク)　かすが・あつし(ぬく)
野球を愛する中学2年生の男の子 「打順未定、ポジションは駄菓子屋前」 はやみねかおる作;ひのた絵 講談社(講談社青い鳥文庫) 2018年6月

春日 美海　かすが・みうみ
モデルの仕事をしているため派手に見られがちな女子 「嘘恋ワイルドストロベリー」 朝比奈歩作;サコ絵 ポプラ社(ポケット・ショコラ) 2019年5月

かずき
小学3年生の男の子、さくらの双子の弟 「妖怪たぬきポンチキン最強の妖怪あらわる!」 山口理作;細川貂々絵 文溪堂 2018年10月

かずき
小学3年生の男の子、さくらの双子の弟 「妖怪たぬきポンチキン雪わらしとのやくそく」 山口理作;細川貂々絵 文溪堂 2018年4月

和貴　かずき
広島平和記念資料館の訪問を通じて成長する14歳の中学生 「ワタシゴト：14歳のひろしま」 中澤晶子作;ささめやゆきえ 汐文社 2020年7月

和樹　かずき
自分の中に「化けもの」が住んでいるからキレやすいんだと思っている男の子 「となりの火星人」 工藤純子著 講談社(講談社文学の扉) 2018年2月

カー助　かーすけ
いたずら好きなカラス 「いたずらカー助」 濱昌宏著 文芸社 2018年8月

和馬　かずま
占いをひっくり返そうとする少年 「雨女とホームラン」 吉野万理子作;嶽まいこ絵 静山社 2020年5月

カスミ
みずポケモンを愛する明るく元気な女の子 「ミュウツーの逆襲EVOLUTION」 首藤剛志脚本;水稀しま著;石原恒和監修 小学館(小学館ジュニア文庫) 2019年7月

かすみ
食べるのが遅く嫌いなものが多いがおかわりのおむすびを食べることに挑戦する女の子 「おかわりへの道」 山本悦子作;下平けーすけ絵 PHP研究所(とっておきのどうわ) 2018年3月

カスミ
世界一のみずポケモンのトレーナーになるのが夢の明るく元気な女の子 「ポケットモンスターミュウツーの逆襲EVOLUTION : 大人気アニメストーリー」 田尻智原案;首藤剛志脚本;桑原美保著;石原恒和監修 小学館 2019年7月

神住 匡　かすみ・ただし
敗戦後の日本で高校野球大会を復活させるために奔走する朝日新聞社の記者 「夏空白花」 須賀しのぶ著 ポプラ社 2018年7月

カズミちゃん
サクラさんの子ども頃の友人 「ゆりの木荘の子どもたち」 富安陽子作;佐竹美保絵 講談社(わくわくライブラリー) 2020年4月

糟谷 学　かすや・まなぶ
十郎にいじめられていた少年 「早咲きの花 : ぼくらは戦友」 宗田理作;YUME絵 KADOKAWA(角川つばさ文庫) 2019年8月

風おじさん　かぜおじさん
動物の言葉が分かり動物たちと一緒に暮らす不思議なおじさん 「ドエクル探検隊 = DOEKURU Expedition Party」 草山万兎作;松本大洋画 福音館書店 2018年6月

加瀬くん　かせくん
広崎梨奈のクラスメートで梨奈が密かに思いを寄せる男子 「君のとなりで片想い [2]」 高瀬花央作;綾瀬羽美絵 ポプラ社(ポケット・ショコラ) 2019年7月

加瀬 功太　かせ・こうた
梨奈のクラスメートでサッカー部のさわやかイケメン高校生 「君のとなりで片想い」 高瀬花央作;綾瀬羽美絵 ポプラ社(ポケット・ショコラ) 2018年7月

風の楽人　かぜのがくじん
ロタ王国をまわり鎮魂儀式を行う旅芸人 「風と行く者 : 守り人外伝」 上橋菜穂子作;佐竹美保絵 偕成社 2018年12月

風早 和馬　かぜはや・かずま
三ツ谷小学校6年生、由緒正しき忍者の家系に生まれ忍びの大会で毎年優勝している少年 「世界一クラブ [10]」 大空なつき作;明菜絵 KADOKAWA(角川つばさ文庫) 2020年11月

風早 和馬　かぜはや・かずま
三ツ谷小学校6年生、由緒正しき忍者の家系に生まれ忍びの大会で毎年優勝している少年「世界一クラブ［2］」大空なつき作;明菜絵　KADOKAWA（角川つばさ文庫）2018年1月

風早 和馬　かぜはや・かずま
三ツ谷小学校6年生、由緒正しき忍者の家系に生まれ忍びの大会で毎年優勝している少年「世界一クラブ［3］」大空なつき作;明菜絵　KADOKAWA（角川つばさ文庫）2018年5月

風早 和馬　かぜはや・かずま
三ツ谷小学校6年生、由緒正しき忍者の家系に生まれ忍びの大会で毎年優勝している少年「世界一クラブ［4］」大空なつき作;明菜絵　KADOKAWA（角川つばさ文庫）2018年9月

風早 和馬　かぜはや・かずま
三ツ谷小学校6年生、由緒正しき忍者の家系に生まれ忍びの大会で毎年優勝している少年「世界一クラブ［5］」大空なつき作;明菜絵　KADOKAWA（角川つばさ文庫）2019年1月

風早 和馬　かぜはや・かずま
三ツ谷小学校6年生、由緒正しき忍者の家系に生まれ忍びの大会で毎年優勝している少年「世界一クラブ［6］」大空なつき作;明菜絵　KADOKAWA（角川つばさ文庫）2019年4月

風早 和馬　かぜはや・かずま
三ツ谷小学校6年生、由緒正しき忍者の家系に生まれ忍びの大会で毎年優勝している少年「世界一クラブ［7］」大空なつき作;明菜絵　KADOKAWA（角川つばさ文庫）2019年9月

風早 和馬　かぜはや・かずま
三ツ谷小学校6年生、由緒正しき忍者の家系に生まれ忍びの大会で毎年優勝している少年「世界一クラブ［8］」大空なつき作;明菜絵　KADOKAWA（角川つばさ文庫）2020年3月

風早 和馬　かぜはや・かずま
三ツ谷小学校6年生、由緒正しき忍者の家系に生まれ忍びの大会で毎年優勝している少年「世界一クラブ［9］」大空なつき作;明菜絵　KADOKAWA（角川つばさ文庫）2020年7月

風早 俊介　かぜはや・しゅんすけ
うせもの探偵事務所の所長「少年探偵カケルとタクト 6」佐藤四郎著　幻冬舎メディアコンサルティング　2018年7月

風丸 一郎太　かぜまる・いちろうた
旧雷門中メンバー、サッカー強化委員として帝国学園に参加している少年「小説イナズマイレブン：アレスの天秤 2」レベルファイブ原作;日野晃博総監督・原案・シリーズ構成;江橋よしのり著　小学館（小学館ジュニア文庫）2018年8月

加瀬 陸人（リク）　かせ・りくと（りく）
修一の友達、修一と共に犬のマックの散歩を手伝い修一を支える少年「もう逃げない!」朝比奈蓉子作;こより絵　PHP研究所（わたしたちの本棚）2018年10月

片岡先輩　かたおかせんぱい
市展に向けて「投球前の一瞬」をテーマにデッサンを続ける美術部の男子部員 「ナイスキャッチ! 4」 横沢彰作;スカイエマ絵 新日本出版社 2018年10月

カタガキ ナオミ　かたがき・なおみ
直実の10年後の自分を名乗る人物で直実と共に未来を変えるために行動する青年 「HELLO WORLD : 映画ノベライズみらい文庫版」 松田朱夏著 集英社(集英社みらい文庫) 2019年8月

堅書 直実　かたがき・なおみ
内気で優柔不断な性格を変えたいと望む高校1年生の少年 「HELLO WORLD : 映画ノベライズみらい文庫版」 松田朱夏著 集英社(集英社みらい文庫) 2019年8月

片桐 湊　かたぎり・みなと
品行方正な優等生男子 「これが恋かな? Case1」 小林深雪作;牧村久実絵 講談社(講談社青い鳥文庫) 2018年4月

片桐 稜　かたぎり・りょう
アトリエキキに通う絵を描くことが好きな少年 「ぼくとキキとアトリエで」 中川洋典作 文研出版(文研ブックランド) 2020年5月

片倉 恵一(恵ちゃん)　かたくら・けいいち(けいちゃん)
男女問わず人気がある男子高生 「虹色デイズ : 映画ノベライズみらい文庫版」 水野美波原作;根津理香脚本;飯塚健脚本;はのまきみ著 集英社(集英社みらい文庫) 2018年6月

賢子　かたこ
紫式部の娘、藤原道長の娘・皇太后彰子にお仕えする15歳の少女 「紫式部の娘。賢子はとまらない! [図書館版]」 篠綾子作;小倉マユコ絵 ほるぷ出版 2019年3月

賢子　かたこ
紫式部の娘、藤原道長の娘・皇太后彰子にお仕えすることになった14歳の少女 「紫式部の娘。賢子がまいる! [図書館版]」 篠綾子作;小倉マユコ絵 ほるぷ出版 2019年3月

片瀬 大地　かたせ・だいち
男子からも女子からも人気がある男の子 「かなわない、ぜったい。[4]」 野々村花作;姫川恵梨絵 集英社(集英社みらい文庫) 2019年12月

カタツムリのあかちゃん
トガリィが冒険で出会う小さなカタツムリ 「ゆうだちの森 新装版—トガリ山のぼうけん ; 2」 いわむらかずお文・絵 理論社 2019年10月

片西 環奈　かたにし・かんな
実坂高校1年生、短気でケンカっ早い女の子 「ゆけ、シンフロ部!」 堀口泰生小説;青木俊直絵 学研プラス(部活系空色ノベルズ) 2018年1月

片山 祐二　かたやま・ゆうじ
美術部に入っているごく普通の男子 「人生終了ゲーム : センタクシテクダサイ」 cheeery著;シソ絵 スターツ出版(野いちごジュニア文庫) 2020年12月

語　かたる
言葉屋で詠子と同級生の男の子 「言葉屋 5」 久米絵美里作;もとやままさこ絵 朝日学生新聞社 2018年2月

語　かたる
言葉屋仲間で詠子と同級生の男の子 「言葉屋 8」 久米絵美里作;もとやままさこ絵 朝日学生新聞社 2020年3月

カチコチさん
ホテルを訪れ「世界一正確な時計」を作ることを目指す時計職人 「ホテルやまのなか小学校の時間割」 小松原宏子作;亀岡亜希子絵 PHP研究所(みちくさパレット) 2018年12月

ガッくん
マッチョだが中身はかわいい男の子 「ポチっと発明ピカちんキット:キミのピラメキで大発明!?」 加藤綾子文 KADOKAWA(角川つばさ文庫) 2018年7月

勝三郎　かつさぶろう
おきのの紹介で清次に物探しを依頼する男性 「つくもがみ貸します」 畠中恵作;もけお絵 KADOKAWA(角川つばさ文庫) 2018年6月

ガツさん
贈り物の隠し場所を忘れ十年屋に頼みごとをする男性 「十年屋 3」 廣嶋玲子作;佐竹美保絵 静山社 2019年7月

かっぱ
学校の池でけいくんが出会った不思議な小さなカッパ 「がっこうかっぱのおひっこし」 山本悦子作;市居みか絵 童心社 2019年12月

カッパ
突然ぼくの前に現れ一日を一緒に過ごすと宣言した青いカッパ 「青いあいつがやってきた!?」 松井ラフ作;大野八生絵 文研出版(文研ブックランド) 2019年8月

かっぱおんせんのおばちゃん
温泉のロビーに新しい絵を飾りたいとまんねん小学校の図工室の仲間たちに絵の依頼をする女性 「図工室の日曜日:おいしい話に気をつけろ」 村上しいこ作;田中六大絵 講談社(わくわくライブラリー) 2018年11月

勝又 揚太郎　かつまた・あげたろう
東京・渋谷のとんかつ屋「しぶかつ」の3代目でDJになることを決意した青年 「とんかつDJアゲ太郎:映画ノベライズみらい文庫版」 イーピャオ原作;小山ゆうじろう原作・絵;二宮健脚本;志田もちたろう著 集英社(集英社みらい文庫) 2020年10月

勝村 英男　かつむら・ひでお
窃盗犯の山猫を追うお人よしの雑誌記者 「怪盗探偵山猫 [4]」 神永学作;ひと和絵 KADOKAWA(角川つばさ文庫) 2019年6月

葛城 一葉　かつらぎ・かずは
ネットゲームばかりしているため家を追い出された大学生 「地底アパート入居者募集中! 特装版―蒼月海里の「地底アパート」シリーズ;1」 蒼月海里著 ポプラ社 2020年4月

葛城 一葉　かつらぎ・かずは
地底アパートで一人暮らしを始めたばかりのネットゲームが大好きな気の優しい大学生 「地底アパートのアンドロイドは巨大ロボットの夢を見るか 特装版―蒼月海里の「地底アパート」シリーズ;3」 蒼月海里著 ポプラ社 2020年4月

葛城 一葉　かつらぎ・かずは
地底アパートで一人暮らしを始めたばかりのネットゲームが大好きな気の優しい大学生
「地底アパートの迷惑な来客 特装版―蒼月海里の「地底アパート」シリーズ；2」 蒼月海里著 ポプラ社 2020年4月

葛城 一葉　かつらぎ・かずは
地底アパートで一人暮らし中のネットゲームが大好きな気の優しい大学生 「地底アパートと幻の地底王国 特装版―蒼月海里の「地底アパート」シリーズ；5」 蒼月海里著 ポプラ社 2020年4月

葛城 一葉　かつらぎ・かずは
地底アパートで一人暮らし中のネットゲームが大好きな気の優しい大学生 「地底アパートの咲かない桜と見えない住人 特装版―蒼月海里の「地底アパート」シリーズ；4」 蒼月海里著 ポプラ社 2020年4月

桂木 史帆　かつらぎ・しほ
華道部部長 「部長会議はじまります」 吉野万理子作 朝日学生新聞社 2019年2月

葛木 天馬　かつらぎ・てんま
琴葉の家に居候する17歳、複雑な家族関係を抱えながらも優しさを見せる年上の少年
「てのひらに未来」 工藤純子作;酒井以画 くもん出版（くもんの児童文学） 2020年2月

葛城 二葉　かつらぎ・ふたば
高校生の一葉の妹 「地底アパートの迷惑な来客 特装版―蒼月海里の「地底アパート」シリーズ；2」 蒼月海里著 ポプラ社 2020年4月

葛城 二葉　かつらぎ・ふたば
高校生の一葉の妹 「地底アパート入居者募集中! 特装版―蒼月海里の「地底アパート」シリーズ；1」 蒼月海里著 ポプラ社 2020年4月

ガーディアン
お宝探しを妨害し参加者を本気で追い詰める存在 「都会(まち)のトム&ソーヤ 外伝16.5」 はやみねかおる著 講談社（YA!ENTERTAINMENT） 2020年3月

加藤 ジェイソン　かとう・じぇいそん
ガードロイドを探そうとする6年1組の生徒 「つくられた心 = Artificial soul」 佐藤まどか作;浦田健二絵 ポプラ社（teens' best selections） 2019年2月

加藤 隼人　かとう・はやと
考古学に興味を持つ13歳の少年 「冒険考古学失われた世界への時間旅行」 堤隆著;北住ユキ画 新泉社（13歳からの考古学） 2019年7月

かどの えいこ　かどの・えいこ
著者で語り手、1959年にブラジルへ移住し多様な人々と交流を深めた経験を持つ女性
「ルイジンニョ少年 ブラジルをたずねて」 かどのえいこ文;福原幸男絵 ポプラ社 2019年1月

カトリーエイル・レイトン
世界的名探偵レイトン教授の娘でナゾトキや不思議な事件が大好きな少女 「レイトンミステリー探偵社：カトリーのナゾトキファイル 1」 日野晃博原作;レベルファイブ原案・監修;氷川一歩著 小学館（小学館ジュニア文庫） 2018年7月

カトリーエイル・レイトン
世界的名探偵レイトン教授の娘でナゾトキや不思議な事件が大好きな少女 「レイトンミステリー探偵社：カトリーのナゾトキファイル 2」 日野晃博原作;レベルファイブ原案・監修;氷川一歩著 小学館(小学館ジュニア文庫) 2018年8月

カトリーエイル・レイトン
世界的名探偵レイトン教授の娘でナゾトキや不思議な事件が大好きな少女 「レイトンミステリー探偵社：カトリーのナゾトキファイル 3」 日野晃博原作;レベルファイブ原案・監修;氷川一歩著 小学館(小学館ジュニア文庫) 2018年8月

カトリーエイル・レイトン
世界的名探偵レイトン教授の娘でナゾトキや不思議な事件が大好きな少女 「レイトンミステリー探偵社：カトリーのナゾトキファイル 4」 日野晃博原作;レベルファイブ原案・監修;氷川一歩著 小学館(小学館ジュニア文庫) 2018年10月

ガードロイド
いじめ防止のためにクラスに配置された見守り役のアンドロイド 「つくられた心 = Artificial soul」 佐藤まどか作;浦田健二絵 ポプラ社(teens' best selections) 2019年2月

カナ
結婚祝いとしてもらったお皿を捨てられなくて悩んでいた女性 「作り直し屋：児童版：十年屋と魔法街の住人たち」 廣嶋玲子作;佐竹美保絵 ほるぷ出版 2020年2月

カナ
結婚祝いとしてもらったお皿を捨てられなくて悩んでいた女性 「作り直し屋：十年屋と魔法街の住人たち」 廣嶋玲子作;佐竹美保絵 静山社 2019年4月

花菜 かな
おばあちゃんのいる老人ホームでセラピードッグと出会いその不思議な魅力に興味を持つ小学4年生の女の子 「セラピードッグのハナとわたし」 堀直子作;佐竹美保絵 文研出版(文研ブックランド) 2020年9月

叶井 ヒサシ かない・ひさし
美術部のまじめな副部長 「サキヨミ!：ヒミツの二人で未来を変える!? 1」 七海まち作;駒形絵 KADOKAWA(角川つばさ文庫) 2020年9月

カナコ
弓子の母親 「活版印刷三日月堂 [5] 特装版」 ほしおさなえ著 ポプラ社 2020年4月

加奈子 かなこ
駐在さんの奥さん 「ぼくたちと駐在さんの700日戦争：ベスト版 闘争の巻」 ママチャリ著;ママチャリイラスト 小学館(小学館ジュニア文庫) 2018年1月

カナタ
右の手の平に火花を出すことができるアザを持つ新東京に住む高校1年生 「モンスターストライクTHE MOVIEソラノカナタ」 XFLAGスタジオ原作;伊神貴世脚本;芳野詩子作 KADOKAWA(角川つばさ文庫) 2018年10月

かなた
灯子が出会った火狩りが連れていた狩り犬 「火狩りの王 2」 日向理恵子作;山田章博絵 ほるぷ出版 2019年5月

カナタ
冒険家に憧れている少年 「白猫プロジェクト : 大いなる冒険の始まり」 コロプラ原作・監修;橘もも作;布施龍太絵 KADOKAWA(角川つばさ文庫) 2019年3月

かなちゃん
栗の木特別支援学校の自閉症の児童 「手と手をぎゅっとにぎったら―こころのつばさシリーズ」 横田明子作;くすはら順子絵 佼成出版社 2019年6月

奏 かなで
お母さん代わりに妹たちを守る世々の一番上のお姉さん 「世々と海くんの図書館デート : 恋するきつねは、さくらのバレエシューズをはいて、絵本をめくるのです。」 野村美月作;U35絵 講談社 2020年10月

カナト
ニコラスと一緒に新大陸へやってきたオトモアイルー 「モンスターハンター:ワールド : オトモダチ調査団」 相坂ゆうひ作;貞松龍壱絵 KADOKAWA(角川つばさ文庫) 2018年12月

金室 慎之介 かなむろ・しんのすけ
ミュージシャン、あかねの元恋人 「空の青さを知る人よ」 超平和バスターズ原作;額賀澪作;あきづきりょう挿絵 KADOKAWA(角川つばさ文庫) 2019年9月

要 かなめ
自然を守ることの大切さを子どもたちに訴える環境保護を重んじる樹の祖父 「ぼくたちのだんご山会議」 おおぎやなぎちか作;佐藤真紀子絵 汐文社 2019年12月

要 かなめ
岬の幼なじみ、彼女の心の成長に関わる少年 「魔女ラグになれた夏」 蓼内明子著 PHP研究所(わたしたちの本棚) 2020年3月

金森 さやか かなもり・さやか
金儲けに強い関心を持つプロデューサーで映像研の現実的なリーダー役 「映像研には手を出すな!」 大童澄瞳原作;英勉脚本・監督;高野水登脚本;日笠由紀著 小学館(小学館ジュニア文庫) 2020年9月

金谷 章吾 かなや・しょうご
桜ヶ島小学校6年生、病気の母親を持つ学年一運動神経が良く頭も良い男の子 「絶望鬼ごっこ [10]」 針とら作;みもり絵 集英社(集英社みらい文庫) 2018年4月

金谷 章吾 かなや・しょうご
桜ヶ島小学校6年生、病気の母親を持つ学年一運動神経が良く頭も良い男の子 「絶望鬼ごっこ [11]」 針とら作;みもり絵 集英社(集英社みらい文庫) 2019年1月

金谷 章吾 かなや・しょうご
大翔のライバルでなんでもこなす天才少年 「絶望鬼ごっこ [12]」 針とら作;みもり絵 集英社(集英社みらい文庫) 2019年7月

金谷 章吾 かなや・しょうご
大翔のライバルでなんでもこなす天才少年 「絶望鬼ごっこ [14]」 針とら作;みもり絵 集英社(集英社みらい文庫) 2020年6月

金谷 章吾 かなや・しょうご
大翔のライバルでなんでもこなす天才少年 「絶望鬼ごっこ [15]」 針とら作;みもり絵 集英社(集英社みらい文庫) 2020年12月

香貫 茉子　かぬき・まこ
服のおしゃれコーデを勉強中の小学5年生の女の子 「おしゃれプロジェクト Step2」 MIKA POSA作;hatsuko絵 講談社(講談社青い鳥文庫) 2018年5月

金子　かねこ
愛を育みながら三日月堂を支える男性 「活版印刷三日月堂 [6] 特装版」 ほしおさなえ著 ポプラ社 2020年4月

金城 幹太　かねしろ・かんた
理科部部長 「部長会議はじまります」 吉野万理子作 朝日学生新聞社 2019年2月

銀山先生　かねやませんせい
保健室の隣にある「かねやま本館」の案内人で養護教諭の女性 「保健室経由、かねやま本館。2」 松素めぐり著 講談社 2020年8月

銀山先生　かねやませんせい
保健室の隣にある「かねやま本館」の案内人で養護教諭の女性 「保健室経由、かねやま本館。3」 松素めぐり著;おとないちあき装画・挿画 講談社 2020年10月

銀山先生　かねやませんせい
保健室の隣にある「かねやま本館」の案内人で養護教諭の女性 「保健室経由、かねやま本館。」 松素めぐり著 講談社 2020年6月

狩野 伊吹　かのう・いぶき
親の期待に応えて難関中学を目指して勉強に励むが夏の夜の出会いで人生が変わり始める少年 「南西の風やや強く」 吉野万理子著 あすなろ書房 2018年7月

加納 妃名乃　かのう・ひなの
頭の良さでギロンパの無理難題を解いていく少女 「ギルティゲーム Last stage」 宮沢みゆき著;鈴羅木かりんイラスト 小学館(小学館ジュニア文庫) 2019年3月

かのこ
お母さんが入院中で自分で上手く髪をまとめられずに苦労しながら学校に通う女の子 「かのこと小鳥の美容院：おしごとのおはなし美容師―シリーズおしごとのおはなし」 市川朔久子作;種村有希子絵 講談社 2018年1月

カービィ
食いしん坊で吸い込んだ相手の能力をコピーして使える旅人 「星のカービィ スターアライズフレンズ大冒険!編」 高瀬美恵作;苅野タウ絵;ぽと絵 KADOKAWA(角川つばさ文庫) 2018年7月

カービィ
食いしん坊で吸い込んだ相手の能力をコピーして使える旅人 「星のカービィ スターアライズ宇宙の大ピンチ!?編」 高瀬美恵作;苅野タウ絵;ぽと絵 KADOKAWA(角川つばさ文庫) 2018年8月

カービィ
食いしん坊で吸い込んだ相手の能力をコピーして使える旅人 「星のカービィ 決戦!バトルデラックス!!」 高瀬美恵作;苅野タウ絵;ぽと絵 KADOKAWA(角川つばさ文庫) 2018年3月

カービィ
食いしん坊で吸い込んだ相手の能力をコピーして使える旅人 「星のカービィ 虹の島々を救え!の巻」 高瀬美恵作;苅野タウ絵;ぽと絵 KADOKAWA(角川つばさ文庫) 2019年7月

カービィ
食いしん坊で元気いっぱいの飛行機乗り 「星のカービィ 夢幻の歯車を探せ!」 高瀬美恵作;苅野タウ絵;ぽと絵 KADOKAWA(角川つばさ文庫) 2020年3月

カービィ
食いしん坊で元気いっぱいの旅人 「星のカービィ カービィカフェは大さわぎ!?の巻」 高瀬美恵作;苅野タウ絵;ぽと絵 KADOKAWA(角川つばさ文庫) 2020年12月

カービィ
食いしん坊で元気いっぱいの旅人 「星のカービィ メタナイトと黄泉の騎士」 高瀬美恵作;苅野タウ絵;ぽと絵 KADOKAWA(角川つばさ文庫) 2020年7月

カービィ
食いしん坊で元気いっぱいの旅人 「星のカービィ 毛糸の世界で大事件!」 高瀬美恵作;苅野タウ絵;ぽと絵 KADOKAWA(角川つばさ文庫) 2019年3月

カービィソード
プププ王国に迷い込んだプププランドのカービィ 「星のカービィ スーパーカービィハンターズ大激闘!の巻」 高瀬美恵作;苅野タウ絵;ぽと絵 KADOKAWA(角川つばさ文庫) 2019年12月

カピラ
昆虫サーカスを率いる個性的なリーダー 「かいけつゾロリのレッドダイヤをさがせ!!―かいけつゾロリシリーズ ; 67」 原ゆたかさく・え ポプラ社(ポプラ社の新・小さな童話) 2020年6月

ガブット虫　がぶっとむし
マンホールパワーで進化したカブトムシ、マンホー君の味方 「へんなともだちマンホーくん [2]」 村上しいこ作;たかいよしかず絵 講談社(わくわくライブラリー) 2019年2月

ガブモン
毛皮をかぶっているが実はアグモンと同じ爬虫類型のデジモン 「デジモンアドベンチャー LAST EVOLUTION絆 : 映画ノベライズみらい文庫版」 大和屋暁脚本;河端朝日著 集英社(集英社みらい文庫) 2020年2月

鏑木 駿馬　かぶらぎ・しゅま
短距離走者としての期待を背負いながらも走れなくなりすばると出会い彼の挑戦に触発される少年 「天を掃け」 黒川裕子著 講談社 2019年7月

カボチャはかせ
体が小さくなる薬を作った発明家 「キャベたまたんてい大ピンチ!ミクロのぼうけん―キャベたまたんていシリーズ」 三田村信行作;宮本えつよし絵 金の星社 2018年6月

かまいたち
ポーちゃんが肝試しの道中で出会った目と鼻がなく歯が真っ黒なおばけ 「きもだめしキャンプ―おばけのポーちゃん ; 7」 吉田純子作;つじむらあゆこ絵 あかね書房 2018年3月

カマキリキリマイ
マンホールパワーで進化したカマキリ、マンホー君の味方 「へんなともだちマンホーくん[3]」 村上しいこ作;たかいよしかず絵 講談社(わくわくライブラリー) 2019年7月

鎌田 省吾 かまた・しょうご
5年生の時に転校してきたイケメンのクラ男子、吹奏楽部部長 「花里小吹奏楽部 3 図書館版」 夕貴そら作;和泉みお絵 ポプラ社 2019年4月

鎌田 省吾 かまた・しょうご
5年生の時に転校してきたイケメンのクラ男子、吹奏楽部部長 「花里小吹奏楽部 4 図書館版」 夕貴そら作;和泉みお絵 ポプラ社 2019年4月

鎌田 省吾 かまた・しょうご
5年生の時に転校してきたイケメンのクラ男子、吹奏楽部部長 「花里小吹奏楽部 5 図書館版」 夕貴そら作;和泉みお絵 ポプラ社 2019年4月

鎌田 省吾 かまた・しょうご
9月に転校してきたイケメンのクラ男子 「花里小吹奏楽部 1 図書館版」 夕貴そら作;和泉みお絵 ポプラ社 2019年4月

鎌田 省吾 かまた・しょうご
9月に転校してきたイケメンのクラ男子 「花里小吹奏楽部 2 図書館版」 夕貴そら作;和泉みお絵 ポプラ社 2019年4月

鎌田 省吾 かまた・しょうご
怜奈のクラスメートで吹奏楽部部長の男の子 「花里小吹奏楽部キミとボクの交響曲(シンフォニー)」 夕貴そら作;和泉みお絵 ポプラ社(ポプラポケット文庫) 2018年6月

鎌田 省吾 かまた・しょうご
怜奈のクラスメートで吹奏楽部部長の男の子 「花里小吹奏楽部キミとボクの輪舞曲(ロンド)」 夕貴そら作;和泉みお絵 ポプラ社(ポプラポケット文庫) 2018年1月

竈門 炭治郎 かまど・たんじろう
鬼に家族を皆殺しにされ妹を人間に戻すために鬼狩りの道を選ぶ心優しき少年 「鬼滅の刃：ノベライズ きょうだいの絆と鬼殺隊編」 吾峠呼世晴原作・絵;松田朱夏著 集英社(集英社みらい文庫) 2020年7月

竈門 炭治郎 かまど・たんじろう
鬼に家族を皆殺しにされ妹を人間に戻すために鬼狩りの道を選ぶ心優しき少年 「鬼滅の刃：ノベライズ 炭治郎と禰豆子、運命のはじまり編」 吾峠呼世晴原作・絵;松田朱夏著 集英社(集英社みらい文庫) 2020年6月

竈門 炭治郎 かまど・たんじろう
鬼に家族を皆殺しにされ妹を人間に戻すために鬼狩りの道を選ぶ心優しき少年 「劇場版鬼滅の刃無限列車編：ノベライズみらい文庫版」 吾峠呼世晴原作;ufotable脚本;松田朱夏著 集英社(集英社みらい文庫) 2020年10月

竈門 禰豆子 かまど・ねずこ
鬼に襲われたことで「鬼」に変わってしまった炭治郎の妹 「鬼滅の刃：ノベライズ きょうだいの絆と鬼殺隊編」 吾峠呼世晴原作・絵;松田朱夏著 集英社(集英社みらい文庫) 2020年7月

竈門 禰豆子　かまど・ねずこ
鬼に襲われたことで「鬼」に変わってしまった炭治郎の妹 「鬼滅の刃：ノベライズ 炭治郎と禰豆子、運命のはじまり編」 吾峠呼世晴原作・絵;松田朱夏著 集英社(集英社みらい文庫) 2020年6月

竈門 禰豆子　かまど・ねずこ
鬼に襲われたことで「鬼」に変わってしまった炭治郎の妹 「劇場版鬼滅の刃無限列車編：ノベライズみらい文庫版」 吾峠呼世晴原作;ufotable脚本;松田朱夏著 集英社(集英社みらい文庫) 2020年10月

かみきり
相手の髪の毛を切るおばけ 「きょうふ!おばけまつり―おばけのポーちゃん；9」 吉田純子作;つじむらあゆこ絵 あかね書房 2019年7月

紙越 空魚　かみこし・そらを
偶然「裏世界」を見つける怪談やネットロア研究をする大学生 「裏世界ピクニック＝OTHERSIDE PICNIC：ジュニア版―ハヤカワ・ジュニア・ホラー」 宮澤伊織著 早川書房 2020年12月

上條 天馬　かみじょう・てんま
凜太郎の同級生で探偵部をつくった男の子 「千里眼探偵部 3」 あいま祐樹作;FiFS絵 講談社(講談社青い鳥文庫) 2018年5月

神代 奏(GOD先輩)　かみしろ・そう(ごっどせんぱい)
最年少にして最強の神斬りの中学3年生の少年 「神様の救世主：屋上のサチコちゃん」 ここあ作;teffish絵 講談社(講談社青い鳥文庫) 2020年11月

神永 姫菜　かみなが・ひめな
永山中学3年生でゲーム同好会の部長 「華麗なる探偵アリス&ペンギン [13]」 南房秀久著;あるやイラスト 小学館(小学館ジュニア文庫) 2019年10月

カミナリゴロスケ
神秘的な夜の森で鳴る雷 「月夜のキノコ 新装版―トガリ山のぼうけん；3」 いわむらかずお文・絵 理論社 2019年10月

雷さま　かみなりさま
いのばあさんの願いで雲の上に連れていく雷さま 「雷になったいのばあちゃん」 あらい太朗絵と文 さきたま出版会 2020年11月

神ノ木 ひみ　かみのぎ・ひみ
恥ずかしがりやの女の子 「ないしょのM組 [2]」 福田裕子作;駒形絵 KADOKAWA(角川つばさ文庫) 2018年11月

神ノ木 ひみ　かみのぎ・ひみ
魔法を習う特別クラス5年M組の生徒、あかりの親友 「ないしょのM組：あかりと放課後の魔女」 福田裕子文;駒形絵 KADOKAWA(角川つばさ文庫) 2018年1月

カミムシさま(ジョー)
おばけマンションの中庭に住む虫の神さま、ミチルをゴキブリに変えた存在 「こわ～い!?わる～い!?おばけ虫―おばけマンション；45」 むらいかよ著 ポプラ社(ポプラ社の新・小さな童話) 2019年2月

神谷 一樹　かみや・いつき
希美の幼なじみで図書委員の中学2年生の男子 「恋する図書室 [4]」 五十嵐美怜作;桜井みわ絵　集英社(集英社みらい文庫) 2020年9月

神谷 一樹　かみや・いつき
耀の親友で燿に誘われて図書委員になったクールな中学2年生の男子 「恋する図書室 [3]」 五十嵐美怜作;桜井みわ絵　集英社(集英社みらい文庫) 2020年5月

神谷 一斗　かみや・いっと
FC6年1組のメンバーで負けず嫌いの熱血キーパー 「FC6年1組：クラスメイトはチームメイト!一斗と純のキセキの試合」 河端朝日作;千田純生絵　集英社(集英社みらい文庫) 2018年6月

神谷 一斗　かみや・いっと
FC6年1組のメンバーで負けず嫌いの熱血キーパー 「FC6年1組 [2]」 河端朝日作;千田純生絵　集英社(集英社みらい文庫) 2018年10月

神谷 一斗　かみや・いっと
FC6年1組のメンバーで負けず嫌いの熱血キーパー 「FC6年1組 [3]」 河端朝日作;千田純生絵　集英社(集英社みらい文庫) 2019年3月

神谷 恵太　かみや・けいた
いたずら好きな中学1年生 「ぼくらののら犬砦―「ぼくら」シリーズ；26」 宗田理作　ポプラ社 2019年7月

神山 レン　かみやま・れん
目つきの鋭い金髪の不良の中学生 「怪盗ネコマスク [2]」 近江屋一朗作;ナカユウ絵　集英社(集英社みらい文庫) 2019年9月

カメ
背中に小さな杉の木を背負った60歳のカメ、トガリィの冒険の仲間 「ゆうだちの森 新装版―トガリ山のぼうけん；2」 いわむらかずお文・絵　理論社 2019年10月

亀戸 しま奈　かめこ・しまな
大家の虎と先輩の朝陽と同級生の善と同居している女子高生 「夢みる太陽 2」 高野苺原作・イラスト;時海結以著　双葉社(双葉社ジュニア文庫) 2019年3月

亀戸 しま奈　かめこ・しまな
大家の虎と先輩の朝陽と同級生の善と同居している女子高生 「夢みる太陽 3」 高野苺原作・イラスト;時海結以著　双葉社(双葉社ジュニア文庫) 2019年7月

亀戸 しま奈　かめこ・しまな
大家の虎と先輩の朝陽と同級生の善と同居している女子高生 「夢みる太陽 4」 高野苺原作・イラスト;時海結以著　双葉社(双葉社ジュニア文庫) 2019年11月

亀戸 しま奈　かめこ・しまな
名前にコンプレックスがある家出した女子高生 「夢みる太陽 1」 高野苺原作・イラスト;時海結以著　双葉社(双葉社ジュニア文庫) 2018年11月

カメ次郎　かめじろう
気ままに旅をするウミガメ 「ぼくは気の小さいサメ次郎といいます」 岩佐めぐみ作;高畠純絵　偕成社(偕成社おはなしポケット) 2019年7月

カメムシたち
どこにでも存在する不思議な存在としてポンコに知恵を与える案内者 「エカシの森と子馬のポンコ」 加藤多一作;大野八生絵 ポプラ社(teens' best selections) 2020年12月

亀山 薫 かめやま・かおる
警視庁特命係、巡査部長 「相棒 season4-1 新装・YA版」 碇卯人ノベライズ 朝日新聞出版 2018年1月

亀山 薫 かめやま・かおる
警視庁特命係、巡査部長 「相棒 season4-2 新装・YA版」 碇卯人ノベライズ 朝日新聞出版 2018年1月

亀山 薫 かめやま・かおる
警視庁特命係、巡査部長 「相棒 season4-3 新装・YA版」 碇卯人ノベライズ 朝日新聞出版 2018年2月

亀山 薫 かめやま・かおる
警視庁特命係、巡査部長 「相棒 season4-4 新装・YA版」 碇卯人ノベライズ 朝日新聞出版 2018年2月

亀山 薫 かめやま・かおる
警視庁特命係、巡査部長 「相棒 season4-5 新装・YA版」 碇卯人ノベライズ 朝日新聞出版 2018年3月

亀山 薫 かめやま・かおる
警視庁特命係、巡査部長 「相棒 season4-6 新装・YA版」 碇卯人ノベライズ 朝日新聞出版 2018年3月

仮面族 かめんぞく
グレートバババァブリーフ島に暮らす部族 「映画クレヨンしんちゃん新婚旅行ハリケーン～失われたひろし～」 臼井儀人原作;うえのきみこ;水野宗徳脚本;蒔田陽平ノベライズ 双葉社(双葉社ジュニア文庫) 2019年4月

仮面の男 かめんのおとこ
病院に立てこもり自分で撃った女性の治療を要求する立てこもり犯 「仮面病棟」 知念実希人作;げみ絵 実業之日本社(実業之日本社ジュニア文庫) 2019年12月

カモメ
港町ラーラのフジ診療所で飼われている猫 「波うちぎわのシアン」 斉藤倫著;まめふく画 偕成社 2018年3月

カヤ
バイオリンを預けにきた14歳の少女 「十年屋 2」 廣嶋玲子作;佐竹美保絵 静山社 2019年2月

ガラガラヘビ
ターくんと遭遇し脅しをかける毒を持つヘビ 「タコのターくんうみをでる」 内田麟太郎作;井上コトリ絵 童心社(だいすき絵童話) 2019年6月

カラカル
しっかり者で頼れるフレンズ、サーバルの親友 「けものフレンズ：おうちを探そう!：角川つばさ文庫版」 けものフレンズプロジェクト原作・原案;百瀬しのぶ文 KADOKAWA(角川つばさ文庫) 2019年4月

カラカル
しっかり者で頼れるフレンズ、サーバルの親友 「けものフレンズ：角川つばさ文庫版 [2]」 けものフレンズプロジェクト原作・原案;百瀬しのぶ文 KADOKAWA(角川つばさ文庫) 2019年6月

カラシ
「十年屋」のマスターと一緒に暮らしている執事猫 「十年屋：児童版 2」 廣嶋玲子作;佐竹美保絵 ほるぷ出版 2020年2月

カラシ
「十年屋」のマスターと一緒に暮らしている執事猫 「十年屋：児童版 3」 廣嶋玲子作;佐竹美保絵 ほるぷ出版 2020年2月

カラシ
「十年屋」のマスターと一緒に暮らしている執事猫 「十年屋：時の魔法はいかがでしょう?」 廣嶋玲子作;佐竹美保絵 静山社 2018年7月

カラシ
「十年屋」のマスターと一緒に暮らしている執事猫 「十年屋 2」 廣嶋玲子作;佐竹美保絵 静山社 2019年2月

カラシ
「十年屋」のマスターと一緒に暮らしている執事猫 「十年屋 3」 廣嶋玲子作;佐竹美保絵 静山社 2019年7月

カラシ
「十年屋」のマスターと一緒に暮らしている執事猫 「十年屋 4」 廣嶋玲子作;佐竹美保絵 静山社 2020年6月

カラシ
「十年屋」の執事猫 「十年屋 時の魔法はいかがでしょう? 児童版」 廣嶋玲子作;佐竹美保絵 ほるぷ出版 2019年12月

からすてんぐ
駄菓子屋でお菓子を万引きする山に住む妖怪 「防災室の日曜日：カラスてんぐととうめい人間」 村上しいこ作;田中六大絵 講談社(わくわくライブラリー) 2020年11月

烏天狗 からすてんぐ
武芸に優れ人々から恐れられている鳥の姿をした天狗 「妖怪捕物帖乙 古都怨霊篇4―ようかいとりものちょう；12」 大﨑悌造作;ありがひとし画 岩崎書店 2020年9月

烏丸 花穎 からすま・かえい
イギリス留学から帰国したばかりの18歳で烏丸家第27代当主 「うちの執事が言うことには」 高里椎奈作;ロク絵 KADOKAWA(角川つばさ文庫) 2019年4月

烏丸 智 からすま・さとる
光輝とはまた違ったタイプの策士で小学5年生の少年 「一発逆転お宝バトル：僕らのハチャメチャ課外授業 [2]」 志田もちたろう作;NOEYEBROW絵 集英社(集英社みらい文庫) 2019年5月

烏丸 真一郎 からすま・しんいちろう
突然当主を引退し鳳と旅に出る花穎の父 「うちの執事が言うことには」 高里椎奈作;ロク絵 KADOKAWA(角川つばさ文庫) 2019年4月

空寺 ケン　からでら・けん
空手王者でヒカルと共に迷宮教室からの脱出を目指すクラスメート「迷宮教室：出口のない悪魔小学校」あいはらしゅう作;肘原えるぼ絵　集英社(集英社みらい文庫)　2020年4月

空寺 ケン　からでら・けん
空手王者でヒカルと共に迷宮教室からの脱出を目指すクラスメート「迷宮教室［2］」あいはらしゅう作;肘原えるぼ絵　集英社(集英社みらい文庫)　2020年9月

空寺 ケン　からでら・けん
空手王者でヒカルと共に迷宮教室からの脱出を目指すクラスメート「迷宮教室［3］」あいはらしゅう作;肘原えるぼ絵　集英社(集英社みらい文庫)　2020年12月

カラマツ
トドマツと共にダヨンクスの謎に挑むためガイドとしてピラミッドを進む兄弟「小説おそ松さん：6つ子とエジプトとセミ」赤塚不二夫原作;都築奈央著;おそ松さん製作委員会監修　小学館(小学館ジュニア文庫)　2018年2月

華嵐 聡　からん・さとし
愛の学校に赴任してきた教師「小説秘密のチャイハロ 1」鈴木おさむ原作;伊藤クミコ文;桜倉メグ絵　講談社(講談社青い鳥文庫)　2019年1月

華嵐 聡　からん・さとし
愛の学校に赴任してきた教師「小説秘密のチャイハロ 2」鈴木おさむ原作;伊藤クミコ文;桜倉メグ絵　講談社(講談社青い鳥文庫)　2019年5月

華嵐 聡　からん・さとし
愛の学校に赴任してきた教師「小説秘密のチャイハロ 3」鈴木おさむ原作;伊藤クミコ文;桜倉メグ絵　講談社(講談社青い鳥文庫)　2019年8月

苅間澤 大子　かりまさわ・ひろこ
小学5年生の時の担任の先生「泣き虫しょったんの奇跡」瀬川晶司作;青木幸子絵　講談社(講談社青い鳥文庫)　2018年8月

苅屋姫　かりやひめ
斎世親王と恋仲になる道真の養女「菅原伝授手習鑑―ストーリーで楽しむ文楽・歌舞伎物語；1」金原瑞人著;佐竹美保絵　岩崎書店　2019年2月

臥龍梅　がりゅうばい
不思議な事件の舞台となる竜に似た形状をした梅の木「放課後のジュラシック：赤い爪の秘密」森晶麿著;田中寛崇イラスト　PHP研究所(PHPジュニアノベル)　2018年10月

かりん
キジオと幻想的な世界に迷い込む少女「あやめさんのひみつの野原」島村木綿子作;かんべあやこ絵　国土社　2018年11月

花梨　かりん
通訳の母を持ち看護師の仕事を「3K」とからかいの言葉として使う少女「すてきな3K：おしごとのおはなし看護師―シリーズおしごとのおはなし」いとうみく作;藤原ヒロコ絵　講談社　2018年1月

カール・ユーハイム
ドイツから日本に伝わるバウムクーヘン文化の中心となる歴史的な人物 「バウムクーヘンとヒロシマ：ドイツ人捕虜ユーハイムの物語」 巣山ひろみ著;銀杏早苗絵 くもん出版 2020年6月

カルラ
現代と過去を行き来する力を持つ黒い羽が特徴の鳥人 「桂太の桂馬 [2]」 久麻當郎作;オズノユミ絵 集英社(集英社みらい文庫) 2020年9月

カレン
ファミリーレストランの社長を父に持ち新メニュー開発に挑む少女 「グルメ小学生 [3]」 次良丸忍作;小笠原智史絵 金の星社 2020年7月

河合 航 かわい・こう
歴史が好きな小学5年生の少年 「電車で行こう!：東武特急リバティで行く、さくら舞う歴史旅!」 豊田巧作;裕龍ながれ絵 集英社(集英社みらい文庫) 2018年5月

川井 みき かわい・みき
将也の小6の時のクラスメートで学級委員 「小説聲の形 上下」 大今良時原作・絵;倉橋燿子文 講談社(講談社青い鳥文庫) 2019年3月

川勝 萌 かわかつ・もえ
雄太のいとこで鉄道初心者の少女 「電車で行こう!：80円で関西一周!!駅弁食いだおれ463.9km!!!」 豊田巧作;裕龍ながれ絵 集英社(集英社みらい文庫) 2018年2月

川上 将吾 かわかみ・しょうご
速球を打ちたいと願い野球に情熱を注ぎながらプロ野球選手を目指して成長する少年 「フルスイング!：おしごとのおはなしプロ野球選手―シリーズおしごとのおはなし」 くすのきしげのり作;下平けーすけ絵 講談社 2018年2月

川上 ひとみ かわかみ・ひとみ
守のクラスメイト、休み時間に一人で本を読むマイペースな少女 「セイギのミカタ」 佐藤まどか作;イシヤマアズサ絵 フレーベル館(ものがたりの庭) 2020年6月

河口 亮二 かわぐち・りょうじ
唯一のボルダリング経験者、新入部員の中でリーダーシップを発揮し岡島を支える青年 「ラスト・ホールド!」 川浪ナミヲ脚本;高見健次脚本;松井香奈著 小学館(小学館ジュニア文庫) 2018年5月

川崎 愛美 かわさき・まなみ
ピエロの仮面の男に撃たれ速水秀悟の手術を受ける女性 「仮面病棟」 知念実希人作;げみ絵 実業之日本社(実業之日本社ジュニア文庫) 2019年12月

川島 高臣 かわしま・たかおみ
地獄の野球チーム「桶狭間ファルコンズ」の5番キャッチャー 「戦国ベースボール [16]」 りょくち真太作;トリバタケハルノブ絵 集英社(集英社みらい文庫) 2019年7月

川島 高臣 かわしま・たかおみ
地獄の野球チーム「桶狭間ファルコンズ」の6番キャッチャー 「戦国ベースボール [17]」 りょくち真太作;トリバタケハルノブ絵 集英社(集英社みらい文庫) 2019年11月

川島 高臣　かわしま・たかおみ
地獄の野球チーム「桶狭間ファルコンズ」の6番キャッチャー 「戦国ベースボール [18]」 りょくち真太作;トリバタケハルノブ絵 集英社(集英社みらい文庫) 2020年3月

川島 高臣　かわしま・たかおみ
地獄の野球チーム「桶狭間ファルコンズ」の6番キャッチャー 「戦国ベースボール [19]」 りょくち真太作;トリバタケハルノブ絵 集英社(集英社みらい文庫) 2020年7月

川島 高臣　かわしま・たかおみ
地獄の野球チーム「桶狭間ファルコンズ」の8番キャッチャー 「戦国ベースボール [14]」 りょくち真太作;トリバタケハルノブ絵 集英社(集英社みらい文庫) 2018年11月

川島 高臣　かわしま・たかおみ
地獄の野球チーム「桶狭間ファルコンズ」の頭脳派キャッチャー 「戦国ベースボール [13]」 りょくち真太作;トリバタケハルノブ絵 集英社(集英社みらい文庫) 2018年7月

川西 有衣　かわにし・ゆい
6年7組で保健委員の女の子 「生活向上委員会! 11」 伊藤クミコ作;桜倉メグ絵 講談社(講談社青い鳥文庫) 2019年8月

かわのすけ
モンスターバトルに出るカッパ 「はくねつ!モンスターバトル : きゅうけつきVSカッパ 雪男VS宇宙ロボット」 小栗かずまたさく・え 学研プラス 2020年7月

川野 容平　かわの・ようへい
クラスでは目立たないがスポーツも勉強も得意な男の子 「キミと、いつか。[12]」 宮下恵茉作;染川ゆかり絵 集英社(集英社みらい文庫) 2019年11月

川渕 千太郎　かわぶち・せんたろう
不良気質ながらドラムの腕前を持ちジャズに熱中する男子高生、西見薫の友人 「映画坂道のアポロン」 小玉ユキ原作;髙橋泉脚本;宮沢みゆき著 小学館(小学館ジュニア文庫) 2018年3月

川村 啓一郎　かわむら・けいいちろう
ぽぷらの母親の交際相手 「はじまりの夏」 吉田道子作;大野八生絵 あかね書房(読書の時間) 2020年6月

河村 沙那　かわむら・さな
5年2組で新聞クラブ副部長の女の子 「トリプル★ゼロの算数事件簿 ファイル5 図書館版」 向井湘吾作;イケダケイスケ絵 ポプラ社 2019年4月

河村 沙那　かわむら・さな
5年2組で新聞クラブ副部長の女の子 「トリプル★ゼロの算数事件簿 ファイル6 図書館版」 向井湘吾作;イケダケイスケ絵 ポプラ社 2019年4月

川村 空　かわむら・そら
過去の喪失の経験から心を閉ざしていた大地の妹、ぽぷらと母親との交流を通じて変わっていく少女 「はじまりの夏」 吉田道子作;大野八生絵 あかね書房(読書の時間) 2020年6月

川村 大地　かわむら・だいち
ぽぷらの母親の交際相手の息子、小学5年生 「はじまりの夏」 吉田道子作;大野八生絵 あかね書房(読書の時間) 2020年6月

川村 つむぎ　かわむら・つむぎ
自分のココロを「意地悪なココロ」に入れ替えてもらう少女 「ココロ屋つむぎのなやみ」 梨屋アリエ作;菅野由貴子絵　文研出版(文研ブックランド) 2020年9月

寒咲 幹　かんざき・みき
ロードレースに夢中の高校1年生の少女 「小説弱虫ペダル 1」 渡辺航原作;輔老心ノベライズ 岩崎書店(フォア文庫) 2019年10月

寒咲 幹　かんざき・みき
ロードレースに夢中の高校1年生の少女 「小説弱虫ペダル 2」 渡辺航原作;輔老心ノベライズ 岩崎書店(フォア文庫) 2019年10月

寒咲 幹　かんざき・みき
今泉と幼なじみでロードレースに夢中の高校1年生の少女 「映画弱虫ペダル」 渡辺航原作;板谷里乃脚本;三木康一郎脚本;輔老心ノベライズ 岩崎書店(フォア文庫) 2020年7月

神崎 瑠衣　かんざき・るい
コンクールでも入賞する天才バレエ少年 「リトル☆バレリーナ 1」 工藤純子作;佐々木メエ絵;村山久美子監修　学研プラス 2020年8月

神崎 瑠衣　かんざき・るい
コンクールでも入賞する天才バレエ少年 「リトル☆バレリーナ 2」 工藤純子作;佐々木メエ絵;村山久美子監修　学研プラス 2020年12月

菅秀才　かんしゅうさい
父親である道真の犠牲となる道真の悲劇的な息子 「菅原伝授手習鑑―ストーリーで楽しむ文楽・歌舞伎物語 ; 1」 金原瑞人著;佐竹美保絵 岩崎書店 2019年2月

神田 順平　かんだ・じゅんぺい
千夏への恋心を抱きつつ新たな恋のライバルが現れて気持ちが揺れ動く男の子 「五七五の秋」 万乃華れん作;黒須高嶺絵　文研出版(文研じゅべにーる) 2018年10月

神田 順平　かんだ・じゅんぺい
恋にケンカに忙しい日々を送る少年 「五七五の冬」 万乃華れん作;黒須高嶺絵　文研出版(文研じゅべにーる) 2020年3月

神立 恵夢　かんだち・えむ
そば打ち部のメンバー、亜美の幼なじみ 「そば打ち甲子園!」 そば打ち研究部著　学研プラス(部活系空色ノベルズ) 2019年3月

神田 正則　かんだ・まさのり
文芸誌の編集長、花井の上司 「響-HIBIKI-」 柳本光晴原作;西田征史脚本;時海結以著　小学館(小学館ジュニア文庫) 2018年8月

神田 悠真　かんだ・ゆうま
蝶の幻想に導かれ不思議な体験をする弓道部の男子高生 「一ツ蝶物語」 横山充男作;辻恵絵　ポプラ社(teens' best selections) 2018年11月

かんちゃん
地底のくにや氷のくにで友達と冒険を楽しむ雲の上のくにに住んでいる元気な子ども 「そらのかんちゃん、ちていのコロちゃん―福音館創作童話シリーズ」 東直子作;及川賢治絵　福音館書店 2018年10月

館長　かんちょう
マリーナ村の長老猫、元図書館の名誉館長 「空飛ぶのらネコ探険隊［5］」 大原興三郎作;こぐれけんじろう絵　文溪堂　2018年4月

館長　かんちょう
マリーナ村の長老猫、元図書館の名誉館長 「空飛ぶのらネコ探険隊［6］」 大原興三郎作;こぐれけんじろう絵　文溪堂　2019年4月

館長　かんちょう
マリーナ村の長老猫、元図書館の名誉館長 「空飛ぶのらネコ探険隊［7］」 大原興三郎作;こぐれけんじろう絵　文溪堂　2020年6月

館長　かんちょう
柔道場の館長、一人に「柔道をやると3つのことが身につく」と教える指導者 「柔道がすき!:スポーツのおはなし柔道—シリーズスポーツのおはなし」 須藤靖貴作;大矢正和絵　講談社　2019年12月

神無月 綺羅　かんなずき・きら
白魔女のリンが通う鳴星学園の生徒会長で日本有数のお嬢様、実はリンを狙う黒魔女 「白魔女リンと3悪魔［10］」 成田良美著;八神千歳イラスト　小学館(小学館ジュニア文庫) 2019年12月

神無月 綺羅　かんなずき・きら
白魔女のリンが通う鳴星学園の生徒会長で日本有数のお嬢様、実はリンを狙う黒魔女 「白魔女リンと3悪魔［7］」 成田良美著;八神千歳イラスト　小学館(小学館ジュニア文庫) 2018年1月

神無月 綺羅　かんなずき・きら
白魔女のリンが通う鳴星学園の生徒会長で日本有数のお嬢様、実はリンを狙う黒魔女 「白魔女リンと3悪魔［8］」 成田良美著;八神千歳イラスト　小学館(小学館ジュニア文庫) 2018年8月

神無月 綺羅　かんなずき・きら
白魔女のリンが通う鳴星学園の生徒会長で日本有数のお嬢様、実はリンを狙う黒魔女 「白魔女リンと3悪魔［9］」 成田良美著;八神千歳イラスト　小学館(小学館ジュニア文庫) 2019年4月

菅野 祐真　かんの・ゆうま
理緒に片思いする男子高校生 「小説映画青夏:きみに恋した30日」 南波あつこ原作;持地佑季子脚本;有沢ゆう希著　講談社(講談社KK文庫)　2018年7月

菅野 祐真　かんの・ゆうま
理緒に片思いする男子高生 「小説映画青夏:きみに恋した30日」 南波あつこ原作;持地佑季子脚本;有沢ゆう希著　講談社　2019年2月

【き】

キ　き
アッチとボンと一緒に散歩に出かけるネズミ 「おばけのアッチとくものパンやさん—小さなおばけ」 角野栄子さく;佐々木洋子え　ポプラ社(ポプラ社の新・小さな童話)　2018年1月

キ　き
アッチの仲間で賢いネズミ 「おばけのアッチおもっちでおめでとう―小さなおばけ；42」 角野栄子さく;佐々木洋子え ポプラ社(ポプラ社の新・小さな童話) 2019年12月

キイくん
学童に通う2年生のキウイ 「くだものっこの花―おはなしのまど；6」 たかどのほうこ作;つちだのぶこ絵 フレーベル館 2018年2月

喜一　きいち
念願の庭付き一戸建てに住み一人部屋を持つことに幸せを感じている少年 「ごきげんな毎日」 いとうみく作;佐藤真紀子絵 文研出版(文研ブックランド) 2020年4月

黄色いかさ　きいろいかさ
雨の日を楽しみに待つハルくんの傘 「雨の日は、いっしょに―おはなしみーつけた!シリーズ」 大久保雨咲作;殿内真帆絵 佼成出版社 2020年5月

黄色のカービィハンマー　きいろのかーびぃはんまー
大きな鉄ついから強力な攻撃をくりだす重戦士 「星のカービィ スーパーカービィハンターズ大激闘!の巻」 高瀬美恵作;苅野タウ絵;ぽと絵 KADOKAWA(角川つばさ文庫) 2019年12月

キウイ
レッツの家で飼うことになった猫 「レッツとネコさん」 ひこ・田中さく;ヨシタケシンスケえ 講談社 2018年6月

記憶細胞　きおくさいぼう
抗原の免疫を記憶しているリンパ球 「小説はたらく細胞」 清水茜原作・イラスト;時海結以著 講談社(講談社KK文庫) 2018年7月

キキ
アリス姫とクレア姫と暮らすおしゃべりネコ 「ふたごのプリンセスとおしゃれまじょのスイーツ―まほうのドレスハウス」 赤尾でこ原作;まちなみなもこ絵 学研プラス 2020年11月

キキ
アリス姫とクレア姫と暮らすおしゃべりネコ 「ふたごのプリンセスとマーメイドのときめきドレス―まほうのドレスハウス」 赤尾でこ原作;まちなみなもこ絵 学研プラス 2019年11月

キキ先生　ききせんせい
子どもの絵の教室「アトリエキキ」をやっている女の人 「ぼくとキキとアトリエで」 中川洋典作 文研出版(文研ブックランド) 2020年5月

菊地 英治　きくち・えいじ
いたずらを思いつく天才の少年 「ぼくら×怪盗レッド VRパークで危機一髪!?の巻」 宗田理作;秋木真作;YUME絵;しゅー絵 KADOKAWA(角川つばさ文庫) 2019年1月

菊地 英治　きくち・えいじ
いたずらを思いつく天才の少年 「ぼくらの『第九』殺人事件」 宗田理作;YUME絵 KADOKAWA(角川つばさ文庫) 2020年7月

菊地 英治　きくち・えいじ
いたずらを思いつく天才の少年 「ぼくらのいじめ救出作戦」 宗田理作;YUME絵 KADOKAWA(角川つばさ文庫) 2020年3月

菊地 英治　きくち・えいじ
いたずらを思いつく天才の少年 「ぼくらのメリー・クリスマス」 宗田理作;YUME絵 KADOKAWA(角川つばさ文庫) 2019年12月

菊地 英治　きくち・えいじ
いたずらを思いつく天才の少年 「ぼくらの地下迷路」 宗田理作;YUME絵 KADOKAWA (角川つばさ文庫) 2019年7月

菊地 英治　きくち・えいじ
いたずらを思いつく天才の少年 「ぼくらの秘密結社」 宗田理作;YUME絵 KADOKAWA (角川つばさ文庫) 2020年12月

菊地 英治　きくち・えいじ
いたずらを思いつく天才の少年 「ぼくらの宝探し」 宗田理作;YUME絵 KADOKAWA(角川つばさ文庫) 2019年3月

菊地 英治　きくち・えいじ
浪人生活を送りながら勝関中学校の廃校前の活動を手伝う青年 「ぼくらののら犬砦―「ぼくら」シリーズ ; 26」 宗田理作 ポプラ社 2019年7月

菊池 英治　きくち・えいじ
好奇心旺盛で行動力があり「ミステリー列車」の旅で仲間を引っ張る男の子 「ぼくらのミステリー列車」 宗田理作;YUME絵 KADOKAWA(角川つばさ文庫) 2018年12月

菊池 英治　きくち・えいじ
高校最後の大旅行を企画したメンバーの一人、冴子の気持ちを胸にシンガポールやマレーシアなどアジアの国々を訪れるN高校3年生 「ぼくらの卒業旅行(グランド・ツアー)―「ぼくら」シリーズ ; 25」 宗田理作 ポプラ社 2018年7月

菊池 英治　きくち・えいじ
仲間と共に学校をひっくり返すような大きな計画を練る中、純子とひとみとの三角関係に悩む高校受験を控えた少年 「ぼくらの卒業いたずら大作戦 上下」 宗田理作;YUME絵 KADOKAWA(角川つばさ文庫) 2018年3月

菊池 英治　きくち・えいじ
勇敢で機転が利き仲間たちと共に監獄島からの脱出を試みる少年 「ぼくらの大脱走」 宗田理作;YUME絵 KADOKAWA(角川つばさ文庫) 2018年7月

菊池くん　きくちくん
幹に万引きをさせたクラスメートの男の子 「ユンボのいる朝」 麦野圭作;大野八生絵 文溪堂 2018年11月

亀卦川 将　きけがわ・しょう
原宿の人気美容室「メルシー」のカリスマ美容師 「おしゃれプロジェクト Step2」 MIKA POSA作;hatsuko絵 講談社(講談社青い鳥文庫) 2018年5月

希子　きこ
看護師の母の仕事を誇りに思い友だちの花梨ちゃんとのやり取りを通して母の仕事の大切さを学んでいく小学生 「すてきな3K : おしごとのおはなし看護師―シリーズおしごとのおはなし」 いとうみく作;藤原ヒロコ絵 講談社 2018年1月

衣更月　きさらぎ
烏丸家の新しい執事、22歳 「うちの執事が言うことには」 高里椎奈作;ロク絵 KADOKAWA(角川つばさ文庫) 2019年4月

如月 ひかり　きさらぎ・ひかり
小説を書くのが好きで片思いの藤木クンをモデルにした恋愛小説を書いている中学2年生の少女 「近くて遠くて、甘くて苦い ひかりの場合」 櫻いいよ作;甘里シュガー絵 講談社(講談社青い鳥文庫) 2020年12月

如月 美羽　きさらぎ・みう
未来が見える能力を持つ中学1年生の少女 「サキヨミ!：ヒミツの二人で未来を変える!? 1」 七海まち作;駒形絵 KADOKAWA(角川つばさ文庫) 2020年9月

木澤先輩　きざわせんぱい
桜子が所属する小学校のサッカーチームのキャプテンを務める6年生 「ジャンピング・サクラ：天才テニス少女対決!」 本條強作;himesuz絵 講談社(講談社青い鳥文庫) 2019年10月

キジオ
オスのキジ猫 「あやめさんのひみつの野原」 島村木綿子作;かんべあやこ絵 国土社 2018年11月

黄島 光　きじま・ひかる
6年2組の信号トリオ、勉強が得意な男の子 「猛獣学園!アニマルパニック：百獣の王ライオンから逃げきれ!」 緑川聖司作;畑優以絵 集英社(集英社みらい文庫) 2018年11月

黄島 光　きじま・ひかる
6年2組の信号トリオ、勉強が得意な男の子 「猛獣学園!アニマルパニック [2]」 緑川聖司作;畑優以絵 集英社(集英社みらい文庫) 2019年3月

岸本 雄大　きしもと・ゆうだい
運動会の400メートルリレーに参加する本の虫で速さよりも知識に優れた男子 「空に向かって走れ!：スポーツのおはなしリレー―シリーズスポーツのおはなし」 小手鞠るい作;大庭賢哉絵 講談社 2019年11月

北浦 沙羅(イライザ)　きたうら・さら(いらいざ)
ユーモアと知性で周囲を和ませる女子寮の冷静な先輩 「お庭番デイズ：逢沢学園女子寮日記 上下」 有沢佳映著 講談社 2020年7月

北岡 雅也　きたおか・まさや
無口なクラスメートで美夏の幼なじみである男子 「初恋オレンジタルト = Hatsukoi Orange tart」 天沢夏月著;高上優里子イラスト PHP研究所(PHPジュニアノベル) 2019年5月

北上 花　きたかみ・はな
みちのく妖怪ツアーに参加する小学5年生の少女 「みちのく妖怪ツアー」 佐々木ひとみ作;野泉マヤ作;堀米薫作;東京モノノケ絵 新日本出版社 2018年8月

北上 美晴　きたかみ・みはる
将来ギロンパの野望を砕く発明をするため狙われている少女 「ギルティゲーム Last stage」 宮沢みゆき著;鈴羅木かりんイラスト 小学館(小学館ジュニア文庫) 2019年3月

北上 美晴　きたがみ・みはる
ギルティゲーム後行方不明になっていた少女 「ギルティゲーム stage4」 宮沢みゆき著;鈴羅木かりんイラスト 小学館（小学館ジュニア文庫） 2018年1月

北川 礼生　きたがわ・れお
クラスのボス的存在で千里のケンカ相手 「シロガラス 5」 佐藤多佳子著 偕成社 2018年7月

北沢 球真　きたざわ・きゅうま
小学4年生の野球チームのスーパースター、将来を期待されているが密かに別の夢を持つ少年 「ぼくだけのファインプレー：スポーツのおはなし野球―シリーズスポーツのおはなし」 あさのあつこ作;黒須高嶺絵 講談社 2020年2月

北沢 実里　きたざわ・みのり
東京からの転校生の女の子 「右手にミミズク」 蓼内明子作;nakaban絵 フレーベル館（文学の森） 2018年10月

北沢 亮太　きたざわ・りょうた
トーコのクラスメートで周囲の優しさに触れる中で成長を助ける少年 「その景色をさがして」 中山聖子著 PHP研究所（わたしたちの本棚） 2018年4月

北園 ユキナ　きたぞの・ゆきな
ハルトの幼なじみのおっとりした女の子 「怪盗ネコマスク：真夜中の小さなヒーロー」 近江屋一朗作;ナカユウ絵 集英社（集英社みらい文庫） 2019年4月

北園 ユキナ　きたぞの・ゆきな
ハルトの幼なじみのおっとりした女の子 「怪盗ネコマスク [2]」 近江屋一朗作;ナカユウ絵 集英社（集英社みらい文庫） 2019年9月

北原　きたはら
銀座・勝関中学校の教員で英治の元担任の先生 「ぼくらののら犬砦―「ぼくら」シリーズ；26」 宗田理作 ポプラ社 2019年7月

北原先生　きたはらせんせい
卓球経験のない新卒の卓球部顧問 「純情!卓球部」 横沢彰作;小松良佳絵 新日本出版社 2020年12月

北原 勇気　きたはら・ゆうき
祖父母と暮らすなぎさの幼なじみ 「もしも、この町で 3」 服部千春作;ほおのきソラ絵 講談社（講談社青い鳥文庫） 2019年6月

北原 勇気　きたはら・ゆうき
母が行方不明で祖父母と暮らすなぎさの幼なじみ 「もしも、この町で 1」 服部千春作;ほおのきソラ絵 講談社（講談社青い鳥文庫） 2018年7月

北原 勇気　きたはら・ゆうき
母が行方不明で祖父母と暮らすなぎさの幼なじみ 「もしも、この町で 2」 服部千春作;ほおのきソラ絵 講談社（講談社青い鳥文庫） 2018年12月

キダマッチ先生　きだまっちせんせい
カエルのお医者さん 「キダマッチ先生! 2」 今井恭子文;岡本順絵 BL出版 2018年2月

キダマッチ先生　きだまっちせんせい
カエルのお医者さん 「キダマッチ先生! 3」 今井恭子文;岡本順絵 BL出版 2018年10月

キダマッチ先生　きだまっちせんせい
奥さんに会いに行くカエルの医者 「キダマッチ先生! 4」 今井恭子文;岡本順絵 BL出版 2020年2月

キダマッチ先生　きだまっちせんせい
歌うのが大好きなカエルの医者 「キダマッチ先生! 5」 今井恭子文;岡本順絵 BL出版 2020年10月

北御門 妃神子(ミコ)　きたみかど・ひみこ(みこ)
小学5年生の古代史オタク、驚異的な知識を持ち「邪馬台国が屋久島にあった」という新説を提唱する少女 「ミコとまぼろしの女王：新説・邪馬台国in屋久島!?」 遠崎史朗作;松本大洋絵 ポプラ社(ノベルズ・エクスプレス) 2018年6月

北道 縁利　きたみち・ゆかり
学校で人気のイケメン4人組の一人 「4DX!!：晴とひみつの放課後ゲーム」 こぐれ京作;池田春香絵 KADOKAWA(角川つばさ文庫) 2018年11月

北道 縁利　きたみち・ゆかり
学校で人気のイケメン4人組の一人 「4DX!!：晴のバレンタインデーは滅亡する!? [2]」 こぐれ京作;池田春香絵 KADOKAWA(角川つばさ文庫) 2019年5月

北山 創太　きたやま・そうた
茉子の同級生で幼なじみの男の子 「おしゃれプロジェクト Step2」 MIKA POSA作;hatsuko絵 講談社(講談社青い鳥文庫) 2018年5月

樹田 玲　きだ・れい
そば打ち部のメンバー 「そば打ち甲子園!」 そば打ち研究部著 学研プラス(部活系空色ノベルズ) 2019年3月

キッキ
トガリネズミ3きょうだいの長女、トガリィじいさんの孫の一人 「あいつのすず 新装版—トガリ山のぼうけん；6」 いわむらかずお文・絵 理論社 2019年10月

キッキ
トガリネズミ3きょうだいの長女、トガリィじいさんの孫の一人 「ウロロのひみつ 新装版—トガリ山のぼうけん；5」 いわむらかずお文・絵 理論社 2019年10月

キッキ
トガリネズミ3きょうだいの長女、トガリィじいさんの孫の一人 「てっぺんの湖 新装版—トガリ山のぼうけん；8」 いわむらかずお文・絵 理論社 2019年10月

キッキ
トガリネズミ3きょうだいの長女、トガリィじいさんの孫の一人 「ゆうだちの森 新装版—トガリ山のぼうけん；2」 いわむらかずお文・絵 理論社 2019年10月

キッキ
トガリネズミ3きょうだいの長女、トガリィじいさんの孫の一人 「雲の上の村 新装版—トガリ山のぼうけん；7」 いわむらかずお文・絵 理論社 2019年10月

キッキ
トガリネズミ3きょうだいの長女、トガリィじいさんの孫の一人 「空飛ぶウロロ 新装版―トガリ山のぼうけん ; 4」 いわむらかずお文・絵 理論社 2019年10月

キッキ
トガリネズミ3きょうだいの長女、トガリィじいさんの孫の一人 「月夜のキノコ 新装版―トガリ山のぼうけん ; 3」 いわむらかずお文・絵 理論社 2019年10月

キッキ
トガリネズミ3きょうだいの長女、トガリィじいさんの孫の一人 「風の草原 新装版―トガリ山のぼうけん ; 1」 いわむらかずお文・絵 理論社 2019年10月

きつね
しっぽを大切にしており1日3回手入れを欠かさないきつね 「きつねのしっぽ」 おくはらゆめ作 小峰書店 2020年6月

狐ゴンザ　きつねごんざ
八姫を助ける大殿の下男 「龍にたずねよ」 みなと菫著 講談社 2018年7月

鬼道 有人　きどう・ゆうと
雷門のベテラン選手で灰崎に雷門編入を提案し彼の才能を引き出そうとする存在 「小説イナズマイレブン : アレスの天秤 4」 レベルファイブ原作;日野晃博総監督・原案・シリーズ構成;江橋よしのり著 小学館(小学館ジュニア文庫) 2018年10月

鬼道 有人　きどう・ゆうと
冷静な頭脳を活かしてゲームを展開するチームの司令塔 「小説イナズマイレブン : オリオンの刻印 1」 レベルファイブ原作;日野晃博総監督・原案・シリーズ構成;江橋よしのり著 小学館(小学館ジュニア文庫) 2019年4月

黄瀬 美緒　きなせ・みお
圭一郎のクラスメートの少女 「怪盗レッドTHE FIRST : ここから、すべては始まった」 秋木真著;しゅー絵 KADOKAWA 2020年3月

木南 エミ　きなみ・えみ
嶋村が憧れている天使キャラの女の子、生活向上委員会のサポーターズ 「生活向上委員会! 11」 伊藤クミコ作;桜倉メグ絵 講談社(講談社青い鳥文庫) 2019年8月

キノコたち
森に生えているさまざまな種類のキノコ、夜の森で歌い踊り飛び跳ねる神秘的な存在 「月夜のキノコ 新装版―トガリ山のぼうけん ; 3」 いわむらかずお文・絵 理論社 2019年10月

木下 あかり　きのした・あかり
霧見台中学1年生で文芸部の真尋の友達 「霧見台三丁目の未来人」 緑川聖司著;ポズイラスト PHP研究所(カラフルノベル) 2020年1月

木下 麻美　きのした・あさみ
しっかり者なモカの親友 「特等席はキミの隣。」 香乃子著;茶乃ひなの絵 スターツ出版(野いちごジュニア文庫) 2020年10月

木下 こころ　きのした・こころ
早朝自主練に励み自分の成長を追い求める女子部員 「ナイスキャッチ! 4」 横沢彰作;スカイエマ絵 新日本出版社 2018年10月

木下 こころ　きのした・こころ
堂島先輩の代役として野球部に入部し自分の居場所を見つけるために挑戦を決意した女子部員 「ナイスキャッチ! 3」 横沢彰作;スカイエマ絵 新日本出版社 2018年7月

木下 こころ　きのした・こころ
美術部から野球部に転向した中学2年生、野球部唯一の女子部員兼キャプテンとしてチームを引っ張る努力家 「ナイスキャッチ! 5」 横沢彰作;スカイエマ絵 新日本出版社 2019年1月

木下 ヒカル　きのした・ひかる
行方不明の親を待ちながら車の中で寝泊まりし食事に困窮するミチルの妹 「こどもしょくどう」 足立紳原作;ひろはたえりこ文 汐文社 2019年7月

木下 ヒナ　きのした・ひな
内気な女の子 「生き残りゲームラストサバイバル [3]」 大久保開作;北野詠一絵 集英社(集英社みらい文庫) 2018年3月

木下 ヒナ　きのした・ひな
内気な女の子 「生き残りゲームラストサバイバル [4]」 大久保開作;北野詠一絵 集英社(集英社みらい文庫) 2018年7月

木下 ヒナ　きのした・ひな
内気な女の子 「生き残りゲームラストサバイバル [5]」 大久保開作;北野詠一絵 集英社(集英社みらい文庫) 2018年11月

木下 広葉　きのした・ひろは
マスク依存症だが栽培委員会の仲間との交流で次第に心を開いていく中学1年生の少年 「天地ダイアリー」 ささきあり作 フレーベル館(文学の森) 2018年11月

木下 守　きのしたま・もる
赤面症に悩む小学校4年生、目立たない生活を望むが周囲の注目を浴びてしまう少年 「セイギのミカタ」 佐藤まどか作;イシヤマアズサ絵 フレーベル館(ものがたりの庭) 2020年6月

木下 真夜　きのした・まや
あかりの秘密を知りアルテミスに弟子入りする占い好きのクラスメート 「占い師のオシゴト」 高橋桐矢作;鳥羽雨絵 偕成社(偕成社ノベルフリーク) 2019年2月

木下 ミチル　きのした・みちる
行方不明の親を待ちながら車の中で寝泊まりし食事に困窮するヒカルの姉 「こどもしょくどう」 足立紳原作;ひろはたえりこ文 汐文社 2019年7月

木下 モモエ　きのした・ももえ
あゆに手作りごはんを教え一緒に自由研究に取り組む友人 「わんこのハッピーごはん研究会!」 堀直子作;木村いこ絵 あかね書房(スプラッシュ・ストーリーズ) 2018年10月

木野 まこと　きの・まこと
うさぎの中学に来た茶髪の転校生、セーラージュピター 「小説美少女戦士セーラームーン : 青い鳥文庫版 1」 武内直子原作・絵;池田美代子文 講談社(講談社青い鳥文庫) 2018年6月

木野 まこと　きの・まこと
うさぎの中学に来た茶髪の転校生、セーラージュピター 「小説美少女戦士セーラームーン：青い鳥文庫版 2」 武内直子原作・絵;池田美代子文　講談社(講談社青い鳥文庫) 2018年11月

木野 まこと　きの・まこと
うさぎの中学に来た茶髪の転校生、セーラージュピター 「小説美少女戦士セーラームーン：青い鳥文庫版 3」 武内直子原作・絵;池田美代子文　講談社(講談社青い鳥文庫) 2019年3月

木之本 桜　きのもと・さくら
ケルベロスとの出会いで魔法カードを集めることになった元気いっぱいの女の子 「小説アニメカードキャプターさくら クリアカード編1」 CLAMP原作;有沢ゆう希著　講談社(講談社KK文庫) 2018年3月

木之本 桜　きのもと・さくら
ケルベロスとの出会いで魔法カードを集めることになった元気いっぱいの女の子 「小説アニメカードキャプターさくら クリアカード編2」 CLAMP原作;有沢ゆう希著　講談社(講談社KK文庫) 2018年5月

木之本 桜　きのもと・さくら
ケルベロスとの出会いで魔法カードを集めることになった元気いっぱいの女の子 「小説アニメカードキャプターさくら クリアカード編3」 CLAMP原作;有沢ゆう希著　講談社(講談社KK文庫) 2018年7月

木之本 桜　きのもと・さくら
ケルベロスとの出会いで魔法カードを集めることになった元気いっぱいの女の子 「小説アニメカードキャプターさくら クリアカード編4」 CLAMP原作;有沢ゆう希著　講談社(講談社KK文庫) 2018年9月

木之本 桜　きのもと・さくら
ケルベロスとの出会いで魔法カードを集めることになった元気いっぱいの女の子 「小説アニメカードキャプターさくら クロウカード編上下」 CLAMP原作;有沢ゆう希著　講談社(講談社KK文庫) 2018年1月

木之本 桜　きのもと・さくら
ケルベロスとの出会いで魔法カードを集めることになった元気いっぱいの女の子 「小説アニメカードキャプターさくら さくらカード編上下 」 CLAMP原作;有沢ゆう希著　講談社(講談社KK文庫) 2018年2月

木ノ本 桃矢　きのもと・とうや
さくらのお兄ちゃん 「小説アニメカードキャプターさくら クリアカード編1」 CLAMP原作;有沢ゆう希著　講談社(講談社KK文庫) 2018年3月

木ノ本 桃矢　きのもと・とうや
さくらのお兄ちゃん 「小説アニメカードキャプターさくら クリアカード編2」 CLAMP原作;有沢ゆう希著　講談社(講談社KK文庫) 2018年5月

木ノ本 桃矢　きのもと・とうや
さくらのお兄ちゃん 「小説アニメカードキャプターさくら クリアカード編3」 CLAMP原作;有沢ゆう希著　講談社(講談社KK文庫) 2018年7月

木ノ本 桃矢　きのもと・とうや
さくらのお兄ちゃん 「小説アニメカードキャプターさくら クリアカード編4」 CLAMP原作;有沢ゆう希著　講談社(講談社KK文庫)　2018年9月

木ノ本 桃矢　きのもと・とうや
さくらのお兄ちゃん 「小説アニメカードキャプターさくら クロウカード編上下」 CLAMP原作;有沢ゆう希著　講談社(講談社KK文庫)　2018年1月

木ノ本 桃矢　きのもと・とうや
さくらのお兄ちゃん 「小説アニメカードキャプターさくら さくらカード編上下 」 CLAMP原作;有沢ゆう希著　講談社(講談社KK文庫)　2018年2月

キバ
山で生まれた犬とオオカミの混血児の犬 「牙王物語：新装合本」 戸川幸夫著;田中豊美画　新評論　2018年11月

木場 嵐士　きば・あらし
覇堂高校野球部のキャプテン 「実況パワフルプロ野球：めざせ最強バッテリー!」 はせがわみやび作;ミクニシン絵　KADOKAWA(角川つばさ文庫)　2018年5月

ギバさん
ひなちゃんと大の仲良しの女の子 「ポチっと発明ピカちんキット：キミのピラメキで大発明!?」 加藤綾子文　KADOKAWA(角川つばさ文庫)　2018年7月

キマ
トトの母ゾウ、群れでの移動中に具合が悪くなりトトの冒険のきっかけとなる存在 「よわむしトトといのちの石：どうぶつのかぞくアフリカゾウ―シリーズどうぶつのかぞく」 如月かずさ作;田中六大絵　講談社　2019年1月

キマイラ
死の森で魔王に仕える七変化の能力を持つ一つ目の魔物 「猫のダヤン 7」 池田あきこ作　静山社(静山社ペガサス文庫)　2019年4月

キマイラ
死の森の魔王の姿を借りてバニラに会いたいという強い願望から、ある作戦を企てる一つ目の魔物 「猫のダヤン ex」 池田あきこ作　静山社(静山社ペガサス文庫)　2019年6月

キマイラ(魔王)　きまいら(まおう)
七変化の能力を持つひとつ目の魔物 「ダヤン、奇妙な夢をみる―ダヤンの冒険物語」 池田あきこ著　ほるぷ出版　2020年5月

きみしま 智大　きみしま・ともひろ
学校の宿題「自分の名前の由来」に傷つき理由を誰にも話せずにいる小学1年生の男の子 「みけねえちゃんにいうてみな」 村上しいこ作;くまくら珠美絵　理論社　2018年11月

来南 たくみ　きみなみ・たくみ
東京に住んでいるヒロカの同い年のいとこ 「パンプキン!：模擬原爆の夏」 令丈ヒロ子作;宮尾和孝絵　講談社(講談社青い鳥文庫)　2019年6月

君野 明莉　きみの・あかり
生徒会長でヒカルと共に迷宮教室からの脱出を目指すクラスメート 「迷宮教室：出口のない悪魔小学校」 あいはらしゅう作;肘原えるぼ絵　集英社(集英社みらい文庫)　2020年4月

君野 明莉　きみの・あかり
生徒会長でヒカルと共に迷宮教室からの脱出を目指すクラスメート「迷宮教室 [2]」 あいはらしゅう作;肘原えるぼ絵　集英社(集英社みらい文庫) 2020年9月

君野 明莉　きみの・あかり
生徒会長でヒカルと共に迷宮教室からの脱出を目指すクラスメート「迷宮教室 [3]」 あいはらしゅう作;肘原えるぼ絵　集英社(集英社みらい文庫) 2020年12月

キムジナー
沖縄の伝説の妖精「空飛ぶのらネコ探険隊 [6]」 大原興三郎作;こぐれけんじろう絵　文溪堂 2019年4月

キム ユジュン　きむ・ゆじゅん
渉のクラスメイト、ライバルの一言に傷つきながらも友だちと向き合う韓国人のサッカー少年「キセキのスパゲッティー」 山本省三作;十々夜絵　フレーベル館(ものがたりの庭) 2019年11月

木村 はるか　きむら・はるか
家ではしっかり話せるが学校では話すのが怖くて恥ずかしいため声が出ない女の子「はるかちゃんが、手をあげた」 服部千春作;さとうあや絵　童心社(だいすき絵童話) 2019年11月

木村 モナミ　きむら・もなみ
アイドルみたいにかわいく成績優秀なマリナのクラスメート「学園ファイブスターズ 2」 宮下恵茉作;kaya8絵　講談社(講談社青い鳥文庫) 2019年12月

木村 モナミ　きむら・もなみ
アイドルみたいにかわいく成績優秀なマリナのクラスメート「学園ファイブスターズ 3」 宮下恵茉作;kaya8絵　講談社(講談社青い鳥文庫) 2020年4月

木村 モナミ　きむら・もなみ
アイドルみたいにかわいく成績優秀なマリナのクラスメート「学園ファイブスターズ 4」 宮下恵茉作;kaya8絵　講談社(講談社青い鳥文庫) 2020年8月

木村 モナミ　きむら・もなみ
アイドルみたいにかわいく成績優秀なマリナのクラスメート「学園ファイブスターズ 5」 宮下恵茉作;kaya8絵　講談社(講談社青い鳥文庫) 2020年12月

木村 モナミ　きむら・もなみ
マリナが入学して最初に仲良くなったクラスメート「学園ファイブスターズ 1」 宮下恵茉作;kaya8絵　講談社(講談社青い鳥文庫) 2019年8月

キャット
トリシアの親友で第2女王「魔法医トリシアの冒険カルテ 5」 南房秀久著;小笠原智史絵　学研プラス 2018年3月

キャットシー
特別授業のためおばけやしきにいる世界で有名な「スーパーゴースト」の一人「おばけのおばけやしき―おばけのポーちゃん ; 8」 吉田純子作;つじむらあゆこ絵　あかね書房 2018年11月

キャトラ
しゃべる白猫 「白猫プロジェクト：大いなる冒険の始まり」 コロプラ原作・監修;橘もも作;布施龍太絵 KADOKAWA(角川つばさ文庫) 2019年3月

キャベたまたんてい
1500年前の古代世界にタイムスリップしてしまう探偵 「キャベたまたんていこふん時代へタイムスリップ―キャベたまたんていシリーズ」 三田村信行作;宮本えつよし絵 金の星社 2020年6月

キャベたまたんてい
カボチャはかせの発明した薬で小さくなりじゃがバタくんを助けるためにアリの巣に挑む勇敢な探偵 「キャベたまたんてい大ピンチ!ミクロのぼうけん―キャベたまたんていシリーズ」 三田村信行作;宮本えつよし絵 金の星社 2018年6月

キャベたまたんてい
じごくツアーに参加する探偵 「キャベたまたんていじごくツアーへごしょうたい―キャベたまたんていシリーズ」 三田村信行作;宮本えつよし絵 金の星社 2019年7月

キャーロット・ホース
新しく探偵事務所を開きおしりたんていに挑む、名探偵を名乗る謎めいた人物 「おしりたんてい あやうしたんていじむしょ―おしりたんていシリーズ. おしりたんていファイル ; 6」トロルさく・え ポプラ社 2018年3月

キュー
のび太が孵化させた間抜けで弱気なオスの恐竜 「小説映画ドラえもんのび太の新恐竜」 藤子・F・不二雄原作;川村元気脚本;涌井学著 小学館(小学館ジュニア文庫) 2020年2月

キユウ
亡くなった勇気の父の書斎に突然現れた少年 「怪狩り 巻ノ3」 佐東みどり作;鶴田法男作;冬木絵 KADOKAWA(角川つばさ文庫) 2020年4月

キユウ
亡くなった勇気の父の書斎に突然現れた少年 「怪狩り 巻ノ4」 佐東みどり作;鶴田法男作;冬木絵 KADOKAWA(角川つばさ文庫) 2020年10月

給食室のおばさん きゅうしょくしつのおばさん
給食の準備を担当し食べ残し問題でバンビ先生と意見が衝突する人物 「がんばれ給食委員長」 中松まるは作;石山さやか絵 あかね書房(スプラッシュ・ストーリーズ) 2018年11月

久蔵 きゅうぞう
太鼓長屋の大家の息子 「妖怪の子預かります 3」 廣嶋玲子作;Minoru絵 東京創元社 2020年7月

久蔵 きゅうぞう
太鼓長屋の大家の息子 「妖怪の子預かります 5」 廣嶋玲子作;Minoru絵 東京創元社 2020年8月

久蔵 きゅうぞう
太鼓長屋の大家の息子 「妖怪の子預かります 9」 廣嶋玲子作;Minoru絵 東京創元社 2020年12月

Q子　きゅーこ
人工知能を持つおもちゃロボット「キミト宙(そら)へ 1」 床丸迷人作;へちま絵
KADOKAWA(角川つばさ文庫) 2018年12月

Q子　きゅーこ
人工知能を持つおもちゃロボットのパイロット「キミト宙(そら)へ 4」 床丸迷人作;へちま絵
KADOKAWA(角川つばさ文庫) 2020年2月

Q子　きゅーこ
人工知能を持つおもちゃロボットのパイロット「キミト宙(そら)へ 5」 床丸迷人作;へちま絵
KADOKAWA(角川つばさ文庫) 2020年8月

ギュービッド
黒魔女修行をしているチョコのインストラクター黒魔女「6年1組黒魔女さんが通る!! 07」
石崎洋司作;亜沙美絵　講談社(講談社青い鳥文庫) 2019年1月

ギュービッド
黒魔女修行をしているチョコのインストラクター黒魔女「6年1組黒魔女さんが通る!! 08」
石崎洋司作;亜沙美絵;藤田香絵・キャラクター原案　講談社(講談社青い鳥文庫) 2019年
7月

ギュービッド
黒魔女修行をしているチョコのインストラクター黒魔女「6年1組黒魔女さんが通る!! 09」
石崎洋司作;亜沙美絵;藤田香絵・キャラクター原案　講談社(講談社青い鳥文庫) 2019年
10月

ギュービッド
黒魔女修行をしているチョコのインストラクター黒魔女「6年1組黒魔女さんが通る!! 10」
石崎洋司作;亜沙美絵　講談社(講談社青い鳥文庫) 2020年2月

ギュービッド
黒魔女修行をしているチョコのインストラクター黒魔女「6年1組黒魔女さんが通る!! 11」
石崎洋司作;亜沙美絵;藤田香キャラクター原案　講談社(講談社青い鳥文庫) 2020年6月

ギュービッド
黒魔女修行をしているチョコのインストラクター黒魔女「6年1組黒魔女さんが通る!! 12」
石崎洋司作;亜沙美絵;藤田香キャラクター原案　講談社(講談社青い鳥文庫) 2020年10
月

ギュービッド
黒魔女修行をしているチョコのインストラクター黒魔女「黒魔女さんの小説教室：チョコと
いっしょに作家修行!：青い鳥文庫版」 石崎洋司作;藤田香作;青い鳥文庫編集部作　講
談社(講談社青い鳥文庫) 2019年1月

ギュービッド
小6のチョコに黒魔女修行をさせているインストラクター魔女「6年1組黒魔女さんが通る!!
06」 石崎洋司作;亜沙美絵　講談社(講談社青い鳥文庫) 2018年10月

ギュービッド
小学6年生のチョコに黒魔女修行をさせているインストラクター魔女「6年1組黒魔女さんが
通る!! 05」 石崎洋司作;藤田香絵;亜沙美絵　講談社(講談社青い鳥文庫) 2018年3月

キュルル
記憶があいまいなヒトの子ども 「けものフレンズ：おうちを探そう!：角川つばさ文庫版」 けものフレンズプロジェクト原作・原案;百瀬しのぶ文 KADOKAWA(角川つばさ文庫) 2019年4月

キュルル
記憶があいまいなヒトの子ども 「けものフレンズ：角川つばさ文庫版 [2]」 けものフレンズプロジェクト原作・原案;百瀬しのぶ文 KADOKAWA(角川つばさ文庫) 2019年6月

ギュンター
マインの父 「本好きの下剋上 第1部[1]」 香月美夜作;椎名優絵 TOブックス(TOジュニア文庫) 2019年7月

ギュンター
マインの父 「本好きの下剋上 第1部[2]」 香月美夜作;椎名優絵 TOブックス(TOジュニア文庫) 2019年10月

ギュンター
マインの父 「本好きの下剋上 第1部[3]」 香月美夜作;椎名優絵 TOブックス(TOジュニア文庫) 2020年4月

キヨ
クラスメイトとの関わりや自分の内面に葛藤する中学3年生、お笑いコンビ「ジョセフィーヌ」のツッコミ担当 「15歳、まだ道の途中」 高原史朗著 岩波書店(岩波ジュニア新書) 2019年10月

キヨ
青星学園中等部1年のゆずの同級生、クールな男の子 「青星学園★チームEYE-Sの事件ノート[10]」 相川真作;立樹まや絵 集英社(集英社みらい文庫) 2020年12月

キヨ
青星学園中等部1年のゆずの同級生、クールな男の子 「青星学園★チームEYE-Sの事件ノート[2]」 相川真作;立樹まや絵 集英社(集英社みらい文庫) 2018年5月

キヨ
青星学園中等部1年のゆずの同級生、クールな男の子 「青星学園★チームEYE-Sの事件ノート[3]」 相川真作;立樹まや絵 集英社(集英社みらい文庫) 2018年9月

キヨ
青星学園中等部1年のゆずの同級生、クールな男の子 「青星学園★チームEYE-Sの事件ノート[7]」 相川真作;立樹まや絵 集英社(集英社みらい文庫) 2019年12月

キヨ
青星学園中等部1年のゆずの同級生、クールな男の子 「青星学園★チームEYE-Sの事件ノート[8]」 相川真作;立樹まや絵 集英社(集英社みらい文庫) 2020年4月

キヨ
青星学園中等部1年のゆずの同級生、クールな男の子 「青星学園★チームEYE-Sの事件ノート[9]」 相川真作;立樹まや絵 集英社(集英社みらい文庫) 2020年9月

キョウ

動画投稿サイト・Kチューブで「恐怖チャンネル」をやっているKチューバー 「恐怖チャンネル：なぞのKチューバーと呪いの動画」 藍沢羽衣作;べま絵 集英社(集英社みらい文庫) 2020年12月

鏡花 きょうか

「森の家」に参加する舞のいとこの中学生 「世界とキレル」 佐藤まどか著 あすなろ書房 2020年9月

京川 七海 きょうかわ・ななみ

京川探偵事務所で数々の難事件を解決している腕利きの探偵 「少女探偵月原美音 2」 横山佳作;スカイエマ絵 BL出版 2019年3月

キョウコ

イツキのお母さん 「悪ノ物語：紙の悪魔と秘密の書庫」 mothy_悪ノP著;柚希きひろイラスト;△○□×イラスト PHP研究所(PHPジュニアノベル) 2018年3月

キョウコ

新聞部副部長の小学5年生の女の子 「謎新聞ミライタイムズ = The Mirai Times 2」 佐東みどり著;フルカワマモる絵;SCRAP謎制作;「シャキーン!」制作スタッフ監修 ポプラ社 2018年4月

キョウコ

新聞部副部長の小学5年生の女の子 「謎新聞ミライタイムズ = The Mirai Times 3」 佐東みどり著;フルカワマモる絵;SCRAP謎制作;「シャキーン!」制作スタッフ監修 ポプラ社 2018年12月

キョウコ

新聞部副部長の小学5年生の女の子 「謎新聞ミライタイムズ = The Mirai Times 4」 佐東みどり著;フルカワマモる絵;SCRAP謎制作;「シャキーン!」制作スタッフ監修 ポプラ社 2019年7月

キョウコ

新聞部副部長の小学5年生の女の子 「謎新聞ミライタイムズ = The Mirai Times 5」 佐東みどり著;フルカワマモる絵;SCRAP謎制作;「シャキーン!」制作スタッフ監修 ポプラ社 2020年3月

京子 きょうこ

ひろしのクラスに転校してきた女の子 「ど根性ガエル ピョン吉物語」 吉沢やすみ原作;藤咲あゆな著;栗原一実絵 岩崎書店 2018年1月

今日子 きょうこ

手話サークルにいる両耳が全く聞こえない女性 「蝶の羽ばたき、その先へ」 森埜こみち作 小峰書店 2019年10月

京極 高次 きょうごく・たかつぐ

初の夫で彼女を支える武将 「戦国姫 初の物語」 藤咲あゆな作;マルイノ絵 集英社(集英社みらい文庫) 2018年6月

京極 竜子 きょうごく・たつこ

初のいとこで義理の姉 「戦国姫 初の物語」 藤咲あゆな作;マルイノ絵 集英社(集英社みらい文庫) 2018年6月

京極 真　きょうごく・まこと
シンガポールの空手大会に出場する園子の彼氏 「名探偵コナン：京極真セレクション蹴撃の事件録」 青山剛昌原作・イラスト;酒井匙著 小学館(小学館ジュニア文庫) 2019年7月

京極 真　きょうごく・まこと
シンガポールの空手大会に出場する園子の彼氏 「名探偵コナン 紺青の拳(フィスト)」 青山剛昌原作;大倉崇裕脚本;水稀しま著 小学館(小学館ジュニア文庫) 2019年4月

鏡子さん　きょうこさん
北校舎の家庭科室の古鏡に宿った鏡の精霊 「五年霊組こわいもの係 13」 床丸迷人作;浜弓場双絵 KADOKAWA(角川つばさ文庫) 2018年3月

ぎょうざたろう(おぶぎょうざさま)
弱気な少年だが本当の顔はおぶぎょうざさま、仲間と共に事件を解決するヒーロー 「おぶぎょうざさま」 ささきみお作・絵 文研出版(わくわくえどうわ) 2020年3月

教授　きょうじゅ
たくさんの「教え子」を持つ天才犯罪者、名探偵・小笠原源馬の宿敵 「少年探偵響 5」 秋木真作;しゅー絵 KADOKAWA(角川つばさ文庫) 2018年10月

キョウちゃん
チャラの叔母、自由気ままなフリーアナウンサー 「キミマイ：きみの舞 1」 緒川さよ作;甘塩コメコ絵 講談社(講談社青い鳥文庫) 2018年9月

キョウちゃん
チャラの叔母、自由気ままなフリーアナウンサー 「キミマイ：きみの舞 2」 緒川さよ作;甘塩コメコ絵 講談社(講談社青い鳥文庫) 2019年2月

キョウちゃん
チャラの叔母、自由気ままなフリーアナウンサー 「キミマイ：きみの舞 3」 緒川さよ作;甘塩コメコ絵 講談社(講談社青い鳥文庫) 2019年6月

きょうとう先生　きょうとうせんせい
タヌキたちの勉強を支援し、小学校での学びを可能にした心優しい教育者 「タヌキのきょうしつ」 山下明生作;長谷川義史絵 あかね書房 2019年7月

恭平　きょうへい
祖母と二人暮らしのクラスの代表委員 「ぼくたちのだんご山会議」 おおぎやなぎちか作;佐藤真紀子絵 汐文社 2019年12月

きょうりゅう
せんねん町のまんねん小学校の図工室にいる不思議な恐竜 「図工室の日曜日：おいしい話に気をつけろ」 村上しいこ作;田中六大絵 講談社(わくわくライブラリー) 2018年11月

きょうりゅう
初めてのパーティに向けてマナーを勉強してきたお行儀の良い恐竜 「たんじょう会はきょうりゅうをよんで」 如月かずさ作;石井聖岳絵 講談社(わくわくライブラリー) 2018年1月

清瀬 爽　きよせ・そう
イケメンで女子にすごく人気がある6年4組の男子、生活向上委員会のサポーターズの一人 「生活向上委員会! 12」 伊藤クミコ作;桜倉メグ絵　講談社(講談社青い鳥文庫) 2019年12月

清瀬 爽　きよせ・そう
翼の想い人、イケメンで女子にすごく人気がある6年4組の男子 「生活向上委員会! 10」 伊藤クミコ作;桜倉メグ絵　講談社(講談社青い鳥文庫) 2019年3月

清瀬 未羽　きよせ・みう
小学2年生の清瀬爽の妹 「生活向上委員会! 12」 伊藤クミコ作;桜倉メグ絵　講談社(講談社青い鳥文庫) 2019年12月

キヨト
ダルと一緒に冒険に出る2匹の子猫のうちの1匹 「ゆうびんばこはねこのいえ」 高木あきこ作;高瀬のぶえ絵　金の星社 2019年8月

清原 良任　きよはらの・よしとう
さよを支え彼女の復讐のために共に戦う奥州藤原氏配下の武士 「さよ : 十二歳の刺客」 森川成美作;槇えびし画　くもん出版(くもんの児童文学) 2018年11月

清藤 里衣子(Rii)　きよふじ・りいこ(りー)
「ソライロ」の動画師をしている小学5年生の女の子 「ソライロ♪プロジェクト 5」 一ノ瀬三葉作;夏芽もも絵　KADOKAWA(角川つばさ文庫) 2019年4月

清海 忠志　きよみ・ただし
酔っ払いの老人を助けたことをきっかけに落語の世界に触れさまざまな困難を落語で乗り越える小学5年生の少年 「落語少年サダキチ さん」 田中啓文作;朝倉世界一画　福音館書店 2019年5月

清宮 和也(キヨ)　きよみや・かずや(きよ)
クラスメイトとの関わりや自分の内面に葛藤する中学3年生、お笑いコンビ「ジョセフィーヌ」のツッコミ担当 「15歳、まだ道の途中」 高原史朗著　岩波書店(岩波ジュニア新書) 2019年10月

綺羅　きら
美しく聡明な燠火家の一人娘 「火狩りの王 3」 日向理恵子作;山田章博絵　ほるぷ出版 2019年11月

キラーT細胞　きらーてぃーさいぼう
ヘルパーT細胞の命令によって出動しウイルスに感染した細胞などを殺す細胞 「小説はたらく細胞」 清水茜原作・イラスト;時海結以著　講談社(講談社KK文庫) 2018年7月

霧男　きりおとこ
霧の日に現れ近い未来を予言するとされる謎の白衣の男性 「霧見台三丁目の未来人」 緑川聖司著;ポズイラスト　PHP研究所(カラフルノベル) 2020年1月

桐崎 千棘　きりさき・ちとげ
楽の高校に転校してきた金髪ハーフの女の子、ギャング組織「ビーハイブ」のボスの娘 「ニセコイ : 映画ノベライズみらい文庫版」 古味直志原作;小山正太脚本;杉原憲明脚本;はのまきみ著　集英社(集英社みらい文庫) 2018年12月

霧島 昴　きりしま・こう
中学3年生でセイの美形のお兄ちゃん 「霧島くんは普通じゃない：転校生はヴァンパイア!?」 麻井深雪作;那流絵　集英社(集英社みらい文庫)　2020年10月

霧島 星　きりしま・せい
美羽のクラスに転校してきた超イケメンでミステリアスな少年 「霧島くんは普通じゃない：転校生はヴァンパイア!?」 麻井深雪作;那流絵　集英社(集英社みらい文庫)　2020年10月

霧島 蓮　きりしま・れん
中学2年生でセイの2番目のお兄ちゃん 「霧島くんは普通じゃない：転校生はヴァンパイア!?」 麻井深雪作;那流絵　集英社(集英社みらい文庫)　2020年10月

桐谷 蓮　きりたに・れん
剣道部の主将で学校中の憧れの的となる実力と魅力を持つ高校生 「映画10万分の1」 宮坂香帆原作;中川千英子脚本;時海結以著　小学館(小学館ジュニア文庫)　2020年11月

桐原 愛　きりはら・あい
女優として活躍中の少女 「ゆめ☆かわ ここあのコスメボックス [3]」 伊集院くれあ著;池田春香イラスト　小学館(小学館ジュニア文庫)　2018年7月

桐原 響　きりはら・ひびき
数学研究部員で美を追求するロン毛の音楽男子 「無限の中心で」 まはら三桃著　講談社　2020年6月

桐谷 拓　きりや・たく
すみれの壊れた自転車を直してくれた陸南工業高校3年生の優しい男子 「制服ジュリエット」 麻井深雪作;池田春香絵　ポプラ社(ポケット・ショコラ)　2018年3月

桐山 加奈太　きりやま・かなた
中二病を自覚しつつも苛立ちを抱えた日々を過ごしている14歳の少年 「14歳の水平線」 椰月美智子作;またよし絵　講談社(講談社青い鳥文庫)　2020年6月

桐山 征人　きりやま・せいと
シングルファザーで息子とのすれ違いに悩む加奈太の父親 「14歳の水平線」 椰月美智子作;またよし絵　講談社(講談社青い鳥文庫)　2020年6月

桐生 汐里　きりゅう・しおり
春馬のことが好きな東京から来た転校生 「チア☆ダンROCKETS 1」 映画「チア☆ダン」製作委員会原作;後藤法子ドラマ脚本;徳尾浩司ドラマ脚本;みうらかれん文;榊アヤミ絵　KADOKAWA(角川つばさ文庫)　2018年8月

桐生 汐里　きりゅう・しおり
春馬のことが好きな東京から来た転校生 「チア☆ダンROCKETS 2」 映画「チア☆ダン」製作委員会原作;徳尾浩司ドラマ脚本;木村涼子ドラマ脚本;みうらかれん文;榊アヤミ絵　KADOKAWA(角川つばさ文庫)　2018年10月

桐生 汐里　きりゅう・しおり
春馬のことが好きな東京から来た転校生 「チア☆ダンROCKETS 3」 映画「チア☆ダン」製作委員会原作;木村涼子ドラマ脚本;徳尾浩司ドラマ脚本;渡邉真子ドラマ脚本;みうらかれん文;榊アヤミ絵　KADOKAWA(角川つばさ文庫)　2018年12月

キリリ
紙ひこうきの手紙をもらうシマリス 「紙ひこうき、きみへ」 野中柊作;木内達朗絵　偕成社 2020年4月

キルケ
魔界に住んでいたが風花たちの召喚によって呼び出された悪魔 「悪魔召喚! 1」 秋木真作;晴瀬ひろき絵　講談社(講談社青い鳥文庫) 2018年1月

キルケ
魔界に住んでいたが風花たちの召喚によって呼び出された悪魔 「悪魔召喚! 2」 秋木真作;晴瀬ひろき絵　講談社(講談社青い鳥文庫) 2018年4月

キルケ
魔界に住んでいたが風花たちの召喚によって呼び出された悪魔 「悪魔召喚! 3」 秋木真作;晴瀬ひろき絵　講談社(講談社青い鳥文庫) 2018年8月

ギロンパ
ギルティゲームの主催者、ギロンパ帝国に無断で侵入した者に脱出を賭けた命がけのゲームを課す存在 「ギルティゲーム stage4」 宮沢みゆき著;鈴羅木かりんイラスト　小学館(小学館ジュニア文庫) 2018年1月

ギロンパ
ギルティゲームを開催する最悪の源 「ギルティゲーム Last stage」 宮沢みゆき著;鈴羅木かりんイラスト　小学館(小学館ジュニア文庫) 2019年3月

ギロンパ
ギルティゲームを考案しカジノ・ザ・ラビットで命を賭けたゲームを仕掛ける謎の存在 「ギルティゲーム stage5」 宮沢みゆき著;鈴羅木かりんイラスト　小学館(小学館ジュニア文庫) 2018年8月

きわ子　きわこ
突然喜一の家にやってきた祖母 「ごきげんな毎日」 いとうみく作;佐藤真紀子絵　文研出版(文研ブックランド) 2020年4月

ギン
お風呂場で発見された被害者のぬいぐるみペンギン 「ぬいぐるみ犬探偵リーバーの冒険 = The Adventures of RIEVER」 鈴木りん著　KADOKAWA(カドカワ読書タイム) 2020年12月

キング
ハリーを助けトレーニングしてくれる大きなカンガルー 「カンガルーがんばる! : どうぶつのかぞくカンガルー―シリーズどうぶつのかぞく」 佐川芳枝作;山田花菜絵　講談社 2019年1月

金城　きんじょう
自転車競技部の主将、高校3年生 「小説弱虫ペダル 2」 渡辺航原作;輔老心ノベライズ　岩崎書店(フォア文庫) 2019年10月

きんじろう
金色の毛を持つ黒毛和牛の仔牛 「子うしのきんじろう　いのちにありがとう」 今西乃子作;ひろみちいと絵　岩崎書店(おはなしトントン) 2020年6月

金田一 一　きんだいち・はじめ
名探偵・金田一耕助を祖父に持つ小学6年生の男の子 「金田一くんの冒険 1」 天樹征丸作;さとうふみや絵　講談社(講談社青い鳥文庫) 2018年1月

金田一 一　きんだいち・はじめ
名探偵・金田一耕助を祖父に持つ小学6年生の男の子 「金田一くんの冒険 2」 天樹征丸作;さとうふみや絵　講談社(講談社青い鳥文庫) 2018年6月

きんたろう
山中でたくましく育ち、頼光の家来となって鬼退治に出かける元気な男の子 「きんたろう—日本の伝説」 堀切リエ文;いしいつとむ絵　子どもの未来社 2019年1月

キンちゃん
人間の言葉を話す生意気で不思議な鳥 「オオハシ・キング : ぼくのなまいきな鳥」 当原珠樹作;おとないちあき絵　PHP研究所(みちくさパレット) 2020年10月

ギンドロ
フリースクールの生徒、不思議な手紙を見つけてややこし森への冒険に向かう少年 「ヤービの深い秋—Tales of Madguide Water ; 2」 梨木香歩著;小沢さかえ画　福音館書店 2019年8月

金兵衛　きんべえ
大越質屋の主人 「湊町の寅吉」 藤村沙希作;Minoru絵　学研プラス(ティーンズ文学館) 2019年12月

金龍　きんりゅう
現在の龍王、白川セイの祖父 「龍神王子(ドラゴン・プリンス)! 12」 宮下恵茉作;kaya8絵　講談社(講談社青い鳥文庫) 2018年4月

金龍　きんりゅう
現在の龍王、白川セイの祖父 「龍神王子(ドラゴン・プリンス)! 13」 宮下恵茉作;kaya8絵　講談社(講談社青い鳥文庫) 2018年8月

金龍　きんりゅう
現在の龍王、白川セイの祖父 「龍神王子(ドラゴン・プリンス)! 14」 宮下恵茉作;kaya8絵　講談社(講談社青い鳥文庫) 2018年12月

金龍　きんりゅう
現在の龍王、白川セイの祖父 「龍神王子(ドラゴン・プリンス)! 15」 宮下恵茉作;kaya8絵　講談社(講談社青い鳥文庫) 2019年4月

金龍　きんりゅう
先代の龍王、白川セイの祖父 「龍神王子(ドラゴン・プリンス)! 外伝」 宮下恵茉作;kaya8絵　講談社(講談社青い鳥文庫) 2020年6月

【く】

クイーン
ジョーカーたちと共に修行を積んだ美少女怪盗 「怪盗ジョーカー [7]」 たかはしひでやす原作;福島直浩著;佐藤大監修;寺本幸代監修　小学館(小学館ジュニア文庫) 2019年4月

クイーン
飛行船トルバドゥールで世界中に出没する大怪盗 「怪盗クイーンニースの休日：アナミナティの祝祭 前編」 はやみねかおる作;K2商会絵 講談社(講談社青い鳥文庫) 2019年7月

クイーン
飛行船トルバドゥールで世界中に出没する大怪盗 「怪盗クイーンモナコの決戦：アナミナティの祝祭 後編」 はやみねかおる作;K2商会絵 講談社(講談社青い鳥文庫) 2019年8月

久我山 柊聖 くがやま・しゅうせい
学校一のイケメンで「王子」と呼ばれ葵と両想いになった男子 「小説映画L・DK：ひとつ屋根の下、「スキ」がふたつ。」 渡辺あゆ原作;江頭美智留脚本;有沢ゆう希著 講談社(講談社KK文庫) 2019年2月

久我山 玲苑 くがやま・れおん
柊聖のいとこで葵のことを低スペック呼ばわりし同居に割り込んでくる男子 「小説映画L・DK：ひとつ屋根の下、「スキ」がふたつ。」 渡辺あゆ原作;江頭美智留脚本;有沢ゆう希著 講談社(講談社KK文庫) 2019年2月

釘丸 陽向 くぎまる・ひなた
12歳まで野球少年団で4番を打っていた負けん気の強い女の子 「あの空はキミの中：Play ball,never cry!」 舞原沙音作;柚庭千景絵 ポプラ社(ノベルズ・エクスプレス) 2019年6月

クーク
まっすぐでのんびりした子グマ 「クークの森の学校：友だちって、なあに?」 かさいまり作・絵 KADOKAWA(角川つばさ文庫) 2018年6月

クシカ・シングウ
タラを養子に迎える永依国を統率する隻眼(片目)の大将軍 「X-01 3」 あさのあつこ著 講談社(YA!ENTERTAINMENT) 2019年11月

九条 悠乃 くじょう・ゆうの
恋をしたことがない元お嬢様の高校生 「お別れを前提にお付き合いしてください。」 榊あおい作;伊藤里絵 ポプラ社(ポケット・ショコラ) 2020年7月

グズグズ
パジャマを買いに来た魔女 「あんみんガッパのパジャマやさん」 柏葉幸子作;そがまい絵 小学館 2018年2月

楠見 志緒 くすみ・しお
しっかり者の結の親友 「1%×スキ・キライ相関図：みんな、がんばれ!学園祭」 このはなさくら作;高上優里子絵 KADOKAWA(角川つばさ文庫) 2020年12月

楠見 志緒 くすみ・しお
しっかり者の結の親友 「スキ・キライ相関図 2」 このはなさくら作;高上優里子絵 KADOKAWA(角川つばさ文庫) 2020年5月

楠見 志緒 くすみ・しお
しっかり者の結の親友 「スキ・キライ相関図 3」 このはなさくら作;高上優里子絵 KADOKAWA(角川つばさ文庫) 2020年10月

楠見 志緒 くすみ・しお
健康オタクの結の親友 「スキ・キライ相関図 1」 このはなさくら作;高上優里子絵 KADOKAWA(角川つばさ文庫) 2020年1月

楠本 伊吹 くすもと・いぶき
成績優秀なクラス委員、母親は天音の主治医 「きみと100年分の恋をしよう:はじめて恋が生まれた日」 折原みと作;フカヒレ絵 講談社(講談社青い鳥文庫) 2020年4月

楠本 伊吹 くすもと・いぶき
成績優秀なクラス委員、母親は天音の主治医 「きみと100年分の恋をしよう [2]」 折原みと作;フカヒレ絵 講談社(講談社青い鳥文庫) 2020年8月

楠本 和美 くすもと・かずみ
耕児の友だち 「ねらわれた学園 新装版」 眉村卓作;れい亜絵 講談社(講談社青い鳥文庫) 2019年2月

朽木 ルキア くちき・るきあ
自らを死神と名乗り一護に死神代行としての力を授ける少女 「BLEACH:映画ノベライズみらい文庫版」 久保帯人原作;羽原大介脚本;佐藤信介脚本;松原真琴小説 集英社(集英社みらい文庫) 2018年7月

クッキ
むかえび島に住むカナリア 「クッキとシルバーキング」 大塚静正著 創英社/三省堂書店 2019年1月

クック
トガリネズミ3きょうだいの次男、トガリィじいさんの孫の一人 「あいつのすず 新装版―トガリ山のぼうけん;6」 いわむらかずお文・絵 理論社 2019年10月

クック
トガリネズミ3きょうだいの次男、トガリィじいさんの孫の一人 「ウロロのひみつ 新装版―トガリ山のぼうけん;5」 いわむらかずお文・絵 理論社 2019年10月

クック
トガリネズミ3きょうだいの次男、トガリィじいさんの孫の一人 「てっぺんの湖 新装版―トガリ山のぼうけん;8」 いわむらかずお文・絵 理論社 2019年10月

クック
トガリネズミ3きょうだいの次男、トガリィじいさんの孫の一人 「ゆうだちの森 新装版―トガリ山のぼうけん;2」 いわむらかずお文・絵 理論社 2019年10月

クック
トガリネズミ3きょうだいの次男、トガリィじいさんの孫の一人 「雲の上の村 新装版―トガリ山のぼうけん;7」 いわむらかずお文・絵 理論社 2019年10月

クック
トガリネズミ3きょうだいの次男、トガリィじいさんの孫の一人 「空飛ぶウロロ 新装版―トガリ山のぼうけん;4」 いわむらかずお文・絵 理論社 2019年10月

クック
トガリネズミ3きょうだいの次男、トガリィじいさんの孫の一人 「月夜のキノコ 新装版―トガリ山のぼうけん;3」 いわむらかずお文・絵 理論社 2019年10月

クック
トガリネズミ3きょうだいの次男、トガリィじいさんの孫の一人 「風の草原 新装版―トガリ山のぼうけん ; 1」 いわむらかずお文・絵 理論社 2019年10月

クック
のら号の機長でリーダー猫 「空飛ぶのらネコ探険隊 [5]」 大原興三郎作;こぐれけんじろう絵 文溪堂 2018年4月

クック
のら号の機長でリーダー猫 「空飛ぶのらネコ探険隊 [6]」 大原興三郎作;こぐれけんじろう絵 文溪堂 2019年4月

クック
のら号の機長でリーダー猫 「空飛ぶのらネコ探険隊 [7]」 大原興三郎作;こぐれけんじろう絵 文溪堂 2020年6月

工藤 穂乃香 くどう・ほのか
内気な中学1年生の女の子 「一年間だけ。1」 安芸咲良作;花芽宮るる絵 KADOKAWA(角川つばさ文庫) 2019年4月

工藤 穂乃香 くどう・ほのか
内気な中学1年生の女の子 「一年間だけ。2」 安芸咲良作;花芽宮るる絵 KADOKAWA(角川つばさ文庫) 2019年9月

工藤 穂乃香 くどう・ほのか
内気な中学1年生の女の子 「一年間だけ。3」 安芸咲良作;花芽宮るる絵 KADOKAWA(角川つばさ文庫) 2020年2月

工藤 穂乃香 くどう・ほのか
内気な中学1年生の女の子 「一年間だけ。4」 安芸咲良作;花芽宮るる絵 KADOKAWA(角川つばさ文庫) 2020年5月

工藤 穂乃香 くどう・ほのか
内気な中学1年生の女の子 「一年間だけ。5」 安芸咲良作;花芽宮るる絵 KADOKAWA(角川つばさ文庫) 2020年10月

櫟 くぬぎ
結婚式を挙げたいと依頼しに来たタヌキボーイ「妖怪一家のウェディング大作戦―妖怪一家九十九さん」 富安陽子作;山村浩二絵 理論社 2019年2月

椚 若菜 くぬぎ・わかな
そば打ち部のメンバーでコーチ 「そば打ち甲子園!」 そば打ち研究部著 学研プラス(部活系空色ノベルズ) 2019年3月

久野 翔太 くの・しょうた
FC6年1組のメンバーでちょっとぶっきらぼうな少年 「FC6年1組 : クラスメイトはチームメイト!一斗と純のキセキの試合」 河端朝日作;千田純生絵 集英社(集英社みらい文庫) 2018年6月

久野 翔太 くの・しょうた
FC6年1組のメンバーでちょっとぶっきらぼうな少年 「FC6年1組 [2]」 河端朝日作;千田純生絵 集英社(集英社みらい文庫) 2018年10月

久野 翔太　くの・しょうた
FC6年1組のメンバーでちょっとぶっきらぼうな少年 「FC6年1組 [3]」 河端朝日作;千田純生絵 集英社(集英社みらい文庫) 2019年3月

クビコ先生　くびこせんせい
おばけしょうがっこうのろくろっくびの先生 「おばけのおばけやしき―おばけのポーちゃん ; 8」 吉田純子作;つじむらあゆこ絵 あかね書房 2018年11月

クビコ先生　くびこせんせい
おばけしょうがっこうのろくろっくびの先生 「きもだめしキャンプ―おばけのポーちゃん ; 7」 吉田純子作;つじむらあゆこ絵 あかね書房 2018年3月

窪塚 昌也　くぼずか・まさや
児童会で議長をしている6年4組の男子 「生活向上委員会! 8」 伊藤クミコ作;桜倉メグ絵 講談社(講談社青い鳥文庫) 2018年7月

窪田 恵美　くぼた・えみ
彩菜を陰でかばう友人 「復讐教室 2」 山崎烏著 双葉社(双葉社ジュニア文庫) 2018年3月

窪田 颯太　くぼた・そうた
アキの遺したカセットテープを再生した30分だけアキと入れ替わってしまう人付き合いが苦手な大学生 「サヨナラまでの30分 : 映画ノベライズみらい文庫版」 30-minute cassettes and Satomi Oshima原作;ワダヒトミ著 集英社(集英社みらい文庫) 2020年1月

熊岡 獅子之介　くまおか・ししのすけ
真琴の死んだはずの祖父、ねじまき温泉の旅館の主人 「あの日、ぼくは龍を見た」 ながすみつき作;こより絵 PHP研究所(カラフルノベル) 2019年3月

熊倉 久実　くまくら・くみ
母親を亡くし形見のクマのぬいぐるみを大切にする優しい女子高生 「花にけだもの Second Season」 杉山美和子原作;松本美弥子脚本;橋口いくよ著 小学館(小学館ジュニア文庫) 2019年4月

熊倉 久実　くまくら・くみ
母親を亡くし形見のクマのぬいぐるみを大切にする優しい女子高生 「花にけだもの」 杉山美和子原作;松本美弥子脚本;橋口いくよ著 小学館(小学館ジュニア文庫) 2018年8月

くまじいちゃん
森の物知りじいちゃん、時計職人 「こぎつねチロンの星ごよみ」 日下熊三作・絵 誠文堂新光社 2019年10月

クマハチ
七海が預かった猫、実は心残りから成仏しそびれ猫にとりついたドジな落語家 「落語ねこ」 赤羽じゅんこ作;大島妙子絵 文溪堂 2018年11月

久美　くみ
小学2年生、学校が休みの日に朝の公園でおじいさんと会うことを楽しみにしている少女 「白いブランコがゆれて : 久美は二年生」 松本梨江作;西真里子絵 銀の鈴社(銀鈴・絵ものがたり) 2018年12月

グミ
トオルに恋をしている女の子 「1% 10」 このはなさくら作;高上優里子絵 KADOKAWA(角川つばさ文庫) 2018年8月

グミ
トオルに恋をしている女の子 「1% 13」 このはなさくら作;高上優里子絵 KADOKAWA(角川つばさ文庫) 2019年8月

グミ
トオルに恋をしている女の子 「1% 9」 このはなさくら作;高上優里子絵 KADOKAWA(角川つばさ文庫) 2018年4月

久美おばあちゃん　くみおばあちゃん
渉の提案のきっかけとなった「うっかりスパゲッティー」を生んだ優しい祖母 「キセキのスパゲッティー」 山本省三作;十々夜絵 フレーベル館(ものがたりの庭) 2019年11月

クミン
食べることが大好きで明るい元気な女の子 「世界一周とんでもグルメ : はらぺこ少女、師匠に出会う」 廣嶋玲子作;モタ絵 KADOKAWA(角川つばさ文庫) 2018年5月

雲たち　くもたち
さまざまな生き物に似た顔のある雲、空の上でトガリィを待ち受ける存在 「雲の上の村 新装版―トガリ山のぼうけん ; 7」 いわむらかずお文・絵 理論社 2019年10月

蜘蛛の鬼　くものおに
那田蜘蛛山に住み家族のようにふるまう強力な鬼 「鬼滅の刃 : ノベライズ きょうだいの絆と鬼殺隊編」 吾峠呼世晴原作・絵;松田朱夏著 集英社(集英社みらい文庫) 2020年7月

クラウス・フリーデル
すばるのおじいちゃん、オーストラリア人 「パティシエ☆すばる 番外編」 つくもようこ作;鳥羽雨絵 講談社(講談社青い鳥文庫) 2018年5月

倉木 小夜子　くらき・さよこ
秘密の友達「黒猫」を持ち他者と距離を取る少女 「あの子の秘密」 村上雅郁作;カシワイ絵 フレーベル館(文学の森) 2019年12月

座木 孝彦　くらき・たかひこ
グランドシップ・ミュージアムの館長 「天才謎解きバトラーズQ [2]」 吉岡みつる作;はあと絵 講談社(講談社青い鳥文庫) 2020年8月

倉沢 聡　くらさわ・さとし
弟のせいで私立中学の受験に失敗したと思い込んでいる湊の兄 「となりの火星人」 工藤純子著 講談社(講談社文学の扉) 2018年2月

倉沢 湊　くらさわ・みなと
勉強はできないけど自然と周りに人を集めてしまう聡の弟 「となりの火星人」 工藤純子著 講談社(講談社文学の扉) 2018年2月

倉田 ちゆき　くらた・ちゆき
大人しくて内気な中学1年生の女子 「この恋は、ぜったいヒミツ。」 このはなさくら著;遠山えま絵 スターツ出版(野いちごジュニア文庫) 2020年12月

倉永のおじいちゃん　くらながのおじいちゃん
元陸上選手で運動が苦手なぼくに走り方を教えくれる近所のおじいさん 「しゅくだいかけっこ」 福田岩緒作・絵 PHP研究所(とっておきのどうわ) 2019年8月

倉橋 小春　くらはし・こはる
恋に臆病なピアノ好きの高校2年生の少女 「はじまる恋キミとショパン」 周桜杏子作;加々見絵里絵 ポプラ社(ポケット・ショコラ) 2020年9月

倉橋 小麦　くらはし・こむぎ
祖父のカレーパン作りを手伝う優しい性格の女の子 「妖精のカレーパン」 斉藤栄美作;染谷みのる絵 金の星社 2019年3月

倉橋 小麦　くらはし・こむぎ
優しい性格の女の子 「妖精のメロンパン」 斉藤栄美作;染谷みのる絵 金の星社 2018年4月

倉橋 省吾　くらはし・しょうご
保と一緒に秘密基地を作り捨てネコを飼うことになる暴れん坊で有名な4年2組の男の子 「秘密基地のつくりかた教えます」 那須正幹作;黒須高嶺絵 ポプラ社(ノベルズ・エクスプレス) 2018年8月

倉藤 津々実　くらふじ・つつみ
みぞれの友人で「QK部」に入った高校1年生の少女 「QK部:トランプゲーム部の結成と挑戦」 黄黒真直著 KADOKAWA 2020年3月

庫持の皇子　くらもちのみこ
かぐや姫に求婚し彼女の課した条件を果たせずに断念する皇子 「竹取物語」 長尾剛文;若菜等絵;Ki絵 汐文社(すらすら読める日本の古典:原文付き) 2018年10月

クララさん
本が大好きで長年の夢だった本屋さんを「ねこの町」にオープンした心優しい本屋の店主 「ねこの町の本屋さん:ゆうやけ図書館のなぞ」 小手鞠るい作;くまあやこ絵 講談社(わくわくライブラリー) 2018年9月

グラン・グランパ・ヤービ
ややこし森でまぼろしのキノコ「ユメミダケ」を見つけた博物学者 「ヤービの深い秋―Tales of Madguide Water;2」 梨木香歩著;小沢さかえ画 福音館書店 2019年8月

グランパ
ジェイソンの祖父 「グランパと僕らの宝探し:ドゥリンビルの仲間たち」 大矢純子作;みしまゆかり絵 朝日学生新聞社 2018年1月

グランパ
拓海の家の隣でヒツジファームを経営する男性 「ハロー、マイフレンズ」 大矢純子作;みしまゆかり絵 朝日学生新聞社 2019年11月

栗井 栄太　くりい・えいた
中学生の内人と創也が作ったゲーム「夢幻」のプレイヤー、伝説のゲームクリエイター集団 「都会(まち)のトム&ソーヤ 15」 はやみねかおる著 講談社(YA!ENTERTAINMENT) 2018年3月

栗井 栄太　くりい・えいた
伝説のゲームクリエイター 「都会(まち)のトム&ソーヤ 16」 はやみねかおる著 講談社(YA!ENTERTAINMENT) 2019年2月

クリス
元警察犬でありながら虫が苦手な柴犬 「探偵犬クリス：柴犬探偵、盗まれた宝石を追う!」 田部智子作;KeG絵 KADOKAWA(角川つばさ文庫) 2020年8月

クリスティーヌ
ハルキの恋人、オペラ歌手 「プティ・パティシエール涙のウェディング・シュークリーム―プティ・パティシエール；6」 工藤純子作;うっけ絵 ポプラ社 2019年3月

クリスティーヌ 華恋　くりすてぃーぬ・かれん
超売れっ子の美少女芸能人 「スターになったらふりむいて：ファーストキスはだれとする?」 みずのまい作;乙女坂心絵 集英社(集英社みらい文庫) 2019年10月

クリストフ
アレンデール王国で氷を切り出しソリで運ぶ仕事をしている頼りになる男性 「アナと雪の女王家族の思い出」 中井はるの文 講談社(講談社KK文庫) 2018年3月

栗林 和幸　くりばやし・かずゆき
生物兵器「K-56」の回収を命じられ息子と共にスキー場へ向かう研究所の主任研究員 「疾風ロンド」 東野圭吾作;TAKA絵 実業之日本社(実業之日本社ジュニア文庫) 2020年11月

栗林 秀人　くりばやし・しゅうと
栗林和幸の中学生の息子 「疾風ロンド」 東野圭吾作;TAKA絵 実業之日本社(実業之日本社ジュニア文庫) 2020年11月

栗原 一郎　くりはら・いちろう
冴えない中年男で小説家志望だったがミッチーの助言で「ラーメン一代」という自伝的な小説が大ヒット作となり成功を収める作家 「痛快!天才キッズ・ミッチー：不思議議堂古書店三代目のベストセラー大作戦」 宗田理著 PHP研究所(カラフルノベル) 2018年4月

栗原 渚　くりはら・なぎさ
陸上部とチアダンス部所属の女の子 「チア☆ダンROCKETS 2」 映画「チア☆ダン」製作委員会原作;徳尾浩司ドラマ脚本;木村涼子ドラマ脚本;みうらかれん文;榊アヤミ絵 KADOKAWA(角川つばさ文庫) 2018年10月

栗原 渚　くりはら・なぎさ
陸上部とチアダンス部所属の女の子 「チア☆ダンROCKETS 3」 映画「チア☆ダン」製作委員会原作;木村涼子ドラマ脚本;徳尾浩司ドラマ脚本;渡邉真子ドラマ脚本;みうらかれん文;榊アヤミ絵 KADOKAWA(角川つばさ文庫) 2018年12月

栗原 渚　くりはら・なぎさ
陸上部所属の女の子 「チア☆ダンROCKETS 1」 映画「チア☆ダン」製作委員会原作;後藤法子ドラマ脚本;徳尾浩司ドラマ脚本;みうらかれん文;榊アヤミ絵 KADOKAWA(角川つばさ文庫) 2018年8月

栗原 陽詩　くりはら・ひなた
人見知りな小学5年生で祖父が連れてきた柴犬・クリスを飼い始める少年 「探偵犬クリス：柴犬探偵、盗まれた宝石を追う!」 田部智子作;KeG絵 KADOKAWA(角川つばさ文庫) 2020年8月

くる
ぽぽの友達の野良猫「ぽぽとくるのしあわせのばしょ」かんのゆうこ著 幻冬舎メディアコンサルティング 2020年10月

グルー
史上最高の悪党を目指し月を盗むという壮大な計画に挑む悪党「怪盗グルーの月泥棒」澁谷正子著 小学館(小学館ジュニア文庫) 2018年7月

グルー
史上最高の悪党を目指し壮大な計画に挑む悪党「怪盗グルーのミニオン危機一発」澁谷正子著 小学館(小学館ジュニア文庫) 2018年7月

来島 優太郎 くるしま・ゆうたろう
心優しい陸上部員「七転びダッシュ! 3」村上しいこ作;木乃ひのき絵 講談社(講談社青い鳥文庫) 2019年5月

来島 優太郎 くるしま・ゆうたろう
跳の隣のクラスの1年生の少年「七転びダッシュ! 2」村上しいこ作;木乃ひのき絵 講談社(講談社青い鳥文庫) 2018年10月

来栖 ふみ くるす・ふみ
家事や料理が得意な小学生、ストレスを抱えながらもママと二人暮らしをする女の子「きつねの時間」蓼内明子作;大野八生絵 フレーベル館(文学の森) 2019年9月

グルパン
グルメで大食いなパンダにんじゃ「パンダにんじゃ:どっくがわまいぞう金のなぞ」藤田遼さく;SANAえ PHP研究所(とっておきのどうわ) 2018年8月

くるみ
元大工のおじいちゃんと暮らし彼の作るへんてこな木彫りの作品に囲まれている小学4年生の女の子「おじいちゃんとおかしな家」西美音作;石川えりこ絵 フレーベル館(ものがたりの庭) 2018年2月

久留米 亜里沙 くるめ・ありさ
琉偉にひかれて生活向上委員になるクラスの女王さまの女の子「生活向上委員会! 13」伊藤クミコ作;桜倉メグ絵 講談社(講談社青い鳥文庫) 2020年4月

久留米 亜里沙 くるめ・ありさ
琉偉にひかれて生活向上委員になるクラスの女王様の女の子「生活向上委員会! 10」伊藤クミコ作;桜倉メグ絵 講談社(講談社青い鳥文庫) 2019年3月

久留米 亜里沙 くるめ・ありさ
琉偉にひかれて生活向上委員になるクラスの女王様の女の子「生活向上委員会! 11」伊藤クミコ作;桜倉メグ絵 講談社(講談社青い鳥文庫) 2019年8月

久留米 亜里沙 くるめ・ありさ
琉偉にひかれて生活向上委員になるクラスの女王様の女の子「生活向上委員会! 12」伊藤クミコ作;桜倉メグ絵 講談社(講談社青い鳥文庫) 2019年12月

久留米 亜里沙 くるめ・ありさ
琉偉にひかれて生活向上委員になるクラスの女王様の女の子「生活向上委員会! 7」伊藤クミコ作;桜倉メグ絵 講談社(講談社青い鳥文庫) 2018年3月

久留米 亜里沙　くるめ・ありさ
琉偉にひかれて生活向上委員になるクラスの女王様の女の子 「生活向上委員会! 8」 伊藤クミコ作;桜倉メグ絵 講談社(講談社青い鳥文庫) 2018年7月

久留米 亜里沙　くるめ・ありさ
琉偉にひかれて生活向上委員になるクラスの女王様の女の子 「生活向上委員会! 9」 伊藤クミコ作;桜倉メグ絵 講談社(講談社青い鳥文庫) 2018年11月

クルルちゃん
背が高くて元気いっぱいな性格、コロロちゃんと共にさまざまなものの長さを測っている女の子 「クルルちゃんとコロロちゃん」 松本聰美作;平澤朋子絵 出版ワークス 2018年10月

クレア
元「ジュラシック・ワールド」の管理責任者、火山の噴火による恐竜の絶滅を防ぐため島での保護活動に乗り出す女性 「ジュラシック・ワールド:炎の王国」 坂野徳隆著 小学館(小学館ジュニア文庫) 2018年7月

クレア姫　くれあひめ
おっとりしていて物知りなマール王国の双子のプリンセスの姉 「ふたごのプリンセスとおしゃれまじょのスイーツ―まほうのドレスハウス」 赤尾でこ原作;まちなみなもこ絵 学研プラス 2020年11月

クレア姫　くれあひめ
おっとりしていて物知りなマール王国の双子のプリンセスの姉 「ふたごのプリンセスとマーメイドのときめきドレス―まほうのドレスハウス」 赤尾でこ原作;まちなみなもこ絵 学研プラス 2019年11月

グレイ
マニイと結婚し新婚旅行中に宇宙に取り残された宇宙飛行士 「かいけつゾロリうちゅう大さくせん―かいけつゾロリシリーズ;65」 原ゆたかさく・え ポプラ社(ポプラ社の新・小さな童話) 2019年7月

くれない 真名子　くれない・まなこ
学校が大嫌いな10歳の小学生 「ジグソーステーション」 中澤晶子作;ささめやゆき絵 汐文社 2018年11月

呉波　くれは
店員の化け狐、七変化ができる大化け狐 「見た目レンタルショップ化けの皮」 石川宏千花著 小学館 2020年11月

紅羽 セイラ　くれは・せいら
強い正義感を持つファントミラージュのメンバー 「劇場版ひみつ×戦士ファントミラージュ!～映画になってちょーだいします～」 加藤陽一脚本;富井杏著;ハラミユウキイラスト 小学館 2020年7月

暮林 陽介　くればやし・ようすけ
午後23時から午前29時まで真夜中の間だけ開くパン屋のオーナーでブランジェ見習い 「真夜中のパン屋さん [5] 図書館版」 大沼紀子著 ポプラ社(teenに贈る文学) 2018年4月

暮林 陽介　くればやし・ようすけ
午後23時から午前29時まで真夜中の間だけ開くパン屋のオーナーでブランジェ見習い 「真夜中のパン屋さん [6] 図書館版」 大沼紀子著 ポプラ社(teenに贈る文学) 2018年4月

紅林 六花　くればやし・りっか
ブラインドサッカーに打ち込む華の幼なじみ 「風に乗って、跳べ：太陽ときみの声」 川端裕人著 朝日学生新聞社 2019年12月

グレン
赤城リュウの元教育係である炎竜 「龍神王子(ドラゴン・プリンス)! 12」 宮下恵茉作;kaya8絵 講談社(講談社青い鳥文庫) 2018年4月

グレン
赤城リュウの元教育係である炎竜 「龍神王子(ドラゴン・プリンス)! 13」 宮下恵茉作;kaya8絵 講談社(講談社青い鳥文庫) 2018年8月

グレン
赤城リュウの元教育係である炎竜 「龍神王子(ドラゴン・プリンス)! 14」 宮下恵茉作;kaya8絵 講談社(講談社青い鳥文庫) 2018年12月

グレン
赤城リュウの元教育係である炎竜 「龍神王子(ドラゴン・プリンス)! 15」 宮下恵茉作;kaya8絵 講談社(講談社青い鳥文庫) 2019年4月

グレン
赤城リュウの元教育係の炎竜 「龍神王子(ドラゴン・プリンス)! 外伝」 宮下恵茉作;kaya8絵 講談社(講談社青い鳥文庫) 2020年6月

クロ
唐の蘇州出身の黒猫、ぐうたら生活を目指しつつも人助けを誓う猫の王 「天邪鬼な皇子と唐の黒猫―TEENS'ENTERTAINMENT；18」 渡辺仙州作 ポプラ社 2020年1月

黒池 小夜　くろいけ・さよ
降奈のクラスメートで仲良しグループの一人 「異能力フレンズ：スパーク・ガールあらわる! 1」 令丈ヒロ子作;ニリツ絵 講談社(講談社青い鳥文庫) 2019年11月

黒マントの男　くろいまんとのおとこ
子どもを給水塔から突き落とすとされる団地の怖い伝説に登場する謎の人物 「さよなら、おばけ団地―福音館創作童話シリーズ」 藤重ヒカル作;浜野史子画 福音館書店 2018年1月

クロエ
ナナと共にバンドを組み演奏に明け暮れる仲間 「卒業旅行 = The Graduation Trip」 小手鞠るい著 偕成社 2020年11月

黒木 沙羅　くろき・さら
映画に出演する主役の女優 「もしも、この町で 2」 服部千春作;ほおのきソラ絵 講談社(講談社青い鳥文庫) 2018年12月

黒木 沙羅　くろき・さら
現在は女優をしている行方不明だった勇気の母親 「もしも、この町で 3」 服部千春作;ほおのきソラ絵 講談社(講談社青い鳥文庫) 2019年6月

黒木 貴和　くろき・たかかず
対人関係のエキスパートの少年 「学校の影ボスは知っている―探偵チームKZ事件ノート」 藤本ひとみ原作;住滝良文;駒形絵 講談社(講談社青い鳥文庫) 2019年3月

黒木 貴和　くろき・たかかず
対人関係のエキスパートの少年 「校門の白魔女は知っている―探偵チームKZ事件ノート」 藤本ひとみ原作;住滝良文;駒形絵 講談社(講談社青い鳥文庫) 2019年7月

黒木 貴和　くろき・たかかず
対人関係のエキスパートの少年 「呪われた恋話(こいばな)は知っている―探偵チームKZ事件ノート」 藤本ひとみ原作;住滝良文;駒形絵 講談社(講談社青い鳥文庫) 2019年12月

黒木 貴和　くろき・たかかず
対人関係のエキスパートの大人っぽい少年 「ブラック保健室は知っている―探偵チームKZ事件ノート」 藤本ひとみ原作;住滝良文;駒形絵 講談社(講談社青い鳥文庫) 2020年7月

黒木 貴和　くろき・たかかず
対人関係のエキスパートの大人っぽい少年 「初恋は知っている 砂原編―探偵チームKZ事件ノート」 藤本ひとみ原作;住滝良文;駒形絵 講談社(講談社青い鳥文庫) 2020年12月

黒木 貴和　くろき・たかかず
対人関係のエキスパートの男の子 「ブラック教室は知っている―探偵チームKZ事件ノート」 藤本ひとみ原作;住滝良文;駒形絵 講談社(講談社青い鳥文庫) 2018年3月

黒木 貴和　くろき・たかかず
対人関係のエキスパートの男の子 「消えた黒猫は知っている―探偵チームKZ事件ノート」 藤本ひとみ原作;住滝良文;駒形絵 講談社(講談社青い鳥文庫) 2018年12月

黒木 貴和　くろき・たかかず
対人関係のエキスパートの男の子 「恋する図書館は知っている―探偵チームKZ事件ノート」 藤本ひとみ原作;住滝良文;駒形絵 講談社(講談社青い鳥文庫) 2018年7月

黒木 真　くろき・まこと
伊呂波学園のマンガ部のコーチ、プロのマンガ家 「マンガ部オーバーヒート!:へっぽこ3人組、天才マンガ家に挑む」 河口柚花作;けーしん絵 集英社(集英社みらい文庫) 2018年1月

くろくまシェフ
野うさぎパティシエにレストランを託したクマ、経験豊富な料理人 「野うさぎレストランへようこそ」 小手鞠るい作;土田義晴絵 金の星社 2019年7月

クロゴン
海の生き物たちが恐れる存在 「ちびだこハッポンの海」 井上夕香作;松岡幸子さし絵 てらいんく 2019年11月

黒崎 和泉　くろさき・いずみ
モカのクラスメートで芸能人級のイケメン 「特等席はキミの隣。」 香乃子著;茶乃ひなの絵 スターツ出版(野いちごジュニア文庫) 2020年10月

黒崎 一護　くろさき・いちご
霊が見える体質を持つ15歳の高校生、朽木ルキアと出会い死神代行としての人生を歩み始める男子 「BLEACH:映画ノベライズみらい文庫版」 久保帯人原作;羽原大介脚本;佐藤信介脚本;松原真琴小説 集英社(集英社みらい文庫) 2018年7月

クロサキくん
スゴ腕アングラーのクラスメート 「釣りスピリッツ：ダイヒョウザンクジラを釣り上げろ!」 相坂ゆうひ作;なみごん絵 KADOKAWA(角川つばさ文庫) 2020年8月

黒崎 晴人 くろさき・はると
眼光鋭いクールな容貌で「黒悪魔」と呼ばれみんなから怖がられている男子 「小説黒崎くんの言いなりになんてならない 1―Kodansha Comics DELUXE」 マキノ原作・イラスト;森川成美著 講談社 2019年2月

黒崎 晴人 くろさき・はると
眼光鋭いクールな容貌で「黒悪魔」と呼ばれみんなから怖がられている男子 「小説黒崎くんの言いなりになんてならない 2―Kodansha Comics DELUXE」 マキノ原作・イラスト;森川成美著 講談社 2019年2月

黒崎 晴人 くろさき・はると
眼光鋭いクールな容貌で「黒悪魔」と呼ばれみんなから怖がられている男子 「小説黒崎くんの言いなりになんてならない 3―Kodansha Comics DELUXE」 マキノ原作・イラスト;森川成美著 講談社 2019年2月

黒沢 花美 くろさわ・はなび
趣味はハンドメイドの中学1年生の女の子 「夜カフェ 1」 倉橋燿子作;たま絵 講談社(講談社青い鳥文庫) 2018年10月

黒沢 花美 くろさわ・はなび
星空と大和と一緒に「夜カフェ」を始めた中学1年生の女の子 「夜カフェ 2」 倉橋燿子作;たま絵 講談社(講談社青い鳥文庫) 2019年1月

黒沢 花美 くろさわ・はなび
星空と大和と一緒に「夜カフェ」を始めた中学1年生の女の子 「夜カフェ 3」 倉橋燿子作;たま絵 講談社(講談社青い鳥文庫) 2019年5月

黒沢 花美 くろさわ・はなび
星空と大和と一緒に「夜カフェ」を始めた中学1年生の女の子 「夜カフェ 4」 倉橋燿子作;たま絵 講談社(講談社青い鳥文庫) 2019年9月

黒沢 花美 くろさわ・はなび
星空と大和と一緒に「夜カフェ」を始めた中学2年生の女の子 「夜カフェ 5」 倉橋燿子作;たま絵 講談社(講談社青い鳥文庫) 2020年1月

黒沢 花美 くろさわ・はなび
星空と大和と一緒に「夜カフェ」を始めた中学2年生の女の子 「夜カフェ 6」 倉橋燿子作;たま絵 講談社(講談社青い鳥文庫) 2020年5月

黒沢 花美 くろさわ・はなび
星空と大和と一緒に「夜カフェ」を始めた中学2年生の女の子 「夜カフェ 7」 倉橋燿子作;たま絵 講談社(講談社青い鳥文庫) 2020年9月

黒田 充斗 くろだ・じゅうと
ピアノが上手で英語も得意ながら控えめな性格の転校生の少年 「またね、かならず―物語の王国；2-14」 草野たき作;おとないちあき絵 岩崎書店 2019年10月

黒田 ジュン　くろだ・じゅん
闇を操る北方黒龍族の王子 「龍神王子(ドラゴン・プリンス)! 12」 宮下恵茉作;kaya8絵 講談社(講談社青い鳥文庫) 2018年4月

黒田 ジュン　くろだ・じゅん
闇を操る北方黒龍族の王子 「龍神王子(ドラゴン・プリンス)! 13」 宮下恵茉作;kaya8絵 講談社(講談社青い鳥文庫) 2018年8月

黒田 ジュン　くろだ・じゅん
闇を操る北方黒龍族の王子 「龍神王子(ドラゴン・プリンス)! 14」 宮下恵茉作;kaya8絵 講談社(講談社青い鳥文庫) 2018年12月

黒田 ジュン　くろだ・じゅん
闇を操る北方黒龍族の王子 「龍神王子(ドラゴン・プリンス)! 15」 宮下恵茉作;kaya8絵 講談社(講談社青い鳥文庫) 2019年4月

黒田 ジュン　くろだ・じゅん
北方黒龍族の王子 「龍神王子(ドラゴン・プリンス)! 外伝」 宮下恵茉作;kaya8絵 講談社(講談社青い鳥文庫) 2020年6月

クロちゃん
凜太郎の親友、神様のお使いといわれるヤタガラス 「千里眼探偵部 3」 あいま祐樹作;FiFS絵 講談社(講談社青い鳥文庫) 2018年5月

くろっち
おばけのくにの学校から脱走してきたおひめさまの一人、悪だくみが得意なリーダー的存在 「おばけひめがやってきた!—おばけマンション ; 46」 むらいかよ著 ポプラ社(ポプラ社の新・小さな童話) 2019年9月

黒鳥 千代子(チョコ)　くろとり・ちよこ(ちょこ)
黒魔女・ギュービッドに黒魔女修行をさせられている小学6年生の女の子 「6年1組黒魔女さんが通る!! 05」 石崎洋司作;藤田香絵;亜沙美絵 講談社(講談社青い鳥文庫) 2018年3月

黒鳥 千代子(チョコ)　くろとり・ちよこ(ちょこ)
黒魔女・ギュービッドに黒魔女修行をさせられている小学6年生の女の子 「6年1組黒魔女さんが通る!! 06」 石崎洋司作;亜沙美絵 講談社(講談社青い鳥文庫) 2018年10月

黒鳥 千代子(チョコ)　くろとり・ちよこ(ちょこ)
黒魔女修行中の小学5年生 「黒魔女さんの小説教室 : チョコといっしょに作家修行! : 青い鳥文庫版」 石崎洋司作;藤田香作;青い鳥文庫編集部作 講談社(講談社青い鳥文庫) 2019年1月

黒鳥 千代子(チョコ)　くろとり・ちよこ(ちょこ)
黒魔女修行中の小学6年生、現在2級の黒魔女さん 「6年1組黒魔女さんが通る!! 07」 石崎洋司作;亜沙美絵 講談社(講談社青い鳥文庫) 2019年1月

黒鳥 千代子(チョコ)　くろとり・ちよこ(ちょこ)
黒魔女修行中の小学6年生、現在2級の黒魔女さん 「6年1組黒魔女さんが通る!! 08」 石崎洋司作;亜沙美絵;藤田香絵・キャラクター原案 講談社(講談社青い鳥文庫) 2019年7月

黒鳥 千代子(チョコ)　くろとり・ちよこ(ちょこ)
黒魔女修行中の小学6年生、現在2級の黒魔女さん 「6年1組黒魔女さんが通る!! 09」 石崎洋司作;亜沙美絵;藤田香絵・キャラクター原案 講談社(講談社青い鳥文庫) 2019年10月

黒鳥 千代子(チョコ)　くろとり・ちよこ(ちょこ)
黒魔女修行中の小学6年生、現在2級の黒魔女さん 「6年1組黒魔女さんが通る!! 10」 石崎洋司作;亜沙美絵 講談社(講談社青い鳥文庫) 2020年2月

黒鳥 千代子(チョコ)　くろとり・ちよこ(ちょこ)
黒魔女修行中の小学6年生、現在2級の黒魔女さん 「6年1組黒魔女さんが通る!! 11」 石崎洋司作;亜沙美絵;藤田香キャラクター原案 講談社(講談社青い鳥文庫) 2020年6月

黒鳥 千代子(チョコ)　くろとり・ちよこ(ちょこ)
黒魔女修行中の小学6年生、現在2級の黒魔女さん 「6年1組黒魔女さんが通る!! 12」 石崎洋司作;亜沙美絵;藤田香キャラクター原案 講談社(講談社青い鳥文庫) 2020年10月

黒猫　くろねこ
小夜子にしか見えない存在で彼女の心を映し出す友達 「あの子の秘密」 村上雅郁作;カシワイ絵 フレーベル館(文学の森) 2019年12月

クローバー
ソフィアと仲良しのウサギ 「ちいさなプリンセスソフィア友情ストーリー：エンチャンシアのうた クローバーといっしょ―はじめてノベルズ」 駒田文子文・編集協力 講談社(講談社KK文庫) 2018年2月

黒星先生　くろぼしせんせい
合宿を担当する講師で宇宙への深い知識と情熱を持つ先生 「スペース合宿へようこそ」 山田亜友美作;末崎茂樹絵 文研出版(文研じゅべにーる) 2018年8月

黒宮 ウサギ　くろみや・うさぎ
ハヤトの幼なじみで食いしん坊な少女 「人狼サバイバル：絶体絶命!伯爵の人狼ゲーム」 甘雪こおり作;himesuz絵 講談社(講談社青い鳥文庫) 2019年6月

黒宮 ウサギ　くろみや・うさぎ
ハヤトの幼なじみで食いしん坊な少女 「人狼サバイバル [2]」 甘雪こおり作;himesuz絵 講談社(講談社青い鳥文庫) 2020年1月

黒宮 ウサギ　くろみや・うさぎ
ハヤトの幼なじみで食いしん坊な少女 「人狼サバイバル [3]」 甘雪こおり作;himesuz絵 講談社(講談社青い鳥文庫) 2020年4月

黒宮 ウサギ　くろみや・うさぎ
ハヤトの幼なじみで食いしん坊な少女 「人狼サバイバル [4]」 甘雪こおり作;himesuz絵 講談社(講談社青い鳥文庫) 2020年7月

黒宮 ウサギ　くろみや・うさぎ
ハヤトの幼なじみで食いしん坊な少女 「人狼サバイバル [5]」 甘雪こおり作;himesuz絵 講談社(講談社青い鳥文庫) 2020年11月

くろゆきひめ(くろっち)
おばけのくにの学校から脱走してきたおひめさまの一人、悪だくみが得意なリーダー的存在 「おばけひめがやってきた!―おばけマンション;46」 むらいかよ著 ポプラ社(ポプラ社の新・小さな童話) 2019年9月

くろりすくん
木の上で暮らす黒いリス 「くろりすくんとしまりすくん」 いとうひろし作・絵 講談社 2020年5月

桑島 満希 くわしま・みつき
信州の村に住む高校3年生、都会からの山村留学生の行人と友情を育む少女 「みつきの雪」 眞島めいり作;牧野千穂絵 講談社(講談社文学の扉) 2020年1月

桑本 由人 くわもと・よしと
哲学科の新入部員 「ラスト・ホールド!」 川浪ナミヲ脚本;高見健次脚本;松井香奈著 小学館(小学館ジュニア文庫) 2018年5月

クン
森に捨てられていた「蜘蛛」の子ども 「火狩りの王 3」 日向理恵子作;山田章博絵 ほるぷ出版 2019年11月

くんちゃん
甘えん坊の4歳の男の子 「未来のミライ」 細田守作;染谷みのる挿絵 KADOKAWA(角川つばさ文庫) 2018年6月

【け】

K けー
銀色の髪に上下真っ黒なスーツを着た謎の男 「恐怖チャンネル:なぞのKチューバーと呪いの動画」 藍沢羽衣作;べま絵 集英社(集英社みらい文庫) 2020年12月

けい
スピカが出会う人間の女の子 「リルリルフェアリルトゥインクル スピカとふしぎな子ねこ―リルリルフェアリル;4」 中瀬理香作;瀬谷愛絵 ポプラ社 2019年3月

けいくん
友だちをつくるのが苦手な男の子 「がっこうかっぱのおひっこし」 山本悦子作;市居みか絵 童心社 2019年12月

ケイコさん
マオの飼い主でマオの新たな挑戦を支え続ける優しい女性 「マオのうれしい日―こころのつばさシリーズ」 あんずゆき作;ミヤハラヨウコ絵 佼成出版社 2018年9月

ケイゾウさん
幼稚園で暮らしているニワトリ 「ケイゾウさんの春・夏・秋・冬」 市川宣子さく;さとうあやえ 講談社(わくわくライブラリー) 2018年8月

恵ちゃん けいちゃん
男女問わず人気がある男子高生 「虹色デイズ:映画ノベライズみらい文庫版」 水野美波原作;根津理香脚本;飯塚健脚本;はのまきみ著 集英社(集英社みらい文庫) 2018年6月

血小板　けっしょうばん
血管が損傷した時に集合してその傷口をふさぐ細胞 「小説はたらく細胞」 清水茜原作・イラスト;時海結以著 講談社(講談社KK文庫) 2018年7月

血小板　けっしょうばん
傷口を塞ぐ役割を持つかわいらしい細胞 「小説はたらく細胞 3」 清水茜原作・イラスト;時海結以著 講談社(講談社KK文庫) 2020年5月

ケルベロス
秘宝の番人、3つの頭を持つ犬 「こわいぞ!おばけりょこう―おばけのポーちゃん ; 10」 吉田純子作;つじむらあゆこ絵 あかね書房 2020年3月

ケルベロス(ケロちゃん)
クロウカードを守る封印の獣 「小説アニメカードキャプターさくら クリアカード編1」 CLAMP原作;有沢ゆう希著 講談社(講談社KK文庫) 2018年3月

ケルベロス(ケロちゃん)
クロウカードを守る封印の獣 「小説アニメカードキャプターさくら クリアカード編2」 CLAMP原作;有沢ゆう希著 講談社(講談社KK文庫) 2018年5月

ケルベロス(ケロちゃん)
クロウカードを守る封印の獣 「小説アニメカードキャプターさくら クリアカード編3」 CLAMP原作;有沢ゆう希著 講談社(講談社KK文庫) 2018年7月

ケルベロス(ケロちゃん)
クロウカードを守る封印の獣 「小説アニメカードキャプターさくら クリアカード編4」 CLAMP原作;有沢ゆう希著 講談社(講談社KK文庫) 2018年9月

ケルベロス(ケロちゃん)
クロウカードを守る封印の獣 「小説アニメカードキャプターさくら クロウカード編上下」 CLAMP原作;有沢ゆう希著 講談社(講談社KK文庫) 2018年1月

ケルベロス(ケロちゃん)
クロウカードを守る封印の獣 「小説アニメカードキャプターさくら さくらカード編上下 」 CLAMP原作;有沢ゆう希著 講談社(講談社KK文庫) 2018年2月

ゲレゲレ
リュカの仲間であるキラーパンサー 「ドラゴンクエスト ユア・ストーリー : 映画ノベライズみらい文庫版」 堀井雄二原作;山崎貴脚本;宮本深礼著 集英社(集英社みらい文庫) 2019年8月

ケーレス
ふだんはネコの姿のバイトの上司 「死神デッドライン 2」 針とら作;シソ絵 KADOKAWA(角川つばさ文庫) 2020年5月

ケロちゃん
クロウカードを守る封印の獣 「小説アニメカードキャプターさくら クリアカード編1」 CLAMP原作;有沢ゆう希著 講談社(講談社KK文庫) 2018年3月

ケロちゃん
クロウカードを守る封印の獣 「小説アニメカードキャプターさくら クリアカード編2」 CLAMP原作;有沢ゆう希著 講談社(講談社KK文庫) 2018年5月

ケロちゃん
クロウカードを守る封印の獣 「小説アニメカードキャプターさくら クリアカード編3」 CLAMP原作;有沢ゆう希著 講談社(講談社KK文庫) 2018年7月

ケロちゃん
クロウカードを守る封印の獣 「小説アニメカードキャプターさくら クリアカード編4」 CLAMP原作;有沢ゆう希著 講談社(講談社KK文庫) 2018年9月

ケロちゃん
クロウカードを守る封印の獣 「小説アニメカードキャプターさくら クロウカード編上下」 CLAMP原作;有沢ゆう希著 講談社(講談社KK文庫) 2018年1月

ケロちゃん
クロウカードを守る封印の獣 「小説アニメカードキャプターさくら さくらカード編上下 」 CLAMP原作;有沢ゆう希著 講談社(講談社KK文庫) 2018年2月

けんいち
ブタの貯金箱と一緒に旅行気分を味わう男の子 「ちょきんばこのたびやすみ」 村上しいこさく;長谷川義史え PHP研究所(とっておきのどうわ) 2020年3月

賢おじさん　けんおじさん
勇一を山の家に誘い新たな環境へ導く頼れる勇一の父の親友 「ぼくと賢おじさんと山の学校」 村上淳子作;下平けーすけ絵 国土社 2019年11月

ケン・カワモト
ニューヨーク州生まれで将来はミュージシャンになりたい青年 「ある晴れた夏の朝」 小手鞠るい著 偕成社 2018年8月

ゲンゲン
わんぱくでいたずら好きな子ギツネ 「クークの森の学校 : 友だちって、なあに?」 かさいまり作・絵 KADOKAWA(角川つばさ文庫) 2018年6月

げんさん
動物たちの行動に不審を抱き真夜中に動物たちの秘密の集まり「くしゃみたいかい」を見守る動物園の飼育係 「まよなかのくしゃみたいかい 新装版」 中村翔子作;荒井良二絵 PHP研究所(とっておきのどうわ) 2019年11月

げんさん
動物園の動物たちが昼間寝ていることに疑問を持ち夜中に動物たちを観察する飼育係 「まよなかのおならたいかい 新装改訂版」 中村翔子作;荒井良二絵 PHP研究所(とっておきのどうわ) 2018年10月

玄奘 三蔵　げんじょう・さんぞう
長安の都に住む高僧、孫悟空の師匠 「西遊記 12―斉藤洋の西遊記シリーズ ; 12」 呉承恩作;斉藤洋文;広瀬弦絵 理論社 2018年1月

玄奘 三蔵　げんじょう・さんぞう
長安の都に住む高僧、孫悟空の師匠 「西遊記 13―斉藤洋の西遊記シリーズ ; 13」 呉承恩作;斉藤洋文;広瀬弦絵 理論社 2019年6月

玄奘 三蔵　げんじょう・さんぞう
長安の都に住む高僧、孫悟空の師匠 「西遊記 14―斉藤洋の西遊記シリーズ ; 14」 呉承恩作;斉藤洋文;広瀬弦絵 理論社 2020年10月

ケンタ
ちょっぴり弱虫な小学5年生 「悪ガキ7：いたずらtwinsと仲間たち」 宗田理作;いつか絵 静山社(静山社ペガサス文庫) 2020年10月

ケンタ
ちょっぴり弱虫な小学5年生の少年 「悪ガキ7：学校対抗イス取りゲーム!」 宗田理著 静山社 2018年2月

ケンタくん
小学生、雪山でこごえていた家出少年 「大どろぼうジャム・パン［3］」 内田麟太郎作;藤本ともひこ絵 文研出版(わくわくえどうわ) 2019年11月

けんたろう
突然家に現れた宇宙人コスモと交流し友情を育む少年 「宇宙人がいた」 やまだともこ作;いとうみき絵 金の星社 2020年9月

ケンちゃん
るい子と怪談研究クラブを共にする仲間 「怪談研究クラブ［2］」 笹原留似子作 金の星社 2020年9月

ケンちゃん
るい子と怪談研究クラブを共にする仲間 「怪談研究クラブ」 笹原留似子作絵 金の星社 2019年8月

げんちゃん
給食を早く食べることが得意でかすみに給食の食べ方をまねされる男子 「おかわりへの道」 山本悦子作;下平けーすけ絵 PHP研究所(とっておきのどうわ) 2018年3月

ゲンちゃん
毎朝友達と草原を渡って学校に行く原始時代の子ども 「ゲンちゃんはおサルじゃありません」 阿部夏丸作;高畠那生絵 講談社(どうわがいっぱい) 2018年5月

健人くん けんとくん
パピーウォーカー一家の小学5年生の息子 「さよならをのりこえた犬ソフィー：盲導犬になった子犬の物語」 なりゆきわかこ作;あやか挿絵 KADOKAWA(角川つばさ文庫) 2019年9月

玄武 げんぶ
西の方角を司る四神の一人 「妖界ナビ・ルナ 8」 池田美代子作;戸部淑絵 講談社(講談社青い鳥文庫) 2019年1月

玄武 げんぶ
北の方角を司る四神の一人 「妖界ナビ・ルナ 7」 池田美代子作;戸部淑絵 講談社(講談社青い鳥文庫) 2018年9月

ゲン・ワトソン
ムウ・ホームズと共に依頼人の捜査を進める相棒 「IQ探偵ムー 夢羽、ホームズになる! 上下」 深沢美潮作;山田J太画 ポプラ社(ポプラカラフル文庫) 2018年7月

【こ】

コアラちゃん
おしりたんていに空き家で起こるおばけの事件を依頼するコアラの女の子 「おしりたんてい みはらしそうのかいじけん―おしりたんていシリーズ. おしりたんていファイル ; 7」 トロルさく・え ポプラ社 2018年8月

来衣守神 こいかみしん
東京のオリプロ・キッズスクールの近くにある来衣守神社の神、難関突破と恋の神様 「アイドル・ことまり! 3」 令丈ヒロ子作;亜沙美絵 講談社(講談社青い鳥文庫) 2018年1月

小石川 光希 こいしかわ・みき
突然の両親のダブル離婚とダブル再婚に直面し新しい家族と共に複雑な恋愛模様を経験する女子高生 「ママレード・ボーイ : 映画ノベライズみらい文庫版」 吉住渉原作;浅野妙子脚本;廣木隆一脚本;はのまきみ著 集英社(集英社みらい文庫) 2018年3月

恋助 こいすけ
広崎梨奈に恋愛のアドバイスを送るweb小説家 「君のとなりで片想い [2]」 高瀬花央作;綾瀬羽美絵 ポプラ社(ポケット・ショコラ) 2019年7月

恋助 こいすけ
梨奈が好きなweb小説家 「君のとなりで片想い」 高瀬花央作;綾瀬羽美絵 ポプラ社(ポケット・ショコラ) 2018年7月

小泉 真子 こいずみ・まこ
桜ヶ丘スケートクラブでかすみと練習に励んでいるかすみの同級生 「氷の上のプリンセス ジュニア編4」 風野潮作;Nardack絵 講談社(講談社青い鳥文庫) 2019年10月

小泉 真子 こいずみ・まこ
桜ヶ丘スケートクラブでかすみと練習に励んでいるかすみの同級生 「氷の上のプリンセス ジュニア編5」 風野潮作;Nardack絵 講談社(講談社青い鳥文庫) 2020年2月

小泉 真子 こいずみ・まこ
桜ヶ丘スケートクラブでかすみと練習に励んでいるかすみの同級生 「氷の上のプリンセス ジュニア編7」 風野潮作;Nardack絵 講談社(講談社青い鳥文庫) 2020年12月

五井 すみれ ごい・すみれ
三ツ谷小学校6年生、世界レベルの運動神経を誇るスポーツ少女 「世界一クラブ [10]」 大空なつき作;明菜絵 KADOKAWA(角川つばさ文庫) 2020年11月

五井 すみれ ごい・すみれ
三ツ谷小学校6年生、世界レベルの運動神経を誇るスポーツ少女 「世界一クラブ [2]」 大空なつき作;明菜絵 KADOKAWA(角川つばさ文庫) 2018年1月

五井 すみれ ごい・すみれ
三ツ谷小学校6年生、世界レベルの運動神経を誇るスポーツ少女 「世界一クラブ [3]」 大空なつき作;明菜絵 KADOKAWA(角川つばさ文庫) 2018年5月

五井 すみれ ごい・すみれ
三ツ谷小学校6年生、世界レベルの運動神経を誇るスポーツ少女 「世界一クラブ [4]」 大空なつき作;明菜絵 KADOKAWA(角川つばさ文庫) 2018年9月

五井 すみれ ごい・すみれ
三ツ谷小学校6年生、世界レベルの運動神経を誇るスポーツ少女 「世界一クラブ [5]」 大空なつき作;明菜絵 KADOKAWA(角川つばさ文庫) 2019年1月

五井 すみれ　ごい・すみれ
三ツ谷小学校6年生、世界レベルの運動神経を誇るスポーツ少女 「世界一クラブ [6]」 大空なつき作;明菜絵 KADOKAWA(角川つばさ文庫) 2019年4月

五井 すみれ　ごい・すみれ
三ツ谷小学校6年生、世界レベルの運動神経を誇るスポーツ少女 「世界一クラブ [7]」 大空なつき作;明菜絵 KADOKAWA(角川つばさ文庫) 2019年9月

五井 すみれ　ごい・すみれ
三ツ谷小学校6年生、世界レベルの運動神経を誇るスポーツ少女 「世界一クラブ [8]」 大空なつき作;明菜絵 KADOKAWA(角川つばさ文庫) 2020年3月

五井 すみれ　ごい・すみれ
三ツ谷小学校6年生、世界レベルの運動神経を誇るスポーツ少女 「世界一クラブ [9]」 大空なつき作;明菜絵 KADOKAWA(角川つばさ文庫) 2020年7月

ごいっしょさん
秘密の言葉を唱えると勇気をくれる妖怪 「ごいっしょさん」 松本聰美作;佐藤真紀子絵 国土社 2020年11月

古井丸 みぞれ　こいまる・みぞれ
「QK部」に入った高校1年生の少女 「QK部：トランプゲーム部の結成と挑戦」 黄黒真直著 KADOKAWA 2020年3月

コウ
ヤエが憧れるクラスの男子 「境い目なしの世界」 角野栄子著 理論社 2019年9月

コウ
記憶を失い見知らぬ人間たちの中で目覚めた少年 「君型迷宮図」 久米絵美里作;元本モトコ絵 朝日学生新聞社 2018年12月

ゴウ
小学1年生、夏休み初日に友達とけんかしてした夜に不思議なこぐまと出会う少年 「こぐまと星のハーモニカ―おはなしのまど；8」 赤羽じゅんこ作;小池アミイゴ絵 フレーベル館 2020年7月

江　ごう
浅井三姉妹の末っ子で徳川秀忠の正室として名を馳せた姫君 「戦国姫 初の物語」 藤咲あゆな作;マルイノ絵 集英社(集英社みらい文庫) 2018年6月

広一　こういち
意志が強く負けず嫌いの少年 「なぞの転校生 新装版」 眉村卓作;れい亜絵 講談社(講談社青い鳥文庫) 2019年11月

豪炎寺 修也　ごうえんじ・しゅうや
負傷により戦線を離脱するチームのエースストライカー 「小説イナズマイレブン：オリオンの刻印 1」 レベルファイブ原作;日野晃博総監督・原案・シリーズ構成;江橋よしのり著 小学館(小学館ジュニア文庫) 2019年4月

紅玉　こうぎょく
賢良の15歳の娘 「南河国物語 = Nangakoku story 暴走少女、国をすくう?の巻」 濱野京子作;Minoru絵 静山社 2019年10月

コウくん
ビーチサンダルの持ち主の男の子 「まいごのビーチサンダル」 村椿菜文作;チャンキー松本絵 あかね書房 2018年3月

高坂 渚 こうさか・なぎさ
千歌のパパの再婚相手の息子、学校一モテる5年生の男の子 「渚くんをお兄ちゃんとは呼ばない[10]」 夜野せせり作;森乃なっぱ絵 集英社(集英社みらい文庫) 2020年11月

高坂 渚 こうさか・なぎさ
千歌のパパの再婚相手の息子、学校一モテる5年生の男の子 「渚くんをお兄ちゃんとは呼ばない[2]」 夜野せせり作;森乃なっぱ絵 集英社(集英社みらい文庫) 2018年3月

高坂 渚 こうさか・なぎさ
千歌のパパの再婚相手の息子、学校一モテる5年生の男の子 「渚くんをお兄ちゃんとは呼ばない[3]」 夜野せせり作;森乃なっぱ絵 集英社(集英社みらい文庫) 2018年7月

高坂 渚 こうさか・なぎさ
千歌のパパの再婚相手の息子、学校一モテる5年生の男の子 「渚くんをお兄ちゃんとは呼ばない[4]」 夜野せせり作;森乃なっぱ絵 集英社(集英社みらい文庫) 2018年11月

高坂 渚 こうさか・なぎさ
千歌のパパの再婚相手の息子、学校一モテる5年生の男の子 「渚くんをお兄ちゃんとは呼ばない[5]」 夜野せせり作;森乃なっぱ絵 集英社(集英社みらい文庫) 2019年3月

高坂 渚 こうさか・なぎさ
千歌のパパの再婚相手の息子、学校一モテる5年生の男の子 「渚くんをお兄ちゃんとは呼ばない[6]」 夜野せせり作;森乃なっぱ絵 集英社(集英社みらい文庫) 2019年7月

高坂 渚 こうさか・なぎさ
千歌のパパの再婚相手の息子、学校一モテる5年生の男の子 「渚くんをお兄ちゃんとは呼ばない[7]」 夜野せせり作;森乃なっぱ絵 集英社(集英社みらい文庫) 2019年11月

高坂 渚 こうさか・なぎさ
千歌のパパの再婚相手の息子、学校一モテる5年生の男の子 「渚くんをお兄ちゃんとは呼ばない[8]」 夜野せせり作;森乃なっぱ絵 集英社(集英社みらい文庫) 2020年3月

高坂 渚 こうさか・なぎさ
千歌のパパの再婚相手の息子、学校一モテる5年生の男の子 「渚くんをお兄ちゃんとは呼ばない[9]」 夜野せせり作;森乃なっぱ絵 集英社(集英社みらい文庫) 2020年7月

香坂 鈴音(アメちゃん) こうさか・れいん(あめちゃん)
2年B組の演劇部員 「劇部ですから! Act.5」 池田美代子作;柚希きひろ絵 講談社(講談社青い鳥文庫) 2019年3月

香坂 鈴音(アメちゃん) こうさか・れいん(あめちゃん)
青北中学校演劇部の2年生、正直すぎるのが長所でもあり欠点でもあるかわいい顔立ちの少女 「劇部ですから! Act.3」 池田美代子作;柚希きひろ絵 講談社(講談社青い鳥文庫) 2018年2月

香坂 鈴音(アメちゃん) こうさか・れいん(あめちゃん)
青北中学校演劇部の2年生、正直すぎるのが長所でもあり欠点でもあるかわいい顔立ちの少女 「劇部ですから! Act.4」 池田美代子作;柚希きひろ絵 講談社(講談社青い鳥文庫) 2018年8月

煌四　こうし
火狩りの王の伝説に興味を抱く15歳の少年 「火狩りの王 1」 日向理恵子作;山田章博絵 ほるぷ出版 2018年12月

煌四　こうし
油百七の元で雷火の研究を行う首都に暮らす15歳の元学生 「火狩りの王 2」 日向理恵子作;山田章博絵 ほるぷ出版 2019年5月

煌四　こうし
油百七の元で雷火の研究を行う首都に暮らす15歳の元学生 「火狩りの王 3」 日向理恵子作;山田章博絵 ほるぷ出版 2019年11月

煌四　こうし
油百七の元で雷火の研究を行う首都に暮らす15歳の元学生 「火狩りの王 4」 日向理恵子作;山田章博絵 ほるぷ出版 2020年9月

耕児　こうじ
阿倍野六中の中学2年生 「ねらわれた学園 新装版」 眉村卓作;れい亜絵 講談社(講談社青い鳥文庫) 2019年2月

浩次郎　こうじろう
成美の道場仲間で共に稽古に励む少年 「まっしょうめん! [3]」 あさだりん作;新井陽次郎絵 偕成社(偕成社ノベルフリーク) 2020年3月

紅月 飛鳥　こうずき・あすか
2代目怪盗レッドの実行担当で運動神経抜群の少女 「ぼくら×怪盗レッド VRパークで危機一髪!?の巻」 宗田理作;秋木真作;YUME絵;しゅー絵 KADOKAWA(角川つばさ文庫) 2019年1月

紅月 飛鳥　こうずき・あすか
2代目怪盗レッドの実行担当で運動神経抜群の少女 「怪盗レッド 14」 秋木真作;しゅー絵 KADOKAWA(角川つばさ文庫) 2018年3月

紅月 飛鳥　こうずき・あすか
2代目怪盗レッドの実行担当で運動神経抜群の少女 「怪盗レッド 15」 秋木真作;しゅー絵 KADOKAWA(角川つばさ文庫) 2018年7月

紅月 飛鳥　こうずき・あすか
2代目怪盗レッドの実行担当で運動神経抜群の少女 「怪盗レッド 16」 秋木真作;しゅー絵 KADOKAWA(角川つばさ文庫) 2019年3月

紅月 飛鳥　こうずき・あすか
2代目怪盗レッドの実行担当で運動神経抜群の少女 「怪盗レッド 17」 秋木真作;しゅー絵 KADOKAWA(角川つばさ文庫) 2019年12月

紅月 飛鳥　こうずき・あすか
2代目怪盗レッドの実行担当で運動神経抜群の少女 「怪盗レッド 18」 秋木真作;しゅー絵 KADOKAWA(角川つばさ文庫) 2020年6月

紅月 圭　こうずき・けい
2代目怪盗レッドのナビ担当、アスカとはいとこ同士の天才少年 「怪盗レッド 14」 秋木真作;しゅー絵 KADOKAWA(角川つばさ文庫) 2018年3月

紅月 圭　こうずき・けい
2代目怪盗レッドのナビ担当、アスカとはいとこ同士の天才少年 「怪盗レッド 15」 秋木真作;しゅー絵　KADOKAWA(角川つばさ文庫)　2018年7月

紅月 圭　こうずき・けい
2代目怪盗レッドのナビ担当でアスカとはいとこ同士の天才少年 「ぼくら×怪盗レッド VRパークで危機一髪!?の巻」 宗田理作;秋木真作;YUME絵;しゅー絵　KADOKAWA(角川つばさ文庫)　2019年1月

紅月 圭　こうずき・けい
2代目怪盗レッドのナビ担当でアスカとはいとこ同士の天才少年 「怪盗レッド 16」 秋木真作;しゅー絵　KADOKAWA(角川つばさ文庫)　2019年3月

紅月 圭　こうずき・けい
2代目怪盗レッドのナビ担当でアスカとはいとこ同士の天才少年 「怪盗レッド 17」 秋木真作;しゅー絵　KADOKAWA(角川つばさ文庫)　2019年12月

紅月 圭　こうずき・けい
2代目怪盗レッドのナビ担当でアスカとはいとこ同士の天才少年 「怪盗レッド 18」 秋木真作;しゅー絵　KADOKAWA(角川つばさ文庫)　2020年6月

上月 さくら　こうずき・さくら
心霊探偵団のメンバー、代々拝み屋の家系で霊感を受け継いでいる小学3年生 「心霊探偵ゴーストハンターズ 4」 石崎洋司作;かしのき彩画　岩崎書店　2019年8月

上月 さくら　こうずき・さくら
心霊探偵団のメンバー、代々拝み屋の家系で霊感を受け継いでいる小学3年生 「心霊探偵ゴーストハンターズ 5」 石崎洋司作;かしのき彩画　岩崎書店　2019年12月

上月 司　こうずき・つかさ
月光寺の住職の息子で大学生 「異能力フレンズ 3」 令丈ヒロ子作;ニリツ絵　講談社(講談社青い鳥文庫)　2020年8月

紅月 翼　こうずき・つばさ
学校一の人気者の中学3年生の少年 「怪盗レッドTHE FIRST : ここから、すべては始まった」 秋木真著;しゅー絵　KADOKAWA　2020年3月

上月 和信　こうずき・わしん
「力」を持つ子が通う月光スクールを運営している月光寺の住職 「異能力フレンズ 2」 令丈ヒロ子作;ニリツ絵　講談社(講談社青い鳥文庫)　2020年3月

上月 和信　こうずき・わしん
「力」を持つ子が通う月光スクールを運営している月光寺の住職 「異能力フレンズ 3」 令丈ヒロ子作;ニリツ絵　講談社(講談社青い鳥文庫)　2020年8月

コウスケ
「ソライロ」の歌い手 「ソライロ♪プロジェクト 3」 一ノ瀬三葉作;夏芽もも絵　KADOKAWA(角川つばさ文庫)　2018年5月

コウスケ
「ソライロ」の歌い手 「ソライロ♪プロジェクト 4」 一ノ瀬三葉作;夏芽もも絵　KADOKAWA(角川つばさ文庫)　2018年11月

こうすけ
ケガで歩けないためあかりとりりにお世話される少年 「あしたもチャーシューメン」 最上一平作;青山友美絵 新日本出版社 2018年3月

こうすけ
みさきの弟、隣人のおじいさんとおばあさんと仲良くなる少年 「チ・ヨ・コ・レ・イ・ト!」 ばんひろこ作;丸山ゆき絵 新日本出版社 2019年10月

こうすけ
姉と一緒にすみれの花を守ろうとする素直で思いやりのあるみさきの弟 「すみれちゃん、おはよう!」 ばんひろこ作;丸山ゆき絵 新日本出版社 2019年8月

こうすけ
怖がりなみさきの弟 「まほうのハンカチ」 ばんひろこ作;丸山ゆき絵 新日本出版社 2020年2月

幸介 こうすけ
商店街の福引で「神様の卵」を当てた少年 「かみさまのベビーシッター」 廣嶋玲子作;木村いこ絵 理論社 2020年4月

浩介 こうすけ
由治と同じ班でありながら掃除をサボることが多いクラスメート 「びっくりしゃっくりトイレそうじ大作戦―こころのつばさシリーズ」 野村一秋作;羽尻利門絵 佼成出版社 2019年12月

皇太后彰子 こうたいごうあきこ
賢子が仕える女主人 「紫式部の娘。賢子はとまらない! [図書館版]」 篠綾子作;小倉マユコ絵 ほるぷ出版 2019年3月

皇太后彰子 こうたいごうあきこ
紫式部と賢子が母娘で仕える女主人 「紫式部の娘。賢子がまいる! [図書館版]」 篠綾子作;小倉マユコ絵 ほるぷ出版 2019年3月

こうたくん
栗の木特別支援学校の自閉症の児童 「手と手をぎゅっとにぎったら―こころのつばさシリーズ」 横田明子作;くすはら順子絵 佼成出版社 2019年6月

剛田 武(ジャイアン) ごうだ・たけし(じゃいあん)
のび太の仲間で力強さを活かして冒険を助ける心強い少年 「小説映画ドラえもんのび太の新恐竜」 藤子・F・不二雄原作;川村元気脚本;涌井学著 小学館(小学館ジュニア文庫) 2020年2月

剛田 武(ジャイアン) ごうだ・たけし(じゃいあん)
のび太の友人で大柄で力持ちだが根は優しい心を持つ少年 「小説STAND BY MEドラえもん」 藤子・F・不二雄原作;山崎貴著 小学館(小学館ジュニア文庫) 2020年11月

剛田 武(ジャイアン) ごうだ・たけし(じゃいあん)
強気で力持ちだが友達思いでのび太とウサギ王国に行く少年 「小説映画ドラえもんのび太の月面探査記」 藤子・F・不二雄原作;辻村深月著 小学館(小学館ジュニア文庫) 2019年2月

剛田 武(ジャイアン)　ごうだ・たけし(じゃいあん)
強気で力持ちだが友達思いでのび太の宝探しに協力する少年 「小説映画ドラえもんのび太の宝島」 藤子・F・不二雄原作;川村元気脚本;涌井学著 小学館(小学館ジュニア文庫) 2018年2月

公達　こうたつ
卑弥呼からクナ国の暴君ハヤスサの討伐を依頼される漢土からの使者 「邪馬台戦記 1」 東郷隆作;佐竹美保絵 静山社 2018年1月

香田 龍　こうだ・りゅう
昨年村に引っ越してきたパチンコ屋の長男、小学1年生 「こちらへそ神異能少年団」 奈雅月ありす作;アカツキウォーカー絵 ポプラ社(ノベルズ・エクスプレス) 2019年1月

航平　こうへい
クラスの担任があひる先生に変わり彼の秘密に興味を持つ6年生の男の子 「つなげ!アヒルのバトン」 麦野圭作;伊野孝行絵 文研出版(文研じゅべにーる) 2020年6月

五浦 大輔　ごうら・だいすけ
北鎌倉にある老舗「ビブリア古書堂」で働いている本が読めない体質の男 「ビブリア古書堂の事件手帖 3」 三上延作;越島はぐ絵 KADOKAWA(角川つばさ文庫) 2018年2月

ゴォ・チャオミン
友達のジュアヌから見せてもらった「女書(ニュウシュ)」に夢中になる少女 「思いはいのり、言葉はつばさ」 まはら三桃著 アリス館 2019年7月

古賀 恵太郎　こが・けいたろう
小春の幼馴染でピアノが得意な男子高生 「はじまる恋キミとショパン」 周桜杏子作;加々見絵里絵 ポプラ社(ポケット・ショコラ) 2020年9月

古賀 咲良　こが・さくら
翔のクラスメート 「ぼくのわがまま宣言!」 今井恭子著 PHP研究所(カラフルノベル) 2018年8月

古賀 慎太郎　こが・しんたろう
小春の幼馴染でサッカーが得意な男子高生 「はじまる恋キミとショパン」 周桜杏子作;加々見絵里絵 ポプラ社(ポケット・ショコラ) 2020年9月

こがらしぼうや
洞窟の仲間たちと力を合わせて行方不明の野ネズミの子どもを捜索するこがらしをふかせる嫌われ者 「きらわれもののこがらしぼうや」 仁科幸子作・絵 PHP研究所(とっておきのどうわ) 2018年2月

ゴキブリさん
レッツの踏み台 「レッツのふみだい」 ひこ・田中さく;ヨシタケシンスケえ 講談社 2018年7月

国語 カンジ　こくご・かんじ
国語の教科書から生まれた優しくて頼りになる男子 「時間割男子 1」 一ノ瀬三葉作;榎のと絵 KADOKAWA(角川つばさ文庫) 2019年10月

国語 カンジ　こくご・かんじ
国語の教科書から生まれた優しくて頼りになる男子 「時間割男子 2」 一ノ瀬三葉作;榎のと絵 KADOKAWA(角川つばさ文庫) 2020年2月

国語 カンジ　こくご・かんじ
国語の教科書から生まれた優しくて頼りになる男子 「時間割男子 3」 一ノ瀬三葉作;榎のと絵 KADOKAWA(角川つばさ文庫) 2020年7月

国語 カンジ　こくご・かんじ
国語の教科書から生まれた優しくて頼りになる男子 「時間割男子 4」 一ノ瀬三葉作;榎のと絵 KADOKAWA(角川つばさ文庫) 2020年12月

こぐま
ゴウにだけ見える不思議な存在、ゴウを冒険に誘う家出中の子グマ 「こぐまと星のハーモニカ―おはなしのまど ; 8」 赤羽じゅんこ作;小池アミイゴ絵 フレーベル館 2020年7月

小暮 奈緒　こぐれ・なお
鬼瀬に突然プロポーズされ戸惑いながらも彼との関係に巻き込まれていくヘタレでビビりな高校1年生の少女 「honey : 映画ノベライズみらい文庫版」 目黒あむ原作・カバーイラスト;山岡潤平脚本;はのまきみ著 集英社(集英社みらい文庫) 2018年2月

小暮 リリ　こぐれ・りり
他人の「助けて」という心の声を聞く能力を持つ小学6年生でレスキュークラブを結成する少女 「ぼくらのいじめ救出作戦」 宗田理作;YUME絵 KADOKAWA(角川つばさ文庫) 2020年3月

ココ
ナッちゃんとお母さんの行動に悩む女の子 「おねえちゃんって、すっごくもやもや!」 いとうみく作;つじむらあゆこ絵 岩崎書店(おはなしトントン) 2019年11月

ココ
バレエが大好きな元気な小学4年生の女の子 「リトル☆バレリーナ 1」 工藤純子作;佐々木メエ絵;村山久美子監修 学研プラス 2020年8月

ココ
バレエが大好きな元気な小学4年生の女の子 「リトル☆バレリーナ 2」 工藤純子作;佐々木メエ絵;村山久美子監修 学研プラス 2020年12月

ココ
初めて人間と出会い興味を持つポケモンに育てられた少年 「劇場版ポケットモンスターココ」 田尻智原案;冨岡淳広脚本;矢嶋哲生脚本;水稀しま著;石原恒和監修 小学館(小学館ジュニア文庫) 2020年12月

ココ
初めて人間と出会い興味を持つポケモンに育てられた少年 「劇場版ポケットモンスターココ―大人気アニメストーリー」 田尻智原案;冨岡淳広脚本;矢嶋哲生脚本;桑原美保著;石原恒和監修 小学館 2020年12月

ココ
小学1年生の女の子、お母さんの具合を心配し妹のナッちゃんにも気を使いながら過ごすお姉ちゃん 「おねえちゃんって、きょうもやきもき!」 いとうみく作;つじむらあゆこ絵 岩崎書店(おはなしトントン) 2020年10月

ゴー・ゴー
クールで運動神経が抜群なヒロと同じ大学の学生 「ベイマックス帰ってきたベイマックス」 李正美文・構成;講談社編 講談社(ディズニームービーブック) 2018年11月

ココア
魔界の火の国でお菓子屋さんを営む姉妹 「6年1組黒魔女さんが通る!! 08」 石崎洋司作;亜沙美絵;藤田香絵・キャラクター原案 講談社(講談社青い鳥文庫) 2019年7月

ココちゃん
妹思いで優しいナッちゃんの姉 「おねえちゃんって、まいにちはらはら!」 いとうみく作;つじむらあゆこ絵 岩崎書店(おはなしトントン) 2018年12月

ココモモ
パンの妖精 「妖精のメロンパン」 斉藤栄美作;染谷みのる絵 金の星社 2018年4月

こごろうくん
「なんでもおなやみそうだんしょ」を運営するイタチの男の子 「こごろうくんと消えた時間」 林原玉枝文;高垣真理絵 冨山房インターナショナル 2018年11月

コーザ
トトと仲良くなり冒険を共にするアマサギ 「よわむしトトといのちの石:どうぶつのかぞくアフリカゾウ―シリーズどうぶつのかぞく」 如月かずさ作;田中六大絵 講談社 2019年1月

小坂 悠馬 こさか・ゆうま
照れ屋な男の子、麻衣の彼氏 「キミと、いつか。ボーイズ編」 宮下恵茉作;染川ゆかり絵 集英社(集英社みらい文庫) 2019年3月

小坂 悠馬 こさか・ゆうま
麻衣の彼氏で恥ずかしがりやな性格のため思いを言葉にできない少年 「キミと、いつか。[14]」 宮下恵茉作;染川ゆかり絵 集英社(集英社みらい文庫) 2020年7月

コージ
夏休みに秘密基地を作り妖怪の子どもたちと出会う小学5年生の少年 「妖怪たちと秘密基地―妖怪一家九十九さん」 富安陽子作;山村浩二絵 理論社 2020年6月

小島 直樹(エロエース) こじま・なおき(えろえーす)
6年1組のスケベ番長 「6年1組黒魔女さんが通る!! 09」 石崎洋司作;亜沙美絵;藤田香絵・キャラクター原案 講談社(講談社青い鳥文庫) 2019年10月

五島 野依 ごしま・のえ
クラスメートの和久田悦史によって異世界に飛ばされ幼なじみの音色を追って宇宙を旅する少年 「少年Nの長い長い旅 04」 石川宏千花著 講談社(YA!ENTERTAINMENT) 2018年1月

五島 野依 ごしま・のえ
クラスメートの和久田悦史によって異世界に飛ばされ幼なじみの音色を追って宇宙を旅する少年 「少年Nの長い長い旅 05」 石川宏千花著 講談社(YA!ENTERTAINMENT) 2018年8月

小清水 真奈 こしみず・まな
渉のクラスメイト、自己表現が苦手でジーナの明るさに憧れる内気な女の子 「キセキのスパゲッティー」 山本省三作;十々夜絵 フレーベル館(ものがたりの庭) 2019年11月

小清水 凛 こしみず・りん
運動神経が良い陽人たちの幼なじみの女の子 「逃走中:オリジナルストーリー:参加者は小学生!?渋谷の街を逃げまくれ!」 小川彗著;白井鋭利絵 集英社(集英社みらい文庫) 2019年9月

小清水 凛　こしみず・りん
運動神経が良い陽人たちの幼なじみの女の子 「逃走中：オリジナルストーリー [2]」 小川彗著 集英社(集英社みらい文庫) 2020年9月

コズエ
きれいで「撒く」ことが好きな温泉街に現れた不思議な少女 「まく子」 西加奈子著 福音館書店(福音館文庫) 2019年2月

小塚 和彦　こずか・かずひこ
社会と理科が得意なおっとりした感じで優しい少年 「学校の影ボスは知っている―探偵チームKZ事件ノート」 藤本ひとみ原作;住滝良文;駒形絵 講談社(講談社青い鳥文庫) 2019年3月

小塚 和彦　こずか・かずひこ
社会と理科が得意なおっとりした感じで優しい少年 「校門の白魔女は知っている―探偵チームKZ事件ノート」 藤本ひとみ原作;住滝良文;駒形絵 講談社(講談社青い鳥文庫) 2019年7月

小塚 和彦　こずか・かずひこ
社会と理科が得意なおっとりした感じで優しい少年 「呪われた恋話(こいばな)は知っている―探偵チームKZ事件ノート」 藤本ひとみ原作;住滝良文;駒形絵 講談社(講談社青い鳥文庫) 2019年12月

小塚 和彦　こずか・かずひこ
社会と理科が得意な男の子 「ブラック教室は知っている―探偵チームKZ事件ノート」 藤本ひとみ原作;住滝良文;駒形絵 講談社(講談社青い鳥文庫) 2018年3月

小塚 和彦　こずか・かずひこ
社会と理科が得意な男の子 「消えた黒猫は知っている―探偵チームKZ事件ノート」 藤本ひとみ原作;住滝良文;駒形絵 講談社(講談社青い鳥文庫) 2018年12月

小塚 和彦　こずか・かずひこ
社会と理科が得意な男の子 「恋する図書館は知っている―探偵チームKZ事件ノート」 藤本ひとみ原作;住滝良文;駒形絵 講談社(講談社青い鳥文庫) 2018年7月

小菅 ひまり　こすげ・ひまり
地味女子な中学1年生 「オン・アイス!!：拾った男子はフィギュアスケーター!?」 二本木ちより作;kaworu絵 KADOKAWA(角川つばさ文庫) 2019年2月

小菅 ひまり　こすげ・ひまり
地味女子な中学1年生 「オン・アイス!! 2」 二本木ちより作;kaworu絵 KADOKAWA(角川つばさ文庫) 2019年6月

コスモ
けんたろうの家庭教師となるオンボロUFOで地球にやってきた全身銀色の光る宇宙人 「宇宙人がいた」 やまだともこ作;いとうみき絵 金の星社 2020年9月

小高 春菜　こだか・はるな
4年3組で新聞クラブの女の子 「トリプル★ゼロの算数事件簿 ファイル5 図書館版」 向井湘吾作;イケダケイスケ絵 ポプラ社 2019年4月

小高 春菜　こだか・はるな
4年3組で新聞クラブの女の子「トリプル★ゼロの算数事件簿 ファイル6 図書館版」向井湘吾作;イケダケイスケ絵 ポプラ社 2019年4月

小竹丸　こたけまる
職御曹司の庭に住む庭番の子「もえぎ草子」久保田香里作;tono画 くもん出版(くもんの児童文学) 2019年7月

こだま
豆腐屋カトリーヌの3人娘の一人「あいことばは名探偵」杉山亮作;中川大輔絵 偕成社 2018年8月

コタロウ
森の礼拝堂で翔平に合わせて歌い出す謎めいた少年「その声は、長い旅をした」中澤晶子著;ささめやゆき装画・カット・地図 国土社 2019年10月

こたろう
落とした太鼓のバチを取りに来て仕立て屋さんに太鼓の修理を頼む鬼の少年「魔法のたいこと金の針」茂市久美子作;こみねゆら画 あかね書房 2019年12月

虎太郎　こたろう
トゲトゲトカゲ捕獲を依頼される少年「トゲトゲトカゲをつかまえろ!」赤羽じゅんこ作;筒井海砂絵 国土社 2019年11月

小太郎　こたろう
ジローに巻き寿司を与え相撲への夢のきっかけをつくる相撲取り「しろくまジローはすもうとり一福音館創作童話シリーズ」ななもりさちこ作・絵 福音館書店 2018年9月

コックカワサキ
プププランドで一番人気のレストランの店主「星のカービィ カービィカフェは大さわぎ!?の巻」高瀬美恵作;苅野タウ絵;ぽと絵 KADOKAWA(角川つばさ文庫) 2020年12月

ゴッゴ
のら号のメンバー猫「空飛ぶのらネコ探険隊[5]」大原興三郎作;こぐれけんじろう絵 文溪堂 2018年4月

ゴッゴ
のら号のメンバー猫「空飛ぶのらネコ探険隊[6]」大原興三郎作;こぐれけんじろう絵 文溪堂 2019年4月

ゴッゴ
のら号のメンバー猫「空飛ぶのらネコ探険隊[7]」大原興三郎作;こぐれけんじろう絵 文溪堂 2020年6月

GOD先輩　ごっどせんぱい
最年少にして最強の神斬りの中学3年生の少年「神様の救世主:屋上のサチコちゃん」ここあ作;teffish絵 講談社(講談社青い鳥文庫) 2020年11月

コットン
めしつかい猫「コットンのティータイム一なんでも魔女商会;27」あんびるやすこ著 岩崎書店 2020年4月

コトコト
古代樹の森に住んでいる森の虫かご族のテトルー「モンスターハンター:ワールド：オトモダチ調査団」相坂ゆうひ作;貞松龍壱絵 KADOKAWA(角川つばさ文庫) 2018年12月

琴乃 ことの
未央の親友「作家になりたい! 3」小林深雪作;牧村久実絵 講談社(講談社青い鳥文庫) 2018年3月

琴乃 ことの
未央の親友「作家になりたい! 4」小林深雪作;牧村久実絵 講談社(講談社青い鳥文庫) 2018年11月

琴乃 ことの
未央の親友「作家になりたい! 5」小林深雪作;牧村久実絵 講談社(講談社青い鳥文庫) 2019年5月

コトノハ
結婚に興味を持ち調査を始める小学6年生の少女「ネバーウェディングストーリー―モールランド・ストーリー；3」ひこ・田中作;中島梨絵画 福音館書店 2020年5月

琴葉の祖母 ことはのそぼ
中国人である天馬の母との折り合いが悪く、家族関係に影響を与えた人物「てのひらに未来」工藤純子作;酒井以画 くもん出版(くもんの児童文学) 2020年2月

琴葉の父 ことはのちち
琴葉の父親、頑固な職人気質で信念を貫く町工場の経営者「てのひらに未来」工藤純子作;酒井以画 くもん出版(くもんの児童文学) 2020年2月

古都村 詠子 ことむら・えいこ
言葉屋修行中の中学生の女の子「言葉屋 8」久米絵美里作;もとやままさこ絵 朝日学生新聞社 2020年3月

コナミ
ミナコと全く同じ姿を持つ女子「オバケはあの子の中にいる!―ホオズキくんのオバケ事件簿；2」富安陽子作;小松良佳絵 ポプラ社 2019年10月

小西 七海 こにし・ななみ
クマハチを預かることになった小学5年生の少女「落語ねこ」赤羽じゅんこ作;大島妙子絵 文溪堂 2018年11月

コーハイ
リーバーの助手のビーグルの子犬のぬいぐるみ「ぬいぐるみ犬探偵リーバーの冒険＝The Adventures of RIEVER」鈴木りん著 KADOKAWA(カドカワ読書タイム) 2020年12月

小早川 杏奈 こばやかわ・あんな
なっちゃんが片想いしているちょっぴり天然で大人しい同級生の女の子「虹色デイズ：映画ノベライズみらい文庫版」水野美波原作;根津理香脚本;飯塚健脚本;はのまきみ著 集英社(集英社みらい文庫) 2018年6月

小早川 杏奈　こばやかわ・あんな
無邪気な性格を持つまりの親友で同級生の女子学生 「虹色デイズ：まんがノベライズ特別編～筒井まりの憂うつ～」 水野美波原作・絵;はのまきみ著 集英社(集英社みらい文庫) 2018年6月

小林 くるみ　こばやし・くるみ
負けず嫌いで勝負にこだわる性格の女の子 「バドミントン★デイズ」 赤羽じゅんこ作;さかぐちまや絵 偕成社(偕成社ノベルフリーク) 2019年2月

小林 正義　こばやし・せいぎ
イギリスから転校してきた小学5年生の天才少年 「一発逆転お宝バトル：僕らのハチャメチャ課外授業 [2]」 志田もちたろう作;NOEYEBROW絵 集英社(集英社みらい文庫) 2019年5月

小林 正義　こばやし・せいぎ
イギリスから転校してきた小学5年生の天才少年 「一発逆転お宝バトル：僕らのハチャメチャ課外授業」 志田もちたろう作;NOEYEBROW絵 集英社(集英社みらい文庫) 2019年1月

小林 聖二　こばやし・せいじ
クラス一頭が良い5年1組の生徒 「IQ探偵ムー夢羽のホノルル探偵団」 深沢美潮作;山田J太画 ポプラ社(ポプラカラフル文庫) 2019年7月

小林 伝　こばやし・でん
寿司屋で春原さんと出会い、クラスメイトの夢を応援しようと奮闘する小学5年生の少年 「すし屋のすてきな春原さん―おはなしSDGs. ジェンダー平等を実現しよう」 戸森しるこ作;しんやゆう子絵 講談社 2020年12月

小林 風知　こばやし・ふうち
ほとんど学校に来なかったクラスメートで天馬と共に修学旅行に行く少年 「よりみち3人修学旅行」 市川朔久子著 講談社 2018年2月

こばやし みどり　こばやし・みどり
特別支援学校の教師 「手と手をぎゅっとにぎったら―こころのつばさシリーズ」 横田明子作;くすはら順子絵 佼成出版社 2019年6月

小林 也哉子　こばやし・ややこ
花美と同級生でクラスの中心人物で花美に嫌がらせをする女の子 「夜カフェ 1」 倉橋燿子作;たま絵 講談社(講談社青い鳥文庫) 2018年10月

小林 也哉子　こばやし・ややこ
花美と同級生でクラスの中心人物で花美に嫌がらせをする女の子 「夜カフェ 2」 倉橋燿子作;たま絵 講談社(講談社青い鳥文庫) 2019年1月

小林 也哉子　こばやし・ややこ
花美と同級生でクラスの中心人物で花美に嫌がらせをする女の子 「夜カフェ 3」 倉橋燿子作;たま絵 講談社(講談社青い鳥文庫) 2019年5月

小林 也哉子　こばやし・ややこ
花美と同級生でクラスの中心人物で花美に嫌がらせをする女の子 「夜カフェ 4」 倉橋燿子作;たま絵 講談社(講談社青い鳥文庫) 2019年9月

コピーき
金庫の背中に貼られた紙を発見する職員室の仲間 「職員室の日曜日 [2]」 村上しいこ作;田中六大絵 講談社(わくわくライブラリー) 2019年5月

小日向 あゆみ　こひなた・あゆみ
幼なじみの水本公史郎と恋人同士になったばかりだが同級生の然子と体が入れ替わってしまう女子 「宇宙(そら)を駆けるよだか : まんがノベライズ～クラスでいちばんかわいいあの子と入れかわれたら～」 川端志季原作・絵;百瀬しのぶ著 集英社(集英社みらい文庫) 2018年8月

ゴブさん
魔法で姿を変えられた王子だと言い張る謎のゴブリン 「スナックワールド [2]」 松井香奈著;レベルファイブ監修 小学館(小学館ジュニア文庫) 2018年4月

ゴブさん
魔法で姿を変えられた王子だと言い張る謎のゴブリン 「スナックワールド [3]」 松井香奈著;レベルファイブ監修 小学館(小学館ジュニア文庫) 2018年7月

こふじ
世界旅行に出かけたおばあちゃんに代わり、とねりこ通りで暮らしながら毎月の行事を担当し少しずつ成長していく猫 「とねりこ通り三丁目ねこのこふじさん」 山本和子作;石川えりこ絵 アリス館 2019年6月

小間 サン太夫　こま・さんだゆう
超エリート校のY学園の生徒でジンペイの友達 「映画妖怪学園Y猫はHEROになれるか」 日野晃博製作総指揮・原案・脚本;レベルファイブ原作;松井香奈著;レベルファイブ監修;映画妖怪ウォッチ製作委員会監修 小学館(小学館ジュニア文庫) 2019年12月

小松崎 竜也　こまつざき・たつや
「神さま」と会ったことがあると話し雄一と一緒に「神さま」との交信を試みる同級生の少年 「かみさまにあいたい」 当原珠樹作;酒井以絵 ポプラ社(ポプラ物語館) 2018年4月

駒野 勉　こまの・つとむ
瑞沢高校競技かるた部員 「小説映画ちはやふる 結び」 末次由紀原作;小泉徳宏脚本;時海結以著 講談社 2018年2月

駒野 真心　こまの・まこ
交通事故で愛を失った少女、初めて「まごころ」を訪れて愛を融通してもらった小学6年生 「愛情融資店まごころ 2」 くさかべかつ美著;新堂みやびイラスト 小学館(小学館ジュニア文庫) 2019年7月

駒野 真心　こまの・まこ
交通事故で心の中の「愛」を失ってしまった女の子、「愛情融資店まごころ」で愛を融通してもらい心の変化に向き合う小学6年生 「愛情融資店まごころ」 くさかべかつ美著;新堂みやびイラスト 小学館(小学館ジュニア文庫) 2018年12月

子マンモス　こまんもす
母親を原始人の狩りで失うケナガマンモスの子ども 「空飛ぶのらネコ探険隊 [7]」 大原興三郎作;こぐれけんじろう絵 文溪堂 2020年6月

小室 直　こむろ・なお
有能な先輩マネージャー 「疾風の女子マネ!」 まはら三桃著 小学館 2018年6月

こもも
不思議なくだもの屋さんで出会ったぶたもも 「ももとこもも」 宮崎祥子作;細井五月絵 岩崎書店(おはなしトントン) 2018年7月

小森 莉子 こもり・りこ
保健委員でなんにでも頑張り屋の女の子 「溺愛120%の恋:クールな生徒会長は私だけにとびきり甘い」 *あいら*著;かなめもにか絵 スターツ出版(野いちごジュニア文庫) 2020年8月

小紋 譲治 こもん・じょうじ
中学生ながらミステリーの才能を持ちミッチーから執筆を勧められるミッチーの幼馴染 「痛快!天才キッズ・ミッチー:不思議堂古書店三代目のベストセラー大作戦」 宗田理著 PHP研究所(カラフルノベル) 2018年4月

小山先生 こやませんせい
占いを全否定する担任の先生 「雨女とホームラン」 吉野万理子作;嶽まいこ絵 静山社 2020年5月

コリアンダー
「希望」を人に贈る魔女、バジルの親友 「魔女バジルと魔法の剣」 茂市久美子作;よしざわけいこ絵 講談社(わくわくライブラリー) 2018年3月

五里 ツトム ごり・つとむ
学校一の乱暴者の少年 「怪盗ネコマスク:真夜中の小さなヒーロー」 近江屋一朗作;ナカユウ絵 集英社(集英社みらい文庫) 2019年4月

ゴリヤマくん
小学生、自動販売機に吸い込まれる男の子 「へんなともだちマンホーくん [4]」 村上しいこ作;たかいよしかず絵 講談社(わくわくライブラリー) 2020年2月

ゴーレム
動く泥人形、お城の中でポーちゃんの行く手を阻む守護者 「こわいぞ!おばけりょこう―おばけのポーちゃん;10」 吉田純子作;つじむらあゆこ絵 あかね書房 2020年3月

五郎 ごろう
ひろしの1歳下の友達 「ど根性ガエル ピョン吉物語」 吉沢やすみ原作;藤咲あゆな著;栗原一実絵 岩崎書店 2018年1月

ゴロスケ
李乃と由宇が出会ったフクロウ 「しだれ桜のゴロスケ」 熊谷千世子作;竹熊ゴオル絵 文研出版(文研じゅべにーる) 2018年2月

コロちゃん
かんちゃんと仲良くなりさまざまな冒険を共にする地底のくにに住む子ども 「そらのかんちゃん、ちていのコロちゃん―福音館創作童話シリーズ」 東直子作;及川賢治絵 福音館書店 2018年10月

コロッケとうさん
アッチの失敗作から生まれた自我を持つ不思議なコロッケ 「おばけのアッチとコロッケとうさん―小さなおばけ;43」 角野栄子さく;佐々木洋子え ポプラ社(ポプラ社の新・小さな童話) 2020年11月

コロリータ
「フラココノ実」を食べたことがない老女 「4ミリ同盟」 高楼方子著;大野八生画 福音館書店 2018年3月

コロロちゃん
ころんとかわいい姿でクルルちゃんと仲良く長さ測りを楽しむ女の子 「クルルちゃんとコロロちゃん」 松本聰美作;平澤朋子絵 出版ワークス 2018年10月

コロン
チロンの双子の妹、ポロンの妹 「こぎつねチロンの星ごよみ」 日下熊三作・絵 誠文堂新光社 2019年10月

コロン君　ころんくん
香水の妖精 「にじいろフェアリーしずくちゃん 2」 ぎぼりつこ絵;友永コリエ作 岩崎書店 2020年6月

コロンちゃん
ジェットくんの友達 「カラスてんぐのジェットくん」 富安陽子作;植垣歩子絵 理論社 2019年11月

コワガッタ虫　こわがったむし
オッシーの手先 「へんなともだちマンホーくん [2]」 村上しいこ作;たかいよしかず絵 講談社(わくわくライブラリー) 2019年2月

今 幸太(コンタ)　こん・こうた(こんた)
卒業生の一人、ホテル「やまのなか小学校」をミナやうさ子と共に作り上げた発案者 「ホテルやまのなか小学校の時間割」 小松原宏子作;亀岡亜希子絵 PHP研究所(みちくさパレット) 2018年12月

ゴンじい
山の裏側で暮らすヤマビトの長老のような存在、ヒロキに自然や暮らしの知恵を教える人物 「山のうらがわの冒険」 みおちづる作;広瀬弦絵 あかね書房(読書の時間) 2020年6月

コン七　こんしち
江戸で評判の岡っ引き 「妖怪捕物帖乙 古都怨霊篇1―ようかいとりものちょう ; 9」 大崎悌造作;ありがひとし画 岩崎書店 2019年2月

コン七　こんしち
江戸で評判の岡っ引き 「妖怪捕物帖乙 古都怨霊篇2―ようかいとりものちょう ; 10」 大崎悌造作;ありがひとし画 岩崎書店 2019年9月

コン七　こんしち
江戸で評判の岡っ引き 「妖怪捕物帖乙 古都怨霊篇3―ようかいとりものちょう ; 11」 大崎悌造作;ありがひとし画 岩崎書店 2020年2月

コン七　こんしち
江戸で評判の岡っ引き 「妖怪捕物帖乙 古都怨霊篇4―ようかいとりものちょう ; 12」 大崎悌造作;ありがひとし画 岩崎書店 2020年9月

コン七　こんしち
妖怪お江戸の町の岡っ引き、キツネの妖怪 「ようかいとりものちょう 8」 大崎悌造作;ありがひとし画 岩崎書店 2018年6月

ごんすけ
人間の年齢で100歳くらいになる老犬 「山のちょうじょうの木のてっぺん」 最上一平作;有田奈央絵 新日本出版社 2019年9月

コンタ
まゆと秘密の友達でまゆを助けるために初めて森の外へ出る勇気あるキツネの子ども 「もりのともだち、ひみつのともだち」 原京子作;高橋和枝絵 ポプラ社(本はともだち♪) 2019年5月

コンタ
まゆの手紙に返事をくれた森に住むキツネの子ども 「もりのゆうびんポスト」 原京子作;高橋和枝絵 ポプラ社(本はともだち♪) 2019年5月

コンタ
卒業生の一人、ホテル「やまのなか小学校」をミナやうさ子と共に作り上げた発案者 「ホテルやまのなか小学校の時間割」 小松原宏子作;亀岡亜希子絵 PHP研究所(みちくさパレット) 2018年12月

ゴン太 ごんた
道産子馬 「馬のゴン太の大冒険」 島崎保久著;Lara絵 小学館 2018年7月

ゴンちゃん
トリケラトプスの男の子 「ほねほねザウルス 19」 カバヤ食品株式会社原案・監修;ぐるーぷ・アンモナイツ作・絵 岩崎書店 2018年8月

ゴンちゃん
トリケラトプスの男の子 「ほねほねザウルス 20」 カバヤ食品株式会社原案・監修;ぐるーぷ・アンモナイツ作・絵 岩崎書店 2019年2月

ゴンちゃん
トリケラトプスの男の子 「ほねほねザウルス 21」 カバヤ食品株式会社原案・監修;ぐるーぷ・アンモナイツ作・絵 岩崎書店 2019年7月

ゴンちゃん
トリケラトプスの男の子 「ほねほねザウルス 22」 カバヤ食品株式会社原案・監修;ぐるーぷ・アンモナイツ作・絵 岩崎書店 2020年1月

ゴンちゃん
トリケラトプスの男の子 「ほねほねザウルス 23」 カバヤ食品株式会社原案・監修;ぐるーぷ・アンモナイツ作・絵 岩崎書店 2020年8月

近藤 勲 こんどう・いさお
真選組の局長で部下や仲間を大切にする熱血漢の侍 「銀魂:映画ノベライズみらい文庫版 2」 空知英秋原作;福田雄一脚本;田中創小説 集英社(集英社みらい文庫) 2018年8月

近藤 勇 こんどう・いさみ
新選組の局長で鳥羽・伏見の戦い後に流山で新政府軍に投降した武士 「新選組戦記 = THE SHINSENGUMI'S WAR 上中下」 小前亮作;遠田志帆絵 小峰書店 2019年11月

近藤 勇 こんどう・いさみ
野球チーム「新選組ガーディアンズ」の3番キャッチャー 「戦国ベースボール [12]」 りょくち真太作;トリバタケハルノブ絵 集英社(集英社みらい文庫) 2018年3月

近藤 有　こんどう・たもつ
咲月の幼なじみで女子から注目される中学1年生の少年 「近くて遠くて、甘くて苦い：咲月の場合」 櫻いいよ作;甘里シュガー絵 講談社(講談社青い鳥文庫) 2020年9月

紺野 さやか　こんの・さやか
お人好しで不器用な性格の家庭科部部長の高校2年生の女子 「噂の彼女も家庭科部!」 市宮早記作;立樹まや絵 ポプラ社(ポケット・ショコラ) 2019年3月

紺野 さやか　こんの・さやか
家庭科部の不器用で真面目な部長、隣に住む春兄に片思いしている女子高生 「噂のあいつは家庭科部!」 市宮早記作;立樹まや絵 ポプラ社(ポケット・ショコラ) 2018年3月

紺野 瞬　こんの・しゅん
学校の校庭に落ちた雷の影響で過去の学校へタイムスリップしてしまう好奇心旺盛な小学6年生の少年 「稲妻で時をこえろ!」 小森香折作;柴田純与絵 文研出版(文研じゅべにーる) 2018年8月

今野 七海　こんの・ななみ
将来はアテンダントになりたい鉄道初心者の小学5年生のお嬢様 「電車で行こう!：運気上昇!?西鉄と特急で行く水路の街」 豊田巧作;裕龍ながれ絵 集英社(集英社みらい文庫) 2019年2月

今野 七海　こんの・ななみ
将来はアテンダントになりたい鉄道初心者の小学5年生のお嬢様 「電車で行こう!：奇跡を起こせ!?秋田新幹線こまちと幻のブルートレイン」 豊田巧作;裕龍ながれ絵 集英社(集英社みらい文庫) 2019年6月

今野 七海　こんの・ななみ
将来はアテンダントになりたい鉄道初心者の小学5年生のお嬢様 「電車で行こう!：追跡!スカイライナーと秘密の鉄道スポット」 豊田巧作;裕龍ながれ絵 集英社(集英社みらい文庫) 2020年12月

今野 七海　こんの・ななみ
将来はアテンダントになりたい鉄道初心者の小学5年生のお嬢様 「電車で行こう!：東武特急リバティで行く、さくら舞う歴史旅!」 豊田巧作;裕龍ながれ絵 集英社(集英社みらい文庫) 2018年5月

今野 七海　こんの・ななみ
将来はアテンダントになりたい鉄道初心者の小学5年生のお嬢様 「電車で行こう!：目指せ!東急全線、一日乗りつぶし!」 豊田巧作;裕龍ながれ絵 集英社(集英社みらい文庫) 2018年10月

紺野 のぞみ　こんの・のぞみ
ドッジボール大嫌いな小学6年生の少女 「かなわない、ぜったい。[4]」 野々村花作;姫川恵梨絵 集英社(集英社みらい文庫) 2019年12月

紺野 ひかる　こんの・ひかる
さやかの妹で高校1年生 「噂の彼女も家庭科部!」 市宮早記作;立樹まや絵 ポプラ社(ポケット・ショコラ) 2019年3月

今野 靖宣　こんの・やすのぶ
しょったんと健弥が通った港南台将棋センターの席主 「泣き虫しょったんの奇跡」 瀬川晶司作;青木幸子絵 講談社(講談社青い鳥文庫) 2018年8月

紺野 遼　こんの・りょう
福島で被災し引っ越してきた男の子 「この川のむこうに君がいる」 濱野京子作 理論社 2018年11月

【さ】

西園寺 風雲　さいおんじ・ふううん
すごくよく当たると噂になっている人気占い師 「図書館B2捜査団 [2]」 辻堂ゆめ作;bluemomo絵 講談社(講談社青い鳥文庫) 2020年9月

西園寺 蓮　さいおんじ・れん
最強の暴走族であるnobleの総長、生徒会長 「総長さま、溺愛中につき。1」 *あいら*著;茶乃ひなの絵 スターツ出版(野いちごジュニア文庫) 2020年12月

斉賀 しずる　さいが・しずる
イケメンの校長先生、伝説のアイドル 「スイッチ! 1」 深海ゆずは作;加々見絵里絵 KADOKAWA(角川つばさ文庫) 2018年2月

斉賀 しずる　さいが・しずる
イケメンの校長先生、伝説のアイドル 「スイッチ! 2」 深海ゆずは作;加々見絵里絵 KADOKAWA(角川つばさ文庫) 2018年8月

斉賀 しずる　さいが・しずる
イケメンの校長先生、伝説のアイドル 「スイッチ! 3」 深海ゆずは作;加々見絵里絵 KADOKAWA(角川つばさ文庫) 2018年12月

斉賀 しずる　さいが・しずる
イケメンの校長先生、伝説のアイドル 「スイッチ! 4」 深海ゆずは作;加々見絵里絵 KADOKAWA(角川つばさ文庫) 2019年6月

才賀 侑人　さいが・ゆうと
瞬鋭高校の超高校生級ストライカー 「実況パワフルプロ野球：めざせ最強バッテリー!」 はせがわみやび作;ミクニシン絵 KADOKAWA(角川つばさ文庫) 2018年5月

西条 加奈　さいじょう・かな
なぎさのクラスメートで親友の女の子 「もしも、この町で 1」 服部千春作;ほおのきソラ絵 講談社(講談社青い鳥文庫) 2018年7月

西条くん　さいじょうくん
ママチャリと共に駐在さんに挑むスケベな不良少年 「ぼくたちと駐在さんの700日戦争：ベスト版 闘争の巻」 ママチャリ著;ママチャリイラスト 小学館(小学館ジュニア文庫) 2018年1月

西藤　さいとう
ダンスが大好きな莉穂のクラスメートの少年 「かなわない、ぜったい。[2]」 野々村花作;姫川恵梨絵 集英社(集英社みらい文庫) 2019年4月

西藤　さいとう
ダンスが大好きな莉穂のクラスメートの少年 「かなわない、ぜったい。[3]」 野々村花作;姫川恵梨絵 集英社(集英社みらい文庫) 2019年8月

さいとう サメ次郎　さいとう・さめじろう
手紙を通じて友達を作ろうとするが顔が怖いため友達ができないサメ「ぼくは気の小さいサメ次郎といいます」岩佐めぐみ作;高畠純絵　偕成社(偕成社おはなしポケット) 2019年7月

斎藤 道三　さいとう・どうさん
野球チーム「本能寺ファイターズ」の4番ピッチャー「戦国ベースボール [14]」りょくち真太作;トリバタケハルノブ絵　集英社(集英社みらい文庫) 2018年11月

斉藤 虎之介　さいとう・とらのすけ
実父から勘当された真琴の父「あの日、ぼくは龍を見た」ながすみつき作;こより絵　PHP研究所(カラフルノベル) 2019年3月

斉藤 真琴　さいとう・まこと
死んだはずの祖父からのハガキをきっかけに祖父の旅館がある九州の秘境を訪れ、タイムスリップして祭りの復活に挑む少年「あの日、ぼくは龍を見た」ながすみつき作;こより絵　PHP研究所(カラフルノベル) 2019年3月

斉藤 光弘　さいとう・みつひろ
屋久島でミコと美羽が宿泊する宿の同い年の男の子「ミコとまぼろしの女王：新説・邪馬台国in屋久島!?」遠崎史朗作;松本大洋絵　ポプラ社(ノベルズ・エクスプレス) 2018年6月

サイトーさん
家族が引っ越した後に残された黒い犬、モモコさんに名前を付けられたモモコさんのお供「まじょかもしれない?」服部千春作;かとうようこ絵　岩崎書店(おはなしトントン) 2019年10月

サウード
シェーラザード国王を石に変えた悪の魔法使い「シェーラ姫の冒険 = The adventures of Princess Scheherazade 上下 愛蔵版」村山早紀著;佐竹美保絵　童心社 2019年3月

サエ
人探しをする「跡追い狩人」の達人「鹿の王 1」上橋菜穂子作;HACCAN絵 KADOKAWA(角川つばさ文庫) 2018年12月

サエ
人探しをする「跡追い狩人」の達人「鹿の王 2」上橋菜穂子作;HACCAN絵 KADOKAWA(角川つばさ文庫) 2019年2月

佐伯 和真　さえき・かずま
好きなら好きとはっきり言うタイプで凜と優羽の前に現れるライバル兄妹の兄「映画ういらぶ。」星森ゆきも原作;高橋ナツコ脚本;宮沢みゆき著　小学館(小学館ジュニア文庫) 2018年10月

佐伯 晋夜　さえき・しんや
オカルト関連に詳しく除霊ができるがかなり変人な高校3年生の男子「ウラオモテ世界!：とつぜんの除霊×ゲームバトル」雨蛙ミドリ作;kaworu絵　KADOKAWA(角川つばさ文庫) 2019年7月

佐伯 晋夜　さえき・しんや
オカルト関連に詳しく除霊ができるがかなり変人な高校3年生の男子「ウラオモテ世界! 2」雨蛙ミドリ作;kaworu絵　KADOKAWA(角川つばさ文庫) 2019年12月

佐伯 晋夜　さえき・しんや
オカルト関連に詳しく除霊ができるがかなり変人な高校3年生の男子 「ウラオモテ世界! 3」 雨蛙ミドリ作;kaworu絵 KADOKAWA(角川つばさ文庫) 2020年5月

冴木 奏太　さえき・そうた
一歌のクラスのイケメン男子 「ソライロ♪プロジェクト 3」 一ノ瀬三葉作;夏芽もも絵 KADOKAWA(角川つばさ文庫) 2018年5月

冴木 奏太　さえき・そうた
一歌のクラスのイケメン男子 「ソライロ♪プロジェクト 4」 一ノ瀬三葉作;夏芽もも絵 KADOKAWA(角川つばさ文庫) 2018年11月

佐伯 達夫　さえき・たつお
「全国中等学校優勝野球大会」運営において重要な役割を果たしていた男性 「夏空白花」 須賀しのぶ著 ポプラ社 2018年7月

佐伯 実花　さえき・みか
兄の和真と共に凜と優羽の前に現れるライバル兄妹の妹 「映画ういらぶ。」 星森ゆきも原作;高橋ナツコ脚本;宮沢みゆき著 小学館(小学館ジュニア文庫) 2018年10月

三枝 和奏　さえぐさ・わかな
パティシエを目指していたがある春の日交通事故にあって命を落としてしまう中学3年生 「パティシエ志望だったのに、シンデレラのいじわるな姉に生まれ変わってしまいました!」 日部星花著;中嶋ゆかイラスト 小学館(小学館ジュニア文庫) 2019年10月

三右衛門　さえもん
たまきの父、お菓子屋「金沢丹後」の店主 「花のお江戸の蝶の舞」 岩崎京子作;佐藤道明絵 てらいんく 2018年10月

早乙女 星　さおとめ・せい
長野県の千曲高校に転校してきた運の悪い平凡女子 「映画『4月の君、スピカ。』」 杉山美和子原作;池田奈津子映画脚本;宮沢みゆき著 小学館(小学館ジュニア文庫) 2019年3月

早乙女 ユウ　さおとめ・ゆう
無表情で物静かで不思議な雰囲気を持つ少年 「生き残りゲームラストサバイバル [3]」 大久保開作;北野詠一絵 集英社(集英社みらい文庫) 2018年3月

早乙女 ユウ　さおとめ・ゆう
無表情で物静かで不思議な雰囲気を持つ少年 「生き残りゲームラストサバイバル [4]」 大久保開作;北野詠一絵 集英社(集英社みらい文庫) 2018年7月

早乙女 ユウ　さおとめ・ゆう
無表情で物静かで不思議な雰囲気を持つ少年 「生き残りゲームラストサバイバル [5]」 大久保開作;北野詠一絵 集英社(集英社みらい文庫) 2018年11月

サオリ
テニスキャンプに参加している小学3年生の少女 「テニスキャンプをわすれない!:スポーツのおはなしテニス―シリーズスポーツのおはなし」 福田隆浩作;pon-marsh絵 講談社 2020年1月

坂井 ミント　さかい・みんと
いつも眠たくてしかたない遅刻常習犯の小学5年生 「ジークの睡眠相談所」 春間美幸著;長浜めぐみイラスト 講談社 2019年6月

酒井 亮介　さかい・りょうすけ
朝日小学校6年1組の萌のクラスメート、宙と奈津の幼なじみでお調子者の男の子 「トキメキ・図書館 PART15」 服部千春作;ほおのきソラ絵 講談社(講談社青い鳥文庫) 2018年1月

栄 夢莉　さかえ・ゆうり
高校2年生で水族館部の研究班班長、科学賞に入賞した研究班のホープ 「長浜高校水族館部!」 令丈ヒロ子文;紀伊カンナ絵 講談社 2019年3月

榊原 文司　さかきばら・じょうじ
自己中心的でなんでも一番でなければ気が済まない小学6年生の少年 「虹のランナーズ」 浅田宗一郎作;渡瀬のぞみ絵 PHP研究所(カラフルノベル) 2020年11月

榊原 唯志　さかきばら・ただし
両親の離婚で東京から青森県に引っ越してきた小学5年生の少年 「ジャンプして、雪をつかめ!」 おおぎやなぎちか作;くまおり純絵 新日本出版社 2020年11月

坂口 海斗　さかぐち・かいと
12歳の誕生日に届いた手紙をきっかけに夕張の夏樹と連絡を取る小学6年生の男の子 「メロンに付いていた手紙」 本田有明文;宮尾和孝絵 河出書房新社 2018年6月

坂口 栗帆　さかぐち・りほ
茉子の同級生で親友の女の子 「おしゃれプロジェクト Step2」 MIKA POSA作;hatsuko絵 講談社(講談社青い鳥文庫) 2018年5月

坂崎 光一郎　さかざき・こういちろう
刀木SCのエースストライカー 「FC6年1組：クラスメイトはチームメイト!一斗と純のキセキの試合」 河端朝日作;千田純生絵 集英社(集英社みらい文庫) 2018年6月

坂下 暦　さかした・こよみ
仲の良い幼なじみで同じマンションに住む凜と優羽を温かく見守る友人 「映画ういらぶ。」 星森ゆきも原作;高橋ナツコ脚本;宮沢みゆき著 小学館(小学館ジュニア文庫) 2018年10月

坂田 銀時　さかた・ぎんとき
万事屋のリーダー、元攘夷志士で「白夜叉」と恐れられた伝説の侍 「銀魂：映画ノベライズみらい文庫版 2」 空知英秋原作;福田雄一脚本;田中創小説 集英社(集英社みらい文庫) 2018年8月

佐賀野 真姫　さがの・まき
小学6年生の女の子、真青の幼なじみ 「トリコロールをさがして = Recherche Tricolore」 戸森しるこ作;結布絵 ポプラ社(ポプラ物語館) 2020年5月

坂本 絵梨　さかもと・えり
陸と美波の母親、父親がいなくなった後子どもたちと一緒に過酷な生活を送るシングルマザー 「みんなはアイスをなめている―おはなしSDGs. 貧困をなくそう」 安田夏菜作;黒須高嶺絵 講談社 2020年12月

坂本コーチ　さかもとこーち

あかりと結衣のダブルスの指導者 「まえむきダブルス!：スポーツのおはなしバドミントン―シリーズスポーツのおはなし」 落合由佳作;うっけ絵 講談社 2020年1月

坂本 美波　さかもと・みなみ

陸の妹、貧困を感じつつも外国の子どもたちと比べて自分はまだ幸せだと信じる小学3年生 「みんなはアイスをなめている―おはなしSDGs. 貧困をなくそう」 安田夏菜作;黒須高嶺絵 講談社 2020年12月

坂本 悠馬　さかもと・ゆうま

千帆と幼なじみで運動神経抜群のサッカー少年 「一年間だけ。3」 安芸咲良作;花芽宮るる絵 KADOKAWA(角川つばさ文庫) 2020年2月

坂本 悠馬　さかもと・ゆうま

千帆と幼なじみで運動神経抜群のサッカー少年 「一年間だけ。4」 安芸咲良作;花芽宮るる絵 KADOKAWA(角川つばさ文庫) 2020年5月

坂本 悠馬　さかもと・ゆうま

千帆と幼なじみで運動神経抜群のサッカー少年 「一年間だけ。5」 安芸咲良作;花芽宮るる絵 KADOKAWA(角川つばさ文庫) 2020年10月

坂本 陸　さかもと・りく

母親と妹と共に暮らす小学6年生、貧困の中で家族を支え日々の生活に困難を感じながらも妹と共に頑張る少年 「みんなはアイスをなめている―おはなしSDGs. 貧困をなくそう」 安田夏菜作;黒須高嶺絵 講談社 2020年12月

坂本 龍馬　さかもと・りょうま

幕末から明治にかけて活動した志士、菓子屋の孫娘と関わりを持った男性 「結び蝶物語」 横山充男作;カタヒラシュンシ絵 あかね書房 2018年6月

坂本 龍馬　さかもと・りょうま

幕末の英雄でフクと共に日本の歴史を旅する男子 「小説映画ねこねこ日本史：龍馬のはちゃめちゃタイムトラベルぜよ!」 そにしけんじ原作;清水匡小説;ジョーカーフィルムズ作画 実業之日本社(実業之日本社ジュニア文庫) 2019年12月

相楽 夢架　さがら・ゆめか

オカルト研究部部長 「部長会議はじまります」 吉野万理子作 朝日学生新聞社 2019年2月

佐川さん　さがわさん

アイドルグループ「F5」のマネージャー 「電車で行こう!：西武鉄道コネクション!52席の至福を追え!!」 豊田巧作;裕龍ながれ絵 集英社(集英社みらい文庫) 2020年1月

佐川 栞　さがわ・しおり

同じクラスの親友でマイペースなオタク系女子 「きみと100年分の恋をしよう [2]」 折原みと作;フカヒレ絵 講談社(講談社青い鳥文庫) 2020年8月

サキ

ノダちゃんの友達で小学3年生の女の子 「おねがい流れ星―なのだのノダちゃん」 如月かずさ作;はたこうしろう絵 小峰書店 2020年4月

サキ
渉と出会い共に行動する少女 「図書館からの冒険」 岡田淳作 偕成社(偕成社ワンダーランド) 2019年12月

サキ
図書館へ行く途中魔女の屋台で「のろいアメ」を買ってしまう女の子 「魔女ののろいアメ」 草野あきこ作;ひがしちから絵 PHP研究所(とっておきのどうわ) 2018年10月

サキ
本が大好きで雑学博士な小学5年生 「悪ガキ7:いたずらtwinsと仲間たち」 宗田理作;いつか絵 静山社(静山社ペガサス文庫) 2020年10月

サキ
本が大好きで雑学博士な小学5年生の少女 「悪ガキ7:学校対抗イス取りゲーム!」 宗田理著 静山社 2018年2月

咲季 さき
桃子のクラスメート 「ビューティフル・ネーム = BEAUTIFUL NAME」 北森ちえ著 国土社 2018年6月

向坂 夏希 さきさか・なつき
母親の再婚により3人の義兄と共同生活を始める中学1年生の少女 「兄が3人できまして:王子様のなんでも屋 1」 伊藤クミコ作;あおいみつ絵 講談社(講談社青い鳥文庫) 2020年5月

向坂 夏希 さきさか・なつき
母親の再婚により3人の義兄と共同生活を始める中学1年生の少女 「兄が3人できまして:王子様のなんでも屋 2」 伊藤クミコ作;あおいみつ絵 講談社(講談社青い鳥文庫) 2020年9月

向坂 梨央 さきさか・りお
めいと同じ有村バレエスクールに通う友達、同学年で一番バレエが上手い少女 「エトワール! 4」 梅田みか作;結布絵 講談社(講談社青い鳥文庫) 2018年4月

向坂 梨央 さきさか・りお
めいと同じ有村バレエスクールに通う友達、同学年で一番バレエが上手い少女 「エトワール! 5」 梅田みか作;結布絵 講談社(講談社青い鳥文庫) 2018年12月

向坂 梨央 さきさか・りお
めいと同じ有村バレエスクールに通う友達、同学年で一番バレエが上手い少女 「エトワール! 6」 梅田みか作;結布絵 講談社(講談社青い鳥文庫) 2019年6月

向坂 梨央 さきさか・りお
めいと同じ有村バレエスクールに通う友達、同学年で一番バレエが上手い少女 「エトワール! 7」 梅田みか作;結布絵 講談社(講談社青い鳥文庫) 2020年4月

向坂 梨央 さきさか・りお
めいと同じ有村バレエスクールに通う友達、同学年で一番バレエが上手い少女 「エトワール! 8」 梅田みか作;結布絵 講談社(講談社青い鳥文庫) 2020年12月

咲菜 さきな
大人しめな性格の小学6年生の女の子 「ネコ・トモ:大切な家族になったネコ」 中村誠作;桃雪琴梨絵 KADOKAWA(角川つばさ文庫) 2018年11月

咲宮 依音(いおん)　さきみや・よりね(いおん)
学校では地味な小学6年生女子だが動画チャンネルで人気アイドル「いおん☆」として活躍する少女 「メチャ盛りユーチューバーアイドルいおん☆」 山本李奈著;ふじたはすみイラスト 小学館(小学館ジュニア文庫) 2020年12月

崎山くん　さきやまくん
吹奏楽部のサックス担当でイケメンな中学1年生の少年 「君のとなりで。2」 高杉六花作;穂坂きなみ絵 KADOKAWA(角川つばさ文庫) 2020年1月

左京　さきょう
飛黒と萩乃の双子の息子で弟 「妖怪の子預かります 7」 廣嶋玲子作;Minoru絵 東京創元社 2020年10月

咲乃　さくの
猫と一緒に過ごすスケッチクラブのメンバーのおばあさん 「日曜日の王国」 日向理恵子作;サクマメイ絵 PHP研究所(わたしたちの本棚) 2018年3月

佐久間 次郎　さくま・じろう
帝国学園のキャプテン 「小説イナズマイレブン：アレスの天秤 2」 レベルファイブ原作;日野晃博総監督・原案・シリーズ構成;江橋よしのり著 小学館(小学館ジュニア文庫) 2018年8月

さくら
小学3年生の女の子、かずきの双子の姉 「妖怪たぬきポンチキン最強の妖怪あらわる!」 山口理作;細川貂々絵 文溪堂 2018年10月

さくら
小学3年生の女の子、かずきの双子の姉 「妖怪たぬきポンチキン雪わらしとのやくそく」 山口理作;細川貂々絵 文溪堂 2018年4月

サクラ
人気トリマーの女の子 「わんニャンペットショップ：生きものがかりが夢の始まり!―あこがれガールズコレクションストーリー」 しまだよしなお文;森江まこ絵 小学館 2018年7月

桜衣 ココミ　さくらい・ここみ
ファントミラージュのリーダーで明るく元気な中学生の少女 「劇場版ひみつ×戦士ファントミラージュ!～映画になってちょーだいします～」 加藤陽一脚本;富井杏著;ハラミユウキイラスト 小学館 2020年7月

桜井 詩音　さくらい・しおん
引っ越し先の隣の家に住む中学2年生の男の子 「ばかみたいって言われてもいいよ 1」 吉田桃子著 講談社 2020年3月

桜井 詩音　さくらい・しおん
引っ越し先の隣の家に住む中学2年生の男の子 「ばかみたいって言われてもいいよ 2」 吉田桃子著 講談社 2020年5月

桜井 詩音　さくらい・しおん
引っ越し先の隣の家に住む中学2年生の男の子 「ばかみたいって言われてもいいよ 3」 吉田桃子著 講談社 2020年7月

桜井 ソラ　さくらい・そら
素直で優しいリクの妹 「生き残りゲームラストサバイバル［10］」 大久保開作;北野詠一絵 集英社(集英社みらい文庫) 2020年5月

桜井 ソラ　さくらい・そら
素直で優しいリクの妹 「生き残りゲームラストサバイバル［11］」 大久保開作;北野詠一絵 集英社(集英社みらい文庫) 2020年10月

桜井 ソラ　さくらい・そら
素直で優しいリクの妹 「生き残りゲームラストサバイバル［8］」 大久保開作;北野詠一絵 集英社(集英社みらい文庫) 2019年10月

桜井 ソラ　さくらい・そら
素直で優しいリクの妹 「生き残りゲームラストサバイバル［9］」 大久保開作;北野詠一絵 集英社(集英社みらい文庫) 2020年2月

桜 一生　さくら・いっせい
あゆに犬の健康や手作りごはんについてアドバイスをくれる獣医 「わんこのハッピーごはん研究会!」 堀直子作;木村いこ絵　あかね書房(スプラッシュ・ストーリーズ) 2018年10月

桜井 響　さくらい・ひびき
吃音に悩みながらも放送部の卯木先輩に憧れる高校1年生の少女 「君の声は魔法のように」 花本かなみ作;藤もも絵　ポプラ社(ポケット・ショコラ) 2020年11月

桜井 美音　さくらい・みおん
被曝ギターの物語を伝え平和と音楽の大切さを広めようとする少女 「ラグリマが聞こえる : ギターよひびけ、ヒロシマの空に」 ささぐちともこ著;くまおり純絵　汐文社 2020年6月

桜井 悠　さくらい・ゆう
桜ヶ島小学校6年生で大翔の幼なじみ、運動は苦手だがゲームは得意な少年 「絶望鬼ごっこ［10］」 針とら作;みもり絵　集英社(集英社みらい文庫) 2018年4月

桜井 悠　さくらい・ゆう
桜ヶ島小学校6年生で大翔の幼なじみ、運動は苦手だがゲームは得意な少年 「絶望鬼ごっこ［11］」 針とら作;みもり絵　集英社(集英社みらい文庫) 2019年1月

桜井 悠　さくらい・ゆう
大翔の幼なじみ、直感がするどい少年 「絶望鬼ごっこ［12］」 針とら作;みもり絵　集英社(集英社みらい文庫) 2019年7月

桜井 悠　さくらい・ゆう
大翔の幼なじみで直感がするどい少年 「絶望鬼ごっこ［14］」 針とら作;みもり絵　集英社(集英社みらい文庫) 2020年6月

桜井 悠　さくらい・ゆう
大翔の幼なじみで直感がするどい少年 「絶望鬼ごっこ［15］」 針とら作;みもり絵　集英社(集英社みらい文庫) 2020年12月

桜井 リク　さくらい・りく
少し気弱な家族思いの優しい小学6年生 「生き残りゲームラストサバイバル［10］」 大久保開作;北野詠一絵　集英社(集英社みらい文庫) 2020年5月

桜井 リク　さくらい・りく
少し気弱な家族思いの優しい小学6年生 「生き残りゲームラストサバイバル [11]」 大久保開作;北野詠一絵　集英社(集英社みらい文庫) 2020年10月

桜井 リク　さくらい・りく
少し気弱な家族思いの優しい小学6年生 「生き残りゲームラストサバイバル [3]」 大久保開作;北野詠一絵　集英社(集英社みらい文庫) 2018年3月

桜井 リク　さくらい・りく
少し気弱な家族思いの優しい小学6年生 「生き残りゲームラストサバイバル [4]」 大久保開作;北野詠一絵　集英社(集英社みらい文庫) 2018年7月

桜井 リク　さくらい・りく
少し気弱な家族思いの優しい小学6年生 「生き残りゲームラストサバイバル [6]」 大久保開作;北野詠一絵　集英社(集英社みらい文庫) 2019年2月

桜井 リク　さくらい・りく
少し気弱な家族思いの優しい小学6年生 「生き残りゲームラストサバイバル [7]」 大久保開作;北野詠一絵　集英社(集英社みらい文庫) 2019年6月

桜井 リク　さくらい・りく
少し気弱な家族思いの優しい小学6年生 「生き残りゲームラストサバイバル [8]」 大久保開作;北野詠一絵　集英社(集英社みらい文庫) 2019年10月

桜井 リク　さくらい・りく
少し気弱な家族思いの優しい小学6年生 「生き残りゲームラストサバイバル [9]」 大久保開作;北野詠一絵　集英社(集英社みらい文庫) 2020年2月

桜井 リク　さくらい・りく
少し気弱な家族想いの優しい小学6年生 「生き残りゲームラストサバイバル [5]」 大久保開作;北野詠一絵　集英社(集英社みらい文庫) 2018年11月

桜井 和央　さくらい・わお
弦の幼なじみ、ゆるふわな王子様系男子 「プリンシパル：まんがノベライズ特別編～弦の気持ち、ときどきすみれ～」 いくえみ綾原作・絵;百瀬しのぶ著　集英社(集英社みらい文庫) 2018年2月

桜井 和央　さくらい・わお
弦の幼なじみ、ゆるふわな王子様系男子 「プリンシパル：恋する私はヒロインですか?：映画ノベライズみらい文庫版」 いくえみ綾原作・カバーイラスト;持地佑季子脚本;百瀬しのぶ著　集英社(集英社みらい文庫) 2018年1月

桜木 陽　さくらぎ・はる
体も態度もでかい1年生の女の子 「打順未定、ポジションは駄菓子屋前」 はやみねかおる作;ひのた絵　講談社(講談社青い鳥文庫) 2018年6月

桜木 莉乃　さくらぎ・りの
剣道部のマネージャーで蓮に片想いしていたが告白されて交際を始める高校生 「映画10万分の1」 宮坂香帆原作;中川千英子脚本;時海結以著　小学館(小学館ジュニア文庫) 2020年11月

桜沢 麻子　さくらざわ・あさこ
わかばの同級生、イヤミな教頭のイヤミな娘 「チア☆ダンROCKETS 1」 映画「チア☆ダン」製作委員会原作;後藤法子ドラマ脚本;徳尾浩司ドラマ脚本;みうらかれん文;榊アヤミ絵 KADOKAWA(角川つばさ文庫) 2018年8月

桜沢 麻子　さくらざわ・あさこ
わかばの同級生、イヤミな教頭のイヤミな娘 「チア☆ダンROCKETS 2」 映画「チア☆ダン」製作委員会原作;徳尾浩司ドラマ脚本;木村涼子ドラマ脚本;みうらかれん文;榊アヤミ絵 KADOKAWA(角川つばさ文庫) 2018年10月

桜沢 麻子　さくらざわ・あさこ
わかばの同級生、イヤミな教頭のイヤミな娘 「チア☆ダンROCKETS 3」 映画「チア☆ダン」製作委員会原作;木村涼子ドラマ脚本;徳尾浩司ドラマ脚本;渡邉真子ドラマ脚本;みうらかれん文;榊アヤミ絵 KADOKAWA(角川つばさ文庫) 2018年12月

桜沢 マリア　さくらざわ・まりあ
ココのクラスメート 「リトル☆バレリーナ 1」 工藤純子作;佐々木メエ絵;村山久美子監修 学研プラス 2020年8月

桜沢 マリア　さくらざわ・まりあ
ココのクラスメート 「リトル☆バレリーナ 2」 工藤純子作;佐々木メエ絵;村山久美子監修 学研プラス 2020年12月

佐倉さん　さくらさん
老人ホーム「ゆりの木荘」に住んでいて手まり歌により10歳の少女に変身するむ87歳の女性 「ゆりの木荘の子どもたち」 富安陽子作;佐竹美保絵 講談社(わくわくライブラリー) 2020年4月

佐倉 ナナ　さくら・なな
ルカの幼なじみの女の子 「ぼくは本を読んでいる。」 ひこ・田中著 講談社 2019年1月

桜庭 杏　さくらば・あん
和馬と華の娘、バスジャック事件に巻き込まれるも両親の愛を受けて成長していく少女 「ルパンの帰還」 横関大作;石蕗永地絵 講談社(講談社青い鳥文庫) 2020年11月

桜庭 和馬　さくらば・かずま
警察一家に生まれた刑事、泥棒一家「Lの一族」の娘である華を妻に持ちながらモリアーティの挑戦に立ち向かう正義感の強い青年 「ホームズの娘」 横関大作;石蕗永地絵 講談社(講談社青い鳥文庫) 2020年11月

桜庭 和馬　さくらば・かずま
警察一家に生まれた刑事、伝説の泥棒一家「Lの一族」の娘・華を妻に持つ秘密を抱えた青年 「ルパンの帰還」 横関大作;石蕗永地絵 講談社(講談社青い鳥文庫) 2020年11月

桜庭 和馬　さくらば・かずま
警察一家の長男、華に婚約指輪を贈るが彼女が「Lの一族」と知り別れを決意する正義感の強い青年 「ルパンの娘」 横関大作;石蕗永地絵 講談社(講談社青い鳥文庫) 2020年10月

サクラハナ・ビラ
世界でただ一人のさくら専門の精神科医 「さくらのカルテ」 中澤晶子作;ささめやゆき絵 汐文社 2018年4月

桜庭 萌実　さくらば・もえみ
おっとりとした性格の癒し系で中学2年生の少女 「図書館B2捜査団：秘密の地下室」 辻堂ゆめ作;bluemomo絵　講談社（講談社青い鳥文庫） 2020年6月

桜庭 萌実　さくらば・もえみ
おっとりとした性格の癒し系で中学2年生の少女、B2捜査団団員 「図書館B2捜査団［2］」 辻堂ゆめ作;bluemomo絵　講談社（講談社青い鳥文庫） 2020年9月

桜丸　さくらまる
心優しいオトモアイルー 「モンスターハンター:ワールド：オトモダチ調査団」 相坂ゆうひ作;貞松龍壱絵　KADOKAWA（角川つばさ文庫） 2018年12月

沙 悟浄　さ・ごじょう
高僧・玄奘三蔵の三番弟子 「西遊記 12―斉藤洋の西遊記シリーズ；12」 呉承恩作;斉藤洋文;広瀬弦絵　理論社　2018年1月

沙 悟浄　さ・ごじょう
高僧・玄奘三蔵の三番弟子 「西遊記 13―斉藤洋の西遊記シリーズ；13」 呉承恩作;斉藤洋文;広瀬弦絵　理論社　2019年6月

沙 悟浄　さ・ごじょう
高僧・玄奘三蔵の三番弟子 「西遊記 14―斉藤洋の西遊記シリーズ；14」 呉承恩作;斉藤洋文;広瀬弦絵　理論社　2020年10月

笹川 あすか　ささがわ・あすか
転校先の小学校で憧れのジャンプシュートを見てミニバスのクラブに入る元気な女の子 「ジャンプ!ジャンプ!ジャンプ!!」 イノウエミホコ作;またよし絵　ポプラ社（ノベルズ・エクスプレス） 2018年10月

佐々川 琴葉　ささがわ・ことは
中学2年生、家族や実家の町工場の問題に直面しながら成長する少女 「てのひらに未来」 工藤純子作;酒井以画　くもん出版（くもんの児童文学） 2020年2月

佐々木　ささき
中学2年生、練習態度を哲平に注意されケンカしてしまう野球部部員 「ナイスキャッチ! 5」 横沢彰作;スカイエマ絵　新日本出版社　2019年1月

佐々木 キキ　ささき・きき
超特待生の一人でかわいい小学5年生の少女 「一発逆転お宝バトル：僕らのハチャメチャ課外授業［2］」 志田もちたろう作;NOEYEBROW絵　集英社（集英社みらい文庫） 2019年5月

佐々木 キキ　ささき・きき
超特待生の一人でかわいい小学5年生の少女 「一発逆転お宝バトル：僕らのハチャメチャ課外授業」 志田もちたろう作;NOEYEBROW絵　集英社（集英社みらい文庫） 2019年1月

佐々木 早知恵　ささき・さちえ
市の俳句大会で大賞を受賞したクラスメート 「俳句ステップ!―こころのつばさシリーズ」 おおぎやなぎちか作;イシヤマアズサ絵　佼成出版社　2020年8月

佐々木 直斗　ささき・なおと
触った相手の人生の残り日数が見える特殊な力を持つ大学生の青年 「僕はまた、君にさよならの数を見る」 霧友正規作;よん絵 KADOKAWA(角川つばさ文庫) 2020年9月

佐々木 美帆　ささき・みほ
伊織の小学校時代からの親友で生徒会役員をしている少女 「今日から死神やってみた!:イケメンの言いなりにはなりません!」 日部星花作;Bcoca絵 講談社(講談社青い鳥文庫) 2020年3月

佐々木 美帆　ささき・みほ
伊織の小学校時代からの親友で生徒会役員をしている少女 「今日から死神やってみた![2]」 日部星花作;Bcoca絵 講談社(講談社青い鳥文庫) 2020年8月

笹木 美代(ムゲ)　ささき・みよ(むげ)
日之出に恋し白い子猫に変身できる秘密を持つ中学2年生の少女 「泣きたい私は猫をかぶる」 岩佐まもる文;永地挿絵 KADOKAWA(角川つばさ文庫) 2020年6月

佐々木 有　ささき・ゆう
唯志と雪合戦を通じて交流を深める同級生 「ジャンプして、雪をつかめ!」 おおぎやなぎちか作;くまおり純絵 新日本出版社 2020年11月

佐々木 理花　ささき・りか
理科が苦手ながらもそらくんを助けるため奮闘する小学5年生の少女 「理花のおかしな実験室:お菓子づくりはナゾだらけ!? 1」 やまもとふみ作;nanao絵 KADOKAWA(角川つばさ文庫) 2020年10月

笹原 大也　ささはら・だいや
元芽の同級生で幼なじみ、笹原牛乳販売店の息子 「ねこやなぎ食堂 レシピ1」 つくもようこ作;かわいみな絵 講談社(講談社青い鳥文庫) 2019年7月

笹原 大也　ささはら・だいや
元芽の同級生で幼なじみ、笹原牛乳販売店の息子 「ねこやなぎ食堂 レシピ2」 つくもようこ作;かわいみな絵 講談社(講談社青い鳥文庫) 2020年1月

笹原 大也　ささはら・だいや
元芽の同級生で幼なじみ、笹原牛乳販売店の息子 「ねこやなぎ食堂 レシピ3」 つくもようこ作;かわいみな絵 講談社(講談社青い鳥文庫) 2020年10月

佐次 清正(キヨ)　さじ・きよまさ(きよ)
青星学園中等部1年のゆずの同級生、クールな男の子 「青星学園★チームEYE-Sの事件ノート[10]」 相川真作;立樹まや絵 集英社(集英社みらい文庫) 2020年12月

佐次 清正(キヨ)　さじ・きよまさ(きよ)
青星学園中等部1年のゆずの同級生、クールな男の子 「青星学園★チームEYE-Sの事件ノート[2]」 相川真作;立樹まや絵 集英社(集英社みらい文庫) 2018年5月

佐次 清正(キヨ)　さじ・きよまさ(きよ)
青星学園中等部1年のゆずの同級生、クールな男の子 「青星学園★チームEYE-Sの事件ノート[3]」 相川真作;立樹まや絵 集英社(集英社みらい文庫) 2018年9月

佐次 清正(キヨ)　さじ・きよまさ(きよ)
青星学園中等部1年のゆずの同級生、クールな男の子 「青星学園★チームEYE-Sの事件ノート[7]」 相川真作;立樹まや絵 集英社(集英社みらい文庫) 2019年12月

佐次 清正(キヨ)　さじ・きよまさ(きよ)
青星学園中等部1年のゆずの同級生、クールな男の子 「青星学園★チームEYE-Sの事件ノート[8]」 相川真作;立樹まや絵 集英社(集英社みらい文庫) 2020年4月

佐次 清正(キヨ)　さじ・きよまさ(きよ)
青星学園中等部1年のゆずの同級生、クールな男の子 「青星学園★チームEYE-Sの事件ノート[9]」 相川真作;立樹まや絵 集英社(集英社みらい文庫) 2020年9月

座敷童(あの子)　ざしきわらし(あのこ)
過去の約束を果たすため、サクラさんたちを手まり歌で呼び寄せた存在 「ゆりの木荘の子どもたち」 富安陽子作;佐竹美保絵 講談社(わくわくライブラリー) 2020年4月

サージュ(アンジュ)
龍樹の前に突然現れ美しい姿で彼の心を動かした銀色の猫 「初恋まねき猫」 小手鞠るい著 講談社 2019年4月

サスケ
おとのさまの忍者修行を手伝う忍者 「おとのさま、にんじゃになる―おはなしみーつけた!シリーズ」 中川ひろたか作;田中六大絵 佼成出版社 2019年12月

佐竹 なつみ　さたけ・なつみ
走ることは苦手な中学1年生の女の子 「ユーチュー部!!:〈衝撃&笑劇〉ユーチューブ参考にして練習したらポンコツ陸上部が全員覚醒したwww」 山田明著 学研プラス(部活系空色ノベルズ) 2018年8月

佐竹 なつみ　さたけ・なつみ
勉強を教えてくれるユーチューバーさんがいることを俊介に教える後輩 「ユーチュー部!!受験編」 山田明著 学研プラス(部活系空色ノベルズ) 2020年6月

佐竹 なつみ　さたけ・なつみ
陸上部員、長距離専門の中学1年生 「ユーチュー部!! 駅伝編」 山田明著 学研プラス(部活系空色ノベルズ) 2019年4月

定省　さだみ
光孝天皇の第7皇子、後に即位するも黒猫と奇妙な日々を送る真面目な若者 「天邪鬼な皇子と唐の黒猫―TEENS'ENTERTAINMENT;18」 渡辺仙州作 ポプラ社 2020年1月

サダン・タラム(風の楽人)　さだんたらむ(かぜのがくじん)
ロタ王国をまわり鎮魂儀式を行う旅芸人 「風と行く者:守り人外伝」 上橋菜穂子作;佐竹美保絵 偕成社 2018年12月

サチ
シロと出会う少女 「大坂城のシロ」 あんずゆき著;中川学絵 くもん出版 2020年12月

沙知子　さちこ
雷太と共にフシギの行方を追っている少女 「恐怖コレクター 巻ノ10」 佐東みどり作;鶴田法男作;よん絵 KADOKAWA(角川つばさ文庫) 2018年12月

沙知子　さちこ
雷太と共にフシギの行方を追っている少女 「恐怖コレクター 巻ノ8」 佐東みどり作;鶴田法男作;よん絵 KADOKAWA(角川つばさ文庫) 2018年4月

沙知子　さちこ
雷太と共にフシギの行方を追っている少女 「恐怖コレクター 巻ノ9」 佐東みどり作;鶴田法男作;よん絵 KADOKAWA（角川つばさ文庫） 2018年8月

早月ちゃん　さつきちゃん
2年前にあみの家に居候していたあみの従姉 「ハジメテヒラク」 こまつあやこ著 講談社 2020年8月

さっこ
吹奏楽部でトランペット担当のさくらの親友 「君のとなりで。3」 高杉六花作;穂坂きなみ絵 KADOKAWA（角川つばさ文庫） 2020年6月

さっこ
吹奏楽部でトランペット担当のさくらの親友 「君のとなりで。4」 高杉六花作;穂坂きなみ絵 KADOKAWA（角川つばさ文庫） 2020年12月

さっこちゃん
佐渡で「風のシネマ」を運営し史織に新たな価値観を教え交流を深める史織の祖母 「君だけのシネマ」 高田由紀子作;pon-marsh絵 PHP研究所（わたしたちの本棚） 2018年8月

さっちゃん
雑木林で人間の子どもと出会い秘密を共有する妖怪のサトリ 「妖怪たちと秘密基地―妖怪一家九十九さん」 富安陽子作;山村浩二絵 理論社 2020年6月

サット
異世界で野依の頼みで客船に乗せてくれるあずかり業者 「少年Nの長い長い旅 04」 石川宏千花著 講談社（YA!ENTERTAINMENT） 2018年1月

サット
異世界で野依の頼みで客船に乗せてくれるあずかり業者 「少年Nの長い長い旅 05」 石川宏千花著 講談社（YA!ENTERTAINMENT） 2018年8月

佐藤 浩介　さとう・こうすけ
引っ越してきた後にきくち駄菓子屋のじいちゃんと友だちになった小学4年生の男の子 「きくち駄菓子屋」 かさいまり文;しのとうこ絵 アリス館 2018年1月

佐藤 こずえ　さとう・こずえ
みちのく妖怪ツアーに参加する小学6年生の少女 「みちのく妖怪ツアー」 佐々木ひとみ作;野泉マヤ作;堀米薫作;東京モノノケ絵 新日本出版社 2018年8月

佐藤 慈恵　さとう・じけい
東京への引っ越し後不登校になるサーマの兄 「保健室経由、かねやま本館。」 松素めぐり著 講談社 2020年6月

佐藤 タクヤ　さとう・たくや
スポーツ万能なクラスの中心人物の少年 「無限×悪夢：午後3時33分のタイムループ地獄」 土橋真二郎作;岩本ゼロゴ絵 集英社（集英社みらい文庫） 2019年11月

佐藤 チトセ　さとう・ちとせ
フランスから来たのえるのイトコ、超絶イケメンでお菓子の魔法使い 「パティシエ=ソルシエ お菓子の魔法はあまくないっ!：オレ様魔法使いと秘密のアトリエ」 白井ごはん作;行村コウ絵 集英社（集英社みらい文庫） 2019年6月

佐藤 チトセ　さとう・ちとせ
フランスから来たのえるのイトコ、超絶イケメンでお菓子の魔法使い「パティシエ=ソルシエ お菓子の魔法はあまくないっ! [2]」 白井ごはん作;行村コウ絵　集英社(集英社みらい文庫) 2019年12月

佐藤 つぼみ　さとう・つぼみ
動物が大好きな結と志緒の親友「スキ・キライ相関図 1」 このはなさくら作;高上優里子絵　KADOKAWA(角川つばさ文庫) 2020年1月

佐藤 つぼみ　さとう・つぼみ
動物が大好きな結と志緒の親友「スキ・キライ相関図 2」 このはなさくら作;高上優里子絵　KADOKAWA(角川つばさ文庫) 2020年5月

佐藤 つぼみ　さとう・つぼみ
動物が大好きな結と志緒の親友「スキ・キライ相関図 3」 このはなさくら作;高上優里子絵　KADOKAWA(角川つばさ文庫) 2020年10月

佐藤 つぼみ　さとう・つぼみ
動物が大好きな結の親友「1%×スキ・キライ相関図 : みんな、がんばれ!学園祭」 このはなさくら作;高上優里子絵　KADOKAWA(角川つばさ文庫) 2020年12月

佐藤 なごみ　さとう・なごみ
マスクを外せない女の子「レインボールームのエマ : おしごとのおはなしスクールカウンセラー—シリーズおしごとのおはなし」 戸森しるこ作;佐藤真紀子絵　講談社 2018年2月

佐藤 光　さとう・ひかる
元プロ野球選手の父を持ち転校を機に大吾の前に現れ、再び野球への道を進むきっかけとなる少年「小説MAJOR 2nd 1」 満田拓也原作・イラスト;丹沢まなぶ著　小学館(小学館ジュニア文庫) 2018年6月

佐藤 光　さとう・ひかる
元プロ野球選手の父を持ち転校を機に大吾の前に現れ、再び野球への道を進むきっかけとなる少年「小説MAJOR 2nd 2」 満田拓也原作・イラスト;丹沢まなぶ著　小学館(小学館ジュニア文庫) 2018年7月

佐藤 陽菜子　さとう・ひなこ
勉強や家事手伝いを求められる小学6年生、忙しい兄は家事が免除されていることに不満を抱く少女「いいたいことがあります!」 魚住直子著;西村ツチカ絵　偕成社 2018年10月

佐藤 まえみ(サーマ)　さとう・まえみ(さーま)
東京に引っ越し後友人関係に悩む中学生「保健室経由、かねやま本館。」 松素めぐり著　講談社 2020年6月

佐藤 美和子　さとう・みわこ
パーティー会場で犯人に銃撃されて負傷し捜査の重要な手がかりを握る刑事「名探偵コナン瞳の中の暗殺者」 青山剛昌原作;古内一成脚本;水稀しま著　小学館(小学館ジュニア文庫) 2018年1月

佐藤 ユウト　さとう・ゆうと
モモカのクラスの転校生「もちもち・ぱんだもちぱんのドキドキ芸能スキャンダルもちっとストーリーブック—キラピチブックス」 Yuka原作・イラスト;たかはしみか著　学研プラス 2019年3月

佐藤 ユウト　さとう・ゆうと
モモカのクラスの転校生 「もちもちぱんだもちぱんとわくわくキャンプもちっとストーリーブック—キラピチブックス」 Yuka原作・イラスト;たかはしみか著　学研プラス　2020年3月

サトシ
ポケモンスクールに通う少年 「ポケットモンスターサン&ムーン サトシ編—よむポケ」 福田幸江文;姫野よしかず絵;小学館集英社プロダクション監修　小学館　2018年7月

サトシ
ポケモントレーナーでピカチュウと共にオコヤの森でココと出会う少年 「劇場版ポケットモンスターココ」 田尻智原案;冨岡淳広脚本;矢嶋哲生脚本;水稀しま著;石原恒和監修　小学館(小学館ジュニア文庫)　2020年12月

サトシ
ポケモントレーナーでピカチュウと共にオコヤの森でココと出会う少年 「劇場版ポケットモンスターココ—大人気アニメストーリー」 田尻智原案;冨岡淳広脚本;矢嶋哲生脚本;桑原美保著;石原恒和監修　小学館　2020年12月

サトシ
ポケモンマスターを目指している少年 「ポケットモンスターミュウツーの逆襲EVOLUTION : 大人気アニメストーリー」 田尻智原案;首藤剛志脚本;桑原美保著;石原恒和監修　小学館　2019年7月

サトシ
ポケモンマスターを目指し旅を続けている少年 「ミュウツーの逆襲EVOLUTION」 首藤剛志脚本;水稀しま著;石原恒和監修　小学館(小学館ジュニア文庫)　2019年7月

サトシ
世界一のポケモンマスターを目指してピカチュウと旅をする少年 「劇場版ポケットモンスターみんなの物語」 梅原英司脚本;高羽彩脚本;水稀しま著;石原恒和監修　小学館(小学館ジュニア文庫)　2018年7月

サトシ
川でマネキンの頭部を拾いいたずら心で学校に持ち込んだ小学4年生の男の子 「マネキンさんがきた」 村中李衣作;武田美穂絵　BL出版　2018年4月

サトシ
突然現れた青いカッパと一日を共にすることになり戸惑う少年 「青いあいつがやってきた!?」 松井ラフ作;大野八生絵　文研出版(文研ブックランド)　2019年8月

慧　さとし
小さな温泉街に住む小学5年生、子どもと大人の狭間で自身の変化に戸惑う少年 「まく子」 西加奈子著　福音館書店(福音館文庫)　2019年2月

里見 義実　さとみ・よしざね
室町時代の安房国北部の領主 「南総里見八犬伝 1」 曲亭馬琴原作;松尾清貴文　静山社　2018年3月

里見 リラ　さとみ・りら
トモに母との思い出のワンピースの修繕を頼む華奢な女の子 「ライラックのワンピース」 小川雅子作;めばち絵　ポプラ社(teens' best selections)　2020年10月

紗奈　さな
幼少期の岬に影響を与えたキーホルダー事件の相手となった友人 「魔女ラグになれた夏」 蓼内明子著 PHP研究所(わたしたちの本棚) 2020年3月

真田 幸村　さなだ・ゆきむら
地獄の野球チーム「桶狭間ファルコンズ」の5番セカンド 「戦国ベースボール [12]」 りょくち真太作;トリバタケハルノブ絵 集英社(集英社みらい文庫) 2018年3月

真田 幸村　さなだ・ゆきむら
地獄の野球チーム「桶狭間ファルコンズ」の5番セカンド 「戦国ベースボール [13]」 りょくち真太作;トリバタケハルノブ絵 集英社(集英社みらい文庫) 2018年7月

真田 幸村　さなだ・ゆきむら
地獄の野球チーム「桶狭間ファルコンズ」の5番セカンド 「戦国ベースボール [14]」 りょくち真太作;トリバタケハルノブ絵 集英社(集英社みらい文庫) 2018年11月

真田 幸村　さなだ・ゆきむら
地獄の野球チーム「桶狭間ファルコンズ」の5番セカンド 「戦国ベースボール [15]」 りょくち真太作;トリバタケハルノブ絵 集英社(集英社みらい文庫) 2019年4月

真田 幸村　さなだ・ゆきむら
地獄の野球チーム「桶狭間ファルコンズ」の5番セカンド 「戦国ベースボール [17]」 りょくち真太作;トリバタケハルノブ絵 集英社(集英社みらい文庫) 2019年11月

真田 幸村　さなだ・ゆきむら
地獄の野球チーム「桶狭間ファルコンズ」の5番セカンド 「戦国ベースボール [18]」 りょくち真太作;トリバタケハルノブ絵 集英社(集英社みらい文庫) 2020年3月

真田 幸村　さなだ・ゆきむら
地獄の野球チーム「桶狭間ファルコンズ」の5番セカンド 「戦国ベースボール [19]」 りょくち真太作;トリバタケハルノブ絵 集英社(集英社みらい文庫) 2020年7月

真田 幸村　さなだ・ゆきむら
地獄の野球チーム「桶狭間ファルコンズ」の8番セカンド 「戦国ベースボール [16]」 りょくち真太作;トリバタケハルノブ絵 集英社(集英社みらい文庫) 2019年7月

サノ
記憶迷宮の管理人、イチと双子 「君型迷宮図」 久米絵美里作;元本モトコ絵 朝日学生新聞社 2018年12月

佐野 樹希　さの・いつき
父を亡くし母と妹と共に生活保護を受けて暮らすタフな女子中学生 「むこう岸」 安田夏菜著 講談社 2018年12月

佐野 一馬　さの・かずま
いっちょかみスクールの自動車修理教室の講師 「探検!いっちょかみスクール 魔法使いになるには編」 宗田理作 静山社 2020年11月

佐野さん　さのさん
ポチ夫の突飛な行動に困惑する学級委員長 「転校生ポチ崎ポチ夫」 田丸雅智著;やぶのてんやイラスト 小学館(小学館ジュニア文庫) 2020年7月

サーハ
優しく物知りな子ウサギ 「クークの森の学校 : 友だちって、なあに?」 かさいまり作・絵 KADOKAWA(角川つばさ文庫) 2018年6月

佐原 みよこ　さはら・みよこ
将也の小6の時のクラスメート 「小説聲の形 上下」 大今良時原作・絵;倉橋燿子文 講談社(講談社青い鳥文庫) 2019年3月

佐原 ミライ　さはら・みらい
成績優秀で真面目な学級委員長 「モンスターストライク [3]」 XFLAGスタジオ原作;高瀬美恵作;オズノユミ絵 KADOKAWA(角川つばさ文庫) 2019年1月

サーバル
元気いっぱいで運動神経バツグンな明るいフレンズ 「けものフレンズ : おうちを探そう! : 角川つばさ文庫版」 けものフレンズプロジェクト原作・原案;百瀬しのぶ文 KADOKAWA(角川つばさ文庫) 2019年4月

サーバル
元気いっぱいで運動神経バツグンな明るいフレンズ 「けものフレンズ : 角川つばさ文庫版 [2]」 けものフレンズプロジェクト原作・原案;百瀬しのぶ文 KADOKAWA(角川つばさ文庫) 2019年6月

サーマ
東京に引っ越し後友人関係に悩む中学生 「保健室経由、かねやま本館。」 松素めぐり著 講談社 2020年6月

佐丸 あゆは　さまる・あゆは
恋愛に情熱的な高校2年生の女子 「センセイ君主 : 映画ノベライズみらい文庫版」 幸田もも子原作;吉田恵里香脚本;平林佐和子著 集英社(集英社みらい文庫) 2018年7月

サムくん
見た目は普通の小学生で空色のハンカチを使って推理をする名探偵 「めいたんていサムくん」 那須正幹作;はたこうしろう絵 童心社(だいすき絵童話) 2020年9月

サムくん
見た目は普通の小学生で空色のハンカチを使って推理をする名探偵 「めいたんていサムくんとあんごうマン」 那須正幹作;はたこうしろう絵 童心社(だいすき絵童話) 2020年12月

サヤ
ホーライの相棒として問題解決に挑む芯の強い少女 「魔女が相棒?オコジョ姫とカエル王子」 柏葉幸子作;長田恵子絵 理論社 2020年11月

サヤ
異世界に引き込まれた小学5年生の少女 「魔女が相棒?ねぐせのヤマネ姫」 柏葉幸子作;長田恵子絵 理論社 2018年11月

さや
海翔の友達 「いつか、太陽の船」 村中李衣作;こしだミカ絵;根室の子ども達絵 新日本出版社 2019年3月

沙也　さや
「山村留学センター」の小学4年生の少女 「ぼくらの山の学校」 八束澄子著 PHP研究所(わたしたちの本棚) 2018年1月

サーヤ(日守 紗綾)　さーや(ひのもり・さあや)
児童養護施設で育った小学6年生、悪魔と戦う破魔のマテリアルで光のマテリアル・レイヤの双子の姉 「魔天使マテリアル 25」 藤咲あゆな作;藤丘ようこ画　ポプラ社(ポプラカラフル文庫)　2018年6月

サーヤ(日守 紗綾)　さーや(ひのもり・さあや)
児童養護施設で育った小学6年生、悪魔と戦う破魔のマテリアルで光のマテリアル・レイヤの双子の姉 「魔天使マテリアル 26」 藤咲あゆな作;藤丘ようこ絵　ポプラ社(ポプラカラフル文庫)　2018年11月

サーヤ(日守 紗綾)　さーや(ひのもり・さあや)
児童養護施設で育った小学6年生、悪魔と戦う破魔のマテリアルで光のマテリアル・レイヤの双子の姉 「魔天使マテリアル 27」 藤咲あゆな作;藤丘ようこ絵　ポプラ社(ポプラカラフル文庫)　2019年6月

サーヤ(日守 紗綾)　さーや(ひのもり・さあや)
児童養護施設で育った小学6年生、悪魔と戦う破魔のマテリアルで光のマテリアル・レイヤの双子の姉 「魔天使マテリアル 28」 藤咲あゆな作;藤丘ようこ絵　ポプラ社(ポプラカラフル文庫)　2019年9月

サーヤ(日守 紗綾)　さーや(ひのもり・さあや)
児童養護施設で育った小学6年生、悪魔と戦う破魔のマテリアルで光のマテリアル・レイヤの双子の姉 「魔天使マテリアル 29」 藤咲あゆな作;藤丘ようこ絵　ポプラ社(ポプラカラフル文庫)　2019年12月

サーヤ(日守 紗綾)　さーや(ひのもり・さあや)
養護施設で育った小学6年生、魔天使マテリアルの力を持ち悪魔と戦う少女 「魔天使マテリアル 30」 藤咲あゆな作;藤丘ようこ絵　ポプラ社(ポプラカラフル文庫)　2020年3月

さやかさん
動物保護のボランティア 「実験犬シロのねがい 新装版」 井上夕香著;葉祥明絵　ハート出版　2020年12月

佐山 厚司　さやま・あつし
団地に住む転校生、学校に忘れ物をした小学6年生の少年 「夕焼け色のわすれもの」 たかのけんいち作;千海博美絵　講談社(講談社文学の扉)　2019年2月

佐山 若菜　さやま・わかな
白い杖を持つ視覚障害のある高齢者 「凸凹あいうえおの手紙」 別司芳子著;ながおかえつこ絵　くもん出版　2018年6月

さよ
壇ノ浦の戦いで一族を失い源義経への復讐を誓う平家の姫 「さよ：十二歳の刺客」 森川成美作;槇えびし画　くもん出版(くもんの児童文学)　2018年11月

小夜子　さよこ
「かねやま本館」の女将 「保健室経由、かねやま本館。3」 松素めぐり著;おとないちあき装画・挿画　講談社　2020年10月

サラおばさん
しあわせのホットケーキを作るおばさん 「ふしぎ町のふしぎレストラン 3」 三田村信行作;あさくらまや絵　あかね書房　2020年10月

サラちゃん
ピンキーと一緒に遊びに出かけるのが好きな元気な女の子 「サラとピンキーサンタの国へ行く」 富安陽子作・絵 講談社(わくわくライブラリー) 2018年11月

サラちゃん
ピンキーと一緒に遊びに出かけるのが好きな元気な女の子 「サラとピンキーたからじまへ行く」 富安陽子作・絵 講談社(わくわくライブラリー) 2018年8月

サリー
チャーリー・ブラウンの妹 「スヌーピーと幸せのブランケット:ピーナッツストーリーズ―キラピチブックス」 チャールズ・M.・シュルツ原作・イラスト;たかはしみか著;チャールズ・M.・シュルツ・クリエイティブ・アソシエイツ監修 学研プラス 2019年9月

サリフ
優れた観察術使いでアリーの親友 「月の王子砂漠の少年」 三木笙子著;須田彩加イラスト 小学館(小学館ジュニア文庫) 2018年12月

ザルード
オコヤの森を守る存在でココを育てたポケモン 「劇場版ポケットモンスターココ」 田尻智原案;冨岡淳広脚本;矢嶋哲生脚本;水稀しま著;石原恒和監修 小学館(小学館ジュニア文庫) 2020年12月

ザルード
オコヤの森を守る存在でココを育てたポケモン 「劇場版ポケットモンスターココ―大人気アニメストーリー」 田尻智原案;冨岡淳広脚本;矢嶋哲生脚本;桑原美保著;石原恒和監修 小学館 2020年12月

沢井のおばあちゃん　さわいのおばあちゃん
ミトが担当した施設の利用者で田舎に家を購入しミトに大きな影響を与えるおばあさん 「湖の国」 柏葉幸子作;佐竹美保絵 講談社 2019年10月

沢木 ウメコ　さわき・うめこ
なぎさのおばあちゃん 「もしも、この町で 1」 服部千春作;ほおのきソラ絵 講談社(講談社青い鳥文庫) 2018年7月

沢木 ウメコ　さわき・うめこ
なぎさのおばあちゃん 「もしも、この町で 2」 服部千春作;ほおのきソラ絵 講談社(講談社青い鳥文庫) 2018年12月

沢木 なぎさ　さわき・なぎさ
海辺の町に暮らす小学6年生の女の子 「もしも、この町で 1」 服部千春作;ほおのきソラ絵 講談社(講談社青い鳥文庫) 2018年7月

沢木 なぎさ　さわき・なぎさ
海辺の町に暮らす小学6年生の女の子 「もしも、この町で 2」 服部千春作;ほおのきソラ絵 講談社(講談社青い鳥文庫) 2018年12月

沢木 なぎさ　さわき・なぎさ
海辺の町に暮らす小学6年生の女の子 「もしも、この町で 3」 服部千春作;ほおのきソラ絵 講談社(講談社青い鳥文庫) 2019年6月

沢口 早和　さわぐち・さわ
メグと共に自分らしく生きるために声を上げるメグの親友「赤毛証明」光丘真理作 くもん出版(くもんの児童文学) 2020年5月

澤口 常一(ジョー先生)　さわぐち・じょういち(じょーせんせい)
文化祭のコンサートの指導者で有名ピアニスト「ギフト、ぼくの場合」今井恭子作 小学館 2020年6月

佐和氏　さわし
みよの夫の実弟「赤ちゃんと母(ママ)の火の夜」早乙女勝元作;タミヒロコ絵 新日本出版社 2018年2月

沢田 修司　さわだ・しゅうじ
転勤になった拓たち卓球部員を指導する顧問教師「青春!卓球部」横沢彰作;小松良佳絵 新日本出版社 2020年8月

沢田 修司　さわだ・しゅうじ
部員たちから信頼を寄せられていた以前の卓球部顧問「純情!卓球部」横沢彰作;小松良佳絵 新日本出版社 2020年12月

沢田 雪雄(ユッキー)　さわだ・ゆきお(ゆっきー)
チャラの同級生、日本舞踊・水沢流家元の御曹司「キミマイ：きみの舞 1」緒川さよ作;甘塩コメコ絵 講談社(講談社青い鳥文庫) 2018年9月

沢田 雪雄(ユッキー)　さわだ・ゆきお(ゆっきー)
チャラの同級生、日本舞踊・水沢流家元の御曹司「キミマイ：きみの舞 2」緒川さよ作;甘塩コメコ絵 講談社(講談社青い鳥文庫) 2019年2月

沢田 雪雄(ユッキー)　さわだ・ゆきお(ゆっきー)
チャラの同級生、日本舞踊・水沢流家元の御曹司「キミマイ：きみの舞 3」緒川さよ作;甘塩コメコ絵 講談社(講談社青い鳥文庫) 2019年6月

沢渡 十夜　さわたり・とおや
クールでイケメンの男の子「ないしょのM組 [2]」福田裕子作;駒形絵 KADOKAWA(角川つばさ文庫) 2018年11月

沢渡 十夜　さわたり・とおや
魔法を習う特別クラス5年M組の生徒、ミステリアスなイケメン転校生「ないしょのM組：あかりと放課後の魔女」福田裕子文;駒形絵 KADOKAWA(角川つばさ文庫) 2018年1月

沢辺 夕実　さわべ・ゆみ
未来のクラスメート「サキヨミ!：ヒミツの二人で未来を変える!? 1」七海まち作;駒形絵 KADOKAWA(角川つばさ文庫) 2020年9月

沢村 クルミ　さわむら・くるみ
パティシエ修行中の女の子「めざせ!No.1パティシエ：ケーキ屋さん物語—あこがれガールズコレクションストーリー」しまだよしなお文;森江まこ絵 小学館 2018年3月

沢村 遼子　さわむら・りょうこ
2年D組の演劇部員「劇部ですから! Act.5」池田美代子作;柚希きひろ絵 講談社(講談社青い鳥文庫) 2019年3月

サワメ
泣きたいという願いを持つへんてこりんな神さま「泣き神さまサワメ」 横山充男作;よこやまようへい絵 文研出版(文研ブックランド) 2020年11月

砂羽哉 さわや
店員の化け狐、どんなものにも化けられる妖力の持ち主「見た目レンタルショップ化けの皮」石川宏千花著 小学館 2020年11月

サン
砂浜に忘れられたビーチサンダルの片われ、海の冒険を通じて出会いと別れを経験するサンダル「まいごのビーチサンダル」村椿菜文作;チャンキー松本絵 あかね書房 2018年3月

サンカク先パイ さんかくせんぱい
被服部の男子は断固拒否する先輩「ぼくのまつり縫い:手芸男子は好きっていえない」神戸遥真作;井田千秋絵 偕成社(偕成社ノベルフリーク) 2019年11月

三獄 耶摩 さんごく・やま
三洲小学校にやってきた超美人の先生「エンマ先生の怪談帳[2]」池田美代子作;戸部淑絵 講談社(講談社青い鳥文庫) 2020年2月

三獄 耶摩 さんごく・やま
寺国小学校にやってきた超美人の先生「エンマ先生の怪談帳:霊の案件で放課後は大いそがし!」池田美代子作;戸部淑絵 講談社(講談社青い鳥文庫) 2019年10月

サンジ
一味の料理版「劇場版ONE PIECE STAMPEDE:ノベライズみらい文庫版」尾田栄一郎原作・監修・カバーイラスト;冨岡淳広脚本;大塚隆史脚本;志田もちたろう著 集英社(集英社みらい文庫) 2019年8月

算数 ケイ さんすう・けい
算数の教科書から生まれた言動が少しきつめの男子「時間割男子 1」一ノ瀬三葉作;榎のと絵 KADOKAWA(角川つばさ文庫) 2019年10月

算数 ケイ さんすう・けい
算数の教科書から生まれた言動が少しきつめの男子「時間割男子 2」一ノ瀬三葉作;榎のと絵 KADOKAWA(角川つばさ文庫) 2020年2月

算数 ケイ さんすう・けい
算数の教科書から生まれた言動が少しきつめの男子「時間割男子 3」一ノ瀬三葉作;榎のと絵 KADOKAWA(角川つばさ文庫) 2020年7月

算数 ケイ さんすう・けい
算数の教科書から生まれた言動が少しきつめの男子「時間割男子 4」一ノ瀬三葉作;榎のと絵 KADOKAWA(角川つばさ文庫) 2020年12月

サンタクロース
クリスマス会でなずなに本を送ったおじいさん「星空としょかんへようこそ」小手鞠るい作;近藤未奈絵 小峰書店 2020年11月

さんだゆう
おとのさまの家来「おとのさま、にんじゃになる―おはなしみーつけた!シリーズ」中川ひろたか作;田中六大絵 佼成出版社 2019年12月

さんだゆう
おとのさまの家来 「おとのさま、ほいくしさんになる―おはなしみーつけた!シリーズ」 中川ひろたか作;田中六大絵 佼成出版社 2018年12月

さんだゆう
おとのさまの家来 「おとのさま、まほうつかいになる―おはなしみーつけた!シリーズ」 中川ひろたか作;田中六大絵 佼成出版社 2020年12月

【し】

シアン
左手が巻貝のように握りしめられたままで、その手に不思議な力を宿している赤ん坊として助けられた少年 「波うちぎわのシアン」 斉藤倫著;まめふく画 偕成社 2018年3月

じいさま
ウルを起こして一緒に空を飛ぶおじいさん 「しもやけぐま」 今江祥智ぶん;あべ弘士え 文研出版(わくわくえどうわ) 2019年11月

しぃちゃん
詠子の友人 「言葉屋 6」 久米絵美里作;もとやままさこ絵 朝日学生新聞社 2019年2月

しぃちゃん
詠子の友人 「言葉屋 8」 久米絵美里作;もとやままさこ絵 朝日学生新聞社 2020年3月

じいちゃん
きくち駄菓子屋の主人、浩介の友だちになった老人 「きくち駄菓子屋」 かさいまり文;しのとうこ絵 アリス館 2018年1月

じいちゃん
トモの祖父、トモに裁縫の影響を与えたクリーニングのプロ 「ライラックのワンピース」 小川雅子作;めばち絵 ポプラ社(teens' best selections) 2020年10月

じいちゃん
よろず屋を営み貧しくも平和な生活を支えていたマレスケの祖父 「マレスケの虹」 森川成美作 小峰書店(Sunnyside Books) 2018年10月

ジイちゃん
桜子のおじいちゃん、テニスの元日本代表選手 「ジャンピング・サクラ : 天才テニス少女対決!」 本條強作;himesuz絵 講談社(講談社青い鳥文庫) 2019年10月

椎名 葵 しいな・あおい
過去を知られたくない秘密を抱える少女、県立神南学院高等部(神高)に入学した高校1年生 「「未完成」なぼくらの、生徒会」 麻希一樹著 KADOKAWA 2019年7月

椎名 友之 しいな・ともゆき
クールに見えるが実は気配り上手でちゆきの幼なじみ 「この恋は、ぜったいヒミツ。」 このはなさくら著;遠山えま絵 スターツ出版(野いちごジュニア文庫) 2020年12月

ジェイコブ・グリム
「グリム・ブラザーズ」として知られる天才犯罪コンサルタント 「華麗なる探偵アリス&ペンギン[11]」 南房秀久著;あるやイラスト 小学館(小学館ジュニア文庫) 2018年7月

ジェイソン
ジュンヤの転校生のクラスメートでジュンヤ心の支えとなる友人 「グランパと僕らの宝探し:ドゥリンビルの仲間たち」 大矢純子作;みしまゆかり絵 朝日学生新聞社 2018年1月

ジェイド
ソフィアが村にいた時からの友達 「ちいさなプリンセスソフィア友情ストーリー:エンチャンシアのうた クローバーといっしょ―はじめてノベルズ」 駒田文子文・編集協力 講談社(講談社KK文庫) 2018年2月

ジェットくん
北の山の学校でてんぐ術を学んでいるカラスてんぐの少年 「カラスてんぐのジェットくん」 富安陽子作;植垣歩子絵 理論社 2019年11月

ジェームズ
ソフィアの新しいお兄さん 「ちいさなプリンセスソフィア友情ストーリー:エンチャンシアのうた クローバーといっしょ―はじめてノベルズ」 駒田文子文・編集協力 講談社(講談社KK文庫) 2018年2月

シェーラ
悪の魔法使いサウードの呪いを解くために旅立ったシェーラザード王国の姫 「シェーラ姫の冒険 = The adventures of Princess Scheherazade 上下 愛蔵版」 村山早紀著;佐竹美保絵 童心社 2019年3月

ジェン
ユイの家で飼われている犬、先住犬テリーの存在に複雑な感情を抱くゴールデンレトリバー 「ジェンと星になったテリー」 草野あきこ作;永島壮矢絵 岩崎書店(おはなしトントン) 2020年2月

汐凪 茉莉音 しおなぎ・まりお
正体を隠しているが実は人魚で高校生 「華麗なる探偵アリス&ペンギン [12]」 南房秀久著;あるやイラスト 小学館(小学館ジュニア文庫) 2018年12月

塩谷 のえる しおや・のえる
お菓子が大好きな普通の小学5年生の女の子 「パティシエ=ソルシエお菓子の魔法はあまくないっ!:オレ様魔法使いと秘密のアトリエ」 白井ごはん作;行村コウ絵 集英社(集英社みらい文庫) 2019年6月

塩谷 のえる しおや・のえる
お菓子の魔法使いの見習い修行中の普通の小学5年生の女の子 「パティシエ=ソルシエお菓子の魔法はあまくないっ! [2]」 白井ごはん作;行村コウ絵 集英社(集英社みらい文庫) 2019年12月

塩谷 有平 しおや・ゆうへい
のえるの叔父さん、脚本家 「パティシエ=ソルシエお菓子の魔法はあまくないっ!:オレ様魔法使いと秘密のアトリエ」 白井ごはん作;行村コウ絵 集英社(集英社みらい文庫) 2019年6月

塩谷 有平 しおや・ゆうへい
のえるの叔父さん、脚本家 「パティシエ=ソルシエお菓子の魔法はあまくないっ! [2]」 白井ごはん作;行村コウ絵 集英社(集英社みらい文庫) 2019年12月

史織 しおり
過干渉な母と離れ転校先の佐渡で新しい居場所を見つけ成長する中学2年生の少女 「君だけのシネマ」 高田由紀子作;pon-marsh絵 PHP研究所(わたしたちの本棚) 2018年8月

しおりさん
夜長小学校の図書館の優しい司書 「だれもしらない図書館のひみつ」 北川チハル作;石井聖岳絵 汐文社 2019年9月

紫音 しおん
京都に身を隠しながら自分の存在意義を求めるアイドルの少女 「コロッケ堂のひみつ」 西村友里作;井波ハトコ絵 国土社 2019年7月

紫苑 メグ しおん・めぐ
チョコの幼なじみで6年1組のクラスメートの女の子 「6年1組黒魔女さんが通る!! 08」 石崎洋司作;亜沙美絵;藤田香絵・キャラクター原案 講談社(講談社青い鳥文庫) 2019年7月

紫苑 メグ しおん・めぐ
チョコの幼なじみで6年1組のクラスメートの女の子 「6年1組黒魔女さんが通る!! 09」 石崎洋司作;亜沙美絵;藤田香絵・キャラクター原案 講談社(講談社青い鳥文庫) 2019年10月

シガ
バトルで卑怯なタブーカードを使い、舞をゲームオーバーに追い込むライバル 「オンライン! 18」 雨蛙ミドリ作;大塚真一郎絵 KADOKAWA(角川つばさ文庫) 2019年6月

四角 美佳 しかく・みか
みちのく妖怪ツアーの添乗員 「みちのく妖怪ツアー」 佐々木ひとみ作;野泉マヤ作;堀米薫作;東京モノノケ絵 新日本出版社 2018年8月

ジーク
人間界に来た金の亡者の睡魔 「ジークの睡眠相談所」 春間美幸著;長浜めぐみイラスト 講談社 2019年6月

志久尻 芥傑斎 しくじり・かいけつさい
トラブル旅行社のオーナー 「トラブル旅行社(トラベル):砂漠のフルーツ狩りツアー」 廣嶋玲子文;コマツシンヤ絵 金の星社 2020年3月

ジグロ
バルサの養父 「風と行く者:守り人外伝」 上橋菜穂子作;佐竹美保絵 偕成社 2018年12月

ジグロ
バルサの養父 「風と行く者:守り人外伝」 上橋菜穂子作;佐竹美保絵 偕成社(軽装版偕成社ポッシュ) 2018年12月

しげぞう
江戸っ子言葉を話す元気な小学3年生 「江戸っ子しげぞう わたる世間に虫歯なし!の巻—江戸っ子しげぞうシリーズ;3」 本田久作作;杉﨑貴史絵 ポプラ社 2018年4月

重田 しげた
少し意地悪な性格の小学4年生の男の子 「マネキンさんがきた」 村中李衣作;武田美穂絵 BL出版 2018年4月

重田 幸輝 しげた・こうき
「ECHOLL」のドラムの青年 「サヨナラまでの30分:映画ノベライズみらい文庫版」 30-minute cassettes and Satomi Oshima原作;ワダヒトミ著 集英社(集英社みらい文庫) 2020年1月

茂野 大吾 しげの・だいご
プロ野球選手を父に持ち野球チーム「三船ドルフィンズ」に入団するも、自分の実力に自信をなくして一度野球から遠ざかる少年 「小説MAJOR 2nd 1」 満田拓也原作・イラスト;丹沢まなぶ著 小学館(小学館ジュニア文庫) 2018年6月

茂野 大吾 しげの・だいご
プロ野球選手を父に持ち野球チーム「三船ドルフィンズ」に入団するも、自分の実力に自信をなくして一度野球から遠ざかる少年 「小説MAJOR 2nd 2」 満田拓也原作・イラスト;丹沢まなぶ著 小学館(小学館ジュニア文庫) 2018年7月

次元 遊 じげん・ゆう
プロゲーマーでヒカルと共に迷宮教室からの脱出を目指すクラスメート 「迷宮教室:出口のない悪魔小学校」 あいはらしゅう作;肘原えるぼ絵 集英社(集英社みらい文庫) 2020年4月

次元 遊 じげん・ゆう
プロゲーマーでヒカルと共に迷宮教室からの脱出を目指すクラスメート 「迷宮教室 [2]」 あいはらしゅう作;肘原えるぼ絵 集英社(集英社みらい文庫) 2020年9月

次元 遊 じげん・ゆう
プロゲーマーでヒカルと共に迷宮教室からの脱出を目指すクラスメート 「迷宮教室 [3]」 あいはらしゅう作;肘原えるぼ絵 集英社(集英社みらい文庫) 2020年12月

紫崎 ツバメ しざき・つばめ
大人びていて頭の回転が速い少女 「人狼サバイバル:絶体絶命!伯爵の人狼ゲーム」 甘雪こおり作;himesuz絵 講談社(講談社青い鳥文庫) 2019年6月

ジジ
虎太郎にトゲトゲトカゲ捕獲を頼む幻摩流の幻獣つかいのおじいさん 「トゲトゲトカゲをつかまえろ!」 赤羽じゅんこ作;筒井海砂絵 国土社 2019年11月

ジジ
魂を病に侵された見習い修道女 「ウパーラは眠る」 小森香折作;三村晴子絵 BL出版 2018年11月

獅子頭のオババ ししがしらのおばば
山奥に住む山姥、医者 「怪奇漢方桃印 [3]」 廣嶋玲子作;田中相絵 講談社 2020年12月

獅子川 五右衛門 ししがわ・ごえもん
妖怪の盗賊王 「妖怪捕物帖乙 古都怨霊篇1―ようかいとりものちょう;9」 大崎悌造作;ありがひとし画 岩崎書店 2019年2月

獅子川 五右衛門 ししがわ・ごえもん
妖怪の盗賊王 「妖怪捕物帖乙 古都怨霊篇2―ようかいとりものちょう;10」 大崎悌造作;ありがひとし画 岩崎書店 2019年9月

獅子川 五右衛門 ししがわ・ごえもん
妖怪の盗賊王 「妖怪捕物帖乙 古都怨霊篇3―ようかいとりものちょう;11」 大崎悌造作;ありがひとし画 岩崎書店 2020年2月

獅子川 五右衛門　ししがわ・ごえもん
妖怪の盗賊王 「妖怪捕物帖乙 古都怨霊篇4―ようかいとりものちょう ; 12」 大﨑悌造作;ありがひとし画 岩崎書店 2020年9月

師匠　ししょう
アイヤータウンで饅頭屋を営みながらしんのすけたちにカンフーを教える師匠 「映画クレヨンしんちゃん爆盛!カンフーボーイズ～拉麺大乱～」 臼井儀人原作;うえのきみこ脚本;蒔田陽平ノベライズ 双葉社(双葉社ジュニア文庫) 2018年4月

シシリー
会話ができる陶器の人形 「日曜日の王国」 日向理恵子作;サクマメイ絵 PHP研究所(わたしたちの本棚) 2018年3月

紫月 ヨツバ　しずき・よつば
天真爛漫でかわいいファントミラージュのメンバー 「劇場版ひみつ×戦士ファントミラージュ!～映画になってちょーだいします～」 加藤陽一脚本;富井杏著;ハラミユウキイラスト 小学館 2020年7月

雫沢 圭吾　しずくさわ・けいご
神舞小学校の先生、怪奇探偵団の顧問 「魔天使マテリアル 25」 藤咲あゆな作;藤丘ようこ画 ポプラ社(ポプラカラフル文庫) 2018年6月

しずくちゃん
雲の上生まれの雨つぶの妖精 「にじいろフェアリーしずくちゃん 2」 ぎぼりつこ絵;友永コリエ作 岩崎書店 2020年6月

シスター・クラリス
美しいが冷たい性格の修道女 「ウパーラは眠る」 小森香折作;三村晴子絵 BL出版 2018年11月

ジゼルさん
ホテル「プチモンド」の総支配人、気品のある美しいおばあさん猫 「ねこの町のホテルプチモンド : ハロウィンとかぼちゃの馬車」 小手鞠るい作;くまあやこ絵 講談社(わくわくライブラリー) 2019年9月

ジタン
エルフたちと共に反撃の機会をうかがう勇敢な戦士 「猫のダヤン 6」 池田あきこ作 静山社(静山社ペガサス文庫) 2019年2月

ジタン
タシル王国の王子、再び襲ってくるだろう魔王やニンゲンに備えて街ぐるみの防戦の準備をはじめた猫 「猫のダヤン 5」 池田あきこ作 静山社(静山社ペガサス文庫) 2018年12月

ジタン
タシル王国の王子、時間を旅して過去にやってきたダヤンから未来の自分が書いた手紙を受け取った猫 「猫のダヤン 4」 池田あきこ作 静山社(静山社ペガサス文庫) 2018年10月

ジタン
ダヤンの親友のミステリアスな猫、マージョリーノエルの団員 「ダヤン、奇妙な夢をみる―ダヤンの冒険物語」 池田あきこ著 ほるぷ出版 2020年5月

ジタン
ダヤンの親友のミステリアスな猫、マージョリーノエルの団員 「ダヤンと恐竜のたまご 新版―ダヤンの冒険物語」 池田あきこ著 ほるぷ出版 2020年7月

ジタン
親友のダヤンと過去のわちふぃーるどを目指して旅に出た猫 「猫のダヤン 3」 池田あきこ作 静山社(静山社ペガサス文庫) 2018年8月

ジタン
人間の文字が読める猫 「猫のダヤン 2」 池田あきこ作 静山社(静山社ペガサス文庫) 2018年6月

ジタン
冒険の定めを果たすためにダヤンと共にノースを目指す猫 「猫のダヤン 7」 池田あきこ作 静山社(静山社ペガサス文庫) 2019年4月

しーちゃん
るい子と怪談研究クラブを共にする仲間 「怪談研究クラブ [2]」 笹原留似子作 金の星社 2020年9月

しーちゃん
るい子と怪談研究クラブを共にする仲間 「怪談研究クラブ」 笹原留似子作絵 金の星社 2019年8月

シツジ
涼にとりついた低級オバケ 「オバケがシツジの夏休み」 田原答作;渡辺ナベシ絵 KADOKAWA(角川つばさ文庫) 2018年9月

シツジ
涼にとりついた低級オバケ 「オバケがシツジの七不思議」 田原答作;渡辺ナベシ絵 KADOKAWA(角川つばさ文庫) 2019年1月

シッダールタ(ブッダ)
紀元前5世紀に生まれたシャカ族の王子、仏教を開いたブッダの若き日の姿 「ブッダ : 心の探究者」 小沢章友文;藤原カムイ絵 講談社(講談社火の鳥伝記文庫) 2020年3月

シド
ネアの執事 「怪盗クイーンニースの休日 : アナミナティの祝祭 前編」 はやみねかおる作;K2商会絵 講談社(講談社青い鳥文庫) 2019年7月

シド
ネアの執事 「怪盗クイーンモナコの決戦 : アナミナティの祝祭 後編」 はやみねかおる作;K2商会絵 講談社(講談社青い鳥文庫) 2019年8月

四道 健太 しどう・けんた
乗客 「北斗星 : ミステリー列車を追え! : リバイバル運行で誘拐事件!?」 豊田巧作;NOEYEBROW絵 KADOKAWA(角川つばさ文庫) 2020年5月

シトラレン
しとーるさんの生活に変化をもたらす子猫 「きっちり・しとーるさん」 おのりえん作・絵 こぐま社(こぐまのどんどんぶんこ) 2018年9月

しとーるさん
時間通り完璧に行動するが時々きっちりしすぎて周囲に怖がられる男性 「きっちり・しとーるさん」 おのりえん作・絵 こぐま社(こぐまのどんどんぶんこ) 2018年9月

シナモン
バジルの教育係 「魔女バジルと魔法の剣」 茂市久美子作;よしざわけいこ絵 講談社(わくわくライブラリー) 2018年3月

志乃 しの
あやかし図書館を運営するあやかしの一人、座敷童の少女 「あやかし図書委員会」 羊崎ミサキ著;水溜鳥イラスト PHP研究所(PHPジュニアノベル) 2019年2月

詩乃 しの
香耶の親友で美術に秀でており将来の夢をしっかり持つ女の子 「夢見る横顔」 嘉成晴香著 PHP研究所(カラフルノベル) 2018年3月

篠川 文香 しのかわ・あやか
栞子の妹で女子高生 「ビブリア古書堂の事件手帖 3」 三上延作;越島はぐ絵 KADOKAWA(角川つばさ文庫) 2018年2月

篠川 栞子 しのかわ・しおりこ
北鎌倉にある老舗「ビブリア古書堂」の店主、黒髪を長く伸ばした20代半ばの女性 「ビブリア古書堂の事件手帖 3」 三上延作;越島はぐ絵 KADOKAWA(角川つばさ文庫) 2018年2月

篠崎 希実 しのざき・のぞみ
午後23時から午前29時まで真夜中の間だけ開くパン屋の居候の女子高生 「真夜中のパン屋さん [5] 図書館版」 大沼紀子著 ポプラ社(teenに贈る文学) 2018年4月

篠崎 希実 しのざき・のぞみ
午後23時から午前29時まで真夜中の間だけ開くパン屋の居候の女子高生 「真夜中のパン屋さん [6] 図書館版」 大沼紀子著 ポプラ社(teenに贈る文学) 2018年4月

篠崎 塁 しのざき・るい
罪を犯しキックボクサーとしての未来を絶たれた青年 「小説映画きみの瞳が問いかけている = Your eyes tell」 登米裕一脚本;時海結以著 講談社(講談社KK文庫) 2020年10月

信田 幸 しのだ・さち
キツネ一族の反対を押し切って人間のパパと結婚した結たちの母親 「夢の森のティーパーティー―シノダ!」 富安陽子著;大庭賢哉絵 偕成社 2019年10月

信田 匠 しのだ・たくみ
結の弟、過去や未来を見すかす「時の目」を持つ小学3年生 「夢の森のティーパーティー―シノダ!」 富安陽子著;大庭賢哉絵 偕成社 2019年10月

信田 一 しのだ・はじめ
大学の植物学の先生、結たちの父親 「夢の森のティーパーティー―シノダ!」 富安陽子著;大庭賢哉絵 偕成社 2019年10月

信田 萌 しのだ・もえ
人間以外の生きものの言葉を伝える「魂よせの口」を持つ信田家の末娘 「夢の森のティーパーティー―シノダ!」 富安陽子著;大庭賢哉絵 偕成社 2019年10月

信田 結　しのだ・ゆい
信田家の長女、風の言葉を聞き取る「風の耳」を持つ小学5年生 「夢の森のティーパーティー―シノダ!」 富安陽子著;大庭賢哉絵 偕成社 2019年10月

篠原 明里　しのはら・あかり
貴樹の元同級生で初恋の相手 「小説秒速5センチメートル―新海誠ライブラリー」 新海誠著 汐文社 2018年12月

篠原 小吉　しのはら・しょうきち
ハルの幼なじみでクラスメートの少年 「となりのアブダラくん」 黒川裕子作;宮尾和孝絵 講談社 2019年11月

篠原 大和　しのはら・やまと
FC6年1組のメンバーでまじめでしっかり者のディフェンダー 「FC6年1組：クラスメイトはチームメイト!一斗と純のキセキの試合」 河端朝日作;千田純生絵 集英社(集英社みらい文庫) 2018年6月

篠原 大和　しのはら・やまと
FC6年1組のメンバーでまじめでしっかり者のディフェンダー 「FC6年1組 [2]」 河端朝日作;千田純生絵 集英社(集英社みらい文庫) 2018年10月

篠原 大和　しのはら・やまと
FC6年1組のメンバーでまじめでしっかり者のディフェンダー 「FC6年1組 [3]」 河端朝日作;千田純生絵 集英社(集英社みらい文庫) 2019年3月

忍　しのぶ
拓人と宇太佳の仲間でスケボーを楽しむ元気な少年 「昔はおれと同い年だった田中さんとの友情―ブルーバトンブックス」 椰月美智子作;早川世詩男絵 小峰書店 2019年8月

死野 マギワ　しの・まぎわ
今回のゲームの案内人 「絶体絶命ゲーム 8」 藤ダリオ作;さいね絵 KADOKAWA(角川つばさ文庫) 2020年9月

篠宮 一星　しのみや・いっせい
「リップル」の元カリスマモデル、現在はブランドプレス 「ゆめ☆かわ ここあのコスメボックス [2]」 伊集院くれあ著;池田春香イラスト 小学館(小学館ジュニア文庫) 2018年2月

篠宮 一星　しのみや・いっせい
「リップル」の元カリスマモデル、現在はブランドプレス 「ゆめ☆かわ ここあのコスメボックス [3]」 伊集院くれあ著;池田春香イラスト 小学館(小学館ジュニア文庫) 2018年7月

篠宮 一星　しのみや・いっせい
「リップル」の元カリスマモデル、現在はブランドプレス 「ゆめ☆かわ ここあのコスメボックス [4]」 伊集院くれあ著;池田春香イラスト 小学館(小学館ジュニア文庫) 2019年4月

篠宮 一星　しのみや・いっせい
「リップル」の元カリスマモデル、現在はブランドプレス 「ゆめ☆かわ ここあのコスメボックス [5]」 伊集院くれあ著;池田春香イラスト 小学館(小学館ジュニア文庫) 2019年7月

四宮 かぐや　しのみや・かぐや
生徒会副会長で白銀御行にひかれつつもプライドが邪魔して素直になれない天才少女 「かぐや様は告らせたい：天才たちの恋愛頭脳戦：映画ノベライズみらい文庫版」 赤坂アカ原作・カバーイラスト;徳永友一脚本;はのまきみ著 集英社(集英社みらい文庫) 2019年9月

四宮 幸紀　しのみや・こうき
四宮バレエ教室のオーナーの孫 「きみの心にふる雪を。一初恋のシーズン」 西本紘奈作;ダンミル絵 KADOKAWA(角川つばさ文庫) 2018年1月

篠宮 咲良　しのみや・さくら
飛鳥に密かに想いを寄せる少女、奥手で少し不器用な高校2年生 「ないしょのウサギくん」 時羽紘作;岩ちか絵 ポプラ社(ポケット・ショコラ) 2020年1月

篠宮 貴希　しのみや・たかき
サッカー部のFWで絶対的エースの高校2年生の少年 「青の誓約＝Fate of The BLUE：市条高校サッカー部」 綾崎隼著 KADOKAWA 2018年5月

篠宮 時音　しのみや・ときね
時が止まった世界で考司と出会う高校1年生の少女 「初恋ロスタイム」 仁科裕貴著;シソ絵 KADOKAWA(角川つばさ文庫) 2019年8月

四宮 仁菜　しのみや・にな
なぜが幽体が見えるクラスメート 「死神デッドライン 2」 針とら作;シソ絵 KADOKAWA(角川つばさ文庫) 2020年5月

四ノ宮 隼人　しのみや・はやと
花依に好意を抱くツンデレな性格の後輩 「小説映画私がモテてどうすんだ」 ぢゅん子原作;時海結以著 講談社(講談社KK文庫) 2020年6月

四宮 怜　しのみや・れい
夕陽の丘小学校5年3組チーム「トリプル・ゼロ」の一人で美少女マジシャン 「トリプル・ゼロの算数事件簿 ファイル7」 向井湘吾作;イケダケイスケ絵 ポプラ社(ポプラポケット文庫) 2018年5月

四宮 怜　しのみや・れい
夕陽の丘小学校5年3組チーム「トリプル・ゼロ」の一人で美少女マジシャン 「トリプル★ゼロの算数事件簿 ファイル1 図書館版」 向井湘吾作;イケダケイスケ絵 ポプラ社 2019年4月

四宮 怜　しのみや・れい
夕陽の丘小学校5年3組チーム「トリプル・ゼロ」の一人で美少女マジシャン 「トリプル★ゼロの算数事件簿 ファイル2 図書館版」 向井湘吾作;イケダケイスケ絵 ポプラ社 2019年4月

四宮 怜　しのみや・れい
夕陽の丘小学校5年3組チーム「トリプル・ゼロ」の一人で美少女マジシャン 「トリプル★ゼロの算数事件簿 ファイル3 図書館版」 向井湘吾作;イケダケイスケ絵 ポプラ社 2019年4月

四宮 怜　しのみや・れい
夕陽の丘小学校5年3組チーム「トリプル・ゼロ」の一人で美少女マジシャン 「トリプル★ゼロの算数事件簿 ファイル4 図書館版」 向井湘吾作;イケダケイスケ絵 ポプラ社 2019年4月

四宮 怜　しのみや・れい
夕陽の丘小学校5年3組チーム「トリプル・ゼロ」の一人で美少女マジシャン 「トリプル★ゼロの算数事件簿 ファイル5 図書館版」 向井湘吾作;イケダケイスケ絵 ポプラ社 2019年4月

四宮 怜　しのみや・れい
夕陽の丘小学校5年3組チーム「トリプル・ゼロ」の一人で美少女マジシャン 「トリプル★ゼロの算数事件簿 ファイル6 図書館版」 向井湘吾作;イケダケイスケ絵 ポプラ社 2019年4月

四宮 怜　しのみや・れい
夕陽の丘小学校5年3組チーム「トリプル・ゼロ」の一人で美少女マジシャン 「トリプル★ゼロの算数事件簿 ファイル7 図書館版」 向井湘吾作;イケダケイスケ絵 ポプラ社 2019年4月

詩之本 秋穂　しのもと・あきほ
さくらのクラスにやってきた転校生 「小説アニメカードキャプターさくら クリアカード編2」 CLAMP原作;有沢ゆう希著 講談社(講談社KK文庫) 2018年5月

詩之本 秋穂　しのもと・あきほ
さくらのクラスにやってきた転校生 「小説アニメカードキャプターさくら クリアカード編3」 CLAMP原作;有沢ゆう希著 講談社(講談社KK文庫) 2018年7月

詩之本 秋穂　しのもと・あきほ
さくらのクラスにやってきた転校生 「小説アニメカードキャプターさくら クリアカード編4」 CLAMP原作;有沢ゆう希著 講談社(講談社KK文庫) 2018年9月

寺刃 ジンペイ　じば・じんぺい
超エリート校のY学園内で起こる不可思議な出来事に挑む少年 「映画妖怪学園Y猫はHEROになれるか」 日野晃博製作総指揮・原案・脚本;レベルファイブ原作;松井香奈著;レベルファイブ監修;映画妖怪ウォッチ製作委員会監修 小学館(小学館ジュニア文庫) 2019年12月

柴田 竜広　しばた・たつひろ
朝の占いに一喜一憂する野球少年 「雨女とホームラン」 吉野万理子作;嶽まいこ絵 静山社 2020年5月

柴田のじいちゃん　しばたのじいちゃん
美月の団地の階下に住む独居老人、ピーコを助けるきっかけとなる人物 「団地のコトリ」 八束澄子著 ポプラ社(teens' best selections) 2020年8月

柴田 茉希　しばた・まき
ヒップホップダンスが得意なクール女子 「チア☆ダンROCKETS 3」 映画「チア☆ダン」製作委員会原作;木村涼子ドラマ脚本;徳尾浩司ドラマ脚本;渡邉真子ドラマ脚本;みうらかれん文;榊アヤミ絵 KADOKAWA(角川つばさ文庫) 2018年12月

柴田 茉希　しばた・まき
ヒップホップダンスが得意なワケあり女子 「チア☆ダンROCKETS 2」 映画「チア☆ダン」製作委員会原作;徳尾浩司ドラマ脚本;木村涼子ドラマ脚本;みうらかれん文;榊アヤミ絵 KADOKAWA(角川つばさ文庫) 2018年10月

柴田 茉希　しばた・まき
不登校中のワケあり女子 「チア☆ダンROCKETS 1」 映画「チア☆ダン」製作委員会原作;後藤法子ドラマ脚本;徳尾浩司ドラマ脚本;みうらかれん文;榊アヤミ絵 KADOKAWA(角川つばさ文庫) 2018年8月

しば山くん　しばやまくん
食べ物の好き嫌いがある小学校1年生 「へのへのカッパせんせい [2]―へのへのカッパせんせいシリーズ ; 2」 樫本学ヴさく・え 小学館 2019年11月

渋沢 栄一　しぶさわ・えいいち
日本資本主義の父と称される幕末から明治期にかけて活躍した実業家 「渋沢栄一 : 日本資本主義の父―歴史人物ドラマ」 小沢章友作;十々夜絵 講談社(講談社青い鳥文庫) 2020年11月

渋沢 栄一　しぶさわ・えいいち
農家の息子から将軍の家来となり頭脳で世を切り拓く若者 「幕末明治サバイバル!小説・渋沢栄一」 加納新太作;野間与太郎絵 KADOKAWA(角川つばさ文庫) 2020年12月

渋沢 栄一　しぶさわ・えいいち
農家出身で「日本資本主義の父」と呼ばれ500以上の企業育成に携わった実業家 「渋沢栄一伝 : 日本の未来を変えた男」 小前亮作 小峰書店 2020年12月

渋沢 成一郎　しぶさわ・せいいちろう
子どものころに遊びを教えてくれた栄一のいとこ 「幕末明治サバイバル!小説・渋沢栄一」 加納新太作;野間与太郎絵 KADOKAWA(角川つばさ文庫) 2020年12月

渋沢 元助　しぶさわ・もとすけ
栄一の父 「幕末明治サバイバル!小説・渋沢栄一」 加納新太作;野間与太郎絵 KADOKAWA(角川つばさ文庫) 2020年12月

シホせんせい
カタカナの正しい形や読み方を教えるハムスターの国語教師、「つたえあいましょうがっこう」1年1組の担任 「トソックオマトソート!―ゆかいなことばつたえあいましょうがっこう」 宮下すずか作;市居みか絵 くもん出版 2020年9月

しまうま
さばくのお城の王様に「まぼろしのどうぶつ」を探してお城に連れてくるよう頼まれたシマウマの子ども 「しまうまのたんけん」 トビイルツ作・絵 PHP研究所(とっておきのどうわ) 2019年5月

シマくん
冒険好きで道産子馬に乗って日本縦断する勇敢な学生 「馬のゴン太の大冒険」 島崎保久著;Lara絵 小学館 2018年7月

島津 才弥　しまず・さや
将棋になると別人のように殺気を放つ明るく気さくな女の子 「桂太の桂馬 [2]」 久麻當郎作;オズノユミ絵 集英社(集英社みらい文庫) 2020年9月

島津 義久　しまず・よしひさ
地獄の野球チーム「桶狭間ファルコンズ」の3番レフト 「戦国ベースボール [12]」 りょくち真太作;トリバタケハルノブ絵 集英社(集英社みらい文庫) 2018年3月

島田 航平　しまだ・こうへい
魔法の靴を求めて努力を重ねる小学生 「トップラン」 つげみさお作;森川泉絵 国土社 2020年10月

島田 草介　しまだ・そうすけ
タクミの幼なじみでタクミと一緒に事件を追い解決に導く頼もしい相棒 「からくり探偵団：茶運び人形の秘密」 藤江じゅん作;三木謙次絵　KADOKAWA　2019年3月

島田 草介　しまだ・そうすけ
タクミの幼なじみでタクミと一緒に事件を追い解決に導く頼もしい相棒 「からくり探偵団[2]」 藤江じゅん作;三木謙次絵　KADOKAWA　2020年3月

島田 洋介　しまだ・ようすけ
小学2年生で航平の弟 「トップラン」 つげみさお作;森川泉絵　国土社　2020年10月

島乃 活真　しまの・かつま
ヒーローに憧れる弱気な性格の真幌の弟 「僕のヒーローアカデミアTHE MOVIEヒーローズ:ライジング：ノベライズみらい文庫版」 堀越耕平原作・総監修・キャラクター原案;黒田洋介脚本;小川彗著　集英社(集英社みらい文庫)　2019年12月

島野 均　しまの・ひとし
いじめられて自殺しようとした中学2年生 「ぼくらののら犬砦―「ぼくら」シリーズ；26」 宗田理作　ポプラ社　2019年7月

島乃 真幌　しまの・まほろ
ちょっぴり勝気な女の子、活真の姉 「僕のヒーローアカデミアTHE MOVIEヒーローズ:ライジング：ノベライズみらい文庫版」 堀越耕平原作・総監修・キャラクター原案;黒田洋介脚本;小川彗著　集英社(集英社みらい文庫)　2019年12月

嶋村 直人　しまむら・なおと
悩み相談がきっかけで生活向上委員になった6年1組の不良っぽい男子 「生活向上委員会! 10」 伊藤クミコ作;桜倉メグ絵　講談社(講談社青い鳥文庫)　2019年3月

嶋村 直人　しまむら・なおと
悩み相談がきっかけで生活向上委員になった6年1組の不良っぽい男子 「生活向上委員会! 11」 伊藤クミコ作;桜倉メグ絵　講談社(講談社青い鳥文庫)　2019年8月

嶋村 直人　しまむら・なおと
悩み相談がきっかけで生活向上委員になった6年1組の不良っぽい男子 「生活向上委員会! 12」 伊藤クミコ作;桜倉メグ絵　講談社(講談社青い鳥文庫)　2019年12月

嶋村 直人　しまむら・なおと
悩み相談がきっかけで生活向上委員になった6年1組の不良っぽい男子 「生活向上委員会! 7」 伊藤クミコ作;桜倉メグ絵　講談社(講談社青い鳥文庫)　2018年3月

嶋村 直人　しまむら・なおと
悩み相談がきっかけで生活向上委員になった6年1組の不良っぽい男子 「生活向上委員会! 8」 伊藤クミコ作;桜倉メグ絵　講談社(講談社青い鳥文庫)　2018年7月

嶋村 直人　しまむら・なおと
悩み相談がきっかけで生活向上委員になった6年1組の不良っぽい男子 「生活向上委員会! 9」 伊藤クミコ作;桜倉メグ絵　講談社(講談社青い鳥文庫)　2018年11月

しまりすくん
地面の穴で暮らす縞模様のリス 「くろりすくんとしまりすくん」 いとうひろし作・絵　講談社　2020年5月

ジミー
ヒミツの力で人面犬になった週刊誌の元カメラマン 「恐怖コレクター 巻ノ14」 佐東みどり作;鶴田法男作;よん絵 KADOKAWA(角川つばさ文庫) 2020年6月

ジミー
ヒミツの力で人面犬になった週刊誌の元カメラマン 「恐怖コレクター 巻ノ15」 佐東みどり作;鶴田法男作;よん絵 KADOKAWA(角川つばさ文庫) 2020年12月

ジミー
週刊誌の元カメラマン 「恐怖コレクター 巻ノ11」 佐東みどり作;鶴田法男作;よん絵 KADOKAWA(角川つばさ文庫) 2019年4月

ジミー
週刊誌の元カメラマン 「恐怖コレクター 巻ノ12」 佐東みどり作;鶴田法男作;よん絵 KADOKAWA(角川つばさ文庫) 2019年8月

ジミー
週刊誌の元カメラマン 「恐怖コレクター 巻ノ13」 佐東みどり作;鶴田法男作;よん絵 KADOKAWA(角川つばさ文庫) 2019年12月

清水 蒼　しみず・あお
軽音部の人気者の男子 「これが恋かな? Case1」 小林深雪作;牧村久実絵 講談社(講談社青い鳥文庫) 2018年4月

清水 達矢　しみず・たつや
頼もしい勇気の父親 「ぼくが見たお父さんのはじめてのなみだ―おはなしみーつけた!シリーズ」 そうまこうへい作;石川えりこ絵 佼成出版社 2018年4月

清水 穂乃香　しみず・ほのか
亡き母の思い出の謎を解くため長崎の耕治に手紙を送る秋田在住の小学6年生 「手紙 : ふたりの奇跡」 福田隆浩著 講談社 2019年6月

清水 勇気　しみず・ゆうき
お父さんの涙を見たことがなくその理由を知りたくなる小学2年生の男の子 「ぼくが見たお父さんのはじめてのなみだ―おはなしみーつけた!シリーズ」 そうまこうへい作;石川えりこ絵 佼成出版社 2018年4月

志村 朝　しむら・あさ
理系スーパー特進コースの数学担当教師 「無限の中心で」 まはら三桃著 講談社 2020年6月

志村 新八　しむら・しんぱち
万事屋のメンバーで銀時を尊敬しつつツッコミ役としても活躍する眼鏡の少年 「銀魂 : 映画ノベライズみらい文庫版 2」 空知英秋原作;福田雄一脚本;田中創小説 集英社(集英社みらい文庫) 2018年8月

下月 史果　しもつき・ふみか
好きなこと得意なこともないと言う6年7組の少女 「生活向上委員会! 13」 伊藤クミコ作;桜倉メグ絵 講談社(講談社青い鳥文庫) 2020年4月

下町 シン　しもまち・しん
母を亡くし天涯孤独の少年 「映画妖怪ウォッチFOREVER FRIENDS」 日野晃博製作総指揮・原案・脚本;レベルファイブ原作;松井香奈著;レベルファイブ監修;映画妖怪ウォッチ製作委員会監修　小学館(小学館ジュニア文庫) 2018年12月

ジャイアン
のび太の仲間で力強さを活かして冒険を助ける心強い少年 「小説映画ドラえもんのび太の新恐竜」 藤子・F・不二雄原作;川村元気脚本;涌井学著　小学館(小学館ジュニア文庫) 2020年2月

ジャイアン
のび太の友人で大柄で力持ちだが根は優しい心を持つ少年 「小説STAND BY MEドラえもん」 藤子・F・不二雄原作;山崎貴著　小学館(小学館ジュニア文庫) 2020年11月

ジャイアン
強気で力持ちだが友達思いでのび太とウサギ王国に行く少年 「小説映画ドラえもんのび太の月面探査記」 藤子・F・不二雄原作;辻村深月著　小学館(小学館ジュニア文庫) 2019年2月

ジャイアン
強気で力持ちだが友達思いでのび太の宝探しに協力する少年 「小説映画ドラえもんのび太の宝島」 藤子・F・不二雄原作;川村元気脚本;涌井学著　小学館(小学館ジュニア文庫) 2018年2月

シャイフ
人の言葉を理解するアリババに飼われているペルシャ猫の子猫 「アリババの猫がきいている」 新藤悦子作;佐竹美保絵　ポプラ社 2020年2月

社会 レキ　しゃかい・れき
社会の教科書から生まれた歴史や地理にくわしい男子 「時間割男子 1」 一ノ瀬三葉作;榎のと絵　KADOKAWA(角川つばさ文庫) 2019年10月

社会 レキ　しゃかい・れき
社会の教科書から生まれた歴史や地理にくわしい男子 「時間割男子 2」 一ノ瀬三葉作;榎のと絵　KADOKAWA(角川つばさ文庫) 2020年2月

社会 レキ　しゃかい・れき
社会の教科書から生まれた歴史や地理にくわしい男子 「時間割男子 3」 一ノ瀬三葉作;榎のと絵　KADOKAWA(角川つばさ文庫) 2020年7月

社会 レキ　しゃかい・れき
社会の教科書から生まれた歴史や地理にくわしい男子 「時間割男子 4」 一ノ瀬三葉作;榎のと絵　KADOKAWA(角川つばさ文庫) 2020年12月

じゃがバタくん
アリに連れ去られキャベたまたんていに助けられる男の子 「キャベたまたんてい大ピンチ!ミクロのぼうけん―キャベたまたんていシリーズ」 三田村信行作;宮本えつよし絵　金の星社 2018年6月

邪鬼　じゃき
大きな刀を持った謎の少年 「怪狩り 巻ノ3」 佐東みどり作;鶴田法男作;冬木絵　KADOKAWA(角川つばさ文庫) 2020年4月

邪鬼　じゃき

大きな刀を持った謎の少年 「怪狩り 巻ノ4」 佐東みどり作;鶴田法男作;冬木絵 KADOKAWA(角川つばさ文庫) 2020年10月

シャクトリムシ

腰が痛くてキダマッチ先生を訪れる患者 「キダマッチ先生! 5」 今井恭子文;岡本順絵 BL出版 2020年10月

しゃしょうさん

さくら子の描いた「いえでででんしゃ」に現れた泣いている車掌 「いえでででんしゃ、しゅっぱつしんこう!」 あさのあつこ作;佐藤真紀子絵 新日本出版社 2020年3月

ジャスミン

ハワイ州生まれの平和活動家の女性 「ある晴れた夏の朝」 小手鞠るい著 偕成社 2018年8月

ジャック

カンガルーの天敵だがハリーと友達になるディンゴの赤ちゃん 「カンガルーがんばる!:どうぶつのかぞくカンガルー―シリーズどうぶつのかぞく」 佐川芳枝作;山田花菜絵 講談社 2019年1月

ジャック

人狼でアンナの幼なじみ 「赤ずきんと狼王―プリンセス・ストーリーズ」 久美沙織作;POO絵 KADOKAWA(角川つばさ文庫) 2019年7月

ジャック・谷川　じゃっくたにがわ

行方不明になっているトランクの元の持ち主で有名マジシャン 「タミーと魔法のことば = Tammy and the words of magic」 野田道子作;クボ桂汰絵 小峰書店 2020年5月

シャドウ・ジョーカー

ジョーカーにそっくりな謎の怪盗 「怪盗ジョーカー [7]」 たかはしひでやす原作;福島直浩著;佐藤大監修;寺本幸代監修 小学館(小学館ジュニア文庫) 2019年4月

ジャニス

ティムのママ 「ボス・ベイビー [2]」 佐藤結著 小学館(小学館ジュニア文庫) 2018年12月

ジャハルビート

カービィの友達、元三魔官の部下 「星のカービィ スターアライズ宇宙の大ピンチ!?編」 高瀬美恵作;苅野タウ絵;ぽと絵 KADOKAWA(角川つばさ文庫) 2018年8月

ジャム・パン

探偵、警視総監お許しの正義の大どろぼう 「大どろぼうジャム・パン [2]」 内田麟太郎作;藤本ともひこ絵 文研出版(わくわくえどうわ) 2018年11月

ジャム・パン

超能力者で表の顔は探偵、巨大ロボットに立ち向かう正義感あふれる大どろぼう 「大どろぼうジャム・パン [3]」 内田麟太郎作;藤本ともひこ絵 文研出版(わくわくえどうわ) 2019年11月

ジャム・パン
超能力者で表の顔は探偵、村を救うためネコのマリリンと共に活躍する大どろぼう 「大どろぼうジャム・パン [4]」 内田麟太郎作;藤本ともひこ絵　文研出版(わくわくえどうわ) 2020年11月

シャーリー・ホームズ
「ペンギン探偵社」ロンドン支社トップの探偵、名探偵シャーロック・ホームズの血を引く女の子 「華麗なる探偵アリス&ペンギン [11]」 南房秀久著;あるやイラスト　小学館(小学館ジュニア文庫) 2018年7月

シャーリー・ホームズ
ペンギン探偵社ロンドン支社トップの探偵 「華麗なる探偵アリス&ペンギン [15]」 南房秀久著;あるやイラスト　小学館(小学館ジュニア文庫) 2020年8月

ジャレット
ハーブ魔女トパーズの遺産を引き継いだ少女 「ジャレットと魔法のコイン―魔法の庭ものがたり ; 24」 あんびるやすこ作・絵　ポプラ社(ポプラ物語館) 2020年12月

ジャレット
ハーブ魔女トパーズの遺産を相続し、ハーブの不思議な力を大切にしている女の子 「100年ハチミツのあべこべ魔法―魔法の庭ものがたり ; 23」 あんびるやすこ作・絵　ポプラ社(ポプラ物語館) 2019年7月

ジャレット
ハーブ魔女トパーズの遺産を相続しトパーズ荘で暮らす人間の女の子 「ハーブ魔女とふしぎなかぎ―魔法の庭ものがたり ; 22」 あんびるやすこ作・絵　ポプラ社(ポプラ物語館) 2018年7月

シャレパン
金髪のウィッグをかぶっているオシャレなパンダにんじゃ 「パンダにんじゃ : どっくがわまいぞう金のなぞ」 藤田遼さく;SANAえ　PHP研究所(とっておきのどうわ) 2018年8月

シャーロ
カトリーとノアの相棒で話すことができる不思議な犬 「レイトンミステリー探偵社 : カトリーのナゾトキファイル 1」 日野晃博原作;レベルファイブ原案・監修;氷川一歩著　小学館(小学館ジュニア文庫) 2018年7月

シャーロ
カトリーとノアの相棒で話すことができる不思議な犬 「レイトンミステリー探偵社 : カトリーのナゾトキファイル 2」 日野晃博原作;レベルファイブ原案・監修;氷川一歩著　小学館(小学館ジュニア文庫) 2018年8月

シャーロ
カトリーとノアの相棒で話すことができる不思議な犬 「レイトンミステリー探偵社 : カトリーのナゾトキファイル 3」 日野晃博原作;レベルファイブ原案・監修;氷川一歩著　小学館(小学館ジュニア文庫) 2018年8月

シャーロ
カトリーとノアの相棒で話すことができる不思議な犬 「レイトンミステリー探偵社 : カトリーのナゾトキファイル 4」 日野晃博原作;レベルファイブ原案・監修;氷川一歩著　小学館(小学館ジュニア文庫) 2018年10月

ジャン
ぶっきらぼうだけど本当は優しい天才料理少年 「世界一周とんでもグルメ：はらぺこ少女、師匠に出会う」 廣嶋玲子作;モタ絵 KADOKAWA(角川つばさ文庫) 2018年5月

ジャン・天本 じゃんあまもと
世界的に有名なパティシエ 「リルリルフェアリルトゥインクル スピカと恋するケーキ―リルリルフェアリル；3」 中瀬理香作;瀬谷愛絵 ポプラ社 2018年7月

シャンシャン
シンシンとリーリーの間に生まれた元気なメスのパンダ 「パンダのシャンシャン日記：どうぶつの飼育員さんになりたい!」 万里アンナ作;ものゆう絵 KADOKAWA(角川つばさ文庫) 2018年8月

ジャン・マルロー
天才発明家レオナルド・ダ・ヴィンチの子孫で秘密のノートを探す少年、時計職人 「レオナルドの扉 2」 真保裕一作;しゅー絵 KADOKAWA(角川つばさ文庫) 2018年1月

ジュアヌ
「女書(ニュウシュ)」を刺繍したハンカチを見せてくれるチャオミンの友達 「思いはいのり、言葉はつばさ」 まはら三桃著 アリス館 2019年7月

シュウ
知識系の暗号が得意な男の子 「暗号サバイバル学園：秘密のカギで世界をすくえ! 01」 山本省三作;丸谷朋弘絵;入澤宣幸暗号図;松本弥ヒエログリフ監修 学研プラス 2020年9月

修 しゅう
麗乃の幼なじみの少年 「本好きの下剋上 第1部[1]」 香月美夜作;椎名優絵 TOブックス(TOジュニア文庫) 2019年7月

重吉さん じゅうきちさん
しげぞうのひいおじいさんで江戸っ子 「江戸っ子しげぞう わたる世間に虫歯なし!の巻―江戸っ子しげぞうシリーズ；3」 本田久作作;杉崎貴史絵 ポプラ社 2018年4月

ジュウシマツ
ピラミッド探索のガイドを務めダヨンクスの謎解きに挑む6つ子の一人 「小説おそ松さん：6つ子とエジプトとセミ」 赤塚不二夫原作;都築奈央著;おそ松さん製作委員会監修 小学館(小学館ジュニア文庫) 2018年2月

十条 明日香 じゅうじょう・あすか
恋を知らない超お嬢様で同級生と「恋人のフリ契約」をすることになる少女 「ウソカレ!?：この"恋"はだれにもナイショです」 神戸遥真作;藤原ゆん絵 集英社(集英社みらい文庫) 2020年5月

十条 明日香 じゅうじょう・あすか
恋を知らない超お嬢様で同級生と「恋人のフリ契約」をすることになる少女 「ウソカレ!? [2]」 神戸遥真作;藤原ゆん絵 集英社(集英社みらい文庫) 2020年10月

十年屋のマスター じゅうねんやのますたー
時の魔法使い、大切なものを思い出と共に預かる魔法の店「十年屋」のマスター 「十年屋 時の魔法はいかがでしょう? 児童版」 廣嶋玲子作;佐竹美保絵 ほるぷ出版 2019年12月

十年屋のマスター　じゅうねんやのますたー
人々の大切な品物や思い出を魔法で預かる時の魔法使い「十年屋：児童版 2」廣嶋玲子作;佐竹美保絵　ほるぷ出版　2020年2月

十年屋のマスター　じゅうねんやのますたー
人々の大切な品物や思い出を魔法で預かる時の魔法使い「十年屋：児童版 3」廣嶋玲子作;佐竹美保絵　ほるぷ出版　2020年2月

十年屋のマスター　じゅうねんやのますたー
人々の大切な品物や思い出を魔法で預かる時の魔法使い「十年屋：時の魔法はいかがでしょう?」廣嶋玲子作;佐竹美保絵　静山社　2018年7月

十年屋のマスター　じゅうねんやのますたー
人々の大切な品物や思い出を魔法で預かる時の魔法使い「十年屋 2」廣嶋玲子作;佐竹美保絵　静山社　2019年2月

十年屋のマスター　じゅうねんやのますたー
人々の大切な品物や思い出を魔法で預かる時の魔法使い「十年屋 3」廣嶋玲子作;佐竹美保絵　静山社　2019年7月

十年屋のマスター　じゅうねんやのますたー
人々の大切な品物や思い出を魔法で預かる時の魔法使い「十年屋 4」廣嶋玲子作;佐竹美保絵　静山社　2020年6月

十文字 吉樹　じゅうもんじ・よしき
忍者になるために本の修行に励む小学4年生の男の子「なみきビブリオバトル・ストーリー2」森川成美作;おおぎやなぎちか作;赤羽じゅんこ作;松本聰美作;黒須高嶺絵　さ・え・ら書房　2018年2月

十郎　じゅうろう
6年1組のボス「早咲きの花：ぼくらは戦友」宗田理作;YUME絵　KADOKAWA(角川つばさ文庫)　2019年8月

シュシュ
りんごの友達でいつでも一緒のうさぎ「とつぜんのシンデレラ：ひみつのポムポムちゃん―おともだちピース」ハタノヒヨコ原案・絵;講談社編集;村山早紀文　講談社　2020年5月

酒呑童子　しゅてんどうじ
竹取屋敷で中学生の緒崎若菜と同居する見た目はイケメンの男の子だが伝説の妖怪「緒崎さん家の妖怪事件簿 [3]」築山桂著;かすみのイラスト　小学館(小学館ジュニア文庫)　2018年1月

酒呑童子　しゅてんどうじ
竹取屋敷で中学生の緒崎若菜と同居する見た目はイケメンの男の子だが伝説の妖怪「緒崎さん家の妖怪事件簿 [4]」築山桂著;かすみのイラスト　小学館(小学館ジュニア文庫)　2018年10月

酒呑童子　しゅてんどうじ
都でお姫様を次々とさらう鬼たちの親分「きんたろう―日本の伝説」堀切リエ文;いしいつとむ絵　子どもの未来社　2019年1月

シュヴァリエ
「ペンギン探偵社」で見習い中の夕星アリスのクラスメート、探偵シュヴァリエという名でテレビで活躍している中学2年生 「華麗なる探偵アリス&ペンギン [11]」 南房秀久著;あるやイラスト 小学館(小学館ジュニア文庫) 2018年7月

シュヴァリエ
「ペンギン探偵社」で見習い中の夕星アリスのクラスメート、探偵シュヴァリエという名でテレビで活躍している中学2年生 「華麗なる探偵アリス&ペンギン [12]」 南房秀久著;あるやイラスト 小学館(小学館ジュニア文庫) 2018年12月

シュヴァリエ
アリスのクラスメート、探偵シュヴァリエという名でテレビで活躍している中学2年生 「華麗なる探偵アリス&ペンギン [13]」 南房秀久著;あるやイラスト 小学館(小学館ジュニア文庫) 2019年10月

シュヴァリエ
アリスのクラスメート、探偵シュヴァリエという名でテレビで活躍している中学2年生 「華麗なる探偵アリス&ペンギン [14]」 南房秀久著;あるやイラスト 小学館(小学館ジュニア文庫) 2020年2月

シュヴァリエ
アリスのクラスメート、探偵シュヴァリエという名でテレビで活躍している中学2年生 「華麗なる探偵アリス&ペンギン [15]」 南房秀久著;あるやイラスト 小学館(小学館ジュニア文庫) 2020年8月

ジュラちゃん
ゲンちゃんの友達で原始時代の子ども 「ゲンちゃんはおサルじゃありません」 阿部夏丸作;高畠那生絵 講談社(どうわがいっぱい) 2018年5月

樹羅野 白亜　じゅらの・はくあ
クラスでいちばん背が高いことを少し気にしながらも探偵活動を始める小学5年生 「放課後のジュラシック : 赤い爪の秘密」 森晶麿著;田中寛崇イラスト PHP研究所(PHPジュニアノベル) 2018年10月

ジュリアス・ワーナー
ゲームクリエイター集団「栗井栄太」のメンバー、小学6年生の男の子 「都会(まち)のトム&ソーヤ 15」 はやみねかおる著 講談社(YA!ENTERTAINMENT) 2018年3月

ジュルナ
「魔女カルチャー」で記事を書いている記者魔女 「らくだい記者と白雪のドレス―なんでも魔女商会 ; 26」 あんびるやすこ著 岩崎書店(おはなしガーデン) 2018年12月

シュロイ・ハマ
リャクランの父親、クシカ将軍の参謀 「X-01 3」 あさのあつこ著 講談社(YA!ENTERTAINMENT) 2019年11月

シュン
アガルタという遠い地から来たアスナと心を通わせる少年 「小説星を追う子ども―新海誠ライブラリー」 新海誠原作;あきさかあさひ著 汐文社 2018年12月

しゅん
めいの幼なじみの男の子 「リルリルフェアリルトゥインクル スピカと恋するケーキ―リルリルフェアリル ; 3」 中瀬理香作;瀬谷愛絵 ポプラ社 2018年7月

シュン
地下世界アガルタからやってきた少年 「星を追う子ども」 新海誠原作;あきさかあさひ文;ちーこ絵 KADOKAWA(角川つばさ文庫) 2018年1月

ジュン
「森の家」に参加する中学生 「世界とキレル」 佐藤まどか著 あすなろ書房 2020年9月

純 じゅん
翔太の友達、一緒に忘れ物を届けに行く小学6年生の少年 「夕焼け色のわすれもの」 たかのけんいち作;千海博美絵 講談社(講談社文学の扉) 2019年2月

春菊 しゅんぎく
結婚式を挙げたいと依頼しに来たタヌキガール 「妖怪一家のウェディング大作戦―妖怪一家九十九さん」 富安陽子作;山村浩二絵 理論社 2019年2月

俊介 しゅんすけ
広島平和記念資料館の訪問を通じて成長する14歳の中学生 「ワタシゴト:14歳のひろしま」 中澤晶子作;ささめやゆきえ 汐文社 2020年7月

淳平 じゅんぺい
真実の恋を求めて恋愛リアリティーショーに参加する本気の恋を追い求める若者、ダンサー 「オオカミくんには騙されない:本気の恋と、切ない嘘」 AbemaTV『オオカミくんには騙されない♥』原案・企画協力;深海ゆずは作;遠山えま絵 KADOKAWA(角川つばさ文庫) 2020年1月

ジュンヤ
オーストラリアで生まれ育った5年生でクラスメートとの関係に悩む少年 「グランパと僕らの宝探し:ドゥリンビルの仲間たち」 大矢純子作;みしまゆかり絵 朝日学生新聞社 2018年1月

ジョー
おばけマンションの中庭に住む虫の神さま、ミチルをゴキブリに変えた存在 「こわ～い!?わる～い!?おばけ虫―おばけマンション;45」 むらいかよ著 ポプラ社(ポプラ社の新・小さな童話) 2019年2月

しょうかき
おおなわとび大会で練習に励むが、失敗が続き時計と対立する教室の一員 「教室の日曜日[2]」 村上しいこ作;田中六大絵 講談社(わくわくライブラリー) 2020年5月

小路 絵麻 しょうじ・えま
おっちょこちょいなムードメーカーの女の子 「1% 10」 このはなさくら作;高上優里子絵 KADOKAWA(角川つばさ文庫) 2018年8月

小路 絵麻 しょうじ・えま
おっちょこちょいなムードメーカーの女の子 「1% 12」 このはなさくら作;高上優里子絵 KADOKAWA(角川つばさ文庫) 2019年4月

小路 絵麻 しょうじ・えま
おっちょこちょいなムードメーカーの女の子 「1% 15」 このはなさくら作;高上優里子絵 KADOKAWA(角川つばさ文庫) 2020年4月

小路 絵麻　しょうじ・えま
おっちょこちょいなムードメーカーの女の子 「1% 9」 このはなさくら作;高上優里子絵 KADOKAWA(角川つばさ文庫) 2018年4月

少女　しょうじょ
町中で一人でいるところを警察官に保護される少女 「貞子：角川つばさ文庫版」 鈴木光司原作;杉原憲明映画脚本;山室有紀子文;あきづきりょう絵 KADOKAWA(角川つばさ文庫) 2019年5月

少女(マリア)　しょうじょ(まりあ)
記憶をなくし異世界グリーズランドで母の行方を追う少女 「グリーズランド = THE GRiSE LAND 1」 黒野伸一著 静山社 2019年2月

笑酔亭 粋梅　しょうすいてい・いきうめ
10年前に失踪して行方不明だった名人と呼ばれる落語家 「落語少年サダキチ さん」 田中啓文作;朝倉世界一画 福音館書店 2019年5月

照三　しょうぞう
回収車の乗員 「火狩りの王 2」 日向理恵子作;山田章博絵 ほるぷ出版 2019年5月

ショウタ
デジタル新聞部部長で隣のクラスの男の子 「謎新聞ミライタイムズ = The Mirai Times 2」 佐東みどり著;フルカワマモる絵;SCRAP謎制作;「シャキーン!」制作スタッフ監修 ポプラ社 2018年4月

しょうた
水泳体会のリレーに出るためクロールの挑戦を始める小学校3年生の男の子 「しゅくだいクロール」 福田岩緒作・絵 PHP研究所(とっておきのどうわ) 2018年6月

翔太　しょうた
元気でサッカーが大好きな男の子 「消えた時間割」 西村友里作;大庭賢哉絵 学研プラス(ジュニア文学館) 2018年5月

翔太　しょうた
厚司の住む団地へ忘れ物を届けに行き、不思議議な光景を目撃する小学6年生の少年 「夕焼け色のわすれもの」 たかのけんいち作;千海博美絵 講談社(講談社文学の扉) 2019年2月

翔太　しょうた
消えた落とし物箱の謎を追う声が大きくいつも元気な少年 「消えた落とし物箱」 西村友里作;大庭賢哉絵 学研プラス(ジュニア文学館) 2020年7月

翔太　しょうた
日中に死んだはずが夜に美雪の前に現れ彼女と共に「カラダ探し」の真相を追う男子生徒 「カラダ探し 第2夜2」 ウェルザード著 双葉社(双葉社ジュニア文庫) 2018年3月

翔太　しょうた
美雪と共に呪いの真相を追い続けるが謎の男にスコップで襲われるなど過酷な状況に巻き込まれる男子生徒 「カラダ探し 第2夜3」 ウェルザード著 双葉社(双葉社ジュニア文庫) 2018年7月

荘田 千秋(チャキ)　しょうだ・ちあき(ちゃき)
麦菜の同級生で友人、ショートカットのボーイッシュな少女 「ドーナツの歩道橋」 升井純子著 ポプラ社(teens' best selections) 2020年3月

正太郎　しょうたろう
美登利の友人、長吉と対立する13歳の少年 「たけくらべ：文豪ブックス―Kodomo Books」 樋口一葉著 オモドック 2018年7月

しょうちゃん
2年2組の仲良し3人組の一員、友達と共にクラスメートの悲しみに触れ死について思索する男の子 「ひきがえるにげんまん」 最上一平作;武田美穂絵 ポプラ社(本はともだち♪) 2018年6月

少年　しょうねん
ヒツジのぬいぐるみのアバターでルームの参加者の一人 「奇譚ルーム」 はやみねかおる著 朝日新聞出版 2018年3月

庄野 あかり　しょうの・あかり
小さな美術館を秘密基地にしスパイ活動にいそしむ小学生女子3人組の一人 「異界からのラブレター―スパイガールGOKKO」 薫くみこ作;高橋由季絵 ポプラ社(ノベルズ・エクスプレス) 2020年5月

庄野 あかり　しょうの・あかり
小さな美術館を秘密基地にしスパイ活動にいそしむ小学生女子3人組の一人 「極秘任務はおじょうさま：スパイガールGOKKO」 薫くみこ作;高橋由季絵 ポプラ社(ノベルズ・エクスプレス) 2019年11月

庄野 あかり　しょうの・あかり
大人びた外見とは裏腹に夢見がちな小学6年生の女の子 「スパイガールGOKKO：温泉は死のかおり」 薫くみこ作;高橋由季絵 ポプラ社(ノベルズ・エクスプレス) 2018年8月

正野 渉　しょうの・わたる
小学4年生、おばあちゃんを大切に思いながらも気持ちをうまく伝えられずに悩む男の子 「キセキのスパゲッティー」 山本省三作;十々夜絵 フレーベル館(ものがたりの庭) 2019年11月

上武 林檎　じょうぶ・りんご
幼なじみでクラスメートの女の子 「撮り鉄Wクロス!：対決!ターゲットはサフィール号」 豊田巧作;田伊りょうき絵 あかね書房 2020年10月

翔平　しょうへい
智が元の世界に戻る手助けをする友達 「おれからもうひとりのぼくへ」 相川郁恵作;佐藤真紀子絵 岩崎書店(おはなしガーデン) 2018年8月

女王アリ　じょおうあり
キャベたまたんていに難問を課すアリの巣の支配者 「キャベたまたんてい大ピンチ!ミクロのぼうけん―キャベたまたんていシリーズ」 三田村信行作;宮本えつよし絵 金の星社 2018年6月

女王蜂　じょおうばち
卵を産み巣を管理する一方で外敵と戦いながら巣を守る群れの中心となるあしなが蜂 「あしなが蜂と暮らした夏」 甲斐信枝著 中央公論新社 2020年10月

ジョーカー
世界を股にかける「ミラクルメイカー」の異名を持つ怪盗 「怪盗ジョーカー [7]」 たかはしひでやす原作;福島直浩著;佐藤大監修;寺本幸代監修 小学館(小学館ジュニア文庫) 2019年4月

ジョーカー
無表情で沈着冷静なクイーンの仕事上のパートナー 「怪盗クイーンニースの休日 : アナミナティの祝祭 前編」 はやみねかおる作;K2商会絵 講談社(講談社青い鳥文庫) 2019年7月

ジョーカー
無表情で沈着冷静なクイーンの仕事上のパートナー 「怪盗クイーンモナコの決戦 : アナミナティの祝祭 後編」 はやみねかおる作;K2商会絵 講談社(講談社青い鳥文庫) 2019年8月

職員室の仲間たち しょくいんしつのなかまたち
図書魔女ちゃんとバクチャンに頼み事をされる職員室の仲間たち 「職員室の日曜日 [2]」 村上しいこ作;田中六大絵 講談社(わくわくライブラリー) 2019年5月

ショコラ
亜湖に不思議な風景を添えたメールを送り始める謎の人物 「恋の始まりはヒミツのメールで」 一色美雨季作;雨宮うり絵 ポプラ社(ポケット・ショコラ) 2018年5月

ショコラ
中学1年生、コスメボックスから現れた妖精・ちぇるし〜によってモデルのショコラに変身した少女 「ゆめ☆かわ ここあのコスメボックス [2]」 伊集院くれあ著;池田春香イラスト 小学館(小学館ジュニア文庫) 2018年2月

ショコラ
中学1年生、コスメボックスから現れた妖精・ちぇるし〜によってモデルのショコラに変身した少女 「ゆめ☆かわ ここあのコスメボックス [3]」 伊集院くれあ著;池田春香イラスト 小学館(小学館ジュニア文庫) 2018年7月

ショコラ
中学1年生、コスメボックスから現れた妖精・ちぇるし〜によってモデルのショコラに変身した少女 「ゆめ☆かわ ここあのコスメボックス [4]」 伊集院くれあ著;池田春香イラスト 小学館(小学館ジュニア文庫) 2019年4月

ショコラ
中学1年生、コスメボックスから現れた妖精・ちぇるし〜によってモデルのショコラに変身した少女 「ゆめ☆かわ ここあのコスメボックス [5]」 伊集院くれあ著;池田春香イラスト 小学館(小学館ジュニア文庫) 2019年7月

ショコラ
中学1年生、コスメボックスから現れた妖精・ちぇるし〜によってモデルのショコラに変身した少女 「ゆめ☆かわ ここあのコスメボックス [6]」 伊集院くれあ著;池田春香イラスト 小学館(小学館ジュニア文庫) 2020年4月

ジョゼ
車いすで生活しながら冒険を夢見る少女 「アニメ映画ジョゼと虎と魚たち」 田辺聖子原作;百瀬しのぶ文;あきづきりょう挿絵 KADOKAWA(角川つばさ文庫) 2020年12月

ジョゼフ
少女を助けしばらく一緒に暮らす農夫 「グリーズランド = THE GRiSE LAND 1」 黒野伸一著 静山社 2019年2月

ジョー先生 じょーせんせい
文化祭のコンサートの指導者で有名ピアニスト 「ギフト、ぼくの場合」 今井恭子作 小学館 2020年6月

しょったん
何の取り柄もなかったが小学5年生の時の先生に褒められたことで将棋に夢中になる少年 「泣き虫しょったんの奇跡」 瀬川晶司作;青木幸子絵 講談社(講談社青い鳥文庫) 2018年8月

ジョン
言葉を話せるようになった犬、ラジオ番組「レディオ ワン」のラジオDJ 「レディオワン」 斉藤倫著;クリハラタカシ画 光村図書出版(飛ぶ教室の本) 2019年11月

ジョン万次郎 じょんまんじろう
漁の船が遭難しアメリカの捕鯨船に助けられアメリカへ渡る日本人の少年 「ジョン万次郎―波乱に満ちておもしろい!ストーリーで楽しむ伝記 ; 4」 金原瑞人著;佐竹美保絵 岩崎書店 2020年2月

白井 玲 しらい・あきら
陽人と同じサッカークラブ所属の少年、陽人と幼なじみで親友 「逃走中 : オリジナルストーリー : 参加者は小学生!?渋谷の街を逃げまくれ!」 小川彗著;白井鋭利絵 集英社(集英社みらい文庫) 2019年9月

白井 玲 しらい・あきら
陽人と同じサッカークラブ所属の少年、陽人と幼なじみで親友 「逃走中 : オリジナルストーリー [2]」 小川彗著 集英社(集英社みらい文庫) 2020年9月

白石 明日香 しらいし・あすか
ココとヒナを教えるバレエの先生 「リトル☆バレリーナ 1」 工藤純子作;佐々木メエ絵;村山久美子監修 学研プラス 2020年8月

白石 明日香 しらいし・あすか
ココとヒナを教えるバレエの先生 「リトル☆バレリーナ 2」 工藤純子作;佐々木メエ絵;村山久美子監修 学研プラス 2020年12月

白石 昴 しらいし・すばる
中学1年生、目が不自由ながらもクライミングに挑戦する態度が少し尖った少年 「星くずクライミング」 樫崎茜作;杉山巧画 くもん出版(くもんの児童文学) 2019年11月

白石 大智 しらいし・だいち
夕陽の丘小学校6年3組、算数の大天才で雄天の師匠 「トリプル★ゼロの算数事件簿 ファイル5 図書館版」 向井湘吾作;イケダケイスケ絵 ポプラ社 2019年4月

白石 大智 しらいし・だいち
夕陽の丘小学校6年3組で生徒たちから圧倒的な人気を誇る児童会の副会長 「トリプル・ゼロの算数事件簿 ファイル7」 向井湘吾作;イケダケイスケ絵 ポプラ社(ポプラポケット文庫) 2018年5月

白石 大智　しらいし・だいち
夕陽の丘小学校6年3組で生徒たちから圧倒的な人気を誇る児童会の副会長 「トリプル★ゼロの算数事件簿 ファイル6 図書館版」 向井湘吾作;イケダケイスケ絵 ポプラ社 2019年4月

白石 大智　しらいし・だいち
夕陽の丘小学校6年3組で読書家の児童会の副会長 「トリプル★ゼロの算数事件簿 ファイル2 図書館版」 向井湘吾作;イケダケイスケ絵 ポプラ社 2019年4月

白石 大智　しらいし・だいち
夕陽の丘小学校6年3組で読書家の児童会の副会長 「トリプル★ゼロの算数事件簿 ファイル3 図書館版」 向井湘吾作;イケダケイスケ絵 ポプラ社 2019年4月

白石 大智　しらいし・だいち
夕陽の丘小学校6年3組で読書家の児童会の副会長 「トリプル★ゼロの算数事件簿 ファイル4 図書館版」 向井湘吾作;イケダケイスケ絵 ポプラ社 2019年4月

白石 大智　しらいし・だいち
夕陽の丘小学校6年3組で読書家の児童会の副会長 「トリプル★ゼロの算数事件簿 ファイル7 図書館版」 向井湘吾作;イケダケイスケ絵 ポプラ社 2019年4月

白石 萌　しらいし・もえ
朝日小学校6年1組で図書委員の本が大好きな女の子 「トキメキ・図書館 PART15」 服部千春作;ほおのきソラ絵 講談社(講談社青い鳥文庫) 2018年1月

白石 悠真　しらいし・ゆうま
神高の生徒会会計を務める葵の同級生、明るくムードメーカー的な存在の少年 「「未完成」なぼくらの、生徒会」 麻希一樹著 KADOKAWA 2019年7月

白石 ゆの　しらいし・ゆの
私立三ツ星学園の中学1年生、勉強も運動も苦手だがムダに元気な少女 「こちらパーティー編集部っ! 10」 深海ゆずは作;榎木りか絵 KADOKAWA(角川つばさ文庫) 2018年1月

白石 ゆの　しらいし・ゆの
私立三ツ星学園の中学1年生、勉強も運動も苦手だがムダに元気な少女 「こちらパーティー編集部っ! 11」 深海ゆずは作;榎木りか絵 KADOKAWA(角川つばさ文庫) 2018年7月

白石 ゆの　しらいし・ゆの
私立三ツ星学園の中学1年生、勉強も運動も苦手だがムダに元気な少女 「こちらパーティー編集部っ! 12」 深海ゆずは作;榎木りか絵 KADOKAWA(角川つばさ文庫) 2019年2月

白石 ゆの　しらいし・ゆの
私立三ツ星学園の中学1年生、勉強も運動も苦手だがムダに元気な少女 「こちらパーティー編集部っ! 13」 深海ゆずは作;榎木りか絵 KADOKAWA(角川つばさ文庫) 2019年7月

白石 ゆの　しらいし・ゆの
私立三ツ星学園の中学1年生の少女、「パーティー」の編集長 「こちらパーティー編集部っ! 14」 深海ゆずは作;榎木りか絵 KADOKAWA(角川つばさ文庫) 2020年3月

白石 ゆの　しらいし・ゆの
私立三ツ星学園の中学1年生の少女、「パーティー」の編集長 「スイッチ!×こちらパーティー編集部っ!：私たち、入れ替わっちゃった!?」 深海ゆずは作;加々見絵里絵;榎木りか絵 KADOKAWA(角川つばさ文庫) 2020年9月

白石 怜央　しらいし・れお
青星学園中等部1年のゆずの同級生、おしゃれな現役モデルの男の子 「青星学園★チームEYE-Sの事件ノート[10]」 相川真作;立樹まや絵 集英社(集英社みらい文庫) 2020年12月

白石 怜央　しらいし・れお
青星学園中等部1年のゆずの同級生、おしゃれな現役モデルの男の子 「青星学園★チームEYE-Sの事件ノート[2]」 相川真作;立樹まや絵 集英社(集英社みらい文庫) 2018年5月

白石 怜央　しらいし・れお
青星学園中等部1年のゆずの同級生、おしゃれな現役モデルの男の子 「青星学園★チームEYE-Sの事件ノート[3]」 相川真作;立樹まや絵 集英社(集英社みらい文庫) 2018年9月

白石 怜央　しらいし・れお
青星学園中等部1年のゆずの同級生、おしゃれな現役モデルの男の子 「青星学園★チームEYE-Sの事件ノート[6]」 相川真作;立樹まや絵 集英社(集英社みらい文庫) 2019年9月

白石 怜央　しらいし・れお
青星学園中等部1年のゆずの同級生、おしゃれな現役モデルの男の子 「青星学園★チームEYE-Sの事件ノート[7]」 相川真作;立樹まや絵 集英社(集英社みらい文庫) 2019年12月

白石 怜央　しらいし・れお
青星学園中等部1年のゆずの同級生、おしゃれな現役モデルの男の子 「青星学園★チームEYE-Sの事件ノート[8]」 相川真作;立樹まや絵 集英社(集英社みらい文庫) 2020年4月

白石 怜央　しらいし・れお
青星学園中等部1年のゆずの同級生、おしゃれな現役モデルの男の子 「青星学園★チームEYE-Sの事件ノート[9]」 相川真作;立樹まや絵 集英社(集英社みらい文庫) 2020年9月

白井 直政　しらい・なおまさ
凛太の幼なじみの少年 「わたしのチョコレートフレンズ」 嘉成晴香作;トミイマサコ絵 朝日学生新聞社 2018年6月

白川 朝日　しらかわ・あさひ
湊の幼なじみでサッカー部の同期 「溺愛120%の恋：クールな生徒会長は私だけにとびきり甘い」 *あいら*著;かなめもにか絵 スターツ出版(野いちごジュニア文庫) 2020年8月

白川 セイ　しらかわ・せい
光を操る西方白龍族の王子 「龍神王子(ドラゴン・プリンス)! 12」 宮下恵茉作;kaya8絵 講談社(講談社青い鳥文庫) 2018年4月

白川 セイ　しらかわ・せい
光を操る西方白龍族の王子 「龍神王子(ドラゴン・プリンス)! 13」 宮下恵茉作;kaya8絵 講談社(講談社青い鳥文庫) 2018年8月

白川 セイ　しらかわ・せい
光を操る西方白龍族の王子 「龍神王子(ドラゴン・プリンス)! 14」 宮下恵茉作;kaya8絵 講談社(講談社青い鳥文庫) 2018年12月

白川 セイ　しらかわ・せい
光を操る西方白龍族の王子 「龍神王子(ドラゴン・プリンス)! 15」 宮下恵茉作;kaya8絵 講談社(講談社青い鳥文庫) 2019年4月

白川 セイ　しらかわ・せい
西方白龍族の王子 「龍神王子(ドラゴン・プリンス)! 外伝」 宮下恵茉作;kaya8絵 講談社(講談社青い鳥文庫) 2020年6月

白河 タクミ　しらかわ・たくみ
学年トップクラスの成績に端整な顔立ちで「白王子」と呼ばれる男子 「小説黒崎くんの言いなりになんてならない 1―Kodansha Comics DELUXE」 マキノ原作・イラスト;森川成美著 講談社 2019年2月

白河 タクミ　しらかわ・たくみ
学年トップクラスの成績に端整な顔立ちで「白王子」と呼ばれる男子 「小説黒崎くんの言いなりになんてならない 2―Kodansha Comics DELUXE」 マキノ原作・イラスト;森川成美著 講談社 2019年2月

白河 タクミ　しらかわ・たくみ
学年トップクラスの成績に端整な顔立ちで「白王子」と呼ばれる男子 「小説黒崎くんの言いなりになんてならない 3―Kodansha Comics DELUXE」 マキノ原作・イラスト;森川成美著 講談社 2019年2月

白川 円香　しらかわ・まどか
FC6年1組のマネージャー 「FC6年1組：クラスメイトはチームメイト!一斗と純のキセキの試合」 河端朝日作;千田純生絵 集英社(集英社みらい文庫) 2018年6月

白川 円香　しらかわ・まどか
FC6年1組のマネージャー 「FC6年1組 [2]」 河端朝日作;千田純生絵 集英社(集英社みらい文庫) 2018年10月

白川 円香　しらかわ・まどか
FC6年1組のマネージャー 「FC6年1組 [3]」 河端朝日作;千田純生絵 集英社(集英社みらい文庫) 2019年3月

白川 みう　しらかわ・みう
ちょっぴりイタズラ好きな小学4年生の女の子 「いたずら★死霊使い(ネクロマンサー)：大賢者ピタゴラスがあらわれた!?」 白水晴鳥作;もけお絵 講談社(講談社青い鳥文庫) 2019年9月

白川 みほ　しらかわ・みほ
みうのお母さん、発明家 「いたずら★死霊使い(ネクロマンサー)：大賢者ピタゴラスがあらわれた!?」 白水晴鳥作;もけお絵 講談社(講談社青い鳥文庫) 2019年9月

シラギク
森の中の「シラギククリーニング」の店主のおばあさん 「森のクリーニング店シラギクさん」 高森美由紀作;jyajya絵 あかね書房(スプラッシュ・ストーリーズ) 2019年9月

白狐魔丸 しらこままる
白駒山の仙人の弟子となり修行の後人間に化けることができるようになったキツネ 「天保の虹―白狐魔記」 斉藤洋作 偕成社 2019年12月

白咲 由姫 しらさき・ゆき
ワケあって地味子ちゃんに変装中の高校2年生の少女 「総長さま、溺愛中につき。1」 *あいら*著;茶乃ひなの絵 スターツ出版(野いちごジュニア文庫) 2020年12月

白里 奏 しらさと・かなで
アスカになついている後輩、響の妹 「怪盗レッド 17」 秋木真作;しゅー絵 KADOKAWA(角川つばさ文庫) 2019年12月

白里 奏 しらさと・かなで
アスカになついている後輩、名探偵白里響の妹 「怪盗レッド 18」 秋木真作;しゅー絵 KADOKAWA(角川つばさ文庫) 2020年6月

白里 響 しらさと・ひびき
夏ノ瀬学園初等部6年生、警察の捜査に口を出せる特別捜査許可証を持つ少年探偵 「少年探偵響 6」 秋木真作;しゅー絵 KADOKAWA(角川つばさ文庫) 2019年7月

白里 響 しらさと・ひびき
夏ノ瀬学園初等部6年生、警察の捜査に口を出せる特別捜査許可証を持つ少年探偵 「少年探偵響 7」 秋木真作;しゅー絵 KADOKAWA(角川つばさ文庫) 2020年10月

白里 響 しらさと・ひびき
高校生探偵で怪盗レッドのライバル 「怪盗レッド 16」 秋木真作;しゅー絵 KADOKAWA(角川つばさ文庫) 2019年3月

白里 響 しらさと・ひびき
高校生探偵で怪盗レッドのライバル 「怪盗レッド 17」 秋木真作;しゅー絵 KADOKAWA(角川つばさ文庫) 2019年12月

シラス
2年前に迷い込んできた沢木家の飼い猫 「もしも、この町で 1」 服部千春作;ほおのきソラ絵 講談社(講談社青い鳥文庫) 2018年7月

シラス
2年前に迷い込んできた沢木家の飼い猫 「もしも、この町で 2」 服部千春作;ほおのきソラ絵 講談社(講談社青い鳥文庫) 2018年12月

シラス
2年前に迷い込んできた沢木家の飼い猫 「もしも、この町で 3」 服部千春作;ほおのきソラ絵 講談社(講談社青い鳥文庫) 2019年6月

白兎 計太 しらと・けいた
中学2年生のアリスのクラスメート、アリスが変身するアリス・リドルの大ファンで数字と時計が大好きな少年 「華麗なる探偵アリス&ペンギン [12]」 南房秀久著;あるやイラスト 小学館(小学館ジュニア文庫) 2018年12月

白兎 計太　しらと・けいた
中学2年生のアリスのクラスメート、アリスが変身するアリス・リドルの大ファンで数字と時計が大好きな少年 「華麗なる探偵アリス&ペンギン [13]」 南房秀久著;あるやイラスト 小学館(小学館ジュニア文庫) 2019年10月

白鳥 羽心　しらとり・うらら
勇気の幼なじみで同じクラスのアクティブ美少女 「怪狩り 巻ノ1」 佐東みどり作;鶴田法男作;冬木絵 KADOKAWA(角川つばさ文庫) 2019年6月

白鳥 羽心　しらとり・うらら
勇気の幼なじみで同じクラスのアクティブ美少女 「怪狩り 巻ノ2」 佐東みどり作;鶴田法男作;冬木絵 KADOKAWA(角川つばさ文庫) 2019年11月

白鳥 羽心　しらとり・うらら
勇気の幼なじみで同じクラスのアクティブ美少女 「怪狩り 巻ノ3」 佐東みどり作;鶴田法男作;冬木絵 KADOKAWA(角川つばさ文庫) 2020年4月

白鳥 羽心　しらとり・うらら
勇気の幼なじみで同じクラスのアクティブ美少女 「怪狩り 巻ノ4」 佐東みどり作;鶴田法男作;冬木絵 KADOKAWA(角川つばさ文庫) 2020年10月

白鳥 カレン　しらとり・かれん
美人だけどクールすぎてモテない夢子の友人 「少女マンガじゃない! 1」 水無仙丸作;まごつき絵 KADOKAWA(角川つばさ文庫) 2018年3月

白鳥 カレン　しらとり・かれん
美人だけどクールすぎてモテない夢子の友人 「少女マンガじゃない! 2」 水無仙丸作;まごつき絵 KADOKAWA(角川つばさ文庫) 2018年9月

白鳥 カレン　しらとり・かれん
美人だけどクールすぎてモテない夢子の友人 「少女マンガじゃない! 3」 水無仙丸作;まごつき絵 KADOKAWA(角川つばさ文庫) 2019年2月

白鳥 ここあ(ショコラ)　しらとり・ここあ(しょこら)
中学1年生、コスメボックスから現れた妖精・ちぇるし〜によってモデルのショコラに変身した少女 「ゆめ☆かわ ここあのコスメボックス [2]」 伊集院くれあ著;池田春香イラスト 小学館(小学館ジュニア文庫) 2018年2月

白鳥 ここあ(ショコラ)　しらとり・ここあ(しょこら)
中学1年生、コスメボックスから現れた妖精・ちぇるし〜によってモデルのショコラに変身した少女 「ゆめ☆かわ ここあのコスメボックス [3]」 伊集院くれあ著;池田春香イラスト 小学館(小学館ジュニア文庫) 2018年7月

白鳥 ここあ(ショコラ)　しらとり・ここあ(しょこら)
中学1年生、コスメボックスから現れた妖精・ちぇるし〜によってモデルのショコラに変身した少女 「ゆめ☆かわ ここあのコスメボックス [4]」 伊集院くれあ著;池田春香イラスト 小学館(小学館ジュニア文庫) 2019年4月

白鳥 ここあ(ショコラ)　しらとり・ここあ(しょこら)
中学1年生、コスメボックスから現れた妖精・ちぇるし〜によってモデルのショコラに変身した少女 「ゆめ☆かわ ここあのコスメボックス [5]」 伊集院くれあ著;池田春香イラスト 小学館(小学館ジュニア文庫) 2019年7月

白鳥 ここあ(ショコラ)　しらとり・ここあ(しょこら)
中学1年生、コスメボックスから現れた妖精・ちぇるし～によってモデルのショコラに変身した少女 「ゆめ☆かわ ここあのコスメボックス［6］」 伊集院くれあ著;池田春香イラスト 小学館(小学館ジュニア文庫) 2020年4月

白鳥 沙理奈　しらとり・さりな
ダンスチーム「ファーストステップ」を作った小学5年生、バレエ教室の先生の娘 「ダンシング☆ハイ［5］―ガールズ」 工藤純子作;カスカベアキラ絵 ポプラ社(ポプラポケット文庫) 2018年1月

白鳥 沙理奈　しらとり・さりな
バレエ教室の先生の娘でおしゃれでかわいい女の子 「ダンシング☆ハイ = DANCING HIGH 1 図書館版」 工藤純子作;カスカベアキラ絵 ポプラ社 2018年4月

白鳥 沙理奈　しらとり・さりな
バレエ教室の先生の娘でおしゃれでかわいい女の子 「ダンシング☆ハイ = DANCING HIGH 2 図書館版」 工藤純子作;カスカベアキラ絵 ポプラ社 2018年4月

白鳥 沙理奈　しらとり・さりな
バレエ教室の先生の娘でおしゃれでかわいい女の子 「ダンシング☆ハイ = DANCING HIGH 3 図書館版」 工藤純子作;カスカベアキラ絵 ポプラ社 2018年4月

白鳥 沙理奈　しらとり・さりな
バレエ教室の先生の娘でおしゃれでかわいい女の子 「ダンシング☆ハイ = DANCING HIGH 4 図書館版」 工藤純子作;カスカベアキラ絵 ポプラ社 2018年4月

白鳥 沙理奈　しらとり・さりな
バレエ教室の先生の娘でおしゃれでかわいい女の子 「ダンシング☆ハイ = DANCING HIGH 5 図書館版」 工藤純子作;カスカベアキラ絵 ポプラ社 2018年4月

白鳥 まこと　しらとり・まこと
算数とシュークリームが好きな色白でひょろっとした少年 「しらとりくんはてんこうせい」 枡野浩一ぶん;目黒雅也え あかね書房 2018年2月

しらゆき ちりか　しらゆき・ちりか
クラスメートのライオンみたいな男の子を怖がりつつも共通の経験を通じて仲良くなる女の子 「しらゆきちりかちっちゃいな」 薫くみこ作;大島妙子絵 PHP研究所(とっておきのどうわ) 2020年2月

シルク
なんでも魔女商会リフォーム支店の店主のおさいほう魔女 「コットンのティータイム―なんでも魔女商会；27」 あんびるやすこ著 岩崎書店 2020年4月

シルク
なんでも魔女商会リフォーム支店の店主のおさいほう魔女 「らくだい記者と白雪のドレス―なんでも魔女商会；26」 あんびるやすこ著 岩崎書店(おはなしガーデン) 2018年12月

シルバーキング
銀の翼を持つカナリアの王様 「クッキとシルバーキング」 大塚静正著 創英社/三省堂書店 2019年1月

シルバーハート
ジョーカーたちの師匠、元スパイで「銀の魔術師」と言われる伝説の怪盗 「怪盗ジョーカー［7］」 たかはしひでやす原作;福島直浩著;佐藤大監修;寺本幸代監修 小学館(小学館ジュニア文庫) 2019年4月

シロ
ホームレスのおじさんに飼われていた犬 「犬がすきなぼくとおじさんとシロ」 山本悦子作;しんやゆう子絵 岩崎書店(おはなしガーデン) 2019年9月

シロ
虐待と過酷な実験を受けながらも救助され愛情を受けて生涯を終えた白い犬 「実験犬シロのねがい 新装版」 井上夕香著;葉祥明絵 ハート出版 2020年12月

シロ
元気いっぱいの文房具師 「いみちぇん! 12」 あさばみゆき作;市井あさ絵 KADOKAWA(角川つばさ文庫) 2018年7月

シロ
元気いっぱいの文房具師 「いみちぇん! 13」 あさばみゆき作;市井あさ絵 KADOKAWA(角川つばさ文庫) 2018年12月

シロ
元気いっぱいの文房具師 「いみちぇん! 14」 あさばみゆき作;市井あさ絵 KADOKAWA(角川つばさ文庫) 2019年3月

シロ
大坂城の虎の餌として捕らえられた白い犬 「大坂城のシロ」 あんずゆき著;中川学絵 くもん出版 2020年12月

シロー
やぎやま小学校のやぎこ先生のクラスの1年生 「やぎこ先生いちねんせい―福音館創作童話シリーズ」 ななもりさちこ文;大島妙子絵 福音館書店 2019年1月

ジロー
巻き寿司を頭にのせると力士に変身し相撲の世界で活躍するシロクマ 「しろくまジローはすもうとり―福音館創作童話シリーズ」 ななもりさちこ作・絵 福音館書店 2018年9月

ジロー
地球を守るために立ち上がり遠い国から来た少年 「遠い国から来た少年 = A Boy from a Distant Country 3」 黒野伸一作;荒木慎司絵 新日本出版社 2018年3月

白石 ヤマネ しろいし・やまね
大人しい性格で怖がりな少女 「人狼サバイバル : 絶体絶命!伯爵の人狼ゲーム」 甘雪こおり作;himesuz絵 講談社(講談社青い鳥文庫) 2019年6月

白い手 しろいて
団地の屋上に向かって伸びると言われる幽霊の手 「さよなら、おばけ団地―福音館創作童話シリーズ」 藤重ヒカル作;浜野史子画 福音館書店 2018年1月

しろう
ゆいの隣の席のクラスメイト、筆箱でチョウのサナギを飼う不思議な少年 「ふでばこから空」 北川チハル作;よしざわけいこ絵 文研出版(わくわくえどうわ) 2019年5月

白銀 初音 しろがね・はつね
茉子のおばあちゃん、元モデル「おしゃれプロジェクト Step2」 MIKA POSA作;hatsuko絵 講談社(講談社青い鳥文庫) 2018年5月

白銀 御行 しろがね・みゆき
生徒会長でプライドが高く四宮かぐやに告白させたい少年「かぐや様は告らせたい:天才たちの恋愛頭脳戦:映画ノベライズみらい文庫版」 赤坂アカ原作・カバーイラスト;徳永友一脚本;はのまきみ著 集英社(集英社みらい文庫) 2019年9月

しろくま
北から逃げてきた寒がりで人見知りのすみっコ「映画すみっコぐらし とびだす絵本とひみつのコ ストーリーブック」 サンエックス監修;主婦と生活社編集 主婦と生活社 2019年11月

しろくま
北から逃げてきた寒がりで人見知りのすみっコ「映画すみっコぐらしとびだす絵本とひみつのコ」 サンエックス原作;角田貴志脚本;芳野詩子文 KADOKAWA(角川つばさ文庫) 2019年10月

白里 響 しろさと・ひびき
夏ノ瀬学園初等部6年生、警察の捜査に口を出せる特別捜査許可証を持つ少年探偵「少年探偵響 5」 秋木真作;しゅー絵 KADOKAWA(角川つばさ文庫) 2018年10月

城田 厚志 しろた・あつし
アメリカから転校してきた翔太のクラスメイト、虫研究チームでリーダーシップを発揮する少年「ぼくらのなぞ虫大研究」 谷本雄治作;羽尻利門絵 あかね書房(読書の時間) 2020年6月

しろひげじいや
ちゃめひめさまの家来で宝探しの冒険を提案した賢い老人「ちゃめひめさまとあやしいたから―ちゃめひめさま;2」 たかどのほうこ作;佐竹美保絵 あかね書房 2018年5月

城山 ひかる しろやま・ひかる
セブンシスターズのいたずら天才少女「ぼくらの秘密結社」 宗田理作;YUME絵 KADOKAWA(角川つばさ文庫) 2020年12月

シン
シュンと瓜二つの少年「小説星を追う子ども―新海誠ライブラリー」 新海誠原作;あきさかあさひ著 汐文社 2018年12月

シン
シュンの弟「星を追う子ども」 新海誠原作;あきさかあさひ文;ちーこ絵 KADOKAWA(角川つばさ文庫) 2018年1月

信 しん
下僕の身分から天下の大将軍を目指し熱い志を抱いて戦乱の世を生き抜く若き少年「キングダム:映画ノベライズみらい文庫版」 原泰久原作;松田朱夏著 集英社(集英社みらい文庫) 2019年4月

ジン
バクダードでも指折りの大商人「月の王子砂漠の少年」 三木笙子著;須田彩加イラスト 小学館(小学館ジュニア文庫) 2018年12月

新海 一馬　しんかい・かずま
気が弱いが心優しい寺子屋の先生 「大江戸もののけ物語」 川崎いづみ文;渡辺ナベシ絵 KADOKAWA(角川つばさ文庫) 2020年6月

神宮寺 豪太　じんぐうじ・ごうた
幸歩と同じクラスのガキ大将 「化け猫落語 3」 みうらかれん作;中村ひなた絵 講談社(講談社青い鳥文庫) 2018年6月

神宮寺 直人　じんぐうじ・なおひと
ゲームクリエイター集団「栗井栄太」のリーダー、31歳の男 「都会(まち)のトム&ソーヤ 15」 はやみねかおる著 講談社(YA!ENTERTAINMENT) 2018年3月

神宮寺 岬　じんぐうじ・みさき
イケメン俳優で監督もしている映画部の先輩 「鬼ガール!!:ツノは出るけど女優めざしますっ!」 中村航作;榊アヤミ絵 KADOKAWA(角川つばさ文庫) 2020年9月

しんご
まことの親切な友達だがケンカをきっかけにすれ違う男の子 「しゅくだいなかなおり」 福田岩緒作・絵 PHP研究所(とっておきのどうわ) 2020年12月

新五郎　しんごろう
くるみのおじいちゃんで元大工、ありぶさいくな犬やかたむいた家など奇妙な木彫りの作品を作る職人 「おじいちゃんとおかしな家」 西美音作;石川えりこ絵 フレーベル館(ものがたりの庭) 2018年2月

しんし
世界一まずい料理を注文する客 「ふしぎ町のふしぎレストラン 2」 三田村信行作;あさくらまや絵 あかね書房 2020年3月

新庄 ケント　しんじょう・けんと
植物大好きな理系男子でマリナのクラスメート「学園ファイブスターズ 3」 宮下恵茉作;kaya8絵 講談社(講談社青い鳥文庫) 2020年4月

新庄 ケント　しんじょう・けんと
植物大好きな理系男子でマリナのクラスメート「学園ファイブスターズ 4」 宮下恵茉作;kaya8絵 講談社(講談社青い鳥文庫) 2020年8月

新庄 ケント　しんじょう・けんと
植物大好きな理系男子でマリナのクラスメート「学園ファイブスターズ 5」 宮下恵茉作;kaya8絵 講談社(講談社青い鳥文庫) 2020年12月

新庄 ツバサ　しんじょう・つばさ
いつもクールな茶髪のイケメン少年 「生き残りゲームラストサバイバル [10]」 大久保開作;北野詠一絵 集英社(集英社みらい文庫) 2020年5月

新庄 ツバサ　しんじょう・つばさ
いつもクールな茶髪のイケメン少年 「生き残りゲームラストサバイバル [11]」 大久保開作;北野詠一絵 集英社(集英社みらい文庫) 2020年10月

新庄 ツバサ　しんじょう・つばさ
いつもクールな茶髪のイケメン少年 「生き残りゲームラストサバイバル [3]」 大久保開作;北野詠一絵 集英社(集英社みらい文庫) 2018年3月

新庄 ツバサ　しんじょう・つばさ
いつもクールな茶髪のイケメン少年 「生き残りゲームラストサバイバル [4]」 大久保開作;北野詠一絵 集英社(集英社みらい文庫) 2018年7月

新庄 ツバサ　しんじょう・つばさ
いつもクールな茶髪のイケメン少年 「生き残りゲームラストサバイバル [5]」 大久保開作;北野詠一絵 集英社(集英社みらい文庫) 2018年11月

新庄 ツバサ　しんじょう・つばさ
いつもクールな茶髪のイケメン少年 「生き残りゲームラストサバイバル [6]」 大久保開作;北野詠一絵 集英社(集英社みらい文庫) 2019年2月

新庄 ツバサ　しんじょう・つばさ
いつもクールな茶髪のイケメン少年 「生き残りゲームラストサバイバル [7]」 大久保開作;北野詠一絵 集英社(集英社みらい文庫) 2019年6月

新庄 ツバサ　しんじょう・つばさ
いつもクールな茶髪のイケメン少年 「生き残りゲームラストサバイバル [8]」 大久保開作;北野詠一絵 集英社(集英社みらい文庫) 2019年10月

新庄 ツバサ　しんじょう・つばさ
いつもクールな茶髪のイケメン少年 「生き残りゲームラストサバイバル [9]」 大久保開作;北野詠一絵 集英社(集英社みらい文庫) 2020年2月

シンシン
シャンシャンのお母さんパンダ 「パンダのシャンシャン日記：どうぶつの飼育員さんになりたい!」 万里アンナ作;ものゆう絵 KADOKAWA(角川つばさ文庫) 2018年8月

シンちゃん
リクと共に不思議な事件に巻き込まれる同級生 「七不思議神社 [2]」 緑川聖司作;TAKA絵 あかね書房 2019年11月

シンデレラ
超絶かわいくて超絶性格が良い女の子、エリザベスの義理の妹 「パティシエ志望だったのに、シンデレラのいじわるな姉に生まれ変わってしまいました!」 日部星花著;中嶋ゆかイラスト 小学館(小学館ジュニア文庫) 2019年10月

新堂 海　しんどう・かい
由姫のクラス内のリーダー的存在の高校2年生の男子 「総長さま、溺愛中につき。1」 *あいら*著;茶乃ひなの絵 スターツ出版(野いちごジュニア文庫) 2020年12月

信如　しんにょ
寺の息子で美登利が密かに好意を寄せている15歳の少年 「たけくらべ：文豪ブックス―Kodomo Books」 樋口一葉著 オモドック 2018年7月

神野 恵　じんの・けい
美琴と3・4年の時同じクラスだった成績優秀な6年6組の男子 「生活向上委員会! 8」 伊藤クミコ作;桜倉メグ絵 講談社(講談社青い鳥文庫) 2018年7月

神野 是輔　じんの・これすけ
「純喫茶じんの」を経営する元芽のおじいさん 「ねこやなぎ食堂 レシピ1」 つくもようこ作;かわいみな絵 講談社(講談社青い鳥文庫) 2019年7月

神野 是輔　じんの・これすけ
喫茶店のかたわら秘密の出張料理「ねこやなぎ食堂」をやっている元芽の祖父 「ねこやなぎ食堂 レシピ2」 つくもようこ作;かわいみな絵　講談社(講談社青い鳥文庫) 2020年1月

神野 是輔　じんの・これすけ
喫茶店のかたわら秘密の出張料理「ねこやなぎ食堂」をやっている元芽の祖父 「ねこやなぎ食堂 レシピ3」 つくもようこ作;かわいみな絵　講談社(講談社青い鳥文庫) 2020年10月

神野 智　じんの・さとし
元芽の父、市役所に勤める公務員 「ねこやなぎ食堂 レシピ1」 つくもようこ作;かわいみな絵　講談社(講談社青い鳥文庫) 2019年7月

神野 菜穂子　じんの・なほこ
元芽の母、旅行会社に勤めるバリバリのキャリアウーマン 「ねこやなぎ食堂 レシピ1」 つくもようこ作;かわいみな絵　講談社(講談社青い鳥文庫) 2019年7月

神野 菜穂子　じんの・なほこ
元芽の母、旅行会社に勤めるバリバリのキャリアウーマン 「ねこやなぎ食堂 レシピ2」 つくもようこ作;かわいみな絵　講談社(講談社青い鳥文庫) 2020年1月

神野 菜穂子　じんの・なほこ
元芽の母、旅行会社に勤めるバリバリのキャリアウーマン 「ねこやなぎ食堂 レシピ3」 つくもようこ作;かわいみな絵　講談社(講談社青い鳥文庫) 2020年10月

神野 元芽　じんの・もとめ
小学5年生の元気な女の子 「ねこやなぎ食堂 レシピ1」 つくもようこ作;かわいみな絵　講談社(講談社青い鳥文庫) 2019年7月

神野 元芽　じんの・もとめ
小学5年生の元気な女の子 「ねこやなぎ食堂 レシピ2」 つくもようこ作;かわいみな絵　講談社(講談社青い鳥文庫) 2020年1月

神野 元芽　じんの・もとめ
小学6年生の元気な女の子 「ねこやなぎ食堂 レシピ3」 つくもようこ作;かわいみな絵　講談社(講談社青い鳥文庫) 2020年10月

真之 勇気　しんの・ゆうき
怖いものが超苦手な12歳の少年 「怪狩り 巻ノ1」 佐東みどり作;鶴田法男作;冬木絵 KADOKAWA(角川つばさ文庫) 2019年6月

真之 勇気　しんの・ゆうき
怖いものが超苦手な12歳の少年 「怪狩り 巻ノ2」 佐東みどり作;鶴田法男作;冬木絵 KADOKAWA(角川つばさ文庫) 2019年11月

真之 勇気　しんの・ゆうき
怖いものが超苦手な12歳の少年 「怪狩り 巻ノ3」 佐東みどり作;鶴田法男作;冬木絵 KADOKAWA(角川つばさ文庫) 2020年4月

真之 勇気　しんの・ゆうき
怖いものが超苦手な12歳の少年 「怪狩り 巻ノ4」 佐東みどり作;鶴田法男作;冬木絵 KADOKAWA(角川つばさ文庫) 2020年10月

新聞記者　しんぶんきしゃ
チーターのぬいぐるみのアバターでルームの参加者の一人「奇譚ルーム」はやみねかおる著　朝日新聞出版　2018年3月

ジンボ
超巨大で怪力の赤ちゃん、チーム・ボスのメンバー「ボス・ベイビー [2]」佐藤結著　小学館(小学館ジュニア文庫)　2018年12月

ジンボ
超巨大で怪力の赤ちゃん、チーム・ボスのメンバー「ボス・ベイビー [3]」佐藤結著　小学館(小学館ジュニア文庫)　2019年12月

神保 理緒　じんぼ・りお
5年生の春に転校してきた幸歩のクラスメート「化け猫落語 3」みうらかれん作;中村ひなた絵　講談社(講談社青い鳥文庫)　2018年6月

新門 紅丸　しんもん・べにまる
第7特殊消防隊の大隊長で浅草を守る最強の消防官「炎炎ノ消防隊 [3]」大久保篤原作・絵;緑川聖司文　講談社(講談社青い鳥文庫)　2020年9月

森羅 日下部　しんら・くさかべ
炎の力を操る第8特殊消防隊の二等消防官「炎炎ノ消防隊：悪魔的ヒーロー登場」大久保篤原作・絵;緑川聖司文　講談社(講談社青い鳥文庫)　2020年3月

森羅 日下部　しんら・くさかべ
炎の力を操る第8特殊消防隊の二等消防官「炎炎ノ消防隊 [2]」大久保篤原作・絵;緑川聖司文　講談社(講談社青い鳥文庫)　2020年6月

森羅 日下部　しんら・くさかべ
炎の力を操る第8特殊消防隊の二等消防官「炎炎ノ消防隊 [3]」大久保篤原作・絵;緑川聖司文　講談社(講談社青い鳥文庫)　2020年9月

森羅 日下部　しんら・くさかべ
炎の力を操る第8特殊消防隊の二等消防官「炎炎ノ消防隊 [4]」大久保篤原作・絵;緑川聖司文　講談社(講談社青い鳥文庫)　2020年12月

【す】

スー
「ビーハイブ・ホテル」の娘でジャレットの友達「ハーブ魔女とふしぎなかぎ―魔法の庭ものがたり；22」あんびるやすこ作・絵　ポプラ社(ポプラ物語館)　2018年7月

スイカちゃん
顔が大きいことにコンプレックスを持つフルーツ小学生「フルーツふれんずスイカちゃん」村上しいこ作;角裕美絵　あかね書房　2019年9月

季(スーちゃん)　すえ(すーちゃん)
ママの妹、化け術の名人「夢の森のティーパーティー―シノダ!」富安陽子著;大庭賢哉絵　偕成社　2019年10月

末永 嵐　すえなが・あらし
自然豊かな瀬戸内海の港町で暮らす小学6年生、まっすぐな心を持つ少年 「大嫌いな君に、サヨナラ」 いかだかつら著 PHP研究所(カラフルノベル) 2020年7月

澄恵美　すえみ
京都に住む笑生子の姉 「ガラスの梨 : ちいやんの戦争」 越水利江子作;牧野千穂絵 ポプラ社(ノベルズ・エクスプレス) 2018年7月

菅原 道真　すがわらの・みちざね
失脚した学者で右大臣、主君を助けるために自分の息子を犠牲にする悲劇的な人物 「菅原伝授手習鑑―ストーリーで楽しむ文楽・歌舞伎物語 ; 1」 金原瑞人著;佐竹美保絵 岩崎書店 2019年2月

菅原 太　すがわら・ふとし
山田小学校6年3組の担任の先生 「少年探偵カケルとタクト 6」 佐藤四郎著 幻冬舎メディアコンサルティング 2018年7月

杉浦 海未(ネコ)　すぎうら・うみ(ねこ)
ダンスチーム「ファーストステップ」のメンバーの一人、動物好きな5年生 「ダンシング☆ハイ[5]―ガールズ」 工藤純子作;カスカベアキラ絵 ポプラ社(ポプラポケット文庫) 2018年1月

杉浦 海未(ネコ)　すぎうら・うみ(ねこ)
猫が好きで自分の洋服を猫風にアレンジしている女の子 「ダンシング☆ハイ = DANCING HIGH 1 図書館版」 工藤純子作;カスカベアキラ絵 ポプラ社 2018年4月

杉浦 海未(ネコ)　すぎうら・うみ(ねこ)
猫が好きで自分の洋服を猫風にアレンジしている女の子 「ダンシング☆ハイ = DANCING HIGH 2 図書館版」 工藤純子作;カスカベアキラ絵 ポプラ社 2018年4月

杉浦 海未(ネコ)　すぎうら・うみ(ねこ)
猫が好きで自分の洋服を猫風にアレンジしている女の子 「ダンシング☆ハイ = DANCING HIGH 3 図書館版」 工藤純子作;カスカベアキラ絵 ポプラ社 2018年4月

杉浦 海未(ネコ)　すぎうら・うみ(ねこ)
猫が好きで自分の洋服を猫風にアレンジしている女の子 「ダンシング☆ハイ = DANCING HIGH 4 図書館版」 工藤純子作;カスカベアキラ絵 ポプラ社 2018年4月

杉浦 海未(ネコ)　すぎうら・うみ(ねこ)
猫が好きで自分の洋服を猫風にアレンジしている女の子 「ダンシング☆ハイ = DANCING HIGH 5 図書館版」 工藤純子作;カスカベアキラ絵 ポプラ社 2018年4月

杉浦 慎二　すぎうら・しんじ
ナイトメア攻略部で舞と共にバトルに挑む仲間の一人、少し乱暴だが頼りになるリーダー 「オンライン! 18」 雨蛙ミドリ作;大塚真一郎絵 KADOKAWA(角川つばさ文庫) 2019年6月

杉浦 慎二　すぎうら・しんじ
私立緑花学園の理事長の息子、悪魔のゲーム「ナイトメア」のクリアを目指す部活「ナイトメア攻略部」の部長 「オンライン! 15」 雨蛙ミドリ作;大塚真一郎絵 KADOKAWA(角川つばさ文庫) 2018年2月

杉浦 慎二　すぎうら・しんじ
私立緑花学園の理事長の息子、悪魔のゲーム「ナイトメア」のクリアを目指す部活「ナイトメア攻略部」の部長 「オンライン! 16」 雨蛙ミドリ作;大塚真一郎絵 KADOKAWA(角川つばさ文庫) 2018年6月

杉浦 慎二　すぎうら・しんじ
私立緑花学園の理事長の息子、悪魔のゲーム「ナイトメア」のクリアを目指す部活「ナイトメア攻略部」の部長 「オンライン! 17」 雨蛙ミドリ作;大塚真一郎絵 KADOKAWA(角川つばさ文庫) 2018年10月

杉浦 慎二　すぎうら・しんじ
私立緑花学園の理事長の息子、悪魔のゲーム「ナイトメア」のクリアを目指す部活「ナイトメア攻略部」の部長 「オンライン! 19」 雨蛙ミドリ作;大塚真一郎絵 KADOKAWA(角川つばさ文庫) 2020年1月

杉浦 慎二　すぎうら・しんじ
私立緑花学園の理事長の息子、悪魔のゲーム「ナイトメア」のクリアを目指す部活「ナイトメア攻略部」の部長 「オンライン! 20」 雨蛙ミドリ作;大塚真一郎絵 KADOKAWA(角川つばさ文庫) 2020年6月

杉沢 友香　すぎさわ・ともか
高校2年生で水族館部の副部長、解説や研究で部を支える努力家 「長浜高校水族館部!」 令丈ヒロ子文;紀伊カンナ絵 講談社 2019年3月

杉下 右京　すぎした・うきょう
警視庁特命係係長、警部 「相棒 season4-1 新装・YA版」 碇卯人ノベライズ 朝日新聞出版 2018年1月

杉下 右京　すぎした・うきょう
警視庁特命係係長、警部 「相棒 season4-2 新装・YA版」 碇卯人ノベライズ 朝日新聞出版 2018年1月

杉下 右京　すぎした・うきょう
警視庁特命係係長、警部 「相棒 season4-3 新装・YA版」 碇卯人ノベライズ 朝日新聞出版 2018年2月

杉下 右京　すぎした・うきょう
警視庁特命係係長、警部 「相棒 season4-4 新装・YA版」 碇卯人ノベライズ 朝日新聞出版 2018年2月

杉下 右京　すぎした・うきょう
警視庁特命係係長、警部 「相棒 season4-5 新装・YA版」 碇卯人ノベライズ 朝日新聞出版 2018年3月

杉下 右京　すぎした・うきょう
警視庁特命係係長、警部 「相棒 season4-6 新装・YA版」 碇卯人ノベライズ 朝日新聞出版 2018年3月

杉下 元　すぎした・げん
銀杏が丘第一小学校5年1組、つい思っていることを口に出してしまう癖がある少年 「IQ探偵ムー ピー太は何も話さない―IQ探偵シリーズ ; 37」 深沢美潮作 ポプラ社 2018年4月

杉下 元　すぎした・げん
銀杏が丘第一小学校5年1組、つい思っていることを口に出してしまう癖がある少年 「IQ探偵ムー 夢羽、ホームズになる! 上下」 深沢美潮作;山田J太画　ポプラ社(ポプラカラフル文庫) 2018年7月

杉下 元　すぎした・げん
銀杏が丘第一小学校5年1組、つい思っていることを口に出してしまう癖がある少年 「IQ探偵ムー絵画泥棒の挑戦状―IQ探偵シリーズ；36」 深沢美潮作　ポプラ社　2018年4月

杉下 元　すぎした・げん
銀杏が丘第一小学校5年1組、つい思っていることを口に出してしまう癖がある少年 「IQ探偵ムー元の夢、夢羽の夢―IQ探偵シリーズ；39」 深沢美潮作　ポプラ社　2018年4月

杉下 元　すぎした・げん
銀杏が丘第一小学校5年1組、つい思っていることを口に出してしまう癖がある少年 「IQ探偵ムー赤涙島の秘密―IQ探偵シリーズ；38」 深沢美潮作　ポプラ社　2018年4月

杉下 元　すぎした・げん
銀杏が丘第一小学校5年1組、つい思っていることを口に出してしまう癖がある少年 「IQ探偵ムー勇者伝説～冒険のはじまり―IQ探偵シリーズ；35」 深沢美潮作　ポプラ社　2018年4月

杉下 元　すぎした・げん
好奇心旺盛で推理小説や冒険ものが大好きな小学5年生の少年 「IQ探偵ムー夢羽のホノルル探偵団」 深沢美潮作;山田J太画　ポプラ社(ポプラカラフル文庫) 2019年7月

杉下 元　すぎした・げん
好奇心旺盛で推理小説や冒険ものが大好きな小学5年生の少年 「IQ探偵ムー踊る大運動会」 深沢美潮作;山田J太画　ポプラ社(ポプラカラフル文庫) 2020年10月

杉下先生　すぎしたせんせい
黒鬼、さわやかな容姿で桜ヶ島小学校の生徒たちから絶大な支持を誇っていた元男性教師 「絶望鬼ごっこ[10]」 針とら作;みもり絵　集英社(集英社みらい文庫) 2018年4月

杉下先生　すぎしたせんせい
黒鬼、さわやかな容姿で桜ヶ島小学校の生徒たちから絶大な支持を誇っていた元男性教師 「絶望鬼ごっこ[11]」 針とら作;みもり絵　集英社(集英社みらい文庫) 2019年1月

杉田 のぞみ　すぎた・のぞみ
塾のテストで常に上位を占めミニバスのキャプテンを務める優秀なみちるの姉 「とりかえっこ」 泉啓子作;東野さとる絵　新日本出版社　2020年3月

杉田 みちる　すぎた・みちる
すみれと入れ替わってしまうのぞみの妹 「とりかえっこ」 泉啓子作;東野さとる絵　新日本出版社　2020年3月

杉野 樹　すぎの・いつき
父の故郷に引っ越し郷土の今田人形に出会う小学6年生の女の子 「星空の人形芝居」 熊谷千世子著　国土社　2018年12月

杉本 学　すぎもと・まなぶ
FC6年1組のメンバーで運動は苦手だけど誰もが認める努力家「FC6年1組：クラスメイトはチームメイト!一斗と純のキセキの試合」河端朝日作;千田純生絵　集英社(集英社みらい文庫)　2018年6月

杉本 学　すぎもと・まなぶ
FC6年1組のメンバーで運動は苦手だけど誰もが認める努力家「FC6年1組 [2]」河端朝日作;千田純生絵　集英社(集英社みらい文庫)　2018年10月

杉本 学　すぎもと・まなぶ
FC6年1組のメンバーで運動は苦手だけど誰もが認める努力家「FC6年1組 [3]」河端朝日作;千田純生絵　集英社(集英社みらい文庫)　2019年3月

杉山 奏斗　すぎやま・かなと
ピアノが得意なココの幼なじみ「リトル☆バレリーナ 1」工藤純子作;佐々木メエ絵;村山久美子監修　学研プラス　2020年8月

杉山 奏斗　すぎやま・かなと
ピアノが得意なココの幼なじみ「リトル☆バレリーナ 2」工藤純子作;佐々木メエ絵;村山久美子監修　学研プラス　2020年12月

ズグロキンメフクロウ
探検隊に危機を知らせる手紙を送るアンデス山脈に住むフクロウ「ドエクル探検隊 = DOEKURU Expedition Party」草山万兎作;松本大洋画　福音館書店　2018年6月

スコット
ニューヨーク生まれで「天才」と呼ばれている青年「ある晴れた夏の朝」小手鞠るい著　偕成社　2018年8月

朱雀　すざく
西の方角を司る四神の一人「妖界ナビ・ルナ 6」池田美代子作;戸部淑絵　講談社(講談社青い鳥文庫)　2018年5月

スズ
お茶の水博士の孫娘で頭の良い女の子「GO!GO!アトム」手塚プロダクション監修　KADOKAWA(角川アニメ絵本)　2020年8月

すず
マスターの娘「おしりたんてい ラッキーキャットはだれのてに!―おしりたんていシリーズ. おしりたんていファイル；9」トロルさく・え　ポプラ社　2019年8月

すず
やぎやま小学校のやぎこ先生のクラスの1年生「やぎこ先生いちねんせい―福音館創作童話シリーズ」ななもりさちこ文;大島妙子絵　福音館書店　2019年1月

鈴川 恒夫　すずかわ・つねお
ジョゼの願いをかなえるために奮闘する心優しい青年「アニメ映画ジョゼと虎と魚たち」田辺聖子原作;百瀬しのぶ文;あきづきりょう挿絵　KADOKAWA(角川つばさ文庫)　2020年12月

鈴鬼　すずき
古い鈴の中に封印されていた子鬼「若おかみは小学生!：映画ノベライズ」令丈ヒロ子原作・文;吉田玲子脚本　講談社(講談社青い鳥文庫)　2018年8月

鈴木 あおい　すずき・あおい
カナダに引っ越し新しい環境に戸惑いつつも成長していく小学5年生の少女 「あおいの世界 = Aoi's World」 花里真希著 講談社 2020年7月

スズキ君　すずきくん
アオヤマ君のことをライバル視している男の子 「ペンギン・ハイウェイ」 森見登美彦作;ぶーた絵 KADOKAWA(角川つばさ文庫) 2018年6月

鈴木さん　すずきさん
駄菓子屋前で会った謎の人 「打順未定、ポジションは駄菓子屋前」 はやみねかおる作;ひのた絵 講談社(講談社青い鳥文庫) 2018年6月

鈴木 颯太　すずき・そうた
八起中学陸上部の前キャプテンで3年生の少年 「七転びダッシュ! 1」 村上しいこ作;木乃ひのき絵 講談社(講談社青い鳥文庫) 2018年5月

鈴木 颯太　すずき・そうた
八起中学陸上部の前キャプテンで3年生の少年 「七転びダッシュ! 2」 村上しいこ作;木乃ひのき絵 講談社(講談社青い鳥文庫) 2018年10月

鈴木 園子　すずき・そのこ
蘭の親友 「名探偵コナン : 京極真セレクション蹴撃の事件録」 青山剛昌原作・イラスト;酒井匙著 小学館(小学館ジュニア文庫) 2019年7月

鈴木 園子　すずき・そのこ
蘭の親友 「名探偵コナン 紺青の拳(フィスト)」 青山剛昌原作;大倉崇裕脚本;水稀しま著 小学館(小学館ジュニア文庫) 2019年4月

すずき たいすけ　すずき・たいすけ
クラスでわたしをからかうライオンのように大きくて強そうな男の子 「しらゆきちりかちっちゃいな」 薫くみこ作;大島妙子絵 PHP研究所(とっておきのどうわ) 2020年2月

鈴木 多鶴　すずき・たずる
自分が少女型ロボットであることを思い出す少女 「わたしが少女型ロボットだったころ」 石川宏千花著 偕成社 2018年8月

鈴木 智香　すずき・ともか
クール&ビューティーな陸上部員 「七転びダッシュ! 3」 村上しいこ作;木乃ひのき絵 講談社(講談社青い鳥文庫) 2019年5月

鈴木 智香　すずき・ともか
颯太の妹で中学1年生 「七転びダッシュ! 1」 村上しいこ作;木乃ひのき絵 講談社(講談社青い鳥文庫) 2018年5月

鈴木 智香　すずき・ともか
颯太の妹で中学1年生 「七転びダッシュ! 2」 村上しいこ作;木乃ひのき絵 講談社(講談社青い鳥文庫) 2018年10月

鈴木 帆乃佳　すずき・ほのか
クラスで一番大人しい女の子 「ゆかいな床井くん」 戸森しるこ著 講談社 2018年12月

鈴木 澪　すずき・みお
希美と同じ吹奏楽部でクールな中学2年生の少女 「恋する図書室 [4]」 五十嵐美怜作;桜井みわ絵 集英社(集英社みらい文庫) 2020年9月

鈴木 ミノル　すずき・みのる
御石井小学校5年1組に転入してきた少年、牛乳カンパイ係の田中食太の親友 「牛乳カンパイ係、田中くん [6]」 並木たかあき作;フルカワマモる絵 集英社(集英社みらい文庫) 2018年4月

鈴木 ミノル　すずき・みのる
御石井小学校5年1組に転入してきた少年、牛乳カンパイ係の田中食太の親友 「牛乳カンパイ係、田中くん [7]」 並木たかあき作;フルカワマモる絵 集英社(集英社みらい文庫) 2018年7月

鈴木 ミノル　すずき・みのる
御石井小学校5年1組に転入してきた少年、牛乳カンパイ係の田中食太の親友 「牛乳カンパイ係、田中くん [8]」 並木たかあき作;フルカワマモる絵 集英社(集英社みらい文庫) 2018年11月

鈴木 優太郎　すずき・ゆうたろう
ニートだったが6年ぶりに保育園で働き始める33歳の男性 「オレは、センセーなんかじゃない!—感動のお仕事シリーズ」 おかざきさとこ著;くじょう絵 学研プラス 2018年8月

鈴木 佑人　すずき・ゆうと
みちのく妖怪ツアーに参加する小学6年生の少年 「みちのく妖怪ツアー」 佐々木ひとみ作;野泉マヤ作;堀米薫作;東京モノノケ絵 新日本出版社 2018年8月

鈴木 頼　すずき・より
東京の高校に転入後幼なじみの雫に改めて恋をする地味で冴えない少年 「映画『あのコの、トリコ。』」 白石ユキ原作;浅野妙子映画脚本;新倉なつき著 小学館(小学館ジュニア文庫) 2018年10月

鈴木 陵馬　すずき・りょうま
「夜カフェ」に野菜を提供してくれている鈴木さんの家の子 「夜カフェ 2」 倉橋燿子作;たま絵 講談社(講談社青い鳥文庫) 2019年1月

鈴木 陵馬　すずき・りょうま
「夜カフェ」に野菜を提供してくれている鈴木さんの家の子 「夜カフェ 3」 倉橋燿子作;たま絵 講談社(講談社青い鳥文庫) 2019年5月

鈴木 陵馬　すずき・りょうま
「夜カフェ」に野菜を提供してくれている鈴木さんの家の子 「夜カフェ 4」 倉橋燿子作;たま絵 講談社(講談社青い鳥文庫) 2019年9月

鈴木 和花　すずき・わか
芹香のクラスメートで親友の女の子 「リアルゲーム 1」 西羽咲花月著;梅ねこ絵 スターツ出版(野いちごジュニア文庫) 2020年10月

スズコ
明治時代の日本で外交官秘書と恋に落ちた謎の令嬢 「鹿鳴館の恋文—歴史探偵アン&リック」 小森香折作;染谷みのる絵 偕成社 2019年11月

すずちゃん

はるかの幼なじみ、はるかにどろだんごをプレゼントした友だち 「どろだんご、さいた―おはなしのまど ; 7」 中住千春作;はせがわかこ絵 フレーベル館 2019年1月

スズナ

オカルト調査クラブに入ることを決意した小学4年生 「青鬼調査クラブ 3」 noprops原作;黒田研二原作;波摘著;鈴羅木かりんイラスト PHP研究所(PHPジュニアノベル) 2020年11月

鈴波 陽菜　すずなみ・ひな

瀬戸内海の観光列車と鉄道旅で雄太たちと出会う自転車好きの女の子 「電車で行こう! : 鉄道&船!?ひかりレールスターと瀬戸内海スペシャルツアー!!」 豊田巧作;裕龍ながれ絵 集英社 2020年8月

涼音　すずね

涼音と共に忍びとして育った少年、徳川家康に仕える忍び 「本能寺の敵 : キリサク手裏剣」 加部鈴子作;田中寛崇画 くもん出版(くもんの児童文学) 2020年4月

鈴野 恋歌　すずの・れんか

超有名子役の美少女 「小説秘密のチャイハロ 3」 鈴木おさむ原作;伊藤クミコ文;桜倉メグ絵 講談社(講談社青い鳥文庫) 2019年8月

鈴原 天音　すずはら・あまね

小児脳腫瘍という病気で手術を受けた女の子、3年生存率70%の中全力で生きる決意をする中学2年生 「きみと100年分の恋をしよう : はじめて恋が生まれた日」 折原みと作;フカヒレ絵 講談社(講談社青い鳥文庫) 2020年4月

鈴原 天音　すずはら・あまね

小児脳腫瘍という病気で手術を受けた女の子、3年生存率70%の中全力で生きる決意をする中学2年生 「きみと100年分の恋をしよう [2]」 折原みと作;フカヒレ絵 講談社(講談社青い鳥文庫) 2020年8月

鈴原 さくら　すずはら・さくら

クラス委員長の女の子 「無限×悪夢 : 午後3時33分のタイムループ地獄」 土橋真二郎作;岩本ゼロゴ絵 集英社(集英社みらい文庫) 2019年11月

鈴原 静香　すずはら・しずか

未来の親友の少女 「たったひとつの君との約束 [5]」 みずのまい作;U35絵 集英社(集英社みらい文庫) 2018年4月

鈴原 静香　すずはら・しずか

未来の親友の少女 「たったひとつの君との約束 [6]」 みずのまい作;U35絵 集英社(集英社みらい文庫) 2018年6月

鈴原 静香　すずはら・しずか

未来の親友の少女 「たったひとつの君との約束 [7]」 みずのまい作;U35絵 集英社(集英社みらい文庫) 2018年10月

鈴原 静香　すずはら・しずか

未来の親友の少女 「たったひとつの君との約束 [8]」 みずのまい作;U35絵 集英社(集英社みらい文庫) 2019年2月

鈴原 静香　すずはら・しずか
未来の親友の少女 「たったひとつの君との約束 [9]」 みずのまい作;U35絵　集英社(集英社みらい文庫) 2019年6月

鈴原 静香　すずはら・しずか
明るい性格の中学1年生で龍斗が大好きな女の子 「スターになったらふりむいて：ファーストキスはだれとする?」 みずのまい作;乙女坂心絵　集英社(集英社みらい文庫) 2019年10月

鈴原 静香　すずはら・しずか
明るい性格の中学1年生で龍斗が大好きな女の子 「スターになったらふりむいて [2]」 みずのまい作;乙女坂心絵　集英社(集英社みらい文庫) 2020年2月

鈴原 静香　すずはら・しずか
明るい性格の中学1年生で龍斗が大好きな女の子 「スターになったらふりむいて [3]」 みずのまい作;乙女坂心絵　集英社(集英社みらい文庫) 2020年6月

鈴原 守　すずはら・まもる
幼い頃から綾のことが好きな高校2年生 「劇場版アニメぼくらの7日間戦争」 宗田理原作;伊豆平成文;けーしん絵　KADOKAWA(角川つばさ文庫) 2019年11月

ススヒコ
クナ国へ向かう勇敢な12歳の少年 「邪馬台戦記 1」 東郷隆作;佐竹美保絵　静山社 2018年1月

ススヒコ
ワカヒコの父 「邪馬台戦記 3」 東郷隆作;佐竹美保絵　静山社 2020年1月

鈴村 美由紀　すずむら・みゆき
怜奈の母親、平凡な主婦 「花里小吹奏楽部 1 図書館版」 夕貴そら作;和泉みお絵　ポプラ社 2019年4月

鈴村 怜奈　すずむら・れな
花里小学校6年生で吹奏楽部副部長の女の子 「花里小吹奏楽部キミとボクの交響曲(シンフォニー)」 夕貴そら作;和泉みお絵　ポプラ社(ポプラポケット文庫) 2018年6月

鈴村 怜奈　すずむら・れな
花里小学校6年生で吹奏楽部副部長の女の子 「花里小吹奏楽部キミとボクの輪舞曲(ロンド)」 夕貴そら作;和泉みお絵　ポプラ社(ポプラポケット文庫) 2018年1月

鈴村 怜奈　すずむら・れな
花里小学校の5年生で吹奏楽部でクラリネットを担当する女の子 「花里小吹奏楽部 1 図書館版」 夕貴そら作;和泉みお絵　ポプラ社 2019年4月

鈴村 怜奈　すずむら・れな
花里小学校の5年生で吹奏楽部でクラリネットを担当する女の子 「花里小吹奏楽部 2 図書館版」 夕貴そら作;和泉みお絵　ポプラ社 2019年4月

鈴村 怜奈　すずむら・れな
花里小学校の6年生で吹奏楽部でクラリネットを担当する女の子 「花里小吹奏楽部 3 図書館版」 夕貴そら作;和泉みお絵　ポプラ社 2019年4月

鈴村 怜奈　すずむら・れな
花里小学校の6年生で吹奏楽部でクラリネットを担当する女の子 「花里小吹奏楽部 4 図書館版」 夕貴そら作;和泉みお絵 ポプラ社 2019年4月

鈴村 怜奈　すずむら・れな
花里小学校の6年生で吹奏楽部でクラリネットを担当する女の子 「花里小吹奏楽部 5 図書館版」 夕貴そら作;和泉みお絵 ポプラ社 2019年4月

鈴村 渉　すずむら・わたる
怜奈の弟、ゲームが大好きな小学2年生 「花里小吹奏楽部 1 図書館版」 夕貴そら作;和泉みお絵 ポプラ社 2019年4月

鈴村 渉　すずむら・わたる
怜奈の弟、ゲームが大好きな小学2年生 「花里小吹奏楽部 2 図書館版」 夕貴そら作;和泉みお絵 ポプラ社 2019年4月

鈴村 渉　すずむら・わたる
怜奈の弟、ゲームが大好きな小学3年生 「花里小吹奏楽部 3 図書館版」 夕貴そら作;和泉みお絵 ポプラ社 2019年4月

鈴村 渉　すずむら・わたる
怜奈の弟、ゲームが大好きな小学3年生 「花里小吹奏楽部 4 図書館版」 夕貴そら作;和泉みお絵 ポプラ社 2019年4月

鈴村 渉　すずむら・わたる
怜奈の弟、ゲームが大好きな小学3年生 「花里小吹奏楽部 5 図書館版」 夕貴そら作;和泉みお絵 ポプラ社 2019年4月

スズメ
歌が得意なアンドロイド 「ルヴニール = Revenir : アンドロイドの歌」 春間美幸著;長浜めぐみイラスト 小学館 2020年10月

鈴元 育朗　すずもと・いくろう
12歳で病気により亡くなったクラスメート 「12歳で死んだあの子は」 西田俊也作 徳間書店 2019年7月

涼森 美桜　すずもり・みお
桜ヶ丘スケートクラブ所属で雑誌のモデルや子役もこなす美人でおしゃれな同級生 「氷の上のプリンセス ジュニア編3.5」 風野潮作;Nardack絵 講談社(講談社青い鳥文庫) 2019年5月

涼森 美桜　すずもり・みお
桜ヶ丘スケートクラブ所属で雑誌のモデルや子役もこなす美人でおしゃれな同級生 「氷の上のプリンセス ジュニア編4」 風野潮作;Nardack絵 講談社(講談社青い鳥文庫) 2019年10月

須田 さえこ(さっこ)　すだ・さえこ(さっこ)
吹奏楽部でトランペット担当のさくらの親友 「君のとなりで。3」 高杉六花作;穂坂きなみ絵 KADOKAWA(角川つばさ文庫) 2020年6月

須田 さえこ(さっこ)　すだ・さえこ(さっこ)
吹奏楽部でトランペット担当のさくらの親友 「君のとなりで。4」 高杉六花作;穂坂きなみ絵 KADOKAWA(角川つばさ文庫) 2020年12月

須田 仁　すだ・じん
ガードロイドを探そうとする6年1組の生徒 「つくられた心 = Artificial soul」 佐藤まどか作;浦田健二絵 ポプラ社(teens' best selections) 2019年2月

スーちゃん
ママの妹、化け術の名人 「夢の森のティーパーティー―シノダ!」 富安陽子著;大庭賢哉絵 偕成社 2019年10月

ステイシー
手先が器用な女の子、チーム・ボスの要のメンバー 「ボス・ベイビー [2]」 佐藤結著 小学館(小学館ジュニア文庫) 2018年12月

ステイシー
手先が器用な女の子、チーム・ボスの要のメンバー 「ボス・ベイビー [3]」 佐藤結著 小学館(小学館ジュニア文庫) 2019年12月

すて山 ミチル　すてやま・みちる
おばけマンション302号室に住むルイのクラスメイト、カミムシさまに悪口を言ってゴキブリに変えられるがその姿を楽しむ明るい女の子 「こわ〜い!?わる〜い!?おばけ虫―おばけマンション ; 45」 むらいかよ著 ポプラ社(ポプラ社の新・小さな童話) 2019年2月

すて山 ミチル　すてやま・みちる
おばけマンションに住むルイのクラスメイト、とても元気な女の子 「おばけのうんどうかい―おばけマンション ; 47」 むらいかよ著 ポプラ社(ポプラ社の新・小さな童話) 2020年9月

朱堂 ジュン　すどう・じゅん
明るく運動神経バツグンで頭も良い少女 「生き残りゲームラストサバイバル [10]」 大久保開作;北野詠一絵 集英社(集英社みらい文庫) 2020年5月

朱堂 ジュン　すどう・じゅん
明るく運動神経バツグンで頭も良い少女 「生き残りゲームラストサバイバル [11]」 大久保開作;北野詠一絵 集英社(集英社みらい文庫) 2020年10月

朱堂 ジュン　すどう・じゅん
明るく運動神経バツグンで頭も良い少女 「生き残りゲームラストサバイバル [3]」 大久保開作;北野詠一絵 集英社(集英社みらい文庫) 2018年3月

朱堂 ジュン　すどう・じゅん
明るく運動神経バツグンで頭も良い少女 「生き残りゲームラストサバイバル [4]」 大久保開作;北野詠一絵 集英社(集英社みらい文庫) 2018年7月

朱堂 ジュン　すどう・じゅん
明るく運動神経バツグンで頭も良い少女 「生き残りゲームラストサバイバル [5]」 大久保開作;北野詠一絵 集英社(集英社みらい文庫) 2018年11月

朱堂 ジュン　すどう・じゅん
明るく運動神経バツグンで頭も良い少女 「生き残りゲームラストサバイバル [6]」 大久保開作;北野詠一絵 集英社(集英社みらい文庫) 2019年2月

朱堂 ジュン　すどう・じゅん
明るく運動神経バツグンで頭も良い少女 「生き残りゲームラストサバイバル [7]」 大久保開作;北野詠一絵 集英社(集英社みらい文庫) 2019年6月

朱堂 ジュン　すどう・じゅん
明るく運動神経バツグンで頭も良い少女 「生き残りゲームラストサバイバル [8]」 大久保開作;北野詠一絵　集英社(集英社みらい文庫) 2019年10月

朱堂 ジュン　すどう・じゅん
明るく運動神経バツグンで頭も良い少女 「生き残りゲームラストサバイバル [9]」 大久保開作;北野詠一絵　集英社(集英社みらい文庫) 2020年2月

須藤 洋詩　すどう・ひろし
病気で亡くなったクラスメートのことを知りたいと思う14歳の少年 「12歳で死んだあの子は」 西田俊也作　徳間書店 2019年7月

須藤 桃　すどう・もも
怖いものが苦手ですぐに泣いてしまう女子 「人生終了ゲーム：センタクシテクダサイ」 cheeery著;シソ絵　スターツ出版(野いちごジュニア文庫) 2020年12月

須藤 雄太　すどう・ゆうた
専門は砲丸投げの陸上部員、中学2年生の男の子 「ユーチュー部!!：〈衝撃&笑劇〉ユーチューブ参考にして練習したらポンコツ陸上部が全員覚醒したwww」 山田明著　学研プラス(部活系空色ノベルズ) 2018年8月

須藤 雄太　すどう・ゆうた
陸上部員、砲丸投げ専門の中学2年生 「ユーチュー部!! 駅伝編」 山田明著　学研プラス(部活系空色ノベルズ) 2019年4月

須藤 ゆり　すどう・ゆり
剣道部に所属する高校2年生、全国大会優勝の実力を持つ少女 「噂のあのコは剣道部!」 市宮早記作;立樹まや絵　ポプラ社(ポケット・ショコラ) 2020年3月

砂地 大志　すなじ・たいし
佳乃のクラスメート、あさひ小超常現象調査解明団(ACK団)団長 「五年霊組こわいもの係 13」 床丸迷人作;浜弓場双絵　KADOKAWA(角川つばさ文庫) 2018年3月

スヌーピー
チャーリー・ブラウンの愛犬 「スヌーピーと幸せのブランケット：ピーナッツストーリーズ―キラピチブックス」 チャールズ・M.・シュルツ原作・イラスト;たかはしみか著;チャールズ・M.・シュルツ・クリエイティブ・アソシエイツ監修　学研プラス 2019年9月

スヌーピー
チャーリー・ブラウンの愛犬 「スヌーピーの友だちは宝もの：ピーナッツストーリーズ―キラピチブックス」 チャールズ・M.・シュルツ原作・イラスト;たかはしみか著;チャールズ・M.・シュルツ・クリエイティブ・アソシエイツ監修　学研プラス 2020年7月

スネリ
伝説の子のルナを助けるために妖界からやってきたふだんは猫の姿の妖怪 「妖界ナビ・ルナ 5」 池田美代子作;戸部淑絵　講談社(講談社青い鳥文庫) 2018年1月

スネリ
伝説の子のルナを助けるために妖界からやってきたふだんは猫の姿の妖怪 「妖界ナビ・ルナ 6」 池田美代子作;戸部淑絵　講談社(講談社青い鳥文庫) 2018年5月

スネリ
伝説の子のルナを助けるために妖界からやってきたふだんは猫の姿の妖怪 「妖界ナビ・ルナ 7」 池田美代子作;戸部淑絵 講談社(講談社青い鳥文庫) 2018年9月

スネリ
伝説の子のルナを助けるために妖界からやってきたふだんは猫の姿の妖怪 「妖界ナビ・ルナ 9」 池田美代子作;戸部淑絵 講談社(講談社青い鳥文庫) 2019年5月

春原さん すのはらさん
伝が訪れた寿司屋「寿司春」で働く女性の寿司職人 「すし屋のすてきな春原さん―おはなしSDGs. ジェンダー平等を実現しよう」 戸森しるこ作;しんやゆう子絵 講談社 2020年12月

スノポン
白ウサギのぬいぐるみ、リリが小さなころから大事にしていた大切な存在 「十年屋 時の魔法はいかがでしょう? 児童版」 廣嶋玲子作;佐竹美保絵 ほるぷ出版 2019年12月

スノーマン
ニューヨーク州生までアイスホッケーが得意な青年 「ある晴れた夏の朝」 小手鞠るい著 偕成社 2018年8月

スパナ
避難の最中に海翔の腕から飛び出し走り去ってしまった飼い犬 「いつか、太陽の船」 村中李衣作;こしだミカ絵;根室の子ども達絵 新日本出版社 2019年3月

すばる
夢を追いかけて小惑星探索に挑戦する強い意志を持つ中学生の少年 「天を掃け」 黒川裕子著 講談社 2019年7月

スピカ
トゥインクルフェアリルの女の子 「リルリルフェアリルトゥインクル スピカと恋するケーキ―リルリルフェアリル ; 3」 中瀬理香作;瀬谷愛絵 ポプラ社 2018年7月

スピカ
好奇心旺盛なトゥインクルフェアリルの女の子 「リルリルフェアリルトゥインクル スピカとふしぎな子ねこ―リルリルフェアリル ; 4」 中瀬理香作;瀬谷愛絵 ポプラ社 2019年3月

スピカ
好奇心旺盛なトゥインクルフェアリルの女の子 「リルリルフェアリルトゥインクル スピカと冬の夜のきせき―リルリルフェアリル ; 5」 中瀬理香作;瀬谷愛絵 ポプラ社 2019年11月

スペード
ジョーカーやクイーンと共にシルバーハートの元で修行を積んだ怪盗 「怪盗ジョーカー [7]」 たかはしひでやす原作;福島直浩著;佐藤大監修;寺本幸代監修 小学館(小学館ジュニア文庫) 2019年4月

スヴェン
クリストフのソリを引くトナカイ 「アナと雪の女王家族の思い出」 中井はるの文 講談社(講談社KK文庫) 2018年3月

スマホン
ひでくんに自らを使わせるスマートフォン 「妖怪いじわるスマートフォン」 土屋富士夫作・絵 PHP研究所(とっておきのどうわ) 2018年6月

住友 糸真　すみとも・しま
東京から転校してきた明るく純粋な性格の少女 「プリンシパル：まんがノベライズ特別編～弦の気持ち、ときどきすみれ～」 いくえみ綾原作・絵;百瀬しのぶ著　集英社(集英社みらい文庫) 2018年2月

住友 糸真　すみとも・しま
東京から転校してきた明るく純粋な性格の少女 「プリンシパル：恋する私はヒロインですか?：映画ノベライズみらい文庫版」 いくえみ綾原作・カバーイラスト;持地佑季子脚本;百瀬しのぶ著　集英社(集英社みらい文庫) 2018年1月

すみれ
みちるの親友でのぞみに憧れている少女 「とりかえっこ」 泉啓子作;東野さとる絵　新日本出版社 2020年3月

スミレ先生　すみれせんせい
きつね音楽教室の先生 「森のとしょかんのひみつ」 小手鞠るい作;土田義晴絵　金の星社 2018年9月

スラりん
リュカたちの仲間であるスライム 「ドラゴンクエスト ユア・ストーリー：映画ノベライズみらい文庫版」 堀井雄二原作;山崎貴脚本;宮本深礼著　集英社(集英社みらい文庫) 2019年8月

【せ】

セ　せ
カシガリ山の塔に住む大魔女 「猫のダヤン 6」 池田あきこ作　静山社(静山社ペガサス文庫) 2019年2月

聖一　せいいち
真実の恋を求めて恋愛リアリティーショーに参加する本気の恋を追い求める若者、天才カメラマン 「オオカミくんには騙されない：本気の恋と、切ない嘘」 AbemaTV『オオカミくんには騙されない♥』原案・企画協力;深海ゆずは作;遠山えま絵　KADOKAWA(角川つばさ文庫) 2020年1月

青焔　せいえん
九尾の狐 「妖怪捕物帖乙 古都怨霊篇3―ようかいとりものちょう；11」 大﨑悌造作;ありがひとし画　岩崎書店 2020年2月

清次　せいじ
古道具を貸し出す「出雲屋」を営む男性 「つくもがみ貸します」 畠中恵作;もけお絵　KADOKAWA(角川つばさ文庫) 2018年6月

清少納言　せいしょうなごん
物語に登場する歴史的な作家、萌黄が関わる手紙の送り主 「もえぎ草子」 久保田香里作;tono画　くもん出版(くもんの児童文学) 2019年7月

清少納言(ナゴン)　せいしょうなごん(なごん)
定子さまにお仕えする女房の一人で日々の思いや出来事をノートに書き留める女性 「枕草子：平安女子のキラキラノート」 清少納言作;福田裕子文;朝日川日和絵　KADOKAWA(角川つばさ文庫) 2020年2月

青年のび太　せいねんのびた
大人になったのび太でしずかちゃんとの結婚式から行方不明になる新郎 「小説STAND BY MEドラえもん2」 藤子・F・不二雄原作;山崎貴著 小学館(小学館ジュニア文庫) 2020年11月

清野 大地　せいの・だいち
他のチームから移籍してきた新たなチームメイトで周斗からキャプテンマークを受け取ることになる少年 「キャプテンマークと銭湯と」 佐藤いつ子作;佐藤真紀子絵 KADOKAWA 2019年3月

セイボリー
西の峰にマジョラムと一緒に住んでいる大魔女 「魔女バジルと魔法の剣」 茂市久美子作;よしざわけいこ絵 講談社(わくわくライブラリー) 2018年3月

青龍　せいりゅう
北の方角を司る四神の一人 「妖界ナビ・ルナ 6」 池田美代子作;戸部淑絵 講談社(講談社青い鳥文庫) 2018年5月

青龍　せいりゅう
北の方角を司る四神の一人 「妖界ナビ・ルナ 8」 池田美代子作;戸部淑絵 講談社(講談社青い鳥文庫) 2019年1月

精霊ノーナ　せいれいのーな
パルカの書が納められている世界を司る精霊 「はりねずみのルーチカ : フェリエの国の新しい年」 かんのゆうこ作;北見葉胡絵 講談社(わくわくライブラリー) 2018年10月

瀬尾 一人　せお・かずと
柔道を習っている小学3年生、好奇心旺盛な少年 「柔道がすき! : スポーツのおはなし柔道―シリーズスポーツのおはなし」 須藤靖貴作;大矢正和絵 講談社 2019年12月

瀬尾 陽介　せお・ようすけ
FC6年1組のメンバーでクラス一のお調子者のムードメーカー 「FC6年1組 : クラスメイトはチームメイト!一斗と純のキセキの試合」 河端朝日作;千田純生絵 集英社(集英社みらい文庫) 2018年6月

瀬尾 陽介　せお・ようすけ
FC6年1組のメンバーでクラス一のお調子者のムードメーカー 「FC6年1組 [2]」 河端朝日作;千田純生絵 集英社(集英社みらい文庫) 2018年10月

瀬尾 陽介　せお・ようすけ
FC6年1組のメンバーでクラス一のお調子者のムードメーカー 「FC6年1組 [3]」 河端朝日作;千田純生絵 集英社(集英社みらい文庫) 2019年3月

瀬賀 冬樹　せが・ふゆき
かすみが思いを寄せる憧れの高校2年生の先輩 「氷の上のプリンセス ジュニア編2」 風野潮作;Nardack絵 講談社(講談社青い鳥文庫) 2018年7月

瀬賀 冬樹　せが・ふゆき
かすみが思いを寄せる憧れの高校2年生の先輩 「氷の上のプリンセス ジュニア編3.5」 風野潮作;Nardack絵 講談社(講談社青い鳥文庫) 2019年5月

瀬賀 冬樹　せが・ふゆき
かすみが思いを寄せる憧れの高校2年生の先輩 「氷の上のプリンセス ジュニア編3」 風野潮作;Nardack絵 講談社(講談社青い鳥文庫) 2018年12月

瀬賀 冬樹　せが・ふゆき
かすみが思いを寄せる憧れの高校2年生の先輩 「氷の上のプリンセス ジュニア編4」 風野潮作;Nardack絵 講談社(講談社青い鳥文庫) 2019年10月

瀬賀 冬樹　せが・ふゆき
かすみが思いを寄せる憧れの高校2年生の先輩 「氷の上のプリンセス ジュニア編5」 風野潮作;Nardack絵 講談社(講談社青い鳥文庫) 2020年2月

瀬賀 冬樹　せが・ふゆき
かすみが思いを寄せる憧れの高校3年生の先輩 「氷の上のプリンセス ジュニア編6」 風野潮作;Nardack絵 講談社(講談社青い鳥文庫) 2020年7月

瀬賀 冬樹　せが・ふゆき
世界選手権銅メダリストの天才スケーター 「氷の上のプリンセス ジュニア編7」 風野潮作;Nardack絵 講談社(講談社青い鳥文庫) 2020年12月

瀬川 類　せがわ・あさこ
2人目のミコトバヅカイ、ハジメのパートナー 「いみちぇん! 12」 あさばみゆき作;市井あさ絵 KADOKAWA(角川つばさ文庫) 2018年7月

瀬川 類　せがわ・あさこ
2人目のミコトバヅカイ、ハジメのパートナー 「いみちぇん! 13」 あさばみゆき作;市井あさ絵 KADOKAWA(角川つばさ文庫) 2018年12月

瀬川 晶司(しょったん)　せがわ・しょうじ(しょったん)
何の取り柄もなかったが小学5年生の時の先生に褒められたことで将棋に夢中になる少年 「泣き虫しょったんの奇跡」 瀬川晶司作;青木幸子絵 講談社(講談社青い鳥文庫) 2018年8月

瀬川 巧　せがわ・たくみ
霧見台中学1年生で紀介の友達 「霧見台三丁目の未来人」 緑川聖司著;ポズイラスト PHP研究所(カラフルノベル) 2020年1月

瀬川 学　せがわ・まなぶ
県立自然史博物館で職場体験をする中学2年生の少年 「ヴンダーカンマー：ここは魅惑の博物館」 樫崎茜著 理論社 2018年11月

関 織子(おっこ)　せき・おりこ(おっこ)
おばあちゃんの温泉旅館で若女将修行をする小学6年生の女の子 「若おかみは小学生!：映画ノベライズ」 令丈ヒロ子原作・文;吉田玲子脚本 講談社(講談社青い鳥文庫) 2018年8月

関口 愛衣　せきぐち・あい
実坂高校1年生、長まつ毛軍団の一員の女の子 「ゆけ、シンフロ部!」 堀口泰生小説;青木俊直絵 学研プラス(部活系空色ノベルズ) 2018年1月

関口 佐紀　せきぐち・さき
奈良君と同じクラスの女の子 「青春ノ帝国」 石川宏千花著 あすなろ書房 2020年6月

関口 ゆうな　せきぐち・ゆうな
小学生のころから恋多き派手目女子 「キミと、いつか。[11]」 宮下恵茉作;染川ゆかり絵 集英社(集英社みらい文庫) 2019年7月

関さん　せきさん
修一が犬のマックを預かることになったおばあさん 「もう逃げない!」 朝比奈蓉子作;こより絵 PHP研究所(わたしたちの本棚) 2018年10月

関 峰子　せき・みねこ
おっこの母方の祖母、春の屋の女将 「若おかみは小学生!:映画ノベライズ」 令丈ヒロ子原作・文;吉田玲子脚本 講談社(講談社青い鳥文庫) 2018年8月

関本 和也　せきもと・かずや
桜ヶ島小学校6年生、クラスのムードメーカーでお調子者の男の子 「絶望鬼ごっこ[10]」 針とら作;みもり絵 集英社(集英社みらい文庫) 2018年4月

関 洋太　せき・ようた
妖怪が好きで詳しい男の子 「ごいっしょさん」 松本聰美作;佐藤真紀子絵 国土社 2020年11月

ゼシア
ユーディルの双子の妹 「ドラガリアロスト:王子とドラゴンの力」 はせがわみやび作;貞松龍壱絵 KADOKAWA(角川つばさ文庫) 2019年4月

瀬島 直樹　せじま・なおき
アメリカで育ち対策本部に配属されたエリート刑事 「浜村渚の計算ノート 1」 青柳碧人作;桐野壱絵 講談社(講談社青い鳥文庫) 2019年9月

瀬島 直樹　せじま・なおき
アメリカで育ち対策本部に配属されたエリート刑事 「浜村渚の計算ノート 2」 青柳碧人作;桐野壱絵 講談社(講談社青い鳥文庫) 2019年10月

赤血球　せっけっきゅう
ヘモグロビンを多く含むため赤く血液循環によって酸素と二酸化炭素を運ぶ細胞 「小説はたらく細胞 2」 清水茜原作・イラスト;時海結以著 講談社(講談社KK文庫) 2019年7月

赤血球　せっけっきゅう
ヘモグロビンを多く含むため赤く血液循環によって酸素と二酸化炭素を運ぶ細胞 「小説はたらく細胞 3」 清水茜原作・イラスト;時海結以著 講談社(講談社KK文庫) 2020年5月

赤血球　せっけっきゅう
ヘモグロビンを多く含むため赤く血液循環によって酸素と二酸化炭素を運ぶ細胞 「小説はたらく細胞」 清水茜原作・イラスト;時海結以著 講談社(講談社KK文庫) 2018年7月

セッセ
トガリネズミ3きょうだいの長男、トガリィじいさんの孫の一人 「あいつのすず 新装版―トガリ山のぼうけん;6」 いわむらかずお文・絵 理論社 2019年10月

セッセ
トガリネズミ3きょうだいの長男、トガリィじいさんの孫の一人 「ウロロのひみつ 新装版―トガリ山のぼうけん;5」 いわむらかずお文・絵 理論社 2019年10月

セッセ
トガリネズミ3きょうだいの長男、トガリィじいさんの孫の一人 「てっぺんの湖 新装版―トガリ山のぼうけん ; 8」 いわむらかずお文・絵 理論社 2019年10月

セッセ
トガリネズミ3きょうだいの長男、トガリィじいさんの孫の一人 「ゆうだちの森 新装版―トガリ山のぼうけん ; 2」 いわむらかずお文・絵 理論社 2019年10月

セッセ
トガリネズミ3きょうだいの長男、トガリィじいさんの孫の一人 「雲の上の村 新装版―トガリ山のぼうけん ; 7」 いわむらかずお文・絵 理論社 2019年10月

セッセ
トガリネズミ3きょうだいの長男、トガリィじいさんの孫の一人 「空飛ぶウロロ 新装版―トガリ山のぼうけん ; 4」 いわむらかずお文・絵 理論社 2019年10月

セッセ
トガリネズミ3きょうだいの長男、トガリィじいさんの孫の一人 「月夜のキノコ 新装版―トガリ山のぼうけん ; 3」 いわむらかずお文・絵 理論社 2019年10月

セッセ
トガリネズミ3きょうだいの長男、トガリィじいさんの孫の一人 「風の草原 新装版―トガリ山のぼうけん ; 1」 いわむらかずお文・絵 理論社 2019年10月

瀬戸口 優　せとぐち・ゆう
映画研究部所属の蒼太の幼なじみ 「ヤキモチの答え 愛蔵版―告白予行練習」 藤谷燈子著 汐文社 2018年2月

瀬戸口 優　せとぐち・ゆう
夏樹の幼なじみの男の子 「告白予行練習 愛蔵版」 藤谷燈子著 汐文社 2018年2月

瀬戸口 優　せとぐち・ゆう
春輝の幼なじみ 「いつだって僕らの恋は10センチだった。」 香坂茉里作;モゲラッタ挿絵;ろこる挿絵 KADOKAWA(角川つばさ文庫) 2018年1月

瀬戸 隼也　せと・じゅんや
将と仲が良いスタイリスト 「おしゃれプロジェクト Step2」 MIKA POSA作;hatsuko絵 講談社(講談社青い鳥文庫) 2018年5月

セドリック
エンチャンシア王室の魔法使い 「ちいさなプリンセスソフィア友情ストーリー : エンチャンシアのうた クローバーといっしょ―はじめてノベルズ」 駒田文子文・編集協力 講談社(講談社KK文庫) 2018年2月

瀬戸 レイラ　せと・れいら
元気いっぱいの中学3年生で美術部部長 「サキヨミ! : ヒミツの二人で未来を変える!? 1」 七海まち作;駒形絵 KADOKAWA(角川つばさ文庫) 2020年9月

瀬名 湊　せな・みなと
サッカー部のエースで生徒会会長 「溺愛120%の恋 : クールな生徒会長は私だけにとびきり甘い」 *あいら*著;かなめもにか絵 スターツ出版(野いちごジュニア文庫) 2020年8月

瀬尾 草子　せのお・そうこ
不登校になり図書館に通う中学1年生、本を通じて小さな希望を見出す少女 「しずかな魔女―物語の王国；2-13」 市川朔久子作 岩崎書店 2019年6月

ゼノン
チーター四きょうだいの次男、速さと機敏さを活かして獲物を狩る技術を磨く兄 「ちいさなハンター：どうぶつのかぞくチーター―シリーズどうぶつのかぞく」 佐藤まどか作;あべ弘士絵 講談社 2019年3月

セミクジラ
ミッチが拾ったクジラの形をした木のかけらが変化した小さなクジラ 「セミクジラのぬけがら：ミッチの道ばたコレクション」 如月かずさ作;コマツシンヤ絵 偕成社 2019年8月

世良 真純　せら・ますみ
工藤新一のクラスメート「名探偵コナン紅の修学旅行」 青山剛昌原作;水稀しま著 小学館(小学館ジュニア文庫) 2019年1月

世良 真純　せら・ますみ
赤井一家の末っ子で正体を隠して高校生探偵として活躍する少女 「名探偵コナン赤井一家(ファミリー)セレクション緋色の推理記録(コレクション)」 青山剛昌原作・イラスト;酒井匙著 小学館(小学館ジュニア文庫) 2020年4月

世良 真純　せら・ますみ
赤井一家の末っ子で探偵として活躍する異国帰りの高校生 「名探偵コナン世良真純セレクション：異国帰りの転校生」 青山剛昌原作・イラスト;酒井匙著 小学館(小学館ジュニア文庫) 2020年11月

芹沢 鷗　せりざわ・かもめ
桂太が弟子入りを志願するプロ棋士 「桂太の桂馬：ぼくらの戦国将棋バトル」 久麻當郎作;オズノユミ絵 集英社(集英社みらい文庫) 2020年2月

芹沢 千秋　せりざわ・ちあき
春輝の兄、咲の親友 「いつだって僕らの恋は10センチだった。」 香坂茉里作;モゲラッタ挿絵;ろこる挿絵 KADOKAWA(角川つばさ文庫) 2018年1月

芹沢 春輝　せりざわ・はるき
映画研究部所属の高校3年生の男の子 「いつだって僕らの恋は10センチだった。」 香坂茉里作;モゲラッタ挿絵;ろこる挿絵 KADOKAWA(角川つばさ文庫) 2018年1月

芹沢 春輝　せりざわ・はるき
映画研究部所属の蒼太の幼なじみ 「ヤキモチの答え 愛蔵版―告白予行練習」 藤谷燈子著 汐文社 2018年2月

芹沼 花依　せりぬま・かえ
アニメキャラの死をきっかけに激ヤセし美人になるBL好きの妄想オタク女子 「小説映画私がモテてどうすんだ」 ぢゅん子原作;時海結以著 講談社(講談社KK文庫) 2020年6月

セレニティス
500年間絵の中に閉じ込められている伝説のジュエラー魔女、パールの師匠 「ムーンヒルズ魔法宝石店 4」 あんびるやすこ作・絵 講談社(わくわくライブラリー) 2020年7月

セレニティス
ムーンヒルズ魔法宝石店の主で天才的なジュエラー魔女、呪いで絵の中に閉じ込められている意地悪魔女 「ムーンヒルズ魔法宝石店 2」 あんびるやすこ作・絵 講談社(わくわくライブラリー) 2019年4月

セレニティス
ムーンヒルズ魔法宝石店の主で天才的なジュエラー魔女、呪いで絵の中に閉じ込められている意地悪魔女 「ムーンヒルズ魔法宝石店 3」 あんびるやすこ作・絵 講談社(わくわくライブラリー) 2019年11月

ゼロ吉 ぜろきち
ハリネズミの妖怪、元盗賊 「ようかいとりものちょう 8」 大崎悌造作;ありがひとし画 岩崎書店 2018年6月

セワシ
のび太の孫の孫でドラえもんをのび太の元に送り込んだ未来の少年 「小説STAND BY MEドラえもん」 藤子・F・不二雄原作;山崎貴著 小学館(小学館ジュニア文庫) 2020年11月

千賀 千賀子 せんが・ちかこ
紅葉の仲良しのクラスメート 「きみの心にふる雪を。一初恋のシーズン」 西本紘奈作;ダンミル絵 KADOKAWA(角川つばさ文庫) 2018年1月

千木田 寛仁 せんぎだ・ひろひと
卓球好きで内気な小学5年生の少年 「チギータ!」 蒔田浩平作;佐藤真紀子絵 ポプラ社(ノベルズ・エクスプレス) 2019年3月

ゼンさん
どこか不思議な雰囲気を持つ謎めいたおじいちゃんの友達 「おじいちゃんとおかしな家」 西美音作;石川えりこ絵 フレーベル館(ものがたりの庭) 2018年2月

センジュ
解放戦線のリーダー 「モンスターストライクTHE MOVIEソラノカナタ」 XFLAGスタジオ原作;伊神貴世脚本;芳野詩子作 KADOKAWA(角川つばさ文庫) 2018年10月

先生 せんせい
ゾウのぬいぐるみのアバターでルームの参加者の一人 「奇譚ルーム」 はやみねかおる著 朝日新聞出版 2018年3月

先生 せんせい
中学の英語教師、突然怒り出したり奇妙な発言をしたりするとても個性的な人物 「漱石先生の事件簿 : 猫の巻」 柳広司作;Akito絵 KADOKAWA(角川つばさ文庫) 2018年10月

千堂 亜蓮 せんどう・あれん
読者モデル 「ゆめ☆かわ ここあのコスメボックス [2]」 伊集院くれあ著;池田春香イラスト 小学館(小学館ジュニア文庫) 2018年2月

仙道 ヒカル せんどう・ひかる
行先マヨイ先生に誘われ教室に来た小学6年生の少年 「迷宮教室 [3]」 あいはらしゅう作;肘原えるぼ絵 集英社(集英社みらい文庫) 2020年12月

仙道 ヒカル　せんどう・ひかる
目覚めると「恐怖の授業」の迷宮教室に閉じ込められていた小学6年生の少年 「迷宮教室 : 出口のない悪魔小学校」 あいはらしゅう作;肘原えるぼ絵 集英社(集英社みらい文庫) 2020年4月

仙道 ヒカル　せんどう・ひかる
遊を助けるために迷宮教室へ向かった小学6年生の少年 「迷宮教室 [2]」 あいはらしゅう作;肘原えるぼ絵 集英社(集英社みらい文庫) 2020年9月

千野 ヒミツ　せんの・ひみつ
都市伝説を具現化する力を持つフシギの双子の妹 「恐怖コレクター 巻ノ10」 佐東みどり作;鶴田法男作;よん絵 KADOKAWA(角川つばさ文庫) 2018年12月

千野 ヒミツ　せんの・ひみつ
都市伝説を具現化する力を持つフシギの双子の妹 「恐怖コレクター 巻ノ11」 佐東みどり作;鶴田法男作;よん絵 KADOKAWA(角川つばさ文庫) 2019年4月

千野 ヒミツ　せんの・ひみつ
都市伝説を具現化する力を持つフシギの双子の妹 「恐怖コレクター 巻ノ12」 佐東みどり作;鶴田法男作;よん絵 KADOKAWA(角川つばさ文庫) 2019年8月

千野 ヒミツ　せんの・ひみつ
都市伝説を具現化する力を持つフシギの双子の妹 「恐怖コレクター 巻ノ13」 佐東みどり作;鶴田法男作;よん絵 KADOKAWA(角川つばさ文庫) 2019年12月

千野 ヒミツ　せんの・ひみつ
都市伝説を具現化する力を持つフシギの双子の妹 「恐怖コレクター 巻ノ14」 佐東みどり作;鶴田法男作;よん絵 KADOKAWA(角川つばさ文庫) 2020年6月

千野 ヒミツ　せんの・ひみつ
都市伝説を具現化する力を持つフシギの双子の妹 「恐怖コレクター 巻ノ15」 佐東みどり作;鶴田法男作;よん絵 KADOKAWA(角川つばさ文庫) 2020年12月

千野 ヒミツ　せんの・ひみつ
都市伝説を具現化する力を持つフシギの双子の妹 「恐怖コレクター 巻ノ8」 佐東みどり作;鶴田法男作;よん絵 KADOKAWA(角川つばさ文庫) 2018年4月

千野 ヒミツ　せんの・ひみつ
都市伝説を具現化する力を持つフシギの双子の妹 「恐怖コレクター 巻ノ9」 佐東みどり作;鶴田法男作;よん絵 KADOKAWA(角川つばさ文庫) 2018年8月

千野 フシギ　せんの・ふしぎ
都市伝説を追って町を旅する謎の少年 「恐怖コレクター 巻ノ10」 佐東みどり作;鶴田法男作;よん絵 KADOKAWA(角川つばさ文庫) 2018年12月

千野 フシギ　せんの・ふしぎ
都市伝説を追って町を旅する謎の少年 「恐怖コレクター 巻ノ11」 佐東みどり作;鶴田法男作;よん絵 KADOKAWA(角川つばさ文庫) 2019年4月

千野 フシギ　せんの・ふしぎ
都市伝説を追って町を旅する謎の少年 「恐怖コレクター 巻ノ12」 佐東みどり作;鶴田法男作;よん絵 KADOKAWA(角川つばさ文庫) 2019年8月

千野 フシギ　せんの・ふしぎ
都市伝説を追って町を旅する謎の少年 「恐怖コレクター 巻ノ13」 佐東みどり作;鶴田法男作;よん絵 KADOKAWA(角川つばさ文庫) 2019年12月

千野 フシギ　せんの・ふしぎ
都市伝説を追って町を旅する謎の少年 「恐怖コレクター 巻ノ14」 佐東みどり作;鶴田法男作;よん絵 KADOKAWA(角川つばさ文庫) 2020年6月

千野 フシギ　せんの・ふしぎ
都市伝説を追って町を旅する謎の少年 「恐怖コレクター 巻ノ15」 佐東みどり作;鶴田法男作;よん絵 KADOKAWA(角川つばさ文庫) 2020年12月

千野 フシギ　せんの・ふしぎ
都市伝説を追って町を旅する謎の少年 「恐怖コレクター 巻ノ8」 佐東みどり作;鶴田法男作;よん絵 KADOKAWA(角川つばさ文庫) 2018年4月

千野 フシギ　せんの・ふしぎ
都市伝説を追って町を旅する謎の少年 「恐怖コレクター 巻ノ9」 佐東みどり作;鶴田法男作;よん絵 KADOKAWA(角川つばさ文庫) 2018年8月

千弥　せんや
太鼓長屋に住む按摩の青年 「妖怪の子預かります 1」 廣嶋玲子作;Minoru絵 東京創元社 2020年6月

千弥　せんや
太鼓長屋に住む按摩の青年 「妖怪の子預かります 10」 廣嶋玲子作;Minoru絵 東京創元社 2020年12月

千弥　せんや
太鼓長屋に住む按摩の青年 「妖怪の子預かります 2」 廣嶋玲子作;Minoru絵 東京創元社 2020年6月

千弥　せんや
太鼓長屋に住む按摩の青年 「妖怪の子預かります 3」 廣嶋玲子作;Minoru絵 東京創元社 2020年7月

千弥　せんや
太鼓長屋に住む按摩の青年 「妖怪の子預かります 4」 廣嶋玲子作;Minoru絵 東京創元社 2020年7月

千弥　せんや
太鼓長屋に住む按摩の青年 「妖怪の子預かります 5」 廣嶋玲子作;Minoru絵 東京創元社 2020年8月

千弥　せんや
太鼓長屋に住む按摩の青年 「妖怪の子預かります 6」 廣嶋玲子作;Minoru絵 東京創元社 2020年9月

千弥　せんや
太鼓長屋に住む按摩の青年 「妖怪の子預かります 7」 廣嶋玲子作;Minoru絵 東京創元社 2020年10月

千弥　せんや
太鼓長屋に住む按摩の青年 「妖怪の子預かります 8」 廣嶋玲子作;Minoru絵　東京創元社 2020年11月

千弥　せんや
太鼓長屋に住む按摩の青年 「妖怪の子預かります 9」 廣嶋玲子作;Minoru絵　東京創元社 2020年12月

【そ】

総一郎　そういちろう
いつも「男らしくしろ」と言っている太郎の父 「太郎の窓」 中島信子著　汐文社 2020年11月

ソウくん
ハロウィンの仮装をして町に繰り出したタイくんの弟 「モンスター・ホテルでハロウィン」 柏葉幸子作;高畠純絵　小峰書店 2018年9月

そうじきようかいジャッキー
オッシーの手先の妖怪 「へんなともだちマンホーくん [3]」 村上しいこ作;たかいよしかず絵　講談社(わくわくライブラリー) 2019年7月

ソウタ
ポチ夫に振り回されながらも彼の行動に感化されるクラスメート 「転校生ポチ崎ポチ夫」 田丸雅智著;やぶのてんやイラスト　小学館(小学館ジュニア文庫) 2020年7月

そうた
泣き虫な弱い自分を変えたくて神社でサワメという神さまと出会い願いを叶えようとする少年 「泣き神さまサワメ」 横山充男作;よこやまようへい絵　文研出版(文研ブックランド) 2020年11月

早田 誠　そうだ・まこと
鋭いカミソリシュートが持ち味で翼の最大のライバルの一人である中学生サッカー選手 「キャプテン翼 中学生編上下」 高橋陽一原作・絵;ワダヒトミ著　集英社(集英社みらい文庫) 2018年12月

宗鉄　そうてつ
化けいたち、妖怪の医者 「妖怪の子預かります 4」 廣嶋玲子作;Minoru絵　東京創元社 2020年7月

奏野 響　そうの・ひびき
五十嵐先輩の幼なじみ、放送部所属の中学1年生の男の子 「この声とどけ!：恋がはじまる放送室☆」 神戸遥真作;木乃ひのき絵　集英社(集英社みらい文庫) 2018年4月

奏野 響　そうの・ひびき
五十嵐先輩の幼なじみ、放送部所属の中学1年生の男の子 「この声とどけ! [2]」 神戸遥真作;木乃ひのき絵　集英社(集英社みらい文庫) 2018年9月

奏野 響　そうの・ひびき
五十嵐先輩の幼なじみ、放送部所属の中学1年生の男の子 「この声とどけ! [5]」 神戸遥真作;木乃ひのき絵　集英社(集英社みらい文庫) 2019年11月

颯真　そうま
辰子を支え見守る少年「おばあちゃん、わたしを忘れてもいいよ」緒川さよ作;久永フミノ絵 朝日学生新聞社 2019年2月

そうまくん
時々「こだわりスイッチ」が入る物知り、えるくんにふざけてケガをさせたことになった男の子「こだわっていこう」村上しいこ作;陣崎草子絵 学研プラス(ジュニア文学館) 2018年7月

相馬 真　そうま・しん
ヒヨの幼なじみで天才少年「星にねがいを! 1」あさばみゆき作;那流絵 KADOKAWA(角川つばさ文庫) 2019年8月

相馬 真　そうま・しん
ヒヨの幼なじみで天才少年「星にねがいを! 2」あさばみゆき作;那流絵 KADOKAWA(角川つばさ文庫) 2020年1月

相馬 真　そうま・しん
ヒヨの幼なじみで天才少年「星にねがいを! 3」あさばみゆき作;那流絵 KADOKAWA(角川つばさ文庫) 2020年6月

相馬 真　そうま・しん
ヒヨの幼なじみで天才少年「星にねがいを! 4」あさばみゆき作;那流絵 KADOKAWA(角川つばさ文庫) 2020年10月

相馬 信司　そうま・しんじ
地元のプール存続に関わる活動をする航の同級生で、海人の仲間で小学6年生「スイマー」高田由紀子著;結布絵 ポプラ社(teens' best selections) 2020年7月

相馬 大河　そうま・たいが
いつもやる気がなさそうだけど水泳の時は野獣のようになる中学1年生の少年「スプラッシュ!:ぼくは犬かきしかできない」山村しょう作;凸ノ高秀絵 集英社(集英社みらい文庫) 2019年12月

相馬 大河　そうま・たいが
いつもやる気がなさそうだけど水泳の時は野獣のようになる中学1年生の少年「スプラッシュ! [2]」山村しょう作;凸ノ高秀絵 集英社(集英社みらい文庫) 2020年4月

ソッチ
こどもミュージカルのオーディションに挑戦するも落選し素敵なドレスを着て女優のようになりたいと願う小さなおばけの女の子「おばけのソッチぞびぞびオーディション―小さなおばけ」角野栄子さく;佐々木洋子え ポプラ社(ポプラ社の新・小さな童話) 2018年8月

外山 優太　そとやま・ゆうた*
父親が家を出てからギターを弾いていなかったがバンド演奏で友人の代わりにギターを担当することになる少年「ギフト、ぼくの場合」今井恭子作 小学館 2020年6月

曾根 麗香　そね・れいか
あずみと同じバレーボール部のリーダー的存在の女の子「キミと、いつか。[12]」宮下恵茉作;染川ゆかり絵 集英社(集英社みらい文庫) 2019年11月

園崎 光一郎　そのざき・こういちろう
ハルの親族だが謎の人物「幽霊探偵ハル [4]」田部智子作;木乃ひのき絵 KADOKAWA(角川つばさ文庫) 2019年6月

園崎 咲久　そのざき・さく
中学校で常に学力テスト1位だったが、カンニングの疑いをかけられる優秀な女子生徒 「アオハル・ミステリカ = AOHARU MYSTERICA」 瀬川コウ著;くっかイラスト PHP研究所(PHPジュニアノベル) 2019年2月

園崎 春　そのざき・はる
大人以上の知識と推理力を持つ大富豪の園崎家の長男 「幽霊探偵ハル [4]」 田部智子作;木乃ひのき絵 KADOKAWA(角川つばさ文庫) 2019年6月

園崎 魅音　そのざき・みおん
「部活」の部長でクラス級長の少女 「ひぐらしのなく頃に 第2話[上][下]」 竜騎士07著;里好イラスト 双葉社(双葉社ジュニア文庫) 2020年12月

園崎 魅音　そのざき・みおん
圭一の友人で村の伝統や歴史に詳しい少女 「ひぐらしのなく頃に 第1話[上][下]」 竜騎士07著;里好イラスト 双葉社(双葉社ジュニア文庫) 2020年10月

園田 葵　そのだ・あおい
漣と恋に落ちるも突然姿を消し再会と別れを繰り返す平成元年生まれの女性 「糸：映画ノベライズ版」 平野隆原案;林民夫脚本;時海結以著 小学館(小学館ジュニア文庫) 2020年8月

園田 絵里　そのだ・えり
浩介の幼なじみ、怖い話が大好きで活発な女の子 「怪談収集家山岸良介と学校の怪談 図書館版—本の怪談シリーズ ; 19」 緑川聖司作;竹岡美穂絵 ポプラ社 2020年4月

園田 絵里　そのだ・えり
浩介の幼なじみ、怖い話が大好きで活発な女の子 「怪談収集家山岸良介と人喰い遊園地 図書館版—本の怪談シリーズ ; 22」 緑川聖司作;竹岡美穂絵 ポプラ社 2020年4月

園田 絵里　そのだ・えり
浩介の幼なじみ、怖い話が大好きで活発な女の子 「怪談収集家山岸良介と人喰い遊園地」 緑川聖司作;竹岡美穂絵 ポプラ社(ポプラポケット文庫) 2019年7月

園田 絵里　そのだ・えり
浩介の幼なじみ、怖い話が大好きで活発な女の子 「怪談収集家山岸良介の帰還 図書館版—本の怪談シリーズ ; 17」 緑川聖司作;竹岡美穂絵 ポプラ社 2020年4月

園田 絵里　そのだ・えり
浩介の幼なじみ、怖い話が大好きで活発な女の子 「怪談収集家山岸良介の最後の挨拶 図書館版—本の怪談シリーズ ; 23」 緑川聖司作;竹岡美穂絵 ポプラ社 2020年4月

園田 絵里　そのだ・えり
浩介の幼なじみ、怖い話が大好きで活発な女の子 「怪談収集家山岸良介の最後の挨拶」 緑川聖司作;竹岡美穂絵 ポプラ社(ポプラポケット文庫) 2019年12月

園田 絵里　そのだ・えり
浩介の幼なじみ、怖い話が大好きで活発な女の子 「怪談収集家山岸良介の冒険 図書館版—本の怪談シリーズ ; 18」 緑川聖司作;竹岡美穂絵 ポプラ社 2020年4月

園田 絵里　そのだ・えり
浩介の幼なじみ、怖い話が大好きで活発な女の子 「怪談収集家山岸良介の妖しい日常 図書館版—本の怪談シリーズ ; 21」 緑川聖司作;竹岡美穂絵 ポプラ社 2020年4月

園田 絵里　そのだ・えり

浩介の幼なじみ、怖い話が大好きで活発な女の子 「怪談収集家山岸良介の妖しい日常」 緑川聖司作;竹岡美穂絵　ポプラ社(ポプラポケット文庫)　2018年7月

園田 理沙　そのだ・りさ

高校の学生寮での生活をスタートさせる妙子の孫 「空ニ吸ハレシ15ノココロ：おばあちゃんへのラストレター」 園田由紀子著　PHPエディターズ・グループ　2019年7月

ソファー

バネが飛び出て困っているところを新聞のタバーに助けられるソファー 「しんぶんのタバー」 萩原弓佳作;小池壮太絵　PHP研究所(とっておきのどうわ)　2019年2月

ソフィー(レッド)

盲導犬候補として生まれた子犬の女の子 「さよならをのりこえた犬ソフィー：盲導犬になった子犬の物語」 なりゆきわかこ作;あやか挿絵　KADOKAWA(角川つばさ文庫)　2019年9月

ソフィア

普通の女の子からエンチャンシア王国のプリンセスになった女の子 「ちいさなプリンセスソフィア友情ストーリー：エンチャンシアのうた クローバーといっしょ―はじめてノベルズ」 駒田文子文・編集協力　講談社(講談社KK文庫)　2018年2月

ソラ

カナタを探して空からやってきた青い髪の少女 「モンスターストライクTHE MOVIEソラノカナタ」 XFLAGスタジオ原作;伊神貴世脚本;芳野詩子作　KADOKAWA(角川つばさ文庫)　2018年10月

ソラ

リクと共に不思議な事件に巻き込まれる同級生 「七不思議神社 [2]」 緑川聖司作;TAKA絵　あかね書房　2019年11月

ソラタ

キツネの子ヒナタを助けた心優しいクマ 「ソラタとヒナタ [2]」 かんのゆうこさく;くまあやこえ　講談社(わくわくライブラリー)　2019年5月

ソラタ

穴に落ちたヒナタを助け友達になった心優しいクマ 「ソラタとヒナタ [3]」 かんのゆうこさく;くまあやこえ　講談社(わくわくライブラリー)　2020年4月

ソラタ

大きな穴に落ちて困っていたキツネの子を助ける心優しいクマ 「ソラタとヒナタ：ともだちのつくりかた」 かんのゆうこさく;くまあやこえ　講談社(わくわくライブラリー)　2018年4月

空野 あかり　そらの・あかり

親が占い師アルテミスという秘密を持つごく普通の女の子 「占い師のオシゴト」 高橋桐矢作;鳥羽雨絵　偕成社(偕成社ノベルフリーク)　2019年2月

空野 ことり　そらの・ことり

体操のオリンピック選手を目指す小学5年生で未久のライバル 「わたしの魔法の羽：スポーツのおはなし体操―シリーズスポーツのおはなし」 小林深雪作;いつか絵　講談社　2020年2月

ソル
どんな植物も元気に育てるモグラ、気が弱くて食いしん坊 「はりねずみのルーチカ：トゥーリのひみつ」 かんのゆうこ作;北見葉胡絵 講談社(わくわくライブラリー) 2020年3月

ソル
どんな植物も元気に育てるモグラ、気が弱くて食いしん坊 「はりねずみのルーチカ：人魚の島」 かんのゆうこ作;北見葉胡絵 講談社(わくわくライブラリー) 2019年7月

ゾロリ
かいけつゾロリに変身するキツネ、レッドダイヤ盗難事件の解決に挑む冒険家 「かいけつゾロリのレッドダイヤをさがせ!!―かいけつゾロリシリーズ；67」 原ゆたかさく・え ポプラ社(ポプラ社の新・小さな童話) 2020年6月

ゾロリ
かいけつゾロリに変身するキツネ、宝探しの旅をする冒険家 「かいけつゾロリうちゅう大さくせん―かいけつゾロリシリーズ；65」 原ゆたかさく・え ポプラ社(ポプラ社の新・小さな童話) 2019年7月

ゾロリ
かいけつゾロリに変身するキツネ、宝探しの旅をする冒険家 「かいけつゾロリスターたんじょう―かいけつゾロリシリーズ；66」 原ゆたかさく・え ポプラ社(ポプラ社の新・小さな童話) 2019年12月

ゾロリ
かいけつゾロリに変身するキツネ、宝探しの旅をする冒険家 「かいけつゾロリのドラゴンたいじ 2―かいけつゾロリシリーズ；63」 原ゆたかさく・え ポプラ社(ポプラ社の新・小さな童話) 2018年7月

ゾロリ
かいけつゾロリに変身するキツネ、宝探しの旅をする冒険家 「かいけつゾロリロボット大さくせん―かいけつゾロリシリーズ；64」 原ゆたかさく・え ポプラ社(ポプラ社の新・小さな童話) 2018年12月

ゾロリ
かいけつゾロリに変身するキツネ、未知のエイリアンに立ち向かういたずら好きの冒険家 「かいけつゾロリきょうふのエイリアン―かいけつゾロリシリーズ；68」 原ゆたかさく・え ポプラ社(ポプラ社の新・小さな童話) 2020年12月

孫 堅 そん・けん
民衆を大切にしつつ戦場で勇猛さを発揮した長沙の太守 「呉書三国志 = THREE KINGDOMS」 斉藤洋著 講談社 2019年3月

孫 権 そん・けん
兄の孫策の跡を継ぎ知恵者・周瑜と共に呉を建国した優しさを持つ孫堅の子 「呉書三国志 = THREE KINGDOMS」 斉藤洋著 講談社 2019年3月

孫 悟空 そん・ごくう
高僧・玄奘三蔵の一番弟子、不老不死のサル 「西遊記 12―斉藤洋の西遊記シリーズ；12」 呉承恩作;斉藤洋文;広瀬弦絵 理論社 2018年1月

孫 悟空 そん・ごくう
高僧・玄奘三蔵の一番弟子、不老不死のサル 「西遊記 13―斉藤洋の西遊記シリーズ；13」 呉承恩作;斉藤洋文;広瀬弦絵 理論社 2019年6月

孫 悟空　そん・ごくう
高僧・玄奘三蔵の一番弟子、不老不死の猿 「西遊記 14―斉藤洋の西遊記シリーズ ; 14」 呉承恩作;斉藤洋文;広瀬弦絵 理論社 2020年10月

孫 悟空　そん・ごくう
戦うことが好きな地球育ちサイヤ人 「ドラゴンボール超(スーパー)ブロリー : 映画ノベライズ みらい文庫版」 鳥山明原作・脚本・キャラクターデザイン;小川彗著 集英社(集英社みらい文庫) 2018年12月

孫 策　そん・さく
孫堅の志を継ぎ江東の小覇王と呼ばれるまで成長した孫堅の子 「呉書三国志 = THREE KINGDOMS」 斉藤洋著 講談社 2019年3月

【た】

タイ
ルナの前に何度も現れる謎の少年 「妖界ナビ・ルナ 5」 池田美代子作;戸部淑絵 講談社(講談社青い鳥文庫) 2018年1月

大吉さん　だいきちさん
タマと二人で暮らす元小学校の先生 「ねことじいちゃん : 映画版」 ねこまき(ミューズワーク)原作・イラスト;坪田文作;伊豆平成文 KADOKAWA(角川つばさ文庫) 2019年1月

タイくん
ハロウィンの仮装をして町に繰り出したソウくんの兄 「モンスター・ホテルでハロウィン」 柏葉幸子作;高畠純絵 小峰書店 2018年9月

だいくん
福引きを引いて自転車を当てたいと願う男の子 「おおあたり!」 もとしたいづみ作;山西ゲンイチ絵 小峰書店(おはなしだいすき) 2019年1月

大志　たいし
学校で友達と始めた罰ゲームの影響でウンコが出なくなり悩みを抱える12歳の少年 「昨日のぼくのパーツ」 吉野万理子著 講談社 2018年12月

太一　たいち
成美の道場仲間で共に稽古に励む少年 「まっしょうめん! [3]」 あさだりん作;新井陽次郎絵 偕成社(偕成社ノベルフリーク) 2020年3月

大地　だいち
真実の恋を求めて恋愛リアリティーショーに参加する本気の恋を追い求める若者、俳優 「オオカミくんには騙されない : 本気の恋と、切ない嘘」 AbemaTV『オオカミくんには騙されない♥』原案・企画協力;深海ゆずは作;遠山えま絵 KADOKAWA(角川つばさ文庫) 2020年1月

大地　だいち
麦の弟、渋滞の車中でも無邪気を見せる幼い男の子 「大渋滞」 いとうみく作;いつか絵 PHP研究所(みちくさパレット) 2019年4月

ダイちゃん
チイちゃんと共に夢に向かって成長する仲良しのドングリ 「なかよしドングリ」 さなだせつこ著 東京図書出版 2018年12月

ダイちゃん
チイちゃんと共に夢に向かって成長する仲良しのドングリ「なかよしドングリ」さなだせつこ著 東京図書出版 2018年12月

大ちゃん　だいちゃん
2年2組の仲良し3人組の一員、友達と共に死んだカエルを通じて命の大切さを学ぶ男の子「ひきがえるにげんまん」最上一平作;武田美穂絵 ポプラ社(本はともだち♪) 2018年6月

大ちゃん　だいちゃん
学校の花壇でモンシロチョウを捕まえ生き物係としてそのチョウをクラスで飼うことになった男の子「のんちゃんとモンシロチョウ」西村友里作;はせがわかこ絵 PHP研究所(とっておきのどうわ) 2018年4月

大道寺 知世　だいどうじ・ともよ
さくらの親友でさくらの冒険をカメラに収めるのが大好きな少女「小説アニメカードキャプターさくら クリアカード編1」CLAMP原作;有沢ゆう希著 講談社(講談社KK文庫) 2018年3月

大道寺 知世　だいどうじ・ともよ
さくらの親友でさくらの冒険をカメラに収めるのが大好きな少女「小説アニメカードキャプターさくら クリアカード編2」CLAMP原作;有沢ゆう希著 講談社(講談社KK文庫) 2018年5月

大道寺 知世　だいどうじ・ともよ
さくらの親友でさくらの冒険をカメラに収めるのが大好きな少女「小説アニメカードキャプターさくら クリアカード編3」CLAMP原作;有沢ゆう希著 講談社(講談社KK文庫) 2018年7月

大道寺 知世　だいどうじ・ともよ
さくらの親友でさくらの冒険をカメラに収めるのが大好きな少女「小説アニメカードキャプターさくら クリアカード編4」CLAMP原作;有沢ゆう希著 講談社(講談社KK文庫) 2018年9月

大道寺 知世　だいどうじ・ともよ
さくらの親友でさくらの冒険をカメラに収めるのが大好きな少女「小説アニメカードキャプターさくら クロウカード編上下」CLAMP原作;有沢ゆう希著 講談社(講談社KK文庫) 2018年1月

大道寺 知世　だいどうじ・ともよ
さくらの親友でさくらの冒険をカメラに収めるのが大好きな少女「小説アニメカードキャプターさくら さくらカード編上下 」CLAMP原作;有沢ゆう希著 講談社(講談社KK文庫) 2018年2月

大場 晴夜(ハル)　だいば・はるや(はる)
アブダラくんをサポートする役目を担うが考え方の違いに悩む小学6年生の少年「となりのアブダラくん」黒川裕子作;宮尾和孝絵 講談社 2019年11月

平 貞道　たいらの・さだみち
源頼光に仕える若き郎党「きつねの橋」久保田香里作;佐竹美保絵 偕成社 2019年9月

平 季武　たいらの・すえたけ
弓の名手で貞道の先輩にあたる頼光の郎党「きつねの橋」久保田香里作;佐竹美保絵 偕成社 2019年9月

タイルばあや
イランのハチ飼いの女性のミツバチの巣箱のふた 「アリババの猫がきいている」 新藤悦子作;佐竹美保絵 ポプラ社 2020年2月

タオ
レオと共にお父さんとお母さんたち、子どもたちと暮らすライオンの男の子 「レオたいせつなゆうき : どうぶつのかぞくライオン―シリーズどうぶつのかぞく」 村上しいこ作;こばようこ絵 講談社 2019年1月

高井戸 仁太 たかいど・じんた
筋肉自慢のドラマーの新入部員 「ラスト・ホールド!」 川浪ナミヲ脚本;高見健次脚本;松井香奈著 小学館(小学館ジュニア文庫) 2018年5月

貴夫 たかお
カレーのキッチンカーを営む男性 「イーブン」 村上しいこ作 小学館 2020年6月

高尾 優斗 たかお・ゆうと
クールで頭が良く頼れる性格の男の子 「小説12歳。: キミとふたり―CIAO BOOKS」 まいた菜穂原作;山本櫻子著 小学館 2018年12月

高木 源一郎(ドクター・ピタゴラス) たかぎ・げんいちろう(どくたーぴたごらす)
義務教育における数学の復権をうたうテロ組織「黒い三角定規」の主導者 「浜村渚の計算ノート 1」 青柳碧人作;桐野壱絵 講談社(講談社青い鳥文庫) 2019年9月

高木 源一郎(ドクター・ピタゴラス) たかぎ・げんいちろう(どくたーぴたごらす)
義務教育における数学の復権をうたうテロ組織「黒い三角定規」の主導者 「浜村渚の計算ノート 2」 青柳碧人作;桐野壱絵 講談社(講談社青い鳥文庫) 2019年10月

高崎 レイ たかさき・れい
背が高く力強いジャンプシュートで魅了するもクラブでは孤立しているミステリアスな女の子 「ジャンプ!ジャンプ!ジャンプ!!」 イノウエミホコ作;またよし絵 ポプラ社(ノベルズ・エクスプレス) 2018年10月

たかし
ミルキーの息子 「あいことばは名探偵」 杉山亮作;中川大輔絵 偕成社 2018年8月

高科 琴名 たかしな・ことな
ラクロス部所属のユウとハルの幼なじみ 「小説映画二ノ国」 レベルファイブ原作;日野晃博製作総指揮・原案・脚本;有沢ゆう希著 講談社(講談社KK文庫) 2019年8月

だがし屋のおじいちゃん だがしやのおじいちゃん
板チョコの願いを聞き入れる代わりに万引きの解決を依頼する駄菓子屋の店主 「防災室の日曜日 : カラスてんぐととうめい人間」 村上しいこ作;田中六大絵 講談社(わくわくライブラリー) 2020年11月

高城 イツキ たかしろ・いつき
姉を失った過去を持つ少年 「映画妖怪ウォッチFOREVER FRIENDS」 日野晃博製作総指揮・原案・脚本;レベルファイブ原作;松井香奈著;レベルファイブ監修;映画妖怪ウォッチ製作委員会監修 小学館(小学館ジュニア文庫) 2018年12月

高田 果穂 たかだ・かほ
有村くんと幼なじみの小学6年生の少女 「かなわない、ぜったい。: きみのとなりで気づいた恋」 野々村花作;姫川恵梨絵 集英社(集英社みらい文庫) 2018年12月

高田先輩　たかだせんぱい
ホルン担当の吹奏楽部部長「君のとなりで。3」高杉六花作;穂坂きなみ絵
KADOKAWA(角川つばさ文庫) 2020年6月

高田先輩　たかだせんぱい
ホルン担当の吹奏楽部部長「君のとなりで。4」高杉六花作;穂坂きなみ絵
KADOKAWA(角川つばさ文庫) 2020年12月

高田 春　たかだ・はる
第46代こわいもの係で将来の夢は大女優の少女「五年霊組こわいもの係 13」床丸迷人作;浜弓場双絵 KADOKAWA(角川つばさ文庫) 2018年3月

高槻 涼雅　たかつき・りょうが
市条高校サッカー部監督「青の誓約 = Fate of The BLUE : 市条高校サッカー部」綾崎隼著 KADOKAWA 2018年5月

高梨 ちとせ　たかなし・ちとせ
姉の代わりに百合ヶ丘女学園に通うちひろの双子の弟「チェンジ! : 今日からわたしが男子寮!?」市宮早記作;明菜絵 集英社(集英社みらい文庫) 2020年6月

高梨 ちひろ　たかなし・ちひろ
双子の弟・ちとせと入れ替わり帝徳学園暁寮で生活を始める女子、運動は得意だが勉強が苦手な中学1年生「チェンジ! : 今日からわたしが男子寮!?」市宮早記作;明菜絵 集英社(集英社みらい文庫) 2020年6月

鷹野 龍彦　たかの・たつひこ
書道教室で出会った先生にかけられたまじないで自分の書く字が暴走し始める男の子「ぼくのジユウな字」春間美幸作;黒須高嶺絵 講談社(わくわくライブラリー) 2018年9月

高野 夏芽　たかの・なつめ
ゆりあの弟の朔とカレカノ「1% 11」このはなさくら作;高上優里子絵 KADOKAWA(角川つばさ文庫) 2018年12月

高野 夏芽　たかの・なつめ
ゆりあの弟の朔の元カノ「1% 16」このはなさくら作;高上優里子絵 KADOKAWA(角川つばさ文庫) 2020年8月

高橋 一平　たかはし・いっぺい
陸上部の顧問「七転びダッシュ! 2」村上しいこ作;木乃ひのき絵 講談社(講談社青い鳥文庫) 2018年10月

高橋 一平　たかはし・いっぺい
陸上部の顧問「七転びダッシュ! 3」村上しいこ作;木乃ひのき絵 講談社(講談社青い鳥文庫) 2019年5月

高橋 沙奈　たかはし・さな
みちのく妖怪ツアーに参加する小学5年生の少女「みちのく妖怪ツアー」佐々木ひとみ作;野泉マヤ作;堀米薫作;東京モノノケ絵 新日本出版社 2018年8月

高橋 大地　たかはし・だいち
弟思いで責任感が強い小学6年生の男の子「猛獣学園!アニマルパニック : 百獣の王ライオンから逃げきれ!」緑川聖司作;畑優以絵 集英社(集英社みらい文庫) 2018年11月

高橋 大地　たかはし・だいち
弟思いで責任感が強い小学6年生の男の子 「猛獣学園!アニマルパニック [2]」 緑川聖司作;畑優以絵　集英社(集英社みらい文庫)　2019年3月

高橋 龍樹　たかはし・たつき
スキー事故で脚を骨折した中学2年生、銀色の猫アンジュ(サージュ)との出会いをきっかけに絵を描きたい気持ちを思い出す少年 「初恋まねき猫」 小手鞠るい著　講談社　2019年4月

高橋 ヒトミ　たかはし・ひとみ
冷静でクラスで一番頭の良い女の子 「無限×悪夢:午後3時33分のタイムループ地獄」 土橋真二郎作;岩本ゼロゴ絵　集英社(集英社みらい文庫)　2019年11月

高橋 雄太　たかはし・ゆうた
T3のリーダで電車に乗るのが大好きな小学5年生の少年 「電車で行こう!:西武鉄道コネクション!52席の至福を追え!!」 豊田巧作;裕龍ながれ絵　集英社(集英社みらい文庫)　2020年1月

高橋 雄太　たかはし・ゆうた
T3のリーダで電車に乗るのが大好きな小学5年生の少年 「電車で行こう!:追跡!スカイライナーと秘密の鉄道スポット」 豊田巧作;裕龍ながれ絵　集英社(集英社みらい文庫)　2020年12月

高橋 雄太　たかはし・ゆうた
T3のリーダで電車に乗るのが大好きな小学5年生の少年 「電車で行こう!:鉄道&船!?ひかりレールスターと瀬戸内海スペシャルツアー!!」 豊田巧作;裕龍ながれ絵　集英社　2020年8月

高橋 雄太　たかはし・ゆうた
T3のリーダで電車に乗るのが大好きな小学5年生の少年 「電車で行こう!:特急宗谷で、目指せ最果ての駅!」 豊田巧作;裕龍ながれ絵　集英社(集英社みらい文庫)　2020年3月

高橋 雄太　たかはし・ゆうた
電車の運転手を目指す乗り鉄の小学5年生の少年 「電車で行こう!:80円で関西一周!!駅弁食いだおれ463.9km!!!」 豊田巧作;裕龍ながれ絵　集英社(集英社みらい文庫)　2018年2月

高橋 雄太　たかはし・ゆうた
電車の運転手を目指す乗り鉄の小学5年生の少年 「電車で行こう!:運気上昇!?西鉄と特急で行く水路の街」 豊田巧作;裕龍ながれ絵　集英社(集英社みらい文庫)　2019年2月

高橋 雄太　たかはし・ゆうた
電車の運転手を目指す乗り鉄の小学5年生の少年 「電車で行こう!:奇跡を起こせ!?秋田新幹線こまちと幻のブルートレイン」 豊田巧作;裕龍ながれ絵　集英社(集英社みらい文庫)　2019年6月

高橋 雄太　たかはし・ゆうた
電車の運転手を目指す乗り鉄の小学5年生の少年 「電車で行こう!:東武特急リバティで行く、さくら舞う歴史旅!」 豊田巧作;裕龍ながれ絵　集英社(集英社みらい文庫)　2018年5月

高橋 雄太　たかはし・ゆうた
電車の運転手を目指す乗り鉄の小学5年生の少年 「電車で行こう!:目指せ!東急全線、一日乗りつぶし!」 豊田巧作;裕龍ながれ絵　集英社(集英社みらい文庫)　2018年10月

高橋 漣　たかはし・れん
北海道で葵と出会い恋に落ちるが運命に翻弄される平成元年生まれの青年 「糸：映画ノベライズ版」 平野隆原案;林民夫脚本;時海結以著　小学館(小学館ジュニア文庫) 2020年8月

高橋 蓮　たかはし・れん
大地の弟、小学2年生 「猛獣学園!アニマルパニック：百獣の王ライオンから逃げきれ!」 緑川聖司作;畑優以絵　集英社(集英社みらい文庫) 2018年11月

高橋 蓮　たかはし・れん
大地の弟、小学2年生 「猛獣学園!アニマルパニック [2]」 緑川聖司作;畑優以絵　集英社(集英社みらい文庫) 2019年3月

鷹羽 直　たかば・なお
茉子の憧れの同級生 「おしゃれプロジェクト Step2」 MIKA POSA作;hatsuko絵　講談社(講談社青い鳥文庫) 2018年5月

高浜 浩介　たかはま・こうすけ
山岸さんの助手を務める特別な霊媒体質の小学5年生の男の子 「怪談収集家山岸良介と学校の怪談 図書館版―本の怪談シリーズ；19」 緑川聖司作;竹岡美穂絵　ポプラ社 2020年4月

高浜 浩介　たかはま・こうすけ
山岸さんの助手を務める特別な霊媒体質の小学5年生の男の子 「怪談収集家山岸良介と人喰い遊園地 図書館版―本の怪談シリーズ；22」 緑川聖司作;竹岡美穂絵　ポプラ社 2020年4月

高浜 浩介　たかはま・こうすけ
山岸さんの助手を務める特別な霊媒体質の小学5年生の男の子 「怪談収集家山岸良介と人喰い遊園地」 緑川聖司作;竹岡美穂絵　ポプラ社(ポプラポケット文庫) 2019年7月

高浜 浩介　たかはま・こうすけ
山岸さんの助手を務める特別な霊媒体質の小学5年生の男の子 「怪談収集家山岸良介と人形村 図書館版―本の怪談シリーズ；20」 緑川聖司作;竹岡美穂絵　ポプラ社 2020年4月

高浜 浩介　たかはま・こうすけ
山岸さんの助手を務める特別な霊媒体質の小学5年生の男の子 「怪談収集家山岸良介の帰還 図書館版―本の怪談シリーズ；17」 緑川聖司作;竹岡美穂絵　ポプラ社 2020年4月

高浜 浩介　たかはま・こうすけ
山岸さんの助手を務める特別な霊媒体質の小学5年生の男の子 「怪談収集家山岸良介の最後の挨拶 図書館版―本の怪談シリーズ；23」 緑川聖司作;竹岡美穂絵　ポプラ社 2020年4月

高浜 浩介　たかはま・こうすけ
山岸さんの助手を務める特別な霊媒体質の小学5年生の男の子 「怪談収集家山岸良介の最後の挨拶」 緑川聖司作;竹岡美穂絵　ポプラ社(ポプラポケット文庫) 2019年12月

高浜 浩介　たかはま・こうすけ
山岸さんの助手を務める特別な霊媒体質の小学5年生の男の子 「怪談収集家山岸良介の冒険 図書館版―本の怪談シリーズ；18」 緑川聖司作;竹岡美穂絵　ポプラ社 2020年4月

高浜 浩介　たかはま・こうすけ
山岸さんの助手を務める特別な霊媒体質の小学5年生の男の子 「怪談収集家山岸良介の妖しい日常 図書館版―本の怪談シリーズ ; 21」 緑川聖司作;竹岡美穂絵 ポプラ社 2020年4月

高浜 浩介　たかはま・こうすけ
山岸さんの助手を務める特別な霊媒体質の小学5年生の男の子 「怪談収集家山岸良介の妖しい日常」 緑川聖司作;竹岡美穂絵 ポプラ社(ポプラポケット文庫) 2018年7月

高原 綾子　たかはら・あやこ
村田周平の娘 「ネッシーはいることにする」 長薗安浩著 ゴブリン書房 2019年8月

高原 風音　たかはら・かざね
1年前の出来事をきっかけにピアノがひけなくなったまじめな女の子 「放課後、きみがピアノをひいていたから : 出会い」 柴野理奈子作;榎木りか絵 集英社(集英社みらい文庫) 2019年2月

高原 風音　たかはら・かざね
ピアニストを目指す小学6年生の女の子 「放課後、きみがピアノをひいていたから [6]」 柴野理奈子作;榎木りか絵 集英社(集英社みらい文庫) 2020年10月

高原 風音　たかはら・かざね
ピアノにトラウマがあったが律のおかげで乗り越えらえたまじめな女の子 「放課後、きみがピアノをひいていたから : 出会い」 柴野理奈子作;榎木りか絵 集英社(集英社みらい文庫) 2019年2月

高原 風音　たかはら・かざね
ピアノにトラウマがあったが律のおかげで乗り越えらえたまじめな女の子 「放課後、きみがピアノをひいていたから [3]」 柴野理奈子作;榎木りか絵 集英社(集英社みらい文庫) 2019年10月

高原 風音　たかはら・かざね
律のおかげでピアノのトラウマを乗り越えられたまじめな小学6年生の女の子 「放課後、きみがピアノをひいていたから [4]」 柴野理奈子作;榎木りか絵 集英社(集英社みらい文庫) 2020年2月

高原 風音　たかはら・かざね
律のおかげでピアノのトラウマを乗り越えられたまじめな小学6年生の女の子 「放課後、きみがピアノをひいていたから [5]」 柴野理奈子作;榎木りか絵 集英社(集英社みらい文庫) 2020年6月

高広　たかひろ
明日香に協力する幼なじみの少年 「カラダ探し 最終夜2」 ウェルザード著 双葉社(双葉社ジュニア文庫) 2020年3月

高広　たかひろ
明日香に協力する幼なじみの少年 「カラダ探し 最終夜3」 ウェルザード著 双葉社(双葉社ジュニア文庫) 2020年7月

高見沢 みちる　たかみざわ・みちる
謎の生徒会長 「ねらわれた学園 新装版」 眉村卓作;れい亜絵 講談社(講談社青い鳥文庫) 2019年2月

高峰 柊　たかみね・しゅう
周りからの人望が厚く天馬と共に修学旅行に行く少年 「よりみち3人修学旅行」 市川朔久子著 講談社 2018年2月

高宮 綾　たかみや・あや
ましろの小学校時代からの友人 「神様の救世主 : 屋上のサチコちゃん」 ここあ作;teffish絵 講談社(講談社青い鳥文庫) 2020年11月

田上 蓮　たがみ・れん
FC6年1組のメンバーでクラスで一番背が高い男の子 「FC6年1組 : クラスメイトはチームメイト!一斗と純のキセキの試合」 河端朝日作;千田純生絵 集英社(集英社みらい文庫) 2018年6月

田上 蓮　たがみ・れん
FC6年1組のメンバーでクラスで一番背が高い男の子 「FC6年1組 [2]」 河端朝日作;千田純生絵 集英社(集英社みらい文庫) 2018年10月

田上 蓮　たがみ・れん
FC6年1組のメンバーでクラスで一番背が高い男の子 「FC6年1組 [3]」 河端朝日作;千田純生絵 集英社(集英社みらい文庫) 2019年3月

高屋敷 美音　たかやしき・みお
夕陽の丘小学校6年2組で予言者とみんなから呼ばれている児童会の副会長 「トリプル・ゼロの算数事件簿 ファイル7」 向井湘吾作;イケダケイスケ絵 ポプラ社(ポプラポケット文庫) 2018年5月

高柳 蛍　たかやなぎ・ほたる
2年C組の演劇部員 「劇部ですから! Act.5」 池田美代子作;柚希きひろ絵 講談社(講談社青い鳥文庫) 2019年3月

隆之　たかゆき
イタリアに住んでいる父に一人で会いに行く少年 「父とふたりのローマ」 日野多香子著;内田新哉絵 銀の鈴社(鈴の音童話) 2018年5月

たから
落とし物や忘れ物を頻繁にする小学2年生の男の子 「二年二組のたからばこ」 山本悦子作;佐藤真紀子絵 童心社(だいすき絵童話) 2018年11月

宝石 桃加　たからいし・ももか
魔女でアイドル、あかりのライバル 「ないしょのM組 [2]」 福田裕子作;駒形絵 KADOKAWA(角川つばさ文庫) 2018年11月

宝田 光輝　たからだ・こうき
元気いっぱいでお宝バトルを全勝している小学5年生の少年 「一発逆転お宝バトル : 僕らのハチャメチャ課外授業 [2]」 志田もちたろう作;NOEYEBROW絵 集英社(集英社みらい文庫) 2019年5月

宝田 光輝　たからだ・こうき
元気いっぱいでお宝バトルを連戦連勝している小学5年生の少年 「一発逆転お宝バトル : 僕らのハチャメチャ課外授業」 志田もちたろう作;NOEYEBROW絵 集英社(集英社みらい文庫) 2019年1月

宝田 珠梨　たからだ・じゅり
玉呼びの巫女として龍王の代替わりに関わる中学2年生の少女 「龍神王子(ドラゴン・プリンス)! 外伝」 宮下恵茉作;kaya8絵　講談社(講談社青い鳥文庫) 2020年6月

宝田 珠梨　たからだ・じゅり
私立九頭竜学院中等部1年のしっかり者の女の子 「龍神王子(ドラゴン・プリンス)! 12」 宮下恵茉作;kaya8絵　講談社(講談社青い鳥文庫) 2018年4月

宝田 珠梨　たからだ・じゅり
私立九頭竜学院中等部1年のしっかり者の女の子 「龍神王子(ドラゴン・プリンス)! 13」 宮下恵茉作;kaya8絵　講談社(講談社青い鳥文庫) 2018年8月

宝田 珠梨　たからだ・じゅり
私立九頭竜学院中等部1年のしっかり者の女の子 「龍神王子(ドラゴン・プリンス)! 14」 宮下恵茉作;kaya8絵　講談社(講談社青い鳥文庫) 2018年12月

宝田 珠梨　たからだ・じゅり
私立九頭竜学院中等部1年のしっかり者の女の子 「龍神王子(ドラゴン・プリンス)! 15」 宮下恵茉作;kaya8絵　講談社(講談社青い鳥文庫) 2019年4月

太川 誠二　たがわ・せいじ
ちょっと思い込みが激しい涼の親友 「オバケがシツジの七不思議」 田原答作;渡辺ナベシ絵　KADOKAWA(角川つばさ文庫) 2019年1月

田川 航　たがわ・わたる
友達もなくいじめられている少年 「クローンドッグ」 今西乃子作　金の星社 2018年11月

滝川 一将　たきがわ・かずまさ
弟のことを気にかけつつ自身のモヤモヤと向き合う小学6年生の少年 「あした、また学校で」 工藤純子著　講談社(講談社文学の扉) 2019年10月

滝川 夏樹　たきがわ・なつき
地図を落とした男性 「ぼくたちの緑の星」 小手鞠るい作　童心社 2020年5月

滝川 将人　たきがわ・まさと
一将の弟、運動が苦手だが大縄飛びは得意な小学2年生 「あした、また学校で」 工藤純子著　講談社(講談社文学の扉) 2019年10月

滝沢 健吾　たきざわ・けんご
サッカー部のキャプテン、中学2年生の男の子 「ユーチュー部!! : 〈衝撃&笑劇〉ユーチューブ参考にして練習したらポンコツ陸上部が全員覚醒したwww」 山田明著　学研プラス(部活系空色ノベルズ) 2018年8月

滝沢 健吾　たきざわ・けんご
サッカー部所属で俊介のライバル 「ユーチュー部!! 受験編」 山田明著　学研プラス(部活系空色ノベルズ) 2020年6月

滝沢 未奈　たきざわ・みな
高所恐怖症でまっすぐな性格の少女 「絶体絶命ゲーム 3」 藤ダリオ作;さいね絵　KADOKAWA(角川つばさ文庫) 2018年3月

滝沢 未奈　たきざわ・みな
高所恐怖症でまっすぐな性格の少女「絶体絶命ゲーム 5」藤ダリオ作;さいね絵
KADOKAWA(角川つばさ文庫) 2019年3月

滝沢 未奈　たきざわ・みな
高所恐怖症でまっすぐな性格の少女「絶体絶命ゲーム 6」藤ダリオ作;さいね絵
KADOKAWA(角川つばさ文庫) 2019年10月

滝沢 未奈　たきざわ・みな
高所恐怖症でまっすぐな性格の少女「絶体絶命ゲーム 7」藤ダリオ作;さいね絵
KADOKAWA(角川つばさ文庫) 2020年4月

滝沢 未奈　たきざわ・みな
高所恐怖症でまっすぐな性格の少女「絶体絶命ゲーム 8」藤ダリオ作;さいね絵
KADOKAWA(角川つばさ文庫) 2020年9月

滝嶋 結子　たきしま・ゆうこ
彩菜を陰でかばう友人「復讐教室 2」山崎烏著 双葉社(双葉社ジュニア文庫) 2018年3月

瀧島 幸都　たきしま・ゆきと
ちょっとミステリアスなイケメンで美羽の同級生「サキヨミ!:ヒミツの二人で未来を変える!? 1」七海まち作;駒形絵 KADOKAWA(角川つばさ文庫) 2020年9月

滝野 蓮杖　たきの・れんじょう
瀧野ブックスで働く栞子とは昔からの知り合いの男性「ビブリア古書堂の事件手帖 3」三上延作;越島はぐ絵 KADOKAWA(角川つばさ文庫) 2018年2月

瀧本 新　たきもと・あき
兄の伴走者を務めることになる朔の弟「朔と新」いとうみく著 講談社 2020年2月

滝本 朔　たきもと・さく
バス事故で視力を失い盲学校で生活する新の兄「朔と新」いとうみく著 講談社 2020年2月

タク
夏休みに一人でバスに乗って山梨の祖母の家に向かう小学2年生男の子「ぼうけんはバスにのって」いとうみく作;山田花菜絵 金の星社 2018年9月

卓　たく
ポロの飼い主の男の子「ぼくのネコがロボットになった」佐藤まどか作;木村いこ絵 講談社(わくわくライブラリー) 2018年1月

拓　たく
卓球部に所属し沢田先生に憧れる少年「青春!卓球部」横沢彰作;小松良佳絵 新日本出版社 2020年8月

たくと
「山村留学センター」の小学2年生の少年「ぼくらの山の学校」八束澄子著 PHP研究所(わたしたちの本棚) 2018年1月

拓人　たくと
スケボーが大好きで仲間たちと新しいスケボーの場所を探す小学6年生の男子 「昔はおれと同い年だった田中さんとの友情―ブルーバトンブックス」 椰月美智子作;早川世詩男絵　小峰書店　2019年8月

たくと(たっくん)
小学校に入学したばかりの1年生、赤ちゃん扱いに憤りを感じ自分の成長を誇りに思う男の子 「ぼくはなんでもできるもん」 いとうみく作;田中六大絵　ポプラ社(本はともだち♪) 2018年3月

たくま
どうしても食べられない食べ物に悩む小学1年生、食べ物の好き嫌いについて成長する少年 「そのときがくるくる」 すずきみえ作;くすはら順子絵　文研出版(わくわくえどうわ) 2020年4月

拓馬　たくま
由治と同じ班でありながら掃除をサボることが多いクラスメート 「びっくりしゃっくりトイレそうじ大作戦―こころのつばさシリーズ」 野村一秋作;羽尻利門絵　佼成出版社　2019年12月

タクミ
七不思議神社についてリクに教える風変わりな少年 「七不思議神社 [2]」 緑川聖司作;TAKA絵　あかね書房　2019年11月

タクミ
七不思議神社についてリクに教える風変わりな少年 「七不思議神社」 緑川聖司作;TAKA絵　あかね書房　2019年7月

匠鬼　たくみおに
器用な手先で神ワザ的な作品を仕上げてくれる工作職人のようなもののけ 「もののけ屋 [2] 図書館版」 廣嶋玲子作;東京モノノケ絵　ほるぷ出版　2018年2月

たくみくん
栗の木特別支援学校のダウン症の児童 「手と手をぎゅっとにぎったら―こころのつばさシリーズ」 横田明子作;くすはら順子絵　佼成出版社　2019年6月

タクヤ
ユキと共にロストへ向かう運び屋でユキの旅を支えるパートナー 「消滅都市 : Everything in its right place」 下田翔大原作;高橋慶著;裕龍ながれイラスト　PHP研究所(PHPジュニアノベル) 2019年5月

卓也　たくや
飼い犬が産んだ子犬を保健所から連れ戻す少年 「実験犬シロのねがい 新装版」 井上夕香著;葉祥明絵　ハート出版　2020年12月

卓郎　たくろう
ホームセンターを営む社長の息子、小学5年生 「青鬼 : ジェイルハウスの怪物」 noprops原作;黒田研二著;鈴羅木かりんイラスト　PHP研究所(PHPジュニアノベル) 2018年3月

卓郎　たくろう
ホームセンターを営む社長の息子、小学5年生 「青鬼 [2]」 noprops原作;黒田研二著;鈴羅木かりんイラスト　PHP研究所(PHPジュニアノベル) 2018年7月

卓郎　たくろう
ホームセンターを営む社長の息子、小学5年生 「青鬼［3］」 noprops原作;黒田研二著;鈴羅木かりんイラスト PHP研究所（PHPジュニアノベル） 2018年11月

卓郎　たくろう
ホームセンターを営む社長の息子、小学5年生 「青鬼［4］」 noprops原作;黒田研二著;鈴羅木かりんイラスト PHP研究所（PHPジュニアノベル） 2019年5月

卓郎　たくろう
ホームセンターを営む社長の息子、小学5年生 「青鬼［5］」 noprops原作;黒田研二著;鈴羅木かりんイラスト PHP研究所（PHPジュニアノベル） 2019年12月

卓郎　たくろう
ホームセンターを営む社長の息子、小学5年生 「青鬼［6］」 noprops原作;黒田研二著;鈴羅木かりんイラスト PHP研究所（PHPジュニアノベル） 2020年5月

ターくん
海を出て草原へ出かけるタコ 「タコのターくんうみをでる」 内田麟太郎作;井上コトリ絵 童心社（だいすき絵童話） 2019年6月

たけし
お調子者の小学5年生 「青鬼：ジェイルハウスの怪物」 noprops原作;黒田研二著;鈴羅木かりんイラスト PHP研究所（PHPジュニアノベル） 2018年3月

たけし
お調子者の小学5年生 「青鬼［2］」 noprops原作;黒田研二著;鈴羅木かりんイラスト PHP研究所（PHPジュニアノベル） 2018年7月

たけし
お調子者の小学5年生 「青鬼［3］」 noprops原作;黒田研二著;鈴羅木かりんイラスト PHP研究所（PHPジュニアノベル） 2018年11月

たけし
お調子者の小学5年生 「青鬼［4］」 noprops原作;黒田研二著;鈴羅木かりんイラスト PHP研究所（PHPジュニアノベル） 2019年5月

たけし
お調子者の小学5年生 「青鬼［5］」 noprops原作;黒田研二著;鈴羅木かりんイラスト PHP研究所（PHPジュニアノベル） 2019年12月

たけし
お調子者の小学5年生 「青鬼［6］」 noprops原作;黒田研二著;鈴羅木かりんイラスト PHP研究所（PHPジュニアノベル） 2020年5月

タケシ
サトシたちの頼れるお兄さん的存在の青年 「ミュウツーの逆襲EVOLUTION」 首藤剛志脚本;水稀しま著;石原恒和監修 小学館（小学館ジュニア文庫） 2019年7月

タケシ
ポケモンに詳しくサトシたちのお兄さん的存在の少年 「ポケットモンスターミュウツーの逆襲EVOLUTION：大人気アニメストーリー」 田尻智原案;首藤剛志脚本;桑原美保著;石原恒和監修 小学館 2019年7月

武田　たけだ
コンビニでアルバイトをしている中学3年生の男の子 「ぼくらののら犬砦―「ぼくら」シリーズ；26」 宗田理作 ポプラ社 2019年7月

武田 信玄　たけだ・しんげん
東軍で―モンズのキャッチャー 「戦国ベースボール［20］」 りょくち真太作;トリバタケハルノブ絵 集英社(集英社みらい文庫) 2020年11月

竹中 育実　たけなか・いくみ
お調子者で嘘つきなクラスメート「うそつきタケちゃん」 白矢三恵作;たかおかゆみこ絵 文研出版(文研ブックランド) 2019年7月

竹之内 晴樹　たけのうち・はるき
運動会の400メートルリレーに参加する走るのが怖いが仲間のために走ろうとする男子 「空に向かって走れ!：スポーツのおはなしリレー―シリーズスポーツのおはなし」 小手鞠るい作;大庭賢哉絵 講談社 2019年11月

武部 源蔵　たけべ・げんぞう
かつて道真に勘当された元家来、道真から書道の奥義を伝授される人物 「菅原伝授手習鑑―ストーリーで楽しむ文楽・歌舞伎物語；1」 金原瑞人著;佐竹美保絵 岩崎書店 2019年2月

タケル
ビション・フリーゼという犬種の犬 「青鬼［2］」 noprops原作;黒田研二著;鈴羅木かりんイラスト PHP研究所(PHPジュニアノベル) 2018年7月

タケル
ビション・フリーゼという犬種の犬 「青鬼［3］」 noprops原作;黒田研二著;鈴羅木かりんイラスト PHP研究所(PHPジュニアノベル) 2018年11月

タケル
ビション・フリーゼという犬種の犬 「青鬼［4］」 noprops原作;黒田研二著;鈴羅木かりんイラスト PHP研究所(PHPジュニアノベル) 2019年5月

タケル
ビション・フリーゼという犬種の犬 「青鬼［5］」 noprops原作;黒田研二著;鈴羅木かりんイラスト PHP研究所(PHPジュニアノベル) 2019年12月

タケル
ビション・フリーゼという犬種の犬 「青鬼［6］」 noprops原作;黒田研二著;鈴羅木かりんイラスト PHP研究所(PHPジュニアノベル) 2020年5月

タケル
ビション・フリーゼという犬種の犬 「青鬼調査クラブ：ジェイルハウスの怪物を倒せ!」 noprops原作;黒田研二原作;波摘著;鈴羅木かりんイラスト PHP研究所(PHPジュニアノベル) 2019年12月

タケル
ビション・フリーゼという犬種の犬 「青鬼調査クラブ 2」 noprops原作;黒田研二原作;波摘著;鈴羅木かりんイラスト PHP研究所(PHPジュニアノベル) 2020年7月

タケル
ビジョン・フリーゼという犬種の犬 「青鬼調査クラブ 3」 noprops原作;黒田研二原作;波摘著;鈴羅木かりんイラスト PHP研究所(PHPジュニアノベル) 2020年11月

タケル
織田信長と同化しサッカーに情熱を注ぐ小学5年生の少年 「戦国ストライカー!：織田信長の超高速無回転シュート—歴史系スポーツノベルズ」 海藤つかさ著 学研プラス 2018年3月

タケル
弟にキーホルダーを失くされて怒り魔女からもらったうらないグミを使うリュウタの兄 「魔女のうらないグミ」 草野あきこ作;ひがしちから絵 PHP研究所(とっておきのどうわ) 2020年7月

タケル
日系ペルー人の小学6年生の少年 「アリババの猫がきいている」 新藤悦子作;佐竹美保絵 ポプラ社 2020年2月

タケル
父親を探す犬 「青鬼：ジェイルハウスの怪物」 noprops原作;黒田研二著;鈴羅木かりんイラスト PHP研究所(PHPジュニアノベル) 2018年3月

丈瑠 たける
幼い頃に行方不明になり真秀が探し続けている兄 「まほろばトリップ：時のむこう、飛鳥」 倉本由布著 アリス館 2020年7月

タコにゅうどう
おさかべひめに片思いをしている巨大なタコのおばけ 「きょうふ!おばけまつり—おばけのポーちゃん；9」 吉田純子作;つじむらあゆこ絵 あかね書房 2019年7月

太宰 治 だざい・おさむ
異能力集団「武装探偵社」の一員 「アニメ文豪ストレイドッグス小説版」 文豪ストレイドッグス製作委員会作;香坂茉里著;oda本文イラスト KADOKAWA(角川つばさ文庫) 2019年3月

太宰 修治 だざい・しゅうじ
パリで活動しながら次第に有名になっていく蘭の幼なじみで恋人の男の子 「未来を花束にして—泣いちゃいそうだよ《高校生編》」 小林深雪著 講談社(YA!ENTERTAINMENT) 2019年7月

太宰 修治 だざい・しゅうじ
蘭の幼なじみでピアニストの卵の男の子 「七つのおまじない—泣いちゃいそうだよ」 小林深雪作;牧村久実絵 講談社(講談社青い鳥文庫) 2018年8月

多嶋 育実 たじま・いくみ
県立自然史博物館で職場体験をする中学2年生の少年 「ヴンダーカンマー：ここは魅惑の博物館」 樫崎茜著 理論社 2018年11月

田嶋 こころ たじま・こころ
琴音と同じ読書部の女の子 「キミと、いつか。[12]」 宮下恵茉作;染川ゆかり絵 集英社(集英社みらい文庫) 2019年11月

田代 杏都　たしろ・あんず
都会から田舎に引っ越してきたおしゃれが大好きな中学2年生の少女 「ばかみたいって言われてもいいよ 1」 吉田桃子著　講談社　2020年3月

田代 杏都　たしろ・あんず
都会から田舎に引っ越してきたおしゃれが大好きな中学2年生の少女 「ばかみたいって言われてもいいよ 2」 吉田桃子著　講談社　2020年5月

田代 杏都　たしろ・あんず
都会から田舎に引っ越してきたおしゃれが大好きな中学2年生の少女 「ばかみたいって言われてもいいよ 3」 吉田桃子著　講談社　2020年7月

タダシ
ヒロの亡くなった兄 「ベイマックス帰ってきたベイマックス」 李正美文・構成;講談社編　講談社(ディズニームービーブック)　2018年11月

多田見 マモル　ただみ・まもる
御石井小学校5年1組の担任の先生 「牛乳カンパイ係、田中くん [6]」 並木たかあき作;フルカワマモる絵　集英社(集英社みらい文庫)　2018年4月

多田見 マモル　ただみ・まもる
御石井小学校5年1組の担任の先生 「牛乳カンパイ係、田中くん [7]」 並木たかあき作;フルカワマモる絵　集英社(集英社みらい文庫)　2018年7月

多田見 マモル　ただみ・まもる
御石井小学校5年1組の担任の先生 「牛乳カンパイ係、田中くん [8]」 並木たかあき作;フルカワマモる絵　集英社(集英社みらい文庫)　2018年11月

多田良 舜一　たたら・しゅんいち
赤涙島に住む15歳の少年 「IQ探偵ムー赤涙島の秘密―IQ探偵シリーズ；38」 深沢美潮作　ポプラ社　2018年4月

多田 竜二　ただ・りゅうじ
バスケ部のイケメン四天王の一人 「小説映画春待つ僕ら」 あなしん原作;おかざきさとこ脚本;森川成美著　講談社　2019年2月

多田 竜二　ただ・りゅうじ
バスケ部のイケメン四天王の一人 「小説映画春待つ僕ら」 あなしん原作;おかざきさとこ脚本;森川成美著　講談社(講談社KK文庫)　2018年11月

たちばさみ
てるてるぼうずに対してつれなく接する家庭科室の仲間 「家庭科室の日曜日 [2]」 村上しいこ作;田中六大絵　講談社(わくわくライブラリー)　2019年11月

立花 彩　たちばな・あや
国語のエキスパートの中学1年生の女の子 「ブラック教室は知っている―探偵チームKZ事件ノート」 藤本ひとみ原作;住滝良文;駒形絵　講談社(講談社青い鳥文庫)　2018年3月

立花 彩　たちばな・あや
国語のエキスパートの中学1年生の女の子 「消えた黒猫は知っている―探偵チームKZ事件ノート」 藤本ひとみ原作;住滝良文;駒形絵　講談社(講談社青い鳥文庫)　2018年12月

立花 彩　たちばな・あや
国語のエキスパートの中学1年生の女の子 「恋する図書館は知っている―探偵チームKZ事件ノート」 藤本ひとみ原作;住滝良文;駒形絵 講談社(講談社青い鳥文庫) 2018年7月

立花 彩　たちばな・あや
国語のエキスパートの中学1年生の少女 「ブラック保健室は知っている―探偵チームKZ事件ノート」 藤本ひとみ原作;住滝良文;駒形絵 講談社(講談社青い鳥文庫) 2020年7月

立花 彩　たちばな・あや
国語のエキスパートの中学1年生の少女 「学校の影ボスは知っている―探偵チームKZ事件ノート」 藤本ひとみ原作;住滝良文;駒形絵 講談社(講談社青い鳥文庫) 2019年3月

立花 彩　たちばな・あや
国語のエキスパートの中学1年生の少女 「校門の白魔女は知っている―探偵チームKZ事件ノート」 藤本ひとみ原作;住滝良文;駒形絵 講談社(講談社青い鳥文庫) 2019年7月

立花 彩　たちばな・あや
国語のエキスパートの中学1年生の少女 「呪われた恋話(こいばな)は知っている―探偵チームKZ事件ノート」 藤本ひとみ原作;住滝良文;駒形絵 講談社(講談社青い鳥文庫) 2019年12月

立花 彩　たちばな・あや
国語のエキスパートの中学1年生の少女 「初恋は知っている 砂原編―探偵チームKZ事件ノート」 藤本ひとみ原作;住滝良文;駒形絵 講談社(講談社青い鳥文庫) 2020年12月

橘 五河　たちばな・いつか
五つ子の末っ子でコミュ力が高い少年 「海色ダイアリー：おとなりさんは、五つ子アイドル!?」 みゆ作;加々見絵里絵 集英社(集英社みらい文庫) 2020年3月

橘 五河　たちばな・いつか
五つ子の末っ子でコミュ力が高い少年 「海色ダイアリー [2]」 みゆ作;加々見絵里絵 集英社(集英社みらい文庫) 2020年7月

橘 五河　たちばな・いつか
五つ子の末っ子でコミュ力が高い少年 「海色ダイアリー [3]」 みゆ作;加々見絵里絵 集英社(集英社みらい文庫) 2020年11月

橘 一星　たちばな・いっせい
五つ子兄弟の長男で弟思いの頼れるリーダー 「海色ダイアリー：おとなりさんは、五つ子アイドル!?」 みゆ作;加々見絵里絵 集英社(集英社みらい文庫) 2020年3月

橘 一星　たちばな・いっせい
五つ子兄弟の長男で弟思いの頼れるリーダー 「海色ダイアリー [2]」 みゆ作;加々見絵里絵 集英社(集英社みらい文庫) 2020年7月

橘 一星　たちばな・いっせい
五つ子兄弟の長男で弟思いの頼れるリーダー 「海色ダイアリー [3]」 みゆ作;加々見絵里絵 集英社(集英社みらい文庫) 2020年11月

橘 英智　たちばな・えいじ
「Qube」に夢中な中学2年生の少年 「天才謎解きバトラーズQ：vs.大脱出!超巨大遊園地」 吉岡みつる作;はあと絵 講談社(講談社青い鳥文庫) 2020年3月

橘 英智　たちばな・えいじ
「Qube」に夢中な中学2年生の少年 「天才謎解きバトラーズQ [2]」 吉岡みつる作;はあと絵 講談社(講談社青い鳥文庫) 2020年8月

立花 エリカ　たちばな・えりか
アメリカから転校してきた明るく努力家な少女 「少女は森からやってきた = The Girl Who Came from the Forest」 小手鞠るい著 PHP研究所(わたしたちの本棚) 2019年1月

立花 和夫　たちばな・かずお
アクロバティックなコンビプレーを得意とする双子のサッカー選手 「キャプテン翼 中学生編 上下」 高橋陽一原作・絵;ワダヒトミ著 集英社(集英社みらい文庫) 2018年12月

橘 四季　たちばな・しき
五つ子の四男で明るく元気なムードメーカーで「橘兄弟」の一人 「海色ダイアリー : おとなりさんは、五つ子アイドル!?」 みゆ作;加々見絵里絵 集英社(集英社みらい文庫) 2020年3月

橘 四季　たちばな・しき
五つ子の四男で明るく元気なムードメーカーで「橘兄弟」の一人 「海色ダイアリー [2]」 みゆ作;加々見絵里絵 集英社(集英社みらい文庫) 2020年7月

橘 四季　たちばな・しき
五つ子の四男で明るく元気なムードメーカーで「橘兄弟」の一人 「海色ダイアリー [3]」 みゆ作;加々見絵里絵 集英社(集英社みらい文庫) 2020年11月

立花 雫　たちばな・しずく
頼の初恋の相手で幼い頃の宣言通り女優を目指し努力を重ねている少女 「映画『あのコの、トリコ。』」 白石ユキ原作;浅野妙子映画脚本;新倉なつき著 小学館(小学館ジュニア文庫) 2018年10月

立花 瀧　たちばな・たき
東京で暮らす男子高生 「小説君の名は。—新海誠ライブラリー」 新海誠著 汐文社 2018年12月

立花 陽菜　たちばな・ひな
バレエスクールも学校のクラスも一緒のココの親友 「リトル☆バレリーナ 1」 工藤純子作;佐々木メエ絵;村山久美子監修 学研プラス 2020年8月

立花 陽菜　たちばな・ひな
バレエスクールも学校のクラスも一緒のココの親友 「リトル☆バレリーナ 2」 工藤純子作;佐々木メエ絵;村山久美子監修 学研プラス 2020年12月

橘 二葉　たちばな・ふたば
五つ子の次男で「橘兄弟」の一人 「海色ダイアリー : おとなりさんは、五つ子アイドル!?」 みゆ作;加々見絵里絵 集英社(集英社みらい文庫) 2020年3月

橘 二葉　たちばな・ふたば
五つ子の次男で「橘兄弟」の一人 「海色ダイアリー [2]」 みゆ作;加々見絵里絵 集英社(集英社みらい文庫) 2020年7月

橘 二葉　たちばな・ふたば
五つ子の次男で「橘兄弟」の一人 「海色ダイアリー [3]」 みゆ作;加々見絵里絵 集英社(集英社みらい文庫) 2020年11月

橘 穂香　たちばな・ほのか
バレエの経験ありのお嬢様 「チア☆ダンROCKETS 1」 映画「チア☆ダン」製作委員会原作;後藤法子ドラマ脚本;徳尾浩司ドラマ脚本;みうらかれん文;榊アヤミ絵 KADOKAWA（角川つばさ文庫） 2018年8月

橘 穂香　たちばな・ほのか
バレエの経験ありのお嬢様 「チア☆ダンROCKETS 2」 映画「チア☆ダン」製作委員会原作;徳尾浩司ドラマ脚本;木村涼子ドラマ脚本;みうらかれん文;榊アヤミ絵 KADOKAWA（角川つばさ文庫） 2018年10月

橘 穂香　たちばな・ほのか
バレエの経験ありのお嬢様 「チア☆ダンROCKETS 3」 映画「チア☆ダン」製作委員会原作;木村涼子ドラマ脚本;徳尾浩司ドラマ脚本;渡邉真子ドラマ脚本;みうらかれん文;榊アヤミ絵 KADOKAWA（角川つばさ文庫） 2018年12月

立花 正夫　たちばな・まさお
アクロバティックなコンビプレーを得意とする双子のサッカー選手 「キャプテン翼 中学生編 上下」 高橋陽一原作・絵;ワダヒトミ著 集英社（集英社みらい文庫） 2018年12月

立花 ミキ　たちばな・みき
ペットショップで働く女の子 「わんニャンペットショップ：生きものがかりが夢の始まり!―あこがれガールズコレクションストーリー」 しまだよしなお文;森江まこ絵 小学館 2018年7月

橘 三月　たちばな・みつき
五つ子の三男で不登校気味の繊細な少年 「海色ダイアリー：おとなりさんは、五つ子アイドル!?」 みゆ作;加々見絵里絵 集英社（集英社みらい文庫） 2020年3月

橘 三月　たちばな・みつき
五つ子の三男で不登校気味の繊細な少年 「海色ダイアリー [2]」 みゆ作;加々見絵里絵 集英社（集英社みらい文庫） 2020年7月

橘 三月　たちばな・みつき
五つ子の三男で不登校気味の繊細な少年 「海色ダイアリー [3]」 みゆ作;加々見絵里絵 集英社（集英社みらい文庫） 2020年11月

橘 大和　たちばな・やまと
女子に人気がある「学園の王子」で中学1年生の少年 「チーム怪盗JET：王子とフリョーと、カゲうすい女子!?」 一ノ瀬三葉作;うさぎ恵美絵 集英社（集英社みらい文庫） 2019年3月

橘 大和　たちばな・やまと
女子に人気がある「学園の王子」で中学1年生の少年、GB怪盗事務所の所長 「チーム怪盗JET [2]」 一ノ瀬三葉作;うさぎ恵美絵 集英社（集英社みらい文庫） 2019年7月

橘 大和　たちばな・やまと
女子に人気がある「学園の王子」で中学1年生の少年、JETのメンバー 「チーム怪盗JET [3]」 一ノ瀬三葉作;うさぎ恵美絵 集英社（集英社みらい文庫） 2019年11月

橘 由良　たちばな・ゆら
絶対に諦めない心を持つみんなのムードメーカーの少女 「ギルティゲーム Last stage」 宮沢みゆき著;鈴羅木かりんイラスト 小学館（小学館ジュニア文庫） 2019年3月

橘 善哉　たちばな・よしや
のえるの隣のクラスでお菓子屋さんの息子 「パティシエ=ソルシエお菓子の魔法はあまくないっ! [2]」 白井ごはん作;行村コウ絵　集英社(集英社みらい文庫) 2019年12月

橘 ライト　たちばな・らいと
聖ラヴィアン学園の新しい理事長 「学園ファイブスターズ 1」 宮下恵茉作;kaya8絵　講談社(講談社青い鳥文庫) 2019年8月

橘 ライト　たちばな・らいと
聖ラヴィアン学園の新しい理事長 「学園ファイブスターズ 2」 宮下恵茉作;kaya8絵　講談社(講談社青い鳥文庫) 2019年12月

立山 彗佳　たちやま・すいか
いじめを受けながらも必死に耐え抜こうとする強い心を持つ中学2年生の少女 「いじめ14歳のMessage」 林慧樹著;細居美恵子イラスト　小学館(小学館ジュニア文庫) 2018年1月

達男　たつお
6年2組のボス 「早咲きの花 : ぼくらは戦友」 宗田理作;YUME絵　KADOKAWA(角川つばさ文庫) 2019年8月

龍ケ江 朝陽　たつがえ・あさひ
イケメンで優しい先輩 「夢みる太陽 1」 高野苺原作・イラスト;時海結以著　双葉社(双葉社ジュニア文庫) 2018年11月

龍ケ江 朝陽　たつがえ・あさひ
イケメンで優しい先輩 「夢みる太陽 2」 高野苺原作・イラスト;時海結以著　双葉社(双葉社ジュニア文庫) 2019年3月

龍ケ江 朝陽　たつがえ・あさひ
イケメンで優しい先輩 「夢みる太陽 3」 高野苺原作・イラスト;時海結以著　双葉社(双葉社ジュニア文庫) 2019年7月

龍ケ江 朝陽　たつがえ・あさひ
イケメンで優しい先輩 「夢みる太陽 4」 高野苺原作・イラスト;時海結以著　双葉社(双葉社ジュニア文庫) 2019年11月

タック
青い金剛石を探す冒険に出る少年、チーマの兄 「バロルの晩餐会 : ハロウィンと五つの謎々」 夢枕獏作　KADOKAWA　2018年10月

たっくん
小学校に入学したばかりの1年生、赤ちゃん扱いに憤りを感じ自分の成長を誇りに思う男の子 「ぼくはなんでもできるもん」 いとうみく作;田中六大絵　ポプラ社(本はともだち♪) 2018年3月

たつ子　たつこ
ミルキーの妻、コンコン保育園の保母さん 「あいことばは名探偵」 杉山亮作;中川大輔絵　偕成社　2018年8月

たつのオトシ子先生　たつのおとしこせんせい
1年生の副担任でへのカッパ先生の幼なじみ 「へのへのカッパせんせい [1]―へのへのカッパせんせいシリーズ ; 1」 樫本学ヴさく・え　小学館　2019年11月

たつのオトシ子先生　たつのおとしこせんせい
小学校1年生の副担任、へのカッパ先生の幼なじみ 「へのへのカッパせんせい [2]―へのへのカッパせんせいシリーズ ; 2」 樫本学ヴさく・え 小学館 2019年11月

龍ノ口 かえで　たつのくち・かえで
スポーツ少女、なぎさの同級生 「きみの声をとどけたい」 石川学作;青木俊直絵 ポプラ社(ポプラポケット文庫) 2018年8月

辰巳 入鹿　たつみ・いるか
普段はクールだけど水泳に対しては情熱的な中学1年生の少年 「スプラッシュ! : ぼくは犬かきしかできない」 山村しょう作;凸ノ高秀絵 集英社(集英社みらい文庫) 2019年12月

辰巳 入鹿　たつみ・いるか
普段はクールだけど水泳に対しては情熱的な中学1年生の少年 「スプラッシュ! [2]」 山村しょう作;凸ノ高秀絵 集英社(集英社みらい文庫) 2020年4月

竜宮 青波　たつみや・せいは
美波の弟、泳ぎが苦手な小学4年生 「ネイビー : 話すことができるイルカ」 姫川明月作・絵 KADOKAWA(角川つばさ文庫) 2019年6月

竜宮 美波　たつみや・みなみ
泳ぐことが得意な小学5年生の女の子 「ネイビー : 話すことができるイルカ」 姫川明月作・絵 KADOKAWA(角川つばさ文庫) 2019年6月

立石 玄太　たていし・げんた
仁菜が拾った子猫の世話を引き受け家族と共にその子猫を見守る10歳の少年 「ぼくとニケ」 片川優子著 講談社 2018年11月

立石 剛　たていし・つよし
本物の死体を発見する花火職人の息子 「ぼくらの『第九』殺人事件」 宗田理作;YUME絵 KADOKAWA(角川つばさ文庫) 2020年7月

立売 誠(ウリ坊)　たてうり・まこと(うりぼう)
春の屋に住みついている幽霊少年 「若おかみは小学生! : 映画ノベライズ」 令丈ヒロ子原作・文;吉田玲子脚本 講談社(講談社青い鳥文庫) 2018年8月

舘野 咲月　たての・さつき
有との関係や自分の気持ちに悩む幼なじみの中学1年生の少女 「近くて遠くて、甘くて苦い : 咲月の場合」 櫻いいよ作;甘里シュガー絵 講談社(講談社青い鳥文庫) 2020年9月

館林 弦　たてばやし・げん
ぶっきらぼうで口が悪い俺様系男子高生 「プリンシパル : まんがノベライズ特別編～弦の気持ち、ときどきすみれ～」 いくえみ綾原作・絵;百瀬しのぶ著 集英社(集英社みらい文庫) 2018年2月

館林 弦　たてばやし・げん
ぶっきらぼうで口が悪い俺様系男子高生 「プリンシパル : 恋する私はヒロインですか? : 映画ノベライズみらい文庫版」 いくえみ綾原作・カバーイラスト;持地佑季子脚本;百瀬しのぶ著 集英社(集英社みらい文庫) 2018年1月

伊達 政宗　だて・まさむね
地獄の野球チーム「桶狭間ファルコンズ」の7番サード 「戦国ベースボール [12]」 りょくち真太作;トリバタケハルノブ絵 集英社(集英社みらい文庫) 2018年3月

伊達 政宗　だて・まさむね
地獄の野球チーム「桶狭間ファルコンズ」の7番サード 「戦国ベースボール [13]」 りょくち真太作;トリバタケハルノブ絵 集英社(集英社みらい文庫) 2018年7月

伊達 政宗　だて・まさむね
地獄の野球チーム「桶狭間ファルコンズ」の7番サード 「戦国ベースボール [14]」 りょくち真太作;トリバタケハルノブ絵 集英社(集英社みらい文庫) 2018年11月

伊達 政宗　だて・まさむね
地獄の野球チーム「桶狭間ファルコンズ」の7番サード 「戦国ベースボール [15]」 りょくち真太作;トリバタケハルノブ絵 集英社(集英社みらい文庫) 2019年4月

伊達 政宗　だて・まさむね
地獄の野球チーム「桶狭間ファルコンズ」の7番サード 「戦国ベースボール [16]」 りょくち真太作;トリバタケハルノブ絵 集英社(集英社みらい文庫) 2019年7月

伊達 政宗　だて・まさむね
地獄の野球チーム「桶狭間ファルコンズ」の7番サード 「戦国ベースボール [18]」 りょくち真太作;トリバタケハルノブ絵 集英社(集英社みらい文庫) 2020年3月

伊達 政宗　だて・まさむね
地獄の野球チーム「桶狭間ファルコンズ」の7番サード 「戦国ベースボール [19]」 りょくち真太作;トリバタケハルノブ絵 集英社(集英社みらい文庫) 2020年7月

伊達 政宗　だて・まさむね
地獄の野球チーム「桶狭間ファルコンズ」の8番サード 「戦国ベースボール [17]」 りょくち真太作;トリバタケハルノブ絵 集英社(集英社みらい文庫) 2019年11月

田所　たどころ
自転車競技部の高校3年生 「小説弱虫ペダル 2」 渡辺航原作;輔老心ノベライズ 岩崎書店(フォア文庫) 2019年10月

田所教授　たどころきょうじゅ
ミコの副担任、ミコの知識に驚き屋久島での調査に協力する大学教授 「ミコとまぼろしの女王:新説・邪馬台国in屋久島!?」 遠崎史朗作;松本大洋絵 ポプラ社(ノベルズ・エクスプレス) 2018年6月

田所 愛実(グミ)　たどころ・めぐみ(ぐみ)
トオルに恋をしている女の子 「1% 10」 このはなさくら作;高上優里子絵 KADOKAWA(角川つばさ文庫) 2018年8月

田所 愛実(グミ)　たどころ・めぐみ(ぐみ)
トオルに恋をしている女の子 「1% 13」 このはなさくら作;高上優里子絵 KADOKAWA(角川つばさ文庫) 2019年8月

田所 愛実(グミ)　たどころ・めぐみ(ぐみ)
トオルに恋をしている女の子 「1% 9」 このはなさくら作;高上優里子絵 KADOKAWA(角川つばさ文庫) 2018年4月

田中 喜市　たなか・きいち
拓人たちが出会うおじいさん 「昔はおれと同い年だった田中さんとの友情—ブルーバトンブックス」 椰月美智子作;早川世詩男絵 小峰書店 2019年8月

田中 康平　たなか・こうへい
響の成功を見て嫉妬する作家「響-HIBIKI-」柳本光晴原作;西田征史脚本;時海結以著 小学館(小学館ジュニア文庫) 2018年8月

中田 理未　たなか・さとみ
トラウマがありひたすら地味に過ごしている高校1年生の女の子「はじまる恋キミの音」周桜杏子作;加々見絵里絵 ポプラ社(ポケット・ショコラ) 2019年1月

田中 大我　たなか・たいが
守のクラスメイト、クラスの人気者で守をからかう少年「セイギのミカタ」佐藤まどか作;イシヤマアズサ絵 フレーベル館(ものがたりの庭) 2020年6月

田中 食太　たなか・たべた
御石井小学校5年1組の牛乳カンパイ係、「給食マスター」になることを夢見る少年「牛乳カンパイ係、田中くん [6]」並木たかあき作;フルカワマモる絵 集英社(集英社みらい文庫) 2018年4月

田中 食太　たなか・たべた
御石井小学校5年1組の牛乳カンパイ係、「給食マスター」になることを夢見る少年「牛乳カンパイ係、田中くん [7]」並木たかあき作;フルカワマモる絵 集英社(集英社みらい文庫) 2018年7月

田中 食太　たなか・たべた
御石井小学校5年1組の牛乳カンパイ係、「給食マスター」になることを夢見る少年「牛乳カンパイ係、田中くん [8]」並木たかあき作;フルカワマモる絵 集英社(集英社みらい文庫) 2018年11月

田中 万智　たなか・まち
10歳年上の理未の姉「はじまる恋キミの音」周桜杏子作;加々見絵里絵 ポプラ社(ポケット・ショコラ) 2019年1月

谷口 あかり　たにぐち・あかり
東京の公立中学に転校してきた中学2年生で正義感が強い少女「いじめ-女王のいる教室-」武内昌美著;五十嵐かおる原案・イラスト 小学館(小学館ジュニア文庫) 2020年7月

谷口 孝　たにぐち・たかし
発達障害で人と上手くコミュニケーションが取れない28歳の青年「星に語りて：Starry Sky」山本おさむ原作;広鰭恵利子文;きょうされん監修 汐文社 2019年10月

谷口 翼　たにぐち・つばさ
テレビだけクールな演技をする美少年「スイッチ! 1」深海ゆずは作;加々見絵里絵 KADOKAWA(角川つばさ文庫) 2018年2月

谷口 翼　たにぐち・つばさ
テレビだけクールな演技をする美少年「スイッチ! 2」深海ゆずは作;加々見絵里絵 KADOKAWA(角川つばさ文庫) 2018年8月

谷口 翼　たにぐち・つばさ
テレビだけクールな演技をする美少年「スイッチ! 3」深海ゆずは作;加々見絵里絵 KADOKAWA(角川つばさ文庫) 2018年12月

谷口 翼　たにぐち・つばさ
テレビだけクールな演技をする美少年 「スイッチ! 4」 深海ゆずは作;加々見絵里絵 KADOKAWA(角川つばさ文庫) 2019年6月

谷口 翼　たにぐち・つばさ
テレビだけクールな演技をする美少年 「スイッチ! 5」 深海ゆずは作;加々見絵里絵 KADOKAWA(角川つばさ文庫) 2019年12月

谷口 翼　たにぐち・つばさ
テレビだけクールな演技をする美少年 「スイッチ! 6」 深海ゆずは作;加々見絵里絵 KADOKAWA(角川つばさ文庫) 2020年8月

谷口 翼　たにぐち・つばさ
テレビだけクールな演技をする美少年 「スイッチ!×こちらパーティー編集部っ! : 私たち、入れ替わっちゃった!?」 深海ゆずは作;加々見絵里絵;榎木りか絵 KADOKAWA(角川つばさ文庫) 2020年9月

谷口 ゆうま　たにぐち・ゆうま
50メートル走が遅かったが町内の怖いおじいちゃんに特訓してもらい成長する少年 「しゅくだいかけっこ」 福田岩緒作・絵 PHP研究所(とっておきのどうわ) 2019年8月

たにざき さくら子　たにざき・さくらこ
図工の課題で空飛ぶ「いえでででんしゃ」を描く4年生の少女 「いえでででんしゃ、しゅっぱつしんこう!」 あさのあつこ作;佐藤真紀子絵 新日本出版社 2020年3月

谷崎 蒼　たにざき・そう
カメラをやめて心を閉ざしていたが真純と心を通わせる男子 「君の青色 : いつのまにか好きになってた」 伊浪知里作;花芽宮るる絵 ポプラ社(ポケット・ショコラ) 2019年11月

谷本 聡　たにもと・さとる
数学と機械発明の天才少年 「ぼくらのいじめ救出作戦」 宗田理作;YUME絵 KADOKAWA(角川つばさ文庫) 2020年3月

谷屋 令夢　たにや・れむ
違う世界に移動(スリップ)する特殊能力を持つ中学2年生の少女 「令夢の世界はスリップする = REMU'S WORLD SLIPS : 赤い夢へようこそ : 前奏曲」 はやみねかおる著 講談社 2020年7月

タヌキたち
学ぶ楽しさを求めて小学校で勉強を始めた好奇心旺盛なタヌキの集団 「タヌキのきょうしつ」 山下明生作;長谷川義史絵 あかね書房 2019年7月

タヌキ父さん　たぬきとうさん
教育の大切さに気付き子ダヌキたちに小学校で勉強を教え始めるタヌキ 「タヌキのきょうしつ」 山下明生作;長谷川義史絵 あかね書房 2019年7月

田沼 ミナ(ミナサン)　たぬま・みな(みなさん)
元小学校を利用して「やまのなか小学校」というホテルを作った卒業生の一人、仲間と共にユニークな時間割を設ける管理人 「ホテルやまのなか小学校の時間割」 小松原宏子作;亀岡亜希子絵 PHP研究所(みちくさパレット) 2018年12月

タバ
ワインを預けに来た男性 「十年屋 4」 廣嶋玲子作;佐竹美保絵 静山社 2020年6月

タバー
コンテストに参加する新聞紙の束「しんぶんのタバー」萩原弓佳作;小池壮太絵 PHP研究所(とっておきのどうわ) 2019年2月

田原 のぞみ たはら・のぞみ
母親の期待に応え続けるいい子を演じている中学3年生「スマイル・ムーンの夜に」宮下恵茉著;鈴木し乃絵 ポプラ社(teens' best selections) 2018年6月

タマ
アメリカ生まれのエリート警部補「天才謎解きバトラーズQ [2]」吉岡みつる作;はあと絵 講談社(講談社青い鳥文庫) 2020年8月

タマ
女子大好きな帰国子女「天才謎解きバトラーズQ:vs.大脱出!超巨大遊園地」吉岡みつる作;はあと絵 講談社(講談社青い鳥文庫) 2020年3月

タマ
大吉さんと一緒に暮らすオス猫「ねことじいちゃん:映画版」ねこまき(ミューズワーク)原作・イラスト;坪田文作;伊豆平成文 KADOKAWA(角川つばさ文庫) 2019年1月

たまき
お菓子屋「金沢丹後」の12歳の長女「花のお江戸の蝶の舞」岩崎京子作;佐藤道明絵 てらいんく 2018年10月

たまごやき
春の日のお花見に突然現れ陽気に話しかけるお弁当のたまごやき「花見べんとう」二宮由紀子作;あおきひろえ絵 文研出版(わくわくえどうわ) 2018年2月

タマ先生 たませんせい
青田さんのうちの猫、学童の先生「くだものっこの花—おはなしのまど;6」たかどのほうこ作;つちだのぶこ絵 フレーベル館 2018年2月

タマゾー
エースの相棒、ビエナシティに飛来したタマゴから生まれたモンスター「パズドラクロス 3」ガンホー・オンライン・エンターテイメントパズドラクロスプロジェクト2017・テレビ東京原作;諸星崇著 双葉社(双葉社ジュニア文庫) 2018年5月

玉田 マタロウ たまだ・またろう
超エリート校のY学園の生徒でジンペイの友達「映画妖怪学園Y猫はHEROになれるか」日野晃博製作総指揮・原案・脚本;レベルファイブ原作;松井香奈著;レベルファイブ監修;映画妖怪ウォッチ製作委員会監修 小学館(小学館ジュニア文庫) 2019年12月

玉雪 たまゆき
兎の妖怪「妖怪の子預かります 6」廣嶋玲子作;Minoru絵 東京創元社 2020年9月

玉雪 たまゆき
兎の妖怪「妖怪の子預かります 9」廣嶋玲子作;Minoru絵 東京創元社 2020年12月

田丸 治 たまる・おさむ
救護施設で千明たちと出会い行動を共にする少年「ポーン・ロボット」森川成美作;田中達之絵 偕成社 2019年3月

タミー
何でも知りたがりな子ブタ 「こぶたのタミーはじめてのえんそく」 かわのむつみ作;下間文恵絵 国土社 2019年1月

タミー
古道具屋で見つけた赤いトランクを買ってもらう9歳の女の子 「タミーと魔法のことば = Tammy and the words of magic」 野田道子作;クボ桂汰絵 小峰書店 2020年5月

田村 由樹 たむら・ゆき
雨女疑惑が持ち上がる転校生 「雨女とホームラン」 吉野万理子作;嶽まいこ絵 静山社 2020年5月

田屋 めぐみ たや・めぐみ
日本語支援員で編み物が得意なニットクリエイター 「となりのアブダラくん」 黒川裕子作;宮尾和孝絵 講談社 2019年11月

ダヤン
セを励ましながら一緒に戦い続ける猫の冒険者 「猫のダヤン 6」 池田あきこ作 静山社(静山社ペガサス文庫) 2019年2月

ダヤン
ふしぎな国「わちふぃーるど」に暮らす猫 「猫のダヤン 2」 池田あきこ作 静山社(静山社ペガサス文庫) 2018年6月

ダヤン
ヨールカの雪の魔法によってアルス(地球)からわちふぃーるどにやってきた猫 「ダヤン、奇妙な夢をみる―ダヤンの冒険物語」 池田あきこ著 ほるぷ出版 2020年5月

ダヤン
ヨールカの雪の魔法によってアルス(地球)からわちふぃーるどにやってきた猫 「ダヤンと恐竜のたまご 新版―ダヤンの冒険物語」 池田あきこ著 ほるぷ出版 2020年7月

ダヤン
稲妻が光る嵐の夜に生まれた子猫 「猫のダヤン 1」 池田あきこ作 静山社(静山社ペガサス文庫) 2018年4月

ダヤン
再びタシル王国を襲ってくるだろう魔王やニンゲンに備えて、ジタンの指揮のもと街ぐるみの防戦の準備をはじめた猫 「猫のダヤン 5」 池田あきこ作 静山社(静山社ペガサス文庫) 2018年12月

ダヤン
親友のジタンと過去のわちふぃーるどを目指して旅に出た猫 「猫のダヤン 3」 池田あきこ作 静山社(静山社ペガサス文庫) 2018年8月

ダヤン
親友のジタンと過去のわちふぃーるどを目指して旅に出た猫 「猫のダヤン 4」 池田あきこ作 静山社(静山社ペガサス文庫) 2018年10月

ダヤン
冒険の定めを果たすためにジタンと共にノースを目指す猫 「猫のダヤン 7」 池田あきこ作 静山社(静山社ペガサス文庫) 2019年4月

タラオ
あなごの幼なじみで動物プロダクションに共に引き取られたキジトラ柄のオス猫 「女優猫あなご」 工藤菊香著;藤凪かおるイラスト 小学館(小学館ジュニア文庫) 2018年2月

ダリウス
ワシントンDC生まれで将来は医者になりたい青年 「ある晴れた夏の朝」 小手鞠るい著 偕成社 2018年8月

ダル
子猫2匹を連れて新しい家を目指して冒険を始めるお母さん猫 「ゆうびんばこはねこのいえ」 高木あきこ作;高瀬のぶえ絵 金の星社 2019年8月

ダルタニャン
立派な「銃士」になるため田舎からパリに出てきた猫型の亜人 「モンスト三銃士:ダルタニャンの冒険!」 相羽鈴作;希姫安弥絵 集英社(集英社みらい文庫) 2018年5月

ダルマさん
千代子のもとに現れ彼女の成長を支える不思議なダルマ 「泣き虫千代子のダルマさん」 はまひろと作;こばやしひろみち絵 ほおずき書籍 2018年6月

太郎　たろう
心と体の違いに苦しむ少年 「太郎の窓」 中島信子著 汐文社 2020年11月

太郎吉　たろきち
村で暮らす優しい心の持ち主のお百姓さん 「いたずらカー助」 濱昌宏著 文芸社 2018年8月

反後 太一　たんご・たいち
ナイトメア攻略部で舞と共にバトルに挑む仲間の一人、ムードメーカー 「オンライン! 18」 雨蛙ミドリ作;大塚真一郎絵 KADOKAWA(角川つばさ文庫) 2019年6月

反後 太一　たんご・たいち
私立緑花学園の生徒、悪魔のゲーム「ナイトメア」のクリアを目指す部活「ナイトメア攻略部」の部員 「オンライン! 15」 雨蛙ミドリ作;大塚真一郎絵 KADOKAWA(角川つばさ文庫) 2018年2月

反後 太一　たんご・たいち
私立緑花学園の生徒、悪魔のゲーム「ナイトメア」のクリアを目指す部活「ナイトメア攻略部」の部員 「オンライン! 16」 雨蛙ミドリ作;大塚真一郎絵 KADOKAWA(角川つばさ文庫) 2018年6月

反後 太一　たんご・たいち
私立緑花学園の生徒、悪魔のゲーム「ナイトメア」のクリアを目指す部活「ナイトメア攻略部」の部員 「オンライン! 17」 雨蛙ミドリ作;大塚真一郎絵 KADOKAWA(角川つばさ文庫) 2018年10月

反後 太一　たんご・たいち
私立緑花学園の生徒、悪魔のゲーム「ナイトメア」のクリアを目指す部活「ナイトメア攻略部」の部員 「オンライン! 19」 雨蛙ミドリ作;大塚真一郎絵 KADOKAWA(角川つばさ文庫) 2020年1月

反後 太一　たんご・たいち
私立緑花学園の生徒、悪魔のゲーム「ナイトメア」のクリアを目指す部活「ナイトメア攻略部」の部員 「オンライン! 20」 雨蛙ミドリ作;大塚真一郎絵 KADOKAWA(角川つばさ文庫) 2020年6月

タン司令官　たんしれいかん
昔兵士だったころにファー・ズーと共に皇帝のために戦った司令官 「ムーラン」 おおつかのりこ文;講談社編;駒田文子構成 講談社(ディズニームービーブック) 2020年8月

タンダ
バルサと一緒に暮らす薬草師 「風と行く者：守り人外伝」 上橋菜穂子作;佐竹美保絵 偕成社 2018年12月

タンダ
バルサと一緒に暮らす薬草師 「風と行く者：守り人外伝」 上橋菜穂子作;佐竹美保絵 偕成社(軽装版偕成社ポッシュ) 2018年12月

探偵　たんてい
シロクマのぬいぐるみのアバターでルームの参加者の一人 「奇譚ルーム」 はやみねかおる著 朝日新聞出版 2018年3月

ダンボツム
くしゃみで増えて張り切るとビッグツムになる小さなツムたちの一人 「ディズニーツムツムの大冒険 [2]」 橋口いくよ著;ウォルト・ディズニー・ジャパン株式会社監修 小学館(小学館ジュニア文庫) 2018年2月

だんまりうさぎ
おしゃべりをしないが心の中で大切なことを思いつくウサギ 「だんまりうさぎとおほしさま―だんまりうさぎとおしゃべりうさぎ」 安房直子作;ひがしちから絵 偕成社 2018年6月

だんまりうさぎ
雪が降るとうれしくなりおしゃべりうさぎとの交流を楽しむ静かで心優しいウサギ 「ゆきのひのだんまりうさぎ―だんまりうさぎとおしゃべりうさぎ」 安房直子作;ひがしちから絵 偕成社 2019年2月

【ち】

チ　ち
アッチとボンと一緒に散歩に出かけるネズミ 「おばけのアッチとくものパンやさん―小さなおばけ」 角野栄子さく;佐々木洋子え ポプラ社(ポプラ社の新・小さな童話) 2018年1月

チ　ち
アッチの仲間で元気いっぱいのネズミ 「おばけのアッチおもっちでおめでとう―小さなおばけ ; 42」 角野栄子さく;佐々木洋子え ポプラ社(ポプラ社の新・小さな童話) 2019年12月

チィちゃん
ふしぎな古書店「福神堂」にいる本のツクモ神、小さな天使の姿をした女の子 「ふしぎ古書店 7」 にかいどう青作;のぶたろ絵 講談社(講談社青い鳥文庫) 2018年1月

チイちゃん
夢に向かって成長していくドングリ「なかよしドングリ」さなだせつこ著 東京図書出版 2018年12月

チイちゃん
夢に向かって成長していくドングリ「なかよしドングリ」さなだせつこ著 東京図書出版 2018年12月

チェスタン氏 ちぇすたんし
紳士でポシーとポパーの親代わり「ポシーとポパー = Possy & Popper : ふたりは探偵 : 魔界からの挑戦」オカザキヨシヒサ作;小林系絵 理論社 2020年5月

ちえちゃん
初めての干し柿作りに挑戦する女の子「しぶがきほしがきあまいかき―福音館創作童話シリーズ」石川えりこさく・え 福音館書店 2019年9月

ちぇるし～ ちぇるしー
コスメボックスから現れた妖精、白鳥ここあをモデルのショコラに変身させる女の子「ゆめ☆かわ ここあのコスメボックス [2]」伊集院くれあ著;池田春香イラスト 小学館(小学館ジュニア文庫) 2018年2月

ちぇるし～ ちぇるしー
コスメボックスから現れた妖精、白鳥ここあをモデルのショコラに変身させる女の子「ゆめ☆かわ ここあのコスメボックス [3]」伊集院くれあ著;池田春香イラスト 小学館(小学館ジュニア文庫) 2018年7月

ちぇるし～ ちぇるしー
コスメボックスから現れた妖精、白鳥ここあをモデルのショコラに変身させる女の子「ゆめ☆かわ ここあのコスメボックス [4]」伊集院くれあ著;池田春香イラスト 小学館(小学館ジュニア文庫) 2019年4月

ちぇるし～ ちぇるしー
コスメボックスから現れた妖精、白鳥ここあをモデルのショコラに変身させる女の子「ゆめ☆かわ ここあのコスメボックス [5]」伊集院くれあ著;池田春香イラスト 小学館(小学館ジュニア文庫) 2019年7月

ちぇるし～ ちぇるしー
コスメボックスから現れた妖精、白鳥ここあをモデルのショコラに変身させる女の子「ゆめ☆かわ ここあのコスメボックス [6]」伊集院くれあ著;池田春香イラスト 小学館(小学館ジュニア文庫) 2020年4月

チカ
チーム1%初の男子メンバー「1% 10」このはなさくら作;高上優里子絵 KADOKAWA(角川つばさ文庫) 2018年8月

チカ
チーム1%初の男子メンバー「1% 13」このはなさくら作;高上優里子絵 KADOKAWA(角川つばさ文庫) 2019年8月

チカ
チーム1%初の男子メンバー「1% 14」このはなさくら作;高上優里子絵 KADOKAWA(角川つばさ文庫) 2019年12月

チカ
チーム1%初の男子メンバー 「1% 16」 このはなさくら作;高上優里子絵 KADOKAWA(角川つばさ文庫) 2020年8月

チカ
チーム1%初の男子メンバー 「1% 9」 このはなさくら作;高上優里子絵 KADOKAWA(角川つばさ文庫) 2018年4月

チカ
チコの妹でチコと共に冒険を繰り広げる勇敢なハリネズミ 「パピヨン号でフランス運河を―ハリネズミ・チコ ; 5. 小さな船の旅」 山下明生作;高畠那生絵 理論社 2019年4月

千夏 ちか
いじめの標的となった同級生で辛い状況に耐えているが孤独な存在の少女 「いじめ14歳のMessage」 林慧樹著;細居美恵子イラスト 小学館(小学館ジュニア文庫) 2018年1月

近間 チカ ちかま・ちか
たった一人の大親友が欲しいと思っている6年2組の女の子 「生活向上委員会! 9」 伊藤クミコ作;桜倉メグ絵 講談社(講談社青い鳥文庫) 2018年11月

千草 ちぐさ
アリスと仲が良くしっかり者の女の子 「ぼくたちのだんご山会議」 おおぎやなぎちか作;佐藤真紀子絵 汐文社 2019年12月

チコ
ジャレットと共に魔法の出来事を体験する子猫 「ジャレットと魔法のコイン―魔法の庭ものがたり ; 24」 あんびるやすこ作・絵 ポプラ社(ポプラ物語館) 2020年12月

チコ
相棒のマルコと共に冒険を楽しむ旅好きで元気なハリネズミ 「スターライト号でアドリア海―ハリネズミ・チコ ; 4. 空とぶ船の旅 ; 2」 山下明生作;高畠那生絵 理論社 2018年4月

チコ
旅ネズミのマルコに誘われて地中海からフランス運河へと船の旅をするハリネズミ 「パピヨン号でフランス運河を―ハリネズミ・チコ ; 5. 小さな船の旅」 山下明生作;高畠那生絵 理論社 2019年4月

千里 ちさと
幼いころに引っ越しで離ればなれになった楓の幼なじみ、再会後に楓を嫌いだと宣言するも街で女の子らしい楓に一目ぼれしてしまう中学2年生の男子 「ウラオモテ遺伝子」 櫻いいよ著;モゲラッタイラスト PHP研究所(PHPジュニアノベル) 2019年4月

千弦 ちずる
中学1年生、ピアノのコンクールで成績を上げられず音楽に対する気持ちが変わり始めている響音の姉 「ピアノをきかせて」 小俣麦穂著 講談社(講談社文学の扉) 2018年1月

ちせ
真実の恋を求めて恋愛リアリティーショーに参加する本気の恋を追い求める若者、画家 「オオカミくんには騙されない : 本気の恋と、切ない嘘」 AbemaTV『オオカミくんには騙されない♥』原案・企画協力;深海ゆずは作;遠山えま絵 KADOKAWA(角川つばさ文庫) 2020年1月

チッタちゃん
本が大好きで早くたくさん読むことを楽しむチーター 「ふたりはとっても本がすき!」 如月かずさ作;いちかわなつこ絵 小峰書店(おはなしだいすき) 2018年7月

チップス
ルビの親友のトラ猫 「ルビとしっぽの秘密 : 本屋さんのルビねこ」 野中柊作;松本圭以子絵 理論社 2019年6月

チップス
魚やとフィッシュ&チップスの店の看板猫 「本屋さんのルビねこ」 野中柊作;松本圭以子絵 理論社 2018年6月

ちなちゃん
かすみの友達、おかわりのおむすびを食べるための作戦会議を一緒に行う女子 「おかわりへの道」 山本悦子作;下平けーすけ絵 PHP研究所(とっておきのどうわ) 2018年3月

千夏 ちなつ
順平の初恋相手の女の子 「五七五の秋」 万乃華れん作;黒須高嶺絵 文研出版(文研じゅべにーる) 2018年10月

チノ
チーター四きょうだいの三男、他の兄弟と協力して獲物を手に入れるために知恵を絞る末っ子 「ちいさなハンター : どうぶつのかぞくチーター―シリーズどうぶつのかぞく」 佐藤まどか作;あべ弘士絵 講談社 2019年3月

千葉 尚太郎 ちば・なおたろう
「かねやま本館」で出会ったアツとお笑いコンビを組むごく平凡な中学生 「保健室経由、かねやま本館。2」 松素めぐり著 講談社 2020年8月

ちびぱん
モモカと共に事件を解決し絆を深めていくもちぱんだ 「もちもち・ぱんだもちぱんのこわーい?話もちっとストーリーブック―キラピチブックス」 Yuka原作・イラスト;たかはしみか著 学研プラス 2018年9月

ちびぱん
モモカと共に事件を解決し絆を深めていくもちぱんだ 「もちもち・ぱんだもちぱんのヒミツ大作戦もちっとストーリーブック―キラピチブックス」 Yuka原作・イラスト;たかはしみか著 学研プラス 2018年4月

千紘ちゃん ちひろちゃん
トーコの支えとなり共に母の思い出を追うトーコの叔母 「その景色をさがして」 中山聖子著 PHP研究所(わたしたちの本棚) 2018年4月

チポロ
力が弱く狩りも得意でない少年 「ヤイレスーホ = Yaylesuho」 菅野雪虫著 講談社 2018年6月

チーマ
青い金剛石を探す冒険に出る頼りになる少女、タックの妹 「バロルの晩餐会 : ハロウィンと五つの謎々」 夢枕獏作 KADOKAWA 2018年10月

チミばあさん
外の危険を心配しボンぼうやが外に出ることを許さない優しい祖母 「ボンぼうや：はじめて見る世界」 橘春香作・絵 PHP研究所 2018年8月

チャイルド
人間に擬態し殺りくを繰り返す謎の生命体 「王様ゲーム 再生9.19-2」 金沢伸明著 双葉社(双葉社ジュニア文庫) 2018年3月

チャキ
麦菜の同級生で友人、ショートカットのボーイッシュな少女 「ドーナツの歩道橋」 升井純子著 ポプラ社(teens' best selections) 2020年3月

茶々 ちゃちゃ
浅井三姉妹の長女で豊臣秀吉の側室となった女性 「戦国姫 初の物語」 藤咲あゆな作;マルイノ絵 集英社(集英社みらい文庫) 2018年6月

チャットくん
ジェットくんの一番の仲良しの友達 「カラスてんぐのジェットくん」 富安陽子作;植垣歩子絵 理論社 2019年11月

チャップ
仲間たちの頼れるリーダー、正義感が強くアツイ少年 「スナックワールド [2]」 松井香奈著;レベルファイブ監修 小学館(小学館ジュニア文庫) 2018年4月

チャップ
仲間たちの頼れるリーダー、正義感が強くアツイ少年 「スナックワールド [3]」 松井香奈著;レベルファイブ監修 小学館(小学館ジュニア文庫) 2018年7月

チャミー
ヒナの願いをかなえるために現れたチビまじょの魔法使い 「チビまじょチャミーとほしのティアラ」 藤真知子作;琴月綾絵 岩崎書店(おはなしトントン) 2018年6月

ちゃめひめさま
おちゃめでいたずら好きなおっちょこちょいなお姫様 「ちゃめひめさまとあやしいたから―ちゃめひめさま；2」 たかどのほうこ作;佐竹美保絵 あかね書房 2018年5月

ちゃめひめさま
おちゃめでいたずら好きなお姫様 「ちゃめひめさまとおしろのおばけ―ちゃめひめさま；3」 たかどのほうこ作;佐竹美保絵 あかね書房 2019年2月

チャラ
叔母と二人暮らしの聖ダイヤ学園中学1年生の少女 「キミマイ：きみの舞 1」 緒川さよ作;甘塩コメコ絵 講談社(講談社青い鳥文庫) 2018年9月

チャラ
叔母と二人暮らしの聖ダイヤ学園中学1年生の少女 「キミマイ：きみの舞 2」 緒川さよ作;甘塩コメコ絵 講談社(講談社青い鳥文庫) 2019年2月

チャラ
叔母と二人暮らしの聖ダイヤ学園中学1年生の少女 「キミマイ：きみの舞 3」 緒川さよ作;甘塩コメコ絵 講談社(講談社青い鳥文庫) 2019年6月

チャーリー・ブラウン
スヌーピーの飼い主、ライナスの親友 「スヌーピーと幸せのブランケット：ピーナッツストーリーズ―キラピチブックス」 チャールズ・M.・シュルツ原作・イラスト;たかはしみか著;チャールズ・M.・シュルツ・クリエイティブ・アソシエイツ監修 学研プラス 2019年9月

チャーリー・ブラウン
スヌーピーの飼い主、ライナスの親友 「スヌーピーの友だちは宝もの：ピーナッツストーリーズ―キラピチブックス」 チャールズ・M.・シュルツ原作・イラスト;たかはしみか著;チャールズ・M.・シュルツ・クリエイティブ・アソシエイツ監修 学研プラス 2020年7月

ちゃん
学校に通う日々に疑問を感じ新しいことを考えたいと思っている女の子 「学校へ行こう：ちゃんとりん」 いとうひろし作 理論社 2018年11月

チュウ
はじめのアホ友達 「金田一くんの冒険 1」 天樹征丸作;さとうふみや絵 講談社(講談社青い鳥文庫) 2018年1月

チュウ
はじめのアホ友達 「金田一くんの冒険 2」 天樹征丸作;さとうふみや絵 講談社(講談社青い鳥文庫) 2018年6月

駐在さん ちゅうざいさん
相手が子どもでもやられたら必ずやり返す大人げない男 「ぼくたちと駐在さんの700日戦争：ベスト版 闘争の巻」 ママチャリ著;ママチャリイラスト 小学館(小学館ジュニア文庫) 2018年1月

中城 善 ちゅうじょう・ぜん
憎らしいけど素直に話せるしま奈の同級生 「夢みる太陽 1」 高野苺原作・イラスト;時海結以著 双葉社(双葉社ジュニア文庫) 2018年11月

中城 善 ちゅうじょう・ぜん
憎らしいけど素直に話せるしま奈の同級生 「夢みる太陽 2」 高野苺原作・イラスト;時海結以著 双葉社(双葉社ジュニア文庫) 2019年3月

中城 善 ちゅうじょう・ぜん
憎らしいけど素直に話せるしま奈の同級生 「夢みる太陽 3」 高野苺原作・イラスト;時海結以著 双葉社(双葉社ジュニア文庫) 2019年7月

中城 善 ちゅうじょう・ぜん
憎らしいけど素直に話せるしま奈の同級生 「夢みる太陽 4」 高野苺原作・イラスト;時海結以著 双葉社(双葉社ジュニア文庫) 2019年11月

中将姫 ちゅうじょうひめ
大臣の娘として生まれ継母に執拗にいじめられる女の子 「いじめられたお姫さま：中将姫物語」 寮美千子文;上村恭子絵 ロクリン社 2018年5月

チュチュ
ラベンダー色のうさぎのぬいぐるみ 「たまごの魔法屋トワ = Magical eggs and Towa―たまごの魔法屋トワ；1」 宮下恵茉作;星谷ゆき絵 文響社 2020年4月

長吉　ちょうきち
横町のガキ大将で正太郎と対立する16歳の少年 「たけくらべ：文豪ブックス―Kodomo Books」 樋口一葉著 オモドック 2018年7月

趙 金雲　ちょう・きんうん
独特の特訓や戦略を用い雷門イレブンを勝利へと導こうとする謎の中国人監督 「小説イナズマイレブン：アレスの天秤 2」 レベルファイブ原作;日野晃博総監督・原案・シリーズ構成;江橋よしのり著 小学館(小学館ジュニア文庫) 2018年8月

趙 金雲　ちょう・きんうん
日本代表の監督で中国代表のエースのリ・ハオの師匠 「小説イナズマイレブン：オリオンの刻印 2」 レベルファイブ原作;日野晃博総監督・原案・シリーズ構成;江橋よしのり著 小学館(小学館ジュニア文庫) 2019年7月

蝶子　ちょうこ
絵の勉強をしているスケッチクラブのメンバーの女性 「日曜日の王国」 日向理恵子作;サクマメイ絵 PHP研究所(わたしたちの本棚) 2018年3月

聴田　ちょうだ
界耳の界耳軍という親衛隊の一員 「こちらへそ神異能少年団」 奈雅月ありす作;アカツキウォーカー絵 ポプラ社(ノベルズ・エクスプレス) 2019年1月

蝶野 力　ちょうの・ちから
念力や千里眼などの力があり、熱狂的なファンを持つ超能力少年 「科学探偵VS.超能力少年―科学探偵謎野真実シリーズ」 佐東みどり作;石川北二作;木滝りま作;田中智章作;木々絵 朝日新聞出版 2019年12月

ちょきんばこ
しゃべる能力を持ち家出して日本一周を目指したブタの貯金箱 「ちょきんばこのたびやすみ」 村上しいこさく;長谷川義史え PHP研究所(とっておきのどうわ) 2020年3月

勅使川監督　ちょくしがわかんとく
なぎさの住む町で映画を撮影した監督 「もしも、この町で 3」 服部千春作;ほおのきソラ絵 講談社(講談社青い鳥文庫) 2019年6月

勅使川監督　ちょくしがわかんとく
なぎさの住む町にやってきた映画監督 「もしも、この町で 2」 服部千春作;ほおのきソラ絵 講談社(講談社青い鳥文庫) 2018年12月

チョコ
黒魔女・ギュービッドに黒魔女修行をさせられている小学6年生の女の子 「6年1組黒魔女さんが通る!! 05」 石崎洋司作;藤田香絵;亜沙美絵 講談社(講談社青い鳥文庫) 2018年3月

チョコ
黒魔女・ギュービッドに黒魔女修行をさせられている小学6年生の女の子 「6年1組黒魔女さんが通る!! 06」 石崎洋司作;亜沙美絵 講談社(講談社青い鳥文庫) 2018年10月

チョコ
黒魔女修行中の小学5年生 「黒魔女さんの小説教室：チョコといっしょに作家修行!：青い鳥文庫版」 石崎洋司作;藤田香作;青い鳥文庫編集部作 講談社(講談社青い鳥文庫) 2019年1月

チョコ
黒魔女修行中の小学6年生、現在2級の黒魔女さん 「6年1組黒魔女さんが通る!! 07」 石崎洋司作;亜沙美絵 講談社(講談社青い鳥文庫) 2019年1月

チョコ
黒魔女修行中の小学6年生、現在2級の黒魔女さん 「6年1組黒魔女さんが通る!! 08」 石崎洋司作;亜沙美絵;藤田香絵・キャラクター原案 講談社(講談社青い鳥文庫) 2019年7月

チョコ
黒魔女修行中の小学6年生、現在2級の黒魔女さん 「6年1組黒魔女さんが通る!! 09」 石崎洋司作;亜沙美絵;藤田香絵・キャラクター原案 講談社(講談社青い鳥文庫) 2019年10月

チョコ
黒魔女修行中の小学6年生、現在2級の黒魔女さん 「6年1組黒魔女さんが通る!! 10」 石崎洋司作;亜沙美絵 講談社(講談社青い鳥文庫) 2020年2月

チョコ
黒魔女修行中の小学6年生、現在2級の黒魔女さん 「6年1組黒魔女さんが通る!! 11」 石崎洋司作;亜沙美絵;藤田香キャラクター原案 講談社(講談社青い鳥文庫) 2020年6月

チョコ
黒魔女修行中の小学6年生、現在2級の黒魔女さん 「6年1組黒魔女さんが通る!! 12」 石崎洋司作;亜沙美絵;藤田香キャラクター原案 講談社(講談社青い鳥文庫) 2020年10月

チョコル
プブルの娘 「チョコルとチョコレートの魔女 : cafeエルドラド」 こばやしゆかこ著 岩崎書店 2020年11月

千代野 綾 ちよの・あや
守の幼なじみでクラスメートの女の子 「劇場版アニメぼくらの7日間戦争」 宗田理原作;伊豆平成文;けーしん絵 KADOKAWA(角川つばさ文庫) 2019年11月

猪 八戒 ちょ・はっかい
高僧・玄奘三蔵の二番弟子 「西遊記 12―斉藤洋の西遊記シリーズ ; 12」 呉承恩作;斉藤洋文;広瀬弦絵 理論社 2018年1月

猪 八戒 ちょ・はっかい
高僧・玄奘三蔵の二番弟子 「西遊記 13―斉藤洋の西遊記シリーズ ; 13」 呉承恩作;斉藤洋文;広瀬弦絵 理論社 2019年6月

猪 八戒 ちょ・はっかい
高僧・玄奘三蔵の二番弟子 「西遊記 14―斉藤洋の西遊記シリーズ ; 14」 呉承恩作;斉藤洋文;広瀬弦絵 理論社 2020年10月

チョーパン
みんなを引っ張る頼もしいパンダにんじゃのリーダー 「パンダにんじゃ : どっくがわまいぞう金のなぞ」 藤田遼さく;SANAえ PHP研究所(とっておきのどうわ) 2018年8月

千代里 ちより
心を閉ざして生きるがヒカリとの出会いを通じて心を開き共に運命に立ち向かう人間界の少女 「HIMAWARI」 嘉成晴香作;谷川千佳絵 あかね書房 2019年6月

チョロマツ
ピラミッド探索のガイドを務めトドマツを助ける6つ子の一員 「小説おそ松さん：6つ子とエジプトとセミ」 赤塚不二夫原作;都築奈央著;おそ松さん製作委員会監修 小学館(小学館ジュニア文庫) 2018年2月

チロ
良太の隣に住む犬、トレジャの姿が見える唯一の仲間 「ぼくんちの海賊トレジャ」 柏葉幸子作;野見山響子絵 偕成社 2019年7月

チロン
ひげくま先生の助手で友達の子ギツネ「こぎつねチロンの星ごよみ」 日下熊三作・絵 誠文堂新光社 2019年10月

【つ】

柄本 つくし　つかもと・つくし
サッカー未経験ながら1年生でベンチ入りした期待のルーキー 「DAYS 3」 安田剛士原作・絵;石崎洋司文 講談社(講談社青い鳥文庫) 2018年2月

月うさぎ　つきうさぎ
あかりのもとに現れハンカチを依頼するウサギ「月あかり洋裁店」 ひろいれいこ作;よしざわけいこ絵 PHP研究所(とっておきのどうわ) 2018年9月

月島 カノン　つきしま・かのん
天才ボルダリング選手、ニューヨークで注目を受けながらもプレッシャーに悩む少女 「わたしのビーナス：スポーツのおはなしスポーツクライミング―シリーズスポーツのおはなし」 樫崎茜作;本田亮絵 講談社 2019年12月

月島 真　つきしま・まこと
サンシャインFCの全国クラスの実力の持ち主の少年 「FC6年1組 [3]」 河端朝日作;千田純生絵 集英社(集英社みらい文庫) 2019年3月

月城 雪兎　つきしろ・ゆきと
優しくてすてきなお兄ちゃんの親友、月の仮の姿 「小説アニメカードキャプターさくら クリアカード編1」 CLAMP原作;有沢ゆう希著 講談社(講談社KK文庫) 2018年3月

月城 雪兎　つきしろ・ゆきと
優しくてすてきなお兄ちゃんの親友、月の仮の姿 「小説アニメカードキャプターさくら クリアカード編2」 CLAMP原作;有沢ゆう希著 講談社(講談社KK文庫) 2018年5月

月城 雪兎　つきしろ・ゆきと
優しくてすてきなお兄ちゃんの親友、月の仮の姿 「小説アニメカードキャプターさくら クリアカード編3」 CLAMP原作;有沢ゆう希著 講談社(講談社KK文庫) 2018年7月

月城 雪兎　つきしろ・ゆきと
優しくてすてきなお兄ちゃんの親友、月の仮の姿 「小説アニメカードキャプターさくら クリアカード編4」 CLAMP原作;有沢ゆう希著 講談社(講談社KK文庫) 2018年9月

月城 雪兎　つきしろ・ゆきと
優しくてすてきなお兄ちゃんの親友、月の仮の姿 「小説アニメカードキャプターさくら クロウカード編上下」 CLAMP原作;有沢ゆう希著 講談社(講談社KK文庫) 2018年1月

月城 雪兎　つきしろ・ゆきと
優しくてすてきなお兄ちゃんの親友、月の仮の姿 「小説アニメカードキャプターさくら さくらカード編上下 」 CLAMP原作;有沢ゆう希著 講談社(講談社KK文庫) 2018年2月

月殿　つきどの
人間ほどの大きさのツキノワグマ、トモの母親を探して不思議な世界でトモと冒険する仲間 「ぼくと母さんのキャラバン」 柏葉幸子著;泉雅史絵 講談社(講談社文学の扉) 2020年4月

月野 うさぎ　つきの・うさぎ
ドジで泣き虫だけど天真爛漫な女子中学生、セーラームーン 「小説美少女戦士セーラームーン：青い鳥文庫版 1」 武内直子原作・絵;池田美代子文 講談社(講談社青い鳥文庫) 2018年6月

月野 うさぎ　つきの・うさぎ
ドジで泣き虫だけど天真爛漫な女子中学生、セーラームーン 「小説美少女戦士セーラームーン：青い鳥文庫版 2」 武内直子原作・絵;池田美代子文 講談社(講談社青い鳥文庫) 2018年11月

月野 うさぎ　つきの・うさぎ
ドジで泣き虫だけど天真爛漫な女子中学生、セーラームーン 「小説美少女戦士セーラームーン：青い鳥文庫版 3」 武内直子原作・絵;池田美代子文 講談社(講談社青い鳥文庫) 2019年3月

月原 美音　つきはら・みおん
京川探偵事務所の手伝いをしながら怪盗ジェントの行方を追う小学生探偵 「少女探偵月原美音 2」 横山佳作;スカイエマ絵 BL出版 2019年3月

月村 あかり　つきむら・あかり
「月あかり洋裁店」を開いたが客足が途絶え途方に暮れている女性 「月あかり洋裁店」 ひろいれいこ作;よしざわけいこ絵 PHP研究所(とっておきのどうわ) 2018年9月

月村 サトシ　つきむら・さとし
「逃走中」のゲームマスター 「逃走中：オリジナルストーリー：参加者は小学生!?渋谷の街を逃げまくれ!」 小川彗著;白井鋭利絵 集英社(集英社みらい文庫) 2019年9月

月村 サトシ　つきむら・さとし
「逃走中」のゲームマスター 「逃走中：オリジナルストーリー [2]」 小川彗著 集英社(集英社みらい文庫) 2020年9月

月村 透　つきむら・とおる
有村バレエスクールに通う高校2年生の男の子 「エトワール! 8」 梅田みか作;結布絵 講談社(講談社青い鳥文庫) 2020年12月

月村 リョウ　つきむら・りょう
頭の上に突然現れた小学校の謎を解くため友達と一緒に奮闘する少年 「区立あたまのてっぺん小学校」 間部香代作;田中六大絵 金の星社 2020年6月

ツグミ
陰陽師の血を引く小学6年生の女の子 「悪ノ物語 [2]」 mothy_悪ノP著;柚希きひろイラスト;△○□×イラスト PHP研究所(PHPジュニアノベル) 2018年7月

ツグミ
真琴の同級生で臥龍の大祭の復活に共に取り組む仲間 「あの日、ぼくは龍を見た」 ながすみつき作;こより絵 PHP研究所(カラフルノベル) 2019年3月

月夜公 つくよのきみ
妖怪奉行所・東の地宮の奉行 「妖怪の子預かります 10」 廣嶋玲子作;Minoru絵 東京創元社 2020年12月

月夜公 つくよのきみ
妖怪奉行所・東の地宮の奉行 「妖怪の子預かります 3」 廣嶋玲子作;Minoru絵 東京創元社 2020年7月

月夜公 つくよのきみ
妖怪奉行所・東の地宮の奉行 「妖怪の子預かります 7」 廣嶋玲子作;Minoru絵 東京創元社 2020年10月

月夜公 つくよのきみ
妖怪奉行所・東の地宮の奉行 「妖怪の子預かります 8」 廣嶋玲子作;Minoru絵 東京創元社 2020年11月

月読 ライト つくよみ・らいと
インターネットで全世界的に有名な天才作曲家 「ぼくの声が消えないうちに。―初恋のシーズン」 西本紘奈作;ダンミル絵 KADOKAWA(角川つばさ文庫) 2018年6月

辻崎 翔太 つじさき・しょうた
何に対しても心から興味を持てずにいる中学3年生 「スマイル・ムーンの夜に」 宮下恵茉著;鈴木し乃絵 ポプラ社(teens' best selections) 2018年6月

辻ノ宮 司 つじのみや・つかさ
ふくこさんを鳥かごに閉じ込め、魔術を使ってその力を操ろうとする魔術師の少年 「ゆうれい猫と魔術師の少年」 廣嶋玲子作;バラマツヒトミ絵 岩崎書店(おはなしガーデン) 2020年5月

津島 礼司 つしま・れいじ
ユトリの幼なじみで見守り役 「探検!いっちょかみスクール 魔法使いになるには編」 宗田理作 静山社 2020年11月

辻本 莉緒 つじもと・りお
智哉と付き合っている内気で大人しい女の子 「キミと、いつか。[15]」 宮下恵茉作;染川ゆかり絵 集英社(集英社みらい文庫) 2020年11月

辻本 莉緒 つじもと・りお
内気で大人しい女の子 「キミと、いつか。[11]」 宮下恵茉作;染川ゆかり絵 集英社(集英社みらい文庫) 2019年7月

辻本 莉緒 つじもと・りお
内気で大人しい女の子 「キミと、いつか。[13]」 宮下恵茉作;染川ゆかり絵 集英社(集英社みらい文庫) 2020年3月

辻本 莉緒 つじもと・りお
内気で大人しい女の子 「キミと、いつか。ボーイズ編」 宮下恵茉作;染川ゆかり絵 集英社(集英社みらい文庫) 2019年3月

辻本 莉緒　つじもと・りお
優しくて大人しいタイプの色白美人な少女 「キミと、いつか。[7]」 宮下恵茉作;染川ゆかり絵 集英社(集英社みらい文庫) 2018年3月

辻本 莉緒　つじもと・りお
優しくて大人しいタイプの色白美人な少女 「キミと、いつか。[8]」 宮下恵茉作;染川ゆかり絵 集英社(集英社みらい文庫) 2018年7月

辻本 莉緒　つじもと・りお
優しくて大人しいタイプの色白美人な少女 「キミと、いつか。[9]」 宮下恵茉作;染川ゆかり絵 集英社(集英社みらい文庫) 2018年11月

津田 幹　つだ・みき
引き出しに万引きさせられた消しゴムを隠し家族にも言えない秘密を抱える小学5年生の少年 「ユンボのいる朝」 麦野圭作;大野八生絵 文溪堂 2018年11月

ツチブタ
シマウマがお城に行こうと誘うが断るツチブタ 「しまうまのたんけん」 トビイルツ作・絵 PHP研究所(とっておきのどうわ) 2019年5月

つちんこ
無気味な笑い声を立てながら孤独を抱える子どもの前にだけ現れる土の妖精 「夏に泳ぐ緑のクジラ」 村上しいこ作 小学館 2019年7月

筒井 光　つつい・ひかり
色葉の告白に戸惑いながらも新しい世界を知る恋愛経験ゼロのオタクの男子高校生 「小説映画3D彼女リアルガール」 那波マオ原作;高野水登脚本;英勉脚本;松田朱夏著 講談社 2019年2月

筒井 光　つつい・ひかり
色葉の告白に戸惑いながらも新しい世界を知る恋愛経験ゼロのオタクの男子高生 「小説映画3D彼女リアルガール」 那波マオ原作;高野水登脚本;英勉脚本;松田朱夏著 講談社(講談社KK文庫) 2018年8月

筒井 まり　つつい・まり
男嫌いの最強キャラクターで同じクラスの小早川杏奈に強い恋心を抱いている女子学生 「虹色デイズ：まんがノベライズ特別編～筒井まりの憂うつ～」 水野美波原作・絵;はのまきみ著 集英社(集英社みらい文庫) 2018年6月

筒井 美音　つつい・みね
千里の親友 「シロガラス 5」 佐藤多佳子著 偕成社 2018年7月

つっきー
カラスのカーコと大の仲良しの猫 「つっきーとカーコのけんか―おはなしみーつけた!シリーズ」 おくはらゆめ作 佼成出版社 2018年11月

つっきー
仲良しのカーコと一緒に「自分の宝物」について考える猫 「つっきーとカーコのたからもの―おはなしみーつけた!シリーズ」 おくはらゆめ作 佼成出版社 2020年11月

堤 達輝　つつみ・たつき
本好きでクラスでは目立たないが図書館では本の知識や紹介で大活躍する少年 「夏休みに、ぼくが図書館で見つけたもの」 濱野京子作;森川泉絵　あかね書房(スプラッシュ・ストーリーズ) 2019年11月

ツナテ
クナ国にさらわれる運命にあるススヒコの幼なじみの少女 「邪馬台戦記 1」 東郷隆作;佐竹美保絵　静山社　2018年1月

都波 かれん　つなみ・かれん
嵐のクラスに転校してきた転校生、誰も信用できない都会育ちの少女 「大嫌いな君に、サヨナラ」 いかだかつら著　PHP研究所(カラフルノベル) 2020年7月

恒川 あずみ　つねかわ・あずみ
バレーボール部の女の子 「キミと、いつか。[12]」 宮下恵茉作;染川ゆかり絵　集英社(集英社みらい文庫) 2019年11月

恒川 あずみ　つねかわ・あずみ
夏月や莉緒の友達 「キミと、いつか。[9]」 宮下恵茉作;染川ゆかり絵　集英社(集英社みらい文庫) 2018年11月

恒川 あずみ　つねかわ・あずみ
五十嵐と急接近しているバレーボール部の女の子 「キミと、いつか。[15]」 宮下恵茉作;染川ゆかり絵　集英社(集英社みらい文庫) 2020年11月

恒川 あずみ　つねかわ・あずみ
莉緒や若葉への意地悪がきっかけで孤立してしまう中学1年生の少女 「キミと、いつか。[7]」 宮下恵茉作;染川ゆかり絵　集英社(集英社みらい文庫) 2018年3月

雅姫　つねひめ
吉野のキツネ「天保の虹―白狐魔記」 斉藤洋作　偕成社　2019年12月

椿山 春馬　つばきやま・はるま
わかばの幼なじみ、野球部のエース「チア☆ダンROCKETS 1」 映画「チア☆ダン」製作委員会原作;後藤法子ドラマ脚本;徳尾浩司ドラマ脚本;みうらかれん文;榊アヤミ絵　KADOKAWA(角川つばさ文庫) 2018年8月

椿山 春馬　つばきやま・はるま
わかばの幼なじみ、野球部のエース「チア☆ダンROCKETS 2」 映画「チア☆ダン」製作委員会原作;徳尾浩司ドラマ脚本;木村涼子ドラマ脚本;みうらかれん文;榊アヤミ絵　KADOKAWA(角川つばさ文庫) 2018年10月

椿山 春馬　つばきやま・はるま
わかばの幼なじみ、野球部のエース「チア☆ダンROCKETS 3」 映画「チア☆ダン」製作委員会原作;木村涼子ドラマ脚本;徳尾浩司ドラマ脚本;渡邉真子ドラマ脚本;みうらかれん文;榊アヤミ絵　KADOKAWA(角川つばさ文庫) 2018年12月

つばさ
夏休みに親友の由紀と一緒に魔女修行を始める女の子 「魔女のレッスンはじめます」 長井るり子作;こがしわかおり絵　出版ワークス　2018年7月

翼野 雄一　つばさの・ゆういち
白亜に恋する理科オタクのクラスメイト「放課後のジュラシック：赤い爪の秘密」森晶麿著;田中寛崇イラスト PHP研究所(PHPジュニアノベル) 2018年10月

椿吉 トウキ　つばよし・とうき
四つ子のいとこ、人気アイドルグループ・リュミファイブのメンバー「四つ子ぐらし 7」ひのひまり作;佐倉おりこ絵 KADOKAWA(角川つばさ文庫) 2020年11月

都村 育人　つむら・いくと
貧乏なのにファッションデザイナーを目指す同級生の少年「ランウェイで笑って = smile at the runway：158cmモデル、パリコレへ!」猪ノ谷言葉原作・絵;有沢ゆう希作 講談社(講談社KK文庫) 2020年4月

つむりん
かたつむりの妖精「にじいろフェアリーしずくちゃん 2」ぎぼりつこ絵;友永コリエ作 岩崎書店 2020年6月

露木 薔　つゆき・しょう
海笛が胸に想い続けていた初恋の人「青影神話―TEENS'ENTERTAINMENT；17」名木田恵子著 ポプラ社 2018年11月

露木 響　つゆき・なり
海笛が大嫌いだった少年で薔の双子の弟「青影神話―TEENS'ENTERTAINMENT；17」名木田恵子著 ポプラ社 2018年11月

津弓　つゆみ
月夜公の甥「妖怪の子預かります 3」廣嶋玲子作;Minoru絵 東京創元社 2020年7月

津弓　つゆみ
月夜公の甥「妖怪の子預かります 7」廣嶋玲子作;Minoru絵 東京創元社 2020年10月

強　つよし
チャイハロで売り上げトップを誇る小学生「小説秘密のチャイハロ 1」鈴木おさむ原作;伊藤クミコ文;桜倉メグ絵 講談社(講談社青い鳥文庫) 2019年1月

強　つよし
チャイハロで売り上げトップを誇る小学生「小説秘密のチャイハロ 2」鈴木おさむ原作;伊藤クミコ文;桜倉メグ絵 講談社(講談社青い鳥文庫) 2019年5月

強　つよし
チャイハロで売り上げトップを誇る小学生「小説秘密のチャイハロ 3」鈴木おさむ原作;伊藤クミコ文;桜倉メグ絵 講談社(講談社青い鳥文庫) 2019年8月

つよぽん
オタクで超マイペースな秀才の男子高生「虹色デイズ：映画ノベライズみらい文庫版」水野美波原作;根津理香脚本;飯塚健脚本;はのまきみ著 集英社(集英社みらい文庫) 2018年6月

ツル
作り直しの魔法使いのおばあさん「作り直し屋：児童版：十年屋と魔法街の住人たち」廣嶋玲子作;佐竹美保絵 ほるぷ出版 2020年2月

ツル
作り直しの魔法使いのおばあさん 「作り直し屋：十年屋と魔法街の住人たち」 廣嶋玲子作;佐竹美保絵 静山社 2019年4月

鶴岡のおじさん　つるおかのおじさん
毎月本代を小学校に送る名を告げないおじさん 「大好き!おじさん文庫」 深山さくら著 文研出版(文研ブックランド) 2018年9月

鶴谷 浅黄　つるたに・あさぎ
以前は放送部の幽霊部員だった中学2年生の男の子 「この声とどけ!：恋がはじまる放送室☆」 神戸遥真作;木乃ひのき絵 集英社(集英社みらい文庫) 2018年4月

鶴谷 浅黄　つるたに・あさぎ
以前は放送部の幽霊部員だった中学2年生の男の子 「この声とどけ! [2]」 神戸遥真作;木乃ひのき絵 集英社(集英社みらい文庫) 2018年9月

鶴屋　つるや
料理屋を始めた男性 「つくもがみ貸します」 畠中恵作;もけお絵 KADOKAWA(角川つばさ文庫) 2018年6月

ツンコ
おばけのくにの学校から脱走してきたおひめさまの一人、ツンデレで派手好き 「おばけひめがやってきた!―おばけマンション；46」 むらいかよ著 ポプラ社(ポプラ社の新・小さな童話) 2019年9月

ツンデレラひめ(ツンコ)
おばけのくにの学校から脱走してきたおひめさまの一人、ツンデレで派手好き 「おばけひめがやってきた!―おばけマンション；46」 むらいかよ著 ポプラ社(ポプラ社の新・小さな童話) 2019年9月

【て】

ティガーツム
くしゃみで増えて張り切るとビッグツムになる小さなツムたちの一人 「ディズニーツムツムの大冒険 [2]」 橋口いくよ著;ウォルト・ディズニー・ジャパン株式会社監修 小学館(小学館ジュニア文庫) 2018年2月

定子　ていし
中宮という一条天皇のお后さま「枕草子：平安女子のキラキラノート」 清少納言作;福田裕子文;朝日川日和絵 KADOKAWA(角川つばさ文庫) 2020年2月

DJオイリー　でぃーじぇいおいりー
「しぶかつ」をこよなく愛する人気DJ 「とんかつDJアゲ太郎：映画ノベライズみらい文庫版」 イーピャオ原作;小山ゆうじろう原作・絵;二宮健脚本;志田もちたろう著 集英社(集英社みらい文庫) 2020年10月

デイジーツム
おしゃれなドナルドのガールフレンド 「ディズニーツムツム：仲間をさがして大冒険!」 うえくらえり作;じくの絵 KADOKAWA(角川つばさ文庫) 2018年11月

デイジーツム
おしゃれなドナルドのガールフレンド 「ディズニーツムツム [2]」 うえくらえり作;じくの絵 KADOKAWA(角川つばさ文庫) 2019年10月

デイジーツム
くしゃみで増えて張り切るとビッグツムになる小さなツムたちの一人 「ディズニーツムツムの大冒険 [2]」 橋口いくよ著;ウォルト・ディズニー・ジャパン株式会社監修 小学館(小学館ジュニア文庫) 2018年2月

ディティ
スマホの中に存在しサラサラの白い髪を持つイケメンの少年の姿をしているIQ500のスーパーAI 「名探偵AI・HARA：ぼくの相棒はIQ500のスーパーAI」 佐東みどり作;ふすい絵 毎日新聞出版 2020年3月

ディノ
チーター四きょうだいの長男、獲物を取るために戦略を考え兄弟たちをまとめる強い兄 「ちいさなハンター：どうぶつのかぞくチーター—シリーズどうぶつのかぞく」 佐藤まどか作;あべ弘士絵 講談社 2019年3月

ティム
カイの前に現れるおてつだい妖精 「カイとティムよるのぼうけん」 石井睦美作;ささめやゆき絵 アリス館 2019年3月

ティム
想像ごっこが好きな心優しい7歳の男の子 「ボス・ベイビー [2]」 佐藤結著 小学館(小学館ジュニア文庫) 2018年12月

ティム・グッドマン
父親の事故の真相を解明するためピカチュウと共に捜査を開始する青年 「名探偵ピカチュウ」 ダン・ヘルナンデス脚本;ベンジー・サミット脚本;ロブ・レターマン脚本;デレク・コノリー脚本;江坂純著 小学館(小学館ジュニア文庫) 2019年7月

ティム・テンプルトン
突然現れた弟のボスによって両親の関心を奪われ不満を抱く7歳の少年 「ボス・ベイビー [3]」 佐藤結著 小学館(小学館ジュニア文庫) 2019年12月

ティム・テンプルトン
突然現れた弟のボスによって両親の関心を奪われ不満を抱く7歳の少年 「ボス・ベイビー」 日笠由紀著 小学館(小学館ジュニア文庫) 2018年3月

ティモシー・レズリー・テンプルトン(ティム)
想像ごっこが好きな心優しい7歳の男の子 「ボス・ベイビー [2]」 佐藤結著 小学館(小学館ジュニア文庫) 2018年12月

テオ
ミーシャのめしつかい猫、ティーマイスター 「コットンのティータイム—なんでも魔女商会；27」 あんびるやすこ著 岩崎書店 2020年4月

でかぱん
なまけものの大きいぱんだ 「もちもちぱんだもちぱんとわくわくキャンプもちっとストーリーブック—キラピチブックス」 Yuka原作・イラスト;たかはしみか著 学研プラス 2020年3月

でかぱん
怠け者の大きいパンダ 「もちもち・ぱんだもちぱんのドキドキ芸能スキャンダルもちっとストーリーブック―キラピチブックス」 Yuka原作・イラスト;たかはしみか著 学研プラス 2019年3月

でかぱん
怠け者の大きいパンダ 「もちもち・ぱんだもちぱんのヒミツ大作戦もちっとストーリーブック―キラピチブックス」 Yuka原作・イラスト;たかはしみか著 学研プラス 2018年4月

でかぱん
幽霊にのりうつれられる怠け者の大きいぱんだ 「もちもち・ぱんだもちぱんのこわーい?話もちっとストーリーブック―キラピチブックス」 Yuka原作・イラスト;たかはしみか著 学研プラス 2018年9月

でぐー
みんなをまとめてくれるしっかり者のげっしーず 「げっし～ず : みんなちがうけど、みんななかよし」 しまだよしなお著;しろいおもち絵 集英社(集英社みらい文庫) 2019年8月

出口 直樹 でぐち・なおき
自分が男の子に生まれてきたことが変だと思っていた男の子 「レインボールームのエマ : おしごとのおはなしスクールカウンセラー―シリーズおしごとのおはなし」 戸森しるこ作;佐藤真紀子絵 講談社 2018年2月

哲 てつ
大人の身勝手に傷つき腹を立てていた少年 「ひかりの森のフクロウ」 広瀬寿子作;すがわらけいこ絵 国土社 2020年10月

テッド
ティムのパパ 「ボス・ベイビー [2]」 佐藤結著 小学館(小学館ジュニア文庫) 2018年12月

哲平 てっぺい
中学2年生で野球部副キャプテン、鋭い球を武器にするエースピッチャーで熱い闘志を持つ少年 「ナイスキャッチ! 5」 横沢彰作;スカイエマ絵 新日本出版社 2019年1月

哲平 てっぺい
氷室跡の探検に行く春馬の幼なじみ 「氷室のなぞと秘密基地」 中谷詩子作;よこやまようへい絵 国土社 2020年7月

哲平 てつぺい
スランプに悩むが片岡先輩の作品に刺激を受け前向きに取り組む男子部員 「ナイスキャッチ! 4」 横沢彰作;スカイエマ絵 新日本出版社 2018年10月

デデデ社長 でででしゃちょう
デデデ工場の社長、飛行機乗りでカービィーのライバル 「星のカービィ 夢幻の歯車を探せ!」 高瀬美恵作;苅野タウ絵;ぽと絵 KADOKAWA(角川つばさ文庫) 2020年3月

デデデ大王 でででだいおう
自分勝手でわがままな自称プププランドの王様 「星のカービィ カービィカフェは大さわぎ!?の巻」 高瀬美恵作;苅野タウ絵;ぽと絵 KADOKAWA(角川つばさ文庫) 2020年12月

デデデ大王　でででだいおう
自分勝手でわがままな自称プププランドの王様 「星のカービィ スターアライズフレンズ大冒険!編」 高瀬美恵作;苅野タウ絵;ぽと絵 KADOKAWA(角川つばさ文庫) 2018年7月

デデデ大王　でででだいおう
自分勝手でわがままな自称プププランドの王様 「星のカービィ スターアライズ宇宙の大ピンチ!?編」 高瀬美恵作;苅野タウ絵;ぽと絵 KADOKAWA(角川つばさ文庫) 2018年8月

デデデ大王　でででだいおう
自分勝手でわがままな自称プププランドの王様 「星のカービィ 決戦!バトルデラックス!!」 高瀬美恵作;苅野タウ絵;ぽと絵 KADOKAWA(角川つばさ文庫) 2018年3月

デデデ大王　でででだいおう
自分勝手でわがままな自称プププランドの王様 「星のカービィ 虹の島々を救え!の巻」 高瀬美恵作;苅野タウ絵;ぽと絵 KADOKAWA(角川つばさ文庫) 2019年7月

デデデ大王　でででだいおう
自分勝手でわがままな自称プププランドの王様 「星のカービィ 毛糸の世界で大事件!」 高瀬美恵作;苅野タウ絵;ぽと絵 KADOKAWA(角川つばさ文庫) 2019年3月

デーヴァダッタ
ブッダと敵対する弟子で従兄弟、仏教の教えを揺るがそうとするブッダの対立者 「ブッダ：心の探究者」 小沢章友文;藤原カムイ絵 講談社(講談社火の鳥伝記文庫) 2020年3月

デビル
近所に住むブルドッグ、ブッチーの元飼い主に関する情報をルドルフに伝える頼れる友人 「ルドルフとノラねこブッチー：ルドルフとイッパイアッテナ 5―児童文学創作シリーズ」 斉藤洋作;杉浦範茂絵 講談社 2020年6月

デボンくん
ゲンちゃんの友達で原始時代の子ども 「ゲンちゃんはおサルじゃありません」 阿部夏丸作;高畠那生絵 講談社(どうわがいっぱい) 2018年5月

寺尾 昇　てらお・のぼる
ミカコの仲の良いクラスメートでメールを通じて彼女を思い続ける男子中学生 「小説ほしのこえ―新海誠ライブラリー」 新海誠原作;大場惑著 汐文社 2018年12月

寺田 虎　てらだ・とら
陸上部に入ってきた新1年生 「七転びダッシュ! 3」 村上しいこ作;木乃ひのき絵 講談社(講談社青い鳥文庫) 2019年5月

寺西 加代　てらにし・かよ
吹奏楽部でパーカッション担当のさくらの親友 「君のとなりで。3」 高杉六花作;穂坂きなみ絵 KADOKAWA(角川つばさ文庫) 2020年6月

寺西 加代　てらにし・かよ
吹奏楽部でパーカッション担当のさくらの親友 「君のとなりで。4」 高杉六花作;穂坂きなみ絵 KADOKAWA(角川つばさ文庫) 2020年12月

テリー
亡くなったはずだが時折姿を現し、ジェンとユイを見守る先住犬 「ジェンと星になったテリー」 草野あきこ作;永島壮矢絵 岩崎書店(おはなしトントン) 2020年2月

てるてるぼうず
家庭科室の仲間、仲間たちに新しい服を作ってもらえずさみしい思いをしているてるてる坊主「家庭科室の日曜日［2］」村上しいこ作;田中六大絵　講談社（わくわくライブラリー） 2019年11月

テレピン
ルソンバンにマジックへの熱意を取り戻させるきっかけとなった少年「ルソンバンの大奇術」牡丹靖佳著 福音館書店 2018年2月

テン
水色のレインコートを着た小さな男の子で「いろどり屋」の店主、色を作り出す「いろどり」の魔法使い「いろどり屋―十年屋と魔法街の住人たち；2」廣嶋玲子作;佐竹美保絵　静山社 2020年3月

テン
大人になっても友達でいたいと願い姿を消した友達のモンを探し続けるテントウムシ「モンをさがしに」いよくけいこさく;兒玉季世え　みらいパブリッシング 2020年5月

天狗じいさん　てんぐじいさん
るい子を守る不思議な存在の天狗「怪談研究クラブ［2］」笹原留似子作　金の星社 2020年9月

天狗じいさん　てんぐじいさん
るい子を守る不思議な存在の天狗「怪談研究クラブ」笹原留似子作絵　金の星社 2019年8月

テント
トガリィと一緒にトガリ山を登ることになった、飛び立つのが好きなテントウムシ「風の草原 新装版―トガリ山のぼうけん；1」いわむらかずお文・絵　理論社 2019年10月

テント
トガリィと共にトガリ山を目指して冒険するテントウムシ「あいつのすず 新装版―トガリ山のぼうけん；6」いわむらかずお文・絵　理論社 2019年10月

テント
トガリィと共にトガリ山を目指して冒険するテントウムシ「ウロロのひみつ 新装版―トガリ山のぼうけん；5」いわむらかずお文・絵　理論社 2019年10月

テント
トガリィと共にトガリ山を目指して冒険するテントウムシ「てっぺんの湖 新装版―トガリ山のぼうけん；8」いわむらかずお文・絵　理論社 2019年10月

テント
トガリィと共にトガリ山を目指して冒険するテントウムシ「ゆうだちの森 新装版―トガリ山のぼうけん；2」いわむらかずお文・絵　理論社 2019年10月

テント
トガリィと共にトガリ山を目指して冒険するテントウムシ「雲の上の村 新装版―トガリ山のぼうけん；7」いわむらかずお文・絵　理論社 2019年10月

テント
トガリィと共にトガリ山を目指して冒険するテントウムシ「空飛ぶウロロ 新装版―トガリ山のぼうけん；4」いわむらかずお文・絵　理論社 2019年10月

テント
トガリィと共にトガリ山を目指して冒険するテントウムシ 「月夜のキノコ 新装版―トガリ山のぼうけん ; 3」 いわむらかずお文・絵 理論社 2019年10月

てんとくん
背中のほしを落としてしまい探しに行くナナホシテントウ 「てんとくんのほしさがし」 いぶき彰吾作;北原志乃絵 文研出版(わくわくえどうわ) 2018年3月

天馬の父 てんまのちち
長らく姿を見せなかったが、ある時工場を訪ねてくる天馬の父親 「てのひらに未来」 工藤純子作;酒井以画 くもん出版(くもんの児童文学) 2020年2月

【と】

トイレさん
神さまやおばけと間違えられる、トイレにフワフワ浮かぶ不思議な存在 「きょうからトイレさん」 片平直樹作;たごもりのりこ絵 文研出版(わくわくえどうわ) 2019年6月

東海寺 迦楼羅 とうかいじ・かるら
自称・陰陽師 「陰陽師東海寺迦楼羅の事件簿 1」 石崎洋司著;亜沙美絵 講談社 2020年11月

東海林 風馬(ロボ) とうかいりん・ふうま(ろぼ)
運動が苦手だがロボットダンスをかっこよく踊りたい男の子 「ダンシング☆ハイ [5]―ガールズ」 工藤純子作;カスカベアキラ絵 ポプラ社(ポプラポケット文庫) 2018年1月

東海林 風馬(ロボ) とうかいりん・ふうま(ろぼ)
運動が苦手だが太極拳をしているカメラ好きな男の子 「ダンシング☆ハイ = DANCING HIGH 1 図書館版」 工藤純子作;カスカベアキラ絵 ポプラ社 2018年4月

東海林 風馬(ロボ) とうかいりん・ふうま(ろぼ)
運動が苦手だが太極拳をしているカメラ好きな男の子 「ダンシング☆ハイ = DANCING HIGH 2 図書館版」 工藤純子作;カスカベアキラ絵 ポプラ社 2018年4月

東海林 風馬(ロボ) とうかいりん・ふうま(ろぼ)
運動が苦手だが太極拳をしているカメラ好きな男の子 「ダンシング☆ハイ = DANCING HIGH 3 図書館版」 工藤純子作;カスカベアキラ絵 ポプラ社 2018年4月

東海林 風馬(ロボ) とうかいりん・ふうま(ろぼ)
運動が苦手だが太極拳をしているカメラ好きな男の子 「ダンシング☆ハイ = DANCING HIGH 4 図書館版」 工藤純子作;カスカベアキラ絵 ポプラ社 2018年4月

東海林 風馬(ロボ) とうかいりん・ふうま(ろぼ)
運動が苦手だが太極拳をしているカメラ好きな男の子 「ダンシング☆ハイ = DANCING HIGH 5 図書館版」 工藤純子作;カスカベアキラ絵 ポプラ社 2018年4月

桃花・ブロッサム(大形 桃) とうかぶろっさむ(おおがた・もも)
ギューピッドの後輩黒魔女 「6年1組黒魔女さんが通る!! 07」 石崎洋司作;亜沙美絵 講談社(講談社青い鳥文庫) 2019年1月

桃花・ブロッサム(大形 桃)　とうかぶろっさむ(おおがた・もも)
ギュービッドの後輩黒魔女 「6年1組黒魔女さんが通る!! 11」 石崎洋司作;亜沙美絵;藤田香キャラクター原案 講談社(講談社青い鳥文庫) 2020年6月

桃花・ブロッサム(大形 桃)　とうかぶろっさむ(おおがた・もも)
チョコの妹弟子 「黒魔女さんの小説教室:チョコといっしょに作家修行!:青い鳥文庫版」 石崎洋司作;藤田香作;青い鳥文庫編集部作 講談社(講談社青い鳥文庫) 2019年1月

桃花・ブロッサム(大形 桃)　とうかぶろっさむ(おおがた・もも)
黒魔女・ギュービッドの魔女学校での後輩 「6年1組黒魔女さんが通る!! 05」 石崎洋司作;藤田香絵;亜沙美絵 講談社(講談社青い鳥文庫) 2018年3月

桃花・ブロッサム(大形 桃)　とうかぶろっさむ(おおがた・もも)
黒魔女・ギュービッドの魔女学校での後輩 「6年1組黒魔女さんが通る!! 06」 石崎洋司作;亜沙美絵 講談社(講談社青い鳥文庫) 2018年10月

唐 賢良　とう・けんりょう
紅玉の父、飾り職人 「南河国物語 = Nangakoku story 暴走少女、国をすくう?の巻」 濱野京子作;Minoru絵 静山社 2019年10月

灯子　とうこ
炎魔を狩る「火狩り」に憧れを抱きながら成長する11歳の少女 「火狩りの王 1」 日向理恵子作;山田章博絵 ほるぷ出版 2018年12月

灯子　とうこ
自分をかばって命を落とした火狩りの形見を家族に届けるため首都へ向かう11歳の少女 「火狩りの王 2」 日向理恵子作;山田章博絵 ほるぷ出版 2019年5月

灯子　とうこ
自分をかばって命を落とした火狩りの形見を家族に届けるため首都へ向かう11歳の少女 「火狩りの王 3」 日向理恵子作;山田章博絵 ほるぷ出版 2019年11月

灯子　とうこ
自分をかばって命を落とした火狩りの形見を家族に届けるため首都へ向かう11歳の少女 「火狩りの王 4」 日向理恵子作;山田章博絵 ほるぷ出版 2020年9月

とうさん
レッツの父 「レッツがおつかい」 ひこ・田中さく;ヨシタケシンスケえ 講談社 2018年8月

とうさん
レッツの父 「レッツとネコさん」 ひこ・田中さく;ヨシタケシンスケえ 講談社 2018年6月

とうさん
レッツの父 「レッツのふみだい」 ひこ・田中さく;ヨシタケシンスケえ 講談社 2018年7月

とうさん
レッツの父親 「レッツはおなか」 ひこ・田中さく;ヨシタケシンスケえ 講談社 2020年4月

とうさん
民芸品収集が趣味でルーの宿る石像を持ち帰った一の父親 「精霊人、はじめました!」 宮下恵茉作;十々夜絵 PHP研究所(カラフルノベル) 2020年12月

父さん　とうさん
ショウゴの父、元プロ野球選手 「フルスイング!：おしごとのおはなしプロ野球選手―シリーズおしごとのおはなし」 くすのきしげのり作;下平けーすけ絵　講談社　2018年2月

父さん　とうさん
勇希の父、獣医 「おれんち、動物病院」 山口理作;岡本順絵　文研出版(文研じゅべにーる) 2019年4月

堂島先輩　どうじませんぱい
ケガから復帰し野球部のキャッチャーとして再び活躍を目指す男子部員 「ナイスキャッチ! 3」 横沢彰作;スカイエマ絵　新日本出版社　2018年7月

東條 昴　とうじょう・すばる
頼と雫の幼なじみで二人の夢と恋に複雑な想いを抱く少年 「映画『あのコの、トリコ。』」 白石ユキ原作;浅野妙子映画脚本;新倉なつき著　小学館(小学館ジュニア文庫) 2018年10月

桃仙翁(桃さん)　とうせんおう(ももさん)
漢方薬店「桃印」の店主、桃源郷で一番偉い大仙人 「怪奇漢方桃印 [3]」 廣嶋玲子作;田中相絵　講談社　2020年12月

父ちゃん　とうちゃん
アキヨシの父、大工の棟梁 「まかせて!母ちゃん!!」 くすのきしげのり作;小泉るみ子絵　文溪堂　2018年4月

父ちゃん　とうちゃん
めいとゆきの飼い主 「ゴキゲンめいちゃん森にくらす」 のりぼうさく;りかさく;さげさかのりこえ　コスモス・ライブラリー　2018年1月

トウトウ
ハッポンの冒険を見守る保護的な存在の兄 「ちびだこハッポンの海」 井上夕香作;松岡幸子さし絵　てらいんく　2019年11月

藤堂 佐一郎　とうどう・さいちろう
千里の祖父、白鳥神社の宮司 「シロガラス 5」 佐藤多佳子著　偕成社　2018年7月

藤堂 星司　とうどう・せいじ
千里のいとこ 「シロガラス 5」 佐藤多佳子著　偕成社　2018年7月

藤堂 千里　とうどう・せんり
白鳥神社の宮司の孫で古武術の天才少女、小学6年生 「シロガラス 5」 佐藤多佳子著　偕成社　2018年7月

東堂 ひびき　とうどう・ひびき
ふしぎな古書店「福神堂」店主の福の神・レイジさんの仮弟子になった読書好きな小学5年生 「ふしぎ古書店 7」 にかいどう青作;のぶたろ絵　講談社(講談社青い鳥文庫) 2018年1月

藤堂 真典　とうどう・まさのり
佐一郎の次男で星司の父 「シロガラス 5」 佐藤多佳子著　偕成社　2018年7月

藤堂 真行　とうどう・まさゆき
佐一郎の三男で白鳥神社の権禰宜 「シロガラス 5」 佐藤多佳子著　偕成社　2018年7月

冬馬　とうま
絵本を大事に持っているあおいの弟「おとうとのたからもの」小手鞠るい作;すずきみほ絵　岩崎書店　2020年10月

当間 七実　とうま・ななみ
俳句を密かに作っている小学生の女の子「俳句ステップ!―こころのつばさシリーズ」おおぎやなぎちか作;イシヤマアズサ絵　佼成出版社　2020年8月

堂本 大翔　どうもと・ひろと
咲良が一目惚れした走る姿が印象的な陸上部のリレー選手「疾風の女子マネ!」まはら三桃著　小学館　2018年6月

トゥーリ
マインの7歳の姉「本好きの下剋上 第1部[2]」香月美夜作;椎名優絵　TOブックス(TOジュニア文庫)　2019年10月

トゥーリ
マインの7歳の姉「本好きの下剋上 第1部[3]」香月美夜作;椎名優絵　TOブックス(TOジュニア文庫)　2020年4月

トゥーリ
マインの7歳の姉「本好きの下剋上 第1部[4]」香月美夜作;椎名優絵　TOブックス(TOジュニア文庫)　2020年6月

トゥーリ
マインの7歳の姉「本好きの下剋上 第1部[5]」香月美夜作;椎名優絵　TOブックス(TOジュニア文庫)　2020年10月

トゥーリ
マインの姉「本好きの下剋上 第1部[1]」香月美夜作;椎名優絵　TOブックス(TOジュニア文庫)　2019年7月

トゥーリ
ルーチカたちが旅の途中で出会う謎の少年「はりねずみのルーチカ：人魚の島」かんのゆうこ作;北見葉胡絵　講談社(わくわくライブラリー)　2019年7月

トゥーリ
過去に秘密を抱える旅人、フェリエの国の謎に関わる少年「はりねずみのルーチカ：トゥーリのひみつ」かんのゆうこ作;北見葉胡絵　講談社(わくわくライブラリー)　2020年3月

遠江 美和子　とおとうみ・みわこ
園芸部部長「部長会議はじまります」吉野万理子作　朝日学生新聞社　2019年2月

遠野 峻　とおの・しゅん
女子にモテるサッカー部所属のチャラ男子「キミと、いつか。[11]」宮下恵茉作;染川ゆかり絵　集英社(集英社みらい文庫)　2019年7月

遠野 貴樹　とおの・たかき
小学校で出会った明里との関係に思いを寄せ続ける高校生「小説秒速5センチメートル―新海誠ライブラリー」新海誠著　汐文社　2018年12月

遠松 エイジ　とおまつ・えいじ
「ピカちん大百科」という本を手に入れる普通の小学5年生の男の子 「ポチっと発明ピカちんキット：キミのピラメキで大発明!?」 加藤綾子文 KADOKAWA(角川つばさ文庫) 2018年7月

遠峰 奏　とおみね・かなた
元・天才ホルン奏者の14歳の少年 「奏のフォルテ」 黒川裕子著 講談社 2018年7月

遠矢　とおや
友人の頼みを断れず猫神さまの怒りを買ってしまう少年 「猫町ふしぎ事件簿：猫神さまはお怒りです」 廣嶋玲子作;森野きこり絵 童心社 2020年10月

遠矢 俊春　とおや・としはる
しゃべることを我慢できない性格の男の子 「ゆかいな床井くん」 戸森しるこ著 講談社 2018年12月

遠山 香里　とおやま・かおり
勉強もスポーツもなんでもできるしっかり者の中学1年生 「ベートーベンと名探偵!：タイムスリップ探偵団音楽の都ウィーンへ」 楠木誠一郎作;たはらひとえ絵 講談社(講談社青い鳥文庫) 2018年4月

遠山 香里　とおやま・かおり
勉強もスポーツもなんでもできるしっかり者の中学1年生 「マリー・アントワネットと名探偵!：タイムスリップ探偵団眠らない街パリへ」 楠木誠一郎作;たはらひとえ絵 講談社(講談社青い鳥文庫) 2018年9月

遠山 千秋　とおやま・ちあき
陸上部の副主将、中学2年生の女の子 「ユーチュー部!!：〈衝撃&笑劇〉ユーチューブ参考にして練習したらポンコツ陸上部が全員覚醒したwww」 山田明著 学研プラス(部活系空色ノベルズ) 2018年8月

遠山 千秋　とおやま・ちあき
陸上部の副主将、長距離専門の中学2年生 「ユーチュー部!! 駅伝編」 山田明著 学研プラス(部活系空色ノベルズ) 2019年4月

トオル
サトシと共にマネキンを学校に持ち込んだ好奇心旺盛な小学4年生の男の子 「マネキンさんがきた」 村中李衣作;武田美穂絵 BL出版 2018年4月

トオルさん
モンスター・ホテルで働く透明人間 「モンスター・ホテルでオリンピック」 柏葉幸子作;高畠純絵 小峰書店 2019年9月

とかげ
実は恐竜だがその事実を隠しとかげのふりをしているすみっコ 「映画すみっコぐらし とびだす絵本とひみつのコ ストーリーブック」 サンエックス監修;主婦と生活社編集 主婦と生活社 2019年11月

トガリィ
若き日の冒険を孫たちに語るトガリネズミのおじいさん 「あいつのすず 新装版―トガリ山のぼうけん；6」 いわむらかずお文・絵 理論社 2019年10月

トガリィ
若き日の冒険を孫たちに語るトガリネズミのおじいさん 「ウロロのひみつ 新装版―トガリ山のぼうけん ; 5」 いわむらかずお文・絵 理論社 2019年10月

トガリィ
若き日の冒険を孫たちに語るトガリネズミのおじいさん 「てっぺんの湖 新装版―トガリ山のぼうけん ; 8」 いわむらかずお文・絵 理論社 2019年10月

トガリィ
若き日の冒険を孫たちに語るトガリネズミのおじいさん 「ゆうだちの森 新装版―トガリ山のぼうけん ; 2」 いわむらかずお文・絵 理論社 2019年10月

トガリィ
若き日の冒険を孫たちに語るトガリネズミのおじいさん 「雲の上の村 新装版―トガリ山のぼうけん ; 7」 いわむらかずお文・絵 理論社 2019年10月

トガリィ
若き日の冒険を孫たちに語るトガリネズミのおじいさん 「空飛ぶウロロ 新装版―トガリ山のぼうけん ; 4」 いわむらかずお文・絵 理論社 2019年10月

トガリィ
若き日の冒険を孫たちに語るトガリネズミのおじいさん 「月夜のキノコ 新装版―トガリ山のぼうけん ; 3」 いわむらかずお文・絵 理論社 2019年10月

トガリィ
若き日の冒険を孫たちに語るトガリネズミのおじいさん 「風の草原 新装版―トガリ山のぼうけん ; 1」 いわむらかずお文・絵 理論社 2019年10月

トキオ
新聞部部長の小学5年生の男の子 「謎新聞ミライタイムズ = The Mirai Times 2」 佐東みどり著;フルカワマモる絵;SCRAP謎制作;「シャキーン!」制作スタッフ監修 ポプラ社 2018年4月

トキオ
新聞部部長の小学5年生の男の子 「謎新聞ミライタイムズ = The Mirai Times 3」 佐東みどり著;フルカワマモる絵;SCRAP謎制作;「シャキーン!」制作スタッフ監修 ポプラ社 2018年12月

トキオ
新聞部部長の小学5年生の男の子 「謎新聞ミライタイムズ = The Mirai Times 4」 佐東みどり著;フルカワマモる絵;SCRAP謎制作;「シャキーン!」制作スタッフ監修 ポプラ社 2019年7月

トキオ
新聞部部長の小学5年生の男の子 「謎新聞ミライタイムズ = The Mirai Times 5」 佐東みどり著;フルカワマモる絵;SCRAP謎制作;「シャキーン!」制作スタッフ監修 ポプラ社 2020年3月

時川 大悟　ときかわ・だいご
家族のフルーツジュースを一人で飲み干してしまいフルーツ探しの旅に出る少年 「トラブル旅行社(トラベル) : 砂漠のフルーツ狩りツアー」 廣嶋玲子文;コマツシンヤ絵 金の星社 2020年3月

斎世親王　ときよしんのう
道真の主君、道真が命をかけて守ろうとする若い君主 「菅原伝授手習鑑―ストーリーで楽しむ文楽・歌舞伎物語 ; 1」 金原瑞人著;佐竹美保絵 岩崎書店 2019年2月

常盤松 花和　ときわまつ・かな
茉子の同級生でおしゃれ番長 「おしゃれプロジェクト Step2」 MIKA POSA作;hatsuko絵 講談社(講談社青い鳥文庫) 2018年5月

常盤 蓮　ときわ・れん
彩菜に好意を寄せる男子生徒 「復讐教室 2」 山崎烏著 双葉社(双葉社ジュニア文庫) 2018年3月

徳川 家康　とくがわ・いえやす
サッカーバトルに参戦して力を見せる戦国武将 「戦国ストライカー! : 織田信長の超高速無回転シュート―歴史系スポーツノベルズ」 海藤つかさ著 学研プラス 2018年3月

徳川 家康　とくがわ・いえやす
江戸幕府を開く戦国武将 「桂太の桂馬 : ぼくらの戦国将棋バトル」 久麻當郎作;オズノユミ絵 集英社(集英社みらい文庫) 2020年2月

徳川 家康　とくがわ・いえやす
西軍モンキーズのキャッチャー 「戦国ベースボール [20]」 りょくち真太作;トリバタケハルノブ絵 集英社(集英社みらい文庫) 2020年11月

徳川 家康　とくがわ・いえやす
戦国時代に活躍した武将、少女と交流を持つ歴史上の人物 「結び蝶物語」 横山充男作;カタヒラシュンシ絵 あかね書房 2018年6月

徳川 家康　とくがわ・いえやす
地獄の野球チーム「桶狭間ファルコンズ」の6番キャッチャー 「戦国ベースボール [12]」 りょくち真太作;トリバタケハルノブ絵 集英社(集英社みらい文庫) 2018年3月

徳川 家康　とくがわ・いえやす
地獄の野球チーム「桶狭間ファルコンズ」の6番キャッチャー 「戦国ベースボール [13]」 りょくち真太作;トリバタケハルノブ絵 集英社(集英社みらい文庫) 2018年7月

徳川 家康　とくがわ・いえやす
地獄の野球チーム「桶狭間ファルコンズ」の8番キャッチー 「戦国ベースボール [15]」 りょくち真太作;トリバタケハルノブ絵 集英社(集英社みらい文庫) 2019年4月

徳川 家康　とくがわ・いえやす
地獄の野球チーム「桶狭間ファルコンズ」の8番ショート 「戦国ベースボール [19]」 りょくち真太作;トリバタケハルノブ絵 集英社(集英社みらい文庫) 2020年7月

徳川 家康　とくがわ・いえやす
地獄の野球チーム「桶狭間ファルコンズ」の代打で粘りの名人 「戦国ベースボール [14]」 りょくち真太作;トリバタケハルノブ絵 集英社(集英社みらい文庫) 2018年11月

徳川 家康　とくがわ・いえやす
有力な戦国武将 「本能寺の敵 : キリサク手裏剣」 加部鈴子作;田中寛崇画 くもん出版(くもんの児童文学) 2020年4月

徳川 光一　とくがわ・こういち
三ツ谷小学校6年生、テストは常に満点で今まで何十万冊もの本を読んできた天才少年 「世界一クラブ［10］」大空なつき作;明菜絵　KADOKAWA(角川つばさ文庫)　2020年11月

徳川 光一　とくがわ・こういち
三ツ谷小学校6年生、テストは常に満点で今まで何十万冊もの本を読んできた天才少年 「世界一クラブ［2］」大空なつき作;明菜絵　KADOKAWA(角川つばさ文庫)　2018年1月

徳川 光一　とくがわ・こういち
三ツ谷小学校6年生、テストは常に満点で今まで何十万冊もの本を読んできた天才少年 「世界一クラブ［3］」大空なつき作;明菜絵　KADOKAWA(角川つばさ文庫)　2018年5月

徳川 光一　とくがわ・こういち
三ツ谷小学校6年生、テストは常に満点で今まで何十万冊もの本を読んできた天才少年 「世界一クラブ［4］」大空なつき作;明菜絵　KADOKAWA(角川つばさ文庫)　2018年9月

徳川 光一　とくがわ・こういち
三ツ谷小学校6年生、テストは常に満点で今まで何十万冊もの本を読んできた天才少年 「世界一クラブ［5］」大空なつき作;明菜絵　KADOKAWA(角川つばさ文庫)　2019年1月

徳川 光一　とくがわ・こういち
三ツ谷小学校6年生、テストは常に満点で今まで何十万冊もの本を読んできた天才少年 「世界一クラブ［6］」大空なつき作;明菜絵　KADOKAWA(角川つばさ文庫)　2019年4月

徳川 光一　とくがわ・こういち
三ツ谷小学校6年生、テストは常に満点で今まで何十万冊もの本を読んできた天才少年 「世界一クラブ［7］」大空なつき作;明菜絵　KADOKAWA(角川つばさ文庫)　2019年9月

徳川 光一　とくがわ・こういち
三ツ谷小学校6年生、テストは常に満点で今まで何十万冊もの本を読んできた天才少年 「世界一クラブ［8］」大空なつき作;明菜絵　KADOKAWA(角川つばさ文庫)　2020年3月

徳川 光一　とくがわ・こういち
三ツ谷小学校6年生、テストは常に満点で今まで何十万冊もの本を読んできた天才少年 「世界一クラブ［9］」大空なつき作;明菜絵　KADOKAWA(角川つばさ文庫)　2020年7月

徳川 茂茂　とくがわ・しげしげ
江戸幕府の若き征夷大将軍 「銀魂：映画ノベライズみらい文庫版 2」空知英秋原作;福田雄一脚本;田中創小説　集英社(集英社みらい文庫)　2018年8月

徳川 慶喜　とくがわ・よしのぶ
栄一が仕えた江戸幕府最後の将軍 「渋沢栄一：日本資本主義の父―歴史人物ドラマ」小沢章友作;十々夜絵　講談社(講談社青い鳥文庫)　2020年11月

徳次郎　とくじろう
新しいものや便利なものを嫌い自分のルーティーンを崩さない頑固者 「徳治郎とボク」花形みつる著　理論社　2019年4月

ドクターL　どくたーえる
ミスターLの代わりに大会を取り仕切る世界一の大天才と呼ばれる謎の少年 「生き残りゲームラストサバイバル［11］」大久保開作;北野詠一絵　集英社(集英社みらい文庫)　2020年10月

ドクター・ピタゴラス
義務教育における数学の復権をうたうテロ組織「黒い三角定規」の主導者 「浜村渚の計算ノート 1」 青柳碧人作;桐野壱絵 講談社(講談社青い鳥文庫) 2019年9月

ドクター・ピタゴラス
義務教育における数学の復権をうたうテロ組織「黒い三角定規」の主導者 「浜村渚の計算ノート 2」 青柳碧人作;桐野壱絵 講談社(講談社青い鳥文庫) 2019年10月

徳永 仁志 とくなが・ひとし
正義のために働く新聞記者になることを夢見てクラスメートの堀江に学級新聞作りを提案する優等生 「新聞記者は、せいぎの味方?:おしごとのおはなし新聞記者―シリーズおしごとのおはなし」 みうらかれん作;宮尾和孝絵 講談社 2018年1月

ドクパン
理科室のガイコツ模型に宿ったお化け 「五年霊組こわいもの係 13」 床丸迷人作;浜弓場双絵 KADOKAWA(角川つばさ文庫) 2018年3月

時計 とけい
不満が爆発寸前の教室の一員、しょうかきと仲直りを模索する存在 「教室の日曜日 [2]」 村上しいこ作;田中六大絵 講談社(わくわくライブラリー) 2020年5月

トゲトゲトカゲ
小学校に逃げ込んだトカゲの姿をした幻獣 「トゲトゲトカゲをつかまえろ!」 赤羽じゅんこ作;筒井海砂絵 国土社 2019年11月

トゲピー
カスミが連れているはりたまポケモン 「ミュウツーの逆襲EVOLUTION」 首藤剛志脚本;水稀しま著;石原恒和監修 小学館(小学館ジュニア文庫) 2019年7月

床井 歴 とこい・れき
クラスの人気者の男の子 「ゆかいな床井くん」 戸森しるこ著 講談社 2018年12月

戸坂 勝真 とさか・しょうま
絶体絶命のピンチを何度も切り抜けてきた強運の持ち主の少年 「ギルティゲーム Last stage」 宮沢みゆき著;鈴羅木かりんイラスト 小学館(小学館ジュニア文庫) 2019年3月

登坂 優季 とさか・ゆうき
杏の同級生で学校一のイケメンといわれる中学2年生の少年 「あこがれの彼は生霊クン―生徒会(秘)レポート」 住滝良作;kaworu絵 講談社(講談社青い鳥文庫) 2020年5月

登坂 優季 とさか・ゆうき
杏の同級生で学校一のイケメンといわれる中学2年生の少年 「蜘蛛のお姫様はスマホ好き―生徒会マル秘レポート」 住滝良作;kaworu絵 講談社(講談社青い鳥文庫) 2020年11月

図書魔女ちゃん としょまじょちゃん
職員室の仲間たちに頼み事をする魔女 「職員室の日曜日 [2]」 村上しいこ作;田中六大絵 講談社(わくわくライブラリー) 2019年5月

戸田 かれん とだ・かれん
クラスで人気の子役タレントの女の子 「妖精のメロンパン」 斉藤栄美作;染谷みのる絵 金の星社 2018年4月

戸田 真央　とだ・まお
怜奈のクラスメイトで吹奏楽部のトロンボーン担当の女の子 「花里小吹奏楽部 1 図書館版」 夕貴そら作;和泉みお絵　ポプラ社　2019年4月

戸田 真央　とだ・まお
怜奈のクラスメイトで吹奏楽部のトロンボーン担当の女の子 「花里小吹奏楽部 2 図書館版」 夕貴そら作;和泉みお絵　ポプラ社　2019年4月

戸田 真央　とだ・まお
怜奈のクラスメイトで吹奏楽部のトロンボーン担当の女の子 「花里小吹奏楽部 3 図書館版」 夕貴そら作;和泉みお絵　ポプラ社　2019年4月

戸田 真央　とだ・まお
怜奈のクラスメイトで吹奏楽部のトロンボーン担当の女の子 「花里小吹奏楽部 4 図書館版」 夕貴そら作;和泉みお絵　ポプラ社　2019年4月

戸田 真央　とだ・まお
怜奈のクラスメイトで吹奏楽部のトロンボーン担当の女の子 「花里小吹奏楽部 5 図書館版」 夕貴そら作;和泉みお絵　ポプラ社　2019年4月

戸田 真央　とだ・まお
怜奈の親友、吹奏楽部でトロンボーン担当の女の子 「花里小吹奏楽部キミとボクの輪舞曲(ロンド)」 夕貴そら作;和泉みお絵　ポプラ社(ポプラポケット文庫)　2018年1月

トツ
建築会社社長の息子 「ぼくたちのだんご山会議」 おおぎやなぎちか作;佐藤真紀子絵　汐文社　2019年12月

戸塚 健太(トツ)　とつか・けんた(とつ)
建築会社社長の息子 「ぼくたちのだんご山会議」 おおぎやなぎちか作;佐藤真紀子絵　汐文社　2019年12月

ドッチ
アッチと一緒にフルーツポンチを作ろうとする小さなおばけ 「アッチとドッチのフルーツポンチ—小さなおばけ ; 41」 角野栄子さく;佐々木洋子え　ポプラ社(ポプラ社の新・小さな童話)　2019年8月

ドッチ王子　どっちおうじ
ドッチが作ったお城の王子に扮するドッチ 「アッチとドッチのフルーツポンチ—小さなおばけ ; 41」 角野栄子さく;佐々木洋子え　ポプラ社(ポプラ社の新・小さな童話)　2019年8月

トップス
ステゴサウルスの男の子 「ほねほねザウルス 19」 カバヤ食品株式会社原案・監修;ぐるーぷ・アンモナイツ作・絵　岩崎書店　2018年8月

トップス
ステゴサウルスの男の子 「ほねほねザウルス 20」 カバヤ食品株式会社原案・監修;ぐるーぷ・アンモナイツ作・絵　岩崎書店　2019年2月

トップス
ステゴサウルスの男の子 「ほねほねザウルス 21」 カバヤ食品株式会社原案・監修;ぐるーぷ・アンモナイツ作・絵　岩崎書店　2019年7月

トップス
ステゴサウルスの男の子 「ほねほねザウルス 22」 カバヤ食品株式会社原案・監修;ぐるーぷ・アンモナイツ作・絵 岩崎書店 2020年1月

トップス
ステゴサウルスの男の子 「ほねほねザウルス 23」 カバヤ食品株式会社原案・監修;ぐるーぷ・アンモナイツ作・絵 岩崎書店 2020年8月

トト
お母さんのしっぽに鼻でつかまりながら歩く甘えん坊で弱虫の子ゾウ 「よわむしトトといのちの石 : どうぶつのかぞくアフリカゾウーシリーズどうぶつのかぞく」 如月かずさ作;田中六大絵 講談社 2019年1月

トト
やぎやま小学校のやぎこ先生のクラスの1年生 「やぎこ先生いちねんせい—福音館創作童話シリーズ」 ななもりさちこ文;大島妙子絵 福音館書店 2019年1月

トドマツ
「秘宝の地図」を手にエジプトに向かい仲間と共にダヨンクスの謎に挑む考古学者 「小説おそ松さん : 6つ子とエジプトとセミ」 赤塚不二夫原作;都築奈央著;おそ松さん製作委員会監修 小学館(小学館ジュニア文庫) 2018年2月

轟 恭平 とどろき・きょうへい
夕陽の丘小学校5年3組チーム「トリプル・ゼロ」の一人でヒーローオタク 「トリプル・ゼロの算数事件簿 ファイル7」 向井湘吾作;イケダケイスケ絵 ポプラ社(ポプラポケット文庫) 2018年5月

轟 恭平 とどろき・きょうへい
夕陽の丘小学校5年3組チーム「トリプル・ゼロ」の一人でヒーローオタク 「トリプル★ゼロの算数事件簿 ファイル1 図書館版」 向井湘吾作;イケダケイスケ絵 ポプラ社 2019年4月

轟 恭平 とどろき・きょうへい
夕陽の丘小学校5年3組チーム「トリプル・ゼロ」の一人でヒーローオタク 「トリプル★ゼロの算数事件簿 ファイル2 図書館版」 向井湘吾作;イケダケイスケ絵 ポプラ社 2019年4月

轟 恭平 とどろき・きょうへい
夕陽の丘小学校5年3組チーム「トリプル・ゼロ」の一人でヒーローオタク 「トリプル★ゼロの算数事件簿 ファイル3 図書館版」 向井湘吾作;イケダケイスケ絵 ポプラ社 2019年4月

轟 恭平 とどろき・きょうへい
夕陽の丘小学校5年3組チーム「トリプル・ゼロ」の一人でヒーローオタク 「トリプル★ゼロの算数事件簿 ファイル4 図書館版」 向井湘吾作;イケダケイスケ絵 ポプラ社 2019年4月

轟 恭平 とどろき・きょうへい
夕陽の丘小学校5年3組チーム「トリプル・ゼロ」の一人でヒーローオタク 「トリプル★ゼロの算数事件簿 ファイル5 図書館版」 向井湘吾作;イケダケイスケ絵 ポプラ社 2019年4月

轟 恭平 とどろき・きょうへい
夕陽の丘小学校5年3組チーム「トリプル・ゼロ」の一人でヒーローオタク 「トリプル★ゼロの算数事件簿 ファイル6 図書館版」 向井湘吾作;イケダケイスケ絵 ポプラ社 2019年4月

轟 恭平　とどろき・きょうへい
夕陽の丘小学校5年3組チーム「トリプル・ゼロ」の一人でヒーローオタク 「トリプル★ゼロの算数事件簿 ファイル7 図書館版」 向井湘吾作;イケダケイスケ絵 ポプラ社 2019年4月

等々力 陽奈　とどろき・はるな
江戸時代にタイムスリップした小学6年生の女の子 「お江戸怪談時間旅行」 楠木誠一郎作;亜沙美絵 静山社 2018年9月

ドナルドツム
くしゃみで増えて張り切るとビッグツムになる小さなツムたちの一人 「ディズニーツムツムの大冒険 [2]」 橋口いくよ著;ウォルト・ディズニー・ジャパン株式会社監修 小学館(小学館ジュニア文庫) 2018年2月

ドナルドツム
少し怒りっぽいミッキーの友達 「ディズニーツムツム : 仲間をさがして大冒険!」 うえくらえり作;じくの絵 KADOKAWA(角川つばさ文庫) 2018年11月

ドナルドツム
少し怒りっぽいミッキーの友達 「ディズニーツムツム [2]」 うえくらえり作;じくの絵 KADOKAWA(角川つばさ文庫) 2019年10月

トニートニー・チョッパー
何でも治せる医者になるのが目標の心優しきトナカイ 「劇場版ONE PIECE STAMPEDE : ノベライズみらい文庫版」 尾田栄一郎原作・監修・カバーイラスト;冨岡淳広脚本;大塚隆史脚本;志田もちたろう著 集英社(集英社みらい文庫) 2019年8月

土橋 雫　どばし・しずく
内気ななぎさの同級生 「きみの声をとどけたい」 石川学作;青木俊直絵 ポプラ社(ポプラポケット文庫) 2018年8月

トパーズ
ジャレットの遠い親戚、心優しいハーブ魔女で薬づくりの天才 「ハーブ魔女とふしぎなかぎ―魔法の庭ものがたり ; 22」 あんびるやすこ作・絵 ポプラ社(ポプラ物語館) 2018年7月

トパーズ
ジャレットの遠い親戚のハーブ魔女、心優しい薬づくりの天才 「ジャレットと魔法のコイン―魔法の庭ものがたり ; 24」 あんびるやすこ作・絵 ポプラ社(ポプラ物語館) 2020年12月

トパーズ
ジャレットの遠い親戚のハーブ魔女、不思議なハチミツを遺し亡くなった心優しい存在 「100年ハチミツのあべこべ魔法―魔法の庭ものがたり ; 23」 あんびるやすこ作・絵 ポプラ社(ポプラ物語館) 2019年7月

斗羽 風汰　とば・ふうた
職場体験で保育園を選んだ少し投げやりな中学2年生の男子 「天使のにもつ」 いとうみく著;丹下京子絵 童心社 2019年2月

富美(あてねちゃん)　とみ(あてねちゃん)
岬の次姉、自由奔放だが頼れる高校1年生 「魔女ラグになれた夏」 蓼内明子著 PHP研究所(わたしたちの本棚) 2020年3月

富岡 多恵子　とみおか・たえこ
灯油の買い方を教えてくれるママの高校時代の友達 「ジャンプして、雪をつかめ!」 おおぎやなぎちか作;くまおり純絵 新日本出版社 2020年11月

富沢 朱音　とみざわ・あかね
母親の介護や妹の世話を一手に引き受ける「ヤングケアラー」の少女 「ウィズ・ユー = with you」 濱野京子作;中田いくみ装画・挿画 くもん出版(くもんの児童文学) 2020年11月

富田 春矢　とみた・はるや
いっちょかみスクールの塾生の少年 「探検!いっちょかみスクール 魔法使いになるには編」 宗田理作 静山社 2020年11月

ドミニク
アイラの世話係の見習い修道女 「ウパーラは眠る」 小森香折作;三村晴子絵 BL出版 2018年11月

登夢　とむ
おじさんと共にカレーのキッチンカーを手伝う少年 「イーブン」 村上しいこ作 小学館 2020年6月

トム(グランパ)
拓海の家の隣でヒツジファームを経営する男性 「ハロー、マイフレンズ」 大矢純子作;みしまゆかり絵 朝日学生新聞社 2019年11月

トモ
小学5年生、突然消えた母を探しながらキャラバンを引き不思議な世界で冒険する少年 「ぼくと母さんのキャラバン」 柏葉幸子著;泉雅史絵 講談社(講談社文学の扉) 2020年4月

トモ
小学6年生、サッカーチームで活躍しながら裁縫を愛する少年 「ライラックのワンピース」 小川雅子作;めばち絵 ポプラ社(teens' best selections) 2020年10月

朋　とも
母の理想の新しい家に引っ越した小学5年生の好奇心旺盛な女の子 「もうひとつの曲がり角」 岩瀬成子著 講談社 2019年9月

朋香　ともか
沙弥のクラスメートの女の子 「リマ・トゥジュ・リマ・トゥジュ・トゥジュ」 こまつあやこ著 講談社 2018年6月

ともくん
みけねえちゃんと暮らす少年 「みけねえちゃんにいうてみな ともだちのひみつ―みけねえちゃんにいうてみな ; 3」 村上しいこ作;くまくら珠美絵 理論社 2020年12月

ともくん
最近変わった友達の様子に困り、みけねえちゃんに相談する少年 「みけねえちゃんにいうてみな モフモフさいこう!―みけねえちゃんにいうてみな ; 2」 村上しいこ作;くまくら珠美絵 理論社 2019年12月

ともこ
ミルキーの娘 「あいことばは名探偵」 杉山亮作;中川大輔絵 偕成社 2018年8月

友永 ひかり　ともなが・ひかり

JETSの顧問、わかばの憧れの人 「チア☆ダンROCKETS 1」 映画「チア☆ダン」製作委員会原作;後藤法子ドラマ脚本;徳尾浩司ドラマ脚本;みうらかれん文;榊アヤミ絵 KADOKAWA(角川つばさ文庫) 2018年8月

トモ兄　ともにい

大志の20歳のいとこ 「昨日のぼくのパーツ」 吉野万理子著 講談社 2018年12月

トモモ

ネココと同じくおしゃべりができるおっとり優しい性格の猫 「ネコ・トモ：大切な家族になったネコ」 中村誠作;桃雪琴梨絵 KADOKAWA(角川つばさ文庫) 2018年11月

トモヤ

学校で意地悪されて嫌な気分になるがラムネ屋の魔女に出会う男の子 「魔女のいじわるラムネ」 草野あきこ作;ひがしちから絵 PHP研究所(とっておきのどうわ) 2019年10月

豊臣 秀吉　とよとみ・ひでよし

サッカーの試合でタケルと共に奮闘する戦国武将 「戦国ストライカー!：織田信長の超高速無回転シュート―歴史系スポーツノベルズ」 海藤つかさ著 学研プラス 2018年3月

豊臣 秀吉　とよとみ・ひでよし

地獄の野球チーム「桶狭間ファルコンズ」の1番ライト 「戦国ベースボール [12]」 りょくち真太作;トリバタケハルノブ絵 集英社(集英社みらい文庫) 2018年3月

豊臣 秀吉　とよとみ・ひでよし

地獄の野球チーム「桶狭間ファルコンズ」の1番ライト 「戦国ベースボール [13]」 りょくち真太作;トリバタケハルノブ絵 集英社(集英社みらい文庫) 2018年7月

豊臣 秀吉　とよとみ・ひでよし

地獄の野球チーム「桶狭間ファルコンズ」の1番ライト 「戦国ベースボール [14]」 りょくち真太作;トリバタケハルノブ絵 集英社(集英社みらい文庫) 2018年11月

豊臣 秀吉　とよとみ・ひでよし

地獄の野球チーム「桶狭間ファルコンズ」の1番ライト 「戦国ベースボール [15]」 りょくち真太作;トリバタケハルノブ絵 集英社(集英社みらい文庫) 2019年4月

豊臣 秀吉　とよとみ・ひでよし

地獄の野球チーム「桶狭間ファルコンズ」の1番ライト 「戦国ベースボール [17]」 りょくち真太作;トリバタケハルノブ絵 集英社(集英社みらい文庫) 2019年11月

豊臣 秀吉　とよとみ・ひでよし

地獄の野球チーム「桶狭間ファルコンズ」の1番ライト 「戦国ベースボール [19]」 りょくち真太作;トリバタケハルノブ絵 集英社(集英社みらい文庫) 2020年7月

豊臣 秀吉　とよとみ・ひでよし

地獄の野球チーム「桶狭間ファルコンズ」の2番ライト 「戦国ベースボール [16]」 りょくち真太作;トリバタケハルノブ絵 集英社(集英社みらい文庫) 2019年7月

豊臣 秀吉　とよとみ・ひでよし

天下を治める大坂城の主 「大坂城のシロ」 あんずゆき著;中川学絵 くもん出版 2020年12月

トラ
おなら大会に登場する動物、おならの音は出ないがにおいが強烈なトラ「まよなかのおならたいかい 新装改訂版」 中村翔子作;荒井良二絵 PHP研究所(とっておきのどうわ) 2018年10月

トラ
しりとりの術を使うミコトバヅカイ「いみちぇん! 11」 あさばみゆき作;市井あさ絵 KADOKAWA(角川つばさ文庫) 2018年3月

トラ
しりとりの術を使うミコトバヅカイ「いみちぇん! 15」 あさばみゆき作;市井あさ絵 KADOKAWA(角川つばさ文庫) 2019年7月

トラ
しりとりの術を使うミコトバヅカイ「いみちぇん! 16」 あさばみゆき作;市井あさ絵 KADOKAWA(角川つばさ文庫) 2019年12月

トラ
しりとりの術を使うミコトバヅカイ「いみちぇん! 17」 あさばみゆき作;市井あさ絵 KADOKAWA(角川つばさ文庫) 2020年3月

トラ
しりとりの術を使うミコトバヅカイ「いみちぇん! 18」 あさばみゆき作;市井あさ絵 KADOKAWA(角川つばさ文庫) 2020年4月

トラ
しりとりの術を使うミコトバヅカイ「いみちぇん! 19」 あさばみゆき作;市井あさ絵 KADOKAWA(角川つばさ文庫) 2020年9月

ドラえもん
のび太を幸せにする使命を担う未来からやってきた頼れる猫型ロボット「小説STAND BY MEドラえもん」 藤子・F・不二雄原作;山崎貴著 小学館(小学館ジュニア文庫) 2020年11月

ドラえもん
のび太を支える未来から来た猫型ロボット「小説STAND BY MEドラえもん2」 藤子・F・不二雄原作;山崎貴著 小学館(小学館ジュニア文庫) 2020年11月

ドラえもん
ひみつ道具でのび太たちをサポートする頼れる未来のロボット「小説映画ドラえもんのび太の月面探査記」 藤子・F・不二雄原作;辻村深月著 小学館(小学館ジュニア文庫) 2019年2月

ドラえもん
ひみつ道具でのび太たちをサポートする頼れる未来のロボット「小説映画ドラえもんのび太の宝島」 藤子・F・不二雄原作;川村元気脚本;涌井学著 小学館(小学館ジュニア文庫) 2018年2月

ドラえもん
道具を使って恐竜の冒険をサポートするのび太の頼れる未来のロボット「小説映画ドラえもんのび太の新恐竜」 藤子・F・不二雄原作;川村元気脚本;涌井学著 小学館(小学館ジュニア文庫) 2020年2月

寅吉　とらきち
新潟湊の廻船問屋の息子 「湊町の寅吉」 藤村沙希作;Minoru絵 学研プラス(ティーンズ文学館) 2019年12月

ドラキュラ
特別授業のためおばけやしきにいる世界で有名な「スーパーゴースト」の一人 「おばけのおばけやしき―おばけのポーちゃん ; 8」 吉田純子作;つじむらあゆこ絵 あかね書房 2018年11月

ドラキュラ19世　どらきゅらじゅうきゅうせい
モンスターバトルに出る吸血鬼 「はくねつ!モンスターバトル : きゅうけつきVSカッパ 雪男VS宇宙ロボット」 小栗かずまたさく・え 学研プラス 2020年7月

ドラキュラだんしゃく
奥さんへのプレゼントを探す吸血鬼 「モンスター・ホテルでプレゼント」 柏葉幸子作;高畠純絵 小峰書店 2018年3月

ドラねこまじん
魔法のボタンから現れる猫の魔人 「ドラねこまじんのボタン―ミッチの道ばたコレクション」 如月かずさ作;コマツシンヤ絵 偕成社 2020年11月

虎山 真吾　とらやま・しんご
夕陽の丘小学校6年1組でカリスマ児童会長 「トリプル・ゼロの算数事件簿 ファイル7」 向井湘吾作;イケダケイスケ絵 ポプラ社(ポプラポケット文庫) 2018年5月

虎山 真吾　とらやま・しんご
夕陽の丘小学校6年1組でカリスマ児童会長 「トリプル★ゼロの算数事件簿 ファイル2 図書館版」 向井湘吾作;イケダケイスケ絵 ポプラ社 2019年4月

虎山 真吾　とらやま・しんご
夕陽の丘小学校6年1組でカリスマ児童会長 「トリプル★ゼロの算数事件簿 ファイル3 図書館版」 向井湘吾作;イケダケイスケ絵 ポプラ社 2019年4月

虎山 真吾　とらやま・しんご
夕陽の丘小学校6年1組でカリスマ児童会長 「トリプル★ゼロの算数事件簿 ファイル4 図書館版」 向井湘吾作;イケダケイスケ絵 ポプラ社 2019年4月

虎山 真吾　とらやま・しんご
夕陽の丘小学校6年1組でカリスマ児童会長 「トリプル★ゼロの算数事件簿 ファイル5 図書館版」 向井湘吾作;イケダケイスケ絵 ポプラ社 2019年4月

虎山 真吾　とらやま・しんご
夕陽の丘小学校6年1組でカリスマ児童会長 「トリプル★ゼロの算数事件簿 ファイル6 図書館版」 向井湘吾作;イケダケイスケ絵 ポプラ社 2019年4月

虎山 真吾　とらやま・しんご
夕陽の丘小学校6年1組でカリスマ児童会長 「トリプル★ゼロの算数事件簿 ファイル7 図書館版」 向井湘吾作;イケダケイスケ絵 ポプラ社 2019年4月

ドララ
ドラキュラの孫娘、アッチの料理を「おいしくない」と評してケンカになる友人 「おばけのアッチとコロッケとうさん―小さなおばけ ; 43」 角野栄子さく;佐々木洋子え ポプラ社(ポプラ社の新・小さな童話) 2020年11月

ドララ王女　どららおうじょ
ドッチが作ったお城の王女に扮するドララちゃん 「アッチとドッチのフルーツポンチ―小さなおばけ；41」 角野栄子さく;佐々木洋子え ポプラ社(ポプラ社の新・小さな童話) 2019年8月

ドララちゃん
ドラキュラの孫娘 「おばけのアッチ スパゲッティ・ノックダウン!―小さなおばけ；40」 角野栄子さく;佐々木洋子え ポプラ社(ポプラ社の新・小さな童話) 2019年1月

ドララちゃん
ドラキュラの孫娘 「おばけのアッチおもっちでおめでとう―小さなおばけ；42」 角野栄子さく;佐々木洋子え ポプラ社(ポプラ社の新・小さな童話) 2019年12月

鳥居 奏音　とりい・ことね
コミュニケーション能力が高く好奇心が強い小学6年生の女の子 「幽霊探偵ハル[4]」 田部智子作;木乃ひのき絵 KADOKAWA(角川つばさ文庫) 2019年6月

鳥飼さん　とりかいさん
オフィス「がけっぷち」の静香のマネージャー 「スターになったらふりむいて：ファーストキスはだれとする?」 みずのまい作;乙女坂心絵 集英社(集英社みらい文庫) 2019年10月

鳥越 ネム　とりごえ・ねむ
内気でクラスメートとの挨拶さえ緊張してしまうが「リリマジ」のDVDを見ることが楽しみな女の子 「声優さんっていいな：おしごとのおはなし声優―シリーズおしごとのおはなし」 如月かずさ作;サトウユカ絵 講談社 2018年2月

トリシア
動物と心を交わせるお医者さんの女の子 「魔法医トリシアの冒険カルテ 5」 南房秀久著;小笠原智史絵 学研プラス 2018年3月

トリシア
動物と心を交わせるお医者さんの女の子 「魔法医トリシアの冒険カルテ 6」 南房秀久著;小笠原智史絵 学研プラス 2018年10月

とりのからあげ
お花見弁当で盛り上がりを見せる活気のあるとりのからあげ 「花見べんとう」 二宮由紀子作;あおきひろえ絵 文研出版(わくわくえどうわ) 2018年2月

トリン
ニンジンが苦手でチョコレートプリンが大好きなウサギ 「ウサギのトリン：きゅうしょく、おかわりできるかな」 高畠じゅん子作;小林ゆき子絵 小峰書店(おはなしだいすき) 2019年12月

トレジャ
青くて四角でうたうものを探しに来た海賊、大食いで乱暴者 「ぼくんちの海賊トレジャ」 柏葉幸子作;野見山響子絵 偕成社 2019年7月

ドロッチェ
おいしいカフェの店長、裏の顔は大盗賊 「星のカービィ 夢幻の歯車を探せ!」 高瀬美恵作;苅野タウ絵;ぽと絵 KADOKAWA(角川つばさ文庫) 2020年3月

泥沼 ケイジ　どろぬま・けいじ
街の噂を取材して自分のニュースサイト「ドロヌマ・チャンネル」で配信している中学生 「怪盗ネコマスク［2］」 近江屋一朗作;ナカユウ絵　集英社（集英社みらい文庫） 2019年9月

トロン
銀河を旅する自称さすらいの発明王 「星のカービィ 決戦!バトルデラックス!!」 高瀬美恵作;苅野タウ絵;ぽと絵　KADOKAWA（角川つばさ文庫） 2018年3月

トワ
バーベナ村に住む10歳の見習い魔女 「たまごの魔法屋トワ = Magical eggs and Towa 2―たまごの魔法屋トワ ; 2」 宮下恵茉作;星谷ゆき絵　文響社 2020年7月

トワ
バーベナ村に住む10歳の見習い魔女 「たまごの魔法屋トワ = Magical eggs and Towa―たまごの魔法屋トワ ; 1」 宮下恵茉作;星谷ゆき絵　文響社 2020年4月

トワ
言葉を話すミミズクで大悟の旅のナビゲーター 「トラブル旅行社(トラベル) : 砂漠のフルーツ狩りツアー」 廣嶋玲子文;コマツシンヤ絵　金の星社 2020年3月

音羽　とわ
亜沙見の親友で彼女を支えようと全身で尽力する女の子 「トリガー」 いとうみく著 ポプラ社（teens' best selections） 2018年12月

とんかつ
とんかつのはじっこのすみっコ 「映画すみっコぐらし とびだす絵本とひみつのコ ストーリーブック」 サンエックス監修;主婦と生活社編集　主婦と生活社 2019年11月

とんかつ
とんかつのはじっこのすみっコ 「映画すみっコぐらしとびだす絵本とひみつのコ」 サンエックス原作;角田貴志脚本;芳野詩子文　KADOKAWA（角川つばさ文庫） 2019年10月

トンタ
祖母と一緒にニギヤカマチへ出かける子ブタ 「おばあちゃんのわすれもの」 森山京作;100%ORANGE絵　のら書店 2018年11月

ドンドコ
心をつなぐ指輪「サルハシ」を貸してくれるテナガザル 「とどけ、サルハシ!」 葦原かも作;石川えりこ絵　小峰書店 2020年9月

トントン
山のふもとに住む元気いっぱいのくまの子 「山のトントン」 やえがしなおこ作;松成真理子絵　講談社（どうわがいっぱい） 2020年9月

トン・ワトン
ホースの助手を名乗る男 「おしりたんてい あやうしたんていじむしょ―おしりたんていシリーズ. おしりたんていファイル ; 6」 トロルさく・え　ポプラ社 2018年3月

【な】

内藤 内人　ないとう・ないと
ゲーム作りに挑戦し街を舞台にした「スパイシティ」を企画する中学生 「都会(まち)のトム&ソーヤ 16」 はやみねかおる著 講談社(YA!ENTERTAINMENT) 2019年2月

内藤 内人　ないとう・ないと
塾通いに追われる中学2年生、謎めいた「魔女のゲーム」に関わる危険を警告される少年 「都会(まち)のトム&ソーヤ 外伝16.5」 はやみねかおる著 講談社(YA!ENTERTAINMENT) 2020年3月

内藤 内人　ないとう・ないと
頭脳明晰な同級生・創也と「夢幻」というゲームを作った中学生 「都会(まち)のトム&ソーヤ 15」 はやみねかおる著 講談社(YA!ENTERTAINMENT) 2018年3月

内藤 内人　ないとう・ないと
令夢の幼なじみで平凡代表のように見えて実は無敵のサバイバー 「令夢の世界はスリップする = REMU'S WORLD SLIPS : 赤い夢へようこそ : 前奏曲」 はやみねかおる著 講談社 2020年7月

直江 桂太　なおえ・けいた
プロ棋士を目指し挑戦を続ける小学6年生の将棋好きな少年 「桂太の桂馬 : ぼくらの戦国将棋バトル」 久麻當郎作;オズノユミ絵 集英社(集英社みらい文庫) 2020年2月

直江 桂太　なおえ・けいた
プロ棋士を目指し挑戦を続ける小学6年生の将棋好きな少年 「桂太の桂馬 [2]」 久麻當郎作;オズノユミ絵 集英社(集英社みらい文庫) 2020年9月

直江 剛(つよぽん)　なおえ・つよし(つよぽん)
オタクで超マイペースな秀才の男子高生 「虹色デイズ : 映画ノベライズみらい文庫版」 水野美波原作;根津理香脚本;飯塚健脚本;はのまきみ著 集英社(集英社みらい文庫) 2018年6月

直樹　なおき
1年生の時に野球部を辞めたヌクの同級生 「打順未定、ポジションは駄菓子屋前」 はやみねかおる作;ひのた絵 講談社(講談社青い鳥文庫) 2018年6月

直登　なおと
夏期講習に越を誘う埼玉時代の親友 「ずっと見つめていた」 森島いずみ作;しらこ絵 偕成社 2020年3月

直毘 モモ　なおび・もも
書道が趣味の地味系ガール、ミコトバヅカイのご当主さま 「いみちぇん! 17」 あさばみゆき作;市井あさ絵 KADOKAWA(角川つばさ文庫) 2020年3月

直毘 モモ　なおび・もも
書道が趣味の地味系ガール、ミコトバヅカイのご当主さま 「いみちぇん! 18」 あさばみゆき作;市井あさ絵 KADOKAWA(角川つばさ文庫) 2020年4月

直毘 モモ　なおび・もも
書道が趣味の地味系ガール、ミコトバヅカイのご当主さま 「いみちぇん! 19」 あさばみゆき作;市井あさ絵 KADOKAWA(角川つばさ文庫) 2020年9月

直毘 モモ　なおび・もも
書道が趣味の地味系ガール、ミコトバヅカイのご当主様 「いみちぇん! 11」 あさばみゆき作;市井あさ絵 KADOKAWA(角川つばさ文庫) 2018年3月

直毘 モモ　なおび・もも
書道が趣味の地味系ガール、ミコトバヅカイのご当主様 「いみちぇん! 12」 あさばみゆき作;市井あさ絵 KADOKAWA(角川つばさ文庫) 2018年7月

直毘 モモ　なおび・もも
書道が趣味の地味系ガール、ミコトバヅカイのご当主様 「いみちぇん! 13」 あさばみゆき作;市井あさ絵 KADOKAWA(角川つばさ文庫) 2018年12月

直毘 モモ　なおび・もも
書道が趣味の地味系ガール、ミコトバヅカイのご当主様 「いみちぇん! 14」 あさばみゆき作;市井あさ絵 KADOKAWA(角川つばさ文庫) 2019年3月

直毘 モモ　なおび・もも
書道が趣味の地味系ガール、ミコトバヅカイのご当主様 「いみちぇん! 15」 あさばみゆき作;市井あさ絵 KADOKAWA(角川つばさ文庫) 2019年7月

直毘 モモ　なおび・もも
書道が趣味の地味系ガール、ミコトバヅカイのご当主様 「いみちぇん! 16」 あさばみゆき作;市井あさ絵 KADOKAWA(角川つばさ文庫) 2019年12月

直毘 モモ　なおび・もも
書道が趣味の地味系ガール、ミコトバヅカイのご当主様 「いみちぇん!×1%：1日かぎりの最強コンビ」 あさばみゆき作;このはなさくら作;市井あさ絵;高上優里子絵 KADOKAWA(角川つばさ文庫) 2018年6月

ナオミ・コーエン
マサチューセッツ州生まれでガーデニングとバードウォッチングが趣味の女性 「ある晴れた夏の朝」 小手鞠るい著 偕成社 2018年8月

永井 智幸　ながい・ともゆき
純の小学生時代からの友達 「ネッシーはいることにする」 長薗安浩著 ゴブリン書房 2019年8月

仲井 寛果　なかい・ひろか
大阪に住む小学5年生 「パンプキン!：模擬原爆の夏」 令丈ヒロ子作;宮尾和孝絵 講談社(講談社青い鳥文庫) 2019年6月

永井 令央　ながい・れお
図書館で天井を見上げて座っていたことがきっかけで達輝と関わりを持つサッカーが得意な少年 「夏休みに、ぼくが図書館で見つけたもの」 濱野京子作;森川泉絵 あかね書房(スプラッシュ・ストーリーズ) 2019年11月

中尾 隼人　なかお・はやと
新宿幕張高校の演劇部元部長、優芽が憧れていた演劇部の舞台に立つ高校生 「恋とポテトと夏休み = Love & Potato & Summer vacation―Eバーガー；1」 神戸遥真著 講談社 2020年4月

中尾 隼人　なかお・はやと
新宿幕張高校の演劇部元部長で優芽の憧れの存在、優芽を支えていたがある日その笑顔が別の人物に向けられた 「恋とポテトと文化祭 = Love & Potato & School Festival—Eバーガー ; 2」 神戸遥真著　講談社　2020年5月

中尾 隼人　なかお・はやと
優芽がアルバイトを始めるきっかけを作った人物、モテるが優芽には本気で接している大学生 「恋とポテトとクリスマス = Love & Potato & Christmas—Eバーガー ; 3」 神戸遥真著　講談社　2020年8月

中垣内 るり　なかがいち・るり
友達思いのツンデレラ 「1% 11」 このはなさくら作;高上優里子絵　KADOKAWA(角川つばさ文庫)　2018年12月

中垣内 るり　なかがいち・るり
友達思いのツンデレラ 「1% 16」 このはなさくら作;高上優里子絵　KADOKAWA(角川つばさ文庫)　2020年8月

中川 冴子　なかがわ・さえこ
白血病と闘うN高校3年生で英治の同級生 「ぼくらの卒業旅行(グランド・ツアー)—「ぼくら」シリーズ ; 25」 宗田理作　ポプラ社　2018年7月

長靴をはいた猫　ながぐつをはいたねこ
「野良猫探偵事務所」の探偵 「華麗なる探偵アリス&ペンギン [14]」 南房秀久著;あるやイラスト　小学館(小学館ジュニア文庫)　2020年2月

中沢 希都　なかざわ・きと
小さな美術館を秘密基地にしスパイ活動にいそしむ小学生女子3人組の一人 「異界からのラブレター—スパイガールGOKKO」 薫くみこ作;高橋由季絵　ポプラ社(ノベルズ・エクスプレス)　2020年5月

中沢 希都　なかざわ・きと
小さな美術館を秘密基地にしスパイ活動にいそしむ小学生女子3人組の一人 「極秘任務はおじょうさま : スパイガールGOKKO」 薫くみこ作;高橋由季絵　ポプラ社(ノベルズ・エクスプレス)　2019年11月

中沢 希都　なかざわ・きと
頭脳明晰で運動神経も抜群な小学6年生の女の子 「スパイガールGOKKO : 温泉は死のかおり」 薫くみこ作;高橋由季絵　ポプラ社(ノベルズ・エクスプレス)　2018年8月

中澤 沙羅　なかざわ・さら
全身校則違反で周囲から孤立している中学3年生 「スマイル・ムーンの夜に」 宮下恵茉著;鈴木し乃絵　ポプラ社(teens' best selections)　2018年6月

長沢 モモカ　ながさわ・ももか
もちぱんだと暮らす小学5年生の女の子 「もちもち・ぱんだもちぱんのこわーい?話もちっとストーリーブック—キラピチブックス」 Yuka原作・イラスト;たかはしみか著　学研プラス　2018年9月

長沢 モモカ　ながさわ・ももか
もちぱんだと暮らす小学5年生の女の子 「もちもち・ぱんだもちぱんのドキドキ芸能スキャンダルもちっとストーリーブック—キラピチブックス」 Yuka原作・イラスト;たかはしみか著　学研プラス　2019年3月

長沢 モモカ　ながさわ・ももか
もちぱんだと暮らす小学5年生の女の子 「もちもち・ぱんだもちぱんのヒミツ大作戦もちっとストーリーブック―キラピチブックス」 Yuka原作・イラスト;たかはしみか著 学研プラス 2018年4月

長沢 モモカ　ながさわ・ももか
もちぱんだと暮らす小学5年生の女の子 「もちもちぱんだもちぱんとわくわくキャンプもちっとストーリーブック―キラピチブックス」 Yuka原作・イラスト;たかはしみか著 学研プラス 2020年3月

中沢 勇気　なかざわ・ゆうき
FC6年1組のメンバーの頼れる主将 「FC6年1組：クラスメイトはチームメイト!一斗と純のキセキの試合」 河端朝日作;千田純生絵 集英社(集英社みらい文庫) 2018年6月

中沢 勇気　なかざわ・ゆうき
FC6年1組のメンバーの頼れる主将 「FC6年1組 [2]」 河端朝日作;千田純生絵 集英社(集英社みらい文庫) 2018年10月

中沢 勇気　なかざわ・ゆうき
FC6年1組のメンバーの頼れる主将 「FC6年1組 [3]」 河端朝日作;千田純生絵 集英社(集英社みらい文庫) 2019年3月

ナカジ
千葉市美浜町に住む小学・中学生時代を過ごす京葉線沿線の自然豊かな町を誇りに思っている少年 「あだ名はナカジ：男の子ってこういうものだ!」 美砂ロッコ著 風詠社 2018年1月

長嶋 ケンイチロウ　ながしま・けんいちろう
メガネをかけた好青年に見える少年 「生き残りゲームラストサバイバル [3]」 大久保開作;北野詠一絵 集英社(集英社みらい文庫) 2018年3月

長嶋 ケンイチロウ　ながしま・けんいちろう
メガネをかけた好青年に見える少年 「生き残りゲームラストサバイバル [4]」 大久保開作;北野詠一絵 集英社(集英社みらい文庫) 2018年7月

長嶋 ケンイチロウ　ながしま・けんいちろう
メガネをかけた好青年に見える少年 「生き残りゲームラストサバイバル [5]」 大久保開作;北野詠一絵 集英社(集英社みらい文庫) 2018年11月

長嶋 陽菜　ながしま・ひな
同級生との関係に悩みながらもピアノ伴奏で存在感を示す少女 「またね、かならず―物語の王国；2-14」 草野たき作;おとないちあき絵 岩崎書店 2019年10月

中島 ひろと(ナカジ)　なかじま・ひろと(なかじ)
千葉市美浜町に住む小学・中学生時代を過ごす京葉線沿線の自然豊かな町を誇りに思っている少年 「あだ名はナカジ：男の子ってこういうものだ!」 美砂ロッコ著 風詠社 2018年1月

中嶋 諒太　なかじま・りょうた
若葉と同じ小学校出身で私立の進学校に通う中学1年生の少年 「キミと、いつか。[8]」 宮下恵茉作;染川ゆかり絵 集英社(集英社みらい文庫) 2018年7月

中嶋 諒太　なかじま・りょうた
中学受験を目指して医者になることを期待されている男の子 「キミと、いつか。ボーイズ編」 宮下恵茉作;染川ゆかり絵　集英社(集英社みらい文庫) 2019年3月

中条 充希　なかじょう・みつき
楓と日奈々の関係を暴露した楓が所属していたアイドルグループFunny boneの元メンバー 「小説午前0時、キスしに来てよ = COME TO KiSS AT 0:00 A.M 上下」 みきもと凜原作;時海結以著　講談社(講談社KK文庫) 2019年11月

永瀬 久美　ながせ・くみ
一人が通う柔道場に昔通っていた高校2年生、インターハイの準優勝者 「空手、はじめます!：スポーツのおはなし空手―シリーズスポーツのおはなし」 くすのきしげのり作;下平けーすけ絵　講談社 2019年11月

永瀬 メイサ　ながせ・めいさ
2度目の絶体絶命ゲームの時に一緒だった少女 「絶体絶命ゲーム 5」 藤ダリオ作;さいね絵　KADOKAWA(角川つばさ文庫) 2019年3月

永瀬 メイサ　ながせ・めいさ
絶体絶命ゲームで未奈に命を救われて以来春馬達の味方をしてくれる少女 「絶体絶命ゲーム 7」 藤ダリオ作;さいね絵　KADOKAWA(角川つばさ文庫) 2020年4月

永瀬 悠人　ながせ・ゆうと
未央と同い年の超人気アイドル 「作家になりたい! 6」 小林深雪作;牧村久実絵　講談社(講談社青い鳥文庫) 2019年10月

永瀬 悠人　ながせ・ゆうと
未央と同い年の超人気アイドル 「作家になりたい! 7」 小林深雪作;牧村久実絵　講談社(講談社青い鳥文庫) 2020年4月

永瀬 悠人　ながせ・ゆうと
未央と同い年の超人気アイドル 「作家になりたい! 8」 小林深雪作;牧村久実絵　講談社(講談社青い鳥文庫) 2020年8月

永瀬 柚月　ながせ・ゆずき
伊吹と仲が良いクラスメート 「きみと100年分の恋をしよう [2]」 折原みと作;フカヒレ絵　講談社(講談社青い鳥文庫) 2020年8月

中田 理未　なかた・さとみ
小春の親友で明るい性格のクラスメート 「はじまる恋キミとショパン」 周桜杏子作;加々見絵里絵　ポプラ社(ポケット・ショコラ) 2020年9月

中谷 みすず　なかたに・みすず
航平に走り方のコツを教えるお姉さん 「トップラン」 つげみさお作;森川泉絵　国土社 2020年10月

永束 友宏　ながつか・ともひろ
将也の高校のクラスメート 「小説聲の形 上下」 大今良時原作・絵;倉橋燿子文　講談社(講談社青い鳥文庫) 2019年3月

永野 修一　ながの・しゅういち
小学5年生で過敏性腸症候群を抱えながらいじめや家庭環境に悩む少年 「もう逃げない!」 朝比奈蓉子作;こより絵　PHP研究所(わたしたちの本棚) 2018年10月

中林 尊憲　なかばやし・たかのり
ヘリコプター墜落事故に巻き込まれた小学6年生の少年 「県知事は小学生?」 濱野京子作;橋はしこ絵 PHP研究所(カラフルノベル) 2020年2月

中原 あやめ　なかはら・あやめ
ラジオ好きの謎の少女 「きみの声をとどけたい」 石川学作;青木俊直絵 ポプラ社(ポプラポケット文庫) 2018年8月

中道 学　なかみち・まなぶ
生粋のゲーマーな新入部員 「ラスト・ホールド!」 川浪ナミヲ脚本;高見健次脚本;松井香奈著 小学館(小学館ジュニア文庫) 2018年5月

長峰 美加子　ながみね・みかこ
国連宇宙軍選抜メンバーに抜擢された宇宙に旅立つ女子中学生 「小説ほしのこえ―新海誠ライブラリー」 新海誠原作;大場惑著 汐文社 2018年12月

中島 敦　なかむら・あつし
巨大で獰猛なトラに変身する異能を持ち「武装探偵社」に入社することになった男 「アニメ文豪ストレイドッグス小説版」 文豪ストレイドッグス製作委員会作;香坂茉里著;oda本文イラスト KADOKAWA(角川つばさ文庫) 2019年3月

中村 公洋　なかむら・きみひろ
スポーツも勉強もできる優等生で誰からも好かれているが「嘘をつく」癖がある少年 「きみひろくん」 いとうみく作;中田いくみ絵 くもん出版(くもんの児童文学) 2019年11月

中村 真悟　なかむら・しんご
小学6年生、空手の有段者で心優しい少年 「空手、はじめます!:スポーツのおはなし空手―シリーズスポーツのおはなし」 くすのきしげのり作;下平けーすけ絵 講談社 2019年11月

中村 颯太　なかむら・そうた
空良と同じクラスの男の子 「わたしの空と五・七・五」 森埜こみち作;山田和明絵 講談社(講談社文学の扉) 2018年2月

中村 千代子　なかむら・ちよこ
頑張り屋で泣き虫な小学1年生の女の子 「泣き虫千代子のダルマさん」 はまひろと作;こばやしひろみち絵 ほおずき書籍 2018年6月

中村 翼　なかむら・つばさ
雄太たちと知り合ったことがきっかけで鉄道好きになったちょっと弱気な小学4年生の少年 「電車で行こう!:追跡!スカイライナーと秘密の鉄道スポット」 豊田巧作;裕龍ながれ絵 集英社(集英社みらい文庫) 2020年12月

中村 正道　なかむら・まさみち
市役所に勤めるあかねと慎之介の幼なじみ 「空の青さを知る人よ」 超平和バスターズ原作;額賀澪作;あきづきりょう挿絵 KADOKAWA(角川つばさ文庫) 2019年9月

中村 凛　なかむら・りん
毎週図書室に通う謎の美少女 「恋する図書室 [3]」 五十嵐美怜作;桜井みわ絵 集英社(集英社みらい文庫) 2020年5月

中谷 宇吉郎　なかや・うきちろう
世界で初めて人工雪を作ることに成功し雪と氷の研究に生涯をささげた科学者 「中谷宇吉郎：雪と氷の探求者」 清水洋美文;野見山響子絵　汐文社(はじめて読む科学者の伝記) 2020年12月

中谷 琴海　なかや・ことみ
クラスの学級委員長の女の子 「ぼくらの一歩：30人31脚」 いとうみく作;イシヤマアズサ絵　アリス館 2018年10月

中山さん　なかやまさん
実験動物の世話係の男性 「実験犬シロのねがい 新装版」 井上夕香著;葉祥明絵　ハート出版 2020年12月

中山 翔太　なかやま・しょうた
内気な性格の小学4年生、虫の研究をきっかけに自信をつけ虫研究チームの支えとなる虫博士 「ぼくらのなぞ虫大研究」 谷本雄治作;羽尻利門絵　あかね書房(読書の時間) 2020年6月

中山 ひとみ　なかやま・ひとみ
水泳は中学で一番の美少女 「ぼくら×怪盗レッド VRパークで危機一髪!?の巻」 宗田理作;秋木真作;YUME絵;しゅー絵　KADOKAWA(角川つばさ文庫) 2019年1月

中山 ひとみ　なかやま・ひとみ
水泳は中学で一番の美少女 「ぼくらの『第九』殺人事件」 宗田理作;YUME絵　KADOKAWA(角川つばさ文庫) 2020年7月

中山 ひとみ　なかやま・ひとみ
水泳は中学で一番の美少女 「ぼくらのメリー・クリスマス」 宗田理作;YUME絵　KADOKAWA(角川つばさ文庫) 2019年12月

中山 ひとみ　なかやま・ひとみ
水泳は中学で一番の美少女 「ぼくらの地下迷路」 宗田理作;YUME絵　KADOKAWA(角川つばさ文庫) 2019年7月

中山 ひとみ　なかやま・ひとみ
水泳は中学で一番の美少女 「ぼくらの秘密結社」 宗田理作;YUME絵　KADOKAWA(角川つばさ文庫) 2020年12月

中山 ひとみ　なかやま・ひとみ
水泳は中学で一番の美少女 「ぼくらの宝探し」 宗田理作;YUME絵　KADOKAWA(角川つばさ文庫) 2019年3月

中山 ひとみ　なかやま・ひとみ
脱出計画を練る上で重要なアイデアを出す冷静で頭の回転が速い少女 「ぼくらの大脱走」 宗田理作;YUME絵　KADOKAWA(角川つばさ文庫) 2018年7月

中山 ひとみ　なかやま・ひとみ
明るく聡明で英治に対して好意を持つ少女 「ぼくらの卒業いたずら大作戦 上下」 宗田理作;YUME絵　KADOKAWA(角川つばさ文庫) 2018年3月

中山 ひとみ　なかやま・ひとみ
冷静な判断力で仲間を支え予期せぬトラブルにも臆さず立ち向かうしっかり者の少女 「ぼくらのミステリー列車」 宗田理作;YUME絵　KADOKAWA(角川つばさ文庫) 2018年12月

流れ星　ながれぼし
トガリィの冒険の途中で重要な役割を果たす湖の上に降り注ぐ星たち「てっぺんの湖 新装版—トガリ山のぼうけん；8」いわむらかずお文・絵　理論社　2019年10月

ナグメ
日本とイランのハーフの小学6年生の少女「アリババの猫がきいている」新藤悦子作;佐竹美保絵　ポプラ社　2020年2月

ナゴン
定子さまにお仕えする女房の一人で日々の思いや出来事をノートに書き留める女性「枕草子：平安女子のキラキラノート」清少納言作;福田裕子文;朝日川日和絵　KADOKAWA(角川つばさ文庫)　2020年2月

ナジア夫人　なじあふじん
料理上手でポシーとポパーの親代わり「ポシーとポパー = Possy & Popper：ふたりは探偵：魔界からの挑戦」オカザキヨシヒサ作;小林系絵　理論社　2020年5月

梨田 亜奈　なしだ・あな
国語の教育実習生「都会(まち)のトム&ソーヤ 15」はやみねかおる著　講談社(YA!ENTERTAINMENT)　2018年3月

那須野 カズキ　なすの・かずき
高校生のユウキの兄、モンストのジュニア大会では何度も優勝している伝説的な超有名プレイヤー「モンスターストライク[3]」XFLAGスタジオ原作;高瀬美恵作;オズノユミ絵　KADOKAWA(角川つばさ文庫)　2019年1月

那須野 ユウキ　なすの・ゆうき
「疾風迅雷ファルコンズ」のリーダー「モンスターストライク[3]」XFLAGスタジオ原作;高瀬美恵作;オズノユミ絵　KADOKAWA(角川つばさ文庫)　2019年1月

謎の男　なぞのおとこ
「くんちゃんの家の王子様」を名乗る男「未来のミライ」細田守作;染谷みのる挿絵　KADOKAWA(角川つばさ文庫)　2018年6月

謎の男　なぞのおとこ
ベビーたちを離ればなれにしてしまう男「ほねほねザウルス 20」カバヤ食品株式会社原案・監修;ぐるーぷ・アンモナイツ作・絵　岩崎書店　2019年2月

謎野 快明　なぞの・かいめい
行方不明の真実の父、ホームズ学園の科学教師「科学探偵VS.闇のホームズ学園—科学探偵謎野真実シリーズ；4」佐東みどり作;石川北二作;木滝りま作;田中智章作;木々絵　朝日新聞出版　2018年8月

謎野 快明　なぞの・かいめい
行方不明の真実の父、ホームズ学園の科学教師「科学探偵VS.消滅した島—科学探偵謎野真実シリーズ；5」佐東みどり作;石川北二作;木滝りま作;田中智章作;木々絵　朝日新聞出版　2018年12月

謎野 快明　なぞの・かいめい
行方不明の真実の父、ホームズ学園の科学教師「科学探偵VS.魔界の都市伝説—科学探偵謎野真実シリーズ；3」佐東みどり作;石川北二作;木滝りま作;田中智章作;木々絵　朝日新聞出版　2018年3月

謎の少年　なぞのしょうねん
亡くなった勇気の父の書斎に突然現れた少年 「怪狩り 巻ノ1」 佐東みどり作;鶴田法男作;冬木絵　KADOKAWA(角川つばさ文庫)　2019年6月

謎の少年　なぞのしょうねん
亡くなった勇気の父の書斎に突然現れた少年 「怪狩り 巻ノ2」 佐東みどり作;鶴田法男作;冬木絵　KADOKAWA(角川つばさ文庫)　2019年11月

謎野 真実　なぞの・しんじつ
エリート探偵育成学校ホームズ学園からの転校生 「科学探偵VS.闇のホームズ学園―科学探偵謎野真実シリーズ；4」 佐東みどり作;石川北二作;木滝りま作;田中智章作;木々絵　朝日新聞出版　2018年8月

謎野 真実　なぞの・しんじつ
エリート探偵育成学校ホームズ学園からの転校生 「科学探偵VS.消滅した島―科学探偵謎野真実シリーズ；5」 佐東みどり作;石川北二作;木滝りま作;田中智章作;木々絵　朝日新聞出版　2018年12月

謎野 真実　なぞの・しんじつ
エリート探偵育成学校ホームズ学園からの転校生 「科学探偵VS.魔界の都市伝説―科学探偵謎野真実シリーズ；3」 佐東みどり作;石川北二作;木滝りま作;田中智章作;木々絵　朝日新聞出版　2018年3月

謎野 真実　なぞの・しんじつ
科学の知識と推理力で数々の謎を解く科学探偵、花森町で起こるAIにまつわる不穏な事件を解決しようとする小学6年生 「科学探偵VS.暴走するAI 前編―科学探偵謎野真実シリーズ」 佐東みどり作;石川北二作;木滝りま作;田中智章作;木々絵　朝日新聞出版　2020年8月

謎野 真実　なぞの・しんじつ
科学の知識と推理力で数々の謎を解く科学探偵、暴走するAIに立ち向かう小学6年生 「科学探偵VS.暴走するAI 後編―科学探偵謎野真実シリーズ」 佐東みどり作;石川北二作;木滝りま作;田中智章作;木々絵　朝日新聞出版　2020年12月

謎野 真実　なぞの・しんじつ
天才的な頭脳と科学の知識を駆使して謎を解く科学探偵、小学6年生 「科学探偵VS.超能力少年―科学探偵謎野真実シリーズ」 佐東みどり作;石川北二作;木滝りま作;田中智章作;木々絵　朝日新聞出版　2019年12月

謎野 真実　なぞの・しんじつ
天才的な頭脳と科学の知識を駆使して謎を解く科学探偵、小学6年生 「科学探偵VS.妖魔の村―科学探偵謎野真実シリーズ」 佐東みどり作;木滝りま作;田中智章作;木々絵　朝日新聞出版　2019年8月

夏坂 草太　なつさか・そうた
真白のクラスメートの男の子 「あの日、そらですきをみつけた」 辻みゆき著;いつかイラスト　小学館(小学館ジュニア文庫)　2018年4月

ナツ先輩　なつせんぱい
お悩み相談室のろくろ首の先輩 「こちら妖怪お悩み相談室」 清水温子作;たごもりのりこ絵　岩崎書店　2019年4月

ナッちゃん
お人形を振り回し病院でも走り回る怪獣みたいなココの妹 「おねえちゃんって、すっごくもやもや!」 いとうみく作;つじむらあゆこ絵 岩崎書店(おはなしトントン) 2019年11月

ナッちゃん
ココの新しい妹、甘えん坊で元気な女の子 「おねえちゃんって、きょうもやきもき!」 いとうみく作;つじむらあゆこ絵 岩崎書店(おはなしトントン) 2020年10月

なっちゃん
まりの恋敵で杏奈の周りにいるうるさい男の子 「虹色デイズ:まんがノベライズ特別編～筒井まりの憂うつ～」 水野美波原作・絵;はのまきみ著 集英社(集英社みらい文庫) 2018年6月

なっちゃん
小早川杏奈に片想いしている恋に奥手な高校2年生の男子 「虹色デイズ:映画ノベライズみらい文庫版」 水野美波原作;根津理香脚本;飯塚健脚本;はのまきみ著 集英社(集英社みらい文庫) 2018年6月

ナッちゃん
声も体も大きい怪獣のようなココちゃんの妹 「おねえちゃんって、まいにちはらはら!」 いとうみく作;つじむらあゆこ絵 岩崎書店(おはなしトントン) 2018年12月

夏野 銀河　なつの・ぎんが
パワフル高校2年生、キャッチャーでキャプテン 「実況パワフルプロ野球:めざせ最強バッテリー!」 はせがわみやび作;ミクニシン絵 KADOKAWA(角川つばさ文庫) 2018年5月

夏美　なつみ
小学4年生、かつてふくこに助けられた縁から司とふくこを手伝う少女 「ゆうれい猫と魔術師の少年」 廣嶋玲子作;バラマツヒトミ絵 岩崎書店(おはなしガーデン) 2020年5月

夏海 陽太　なつみ・ようた
匠と仲良しでいつも元気な野球少年 「いみちぇん! 11」 あさばみゆき作;市井あさ絵 KADOKAWA(角川つばさ文庫) 2018年3月

夏海 陽太　なつみ・ようた
匠と仲良しでいつも元気な野球少年 「いみちぇん! 12」 あさばみゆき作;市井あさ絵 KADOKAWA(角川つばさ文庫) 2018年7月

夏海 陽太　なつみ・ようた
匠と仲良しでいつも元気な野球少年 「いみちぇん! 13」 あさばみゆき作;市井あさ絵 KADOKAWA(角川つばさ文庫) 2018年12月

夏目 大地　なつめ・だいち
地域の高齢者を招待する交流会の案内係を務める小学生の男の子 「凸凹あいうえおの手紙」 別司芳子著;ながおかえつこ絵 くもん出版 2018年6月

夏目 晴己　なつめ・はるみ
高校1年生で母親の代わりにアルバイトをして生活を支える右哉の兄 「拝啓パンクスノットデッドさま = DEAR MR.PUNKS NOT DEAD」 石川宏千花作;西川真以子装画・挿絵 くもん出版(くもんの児童文学) 2020年10月

夏目 右哉　なつめ・みぎや
兄の晴己と共に生活する中学2年生の弟 「拝啓パンクスノットデッドさま = DEAR MR.PUNKS NOT DEAD」 石川宏千花作;西川真以子装画・挿絵 くもん出版(くもんの児童文学) 2020年10月

夏目 恵　なつめ・めぐみ
不思議な授業を行い、生徒たちを驚かせる5年M組の担任教師 「ないしょのM組 : あかりと放課後の魔女」 福田裕子文;駒形絵 KADOKAWA(角川つばさ文庫) 2018年1月

夏目 結亜　なつめ・ゆあ
家は下宿屋で双子のアイドル「橘兄弟」の大ファンの中学1年生の少女 「海色ダイアリー : おとなりさんは、五つ子アイドル!?」 みゆ作;加々見絵里絵 集英社(集英社みらい文庫) 2020年3月

夏目 結亜　なつめ・ゆあ
家は下宿屋で双子のアイドル「橘兄弟」の大ファンの中学1年生の少女 「海色ダイアリー [2]」 みゆ作;加々見絵里絵 集英社(集英社みらい文庫) 2020年7月

夏目 結亜　なつめ・ゆあ
家は下宿屋で双子のアイドル「橘兄弟」の大ファンの中学1年生の少女 「海色ダイアリー [3]」 みゆ作;加々見絵里絵 集英社(集英社みらい文庫) 2020年11月

夏目 理央　なつめ・りお
白楠中学野球部のエースの少年 「あの空はキミの中 : Play ball,never cry!」 舞原沙音作;柚庭千景絵 ポプラ社(ノベルズ・エクスプレス) 2019年6月

ナーディヤー
女性教育に対する社会的制約や自爆テロの影響で学校に通うことが困難になるファルザーナの親友 「《世界》がここを忘れても : アフガン女性・ファルザーナの物語」 清末愛砂文;久保田桂子絵 寿郎社 2020年2月

ナナ
シルクを手伝う人間の女の子 「コットンのティータイム―なんでも魔女商会 ; 27」 あんびるやすこ著 岩崎書店 2020年4月

ナナ
シングルマザーの母親と共に渡米し高校でバンド活動に励む少女 「卒業旅行 = The Graduation Trip」 小手鞠るい著 偕成社 2020年11月

ナナ
ナニーさんと留守番をすることになった女の子 「まじょのナニーさんふわふわピアノでなかなおり」 藤真知子作;はっとりななみ絵 ポプラ社 2018年10月

ナナ
家事をなんでもこなすアンドロイド!? 「キミト宙(そら)へ 4」 床丸迷人作;へちま絵 KADOKAWA(角川つばさ文庫) 2020年2月

ナナ
家事をなんでもこなすアンドロイド!? 「キミト宙(そら)へ 5」 床丸迷人作;へちま絵 KADOKAWA(角川つばさ文庫) 2020年8月

ナナ
家事をなんでもこなす優しいメイド 「キミト宙(そら)へ 1」 床丸迷人作;へちま絵 KADOKAWA(角川つばさ文庫) 2018年12月

七鬼 忍 ななき・しのぶ
彩の中学の同級生、妖怪の血をひく一族の末裔 「ブラック教室は知っている—探偵チームKZ事件ノート」 藤本ひとみ原作;住滝良文;駒形絵 講談社(講談社青い鳥文庫) 2018年3月

七鬼 忍 ななき・しのぶ
彩の中学の同級生、妖怪の血をひく一族の末裔 「学校の影ボスは知っている—探偵チームKZ事件ノート」 藤本ひとみ原作;住滝良文;駒形絵 講談社(講談社青い鳥文庫) 2019年3月

七鬼 忍 ななき・しのぶ
彩の中学の同級生、妖怪の血をひく一族の末裔 「校門の白魔女は知っている—探偵チームKZ事件ノート」 藤本ひとみ原作;住滝良文;駒形絵 講談社(講談社青い鳥文庫) 2019年7月

七鬼 忍 ななき・しのぶ
彩の中学の同級生、妖怪の血をひく一族の末裔 「呪われた恋話(こいばな)は知っている—探偵チームKZ事件ノート」 藤本ひとみ原作;住滝良文;駒形絵 講談社(講談社青い鳥文庫) 2019年12月

七鬼 忍 ななき・しのぶ
彩の中学の同級生、妖怪の血をひく一族の末裔 「消えた黒猫は知っている—探偵チームKZ事件ノート」 藤本ひとみ原作;住滝良文;駒形絵 講談社(講談社青い鳥文庫) 2018年12月

七鬼 忍 ななき・しのぶ
彩の中学の同級生、妖怪の血をひく一族の末裔 「恋する図書館は知っている—探偵チームKZ事件ノート」 藤本ひとみ原作;住滝良文;駒形絵 講談社(講談社青い鳥文庫) 2018年7月

ななこ
ぐらぐらする前歯を揺らしながら内なる親友まえばちゃんと対話しつつ成長していく女の子 「まえばちゃん」 かわしまえつこ作;いとうみき絵 童心社(だいすき絵童話) 2018年11月

ナナコ
ゾンビのような人形を持ち歩き独特の雰囲気を持つ中学3年生の少女 「ぼくらのセイキマツ」 伊藤たかみ著 理論社 2019年4月

ななこ
ダルたちの飼い主の女の子 「ゆうびんばこはねこのいえ」 高木あきこ作;高瀬のぶえ絵 金の星社 2019年8月

菜々子 ななこ
体育が苦手な女の子 「消えた時間割」 西村友里作;大庭賢哉絵 学研プラス(ジュニア文学館) 2018年5月

七崎 光 ななさき・こう
学校一のイケメン、高校3年生 「キラモテ先輩と地味っ子まんが家ちゃん」 清水きり作;あおいみつ絵 ポプラ社(ポケット・ショコラ) 2018年9月

七島 希　ななしま・のぞむ
花依に好意を抱く少し意地悪な性格の同級生 「小説映画私がモテてどうすんだ」 ぢゅん子原作;時海結以著 講談社(講談社KK文庫) 2020年6月

ナナセ
ゴッドアングラーを目指す釣人学園の生徒 「釣りスピリッツ : ダイヒョウザンクジラを釣り上げろ!」 相坂ゆうひ作;なみごん絵 KADOKAWA(角川つばさ文庫) 2020年8月

七瀬 美雪　ななせ・みゆき
はじめの幼なじみで隣に住んでいる同級生の女の子 「金田一くんの冒険 1」 天樹征丸作;さとうふみや絵 講談社(講談社青い鳥文庫) 2018年1月

七瀬 美雪　ななせ・みゆき
はじめの幼なじみで隣に住んでいる同級生の女の子 「金田一くんの冒険 2」 天樹征丸作;さとうふみや絵 講談社(講談社青い鳥文庫) 2018年6月

ナナちゃん
お向かいのおばあさんと仲良しの少女、魔女に憧れを抱く小学1年生 「まじょかもしれない?」 服部千春作;かとうようこ絵 岩崎書店(おはなしトントン) 2019年10月

七塚 蓮　ななつか・れん
小さなプラスチック製のボールを華麗に操り翔にセパタクローの魅力を教えた謎の小学生 「セパ! = SEPAK!」 虹山つるみ作;あきひこ絵 ポプラ社(ノベルズ・エクスプレス) 2018年7月

700　ななひゃく
コトノハのクラスメイト、行動派の少年 「ネバーウェディングストーリー—モールランド・ストーリー ; 3」 ひこ・田中作;中島梨絵画 福音館書店 2020年5月

ナナフシさん
子どもたちから「ナナフシさん」と呼ばれるおじいさん 「ナナフシさん」 藤田千津作;夏目尚吾絵 文研出版(文研ブックランド) 2018年7月

ナナミ
健太のタブレットに入っているAI、レイアが開発した超高性能AIの端末 「科学探偵VS.暴走するAI 後編—科学探偵謎野真実シリーズ」 佐東みどり作;石川北二作;木滝りま作;田中智章作;木々絵 朝日新聞出版 2020年12月

七海　ななみ
明るく活発で結衣と親友になりたいと願っている女の子 「友だちをやめた二人」 今井福子作;いつか絵 文研出版(文研じゅべにーる) 2019年8月

七海 優羽　ななみ・ゆう
仙台のスケートクラブ所属でかすみと同い年のスケート仲間 「氷の上のプリンセス ジュニア編4」 風野潮作;Nardack絵 講談社(講談社青い鳥文庫) 2019年10月

ナニーさん
魔女のスーパー家政婦 「まじょのナニーさんなみだの海でであった人魚」 藤真知子作;はっとりななみ絵 ポプラ社 2020年6月

ナニーさん
魔女のスーパー家政婦 「まじょのナニーさんふわふわピアノでなかなおり」 藤真知子作;はっとりななみ絵 ポプラ社 2018年10月

ナニーさん
魔女のスーパー家政婦 「まじょのナニーさん女王さまのおとしもの」 藤真知子作;はっとりななみ絵 ポプラ社 2018年2月

ナニーさん
魔女のスーパー家政婦 「まじょのナニーさん青空のお友だちケーキ」 藤真知子作;はっとりななみ絵 ポプラ社 2019年4月

ナホ
モモカの親友 「もちもちぱんだもちぱんとわくわくキャンプもちっとストーリーブック―キラピチブックス」 Yuka原作・イラスト;たかはしみか著 学研プラス 2020年3月

ナポレオン・ボナパルト
フランスの皇帝 「レオナルドの扉 2」 真保裕一作;しゅー絵 KADOKAWA(角川つばさ文庫) 2018年1月

ナポレオン・ボナパルト
野球チーム「世界ワールドヒーローズ」の4番ピッチャー 「戦国ベースボール [13]」 りょくち真太作;トリバタケハルノブ絵 集英社(集英社みらい文庫) 2018年7月

生井 宏　なまい・ひろし
勉強は全然だが超能力がある中学2年生 「ぼくらののら犬砦―「ぼくら」シリーズ ; 26」 宗田理作 ポプラ社 2019年7月

ナミ
海流や天候を読み船を安全な航路へみちびく一流航海士 「劇場版ONE PIECE STAMPEDE : ノベライズみらい文庫版」 尾田栄一郎原作・監修・カバーイラスト;冨岡淳広脚本;大塚隆史脚本;志田もちたろう著 集英社(集英社みらい文庫) 2019年8月

なみ田 ルイ　なみた・るい
おばけのモモとおばけマンション304号室に住む住人、小学生の男の子 「こわ～い!?わる～い!?おばけ虫―おばけマンション ; 45」 むらいかよ著 ポプラ社(ポプラ社の新・小さな童話) 2019年2月

なみ田 ルイ　なみた・るい
モモと一緒に暮らす男の子、運動が苦手なのにおばけの国の運動会に招待される小学生 「おばけのうんどうかい―おばけマンション ; 47」 むらいかよ著 ポプラ社(ポプラ社の新・小さな童話) 2020年9月

ナーム
一行のムードメーカーになっている不思議な妖精 「ドラガリアロスト : 王子とドラゴンの力」 はせがわみやび作;貞松龍壱絵 KADOKAWA(角川つばさ文庫) 2019年4月

南無バカボンド　なむばかぼんど
いっちょかみスクール魔法教室の講師 「探検!いっちょかみスクール 魔法使いになるには編」 宗田理作 静山社 2020年11月

奈良 比佐弥　なら・ひさや
和久先生の甥っ子で佐紀のクラスメート 「青春ノ帝国」 石川宏千花著 あすなろ書房 2020年6月

成田 賢人　なりた・けんと
文化祭復活を目指して仲間たちと秘密の計画を進める生徒会役員で美術部員の少年「魔女と花火と100万円」望月雪絵作　講談社　2020年7月

ナル
女子寮内で人気が高くしゃれた感性と明るい性格を持つ頼れる先輩「お庭番デイズ：逢沢学園女子寮日記 上下」有沢佳映著　講談社　2020年7月

成井 るな（ナル）　なるい・るな（なる）
女子寮内で人気が高くしゃれた感性と明るい性格を持つ頼れる先輩「お庭番デイズ：逢沢学園女子寮日記 上下」有沢佳映著　講談社　2020年7月

鳴尾 若葉（なるたん）　なるお・わかば（なるたん）
あずみのクラスメート、バレー部所属の美人でさばさばした性格の少女「キミと、いつか。[7]」宮下恵茉作;染川ゆかり絵　集英社（集英社みらい文庫）2018年3月

鳴尾 若葉（なるたん）　なるお・わかば（なるたん）
バレー部所属の美人でさばさばした性格の少女「キミと、いつか。[8]」宮下恵茉作;染川ゆかり絵　集英社（集英社みらい文庫）2018年7月

鳴尾 若葉（なるたん）　なるお・わかば（なるたん）
バレー部所属の美人でさばさばした性格の少女「キミと、いつか。[9]」宮下恵茉作;染川ゆかり絵　集英社（集英社みらい文庫）2018年11月

鳴尾 若葉（なるたん）　なるお・わかば（なるたん）
自分の意見をはっきり言えるさばさばした性格の女の子「キミと、いつか。ボーイズ編」宮下恵茉作;染川ゆかり絵　集英社（集英社みらい文庫）2019年3月

鳴尾 若葉（なるたん）　なるお・わかば（なるたん）
諒太と付き合っているバレーボール部の少女「キミと、いつか。[15]」宮下恵茉作;染川ゆかり絵　集英社（集英社みらい文庫）2020年11月

成神 蹴治　なるかみ・しゅうじ
桜木高校3年生でエースストライカー「DAYS 3」安田剛士原作・絵;石崎洋司文　講談社（講談社青い鳥文庫）2018年2月

鳴子 章吉　なるこ・しょうきち
自転車と友達を大事にする関西出身のレーサー「映画弱虫ペダル」渡辺航原作;板谷里乃脚本;三木康一郎脚本;輔老心ノベライズ　岩崎書店（フォア文庫）2020年7月

鳴子 章吉　なるこ・しょうきち
自転車と友達を大事にする関西出身のレーサー「小説弱虫ペダル 1」渡辺航原作;輔老心ノベライズ　岩崎書店（フォア文庫）2019年10月

鳴子 章吉　なるこ・しょうきち
自転車と友達を大事にする関西出身のレーサー「小説弱虫ペダル 2」渡辺航原作;輔老心ノベライズ　岩崎書店（フォア文庫）2019年10月

鳴子 章吉　なるこ・しょうきち
自転車と友達を大事にする関西出身のレーサー「小説弱虫ペダル 3」渡辺航原作;輔老心ノベライズ　岩崎書店（フォア文庫）2020年3月

鳴子 章吉　なるこ・しょうきち
自転車と友達を大事にする関西出身のレーサー 「小説弱虫ペダル 4」 渡辺航原作;輔老心ノベライズ 岩崎書店(フォア文庫) 2020年10月

鳴沢 千歌　なるさわ・ちか
まんが好きの地味少女、パパの再婚相手の息子であるクラスメートの渚くんと家族になった5年生 「渚くんをお兄ちゃんとは呼ばない[10]」 夜野せせり作;森乃なっぱ絵 集英社(集英社みらい文庫) 2020年11月

鳴沢 千歌　なるさわ・ちか
まんが好きの地味少女、パパの再婚相手の息子であるクラスメートの渚くんと家族になった5年生 「渚くんをお兄ちゃんとは呼ばない[2]」 夜野せせり作;森乃なっぱ絵 集英社(集英社みらい文庫) 2018年3月

鳴沢 千歌　なるさわ・ちか
まんが好きの地味少女、パパの再婚相手の息子であるクラスメートの渚くんと家族になった5年生 「渚くんをお兄ちゃんとは呼ばない[3]」 夜野せせり作;森乃なっぱ絵 集英社(集英社みらい文庫) 2018年7月

鳴沢 千歌　なるさわ・ちか
まんが好きの地味少女、パパの再婚相手の息子であるクラスメートの渚くんと家族になった5年生 「渚くんをお兄ちゃんとは呼ばない[4]」 夜野せせり作;森乃なっぱ絵 集英社(集英社みらい文庫) 2018年11月

鳴沢 千歌　なるさわ・ちか
まんが好きの地味少女、パパの再婚相手の息子であるクラスメートの渚くんと家族になった5年生 「渚くんをお兄ちゃんとは呼ばない[5]」 夜野せせり作;森乃なっぱ絵 集英社(集英社みらい文庫) 2019年3月

鳴沢 千歌　なるさわ・ちか
まんが好きの地味少女、パパの再婚相手の息子であるクラスメートの渚くんと家族になった5年生 「渚くんをお兄ちゃんとは呼ばない[6]」 夜野せせり作;森乃なっぱ絵 集英社(集英社みらい文庫) 2019年7月

鳴沢 千歌　なるさわ・ちか
まんが好きの地味少女、パパの再婚相手の息子であるクラスメートの渚くんと家族になった5年生 「渚くんをお兄ちゃんとは呼ばない[7]」 夜野せせり作;森乃なっぱ絵 集英社(集英社みらい文庫) 2019年11月

鳴沢 千歌　なるさわ・ちか
まんが好きの地味少女、パパの再婚相手の息子であるクラスメートの渚くんと家族になった5年生 「渚くんをお兄ちゃんとは呼ばない[8]」 夜野せせり作;森乃なっぱ絵 集英社(集英社みらい文庫) 2020年3月

鳴沢 千歌　なるさわ・ちか
まんが好きの地味少女、パパの再婚相手の息子であるクラスメートの渚くんと家族になった5年生 「渚くんをお兄ちゃんとは呼ばない[9]」 夜野せせり作;森乃なっぱ絵 集英社(集英社みらい文庫) 2020年7月

成島 優　なるしま・ゆう
円の親友、学級委員長を務める優等生 「時間割男子 2」 一ノ瀬三葉作;榎のと絵 KADOKAWA(角川つばさ文庫) 2020年2月

成島 優　なるしま・ゆう
円の親友、学級委員長を務める優等生 「時間割男子 3」 一ノ瀬三葉作;榎のと絵 KADOKAWA(角川つばさ文庫) 2020年7月

成島 優　なるしま・ゆう
円の親友、学級委員長を務める優等生 「時間割男子 4」 一ノ瀬三葉作;榎のと絵 KADOKAWA(角川つばさ文庫) 2020年12月

成瀬 翔　なるせ・しょう
田舎のおばあちゃんの家に引っ越して新しい生活を始めた小学5年生 「ぼくのわがまま宣言!」 今井恭子著 PHP研究所(カラフルノベル) 2018年8月

成瀬 ルカ　なるせ・るか
親に隠れてこっそり「小公女」を読み始めた少年 「ぼくは本を読んでいる。」 ひこ・田中著 講談社 2019年1月

なるたん
あずみのクラスメート、バレー部所属の美人でさばさばした性格の少女 「キミと、いつか。[7]」 宮下恵茉作;染川ゆかり絵 集英社(集英社みらい文庫) 2018年3月

なるたん
バレー部所属の美人でさばさばした性格の少女 「キミと、いつか。[8]」 宮下恵茉作;染川ゆかり絵 集英社(集英社みらい文庫) 2018年7月

なるたん
バレー部所属の美人でさばさばした性格の少女 「キミと、いつか。[9]」 宮下恵茉作;染川ゆかり絵 集英社(集英社みらい文庫) 2018年11月

なるたん
自分の意見をはっきり言えるさばさばした性格の女の子 「キミと、いつか。ボーイズ編」 宮下恵茉作;染川ゆかり絵 集英社(集英社みらい文庫) 2019年3月

なるたん
諒太と付き合っているバレーボール部の少女 「キミと、いつか。[15]」 宮下恵茉作;染川ゆかり絵 集英社(集英社みらい文庫) 2020年11月

成年　なるとし
心優しく家族を助ける笑生子の兄、戦死する次男 「ガラスの梨：ちいやんの戦争」 越水利江子作;牧野千穂絵 ポプラ社(ノベルズ・エクスプレス) 2018年7月

成美　なるみ
背が高く胴打ちに悩む剣道初心者の少女 「まっしょうめん![3]」 あさだりん作;新井陽次郎絵 偕成社(偕成社ノベルフリーク) 2020年3月

成海 景　なるみ・けい
ひょんなことからちひろと同じ部屋で共同生活を送ることになる次期寮長候補の中学1年生の男子 「チェンジ!：今日からわたしが男子寮!?」 市宮早記作;明菜絵 集英社(集英社みらい文庫) 2020年6月

鳴心 月　なるみ・るな
真心と奈美のクラスメート、常に灯恵とつるんでいて灯恵と一緒に奈美の悪口を言う女の子 「愛情融資店まごころ 2」 くさかべかつ美著;新堂みやびイラスト 小学館(小学館ジュニア文庫) 2019年7月

ナンシー
探偵事務所を営む椎菜の祖母 「ナンシー探偵事務所 [2]」 小路すず作 岩崎書店 2020年7月

ナンダロウ
手配書に写真が載った黒猫、秘密を抱えるみけねえちゃんの友達 「みけねえちゃんにいうてみな ともだちのひみつ―みけねえちゃんにいうてみな ; 3」 村上しいこ作;くまくら珠美絵 理論社 2020年12月

南波 明奈 なんば・あきな
幸人の良き理解者で生徒会副会長の中学2年生の女の子 「悪魔召喚! 1」 秋木真作;晴瀬ひろき絵 講談社(講談社青い鳥文庫) 2018年1月

南波 明奈 なんば・あきな
幸人の良き理解者で生徒会副会長の中学2年生の女の子 「悪魔召喚! 2」 秋木真作;晴瀬ひろき絵 講談社(講談社青い鳥文庫) 2018年4月

南波 明奈 なんば・あきな
幸人の良き理解者で生徒会副会長の中学2年生の女の子 「悪魔召喚! 3」 秋木真作;晴瀬ひろき絵 講談社(講談社青い鳥文庫) 2018年8月

難波 ミナミ なんば・みなみ
大阪出身の元気な女の子 「牛乳カンパイ係、田中くん [6]」 並木たかあき作;フルカワマモる絵 集英社(集英社みらい文庫) 2018年4月

難波 ミナミ なんば・みなみ
大阪出身の元気な女の子 「牛乳カンパイ係、田中くん [7]」 並木たかあき作;フルカワマモる絵 集英社(集英社みらい文庫) 2018年7月

難波 ミナミ なんば・みなみ
大阪出身の元気な女の子 「牛乳カンパイ係、田中くん [8]」 並木たかあき作;フルカワマモる絵 集英社(集英社みらい文庫) 2018年11月

南原 椎菜 なんばら・しいな
祖母と共に「ナンシー探偵事務所」で謎解きに挑む探偵小説好きの少女 「ナンシー探偵事務所 [2]」 小路すず作 岩崎書店 2020年7月

南原 しのぶ(ナンシー) なんばら・しのぶ(なんしー)
探偵事務所を営む椎菜の祖母 「ナンシー探偵事務所 [2]」 小路すず作 岩崎書店 2020年7月

南部 妙子 なんぶ・たえこ
昭和4年生まれで長年住み慣れた家を手放し施設で暮らすことを決断した女性 「空ニ吸ハレシ15ノココロ : おばあちゃんへのラストレター」 園田由紀子著 PHPエディターズ・グループ 2019年7月

【に】

兄ちゃん にいちゃん
哲の兄 「ひかりの森のフクロウ」 広瀬寿子作;すがわらけいこ絵 国土社 2020年10月

新沼 柊　にいぬま・しゅう
つぼみの幼なじみの男の子 「スキ・キライ相関図 1」 このはなさくら作;高上優里子絵 KADOKAWA(角川つばさ文庫) 2020年1月

新沼 柊　にいぬま・しゅう
つぼみの幼なじみの男の子 「スキ・キライ相関図 3」 このはなさくら作;高上優里子絵 KADOKAWA(角川つばさ文庫) 2020年10月

新見 明人　にいみ・あきと
風花と幼なじみでオカルト同好会に入る中学1年生の男の子 「悪魔召喚! 1」 秋木真作;晴瀬ひろき絵 講談社(講談社青い鳥文庫) 2018年1月

新見 明人　にいみ・あきと
風花と幼なじみでオカルト同好会に入る中学1年生の男の子 「悪魔召喚! 2」 秋木真作;晴瀬ひろき絵 講談社(講談社青い鳥文庫) 2018年4月

新見 明人　にいみ・あきと
風花と幼なじみでオカルト同好会に入る中学1年生の男の子 「悪魔召喚! 3」 秋木真作;晴瀬ひろき絵 講談社(講談社青い鳥文庫) 2018年8月

新美 咲良　にいみ・さくら
一将の幼なじみで同級生、将人が先生に叱られたことを一将に伝え問題を大きくしてしまう少女 「あした、また学校で」 工藤純子著 講談社(講談社文学の扉) 2019年10月

新実 早沙　にいみ・ささ
1年A組で保健室登校している少女 「すみっこ★読書クラブ : 事件ダイアリー 1」 にかいどう青作;のぶたろ絵 講談社(講談社青い鳥文庫) 2019年7月

新実 早沙　にいみ・ささ
保健室登校を繰り返しており読書クラブで千秋と親しくなる中学1年生の少女 「すみっこ★読書クラブ : 事件ダイアリー 2」 にかいどう青作;のぶたろ絵 講談社(講談社青い鳥文庫) 2020年1月

ニエノ
のぞめの相棒として人間にあやしい商品を売りさばく謎多き男 「世にも奇妙な商品カタログ 1」 地図十行路作;望月けい絵 KADOKAWA(角川つばさ文庫) 2019年2月

ニエノ
のぞめの相棒として人間にあやしい商品を売りさばく謎多き男 「世にも奇妙な商品カタログ 2」 地図十行路作;望月けい絵 KADOKAWA(角川つばさ文庫) 2019年7月

ニエノ
のぞめの相棒として人間にあやしい商品を売りさばく謎多き男 「世にも奇妙な商品カタログ 3」 地図十行路作;望月けい絵 KADOKAWA(角川つばさ文庫) 2020年1月

ニエノ
のぞめの相棒として人間にあやしい商品を売りさばく謎多き男 「世にも奇妙な商品カタログ 4」 地図十行路作;望月けい絵 KADOKAWA(角川つばさ文庫) 2020年6月

ニエノ
のぞめの相棒として人間にあやしい商品を売りさばく謎多き男 「世にも奇妙な商品カタログ 5」 地図十行路作;望月けい絵 KADOKAWA(角川つばさ文庫) 2020年10月

二階堂 大河　にかいどう・たいが
悠真と仲が悪いバイトの先輩 「死神デッドライン 2」 針とら作;シソ絵 KADOKAWA(角川つばさ文庫) 2020年5月

二階堂 卓也　にかいどう・たくや
保育士になるのが夢の竜王グループの社員 「都会(まち)のトム&ソーヤ 16」 はやみねかおる著 講談社(YA!ENTERTAINMENT) 2019年2月

二神・C・マリナ　にかみしーまりな
アイドルチーム「allu☆mage」のメンバー 「北斗星：ミステリー列車を追え!：リバイバル運行で誘拐事件!?」 豊田巧作;NOEYEBROW絵 KADOKAWA(角川つばさ文庫) 2020年5月

ニキ
友だちのツムを十年屋に預けたいと考える少女 「十年屋 3」 廣嶋玲子作;佐竹美保絵 静山社 2019年7月

ニコ
森の美しい音をポシェットの中に集めるテントウムシ 「はりねずみのルーチカ：トゥーリのひみつ」 かんのゆうこ作;北見葉胡絵 講談社(わくわくライブラリー) 2020年3月

ニコ
森の美しい音をポシェットの中に集めるテントウムシ 「はりねずみのルーチカ：人魚の島」 かんのゆうこ作;北見葉胡絵 講談社(わくわくライブラリー) 2019年7月

ニコラス
ハンター 「モンスターハンター:ワールド：オトモダチ調査団」 相坂ゆうひ作;貞松龍壱絵 KADOKAWA(角川つばさ文庫) 2018年12月

ニコラス(ニック)
ナナと共にバンドを組み演奏に明け暮れる仲間 「卒業旅行 = The Graduation Trip」 小手鞠るい著 偕成社 2020年11月

西尾 エリカ　にしお・えりか
学校一の美少女、いるかの恋のライバル 「お願い!フェアリー 21」 みずのまい作;カタノトモコ絵 ポプラ社 2018年9月

虹ヶ丘 唯以　にじがおか・ゆい
どこから見てもフツーそのものの女の子 「ぼくの声が消えないうちに。―初恋のシーズン」 西本紘奈作;ダンミル絵 KADOKAWA(角川つばさ文庫) 2018年6月

西川 結衣　にしかわ・ゆい
団地の不思議な出来事に興味を持ち友だちと一緒にその謎を解こうとする桜が谷団地に住む元気な女の子 「さよなら、おばけ団地―福音館創作童話シリーズ」 藤重ヒカル作;浜野史子画 福音館書店 2018年1月

西沢 浩　にしざわ・ひろ
ひかりと文芸部で一緒の男子、ひかりのよい相談相手 「近くて遠くて、甘くて苦い ひかりの場合」 櫻いいよ作;甘里シュガー絵 講談社(講談社青い鳥文庫) 2020年12月

西島 春日　にしじま・かすが
飯綱と共に自分や周囲の人々の「なくしもの」を探す中学1年生の女の子 「イイズナくんは今日も、」 櫻いいよ著 PHP研究所(カラフルノベル) 2020年8月

西田 広翔　にしだ・ひろと
夢に対して消極的で香耶に自分の夢を問うことで彼女に大きな影響を与える同級生 「夢見る横顔」 嘉成晴香著 PHP研究所(カラフルノベル) 2018年3月

西田 優征　にしだ・ゆうせい
瑞沢高校競技かるた部員 「小説映画ちはやふる 結び」 末次由紀原作;小泉徳宏脚本;時海結以著 講談社 2018年2月

仁科 源三郎　にしな・げんざぶろう
街で家畜診療所に勤める獣医師、「森の診療所」の院長 「森の診療所ものがたり : カモの子がやってきた」 竹田津実作;岡本順絵 偕成社 2019年11月

仁科さん　にしなさん
風音をフランス留学に誘う有名なピアノ指導者 「放課後、きみがピアノをひいていたから [6]」 柴野理奈子作;榎木りか絵 集英社(集英社みらい文庫) 2020年10月

仁科 鳥子　にしな・とりこ
「裏世界」で行方不明になった友達を探すポジティブな大学生 「裏世界ピクニック = OTHERSIDE PICNIC : ジュニア版―ハヤカワ・ジュニア・ホラー」 宮澤伊織著 早川書房 2020年12月

西野 達人　にしの・たつと
関東から大阪に転校し言葉や文化の違いに戸惑いながらも関西での新しい生活を楽しもうとする少年 「めっちゃ好きやねん」 新井けいこ作;下平けーすけ絵 文研出版(文研ブックランド) 2019年9月

西野 洋司　にしの・ようじ
エミたちの美術部の顧問の先生 「らくがき☆ポリス 4」 まひる作;立樹まや絵 KADOKAWA(角川つばさ文庫) 2018年2月

西野 洋司　にしの・ようじ
エミたちの美術部の顧問の先生 「らくがき☆ポリス 5」 まひる作;立樹まや絵 KADOKAWA(角川つばさ文庫) 2018年8月

西見 薫　にしみ・かおる
長崎県佐世保に転校してきた高校生でジャズに魅了されていく少年 「映画坂道のアポロン」 小玉ユキ原作;髙橋泉脚本;宮沢みゆき著 小学館(小学館ジュニア文庫) 2018年3月

西宮 硝子　にしみや・しょうこ
小学6年生の時に将也のクラスに転校してきた耳の聞こえない少女 「小説聲の形 上下」 大今良時原作・絵;倉橋燿子文 講談社(講談社青い鳥文庫) 2019年3月

西宮 結弦　にしみや・ゆずる
将也が硝子に近づくのを防ごうと何かと邪魔をする自称「硝子の彼氏」 「小説聲の形 上下」 大今良時原作・絵;倉橋燿子文 講談社(講談社青い鳥文庫) 2019年3月

西村 拓海　にしむら・たくみ
祖父のミカン農園で暮らしひなたとの出会いを通じて成長する中学生 「みかん、好き?」 魚住直子著 講談社 2019年9月

西村 実　にしむら・みのる
ミカン作りに情熱を注ぎひなたを温かく迎える穏やかな拓海の祖父 「みかん、好き?」 魚住直子著 講談社 2019年9月

にしむら りょうた　にしむら・りょうた
ある日道を歩いていたらマンホールから飛び出したマンホーくんに出会った男の子 「へんなともだちマンホーくん [1]」 村上しいこ作;たかいよしかず絵　講談社(わくわくライブラリー) 2018年8月

西室 海　にしむろ・うみ
図書館で世々が一目ぼれした男の子、毎日図書館で勉強する中学2年生 「世々と海くんの図書館デート : 恋するきつねは、さくらのバレエシューズをはいて、絵本をめくるのです。」 野村美月作;U35絵　講談社　2020年10月

西室 海　にしむろ・うみ
世々の彼氏 「世々と海くんの図書館デート 2」 野村美月作;U35絵　講談社(講談社青い鳥文庫) 2020年10月

西森 葵　にしもり・あおい
学校一のイケメンの久我山柊聖と秘密の同居をしている高校3年生の少女 「小説映画L・DK : ひとつ屋根の下、「スキ」がふたつ。」 渡辺あゆ原作;江頭美智留脚本;有沢ゆう希著　講談社(講談社KK文庫) 2019年2月

西森 希実十　にしもり・きみと
学校で人気のイケメン4人組の一人 「4DX!! : 晴とひみつの放課後ゲーム」 こぐれ京作;池田春香絵　KADOKAWA(角川つばさ文庫) 2018年11月

西森 希実十　にしもり・きみと
学校で人気のイケメン4人組の一人 「4DX!! : 晴のバレンタインデーは滅亡する!? [2]」 こぐれ京作;池田春香絵　KADOKAWA(角川つばさ文庫) 2019年5月

西山くん(にしやん)　にしやまくん(にしやん)
ごんすけを大切にしている元気をなくした飼い主の少年 「山のちょうじょうの木のてっぺん」 最上一平作;有田奈央絵　新日本出版社　2019年9月

にしやん
ごんすけを大切にしている元気をなくした飼い主の少年 「山のちょうじょうの木のてっぺん」 最上一平作;有田奈央絵　新日本出版社　2019年9月

ニセななこ
しんのすけが憧れのななこお姉さんをイメージして描いた女性 「映画クレヨンしんちゃん激突!ラクガキングダムとほぼ四人の勇者」 臼井儀人原作;高田亮脚本;京極尚彦監督・脚本;蒔田陽平ノベライズ　双葉社(双葉社ジュニア文庫) 2020年4月

ニタくん
「つたえあいましょうがっこう」1年1組の生徒、へんてこなカタカナを書いて周囲を混乱させるいたずら好きなネズミ 「トソックオマトソート!―ゆかいなことばつたえあいましょうがっこう」 宮下すずか作;市居みか絵　くもん出版　2020年9月

二谷 官九郎　にたに・かんくろう
ひかりの親友、脚本家志望 「たったひとつの君との約束 [6]」 みずのまい作;U35絵　集英社(集英社みらい文庫) 2018年6月

二谷 官九郎　にたに・かんくろう
ひかりの親友、脚本家志望 「たったひとつの君との約束 [7]」 みずのまい作;U35絵　集英社(集英社みらい文庫) 2018年10月

二谷 官九郎　にたに・かんくろう
ひかりの親友、脚本家志望「たったひとつの君との約束 [8]」みずのまい作;U35絵　集英社(集英社みらい文庫) 2019年2月

二谷 官九郎　にたに・かんくろう
ひかりの親友、脚本家志望「たったひとつの君との約束 [9]」みずのまい作;U35絵　集英社(集英社みらい文庫) 2019年6月

ニック
ナナと共にバンドを組み演奏に明け暮れる仲間「卒業旅行 = The Graduation Trip」小手鞠るい著　偕成社　2020年11月

ニッコロ・バルトロメロ
ジャンの親友でノート探しの旅を共にする相棒「レオナルドの扉 2」真保裕一作;しゅー絵　KADOKAWA(角川つばさ文庫) 2018年1月

新田 瞬　にった・しゅん
南葛中の連覇を阻止しようとするライバルの中学生サッカー選手「キャプテン翼 中学生編 上下」高橋陽一原作・絵;ワダヒトミ著　集英社(集英社みらい文庫) 2018年12月

新田 文也　にった・ふみや
ジャーナリズム精神にあふれた小学5年生の少年「一発逆転お宝バトル : 僕らのハチャメチャ課外授業 [2]」志田もちたろう作;NOEYEBROW絵　集英社(集英社みらい文庫) 2019年5月

新田 文也　にった・ふみや
ジャーナリズム精神にあふれた小学5年生の少年「一発逆転お宝バトル : 僕らのハチャメチャ課外授業」志田もちたろう作;NOEYEBROW絵　集英社(集英社みらい文庫) 2019年1月

ニッパー
ヒカルの相棒の犬型ロボット「ガジェット発明ヒカル : 電子怪人テレビ男あらわる!」栗原吉治作絵　岩崎書店　2018年10月

ニッパー
ヒカルの相棒の犬型ロボット「ガジェット発明ヒカル 2」栗原吉治作絵　岩崎書店　2020年3月

仁菜　にな
玄太の幼なじみの女の子「ぼくとニケ」片川優子著　講談社　2018年11月

二宮 杏　にのみや・あんず
中学受験に失敗して公立の中学に行くことになった中学1年生の少女「流れ星のように君は」みゆ作;市川ショウ絵　集英社(集英社みらい文庫) 2019年5月

二宮 佐助　にのみや・さすけ
FCウィングスメンバーでダブルエースの一人「FC6年1組 [2]」河端朝日作;千田純生絵　集英社(集英社みらい文庫) 2018年10月

二宮 拓海　にのみや・たくみ
心霊探偵団のメンバー、イケメンで霊感のある小学6年生「心霊探偵ゴーストハンターズ 4」石崎洋司作;かしのき彩画　岩崎書店　2019年8月

二宮 拓海　にのみや・たくみ
心霊探偵団のメンバー、イケメンで霊感のある小学6年生 「心霊探偵ゴーストハンターズ 5」 石崎洋司作;かしのき彩画 岩崎書店 2019年12月

二宮 祐助　にのみや・ゆうすけ
FCウィングスメンバーでダブルエースの一人 「FC6年1組［2］」 河端朝日作;千田純生絵 集英社(集英社みらい文庫) 2018年10月

二ノ宮 雄介(ユウ)　にのみや・ゆうすけ(ゆう)
足が不自由でふだんは車いすで生活をしている高校2年生の秀才の少年 「小説映画二ノ国」 レベルファイブ原作;日野晃博製作総指揮・原案・脚本;有沢ゆう希著 講談社(講談社KK文庫) 2019年8月

日本号　にほんごう
刀剣男士 「映画刀剣乱舞」 小林靖子脚本;時海結以著 小学館(小学館ジュニア文庫) 2019年1月

ニャーゴ警部補　にゃーごけいぶほ
解決デカのパートナー 「でかいケツで解決デカ：怪盗チョッキンナーから歴史人物を守れ!」 小室尚子作;たかいよしかず絵 PHP研究所(とっておきのどうわ) 2020年2月

にんきち
ぎょうざたろうを助ける忍者、問題解決の手助けをする仲間 「おぶぎょうざさま」 ささきみお作・絵 文研出版(わくわくえどうわ) 2020年3月

人形遣い　にんぎょうつかい
タヌキのぬいぐるみのアバターでルームの参加者の一人 「奇譚ルーム」 はやみねかおる著 朝日新聞出版 2018年3月

【ぬ】

ヌー
パピヨン号の持ち主で子どもたちとフランス運河で暮らすヌートリア 「パピヨン号でフランス運河を―ハリネズミ・チコ；5. 小さな船の旅」 山下明生作;高畠那生絵 理論社 2019年4月

鵺　ぬえ
竹取屋敷で中学生の緒崎若菜と同居するもふもふのキツネの妖怪 「緒崎さん家の妖怪事件簿［3］」 築山桂著;かすみのイラスト 小学館(小学館ジュニア文庫) 2018年1月

鵺　ぬえ
竹取屋敷で中学生の緒崎若菜と同居するもふもふのキツネの妖怪 「緒崎さん家の妖怪事件簿［4］」 築山桂著;かすみのイラスト 小学館(小学館ジュニア文庫) 2018年10月

ヌク
野球を愛する中学2年生の男の子 「打順未定、ポジションは駄菓子屋前」 はやみねかおる作;ひのた絵 講談社(講談社青い鳥文庫) 2018年6月

ぬしさま
森の奥に何百年も住む動物たちの悩みを聞いてくれる大きな木 「ウロロのひみつ 新装版―トガリ山のぼうけん；5」 いわむらかずお文・絵 理論社 2019年10月

ヌーちゃん
人間の子どもたちと秘密を共有する幻の妖獣の子 「妖怪たちと秘密基地―妖怪一家九十九さん」 富安陽子作;山村浩二絵 理論社 2020年6月

ヌラリヒョン
市役所に勤める妖怪で7人家族のパパ 「妖怪一家のウェディング大作戦―妖怪一家九十九さん」 富安陽子作;山村浩二絵 理論社 2019年2月

【ね】

ネア
モナコのお金持ちの探偵卿 「怪盗クイーンニースの休日 : アナミナティの祝祭 前編」 はやみねかおる作;K2商会絵 講談社(講談社青い鳥文庫) 2019年7月

ネア
モナコのお金持ちの探偵卿 「怪盗クイーンモナコの決戦 : アナミナティの祝祭 後編」 はやみねかおる作;K2商会絵 講談社(講談社青い鳥文庫) 2019年8月

ネイビー
巨大テーマパーク「アクアーリオ」のイルカショーにも出演する南の島の海にすんでいるイルカ 「ネイビー : 話すことができるイルカ」 姫川明月作・絵 KADOKAWA(角川つばさ文庫) 2019年6月

ネコ
ダンスチーム「ファーストステップ」のメンバーの一人、動物好きな5年生 「ダンシング☆ハイ[5]―ガールズ」 工藤純子作;カスカベアキラ絵 ポプラ社(ポプラポケット文庫) 2018年1月

ねこ
恥ずかしがりやで気が弱いすみっコ 「映画すみっコぐらし とびだす絵本とひみつのコ ストーリーブック」 サンエックス監修;主婦と生活社編集 主婦と生活社 2019年11月

ねこ
恥ずかしがりやで気が弱いすみっコ 「映画すみっコぐらしとびだす絵本とひみつのコ」 サンエックス原作;角田貴志脚本;芳野詩子文 KADOKAWA(角川つばさ文庫) 2019年10月

ネコ
猫が好きで自分の洋服を猫風にアレンジしている女の子 「ダンシング☆ハイ = DANCING HIGH 1 図書館版」 工藤純子作;カスカベアキラ絵 ポプラ社 2018年4月

ネコ
猫が好きで自分の洋服を猫風にアレンジしている女の子 「ダンシング☆ハイ = DANCING HIGH 2 図書館版」 工藤純子作;カスカベアキラ絵 ポプラ社 2018年4月

ネコ
猫が好きで自分の洋服を猫風にアレンジしている女の子 「ダンシング☆ハイ = DANCING HIGH 3 図書館版」 工藤純子作;カスカベアキラ絵 ポプラ社 2018年4月

ネコ
猫が好きで自分の洋服を猫風にアレンジしている女の子 「ダンシング☆ハイ = DANCING HIGH 4 図書館版」 工藤純子作;カスカベアキラ絵 ポプラ社 2018年4月

ネコ
猫が好きで自分の洋服を猫風にアレンジしている女の子 「ダンシング☆ハイ = DANCING HIGH 5 図書館版」 工藤純子作;カスカベアキラ絵 ポプラ社 2018年4月

猫井 夢乃 ねこい・ゆめの
おしゃれ大好きで自分磨きに熱心な荒ぶる女子小学生 「カタコイ 1」 有沢ゆう希作;なま子絵 講談社(講談社青い鳥文庫) 2019年2月

猫井 夢乃 ねこい・ゆめの
おしゃれ大好きで自分磨きに熱心な荒ぶる女子小学生 「カタコイ 2」 有沢ゆう希作;なま子絵 講談社(講談社青い鳥文庫) 2019年4月

猫井 夢乃 ねこい・ゆめの
おしゃれ大好きで自分磨きに熱心な荒ぶる女子小学生 「カタコイ 3」 有沢ゆう希作;なま子絵 講談社(講談社青い鳥文庫) 2019年9月

猫神(おまざりさま) ねこがみ(おまざりさま)
多くの猫を従える猫の神様 「猫町ふしぎ事件簿：猫神さまはお怒りです」 廣嶋玲子作;森野きこり絵 童心社 2020年10月

ネココ
咲菜とだけおしゃべりができる元気でやんちゃな性格の猫 「ネコ・トモ：大切な家族になったネコ」 中村誠作;桃雪琴梨絵 KADOKAWA(角川つばさ文庫) 2018年11月

猫ばあさん ねこばあさん
不思議な世界でミー太郎を助ける風変わりな女性 「おはなし猫ピッチャー 空飛ぶマグロと時間をうばわれた子どもたちの巻」 そにしけんじ原作・カバーイラスト;江橋よしのり著;あさだみほ挿絵 小学館(小学館ジュニア文庫) 2018年1月

猫又家 黒吉 ねこまたや・くろきち
双吉師匠の弟子の黒猫 「化け猫落語 3」 みうらかれん作;中村ひなた絵 講談社(講談社青い鳥文庫) 2018年6月

猫又家 双吉 ねこまたや・そうきち
猫又家一門の師匠 「化け猫落語 3」 みうらかれん作;中村ひなた絵 講談社(講談社青い鳥文庫) 2018年6月

ねこまる
ぎょうざたろうの仲間、問題解決に協力する猫 「おぶぎょうざさま」 ささきみお作・絵 文研出版(わくわくえどうわ) 2020年3月

猫竜のこども ねこりゅうのこども
千年に一度生まれる白いドラゴンの子ども、青い金剛石を食べさせないと黒いドラゴンに変わり世界を滅ぼす危険を秘めた生き物 「バロルの晩餐会：ハロウィンと五つの謎々」 夢枕獏作 KADOKAWA 2018年10月

ねずみ
すばしっこく落ち着きのないげっしーず 「げっし～ず：みんなちがうけど、みんななかよし」 しまだよしなお著;しろいおもち絵 集英社(集英社みらい文庫) 2019年8月

鼠小僧 次郎吉 ねずみこぞう・じろきち
江戸の町で世間を騒がす大泥棒 「天保の虹―白狐魔記」 斉藤洋作 偕成社 2019年12月

ねむいひめ(ねむリン)
おばけのくにの学校から脱走してきたおひめさまの一人、いつも眠い姫 「おばけひめがやってきた!―おばけマンション ; 46」 むらいかよ著 ポプラ社(ポプラ社の新・小さな童話) 2019年9月

眠田 宗次郎 ねむりだ・そうじろう
涼のおじいちゃん、霊能力一族眠田家の当主 「オバケがシツジの夏休み」 田原答作;渡辺ナベシ絵 KADOKAWA(角川つばさ文庫) 2018年9月

眠田 吹雪 ねむりだ・ふぶき
涼のおばあちゃん 「オバケがシツジの夏休み」 田原答作;渡辺ナベシ絵 KADOKAWA(角川つばさ文庫) 2018年9月

眠田 涼 ねむりだ・りょう
ハチャメチャなシツジと兄に振り回されるちょっとかわいそうな小学5年生の男子 「オバケがシツジの夏休み」 田原答作;渡辺ナベシ絵 KADOKAWA(角川つばさ文庫) 2018年9月

眠田 涼 ねむりだ・りょう
最近オバケが見えるようになった小学5年生の男子 「オバケがシツジの七不思議」 田原答作;渡辺ナベシ絵 KADOKAWA(角川つばさ文庫) 2019年1月

眠田 麗一郎 ねむりだ・れいいちろう
生まれつき霊能力を持つ涼の兄 「オバケがシツジの夏休み」 田原答作;渡辺ナベシ絵 KADOKAWA(角川つばさ文庫) 2018年9月

ねむリン
おばけのくにの学校から脱走してきたおひめさまの一人、いつも眠い姫 「おばけひめがやってきた!―おばけマンション ; 46」 むらいかよ著 ポプラ社(ポプラ社の新・小さな童話) 2019年9月

ネモ
潜水艦アルゴノート号の艦長 「白猫プロジェクト : 大いなる冒険の始まり」 コロプラ原作・監修;橘もも作;布施龍太絵 KADOKAWA(角川つばさ文庫) 2019年3月

【の】

ノア
桜丸とよくロゲンカをするハンター 「モンスターハンター:ワールド : オトモダチ調査団」 相坂ゆうひ作;貞松龍壱絵 KADOKAWA(角川つばさ文庫) 2018年12月

ノーア
ワロン一家の男の子 「おなべの妖精一家 1」 福田隆浩作;サトウユカ絵 講談社(わくわくライブラリー) 2018年7月

ノーア
ワロン一家の男の子 「おなべの妖精一家 2」 福田隆浩作;サトウユカ絵 講談社(わくわくライブラリー) 2018年9月

ノア・モントール
カトリーの助手として探偵業を支える少年 「レイトンミステリー探偵社 : カトリーのナゾトキファイル 1」 日野晃博原作;レベルファイブ原案・監修;氷川一歩著 小学館(小学館ジュニア文庫) 2018年7月

ノア・モントール
カトリーの助手として探偵業を支える少年 「レイトンミステリー探偵社：カトリーのナゾトキファイル 2」 日野晃博原作;レベルファイブ原案・監修;氷川一歩著 小学館(小学館ジュニア文庫) 2018年8月

ノア・モントール
カトリーの助手として探偵業を支える少年 「レイトンミステリー探偵社：カトリーのナゾトキファイル 3」 日野晃博原作;レベルファイブ原案・監修;氷川一歩著 小学館(小学館ジュニア文庫) 2018年8月

ノア・モントール
カトリーの助手として探偵業を支える少年 「レイトンミステリー探偵社：カトリーのナゾトキファイル 4」 日野晃博原作;レベルファイブ原案・監修;氷川一歩著 小学館(小学館ジュニア文庫) 2018年10月

野うさぎさん　のうさぎさん
くろくまレストランで働くパティシエウサギ 「森のとしょかんのひみつ」 小手鞠るい作;土田義晴絵 金の星社 2018年9月

野うさぎパティシエ　のうさぎぱてぃしえ
くろくまシェフからレストランを任された野ウサギ、自信を持てず修行中のパティシエ 「野うさぎレストランへようこそ」 小手鞠るい作;土田義晴絵 金の星社 2019年7月

のえみ・サンダー
「森の家」に参加する中学生 「世界とキレル」 佐藤まどか著 あすなろ書房 2020年9月

ノエル
ナナと共にバンドを組み演奏に明け暮れる仲間 「卒業旅行 = The Graduation Trip」 小手鞠るい著 偕成社 2020年11月

のこぎり
せんねん町のまんねん小学校の図工室にいる不思議なのこぎり「図工室の日曜日：おいしい話に気をつけろ」 村上しいこ作;田中六大絵 講談社(わくわくライブラリー) 2018年11月

野坂 悠馬　のさか・ゆうま
チームの中核を担う冷静な判断力を持つ頭脳派選手 「小説イナズマイレブン：オリオンの刻印 1」 レベルファイブ原作;日野晃博総監督・原案・シリーズ構成;江橋よしのり著 小学館(小学館ジュニア文庫) 2019年4月

野坂 悠馬　のさか・ゆうま
チームの中核を担う冷静な判断力を持つ頭脳派選手 「小説イナズマイレブン：オリオンの刻印 4」 レベルファイブ原作;日野晃博総監督・原案・シリーズ構成;江橋よしのり著 小学館(小学館ジュニア文庫) 2019年10月

野坂 悠馬　のさか・ゆうま
王帝月ノ宮中のキャプテンの少年 「小説イナズマイレブン：アレスの天秤 1」 レベルファイブ原作;日野晃博総監督・原案・シリーズ構成;江橋よしのり著 小学館(小学館ジュニア文庫) 2018年6月

野坂 悠馬　のさか・ゆうま
王帝月ノ宮中のキャプテンの少年 「小説イナズマイレブン：アレスの天秤 3」 レベルファイブ原作;日野晃博総監督・原案・シリーズ構成;江橋よしのり著 小学館(小学館ジュニア文庫) 2018年8月

野坂 悠馬　のさか・ゆうま
王帝月ノ宮中のキャプテンの少年 「小説イナズマイレブン：アレスの天秤 4」 レベルファイブ原作;日野晃博総監督・原案・シリーズ構成;江橋よしのり著　小学館(小学館ジュニア文庫) 2018年10月

野崎 とわ　のざき・とわ
友人の依頼で新聞部の助っ人を引き受ける普通科文系コースの女子生徒 「無限の中心で」 まはら三桃著　講談社　2020年6月

野沢 奈津　のざわ・なつ
朝日小学校6年1組の萌のクラスメート、宙と亮介の幼なじみの女の子 「トキメキ・図書館 PART15」 服部千春作;ほおのきソラ絵　講談社(講談社青い鳥文庫) 2018年1月

ノシシ
イシシと一緒にオオカミのウルウルに捕まったが共に物語を語り合いながら危機を乗り越えるユーモラスなイノシシ 「百桃太郎―イシシとノシシのスッポコペッポコへんてこ話」 原京子文;原ゆたか絵　ポプラ社(ポプラ物語館) 2019年10月

ノシシ
いたずらなキツネの冒険家・ゾロリの手下、イノシシきょうだいの弟 「かいけつゾロリうちゅう大さくせん―かいけつゾロリシリーズ；65」 原ゆたかさく・え　ポプラ社(ポプラ社の新・小さな童話) 2019年7月

ノシシ
いたずらなキツネの冒険家・ゾロリの手下、イノシシきょうだいの弟 「かいけつゾロリスターたんじょう―かいけつゾロリシリーズ；66」 原ゆたかさく・え　ポプラ社(ポプラ社の新・小さな童話) 2019年12月

ノシシ
いたずらなキツネの冒険家・ゾロリの手下、イノシシきょうだいの弟 「かいけつゾロリのドラゴンたいじ 2―かいけつゾロリシリーズ；63」 原ゆたかさく・え　ポプラ社(ポプラ社の新・小さな童話) 2018年7月

ノシシ
いたずらなキツネの冒険家・ゾロリの手下、イノシシきょうだいの弟 「かいけつゾロリロボット大さくせん―かいけつゾロリシリーズ；64」 原ゆたかさく・え　ポプラ社(ポプラ社の新・小さな童話) 2018年12月

ノシシ
ゾロリの手下、イノシシ双子きょうだいの弟 「かいけつゾロリのレッドダイヤをさがせ!!―かいけつゾロリシリーズ；67」 原ゆたかさく・え　ポプラ社(ポプラ社の新・小さな童話) 2020年6月

ノシシ
ゾロリの仲間でのんびり屋のイノシシ 「かいけつゾロリきょうふのエイリアン―かいけつゾロリシリーズ；68」 原ゆたかさく・え　ポプラ社(ポプラ社の新・小さな童話) 2020年12月

能島 六郎　のじま・ろくろう
鋼と火を相手に人生の大半を過ごしてきた年老いた鍛冶職人 「親方と神様」 伊集院静著　あすなろ書房　2020年2月

野須 虎汰　のす・こうた
佳乃のクラスに来た転校生 「五年霊組こわいもの係 13」 床丸迷人作;浜弓場双絵　KADOKAWA(角川つばさ文庫) 2018年3月

のぞみ
豆腐屋カトリーヌの3人娘の一人 「あいことばは名探偵」 杉山亮作;中川大輔絵 偕成社 2018年8月

希 のぞみ
航が拾ってきた後ろ足がない犬 「クローンドッグ」 今西乃子作 金の星社 2018年11月

希美 のぞみ
秘密を抱えた美少女を助けることになり自身の生きる意味を模索する少女 「コロッケ堂のひみつ」 西村友里作;井波ハトコ絵 国土社 2019年7月

のぞめ
ショッキング・ピンクのパーカーを羽織った眼帯の少女 「世にも奇妙な商品カタログ 1」 地図十行路作;望月けい絵 KADOKAWA(角川つばさ文庫) 2019年2月

のぞめ
人間にあやしげな商品をもたらすショッキング・ピンクのパーカーの少女 「世にも奇妙な商品カタログ 2」 地図十行路作;望月けい絵 KADOKAWA(角川つばさ文庫) 2019年7月

のぞめ
人間にあやしげな商品をもたらすショッキング・ピンクのパーカーの少女 「世にも奇妙な商品カタログ 3」 地図十行路作;望月けい絵 KADOKAWA(角川つばさ文庫) 2020年1月

のぞめ
人間にあやしげな商品をもたらすショッキング・ピンクのパーカーの少女 「世にも奇妙な商品カタログ 4」 地図十行路作;望月けい絵 KADOKAWA(角川つばさ文庫) 2020年6月

のぞめ
人間にあやしげな商品をもたらすショッキング・ピンクのパーカーの少女 「世にも奇妙な商品カタログ 5」 地図十行路作;望月けい絵 KADOKAWA(角川つばさ文庫) 2020年10月

ノダちゃん
吸血鬼の血をひくサキの友達 「おねがい流れ星―なのだのノダちゃん」 如月かずさ作;はたこうしろう絵 小峰書店 2020年4月

野田 大和 のだ・やまと
ヒーローに憧れる永遠の少年 「アニメ厨病激発ボーイ : めざせ、学校のヒーロー!」 厨病激発ボーイ製作委員会作;石倉リサ文;大神アキラ挿絵 KADOKAWA(角川つばさ文庫) 2019年11月

ノッコ
ジャグリングが得意な森の妖精、少し生意気な女の子 「はりねずみのルーチカ : トゥーリのひみつ」 かんのゆうこ作;北見葉胡絵 講談社(わくわくライブラリー) 2020年3月

ノッコ
ジャグリングが得意な森の妖精、少し生意気な女の子 「はりねずみのルーチカ : 人魚の島」 かんのゆうこ作;北見葉胡絵 講談社(わくわくライブラリー) 2019年7月

のっぺらぼう
夜の図書館に現れる和服の女のおばけ 「図書館の怪談―ナツカのおばけ事件簿 ; 16」 斉藤洋作;かたおかまなみ絵 あかね書房 2018年1月

野々井 幸介　ののい・こうすけ
「ソライロ」の歌い手で中学1年生の男の子 「ソライロ♪プロジェクト 5」 一ノ瀬三葉作;夏芽もも絵 KADOKAWA(角川つばさ文庫) 2019年4月

野々井 幸介　ののい・こうすけ
「ソライロ」の歌い手で中学1年生の男の子 「ソライロ♪プロジェクト 6」 一ノ瀬三葉作;夏芽もも絵 KADOKAWA(角川つばさ文庫) 2019年9月

ノノカ
悪夢の中でも勇敢に行動する友達思いの女の子 「無限×悪夢:午後3時33分のタイムループ地獄」 土橋真二郎作;岩本ゼロゴ絵 集英社(集英社みらい文庫) 2019年11月

野々宮 真白(シロ)　ののみや・ましろ(しろ)
元気いっぱいの文房具師 「いみちぇん! 12」 あさばみゆき作;市井あさ絵 KADOKAWA(角川つばさ文庫) 2018年7月

野々宮 真白(シロ)　ののみや・ましろ(しろ)
元気いっぱいの文房具師 「いみちぇん! 13」 あさばみゆき作;市井あさ絵 KADOKAWA(角川つばさ文庫) 2018年12月

野々宮 真白(シロ)　ののみや・ましろ(しろ)
元気いっぱいの文房具師 「いみちぇん! 14」 あさばみゆき作;市井あさ絵 KADOKAWA(角川つばさ文庫) 2019年3月

野々村 真希　ののむら・まき
高校生バンド「ニビル」のイケメンボーカル、玖音の親友 「はじまる恋キミの音」 周桜杏子作;加々見絵里絵 ポプラ社(ポケット・ショコラ) 2019年1月

野畑 七瀬　のばた・ななせ
学校に通いながらバンドで歌っている反抗期こじらせ娘 「小説一度死んでみた」 澤本嘉光映画脚本;石井睦美文;榊アヤミ絵 KADOKAWA(角川つばさ文庫) 2019年12月

野畑 計　のばた・はかる
野畑製薬の社長、七瀬の父親 「小説一度死んでみた」 澤本嘉光映画脚本;石井睦美文;榊アヤミ絵 KADOKAWA(角川つばさ文庫) 2019年12月

野原 しんのすけ　のはら・しんのすけ
ミラクルクレヨンを手に入れ勇者として冒険に挑む春日部に住む5歳の幼稚園児 「映画クレヨンしんちゃん激突!ラクガキングダムとほぼ四人の勇者」 臼井儀人原作;高田亮脚本;京極尚彦監督・脚本;蒔田陽平ノベライズ 双葉社(双葉社ジュニア文庫) 2020年4月

野原 しんのすけ　のはら・しんのすけ
春日部防衛隊のリーダー、伝説のカンフー・ぷにぷに拳の修行に挑む5歳の園児 「映画クレヨンしんちゃん爆盛!カンフーボーイズ〜拉麺大乱〜」 臼井儀人原作;うえのきみこ脚本;蒔田陽平ノベライズ 双葉社(双葉社ジュニア文庫) 2018年4月

野原 しんのすけ　のはら・しんのすけ
父ひろしの奪還のため冒険に挑む野原一家の息子 「映画クレヨンしんちゃん新婚旅行ハリケーン〜失われたひろし〜」 臼井儀人原作;うえのきみこ;水野宗徳脚本;蒔田陽平ノベライズ 双葉社(双葉社ジュニア文庫) 2019年4月

野原 ひろし　のはら・ひろし
グレートバババァブリーフ島で姿を消す野原一家の父 「映画クレヨンしんちゃん新婚旅行ハリケーン～失われたひろし～」 臼井儀人原作;うえのきみこ;水野宗徳脚本;蒔田陽平ノベライズ　双葉社(双葉社ジュニア文庫) 2019年4月

野原 みさえ　のはら・みさえ
ひろしを取り戻すために家族を引っぱる野原一家の強い母 「映画クレヨンしんちゃん新婚旅行ハリケーン～失われたひろし～」 臼井儀人原作;うえのきみこ;水野宗徳脚本;蒔田陽平ノベライズ　双葉社(双葉社ジュニア文庫) 2019年4月

野原 美幸　のはら・みゆき
本の世界に安らぎを求める内向的な小学6年生 「少女は森からやってきた = The Girl Who Came from the Forest」 小手鞠るい著　PHP研究所(わたしたちの本棚) 2019年1月

野比 のび太　のび・のびた
ドラえもんと共に幸せな未来を目指す何をやっても冴えないが心優しく純粋な小学生 「小説STAND BY MEドラえもん」 藤子・F・不二雄原作;山崎貴著　小学館(小学館ジュニア文庫) 2020年11月

野比 のび太　のび・のびた
恐竜博で見つけた化石から新種の恐竜を孵化させ親のように育てる心優しい少年 「小説映画ドラえもんのび太の新恐竜」 藤子・F・不二雄原作;川村元気脚本;涌井学著　小学館(小学館ジュニア文庫) 2020年2月

野比 のび太　のび・のびた
月の裏側のウサギ王国に行く心優しい少年 「小説映画ドラえもんのび太の月面探査記」 藤子・F・不二雄原作;辻村深月著　小学館(小学館ジュニア文庫) 2019年2月

野比 のび太　のび・のびた
宝島を探し出すことを宣言しドラえもんの道具を使って冒険に挑む心優しい少年 「小説映画ドラえもんのび太の宝島」 藤子・F・不二雄原作;川村元気脚本;涌井学著　小学館(小学館ジュニア文庫) 2018年2月

野比 のび太　のび・のびた
幼少期の純粋な心を持つ小学生でおばあちゃんとの約束を守るために奮闘する少年 「小説STAND BY MEドラえもん2」 藤子・F・不二雄原作;山崎貴著　小学館(小学館ジュニア文庫) 2020年11月

伸夫　のぶお
おじいちゃんの家の庭にある立派なネムノキの切り倒しに反対する少年 「ネムノキをきらないで」 岩瀬成子作;植田真絵　文研出版(文研じゅべにーる) 2020年12月

野間 一歩(イッポ)　のま・かずほ(いっぽ)
ダンスチーム「ファーストステップ」のメンバーの一人、ドジで内気な小学5年生 「ダンシング☆ハイ [5]—ガールズ」 工藤純子作;カスカベアキラ絵　ポプラ社(ポプラポケット文庫) 2018年1月

野間 一歩(イッポ)　のま・かずほ(いっぽ)
ドジで内気だけど歌だけは得意な小学5年生の女の子 「ダンシング☆ハイ = DANCING HIGH 1 図書館版」 工藤純子作;カスカベアキラ絵　ポプラ社 2018年4月

野間 一歩(イッポ)　のま・かずほ(いっぽ)
ドジで内気だけど歌だけは得意な小学5年生の女の子 「ダンシング☆ハイ = DANCING HIGH 2 図書館版」 工藤純子作;カスカベアキラ絵　ポプラ社 2018年4月

野間 一歩(イッポ)　のま・かずほ(いっぽ)
ドジで内気だけど歌だけは得意な小学5年生の女の子 「ダンシング☆ハイ = DANCING HIGH 3 図書館版」 工藤純子作;カスカベアキラ絵　ポプラ社　2018年4月

野間 一歩(イッポ)　のま・かずほ(いっぽ)
ドジで内気だけど歌だけは得意な小学5年生の女の子 「ダンシング☆ハイ = DANCING HIGH 4 図書館版」 工藤純子作;カスカベアキラ絵　ポプラ社　2018年4月

野間 一歩(イッポ)　のま・かずほ(いっぽ)
ドジで内気だけど歌だけは得意な小学5年生の女の子 「ダンシング☆ハイ = DANCING HIGH 5 図書館版」 工藤純子作;カスカベアキラ絵　ポプラ社　2018年4月

野町 湊　のまち・みなと
三風のクラスメート 「四つ子ぐらし 1」 ひのひまり作;佐倉おりこ絵　KADOKAWA(角川つばさ文庫)　2018年10月

野町 湊　のまち・みなと
三風のクラスメート 「四つ子ぐらし 2」 ひのひまり作;佐倉おりこ絵　KADOKAWA(角川つばさ文庫)　2019年2月

野町 湊　のまち・みなと
三風のクラスメート 「四つ子ぐらし 3」 ひのひまり作;佐倉おりこ絵　KADOKAWA(角川つばさ文庫)　2019年6月

野町 湊　のまち・みなと
三風のクラスメート 「四つ子ぐらし 4」 ひのひまり作;佐倉おりこ絵　KADOKAWA(角川つばさ文庫)　2019年10月

野町 湊　のまち・みなと
三風のクラスメート 「四つ子ぐらし 5上下」 ひのひまり作;佐倉おりこ絵　KADOKAWA(角川つばさ文庫)　2020年2月

野町 湊　のまち・みなと
三風のクラスメート 「四つ子ぐらし 6」 ひのひまり作;佐倉おりこ絵　KADOKAWA(角川つばさ文庫)　2020年7月

野町 湊　のまち・みなと
三風のクラスメート 「四つ子ぐらし 7」 ひのひまり作;佐倉おりこ絵　KADOKAWA(角川つばさ文庫)　2020年11月

ノーマン
優れた頭脳とリーダーシップを持ちエマやレイと共に脱獄計画を進める少年 「約束のネバーランド : 映画ノベライズみらい文庫版」 白井カイウ原作;出水ぽすか作画;後藤法子脚本;小川彗著　集英社(集英社みらい文庫)　2020年12月

ノーマン・ブライアン(スノーマン)
ニューヨーク州生までアイスホッケーが得意な青年 「ある晴れた夏の朝」 小手鞠るい著　偕成社　2018年8月

野見 青弥　のみの・あおや
古墳時代に巫女と共に神社を築いた石を扱う石工見習い 「結び蝶物語」 横山充男作;カタヒラシュンシ絵　あかね書房　2018年6月

野宮 球児　のみや・きゅうじ
少年野球の主将でヒカルと共に迷宮教室からの脱出を目指すクラスメート「迷宮教室：出口のない悪魔小学校」あいはらしゅう作;肘原えるぼ絵　集英社(集英社みらい文庫) 2020年4月

野宮 球児　のみや・きゅうじ
少年野球の主将でヒカルと共に迷宮教室からの脱出を目指すクラスメート「迷宮教室[2]」あいはらしゅう作;肘原えるぼ絵　集英社(集英社みらい文庫) 2020年9月

野宮 球児　のみや・きゅうじ
少年野球の主将でヒカルと共に迷宮教室からの脱出を目指すクラスメート「迷宮教室[3]」あいはらしゅう作;肘原えるぼ絵　集英社(集英社みらい文庫) 2020年12月

野見山 行人　のみやま・ゆきと
山村留学で信州の村に来た高校3年生、進学を目指しながら新たな道を模索する少年「みつきの雪」眞島めいり作;牧野千穂絵　講談社(講談社文学の扉) 2020年1月

野村 藍　のむら・あい
彩菜の復讐に加担しているが知られざる事実を知っていたことから彩菜に不信感を抱かれる少女「復讐教室 2」山崎烏著　双葉社(双葉社ジュニア文庫) 2018年3月

ノラネコぐんだん
海辺で虹色の貝がらを見つけ波乱万丈の冒険を始める8匹のノラ猫「ノラネコぐんだんと海の果ての怪物」工藤ノリコ著　白泉社(コドモエのほん) 2018年5月

典夫　のりお
広一の家の隣に越してきた謎多き少年「なぞの転校生 新装版」眉村卓作;れい亜絵　講談社(講談社青い鳥文庫) 2019年11月

のろ船長　のろせんちょう
ノラ猫たちを導く老船長「空飛ぶのらネコ探険隊[5]」大原興三郎作;こぐれけんじろう絵　文溪堂 2018年4月

ノワ
へんくつさんとの交流を通じて成長していくどろぼうの青年「へんくつさんのお茶会：おいしい山のパン屋さんの物語」楠章子作;井田千秋絵　学研プラス(ジュニア文学館) 2020年11月

のんちゃん
2年2組の仲良し3人組の一員、友達と共に命や死について深く考えるようになる女の子「ひきがえるにげんまん」最上一平作;武田美穂絵　ポプラ社(本はともだち♪) 2018年6月

のんちゃん
ほとんどしゃべらず友達と遊ばないが昆虫図鑑が大好きで、風花がエサを作ったことに興味を持ちモンシロチョウの死にも同行する女の子「のんちゃんとモンシロチョウ」西村友里作;はせがわかこ絵　PHP研究所(とっておきのどうわ) 2018年4月

【は】

ばあちゃん
トモの祖母、トモの裁縫の才能を育てた仕立て名人 「ライラックのワンピース」 小川雅子作;めばち絵 ポプラ社(teens' best selections) 2020年10月

ばあちゃん
ひったくりにあいケガをしたリクの祖母 「七不思議神社」 緑川聖司作;TAKA絵 あかね書房 2019年7月

灰崎 遼兵 はいざき・りょうへい
星章学園のエースストライカーの少年 「小説イナズマイレブン:アレスの天秤 1」 レベルファイブ原作;日野晃博総監督・原案・シリーズ構成;江橋よしのり著 小学館(小学館ジュニア文庫) 2018年6月

灰崎 遼兵 はいざき・りょうへい
星章学園のエースストライカーの少年 「小説イナズマイレブン:アレスの天秤 2」 レベルファイブ原作;日野晃博総監督・原案・シリーズ構成;江橋よしのり著 小学館(小学館ジュニア文庫) 2018年8月

灰崎 遼兵 はいざき・りょうへい
星章学園のエースストライカーの少年 「小説イナズマイレブン:アレスの天秤 3」 レベルファイブ原作;日野晃博総監督・原案・シリーズ構成;江橋よしのり著 小学館(小学館ジュニア文庫) 2018年8月

灰崎 遼兵 はいざき・りょうへい
星章学園のエースストライカーの少年 「小説イナズマイレブン:アレスの天秤 4」 レベルファイブ原作;日野晃博総監督・原案・シリーズ構成;江橋よしのり著 小学館(小学館ジュニア文庫) 2018年10月

灰崎 遼兵 はいざき・りょうへい
明日人のチームメイトで熱いプレイスタイルを持つ選手 「小説イナズマイレブン:オリオンの刻印 1」 レベルファイブ原作;日野晃博総監督・原案・シリーズ構成;江橋よしのり著 小学館(小学館ジュニア文庫) 2019年4月

灰城 環(タマ) はいじろ・たまき(たま)
アメリカ生まれのエリート警部補 「天才謎解きバトラーズQ [2]」 吉岡みつる作;はあと絵 講談社(講談社青い鳥文庫) 2020年8月

灰塚 一郎 はいずか・いちろう
三ツ星学園のまじめな中学2年生の男子 「こちらパーティー編集部っ! 10」 深海ゆずは作;榎木りか絵 KADOKAWA(角川つばさ文庫) 2018年1月

灰塚 一郎 はいずか・いちろう
三ツ星学園のまじめな中学2年生の男子 「こちらパーティー編集部っ! 12」 深海ゆずは作;榎木りか絵 KADOKAWA(角川つばさ文庫) 2019年2月

灰塚 一郎 はいずか・いちろう
三ツ星学園のまじめな中学2年生の男子 「こちらパーティー編集部っ! 13」 深海ゆずは作;榎木りか絵 KADOKAWA(角川つばさ文庫) 2019年7月

灰塚 一郎 はいずか・いちろう
三ツ星学園のまじめな中学2年生の男子 「こちらパーティー編集部っ! 14」 深海ゆずは作;榎木りか絵 KADOKAWA(角川つばさ文庫) 2020年3月

灰塚 一郎　はいずか・いちろう
三ツ星学園の真面目な中学2年生の男子 「スイッチ!×こちらパーティー編集部っ!：私たち、入れ替わっちゃった!?」 深海ゆずは作;加々見絵里絵;榎木りか絵　KADOKAWA(角川つばさ文庫)　2020年9月

パイナくん
学童に通う3年生のパイナップル 「くだものっこの花―おはなしのまど；6」 たかどのほうこ作;つちだのぶこ絵　フレーベル館　2018年2月

ハイネス
三魔官を従える魔神官 「星のカービィ スターアライズ宇宙の大ピンチ!?編」 高瀬美恵作;苅野タウ絵;ぽと絵　KADOKAWA(角川つばさ文庫)　2018年8月

ハイル
シェーラたちと共に冒険をする元泥棒の少年 「シェーラ姫の冒険 = The adventures of Princess Scheherazade 上下 愛蔵版」 村山早紀著;佐竹美保絵　童心社　2019年3月

パオット
新しいお店に必要なスパイスをなくしてしまったキッチンカーの店主 「おしりたんてい カレーなるじけん―おしりたんていシリーズ. おしりたんていファイル」 トロルさく・え　ポプラ社　2019年1月

はかせ
ばけるニャンと共におばけの国を旅し、海底のからくりやしきに忍び込む発明家の赤鬼 「ばけるニャン［2］」 大空なごむ作・絵　金の星社　2019年4月

はかせ
発明家の赤鬼 「ばけるニャン：まほうのほうきレース」 大空なごむ作・絵　金の星社　2018年5月

バカボン
バカボン一家の長男 「ぼくのパパは天才なのだ：「深夜!天才バカボン」ハジメちゃん日記」 赤塚不二夫原作;日笠由紀著;深夜!天才バカボン製作委員会監修　小学館(小学館ジュニア文庫)　2018年10月

袴垂　はかまだれ
貞道たちに討伐される盗賊 「きつねの橋」 久保田香里作;佐竹美保絵　偕成社　2019年9月

バク
ダヤンの夢が大好物な夢を食べる動物 「ダヤン、奇妙な夢をみる―ダヤンの冒険物語」 池田あきこ著　ほるぷ出版　2020年5月

バクガメス
カキの相棒でばくはつがめポケモン 「ポケットモンスターサン&ムーン サトシ編―よむポケ」 福田幸江文;姫野よしかず絵;小学館集英社プロダクション監修　小学館　2018年7月

爆豪 勝己　ばくごう・かつき
向上意識が高い出久の幼なじみの少年 「僕のヒーローアカデミアTHE MOVIEヒーローズ:ライジング：ノベライズみらい文庫版」 堀越耕平原作・総監修・キャラクター原案;黒田洋介脚本;小川彗著　集英社(集英社みらい文庫)　2019年12月

伯爵　はくしゃく
ハヤトたちに「人狼ゲーム」に参加することを強制する謎の洋館の主 「人狼サバイバル：絶体絶命!伯爵の人狼ゲーム」 甘雪こおり作;himesuz絵　講談社（講談社青い鳥文庫） 2019年6月

伯爵　はくしゃく
ハヤトたちに「人狼ゲーム」に参加することを強制する謎の洋館の主 「人狼サバイバル [2]」 甘雪こおり作;himesuz絵　講談社（講談社青い鳥文庫） 2020年1月

伯爵　はくしゃく
ハヤトたちに「人狼ゲーム」に参加することを強制する謎の洋館の主 「人狼サバイバル [3]」 甘雪こおり作;himesuz絵　講談社（講談社青い鳥文庫） 2020年4月

伯爵　はくしゃく
ハヤトたちに「人狼ゲーム」に参加することを強制する謎の洋館の主 「人狼サバイバル [4]」 甘雪こおり作;himesuz絵　講談社（講談社青い鳥文庫） 2020年7月

伯爵　はくしゃく
ハヤトたちに「人狼ゲーム」に参加することを強制する謎の洋館の主 「人狼サバイバル [5]」 甘雪こおり作;himesuz絵　講談社（講談社青い鳥文庫） 2020年11月

バクちゃん
図書魔女ちゃんと共に職員室の仲間たちに頼み事をする気弱なバク 「職員室の日曜日 [2]」 村上しいこ作;田中六大絵　講談社（わくわくライブラリー） 2019年5月

白馬 瑛人　はくば・えいと
イケメンでクラスで一番人気の男の子 「カタコイ 1」 有沢ゆう希作;なま子絵　講談社（講談社青い鳥文庫） 2019年2月

白馬 瑛人　はくば・えいと
イケメンでクラスで一番人気の男の子 「カタコイ 2」 有沢ゆう希作;なま子絵　講談社（講談社青い鳥文庫） 2019年4月

白馬 瑛人　はくば・えいと
イケメンでクラスで一番人気の男の子 「カタコイ 3」 有沢ゆう希作;なま子絵　講談社（講談社青い鳥文庫） 2019年9月

バーグマン礼央　ばーぐまんれお
イギリス人と日本人のハーフでおちゃめな男の子 「1% 10」 このはなさくら作;高上優里子絵　KADOKAWA（角川つばさ文庫） 2018年8月

バーグマン礼央　ばーぐまんれお
イギリス人と日本人のハーフでおちゃめな男の子 「1% 11」 このはなさくら作;高上優里子絵　KADOKAWA（角川つばさ文庫） 2018年12月

バーグマン礼央　ばーぐまんれお
イギリス人と日本人のハーフでおちゃめな男の子 「1% 12」 このはなさくら作;高上優里子絵　KADOKAWA（角川つばさ文庫） 2019年4月

バーグマン礼央　ばーぐまんれお
イギリス人と日本人のハーフでおちゃめな男の子 「1% 9」 このはなさくら作;高上優里子絵　KADOKAWA（角川つばさ文庫） 2018年4月

バケツ
まんねん小学校の体育館で金魚を飼っていたバケツ「体育館の日曜日：ペットショップへいくまえに」村上しいこ作;田中六大絵　講談社(わくわくライブラリー)　2018年5月

化猫亭 三毛之丞　ばけねこてい・みけのじょう
3本のしっぽを持つ化け猫、幸歩の師匠「化け猫落語 3」みうらかれん作;中村ひなた絵　講談社(講談社青い鳥文庫)　2018年6月

ばけるニャン
どんなものにも変身でき、おばけの国を旅して友だちを探す冒険を繰り広げる化け猫「ばけるニャン [2]」大空なごむ作・絵　金の星社　2019年4月

ばけるニャン
どんなものにも変身できる化け猫「ばけるニャン：まほうのほうきレース」大空なごむ作・絵　金の星社　2018年5月

狭間 慎之介　はざま・しんのすけ
浩介の同級生、5年前に浩介と共に怖い目にあって以来怪談嫌いの男の子「怪談収集家山岸良介と学校の怪談 図書館版―本の怪談シリーズ；19」緑川聖司作;竹岡美穂絵　ポプラ社　2020年4月

狭間 慎之介　はざま・しんのすけ
浩介の同級生、5年前に浩介と共に怖い目にあって以来怪談嫌いの男の子「怪談収集家山岸良介と人喰い遊園地 図書館版―本の怪談シリーズ；22」緑川聖司作;竹岡美穂絵　ポプラ社　2020年4月

狭間 慎之介　はざま・しんのすけ
浩介の同級生、5年前に浩介と共に怖い目にあって以来怪談嫌いの男の子「怪談収集家山岸良介と人喰い遊園地」緑川聖司作;竹岡美穂絵　ポプラ社(ポプラポケット文庫)　2019年7月

狭間 慎之介　はざま・しんのすけ
浩介の同級生、5年前に浩介と共に怖い目にあって以来怪談嫌いの男の子「怪談収集家山岸良介の帰還 図書館版―本の怪談シリーズ；17」緑川聖司作;竹岡美穂絵　ポプラ社　2020年4月

狭間 慎之介　はざま・しんのすけ
浩介の同級生、5年前に浩介と共に怖い目にあって以来怪談嫌いの男の子「怪談収集家山岸良介の最後の挨拶 図書館版―本の怪談シリーズ；23」緑川聖司作;竹岡美穂絵　ポプラ社　2020年4月

狭間 慎之介　はざま・しんのすけ
浩介の同級生、5年前に浩介と共に怖い目にあって以来怪談嫌いの男の子「怪談収集家山岸良介の最後の挨拶」緑川聖司作;竹岡美穂絵　ポプラ社(ポプラポケット文庫)　2019年12月

狭間 慎之介　はざま・しんのすけ
浩介の同級生、5年前に浩介と共に怖い目にあって以来怪談嫌いの男の子「怪談収集家山岸良介の冒険 図書館版―本の怪談シリーズ；18」緑川聖司作;竹岡美穂絵　ポプラ社　2020年4月

狭間 慎之介　はざま・しんのすけ
浩介の同級生、5年前に浩介と共に怖い目にあって以来怪談嫌いの男の子「怪談収集家山岸良介の妖しい日常 図書館版―本の怪談シリーズ；21」緑川聖司作;竹岡美穂絵 ポプラ社 2020年4月

狭間 慎之介　はざま・しんのすけ
浩介の同級生、5年前に浩介と共に怖い目にあって以来怪談嫌いの男の子「怪談収集家山岸良介の妖しい日常」緑川聖司作;竹岡美穂絵 ポプラ社(ポプラポケット文庫) 2018年7月

橋口 純子　はしぐち・じゅんこ
英治に対して想いを寄せるが英治とひとみとの関係に悩む少女「ぼくらの卒業いたずら大作戦 上下」宗田理作;YUME絵 KADOKAWA(角川つばさ文庫) 2018年3月

橋口 純子　はしぐち・じゅんこ
中華料理屋の娘で7人兄弟の長女「ぼくら×怪盗レッド VRパークで危機一髪!?の巻」宗田理作;秋木真作;YUME絵;しゅー絵 KADOKAWA(角川つばさ文庫) 2019年1月

橋口 純子　はしぐち・じゅんこ
中華料理屋の娘で7人兄弟の長女「ぼくらのメリー・クリスマス」宗田理作;YUME絵 KADOKAWA(角川つばさ文庫) 2019年12月

橋口 純子　はしぐち・じゅんこ
中華料理屋の娘で7人兄弟の長女「ぼくらの地下迷路」宗田理作;YUME絵 KADOKAWA(角川つばさ文庫) 2019年7月

橋口 純子　はしぐち・じゅんこ
中華料理屋の娘で7人兄弟の長女「ぼくらの宝探し」宗田理作;YUME絵 KADOKAWA(角川つばさ文庫) 2019年3月

羽柴 夏樹(なっちゃん)　はしば・なつき(なっちゃん)
まりの恋敵で杏奈の周りにいるうるさい男の子「虹色デイズ：まんがノベライズ特別編～筒井まりの憂うつ～」水野美波原作・絵;はのまきみ著 集英社(集英社みらい文庫) 2018年6月

羽柴 夏樹(なっちゃん)　はしば・なつき(なっちゃん)
小早川杏奈に片想いしている恋に奥手な高校2年生の男子「虹色デイズ：映画ノベライズみらい文庫版」水野美波原作;根津理香脚本;飯塚健脚本;はのまきみ著 集英社(集英社みらい文庫) 2018年6月

嘴平 伊之助　はしびら・いのすけ
猪の頭をかぶり我流の獣の呼吸を操る野性味あふれる鬼殺隊の隊士「鬼滅の刃：ノベライズ きょうだいの絆と鬼殺隊編」吾峠呼世晴原作・絵;松田朱夏著 集英社(集英社みらい文庫) 2020年7月

嘴平 伊之助　はしびら・いのすけ
猪の頭をかぶり我流の獣の呼吸を操る野性味あふれる鬼殺隊の隊士「劇場版鬼滅の刃 無限列車編：ノベライズみらい文庫版」吾峠呼世晴原作;ufotable脚本;松田朱夏著 集英社(集英社みらい文庫) 2020年10月

ハシビロコウ
シマウマがお城に行こうと誘うが断るハシビロコウ「しまうまのたんけん」トビイルツ作・絵 PHP研究所(とっておきのどうわ) 2019年5月

ハジメ
バカボン一家の次男、1歳 「ぼくのパパは天才なのだ：「深夜!天才バカボン」ハジメちゃん日記」 赤塚不二夫原作;日笠由紀著;深夜!天才バカボン製作委員会監修 小学館(小学館ジュニア文庫) 2018年10月

ハジメくん
雑木林で人間の子どもと出会い秘密を共有する一つ目小僧 「妖怪たちと秘密基地―妖怪一家九十九さん」 富安陽子作;山村浩二絵 理論社 2020年6月

橋本 香耶 はしもと・かや
母子家庭で育ち将来の夢を探しながら自分の特別を見つけようと努力する中学2年生 「夢見る横顔」 嘉成晴香著 PHP研究所(カラフルノベル) 2018年3月

橋本 真先 はしもと・まさき
鬼灯京十郎と出会い不思議な事件に巻き込まれオバケ探偵団を結成する小学4年生の男子 「4年1組のオバケ探偵団―ホオズキくんのオバケ事件簿；3」 富安陽子作;小松良佳絵 ポプラ社 2020年9月

橋本 真先 はしもと・まさき
鬼灯京十郎と出会い不思議な事件に巻き込まれる小学4年生の男子 「オバケはあの子の中にいる!―ホオズキくんのオバケ事件簿；2」 富安陽子作;小松良佳絵 ポプラ社 2019年10月

橋本 真先 はしもと・まさき
春休みに親友を失い落ち込んでいるが4年生の新学期に京十郎と同じクラスになり不思議な出来事に巻き込まれる少年 「オバケが見える転校生!―ホオズキくんのオバケ事件簿；1」 富安陽子作;小松良佳絵 ポプラ社 2018年9月

橋本 海波 はしもと・みなみ
転校先で友達ができず一人でスケボーをしている少年 「ぼくらの波を走る!：スポーツのおはなしサーフィン―シリーズスポーツのおはなし」 工藤純子作;小林系絵 講談社 2019年12月

橋本 ユトリ はしもと・ゆとり
将来の職業に魔法使いを選びいっちょかみスクールに入塾する少女 「探検!いっちょかみスクール 魔法使いになるには編」 宗田理作 静山社 2020年11月

橋本 恋歌 はしもと・れんか
県立自然史博物館で職場体験をする中学2年生の少女 「ヴンダーカンマー：ここは魅惑の博物館」 樫崎茜著 理論社 2018年11月

ヴァジュラ
天竺から来た高僧、音琴姫王と共に滅びの剣を探し出す重要な協力者 「白き花の姫王(おおきみ)：ヴァジュラの剣」 みなと菫著 講談社 2020年9月

バジル
「努力」「根気」「若い時の苦労」を人に贈る魔女 「魔女バジルと魔法の剣」 茂市久美子作;よしざわけいこ絵 講談社(わくわくライブラリー) 2018年3月

パスカル
ラプンツェルと暮らしている小さなカメレオン 「塔の上のラプンツェル」 ディズニー監修 KADOKAWA(角川アニメ絵本) 2020年11月

葉月 透　はずき・とおる
夢はサッカー選手で学校のアイドル的存在の中学1年生の少年 「流れ星のように君は」 みゆ作;市川ショウ絵　集英社(集英社みらい文庫) 2019年5月

蓮実 琴　はすみ・こと
日舞の家元の娘 「チア☆ダンROCKETS 1」 映画「チア☆ダン」製作委員会原作;後藤法子ドラマ脚本;徳尾浩司ドラマ脚本;みうらかれん文;榊アヤミ絵　KADOKAWA(角川つばさ文庫) 2018年8月

蓮実 琴　はすみ・こと
日舞の家元の娘 「チア☆ダンROCKETS 2」 映画「チア☆ダン」製作委員会原作;徳尾浩司ドラマ脚本;木村涼子ドラマ脚本;みうらかれん文;榊アヤミ絵　KADOKAWA(角川つばさ文庫) 2018年10月

蓮実 琴　はすみ・こと
日舞の家元の娘 「チア☆ダンROCKETS 3」 映画「チア☆ダン」製作委員会原作;木村涼子ドラマ脚本;徳尾浩司ドラマ脚本;渡邉真子ドラマ脚本;みうらかれん文;榊アヤミ絵　KADOKAWA(角川つばさ文庫) 2018年12月

蓮見 柊　はすみ・しゅう
夏希の義理の兄の次男で高校1年生、「なんでも屋」の頭脳担当 「兄が3人できまして : 王子様のなんでも屋 1」 伊藤クミコ作;あおいみつ絵　講談社(講談社青い鳥文庫) 2020年5月

蓮見 柊　はすみ・しゅう
夏希の義理の兄の次男で高校1年生、「なんでも屋」の頭脳担当 「兄が3人できまして : 王子様のなんでも屋 2」 伊藤クミコ作;あおいみつ絵　講談社(講談社青い鳥文庫) 2020年9月

蓮見 透馬　はすみ・とうま
夏希の義理の兄の三男で中学1年生 「兄が3人できまして : 王子様のなんでも屋 1」 伊藤クミコ作;あおいみつ絵　講談社(講談社青い鳥文庫) 2020年5月

蓮見 透馬　はすみ・とうま
夏希の義理の兄の三男で中学1年生 「兄が3人できまして : 王子様のなんでも屋 2」 伊藤クミコ作;あおいみつ絵　講談社(講談社青い鳥文庫) 2020年9月

蓮見 楓介　はすみ・ふうすけ
夏希の義理の兄の長男で大学生、「なんでも屋」のリーダー 「兄が3人できまして : 王子様のなんでも屋 1」 伊藤クミコ作;あおいみつ絵　講談社(講談社青い鳥文庫) 2020年5月

蓮見 楓介　はすみ・ふうすけ
夏希の義理の兄の長男で大学生、「なんでも屋」のリーダー 「兄が3人できまして : 王子様のなんでも屋 2」 伊藤クミコ作;あおいみつ絵　講談社(講談社青い鳥文庫) 2020年9月

蓮見 裕樹　はすみ・ゆうき
美術警察では資料班に所属している美術部の2年生 「らくがき☆ポリス 7」 まひる作;立樹まや絵　KADOKAWA(角川つばさ文庫) 2019年8月

長谷川 千春　はせがわ・ちはる
修理屋のおじさんと知り合い特別な1年を過ごすことになる小学5年生の女の子 「たまねぎとはちみつ」 瀧羽麻子作;今日マチ子絵　偕成社 2018年12月

長谷川 ひなた　はせがわ・ひなた
ミカンに感動して東京から拓海の祖父を訪ねてきた元気な少女 「みかん、好き?」 魚住直子著　講談社　2019年9月

長谷川 麻帆　はせがわ・まほ
休み時間のたびにスマホを手にトイレにこもる中学3年生 「スマイル・ムーンの夜に」 宮下恵茉著;鈴木し乃絵　ポプラ社(teens' best selections)　2018年6月

羽瀬 玖音　はせ・くおん
理未のクラスメート、言葉少なで表情も乏しい「ニビル」のギタリスト 「はじまる恋キミの音」 周桜杏子作;加々見絵里絵　ポプラ社(ポケット・ショコラ)　2019年1月

馳 天馬　はせ・てんま
桃乃園学院の生徒会長、音とは親同士が決めた許嫁 「花のち晴れ : 花男Next Season : ノベライズ」 神尾葉子原作・絵;松田朱夏著　集英社(集英社みらい文庫)　2018年5月

長谷部 奏一　はせべ・そういち
美音と同じ小学校の5年生の男の子 「ラグリマが聞こえる : ギターよひびけ、ヒロシマの空に」 ささぐちともこ著;くまおり純絵　汐文社　2020年6月

長谷部 徹　はせべ・とおる
元プロ野球選手、球真の父親の後輩 「ぼくだけのファインプレー : スポーツのおはなし野球—シリーズスポーツのおはなし」 あさのあつこ作;黒須高嶺絵　講談社　2020年2月

長谷部 結衣　はせべ・ゆい
塾のセミナーに参加する越と同じ中学に通う少女 「ずっと見つめていた」 森島いずみ作;しらこ絵　偕成社　2020年3月

バーソロミュー
レオの相棒として寄り添う犬 「墓守りのレオ [2]」 石川宏千花著　小学館　2018年1月

ハダシくん
裸足で過ごすのが好きなクマ、メガネくんの友人 「メガネくんとハダシくん」 二見正直さく　偕成社　2018年11月

羽田 真白　はだ・ましろ
真姫のクラスメイト、ファッションデザイナーの母を持つフランスからの帰国子女 「トリコロールをさがして = Recherche Tricolore」 戸森しるこ作;結布絵　ポプラ社(ポプラ物語館)　2020年5月

肌目　はだめ
「目族」の家だが異能ではないおだやかな男性 「こちらへそ神異能少年団」 奈雅月ありす作;アカツキウォーカー絵　ポプラ社(ノベルズ・エクスプレス)　2019年1月

働き蜂　はたらきばち
巣の修繕や餌の調達、幼虫の世話を行い群れの運営を支えるあしなが蜂 「あしなが蜂と暮らした夏」 甲斐信枝著　中央公論新社　2020年10月

ハチコ
突然言葉を話し始めた好奇心旺盛なカケルの飼い猫 「ベランダの秘密基地 : しゃべる猫と、家族のカタチ」 木村色吹著　KADOKAWA(カドカワ読書タイム)　2020年9月

八姫　はちひめ
海沿いの国から山合いの国へ人質として送られ困難に立ち向かう14歳の姫「龍にたずねよ」みなと菫著　講談社　2018年7月

ハチミツ
言葉を話す忠実な井上さんの飼い犬「ベランダの秘密基地：しゃべる猫と、家族のカタチ」木村色吹著　KADOKAWA(カドカワ読書タイム)　2020年9月

蜂谷 あかり　はちや・あかり
日本のクライミングが大好きな少女「わたしのビーナス：スポーツのおはなしスポーツクライミング―シリーズスポーツのおはなし」樫崎茜作;本田亮絵　講談社　2019年12月

ばーちゃん
山梨に住むタクの祖母「ぼうけんはバスにのって」いとうみく作;山田花菜絵　金の星社　2018年9月

初　はつ
豊臣秀吉に保護された浅井三姉妹の次女で京極高次に嫁いだ姫君「戦国姫 初の物語」藤咲あゆな作;マルイノ絵　集英社(集英社みらい文庫)　2018年6月

葉月　はつき
平貞道と立場を超えて助け合う妖怪の白キツネ「きつねの橋」久保田香里作;佐竹美保絵　偕成社　2019年9月

白血球　はっけっきゅう
体内に侵入した細菌やウイルスなど異物を排除する細胞「小説はたらく細胞 2」清水茜原作・イラスト;時海結以著　講談社(講談社KK文庫)　2019年7月

白血球　はっけっきゅう
体内に侵入した細菌やウイルスなど異物を排除する細胞「小説はたらく細胞 3」清水茜原作・イラスト;時海結以著　講談社(講談社KK文庫)　2020年5月

白血球　はっけっきゅう
体内に侵入した細菌やウイルスなど異物を排除する細胞「小説はたらく細胞」清水茜原作・イラスト;時海結以著　講談社(講談社KK文庫)　2018年7月

服部 淳史　はっとり・あつし
清宮の同級生で相方、お笑いコンビ「ジョセフィーヌ」のボケ担当「15歳、まだ道の途中」高原史朗著　岩波書店(岩波ジュニア新書)　2019年10月

服部 しのぶ　はっとり・しのぶ
10歳で忍者修行のために田舎から東京に引っ越し転校先で忍者としての秘密を守りながら友達との絆を深めていく少女「転校生は忍者?!―こころのつばさシリーズ」もとしたいづみ作;田中六大絵　佼成出版社　2018年11月

服部 次平　はっとり・じへい
西の高校生探偵「名探偵コナン紅の修学旅行」青山剛昌原作;水稀しま著　小学館(小学館ジュニア文庫)　2019年1月

初音　はつね
久蔵の許嫁である妖怪、華蛇族の姫「妖怪の子預かります 5」廣嶋玲子作;Minoru絵　東京創元社　2020年8月

初音　はつね
久蔵の女房、華蛇族の姫 「妖怪の子預かります 9」 廣嶋玲子作;Minoru絵　東京創元社 2020年12月

ハッポン
ちびでいじめられっ子の七本足のちびだこ 「ちびだこハッポンの海」 井上夕香作;松岡幸子さし絵　てらいんく 2019年11月

パトラ
のら号のメンバー猫 「空飛ぶのらネコ探険隊［5］」 大原興三郎作;こぐれけんじろう絵　文溪堂 2018年4月

パトラ
のら号のメンバー猫 「空飛ぶのらネコ探険隊［6］」 大原興三郎作;こぐれけんじろう絵　文溪堂 2019年4月

パトラ
のら号のメンバー猫 「空飛ぶのらネコ探険隊［7］」 大原興三郎作;こぐれけんじろう絵　文溪堂 2020年6月

羽鳥 香苗　はとり・かなえ
明るい性格で男子とも自然に話せるタイプのちゆきの親友 「この恋は、ぜったいヒミツ。」 このはなさくら著;遠山えま絵　スターツ出版(野いちごジュニア文庫) 2020年12月

花　はな
螢一の記憶に現れる存在で瑛を傷つけた過去を持つ少女 「キャンドル」 村上雅郁作　フレーベル館(文学の森) 2020年12月

花井 ふみ　はない・ふみ
響の才能を見出し彼女の成長をサポートする文芸誌の編集者 「響-HIBIKI-」 柳本光晴原作;西田征史脚本;時海結以著　小学館(小学館ジュニア文庫) 2018年8月

花岡 沙弥　はなおか・さや
中学2年生の帰国子女の女の子 「リマ・トゥジュ・リマ・トゥジュ・トゥジュ」 こまつあやこ著　講談社 2018年6月

はなげばあちゃん
町はずれの古い家に住む長い鼻毛が出ているおばあさん 「ふつうやない!はなげばあちゃん—福音館創作童話シリーズ」 山田真奈未さく・え　福音館書店 2018年5月

はなこ
プライドの高い小学生、お城のような家に住みひらひらのドレスを着るお嬢様 「おじょうさま小学生はなこ VSりんじのしいくがかり」 川之上英子作絵;川之上健作絵　岩崎書店(おはなしトントン) 2020年5月

花澤 日奈々　はなざわ・ひなな
イケメン俳優の綾瀬楓と秘密の交際をしている女子高生 「小説午前0時、キスしに来てよ = COME TO KiSS AT 0:00 A.M 上下」 みきもと凜原作;時海結以著　講談社(講談社KK文庫) 2019年11月

花澤 日奈々　はなざわ・ひなな
誰もが認める優等生で映画撮影で知り合った綾瀬楓と秘密の交際を始める女子高生 「小説午前0時、キスしに来てよ = COME TO KiSS AT 0:00 A.M 上下」 みきもと凜原作;時海結以著　講談社(講談社KK文庫) 2019年11月

はなじろ
のら号のメンバー猫 「空飛ぶのらネコ探険隊 [5]」 大原興三郎作;こぐれけんじろう絵　文溪堂 2018年4月

花園 楽子(ラッコ)　はなぞの・らくこ(らっこ)
子どもグルメ選手権チャンピオンの少女 「グルメ小学生 [3]」 次良丸忍作;小笠原智史絵　金の星社 2020年7月

ハナちゃん
老人ホームに来た見習いセラピードッグで泣いているような目と閉じた口が印象的な犬 「セラピードッグのハナとわたし」 堀直子作;佐竹美保絵　文研出版(文研ブックランド) 2020年9月

花ちゃん　はなちゃん
あさひ小に住みついた座敷わらし 「五年霊組こわいもの係 13」 床丸迷人作;浜弓場双絵　KADOKAWA(角川つばさ文庫) 2018年3月

花ちゃん　はなちゃん
パンダが大好きな小学3年生の女の子 「パンダのシャンシャン日記：どうぶつの飼育員さんになりたい!」 万里アンナ作;ものゆう絵　KADOKAWA(角川つばさ文庫) 2018年8月

波菜野 咲恵　はなの・さきえ
守の妻 「フラワーショップの亡霊―ナツカのおばけ事件簿；18」 斉藤洋作;かたおかまなみ絵　あかね書房 2020年2月

波菜野 守　はなの・まもる
フラワーショップの店長 「フラワーショップの亡霊―ナツカのおばけ事件簿；18」 斉藤洋作;かたおかまなみ絵　あかね書房 2020年2月

花畑 杏珠(アン)　はなばたけ・あんじゅ(あん)
ファッションが大好きでセンス抜群な少女 「鹿鳴館の恋文―歴史探偵アン&リック」 小森香折作;染谷みのる絵　偕成社 2019年11月

花毬 薫子　はなまり・かおるこ
凜太郎の母親、小説家 「千里眼探偵部 3」 あいま祐樹作;FiFS絵　講談社(講談社青い鳥文庫) 2018年5月

花毬 凜太郎　はなまり・りんたろう
広島から鎌倉に母と引っ越してきた小学5年生の少年 「千里眼探偵部 3」 あいま祐樹作;FiFS絵　講談社(講談社青い鳥文庫) 2018年5月

花丸 円　はなまる・まどか
努力してもなかなか成績が上がらないことが悩みの小学5年生の女の子 「時間割男子 1」 一ノ瀬三葉作;榎のと絵　KADOKAWA(角川つばさ文庫) 2019年10月

花丸 円　はなまる・まどか
努力してもなかなか成績が上がらないことが悩みの小学5年生の女の子 「時間割男子 2」 一ノ瀬三葉作;榎のと絵　KADOKAWA(角川つばさ文庫) 2020年2月

花丸 円　はなまる・まどか
努力してもなかなか成績が上がらないことが悩みの小学5年生の女の子 「時間割男子 3」 一ノ瀬三葉作;榎のと絵 KADOKAWA(角川つばさ文庫) 2020年7月

花丸 円　はなまる・まどか
努力してもなかなか成績が上がらないことが悩みの小学5年生の女の子 「時間割男子 4」 一ノ瀬三葉作;榎のと絵 KADOKAWA(角川つばさ文庫) 2020年12月

花村 創平　はなむら・そうへい
専門は走り高跳びの陸上部員、中学2年生の男の子 「ユーチュー部!!:〈衝撃&笑劇〉ユーチューブ参考にして練習したらポンコツ陸上部が全員覚醒したwww」 山田明著 学研プラス(部活系空色ノベルズ) 2018年8月

花村 創平　はなむら・そうへい
陸上部員、走り高跳び専門の中学2年生 「ユーチュー部!! 駅伝編」 山田明著 学研プラス(部活系空色ノベルズ) 2019年4月

花森 セイラ　はなもり・せいら
映画に出演した有名子役 「もしも、この町で 3」 服部千春作;ほおのきソラ絵 講談社(講談社青い鳥文庫) 2019年6月

花山 しずく　はなやま・しずく
ずっと学校を休んでいたが、いがらしくんとお手紙を通じてつながり感謝の気持ちを伝える少女 「へんてこテーマソング」 最上一平作;有田奈央絵 新日本出版社 2019年11月

花山 夏美　はなやま・なつみ
小学4年生、空手をしている強くてかっこいい優太郎の姉 「空手、はじめます!:スポーツのおはなし空手―シリーズスポーツのおはなし」 くすのきしげのり作;下平けーすけ絵 講談社 2019年11月

花山 優太郎　はなやま・ゆうたろう
小学3年生、言いたいことをなかなか言えず悩んでいる少年 「空手、はじめます!:スポーツのおはなし空手―シリーズスポーツのおはなし」 くすのきしげのり作;下平けーすけ絵 講談社 2019年11月

パナロ
事件の関係者として疑われる正体不明のあやしいパンダ 「かいけつゾロリのレッドダイヤをさがせ!!―かいけつゾロリシリーズ;67」 原ゆたかさく・え ポプラ社(ポプラ社の新・小さな童話) 2020年6月

ハニー
ふたばが引き取った老犬 「ハニーのためにできること」 楠章子作;松成真理子絵 童心社 2018年12月

ハニーちゃん
ハチミツの妖精 「にじいろフェアリーしずくちゃん 2」 ぎぼりつこ絵;友永コリエ作 岩崎書店 2020年6月

ハニノスケ
ナスビノ大王の古墳から発掘されたはにわ 「キャベたまたんていこふん時代へタイムスリップ―キャベたまたんていシリーズ」 三田村信行作;宮本えつよし絵 金の星社 2020年6月

羽生 凜太朗　はにゅう・りんたろう
学院オーナーの御曹司で「光のプリンス」として知られる学院のスーパースター 「ぼくたちはプライスレス! 1」 イノウエミホコ作;an絵 KADOKAWA(角川つばさ文庫) 2020年2月

羽生 凜太朗　はにゅう・りんたろう
学院オーナーの御曹司で「光のプリンス」として知られる学院のスーパースター 「ぼくたちはプライスレス! 2」 イノウエミホコ作;an絵 KADOKAWA(角川つばさ文庫) 2020年6月

バニラ
ジタンの妹の真っ白な猫 「ダヤン、奇妙な夢をみる―ダヤンの冒険物語」 池田あきこ著 ほるぷ出版 2020年5月

バニラ
ジタンの妹の真っ白な猫 「ダヤンと恐竜のたまご 新版―ダヤンの冒険物語」 池田あきこ著 ほるぷ出版 2020年7月

バニラ
ジタンを追うジダンの妹 「猫のダヤン 7」 池田あきこ作 静山社(静山社ペガサス文庫) 2019年4月

バニラ
何者かに連れ去られてしまうジダンの妹 「猫のダヤン ex」 池田あきこ作 静山社(静山社ペガサス文庫) 2019年6月

バニラ
父の仕事で転校を繰り返している中学2年生の女の子 「恋の始まりはヒミツのメールで」 一色美雨季作;雨宮うり絵 ポプラ社(ポケット・ショコラ) 2018年5月

ハニー・レモン
ヒロと同じ大学で化学の研究をしている明るくて優しい女の子 「ベイマックス帰ってきたベイマックス」 李正美文・構成;講談社編 講談社(ディズニームービーブック) 2018年11月

はね
体育館の仲間で金魚探しに協力するための相談に加わるはね 「体育館の日曜日 : ペットショップへいくまえに」 村上しいこ作;田中六大絵 講談社(わくわくライブラリー) 2018年5月

羽田 秀吉　はねだ・しゅうきち
プロ棋士として活躍する頭脳明晰な赤井一家の次男 「名探偵コナン赤井一家(ファミリー)セレクション緋色の推理記録(コレクション)」 青山剛昌原作・イラスト;酒井匙著 小学館(小学館ジュニア文庫) 2020年4月

ヴァネロペ
お菓子の国のレースゲーム「シュガー・ラッシュ」のトップレーサーでプリンセス 「シュガー・ラッシュ・オンライン・」 中井はるの文 講談社(ディズニームービーブック) 2018年12月

母　はは
過度に干渉し自分の思い通りにしようとする強く支配的な性格の史織の母 「君だけのシネマ」 高田由紀子作;pon-marsh絵 PHP研究所(わたしたちの本棚) 2018年8月

バーバ
ミレイちゃんの祖母 「ゆっくりおやすみ、樹の下で」 高橋源一郎著 朝日新聞出版 2018年6月

パパ
バカボン一家の長、バカボンの父 「ぼくのパパは天才なのだ：「深夜!天才バカボン」ハジメちゃん日記」 赤塚不二夫原作;日笠由紀著;深夜!天才バカボン製作委員会監修 小学館（小学館ジュニア文庫） 2018年10月

パパ
ポーちゃんの父親、一緒に外国旅行に出かけた頼りになるたつまきおばけ 「こわいぞ!おばけりょこう―おばけのポーちゃん；10」 吉田純子作;つじむらあゆこ絵 あかね書房 2020年3月

パパ
軽い言動が多い楽天家、家族を思いやる明るい父親 「大渋滞」 いとうみく作;いつか絵 PHP研究所（みちくさパレット） 2019年4月

パパ
再婚するりみの父親 「パパのはなよめさん」 麻生かづこ作;垂石眞子絵 ポプラ社（本はともだち♪） 2020年6月

バーバヤガ
秘宝の指輪を守る伝説の魔女 「こわいぞ!おばけりょこう―おばけのポーちゃん；10」 吉田純子作;つじむらあゆこ絵 あかね書房 2020年3月

ハーピー
特別授業のためおばけやしきにいる世界で有名な「スーパーゴースト」の一人 「おばけのおばけやしき―おばけのポーちゃん；8」 吉田純子作;つじむらあゆこ絵 あかね書房 2018年11月

パピ
黄泉の国に住むしゃべれるチョウチョ 「星のカービィ メタナイトと黄泉の騎士」 高瀬美恵作;苅野タウ絵;ぽと絵 KADOKAWA（角川つばさ文庫） 2020年7月

パフィ
ウラの世界の住人で男勝りな性格の女の子 「ウラオモテ世界!：とつぜんの除霊×ゲームバトル」 雨蛙ミドリ作;kaworu絵 KADOKAWA（角川つばさ文庫） 2019年7月

パフィ
ウラの世界の住人で男勝りな性格の女の子 「ウラオモテ世界! 2」 雨蛙ミドリ作;kaworu絵 KADOKAWA（角川つばさ文庫） 2019年12月

パフィ
ウラの世界の住人で男勝りな性格の女の子 「ウラオモテ世界! 3」 雨蛙ミドリ作;kaworu絵 KADOKAWA（角川つばさ文庫） 2020年5月

浜須 賀夕 はます・かゆう
名門私立に通うお嬢様 「きみの声をとどけたい」 石川学作;青木俊直絵 ポプラ社（ポプラポケット文庫） 2018年8月

浜村 渚 はまむら・なぎさ
警視庁「黒い三角定規・特別対策本部」に協力する天才的な数学の能力を持つ中学2年生の少女 「浜村渚の計算ノート 1」 青柳碧人作;桐野壱絵 講談社（講談社青い鳥文庫） 2019年9月

浜村 渚　はまむら・なぎさ
警視庁「黒い三角定規・特別対策本部」に協力する天才的な数学の能力を持つ中学2年生の少女 「浜村渚の計算ノート 2」 青柳碧人作;桐野壱絵 講談社(講談社青い鳥文庫) 2019年10月

ハマモトさん
色白で栗色の髪の女の子 「ペンギン・ハイウェイ」 森見登美彦作;ぶーた絵 KADOKAWA(角川つばさ文庫) 2018年6月

ハーミド
宮殿を取り仕切る有能な侍従 「月の王子砂漠の少年」 三木笙子著;須田彩加イラスト 小学館(小学館ジュニア文庫) 2018年12月

はむすたー
食いしんぼうでのんびりやのげっしーず 「げっし〜ず：みんなちがうけど、みんななかよし」 しまだよしなお著;しろいおもち絵 集英社(集英社みらい文庫) 2019年8月

羽村 ヒカル　はむら・ひかる
砂像作りに熱中し「アメリカの大統領になる」という夢がある強烈な個性を持つ少女 「サンドイッチクラブ」 長江優子作 岩波書店 2020年6月

早坂 あかり　はやさか・あかり
夏樹と同じ美術部に所属する女の子 「告白予行練習 愛蔵版」 藤谷燈子著 汐文社 2018年2月

早坂 あかり　はやさか・あかり
美桜の友達 「いつだって僕らの恋は10センチだった。」 香坂茉里作;モゲラッタ挿絵;ろこる挿絵 KADOKAWA(角川つばさ文庫) 2018年1月

早坂 あかり　はやさか・あかり
美術部部長の女の子 「ヤキモチの答え 愛蔵版―告白予行練習」 藤谷燈子著 汐文社 2018年2月

林 秋良　はやし・あきら
美海の隣のクラスに通う地味な男子 「嘘恋ワイルドストロベリー」 朝比奈歩作;サコ絵 ポプラ社(ポケット・ショコラ) 2019年5月

林 歩夢　はやし・あゆむ
水泳大会のリレーメンバーに選ばれ練習に励む運動は得意だが水泳が苦手な少年 「およぐ!」 麻生かづこ作;大庭賢哉絵 文研出版(文研ブックランド) 2020年11月

林さん　はやしさん
密入国組織に命を狙われている外国人 「ぼくらの秘密結社」 宗田理作;YUME絵 KADOKAWA(角川つばさ文庫) 2020年12月

林 草太郎　はやし・そうたろう
トイレ掃除が好きと語る校務員 「びっくりしゃっくりトイレそうじ大作戦―こころのつばさシリーズ」 野村一秋作;羽尻利門絵 佼成出版社 2019年12月

林 大助　はやし・だいすけ
公園で久美と心を通わせる優しい友だち 「白いブランコがゆれて：久美は二年生」 松本梨江作;西真里子絵 銀の鈴社(銀鈴・絵ものがたり) 2018年12月

林 成美　はやし・なるみ
剣道初心者で太一にケガさせたことから稽古に悩む小学生の女の子 「まっしょうめん![2]」 あさだりん作;新井陽次郎絵　偕成社(偕成社ノベルフリーク) 2018年12月

林 麻衣　はやし・まい
バスケ部所属の夏月のクラスメート「キミと、いつか。[9]」 宮下恵茉作;染川ゆかり絵　集英社(集英社みらい文庫) 2018年11月

林 麻衣　はやし・まい
バスケ部所属の若葉のクラスメート「キミと、いつか。[8]」 宮下恵茉作;染川ゆかり絵　集英社(集英社みらい文庫) 2018年7月

林 麻衣　はやし・まい
明るくてボーイッシュな女の子、小坂の彼女 「キミと、いつか。ボーイズ編」 宮下恵茉作;染川ゆかり絵　集英社(集英社みらい文庫) 2019年3月

林 麻衣　はやし・まい
悠馬と付き合っている中学1年生の少女 「キミと、いつか。[14]」 宮下恵茉作;染川ゆかり絵　集英社(集英社みらい文庫) 2020年7月

林 麻衣　はやし・まい
悠馬と付き合っている中学1年生の少女 「キミと、いつか。[15]」 宮下恵茉作;染川ゆかり絵　集英社(集英社みらい文庫) 2020年11月

ハヤスサ
クナ国の暴君で公達の弟 「邪馬台戦記 1」 東郷隆作;佐竹美保絵　静山社 2018年1月

早瀬君　はやせくん
六花の秘密を知り自身もろくろ首になる同級生 「イケてる!ろくろ首!!」 丘紫真璃著　講談社 2020年5月

早瀬 律　はやせ・りつ
サッカーが得意な明るい小学6年生の男の子 「放課後、きみがピアノをひいていたから[4]」 柴野理奈子作;榎木りか絵　集英社(集英社みらい文庫) 2020年2月

早瀬 律　はやせ・りつ
サッカーが得意な明るい小学6年生の男の子 「放課後、きみがピアノをひいていたから[5]」 柴野理奈子作;榎木りか絵　集英社(集英社みらい文庫) 2020年6月

早瀬 律　はやせ・りつ
サッカーが得意な明るい小学6年生の男の子 「放課後、きみがピアノをひいていたから[6]」 柴野理奈子作;榎木りか絵　集英社(集英社みらい文庫) 2020年10月

早瀬 律　はやせ・りつ
ピアノがひける明るい男の子 「放課後、きみがピアノをひいていたから[2]」 柴野理奈子作;榎木りか絵　集英社(集英社みらい文庫) 2019年6月

早瀬 律　はやせ・りつ
ピアノがひける明るい男の子 「放課後、きみがピアノをひいていたから[3]」 柴野理奈子作;榎木りか絵　集英社(集英社みらい文庫) 2019年10月

早瀬 律　はやせ・りつ
転校生でサッカーが得意な明るい男の子 「放課後、きみがピアノをひいていたから：出会い」 柴野理奈子作;榎木りか絵　集英社(集英社みらい文庫) 2019年2月

早矢太　はやた
新田郷の少年 「天からの神火」 久保田香里作;小林葉子絵　文研出版(文研じゅべに一る) 2018年10月

早田 亜綺　はやた・あき
眠田家と並ぶ霊能力一族の少女 「オバケがシツジの夏休み」 田原答作;渡辺ナベシ絵　KADOKAWA(角川つばさ文庫) 2018年9月

ハヤト
リョウを支え一緒に区役所へ行き相談する頼りになる仲間 「区立あたまのてっぺん小学校」 間部香代作;田中六大絵　金の星社 2020年6月

速水 秀悟　はやみず・しゅうご
田所病院で当直をしていたところ事件に巻き込まれる若い医師 「仮面病棟」 知念実希人作;げみ絵　実業之日本社(実業之日本社ジュニア文庫) 2019年12月

早見 風花　はやみ・ふうか
不思議議現象が大好きなオカルト同好会部長の中学1年生の女の子 「悪魔召喚! 1」 秋木真作;晴瀬ひろき絵　講談社(講談社青い鳥文庫) 2018年1月

早見 風花　はやみ・ふうか
不思議議現象が大好きなオカルト同好会部長の中学1年生の女の子 「悪魔召喚! 2」 秋木真作;晴瀬ひろき絵　講談社(講談社青い鳥文庫) 2018年4月

早見 風花　はやみ・ふうか
不思議議現象が大好きなオカルト同好会部長の中学1年生の女の子 「悪魔召喚! 3」 秋木真作;晴瀬ひろき絵　講談社(講談社青い鳥文庫) 2018年8月

速水 琉心　はやみ・りゅうしん
琉羽の双子の弟、ダンスグループに所属する男子高校生 「ダンスの王子様：男子のフリしてダンスなんかできません!」 麻井深雪作;朝香のりこ絵　ポプラ社(ポケット・ショコラ) 2020年5月

速水 琉羽　はやみ・るう
私立星崎学園に通う高校1年生、双子の弟へのコンプレックスから「完璧な女の子」を目指す少女 「ダンスの王子様：男子のフリしてダンスなんかできません!」 麻井深雪作;朝香のりこ絵　ポプラ社(ポケット・ショコラ) 2020年5月

原田 七恵(ナナ)　はらだ・ななえ(なな)
シングルマザーの母親と共に渡米し高校でバンド活動に励む少女 「卒業旅行 = The Graduation Trip」 小手鞠るい著　偕成社 2020年11月

原田 真純　はらだ・ますみ
体が弱く休みがちで文化祭を保健室で過ごしながらも写真に元気をもらう少女 「君の青色：いつのまにか好きになってた」 伊浪知里作;花芽宮るる絵　ポプラ社(ポケット・ショコラ) 2019年11月

はらだ りょう　はらだ・りょう
図工の時間に友達の絵を汚してしまい謝る勇気を得るためにテナガザルに出会う少年 「とどけ、サルハシ!」 葦原かも作;石川えりこ絵 小峰書店 2020年9月

原 美桜里　はら・みおり
学校で友達とケンカし不登校になる少女 「イーブン」 村上しいこ作 小学館 2020年6月

ハリー
生まれて初めてお母さんの袋から出て、ディンゴと友達になるカンガルーの子ども 「カンガルーがんばる!：どうぶつのかぞくカンガルー―シリーズどうぶつのかぞく」 佐川芳枝作;山田花菜絵 講談社 2019年1月

ハリー・グッドマン
ティムの父で探偵 「名探偵ピカチュウ」 ダン・ヘルナンデス脚本;ベンジー・サミット脚本;ロブ・レターマン脚本;デレク・コノリー脚本;江坂純著 小学館(小学館ジュニア文庫) 2019年7月

はりさんぼん
てるてるぼうずに対してつれなく接する家庭科室の仲間 「家庭科室の日曜日 [2]」 村上しいこ作;田中六大絵 講談社(わくわくライブラリー) 2019年11月

ハリソンさん
ホテル「プチモンド」の宿泊客、古い別館の修理を頼まれた犬の町の大工 「ねこの町のホテルプチモンド：ハロウィンとかぼちゃの馬車」 小手鞠るい作;くまあやこ絵 講談社(わくわくライブラリー) 2019年9月

ハリネズミ
友達がいなくても一人で平気で背中の針と同様に言葉も鋭く他人の自慢にも容赦なく意見するハリネズミ 「しあわせなハリネズミ」 藤野恵美作;小沢さかえ絵 講談社 2019年10月

針宮 優人　はりみや・ゆうと
ケガでサッカー部を休んでいるなか被服部の助っ人にされてしまう少年 「ぼくのまつり縫い：手芸男子は好きっていえない」 神戸遥真作;井田千秋絵 偕成社(偕成社ノベルフリーク) 2019年11月

針宮 優人　はりみや・ゆうと
被服部に所属する2年生で後輩との関係に悩む手芸男子 「ぼくのまつり縫い [2]」 神戸遥真作;井田千秋絵 偕成社(偕成社ノベルフリーク) 2020年9月

ハル
アキラという同級生の女の子を好きになる漫画が好きなちょっとオタクな中学3年生の女の子 「お絵かき禁止の国」 長谷川まりる著 講談社 2019年6月

ハル
アブダラくんをサポートする役目を担うが考え方の違いに悩む小学6年生の少年 「となりのアブダラくん」 黒川裕子作;宮尾和孝絵 講談社 2019年11月

ハル
スポーツ万能でバスケット部のエース、ユウの親友 「小説映画二ノ国」 レベルファイブ原作;日野晃博製作総指揮・原案・脚本;有沢ゆう希著 講談社(講談社KK文庫) 2019年8月

ハル
超人的な運動神経を持つ中学3年生のスポーツ少女 「天才謎解きバトラーズQ:vs.大脱出!超巨大遊園地」 吉岡みつる作;はあと絵 講談社(講談社青い鳥文庫) 2020年3月

ハル
超人的な運動神経を持つ中学3年生のスポーツ少女 「天才謎解きバトラーズQ[2]」 吉岡みつる作;はあと絵 講談社(講談社青い鳥文庫) 2020年8月

パール
「ムーンヒルズ魔法宝石店」に向かいジュエリーづくりを始める見習い魔女 「ムーンヒルズ魔法宝石店 1」 あんびるやすこ作・絵 講談社(わくわくライブラリー) 2018年10月

パール
セレニティスの弟子、ムーンヒルズ魔法宝石店で働きながらジュエラー魔女を目指す女の子 「ムーンヒルズ魔法宝石店 2」 あんびるやすこ作・絵 講談社(わくわくライブラリー) 2019年4月

パール
セレニティスの弟子、ムーンヒルズ魔法宝石店で働きながらジュエラー魔女を目指す女の子 「ムーンヒルズ魔法宝石店 3」 あんびるやすこ作・絵 講談社(わくわくライブラリー) 2019年11月

パール
宝石の声が聞こえる魔女の女の子、ムーンヒルズ魔法宝石店で働くジュエラー魔女 「ムーンヒルズ魔法宝石店 4」 あんびるやすこ作・絵 講談社(わくわくライブラリー) 2020年7月

パル
コトノハのクラスメイト、落ち着いて意見を述べる少年 「ネバーウェディングストーリー——モールランド・ストーリー ; 3」 ひこ・田中作;中島梨絵画 福音館書店 2020年5月

ハル(パル)
コトノハのクラスメイト、落ち着いて意見を述べる少年 「ネバーウェディングストーリー——モールランド・ストーリー ; 3」 ひこ・田中作;中島梨絵画 福音館書店 2020年5月

春内 ゆず はるうち・ゆず
青星学園中等部の1年生、一瞬でも見たことは絶対に忘れないという特別な力を持つ女の子 「青星学園★チームEYE-Sの事件ノート[10]」 相川真作;立樹まや絵 集英社(集英社みらい文庫) 2020年12月

春内 ゆず はるうち・ゆず
青星学園中等部の1年生、一瞬でも見たことは絶対に忘れないという特別な力を持つ女の子 「青星学園★チームEYE-Sの事件ノート[2]」 相川真作;立樹まや絵 集英社(集英社みらい文庫) 2018年5月

春内 ゆず はるうち・ゆず
青星学園中等部の1年生、一瞬でも見たことは絶対に忘れないという特別な力を持つ女の子 「青星学園★チームEYE-Sの事件ノート[3]」 相川真作;立樹まや絵 集英社(集英社みらい文庫) 2018年9月

春内 ゆず はるうち・ゆず
青星学園中等部の1年生、一瞬でも見たことは絶対に忘れないという特別な力を持つ女の子 「青星学園★チームEYE-Sの事件ノート[4]」 相川真作;立樹まや絵 集英社(集英社みらい文庫) 2019年1月

春内 ゆず　はるうち・ゆず
青星学園中等部の1年生、一瞬でも見たことは絶対に忘れないという特別な力を持つ女の子 「青星学園★チームEYE-Sの事件ノート[5]」 相川真作;立樹まや絵　集英社(集英社みらい文庫) 2019年5月

春内 ゆず　はるうち・ゆず
青星学園中等部の1年生、一瞬でも見たことは絶対に忘れないという特別な力を持つ女の子 「青星学園★チームEYE-Sの事件ノート[6]」 相川真作;立樹まや絵　集英社(集英社みらい文庫) 2019年9月

春内 ゆず　はるうち・ゆず
青星学園中等部の1年生、一瞬でも見たことは絶対に忘れないという特別な力を持つ女の子 「青星学園★チームEYE-Sの事件ノート[7]」 相川真作;立樹まや絵　集英社(集英社みらい文庫) 2019年12月

春内 ゆず　はるうち・ゆず
青星学園中等部の1年生、一瞬でも見たことは絶対に忘れないという特別な力を持つ女の子 「青星学園★チームEYE-Sの事件ノート[8]」 相川真作;立樹まや絵　集英社(集英社みらい文庫) 2020年4月

春内 ゆず　はるうち・ゆず
青星学園中等部の1年生、一瞬でも見たことは絶対に忘れないという特別な力を持つ女の子 「青星学園★チームEYE-Sの事件ノート[9]」 相川真作;立樹まや絵　集英社(集英社みらい文庫) 2020年9月

春生　はるお
口やかましく利里との関係に悩みながらも愛情を持って接する利里の父親 「おとうさんのかお―こころのつばさシリーズ」 岩瀬成子作;いざわ直子絵　佼成出版社 2020年9月

春男　はるお
わがままだけど愛嬌がある笑生子の弟 「ガラスの梨：ちいやんの戦争」 越水利江子作;牧野千穂絵 ポプラ社(ノベルズ・エクスプレス) 2018年7月

ハルおじさん
睦子にとって心の拠り所であり続けた温かな伯父 「雷のあとに」 中山聖子作;岡本よしろう絵　文研出版(文研じゅべにーる) 2020年1月

はるか
引っ越しで転校したばかりの小学2年生、どろだんごを大事にしている少女 「どろだんご、さいた―おはなしのまど；7」 中住千春作;はせがわかこ絵 フレーベル館 2019年1月

はるか
好奇心旺盛な小学4年生の女の子 「おなべの妖精一家 1」 福田隆浩作;サトウユカ絵　講談社(わくわくライブラリー) 2018年7月

はるか
好奇心旺盛な小学4年生の女の子 「おなべの妖精一家 2」 福田隆浩作;サトウユカ絵　講談社(わくわくライブラリー) 2018年9月

遥　はるか
「カラダ探し」のメンバーの少女 「カラダ探し 最終夜2」 ウェルザード著　双葉社(双葉社ジュニア文庫) 2020年3月

遥　はるか
「カラダ探し」のメンバーの少女 「カラダ探し 最終夜3」 ウェルザード著　双葉社(双葉社ジュニア文庫) 2020年7月

ヴァルカン
炎と鍛冶の神と称され当代トップの技術者 「炎炎ノ消防隊[4]」 大久保篤原作・絵;緑川聖司文　講談社(講談社青い鳥文庫) 2020年12月

はるきくん
ともくんの友達、これまでの楽しみから距離を置いている少年 「みけねえちゃんにいうてみな モフモフさいこう!—みけねえちゃんにいうてみな；2」 村上しいこ作;くまくら珠美絵　理論社 2019年12月

ハルくん
小学1年生の男の子、黄色いかさの持ち主 「雨の日は、いっしょに—おはなしみーつけた!シリーズ」 大久保雨咲作;殿内真帆絵　佼成出版社 2020年5月

バルサ
かつてサダン・タラム「風の楽人」と共に旅をした経験を持つ護衛の仕事をしている女性 「風と行く者：守り人外伝」 上橋菜穂子作;佐竹美保絵　偕成社(軽装版偕成社ポッシュ) 2018年12月

バルサ
用心棒である護衛士 「風と行く者：守り人外伝」 上橋菜穂子作;佐竹美保絵　偕成社 2018年12月

晴太　はるた
一緒に新しい家で暮らす中学1年生の頼りになる朋の兄 「もうひとつの曲がり角」 岩瀬成子著　講談社 2019年9月

春田 光真　はるた・こうま
吹奏楽部のパーカッション担当の男の子、吹奏楽部副部長 「花里小吹奏楽部 4 図書館版」 夕貴そら作;和泉みお絵　ポプラ社 2019年4月

春田 光真　はるた・こうま
吹奏楽部のパーカッション担当の男の子、吹奏楽部副部長 「花里小吹奏楽部 5 図書館版」 夕貴そら作;和泉みお絵　ポプラ社 2019年4月

春田 光真　はるた・こうま
吹奏楽部副部長でパーカッション担当の男の子 「花里小吹奏楽部キミとボクの輪舞曲(ロンド)」 夕貴そら作;和泉みお絵　ポプラ社(ポプラポケット文庫) 2018年1月

はるちゃん
ハンカチの中の小人を守ろうと奮闘する少女 「ハンカチともだち」 なかがわちひろ作　アリス館 2019年11月

ハルト
ダンスユニット「Air」のメンバー、優しい兄のような存在 「ダンスの王子様：男子のフリしてダンスなんかできません!」 麻井深雪作;朝香のりこ絵　ポプラ社(ポケット・ショコラ) 2020年5月

ハルト
マサキの息子、イツキと同級生のいとこ 「悪ノ物語:紙の悪魔と秘密の書庫」 mothy_悪ノP著;柚希きひろイラスト;△○□×イラスト PHP研究所(PHPジュニアノベル) 2018年3月

ハルト
マサキの息子、イツキと同級生のいとこ 「悪ノ物語 [2]」 mothy_悪ノP著;柚希きひろイラスト;△○□×イラスト PHP研究所(PHPジュニアノベル) 2018年7月

ハルト
世界を救うヒーローを目指す熱血小学生 「暗号サバイバル学園:秘密のカギで世界をすくえ! 01」 山本省三作;丸谷朋弘絵;入澤宣幸暗号図;松本弥ヒエログリフ監修 学研プラス 2020年9月

ハルトさん
天才パティシエ 「めざせ!No.1パティシエ:ケーキ屋さん物語―あこがれガールズコレクションストーリー」 しまだよしなお文;森江まこ絵 小学館 2018年3月

春名 優羽 はるな・ゆう
凜への想いを抱き続けているが気持ちを伝える自信がなく二人の関係がすれ違ってしまう幼なじみの女の子 「映画ういらぶ。」 星森ゆきも原作;高橋ナツコ脚本;宮沢みゆき著 小学館(小学館ジュニア文庫) 2018年10月

春野 かすみ はるの・かすみ
桜ヶ丘スケートクラブ所属の中学2年生の少女 「氷の上のプリンセス ジュニア編2」 風野潮作;Nardack絵 講談社(講談社青い鳥文庫) 2018年7月

春野 かすみ はるの・かすみ
桜ヶ丘スケートクラブ所属の中学2年生の少女 「氷の上のプリンセス ジュニア編3.5」 風野潮作;Nardack絵 講談社(講談社青い鳥文庫) 2019年5月

春野 かすみ はるの・かすみ
桜ヶ丘スケートクラブ所属の中学2年生の少女 「氷の上のプリンセス ジュニア編3」 風野潮作;Nardack絵 講談社(講談社青い鳥文庫) 2018年12月

春野 かすみ はるの・かすみ
桜ヶ丘スケートクラブ所属の中学2年生の少女 「氷の上のプリンセス ジュニア編4」 風野潮作;Nardack絵 講談社(講談社青い鳥文庫) 2019年10月

春野 かすみ はるの・かすみ
桜ヶ丘スケートクラブ所属の中学2年生の少女 「氷の上のプリンセス ジュニア編5」 風野潮作;Nardack絵 講談社(講談社青い鳥文庫) 2020年2月

春野 かすみ はるの・かすみ
桜ヶ丘スケートクラブ所属の中学3年生の少女 「氷の上のプリンセス ジュニア編6」 風野潮作;Nardack絵 講談社(講談社青い鳥文庫) 2020年7月

春野 かすみ はるの・かすみ
桜ヶ丘スケートクラブ所属の中学3年生の少女 「氷の上のプリンセス ジュニア編7」 風野潮作;Nardack絵 講談社(講談社青い鳥文庫) 2020年12月

春野 琴理 はるの・ことり
鞠香と二人でアイドルを目指す小学5年生、温泉旅館「春の屋」の若おかみ・おっこの親戚 「アイドル・ことまり! 3」 令丈ヒロ子作;亜沙美絵 講談社(講談社青い鳥文庫) 2018年1月

春野 美咲　はるの・みさき
雅人の恋人で香鈴の命令により危険な状況に巻き込まれる高校生 「王様ゲーム 再生9.24-1」 金沢伸明著　双葉社(双葉社ジュニア文庫)　2018年7月

春野 美月　はるの・みつき
高校入学をきっかけに脱ぼっちを目指すが上手くいかず一人ぼっちの生活が続いている少女 「小説映画春待つ僕ら」 あなしん原作;おかざきさとこ脚本;森川成美著　講談社 2019年2月

春野 美月　はるの・みつき
高校入学をきっかけに脱ぼっちを目指すが上手くいかず一人ぼっちの生活が続いている少女 「小説映画春待つ僕ら」 あなしん原作;おかざきさとこ脚本;森川成美著　講談社(講談社KK文庫)　2018年11月

春野 未来　はるの・みらい
5年生の途中から学校に行けなくなり夏期特別アシストクラスに通うことになった女の子 「あたしたちのサバイバル教室 特装版―学校に行けないときのサバイバル術 ; 1」 高橋桐矢作;芝生かや絵　ポプラ社　2020年4月

バルフレイナイト
黄泉のチョウの間で言い伝えられている恐ろしいほど強い騎士 「星のカービィ メタナイトと黄泉の騎士」 高瀬美恵作;苅野タウ絵;ぽと絵　KADOKAWA(角川つばさ文庫)　2020年7月

春馬　はるま
氷室跡の探検に行く運動が苦手な少年 「氷室のなぞと秘密基地」 中谷詩子作;よこやまようへい絵　国土社　2020年7月

春山 晴　はるやま・はる
ちょっとぼっちな女子中学生 「4DX!! : 晴とひみつの放課後ゲーム」 こぐれ京作;池田春香絵　KADOKAWA(角川つばさ文庫)　2018年11月

春山 晴　はるやま・はる
ちょっとぼっちな女子中学生 「4DX!! : 晴のバレンタインデーは滅亡する!? [2]」 こぐれ京作;池田春香絵　KADOKAWA(角川つばさ文庫)　2019年5月

パレット
テンの使い魔、おしゃべりなカメレオンでいろどり屋の頼れる相棒 「いろどり屋―十年屋と魔法街の住人たち ; 2」 廣嶋玲子作;佐竹美保絵　静山社　2020年3月

ヴァン
故郷のために戦っていたが東平瑠帝国に囚われ奴隷になっていた男 「鹿の王 3」 上橋菜穂子作;HACCAN絵　KADOKAWA(角川つばさ文庫)　2020年5月

ヴァン
故郷のために戦っていたが東平瑠帝国に囚われ奴隷になっていた男 「鹿の王 4」 上橋菜穂子作;HACCAN絵　KADOKAWA(角川つばさ文庫)　2020年8月

ヴァン
故郷のために戦っていたが東平瑠帝国に囚われ奴隷になっている男 「鹿の王 1」 上橋菜穂子作;HACCAN絵　KADOKAWA(角川つばさ文庫)　2018年12月

ヴァン
故郷のために戦っていたが東平瑠帝国に囚われ奴隷になっている男 「鹿の王 2」 上橋菜穂子作;HACCAN絵 KADOKAWA(角川つばさ文庫) 2019年2月

パンイチ
いつでもパンツ一丁で風邪をひかないと自信を持つパンダにんじゃ 「パンダにんじゃ:どっくがわまいぞう金のなぞ」 藤田遼さく;SANAえ PHP研究所(とっておきのどうわ) 2018年8月

ハンカチの小人 はんかちのこびと
はるちゃんのハンカチに現れる不思議な小人 「ハンカチともだち」 なかがわちひろ作 アリス館 2019年11月

ハンター
サングラスに黒いスーツ姿のアンドロイド 「逃走中:オリジナルストーリー:参加者は小学生!?渋谷の街を逃げまくれ!」 小川彗著;白井鋭利絵 集英社(集英社みらい文庫) 2019年9月

ハンター
サングラスに黒いスーツ姿のアンドロイド 「逃走中:オリジナルストーリー [2]」 小川彗著 集英社(集英社みらい文庫) 2020年9月

バンバン
片目に眼帯をしているが実はマジックで書いただけのパンダにんじゃ 「パンダにんじゃ:どっくがわまいぞう金のなぞ」 藤田遼さく;SANAえ PHP研究所(とっておきのどうわ) 2018年8月

バンビ先生 ばんびせんせい
学校給食の栄養士で給食の食べ残しについて悩む先生 「がんばれ給食委員長」 中松まるは作;石山さやか絵 あかね書房(スプラッシュ・ストーリーズ) 2018年11月

ハンプティ・ダンプティ
鏡の向こうにある不思議な鏡の国の仕立屋、タマゴに細い手足がついたような人物 「華麗なる探偵アリス&ペンギン [12]」 南房秀久著;あるやイラスト 小学館(小学館ジュニア文庫) 2018年12月

バンボーロ
「フラココノ実」を食べたことがない画家 「4ミリ同盟」 高楼方子著;大野八生画 福音館書店 2018年3月

【ひ】

ビー
ビーチサンダルの片われ 「まいごのビーチサンダル」 村椿菜文作;チャンキー松本絵 あかね書房 2018年3月

ピー
ダルと一緒に冒険に出る2匹の子猫のうちの1匹 「ゆうびんばこはねこのいえ」 高木あきこ作;高瀬のぶえ絵 金の星社 2019年8月

ビアンカ
リュカの幼なじみで共に冒険を繰り広げる心優しい少女 「ドラゴンクエスト ユア・ストーリー：映画ノベライズみらい文庫版」 堀井雄二原作;山崎貴脚本;宮本深礼著 集英社(集英社みらい文庫) 2019年8月

ひいちゃん
ふらっと外に出てまどかを見知らぬ山へと導くまどかのひいおばあちゃん 「どこどこ山はどこにある」 おおぎやなぎちか作;松田奈那子絵 フレーベル館(ものがたりの庭) 2018年9月

柊木 カナ　ひいらぎ・かな
勝ち気な性格の唯以の親友 「ぼくの声が消えないうちに。―初恋のシーズン」 西本紘奈作;ダンミル絵 KADOKAWA(角川つばさ文庫) 2018年6月

柊 真しろ　ひいらぎ・ましろ
雪人の母、イヤミスの女王 「作家になりたい! 3」 小林深雪作;牧村久実絵 講談社(講談社青い鳥文庫) 2018年3月

柊 真しろ　ひいらぎ・ましろ
雪人の母、イヤミスの女王 「作家になりたい! 4」 小林深雪作;牧村久実絵 講談社(講談社青い鳥文庫) 2018年11月

柊 真しろ　ひいらぎ・ましろ
雪人の母、イヤミスの女王 「作家になりたい! 5」 小林深雪作;牧村久実絵 講談社(講談社青い鳥文庫) 2019年5月

柊 真しろ　ひいらぎ・ましろ
雪人の母、イヤミスの女王 「作家になりたい! 6」 小林深雪作;牧村久実絵 講談社(講談社青い鳥文庫) 2019年10月

柊 真しろ　ひいらぎ・ましろ
雪人の母、イヤミスの女王 「作家になりたい! 7」 小林深雪作;牧村久実絵 講談社(講談社青い鳥文庫) 2020年4月

柊 真しろ　ひいらぎ・ましろ
雪人の母、イヤミスの女王 「作家になりたい! 8」 小林深雪作;牧村久実絵 講談社(講談社青い鳥文庫) 2020年8月

柊木 結愛　ひいらぎ・ゆめ
有と同じクラスの中学1年生の少女 「近くて遠くて、甘くて苦い：咲月の場合」 櫻いいよ作;甘里シュガー絵 講談社(講談社青い鳥文庫) 2020年9月

ピエール・ロジェ
「ピエール・ロジェ」の店主、超一流の腕を持つ有名なパティシエ 「プティ・パティシエール ガラスの心(ハート)のクレーム・ブリュレ―プティ・パティシエール；5」 工藤純子作;うっけ絵 ポプラ社 2018年7月

ピエール・ロジェ
「ピエール・ロジェ」の店主、超一流の腕を持つ有名なパティシエ 「プティ・パティシエール 涙のウェディング・シュークリーム―プティ・パティシエール；6」 工藤純子作;うっけ絵 ポプラ社 2019年3月

東谷 芹香　ひがしたに・せりか
ゲームが大好きな中学2年生の少女 「リアルゲーム 1」 西羽咲花月著;梅ねこ絵 スターツ出版(野いちごジュニア文庫) 2020年10月

ピカチュウ
サトシの相棒、ねずみポケモン 「ポケットモンスターミュウツーの逆襲EVOLUTION : 大人気アニメストーリー」 田尻智原案;首藤剛志脚本;桑原美保著;石原恒和監修 小学館 2019年7月

ピカチュウ
サトシの相棒、ねずみポケモン 「劇場版ポケットモンスターみんなの物語」 梅原英司脚本;高羽彩脚本;水稀しま著;石原恒和監修 小学館(小学館ジュニア文庫) 2018年7月

ピカチュウ
サトシの相棒でねずみポケモン 「ポケットモンスターサン&ムーン サトシ編―よむポケ」 福田幸江文;姫野よしかず絵;小学館集英社プロダクション監修 小学館 2018年7月

ピカチュウ
サトシの相棒でねずみポケモン 「ミュウツーの逆襲EVOLUTION」 首藤剛志脚本;水稀しま著;石原恒和監修 小学館(小学館ジュニア文庫) 2019年7月

ピカチュウ
サトシの相棒で電気タイプのポケモン 「劇場版ポケットモンスターココ」 田尻智原案;冨岡淳広脚本;矢嶋哲生脚本;水稀しま著;石原恒和監修 小学館(小学館ジュニア文庫) 2020年12月

ピカチュウ
サトシの相棒で電気タイプのポケモン 「劇場版ポケットモンスターココ―大人気アニメストーリー」 田尻智原案;冨岡淳広脚本;矢嶋哲生脚本;桑原美保著;石原恒和監修 小学館 2020年12月

ピカチュウ
ハリーの相棒だったポケモン 「名探偵ピカチュウ」 ダン・ヘルナンデス脚本;ベンジー・サミット脚本;ロブ・レターマン脚本;デレク・コノリー脚本;江坂純著 小学館(小学館ジュニア文庫) 2019年7月

ヒカリ
神に近い存在として生きるが自分のヒマワリが枯れかけていることに気づき人間界での運命を探り始める神間の少女 「HIMAWARI」 嘉成晴香作;谷川千佳絵 あかね書房 2019年6月

ひかり
豆腐屋カトリーヌの3人娘の一人 「あいことばは名探偵」 杉山亮作;中川大輔絵 偕成社 2018年8月

ひかる
小学3年生、転校生の海くんがどんな子か心配している男の子 「ぼくの席がえ」 花田鳩子作;藤原ヒロコ絵 PHP研究所(とっておきのどうわ) 2020年11月

陽川 日向　ひかわ・ひなた
影山の相棒、パソコンが得意で理論的な泳ぎが得意な中学1年生の少年 「スプラッシュ! : ぼくは犬かきしかできない」 山村しょう作;凸ノ高秀絵 集英社(集英社みらい文庫) 2019年12月

樋口 ナノ　ひぐち・なの
受験のために部活動を辞めることが言い出せないおっとりした性格の女の子 「バドミントン★デイズ」 赤羽じゅんこ作;さかぐちまや絵　偕成社(偕成社ノベルフリーク)　2019年2月

樋口 ほのか　ひぐち・ほのか
明るく元気で有村君とケンカしがちな小学6年生の少女 「かなわない、ぜったい。:きみのとなりで気づいた恋」 野々村花作;姫川恵梨絵　集英社(集英社みらい文庫)　2018年12月

ビクトール・バレル
フランス軍の大佐 「レオナルドの扉 2」 真保裕一作;しゅー絵　KADOKAWA(角川つばさ文庫)　2018年1月

ピグレットツム
くしゃみで増えて張り切るとビッグツムになる小さなツムたちの一人 「ディズニーツムツムの大冒険 [2]」 橋口いくよ著;ウォルト・ディズニー・ジャパン株式会社監修　小学館(小学館ジュニア文庫)　2018年2月

日暮 ナツカ　ひぐれ・なつか
パパと共に「おばけたいじ屋」をやっている女の子 「フラワーショップの亡霊—ナツカのおばけ事件簿;18」 斉藤洋作;かたおかまなみ絵　あかね書房　2020年2月

日暮 ナツカ　ひぐれ・なつか
パパと共に「おばけたいじ屋」をやっている女の子 「暗闇の妖怪デザイナー—ナツカのおばけ事件簿;17」 斉藤洋作;かたおかまなみ絵　あかね書房　2019年3月

日暮 ナツカ　ひぐれ・なつか
パパと共に「おばけたいじ屋」をやっている女の子 「図書館の怪談—ナツカのおばけ事件簿;16」 斉藤洋作;かたおかまなみ絵　あかね書房　2018年1月

日暮 春香　ひぐれ・はるか
世界的なデザイナーでナツカの母親 「暗闇の妖怪デザイナー—ナツカのおばけ事件簿;17」 斉藤洋作;かたおかまなみ絵　あかね書房　2019年3月

日暮 道遠　ひぐれ・みちとお
「おばけたいじ屋」を営むナツカの父親 「フラワーショップの亡霊—ナツカのおばけ事件簿;18」 斉藤洋作;かたおかまなみ絵　あかね書房　2020年2月

日暮 道遠　ひぐれ・みちとお
「おばけたいじ屋」を営むナツカの父親 「暗闇の妖怪デザイナー—ナツカのおばけ事件簿;17」 斉藤洋作;かたおかまなみ絵　あかね書房　2019年3月

日暮 道遠　ひぐれ・みちとお
「おばけたいじ屋」を営むナツカの父親 「図書館の怪談—ナツカのおばけ事件簿;16」 斉藤洋作;かたおかまなみ絵　あかね書房　2018年1月

飛黒　ひぐろ
妖怪奉行所の筆頭烏天狗 「妖怪の子預かります 7」 廣嶋玲子作;Minoru絵　東京創元社　2020年10月

ひげくま先生　ひげくませんせい
野原のはずれのひげくま研究所の先生 「こぎつねチロンの星ごよみ」 日下熊三作・絵　誠文堂新光社　2019年10月

ピーコ
美月の家で飼われているインコ、物語のきっかけとなる存在 「団地のコトリ」 八束澄子著 ポプラ社(teens' best selections) 2020年8月

肥後 知恵 ひご・ちえ
県立自然史博物館で職場体験をする中学2年生の少女 「ヴンダーカンマー : ここは魅惑の博物館」 樫崎茜著 理論社 2018年11月

肥後 梨絵 ひご・りえ
秀太のクラスメートの女の子 「教室に幽霊がいる!?」 藤重ヒカル作;宮尾和孝絵 金の星社 2018年9月

B細胞 びーさいぼう
細菌やウイルスなどの抗原に対し抗体という武器を作って戦うリンパ球 「小説はたらく細胞」 清水茜原作・イラスト;時海結以著 講談社(講談社KK文庫) 2018年7月

土方 十四郎 ひじかた・とうしろう
真選組副長で冷静沈着な性格ながらマヨラーとしても知られる男性 「銀魂 : 映画ノベライズみらい文庫版 2」 空知英秋原作;福田雄一脚本;田中創小説 集英社(集英社みらい文庫) 2018年8月

土方 歳三 ひじかた・としぞう
新選組副長として近藤の後を継ぎ蝦夷地で新政府軍に抵抗した指導者 「新選組戦記 = THE SHINSENGUMI'S WAR 上中下」 小前亮作;遠田志帆絵 小峰書店 2019年11月

土方 歳三 ひじかた・としぞう
野球チーム「新選組ガーディアンズ」の4番ファースト 「戦国ベースボール [12]」 りょくち真太作;トリバタケハルノブ絵 集英社(集英社みらい文庫) 2018年3月

聖 瑞姫 ひじり・みずき
平穏な高校生活を送りたいがヒーロー部の活動に巻き込まれていく少女 「アニメ厨病激発ボーイ : めざせ、学校のヒーロー!」 厨病激発ボーイ製作委員会作;石倉リサ文;大神アキラ挿絵 KADOKAWA(角川つばさ文庫) 2019年11月

ピー太 ぴーた
5年1組で飼い始めたウサギ 「IQ探偵ムー ピー太は何も話さない―IQ探偵シリーズ ; 37」 深沢美潮作 ポプラ社 2018年4月

日高 秋仁 ひだか・あきひと
柚の叔父さんで青空町わんニャンどうぶつ病院の獣医 「小説ゆずのどうぶつカルテ : こちらわんニャンどうぶつ病院 1」 伊藤みんご原作・絵;辻みゆき文 講談社(講談社青い鳥文庫) 2019年4月

日高 秋仁 ひだか・あきひと
柚の叔父さんで青空町わんニャンどうぶつ病院の獣医 「小説ゆずのどうぶつカルテ : こちらわんニャンどうぶつ病院 2」 伊藤みんご原作・絵;辻みゆき文 講談社(講談社青い鳥文庫) 2019年8月

日高 秋仁 ひだか・あきひと
柚の叔父さんで青空町わんニャンどうぶつ病院の獣医 「小説ゆずのどうぶつカルテ : こちらわんニャンどうぶつ病院 3」 伊藤みんご原作・絵;辻みゆき文 講談社(講談社青い鳥文庫) 2019年11月

日高 秋仁　ひだか・あきひと
柚の叔父さんで青空町わんニャンどうぶつ病院の獣医 「小説ゆずのどうぶつカルテ：こちらわんニャンどうぶつ病院 4」 伊藤みんご原作・絵;辻みゆき文 講談社(講談社青い鳥文庫) 2020年2月

日高 秋仁　ひだか・あきひと
柚の叔父さんで青空町わんニャンどうぶつ病院の獣医 「小説ゆずのどうぶつカルテ：こちらわんニャンどうぶつ病院 5」 伊藤みんご原作・絵;辻みゆき文 講談社(講談社青い鳥文庫) 2020年5月

日高 秋仁　ひだか・あきひと
柚の叔父さんで青空町わんニャンどうぶつ病院の獣医 「小説ゆずのどうぶつカルテ：こちらわんニャンどうぶつ病院 6」 伊藤みんご原作・絵;辻みゆき文 講談社(講談社青い鳥文庫) 2020年8月

日高 秋仁　ひだか・あきひと
柚の叔父さんで青空町わんニャンどうぶつ病院の獣医 「小説ゆずのどうぶつカルテ：こちらわんニャンどうぶつ病院 7」 伊藤みんご原作・絵;辻みゆき文 講談社(講談社青い鳥文庫) 2020年12月

日高 早苗　ひだか・さなえ
キバを助けた牧場主の娘 「牙王物語：新装合本」 戸川幸夫著;田中豊美画 新評論 2018年11月

ピタゴラス
小さな壺に宿っていた古代ギリシャ人の幽霊 「いたずら★死霊使い(ネクロマンサー)：大賢者ピタゴラスがあらわれた!?」 白水晴鳥作;もけお絵 講談社(講談社青い鳥文庫) 2019年9月

ヒダリ
「ミギ」とのペアを大切にしておりミギの行方を探す赤い毛糸の靴下 「ぼくの、ミギ」 戸森しるこ作;アンマサコ絵 講談社(わくわくライブラリー) 2018年11月

ビーちゃん
ミレイちゃんの大切な友達のテディベア 「ゆっくりおやすみ、樹の下で」 高橋源一郎著 朝日新聞出版 2018年6月

ピッコ
やぎやま小学校のやぎこ先生のクラスの1年生 「やぎこ先生いちねんせい―福音館創作童話シリーズ」 ななもりさちこ文;大島妙子絵 福音館書店 2019年1月

羊崎 ミサキ　ひつじざき・みさき
小学5年生、本嫌いだったがあやかし図書館で本好きに変わる少女 「あやかし図書委員会」 羊崎ミサキ著;水溜鳥イラスト PHP研究所(PHPジュニアノベル) 2019年2月

ひつじママ
優しく温かい雰囲気を持ちお店を支える「ふしぎ亭」のママ 「ふしぎ町のふしぎレストラン 1」 三田村信行作;あさくらまや絵 あかね書房 2019年6月

ひつじ郵便局長　ひつじゆうびんきょくちょう
ヒツジの郵便局長 「森のとしょかんのひみつ」 小手鞠るい作;土田義晴絵 金の星社 2018年9月

ビット
ほねほねバイキング 「ほねほねザウルス 21」 カバヤ食品株式会社原案・監修;ぐるーぷ・アンモナイツ作・絵 岩崎書店 2019年7月

ビット
ほねほねバイキング 「ほねほねザウルス 22」 カバヤ食品株式会社原案・監修;ぐるーぷ・アンモナイツ作・絵 岩崎書店 2020年1月

ヒッポくん
本が大好きでじっくりゆっくり読むことを楽しむカバ 「ふたりはとっても本がすき!」 如月かずさ作;いちかわなつこ絵 小峰書店(おはなしだいすき) 2018年7月

ひでくん
スマートフォンを拾いゲームの世界に入り込む少年 「妖怪いじわるスマートフォン」 土屋富士夫作・絵 PHP研究所(とっておきのどうわ) 2018年6月

ヒデ・ヨシダ
ライムシティの刑事、元ハリーの同僚 「名探偵ピカチュウ」 ダン・ヘルナンデス脚本;ベンジー・サミット脚本;ロブ・レターマン脚本;デレク・コノリー脚本;江坂純著 小学館(小学館ジュニア文庫) 2019年7月

ヒナ
亡くなったおばあちゃんを恋しく思い夜空に会いに行くことを願う女の子 「チビまじょチャミーとほしのティアラ」 藤真知子作;琴月綾絵 岩崎書店(おはなしトントン) 2018年6月

陽菜 ひな
美夏の親友でクラスメートの様子に気づく観察力がある少女 「初恋オレンジタルト = Hatsukoi Orange tart」 天沢夏月著;高上優里子イラスト PHP研究所(PHPジュニアノベル) 2019年5月

日菜子 ひなこ
拓真の同級生で古民家再生のアイデアを提案しクラウドファンディングで支援者を募る手助けをする少女 「ドリーム・プロジェクト = Dream project」 濱野京子著 PHP研究所(わたしたちの本棚) 2018年6月

緋名子 ひなこ
胎児性汚染により生まれつき病弱な煌四の妹 「火狩りの王 2」 日向理恵子作;山田章博絵 ほるぷ出版 2019年5月

ヒナタ
ソラタに助けられた家族も名前も知らないキツネの子 「ソラタとヒナタ [3]」 かんのゆうこさく;くまあやこえ 講談社(わくわくライブラリー) 2020年4月

ヒナタ
家族がなく自分の名前や誕生日も知らないキツネの子 「ソラタとヒナタ : ともだちのつくりかた」 かんのゆうこさく;くまあやこえ 講談社(わくわくライブラリー) 2018年4月

ヒナタ
家族を知らず名前や誕生日も分からないキツネの子 「ソラタとヒナタ [2]」 かんのゆうこさく;くまあやこえ 講談社(わくわくライブラリー) 2019年5月

日向 純　ひなた・じゅん
FC6年1組のメンバーで転校生の天才ストライカー 「FC6年1組：クラスメイトはチームメイト! 一斗と純のキセキの試合」 河端朝日作;千田純生絵　集英社(集英社みらい文庫) 2018年6月

日向 純　ひなた・じゅん
FC6年1組のメンバーで転校生の天才ストライカー 「FC6年1組 [2]」 河端朝日作;千田純生絵　集英社(集英社みらい文庫) 2018年10月

日向 純　ひなた・じゅん
FC6年1組のメンバーで転校生の天才ストライカー 「FC6年1組 [3]」 河端朝日作;千田純生絵　集英社(集英社みらい文庫) 2019年3月

日向 陽人　ひなた・はると
学校一の人気者の中学2年生の男子 「恋する図書室：放課後、あこがれの先輩と」 五十嵐美怜作;桜井みわ絵　集英社(集英社みらい文庫) 2019年9月

日向 ヒヨ　ひなた・ひよ
おまじないが大好きな女の子 「星にねがいを! 1」 あさばみゆき作;那流絵　KADOKAWA(角川つばさ文庫) 2019年8月

日向 ヒヨ　ひなた・ひよ
おまじないが大好きな女の子 「星にねがいを! 2」 あさばみゆき作;那流絵　KADOKAWA(角川つばさ文庫) 2020年1月

日向 ヒヨ　ひなた・ひよ
おまじないが大好きな女の子 「星にねがいを! 3」 あさばみゆき作;那流絵　KADOKAWA(角川つばさ文庫) 2020年6月

日向 ヒヨ　ひなた・ひよ
おまじないが大好きな女の子 「星にねがいを! 4」 あさばみゆき作;那流絵　KADOKAWA(角川つばさ文庫) 2020年10月

日向 美羽　ひなた・みう
好奇心が強い普通の中学1年生の少女 「霧島くんは普通じゃない：転校生はヴァンパイア!?」 麻井深雪作;那流絵　集英社(集英社みらい文庫) 2020年10月

ひなちゃん
元気で明るいクラスの人気者 「ポチっと発明ピカちんキット：キミのピラメキで大発明!?」 加藤綾子文　KADOKAWA(角川つばさ文庫) 2018年7月

日菜乃　ひなの
消えた落とし物箱の謎を追う控えめだけど責任感が人一倍強いしっかり者の少女 「消えた落とし物箱」 西村友里作;大庭賢哉絵　学研プラス(ジュニア文学館) 2020年7月

日野 クリス　ひの・くりす
三ツ谷小学校6年生、美少女コンテストの世界大会で優勝した恥ずかしがりやの少女 「世界一クラブ [10]」 大空なつき作;明菜絵　KADOKAWA(角川つばさ文庫) 2020年11月

日野 クリス　ひの・くりす
三ツ谷小学校6年生、美少女コンテストの世界大会で優勝した恥ずかしがりやの少女 「世界一クラブ [2]」 大空なつき作;明菜絵　KADOKAWA(角川つばさ文庫) 2018年1月

日野 クリス　ひの・くりす
三ツ谷小学校6年生、美少女コンテストの世界大会で優勝した恥ずかしがりやの少女「世界一クラブ［3］」大空なつき作;明菜絵　KADOKAWA（角川つばさ文庫）2018年5月

日野 クリス　ひの・くりす
三ツ谷小学校6年生、美少女コンテストの世界大会で優勝した恥ずかしがりやの少女「世界一クラブ［4］」大空なつき作;明菜絵　KADOKAWA（角川つばさ文庫）2018年9月

日野 クリス　ひの・くりす
三ツ谷小学校6年生、美少女コンテストの世界大会で優勝した恥ずかしがりやの少女「世界一クラブ［5］」大空なつき作;明菜絵　KADOKAWA（角川つばさ文庫）2019年1月

日野 クリス　ひの・くりす
三ツ谷小学校6年生、美少女コンテストの世界大会で優勝した恥ずかしがりやの少女「世界一クラブ［6］」大空なつき作;明菜絵　KADOKAWA（角川つばさ文庫）2019年4月

日野 クリス　ひの・くりす
三ツ谷小学校6年生、美少女コンテストの世界大会で優勝した恥ずかしがりやの少女「世界一クラブ［7］」大空なつき作;明菜絵　KADOKAWA（角川つばさ文庫）2019年9月

日野 クリス　ひの・くりす
三ツ谷小学校6年生、美少女コンテストの世界大会で優勝した恥ずかしがりやの少女「世界一クラブ［8］」大空なつき作;明菜絵　KADOKAWA（角川つばさ文庫）2020年3月

日野 クリス　ひの・くりす
三ツ谷小学校6年生、美少女コンテストの世界大会で優勝した恥ずかしがりやの少女「世界一クラブ［9］」大空なつき作;明菜絵　KADOKAWA（角川つばさ文庫）2020年7月

日野 周彦（チカ）　ひの・ちかひこ（ちか）
チーム1％初の男子メンバー「1％ 10」このはなさくら作;高上優里子絵　KADOKAWA（角川つばさ文庫）2018年8月

日野 周彦（チカ）　ひの・ちかひこ（ちか）
チーム1％初の男子メンバー「1％ 13」このはなさくら作;高上優里子絵　KADOKAWA（角川つばさ文庫）2019年8月

日野 周彦（チカ）　ひの・ちかひこ（ちか）
チーム1％初の男子メンバー「1％ 14」このはなさくら作;高上優里子絵　KADOKAWA（角川つばさ文庫）2019年12月

日野 周彦（チカ）　ひの・ちかひこ（ちか）
チーム1％初の男子メンバー「1％ 16」このはなさくら作;高上優里子絵　KADOKAWA（角川つばさ文庫）2020年8月

日野 周彦（チカ）　ひの・ちかひこ（ちか）
チーム1％初の男子メンバー「1％ 9」このはなさくら作;高上優里子絵　KADOKAWA（角川つばさ文庫）2018年4月

日之出 賢人　ひので・けんと
ムゲが恋する同級生で彼女の猫の姿には気づかず接する少年「泣きたい私は猫をかぶる」岩佐まもる文;永地挿絵　KADOKAWA（角川つばさ文庫）2020年6月

日守 綾香　ひのもり・あやか
若き日のサーヤとレイヤのお母さん「魔天使マテリアル 25」藤咲あゆな作;藤丘ようこ画　ポプラ社(ポプラカラフル文庫)　2018年6月

日守 綾香　ひのもり・あやか
若き日のサーヤとレイヤのお母さん「魔天使マテリアル 27」藤咲あゆな作;藤丘ようこ絵　ポプラ社(ポプラカラフル文庫)　2019年6月

日守 綾香　ひのもり・あやか
若き日のサーヤとレイヤのお母さん「魔天使マテリアル 28」藤咲あゆな作;藤丘ようこ絵　ポプラ社(ポプラカラフル文庫)　2019年9月

日守 綾香　ひのもり・あやか
若き日のサーヤとレイヤのお母さん「魔天使マテリアル 29」藤咲あゆな作;藤丘ようこ絵　ポプラ社(ポプラカラフル文庫)　2019年12月

日守 綾香　ひのもり・あやか
若き日のサーヤとレイヤの母親「魔天使マテリアル 30」藤咲あゆな作;藤丘ようこ絵　ポプラ社(ポプラカラフル文庫)　2020年3月

日守 紗綾　ひのもり・さあや
児童養護施設で育った小学6年生、悪魔と戦う破魔のマテリアルで光のマテリアル・レイヤの双子の姉「魔天使マテリアル 25」藤咲あゆな作;藤丘ようこ画　ポプラ社(ポプラカラフル文庫)　2018年6月

日守 紗綾　ひのもり・さあや
児童養護施設で育った小学6年生、悪魔と戦う破魔のマテリアルで光のマテリアル・レイヤの双子の姉「魔天使マテリアル 26」藤咲あゆな作;藤丘ようこ絵　ポプラ社(ポプラカラフル文庫)　2018年11月

日守 紗綾　ひのもり・さあや
児童養護施設で育った小学6年生、悪魔と戦う破魔のマテリアルで光のマテリアル・レイヤの双子の姉「魔天使マテリアル 27」藤咲あゆな作;藤丘ようこ絵　ポプラ社(ポプラカラフル文庫)　2019年6月

日守 紗綾　ひのもり・さあや
児童養護施設で育った小学6年生、悪魔と戦う破魔のマテリアルで光のマテリアル・レイヤの双子の姉「魔天使マテリアル 28」藤咲あゆな作;藤丘ようこ絵　ポプラ社(ポプラカラフル文庫)　2019年9月

日守 紗綾　ひのもり・さあや
児童養護施設で育った小学6年生、悪魔と戦う破魔のマテリアルで光のマテリアル・レイヤの双子の姉「魔天使マテリアル 29」藤咲あゆな作;藤丘ようこ絵　ポプラ社(ポプラカラフル文庫)　2019年12月

日守 紗綾　ひのもり・さあや
養護施設で育った小学6年生、魔天使マテリアルの力を持ち悪魔と戦う少女「魔天使マテリアル 30」藤咲あゆな作;藤丘ようこ絵　ポプラ社(ポプラカラフル文庫)　2020年3月

日守 黎夜　ひのもり・れいや
サーヤの双子の弟、サーヤと共に戦う仲間の一人「魔天使マテリアル 30」藤咲あゆな作;藤丘ようこ絵　ポプラ社(ポプラカラフル文庫)　2020年3月

日守 黎夜　ひのもり・れいや
破魔のマテリアル・サーヤの双子の弟で小学6年生、魔界の王の子として生まれた光のマテリアル 「魔天使マテリアル 25」 藤咲あゆな作;藤丘ようこ画 ポプラ社(ポプラカラフル文庫) 2018年6月

日守 黎夜　ひのもり・れいや
破魔のマテリアル・サーヤの双子の弟で小学6年生、魔界の王の子として生まれた光のマテリアル 「魔天使マテリアル 26」 藤咲あゆな作;藤丘ようこ絵 ポプラ社(ポプラカラフル文庫) 2018年11月

日守 黎夜　ひのもり・れいや
破魔のマテリアル・サーヤの双子の弟で小学6年生、魔界の王の子として生まれた光のマテリアル 「魔天使マテリアル 27」 藤咲あゆな作;藤丘ようこ絵 ポプラ社(ポプラカラフル文庫) 2019年6月

日守 黎夜　ひのもり・れいや
破魔のマテリアル・サーヤの双子の弟で小学6年生、魔界の王の子として生まれた光のマテリアル 「魔天使マテリアル 28」 藤咲あゆな作;藤丘ようこ絵 ポプラ社(ポプラカラフル文庫) 2019年9月

日守 黎夜　ひのもり・れいや
破魔のマテリアル・サーヤの双子の弟で小学6年生、魔界の王の子として生まれた光のマテリアル 「魔天使マテリアル 29」 藤咲あゆな作;藤丘ようこ絵 ポプラ社(ポプラカラフル文庫) 2019年12月

火野 レイ　ひの・れい
生まれつき霊感を持つ巫女で女子中学生、セーラーマーズ 「小説美少女戦士セーラームーン : 青い鳥文庫版 1」 武内直子原作・絵;池田美代子文 講談社(講談社青い鳥文庫) 2018年6月

火野 レイ　ひの・れい
生まれつき霊感を持つ巫女で女子中学生、セーラーマーズ 「小説美少女戦士セーラームーン : 青い鳥文庫版 2」 武内直子原作・絵;池田美代子文 講談社(講談社青い鳥文庫) 2018年11月

火野 レイ　ひの・れい
生まれつき霊感を持つ巫女で女子中学生、セーラーマーズ 「小説美少女戦士セーラームーン : 青い鳥文庫版 3」 武内直子原作・絵;池田美代子文 講談社(講談社青い鳥文庫) 2019年3月

ひばり
小鳥がついた看板のお店から現れかのこに励ましと優しさを与えてくれる美容師、クラスメートの涼太の母親 「かのこと小鳥の美容院 : おしごとのおはなし美容師―シリーズおしごとのおはなし」 市川朔久子作;種村有希子絵 講談社 2018年1月

ピピ
ララの仲間のキリンの子、ララをからかうことが多いが遠足で一緒に過ごすことになる男の子 「キリンの山のぼり : どうぶつのかぞくキリン―シリーズどうぶつのかぞく」 茂市久美子作;しもかわらゆみ絵 講談社 2019年2月

響 揚巴　ひびき・あげは
琉生の姉で高校生 「華麗なる探偵アリス&ペンギン [13]」 南房秀久著;あるやイラスト 小学館(小学館ジュニア文庫) 2019年10月

枇々木 眩　ひびき・げん
暁生の友人 「窓をあけて、私の詩をきいて」 名木田恵子著 出版ワークス 2018年12月

ひびき ゆい　ひびき・ゆい
ネムが道案内をしたリリイの声優のお姉さん 「声優さんっていいな：おしごとのおはなし声優―シリーズおしごとのおはなし」 如月かずさ作;サトウユカ絵 講談社 2018年2月

響 琉生(シュヴァリエ)　ひびき・るい(しゅばりえ)
「ペンギン探偵社」で見習い中の夕星アリスのクラスメート、探偵シュヴァリエという名でテレビで活躍している中学2年生 「華麗なる探偵アリス&ペンギン [11]」 南房秀久著;あるやイラスト 小学館(小学館ジュニア文庫) 2018年7月

響 琉生(シュヴァリエ)　ひびき・るい(しゅばりえ)
「ペンギン探偵社」で見習い中の夕星アリスのクラスメート、探偵シュヴァリエという名でテレビで活躍している中学2年生 「華麗なる探偵アリス&ペンギン [12]」 南房秀久著;あるやイラスト 小学館(小学館ジュニア文庫) 2018年12月

響 琉生(シュヴァリエ)　ひびき・るい(しゅばりえ)
アリスのクラスメート、探偵シュヴァリエという名でテレビで活躍している中学2年生 「華麗なる探偵アリス&ペンギン [13]」 南房秀久著;あるやイラスト 小学館(小学館ジュニア文庫) 2019年10月

響 琉生(シュヴァリエ)　ひびき・るい(しゅばりえ)
アリスのクラスメート、探偵シュヴァリエという名でテレビで活躍している中学2年生 「華麗なる探偵アリス&ペンギン [14]」 南房秀久著;あるやイラスト 小学館(小学館ジュニア文庫) 2020年2月

響 琉生(シュヴァリエ)　ひびき・るい(しゅばりえ)
アリスのクラスメート、探偵シュヴァリエという名でテレビで活躍している中学2年生 「華麗なる探偵アリス&ペンギン [15]」 南房秀久著;あるやイラスト 小学館(小学館ジュニア文庫) 2020年8月

P・P・ジュニア　ぴーぴーじゅにあ
中学2年生のアリスが同居する言葉を話すペンギン、「ペンギン探偵社」の探偵 「華麗なる探偵アリス&ペンギン [11]」 南房秀久著;あるやイラスト 小学館(小学館ジュニア文庫) 2018年7月

P・P・ジュニア　ぴーぴーじゅにあ
中学2年生のアリスが同居する言葉を話すペンギン、「ペンギン探偵社」の探偵 「華麗なる探偵アリス&ペンギン [12]」 南房秀久著;あるやイラスト 小学館(小学館ジュニア文庫) 2018年12月

P・P・ジュニア　ぴーぴーじゅにあ
中学2年生のアリスが同居する言葉を話すペンギン、「ペンギン探偵社」の探偵 「華麗なる探偵アリス&ペンギン [13]」 南房秀久著;あるやイラスト 小学館(小学館ジュニア文庫) 2019年10月

P・P・ジュニア　ぴーぴーじゅにあ
中学2年生のアリスが同居する言葉を話すペンギン、「ペンギン探偵社」の探偵 「華麗なる探偵アリス&ペンギン [14]」 南房秀久著;あるやイラスト 小学館(小学館ジュニア文庫) 2020年2月

P・P・ジュニア　ぴーぴーじゅにあ
中学2年生のアリスが同居する言葉を話すペンギン、「ペンギン探偵社」の探偵 「華麗なる探偵アリス&ペンギン［15］」 南房秀久著;あるやイラスト 小学館（小学館ジュニア文庫） 2020年8月

響音　ひびね
小学5年生、姉のピアノの音色が楽しめなくなったことを気にかけ姉の心を取り戻そうとする少女 「ピアノをきかせて」 小俣麦穂著 講談社（講談社文学の扉） 2018年1月

日比野 宙（チュウ）　ひびの・そら（ちゅう）
はじめのアホ友達 「金田一くんの冒険 1」 天樹征丸作;さとうふみや絵 講談社（講談社青い鳥文庫） 2018年1月

日比野 宙（チュウ）　ひびの・そら（ちゅう）
はじめのアホ友達 「金田一くんの冒険 2」 天樹征丸作;さとうふみや絵 講談社（講談社青い鳥文庫） 2018年6月

日々野 まつり　ひびの・まつり
芸能学園・四ツ葉学園でイケメングループのマネージャーをしている中学1年生の少女 「スイッチ! 6」 深海ゆずは作;加々見絵里絵 KADOKAWA（角川つばさ文庫） 2020年8月

日々野 まつり　ひびの・まつり
芸能学園・四ツ葉学園でイケメングループのマネージャーをしている中学1年生の少女 「スイッチ!×こちらパーティー編集部っ!：私たち、入れ替わっちゃった!?」 深海ゆずは作;加々見絵里絵;榎木りか絵 KADOKAWA（角川つばさ文庫） 2020年9月

日々野 まつり　ひびの・まつり
芸能学園・四ツ葉学園のマネージメント科の中学1年生の少女 「スイッチ! 1」 深海ゆずは作;加々見絵里絵 KADOKAWA（角川つばさ文庫） 2018年2月

日々野 まつり　ひびの・まつり
芸能学園・四ツ葉学園のマネージメント科の中学1年生の少女 「スイッチ! 2」 深海ゆずは作;加々見絵里絵 KADOKAWA（角川つばさ文庫） 2018年8月

日々野 まつり　ひびの・まつり
芸能学園・四ツ葉学園のマネージメント科の中学1年生の少女 「スイッチ! 3」 深海ゆずは作;加々見絵里絵 KADOKAWA（角川つばさ文庫） 2018年12月

日々野 まつり　ひびの・まつり
芸能学園・四ツ葉学園のマネージメント科の中学1年生の少女 「スイッチ! 4」 深海ゆずは作;加々見絵里絵 KADOKAWA（角川つばさ文庫） 2019年6月

日々野 まつり　ひびの・まつり
芸能学園・四ツ葉学園のマネージメント科の中学1年生の少女 「スイッチ! 5」 深海ゆずは作;加々見絵里絵 KADOKAWA（角川つばさ文庫） 2019年12月

ヒポポ
ゾロリがメインボーカルにスカウトした魅力的なかわいい女の子 「かいけつゾロリスターたんじょう―かいけつゾロリシリーズ；66」 原ゆたかさく・え ポプラ社（ポプラ社の新・小さな童話） 2019年12月

日美 アキラ　ひみ・あきら
プライスレス部のアイディアマンの男子 「ぼくたちはプライスレス! 1」 イノウエミホコ作;an絵 KADOKAWA(角川つばさ文庫) 2020年2月

日美 アキラ　ひみ・あきら
プライスレス部のアイディアマンの男子 「ぼくたちはプライスレス! 2」 イノウエミホコ作;an絵 KADOKAWA(角川つばさ文庫) 2020年6月

卑弥呼　ひみこ
倭国の30余カ国を統べる邪馬台国の女王 「邪馬台戦記 2」 東郷隆作;佐竹美保絵 静山社 2019年1月

卑弥呼　ひみこ
倭国の30余カ国を統べる邪馬台国の女王 「邪馬台戦記 3」 東郷隆作;佐竹美保絵 静山社 2020年1月

ヒミココ
卑弥弓呼、新クナ国の男王で元は旧クナ国の宰相ククチヒコ 「邪馬台戦記 2」 東郷隆作;佐竹美保絵 静山社 2019年1月

ヒミココ
卑弥弓呼、新クナ国の男王で元は旧クナ国の宰相ククチヒコ 「邪馬台戦記 3」 東郷隆作;佐竹美保絵 静山社 2020年1月

氷室 カイ(リドルズ)　ひむろ・かい(りどるず)
IQ200の天才ゲームマスター 「天才謎解きバトラーズQ [2]」 吉岡みつる作;はあと絵 講談社(講談社青い鳥文庫) 2020年8月

氷室 香鈴　ひむろ・かりん
宗教団体「リボーン」の幹部、命令を自由に操れる機会なのクイーンを使って宮内雅人に挑戦状を突きつける高校生 「王様ゲーム 再生9.24-1」 金沢伸明著 双葉社(双葉社ジュニア文庫) 2018年7月

氷室 香鈴　ひむろ・かりん
謎の生命体チャイルドを信仰する宗教団体「リボーン」の幹部、雅人と共に行動していたが正体が明らかになる少女 「王様ゲーム 再生9.19-2」 金沢伸明著 双葉社(双葉社ジュニア文庫) 2018年3月

氷室 拓哉　ひむろ・たくや
スポーツは得意だけど勉強は苦手な中学1年生 「ベートーベンと名探偵! : タイムスリップ探偵団音楽の都ウィーンへ」 楠木誠一郎作;たはらひとえ絵 講談社(講談社青い鳥文庫) 2018年4月

氷室 拓哉　ひむろ・たくや
スポーツは得意だけど勉強は苦手な中学1年生 「マリー・アントワネットと名探偵! : タイムスリップ探偵団眠らない街パリへ」 楠木誠一郎作;たはらひとえ絵 講談社(講談社青い鳥文庫) 2018年9月

氷室 涼太　ひむろ・りょうた
同級生のモテ男子で明日香と契約によって恋人のフリをすることになる少年 「ウソカレ!? : この"恋"はだれにもナイショです」 神戸遥真作;藤原ゆん絵 集英社(集英社みらい文庫) 2020年5月

氷室 涼太　ひむろ・りょうた
同級生のモテ男子で明日香と契約によって恋人のフリをすることになる少年 「ウソカレ!? [2]」 神戸遥真作;藤原ゆん絵 集英社(集英社みらい文庫) 2020年10月

姫山 虎之助(トラ)　ひめやま・とらのすけ(とら)
しりとりの術を使うミコトバヅカイ「いみちぇん! 11」あさばみゆき作;市井あさ絵 KADOKAWA(角川つばさ文庫) 2018年3月

姫山 虎之助(トラ)　ひめやま・とらのすけ(とら)
しりとりの術を使うミコトバヅカイ「いみちぇん! 15」あさばみゆき作;市井あさ絵 KADOKAWA(角川つばさ文庫) 2019年7月

姫山 虎之助(トラ)　ひめやま・とらのすけ(とら)
しりとりの術を使うミコトバヅカイ「いみちぇん! 16」あさばみゆき作;市井あさ絵 KADOKAWA(角川つばさ文庫) 2019年12月

姫山 虎之助(トラ)　ひめやま・とらのすけ(とら)
しりとりの術を使うミコトバヅカイ「いみちぇん! 17」あさばみゆき作;市井あさ絵 KADOKAWA(角川つばさ文庫) 2020年3月

姫山 虎之助(トラ)　ひめやま・とらのすけ(とら)
しりとりの術を使うミコトバヅカイ「いみちぇん! 18」あさばみゆき作;市井あさ絵 KADOKAWA(角川つばさ文庫) 2020年4月

姫山 虎之助(トラ)　ひめやま・とらのすけ(とら)
しりとりの術を使うミコトバヅカイ「いみちぇん! 19」あさばみゆき作;市井あさ絵 KADOKAWA(角川つばさ文庫) 2020年9月

ひも姉さん　ひもねえさん
アフガニスタンの遊牧民の花嫁が乗るラクダを飾るひも 「アリババの猫がきいている」 新藤悦子作;佐竹美保絵 ポプラ社 2020年2月

白虎　びゃっこ
西の方角を司る四神の一人 「妖界ナビ・ルナ 7」 池田美代子作;戸部淑絵 講談社(講談社青い鳥文庫) 2018年9月

桧山 一翔　ひやま・かずま
やんちゃで意地っ張りな男の子 「小説12歳。:キミとふたり―CIAO BOOKS」 まいた菜穂原作;山本櫻子著 小学館 2018年12月

飛山 拓　ひやま・たく
卓球部の部長で新入部員の指導に取り組むが部の課題に直面する少年 「純情!卓球部」 横沢彰作;小松良佳絵 新日本出版社 2020年12月

檜山 夏樹　ひやま・なつき
やりたいことをやっている春樹より11歳年上の兄 「兄ちゃんは戦国武将!」 佐々木ひとみ作;浮雲宇一画 くもん出版(くもんの児童文学) 2018年6月

檜山 春樹　ひやま・はるき
どこにでもいる普通の小学5年生の男の子 「兄ちゃんは戦国武将!」 佐々木ひとみ作;浮雲宇一画 くもん出版(くもんの児童文学) 2018年6月

日向 金一　ひゅうが・きんいち
5年3組で新聞クラブ部長の男の子 「トリプル★ゼロの算数事件簿 ファイル5 図書館版」 向井湘吾作;イケダケイスケ絵 ポプラ社 2019年4月

日向 金一　ひゅうが・きんいち
5年3組で新聞クラブ部長の男の子 「トリプル★ゼロの算数事件簿 ファイル6 図書館版」 向井湘吾作;イケダケイスケ絵 ポプラ社 2019年4月

日向 剣人　ひゅうが・けんと
まっすぐな性格で剣の達人の少年 「ギルティゲーム Last stage」 宮沢みゆき著;鈴羅木かりんイラスト 小学館(小学館ジュニア文庫) 2019年3月

日向 小次郎　ひゅうが・こじろう
翼の最大の宿敵であり南葛中3連覇を阻止するために闘志を燃やす中学生サッカー選手 「キャプテン翼 中学生編上下」 高橋陽一原作・絵;ワダヒトミ著 集英社(集英社みらい文庫) 2018年12月

日向 跳　ひゅうが・はねる
走ることが大好きな八起中学1年の少年 「七転びダッシュ! 1」 村上しいこ作;木乃ひのき絵 講談社(講談社青い鳥文庫) 2018年5月

日向 跳　ひゅうが・はねる
走ることが大好きな八起中学1年の少年 「七転びダッシュ! 2」 村上しいこ作;木乃ひのき絵 講談社(講談社青い鳥文庫) 2018年10月

日向 跳　ひゅうが・はねる
走ることが大好きな八起中学2年の少年 「七転びダッシュ! 3」 村上しいこ作;木乃ひのき絵 講談社(講談社青い鳥文庫) 2019年5月

日和子　ひよこ
歌うのが好きだがオンチなのが悩みな小学4年生の女の子 「ルヴニール = Revenir : アンドロイドの歌」 春間美幸著;長浜めぐみイラスト 小学館 2020年10月

ひよこ？　ひよこ？
自信がなく自分はひよこ？と思っているすみっコ 「映画すみっコぐらし とびだす絵本とひみつのコ ストーリーブック」 サンエックス監修;主婦と生活社編集 主婦と生活社 2019年11月

ひよこ？　ひよこ？
自信がなく自分はひよこ？と思っているすみっコ 「映画すみっコぐらしとびだす絵本とひみつのコ」 サンエックス原作;角田貴志脚本;芳野詩子文 KADOKAWA(角川つばさ文庫) 2019年10月

ビヨスケ
ヒヨの前に突然現れた使い魔 「星にねがいを! 1」 あさばみゆき作;那流絵 KADOKAWA(角川つばさ文庫) 2019年8月

ビヨスケ
ヒヨの前に突然現れた使い魔 「星にねがいを! 2」 あさばみゆき作;那流絵 KADOKAWA(角川つばさ文庫) 2020年1月

ビヨスケ
ヒヨの前に突然現れた使い魔 「星にねがいを! 3」 あさばみゆき作;那流絵 KADOKAWA（角川つばさ文庫） 2020年6月

ビヨスケ
ヒヨの前に突然現れた使い魔 「星にねがいを! 4」 あさばみゆき作;那流絵 KADOKAWA（角川つばさ文庫） 2020年10月

ピョン吉 ぴょんきち
江戸っ子で根性があるカエル 「ど根性ガエル ピョン吉物語」 吉沢やすみ原作;藤咲あゆな著;栗原一実絵 岩崎書店 2018年1月

ヒラ
ミー太郎が迷い込んだ不思議な世界で出会った平野キャッチャーにそっくりな優しい少年 「おはなし猫ピッチャー 空飛ぶマグロと時間をうばわれた子どもたちの巻」 そにしけんじ原作・カバーイラスト;江橋よしのり著;あさだみほ挿絵 小学館（小学館ジュニア文庫） 2018年1月

平井さん ひらいさん
町はずれの小さな仕立て屋で鬼の少年と関わりながら天や森の仲間たちと繋がることになるおじいさん 「魔法のたいこと金の針」 茂市久美子作;こみねゆら画 あかね書房 2019年12月

平手 アスカ ひらて・あすか
スーパージャイアンツのピッチャーの女の子 「フルスイング!：おしごとのおはなしプロ野球選手—シリーズおしごとのおはなし」 くすのきしげのり作;下平けーすけ絵 講談社 2018年2月

ヒラナリ
「絶滅種図鑑」を愛読する好奇心旺盛な少年 「ゼツメッシュ!：ヤンキー、未来で大あばれ」 百舌涼一作;TAKA絵 講談社（講談社青い鳥文庫） 2020年11月

平野 香織 ひらの・かおり
翔太のクラスメイトで学級委員、常に厚志と口論しつつ虫の研究を通じてチームを引っ張る活発な少女 「ぼくらのなぞ虫大研究」 谷本雄治作;羽尻利門絵 あかね書房（読書の時間） 2020年6月

平林 越 ひらばやし・えつ
つぐみの治療のため家族と共に山梨県へ移住する小学6年生の少年 「ずっと見つめていた」 森島いずみ作;しらこ絵 偕成社 2020年3月

平林 つぐみ ひらばやし・つぐみ
化学物質過敏症を患っている越の妹 「ずっと見つめていた」 森島いずみ作;しらこ絵 偕成社 2020年3月

平安 遠子 ひらやす・とおこ
児童会の書記でおだやかな6年2組の女の子 「生活向上委員会! 9」 伊藤クミコ作;桜倉メグ絵 講談社（講談社青い鳥文庫） 2018年11月

ヒーロー
ライオンのぬいぐるみのアバターでルームの参加者の一人 「奇譚ルーム」 はやみねかおる著 朝日新聞出版 2018年3月

ヒロ
ロボットを作るのが得意な14歳の天才少年 「ベイマックス帰ってきたベイマックス」 李正美文・構成;講談社編 講談社(ディズニームービーブック) 2018年11月

ヒロ
一成と同じくナナコに想いを寄せるが日々の虚無感に抗おうとする中学3年生の少年 「ぼくらのセイキマツ」 伊藤たかみ著 理論社 2019年4月

ヒロ
食いしんぼうな小学5年生の少年 「悪ガキ7：学校対抗イス取りゲーム!」 宗田理著 静山社 2018年2月

ヒロ
洋食屋の息子で食いしん坊な小学5年生 「悪ガキ7：いたずらtwinsと仲間たち」 宗田理作;いつか絵 静山社(静山社ペガサス文庫) 2020年10月

ヒロキ
夏休みにおばあちゃんの家を訪れた男の子、山の裏側に迷い込み冒険を経験する小学4年生 「山のうらがわの冒険」 みおちづる作;広瀬弦絵 あかね書房(読書の時間) 2020年6月

大樹(ヒロキ) ひろき(ひろき)
夏休みにおばあちゃんの家を訪れた男の子、山の裏側に迷い込み冒険を経験する小学4年生 「山のうらがわの冒険」 みおちづる作;広瀬弦絵 あかね書房(読書の時間) 2020年6月

広崎 梨奈 ひろさき・りな
加瀬君に片思いしているが好きな人の前では緊張して声が出なくなる女子高生 「君のとなりで片想い」 高瀬花央作;綾瀬羽美絵 ポプラ社(ポケット・ショコラ) 2018年7月

広崎 梨奈 ひろさき・りな
好きな彼の前では緊張して話せなくなる恋愛に不器用な女の子 「君のとなりで片想い [2]」 高瀬花央作;綾瀬羽美絵 ポプラ社(ポケット・ショコラ) 2019年7月

ひろし
シャツに張りついたカエルのピョン吉と出会う中学2年の少年 「ど根性ガエル ピョン吉物語」 吉沢やすみ原作;藤咲あゆな著;栗原一実絵 岩崎書店 2018年1月

ひろし
小学5年生で学校一の天才少年 「青鬼調査クラブ：ジェイルハウスの怪物を倒せ!」 noprops原作;黒田研二原作;波摘著;鈴羅木かりんイラスト PHP研究所(PHPジュニアノベル) 2019年12月

ひろし
小学5年生で学校一の天才少年 「青鬼調査クラブ 2」 noprops原作;黒田研二原作;波摘著;鈴羅木かりんイラスト PHP研究所(PHPジュニアノベル) 2020年7月

ひろし
小学5年生で学校一の天才少年 「青鬼調査クラブ 3」 noprops原作;黒田研二原作;波摘著;鈴羅木かりんイラスト PHP研究所(PHPジュニアノベル) 2020年11月

ひろし
謎解きが得意な小学5年生 「青鬼 [2]」 noprops原作;黒田研二著;鈴羅木かりんイラスト PHP研究所(PHPジュニアノベル) 2018年7月

ひろし
謎解きが得意な小学5年生 「青鬼 [3]」 noprops原作;黒田研二著;鈴羅木かりんイラスト PHP研究所(PHPジュニアノベル) 2018年11月

ひろし
謎解きが得意な小学5年生 「青鬼 [4]」 noprops原作;黒田研二著;鈴羅木かりんイラスト PHP研究所(PHPジュニアノベル) 2019年5月

ひろし
謎解きが得意な小学5年生 「青鬼 [5]」 noprops原作;黒田研二著;鈴羅木かりんイラスト PHP研究所(PHPジュニアノベル) 2019年12月

ひろし
謎解きが得意な小学5年生 「青鬼 [6]」 noprops原作;黒田研二著;鈴羅木かりんイラスト PHP研究所(PHPジュニアノベル) 2020年5月

広瀬 一樹　ひろせ・かずき
みちのく妖怪ツアーに参加する小学5年生の少年 「みちのく妖怪ツアー」 佐々木ひとみ作;野泉マヤ作;堀米薫作;東京モノノケ絵 新日本出版社 2018年8月

広瀬 蒼空　ひろせ・そら
パティシエを目指し菓子作りに情熱を注ぐ理花のクラスメート 「理花のおかしな実験室 : お菓子づくりはナゾだらけ!? 1」 やまもとふみ作;nanao絵 KADOKAWA(角川つばさ文庫) 2020年10月

広瀬 トーコ　ひろせ・とーこ
母親を亡くし祖父母と暮らしながら母が行きたがっていた場所を探し続ける中学1年生 「その景色をさがして」 中山聖子著 PHP研究所(わたしたちの本棚) 2018年4月

広瀬 真尋　ひろせ・まひろ
霧見台中学1年生で文芸部の女の子 「霧見台三丁目の未来人」 緑川聖司著;ポズイラスト PHP研究所(カラフルノベル) 2020年1月

広瀬 美鶴　ひろせ・みつる
亡くなった後にトーコに大切なメッセージを遺したトーコの母 「その景色をさがして」 中山聖子著 PHP研究所(わたしたちの本棚) 2018年4月

博巳さん　ひろみさん
幹の悩みを聞いてくれるユンボの作業員 「ユンボのいる朝」 麦野圭作;大野八生絵 文溪堂 2018年11月

弘光 由貴　ひろみつ・よしたか
イケメンでありながらひねくれた性格の数学教師 「センセイ君主 : 映画ノベライズみらい文庫版」 幸田もも子原作;吉田恵里香脚本;平林佐和子著 集英社(集英社みらい文庫) 2018年7月

琵琶小路 乙葉　びわこうじ・おとは
作曲が得意なあやめの友人 「きみの声をとどけたい」 石川学作;青木俊直絵 ポプラ社(ポプラポケット文庫) 2018年8月

ピンキー・ブルマー
サラちゃんのブタのぬいぐるみ 「サラとピンキーサンタの国へ行く」 富安陽子作・絵 講談社(わくわくライブラリー) 2018年11月

ピンキー・ブルマー
サラちゃんのブタのぬいぐるみ 「サラとピンキーたからじまへ行く」 富安陽子作・絵 講談社(わくわくライブラリー) 2018年8月

【ふ】

ファウスト
かつて名を轟かせていた偉大な錬金術師でメフィストの相棒だったアパートの修繕係 「地底アパートと幻の地底王国 特装版—蒼月海里の「地底アパート」シリーズ；5」 蒼月海里著 ポプラ社 2020年4月

ファウスト
かつて名を轟かせていた偉大な錬金術師でメフィストの相棒だったアパートの修繕係 「地底アパートのアンドロイドは巨大ロボットの夢を見るか 特装版—蒼月海里の「地底アパート」シリーズ；3」 蒼月海里著 ポプラ社 2020年4月

ファウスト
かつて名を轟かせていた偉大な錬金術師でメフィストの相棒だったアパートの修繕係 「地底アパートの咲かない桜と見えない住人 特装版—蒼月海里の「地底アパート」シリーズ；4」 蒼月海里著 ポプラ社 2020年4月

ファー・ズー
娘を嫁に出すことが一家の名誉と信じているムーランの母親 「ムーラン」 おおつかのりこ文;講談社編;駒田文子構成 講談社(ディズニームービーブック) 2020年8月

ファナ
「夢とき師」に憧れ死者を蘇らせる力があると言われて腕輪を託される少女 「夢とき師ファナ：黄泉の国の腕輪」 小森香折作;うぐいす祥子絵 偕成社(偕成社ノベルフリーク) 2018年4月

ファーマー(グランパ)
ジェイソンの祖父 「グランパと僕らの宝探し：ドゥリンビルの仲間たち」 大矢純子作;みしまゆかり絵 朝日学生新聞社 2018年1月

ファミ
帝国の第3王女、12歳 「キミト宙(そら)へ 1」 床丸迷人作;へちま絵 KADOKAWA(角川つばさ文庫) 2018年12月

ファミ
帝国の第3王女、12歳 「キミト宙(そら)へ 2」 床丸迷人作;へちま絵 KADOKAWA(角川つばさ文庫) 2019年3月

ファミ
帝国の第3王女、12歳 「キミト宙(そら)へ 3」 床丸迷人作;へちま絵 KADOKAWA(角川つばさ文庫) 2019年9月

ファミ
帝国の第3王女、12歳 「キミト宙(そら)へ 4」 床丸迷人作;へちま絵 KADOKAWA(角川つばさ文庫) 2020年2月

ファミ
帝国の第3王女、12歳 「キミト宙(そら)へ 5」 床丸迷人作;へちま絵 KADOKAWA(角川つばさ文庫) 2020年8月

ファ・ムーラン
運動神経が良く男になりすまして兵士になる少女 「ムーラン」 おおつかのりこ文;講談社編;駒田文子構成 講談社(ディズニームービーブック) 2020年8月

ファ・リー
戦いで足を痛めてしまったムーランの父親 「ムーラン」 おおつかのりこ文;講談社編;駒田文子構成 講談社(ディズニームービーブック) 2020年8月

ファリード
七つの魔法の宝石を探す旅に出たシェーラの幼なじみの魔法使いの少年 「シェーラ姫の冒険 = The adventures of Princess Scheherazade 上下 愛蔵版」 村山早紀著;佐竹美保絵 童心社 2019年3月

ファルザーナ
パキスタンの難民キャンプで生まれカーブルで暮らす弁護士を目指し女性の権利向上に尽力する大学生 「《世界》がここを忘れても : アフガン女性・ファルザーナの物語」 清末愛砂文;久保田桂子絵 寿郎社 2020年2月

フィニー
代々伝わる水晶を持ってムーンヒルズ魔法宝石店を訪れる魔女、自分の声を好きになれない歌姫 「ムーンヒルズ魔法宝石店 3」 あんびるやすこ作・絵 講談社(わくわくライブラリー) 2019年11月

ふう
マイペースなおじいさん猫 「さよなら弟ねこのヤン―ねこたちからのメッセージ」 なりゆきわかこ作;あやか挿絵 KADOKAWA(角川つばさ文庫) 2018年4月

フウ
メイの手紙を南の島まで届けようとするアサギマダラ 「アサギマダラの手紙」 横田明子作;井川ゆり子絵 国土社 2019年9月

風花 ふうか
生き物係の一員としてモンシロチョウのエサを作りチョウの世話をするがその死に直面する女の子 「のんちゃんとモンシロチョウ」 西村友里作;はせがわかこ絵 PHP研究所(とっておきのどうわ) 2018年4月

風太 ふうた
てんぐ山で修行中の小てんぐ 「とべ!小てんぐ!」 南史子作;牧村慶子絵 国土社 2019年2月

風斗 ふうと
孤児となり忍びとして育てられた少女、明智光秀に仕える忍び 「本能寺の敵 : キリサク手裏剣」 加部鈴子作;田中寛崇画 くもん出版(くもんの児童文学) 2020年4月

フェアリー
いるかのそばに寄り添って助けてくれる心優しい妖精 「お願い!フェアリー 23」 みずのまい作;カタノトモコ絵 ポプラ社 2019年10月

フェニックス
地球から遠い星に住む宇宙人の少年 「怪盗ジョーカー [7]」 たかはしひでやす原作;福島直浩著;佐藤大監修;寺本幸代監修 小学館(小学館ジュニア文庫) 2019年4月

笛ノ森 世々 ふえのもり・よよ
人間の女の子に変身して海くんに会ために図書館に行くきつねの女の子 「世々と海くんの図書館デート:恋するきつねは、さくらのバレエシューズをはいて、絵本をめくるのです。」 野村美月作;U35絵 講談社 2020年10月

笛ノ森 世々 ふえのもり・よよ
笛ノ森で暮らすきつねの女の子で海くんの彼女 「世々と海くんの図書館デート 2」 野村美月作;U35絵 講談社(講談社青い鳥文庫) 2020年10月

フェン
ござる口調のサラマンダー 「世界一周とんでもグルメ:はらぺこ少女、師匠に出会う」 廣嶋玲子作;モタ絵 KADOKAWA(角川つばさ文庫) 2018年5月

フェンネール(フェン)
ござる口調のサラマンダー 「世界一周とんでもグルメ:はらぺこ少女、師匠に出会う」 廣嶋玲子作;モタ絵 KADOKAWA(角川つばさ文庫) 2018年5月

深井沢 シン ふかいさわ・しん
プライスレス部の頭脳&調査活動を担当する知的メガネ男子 「ぼくたちはプライスレス! 1」 イノウエミホコ作;an絵 KADOKAWA(角川つばさ文庫) 2020年2月

深井沢 シン ふかいさわ・しん
プライスレス部の頭脳&調査活動を担当する知的メガネ男子 「ぼくたちはプライスレス! 2」 イノウエミホコ作;an絵 KADOKAWA(角川つばさ文庫) 2020年6月

深沢 七音 ふかざわ・なお
夏ノ瀬学園初等部6年生、小笠原源馬の娘で好奇心旺盛な少女 「少年探偵響 5」 秋木真作;しゅー絵 KADOKAWA(角川つばさ文庫) 2018年10月

深沢 七音 ふかざわ・なお
夏ノ瀬学園初等部6年生、小笠原源馬の娘で好奇心旺盛な少女 「少年探偵響 6」 秋木真作;しゅー絵 KADOKAWA(角川つばさ文庫) 2019年7月

深沢 七音 ふかざわ・なお
夏ノ瀬学園初等部6年生、小笠原源馬の娘で好奇心旺盛な少女 「少年探偵響 7」 秋木真作;しゅー絵 KADOKAWA(角川つばさ文庫) 2020年10月

深津さん ふかつさん
草子に「しずかな魔女」という物語を紹介した司書 「しずかな魔女―物語の王国 ; 2-13」 市川朔久子作 岩崎書店 2019年6月

プカプカ
コンブ林に住みついた旅ラッコ 「ぼくは気の小さいサメ次郎といいます」 岩佐めぐみ作;高畠純絵 偕成社(偕成社おはなしポケット) 2019年7月

吹井 圭　ふきい・けい
鈴の弟、母親の死を受けて鈴と父親と一緒に暮らすことになる少年 「地図を広げて」 岩瀬成子著　偕成社　2018年7月

吹井 鈴　ふきい・すず
母親の死を受け父親と弟の圭と新しい生活を始めることになった少女 「地図を広げて」 岩瀬成子著　偕成社　2018年7月

フク
カラス型タイムマシンで過去の日本にタイムトラベルし坂本龍馬と出会うお昼寝が大好きな小学生猫 「小説映画ねこねこ日本史：龍馬のはちゃめちゃタイムトラベルぜよ!」 そにしけんじ原作;清水匡小説;ジョーカーフィルムズ作画　実業之日本社(実業之日本社ジュニア文庫) 2019年12月

福家 とおる　ふくいえ・とおる
ヒラナリの暮らす世界にやってきたバリバリのヤンキー 「ゼツメッシュ!：ヤンキー、未来で大あばれ」 百舌涼一作;TAKA絵　講談社(講談社青い鳥文庫) 2020年11月

福内 嘉代　ふくうち・かよ
平坂城址高校附属中学の生徒会長で個性的なリーダーシップを発揮する中学2年生の少女 「あこがれの彼は生霊クン―生徒会(秘)レポート」 住滝良作;kaworu絵　講談社(講談社青い鳥文庫) 2020年5月

福内 嘉代　ふくうち・かよ
平坂城址高校附属中学の生徒会長で個性的なリーダーシップを発揮する中学2年生の少女 「蜘蛛のお姫様はスマホ好き―生徒会マル秘レポート」 住滝良作;kaworu絵　講談社(講談社青い鳥文庫) 2020年11月

福臣 瑞久　ふくおみ・みずく
五右衛門を撃ったかぎ爪の持ち主 「妖怪捕物帖乙 古都怨霊篇4―ようかいとりものちょう；12」 大崎悌造作;ありがひとし画　岩崎書店　2020年9月

福臣 瑞玖　ふくおみ・みずく
ミカドに仕える公家の当主 「妖怪捕物帖乙 古都怨霊篇1―ようかいとりものちょう；9」 大崎悌造作;ありがひとし画　岩崎書店　2019年2月

福臣 瑞玖　ふくおみ・みずく
ミカドに仕える公家の当主 「妖怪捕物帖乙 古都怨霊篇2―ようかいとりものちょう；10」 大崎悌造作;ありがひとし画　岩崎書店　2019年9月

ふくこ
元町内のアイドル猫、ある日魔術師の少年に捕らえられてピンチに陥るゆうれい猫 「ゆうれい猫と魔術師の少年」 廣嶋玲子作;バラマツヒトミ絵　岩崎書店(おはなしガーデン) 2020年5月

フクコ
息子のフクロウが巣から飛び立つ勇気を与えたい母親フクロウ 「森のクリーニング店シラギクさん」 髙森美由紀作;jyajya絵　あかね書房(スプラッシュ・ストーリーズ) 2019年9月

福士 優太　ふくし・ゆうた
睦月と蘭の友達の男の子 「七つのおまじない―泣いちゃいそうだよ」 小林深雪作;牧村久実絵　講談社(講談社青い鳥文庫) 2018年8月

福神 礼司(レイジさん) ふくじん・れいじ(れいじさん)
ふしぎな古書店「福神堂」の店主、小学5年生のひびきを仮弟子にした福の神 「ふしぎ古書店 7」 にかいどう青作;のぶたろ絵 講談社(講談社青い鳥文庫) 2018年1月

フクタロウ
巣から飛び立てないフクロウ 「森のクリーニング店シラギクさん」 髙森美由紀作;jyajya絵 あかね書房(スプラッシュ・ストーリーズ) 2019年9月

福留 旺太郎 ふくどめ・おうしろう
女子が苦手でまじめな学級委員 「スキ・キライ相関図 2」 このはなさくら作;高上優里子絵 KADOKAWA(角川つばさ文庫) 2020年5月

フクフク
氷の大地に生まれたくましく成長する皇帝ペンギン 「はらぺこペンギンのぼうけん : どうぶつのかぞくペンギン―シリーズどうぶつのかぞく」 吉野万理子作;松成真理子絵 講談社 2018年12月

福森 直人 ふくもり・なおと
高校2年生で水族館部のイベント班班長、一般公開日を盛り上げるムードメーカー 「長浜高校水族館部!」 令丈ヒロ子文;紀伊カンナ絵 講談社 2019年3月

フクロウ
夜の森で鳴く動物 「月夜のキノコ 新装版―トガリ山のぼうけん ; 3」 いわむらかずお文・絵 理論社 2019年10月

プーさんツム
くしゃみで増えて張り切るとビッグツムになる小さなツムたちの一人 「ディズニーツムツムの大冒険 [2]」 橋口いくよ著;ウォルト・ディズニー・ジャパン株式会社監修 小学館(小学館ジュニア文庫) 2018年2月

藤井 咲希 ふじい・さき
図書委員になったが本には興味がない中学1年生の少女 「恋する図書室 [2]」 五十嵐美怜作;桜井みわ絵 集英社(集英社みらい文庫) 2020年1月

藤枝 歩夢 ふじえだ・あゆむ
ゆうなの初恋の相手で幼なじみの男の子 「キミと、いつか。[11]」 宮下恵茉作;染川ゆかり絵 集英社(集英社みらい文庫) 2019年7月

藤枝 開 ふじえだ・かい
四番町少年合唱団でソプラノとして活躍し歌への情熱を持つ少年 「その声は、長い旅をした」 中澤晶子著;ささめやゆき装画・カット・地図 国土社 2019年10月

藤枝 侑名 ふじえだ・ゆきな
恭緒と共に活動し寮の雰囲気を和ませる女子寮生 「お庭番デイズ : 逢沢学園女子寮日記 上下」 有沢佳映著 講談社 2020年7月

藤岡 龍斗 ふじおか・りゅうと
静香の小学生の時からの友達でサッカー部所属の男の子 「スターになったらふりむいて : ファーストキスはだれとする?」 みずのまい作;乙女坂心絵 集英社(集英社みらい文庫) 2019年10月

藤岡 龍斗　ふじおか・りゅうと
静香の小学生の時からの友達でサッカー部所属の男の子 「スターになったらふりむいて[2]」 みずのまい作;乙女坂心絵　集英社(集英社みらい文庫) 2020年2月

藤岡 龍斗　ふじおか・りゅうと
静香の小学生の時からの友達でサッカー部所属の男の子 「スターになったらふりむいて[3]」 みずのまい作;乙女坂心絵　集英社(集英社みらい文庫) 2020年6月

藤岡 龍斗　ふじおか・りゅうと
未来に告白したことがあるクラスメートの少年 「たったひとつの君との約束 [5]」 みずのまい作;U35絵　集英社(集英社みらい文庫) 2018年4月

藤岡 龍斗　ふじおか・りゅうと
未来に告白したことがあるクラスメートの少年 「たったひとつの君との約束 [6]」 みずのまい作;U35絵　集英社(集英社みらい文庫) 2018年6月

藤岡 龍斗　ふじおか・りゅうと
未来に告白したことがあるクラスメートの少年 「たったひとつの君との約束 [7]」 みずのまい作;U35絵　集英社(集英社みらい文庫) 2018年10月

藤岡 龍斗　ふじおか・りゅうと
未来に告白したことがあるクラスメートの少年 「たったひとつの君との約束 [8]」 みずのまい作;U35絵　集英社(集英社みらい文庫) 2019年2月

藤岡 龍斗　ふじおか・りゅうと
未来に告白したことがあるクラスメートの少年 「たったひとつの君との約束 [9]」 みずのまい作;U35絵　集英社(集英社みらい文庫) 2019年6月

藤木 秀太　ふじき・しゅうた
いたずら好きな小学4年生の男の子 「教室に幽霊がいる!?」 藤重ヒカル作;宮尾和孝絵　金の星社 2018年9月

藤木 颯真　ふじき・そうま
サッカー部のエースでイケメン、ひかりの隣のクラスの男子 「近くて遠くて、甘くて苦い ひかりの場合」 櫻いいよ作;甘里シュガー絵　講談社(講談社青い鳥文庫) 2020年12月

藤倉 翔　ふじくら・かける
兄へのコンプレックスから自分の殻にこもりがちだったがセパタクローに出会い成長していく中学生の少年 「セパ! = SEPAK!」 虹山つるみ作;あきひこ絵　ポプラ社(ノベルズ・エクスプレス) 2018年7月

藤 蛍太　ふじ・けいた
暦と同じく凜と優羽の関係を支える優しい幼なじみ 「映画ういらぶ。」 星森ゆきも原作;高橋ナツコ脚本;宮沢みゆき著　小学館(小学館ジュニア文庫) 2018年10月

藤崎 加恋　ふじさき・かれん
吹奏楽部所属で天然ボケを理由に練習を休んだりしている女の子 「生活向上委員会! 7」 伊藤クミコ作;桜倉メグ絵　講談社(講談社青い鳥文庫) 2018年3月

藤沢 彩菜　ふじさわ・あやな
いじめに関わったクラスメートへの復讐を決意し周囲の気持ちに戸惑いながら報復を続ける中学3年の少女 「復讐教室 2」 山崎烏著　双葉社(双葉社ジュニア文庫) 2018年3月

藤白 圭一郎　ふじしろ・けいいちろう
天才的な頭脳を持ち怪盗レッドとして活躍する中学生 「怪盗レッドTHE FIRST : ここから、すべては始まった」 秋木真著;しゅー絵 KADOKAWA 2020年3月

藤白 凪　ふじしろ・なぎ
青陵学園高校3年生で生徒会長の男の子 「制服シンデレラ」 麻井深雪作;池田春香絵 ポプラ社(ポケット・ショコラ) 2019年9月

藤代 まさみ(バンビ先生)　ふじしろ・まさみ(ばんびせんせい)
学校給食の栄養士で給食の食べ残しについて悩む先生 「がんばれ給食委員長」 中松まるは作;石山さやか絵 あかね書房(スプラッシュ・ストーリーズ) 2018年11月

藤田 海留　ふじた・かいる
モテモテの人気アイドル 「ゆめ☆かわ ここあのコスメボックス [3]」 伊集院くれあ著;池田春香イラスト 小学館(小学館ジュニア文庫) 2018年7月

藤谷 結衣　ふじたに・ゆい
紬の幼なじみで親友 「これが恋かな? Case1」 小林深雪作;牧村久実絵 講談社(講談社青い鳥文庫) 2018年4月

藤谷 わかば　ふじたに・わかば
ちょっぴりおバカな16歳の女の子 「チア☆ダンROCKETS 1」 映画「チア☆ダン」製作委員会原作;後藤法子ドラマ脚本;徳尾浩司ドラマ脚本;みうらかれん文;榊アヤミ絵 KADOKAWA(角川つばさ文庫) 2018年8月

藤谷 わかば　ふじたに・わかば
ちょっぴりおバカな16歳の女の子、西高チアダンス部ROCKETSのリーダー 「チア☆ダンROCKETS 2」 映画「チア☆ダン」製作委員会原作;徳尾浩司ドラマ脚本;木村涼子ドラマ脚本;みうらかれん文;榊アヤミ絵 KADOKAWA(角川つばさ文庫) 2018年10月

藤谷 わかば　ふじたに・わかば
ちょっぴりおバカな高校3年生の女の子、西高チアダンス部ROCKETSのリーダー 「チア☆ダンROCKETS 3」 映画「チア☆ダン」製作委員会原作;木村涼子ドラマ脚本;徳尾浩司ドラマ脚本;渡邉真子ドラマ脚本;みうらかれん文;榊アヤミ絵 KADOKAWA(角川つばさ文庫) 2018年12月

藤戸 千雪　ふじと・ちゆき
パリ・コレモデルになることを夢見る少女 「ランウェイで笑って = smile at the runway : 158cmモデル、パリコレへ!」 猪ノ谷言葉原作・絵;有沢ゆう希作 講談社(講談社KK文庫) 2020年4月

富士 十七波　ふじ・となみ
突然の離婚をきっかけに能登半島の柳田村に移住した自由でポジティブな乃波木の母親 「い〜じ〜大波小波」 乃波木著 ロクリン社 2019年3月

藤野 さゆり　ふじの・さゆり
竜二と共に風おじさんの家を訪れ探検隊に加わる12歳の少女 「ドエクル探検隊 = DOEKURU Expedition Party」 草山万兎作;松本大洋画 福音館書店 2018年6月

富士 乃波木　ふじ・のはぎ
母親と一緒に突然の移住を経験し戸惑いながらも成長していく12歳の娘 「い〜じ〜大波小波」 乃波木著 ロクリン社 2019年3月

藤巻 美優　ふじまき・みゆ
弱気で「ムリムリムリ」が口ぐせだが奇跡を信じようとする心を持つ女の子 「バドミントン★デイズ」 赤羽じゅんこ作;さかぐちまや絵 偕成社(偕成社ノベルフリーク) 2019年2月

藤美 マイ　ふじみ・まい
ファッションデザイナーを目指す中学1年生の少女 「小説ゲキカワデビル：恋するゲキカワコーデ―CIAO BOOKS」 やぶうち優原作・イラスト;宮沢みゆき著 小学館 2019年3月

藤宮 伊月　ふじみや・いつき
帝徳学園暁寮の寮長、旧財閥の藤宮グループの御曹司で中学2年生の男子 「チェンジ!：今日からわたしが男子寮!?」 市宮早記作;明菜絵 集英社(集英社みらい文庫) 2020年6月

藤宮 せりな　ふじみや・せりな
渚に告白したて断られたがめげない千歌のクラスメート 「渚くんをお兄ちゃんとは呼ばない［10］」 夜野せせり作;森乃なっぱ絵 集英社(集英社みらい文庫) 2020年11月

藤本 賢哉　ふじもと・けんや
美術部部長 「部長会議はじまります」 吉野万理子作 朝日学生新聞社 2019年2月

藤本 雄一　ふじもと・ゆういち
大好きだったおばあちゃんを亡くし「神さま」に願いをかなえてもらいたいと願う少年 「かみさまにあいたい」 当原珠樹作;酒井以絵 ポプラ社(ポプラ物語館) 2018年4月

藤森 拓人　ふじもり・たくと
陸上部キャプテンの2年生の少年 「七転びダッシュ! 2」 村上しいこ作;木乃ひのき絵 講談社(講談社青い鳥文庫) 2018年10月

藤森 拓人　ふじもり・たくと
陸上部の前キャプテンの3年生の少年 「七転びダッシュ! 3」 村上しいこ作;木乃ひのき絵 講談社(講談社青い鳥文庫) 2019年5月

富士山 鷹雄　ふじやま・たかお
子どもたちの自立を応援している国の偉い人 「四つ子ぐらし 1」 ひのひまり作;佐倉おりこ絵 KADOKAWA(角川つばさ文庫) 2018年10月

藤原 虎　ふじわら・たいが
シェアハウスを提供している21歳の青年 「夢みる太陽 2」 高野苺原作・イラスト;時海結以著 双葉社(双葉社ジュニア文庫) 2019年3月

藤原 虎　ふじわら・たいが
シェアハウスを提供している21歳の青年 「夢みる太陽 3」 高野苺原作・イラスト;時海結以著 双葉社(双葉社ジュニア文庫) 2019年7月

藤原 虎　ふじわら・たいが
しま奈に住む場所を紹介する大家 「夢みる太陽 1」 高野苺原作・イラスト;時海結以著 双葉社(双葉社ジュニア文庫) 2018年11月

藤原 虎　ふじわら・たいが
一軒家の大家であり教員になりたかった検事 「夢みる太陽 4」 高野苺原作・イラスト;時海結以著 双葉社(双葉社ジュニア文庫) 2019年11月

藤原 千方　ふじわら・ちかた
元マガツ鬼の総大将 「いみちぇん! 11」 あさばみゆき作;市井あさ絵　KADOKAWA(角川つばさ文庫)　2018年3月

藤原 千方　ふじわら・ちかた
元マガツ鬼の総大将 「いみちぇん! 12」 あさばみゆき作;市井あさ絵　KADOKAWA(角川つばさ文庫)　2018年7月

藤原 千方　ふじわら・ちかた
元マガツ鬼の総大将 「いみちぇん! 13」 あさばみゆき作;市井あさ絵　KADOKAWA(角川つばさ文庫)　2018年12月

藤原 千方　ふじわら・ちかた
元マガツ鬼の総大将 「いみちぇん! 14」 あさばみゆき作;市井あさ絵　KADOKAWA(角川つばさ文庫)　2019年3月

藤原 千方　ふじわら・ちかた
元マガツ鬼の総大将 「いみちぇん! 16」 あさばみゆき作;市井あさ絵　KADOKAWA(角川つばさ文庫)　2019年12月

藤原 千方　ふじわら・ちかた
元マガツ鬼の総大将 「いみちぇん! 17」 あさばみゆき作;市井あさ絵　KADOKAWA(角川つばさ文庫)　2020年3月

藤原 高子　ふじわらの・たかいこ
業平より17歳年下でいずれ帝の后になる運命の少女 「ちはやぶる : 百人一首恋物語」 時海結以文;久織ちまき絵　講談社(講談社青い鳥文庫)　2019年12月

藤原 時平　ふじわらの・ときひら
道真の政敵で左大臣、天下を自分のものにしようとたくらむ権力欲の強い人物 「菅原伝授手習鑑―ストーリーで楽しむ文楽・歌舞伎物語 ; 1」 金原瑞人著;佐竹美保絵　岩崎書店　2019年2月

藤原 道長　ふじわらの・みちなが
少年時代に貞道たちに護衛され後の平安時代を代表する公卿 「きつねの橋」 久保田香里作;佐竹美保絵　偕成社　2019年9月

藤原 道長　ふじわらの・みちなが
絶大な権力を持つ彰子の父 「紫式部の娘。賢子がまいる! [図書館版]」 篠綾子作;小倉マユコ絵　ほるぷ出版　2019年3月

藤原 行成　ふじわらの・ゆきなり
清少納言の手紙の受け取り手として登場する人物 「もえぎ草子」 久保田香里作;tono画　くもん出版(くもんの児童文学)　2019年7月

藤原 りんね　ふじわら・りんね
千方の妹、4歳 「いみちぇん! 11」 あさばみゆき作;市井あさ絵　KADOKAWA(角川つばさ文庫)　2018年3月

藤原 りんね　ふじわら・りんね
千方の妹、4歳 「いみちぇん! 13」 あさばみゆき作;市井あさ絵　KADOKAWA(角川つばさ文庫)　2018年12月

藤原 レン　ふじわら・れん
無口で不愛想だけどイケメンの御曹司 「スイッチ! 1」 深海ゆずは作;加々見絵里絵
KADOKAWA(角川つばさ文庫) 2018年2月

藤原 レン　ふじわら・れん
無口で不愛想だけどイケメンの御曹司 「スイッチ! 2」 深海ゆずは作;加々見絵里絵
KADOKAWA(角川つばさ文庫) 2018年8月

藤原 レン　ふじわら・れん
無口で不愛想だけどイケメンの御曹司 「スイッチ! 3」 深海ゆずは作;加々見絵里絵
KADOKAWA(角川つばさ文庫) 2018年12月

藤原 レン　ふじわら・れん
無口で不愛想だけどイケメンの御曹司 「スイッチ! 4」 深海ゆずは作;加々見絵里絵
KADOKAWA(角川つばさ文庫) 2019年6月

藤原 レン　ふじわら・れん
無口で不愛想だけどイケメンの御曹司 「スイッチ! 5」 深海ゆずは作;加々見絵里絵
KADOKAWA(角川つばさ文庫) 2019年12月

藤原 レン　ふじわら・れん
無口で不愛想だけどイケメンの御曹司 「スイッチ! 6」 深海ゆずは作;加々見絵里絵
KADOKAWA(角川つばさ文庫) 2020年8月

藤原 レン　ふじわら・れん
無口で不愛想だけどイケメンの御曹司 「スイッチ!×こちらパーティー編集部っ! : 私たち、入れ替わっちゃった!?」 深海ゆずは作;加々見絵里絵;榎木りか絵 KADOKAWA(角川つばさ文庫) 2020年9月

伏姫　ふせひめ
里見義実の娘 「南総里見八犬伝 1」 曲亭馬琴原作;松尾清貴文 静山社 2018年3月

ふた口　ふたくち
好き嫌いなくなんでも食べてくれるもののけ 「もののけ屋 [1] 図書館版」 廣嶋玲子作;東京モノノケ絵 ほるぷ出版 2018年2月

ブタ子　ぶたこ
空を飛べるブタ…のようなメスのドラゴン 「スナックワールド [2]」 松井香奈著;レベルファイブ監修 小学館(小学館ジュニア文庫) 2018年4月

ブタ子　ぶたこ
空を飛べるブタ…のようなメスのドラゴン 「スナックワールド [3]」 松井香奈著;レベルファイブ監修 小学館(小学館ジュニア文庫) 2018年7月

ふたば
おばあちゃんの亡き後老犬ハニーを引き取る決意をした少女 「ハニーのためにできること」 楠章子作;松成真理子絵 童心社 2018年12月

二海 悠斗　ふたみ・ゆうと
明日香の許嫁で二海学園学園長の孫 「ウソカレ!? [2]」 神戸遥真作;藤原ゆん絵 集英社(集英社みらい文庫) 2020年10月

ブタムラ・ハナエ
トンタの祖母「おばあちゃんのわすれもの」森山京作;100%ORANGE絵 のら書店 2018年11月

ブッダ
紀元前5世紀に生まれたシャカ族の王子、仏教を開いたブッダの若き日の姿「ブッダ：心の探究者」小沢章友文;藤原カムイ絵 講談社(講談社火の鳥伝記文庫) 2020年3月

ブッチー
ノラ猫の仲間、かつての飼い主を探すことを決意し文字を学ぼうとする努力家「ルドルフとノラねこブッチー：ルドルフとイッパイアッテナ 5―児童文学創作シリーズ」斉藤洋作;杉浦範茂絵 講談社 2020年6月

筆鬼 ふでおに
書き出した願い事をすべて現実のものにすることができるもののけ「もののけ屋 [1] 図書館版」廣嶋玲子作;東京モノノケ絵 ほるぷ出版 2018年2月

ブドウくん
学級委員で入院中のお母さんに学校の様子を伝えるためクラスメートを注意しがちな男の子「フルーツふれんずブドウくん」村上しいこ作;角裕美絵 あかね書房 2020年10月

不動 行光 ふどう・ゆきみつ
刀剣男士「映画刀剣乱舞」小林靖子脚本;時海結以著 小学館(小学館ジュニア文庫) 2019年1月

ブナガヤ
山原の森に住むといわれる妖怪「菜の子ちゃんとマジムンの森―福音館創作童話シリーズ. 日本全国ふしぎ案内；4」富安陽子作;蒲原元画 福音館書店 2019年10月

ふなごろー
病気になるふなっしーの弟「ヒャッハー!ふなっしーとフルーツ王国ふなっしーぜったいぜつめい!―ヒャッハー!ふなっしーとフルーツ王国；5」小栗かずまた作・絵;ふなっしー監修 ポプラ社 2018年3月

ふなっしー
梨の妖精「ヒャッハー!ふなっしーとフルーツ王国ふなっしーぜったいぜつめい!―ヒャッハー!ふなっしーとフルーツ王国；5」小栗かずまた作・絵;ふなっしー監修 ポプラ社 2018年3月

船原 翔平 ふなはら・しょうへい
開の前に現れ周囲を圧倒する美声を持つ実力者の少年「その声は、長い旅をした」中澤晶子著;ささめやゆき装画・カット・地図 国土社 2019年10月

船見 理緒 ふなみ・りお
運命の恋に憧れ夏休みに田舎で吟蔵と出会い恋に落ちる女子高生「小説映画青夏：きみに恋した30日」南波あつこ原作;持地佑季子脚本;有沢ゆう希著 講談社 2019年2月

船見 理緒 ふなみ・りお
運命の恋に憧れ夏休みに田舎で吟蔵と出会い恋に落ちる女子高生「小説映画青夏：きみに恋した30日」南波あつこ原作;持地佑季子脚本;有沢ゆう希著 講談社(講談社KK文庫) 2018年7月

プブル
森へと続く道の途中にある「カフェ・エルドラド」の店主で菓子職人、チョコルの父親 「チョコルとチョコレートの魔女：cafeエルドラド」 こばやしゆかこ著 岩崎書店 2020年11月

冬月 美湖　ふゆつき・みこ
心霊探偵団のメンバー、フランス帰りの知的美少女で霊感がある小学5年生 「心霊探偵ゴーストハンターズ 4」 石崎洋司作;かしのき彩画 岩崎書店 2019年8月

冬月 美湖　ふゆつき・みこ
心霊探偵団のメンバー、フランス帰りの知的美少女で霊感がある小学5年生 「心霊探偵ゴーストハンターズ 5」 石崎洋司作;かしのき彩画 岩崎書店 2019年12月

ブラウン
おしりたんていの助手 「おしりたんてい あやうしたんていじむしょ―おしりたんていシリーズ. おしりたんていファイル ; 6」 トロルさく・え ポプラ社 2018年3月

ブラウン
おしりたんていの助手 「おしりたんてい カレーなるじけん―おしりたんていシリーズ. おしりたんていファイル」 トロルさく・え ポプラ社 2019年1月

ブラウン
おしりたんていの助手として行動を共にする心強い仲間 「おしりたんてい おしりたんていのこい!?―おしりたんていシリーズ. おしりたんていファイル ; 10」 トロルさく・え ポプラ社 2020年11月

ブラウン
おしりたんていの助手として行動を共にする心強い仲間 「おしりたんてい かいとうとねらわれたはなよめ―おしりたんていシリーズ. おしりたんていファイル ; 8」 トロルさく・え ポプラ社 2019年4月

ブラウン
おしりたんていの助手として行動を共にする心強い仲間 「おしりたんてい みはらしそうのかいじけん―おしりたんていシリーズ. おしりたんていファイル ; 7」 トロルさく・え ポプラ社 2018年8月

ブラウン
おしりたんていの助手として行動を共にする心強い仲間 「おしりたんてい ラッキーキャットはだれのてに!―おしりたんていシリーズ. おしりたんていファイル ; 9」 トロルさく・え ポプラ社 2019年8月

ブラック・プリンス
皆を運動会に招待するためおばけの国からやってきた王子様 「おばけのうんどうかい―おばけマンション ; 47」 むらいかよ著 ポプラ社（ポプラ社の新・小さな童話） 2020年9月

ブラッサム
トワの家の隣に住む魔法使いの男の子 「たまごの魔法屋トワ = Magical eggs and Towa 2―たまごの魔法屋トワ ; 2」 宮下恵茉作;星谷ゆき絵 文響社 2020年7月

フラッフ
毛糸の国の王子様 「星のカービィ 毛糸の世界で大事件!」 高瀬美恵作;苅野タウ絵;ぽと絵 KADOKAWA（角川つばさ文庫） 2019年3月

ブラン
ケージの中でふるえていたが、みほとの出会いによって心を開き始める保護された犬 「ブランの茶色い耳」 八束澄子作;小泉るみ子絵 新日本出版社 2019年4月

フランケンシュタイン
人間の男の子に仮装と勘違いされるもそのまま一緒にお菓子をもらいに行く本物のフランケンシュタイン 「モンスター・ホテルでハロウィン」 柏葉幸子作;高畠純絵 小峰書店 2018年9月

フリーザ
宇宙で恐れられている悪の帝王 「ドラゴンボール超(スーパー)ブロリー：映画ノベライズみらい文庫版」 鳥山明原作・脚本・キャラクターデザイン;小川彗著 集英社(集英社みらい文庫) 2018年12月

フリーダ
お金が大好きなギルド長の孫娘 「本好きの下剋上 第1部[4]」 香月美夜作;椎名優絵 TOブックス(TOジュニア文庫) 2020年6月

フリーダ
お金が大好きなギルド長の孫娘 「本好きの下剋上 第1部[5]」 香月美夜作;椎名優絵 TOブックス(TOジュニア文庫) 2020年10月

ブリーフ
しんのすけがミラクルクレヨンで描いた2日目のパンツから生まれたキャラクター 「映画クレヨンしんちゃん激突!ラクガキングダムとほぼ四人の勇者」 臼井儀人原作;高田亮脚本;京極尚彦監督・脚本;蒔田陽平ノベライズ 双葉社(双葉社ジュニア文庫) 2020年4月

ぶりぶりざえもん
しんのすけが描いた救いのヒーロー、卑怯者で裏切り者 「映画クレヨンしんちゃん激突!ラクガキングダムとほぼ四人の勇者」 臼井儀人原作;高田亮脚本;京極尚彦監督・脚本;蒔田陽平ノベライズ 双葉社(双葉社ジュニア文庫) 2020年4月

プリンセス 火華 ぷりんせす・ひばな
第5特殊消防隊を率いる大隊長で上から目線の女性 「炎炎ノ消防隊：悪魔的ヒーロー登場」 大久保篤原作・絵;緑川聖司文 講談社(講談社青い鳥文庫) 2020年3月

プリンセス 火華 ぷりんせす・ひばな
第5特殊消防隊を率いる大隊長で上から目線の女性 「炎炎ノ消防隊 [2]」 大久保篤原作・絵;緑川聖司文 講談社(講談社青い鳥文庫) 2020年6月

ブルー
オーウェンが育てたヴェロキラプトル、知性と忠誠心を持ち人間と特別な絆を築く恐竜 「ジュラシック・ワールド：炎の王国」 坂野徳隆著 小学館(小学館ジュニア文庫) 2018年7月

古川 冬也 ふるかわ・とうや
小学生のころ希星と同じ習い事をしていた男の子 「キミと、いつか。[11]」 宮下恵茉作;染川ゆかり絵 集英社(集英社みらい文庫) 2019年7月

古手 梨花 ふるで・りか
いつもニコニコおっとりした少女 「ひぐらしのなく頃に 第2話[上][下]」 竜騎士07著;里好イラスト 双葉社(双葉社ジュニア文庫) 2020年12月

古手 梨花　ふるで・りか
圭一の新しい友達で村の伝承に詳しい謎多き少女 「ひぐらしのなく頃に 第1話[上][下]」 竜騎士07著;里好イラスト 双葉社(双葉社ジュニア文庫) 2020年10月

プルートツム
くしゃみで増えて張り切るとビッグツムになる小さなツムたちの一人 「ディズニーツムツムの大冒険 [2]」 橋口いくよ著;ウォルト・ディズニー・ジャパン株式会社監修 小学館(小学館ジュニア文庫) 2018年2月

プルートツム
犬のツムでミッキーの友達 「ディズニーツムツム：仲間をさがして大冒険!」 うえくらえり作;じくの絵 KADOKAWA(角川つばさ文庫) 2018年11月

プルートツム
犬のツムでミッキーの友達 「ディズニーツムツム [2]」 うえくらえり作;じくの絵 KADOKAWA(角川つばさ文庫) 2019年10月

古畑 カレン　ふるはた・かれん
おせっかい焼きな小学6年生の女の子 「悪魔使いはほほえまない：災いを呼ぶ転校生」 真坂マサル作;シソ絵 集英社(集英社みらい文庫) 2020年7月

ブルブル
一緒に冒険や遊びを楽しむ頼りになるトントンのお兄ちゃん 「山のトントン」 やえがしなおこ作;松成真理子絵 講談社(どうわがいっぱい) 2020年9月

フルホン氏　ふるほんし
「雨ふる本屋」の店主、かつて絶滅したドードー鳥 「雨ふる本屋と雨かんむりの花」 日向理恵子作;吉田尚令絵 童心社 2020年7月

フルホン氏　ふるほんし
かつて絶滅したドードー鳥、「雨ふる本屋」の店主 「雨ふる本屋と雨もりの森」 日向理恵子作;吉田尚令絵 童心社 2018年6月

ブルーム
星を観察して世界を旅する若者 「魔女バジルと魔法の剣」 茂市久美子作;よしざわけいこ絵 講談社(わくわくライブラリー) 2018年3月

古谷 斗和　ふるや・とわ
超イケメンで学園イチの愛され男子 「覚悟はいいかそこの女子。：映画ノベライズみらい文庫版」 椎葉ナナ原作;李正姫脚本;はのまきみ著 集英社(集英社みらい文庫) 2018年9月

古屋 万緒　ふるや・まお
凛太の家の隣に引っ越してきた小学5年生の少女 「わたしのチョコレートフレンズ」 嘉成晴香作;トミイマサコ絵 朝日学生新聞社 2018年6月

ブルーローズ
次々と怪事件を引き起こす正体不明の人物 「名探偵AI・HARA：ぼくの相棒はIQ500のスーパーAI」 佐東みどり作;ふすい絵 毎日新聞出版 2020年3月

フレッド
学生ではないがいつもヒロたちの大学に入り浸っている男性 「ベイマックス帰ってきたベイマックス」 李正美文・構成;講談社編 講談社(ディズニームービーブック) 2018年11月

フロイ
オリオン財団のベルナルド理事長の弟 「小説イナズマイレブン：オリオンの刻印 4」 レベルファイブ原作;日野晃博総監督・原案・シリーズ構成;江橋よしのり著 小学館（小学館ジュニア文庫） 2019年10月

フローラ
リュカとビアンカと共に冒険に参加する大富豪ルドマンの娘 「ドラゴンクエスト ユア・ストーリー：映画ノベライズみらい文庫版」 堀井雄二原作;山崎貴脚本;宮本深礼著 集英社（集英社みらい文庫） 2019年8月

ブロリー
悟空やベジータも見たことがない謎のサイヤ人 「ドラゴンボール超(スーパー)ブロリー：映画ノベライズみらい文庫版」 鳥山明原作・脚本・キャラクターデザイン;小川彗著 集英社（集英社みらい文庫） 2018年12月

フローレンス・ナイチンゲール
クリミア戦争での看護活動で知られる近代看護の基礎を築いたイギリス人女性 「ナイチンゲール：「看護」はここから始まった」 村岡花子文;丹地陽子絵 講談社（講談社青い鳥文庫） 2020年8月

不破 由紀 ふわ・よしき
神高の生徒会副会長、冷静な判断力と大人びた雰囲気を持つ少年 「「未完成」なぼくらの、生徒会」 麻希一樹著 KADOKAWA 2019年7月

文助 ぶんすけ
兄と共に芝居に挑戦することになる寅吉の弟 「湊町の寅吉」 藤村沙希作;Minoru絵 学研プラス（ティーンズ文学館） 2019年12月

ぶんぶく茶釜 ぶんぶくちゃがま
竹取屋敷に住む鵺（ぬえ）に憧れているタヌキ 「緒崎さん家の妖怪事件簿 [3]」 築山桂著;かすみのイラスト 小学館（小学館ジュニア文庫） 2018年1月

ぶんぶく茶釜 ぶんぶくちゃがま
竹取屋敷に住む鵺（ぬえ）に憧れているタヌキ 「緒崎さん家の妖怪事件簿 [4]」 築山桂著;かすみのイラスト 小学館（小学館ジュニア文庫） 2018年10月

文平 ぶんぺい
島ちゃんの親戚のおじさん、ふくろう森でフクロウのひなを育てる男性 「ひかりの森のフクロウ」 広瀬寿子作;すがわらけいこ絵 国土社 2020年10月

ブンリルー
元自在師の女の子 「雨ふる本屋と雨かんむりの花」 日向理恵子作;吉田尚令絵 童心社 2020年7月

ブンリルー
物語を読むのが好きな元自在師の女の子 「雨ふる本屋と雨もりの森」 日向理恵子作;吉田尚令絵 童心社 2018年6月

【へ】

ベイマックス
人々の心と体を守るためにタダシが作ったケア・ロボット 「ベイマックス帰ってきたベイマックス」 李正美文・構成;講談社編 講談社(ディズニームービーブック) 2018年11月

ベエきち
やぎやま小学校のやぎこ先生のクラスの1年生 「やぎこ先生いちねんせい―福音館創作童話シリーズ」 ななもりさちこ文;大島妙子絵 福音館書店 2019年1月

ベガ
スピカの親友でおっとりしていて優しいトゥインクルフェアリルの女の子 「リルリルフェアリルトゥインクル スピカとふしぎな子ねこ―リルリルフェアリル ; 4」 中瀬理香作;瀬谷愛絵 ポプラ社 2019年3月

碧谷 遙都 へきたに・はると
「影の貴公子」と噂される紫紅学院4イケメンの一人 「ぼくたちはプライスレス! 2」 イノウエミホコ作;an絵 KADOKAWA(角川つばさ文庫) 2020年6月

ベクター
グルーのライバルで縮ませ光線銃を奪いさらなる悪事を企む野心的な犯罪者 「怪盗グルーの月泥棒」 澁谷正子著 小学館(小学館ジュニア文庫) 2018年7月

へし切り 長谷部 へしきり・はせべ
刀剣男士 「映画刀剣乱舞」 小林靖子脚本;時海結以著 小学館(小学館ジュニア文庫) 2019年1月

ベジータ
悟空にライバル心を持つ誇り高きサイヤ人の王子 「ドラゴンボール超(スーパー)ブロリー : 映画ノベライズみらい文庫版」 鳥山明原作・脚本・キャラクターデザイン;小川彗著 集英社(集英社みらい文庫) 2018年12月

ベス
森の奥に隠れ住み不思議な術を使うおばあさん 「魔女裁判の秘密」 樹葉作;北見葉胡絵 文研出版(文研じゅべにーる) 2019年3月

ヘッチャラくん
2週間の「たいけんにゅうがく」でクラスにやってきた子どものロボット 「わすれないよ!ヘッチャラくん」 さえぐさひろこ作;わたなべみちお絵 新日本出版社 2018年1月

ベートーベン
ドイツの作曲家 「ベートーベンと名探偵! : タイムスリップ探偵団音楽の都ウィーンへ」 楠木誠一郎作;たはらひとえ絵 講談社(講談社青い鳥文庫) 2018年4月

へのカッパ先生 へのかっぱせんせい
1年生の担任の先生 「へのへのカッパせんせい [1]―へのへのカッパせんせいシリーズ ; 1」 樫本学ヴさく・え 小学館 2019年11月

へのカッパ先生 へのかっぱせんせい
小学校1年生の新しい担任教師 「へのへのカッパせんせい [2]―へのへのカッパせんせいシリーズ ; 2」 樫本学ヴさく・え 小学館 2019年11月

辺花 あかり　べはな・あかり
魔法を習う特別クラス5年M組の生徒、海外赴任中の両親と離れておばあちゃんの家で暮らす少女 「ないしょのM組：あかりと放課後の魔女」 福田裕子文;駒形絵 KADOKAWA（角川つばさ文庫） 2018年1月

辺浜 あかり　べはま・あかり
おくりもの魔女、千夏・ひみの親友 「ないしょのM組 [2]」 福田裕子作;駒形絵 KADOKAWA（角川つばさ文庫） 2018年11月

ヘヴァーン・デルヨン
ブーデル博士の災害救助ロボット 「かいけつゾロリロボット大さくせん―かいけつゾロリシリーズ；64」 原ゆたかさく・え ポプラ社（ポプラ社の新・小さな童話） 2018年12月

ヘビ
動物たちの「おなら大会」の審査員を務めるヘビ 「まよなかのおならたいかい 新装改訂版」 中村翔子作;荒井良二絵 PHP研究所（とっておきのどうわ） 2018年10月

ベビー
ティラノサウルスの男の子 「ほねほねザウルス 19」 カバヤ食品株式会社原案・監修;ぐるーぷ・アンモナイツ作・絵 岩崎書店 2018年8月

ベビー
ティラノサウルスの男の子 「ほねほねザウルス 20」 カバヤ食品株式会社原案・監修;ぐるーぷ・アンモナイツ作・絵 岩崎書店 2019年2月

ベビー
ティラノサウルスの男の子 「ほねほねザウルス 21」 カバヤ食品株式会社原案・監修;ぐるーぷ・アンモナイツ作・絵 岩崎書店 2019年7月

ベビー
ティラノサウルスの男の子 「ほねほねザウルス 22」 カバヤ食品株式会社原案・監修;ぐるーぷ・アンモナイツ作・絵 岩崎書店 2020年1月

ベビー
ティラノサウルスの男の子 「ほねほねザウルス 23」 カバヤ食品株式会社原案・監修;ぐるーぷ・アンモナイツ作・絵 岩崎書店 2020年8月

へびおさん
代々受け継ぐシルクハットを宝物として大切にするヘビ 「つっきーとカーコのたからもの―おはなしみーつけた!シリーズ」 おくはらゆめ作 佼成出版社 2020年11月

ペピーノ王子　ぺぴーのおうじ
ちゃめひめさまと一緒に宝探しに出発する王子 「ちゃめひめさまとあやしいたから―ちゃめひめさま；2」 たかどのほうこ作;佐竹美保絵 あかね書房 2018年5月

ペピーノ王子　ぺぴーのおうじ
ちゃめひめさまの友達で遊びに来て一緒に楽しむ王子 「ちゃめひめさまとおしろのおばけ―ちゃめひめさま；3」 たかどのほうこ作;佐竹美保絵 あかね書房 2019年2月

ペペ
のら号のメンバー猫 「空飛ぶのらネコ探険隊 [5]」 大原興三郎作;こぐれけんじろう絵 文溪堂 2018年4月

ペペ

のら号のメンバー猫 「空飛ぶのらネコ探険隊 [6]」 大原興三郎作;こぐれけんじろう絵 文溪堂 2019年4月

ペペ

のら号のメンバー猫 「空飛ぶのらネコ探険隊 [7]」 大原興三郎作;こぐれけんじろう絵 文溪堂 2020年6月

ペペロン

大食いで体が大きく力持ちの少年 「スナックワールド [2]」 松井香奈著;レベルファイブ監修 小学館(小学館ジュニア文庫) 2018年4月

ペペロン

大食いで体が大きく力持ちの少年 「スナックワールド [3]」 松井香奈著;レベルファイブ監修 小学館(小学館ジュニア文庫) 2018年7月

ベリー

カフェ「ラッキーキャット」の新入りバイトの女性 「おしりたんてい おしりたんていのこい!?―おしりたんていシリーズ. おしりたんていファイル ; 10」トロルさく・え ポプラ社 2020年11月

ペリーツム

くしゃみで増えて張り切るとビッグツムになる小さなツムたちの一人 「ディズニーツムツムの大冒険 [2]」 橋口いくよ著;ウォルト・ディズニー・ジャパン株式会社監修 小学館(小学館ジュニア文庫) 2018年2月

ベリル

女王試験でみんなを導いてくれる人 「ティンクル・セボンスター 5」 菊田みちよ著 ポプラ社 2019年9月

ベルナルド・ギリカナン

オリオン財団の理事長 「小説イナズマイレブン : オリオンの刻印 4」 レベルファイブ原作;日野晃博総監督・原案・シリーズ構成;江橋よしのり著 小学館(小学館ジュニア文庫) 2019年10月

ヘルパーT細胞 へるぱーてぃーさいぼう

細胞たちへ外敵の情報や対策などを知らせる細胞 「小説はたらく細胞」 清水茜原作・イラスト;時海結以著 講談社(講談社KK文庫) 2018年7月

ベレ

テレピンと行動を共にする野良犬 「ルソンバンの大奇術」 牡丹靖佳著 福音館書店 2018年2月

ペロンちゃん

ジェットくんの友達 「カラスてんぐのジェットくん」 富安陽子作;植垣歩子絵 理論社 2019年11月

へんくつさん

気難しくへりくつばかり言うおばあさん、パン屋の店主 「へんくつさんのお茶会 : おいしい山のパン屋さんの物語」 楠章子作;井田千秋絵 学研プラス(ジュニア文学館) 2020年11月

弁才天　べんざいてん
弁天堂を見守ってきた女神 「女神のデパート 5」 菅野雪虫作;椋本夏夜絵 ポプラ社(ポプラポケット文庫) 2020年4月

ベンノ
やり手の商人 「本好きの下剋上 第1部[3]」 香月美夜作;椎名優絵 TOブックス(TOジュニア文庫) 2020年4月

ベンノ
やり手の商人 「本好きの下剋上 第1部[4]」 香月美夜作;椎名優絵 TOブックス(TOジュニア文庫) 2020年6月

ベンノ
やり手の商人 「本好きの下剋上 第1部[5]」 香月美夜作;椎名優絵 TOブックス(TOジュニア文庫) 2020年10月

ヘンリー王子　へんりーおうじ
暗殺未遂に遭いアンナにプロポーズすることになる王子 「赤ずきんと狼王―プリンセス・ストーリーズ」 久美沙織作;POO絵 KADOKAWA(角川つばさ文庫) 2019年7月

【ほ】

ポイット
「フラココノ実」を食べたことがない中年のおじさん 「4ミリ同盟」 高楼方子著;大野八生画 福音館書店 2018年3月

ほうき
体育館の仲間でバケツの金魚がいなくなったことを心配しみんなと相談して解決しようとするほうき 「体育館の日曜日 : ペットショップへいくまえに」 村上しいこ作;田中六大絵 講談社(わくわくライブラリー) 2018年5月

防災ベスト　ぼうさいべすと
防災室の仲間、板チョコの願いを叶えるため行動する存在 「防災室の日曜日 : カラスてんぐととうめい人間」 村上しいこ作;田中六大絵 講談社(わくわくライブラリー) 2020年11月

宝崎 伊緒菜　ほうざき・いおな
「QK部」の部長 「QK部 : トランプゲーム部の結成と挑戦」 黄黒真直著 KADOKAWA 2020年3月

北条 香苗　ほうじょう・かなえ
はじめたちの担任の先生、「冒険クラブ」の顧問 「金田一くんの冒険 1」 天樹征丸作;さとうふみや絵 講談社(講談社青い鳥文庫) 2018年1月

北条 香苗　ほうじょう・かなえ
はじめたちの担任の先生、「冒険クラブ」の顧問 「金田一くんの冒険 2」 天樹征丸作;さとうふみや絵 講談社(講談社青い鳥文庫) 2018年6月

鳳城 華蓮　ほうじょう・かれん
ファミリーレストランの社長の娘、新メニュー開発のために子どもグルメ選手権に出場することを決意した少女 「グルメ小学生 : パパのファミレスを救え!」 次良丸忍作;小笠原智史絵 金の星社 2018年6月

鳳城 華蓮　ほうじょう・かれん
祖母マスエばあばが作っていた黄金のカレーライスを復活させたいと願う明るく元気な女の子 「グルメ小学生 [2]」 次良丸忍作;小笠原智史絵　金の星社　2019年7月

北条 沙都子　ほうじょう・さとこ
お嬢様口調で話す勝気な少女 「ひぐらしのなく頃に 第2話[上][下]」 竜騎士07著;里好イラスト　双葉社(双葉社ジュニア文庫)　2020年12月

北条 沙都子　ほうじょう・さとこ
圭一の友達で少し内向的で優しい性格の少女 「ひぐらしのなく頃に 第1話[上][下]」 竜騎士07著;里好イラスト　双葉社(双葉社ジュニア文庫)　2020年10月

北条 美雲　ほうじょう・みくも
推理の天才で老舗探偵事務所の娘でもある新米刑事、和馬とバディを組み事件解決に挑む正義感あふれる女性 「ルパンの帰還」 横関大作;石蕗永地絵　講談社(講談社青い鳥文庫)　2020年11月

北条 美雲　ほうじょう・みくも
老舗探偵事務所の娘、新米刑事として働く一方禁断の恋に悩む運命を抱えた推理力に優れた女性 「ホームズの娘」 横関大作;石蕗永地絵　講談社(講談社青い鳥文庫)　2020年11月

宝生 麗子　ほうしょう・れいこ
国立署に勤めるお嬢様刑事 「謎解きはディナーのあとで 2」 東川篤哉著　小学館(小学館ジュニア文庫)　2018年8月

宝生 麗子　ほうしょう・れいこ
国立署に勤めるお嬢様刑事 「謎解きはディナーのあとで 3」 東川篤哉著　小学館(小学館ジュニア文庫)　2019年12月

北条 零士　ほうじょう・れいじ
白魔女のリンと婚約した3悪魔の一人、猫の時はブルーアイの白猫で氷・凍結・ブリザードを操る悪魔 「白魔女リンと3悪魔 [10]」 成田良美著;八神千歳イラスト　小学館(小学館ジュニア文庫)　2019年12月

北条 零士　ほうじょう・れいじ
白魔女のリンと婚約した3悪魔の一人、猫の時はブルーアイの白猫で氷・凍結・ブリザードを操る悪魔 「白魔女リンと3悪魔 [7]」 成田良美著;八神千歳イラスト　小学館(小学館ジュニア文庫)　2018年1月

北条 零士　ほうじょう・れいじ
白魔女のリンと婚約した3悪魔の一人、猫の時はブルーアイの白猫で氷・凍結・ブリザードを操る悪魔 「白魔女リンと3悪魔 [8]」 成田良美著;八神千歳イラスト　小学館(小学館ジュニア文庫)　2018年8月

北条 零士　ほうじょう・れいじ
白魔女のリンと婚約した3悪魔の一人、猫の時はブルーアイの白猫で氷・凍結・ブリザードを操る悪魔 「白魔女リンと3悪魔 [9]」 成田良美著;八神千歳イラスト　小学館(小学館ジュニア文庫)　2019年4月

宝石たち　ほうせきたち
ストーンパワーでパールを応援する宝石 「ムーンヒルズ魔法宝石店 3」 あんびるやすこ作・絵　講談社(わくわくライブラリー)　2019年11月

傍聞　ぼうもん
界耳の界耳軍という親衛隊の一員「こちらへそ神異能少年団」奈雅月ありす作;アカツキウォーカー絵　ポプラ社(ノベルズ・エクスプレス)　2019年1月

鬼灯 京十郎　ほおずき・きょうじゅうろう
オバケが見える家系に生まれた男子「オバケはあの子の中にいる!―ホオズキくんのオバケ事件簿；2」富安陽子作;小松良佳絵　ポプラ社　2019年10月

鬼灯 京十郎　ほおずき・きょうじゅうろう
オバケが見える家系に生まれた男子でオバケ探偵団の一員「4年1組のオバケ探偵団―ホオズキくんのオバケ事件簿；3」富安陽子作;小松良佳絵　ポプラ社　2020年9月

鬼灯 京十郎　ほおずき・きょうじゅうろう
無愛想で感じが悪いがオバケが見える一族に生まれ真先とクラスメートとして出会う少年「オバケが見える転校生!―ホオズキくんのオバケ事件簿；1」富安陽子作;小松良佳絵　ポプラ社　2018年9月

鬼灯 京志朗　ほおずき・きょうしろう
京十郎の双子の兄弟、転校生として真先の学校にやってきた少年「オバケが見える転校生!―ホオズキくんのオバケ事件簿；1」富安陽子作;小松良佳絵　ポプラ社　2018年9月

ぽかり
公園の大きなクスノキに現れる謎の少女「ぽかりの木」こうだゆうこ作;黒須高嶺絵　学研プラス(ジュニア文学館)　2019年8月

保坂 ゆうな　ほさか・ゆうな
降奈のクラスメートで仲良しグループの一人「異能力フレンズ：スパーク・ガールあらわる! 1」令丈ヒロ子作;ニリツ絵　講談社(講談社青い鳥文庫)　2019年11月

ホシ
関西弁を話す星「ぼくはここにいる」さなともこ作;かみやしん絵　童話館出版　2018年3月

ポシー
ポパーの3歳年上の姉で探しものの天才「ポシーとポパー = Possy & Popper：ふたりは探偵：魔界からの挑戦」オカザキヨシヒサ作;小林系絵　理論社　2020年5月

星 亜梨紗　ほし・ありさ
周囲から疎まれながらも新しい担任教師とハンノキの花との出会いに心の救いを見出す中学生の少女「それでも人のつもりかな」有島希音著;流亜絵　岩崎書店　2018年7月

星 アンナ　ほし・あんな
ひっこみじあんな性格の11歳の女の子「ティンクル・セボンスター 5」菊田みちよ著　ポプラ社　2019年9月

星 アンナ　ほし・あんな
内気な性格の11歳の女の子「ティンクル・セボンスター 4」菊田みちよ著　ポプラ社　2018年6月

星井 スバル　ほしい・すばる
銀河の幼なじみ「実況パワフルプロ野球：めざせ最強バッテリー!」はせがわみやび作;ミクニシン絵　KADOKAWA(角川つばさ文庫)　2018年5月

星川 理音　ほしかわ・りおん
ほっとかれるのが好きな不思議ちゃんで個性的な女の子 「バドミントン★デイズ」 赤羽じゅんこ作;さかぐちまや絵　偕成社(偕成社ノベルフリーク) 2019年2月

星崎 真白　ほしざき・ましろ
瀬賀冬樹と同い年で幼なじみの少女 「氷の上のプリンセス ジュニア編4」 風野潮作;Nardack絵　講談社(講談社青い鳥文庫) 2019年10月

星島 歩夢　ほしじま・あゆむ
小麦のクラスメートの男の子 「妖精のメロンパン」 斉藤栄美作;染谷みのる絵　金の星社 2018年4月

星名 瞳　ほしな・ひとみ
ちょっと内気な中学3年生の女子 「人生終了ゲーム:センタクシテクダサイ」 cheeery著;シソ絵　スターツ出版(野いちごジュニア文庫) 2020年12月

星野 すばる　ほしの・すばる
スイーツが大好きでパティシエを目指して修行中の女の子 「パティシエ☆すばる 番外編」 つくもようこ作;鳥羽雨絵　講談社(講談社青い鳥文庫) 2018年5月

星の音　ほしのね
ウスズの奥方で魔女 「魔女の産屋―竜が呼んだ娘」 柏葉幸子作;佐竹美保絵　朝日学生新聞社 2020年11月

星 ひかり　ほし・ひかり
そば打ち部のメンバー、高校1年生 「そば打ち甲子園!」 そば打ち研究部著　学研プラス(部活系空色ノベルズ) 2019年3月

星 ヒカル　ほし・ひかる
商店街の電気屋さん「スター電気」の長男、発明好きな小学3年生 「ガジェット発明ヒカル:電子怪人テレビ男あらわる!」 栗原吉治作絵　岩崎書店 2018年10月

星 ヒカル　ほし・ひかる
商店街の電気屋さん「スター電気」の長男、発明好きな小学3年生の少年 「ガジェット発明ヒカル 2」 栗原吉治作絵　岩崎書店 2020年3月

星 降奈　ほし・ふるな
ヘンな力のせいで「パチパチ星人」と呼ばれる中学1年生の少女 「異能力フレンズ:スパーク・ガールあらわる! 1」 令丈ヒロ子作;ニリツ絵　講談社(講談社青い鳥文庫) 2019年11月

星 降奈　ほし・ふるな
ヘンな力のせいで「パチパチ星人」と呼ばれる中学1年生の少女 「異能力フレンズ 2」 令丈ヒロ子作;ニリツ絵　講談社(講談社青い鳥文庫) 2020年3月

星 降奈　ほし・ふるな
ヘンな力のせいで「パチパチ星人」と呼ばれる中学1年生の少女 「異能力フレンズ 3」 令丈ヒロ子作;ニリツ絵　講談社(講談社青い鳥文庫) 2020年8月

ポーシリナ・ポラポリス(ポシー)
ポパーの3歳年上の姉で探しものの天才 「ポシーとポパー = Possy & Popper:ふたりは探偵:魔界からの挑戦」 オカザキヨシヒサ作;小林系絵　理論社 2020年5月

ボス
スーツ姿でタクシーに乗ってテンプルトン家にやってきた赤ちゃん 「ボス・ベイビー [3]」 佐藤結著 小学館(小学館ジュニア文庫) 2019年12月

ボス
スーツ姿でタクシーに乗ってテンプルトン家にやってきた赤ちゃん 「ボス・ベイビー」 日笠由紀著 小学館(小学館ジュニア文庫) 2018年3月

ボス
ティムの弟としてテンプルトン家にやってきた赤ちゃん、正体はベイビー社のビジネスマン 「ボス・ベイビー [2]」 佐藤結著 小学館(小学館ジュニア文庫) 2018年12月

細いくん ほそいくん
食べものにくわしいぬいぐるみ系おっとり男子 「カタコイ 1」 有沢ゆう希作;なま子絵 講談社(講談社青い鳥文庫) 2019年2月

細いくん ほそいくん
食べものにくわしいぬいぐるみ系おっとり男子 「カタコイ 2」 有沢ゆう希作;なま子絵 講談社(講談社青い鳥文庫) 2019年4月

細いくん ほそいくん
食べものにくわしいぬいぐるみ系おっとり男子 「カタコイ 3」 有沢ゆう希作;なま子絵 講談社(講談社青い鳥文庫) 2019年9月

細川 光千代(ミツ) ほそかわ・みつちよ(みつ)
ネット将棋で出会った少年で時空を超えて戦国時代から対局する戦国武将細川忠興の三男 「桂太の桂馬 : ぼくらの戦国将棋バトル」 久麻當郎作;オズノユミ絵 集英社(集英社みらい文庫) 2020年2月

細川 光千代(ミツ) ほそかわ・みつちよ(みつ)
ネット将棋で出会った少年で時空を超えて戦国時代から対局する戦国武将細川忠興の三男 「桂太の桂馬 [2]」 久麻當郎作;オズノユミ絵 集英社(集英社みらい文庫) 2020年9月

細川 麗香 ほそかわ・れいか
2年連続で東京大会で優勝している天才テニス少女 「ジャンピング・サクラ : 天才テニス少女対決!」 本條強作;himesuz絵 講談社(講談社青い鳥文庫) 2019年10月

ポチ崎 ポチ夫 ぽちざき・ぽちお
不思議な言動でクラスや学校に影響を与える転校生の少年 「転校生ポチ崎ポチ夫」 田丸雅智著;やぶのてんやイラスト 小学館(小学館ジュニア文庫) 2020年7月

ポーちゃん
「でかでかリンゴあめ」を求めておばけまつりに出かける冒険好きのおばけ 「きょうふ!おばけまつり—おばけのポーちゃん ; 9」 吉田純子作;つじむらあゆこ絵 あかね書房 2019年7月

ポーちゃん
おばけしょうがっこうに通うかなしばりおばけ 「おばけのおばけやしき—おばけのポーちゃん ; 8」 吉田純子作;つじむらあゆこ絵 あかね書房 2018年11月

ポーちゃん
おばけしょうがっこうに通うかなしばりおばけ 「きもだめしキャンプ―おばけのポーちゃん ; 7」 吉田純子作;つじむらあゆこ絵 あかね書房 2018年3月

ポーちゃん
怖がりな子どものおばけ、ママの誕生日プレゼントにしようとお城の秘宝を探して冒険する少年 「こわいぞ!おばけりょこう―おばけのポーちゃん ; 10」 吉田純子作;つじむらあゆこ絵 あかね書房 2020年3月

ポチロー
エイジが最初に作ったピカちんキット 「ポチっと発明ピカちんキット : キミのピラメキで大発明!?」 加藤綾子文 KADOKAWA(角川つばさ文庫) 2018年7月

ホッサル
オタワルの天才医術師 「鹿の王 1」 上橋菜穂子作;HACCAN絵 KADOKAWA(角川つばさ文庫) 2018年12月

ホッサル
オタワルの天才医術師 「鹿の王 2」 上橋菜穂子作;HACCAN絵 KADOKAWA(角川つばさ文庫) 2019年2月

ホッサル
オタワルの天才医術師 「鹿の王 3」 上橋菜穂子作;HACCAN絵 KADOKAWA(角川つばさ文庫) 2020年5月

ホッサル
オタワルの天才医術師 「鹿の王 4」 上橋菜穂子作;HACCAN絵 KADOKAWA(角川つばさ文庫) 2020年8月

堀田 亮平 ほった・りょうへい
大食らいな中学1年生 「ベートーベンと名探偵! : タイムスリップ探偵団音楽の都ウィーンへ」 楠木誠一郎作;たはらひとえ絵 講談社(講談社青い鳥文庫) 2018年4月

堀田 亮平 ほった・りょうへい
大食らいな中学1年生 「マリー・アントワネットと名探偵! : タイムスリップ探偵団眠らない街パリへ」 楠木誠一郎作;たはらひとえ絵 講談社(講談社青い鳥文庫) 2018年9月

ボットくん
ジェットくんの友達 「カラスてんぐのジェットくん」 富安陽子作;植垣歩子絵 理論社 2019年11月

ポッピー
ハンバーグを作るために奮闘するがんばりやの犬の女の子 「おりょうり犬ポッピー ハンバーグへんしんじけん」 丘紫真璃作;つじむらあゆこ絵 ポプラ社(本はともだち♪) 2018年8月

ポップ
ファミの押しに弱い少年、見習いボディガード 「キミト宙(そら)へ 1」 床丸迷人作;へちま絵 KADOKAWA(角川つばさ文庫) 2018年12月

ポップ
ファミの押しに弱い少年、見習いボディガード 「キミト宙(そら)へ 2」 床丸迷人作;へちま絵 KADOKAWA(角川つばさ文庫) 2019年3月

ポップ
ファミの押しに弱い少年、見習いボディガード 「キミト宙(そら)へ 3」 床丸迷人作;へちま絵 KADOKAWA(角川つばさ文庫) 2019年9月

ポップ
ファミの押しに弱い少年、見習いボディガード 「キミト宙(そら)へ 4」 床丸迷人作;へちま絵 KADOKAWA(角川つばさ文庫) 2020年2月

ポップ
ファミの押しに弱い少年、見習いボディガード 「キミト宙(そら)へ 5」 床丸迷人作;へちま絵 KADOKAWA(角川つばさ文庫) 2020年8月

ポナパレンドル・ポラポリス(ポパー)
なぞなぞ好きなポシーの弟 「ポシーとポパー = Possy & Popper : ふたりは探偵 : 魔界からの挑戦」 オカザキヨシヒサ作;小林系絵 理論社 2020年5月

ホネ影 ほねかげ
ほねほね忍者 「ほねほねザウルス 21」 カバヤ食品株式会社原案・監修;ぐるーぷ・アンモナイツ作・絵 岩崎書店 2019年7月

ホネ影 ほねかげ
ほねほね忍者 「ほねほねザウルス 22」 カバヤ食品株式会社原案・監修;ぐるーぷ・アンモナイツ作・絵 岩崎書店 2020年1月

骨川 スネ夫 ほねかわ・すねお
のび太の仲間で冒険においても時折お調子者な一面を見せる少年 「小説映画ドラえもん のび太の新恐竜」 藤子・F・不二雄原作;川村元気脚本;涌井学著 小学館(小学館ジュニア文庫) 2020年2月

骨川 スネ夫 ほねかわ・すねお
のび太の友人で少しお調子者だが冒険では頼りになる一面も見せる少年 「小説STAND BY MEドラえもん」 藤子・F・不二雄原作;山崎貴著 小学館(小学館ジュニア文庫) 2020年11月

骨川 スネ夫 ほねかわ・すねお
要領がよく冒険に乗り気なものの時折怖がりな一面も見せる少年 「小説映画ドラえもんのび太の月面探査記」 藤子・F・不二雄原作;辻村深月著 小学館(小学館ジュニア文庫) 2019年2月

骨川 スネ夫 ほねかわ・すねお
要領がよく冒険に乗り気なものの時折怖がりな一面も見せる少年 「小説映画ドラえもんのび太の宝島」 藤子・F・不二雄原作;川村元気脚本;涌井学著 小学館(小学館ジュニア文庫) 2018年2月

ホネ太郎 ほねたろう
ほねほねサムライ 「ほねほねザウルス 21」 カバヤ食品株式会社原案・監修;ぐるーぷ・アンモナイツ作・絵 岩崎書店 2019年7月

ホネ太郎 ほねたろう
ほねほねサムライ 「ほねほねザウルス 22」 カバヤ食品株式会社原案・監修;ぐるーぷ・アンモナイツ作・絵 岩崎書店 2020年1月

ほのか
スピカが出会うピアノが大好きな人間の女の子 「リルリルフェアリルトゥインクル スピカと冬の夜のきせき―リルリルフェアリル ; 5」 中瀬理香作;瀬谷愛絵 ポプラ社 2019年11月

帆ノ香 ほのか
アルバイト店員の子狐、双子の妹 「見た目レンタルショップ化けの皮」 石川宏千花著 小学館 2020年11月

穂香 ほのか
トーコの同級生でトーコと共に成長していく友人 「その景色をさがして」 中山聖子著 PHP研究所(わたしたちの本棚) 2018年4月

ほのかちゃん
りょうたくんのクラスメイト、事件に巻き込まれる女の子 「へんなともだちマンホーくん [4]」 村上しいこ作;たかいよしかず絵 講談社(わくわくライブラリー) 2020年2月

ポパー
なぞなぞ好きなポシーの弟 「ポシーとポパー = Possy & Popper : ふたりは探偵 : 魔界からの挑戦」 オカザキヨシヒサ作;小林系絵 理論社 2020年5月

ボビー・ギャラガー
ひいひいおじいさんの謎を解こうとしているイギリスからの留学生 「鹿鳴館の恋文―歴史探偵アン&リック」 小森香折作;染谷みのる絵 偕成社 2019年11月

ぽぷら
父親を亡くし母親と二人暮らしをする小学5年生、新しい生活を前向きに始めようとする少女 「はじまりの夏」 吉田道子作;大野八生絵 あかね書房(読書の時間) 2020年6月

ぽぽ
保護犬の子犬 「ぽぽとくるのしあわせのばしょ」 かんのゆうこ著 幻冬舎メディアコンサルティング 2020年10月

ポポ
妖精学校の卒業試験で不合格になってしまった妖精 「モンスター・ホテルでプレゼント」 柏葉幸子作;高畠純絵 小峰書店 2018年3月

焔 あかね ほむら・あかね
吹奏楽部の部長 「生活向上委員会! 7」 伊藤クミコ作;桜倉メグ絵 講談社(講談社青い鳥文庫) 2018年3月

穂村 螢一 ほむら・けいいち
母を亡くした過去を抱え諦めを覚えていた小学6年生の少年 「キャンドル」 村上雅郁作 フレーベル館(文学の森) 2020年12月

穂村 幸歩 ほむら・ゆきほ
日野出小学校5年2組の素直な男の子 「化け猫落語 3」 みうらかれん作;中村ひなた絵 講談社(講談社青い鳥文庫) 2018年6月

ホーライ
サヤを異世界に呼び寄せた頼りない魔女 「魔女が相棒?ねぐせのヤマネ姫」 柏葉幸子作;長田恵子絵 理論社 2018年11月

ホーライ
やる気も実力もない魔女でサヤの相棒 「魔女が相棒?オコジョ姫とカエル王子」 柏葉幸子作;長田恵子絵 理論社 2020年11月

ポーラCさん　ぽーらしーさん
強くて自由でかっこいいギターを弾く高校生 「エリーゼさんをさがして = Looking for Elize」 梨屋アリエ著 講談社 2020年11月

堀内 めぐ　ほりうち・めぐ
赤毛が地毛であることを証明するために「赤毛証明」を押された中学1年生の少女 「赤毛証明」 光丘真理作 くもん出版(くもんの児童文学) 2020年5月

堀内 優大　ほりうち・ゆうだい
さわらずに物を動かす力がある月光スクールに通う中学1年生の少年 「異能力フレンズ 2」 令丈ヒロ子作;ニリツ絵 講談社(講談社青い鳥文庫) 2020年3月

堀内 優大　ほりうち・ゆうだい
触らずに物を動かす力がある月光スクールに通う中学1年生の少年 「異能力フレンズ : スパーク・ガールあらわる! 1」 令丈ヒロ子作;ニリツ絵 講談社(講談社青い鳥文庫) 2019年11月

堀内 優大　ほりうち・ゆうだい
触らずに物を動かす力がある月光スクールに通う中学1年生の少年 「異能力フレンズ 3」 令丈ヒロ子作;ニリツ絵 講談社(講談社青い鳥文庫) 2020年8月

堀江 誠　ほりえ・まこと
新聞記者の父を持つことでその仕事の厳しさを知っている小学3年生の少年 「新聞記者は、せいぎの味方? : おしごとのおはなし新聞記者—シリーズおしごとのおはなし」 みうらかれん作;宮尾和孝絵 講談社 2018年1月

ボーリー・カーン
柔然の支配者 「ムーラン」 おおつかのりこ文;講談社編;駒田文子構成 講談社(ディズニームービーブック) 2020年8月

堀 進　ほり・すすむ
東京都埋蔵文化財センター調査研究員 「冒険考古学失われた世界への時間旅行」 堤隆著;北住ユキ画 新泉社(13歳からの考古学) 2019年7月

ポルトス
「三銃士」の一人で陽気でお洒落な獣人の男 「モンスト三銃士 : ダルタニャンの冒険!」 相羽鈴作;希姫安弥絵 集英社(集英社みらい文庫) 2018年5月

ポロ
エンジニアの両親によってロボット化され体はロボットでも心は以前のままの飼い猫 「ぼくのネコがロボットになった」 佐藤まどか作;木村いこ絵 講談社(わくわくライブラリー) 2018年1月

ポロン
チロンの双子の妹、コロンの姉 「こぎつねチロンの星ごよみ」 日下熊三作・絵 誠文堂新光社 2019年10月

ボン
アッチとおもちつきを楽しむノラ猫の男の子 「おばけのアッチおもっちでおめでとう―小さなおばけ；42」 角野栄子さく;佐々木洋子え ポプラ社(ポプラ社の新・小さな童話) 2019年12月

ボン
アッチと一緒に散歩に出かけるノラ猫 「おばけのアッチとくものパンやさん―小さなおばけ」 角野栄子さく;佐々木洋子え ポプラ社(ポプラ社の新・小さな童話) 2018年1月

ポン
やぎやま小学校のやぎこ先生のクラスの1年生 「やぎこ先生いちねんせい―福音館創作童話シリーズ」 ななもりさちこ文;大島妙子絵 福音館書店 2019年1月

本賀 好子　ほんが・すきこ
最新式の市立図書館の館長 「図書館の怪談―ナツカのおばけ事件簿；16」 斉藤洋作;かたおかまなみ絵 あかね書房 2018年1月

ポンキチ
変化が得意なタヌキの妖怪 「妖怪たぬきポンチキン最強の妖怪あらわる!」 山口理作;細川貂々絵 文溪堂 2018年10月

ポンキチ
変化が得意なタヌキの妖怪 「妖怪たぬきポンチキン雪わらしとのやくそく」 山口理作;細川貂々絵 文溪堂 2018年4月

ポン吉　ぽんきち
化けるのがヘタで毎日怒られてばかりの「たぬばけ道場」の跡取り息子 「こだぬきコロッケ」 ななもりさちこ作;こばようこ絵 こぐま社(こぐまのどんどんぶんこ) 2018年6月

ポンコ
北海道の森で自由に生きる子馬 「エカシの森と子馬のポンコ」 加藤多一作;大野八生絵 ポプラ社(teens' best selections) 2020年12月

本多 賢次　ほんだ・けんじ
メカの天才で中学3年生の男の子 「ぼくらののら犬砦―「ぼくら」シリーズ；26」 宗田理作 ポプラ社 2019年7月

本田 サキ　ほんだ・さき
マンションのエレベーターで緑色のボタンを押し不思議な森にたどり着く冒険心旺盛な少女 「エレベーターのふしぎなボタン」 加藤直子作;杉田比呂美絵 ポプラ社(本はともだち♪) 2018年11月

本田 宗六　ほんだ・そうろく
1年A組でシャーロックホームズに憧れている少年 「すみっこ★読書クラブ：事件ダイアリー 1」 にかいどう青作;のぶたろ絵 講談社(講談社青い鳥文庫) 2019年7月

本田 宗六　ほんだ・そうろく
シャーロック・ホームズに憧れている中学1年生の少年 「すみっこ★読書クラブ：事件ダイアリー 2」 にかいどう青作;のぶたろ絵 講談社(講談社青い鳥文庫) 2020年1月

本多 忠勝　ほんだ・ただかつ
地獄の野球チーム「桶狭間ファルコンズ」の4番レフト 「戦国ベースボール [18]」 りょくち真太作;トリバタケハルノブ絵 集英社(集英社みらい文庫) 2020年3月

本田 パンダ　ほんだ・ぱんだ
広告社でキャッチコピーを考える社員 「よろしくパンダ広告社」 間部香代作;三木謙次絵 学研プラス(ティーンズ文学館) 2019年6月

ボンテン
神様の卵から生まれた生きもの 「かみさまのベビーシッター」 廣嶋玲子作;木村いこ絵 理論社 2020年4月

本堂 瑛海　ほんどう・ひでみ
黒ずくめの組織の一員、日売テレビのアナウンサー 「名探偵コナン ブラックインパクト!組織の手が届く瞬間」 青山剛昌原作;水稀しま著 小学館(小学館ジュニア文庫) 2020年12月

本堂 瑛海　ほんどう・ひでみ
人気アナウンサー、黒ずくめの組織の一員 「名探偵コナン赤井秀一セレクション赤と黒の攻防(クラッシュ)」 青山剛昌原作・イラスト;酒井匙著 小学館(小学館ジュニア文庫) 2020年4月

本乃 あい　ほんの・あい
小学生小説家でヒカルと共に迷宮教室からの脱出を目指すクラスメート 「迷宮教室：出口のない悪魔小学校」 あいはらしゅう作;肘原えるぼ絵 集英社(集英社みらい文庫) 2020年4月

本乃 あい　ほんの・あい
小学生小説家でヒカルと共に迷宮教室からの脱出を目指すクラスメート 「迷宮教室 [2]」 あいはらしゅう作;肘原えるぼ絵 集英社(集英社みらい文庫) 2020年9月

本乃 あい　ほんの・あい
小学生小説家でヒカルと共に迷宮教室からの脱出を目指すクラスメート 「迷宮教室 [3]」 あいはらしゅう作;肘原えるぼ絵 集英社(集英社みらい文庫) 2020年12月

ホンフイ
心優しいハンサムな兵士 「ムーラン」 おおつかのりこ文;講談社編;駒田文子構成 講談社(ディズニームービーブック) 2020年8月

ボンぼうや
ポプラの木の家から出たことのない好奇心旺盛な小人 「ボンぼうや：はじめて見る世界」 橘春香作・絵 PHP研究所 2018年8月

ポンポン
レストラン「きら星亭」で働くコックで食いしん坊のパンダ 「魔法のハロウィン・パイ―パンダのポンポン」 野中柊作;長崎訓子絵 理論社 2018年9月

【ま】

まいか
たからとクラスメートの女の子 「二年二組のたからばこ」 山本悦子作;佐藤真紀子絵 童心社(だいすき絵童話) 2018年11月

マイカ
パールの友達で「アラバスタ・ルース店」の孫娘、パールと協力してフレンドシップ・ジュエリーを作る魔女 「ムーンヒルズ魔法宝石店 2」 あんびるやすこ作・絵 講談社(わくわくライブラリー) 2019年4月

麻衣子　まいこ
中学ではバトミントン部で図書委員もこなし友達も多い咲菜の姉 「ネコ・トモ : 大切な家族になったネコ」 中村誠作;桃雪琴梨絵 KADOKAWA(角川つばさ文庫) 2018年11月

舞々子　まいまいこ
フルホン氏の助手、妖精使い 「雨ふる本屋と雨かんむりの花」 日向理恵子作;吉田尚令絵 童心社 2020年7月

マイン
本作りをする麗乃が生まれ変わった5歳の女の子 「本好きの下剋上 第1部[2]」 香月美夜作;椎名優絵 TOブックス(TOジュニア文庫) 2019年10月

マイン
本作りをする麗乃が生まれ変わった5歳の女の子 「本好きの下剋上 第1部[3]」 香月美夜作;椎名優絵 TOブックス(TOジュニア文庫) 2020年4月

マイン
本作りをする麗乃が生まれ変わった5歳の女の子 「本好きの下剋上 第1部[4]」 香月美夜作;椎名優絵 TOブックス(TOジュニア文庫) 2020年6月

マイン
本作りをする麗乃が生まれ変わった5歳の女の子 「本好きの下剋上 第1部[5]」 香月美夜作;椎名優絵 TOブックス(TOジュニア文庫) 2020年10月

マイン
麗乃が生まれ変わった5歳の女の子 「本好きの下剋上 第1部[1]」 香月美夜作;椎名優絵 TOブックス(TOジュニア文庫) 2019年7月

前田 あかり　まえだ・あかり
ジュニアバドミントンクラブのメンバー、結衣ちゃんとダブルスを組むことを喜んでいたがペアとして上手くいかず悩む少女 「まえむきダブルス! : スポーツのおはなしバドミントン―シリーズスポーツのおはなし」 落合由佳作;うっけ絵 講談社 2020年1月

前田 慶次　まえだ・けいじ
地獄の野球チーム「桶狭間ファルコンズ」の1番ライト 「戦国ベースボール [18]」 りょくち真太作;トリバタケハルノブ絵 集英社(集英社みらい文庫) 2020年3月

前田 慶次　まえだ・けいじ
地獄の野球チーム「桶狭間ファルコンズ」の2番レフト 「戦国ベースボール [17]」 りょくち真太作;トリバタケハルノブ絵 集英社(集英社みらい文庫) 2019年11月

前田 慶次　まえだ・けいじ
地獄の野球チーム「桶狭間ファルコンズ」の3番レフト 「戦国ベースボール [13]」 りょくち真太作;トリバタケハルノブ絵 集英社(集英社みらい文庫) 2018年7月

前田 慶次　まえだ・けいじ
地獄の野球チーム「桶狭間ファルコンズ」の3番レフト 「戦国ベースボール [14]」 りょくち真太作;トリバタケハルノブ絵 集英社(集英社みらい文庫) 2018年11月

前田 慶次　まえだ・けいじ
地獄の野球チーム「桶狭間ファルコンズ」の3番レフト「戦国ベースボール [15]」りょくち真太作;トリバタケハルノブ絵　集英社(集英社みらい文庫)　2019年4月

前田 慶次　まえだ・けいじ
地獄の野球チーム「桶狭間ファルコンズ」の4番レフト「戦国ベースボール [16]」りょくち真太作;トリバタケハルノブ絵　集英社(集英社みらい文庫)　2019年7月

前田 慶次　まえだ・けいじ
地獄の野球チーム「桶狭間ファルコンズ」の9番レフト「戦国ベースボール [19]」りょくち真太作;トリバタケハルノブ絵　集英社(集英社みらい文庫)　2020年7月

前田 虎鉄　まえだ・こてつ
白魔女のリンと婚約した3悪魔の一人、猫の時はタイガーアイの虎猫で風・竜巻を操る悪魔「白魔女リンと3悪魔 [10]」成田良美著;八神千歳イラスト　小学館(小学館ジュニア文庫)　2019年12月

前田 虎鉄　まえだ・こてつ
白魔女のリンと婚約した3悪魔の一人、猫の時はタイガーアイの虎猫で風・竜巻を操る悪魔「白魔女リンと3悪魔 [7]」成田良美著;八神千歳イラスト　小学館(小学館ジュニア文庫)　2018年1月

前田 虎鉄　まえだ・こてつ
白魔女のリンと婚約した3悪魔の一人、猫の時はタイガーアイの虎猫で風・竜巻を操る悪魔「白魔女リンと3悪魔 [8]」成田良美著;八神千歳イラスト　小学館(小学館ジュニア文庫)　2018年8月

前田 虎鉄　まえだ・こてつ
白魔女のリンと婚約した3悪魔の一人、猫の時はタイガーアイの虎猫で風・竜巻を操る悪魔「白魔女リンと3悪魔 [9]」成田良美著;八神千歳イラスト　小学館(小学館ジュニア文庫)　2019年4月

前田先生　まえだせんせい
6年2組の担任の先生「早咲きの花：ぼくらは戦友」宗田理作;YUME絵　KADOKAWA(角川つばさ文庫)　2019年8月

前田 千帆　まえだ・ちほ
思い込みが激しい少女マンガ好きな穂乃香の親友「一年間だけ。3」安芸咲良作;花芽宮るる絵　KADOKAWA(角川つばさ文庫)　2020年2月

前田 千帆　まえだ・ちほ
思い込みが激しい少女マンガ好きな穂乃香の親友「一年間だけ。4」安芸咲良作;花芽宮るる絵　KADOKAWA(角川つばさ文庫)　2020年5月

前田 千帆　まえだ・ちほ
思い込みが激しい少女マンガ好きな穂乃香の親友「一年間だけ。5」安芸咲良作;花芽宮るる絵　KADOKAWA(角川つばさ文庫)　2020年10月

前田 美織　まえだ・みおり
新聞部員でとわの友人「無限の中心で」まはら三桃著　講談社　2020年6月

前田 未希子　まえだ・みきこ
未来の母 「たったひとつの君との約束 [7]」 みずのまい作;U35絵　集英社(集英社みらい文庫) 2018年10月

前田 未希子　まえだ・みきこ
未来の母 「たったひとつの君との約束 [8]」 みずのまい作;U35絵　集英社(集英社みらい文庫) 2019年2月

前田 未希子　まえだ・みきこ
未来の母 「たったひとつの君との約束 [9]」 みずのまい作;U35絵　集英社(集英社みらい文庫) 2019年6月

前田 未来　まえだ・みらい
ひかりと両想いになった持病がある小学6年生の少女 「たったひとつの君との約束 [9]」 みずのまい作;U35絵　集英社(集英社みらい文庫) 2019年6月

前田 未来　まえだ・みらい
小5の時にひかりと出会い6年生で再会した持病がある少女 「たったひとつの君との約束 [5]」 みずのまい作;U35絵　集英社(集英社みらい文庫) 2018年4月

前田 未来　まえだ・みらい
小5の時にひかりと出会い6年生で再会した持病がある少女 「たったひとつの君との約束 [6]」 みずのまい作;U35絵　集英社(集英社みらい文庫) 2018年6月

前田 未来　まえだ・みらい
小5の時にひかりと出会い6年生で再会した持病がある少女 「たったひとつの君との約束 [7]」 みずのまい作;U35絵　集英社(集英社みらい文庫) 2018年10月

前田 未来　まえだ・みらい
小5の時にひかりと出会い6年生で再会した持病がある少女 「たったひとつの君との約束 [8]」 みずのまい作;U35絵　集英社(集英社みらい文庫) 2019年2月

前田 未来　まえだ・みらい
静香の親友 「スターになったらふりむいて：ファーストキスはだれとする?」 みずのまい作;乙女坂心絵　集英社(集英社みらい文庫) 2019年10月

前殿　まえどの
トモの家に突然現れた大きなネズミ、不思議な世界との接点を示す謎めいた存在 「ぼくと母さんのキャラバン」 柏葉幸子著;泉雅史絵　講談社(講談社文学の扉) 2020年4月

まえばちゃん
ななこを見守るななこが赤ちゃんの時初めて生えた歯 「まえばちゃん」 かわしまえつこ作;いとうみき絵　童心社(だいすき絵童話) 2018年11月

前原 圭一　まえばら・けいいち
都会から雛見沢村に引っ越してきて村の仲間たちと楽しく過ごすが事件に巻き込まれていく少年 「ひぐらしのなく頃に 第1話[上][下]」 竜騎士07著;里好イラスト　双葉社(双葉社ジュニア文庫) 2020年10月

前原 圭一　まえばら・けいいち
東京から雛見沢に引っ越してきた少年 「ひぐらしのなく頃に 第2話[上][下]」 竜騎士07著;里好イラスト　双葉社(双葉社ジュニア文庫) 2020年12月

前原 なずな　まえはら・なずな
クリスマス会でプレゼントされた本「フランダースの犬」を読みその悲しい内容に驚きサンタさんに文句を言おうとする小学生 「星空としょかんへようこそ」 小手鞠るい作;近藤未奈絵 小峰書店 2020年11月

マオ
生まれつき前足がほとんどなく後ろ足を強化しながら前足用の車いすに挑戦するチワワ 「マオのうれしい日―こころのつばさシリーズ」 あんずゆき作;ミヤハラヨウコ絵 佼成出版社 2018年9月

マオ
料理上手なサトシのクラスメート 「ポケットモンスターサン&ムーン サトシ編―よむポケ」 福田幸江文;姫野よしかず絵;小学館集英社プロダクション監修 小学館 2018年7月

真生　まお
将来の夢が見つからず友だちや兄たちと比べて悩んでいる小学5年生の少女 「占い屋敷と消えた夢ノート」 西村友里作;松嶌舞夢画 金の星社 2018年5月

真青　まお
小学4年生、幼なじみの真姫との関係に悩む女の子 「トリコロールをさがして = Recherche Tricolore」 戸森しるこ作;結布絵 ポプラ社(ポプラ物語館) 2020年5月

魔王　まおう
七変化の能力を持つひとつ目の魔物 「ダヤン、奇妙な夢をみる―ダヤンの冒険物語」 池田あきこ著 ほるぷ出版 2020年5月

マキシ
歴史を変えるため未来からやってきたアンドロイド 「地底アパートと幻の地底王国 特装版―蒼月海里の「地底アパート」シリーズ ; 5」 蒼月海里著 ポプラ社 2020年4月

マキシ
歴史を変えるため未来からやってきたアンドロイド 「地底アパートのアンドロイドは巨大ロボットの夢を見るか 特装版―蒼月海里の「地底アパート」シリーズ ; 3」 蒼月海里著 ポプラ社 2020年4月

マキシ
歴史を変えるため未来からやってきたアンドロイド 「地底アパートの咲かない桜と見えない住人 特装版―蒼月海里の「地底アパート」シリーズ ; 4」 蒼月海里著 ポプラ社 2020年4月

マキシ
歴史を変えるため未来からやってきたアンドロイド 「地底アパートの迷惑な来客 特装版―蒼月海里の「地底アパート」シリーズ ; 2」 蒼月海里著 ポプラ社 2020年4月

マキシ
歴史を変えるため未来からやってきたアンドロイド 「地底アパート入居者募集中! 特装版―蒼月海里の「地底アパート」シリーズ ; 1」 蒼月海里著 ポプラ社 2020年4月

巻島　まきしま
自転車競技部の高校3年生 「小説弱虫ペダル 2」 渡辺航原作;輔老心ノベライズ 岩崎書店(フォア文庫) 2019年10月

牧島 愛華　まきしま・あいか
ひびきのクラスメートで噂話が大好きな女の子 「ことばけ!：ツンツンでもふもふな皇子が私のパートナー!?」 衛藤圭作;Nardack絵 集英社(集英社みらい文庫) 2020年11月

MAXIMUM-β17(マキシ)　まきしまむべーたせぶんてぃーん(まきし)
歴史を変えるため未来からやってきたアンドロイド 「地底アパートと幻の地底王国 特装版―蒼月海里の「地底アパート」シリーズ；5」 蒼月海里著 ポプラ社 2020年4月

MAXIMUM-β17(マキシ)　まきしまむべーたせぶんてぃーん(まきし)
歴史を変えるため未来からやってきたアンドロイド 「地底アパートのアンドロイドは巨大ロボットの夢を見るか 特装版―蒼月海里の「地底アパート」シリーズ；3」 蒼月海里著 ポプラ社 2020年4月

MAXIMUM-β17(マキシ)　まきしまむべーたせぶんてぃーん(まきし)
歴史を変えるため未来からやってきたアンドロイド 「地底アパートの咲かない桜と見えない住人 特装版―蒼月海里の「地底アパート」シリーズ；4」 蒼月海里著 ポプラ社 2020年4月

MAXIMUM-β17(マキシ)　まきしまむべーたせぶんてぃーん(まきし)
歴史を変えるため未来からやってきたアンドロイド 「地底アパートの迷惑な来客 特装版―蒼月海里の「地底アパート」シリーズ；2」 蒼月海里著 ポプラ社 2020年4月

MAXIMUM-β17(マキシ)　まきしまむべーたせぶんてぃーん(まきし)
歴史を変えるため未来からやってきたアンドロイド 「地底アパート入居者募集中! 特装版―蒼月海里の「地底アパート」シリーズ；1」 蒼月海里著 ポプラ社 2020年4月

牧瀬 薫子　まきせ・かおるこ
2年D組の読書クラブの部長 「すみっこ★読書クラブ：事件ダイアリー 1」 にかいどう青作;のぶたろ絵 講談社(講談社青い鳥文庫) 2019年7月

マキちゃん
遠足に行くためタミーには留守番を命じる小学2年生の女の子 「こぶたのタミーはじめてのえんそく」 かわのむつみ作;下間文恵絵 国土社 2019年1月

牧野 奏太　まきの・そうた
わかばと幼稚園からの幼なじみでお母さんはピアノの先生の男の子 「ピアノ・カルテット 2」 遠藤まり作;ふじつか雪絵 KADOKAWA(角川つばさ文庫) 2018年4月

牧野 みずき　まきの・みずき
書道教室も一緒のモモの友達 「いみちぇん! 11」 あさばみゆき作;市井あさ絵 KADOKAWA(角川つばさ文庫) 2018年3月

牧野 みずき　まきの・みずき
書道教室も一緒のモモの友達 「いみちぇん! 12」 あさばみゆき作;市井あさ絵 KADOKAWA(角川つばさ文庫) 2018年7月

牧野 みずき　まきの・みずき
書道教室も一緒のモモの友達 「いみちぇん! 13」 あさばみゆき作;市井あさ絵 KADOKAWA(角川つばさ文庫) 2018年12月

マグパイ
羽の音を立てて現れるスケッチクラブの一員で繭と出会う少年 「日曜日の王国」 日向理恵子作;サクマメイ絵 PHP研究所(わたしたちの本棚) 2018年3月

マクリ
忘れ去られた複合商業施設に潜む正体不明の存在 「都会(まち)のトム&ソーヤ 外伝16.5」 はやみねかおる著 講談社(YA!ENTERTAINMENT) 2020年3月

マクロファージ
細菌などの異物を捕えて殺し抗原や免疫情報を見つけ出す白血球の一種 「小説はたらく細胞」 清水茜原作・イラスト;時海結以著 講談社(講談社KK文庫) 2018年7月

まけきらい稲荷　まけきらいいなり
キツネの殿様の婚礼を祝う相撲試合に登場する伝説の力士 「菜の子ちゃんとキツネ力士―福音館創作童話シリーズ. 日本全国ふしぎ案内 ; 3」 富安陽子作;蒲原元画 福音館書店 2018年5月

真子　まこ
クラスで配られた時間割に墨汁が飛び散りその後不思議な出来事が起こることに気づく女の子 「消えた時間割」 西村友里作;大庭賢哉絵 学研プラス(ジュニア文学館) 2018年5月

マーゴ
しっかり者で妹たちを守る頼れる存在の三姉妹の長女 「怪盗グルーのミニオン危機一発」 澁谷正子著 小学館(小学館ジュニア文庫) 2018年7月

マーゴ
しっかり者で妹たちを守る頼れる存在の三姉妹の長女 「怪盗グルーの月泥棒」 澁谷正子著 小学館(小学館ジュニア文庫) 2018年7月

マコウカン
ホッサルの護衛人 「鹿の王 1」 上橋菜穂子作;HACCAN絵 KADOKAWA(角川つばさ文庫) 2018年12月

マコウカン
ホッサルの護衛人 「鹿の王 2」 上橋菜穂子作;HACCAN絵 KADOKAWA(角川つばさ文庫) 2019年2月

マーゴット
木彫りの人形 「マーゴットのお城 : ある著名な建築家の最初の仕事のおはなし」 桜咲ゆかこ作;黒田征太郎絵 今人舎 2018年5月

まこと
引っ越し先で最初に友達になったしんごとケンカし仲直りしたいと悩む男の子 「しゅくだいなかなおり」 福田岩緒作・絵 PHP研究所(とっておきのどうわ) 2020年12月

真斗　まこと
田舎で暮らすごく普通の高校生 「小説\映画明日、キミのいない世界で」 服部隆著 講談社 2020年1月

マーサ
かわいい猫のお姫様 「かいけつゾロリのドラゴンたいじ 2―かいけつゾロリシリーズ ; 63」 原ゆたかさく・え ポプラ社(ポプラ社の新・小さな童話) 2018年7月

マサオくん
カスカベ防衛隊の仲間の男の子 「映画クレヨンしんちゃん爆盛!カンフーボーイズ～拉麺大乱～」 臼井儀人原作;うえのきみこ脚本;蒔田陽平ノベライズ 双葉社(双葉社ジュニア文庫) 2018年4月

真坂 タクミ まさか・たくみ
謎解き好きで幼なじみの草介と共に事件を解決する小学5年生 「からくり探偵団：茶運び人形の秘密」 藤江じゅん作;三木謙次絵 KADOKAWA 2019年3月

真坂 タクミ まさか・たくみ
謎解き好きで幼なじみの草介と共に事件を解決する小学5年生 「からくり探偵団［2］」 藤江じゅん作;三木謙次絵 KADOKAWA 2020年3月

マサキ
たくさんの本を所有しているイツキの伯父、脚本家 「悪ノ物語：紙の悪魔と秘密の書庫」 mothy_悪ノP著;柚希きひろイラスト;△○□×イラスト PHP研究所(PHPジュニアノベル) 2018年3月

マサキ
たくさんの本を所有しているイツキの伯父、脚本家 「悪ノ物語［2］」 mothy_悪ノP著;柚希きひろイラスト;△○□×イラスト PHP研究所(PHPジュニアノベル) 2018年7月

真崎 葵 まさき・あおい
降奈のクラスメートで仲良しグループの一人 「異能力フレンズ：スパーク・ガールあらわる! 1」 令丈ヒロ子作;ニリツ絵 講談社(講談社青い鳥文庫) 2019年11月

雅子 まさこ
電車の車掌として働く笑生子の姉、モダンでマイペースな性格の次女 「ガラスの梨：ちいやんの戦争」 越水利江子作;牧野千穂絵 ポプラ社(ノベルズ・エクスプレス) 2018年7月

マサコさん
院長の奥さんで看護師 「森の診療所ものがたり：カモの子がやってきた」 竹田津実作;岡本順絵 偕成社 2019年11月

マザー・ゴーテル
ラプンツェルの育ての親 「塔の上のラプンツェル」 ディズニー監修 KADOKAWA(角川アニメ絵本) 2020年11月

まさと
智が元の世界に戻る手助けをする友達 「おれからもうひとりのぼくへ」 相川郁恵作;佐藤真紀子絵 岩崎書店(おはなしガーデン) 2018年8月

正義 まさよし
結婚し吹田市で暮らす笑生子の兄、厳格な性格の長男 「ガラスの梨：ちいやんの戦争」 越水利江子作;牧野千穂絵 ポプラ社(ノベルズ・エクスプレス) 2018年7月

マサル
ケンカが得意な腕自慢の小学5年生 「悪ガキ7：いたずらtwinsと仲間たち」 宗田理作;いつか絵 静山社(静山社ペガサス文庫) 2020年10月

マサル
ケンカなら中学生にも負けないマリとユリの同級生の少年 「悪ガキ7：学校対抗イス取りゲーム!」 宗田理著 静山社 2018年2月

マサル
将吾と同じ野球チームの友人 「フルスイング!:おしごとのおはなしプロ野球選手—シリーズおしごとのおはなし」 くすのきしげのり作;下平けーすけ絵 講談社 2018年2月

マーシィ
ダヤンの友達で優しくてしっかり者のウサギの女の子 「ダヤン、奇妙な夢をみる—ダヤンの冒険物語」 池田あきこ著 ほるぷ出版 2020年5月

マーシィ
ダヤンの友達で優しくてしっかり者のウサギの女の子 「ダヤンと恐竜のたまご 新版—ダヤンの冒険物語」 池田あきこ著 ほるぷ出版 2020年7月

真下 太一 ました・たいち
スポーツ万能で成績優秀な競技かるた部部長の少年 「小説映画ちはやふる 結び」 末次由紀原作;小泉徳宏脚本;時海結以著 講談社 2018年2月

真下 悠人 ました・ゆうと
竜司と一緒に自由研究をする同じクラスの仲間 「川のむこうの図書館」 池田ゆみる作;羽尻利門絵 さ・え・ら書房 2018年1月

真柴 智 ましば・さとし
将也の高校のクラスメート 「小説聲の形 上下」 大今良時原作・絵;倉橋燿子文 講談社(講談社青い鳥文庫) 2019年3月

マジパン
まじめで物知りなパンダにんじゃ 「パンダにんじゃ:どっくがわまいぞう金のなぞ」 藤田遼さく;SANAえ PHP研究所(とっておきのどうわ) 2018年8月

マシュー・ペリー
野球チーム「世界ワールドヒーローズ」の5番ファースト 「戦国ベースボール [13]」 りょくち真太作;トリバタケハルノブ絵 集英社(集英社みらい文庫) 2018年7月

魔女 まじょ
アメ屋の屋台を開き「のろいアメ」を売ってサキにアメを作らせる魔女 「魔女ののろいアメ」 草野あきこ作;ひがしちから絵 PHP研究所(とっておきのどうわ) 2018年10月

魔女 まじょ
トモヤの嫌な気分を察し「いじわるラムネ」を作るように勧めるラムネ屋の魔女 「魔女のいじわるラムネ」 草野あきこ作;ひがしちから絵 PHP研究所(とっておきのどうわ) 2019年10月

魔女 まじょ
小さな屋台を開きうらないグミをタケルに渡した魔女 「魔女のうらないグミ」 草野あきこ作;ひがしちから絵 PHP研究所(とっておきのどうわ) 2020年7月

魔女 まじょ
人間の男の子に仮装が上手だとほめられ一緒にお菓子をもらいに行くことになる本物の魔女 「モンスター・ホテルでハロウィン」 柏葉幸子作;高畠純絵 小峰書店 2018年9月

まじょ子ちゃん まじょこちゃん
黒い服と黒い帽子がトレードマークの魔女の女の子 「まじょ子とステキなおひめさまドレス—学年別こどもおはなし劇場 ; 117 2年生」 藤真知子作;ゆーちみえこ絵 ポプラ社 2018年4月

マジョラム
元・七魔が山の大魔女 「魔女バジルと魔法の剣」 茂市久美子作;よしざわけいこ絵 講談社(わくわくライブラリー) 2018年3月

真白　ましろ
おかしなカタログを拾った少女 「世にも奇妙な商品カタログ 1」 地図十行路作;望月けい絵 KADOKAWA(角川つばさ文庫) 2019年2月

マスター
カフェ「ラッキーキャット」の店主 「おしりたんてい ラッキーキャットはだれのてに!―おしりたんていシリーズ. おしりたんていファイル ; 9」 トロルさく・え ポプラ社 2019年8月

マスター
カフェの主人、スパイス捜索をおしりたんていに依頼する情報通 「おしりたんてい カレーなるじけん―おしりたんていシリーズ. おしりたんていファイル」 トロルさく・え ポプラ社 2019年1月

増田先輩　ますだせんぱい
御石井小学校6年1組、天才給食マスターと呼ばれている少年 「牛乳カンパイ係、田中くん [6]」 並木たかあき作;フルカワマモる絵 集英社(集英社みらい文庫) 2018年4月

増田先輩　ますだせんぱい
御石井小学校6年1組、天才給食マスターと呼ばれている少年 「牛乳カンパイ係、田中くん [7]」 並木たかあき作;フルカワマモる絵 集英社(集英社みらい文庫) 2018年7月

増田先輩　ますだせんぱい
御石井小学校6年1組、天才給食マスターと呼ばれている少年 「牛乳カンパイ係、田中くん [8]」 並木たかあき作;フルカワマモる絵 集英社(集英社みらい文庫) 2018年11月

増永 達也　ますなが・たつや
寛仁のクラスメートで親友 「チギータ!」 蒔田浩平作;佐藤真紀子絵 ポプラ社(ノベルズ・エクスプレス) 2019年3月

マスミン先パイ　ますみんせんぱい
被服部の明るく大胆な先輩 「ぼくのまつり縫い : 手芸男子は好きっていえない」 神戸遥真作;井田千秋絵 偕成社(偕成社ノベルフリーク) 2019年11月

マダム・クロエ
すばるたちの先生、元超人気店の伝説のパティシエ 「パティシエ☆すばる 番外編」 つくもようこ作;鳥羽雨絵 講談社(講談社青い鳥文庫) 2018年5月

マーダラー
ルーム内で一人ずつ参加者を殺す宣言をする自称殺人者 「奇譚ルーム」 はやみねかおる著 朝日新聞出版 2018年3月

町田 久美　まちだ・くみ
ガードロイドを探そうとする6年1組の生徒 「つくられた心 = Artificial soul」 佐藤まどか作;浦田健二絵 ポプラ社(teens' best selections) 2019年2月

松浦 遊　まつうら・ゆう
松浦夫婦の一人息子で新しい家族と同居することになり光希との関係の中で甘くて苦い恋を育む少年 「ママレード・ボーイ : 映画ノベライズみらい文庫版」 吉住渉原作;浅野妙子脚本;廣木隆一脚本;はのまきみ著 集英社(集英社みらい文庫) 2018年3月

松岡　まつおか
ムダにイケメンなお父さんの秘書「小説一度死んでみた」澤本嘉光映画脚本;石井睦美文;榊アヤミ絵　KADOKAWA(角川つばさ文庫)　2019年12月

松岡 駆　まつおか・かける
しゃべり出した猫たちを守ろうと奮闘する高校1年生の少年「ベランダの秘密基地：しゃべる猫と、家族のカタチ」木村色吹著　KADOKAWA(カドカワ読書タイム)　2020年9月

松岡 一紗　まつおか・かずさ
読書好きの転校生の女の子「ぼくは本を読んでいる。」ひこ・田中著　講談社　2019年1月

マック
関さんの飼い犬で修一に癒しを与え修一との絆が深まる犬「もう逃げない!」朝比奈蓉子作;こより絵　PHP研究所(わたしたちの本棚)　2018年10月

松崎 里桜　まつざき・りお
竜広の隣の席の占い好きな少女「雨女とホームラン」吉野万理子作;嶽まいこ絵　静山社　2020年5月

松田 翔子　まつだ・しょうこ
東京大学の大学院生、マスター(修士課程)の2年生「冒険考古学失われた世界への時間旅行」堤隆著;北住ユキ画　新泉社(13歳からの考古学)　2019年7月

松田 大介　まつだ・だいすけ
唯志と雪合戦を通じて交流を深める同級生「ジャンプして、雪をつかめ!」おおぎやなぎちか作;くまおり純絵　新日本出版社　2020年11月

松谷 いなさ　まつたに・いなさ
親友の千種と共におっちょこ先生の秘密を知ってしまう小学5年生の少女「おっちょこ魔女先生：保健室は魔法がいっぱい!」廣嶋玲子作;ひらいたかこ絵　KADOKAWA　2020年3月

松谷 いなさ　まつたに・いなさ
魔女試験を受ける小学5年生の少女「おっちょこ魔女先生 [2]」廣嶋玲子作;ひらいたかこ絵　KADOKAWA　2020年11月

松田 勇太　まつだ・ゆうた
家で父親に怒られぽかりの木に登って泣いている小学校4年生の少年「ぽかりの木」こうだゆうこ作;黒須高嶺絵　学研プラス(ジュニア文学館)　2019年8月

松田 ローベルト　まつだ・ろーべると
夜間救急専門小児科医の猫「ねこの小児科医ローベルト」木地雅映子作;五十嵐大介絵　偕成社　2019年3月

マッチョくん
ジェットくんの友達「カラスてんぐのジェットくん」富安陽子作;植垣歩子絵　理論社　2019年11月

まっつん
夏樹の友人でまりにちょっかいを出してくるチャラい男子「虹色デイズ：まんがノベライズ特別編～筒井まりの憂うつ～」水野美波原作・絵;はのまきみ著　集英社(集英社みらい文庫)　2018年6月

まっつん
実は友達思いのチャラいモテ男子 「虹色デイズ：映画ノベライズみらい文庫版」 水野美波原作;根津理香脚本;飯塚健脚本;はのまきみ著 集英社(集英社みらい文庫) 2018年6月

松永 タイガ まつなが・たいが
中等部普通クラスの1年生の男子 「学園ファイブスターズ 3」 宮下恵茉作;kaya8絵 講談社(講談社青い鳥文庫) 2020年4月

松永 タイガ まつなが・たいが
中等部普通クラスの1年生の男子 「学園ファイブスターズ 4」 宮下恵茉作;kaya8絵 講談社(講談社青い鳥文庫) 2020年8月

松永 タイガ まつなが・たいが
中等部普通クラスの1年生の男子 「学園ファイブスターズ 5」 宮下恵茉作;kaya8絵 講談社(講談社青い鳥文庫) 2020年12月

松永 智也(まっつん) まつなが・ともや(まっつん)
夏樹の友人でまりにちょっかいを出してくるチャラい男子 「虹色デイズ：まんがノベライズ特別編～筒井まりの憂うつ～」 水野美波原作・絵;はのまきみ著 集英社(集英社みらい文庫) 2018年6月

松永 智也(まっつん) まつなが・ともや(まっつん)
実は友達思いのチャラいモテ男子 「虹色デイズ：映画ノベライズみらい文庫版」 水野美波原作;根津理香脚本;飯塚健脚本;はのまきみ著 集英社(集英社みらい文庫) 2018年6月

松永 久秀 まつなが・ひさひで
野球チーム「本能寺ファイターズ」の1番センター 「戦国ベースボール [14]」 りょくち真太作;トリバタケハルノブ絵 集英社(集英社みらい文庫) 2018年11月

松本 杏 まつもと・あん
生徒会役員で二次創作が趣味の中学2年生の少女 「あこがれの彼は生霊クン―生徒会㊙レポート」 住滝良作;kaworu絵 講談社(講談社青い鳥文庫) 2020年5月

松本 杏 まつもと・あん
生徒会役員で二次創作が趣味の中学2年生の少女 「蜘蛛のお姫様はスマホ好き―生徒会マル秘レポート」 住滝良作;kaworu絵 講談社(講談社青い鳥文庫) 2020年11月

松山 由治 まつやま・ゆうじ
クラスに馴染めずいつも一人でトイレ掃除をしている少年 「びっくりしゃっくりトイレそうじ大作戦―こころのつばさシリーズ」 野村一秋作;羽尻利門絵 佼成出版社 2019年12月

真問 まとい
アルバイト店員の子狐、双子の兄 「見た目レンタルショップ化けの皮」 石川宏千花著 小学館 2020年11月

まどか
ひいおばあちゃんの不思議な行動を追いかけて見知らぬ山に迷い込む好奇心旺盛な女の子 「どこどこ山はどこにある」 おおぎやなぎちか作;松田奈那子絵 フレーベル館(ものがたりの庭) 2018年9月

窓香　まどか
幼い頃に両親が離婚し母と離れて暮らしていた中学2年生の少女 「窓」 小手鞠るい作 小学館 2020年2月

的場さん　まとばさん
化野原団地の管理局長、7人家族の正体を知っている男性 「妖怪一家の温泉ツアー―妖怪一家九十九さん」 富安陽子作;山村浩二絵 理論社 2018年2月

的場 大樹　まとば・だいき
鉄道デザイナーを目指す時刻表鉄の小学5年生の少年 「電車で行こう!：運気上昇!?西鉄と特急で行く水路の街」 豊田巧作;裕龍ながれ絵 集英社(集英社みらい文庫) 2019年2月

的場 大樹　まとば・だいき
鉄道デザイナーを目指す時刻表鉄の小学5年生の少年 「電車で行こう!：奇跡を起こせ!?秋田新幹線こまちと幻のブルートレイン」 豊田巧作;裕龍ながれ絵 集英社(集英社みらい文庫) 2019年6月

的場 大樹　まとば・だいき
鉄道デザイナーを目指す時刻表鉄の小学5年生の少年 「電車で行こう!：追跡!スカイライナーと秘密の鉄道スポット」 豊田巧作;裕龍ながれ絵 集英社(集英社みらい文庫) 2020年12月

的場 大樹　まとば・だいき
鉄道デザイナーを目指す時刻表鉄の小学5年生の少年 「電車で行こう!：東武特急リバティで行く、さくら舞う歴史旅!」 豊田巧作;裕龍ながれ絵 集英社(集英社みらい文庫) 2018年5月

的場 大樹　まとば・だいき
鉄道デザイナーを目指す時刻表鉄の小学5年生の少年 「電車で行こう!：目指せ!東急全線、一日乗りつぶし!」 豊田巧作;裕龍ながれ絵 集英社(集英社みらい文庫) 2018年10月

マナ
アガルタに住む言葉をしゃべれない少女 「星を追う子ども」 新海誠原作;あきさかあさひ文;ちーこ絵 KADOKAWA(角川つばさ文庫) 2018年1月

愛奈　まな
自分の意見をはっきり言うタイプの女の子 「かなわない、ぜったい。[3]」 野々村花作;姫川恵梨絵 集英社(集英社みらい文庫) 2019年8月

真名子 極　まなこ・きわみ
ピチピチのジャージを着た夏期特別アシストクラスの担任の先生 「あたしたちのサバイバル教室 特装版―学校に行けないときのサバイバル術；1」 高橋桐矢作;芝生かや絵 ポプラ社 2020年4月

真名子 極　まなこ・きわみ
ピチピチのジャージを着た夏期特別アシストクラスの担任の先生 「あたしたちの居場所 特装版―学校に行けないときのサバイバル術；2」 高橋桐矢作;芝生かや絵 ポプラ社 2020年4月

まなちゃん
福引きを引いてフルーツパーラーのチケットを当てたいと願うダイくんの妹 「おおあたり!」 もとしたいづみ作;山西ゲンイチ絵 小峰書店(おはなしだいすき) 2019年1月

マニイ
宇宙飛行士のグレイと結婚し新婚旅行中に宇宙に取り残された大金持ちのお嬢様 「かいけつゾロリうちゅう大さくせん—かいけつゾロリシリーズ ; 65」 原ゆたかさく・え ポプラ社(ポプラ社の新・小さな童話) 2019年7月

真秀 まほ
幼い頃に行方不明になった兄を探し飛鳥時代にタイムスリップする少女 「まほろばトリップ : 時のむこう、飛鳥」 倉本由布著 アリス館 2020年7月

まほうつかい
おとのさまに魔法のほうきの乗り方を教えるおばあさん 「おとのさま、まほうつかいになる—おはなしみーつけた!シリーズ」 中川ひろたか作;田中六大絵 佼成出版社 2020年12月

魔法の仕立て屋のおばあさん まほうのしたてやのおばあさん
魔法の力で頭巾を家に変えた仕立て屋、双子のおばあさん 「おうちずきん」 こがしわかおり作 文研出版(わくわくえどうわ) 2019年7月

マホロア
ダイヤモンド・タウンにやってきた薬の行商人 「星のカービィ 夢幻の歯車を探せ!」 高瀬美恵作;苅野タウ絵;ぽと絵 KADOKAWA(角川つばさ文庫) 2020年3月

ママ
シングルマザーで子育てに無関心な亜梨紗の母親 「それでも人のつもりかな」 有島希音著;流亜絵 岩崎書店 2018年7月

ママ
シングルマザーで料理研究家をしている知的なはるかの母親 「おなべの妖精一家 1」 福田隆浩作;サトウユカ絵 講談社(わくわくライブラリー) 2018年7月

ママ
シングルマザーで料理研究家をしている知的なはるかの母親 「おなべの妖精一家 2」 福田隆浩作;サトウユカ絵 講談社(わくわくライブラリー) 2018年9月

ママ
バカボンの母 「ぼくのパパは天才なのだ :「深夜!天才バカボン」ハジメちゃん日記」 赤塚不二夫原作;日笠由紀著;深夜!天才バカボン製作委員会監修 小学館(小学館ジュニア文庫) 2018年10月

ママ
ふたばの母親 「ハニーのためにできること」 楠章子作;松成真理子絵 童心社 2018年12月

ママ
ポーちゃんの母親でふたつかおおばけ、ポーちゃんが秘宝をプレゼントしようと計画する誕生日の主役 「こわいぞ!おばけりょこう—おばけのポーちゃん ; 10」 吉田純子作;つじむらあゆこ絵 あかね書房 2020年3月

ママ
絵描きをしており料理が苦手なふみの母 「きつねの時間」 蓼内明子作;大野八生絵 フレーベル館(文学の森) 2019年9月

ママ
電話で励ましを送るサオリの母親 「テニスキャンプをわすれない!：スポーツのおはなしテニス―シリーズスポーツのおはなし」 福田隆浩作;pon-marsh絵 講談社 2020年1月

ママ
朋と晴太の母親 「もうひとつの曲がり角」 岩瀬成子著 講談社 2019年9月

ママ
唯志の母親で青森県の実家に戻ってきたシングルマザー 「ジャンプして、雪をつかめ!」 おおぎやなぎちか作;くまおり純絵 新日本出版社 2020年11月

ママ
冷静でしっかり者、時に不器用な一面を見せる母親 「大渋滞」 いとうみく作;いつか絵 PHP研究所(みちくさパレット) 2019年4月

ママチャリ
駐在さんと壮絶なイタズラ合戦を繰り広げる悪ガキ軍団のリーダー 「ぼくたちと駐在さんの700日戦争：ベスト版 闘争の巻」 ママチャリ著;ママチャリイラスト 小学館(小学館ジュニア文庫) 2018年1月

真美子 まみこ
ジャーナリストとして活動し窓香への手紙をノートに綴った窓香の母親 「窓」 小手鞠るい作 小学館 2020年2月

マモル
あかりの心を開くきっかけとなった人懐っこい性格の子犬 「いのちのカプセルにのって」 岡田なおこ著;サカイノビー絵 汐文社 2019年12月

まゆ
おじいちゃんの家の近くの森で不思議なポストを見つけた好奇心旺盛な女の子 「もりのゆうびんポスト」 原京子作;高橋和枝絵 ポプラ社(本はともだち♪) 2019年5月

まゆ
おてがみ交換を通じてコンタと友達になり森で一緒に遊ぶ元気な女の子 「もりのともだち、ひみつのともだち」 原京子作;高橋和枝絵 ポプラ社(本はともだち♪) 2019年5月

まゆ
ほのかの幼なじみでピアノが上手な女の子 「リルリルフェアリルトゥインクル スピカと冬の夜のきせき―リルリルフェアリル；5」 中瀬理香作;瀬谷愛絵 ポプラ社 2019年11月

繭 まゆ
小学5年生で学校に行けなくなった少女 「日曜日の王国」 日向理恵子作;サクマメイ絵 PHP研究所(わたしたちの本棚) 2018年3月

万結 まゆ
シンフロ部創設メンバーの女性 「ゆけ、シンフロ部!」 堀口泰生小説;青木俊直絵 学研プラス(部活系空色ノベルズ) 2018年1月

まゆみ
動物プロダクションのアニマルトレーナー 「女優猫あなご」 工藤菊香著;藤凪かおるイラスト 小学館(小学館ジュニア文庫) 2018年2月

真弓 薫　まゆみ・かおる
トラと二人で交換留学中のトラの文房師 「いみちぇん! 11」 あさばみゆき作;市井あさ絵 KADOKAWA(角川つばさ文庫) 2018年3月

真弓 薫　まゆみ・かおる
トラの文房師 「いみちぇん! 19」 あさばみゆき作;市井あさ絵 KADOKAWA(角川つばさ文庫) 2020年9月

真弓 薫　まゆみ・かおる
トラの文房師で真弓家の当主、忍の姪 「いみちぇん! 15」 あさばみゆき作;市井あさ絵 KADOKAWA(角川つばさ文庫) 2019年7月

真弓 薫　まゆみ・かおる
トラの文房師で真弓家の当主、忍の姪 「いみちぇん! 17」 あさばみゆき作;市井あさ絵 KADOKAWA(角川つばさ文庫) 2020年3月

真弓 薫　まゆみ・かおる
トラの文房師で真弓家の当主、忍の姪 「いみちぇん! 18」 あさばみゆき作;市井あさ絵 KADOKAWA(角川つばさ文庫) 2020年4月

真弓 忍　まゆみ・しのぶ
真弓家の当主 「いみちぇん! 15」 あさばみゆき作;市井あさ絵 KADOKAWA(角川つばさ文庫) 2019年7月

眉村 しおり　まゆむら・しおり
サージュ(アンジュ)の飼い主、密かに童話作家に憧れる小学5年生の少女 「初恋まねき猫」 小手鞠るい著 講談社 2019年4月

眉村 道塁　まゆむら・みちる
「東斗ボーイズ」の強豪選手、渉とは双子の姉弟 「小説MAJOR 2nd 2」 満田拓也原作・イラスト;丹沢まなぶ著 小学館(小学館ジュニア文庫) 2018年7月

眉村 渉　まゆむら・わたる
「東斗ボーイズ」の強豪選手、道塁とは双子の姉弟 「小説MAJOR 2nd 2」 満田拓也原作・イラスト;丹沢まなぶ著 小学館(小学館ジュニア文庫) 2018年7月

マヨネ
軽いノリでイマドキな魔法使い少女 「スナックワールド [2]」 松井香奈著;レベルファイブ監修 小学館(小学館ジュニア文庫) 2018年4月

マヨネ
軽いノリでイマドキな魔法使い少女 「スナックワールド [3]」 松井香奈著;レベルファイブ監修 小学館(小学館ジュニア文庫) 2018年7月

マライ
子どもを産むために群れを離れ帰ってこなくなったメスライオン 「レオたいせつなゆうき : どうぶつのかぞくライオン―シリーズどうぶつのかぞく」 村上しいこ作;こばようこ絵 講談社 2019年1月

マリ
いたずら好きな小学5年生の双子の姉 「悪ガキ7 : いたずらtwinsと仲間たち」 宗田理作;いつか絵 静山社(静山社ペガサス文庫) 2020年10月

マリ
いたずら大好きな小学5年生、ユリの双子の姉 「悪ガキ7：学校対抗イス取りゲーム!」 宗田理著 静山社 2018年2月

マリ
へんくつさんのパン屋を訪れる小人の女の子 「へんくつさんのお茶会：おいしい山のパン屋さんの物語」 楠章子作;井田千秋絵 学研プラス(ジュニア文学館) 2020年11月

マリー
イラストから出てきた見た目はハムスターの悪魔 「悪ノ物語：紙の悪魔と秘密の書庫」 mothy_悪ノP著;柚希きひろイラスト;△○□×イラスト PHP研究所(PHPジュニアノベル) 2018年3月

マリー
イラストから出てきた見た目はハムスターの悪魔 「悪ノ物語［2］」 mothy_悪ノP著;柚希きひろイラスト;△○□×イラスト PHP研究所(PHPジュニアノベル) 2018年7月

マリー
フルーツパーラーを営むウサギ 「うさぎのマリーのフルーツパーラー」 小手鞠るいさく;永田萠え 講談社(わくわくライブラリー) 2018年6月

マリア
記憶をなくし異世界グリーズランドで母の行方を追う少女 「グリーズランド = THE GRiSE LAND 1」 黒野伸一著 静山社 2019年2月

マリー・アントワネット
フランス王室の王太子妃 「マリー・アントワネットと名探偵!：タイムスリップ探偵団眠らない街パリへ」 楠木誠一郎作;たはらひとえ絵 講談社(講談社青い鳥文庫) 2018年9月

マリィ
小悪魔的な美少女 「天才謎解きバトラーズQ：vs.大脱出!超巨大遊園地」 吉岡みつる作;はあと絵 講談社(講談社青い鳥文庫) 2020年3月

マリィ
頭脳明晰な美少女、人気アイドル 「天才謎解きバトラーズQ［2］」 吉岡みつる作;はあと絵 講談社(講談社青い鳥文庫) 2020年8月

まりえちゃん
るい子と怪談研究クラブを共にする仲間 「怪談研究クラブ［2］」 笹原留似子作 金の星社 2020年9月

まりえちゃん
るい子と怪談研究クラブを共にする仲間 「怪談研究クラブ」 笹原留似子作絵 金の星社 2019年8月

マリコさん
しげぞうを歯医者魔人から守る謎の美人 「江戸っ子しげぞう わたる世間に虫歯なし!の巻―江戸っ子しげぞうシリーズ；3」 本田久作作;杉崎貴史絵 ポプラ社 2018年4月

まりこさん
保健所からミライを引き取り新しい飼い主を探す女性 「かがやけいのち!みらいちゃん」 今西乃子作;ひろみちいと絵 岩崎書店(おはなしトントン) 2018年5月

マリちゃん
めがねのおじさんの娘 「モンスター・ホテルでプレゼント」 柏葉幸子作;高畠純絵 小峰書店 2018年3月

マリリン
ジャム・パンと行動を共にする賢い猫 「大どろぼうジャム・パン [3]」 内田麟太郎作;藤本ともひこ絵 文研出版(わくわくえどうわ) 2019年11月

マリリン
ジャム・パンと行動を共にする相棒のネコ 「大どろぼうジャム・パン [2]」 内田麟太郎作;藤本ともひこ絵 文研出版(わくわくえどうわ) 2018年11月

マリリン
ジャム・パンと行動を共にする猫、知恵と勇気を持つ相棒 「大どろぼうジャム・パン [4]」 内田麟太郎作;藤本ともひこ絵 文研出版(わくわくえどうわ) 2020年11月

マルコシアス
青葉の家のカバンから現れた悪魔 「悪魔のパズル : なぞのカバンと黒い相棒」 天川栄人作;香琳絵 集英社(集英社みらい文庫) 2020年9月

マルコ・ポーロ
チコを船旅に誘った旅行家のネズミ 「パピヨン号でフランス運河を―ハリネズミ・チコ ; 5. 小さな船の旅」 山下明生作;高畠那生絵 理論社 2019年4月

マルコ・ポーロ
人間のマルコ・ポーロに憧れ旅を愛するネズミ、コルチュラ島が目的地の冒険家 「スターライト号でアドリア海―ハリネズミ・チコ ; 4. 空とぶ船の旅 ; 2」 山下明生作;高畠那生絵 理論社 2018年4月

丸嶋 羽津実 まるしま・はずみ
ありのままの多鶴を受け止める同級生の男の子 「わたしが少女型ロボットだったころ」 石川宏千花著 偕成社 2018年8月

マレスケ・コニシ
第二次世界大戦期のアメリカ・ハワイに住む日系二世の14歳の少年 「マレスケの虹」 森川成美作 小峰書店(Sunnyside Books) 2018年10月

マレット
両親とはぐれてしまったタイ人の子ども 「劇場版アニメぼくらの7日間戦争」 宗田理原作;伊豆平成文;けーしん絵 KADOKAWA(角川つばさ文庫) 2019年11月

マンガ家 まんがか
コアラのぬいぐるみのアバターでルームの参加者の一人 「奇譚ルーム」 はやみねかおる著 朝日新聞出版 2018年3月

マンタ
船旅の途中で出会う海の動物 「はりねずみのルーチカ : 人魚の島」 かんのゆうこ作;北見葉胡絵 講談社(わくわくライブラリー) 2019年7月

万ちゃん まんちゃん
2年B組の美少年の演劇部員 「劇部ですから! Act.5」 池田美代子作;柚希きひろ絵 講談社(講談社青い鳥文庫) 2019年3月

万ちゃん　まんちゃん
青北中学校演劇部の2年生、手先が器用で衣装づくりに興味がある色白で美しい少年 「劇部ですから! Act.3」 池田美代子作;柚希きひろ絵 講談社(講談社青い鳥文庫) 2018年2月

万ちゃん　まんちゃん
青北中学校演劇部の2年生、手先が器用で衣装づくりに興味がある色白で美しい少年 「劇部ですから! Act.4」 池田美代子作;柚希きひろ絵 講談社(講談社青い鳥文庫) 2018年8月

マンホーくん
ずっと道路の下でオッシーと戦ってきた正義の味方 「へんなともだちマンホーくん [1]」 村上しいこ作;たかいよしかず絵 講談社(わくわくライブラリー) 2018年8月

マンホーくん
地下でオッシーと戦ってきた正義の味方、学校の不思議な現象を調査する少年 「へんなともだちマンホーくん [2]」 村上しいこ作;たかいよしかず絵 講談社(わくわくライブラリー) 2019年2月

マンホーくん
地下でオッシーと戦ってきた正義の味方、学校の不思議な現象を調査する少年 「へんなともだちマンホーくん [3]」 村上しいこ作;たかいよしかず絵 講談社(わくわくライブラリー) 2019年7月

マンホーくん
地下でオッシーと戦ってきた正義の味方、学校の不思議な現象を調査する少年 「へんなともだちマンホーくん [4]」 村上しいこ作;たかいよしかず絵 講談社(わくわくライブラリー) 2020年2月

【み】

ミア
竜に呼ばれて王宮に来た11歳になる女の子、ウスズの屋敷の部屋子 「魔女の産屋―竜が呼んだ娘」 柏葉幸子作;佐竹美保絵 朝日学生新聞社 2020年11月

水晶　みあ
都会でキャリアウーマンをしている世々の2番目のお姉さん 「世々と海くんの図書館デート:恋するきつねは、さくらのバレエシューズをはいて、絵本をめくるのです。」 野村美月作;U35絵 講談社 2020年10月

三池 渚　みいけ・なぎさ
水泳部の次期部長の中学2年生の少年 「スプラッシュ!:ぼくは犬かきしかできない」 山村しょう作;凸ノ高秀絵 集英社(集英社みらい文庫) 2019年12月

三池 渚　みいけ・なぎさ
水泳部の次期部長の中学2年生の少年 「スプラッシュ! [2]」 山村しょう作;凸ノ高秀絵 集英社(集英社みらい文庫) 2020年4月

三池 真央　みいけ・まお
渚の妹、廃部の危機にある水泳部のマネージャーになった中学1年生の少女 「スプラッシュ!:ぼくは犬かきしかできない」 山村しょう作;凸ノ高秀絵 集英社(集英社みらい文庫) 2019年12月

三池 真央　みいけ・まお
渚の妹、廃部の危機に立った水泳部のマネージャーになった中学1年生の小女 「スプラッシュ! [2]」 山村しょう作;凸ノ高秀絵　集英社(集英社みらい文庫) 2020年4月

ミイラ男　みいらおとこ
人間の男の子に仮装と勘違いされるもそのまま一緒にお菓子をもらいに行く本物のドラキュラ 「モンスター・ホテルでハロウィン」 柏葉幸子作;高畠純絵　小峰書店 2018年9月

美羽　みう
消えた落とし物箱の謎を追う楽観的な少女 「消えた落とし物箱」 西村友里作;大庭賢哉絵　学研プラス(ジュニア文学館) 2020年7月

美浦 アリサ　みうら・ありさ
ミステリアスな女の子 「ないしょのM組 [2]」 福田裕子作;駒形絵　KADOKAWA(角川つばさ文庫) 2018年11月

三浦 紀保　みうら・きほ
グランドシップ・ミュージアムの警備システム開発者 「天才謎解きバトラーズQ [2]」 吉岡みつる作;はあと絵　講談社(講談社青い鳥文庫) 2020年8月

みお
宗鉄の娘 「妖怪の子預かります 4」 廣嶋玲子作;Minoru絵　東京創元社 2020年7月

美音　みおん
「リップル」の専属モデル、ショコラのライバル 「ゆめ☆かわ ここあのコスメボックス [2]」 伊集院くれあ著;池田春香イラスト　小学館(小学館ジュニア文庫) 2018年2月

美音　みおん
「リップル」の専属モデル、ショコラのライバル 「ゆめ☆かわ ここあのコスメボックス [3]」 伊集院くれあ著;池田春香イラスト　小学館(小学館ジュニア文庫) 2018年7月

美音　みおん
「リップル」の専属モデル、ショコラのライバル 「ゆめ☆かわ ここあのコスメボックス [4]」 伊集院くれあ著;池田春香イラスト　小学館(小学館ジュニア文庫) 2019年4月

美音　みおん
「リップル」の専属モデル、ショコラのライバル 「ゆめ☆かわ ここあのコスメボックス [5]」 伊集院くれあ著;池田春香イラスト　小学館(小学館ジュニア文庫) 2019年7月

美香　みか
卓郎の幼なじみの小学5年生の女の子 「青鬼 : ジェイルハウスの怪物」 noprops原作;黒田研二著;鈴羅木かりんイラスト　PHP研究所(PHPジュニアノベル) 2018年3月

美香　みか
卓郎の幼なじみの小学5年生の女の子 「青鬼 [2]」 noprops原作;黒田研二著;鈴羅木かりんイラスト　PHP研究所(PHPジュニアノベル) 2018年7月

美香　みか
卓郎の幼なじみの小学5年生の女の子 「青鬼 [3]」 noprops原作;黒田研二著;鈴羅木かりんイラスト　PHP研究所(PHPジュニアノベル) 2018年11月

美香　みか
卓郎の幼なじみの小学5年生の女の子 「青鬼 [4]」 noprops原作;黒田研二著;鈴羅木かりんイラスト PHP研究所(PHPジュニアノベル) 2019年5月

美香　みか
卓郎の幼なじみの小学5年生の女の子 「青鬼 [5]」 noprops原作;黒田研二著;鈴羅木かりんイラスト PHP研究所(PHPジュニアノベル) 2019年12月

美香　みか
卓郎の幼なじみの小学5年生の女の子 「青鬼 [6]」 noprops原作;黒田研二著;鈴羅木かりんイラスト PHP研究所(PHPジュニアノベル) 2020年5月

御影 深紅　みかげ・しんく
カレンのクラスに転校してきた「悪魔使い」の仕事をしている謎だらけの美少年 「悪魔使いはほほえまない：災いを呼ぶ転校生」 真坂マサル作;シソ絵 集英社(集英社みらい文庫) 2020年7月

三日月 宗近　みかずき・むねちか
近侍の刀剣男士 「映画刀剣乱舞」 小林靖子脚本;時海結以著 小学館(小学館ジュニア文庫) 2019年1月

帝　みかど
かぐや姫に心を奪われ彼女を宮中に招こうとするも失敗する天皇 「竹取物語」 長尾剛文;若菜等絵;Ki絵 汐文社(すらすら読める日本の古典：原文付き) 2018年10月

美門 翼　みかど・たすく
彩のクラスにやってきた美貌の転校生 「ブラック教室は知っている―探偵チームKZ事件ノート」 藤本ひとみ原作;住滝良文;駒形絵 講談社(講談社青い鳥文庫) 2018年3月

美門 翼　みかど・たすく
彩のクラスにやってきた美貌の転校生 「学校の影ボスは知っている―探偵チームKZ事件ノート」 藤本ひとみ原作;住滝良文;駒形絵 講談社(講談社青い鳥文庫) 2019年3月

美門 翼　みかど・たすく
彩のクラスにやってきた美貌の転校生 「校門の白魔女は知っている―探偵チームKZ事件ノート」 藤本ひとみ原作;住滝良文;駒形絵 講談社(講談社青い鳥文庫) 2019年7月

美門 翼　みかど・たすく
彩のクラスにやってきた美貌の転校生 「呪われた恋話(こいばな)は知っている―探偵チームKZ事件ノート」 藤本ひとみ原作;住滝良文;駒形絵 講談社(講談社青い鳥文庫) 2019年12月

美門 翼　みかど・たすく
彩のクラスにやってきた美貌の転校生 「消えた黒猫は知っている―探偵チームKZ事件ノート」 藤本ひとみ原作;住滝良文;駒形絵 講談社(講談社青い鳥文庫) 2018年12月

美門 翼　みかど・たすく
彩のクラスにやってきた美貌の転校生 「恋する図書館は知っている―探偵チームKZ事件ノート」 藤本ひとみ原作;住滝良文;駒形絵 講談社(講談社青い鳥文庫) 2018年7月

三上 海　みかみ・かい
ひかるのクラスに転校してきた男の子 「ぼくの席がえ」 花田鳩子作;藤原ヒロコ絵 PHP研究所(とっておきのどうわ) 2020年11月

三上 数斗　みかみ・かずと
運動音痴だが並外れた頭脳の持ち主の少年 「シロガラス 5」 佐藤多佳子著 偕成社 2018年7月

美貴　みき
母の代わりに家事をしながら過ごし友達を作りたくない理由を抱える小学5年生 「八月のひかり」 中島信子著 汐文社 2019年7月

ミギ
「ヒダリ」と二人で一足として過ごしていたがどこかへ行ってしまい行方不明になっている赤い毛糸の靴下 「ぼくの、ミギ」 戸森しるこ作;アンマサコ絵 講談社(わくわくライブラリー) 2018年11月

三木 和臣　みき・かずおみ
リドルズ逮捕に余念がない警部 「天才謎解きバトラーズQ [2]」 吉岡みつる作;はあと絵 講談社(講談社青い鳥文庫) 2020年8月

造酒 主税　みき・ちから
夏休みに大叔父の家に預けられ兄と共に静音と遊びながら不思議な谷に迷い込む兵吾の弟 「月白青船山」 朽木祥作 岩波書店 2019年5月

造酒 兵吾　みき・ひょうご
夏休みに大叔父の家に預けられ静音と知り合い不思議な冒険を経験する主税の兄 「月白青船山」 朽木祥作 岩波書店 2019年5月

ミーク
紙ひこうきの手紙を送ったミケリス 「紙ひこうき、きみへ」 野中柊作;木内達朗絵 偕成社 2020年4月

未久　みく
ことりの親友でありライバルの少女 「わたしの魔法の羽：スポーツのおはなし体操—シリーズスポーツのおはなし」 小林深雪作;いつか絵 講談社 2020年2月

ミクちゃん
公園で人形がなくなってしまった少女 「めいたんていサムくん」 那須正幹作;はたこうしろう絵 童心社(だいすき絵童話) 2020年9月

三雲 巌　みくも・いわお
遺体で発見される華の祖父 「ルパンの娘」 横関大作;石蕗永地絵 講談社(講談社青い鳥文庫) 2020年10月

三雲 華　みくも・はな
「Lの一族」の娘、和馬の妻として家族を守るため奮闘する芯の強い女性 「ルパンの帰還」 横関大作;石蕗永地絵 講談社(講談社青い鳥文庫) 2020年11月

三雲 華　みくも・はな
代々泥棒家業を営む「Lの一族」の娘、正体を隠しながら警察一家の和馬と交際している聡明な女性 「ルパンの娘」 横関大作;石蕗永地絵 講談社(講談社青い鳥文庫) 2020年10月

三雲 華　みくも・はな
伝説の泥棒一家「Lの一族」の娘でありながら家族を守るため和馬と協力し事件に挑む勇敢な女性「ホームズの娘」横関大作;石蕗永地絵　講談社(講談社青い鳥文庫) 2020年11月

ミケ
まじめな性格の女の子「ゆかいな床井くん」戸森しるこ著　講談社 2018年12月

みけ
幸福堂に派遣された客引きの得意な「まねきねこ派遣協会」の一員の三毛猫「ねこの商売―福音館創作童話シリーズ」林原玉枝文;二俣英五郎絵　福音館書店 2018年9月

三ケ田 暦(ミケ)　みけた・こよみ(みけ)
まじめな性格の女の子「ゆかいな床井くん」戸森しるこ著　講談社 2018年12月

みけねえちゃん
ともくんの家に暮らす三毛猫、相談を受けて解決に乗り出す頼もしい姉的な存在「みけねえちゃんにいうてみな モフモフさいこう!―みけねえちゃんにいうてみな;2」村上しいこ作;くまくら珠美絵　理論社 2019年12月

みけねえちゃん
ともくんの家に暮らす三毛猫、頼りになる姉的な存在「みけねえちゃんにいうてみな ともだちのひみつ―みけねえちゃんにいうてみな;3」村上しいこ作;くまくら珠美絵　理論社 2020年12月

みけねえちゃん
ともくんを助けようとする頼りになる姉的存在の猫「みけねえちゃんにいうてみな」村上しいこ作;くまくら珠美絵　理論社 2018年11月

三毛 ハルト　みけ・はると
ある日不思議なマスクを手に入れた冴えない小学生「怪盗ネコマスク:真夜中の小さなヒーロー」近江屋一朗作;ナカユウ絵　集英社(集英社みらい文庫) 2019年4月

三毛 ハルト　みけ・はると
夜になるとマスクをつけて怪盗に変身する冴えない小学生「怪盗ネコマスク[2]」近江屋一朗作;ナカユウ絵　集英社(集英社みらい文庫) 2019年9月

ミーコ
ミツルの2歳下の妹「妖怪たちと秘密基地―妖怪一家九十九さん」富安陽子作;山村浩二絵　理論社 2020年6月

ミコ
小学5年生の古代史オタク、驚異的な知識を持ち「邪馬台国が屋久島にあった」という新説を提唱する少女「ミコとまぼろしの女王:新説・邪馬台国in屋久島!?」遠崎史朗作;松本大洋絵　ポプラ社(ノベルズ・エクスプレス) 2018年6月

巫女　みこ
古墳時代に石工職人と共に神社で役割を担った神事に仕える女性「結び蝶物語」横山充男作;カタヒラシュンシ絵　あかね書房 2018年6月

みこしにゅうどう
ポーちゃんが肝試しの道中で出会った背の高い坊主頭のおばけ「きもだめしキャンプ―おばけのポーちゃん;7」吉田純子作;つじむらあゆこ絵　あかね書房 2018年3月

みさき

お母さんに弟と一緒にお留守番を頼まれた女の子 「まほうのハンカチ」 ばんひろこ作;丸山ゆき絵 新日本出版社 2020年2月

ミサキ

モモカの親友 「もちもちぱんだもちぱんとわくわくキャンプもちっとストーリーブック―キラピチブックス」 Yuka原作・イラスト;たかはしみか著 学研プラス 2020年3月

みさき

広島平和記念資料館の訪問を通じて成長する14歳の中学生 「ワタシゴト：14歳のひろしま」 中澤晶子作;ささめやゆきえ 汐文社 2020年7月

みさき

団地に住み弟こうすけと一緒にすみれの花を大切にする優しい心を持った女の子 「すみれちゃん、おはよう!」 ばんひろこ作;丸山ゆき絵 新日本出版社 2019年8月

みさき

団地に住む活発な女の子、弟や周囲の人々と心を通わせる姉 「チ・ヨ・コ・レ・イ・ト!」 ばんひろこ作;丸山ゆき絵 新日本出版社 2019年10月

美咲 みさき

仙台で震災の被害に遭い武将隊から元気をもらった響子の孫 「兄ちゃんは戦国武将!」 佐々木ひとみ作;浮雲宇一画 くもん出版(くもんの児童文学) 2018年6月

岬 みさき

小学6年生で三姉妹の末っ子、自己主張が苦手ながらも成長を目指す青森在住の女の子 「魔女ラグになれた夏」 蓼内明子著 PHP研究所(わたしたちの本棚) 2020年3月

岬 涼太郎 みさき・りょうたろう

明るい性格だけど少しおっちょこちょいな少年 「無限×悪夢：午後3時33分のタイムループ地獄」 土橋真二郎作;岩本ゼロゴ絵 集英社(集英社みらい文庫) 2019年11月

ミーシャ

ティールームを作ることにしたパティシエ魔女 「コットンのティータイム―なんでも魔女商会；27」あんびるやすこ著 岩崎書店 2020年4月

ミシン

てるてるぼうずに対してつれなく接する家庭科室の仲間 「家庭科室の日曜日 [2]」 村上しいこ作;田中六大絵 講談社(わくわくライブラリー) 2019年11月

ミヅキ

魚のデータ収集が大好きなナナセの幼なじみ 「釣りスピリッツ：ダイヒョウザンクジラを釣り上げろ!」 相坂ゆうひ作;なみごん絵 KADOKAWA(角川つばさ文庫) 2020年8月

瑞木 みずき

職御曹司で萌黄を指導する面倒見のよい先輩 「もえぎ草子」 久保田香里作;tono画 くもん出版(くもんの児童文学) 2019年7月

美月 みずき

バレーボールに青春をかける中学3年生、母と二人暮らしをしている少女 「団地のコトリ」 八束澄子著 ポプラ社(teens' best selections) 2020年8月

美月 セイカ　みずき・せいか
突然現れた記憶がない少女 「小説\映画明日、キミのいない世界で」 服部隆著 講談社 2020年1月

水樹 寿人　みずき・ひさひと
聖蹟高校サッカー部のキャプテン 「DAYS 3」 安田剛士原作・絵;石崎洋司文 講談社(講談社青い鳥文庫) 2018年2月

水口 萌花　みずぐち・もか
パパの仕事の都合で転校し「30人31脚」に参加することになった小学6年生の女の子 「ぼくらの一歩：30人31脚」 いとうみく作;イシヤマアズサ絵 アリス館 2018年10月

水崎 ツバメ　みずさき・つばめ
カリスマ読者モデルでありながらアニメーターとしての技術を持つ映像研のメンバー 「映像研には手を出すな!」 大童澄瞳原作;英勉脚本・監督;高野水登脚本;日笠由紀著 小学館(小学館ジュニア文庫) 2020年9月

水沢 響子　みずさわ・きょうこ
美咲の祖母で仙台で津波により家を失ったお年寄り 「兄ちゃんは戦国武将!」 佐々木ひとみ作;浮雲宇一画 くもん出版(くもんの児童文学) 2018年6月

水嶋 うるる　みずしま・うるる
アンナのクラスメートの女の子 「ティンクル・セボンスター 4」 菊田みちよ著 ポプラ社 2018年6月

水島 リカコ　みずしま・りかこ
兵庫県丹波篠山の小学校に通う地元の少女で菜の子ちゃんと共に奇妙な冒険をする少女 「菜の子ちゃんとキツネ力士一福音館創作童話シリーズ. 日本全国ふしぎ案内；3」 富安陽子作;蒲原元画 福音館書店 2018年5月

水島 塁　みずしま・るい
桜ヶ丘スケートクラブ所属でかすみの同級生 「氷の上のプリンセス ジュニア編3.5」 風野潮作;Nardack絵 講談社(講談社青い鳥文庫) 2019年5月

水島 塁　みずしま・るい
桜ヶ丘スケートクラブ所属でかすみの同級生 「氷の上のプリンセス ジュニア編4」 風野潮作;Nardack絵 講談社(講談社青い鳥文庫) 2019年10月

水島 塁　みずしま・るい
桜ヶ丘スケートクラブ所属でかすみの同級生 「氷の上のプリンセス ジュニア編6」 風野潮作;Nardack絵 講談社(講談社青い鳥文庫) 2020年7月

水島 塁　みずしま・るい
桜ヶ丘スケートクラブ所属でかすみの同級生で真子のいとこ 「氷の上のプリンセス ジュニア編7」 風野潮作;Nardack絵 講談社(講談社青い鳥文庫) 2020年12月

ミスターL　みすたーえる
ラストサバイバルの大会主催者、世界一幸運で大金持ちの謎の男 「生き残りゲームラストサバイバル [10]」 大久保開作;北野詠一絵 集英社(集英社みらい文庫) 2020年5月

ミスターL　みすたーえる
ラストサバイバルの大会主催者、世界一幸運で大金持ちの謎の男 「生き残りゲームラストサバイバル [3]」 大久保開作;北野詠一絵 集英社(集英社みらい文庫) 2018年3月

ミスターL　みすたーえる
ラストサバイバルの大会主催者、世界一幸運で大金持ちの謎の男 「生き残りゲームラストサバイバル [4]」 大久保開作;北野詠一絵　集英社(集英社みらい文庫) 2018年7月

ミスターL　みすたーえる
ラストサバイバルの大会主催者、世界一幸運で大金持ちの謎の男 「生き残りゲームラストサバイバル [5]」 大久保開作;北野詠一絵　集英社(集英社みらい文庫) 2018年11月

ミスターL　みすたーえる
ラストサバイバルの大会主催者、世界一幸運で大金持ちの謎の男 「生き残りゲームラストサバイバル [6]」 大久保開作;北野詠一絵　集英社(集英社みらい文庫) 2019年2月

ミスターL　みすたーえる
ラストサバイバルの大会主催者、世界一幸運で大金持ちの謎の男 「生き残りゲームラストサバイバル [7]」 大久保開作;北野詠一絵　集英社(集英社みらい文庫) 2019年6月

ミスターL　みすたーえる
ラストサバイバルの大会主催者、世界一幸運で大金持ちの謎の男 「生き残りゲームラストサバイバル [8]」 大久保開作;北野詠一絵　集英社(集英社みらい文庫) 2019年10月

ミスターL　みすたーえる
ラストサバイバルの大会主催者、世界一幸運で大金持ちの謎の男 「生き残りゲームラストサバイバル [9]」 大久保開作;北野詠一絵　集英社(集英社みらい文庫) 2020年2月

水谷　みずたに
ケガをしてバンド演奏でギターを弾けなくなる少年 「ギフト、ぼくの場合」 今井恭子作　小学館 2020年6月

水谷 雫　みずたに・しずく
勉強と成績にしか興味がなかったが吉田春と出会い心が揺れる冷静な女子高生 「小説映画となりの怪物くん」 ろびこ原作;金子ありさ脚本;松田朱夏著　講談社 2019年2月

水谷 雫　みずたに・しずく
勉強と成績にしか興味がなかったが吉田春と出会い心が揺れる冷静な女子高生 「小説映画となりの怪物くん」 ろびこ原作;金子ありさ脚本;松田朱夏著　講談社(講談社KK文庫) 2018年4月

ミスターB　みすたーびー
「モンスターバトル」の総支配人 「はくねつ!モンスターバトル：きゅうけつきVSカッパ 雪男VS宇宙ロボット」 小栗かずまたさく・え　学研プラス 2020年7月

ミスティ・トランス・カエシウス
名家出身で知性と魔法の才能を併せ持つ才女 「白の平民魔法使い：無属性の異端児」 らむなべ著　KADOKAWA(カドカワ読書タイム) 2020年11月

味素照 飛鳥　みすてり・あすか
きっこのママが派遣してくれた謎のイケメン 「大熊猫(パンダ)ベーカリー：パンダと私の内気なクリームパン!」 くればやしよしえ著;新井陽次郎イラスト　小学館(小学館ジュニア文庫) 2019年3月

水無 怜奈(本堂 瑛海)　みずなし・れな(ほんどう・ひでみ)
黒ずくめの組織の一員、日売テレビのアナウンサー 「名探偵コナン ブラックインパクト!組織の手が届く瞬間」 青山剛昌原作;水稀しま著　小学館(小学館ジュニア文庫) 2020年12月

水無 怜奈(本堂 瑛海)　みずなし・れな(ほんどう・ひでみ)
人気アナウンサー、黒ずくめの組織の一員 「名探偵コナン赤井秀一セレクション赤と黒の攻防(クラッシュ)」 青山剛昌原作・イラスト;酒井匙著　小学館(小学館ジュニア文庫) 2020年4月

水野 亜美　みずの・あみ
うさぎの同級生でIQ300の天才少女、セーラーマーキュリー 「小説美少女戦士セーラームーン : 青い鳥文庫版 1」 武内直子原作・絵;池田美代子文　講談社(講談社青い鳥文庫) 2018年6月

水野 亜美　みずの・あみ
うさぎの同級生でIQ300の天才少女、セーラーマーキュリー 「小説美少女戦士セーラームーン : 青い鳥文庫版 2」 武内直子原作・絵;池田美代子文　講談社(講談社青い鳥文庫) 2018年11月

水野 亜美　みずの・あみ
うさぎの同級生でIQ300の天才少女、セーラーマーキュリー 「小説美少女戦士セーラームーン : 青い鳥文庫版 3」 武内直子原作・絵;池田美代子文　講談社(講談社青い鳥文庫) 2019年3月

水野 いるか　みずの・いるか
学年一のダメ小学生の女の子 「お願い!フェアリー 20」 みずのまい作;カタノトモコ絵　ポプラ社 2018年4月

水野 いるか　みずの・いるか
学年一のダメ小学生の女の子 「お願い!フェアリー 21」 みずのまい作;カタノトモコ絵　ポプラ社 2018年9月

水野 いるか　みずの・いるか
学年一のダメ小学生の女の子 「お願い!フェアリー 22」 みずのまい作;カタノトモコ絵　ポプラ社 2019年4月

水野 いるか　みずの・いるか
柳田のことが好きだけど小学校卒業と同時に引っ越しをする少女 「お願い!フェアリー 23」 みずのまい作;カタノトモコ絵　ポプラ社 2019年10月

水野 櫂　みずの・かい
日本を代表するジュニアフィギュアスケート選手 「オン・アイス!! : 拾った男子はフィギュアスケーター!?」 二本木ちより作;kaworu絵　KADOKAWA(角川つばさ文庫) 2019年2月

水野 櫂　みずの・かい
日本を代表するジュニアフィギュアスケート選手 「オン・アイス!! 2」 二本木ちより作;kaworu絵　KADOKAWA(角川つばさ文庫) 2019年6月

水野 かえで　みずの・かえで
他人とのコミュニケーションが不得手な女の子 「となりの火星人」 工藤純子著　講談社(講談社文学の扉) 2018年2月

水野 空也　みずの・くうや
中学1年生の透の従兄弟 「流れ星のように君は」 みゆ作;市川ショウ絵 集英社(集英社みらい文庫) 2019年5月

水野くん　みずのくん
一見普通だが実は小悪魔的な美術男子 「エリーゼさんをさがして = Looking for Elize」 梨屋アリエ著 講談社 2020年11月

水野 風花　みずの・ふうか
母親の再婚で町に引っ越してきた少女 「からくり探偵団：茶運び人形の秘密」 藤江じゅん作;三木謙次絵 KADOKAWA 2019年3月

水野 風花　みずの・ふうか
母親の再婚で町に引っ越してきた少女 「からくり探偵団 [2]」 藤江じゅん作;三木謙次絵 KADOKAWA 2020年3月

水原 千宝　みずはら・ちほ
普通の中学生に見えるが小説投稿サイトで人気のWEB作家 「ぼくたちはプライスレス! 1」 イノウエミホコ作;an絵 KADOKAWA(角川つばさ文庫) 2020年2月

水原 千宝　みずはら・ちほ
普通の中学生に見えるが小説投稿サイトで人気のWEB作家 「ぼくたちはプライスレス! 2」 イノウエミホコ作;an絵 KADOKAWA(角川つばさ文庫) 2020年6月

三角 鋭吉　みすみ・えいきち
児童会の副会長をしている頭が良い完璧主義者の男子 「生活向上委員会! 10」 伊藤クミコ作;桜倉メグ絵 講談社(講談社青い鳥文庫) 2019年3月

三角 鋭吉　みすみ・えいきち
児童会の副会長をしている頭が良い完璧主義者の男子 「生活向上委員会! 8」 伊藤クミコ作;桜倉メグ絵 講談社(講談社青い鳥文庫) 2018年7月

水本 公史郎　みずもと・こうしろう
あゆみの幼なじみで恋人となったイケメンの男子 「宇宙(そら)を駆けるよだか：まんがノベライズ～クラスでいちばんかわいいあの子と入れかわれたら～」 川端志季原作・絵;百瀬しのぶ著 集英社(集英社みらい文庫) 2018年8月

水森 利世　みずもり・りせ
光丘学園に進学することを夢見る中学3年生の女の子 「制服シンデレラ」 麻井深雪作;池田春香絵 ポプラ社(ポケット・ショコラ) 2019年9月

溝口 瑞恵　みぞくち・みずえ
「X-01」と「タラ」の謎について語ろうとしない由宇の母親 「X-01 3」 あさのあつこ著 講談社(YA!ENTERTAINMENT) 2019年11月

溝口 由宇　みぞぐち・ゆう
N県稗南郡稗南町に住む中学3年生の少女 「X-01 3」 あさのあつこ著 講談社(YA!ENTERTAINMENT) 2019年11月

御園 レナ　みその・れな
気が強い別の小学校の女の子 「放課後、きみがピアノをひいていたから [3]」 柴野理奈子作;榎木りか絵 集英社(集英社みらい文庫) 2019年10月

御園 レナ　みその・れな
気が強い別の小学校の女の子 「放課後、きみがピアノをひいていたから [4]」 柴野理奈子作;榎木りか絵　集英社(集英社みらい文庫)　2020年2月

御瀧 亮　みたき・りょう
御瀧舟神社の神主で医者、神斬り 「神様の救世主 : 屋上のサチコちゃん」 ここあ作;teffish絵　講談社(講談社青い鳥文庫)　2020年11月

三田 ユウナ　みた・ゆうな
みんなに気配りできるしっかり者の委員長 「牛乳カンパイ係、田中くん [6]」 並木たかあき作;フルカワマモる絵　集英社(集英社みらい文庫)　2018年4月

三田 ユウナ　みた・ゆうな
みんなに気配りできるしっかり者の委員長 「牛乳カンパイ係、田中くん [7]」 並木たかあき作;フルカワマモる絵　集英社(集英社みらい文庫)　2018年7月

三田 ユウナ　みた・ゆうな
みんなに気配りできるしっかり者の委員長 「牛乳カンパイ係、田中くん [8]」 並木たかあき作;フルカワマモる絵　集英社(集英社みらい文庫)　2018年11月

御手洗 花音　みたらい・かのん
横浜鉄道ファンクラブの部長の娘 「撮り鉄Wクロス! : 対決!ターゲットはサフィール号」 豊田巧作;田伊りょうき絵　あかね書房　2020年10月

みたらし
ハルトの家にいる居候猫 「怪盗ネコマスク [2]」 近江屋一朗作;ナカユウ絵　集英社(集英社みらい文庫)　2019年9月

みたらし
突然ハルトの家に迷い込んできた猫 「怪盗ネコマスク : 真夜中の小さなヒーロー」 近江屋一朗作;ナカユウ絵　集英社(集英社みらい文庫)　2019年4月

ミー太郎　みーたろう
ニャイアンツに所属する球界初の猫ピッチャー 「おはなし猫ピッチャー 空飛ぶマグロと時間をうばわれた子どもたちの巻」 そにしけんじ原作・カバーイラスト;江橋よしのり著;あさだみほ挿絵　小学館(小学館ジュニア文庫)　2018年1月

ミチル(ミッチ)
なんでも集めるのが好きで道端で見つけたものをコレクションしている男の子 「セミクジラのぬけがら : ミッチの道ばたコレクション」 如月かずさ作;コマツシンヤ絵　偕成社　2019年8月

ミチルちゃん
ルーナの大切な「ガーコ」を盗んだ犯人と疑われる女の子 「おばけのたからもの―おばけマンション ; 44」 むらいかよ著　ポプラ社(ポプラ社の新・小さな童話)　2018年4月

ミツ
ネット将棋で出会った少年で時空を超えて戦国時代から対局する戦国武将細川忠興の三男 「桂太の桂馬 : ぼくらの戦国将棋バトル」 久麻當郎作;オズノユミ絵　集英社(集英社みらい文庫)　2020年2月

ミツ
ネット将棋で出会った少年で時空を超えて戦国時代から対局する戦国武将細川忠興の三男 「桂太の桂馬 [2]」 久麻當郎作;オズノユミ絵 集英社(集英社みらい文庫) 2020年9月

ミツアナグマ
シマウマがお城に行こうと誘うが断るミツアナグマ 「しまうまのたんけん」 トビイルツ作・絵 PHP研究所(とっておきのどうわ) 2019年5月

三井 春太　みつい・はるた
さやかの隣人でさやかが幼い頃から片思いしている高校3年生の男子 「噂のあいつは家庭科部!」 市宮早記作;立樹まや絵 ポプラ社(ポケット・ショコラ) 2018年3月

ミッキー
かっこいいが不愛想でダンスが得意な男の子 「ダンシング☆ハイ = DANCING HIGH 1 図書館版」 工藤純子作;カスカベアキラ絵 ポプラ社 2018年4月

ミッキー
かっこいいが不愛想でダンスが得意な男の子 「ダンシング☆ハイ = DANCING HIGH 2 図書館版」 工藤純子作;カスカベアキラ絵 ポプラ社 2018年4月

ミッキー
かっこいいが不愛想でダンスが得意な男の子 「ダンシング☆ハイ = DANCING HIGH 3 図書館版」 工藤純子作;カスカベアキラ絵 ポプラ社 2018年4月

ミッキー
かっこいいが不愛想でダンスが得意な男の子 「ダンシング☆ハイ = DANCING HIGH 4 図書館版」 工藤純子作;カスカベアキラ絵 ポプラ社 2018年4月

ミッキー
かっこいいが不愛想でダンスが得意な男の子 「ダンシング☆ハイ = DANCING HIGH 5 図書館版」 工藤純子作;カスカベアキラ絵 ポプラ社 2018年4月

ミッキー
元子役アイドル、抜群のルックスでダンスが上手い小学5年生 「ダンシング☆ハイ [5]―ガールズ」 工藤純子作;カスカベアキラ絵 ポプラ社(ポプラポケット文庫) 2018年1月

光希　みつき
岬の姉で大学2年生、仙台の大学に通うしっかり者の長女 「魔女ラグになれた夏」 蓼内明子著 PHP研究所(わたしたちの本棚) 2020年3月

ミッキーツム
くしゃみで増えて張り切るとビッグツムになる小さなツムたちの一人 「ディズニーツムツムの大冒険 [2]」 橋口いくよ著;ウォルト・ディズニー・ジャパン株式会社監修 小学館(小学館ジュニア文庫) 2018年2月

ミッキーツム
楽しいことが大好きなみんなの人気者のツム 「ディズニーツムツム : 仲間をさがして大冒険!」 うえくらえり作;じくの絵 KADOKAWA(角川つばさ文庫) 2018年11月

ミッキーツム
楽しいことが大好きなみんなの人気者のツム 「ディズニーツムツム [2]」 うえくらえり作;じくの絵 KADOKAWA(角川つばさ文庫) 2019年10月

三つ子たち　みつごたち
チーム・ボスのメンバー 「ボス・ベイビー [2]」 佐藤結著　小学館(小学館ジュニア文庫) 2018年12月

光瀬 一輝　みつせ・いっき
サッカー命の高校2年生、突然の視力低下により絶望するがブラインドサッカーに出会い再び希望を見出す少年 「太陽ときみの声 [2]」 川端裕人作　朝日学生新聞社　2018年11月

ミッチ
なんでも集めるのが好きで道端で見つけたものをコレクションしている男の子 「セミクジラのぬけがら：ミッチの道ばたコレクション」 如月かずさ作;コマツシンヤ絵　偕成社　2019年8月

ミッチ
道ばたの拾い物を大切にする少年 「ドラねこまじんのボタン―ミッチの道ばたコレクション」 如月かずさ作;コマツシンヤ絵　偕成社　2020年11月

ミッチー
不思議堂古書店の一人娘で古書店を手伝いながら出版プロデューサーを目指す本好きの小学生 「痛快!天才キッズ・ミッチー：不思議堂古書店三代目のベストセラー大作戦」 宗田理著　PHP研究所(カラフルノベル)　2018年4月

三橋 明來　みつはし・あくる
転校生でありながら自分の秘密を抱えつつも小夜子と友だちになろうとする少女 「あの子の秘密」 村上雅郁作;カシワイ絵　フレーベル館(文学の森)　2019年12月

三橋 貴志　みつはし・たかし
軟葉高校のツッパリで金髪が特徴のずる賢くもケンカに強い高校生 「今日から俺は!!劇場版」 西森博之原作;福田雄一脚本・監督;江橋よしのり著　小学館(小学館ジュニア文庫) 2020年7月

三谷 麻衣　みつや・まい
英治のクラスメート、無人島の監獄施設で恐怖に立ち向かいながらも必死に生き延びようとする少女 「ぼくらの大脱走」 宗田理作;YUME絵　KADOKAWA(角川つばさ文庫)　2018年7月

ミツル
夏休みに秘密基地を作り妖怪の子どもたちと出会う小学5年生の少年 「妖怪たちと秘密基地―妖怪一家九十九さん」 富安陽子作;山村浩二絵　理論社　2020年6月

海笛　みてき
眠り続けるママの付き添いをしながら初恋の人と再会し心の中で止まっていた時間が動き出す14歳の少女 「青影神話―TEENS'ENTERTAINMENT；17」 名木田恵子著　ポプラ社　2018年11月

ミト
高校を中退しひきこもりがちだったが介護施設で働き始める少女 「湖の国」 柏葉幸子作;佐竹美保絵　講談社　2019年10月

ミートボール
お花見弁当のハイカラなミートボール 「花見べんとう」 二宮由紀子作;あおきひろえ絵　文研出版(わくわくえどうわ)　2018年2月

みどり
広一のクラスメート「なぞの転校生 新装版」 眉村卓作;れい亜絵 講談社(講談社青い鳥文庫) 2019年11月

美登利 みどり
学校に通いながら遊女になるための教育を受けている未来の遊女候補、信如に密かに好意を抱く14歳の少女 「たけくらべ:文豪ブックス―Kodomo Books」 樋口一葉著 オモドック 2018年7月

緑色のカービィビーム みどりいろのかーびぃびーむ
時間を止める魔法を使える魔法使い 「星のカービィ スーパーカービィハンターズ大激闘!の巻」 高瀬美恵作;苅野タウ絵;ぽと絵 KADOKAWA(角川つばさ文庫) 2019年12月

みどりおばけ
まつげがバサバサなりみの新しいママ 「パパのはなよめさん」 麻生かづこ作;垂石眞子絵 ポプラ社(本はともだち♪) 2020年6月

緑川 つばさ みどりかわ・つばさ
すばるたちの同級生でパティシエ修行のライバルの女の子 「パティシエ☆すばる 番外編」 つくもようこ作;鳥羽雨絵 講談社(講談社青い鳥文庫) 2018年5月

緑谷 出久 みどりや・いずく
オールマイトの個性を受け継ぐ少年 「僕のヒーローアカデミアTHE MOVIEヒーローズ:ライジング:ノベライズみらい文庫版」 堀越耕平原作・総監修・キャラクター原案;黒田洋介脚本;小川彗著 集英社(集英社みらい文庫) 2019年12月

緑谷 出久 みどりや・いずく
生まれつき「無個性」でヒーローになる夢を追い求めている高校1年生の少年 「僕のヒーローアカデミアTHE MOVIE~2人の英雄(ヒーロー)~:ノベライズみらい文庫版」 堀越耕平原作総監修キャラクター原案;黒田洋介脚本;小川彗著 集英社(集英社みらい文庫) 2018年8月

緑山 遼路 みどりやま・りょうじ
青星学園中等部1年のゆずの同級生でSクラスのピアニスト 「青星学園★チームEYE-Sの事件ノート[10]」 相川真作;立樹まや絵 集英社(集英社みらい文庫) 2020年12月

緑山 遼路 みどりやま・りょうじ
青星学園中等部1年のゆずの同級生でSクラスのピアニスト 「青星学園★チームEYE-Sの事件ノート[9]」 相川真作;立樹まや絵 集英社(集英社みらい文庫) 2020年9月

みな
たからとクラスメートの女の子 「二年二組のたからばこ」 山本悦子作;佐藤真紀子絵 童心社(だいすき絵童話) 2018年11月

水上 波琉 みなかみ・はる
怪奇探偵団のメンバーで小学4年生、ゴーレムの肩に乗って現れサーヤたちを助ける少年 「魔天使マテリアル 30」 藤咲あゆな作;藤丘ようこ絵 ポプラ社(ポプラカラフル文庫) 2020年3月

水上 麗華 みなかみ・れいか
3歳からバレエを習っていてバレエが大好きな中学の同じクラスの女の子 「エトワール! 8」 梅田みか作;結布絵 講談社(講談社青い鳥文庫) 2020年12月

皆川 彩友　みながわ・あゆ
達輝のクラスメートで本探しを頼んだ少女 「夏休みに、ぼくが図書館で見つけたもの」 濱野京子作;森川泉絵 あかね書房(スプラッシュ・ストーリーズ) 2019年11月

ミナサン
元小学校を利用して「やまのなか小学校」というホテルを作った卒業生の一人、仲間と共にユニークな時間割を設ける管理人 「ホテルやまのなか小学校の時間割」 小松原宏子作;亀岡亜希子絵 PHP研究所(みちくさパレット) 2018年12月

水瀬 葵　みなせ・あおい
ゆりと同じ高校に通う高校2年生、可愛いものが大好きな少女 「噂のあのコは剣道部!」 市宮早記作;立樹まや絵 ポプラ社(ポケット・ショコラ) 2020年3月

みなみ
真実の恋を求めて恋愛リアリティーショーに参加する本気の恋を追い求める若者、ミュージカル女優 「オオカミくんには騙されない:本気の恋と、切ない嘘」 AbemaTV『オオカミくんには騙されない♥』原案・企画協力;深海ゆずは作;遠山えま絵 KADOKAWA(角川つばさ文庫) 2020年1月

南丘 克大　みなみおか・かつひろ
学校で人気のイケメン4人組の一人 「4DX!!:晴とひみつの放課後ゲーム」 こぐれ京作;池田春香絵 KADOKAWA(角川つばさ文庫) 2018年11月

南丘 克大　みなみおか・かつひろ
学校で人気のイケメン4人組の一人 「4DX!!:晴のバレンタインデーは滅亡する!? [2]」 こぐれ京作;池田春香絵 KADOKAWA(角川つばさ文庫) 2019年5月

美波 信　みなみ・しん
姿が見えない不思議な存在がなんなのか解明するために協力する男性 「ある日、透きとおる―物語の王国;2-15」 三枝理恵作;しんやゆう子絵 岩崎書店 2019年10月

三波 奈美　みなみ・なみ
真心のクラスメート、他の女子と群れない一匹狼な女の子 「愛情融資店まごころ 2」 くさかべかつ美著;新堂みやびイラスト 小学館(小学館ジュニア文庫) 2019年7月

南 璃々香　みなみ・りりか
白陽台中学校演劇部の2年生、演技力抜群の少女 「劇部ですから! Act.4」 池田美代子作;柚希きひろ絵 講談社(講談社青い鳥文庫) 2018年8月

南 凜太郎　みなみ・りんたろう
nobleの幹部で生徒会会計 「総長さま、溺愛中につき。1」 *あいら*著;茶乃ひなの絵 スターツ出版(野いちごジュニア文庫) 2020年12月

源 静香　みなもと・しずか
のび太が想いを寄せるクラスメートで優しく面倒見の良い少女 「小説STAND BY MEドラえもん」 藤子・F・不二雄原作;山崎貴著 小学館(小学館ジュニア文庫) 2020年11月

源 静香　みなもと・しずか
のび太とウサギ王国に行く優しく賢い少女 「小説映画ドラえもんのび太の月面探査記」 藤子・F・不二雄原作;辻村深月著 小学館(小学館ジュニア文庫) 2019年2月

源 静香　みなもと・しずか
のび太の仲間で冒険に同行し彼を支える優しい少女 「小説映画ドラえもんのび太の新恐竜」 藤子・F・不二雄原作;川村元気脚本;涌井学著　小学館（小学館ジュニア文庫） 2020年2月

源 静香　みなもと・しずか
のび太の幼なじみで将来の結婚相手となる優しく芯の強い少女 「小説STAND BY MEドラえもん2」 藤子・F・不二雄原作;山崎貴著　小学館（小学館ジュニア文庫） 2020年11月

源 静香　みなもと・しずか
優しく賢い少女で冒険の途中で海賊にさらわれてしまうのび太の友人 「小説映画ドラえもんのび太の宝島」 藤子・F・不二雄原作;川村元気脚本;涌井学著　小学館（小学館ジュニア文庫） 2018年2月

皆本 翔真　みなもと・しょうま
螢一の親友で共に記憶の謎を追いながら互いの絆を深める少年 「キャンドル」 村上雅郁作　フレーベル館（文学の森） 2020年12月

源 拓真　みなもと・たくま
優芽と同じ高校の1年生でEバーガーの店員、最初は冷たい態度を取るが優芽に仕事を教え優しく接してくれる真面目な少年 「恋とポテトとクリスマス = Love & Potato & Christmas―Eバーガー ; 3」 神戸遥真著　講談社 2020年8月

源 頼光　みなもとの・よりみつ
きんたろうを家来にして鬼退治に向かう強い侍 「きんたろう―日本の伝説」 堀切リエ文;いしいつとむ絵　子どもの未来社 2019年1月

源 頼光　みなもとの・よりみつ
平貞道や季武をはじめとする四天王を従える武士の棟梁 「きつねの橋」 久保田香里作;佐竹美保絵　偕成社 2019年9月

ミニーツム
くしゃみで増えて張り切るとビッグツムになる小さなツムたちの一人 「ディズニーツムツムの大冒険 [2]」 橋口いくよ著;ウォルト・ディズニー・ジャパン株式会社監修　小学館（小学館ジュニア文庫） 2018年2月

ミニーツム
料理上手なミッキーのガールフレンド 「ディズニーツムツム : 仲間をさがして大冒険!」 うえくらえり作;じくの絵　KADOKAWA（角川つばさ文庫） 2018年11月

ミニーツム
料理上手なミッキーのガールフレンド 「ディズニーツムツム [2]」 うえくらえり作;じくの絵　KADOKAWA（角川つばさ文庫） 2019年10月

峯原 美雨　みねはら・みう
明るく振る舞いながらも人生の残り時間が限られた少女 「僕はまた、君にさよならの数を見る」 霧友正規作;よん絵　KADOKAWA（角川つばさ文庫） 2020年9月

みほ
動物保護センターでブランという犬と出会い心を込めてその犬を励ます少女 「ブランの茶色い耳」 八束澄子作;小泉るみ子絵　新日本出版社 2019年4月

ミミ
本屋を営む家の子で本に夢中なあまり外に出るのが苦手な少女 「本屋のミミ、おでかけする!」 森環作 あかね書房 2020年5月

ミミ
明日菜が小さいころから一緒に育ってきた猫 「星を追う子ども」 新海誠原作;あきさかあさひ文;ちーこ絵 KADOKAWA(角川つばさ文庫) 2018年1月

ミミー
ちゃめひめさまのこま使い 「ちゃめひめさまとおしろのおばけ―ちゃめひめさま ; 3」 たかどのほうこ作;佐竹美保絵 あかね書房 2019年2月

みみいちろ
のら号のメンバー猫 「空飛ぶのらネコ探険隊 [5]」 大原興三郎作;こぐれけんじろう絵 文溪堂 2018年4月

耳浦 みみうら
界耳のファン 「こちらへそ神異能少年団」 奈雅月ありす作;アカツキウォーカー絵 ポプラ社(ノベルズ・エクスプレス) 2019年1月

みみこ
ケイゾウさんと一緒に暮らしているウサギ 「ケイゾウさんの春・夏・秋・冬」 市川宣子さく;さとうあやえ 講談社(わくわくライブラリー) 2018年8月

三森 つばさ みもり・つばさ
幸歩の幼稚園時代からの幼なじみ 「化け猫落語 3」 みうらかれん作;中村ひなた絵 講談社(講談社青い鳥文庫) 2018年6月

宮内 雅人 みやうち・まさと
香鈴が宗教団体「リボーン」の幹部であることを知り王様ゲームを終わらせるため説得しようと奮闘する少年 「王様ゲーム 再生9.19-2」 金沢伸明著 双葉社(双葉社ジュニア文庫) 2018年3月

宮内 雅人 みやうち・まさと
恋人の美咲を守るために香鈴からの挑戦に立ち向かう高校生 「王様ゲーム 再生9.24-1」 金沢伸明著 双葉社(双葉社ジュニア文庫) 2018年7月

宮内 雅人 みやうち・まさと
恋人を王様の命令によって失った高校生 「王様ゲーム 再生9.24-2」 金沢伸明著;千葉イラスト 双葉社(双葉社ジュニア文庫) 2018年11月

ミャーゴ
人と同じ言葉を話す猫の騎士 「魔法医トリシアの冒険カルテ 5」 南房秀久著;小笠原智史絵 学研プラス 2018年3月

京(お京) みやこ(おきょう)
両親の離婚をきっかけに祖母の住む離島に預けられることになったが複雑な思いを抱えて島に降り立つ少女 「夏に泳ぐ緑のクジラ」 村上しいこ作 小学館 2019年7月

宮里 紗奈 みやさと・さな
莉子の親友で明るく積極的な女の子 「溺愛120%の恋:クールな生徒会長は私だけにとびきり甘い」 *あいら*著;かなめもにか絵 スターツ出版(野いちごジュニア文庫) 2020年8月

宮沢 愛子　みやざわ・あいこ
自宅でカフェを開いている花美の叔母、人気イラストレーター「夜カフェ 1」倉橋燿子作;たま絵　講談社(講談社青い鳥文庫) 2018年10月

宮沢 愛子　みやざわ・あいこ
自宅でカフェを開いている花美の叔母、人気イラストレーター「夜カフェ 2」倉橋燿子作;たま絵　講談社(講談社青い鳥文庫) 2019年1月

宮沢 愛子　みやざわ・あいこ
自宅でカフェを開いている花美の叔母、人気イラストレーター「夜カフェ 3」倉橋燿子作;たま絵　講談社(講談社青い鳥文庫) 2019年5月

宮沢 愛子　みやざわ・あいこ
自宅でカフェを開いている花美の叔母、人気イラストレーター「夜カフェ 4」倉橋燿子作;たま絵　講談社(講談社青い鳥文庫) 2019年9月

宮沢 愛子　みやざわ・あいこ
自宅でカフェを開いている花美の叔母、人気イラストレーター「夜カフェ 5」倉橋燿子作;たま絵　講談社(講談社青い鳥文庫) 2020年1月

宮沢 愛子　みやざわ・あいこ
自宅でカフェを開いている花美の叔母、人気イラストレーター「夜カフェ 6」倉橋燿子作;たま絵　講談社(講談社青い鳥文庫) 2020年5月

宮沢 愛子　みやざわ・あいこ
自宅でカフェを開いている花美の叔母、人気イラストレーター「夜カフェ 7」倉橋燿子作;たま絵　講談社(講談社青い鳥文庫) 2020年9月

宮下 健太　みやした・けんた
ビビりだが真実と共に冒険に挑む少年、小学6年生「科学探偵VS.超能力少年―科学探偵謎野真実シリーズ」佐東みどり作;石川北二作;木滝りま作;田中智章作;木々絵　朝日新聞出版　2019年12月

宮下 健太　みやした・けんた
ビビりだが真実と共に冒険に挑む少年、小学6年生「科学探偵VS.妖魔の村―科学探偵謎野真実シリーズ」佐東みどり作;木滝りま作;田中智章作;木々絵　朝日新聞出版　2019年8月

宮下 健太　みやした・けんた
行動力あふれる真実の友人、相棒として事件解決に重要な役割を果たす小学6年生「科学探偵VS.暴走するAI 前編―科学探偵謎野真実シリーズ」佐東みどり作;石川北二作;木滝りま作;田中智章作;木々絵　朝日新聞出版　2020年8月

宮下 健太　みやした・けんた
真実の友人で小学6年生、行動力と勇気を持ちながら事件解決に協力する相棒「科学探偵VS.暴走するAI 後編―科学探偵謎野真実シリーズ」佐東みどり作;石川北二作;木滝りま作;田中智章作;木々絵　朝日新聞出版　2020年12月

宮下 健太　みやした・けんた
成績もスポーツも中ぐらいのミスター平均点の少年「科学探偵VS.闇のホームズ学園―科学探偵謎野真実シリーズ ; 4」佐東みどり作;石川北二作;木滝りま作;田中智章作;木々絵　朝日新聞出版　2018年8月

宮下 健太　みやした・けんた
成績もスポーツも中ぐらいのミスター平均点の少年 「科学探偵VS.消滅した島―科学探偵謎野真実シリーズ ; 5」 佐東みどり作;石川北二作;木滝りま作;田中智章作;木々絵 朝日新聞出版 2018年12月

宮下 健太　みやした・けんた
成績もスポーツも中ぐらいのミスター平均点の少年 「科学探偵VS.魔界の都市伝説―科学探偵謎野真実シリーズ ; 3」 佐東みどり作;石川北二作;木滝りま作;田中智章作;木々絵 朝日新聞出版 2018年3月

宮下 知花　みやした・ちか
ヒナのクラスメートで親友の女の子 「この声とどけ! : 恋がはじまる放送室☆」 神戸遥真作;木乃ひのき絵 集英社(集英社みらい文庫) 2018年4月

宮下 知花　みやした・ちか
ヒナのクラスメートで親友の女の子 「この声とどけ! [2]」 神戸遥真作;木乃ひのき絵 集英社(集英社みらい文庫) 2018年9月

宮津 竹夫　みやず・たけお
かおりと共に富士山頂でモンチと戦うことになる10歳の少年 「ぼくの同志はカグヤ姫」 芝田勝茂作;倉馬奈未絵;ハイロン絵 ポプラ社(ポプラ物語館) 2018年2月

宮田 アキ　みやた・あき
1年前に事故死した人気バンド「ECHOLL」のボーカル 「サヨナラまでの30分 : 映画ノベライズみらい文庫版」 30-minute cassettes and Satomi Oshima原作;ワダヒトミ著 集英社(集英社みらい文庫) 2020年1月

宮永 未央　みやなが・みお
小説家を夢見る中学2年生の女の子 「作家になりたい! 3」 小林深雪作;牧村久実絵 講談社(講談社青い鳥文庫) 2018年3月

宮永 未央　みやなが・みお
小説家を夢見る中学2年生の女の子 「作家になりたい! 4」 小林深雪作;牧村久実絵 講談社(講談社青い鳥文庫) 2018年11月

宮永 未央　みやなが・みお
小説家を夢見る中学2年生の女の子 「作家になりたい! 5」 小林深雪作;牧村久実絵 講談社(講談社青い鳥文庫) 2019年5月

宮永 未央　みやなが・みお
小説家を夢見る中学2年生の女の子 「作家になりたい! 6」 小林深雪作;牧村久実絵 講談社(講談社青い鳥文庫) 2019年10月

宮永 未央　みやなが・みお
小説家を夢見る中学3年生の女の子 「作家になりたい! 7」 小林深雪作;牧村久実絵 講談社(講談社青い鳥文庫) 2020年4月

宮永 未央　みやなが・みお
小説家を夢見る中学3年生の女の子 「作家になりたい! 8」 小林深雪作;牧村久実絵 講談社(講談社青い鳥文庫) 2020年8月

宮野 あかり　みやの・あかり
祖母と一緒に過ごすことを楽しみにしていた小学5年生の女の子 「ビター・ステップ = Bitter Step」 高田由紀子作;おとないちあき絵 ポプラ社(ノベルズ・エクスプレス) 2018年9月

宮ノ下 くるみ　みやのした・くるみ
晴のクラスメートで財閥のお嬢様 「マンガ部オーバーヒート!:へっぽこ3人組、天才マンガ家に挑む」 河口柚花作;けーしん絵 集英社(集英社みらい文庫) 2018年1月

宮原 葵　みやはら・あおい
桜ヶ島小学校6年生、おせっかいでおてんばだが学年一の秀才でしっかり者の少女 「絶望鬼ごっこ[10]」 針とら作;みもり絵 集英社(集英社みらい文庫) 2018年4月

宮原 葵　みやはら・あおい
桜ヶ島小学校6年生、おせっかいでおてんばだが学年一の秀才でしっかり者の少女 「絶望鬼ごっこ[11]」 針とら作;みもり絵 集英社(集英社みらい文庫) 2019年1月

宮原 葵　みやはら・あおい
大翔の幼なじみ、しっかり者で勉強ができる少女 「絶望鬼ごっこ[12]」 針とら作;みもり絵 集英社(集英社みらい文庫) 2019年7月

宮原 葵　みやはら・あおい
大翔の幼なじみ、しっかり者で勉強ができる少女 「絶望鬼ごっこ[14]」 針とら作;みもり絵 集英社(集英社みらい文庫) 2020年6月

宮原 葵　みやはら・あおい
大翔の幼なじみ、しっかり者で勉強ができる少女 「絶望鬼ごっこ[15]」 針とら作;みもり絵 集英社(集英社みらい文庫) 2020年12月

宮美 一花　みやび・いちか
しっかり者で優しい四つ子の長女 「四つ子ぐらし 1」 ひのひまり作;佐倉おりこ絵 KADOKAWA(角川つばさ文庫) 2018年10月

宮美 一花　みやび・いちか
しっかり者で優しい四つ子の長女 「四つ子ぐらし 2」 ひのひまり作;佐倉おりこ絵 KADOKAWA(角川つばさ文庫) 2019年2月

宮美 一花　みやび・いちか
しっかり者で優しい四つ子の長女 「四つ子ぐらし 3」 ひのひまり作;佐倉おりこ絵 KADOKAWA(角川つばさ文庫) 2019年6月

宮美 一花　みやび・いちか
しっかり者で優しい四つ子の長女 「四つ子ぐらし 4」 ひのひまり作;佐倉おりこ絵 KADOKAWA(角川つばさ文庫) 2019年10月

宮美 一花　みやび・いちか
しっかり者で優しい四つ子の長女 「四つ子ぐらし 5上下」 ひのひまり作;佐倉おりこ絵 KADOKAWA(角川つばさ文庫) 2020年2月

宮美 一花　みやび・いちか
しっかり者で優しい四つ子の長女 「四つ子ぐらし 6」 ひのひまり作;佐倉おりこ絵 KADOKAWA(角川つばさ文庫) 2020年7月

宮美 一花　みやび・いちか
しっかり者で優しい四つ子の長女 「四つ子ぐらし 7」 ひのひまり作;佐倉おりこ絵
KADOKAWA(角川つばさ文庫) 2020年11月

宮美 四月　みやび・しずき
おとなしくて無口な四つ子の末っ子 「四つ子ぐらし 5上下」 ひのひまり作;佐倉おりこ絵
KADOKAWA(角川つばさ文庫) 2020年2月

宮美 四月　みやび・しずき
おとなしくて無口な四つ子の末っ子 「四つ子ぐらし 6」 ひのひまり作;佐倉おりこ絵
KADOKAWA(角川つばさ文庫) 2020年7月

宮美 四月　みやび・しずき
おとなしくて無口な四つ子の末っ子 「四つ子ぐらし 7」 ひのひまり作;佐倉おりこ絵
KADOKAWA(角川つばさ文庫) 2020年11月

宮美 四月　みやび・しずき
大人しくて無口な四つ子の末っ子 「四つ子ぐらし 1」 ひのひまり作;佐倉おりこ絵
KADOKAWA(角川つばさ文庫) 2018年10月

宮美 四月　みやび・しずき
大人しくて無口な四つ子の末っ子 「四つ子ぐらし 2」 ひのひまり作;佐倉おりこ絵
KADOKAWA(角川つばさ文庫) 2019年2月

宮美 四月　みやび・しずき
大人しくて無口な四つ子の末っ子 「四つ子ぐらし 3」 ひのひまり作;佐倉おりこ絵
KADOKAWA(角川つばさ文庫) 2019年6月

宮美 四月　みやび・しずき
大人しくて無口な四つ子の末っ子 「四つ子ぐらし 4」 ひのひまり作;佐倉おりこ絵
KADOKAWA(角川つばさ文庫) 2019年10月

宮美 二鳥　みやび・にとり
元気いっぱいで明るい四つ子の次女 「四つ子ぐらし 1」 ひのひまり作;佐倉おりこ絵
KADOKAWA(角川つばさ文庫) 2018年10月

宮美 二鳥　みやび・にとり
元気いっぱいで明るい四つ子の次女 「四つ子ぐらし 2」 ひのひまり作;佐倉おりこ絵
KADOKAWA(角川つばさ文庫) 2019年2月

宮美 二鳥　みやび・にとり
元気いっぱいで明るい四つ子の次女 「四つ子ぐらし 3」 ひのひまり作;佐倉おりこ絵
KADOKAWA(角川つばさ文庫) 2019年6月

宮美 二鳥　みやび・にとり
元気いっぱいで明るい四つ子の次女 「四つ子ぐらし 4」 ひのひまり作;佐倉おりこ絵
KADOKAWA(角川つばさ文庫) 2019年10月

宮美 二鳥　みやび・にとり
元気いっぱいで明るい四つ子の次女 「四つ子ぐらし 5上下」 ひのひまり作;佐倉おりこ絵
KADOKAWA(角川つばさ文庫) 2020年2月

宮美 二鳥　みやび・にとり
元気いっぱいで明るい四つ子の次女 「四つ子ぐらし 6」 ひのひまり作;佐倉おりこ絵 KADOKAWA(角川つばさ文庫) 2020年7月

宮美 二鳥　みやび・にとり
元気いっぱいで明るい四つ子の次女 「四つ子ぐらし 7」 ひのひまり作;佐倉おりこ絵 KADOKAWA(角川つばさ文庫) 2020年11月

宮美 三風　みやび・みふ
まじめでちょっと内気な四つ子の三女 「四つ子ぐらし 1」 ひのひまり作;佐倉おりこ絵 KADOKAWA(角川つばさ文庫) 2018年10月

宮美 三風　みやび・みふ
まじめでちょっと内気な四つ子の三女 「四つ子ぐらし 2」 ひのひまり作;佐倉おりこ絵 KADOKAWA(角川つばさ文庫) 2019年2月

宮美 三風　みやび・みふ
まじめでちょっと内気な四つ子の三女 「四つ子ぐらし 3」 ひのひまり作;佐倉おりこ絵 KADOKAWA(角川つばさ文庫) 2019年6月

宮美 三風　みやび・みふ
まじめでちょっと内気な四つ子の三女 「四つ子ぐらし 4」 ひのひまり作;佐倉おりこ絵 KADOKAWA(角川つばさ文庫) 2019年10月

宮美 三風　みやび・みふ
まじめでちょっと内気な四つ子の三女 「四つ子ぐらし 5上下」 ひのひまり作;佐倉おりこ絵 KADOKAWA(角川つばさ文庫) 2020年2月

宮美 三風　みやび・みふ
まじめでちょっと内気な四つ子の三女 「四つ子ぐらし 6」 ひのひまり作;佐倉おりこ絵 KADOKAWA(角川つばさ文庫) 2020年7月

宮美 三風　みやび・みふ
まじめでちょっと内気な四つ子の三女 「四つ子ぐらし 7」 ひのひまり作;佐倉おりこ絵 KADOKAWA(角川つばさ文庫) 2020年11月

宮水 三葉　みやみず・みつは
山深い田舎町に暮らす女子高生 「小説君の名は。―新海誠ライブラリー」 新海誠著 汐文社 2018年12月

宮本 恭緒　みやもと・たかお
逢沢学園女子寮のお庭番として活動し仲間たちと寮を支える女子寮生 「お庭番デイズ : 逢沢学園女子寮日記 上下」 有沢佳映著 講談社 2020年7月

宮本 武蔵　みやもと・むさし
西軍モンキーズのショート 「戦国ベースボール [20]」 りょくち真太作;トリバタケハルノブ絵 集英社(集英社みらい文庫) 2020年11月

宮本 瑠衣　みやもと・るい
バスケ部のイケメン四天王の一人 「小説映画春待つ僕ら」 あなしん原作;おかざきさとこ脚本;森川成美著 講談社 2019年2月

宮本 瑠衣　みやもと・るい
バスケ部のイケメン四天王の一人 「小説映画春待つ僕ら」 あなしん原作;おかざきさとこ脚本;森川成美著 講談社(講談社KK文庫) 2018年11月

宮森 シュウ　みやもり・しゅう
マイと同い年の義兄、少し変わり者のオカルト好きな少年 「わたしの家はおばけ屋敷」 山中恒作;ちーこ絵 KADOKAWA(角川つばさ文庫) 2018年11月

宮森 マイ　みやもり・まい
お父さんの再婚を機に新しい家族と暮らし始める明るく元気な小学4年生の女の子 「わたしの家はおばけ屋敷」 山中恒作;ちーこ絵 KADOKAWA(角川つばさ文庫) 2018年11月

宮山先輩　みややませんぱい
実坂高校2年生、シンフロ同好会会長の女の子 「ゆけ、シンフロ部!」 堀口泰生小説;青木俊直絵 学研プラス(部活系空色ノベルズ) 2018年1月

ミュー
キューの双子の妹でおてんばで活発な性格を持つ恐竜 「小説映画ドラえもんのび太の新恐竜」 藤子・F・不二雄原作;川村元気脚本;涌井学著 小学館(小学館ジュニア文庫) 2020年2月

ミュウ
世界に1匹しかいないと言われているまぼろしのポケモン 「ポケットモンスターミュウツーの逆襲EVOLUTION : 大人気アニメストーリー」 田尻智原案;首藤剛志脚本;桑原美保著;石原恒和監修 小学館 2019年7月

ミュウツー
ミュウの一部から人間によって作りだされた伝説のポケモン 「ポケットモンスターミュウツーの逆襲EVOLUTION : 大人気アニメストーリー」 田尻智原案;首藤剛志脚本;桑原美保著;石原恒和監修 小学館 2019年7月

ミュウツー
人間に生み出された伝説のポケモン 「ミュウツーの逆襲EVOLUTION」 首藤剛志脚本;水稀しま著;石原恒和監修 小学館(小学館ジュニア文庫) 2019年7月

美陽　みよ
7歳の女の子の幽霊 「若おかみは小学生! : 映画ノベライズ」 令丈ヒロ子原作・文;吉田玲子脚本 講談社(講談社青い鳥文庫) 2018年8月

ミヨンちゃん
はるちゃんを助ける友人で秘密のハンカチを持つ少女 「ハンカチともだち」 なかがわちひろ作 アリス館 2019年11月

みらい
右目と後ろ足に大ケガを負い草原に捨てられた子犬 「かがやけいのち!みらいちゃん」 今西乃子作;ひろみちいと絵 岩崎書店(おはなしトントン) 2018年5月

ミライちゃん
未来からやってきたくんちゃんの妹 「未来のミライ」 細田守作;染谷みのる挿絵 KADOKAWA(角川つばさ文庫) 2018年6月

三良井 晴樹　みらい・はるき
テスト全教科満点で1位を獲得した男子生徒、ミステリーを愛する天才 「アオハル・ミステリカ = AOHARU MYSTERICA」 瀬川コウ著;くっかイラスト PHP研究所(PHPジュニアノベル) 2019年2月

ミラクル
けいがこっそり飼っている不思議な性質を持つ猫 「リルリルフェアリルトゥインクル スピカとふしぎな子ねこ―リルリルフェアリル ; 4」 中瀬理香作;瀬谷愛絵 ポプラ社 2019年3月

ミラミラ
演劇が大好きな青北中学校2年生 「劇部ですから! Act.5」 池田美代子作;柚希きひろ絵 講談社(講談社青い鳥文庫) 2019年3月

ミラミラ
青北中学校演劇部の2年生、ずっと演劇部に憧れていていつか舞台に立つことを夢見ている少女 「劇部ですから! Act.3」 池田美代子作;柚希きひろ絵 講談社(講談社青い鳥文庫) 2018年2月

ミラミラ
青北中学校演劇部の2年生、ずっと演劇部に憧れていていつか舞台に立つことを夢見ている少女 「劇部ですから! Act.4」 池田美代子作;柚希きひろ絵 講談社(講談社青い鳥文庫) 2018年8月

ミラル
オタワルの医術師でホッサルの助手 「鹿の王 1」 上橋菜穂子作;HACCAN絵 KADOKAWA(角川つばさ文庫) 2018年12月

ミラル
オタワルの医術師でホッサルの助手 「鹿の王 2」 上橋菜穂子作;HACCAN絵 KADOKAWA(角川つばさ文庫) 2019年2月

ミリ
派手めなクラスメートでヤエと意気投合する女子中学生 「境い目なしの世界」 角野栄子著 理論社 2019年9月

ミリー
おばあさんがかつて持っていた青い目をした人形 「空を飛んだ夏休み : あの日へ」 丘乃れい作;大西雅子絵 東方出版 2018年12月

ミール
北極で暮らすホッキョクグマの男の子、ユールのふたごの弟 「ちびしろくまのねがいごと : どうぶつのかぞくホッキョクグマ―シリーズどうぶつのかぞく」 小林深雪作;庄野ナホコ絵 講談社 2019年2月

みるか
宇宙マジック大サーカスの団長からの注文に挑むケーキ屋さんの女の子 「びっくり!ほしぞらスイーツ―ふしぎパティシエールみるか ; 5」 斉藤洋作;村田桃香絵 あかね書房 2020年1月

ミルキー杉山　みるきーすぎやま
探偵の男性 「あいことばは名探偵」 杉山亮作;中川大輔絵 偕成社 2018年8月

ミレイちゃん
鎌倉の「さるすべりの館」で祖母や犬のリング、ぬいぐるみのビーちゃんと一緒に過ごす小学5年生の女の子 「ゆっくりおやすみ、樹の下で」 高橋源一郎著 朝日新聞出版 2018年6月

三輪 杏樹 みわ・あんじゅ
ニューヨークから帰国して有村バレエスクールに入った小学6年生 「エトワール! 4」 梅田みか作;結布絵 講談社(講談社青い鳥文庫) 2018年4月

三輪 杏樹 みわ・あんじゅ
ニューヨークから帰国して有村バレエスクールに入った小学6年生 「エトワール! 5」 梅田みか作;結布絵 講談社(講談社青い鳥文庫) 2018年12月

三輪 杏樹 みわ・あんじゅ
ニューヨーク育ちで有村バレエスクールに入った小学6年生 「エトワール! 6」 梅田みか作;結布絵 講談社(講談社青い鳥文庫) 2019年6月

三輪 杏樹 みわ・あんじゅ
有村バレエスクールの友達 「エトワール! 7」 梅田みか作;結布絵 講談社(講談社青い鳥文庫) 2020年4月

三輪 杏樹 みわ・あんじゅ
有村バレエスクールの友達 「エトワール! 8」 梅田みか作;結布絵 講談社(講談社青い鳥文庫) 2020年12月

三輪 美苑 みわ・みその
学年イチの美少女で斗和のクラスメート 「覚悟はいいかそこの女子。: 映画ノベライズみらい文庫版」 椎葉ナナ原作;李正姫脚本;はのまきみ著 集英社(集英社みらい文庫) 2018年9月

【む】

ムウ・ホームズ
イギリス・ロンドンに住む名探偵 「IQ探偵ムー 夢羽、ホームズになる! 上下」 深沢美潮作;山田J太画 ポプラ社(ポプラカラフル文庫) 2018年7月

向井 航 むかい・こう
東京の強豪スイミングクラブで挫折を経験し、佐渡に引っ越してきた小学6年生 「スイマー」 高田由紀子著;結布絵 ポプラ社(teens' best selections) 2020年7月

迎 律子 むかえ・りつこ
心優しい性格で千太郎の幼なじみ、薫をジャズの世界へと導く女子高生 「映画坂道のアポロン」 小玉ユキ原作;髙橋泉脚本;宮沢みゆき著 小学館(小学館ジュニア文庫) 2018年3月

ムギ
おっとりした性格で周囲から軽んじられがちな少女 「保健室経由、かねやま本館。3」 松素めぐり著;おとないちあき装画・挿画 講談社 2020年10月

麦 むぎ
両親の離婚や友達とのけんかに心を悩ませながら成長していく小学3年生の少女 「大渋滞」 いとうみく作;いつか絵 PHP研究所(みちくさパレット) 2019年4月

向野 結衣　むきの・ゆい
あかりの大の仲良しでバドミントンのダブルスパートナーとして一緒に練習するが息が合わず苦戦する少女「まえむきダブルス!：スポーツのおはなしバドミントン―シリーズスポーツのおはなし」落合由佳作;うっけ絵　講談社　2020年1月

ムゲ
日之出に恋し白い子猫に変身できる秘密を持つ中学2年生の少女「泣きたい私は猫をかぶる」岩佐まもる文;永地挿絵　KADOKAWA(角川つばさ文庫)　2020年6月

武者 みよ　むしゃ・みよ
東京大空襲直前に13人目の赤ちゃんを産んだ女性「赤ちゃんと母(ママ)の火の夜」早乙女勝元作;タミヒロコ絵　新日本出版社　2018年2月

息子　むすこ
カエルになりたがらないナマズのように大きくなったオタマジャクシ「キダマッチ先生! 5」今井恭子文;岡本順絵　BL出版　2020年10月

武藤 紀介　むとう・のりすけ
霧見台中学1年生で文芸部の瀬川の友達「霧見台三丁目の未来人」緑川聖司著;ポズイラスト　PHP研究所(カラフルノベル)　2020年1月

武藤 春馬　むとう・はるま
ゲームやクイズが得意でサッカーチームに所属している少年「絶体絶命ゲーム 3」藤ダリオ作;さいね絵　KADOKAWA(角川つばさ文庫)　2018年3月

武藤 春馬　むとう・はるま
ゲームやクイズが得意でサッカーチームに所属している少年「絶体絶命ゲーム 4」藤ダリオ作;さいね絵　KADOKAWA(角川つばさ文庫)　2018年9月

武藤 春馬　むとう・はるま
ゲームやクイズが得意でサッカーチームに所属している少年「絶体絶命ゲーム 5」藤ダリオ作;さいね絵　KADOKAWA(角川つばさ文庫)　2019年3月

武藤 春馬　むとう・はるま
ゲームやクイズが得意でサッカーチームに所属している少年「絶体絶命ゲーム 6」藤ダリオ作;さいね絵　KADOKAWA(角川つばさ文庫)　2019年10月

武藤 春馬　むとう・はるま
ゲームやクイズが得意でサッカーチームに所属している少年「絶体絶命ゲーム 7」藤ダリオ作;さいね絵　KADOKAWA(角川つばさ文庫)　2020年4月

武藤 春馬　むとう・はるま
ゲームやクイズが得意でサッカーチームに所属している少年「絶体絶命ゲーム 8」藤ダリオ作;さいね絵　KADOKAWA(角川つばさ文庫)　2020年9月

武藤 龍之介　むとう・りゅうのすけ
若手ながら対策本部に抜擢された刑事「浜村渚の計算ノート 1」青柳碧人作;桐野壱絵　講談社(講談社青い鳥文庫)　2019年9月

武藤 龍之介　むとう・りゅうのすけ
若手ながら対策本部に抜擢された刑事「浜村渚の計算ノート 2」青柳碧人作;桐野壱絵　講談社(講談社青い鳥文庫)　2019年10月

ムム
やぎやま小学校のやぎこ先生のクラスの1年生 「やぎこ先生いちねんせい―福音館創作童話シリーズ」 ななもりさちこ文;大島妙子絵 福音館書店 2019年1月

村井 恵美奈　むらい・えみな
素敵な男の子との出会いを夢見る不運続きな女子高生 「ウラオモテ世界!:とつぜんの除霊×ゲームバトル」 雨蛙ミドリ作;kaworu絵 KADOKAWA(角川つばさ文庫) 2019年7月

村井 恵美奈　むらい・えみな
素敵な男の子との出会いを夢見る不運続きな女子高生 「ウラオモテ世界! 2」 雨蛙ミドリ作;kaworu絵 KADOKAWA(角川つばさ文庫) 2019年12月

村井 恵美奈　むらい・えみな
素敵な男の子との出会いを夢見る不運続きな女子高生 「ウラオモテ世界! 3」 雨蛙ミドリ作;kaworu絵 KADOKAWA(角川つばさ文庫) 2020年5月

村上 海斗　むらかみ・かいと
因島に住む漁師の息子で戦国時代へとタイムスリップしてしまう少年 「さいごの海賊と妖怪牛鬼」 野田道子作;藤田ひおこ絵 文研出版(文研ブックランド) 2018年2月

村上 草太　むらかみ・そうた
まじめで勉強もできるクラスメート 「金田一くんの冒険 1」 天樹征丸作;さとうふみや絵 講談社(講談社青い鳥文庫) 2018年1月

村上 草太　むらかみ・そうた
まじめで勉強もできるクラスメート 「金田一くんの冒険 2」 天樹征丸作;さとうふみや絵 講談社(講談社青い鳥文庫) 2018年6月

村上 直吉　むらかみ・なおよし
極楽島に住む海斗の知り合いで戦国時代の暮らしを営んでいる男性 「さいごの海賊と妖怪牛鬼」 野田道子作;藤田ひおこ絵 文研出版(文研ブックランド) 2018年2月

村木 カノン　むらき・かのん
すばるの大親友の女の子 「パティシエ☆すばる 番外編」 つくもようこ作;鳥羽雨絵 講談社(講談社青い鳥文庫) 2018年5月

群雲　むらくも
いつも綺羅のそばにいて綺羅のことを考えている美青年、猫の時はパープルアイの瞳を持つ悪魔 「白魔女リンと3悪魔 [10]」 成田良美著;八神千歳イラスト 小学館(小学館ジュニア文庫) 2019年12月

群雲　むらくも
いつも綺羅のそばにいて綺羅のことを考えている美青年、猫の時はパープルアイの瞳を持つ悪魔 「白魔女リンと3悪魔 [9]」 成田良美著;八神千歳イラスト 小学館(小学館ジュニア文庫) 2019年4月

村崎 櫂　むらさき・かい
美術警察の先輩 「らくがき☆ポリス 7」 まひる作;立樹まや絵 KADOKAWA(角川つばさ文庫) 2019年8月

紫式部　むらさきしきぶ
源氏物語の作者で賢子の母 「紫式部の娘。賢子がまいる! [図書館版]」 篠綾子作;小倉マユコ絵 ほるぷ出版 2019年3月

紫式部　むらさきしきぶ
源氏物語の作者で賢子の母 「紫式部の娘。賢子はとまらない! [図書館版]」 篠綾子作;小倉マユコ絵 ほるぷ出版 2019年3月

村下 由宇　むらした・ゆう
李乃の弟 「しだれ桜のゴロスケ」 熊谷千世子作;竹熊ゴオル絵 文研出版(文研じゅべにーる) 2018年2月

村下 李乃　むらした・りの
長野県に引っ越してきた小学5年生の少女、由宇の姉 「しだれ桜のゴロスケ」 熊谷千世子作;竹熊ゴオル絵 文研出版(文研じゅべにーる) 2018年2月

村瀬 カナ　むらせ・かな
「ECHOLL」のキーボード担当でアキの恋人 「サヨナラまでの30分 : 映画ノベライズみらい文庫版」 30-minute cassettes and Satomi Oshima原作;ワダヒトミ著 集英社(集英社みらい文庫) 2020年1月

村瀬 司　むらせ・つかさ
バスケ部の副部長で中学3年生の男の子 「一年間だけ。1」 安芸咲良作;花芽宮るる絵 KADOKAWA(角川つばさ文庫) 2019年4月

村瀬 司　むらせ・つかさ
バスケ部の副部長で中学3年生の男の子 「一年間だけ。2」 安芸咲良作;花芽宮るる絵 KADOKAWA(角川つばさ文庫) 2019年9月

村田 市之助　むらた・いちのすけ
試衛館の小間使いで剣士たちの動向を見守る少年 「新選組戦記 = THE SHINSENGUMI'S WAR 上中下」 小前亮作;遠田志帆絵 小峰書店 2019年11月

村田 周平　むらた・しゅうへい
三回忌法要が行われ主人公が影響を受ける詩人 「ネッシーはいることにする」 長薗安浩著 ゴブリン書房 2019年8月

村山 美早妃　むらやま・みさき
真白のクラスメートの女の子 「あの日、そらですきをみつけた」 辻みゆき著;いつかイラスト 小学館(小学館ジュニア文庫) 2018年4月

村山 睦子　むらやま・むつこ
周囲と距離を感じながらも亡きハルおじさんとの思い出を支えに生きる少女 「雷のあとに」 中山聖子作;岡本よしろう絵 文研出版(文研じゅべにーる) 2020年1月

【め】

メーア
ワロン一家の女の子 「おなべの妖精一家 1」 福田隆浩作;サトウユカ絵 講談社(わくわくライブラリー) 2018年7月

メーア
ワロン一家の女の子 「おなべの妖精一家 2」 福田隆浩作;サトウユカ絵 講談社(わくわくライブラリー) 2018年9月

メアリー
現在は謎の薬の影響で幼い姿となっている真純の母 「名探偵コナン世良真純セレクション：異国帰りの転校生」 青山剛昌原作・イラスト;酒井匙著 小学館(小学館ジュニア文庫) 2020年11月

メアリー
現在は謎の薬の影響で幼い姿となっている赤井秀一の母 「名探偵コナン赤井一家(ファミリー)セレクション緋色の推理記録(コレクション)」 青山剛昌原作・イラスト;酒井匙著 小学館(小学館ジュニア文庫) 2020年4月

めい
パティシエになるのが夢のスピカが出会う人間の女の子 「リルリルフェアリルトゥインクル スピカと恋するケーキ―リルリルフェアリル ; 3」 中瀬理香作;瀬谷愛絵 ポプラ社 2018年7月

メイ
フウに手紙を託す心優しい女の子 「アサギマダラの手紙」 横田明子作;井川ゆり子絵 国土社 2019年9月

めい
真っ黒の犬 「ゴキゲンめいちゃん森にくらす」 のりぼうさく;りかさく;さげさかのりこえ コスモス・ライブラリー 2018年1月

メイ・サクラ・ササキ・ブライアン
日本生まれの女性 「ある晴れた夏の朝」 小手鞠るい著 偕成社 2018年8月

メガネくん
パジャマを着て過ごすのが好きなクマ、ハダシくんの友人 「メガネくんとハダシくん」 二見正直さく 偕成社 2018年11月

めがねのおじさん
娘へのプレゼントが見つからず悩んでいる人間のおじさん 「モンスター・ホテルでプレゼント」 柏葉幸子作;高畠純絵 小峰書店 2018年3月

女神さん　めがみさん
市役所の地域共生課で働く事務員 「妖怪一家のウェディング大作戦―妖怪一家九十九さん」 富安陽子作;山村浩二絵 理論社 2019年2月

メグ
まんが・イラストクラブ所属の千歌の親友 「渚くんをお兄ちゃんとは呼ばない [8]」 夜野せせり作;森乃なっぱ絵 集英社(集英社みらい文庫) 2020年3月

メグ
まんが・イラストクラブ所属の千歌の親友 「渚くんをお兄ちゃんとは呼ばない [9]」 夜野せせり作;森乃なっぱ絵 集英社(集英社みらい文庫) 2020年7月

目黒 舞　めぐろ・まい
ヤクザのひもがついている中学2年生 「ぼくらののら犬砦―「ぼくら」シリーズ ; 26」 宗田理作 ポプラ社 2019年7月

メーコ
やぎやま小学校のやぎこ先生のクラスの1年生 「やぎこ先生いちねんせい―福音館創作童話シリーズ」 ななもりさちこ文;大島妙子絵 福音館書店 2019年1月

めさぶろ
のら号のメンバー猫 「空飛ぶのらネコ探険隊［5］」 大原興三郎作;こぐれけんじろう絵 文溪堂 2018年4月

雌蜂 めすばち
来年の女王蜂になるために育てられ秋に旅立つ新しい世代のあしなが蜂 「あしなが蜂と暮らした夏」 甲斐信枝著 中央公論新社 2020年10月

メタナイト
「ひかりのまち」に住む貴族、冒険心がある紳士 「星のカービィ 夢幻の歯車を探せ!」 高瀬美恵作;苅野タウ絵;ぽと絵 KADOKAWA(角川つばさ文庫) 2020年3月

メタナイト
常に仮面をつけていて全てが謎に包まれた剣士 「星のカービィ スーパーカービィハンターズ大激闘!の巻」 高瀬美恵作;苅野タウ絵;ぽと絵 KADOKAWA(角川つばさ文庫) 2019年12月

メタナイト
常に仮面をつけていて全てが謎に包まれた剣士 「星のカービィ スターアライズフレンズ大冒険!編」 高瀬美恵作;苅野タウ絵;ぽと絵 KADOKAWA(角川つばさ文庫) 2018年7月

メタナイト
常に仮面をつけていて全てが謎に包まれた剣士 「星のカービィ スターアライズ宇宙の大ピンチ!?編」 高瀬美恵作;苅野タウ絵;ぽと絵 KADOKAWA(角川つばさ文庫) 2018年8月

メタナイト
常に仮面をつけていて全てが謎に包まれた剣士 「星のカービィ メタナイトと黄泉の騎士」 高瀬美恵作;苅野タウ絵;ぽと絵 KADOKAWA(角川つばさ文庫) 2020年7月

メタナイト
常に仮面をつけていて全てが謎に包まれた剣士 「星のカービィ 決戦!バトルデラックス!!」 高瀬美恵作;苅野タウ絵;ぽと絵 KADOKAWA(角川つばさ文庫) 2018年3月

メタナイト
常に仮面をつけていて全てが謎に包まれた剣士 「星のカービィ 虹の島々を救え!の巻」 高瀬美恵作;苅野タウ絵;ぽと絵 KADOKAWA(角川つばさ文庫) 2019年7月

メノア・ベルッチ
14歳で有名大学に入学した天才少女、現在はデジモン研究をしている科学者 「デジモンアドベンチャーLAST EVOLUTION絆 : 映画ノベライズみらい文庫版」 大和屋暁脚本;河端朝日著 集英社(集英社みらい文庫) 2020年2月

メフィストフェレス
自称悪魔で雑貨屋「迎手」店長、アパート「馬鐘荘」の大家 「地底アパートと幻の地底王国 特装版―蒼月海里の「地底アパート」シリーズ ; 5」 蒼月海里著 ポプラ社 2020年4月

メフィストフェレス
自称悪魔で雑貨屋「迎手」店長、アパート「馬鐘荘」の大家 「地底アパートのアンドロイドは巨大ロボットの夢を見るか 特装版―蒼月海里の「地底アパート」シリーズ ; 3」 蒼月海里著 ポプラ社 2020年4月

メフィストフェレス
自称悪魔で雑貨屋「迎手」店長、アパート「馬鐘壮」の大家 「地底アパートの咲かない桜と見えない住人 特装版―蒼月海里の「地底アパート」シリーズ；4」 蒼月海里著 ポプラ社 2020年4月

メフィストフェレス
自称悪魔で雑貨屋「迎手」店長、アパート「馬鐘壮」の大家 「地底アパートの迷惑な来客 特装版―蒼月海里の「地底アパート」シリーズ；2」 蒼月海里著 ポプラ社 2020年4月

メフィストフェレス
自称悪魔で雑貨屋「迎手」店長、アパート「馬鐘壮」の大家 「地底アパート入居者募集中! 特装版―蒼月海里の「地底アパート」シリーズ；1」 蒼月海里著 ポプラ社 2020年4月

目良 紗奈　めら・さな
「目族」目良家の一人娘、奏の幼なじみ 「こちらへそ神異能少年団」 奈雅月ありす作;アカツキウォーカー絵 ポプラ社(ノベルズ・エクスプレス) 2019年1月

メリッサ
ハーブの香りを生かした特別なハチミツを作りたいと願う旅の養蜂家 「100年ハチミツのあべこべ魔法―魔法の庭ものがたり；23」 あんびるやすこ作・絵 ポプラ社(ポプラ物語館) 2019年7月

メル
海の妖精 「ティンクル・セボンスター 4」 菊田みちよ著 ポプラ社 2018年6月

【も】

毛利 小五郎　もうり・こごろう
パーティーに出席した際に事件に巻き込まれる私立探偵 「名探偵コナン 大怪獣ゴメラVS仮面ヤイバー」 青山剛昌原作;大倉崇裕脚本;水稀しま著 小学館(小学館ジュニア文庫) 2020年1月

毛利 小五郎　もうり・こごろう
自身は無実であるにもかかわらず今回の爆発事件の容疑者として逮捕されてしまう探偵 「名探偵コナン ゼロの執行人」 青山剛昌原作;櫻井武晴脚本;水稀しま著 小学館(小学館ジュニア文庫) 2018年4月

毛利 小五郎　もうり・こごろう
水無怜奈の自宅を訪れ事件の真相に迫る私立探偵 「名探偵コナン ブラックインパクト!組織の手が届く瞬間」 青山剛昌原作;水稀しま著 小学館(小学館ジュニア文庫) 2020年12月

毛利 元就　もうり・もとなり
地獄の野球チーム「桶狭間ファルコンズ」の3番ショート 「戦国ベースボール [17]」 りょくち真太作;トリバタケハルノブ絵 集英社(集英社みらい文庫) 2019年11月

毛利 元就　もうり・もとなり
地獄の野球チーム「桶狭間ファルコンズ」の6番ショート 「戦国ベースボール [14]」 りょくち真太作;トリバタケハルノブ絵 集英社(集英社みらい文庫) 2018年11月

毛利 元就　もうり・もとなり
地獄の野球チーム「桶狭間ファルコンズ」の6番ショート 「戦国ベースボール［15］」 りょくち真太作;トリバタケハルノブ絵 集英社(集英社みらい文庫) 2019年4月

毛利 元就　もうり・もとなり
地獄の野球チーム「桶狭間ファルコンズ」の6番ショート 「戦国ベースボール［16］」 りょくち真太作;トリバタケハルノブ絵 集英社(集英社みらい文庫) 2019年7月

毛利 元就　もうり・もとなり
地獄の野球チーム「桶狭間ファルコンズ」の8番ショート 「戦国ベースボール［12］」 りょくち真太作;トリバタケハルノブ絵 集英社(集英社みらい文庫) 2018年3月

毛利 元就　もうり・もとなり
地獄の野球チーム「桶狭間ファルコンズ」の8番ショート 「戦国ベースボール［13］」 りょくち真太作;トリバタケハルノブ絵 集英社(集英社みらい文庫) 2018年7月

毛利 元就　もうり・もとなり
地獄の野球チーム「桶狭間ファルコンズ」の8番ショート 「戦国ベースボール［18］」 りょくち真太作;トリバタケハルノブ絵 集英社(集英社みらい文庫) 2020年3月

毛利 蘭　もうり・らん
空手の達人でコナンの親友、優しい性格の女子高生 「名探偵コナン世良真純セレクション：異国帰りの転校生」 青山剛昌原作・イラスト;酒井匙著 小学館(小学館ジュニア文庫) 2020年11月

毛利 蘭　もうり・らん
工藤新一の同級生で幼なじみの女の子 「名探偵コナン：怪盗キッドセレクション月下の予告状」 青山剛昌原作・イラスト;酒井匙著 小学館(小学館ジュニア文庫) 2019年4月

毛利 蘭　もうり・らん
工藤新一の同級生で幼なじみの女の子 「名探偵コナン：京極真セレクション蹴撃の事件録」 青山剛昌原作・イラスト;酒井匙著 小学館(小学館ジュニア文庫) 2019年7月

毛利 蘭　もうり・らん
工藤新一の同級生で幼なじみの女の子 「名探偵コナン 紺青の拳(フィスト)」 青山剛昌原作;大倉崇裕脚本;水稀しま著 小学館(小学館ジュニア文庫) 2019年4月

毛利 蘭　もうり・らん
工藤新一の同級生で幼なじみの女の子 「名探偵コナン紅の修学旅行」 青山剛昌原作;水稀しま著 小学館(小学館ジュニア文庫) 2019年1月

毛利 蘭　もうり・らん
事件の犯人を目撃し記憶を失ってしまう女子高生 「名探偵コナン瞳の中の暗殺者」 青山剛昌原作;古内一成脚本;水稀しま著 小学館(小学館ジュニア文庫) 2018年1月

毛利 蘭　もうり・らん
小五郎の娘で空手の達人、コナンと共に事件解決に挑む心優しい少女 「名探偵コナン大怪獣ゴメラVS仮面ヤイバー」 青山剛昌原作;大倉崇裕脚本;水稀しま著 小学館(小学館ジュニア文庫) 2020年1月

萌黄　もえぎ
親代わりの叔母と別れ、職御曹司で下働きをすることになった少女 「もえぎ草子」 久保田香里作;tono画 くもん出版(くもんの児童文学) 2019年7月

最上 昭　もがみ・あきら
みちのく妖怪ツアーに参加する小学5年生の少年 「みちのく妖怪ツアー」 佐々木ひとみ作;野泉マヤ作;堀米薫作;東京モノノケ絵 新日本出版社 2018年8月

最上 ハル　もがみ・はる
聖ラヴィアン学園中等部3年生、トウヤの親友 「学園ファイブスターズ 1」 宮下恵茉作;kaya8絵 講談社(講談社青い鳥文庫) 2019年8月

最上 ハル　もがみ・はる
聖ラヴィアン学園中等部3年生、トウヤの親友 「学園ファイブスターズ 2」 宮下恵茉作;kaya8絵 講談社(講談社青い鳥文庫) 2019年12月

最上 ハル　もがみ・はる
聖ラヴィアン学園中等部3年生、トウヤの親友 「学園ファイブスターズ 3」 宮下恵茉作;kaya8絵 講談社(講談社青い鳥文庫) 2020年4月

最上 ハル　もがみ・はる
聖ラヴィアン学園中等部3年生、トウヤの親友 「学園ファイブスターズ 4」 宮下恵茉作;kaya8絵 講談社(講談社青い鳥文庫) 2020年8月

最上 ハル　もがみ・はる
聖ラヴィアン学園中等部3年生、トウヤの親友 「学園ファイブスターズ 5」 宮下恵茉作;kaya8絵 講談社(講談社青い鳥文庫) 2020年12月

もぐら
食べられないし役にも立たないと言いながら泥団子を作ることに熱中するモグラ 「しあわせなハリネズミ」 藤野恵美作;小沢さかえ絵 講談社 2019年10月

もぐらのおじさん
だんまりうさぎと一緒に星を見てアイディアを思いつく手伝いをするモグラ 「だんまりうさぎとおほしさま―だんまりうさぎとおしゃべりうさぎ」 安房直子作;ひがしちから絵 偕成社 2018年6月

モシモさん
ルビと一緒に暮らす本屋「本の木」の店主 「ルビとしっぽの秘密：本屋さんのルビねこ」 野中柊作;松本圭以子絵 理論社 2019年6月

モシモさん
ルビと一緒に暮らす本屋「本の木」の店主 「ルビねこと星ものがたり―本屋さんのルビねこ」 野中柊作;松本圭以子絵 理論社 2020年6月

モス
死の森の魔王の手下だった夢の魔物 「ダヤン、奇妙な夢をみる―ダヤンの冒険物語」 池田あきこ著 ほるぷ出版 2020年5月

望月 アキラ(モッチー)　もちずき・あきら(もっちー)
ハルトのただ一人の心の友 「怪盗ネコマスク：真夜中の小さなヒーロー」 近江屋一朗作;ナカユウ絵 集英社(集英社みらい文庫) 2019年4月

望月 アキラ(モッチー)　もちずき・あきら(もっちー)
ハルトの親友、怪盗ネコマスクを頭脳と度胸でサポートする相棒 「怪盗ネコマスク [2]」 近江屋一朗作;ナカユウ絵 集英社(集英社みらい文庫) 2019年9月

望月 カケル　もちずき・かける
アイドルグループ「シャイン」のリーダー、中学2年生 「もちもち・ぱんだもちぱんのドキドキ芸能スキャンダルもちっとストーリーブック―キラピチブックス」 Yuka原作・イラスト;たかはしみか著 学研プラス 2019年3月

望月 蒼太　もちずき・そうた
あかりのことが好きな映画研究部所属の男の子 「ヤキモチの答え 愛蔵版―告白予行練習」 藤谷燈子著 汐文社 2018年2月

望月 蒼太　もちずき・そうた
春輝の幼なじみ 「いつだって僕らの恋は10センチだった。」 香坂茉里作;モゲラッタ挿絵;ろこる挿絵 KADOKAWA(角川つばさ文庫) 2018年1月

持田 わかば　もちだ・わかば
音楽教室でピアノを習っている元気な女の子 「ピアノ・カルテット 2」 遠藤まり作;ふじつか雪絵 KADOKAWA(角川つばさ文庫) 2018年4月

もっくん
栗の木特別支援学校の自閉症の児童 「手と手をぎゅっとにぎったら―こころのつばさシリーズ」 横田明子作;くすはら順子絵 佼成出版社 2019年6月

もっけ
伝説の子のルナを助けるために妖界からやってきたふだんはフクロウの姿の妖怪 「妖界ナビ・ルナ 5」 池田美代子作;戸部淑絵 講談社(講談社青い鳥文庫) 2018年1月

もっけ
伝説の子のルナを助けるために妖界からやってきたふだんはフクロウの姿の妖怪 「妖界ナビ・ルナ 6」 池田美代子作;戸部淑絵 講談社(講談社青い鳥文庫) 2018年5月

もっけ
伝説の子のルナを助けるために妖界からやってきたふだんはフクロウの姿の妖怪 「妖界ナビ・ルナ 7」 池田美代子作;戸部淑絵 講談社(講談社青い鳥文庫) 2018年9月

もっけ
伝説の子のルナを助けるために妖界からやってきたふだんはフクロウの姿の妖怪 「妖界ナビ・ルナ 9」 池田美代子作;戸部淑絵 講談社(講談社青い鳥文庫) 2019年5月

モッチー
ハルトのただ一人の心の友 「怪盗ネコマスク : 真夜中の小さなヒーロー」 近江屋一朗作;ナカユウ絵 集英社(集英社みらい文庫) 2019年4月

モッチー
ハルトの親友、怪盗ネコマスクを頭脳と度胸でサポートする相棒 「怪盗ネコマスク [2]」 近江屋一朗作;ナカユウ絵 集英社(集英社みらい文庫) 2019年9月

モップ
のんびり屋のカケルの飼い猫 「ベランダの秘密基地 : しゃべる猫と、家族のカタチ」 木村色吹著 KADOKAWA(カドカワ読書タイム) 2020年9月

モト
動物プロダクションのアニマルトレーナー 「女優猫あなご」 工藤菊香著;藤凪かおるイラスト 小学館(小学館ジュニア文庫) 2018年2月

元木 昴　もとき・すばる
サーフィンをしている小学5年生の少年 「ぼくらの波を走る!：スポーツのおはなしサーフィン—シリーズスポーツのおはなし」 工藤純子作;小林系絵　講談社　2019年12月

元木 ゆうな　もとき・ゆうな
くじ引きで給食委員長になり食べ残し問題に取り組む小学5年生の女の子 「がんばれ給食委員長」 中松まるは作;石山さやか絵　あかね書房(スプラッシュ・ストーリーズ)　2018年11月

元木 玲奈　もとき・れいな
誰ともつるまない一匹狼の美少女 「人生終了ゲーム：センタクシテクダサイ」 cheeery著;シソ絵　スターツ出版(野いちごジュニア文庫)　2020年12月

本須 麗乃　もとす・うらの
本が好きな女子大学生 「本好きの下剋上 第1部[1]」 香月美夜作;椎名優絵　TOブックス(TOジュニア文庫)　2019年7月

本村 辰子　もとむら・たつこ
おばあちゃんの認知症に翻弄されながらも最終的におばあちゃんを受け入れる強さを持つ小学5年生の少女 「おばあちゃん、わたしを忘れてもいいよ」 緒川さよ作;久永フミノ絵　朝日学生新聞社　2019年2月

本村 ナヲ　もとむら・なを
認知症に悩む辰子の祖母 「おばあちゃん、わたしを忘れてもいいよ」 緒川さよ作;久永フミノ絵　朝日学生新聞社　2019年2月

もののけ屋　もののけや
極彩色の羽織を着た男、悩める子供たちの前に現れ不思議な力を貸し与える謎めいた存在 「もののけ屋：一度は会いたい妖怪変化」 廣嶋玲子作;アンマサコ絵　静山社(静山社ペガサス文庫)　2020年11月

もののけ屋　もののけや
力を欲しがる人間にもののけを貸し出す仕事をしているという、坊主頭で派手な着物を着た怪しい男 「もののけ屋 [1] 図書館版」 廣嶋玲子作;東京モノノケ絵　ほるぷ出版　2018年2月

もののけ屋　もののけや
力を欲しがる人間にもののけを貸し出す仕事をしているという、坊主頭で派手な着物を着た怪しい男 「もののけ屋 [2] 図書館版」 廣嶋玲子作;東京モノノケ絵　ほるぷ出版　2018年2月

もののけ屋　もののけや
力を欲しがる人間に不思議な力を貸し出す妖怪 「もののけ屋 [3] 図書館版」 廣嶋玲子作;東京モノノケ絵　ほるぷ出版　2018年2月

もののけ屋　もののけや
力を欲しがる人間に不思議な力を貸し出す妖怪 「もののけ屋 [4] 図書館版」 廣嶋玲子作;東京モノノケ絵　ほるぷ出版　2018年2月

紅葉　もみじ
世々の3番目の大学生のお姉さん 「世々と海くんの図書館デート：恋するきつねは、さくらのバレエシューズをはいて、絵本をめくるのです。」 野村美月作;U35絵　講談社　2020年10月

紅葉　もみじ
路上で歌を歌って生計を立て萌黄と一時期共に暮らす女性「もえぎ草子」久保田香里作;tono画 くもん出版(くもんの児童文学) 2019年7月

MOMO　もも
スマホの秘書機能アプリ「恐怖コレクター 巻ノ10」佐東みどり作;鶴田法男作;よん絵 KADOKAWA(角川つばさ文庫) 2018年12月

MOMO　もも
スマホの秘書機能アプリ「恐怖コレクター 巻ノ8」佐東みどり作;鶴田法男作;よん絵 KADOKAWA(角川つばさ文庫) 2018年4月

MOMO　もも
スマホの秘書機能アプリ「恐怖コレクター 巻ノ9」佐東みどり作;鶴田法男作;よん絵 KADOKAWA(角川つばさ文庫) 2018年8月

モモ
おばけマンション304号室のなみ田家と一緒に暮らすおばけの女の子「おばけのうんどうかい―おばけマンション;47」むらいかよ著 ポプラ社(ポプラ社の新・小さな童話) 2020年9月

モモ
おばけマンション304号室のなみ田家と一緒に暮らすおばけの女の子「おばけひめがやってきた!―おばけマンション;46」むらいかよ著 ポプラ社(ポプラ社の新・小さな童話) 2019年9月

モモ
おばけマンション304号室のなみ田家と一緒に暮らすおばけの女の子「こわ～い!?わる～い!?おばけ虫―おばけマンション;45」むらいかよ著 ポプラ社(ポプラ社の新・小さな童話) 2019年2月

モモ
セボンスターの妖精「ティンクル・セボンスター 4」菊田みちよ著 ポプラ社 2018年6月

モモ
セボンスターの妖精「ティンクル・セボンスター 5」菊田みちよ著 ポプラ社 2019年9月

百井 エマ　ももい・えま
マンガ部所属のフランス人と日本人のハーフの女の子「マンガ部オーバーヒート!:へっぽこ3人組、天才マンガ家に挑む」河口柚花作;けーしん絵 集英社(集英社みらい文庫) 2018年1月

百井 美咲　ももい・みさき
真白の親友の女の子「あの日、そらですきをみつけた」辻みゆき著;いつかイラスト 小学館(小学館ジュニア文庫) 2018年4月

桃加　ももか
魔法を習う特別クラス5年M組の生徒、あかりのライバル「ないしょのM組:あかりと放課後の魔女」福田裕子文;駒形絵 KADOKAWA(角川つばさ文庫) 2018年1月

桃胡　ももこ
不思議な力を持つ桃の木の妖精「はりねずみのルーチカ:トゥーリのひみつ」かんのゆうこ作;北見葉胡絵 講談社(わくわくライブラリー) 2020年3月

モモコさん
「魔女のモモコさん」と自称する元気でユニークなお向かいのおばあさん 「まじょかもしれない?」 服部千春作;かとうようこ絵 岩崎書店(おはなしトントン) 2019年10月

ももこ先生 ももこせんせい
幼稚園の先生 「ケイゾウさんの春・夏・秋・冬」 市川宣子さく;さとうあやえ 講談社(わくわくライブラリー) 2018年8月

桃沢 珠子 ももさわ・たまこ
ダブル塾通いをしながら夏休みを過ごす小学6年生の少女 「サンドイッチクラブ」 長江優子作 岩波書店 2020年6月

桃さん ももさん
漢方薬店「桃印」の店主、桃源郷で一番偉い大仙人 「怪奇漢方桃印 [3]」 廣嶋玲子作;田中相絵 講談社 2020年12月

桃田 渉 ももた・わたる
彼女を取られた新入部員 「ラスト・ホールド!」 川浪ナミヲ脚本;高見健次脚本;松井香奈著 小学館(小学館ジュニア文庫) 2018年5月

モモちゃん
クラフトショップ・モモの店員 「ぼくのまつり縫い [2]」 神戸遥真作;井田千秋絵 偕成社(偕成社ノベルフリーク) 2020年9月

ももちゃん
不思議なくだもの屋さんでぶたももと出会い内緒で飼う女の子 「ももとこもも」 宮崎祥子作;細井五月絵 岩崎書店(おはなしトントン) 2018年7月

百原 紅葉 ももはら・くれは
バレエを踊ることが大好きな女の子 「きみの心にふる雪を。―初恋のシーズン」 西本紘奈作;ダンミル絵 KADOKAWA(角川つばさ文庫) 2018年1月

桃山 絢羽 ももやま・あやは
ケガを乗り越え男子サッカー部に挑戦する情熱的な少女 「未完成コンビ 1」 舞原沙音作;ふすい絵 KADOKAWA(角川つばさ文庫) 2020年11月

桃山さん ももやまさん
クラスで人気の美少女 「パティシエ=ソルシエお菓子の魔法はあまくないっ! [2]」 白井ごはん作;行村コウ絵 集英社(集英社みらい文庫) 2019年12月

モユ
東京に住むおばあさんの家に一人で泊まりに行き納戸で不思議な体験をする少女 「本を読んだへび」 山本ひろみ作;ちばえん絵 みつばち文庫 2019年7月

モヨちゃん
興味本位でパジャマ屋さんに入る女の子 「あんみんガッパのパジャマやさん」 柏葉幸子作;そがまい絵 小学館 2018年2月

モーラー博士 もーらーはかせ
あべこベランドから助けを求めて現れた学者 「ほねほねザウルス 19」 カバヤ食品株式会社原案・監修;ぐるーぷ・アンモナイツ作・絵 岩崎書店 2018年8月

森 青葉　もり・あおば
悪魔の封印が解かれたことをきっかけに回収の旅を始める本好きで内気な少年 「悪魔のパズル：なぞのカバンと黒い相棒」 天川栄人作;香琳絵 集英社(集英社みらい文庫) 2020年9月

モリアーティ
Lの一族を憎んでその破滅を望む犯罪の天才 「ホームズの娘」 横関大作;石蕗永地絵 講談社(講談社青い鳥文庫) 2020年11月

森川　もりかわ
クロス・ロードハウスの代表 「星に語りて：Starry Sky」 山本おさむ原作;広鰭恵利子文;きょうされん監修 汐文社 2019年10月

森川 さくら　もりかわ・さくら
世界を目指すスーパーアイドルでT3特別メンバー 「電車で行こう!：西武鉄道コネクション!52席の至福を追え!!」 豊田巧作;裕龍ながれ絵 集英社(集英社みらい文庫) 2020年1月

森川 さくら　もりかわ・さくら
電車が好きで勉強中の小学5年生のアイドル兼女優 「電車で行こう!：運気上昇!?西鉄と特急で行く水路の街」 豊田巧作;裕龍ながれ絵 集英社(集英社みらい文庫) 2019年2月

森川 さくら　もりかわ・さくら
電車が好きで勉強中の小学5年生のアイドル兼女優 「電車で行こう!：東武特急リバティで行く、さくら舞う歴史旅!」 豊田巧作;裕龍ながれ絵 集英社(集英社みらい文庫) 2018年5月

森川 さくら　もりかわ・さくら
電車が好きで勉強中の小学5年生のアイドル兼女優 「電車で行こう!：目指せ!東急全線、一日乗りつぶし!」 豊田巧作;裕龍ながれ絵 集英社(集英社みらい文庫) 2018年10月

森口 トオル　もりぐち・とおる
翔太の親友でサッカー部所属のお調子者の男の子 「1% 10」 このはなさくら作;高上優里子絵 KADOKAWA(角川つばさ文庫) 2018年8月

森口 トオル　もりぐち・とおる
翔太の親友でサッカー部所属のお調子者の男の子 「1% 9」 このはなさくら作;高上優里子絵 KADOKAWA(角川つばさ文庫) 2018年4月

モリサキ
妻との再会を願いアガルタを探し求める教師 「小説星を追う子ども―新海誠ライブラリー」 新海誠原作;あきさかあさひ著 汐文社 2018年12月

森崎 苗乃　もりさき・なえの
学校帰りに道に迷っている不思議な少年と出会う中学2年生の少女 「明日、きみのいない朝が来る」 いぬじゅん著;U35イラスト PHP研究所(PHPジュニアノベル) 2018年11月

守崎 優芽　もりさき・ゆめ
Eバーガーでアルバイトを始めた高校1年生、源に好意を抱くも彼との関係に葛藤を抱えている少女 「恋とポテトとクリスマス = Love & Potato & Christmas―Eバーガー；3」 神戸遥真著 講談社 2020年8月

守崎 優芽　もりさき・ゆめ
受験に失敗し演劇部のない作草部高校に通う高校1年生、ファストフード店でアルバイトを始めて自分を変えようと努力する少女 「恋とポテトと文化祭 = Love & Potato & School Festival―Eバーガー ; 2」 神戸遥真著　講談社　2020年5月

守崎 優芽　もりさき・ゆめ
第一志望校の新宿幕張高校に行けなかったことを悔やみつつ、進学先の高校で日々を送る高校1年生 「恋とポテトと夏休み = Love & Potato & Summer vacation―Eバーガー ; 1」 神戸遥真著　講談社　2020年4月

森崎 竜司　もりさき・りゅうじ
明日菜のクラスにやってきた教師 「星を追う子ども」 新海誠原作;あきさかあさひ文;ちーこ絵　KADOKAWA(角川つばさ文庫)　2018年1月

森沢 リリ　もりさわ・りり
妖怪とかくれんぼをしている謎めいた少女 「クラスメイトはあやかしの娘」 石沢克宜@滝音子著;shimanoイラスト　PHP研究所(PHPジュニアノベル)　2018年10月

森嶋 帆高　もりしま・ほだか
家出して東京にやってきた高校生 「天気の子」 新海誠作;ちーこ挿絵　KADOKAWA(角川つばさ文庫)　2019年8月

盛田 空忍　もりた・そにん
鉄道の写真を撮るのが好きな小学5年生の少年 「撮り鉄Wクロス! : 対決!ターゲットはサフィール号」 豊田巧作;田伊りょうき絵　あかね書房　2020年10月

森田 保　もりた・たもつ
大人しく物静かな性格の4年1組の男の子 「秘密基地のつくりかた教えます」 那須正幹作;黒須高嶺絵　ポプラ社(ノベルズ・エクスプレス)　2018年8月

森田 徹　もりた・とおる
保と省吾が秘密基地を作る際に協力してくれる保の兄 「秘密基地のつくりかた教えます」 那須正幹作;黒須高嶺絵　ポプラ社(ノベルズ・エクスプレス)　2018年8月

森野さん　もりのさん
子どもの姿になり秘密の過去に向き合うサクラさんの友人の87歳の女性 「ゆりの木荘の子どもたち」 富安陽子作;佐竹美保絵　講談社(わくわくライブラリー)　2020年4月

森野 柚　もりの・ゆず
お母さんの入院により叔父さんのどうぶつ病院で暮らすことになった獣医見習いの小学5年生の少女 「小説ゆずのどうぶつカルテ : こちらわんニャンどうぶつ病院 4」 伊藤みんご原作・絵;辻みゆき文　講談社(講談社青い鳥文庫)　2020年2月

森野 柚　もりの・ゆず
お母さんの入院により叔父さんのどうぶつ病院で暮らすことになった獣医見習いの小学5年生の少女 「小説ゆずのどうぶつカルテ : こちらわんニャンどうぶつ病院 5」 伊藤みんご原作・絵;辻みゆき文　講談社(講談社青い鳥文庫)　2020年5月

森野 柚　もりの・ゆず
お母さんの入院により叔父さんのどうぶつ病院で暮らすことになった獣医見習いの小学5年生の少女 「小説ゆずのどうぶつカルテ : こちらわんニャンどうぶつ病院 6」 伊藤みんご原作・絵;辻みゆき文　講談社(講談社青い鳥文庫)　2020年8月

森野 柚　もりの・ゆず
お母さんの入院により叔父さんのどうぶつ病院で暮らすことになった獣医見習いの小学5年生の少女「小説ゆずのどうぶつカルテ：こちらわんニャンどうぶつ病院 7」伊藤みんご原作・絵;辻みゆき文 講談社(講談社青い鳥文庫) 2020年12月

森野 柚　もりの・ゆず
お母さんの入院により叔父さんのどうぶつ病院で暮らすことになった小学5年生の少女「小説ゆずのどうぶつカルテ：こちらわんニャンどうぶつ病院 1」伊藤みんご原作・絵;辻みゆき文 講談社(講談社青い鳥文庫) 2019年4月

森野 柚　もりの・ゆず
お母さんの入院により叔父さんのどうぶつ病院で暮らすことになった小学5年生の少女「小説ゆずのどうぶつカルテ：こちらわんニャンどうぶつ病院 2」伊藤みんご原作・絵;辻みゆき文 講談社(講談社青い鳥文庫) 2019年8月

森野 柚　もりの・ゆず
お母さんの入院により叔父さんのどうぶつ病院で暮らすことになった小学5年生の少女「小説ゆずのどうぶつカルテ：こちらわんニャンどうぶつ病院 3」伊藤みんご原作・絵;辻みゆき文 講談社(講談社青い鳥文庫) 2019年11月

森原 めい　もりはら・めい
有村バレエスクールでバレエを習っている小学6年生「エトワール! 4」梅田みか作;結布絵 講談社(講談社青い鳥文庫) 2018年4月

森原 めい　もりはら・めい
有村バレエスクールでバレエを習っている小学6年生「エトワール! 5」梅田みか作;結布絵 講談社(講談社青い鳥文庫) 2018年12月

森原 めい　もりはら・めい
有村バレエスクールでバレエを習っている小学6年生「エトワール! 6」梅田みか作;結布絵 講談社(講談社青い鳥文庫) 2019年6月

森原 めい　もりはら・めい
有村バレエスクールでバレエを習っている中学1年生「エトワール! 7」梅田みか作;結布絵 講談社(講談社青い鳥文庫) 2020年4月

森原 めい　もりはら・めい
有村バレエスクールでバレエを習っている中学1年生「エトワール! 8」梅田みか作;結布絵 講談社(講談社青い鳥文庫) 2020年12月

森 舞　もり・まい
母の策略で「森の家」に参加させられた中学生の少女「世界とキレル」佐藤まどか著 あすなろ書房 2020年9月

森本 裕太　もりもと・ゆうた
和泉の親友で明るくお調子者だけどよく気が利く中学3年生の男子「特等席はキミの隣。」香乃子著;茶乃ひなの絵 スターツ出版(野いちごジュニア文庫) 2020年10月

守屋 怜央　もりや・れお
芹香の彼氏で同級生「リアルゲーム 1」西羽咲花月著;梅ねこ絵 スターツ出版(野いちごジュニア文庫) 2020年10月

森 祐司　もり・ゆうじ
イタリアのトスカーナに住む少年、フルートに魅了され音楽の道を模索する15歳 「アドリブ = ad lib.」 佐藤まどか著 あすなろ書房 2019年10月

森 涼介　もり・りょうすけ
「ECHOLL」のベースの青年 「サヨナラまでの30分：映画ノベライズみらい文庫版」 30-minute cassettes and Satomi Oshima原作;ワダヒトミ著 集英社(集英社みらい文庫) 2020年1月

モール
パン職人、事件に巻き込まれたパン作りの達人 「かいけつゾロリのレッドダイヤをさがせ!! —かいけつゾロリシリーズ；67」 原ゆたかさく・え ポプラ社(ポプラ社の新・小さな童話) 2020年6月

モン
テンの友達である日突然いなくなるモンシロチョウのあおむし 「モンをさがしに」 いよくけいこさく;兒玉季世え みらいパブリッシング 2020年5月

モンキー・D・ルフィ　もんきーでぃーるふぃ
麦わらの一味の頼れる船長 「劇場版ONE PIECE STAMPEDE：ノベライズみらい文庫版」 尾田栄一郎原作・監修・カバーイラスト;冨岡淳広脚本;大塚隆史脚本;志田もちたろう著 集英社(集英社みらい文庫) 2019年8月

聞千 品　もんぜん・しな
「耳族」聞千家の一人娘 「こちらへそ神異能少年団」 奈雅月ありす作;アカツキウォーカー絵 ポプラ社(ノベルズ・エクスプレス) 2019年1月

モン太　もんた
モンスタータウンに住む子どものドラキュラ 「モン太くんのハロウィーン—モンスタータウンへようこそ」 土屋富士夫作・絵 徳間書店 2019年9月

モンチ
不老不死の薬をねらっている宇宙の悪ガキ 「ぼくの同志はカグヤ姫」 芝田勝茂作;倉馬奈未絵;ハイロン絵 ポプラ社(ポプラ物語館) 2018年2月

もんまくん
わっこのクラスメートの男の子 「歯っかけアーメンさま」 薫くみこ作;かわかみたかこ絵 理論社 2018年1月

【や】

ヤイレスーホ
イレシュに触れたものを凍らせる魔力を与えたヘビの魔物 「ヤイレスーホ = Yaylesuho」 菅野雪虫著 講談社 2018年6月

ヤウズ
ジョーカーの後輩、皇帝の弟子 「怪盗クイーンニースの休日：アナミナティの祝祭 前編」 はやみねかおる作;K2商会絵 講談社(講談社青い鳥文庫) 2019年7月

ヤウズ
ジョーカーの後輩、皇帝の弟子 「怪盗クイーンモナコの決戦：アナミナティの祝祭 後編」 はやみねかおる作;K2商会絵 講談社(講談社青い鳥文庫) 2019年8月

ヤエ
まじめに生きてきたが少し派手なクラスメートのミリと意気投合する女子中学生「境い目なしの世界」角野栄子著 理論社 2019年9月

八重樫 順平 やえがし・じゅんぺい
唯志と雪合戦を通じて交流を深める同級生「ジャンプして、雪をつかめ!」おおぎやなぎちか作;くまおり純絵 新日本出版社 2020年11月

八重桐 やえぎり
やまんばとなってきんたろうを生み育てた母親「きんたろう―日本の伝説」堀切リエ文;いしいつとむ絵 子どもの未来社 2019年1月

八神 太一 やがみ・たいち
デジモン関係で困っている人がいたら積極的に助けに動いている大学4年生の青年「デジモンアドベンチャーLAST EVOLUTION絆：映画ノベライズみらい文庫版」大和屋暁脚本;河端朝日著 集英社(集英社みらい文庫) 2020年2月

矢神 匠 やがみ・たくみ
モモのパートナー、主さまをお守りする文房師「いみちぇん! 17」あさばみゆき作;市井あさ絵 KADOKAWA(角川つばさ文庫) 2020年3月

矢神 匠 やがみ・たくみ
モモのパートナー、主さまをお守りする文房師「いみちぇん! 18」あさばみゆき作;市井あさ絵 KADOKAWA(角川つばさ文庫) 2020年4月

矢神 匠 やがみ・たくみ
モモのパートナー、主さまをお守りする文房師「いみちぇん! 19」あさばみゆき作;市井あさ絵 KADOKAWA(角川つばさ文庫) 2020年9月

矢神 匠 やがみ・たくみ
モモのパートナー、主様をお守りする文房師「いみちぇん! 11」あさばみゆき作;市井あさ絵 KADOKAWA(角川つばさ文庫) 2018年3月

矢神 匠 やがみ・たくみ
モモのパートナー、主様をお守りする文房師「いみちぇん! 12」あさばみゆき作;市井あさ絵 KADOKAWA(角川つばさ文庫) 2018年7月

矢神 匠 やがみ・たくみ
モモのパートナー、主様をお守りする文房師「いみちぇん! 13」あさばみゆき作;市井あさ絵 KADOKAWA(角川つばさ文庫) 2018年12月

矢神 匠 やがみ・たくみ
モモのパートナー、主様をお守りする文房師「いみちぇん! 14」あさばみゆき作;市井あさ絵 KADOKAWA(角川つばさ文庫) 2019年3月

矢神 匠 やがみ・たくみ
モモのパートナー、主様をお守りする文房師「いみちぇん! 15」あさばみゆき作;市井あさ絵 KADOKAWA(角川つばさ文庫) 2019年7月

矢神 匠 やがみ・たくみ
モモのパートナー、主様をお守りする文房師「いみちぇん! 16」あさばみゆき作;市井あさ絵 KADOKAWA(角川つばさ文庫) 2019年12月

矢神 匠　やがみ・たくみ
モモのパートナー、主様をお守りする文房師 「いみちぇん!×1%：1日かぎりの最強コンビ」 あさばみゆき作;このはなさくら作;市井あさ絵;高上優里子絵　KADOKAWA(角川つばさ文庫)　2018年6月

矢神 一　やがみ・はじめ
筆作りが得意な匠の兄 「いみちぇん! 12」 あさばみゆき作;市井あさ絵　KADOKAWA(角川つばさ文庫)　2018年7月

矢神 一　やがみ・はじめ
筆作りが得意な匠の兄 「いみちぇん! 13」 あさばみゆき作;市井あさ絵　KADOKAWA(角川つばさ文庫)　2018年12月

八木 健太　やぎ・けんた
三ツ谷小学校6年生、人を楽しませるエンターテイナーとしていろいろな大会に出場している少年 「世界一クラブ［10］」 大空なつき作;明菜絵　KADOKAWA(角川つばさ文庫)　2020年11月

八木 健太　やぎ・けんた
三ツ谷小学校6年生、人を楽しませるエンターテイナーとしていろいろな大会に出場している少年 「世界一クラブ［2］」 大空なつき作;明菜絵　KADOKAWA(角川つばさ文庫)　2018年1月

八木 健太　やぎ・けんた
三ツ谷小学校6年生、人を楽しませるエンターテイナーとしていろいろな大会に出場している少年 「世界一クラブ［3］」 大空なつき作;明菜絵　KADOKAWA(角川つばさ文庫)　2018年5月

八木 健太　やぎ・けんた
三ツ谷小学校6年生、人を楽しませるエンターテイナーとしていろいろな大会に出場している少年 「世界一クラブ［4］」 大空なつき作;明菜絵　KADOKAWA(角川つばさ文庫)　2018年9月

八木 健太　やぎ・けんた
三ツ谷小学校6年生、人を楽しませるエンターテイナーとしていろいろな大会に出場している少年 「世界一クラブ［5］」 大空なつき作;明菜絵　KADOKAWA(角川つばさ文庫)　2019年1月

八木 健太　やぎ・けんた
三ツ谷小学校6年生、人を楽しませるエンターテイナーとしていろいろな大会に出場している少年 「世界一クラブ［7］」 大空なつき作;明菜絵　KADOKAWA(角川つばさ文庫)　2019年9月

八木 健太　やぎ・けんた
三ツ谷小学校6年生、人を楽しませるエンターテイナーとしていろいろな大会に出場している少年 「世界一クラブ［8］」 大空なつき作;明菜絵　KADOKAWA(角川つばさ文庫)　2020年3月

八木 健太　やぎ・けんた
三ツ谷小学校6年生、人を楽しませるエンターテイナーとしていろいろな大会に出場している少年 「世界一クラブ［9］」 大空なつき作;明菜絵　KADOKAWA(角川つばさ文庫)　2020年7月

やぎこ先生　やぎこせんせい
やぎやま小学校に赴任した新米で元気いっぱいの先生 「やぎこ先生いちねんせい―福音館創作童話シリーズ」 ななもりさちこ文;大島妙子絵 福音館書店 2019年1月

八木 ちかこ　やぎ・ちかこ
つむぎに意地悪をしたクラスメートの少女 「ココロ屋つむぎのなやみ」 梨屋アリエ作;菅野由貴子絵 文研出版(文研ブックランド) 2020年9月

八紀継 銀華　やきつぐ・ぎんか
大翔たちの同級生の美少女 「絶望鬼ごっこ[12]」 針とら作;みもり絵 集英社(集英社みらい文庫) 2019年7月

八苦喪　やくも
八咫烏(ヤタガラス)というカラスの妖怪 「妖怪捕物帖乙 古都怨霊篇2―ようかいとりものちょう ; 10」 大崎悌造作;ありがひとし画 岩崎書店 2019年9月

薬研 藤四郎　やげん・とうしろう
刀剣男士 「映画刀剣乱舞」 小林靖子脚本;時海結以著 小学館(小学館ジュニア文庫) 2019年1月

八坂 ユウマ　やさか・ゆうま
カレンのことをいつも心配しているカレンの幼なじみ 「悪魔使いはほほえまない : 災いを呼ぶ転校生」 真坂マサル作;シソ絵 集英社(集英社みらい文庫) 2020年7月

矢崎 誠　やざき・まこと
専門は短距離走の陸上部員、中学1年生の男の子 「ユーチュー部!! : 〈衝撃&笑劇〉ユーチューブ参考にして練習したらポンコツ陸上部が全員覚醒したwww」 山田明著 学研プラス(部活系空色ノベルズ) 2018年8月

矢崎 誠　やざき・まこと
陸上部員、短距離専門の中学1年生 「ユーチュー部!! 駅伝編」 山田明著 学研プラス(部活系空色ノベルズ) 2019年4月

矢沢 紫音　やざわ・しおん
入院中の母に寄り添う少女 「きみの声をとどけたい」 石川学作;青木俊直絵 ポプラ社(ポプラポケット文庫) 2018年8月

八潮 闘志　やしお・ふぁいと
顔も頭も運動神経も優れクラスの人気者である小学生の男の子 「子ども食堂かみふうせん」 齊藤飛鳥著 国土社 2018年11月

屋敷 蔵人　やしき・くらうど
若き天才DJであり敏腕社長 「とんかつDJアゲ太郎 : 映画ノベライズみらい文庫版」 イーピャオ原作;小山ゆうじろう原作・絵;二宮健脚本;志田もちたろう著 集英社(集英社みらい文庫) 2020年10月

矢島・C・桃代　やじましーももよ
4分の1アメリカ人の小学6年生、白くぽっちゃりした体型でよく寝てよく食べる女の子 「スパイガールGOKKO : 温泉は死のかおり」 薫くみこ作;高橋由季絵 ポプラ社(ノベルズ・エクスプレス) 2018年8月

矢島・C・桃代　やじましーももよ
小さな美術館を秘密基地にしスパイ活動にいそしむ小学生女子3人組の一人 「異界からのラブレター―スパイガールGOKKO」 薫くみこ作;高橋由季絵 ポプラ社(ノベルズ・エクスプレス) 2020年5月

矢島・C・桃代　やじましーももよ
小さな美術館を秘密基地にしスパイ活動にいそしむ小学生女子3人組の一人 「極秘任務はおじょうさま：スパイガールGOKKO」 薫くみこ作;高橋由季絵 ポプラ社(ノベルズ・エクスプレス) 2019年11月

夜叉丸　やしゃまる
ママの兄、キツネ一族の厄介者 「夢の森のティーパーティー―シノダ!」 富安陽子著;大庭賢哉絵 偕成社 2019年10月

ヤショーダラー
夫の葛藤と出家の決意を支えるも夫の離脱により試練を迎えるブッダの妻 「ブッダ：心の探究者」 小沢章友文;藤原カムイ絵 講談社(講談社火の鳥伝記文庫) 2020年3月

八城 舞　やしろ・まい
悪魔のゲーム「ナイトメア」のプレイヤー、ナイトメア攻略部で「呪の章」のバトルに挑む高校2年生の少女 「オンライン! 18」 雨蛙ミドリ作;大塚真一郎絵 KADOKAWA(角川つばさ文庫) 2019年6月

八城 舞　やしろ・まい
悪魔のゲーム「ナイトメア」の攻略部員でイベントの代表者に選ばれてしまった女子高生 「オンライン! 15」 雨蛙ミドリ作;大塚真一郎絵 KADOKAWA(角川つばさ文庫) 2018年2月

八城 舞　やしろ・まい
悪魔のゲーム「ナイトメア」の攻略部員でイベントの代表者に選ばれてしまった女子高生 「オンライン! 16」 雨蛙ミドリ作;大塚真一郎絵 KADOKAWA(角川つばさ文庫) 2018年6月

八城 舞　やしろ・まい
悪魔のゲーム「ナイトメア」の攻略部員でイベントの代表者に選ばれてしまった女子高生 「オンライン! 17」 雨蛙ミドリ作;大塚真一郎絵 KADOKAWA(角川つばさ文庫) 2018年10月

八城 舞　やしろ・まい
悪魔のゲーム「ナイトメア」の攻略部員でイベントの代表者に選ばれてしまった女子高生 「オンライン! 19」 雨蛙ミドリ作;大塚真一郎絵 KADOKAWA(角川つばさ文庫) 2020年1月

八城 舞　やしろ・まい
悪魔のゲーム「ナイトメア」の攻略部員でイベントの代表者に選ばれてしまった女子高生 「オンライン! 20」 雨蛙ミドリ作;大塚真一郎絵 KADOKAWA(角川つばさ文庫) 2020年6月

矢代 幸人　やしろ・ゆきと
ルールに厳格な生徒会長で中学2年生の男の子 「悪魔召喚! 1」 秋木真作;晴瀬ひろき絵 講談社(講談社青い鳥文庫) 2018年1月

矢代 幸人　やしろ・ゆきと
ルールに厳格な生徒会長で中学2年生の男の子 「悪魔召喚! 2」 秋木真作;晴瀬ひろき絵 講談社(講談社青い鳥文庫) 2018年4月

矢代 幸人　やしろ・ゆきと
ルールに厳格な生徒会長で中学2年生の男の子 「悪魔召喚! 3」 秋木真作;晴瀬ひろき絵 講談社(講談社青い鳥文庫) 2018年8月

安井 光　やすい・ひかる
6年1組の担任の先生 「つくられた心 = Artificial soul」 佐藤まどか作;浦田健二絵 ポプラ社(teens' best selections) 2019年2月

ヤスオ
将棋が得意で頭脳明晰な小学5年生 「悪ガキ7 : いたずらtwinsと仲間たち」 宗田理作;いつか絵 静山社(静山社ペガサス文庫) 2020年10月

ヤスオ
頭脳明晰で将棋が得意な小学5年生の少年 「悪ガキ7 : 学校対抗イス取りゲーム!」 宗田理著 静山社 2018年2月

安吉　やすきち
シロと出会う少年 「大坂城のシロ」 あんずゆき著;中川学絵 くもん出版 2020年12月

弥助　やすけ
妖怪たちに振り回される日々を送る太鼓長屋に住む千弥の養い子 「妖怪の子預かります 1」 廣嶋玲子作;Minoru絵 東京創元社 2020年6月

弥助　やすけ
妖怪たちに振り回される日々を送る太鼓長屋に住む千弥の養い子 「妖怪の子預かります 10」 廣嶋玲子作;Minoru絵 東京創元社 2020年12月

弥助　やすけ
妖怪たちに振り回される日々を送る太鼓長屋に住む千弥の養い子 「妖怪の子預かります 2」 廣嶋玲子作;Minoru絵 東京創元社 2020年6月

弥助　やすけ
妖怪たちに振り回される日々を送る太鼓長屋に住む千弥の養い子 「妖怪の子預かります 3」 廣嶋玲子作;Minoru絵 東京創元社 2020年7月

弥助　やすけ
妖怪たちに振り回される日々を送る太鼓長屋に住む千弥の養い子 「妖怪の子預かります 4」 廣嶋玲子作;Minoru絵 東京創元社 2020年7月

弥助　やすけ
妖怪たちに振り回される日々を送る太鼓長屋に住む千弥の養い子 「妖怪の子預かります 5」 廣嶋玲子作;Minoru絵 東京創元社 2020年8月

弥助　やすけ
妖怪たちに振り回される日々を送る太鼓長屋に住む千弥の養い子 「妖怪の子預かります 6」 廣嶋玲子作;Minoru絵 東京創元社 2020年9月

弥助　やすけ
妖怪たちに振り回される日々を送る太鼓長屋に住む千弥の養い子 「妖怪の子預かります 7」 廣嶋玲子作;Minoru絵 東京創元社 2020年10月

弥助　やすけ
妖怪たちに振り回される日々を送る太鼓長屋に住む千弥の養い子 「妖怪の子預かります8」 廣嶋玲子作;Minoru絵　東京創元社　2020年11月

弥助　やすけ
妖怪たちに振り回される日々を送る太鼓長屋に住む千弥の養い子 「妖怪の子預かります9」 廣嶋玲子作;Minoru絵　東京創元社　2020年12月

安田 リン　やすだ・りん
2年ぶりに一緒のクラスになった少年 「ぼくは本を読んでいる。」 ひこ・田中著　講談社　2019年1月

ヤッコ
一人っ子で勉強やピアノの練習を代わりにやってくれる「自分にそっくりな子」が欲しいと思っている女の子 「四人のヤッコ―おはなしのくに」 西内ミナミ作;はたこうしろう絵　鈴木出版　2018年4月

八房　やつふさ
里見義実の飼い犬 「南総里見八犬伝 1」 曲亭馬琴原作;松尾清貴文　静山社　2018年3月

矢戸田 継男　やどた・つぐお
村唯一の宿「矢戸田旅館」の若旦那 「科学探偵VS.妖魔の村―科学探偵謎野真実シリーズ」 佐東みどり作;木滝りま作;田中智章作;木々絵　朝日新聞出版　2019年8月

矢内 小鳥　やない・ことり
1年C組で気が強い少女 「すみっこ★読書クラブ：事件ダイアリー 1」 にかいどう青作;のぶたろ絵　講談社(講談社青い鳥文庫)　2019年7月

柳川 博行　やながわ・ひろゆき
美術の教育実習生、栗井栄太というゲーム制作集団の一員 「都会(まち)のトム&ソーヤ15」 はやみねかおる著　講談社(YA!ENTERTAINMENT)　2018年3月

やなぎ
おたまじゃくしを王さまのお城に運ぶ役割を果たす川辺に生えているヤナギの木 「王さまのスプーンになったおたまじゃくし」 さくら文葉作;佐竹美保絵　PHP研究所(とっておきのどうわ)　2018年2月

柳 鋭次　やなぎ・えいじ
北根壊高校のリーダーで極悪非道な振る舞いを見せる不良 「今日から俺は!!劇場版」 西森博之原作;福田雄一脚本・監督;江橋よしのり著　小学館(小学館ジュニア文庫)　2020年7月

柳田 貴男　やなぎだ・たかお
勉強も運動もできるクールな男の子 「お願い!フェアリー 20」 みずのまい作;カタノトモコ絵　ポプラ社　2018年4月

柳田 貴男　やなぎだ・たかお
勉強も運動もできるクールな男の子 「お願い!フェアリー 21」 みずのまい作;カタノトモコ絵　ポプラ社　2018年9月

柳田 貴男　やなぎだ・たかお
勉強も運動もできるクールな男の子 「お願い!フェアリー 22」 みずのまい作;カタノトモコ絵 ポプラ社 2019年4月

柳田 貴男　やなぎだ・たかお
勉強も運動もできるクールな男の子 「お願い!フェアリー 23」 みずのまい作;カタノトモコ絵 ポプラ社 2019年10月

柳田 一　やなぎだ・はじめ
精霊が見える特別な力を持つ精霊人になった地味で目立たない少年 「精霊人、はじめました!」 宮下恵茉作;十々夜絵 PHP研究所(カラフルノベル) 2020年12月

柳 弘基　やなぎ・ひろき
午後23時から午前29時まで真夜中の間だけ開くパン屋のブランジェ、自信家の若者 「真夜中のパン屋さん [5] 図書館版」 大沼紀子著 ポプラ社(teenに贈る文学) 2018年4月

柳 弘基　やなぎ・ひろき
午後23時から午前29時まで真夜中の間だけ開くパン屋のブランジェ、自信家の若者 「真夜中のパン屋さん [6] 図書館版」 大沼紀子著 ポプラ社(teenに贈る文学) 2018年4月

やの はづき　やの・はずき
動物が苦手で学校に移動動物園が来ることに困惑する小学1年生の女の子 「ふしぎないどうどうぶつえん」 くさのたき作;つぼいじゅり絵 金の星社 2019年9月

矢野 浩明　やの・ひろあき
スクープを狙う記者 「響-HIBIKI-」 柳本光晴原作;西田征史脚本;時海結以著 小学館(小学館ジュニア文庫) 2018年8月

矢場 勇　やば・いさむ
英治たちに協力するテレビレポーター 「ぼくらのミステリー列車」 宗田理作;YUME絵 KADOKAWA(角川つばさ文庫) 2018年12月

ヤービ
冬ごもりの準備をしながらユメミダケを探す冒険に出発する小さな森の住人 「ヤービの深い秋―Tales of Madguide Water ; 2」 梨木香歩著;小沢さかえ画 福音館書店 2019年8月

矢吹 凛太　やぶき・りんた
水泳が得意な小学5年生の少年、直政の幼なじみ 「わたしのチョコレートフレンズ」 嘉成晴香作;トミイマサコ絵 朝日学生新聞社 2018年6月

矢部 明雄　やべ・あきお
足の速さには自信があるパワフル高校の野球部員 「実況パワフルプロ野球 : めざせ最強バッテリー!」 はせがわみやび作;ミクニシン絵 KADOKAWA(角川つばさ文庫) 2018年5月

ヤマ
お悩み相談室のボスのぬらりひょん 「こちら妖怪お悩み相談室」 清水温子作;たごもりのりこ絵 岩崎書店 2019年4月

山内 桜良　やまうち・さくら
膵臓の病気を抱え、余命が限られていることを日記に綴っているクラスメイト 「君の膵臓をたべたい」 住野よる著 双葉社(双葉社ジュニア文庫) 2018年7月

山内 桜良　やまうち・さくら
膵臓の病気を抱え、余命が限られていることを日記に綴っているクラスメート「君の膵臓をたべたい」住野よる著　双葉社(双葉社ジュニア文庫)　2018年7月

山内 陽菜　やまうち・ひな
虎太郎の幼なじみで虎太郎に注意を重ねるも感情を爆発させる女の子「トゲトゲトカゲをつかまえろ!」赤羽じゅんこ作;筒井海砂絵　国土社　2019年11月

山内 六花　やまうち・ろっか
天馬の幼なじみでパソコンに強い歴女「千里眼探偵部 3」あいま祐樹作;FiFS絵　講談社(講談社青い鳥文庫)　2018年5月

山岡 元樹　やまおか・げんき
祐樹の弟、卓球を始めたばかりだが急速に才能を伸ばしている少年「ピンポン兄弟ゆめへスマッシュ!:スポーツのおはなし卓球―シリーズスポーツのおはなし」吉野万理子作;サトウユカ絵　講談社　2019年11月

山岡 祐樹　やまおか・ゆうき
卓球が大好きな小学3年生、将来ナショナルチーム入りを目指している努力家の少年「ピンポン兄弟ゆめへスマッシュ!:スポーツのおはなし卓球―シリーズスポーツのおはなし」吉野万理子作;サトウユカ絵　講談社　2019年11月

山尾 サクラ　やまお・さくら
かすかなにおいでもかぎ分けることができるマリナのクラスメート「学園ファイブスターズ 4」宮下恵茉作;kaya8絵　講談社(講談社青い鳥文庫)　2020年8月

山尾 サクラ　やまお・さくら
かすかなにおいでもかぎ分けることができるマリナのクラスメート「学園ファイブスターズ 5」宮下恵茉作;kaya8絵　講談社(講談社青い鳥文庫)　2020年12月

山岸 良介　やまぎし・りょうすけ
全国の本物の怪談を集めている怪談収集家「怪談収集家山岸良介と学校の怪談 図書館版―本の怪談シリーズ;19」緑川聖司作;竹岡美穂絵　ポプラ社　2020年4月

山岸 良介　やまぎし・りょうすけ
全国の本物の怪談を集めている怪談収集家「怪談収集家山岸良介と人喰い遊園地 図書館版―本の怪談シリーズ;22」緑川聖司作;竹岡美穂絵　ポプラ社　2020年4月

山岸 良介　やまぎし・りょうすけ
全国の本物の怪談を集めている怪談収集家「怪談収集家山岸良介と人喰い遊園地」緑川聖司作;竹岡美穂絵　ポプラ社(ポプラポケット文庫)　2019年7月

山岸 良介　やまぎし・りょうすけ
全国の本物の怪談を集めている怪談収集家「怪談収集家山岸良介と人形村 図書館版―本の怪談シリーズ;20」緑川聖司作;竹岡美穂絵　ポプラ社　2020年4月

山岸 良介　やまぎし・りょうすけ
全国の本物の怪談を集めている怪談収集家「怪談収集家山岸良介の帰還 図書館版―本の怪談シリーズ;17」緑川聖司作;竹岡美穂絵　ポプラ社　2020年4月

山岸 良介　やまぎし・りょうすけ
全国の本物の怪談を集めている怪談収集家「怪談収集家山岸良介の最後の挨拶 図書館版―本の怪談シリーズ;23」緑川聖司作;竹岡美穂絵　ポプラ社　2020年4月

山岸 良介　やまぎし・りょうすけ
全国の本物の怪談を集めている怪談収集家 「怪談収集家山岸良介の最後の挨拶」 緑川聖司作;竹岡美穂絵 ポプラ社(ポプラポケット文庫) 2019年12月

山岸 良介　やまぎし・りょうすけ
全国の本物の怪談を集めている怪談収集家 「怪談収集家山岸良介の冒険 図書館版―本の怪談シリーズ ; 18」 緑川聖司作;竹岡美穂絵 ポプラ社 2020年4月

山岸 良介　やまぎし・りょうすけ
全国の本物の怪談を集めている怪談収集家 「怪談収集家山岸良介の妖しい日常 図書館版―本の怪談シリーズ ; 21」 緑川聖司作;竹岡美穂絵 ポプラ社 2020年4月

山岸 良介　やまぎし・りょうすけ
全国の本物の怪談を集めている怪談収集家 「怪談収集家山岸良介の妖しい日常」 緑川聖司作;竹岡美穂絵 ポプラ社(ポプラポケット文庫) 2018年7月

山口 カケル　やまぐち・かける
山田小学校6年3組の男の子 「少年探偵カケルとタクト 6」 佐藤四郎著 幻冬舎メディアコンサルティング 2018年7月

山口 周一　やまぐち・しゅういち
守のクラスメイト、守をからかう大我に立ち向かう正義感の強い友人 「セイギのミカタ」 佐藤まどか作;イシヤマアズサ絵 フレーベル館(ものがたりの庭) 2020年6月

山口 信介　やまぐち・しんすけ
東京で俳優を目指していたが夢を諦めて家族と暮らす里菜の父 「リーナのイケメンパパ」 田沢五月作;森川泉絵 国土社 2018年1月

山口 誠矢　やまぐち・せいや
夏休みに「ハガキの人」に会いに行く少年 「朝顔のハガキ : 夏休み、ぼくは「ハガキの人」に会いに行った」 山下みゆき作;ゆの絵 朝日学生新聞社 2020年3月

山口 大河　やまぐち・たいが
東京から佐世保に引っ越し不安を抱えながらも市民劇を通じて成長する小学生 「夏に降る雪」 あんずゆき著;佐藤真紀子絵 フレーベル館(文学の森) 2019年7月

山口 希美　やまぐち・のぞみ
吹奏楽部でまじめな性格の中学2年生の少女、一樹と幼なじみ 「恋する図書室 [4]」 五十嵐美怜作;桜井みわ絵 集英社(集英社みらい文庫) 2020年9月

山口 真貴　やまぐち・まき
里菜の母 「リーナのイケメンパパ」 田沢五月作;森川泉絵 国土社 2018年1月

山口 結　やまぐち・ゆい
突発性難聴を患い耳が聞こえなくなった中学2年生の少女 「蝶の羽ばたき、その先へ」 森埜こみち作 小峰書店 2019年10月

山口 里菜　やまぐち・りな
俳優を目指していた父と母と一緒に普通の家族を取り戻すために奮闘する少女 「リーナのイケメンパパ」 田沢五月作;森川泉絵 国土社 2018年1月

ヤマザキ
10歳のひきこもりの天才科学者 「キミト宙(そら)へ 1」 床丸迷人作;へちま絵
KADOKAWA(角川つばさ文庫) 2018年12月

ヤマザキ
10歳のひきこもりの天才科学者 「キミト宙(そら)へ 3」 床丸迷人作;へちま絵
KADOKAWA(角川つばさ文庫) 2019年9月

ヤマザキ
10歳のひきこもりの天才科学者 「キミト宙(そら)へ 4」 床丸迷人作;へちま絵
KADOKAWA(角川つばさ文庫) 2020年2月

ヤマザキ
10歳のひきこもりの天才科学者 「キミト宙(そら)へ 5」 床丸迷人作;へちま絵
KADOKAWA(角川つばさ文庫) 2020年8月

山崎 桜子　やまざき・さくらこ
初めて出場した長崎県のテニス大会で優勝した小学5年生 「ジャンピング・サクラ : 天才テニス少女対決!」 本條強作;himesuz絵 講談社(講談社青い鳥文庫) 2019年10月

山崎先生　やまざきせんせい
祐樹が通う卓球クラブのコーチ、祐樹の意外な才能を見出し励ます指導者 「ピンポン兄弟ゆめへスマッシュ! : スポーツのおはなし卓球―シリーズスポーツのおはなし」 吉野万理子作;サトウユカ絵 講談社 2019年11月

山崎 壮太　やまざき・そうた
家庭や学校で居場所を感じられなくなり「山村留学センター」へ行くことを決意した小学4年生の少年 「ぼくらの山の学校」 八束澄子著 PHP研究所(わたしたちの本棚) 2018年1月

山里 幸蔵　やまさと・こうぞう
優太郎の叔父、「ネオキッズらんど」の園長 「オレは、センセーなんかじゃない!―感動のお仕事シリーズ」 おかざきさとこ著;くじょう絵 学研プラス 2018年8月

山里 理沙子　やまさと・りさこ
優太郎の従妹、保育士 「オレは、センセーなんかじゃない!―感動のお仕事シリーズ」 おかざきさとこ著;くじょう絵 学研プラス 2018年8月

山沢 雪江　やまざわ・ゆきえ
愛の母親に嫌がらせをする愛の親戚で名家の奥様 「小説秘密のチャイハロ 1」 鈴木おさむ原作;伊藤クミコ文;桜倉メグ絵 講談社(講談社青い鳥文庫) 2019年1月

山沢 雪江　やまざわ・ゆきえ
愛の母親に嫌がらせをする愛の親戚で名家の奥様 「小説秘密のチャイハロ 2」 鈴木おさむ原作;伊藤クミコ文;桜倉メグ絵 講談社(講談社青い鳥文庫) 2019年5月

山下 竜也　やました・りゅうや
光平の影響で日記を始め努力の大切さに気づいて成長する小学5年生 「望みがかなう魔法の日記」 本田有明著 PHP研究所(わたしたちの本棚) 2019年6月

山科 健太　やましな・けんた
「ECHOLL」のギターの青年 「サヨナラまでの30分 : 映画ノベライズみらい文庫版」 30-minute cassettes and Satomi Oshima原作;ワダヒトミ著 集英社(集英社みらい文庫) 2020年1月

山路 竜二　やまじ・りゅうじ
風おじさんの家に招かれ動物たちとの大冒険に出る12歳の少年 「ドエクル探検隊 = DOEKURU Expedition Party」 草山万兎作;松本大洋画　福音館書店　2018年6月

山城 ユージ　やましろ・ゆーじ
菜の子ちゃんと一緒にサンニンの葉っぱを届ける小学4年生の男の子 「菜の子ちゃんとマジムンの森―福音館創作童話シリーズ. 日本全国ふしぎ案内 ; 4」 富安陽子作;蒲原元画　福音館書店　2019年10月

山田　やまだ
吹奏楽部所属で周りが想像もつかないような行動をとることがある男の子 「生活向上委員会! 7」 伊藤クミコ作;桜倉メグ絵　講談社(講談社青い鳥文庫)　2018年3月

山田 あかね　やまだ・あかね
智広の妹 「牛飼い農家の山田さんち : 3.11後の福島」 酒井りょう著　かもがわ出版　2020年10月

山田 イク　やまだ・いく
相生病院の看護婦長 「赤ちゃんと母(ママ)の火の夜」 早乙女勝元作;タミヒロコ絵　新日本出版社　2018年2月

山田 一朋　やまだ・かずとも
ひまりの幼なじみの男の子 「オン・アイス!! 2」 二本木ちより作;kaworu絵　KADOKAWA(角川つばさ文庫)　2019年6月

山田 賢一　やまだ・けんいち
牛飼いをしている智広の父 「牛飼い農家の山田さんち : 3.11後の福島」 酒井りょう著　かもがわ出版　2020年10月

山田 虎太郎　やまだ・こたろう
西軍モンキーズのピッチャー 「戦国ベースボール [20]」 りょくち真太作;トリバタケハルノブ絵　集英社(集英社みらい文庫)　2020年11月

山田 虎太郎　やまだ・こたろう
地獄の野球チーム「桶狭間ファルコンズ」に現世からエースとして呼ばれて加わった6年生の少年 「戦国ベースボール [12]」 りょくち真太作;トリバタケハルノブ絵　集英社(集英社みらい文庫)　2018年3月

山田 虎太郎　やまだ・こたろう
地獄の野球チーム「桶狭間ファルコンズ」に現世からエースとして呼ばれて加わった6年生の少年 「戦国ベースボール [13]」 りょくち真太作;トリバタケハルノブ絵　集英社(集英社みらい文庫)　2018年7月

山田 虎太郎　やまだ・こたろう
地獄の野球チーム「桶狭間ファルコンズ」に現世からエースとして呼ばれて加わった6年生の少年 「戦国ベースボール [14]」 りょくち真太作;トリバタケハルノブ絵　集英社(集英社みらい文庫)　2018年11月

山田 虎太郎　やまだ・こたろう
地獄の野球チーム「桶狭間ファルコンズ」に現世からエースとして呼ばれて加わった6年生の少年 「戦国ベースボール [15]」 りょくち真太作;トリバタケハルノブ絵　集英社(集英社みらい文庫)　2019年4月

山田 虎太郎　やまだ・こたろう
地獄の野球チーム「桶狭間ファルコンズ」に現世からエースとして呼ばれて加わった6年生の少年 「戦国ベースボール [16]」 りょくち真太作;トリバタケハルノブ絵　集英社(集英社みらい文庫) 2019年7月

山田 虎太郎　やまだ・こたろう
地獄の野球チーム「桶狭間ファルコンズ」に現世からエースとして呼ばれて加わった6年生の少年 「戦国ベースボール [17]」 りょくち真太作;トリバタケハルノブ絵　集英社(集英社みらい文庫) 2019年11月

山田 虎太郎　やまだ・こたろう
地獄の野球チーム「桶狭間ファルコンズ」に現世からエースとして呼ばれて加わった6年生の少年 「戦国ベースボール [18]」 りょくち真太作;トリバタケハルノブ絵　集英社(集英社みらい文庫) 2020年3月

山田 虎太郎　やまだ・こたろう
地獄の野球チーム「桶狭間ファルコンズ」に現世からエースとして呼ばれて加わった6年生の少年 「戦国ベースボール [19]」 りょくち真太作;トリバタケハルノブ絵　集英社(集英社みらい文庫) 2020年7月

やまだ ごんろく　やまだ・ごんろく
ジャム・パンと協力してロボットに立ち向かう警視総監 「大どろぼうジャム・パン [3]」 内田麟太郎作;藤本ともひこ絵　文研出版(わくわくえどうわ) 2019年11月

やまだ ごんろく　やまだ・ごんろく
村を襲った巨大ロボットの脅威に対処するため、ジャム・パンと協力する警視総監 「大どろぼうジャム・パン [4]」 内田麟太郎作;藤本ともひこ絵　文研出版(わくわくえどうわ) 2020年11月

やまだ ごんろく　やまだ・ごんろく
大どろぼうジャム・パンと協力して事件に立ち向かう警察の指揮官 「大どろぼうジャム・パン [2]」 内田麟太郎作;藤本ともひこ絵　文研出版(わくわくえどうわ) 2018年11月

山田 星空　やまだ・ていな
花美と同級生で美人の女の子 「夜カフェ 1」 倉橋燿子作;たま絵　講談社(講談社青い鳥文庫) 2018年10月

山田 星空　やまだ・ていな
花美と同級生で美人の女の子 「夜カフェ 2」 倉橋燿子作;たま絵　講談社(講談社青い鳥文庫) 2019年1月

山田 星空　やまだ・ていな
花美と同級生で美人の女の子 「夜カフェ 3」 倉橋燿子作;たま絵　講談社(講談社青い鳥文庫) 2019年5月

山田 星空　やまだ・ていな
花美と同級生で美人の女の子 「夜カフェ 4」 倉橋燿子作;たま絵　講談社(講談社青い鳥文庫) 2019年9月

山田 星空　やまだ・ていな
花美の友達で美人の女の子 「夜カフェ 5」 倉橋燿子作;たま絵　講談社(講談社青い鳥文庫) 2020年1月

山田 星空　やまだ・てぃな
花美の友達で美人の女の子 「夜カフェ 6」 倉橋燿子作;たま絵　講談社(講談社青い鳥文庫) 2020年5月

山田 星空　やまだ・てぃな
花美の友達で美人の女の子 「夜カフェ 7」 倉橋燿子作;たま絵　講談社(講談社青い鳥文庫) 2020年9月

山田 哲雄　やまだ・てつお
智広の弟 「牛飼い農家の山田さんち : 3.11後の福島」 酒井りょう著　かもがわ出版 2020年10月

山田 智広　やまだ・ともひろ
原発事故の真実に興味を持ち仲間と共に調査を行う中学生 「牛飼い農家の山田さんち : 3.11後の福島」 酒井りょう著　かもがわ出版 2020年10月

山田 智広(トモ)　やまだ・ともひろ(とも)
小学6年生、サッカーチームで活躍しながら裁縫を愛する少年 「ライラックのワンピース」 小川雅子作;めばち絵　ポプラ社(teens' best selections) 2020年10月

山田 なぎさ　やまだ・なぎさ
智広の母、看護師 「牛飼い農家の山田さんち : 3.11後の福島」 酒井りょう著　かもがわ出版 2020年10月

山田 菜の子　やまだ・なのこ
ユージと共に妖怪ブナガヤを助ける転校生の女の子 「菜の子ちゃんとマジムンの森―福音館創作童話シリーズ. 日本全国ふしぎ案内 ; 4」 富安陽子作;蒲原元画　福音館書店 2019年10月

山田 菜の子　やまだ・なのこ
不思議な転校生で地元の子どもたちと共に奇想天外な冒険を繰り広げる少女 「菜の子ちゃんとキツネ力士―福音館創作童話シリーズ. 日本全国ふしぎ案内 ; 3」 富安陽子作;蒲原元画　福音館書店 2018年5月

ヤマタノオロチ
お酒が好きなヘビの妖怪、竹取屋敷で中学生の緒崎若菜と同居する酒呑童子のお父さん 「緒崎さん家の妖怪事件簿 [3]」 築山桂著;かすみのイラスト　小学館(小学館ジュニア文庫) 2018年1月

ヤマタノオロチ
お酒が好きなヘビの妖怪、竹取屋敷で中学生の緒崎若菜と同居する酒呑童子のお父さん 「緒崎さん家の妖怪事件簿 [4]」 築山桂著;かすみのイラスト　小学館(小学館ジュニア文庫) 2018年10月

山田 華　やまだ・はな
幼なじみの六花と偶然再会し六花が打ち込むブラインドサッカーに出会う少女 「風に乗って、跳べ : 太陽ときみの声」 川端裕人著　朝日学生新聞社 2019年12月

山田 勇一　やまだ・ゆういち
クラス対抗リレーをきっかけにひきこもるが山の生活を通じて自分を見つめ直す少年 「ぼくと賢おじさんと山の学校」 村上淳子作;下平けーすけ絵　国土社 2019年11月

山中 静音　やまなか・しずね
兵吾と主税の兄弟と知り合い一緒に遊んで過ごす鎌倉の地元の少女 「月白青船山」 朽木祥作 岩波書店 2019年5月

山中 ハルミ　やまなか・はるみ
のらイヌに狙われサムくんに助けを求める少女 「めいたんていサムくん」 那須正幹作;はたこうしろう絵 童心社(だいすき絵童話) 2020年9月

山梨 美紀　やまなし・みき
竜司と一緒に自由研究をする同じクラスの仲間 「川のむこうの図書館」 池田ゆみる作;羽尻利門絵 さ・え・ら書房 2018年1月

山猫　やまねこ
悪人から金を盗んでその悪事も暴く怪盗 「怪盗探偵山猫 [4]」 神永学作;ひと和絵 KADOKAWA(角川つばさ文庫) 2019年6月

山之内 和真　やまのうち・かずま
有名進学校に合格するも学力差に挫折し公立中学に転校した男子中学生 「むこう岸」 安田夏菜著 講談社 2018年12月

山の神さん　やまのかみさん
ヤマビトたちを見守る神秘的な存在、ヒロキが町へ戻るためのお伺いを立てる対象 「山のうらがわの冒険」 みおちづる作;広瀬弦絵 あかね書房(読書の時間) 2020年6月

山野 結　やまの・ゆい
運命の出会いをした昴くんに片思いしている少女マンガが大好きな小学5年生の女の子 「スキ・キライ相関図 1」 このはなさくら作;高上優里子絵 KADOKAWA(角川つばさ文庫) 2020年1月

山野 結　やまの・ゆい
運命の出会いをした昴くんに片思いしている少女マンガが大好きな小学5年生の女の子 「スキ・キライ相関図 2」 このはなさくら作;高上優里子絵 KADOKAWA(角川つばさ文庫) 2020年5月

山野 結　やまの・ゆい
運命の出会いをした昴くんに片思いしている少女マンガが大好きな小学5年生の女の子 「スキ・キライ相関図 3」 このはなさくら作;高上優里子絵 KADOKAWA(角川つばさ文庫) 2020年10月

山野 結　やまの・ゆい
少女マンガが大好きな小学5年生の女の子 「1%×スキ・キライ相関図 : みんな、がんばれ!学園祭」 このはなさくら作;高上優里子絵 KADOKAWA(角川つばさ文庫) 2020年12月

山村 一成　やまむら・かずなり
小学生の頃からナナコに惹かれ彼女を見守り続ける中学3年生の少年 「ぼくらのセイキマツ」 伊藤たかみ著 理論社 2019年4月

山村 クミ子(ジョゼ)　やまむら・くみこ(じょぜ)
車いすで生活しながら冒険を夢見る少女 「アニメ映画ジョゼと虎と魚たち」 田辺聖子原作;百瀬しのぶ文;あきづきりょう挿絵 KADOKAWA(角川つばさ文庫) 2020年12月

山本 朱里　やまもと・あかり
恋愛に積極的で明るくしっかり者の由奈の親友 「思い、思われ、ふり、ふられ：まんがノベライズ特別編：由奈の初恋と理央のひみつ」 咲坂伊緒原作・絵;はのまきみ著　集英社(集英社みらい文庫) 2020年7月

山本 朱里　やまもと・あかり
恋愛に積極的で明るくしっかり者の由奈の親友 「思い、思われ、ふり、ふられ：映画ノベライズみらい文庫版」 咲坂伊緒原作;米内山陽子脚本;三木孝浩脚本;はのまきみ著　集英社(集英社みらい文庫) 2020年7月

山本 ゲンキ　やまもと・げんき
友達思いの明るいムードメーカーの少年 「生き残りゲームラストサバイバル [10]」 大久保開作;北野詠一絵　集英社(集英社みらい文庫) 2020年5月

山本 ゲンキ　やまもと・げんき
友達思いの明るいムードメーカーの少年 「生き残りゲームラストサバイバル [11]」 大久保開作;北野詠一絵　集英社(集英社みらい文庫) 2020年10月

山本 ゲンキ　やまもと・げんき
友達思いの明るいムードメーカーの少年 「生き残りゲームラストサバイバル [6]」 大久保開作;北野詠一絵　集英社(集英社みらい文庫) 2019年2月

山本 ゲンキ　やまもと・げんき
友達思いの明るいムードメーカーの少年 「生き残りゲームラストサバイバル [7]」 大久保開作;北野詠一絵　集英社(集英社みらい文庫) 2019年6月

山本 ゲンキ　やまもと・げんき
友達思いの明るいムードメーカーの少年 「生き残りゲームラストサバイバル [8]」 大久保開作;北野詠一絵　集英社(集英社みらい文庫) 2019年10月

山本 ゲンキ　やまもと・げんき
友達思いの明るいムードメーカーの少年 「生き残りゲームラストサバイバル [9]」 大久保開作;北野詠一絵　集英社(集英社みらい文庫) 2020年2月

山本 ゲンキ　やまもと・げんき
友達想いの明るいムードメーカーの少年 「生き残りゲームラストサバイバル [3]」 大久保開作;北野詠一絵　集英社(集英社みらい文庫) 2018年3月

山本 ゲンキ　やまもと・げんき
友達想いの明るいムードメーカーの少年 「生き残りゲームラストサバイバル [4]」 大久保開作;北野詠一絵　集英社(集英社みらい文庫) 2018年7月

山本 ゲンキ　やまもと・げんき
友達想いの明るいムードメーカーの少年 「生き残りゲームラストサバイバル [5]」 大久保開作;北野詠一絵　集英社(集英社みらい文庫) 2018年11月

山本 春平　やまもと・しゅんぺい
生きることに絶望した売れない作家 「響-HIBIKI-」 柳本光晴原作;西田征史脚本;時海結以著　小学館(小学館ジュニア文庫) 2018年8月

山本 宙　やまもと・そら
朝日小学校6年1組の萌のクラスメート、3年生の夏に父親と双子の兄を亡くした男の子 「トキメキ・図書館 PART15」 服部千春作;ほおのきソラ絵　講談社(講談社青い鳥文庫) 2018年1月

山本 斗馬　やまもと・とうま
自転車で琵琶湖一周に挑戦することを決めた小学6年生の男の子 「ビワイチ! : 自転車で琵琶湖一周」 横山充男作;よこやまようへい絵　文研出版(文研じゅべにーる) 2018年4月

山本 渚　やまもと・なぎさ
すばるの幼なじみの男の子 「パティシエ☆すばる 番外編」 つくもようこ作;鳥羽雨絵　講談社(講談社青い鳥文庫) 2018年5月

山本 夏樹　やまもと・なつき
夕張に住み手紙を通じて海斗と出会う小学6年生の男の子 「メロンに付いていた手紙」 本田有明文;宮尾和孝絵　河出書房新社 2018年6月

山本 理央　やまもと・りお
朱里の義理のきょうだい、由奈の初恋の王子様に似た少年 「思い、思われ、ふり、ふられ : まんがノベライズ特別編 : 由奈の初恋と理央のひみつ」 咲坂伊緒原作・絵;はのまきみ著　集英社(集英社みらい文庫) 2020年7月

山本 理央　やまもと・りお
朱里の義理のきょうだい、由奈の初恋の王子様に似た少年 「思い、思われ、ふり、ふられ : 映画ノベライズみらい文庫版」 咲坂伊緒原作;米内山陽子脚本;三木孝浩脚本;はのまきみ著　集英社(集英社みらい文庫) 2020年7月

山本 竜司　やまもと・りゅうじ
小学校6年生の男の子 「川のむこうの図書館」 池田ゆみる作;羽尻利門絵　さ・え・ら書房 2018年1月

山谷 風花　やまや・ふうか
学校の振替休日にクラスメートの賛晴と二人で小淵沢行きの列車に乗る女の子 「冒険は月曜の朝」 荒木せいお作;タムラフキコ絵　新日本出版社 2018年9月

山脇 岳　やまわき・たける
美織と幼なじみで活発な少年 「スペース合宿へようこそ」 山田亜友美作;末崎茂樹絵　文研出版(文研じゅべにーる) 2018年8月

山姥切 国広　やまんばぎり・くにひろ
刀剣男士 「映画刀剣乱舞」 小林靖子脚本;時海結以著　小学館(小学館ジュニア文庫) 2019年1月

闇のドラゴン　やみのどらごん
あべこべランドに住んでいるギガントほねほねダークドラゴン 「ほねほねザウルス 19」 カバヤ食品株式会社原案・監修;ぐる一ぷ・アンモナイツ作・絵　岩崎書店 2018年8月

ヤン
飼い主のさくらちゃんとねねちゃんが大好きな猫 「さよなら弟ねこのヤン―ねこたちからのメッセージ」 なりゆきわかこ作;あやか挿絵　KADOKAWA(角川つばさ文庫) 2018年4月

【ゆ】

湯浅 麟　ゆあさ・りん
跳の小学校時代からの親友の少年 「七転びダッシュ! 1」 村上しいこ作;木乃ひのき絵　講談社(講談社青い鳥文庫) 2018年5月

湯浅 麟　ゆあさ・りん
跳の小学校時代からの親友の少年 「七転びダッシュ! 2」 村上しいこ作;木乃ひのき絵　講談社(講談社青い鳥文庫) 2018年10月

湯浅 麟　ゆあさ・りん
跳の小学校時代からの親友の少年 「七転びダッシュ! 3」 村上しいこ作;木乃ひのき絵　講談社(講談社青い鳥文庫) 2019年5月

ユイ
小学1年生の女の子、ジェンとテリーに愛される飼い主 「ジェンと星になったテリー」 草野あきこ作;永島壮矢絵　岩崎書店(おはなしトントン) 2020年2月

ゆい
小学2年生、筆箱の中に浮かぶ小さな空を見つけた好奇心旺盛な少女 「ふでばこから空」 北川チハル作;よしざわけいこ絵　文研出版(わくわくえどうわ) 2019年5月

惟　ゆい
厳しい母親から逃れるため祖母の町にやってきた中学2年生の少女 「ローズさん」 澤井美穂作;中島梨絵絵　フレーベル館(文学の森) 2018年7月

結　ゆい
消えた落とし物箱の謎を追う常に論理的で冷静な少女 「消えた落とし物箱」 西村友里作;大庭賢哉絵　学研プラス(ジュニア文学館) 2020年7月

結衣　ゆい
内気ながら七海と親友になりたいと願っている女の子 「友だちをやめた二人」 今井福子作;いつか絵　文研出版(文研じゅべにーる) 2019年8月

ゆいか
真実の恋を求めて恋愛リアリティーショーに参加する本気の恋を追い求める若者、女優 「オオカミくんには騙されない : 本気の恋と、切ない嘘」 AbemaTV『オオカミくんには騙されない♥』原案・企画協力;深海ゆずは作;遠山えま絵　KADOKAWA(角川つばさ文庫) 2020年1月

由井 正雷　ゆい・しょうらい
江戸時代の軍学者で楠木流軍学塾「張孔堂」の師範 「お江戸怪談時間旅行」 楠木誠一郎作;亜沙美絵　静山社 2018年9月

ユウ
足が不自由でふだんは車いすで生活をしている高校2年生の秀才の少年 「小説映画二ノ国」 レベルファイブ原作;日野晃博製作総指揮・原案・脚本;有沢ゆう希著　講談社(講談社KK文庫) 2019年8月

結城 光哉　ゆうき・こうや
大翔と同じ陸上部で明るい性格の少年 「絶望鬼ごっこ [12]」 針とら作;みもり絵　集英社(集英社みらい文庫) 2019年7月

結城 光哉　ゆうき・こうや
大翔と同じ陸上部で明るい性格の少年 「絶望鬼ごっこ [13]」 針とら作;みもり絵 集英社(集英社みらい文庫) 2020年1月

結城 光哉　ゆうき・こうや
大翔と同じ陸上部で明るい性格の少年 「絶望鬼ごっこ [14]」 針とら作;みもり絵 集英社(集英社みらい文庫) 2020年6月

結城 光哉　ゆうき・こうや
大翔と同じ陸上部で明るい性格の少年 「絶望鬼ごっこ [15]」 針とら作;みもり絵 集英社(集英社みらい文庫) 2020年12月

結城 沙羅(チャラ)　ゆうき・さら(ちゃら)
叔母と二人暮らしの聖ダイヤ学園中学1年生の少女 「キミマイ：きみの舞 1」 緒川さよ作;甘塩コメコ絵 講談社(講談社青い鳥文庫) 2018年9月

結城 沙羅(チャラ)　ゆうき・さら(ちゃら)
叔母と二人暮らしの聖ダイヤ学園中学1年生の少女 「キミマイ：きみの舞 2」 緒川さよ作;甘塩コメコ絵 講談社(講談社青い鳥文庫) 2019年2月

結城 沙羅(チャラ)　ゆうき・さら(ちゃら)
叔母と二人暮らしの聖ダイヤ学園中学1年生の少女 「キミマイ：きみの舞 3」 緒川さよ作;甘塩コメコ絵 講談社(講談社青い鳥文庫) 2019年6月

結城 紗里奈　ゆうき・さりな
ある出来事をきっかけに絵を描くことをやめた少女 「スケッチブック：供養絵をめぐる物語」 ちばるりこ作;シライシユウコ絵 学研プラス(ティーンズ文学館) 2018年12月

結城 宙　ゆうき・そら
家はお金持ちで学校一ピアノが上手いと言われているイケメン男子 「ピアノ・カルテット 2」 遠藤まり作;ふじつか雪絵 KADOKAWA(角川つばさ文庫) 2018年4月

有木 まい　ゆうき・まい
モモを引きとった有木家の娘 「わたしは保護犬モモ：モモの歩んだ365日」 佐原龍誌作;角田真弓絵 合同フォレスト 2019年5月

結城 真莉　ゆうき・まり
彩菜の敵だと思われていたが本当の気持ちを抱えているクラスメート 「復讐教室 2」 山崎烏著 双葉社(双葉社ジュニア文庫) 2018年3月

結城 美琴　ゆうき・みこと
琉偉に引っ張られ本格的に生活向上委員の活動をしている6年3組の女の子 「生活向上委員会! 10」 伊藤クミコ作;桜倉メグ絵 講談社(講談社青い鳥文庫) 2019年3月

結城 美琴　ゆうき・みこと
琉偉に引っ張られ本格的に生活向上委員の活動をしている6年3組の女の子 「生活向上委員会! 11」 伊藤クミコ作;桜倉メグ絵 講談社(講談社青い鳥文庫) 2019年8月

結城 美琴　ゆうき・みこと
琉偉に引っ張られ本格的に生活向上委員の活動をしている6年3組の女の子 「生活向上委員会! 12」 伊藤クミコ作;桜倉メグ絵 講談社(講談社青い鳥文庫) 2019年12月

結城 美琴　ゆうき・みこと
琉偉に引っ張られ本格的に生活向上委員の活動をしている6年3組の女の子 「生活向上委員会! 13」 伊藤クミコ作;桜倉メグ絵　講談社(講談社青い鳥文庫) 2020年4月

結城 美琴　ゆうき・みこと
琉偉に引っ張られ本格的に生活向上委員の活動をしている6年3組の女の子 「生活向上委員会! 7」 伊藤クミコ作;桜倉メグ絵　講談社(講談社青い鳥文庫) 2018年3月

結城 美琴　ゆうき・みこと
琉偉に引っ張られ本格的に生活向上委員の活動をしている6年3組の女の子 「生活向上委員会! 8」 伊藤クミコ作;桜倉メグ絵　講談社(講談社青い鳥文庫) 2018年7月

結城 美琴　ゆうき・みこと
琉偉に引っ張られ本格的に生活向上委員の活動をしている6年3組の女の子 「生活向上委員会! 9」 伊藤クミコ作;桜倉メグ絵　講談社(講談社青い鳥文庫) 2018年11月

有木 モモ　ゆうき・もも
うす暗い縁の下で生きていたが家族との出会いを通じて人の温かさを知り前向きに生きる保護犬 「わたしは保護犬モモ：モモの歩んだ365日」 佐原龍誌作;角田真弓絵　合同フォレスト 2019年5月

遊児　ゆうこ
子どもと遊ぶのが大好きでいつも友達を欲しがっているさびしがりやのもののけ 「もののけ屋 [1] 図書館版」 廣嶋玲子作;東京モノノケ絵　ほるぷ出版 2018年2月

遊児　ゆうこ
子どもと遊ぶのが大好きでいつも友達を欲しがっているさびしがりやのもののけ 「もののけ屋 [2] 図書館版」 廣嶋玲子作;東京モノノケ絵　ほるぷ出版 2018年2月

優助　ゆうすけ
レイカの幼なじみで心優しい小学5年生の少年 「青鬼調査クラブ：ジェイルハウスの怪物を倒せ!」 noprops原作;黒田研二原作;波摘著;鈴羅木かりんイラスト　PHP研究所(PHPジュニアノベル) 2019年12月

優助　ゆうすけ
レイカの幼なじみで心優しい小学5年生の少年 「青鬼調査クラブ 2」 noprops原作;黒田研二原作;波摘著;鈴羅木かりんイラスト　PHP研究所(PHPジュニアノベル) 2020年7月

優助　ゆうすけ
レイカの幼なじみで心優しい小学5年生の少年 「青鬼調査クラブ 3」 noprops原作;黒田研二原作;波摘著;鈴羅木かりんイラスト　PHP研究所(PHPジュニアノベル) 2020年11月

夕星 アリス(アリス・リドル)　ゆうずつ・ありす(ありすりどる)
「ペンギン探偵社」の探偵見習い、鏡の世界に入れる指輪の力で探偵助手アリス・リドルに変身する中学2年生の女の子 「華麗なる探偵アリス&ペンギン [13]」 南房秀久著;あるやイラスト　小学館(小学館ジュニア文庫) 2019年10月

夕星 アリス(アリス・リドル)　ゆうずつ・ありす(ありすりどる)
「ペンギン探偵社」の探偵見習い、鏡の世界に入れる指輪の力で探偵助手アリス・リドルに変身する中学2年生の女の子 「華麗なる探偵アリス&ペンギン [14]」 南房秀久著;あるやイラスト　小学館(小学館ジュニア文庫) 2020年2月

夕星 アリス(アリス・リドル)　ゆうずつ・ありす(ありすりどる)
「ペンギン探偵社」の探偵見習い、鏡の世界に入れる指輪の力で探偵助手アリス・リドルに変身する中学2年生の女の子 「華麗なる探偵アリス&ペンギン [15]」 南房秀久著;あるやイラスト 小学館(小学館ジュニア文庫) 2020年8月

夕星 アリス(アリス・リドル)　ゆうずつ・ありす(ありすりどる)
「ペンギン探偵社」の探偵見習い、鏡の世界に入れる指輪の力で名探偵アリス・リドルに変身する中学2年生の女の子 「華麗なる探偵アリス&ペンギン [11]」 南房秀久著;あるやイラスト 小学館(小学館ジュニア文庫) 2018年7月

夕星 アリス(アリス・リドル)　ゆうずつ・ありす(ありすりどる)
「ペンギン探偵社」の探偵見習い、鏡の世界に入れる指輪の力で名探偵アリス・リドルに変身する中学2年生の女の子 「華麗なる探偵アリス&ペンギン [12]」 南房秀久著;あるやイラスト 小学館(小学館ジュニア文庫) 2018年12月

雄太　ゆうた
友だちが少なく人に言えない弱点を持つ少年 「ぼくたちのP(パラダイス)」 にしがきようこ作 小学館 2018年7月

雄大　ゆうだい
「山村留学センター」の小学3年生の少年 「ぼくらの山の学校」 八束澄子著 PHP研究所(わたしたちの本棚) 2018年1月

ゆうたくん
ヤギの男の子 「ふしぎないどうどうぶつえん」 くさのたき作;つぼいじゅり絵 金の星社 2019年9月

ユウト
姉妹におずおずと手を差し伸べる少年 「こどもしょくどう」 足立紳原作;ひろはたえりこ文 汐文社 2019年7月

ユウト
魔王としてサーヤたちの前に立ちはだかる存在 「魔天使マテリアル 30」 藤咲あゆな作;藤丘ようこ絵 ポプラ社(ポプラカラフル文庫) 2020年3月

夕那　ゆうな
親の期待に応えようとするあまり透明になってしまった少女 「ある日、透きとおる―物語の王国 ; 2-15」 三枝理恵作;しんやゆう子絵 岩崎書店 2019年10月

悠平　ゆうへい
消えた落とし物箱の謎を追う給食が大好きでのんびりしている少年 「消えた落とし物箱」 西村友里作;大庭賢哉絵 学研プラス(ジュニア文学館) 2020年7月

ユウマ
母親を探すためにしんのすけと共に行動する居酒屋の息子 「映画クレヨンしんちゃん激突!ラクガキングダムとほぼ四人の勇者」 臼井儀人原作;高田亮脚本;京極尚彦監督・脚本;蒔田陽平ノベライズ 双葉社(双葉社ジュニア文庫) 2020年4月

遊民　ゆうみん
クロヒョウのぬいぐるみのアバターでルームの参加者の一人 「奇譚ルーム」 はやみねかおる著 朝日新聞出版 2018年3月

ユウヤ
レイヤの兄 「魔天使マテリアル 27」 藤咲あゆな作;藤丘ようこ絵 ポプラ社(ポプラカラフル文庫) 2019年6月

裕也 ゆうや
由治と同じ班でありながら掃除をサボることが多いクラスメート 「びっくりしゃっくりトイレそうじ大作戦―こころのつばさシリーズ」 野村一秋作;羽尻利門絵 佼成出版社 2019年12月

ユウユウ
起きている時も寝ている時もお母さんと一緒の野生パンダ 「ぼくのなまえはユウユウ―どうぶつのかぞくパンダ」 小手鞠るい作;サトウユカ絵;今泉忠明監修 講談社 2018年12月

由羽来 ゆうら
音楽を聴くことで苦しさを忘れ自分の本当の夢を抑え込んでいる少女 「107小節目から」 大島恵真著 講談社 2018年9月

油百七 ゆおしち
燠火家の当主で偽装肉工場の経営者 「火狩りの王 2」 日向理恵子作;山田章博絵 ほるぷ出版 2019年5月

油百七 ゆおしち
燠火家の当主で偽装肉工場の経営者 「火狩りの王 4」 日向理恵子作;山田章博絵 ほるぷ出版 2020年9月

由加 ゆか
家族と友人に囲まれていたが突然学校内で孤立し幼なじみの悠真と話すようになる中学1年生の少女 「世界は「 」で満ちている」 櫻いいよ著 PHP研究所(カラフルノベル) 2019年5月

ユキ
3年前に消滅した都市「ロスト」から唯一生還し行方不明の家族を探すため再びロストに向かう少女 「消滅都市 : Everything in its right place」 下田翔大原作;高橋慶著;裕龍ながれイラスト PHP研究所(PHPジュニアノベル) 2019年5月

ゆき
ウルトラビビりの白い犬 「ゴキゲンめいちゃん森にくらす」 のりぼうさく;りかさく;さげさかのりこえ コスモス・ライブラリー 2018年1月

雪 ゆき
利里が出会う新しい友達 「おとうさんのかお―こころのつばさシリーズ」 岩瀬成子作;いざわ直子絵 佼成出版社 2020年9月

由紀 ゆき
魔女修行を始めるつばさの親友 「魔女のレッスンはじめます」 長井るり子作;こがしわかおり絵 出版ワークス 2018年7月

由貴 ゆき
伊吹が気になるクラスの女の子 「南西の風やや強く」 吉野万理子著 あすなろ書房 2018年7月

行合 なぎさ ゆきあい・なぎさ
「コトダマ」を信じている高校2年生 「きみの声をとどけたい」 石川学作;青木俊直絵 ポプラ社(ポプラポケット文庫) 2018年8月

雪うさ　ゆきうさ
「雪うさの未来チャンネル」で大人気の動画配信者 「サキヨミ!：ヒミツの二人で未来を変える!? 1」 七海まち作;駒形絵 KADOKAWA(角川つばさ文庫) 2020年9月

幸恵　ゆきえ
新たに加わったクラスメートで「カラダを探して」と明日香たちに頼む少女 「カラダ探し 最終夜1」 ウェルザード著 双葉社(双葉社ジュニア文庫) 2019年11月

ゆきごろう
モンスターバトルに出る雪男 「はくねつ!モンスターバトル：きゅうけつきVSカッパ 雪男VS宇宙ロボット」 小栗かずまたさく・え 学研プラス 2020年7月

ゆきちゃん
がんばり屋のポニーの女の子 「ふしぎないどうどうぶつえん」 くさのたき作;つぼいじゅり絵 金の星社 2019年9月

雪人　ゆきと
広島平和記念資料館の訪問を通じて成長する14歳の中学生 「ワタシゴト：14歳のひろしま」 中澤晶子作;ささめやゆきえ 汐文社 2020年7月

ユキネエ
23歳の華蓮のいとこ、華蓮の母の姉の娘 「グルメ小学生：パパのファミレスを救え!」 次良丸忍作;小笠原智史絵 金の星社 2018年6月

雪の神　ゆきのかみ
わちふぃーるどの守り神 「猫のダヤン 6」 池田あきこ作 静山社(静山社ペガサス文庫) 2019年2月

雪野 百香里　ゆきの・ゆかり
高校生の孝雄と出会った謎めいた年上の女性 「小説言の葉の庭―新海誠ライブラリー」 新海誠著 汐文社 2018年12月

ユキヒメ
ワンダーランドのアバター 「VR探偵尾野乃木ケイト：アリスとひみつのワンダーランド!!」 HISADAKE原作;前野メリー文;モグモ絵 講談社(講談社青い鳥文庫) 2020年7月

雪村 千種　ゆきむら・ちぐさ
いなさと一緒に魔物探しをするいさなの親友 「おっちょこ魔女先生：保健室は魔法がいっぱい!」 廣嶋玲子作;ひらいたかこ絵 KADOKAWA 2020年3月

雪村 千種　ゆきむら・ちぐさ
魔女試験を受ける小学5年生の少女 「おっちょこ魔女先生 [2]」 廣嶋玲子作;ひらいたかこ絵 KADOKAWA 2020年11月

ユキヤ
紅葉が出会った不思議な男の子 「きみの心にふる雪を。―初恋のシーズン」 西本紘奈作;ダンミル絵 KADOKAWA(角川つばさ文庫) 2018年1月

雪わらし　ゆきわらし
雪山で会った謎の女の子 「妖怪たぬきポンチキン雪わらしとのやくそく」 山口理作;細川貂々絵 文溪堂 2018年4月

ユージーン・フィッツハーバート
指名手配もされている大泥棒「塔の上のラプンツェル」ディズニー監修 KADOKAWA（角川アニメ絵本） 2020年11月

柚木 青衣 ゆずき・あおい
幼なじみでエミの親友「らくがき☆ポリス 4」まひる作;立樹まや絵 KADOKAWA(角川つばさ文庫) 2018年2月

柚木 青衣 ゆずき・あおい
幼なじみでエミの親友「らくがき☆ポリス 5」まひる作;立樹まや絵 KADOKAWA(角川つばさ文庫) 2018年8月

柚木 真由 ゆずき・まゆ
教育実習生の先生「教室に幽霊がいる!?」藤重ヒカル作;宮尾和孝絵 金の星社 2018年9月

柚原 ゆずはら
人生の悩みを抱えつつ自分の道を模索する女性「活版印刷三日月堂［6］特装版」ほしおさなえ著 ポプラ社 2020年4月

柚麻呂 ゆずまろ
新田郡の大領の不器用な末息子「天からの神火」久保田香里作;小林葉子絵 文研出版(文研じゅべにーる) 2018年10月

湯田 咲良 ゆだ・さくら
いい男狙いで運動部のマネージャーを志望した女子高生「疾風の女子マネ!」まはら三桃著 小学館 2018年6月

ユッキー
チャラの同級生、日本舞踊・水沢流家元の御曹司「キミマイ：きみの舞 1」緒川さよ作;甘塩コメコ絵 講談社(講談社青い鳥文庫) 2018年9月

ユッキー
チャラの同級生、日本舞踊・水沢流家元の御曹司「キミマイ：きみの舞 2」緒川さよ作;甘塩コメコ絵 講談社(講談社青い鳥文庫) 2019年2月

ユッキー
チャラの同級生、日本舞踊・水沢流家元の御曹司「キミマイ：きみの舞 3」緒川さよ作;甘塩コメコ絵 講談社(講談社青い鳥文庫) 2019年6月

ユーディル
アルベリア王家の第7位王子「ドラガリアロスト：王子とドラゴンの力」はせがわみやび作;貞松龍壱絵 KADOKAWA(角川つばさ文庫) 2019年4月

ユナ
ヴァンが拾った元気な幼い女の子「鹿の王 1」上橋菜穂子作;HACCAN絵 KADOKAWA(角川つばさ文庫) 2018年12月

ユナ
ヴァンが拾った元気な幼い女の子「鹿の王 2」上橋菜穂子作;HACCAN絵 KADOKAWA(角川つばさ文庫) 2019年2月

ユナ
ヴァンが拾った元気な幼い女の子 「鹿の王 3」 上橋菜穂子作;HACCAN絵 KADOKAWA(角川つばさ文庫) 2020年5月

ユナ
ヴァンが拾った元気な幼い女の子 「鹿の王 4」 上橋菜穂子作;HACCAN絵 KADOKAWA(角川つばさ文庫) 2020年8月

由奈 ゆな
「ナナフシさん」と呼ばれるおじいさんから妹のよりちゃんと間違えられるほど妹に似ている女の子 「ナナフシさん」 藤田千津作;夏目尚吾絵 文研出版(文研ブックランド) 2018年7月

ゆみ
広島の原爆について学ぶ小学5年生の女の子 「空を飛んだ夏休み : あの日へ」 丘乃れい作;大西雅子絵 東方出版 2018年12月

弓子 ゆみこ
小さな活版印刷所「三日月堂」を営む店主で活字を拾い刷り上げる女性 「活版印刷三日月堂 [6] 特装版」 ほしおさなえ著 ポプラ社 2020年4月

弓子 ゆみこ
小さな活版印刷所「三日月堂」店主で活字を拾い丁寧に印刷物を仕上げる女性 「活版印刷三日月堂 [2] 特装版」 ほしおさなえ著 ポプラ社 2020年4月

弓子 ゆみこ
小さな活版印刷所「三日月堂」店主で活字を拾い丁寧に印刷物を仕上げる女性 「活版印刷三日月堂 [3] 特装版」 ほしおさなえ著 ポプラ社 2020年4月

弓子 ゆみこ
小さな活版印刷所「三日月堂」店主で活字を拾い丁寧に印刷物を仕上げる女性 「活版印刷三日月堂 [4] 特装版」 ほしおさなえ著 ポプラ社 2020年4月

弓子 ゆみこ
亡き店主の孫娘で川越に戻り活版印刷所「三日月堂」を再開した女性 「活版印刷三日月堂 [1] 特装版」 ほしおさなえ著 ポプラ社 2020年4月

弓子 ゆみこ
幼少期に初めて活版印刷に触れた少女で現「三日月堂」の店主 「活版印刷三日月堂 [5] 特装版」 ほしおさなえ著 ポプラ社 2020年4月

弓田 あゆ ゆみた・あゆ
飼い犬ラッキーの体調を気にかけ手作りごはんに挑戦する小学生の女の子 「わんこのハッピーごはん研究会!」 堀直子作;木村いこ絵 あかね書房(スプラッシュ・ストーリーズ) 2018年10月

夢見 キララ ゆめみ・きらら
人気アイドルでヒカルと共に迷宮教室からの脱出を目指すクラスメート 「迷宮教室 : 出口のない悪魔小学校」 あいはらしゅう作;肘原えるぼ絵 集英社(集英社みらい文庫) 2020年4月

夢見 キララ　ゆめみ・きらら
人気アイドルでヒカルと共に迷宮教室からの脱出を目指すクラスメート「迷宮教室［2］」あいはらしゅう作;肘原えるぼ絵　集英社(集英社みらい文庫)　2020年9月

夢見 キララ　ゆめみ・きらら
人気アイドルでヒカルと共に迷宮教室からの脱出を目指すクラスメート「迷宮教室［3］」あいはらしゅう作;肘原えるぼ絵　集英社(集英社みらい文庫)　2020年12月

夢見 バク　ゆめみ・ばく
悪夢に出てくる不思議な女の子「無限×悪夢：午後3時33分のタイムループ地獄」土橋真二郎作;岩本ゼロゴ絵　集英社(集英社みらい文庫)　2019年11月

ユーリ
ダンスユニット「Air」のメンバー、可愛い担当の男子「ダンスの王子様：男子のフリしてダンスなんかできません!」麻井深雪作;朝香のりこ絵　ポプラ社(ポケット・ショコラ)　2020年5月

ユリ
いたずら好きな小学5年生の双子の妹「悪ガキ7：いたずらtwinsと仲間たち」宗田理作;いつか絵　静山社(静山社ペガサス文庫)　2020年10月

ユリ
いたずら大好きな小学5年生、マリの双子の妹「悪ガキ7：学校対抗イス取りゲーム!」宗田理著　静山社　2018年2月

由里亜　ゆりあ
未央の宿敵「作家になりたい! 3」小林深雪作;牧村久実絵　講談社(講談社青い鳥文庫)　2018年3月

由里亜　ゆりあ
未央の宿敵「作家になりたい! 4」小林深雪作;牧村久実絵　講談社(講談社青い鳥文庫)　2018年11月

由里亜　ゆりあ
未央の宿敵「作家になりたい! 5」小林深雪作;牧村久実絵　講談社(講談社青い鳥文庫)　2019年5月

由里亜　ゆりあ
未央の宿敵「作家になりたい! 6」小林深雪作;牧村久実絵　講談社(講談社青い鳥文庫)　2019年10月

ゆりイス
コンテストに行く途中で脚が折れて困っているところを新聞のタバーに助けられるイス「しんぶんのタバー」萩原弓佳作;小池壮太絵　PHP研究所(とっておきのどうわ)　2019年2月

ユリウス王子　ゆりうすおうじ
絶世の美少年で正義感が強い次期国王である王太子「パティシエ志望だったのに、シンデレラのいじわるな姉に生まれ変わってしまいました!」日部星花著;中嶋ゆかイラスト　小学館(小学館ジュニア文庫)　2019年10月

友理絵　ゆりえ
目が見えない彗佳の親友で14歳の少女「いじめ14歳のMessage」林慧樹著;細居美恵子イラスト　小学館(小学館ジュニア文庫)　2018年1月

ユリーカ
アメリカから来た甘党の天才発明少女 「ルキとユリーカのびっくり発明びより」 如月かずさ作;柴本翔絵 講談社 2019年12月

百合草 千夏 ゆりぐさ・ちなつ
元気いっぱいの手品師の女の子 「ないしょのM組 [2]」 福田裕子作;駒形絵 KADOKAWA(角川つばさ文庫) 2018年11月

百合草 千夏 ゆりぐさ・ちなつ
魔法を習う特別クラス5年M組の生徒、あかりの親友 「ないしょのM組 : あかりと放課後の魔女」 福田裕子文;駒形絵 KADOKAWA(角川つばさ文庫) 2018年1月

百合子 ゆりこ
小学校に上がったちょっとお転婆な少女 「夕焼けの百合子」 崎上玲子文;根本比奈子絵 郁朋社 2020年12月

友里ちゃん ゆりちゃん
小学3年生、クラスでいちばんおとなしいが優太郎が言えないことをはっきり言った勇気ある少女 「空手、はじめます! : スポーツのおはなし空手―シリーズスポーツのおはなし」 くすのきしげのり作;下平けーすけ絵 講談社 2019年11月

優里奈 ゆりな
翔馬の学校に転校してきた少女、翔馬のピアノのライバル 「マギオ・ムジーク = MAGIO MUZIK―JULA NOVELS」 仁木英之作;福井さとこ絵 JULA出版局 2020年7月

ユール
北極で暮らすホッキョクグマの男の子、ミールのふたごの兄 「ちびしろくまのねがいごと : どうぶつのかぞくホッキョクグマ―シリーズどうぶつのかぞく」 小林深雪作;庄野ナホコ絵 講談社 2019年2月

【よ】

妖怪 ようかい
ノゾミとリリが共有する不思議な世界の存在 「クラスメイトはあやかしの娘」 石沢克宜@滝音子著;shimanoイラスト PHP研究所(PHPジュニアノベル) 2018年10月

妖怪大将軍 ようかいだいしょうぐん
日ノ本を治める偉い将軍様 「妖怪捕物帖乙 古都怨霊篇1―ようかいとりものちょう ; 9」 大嵜悌造作;ありがひとし画 岩崎書店 2019年2月

陽子 ようこ
クラスのリーダー的存在で他者をいじめの「ゲーム」のターゲットにする冷酷な性格の少女 「いじめ14歳のMessage」 林慧樹著;細居美恵子イラスト 小学館(小学館ジュニア文庫) 2018年1月

妖狐亭 九尾 ようこてい・きゅうび
関西の妖怪落語界の神様 「化け猫落語 3」 みうらかれん作;中村ひなた絵 講談社(講談社青い鳥文庫) 2018年6月

妖刃 ようじん
乱世を生き抜き妖気を帯びた古い刀を進化させたもののけ 「もののけ屋 [2] 図書館版」 廣嶋玲子作;東京モノノケ絵 ほるぷ出版 2018年2月

陽介　ようすけ
幼なじみのナツメに誘われ茶道部に入部し作法を学びながら茶道の奥深さに目覚める少年「はじめまして、茶道部!」服部千春作;小倉マユコ絵　出版ワークス　2019年11月

洋太　ようた
こころと哲平と共に早朝自主練に参加し努力を重ねる男子部員「ナイスキャッチ! 4」横沢彰作;スカイエマ絵　新日本出版社　2018年10月

洋太　ようた
中学2年生の野球部部員、野球経験の浅さを補おうと一生懸命練習する努力家「ナイスキャッチ! 5」横沢彰作;スカイエマ絵　新日本出版社　2019年1月

幼虫　ようちゅう
餌を受け取りながら成長し繭を作り働き蜂や来年の女王蜂になるための成長過程にあるあしなが蜂の一員「あしなが蜂と暮らした夏」甲斐信枝著　中央公論新社　2020年10月

横綱　よこずな
体は大きいけれど気は小さい泣き虫な男の子「6年1組黒魔女さんが通る!! 09」石崎洋司作;亜沙美絵;藤田香絵・キャラクター原案　講談社(講談社青い鳥文庫)　2019年10月

横塚 目白　よこつか・めじろ
まじめで大人しめな女の子「カタコイ 1」有沢ゆう希作;なま子絵　講談社(講談社青い鳥文庫)　2019年2月

横塚 目白　よこつか・めじろ
まじめで大人しめな女の子「カタコイ 2」有沢ゆう希作;なま子絵　講談社(講談社青い鳥文庫)　2019年4月

横塚 目白　よこつか・めじろ
まじめで大人しめな女の子「カタコイ 3」有沢ゆう希作;なま子絵　講談社(講談社青い鳥文庫)　2019年9月

与三野 陽太　よさの・ひなた
乗客「北斗星 : ミステリー列車を追え! : リバイバル運行で誘拐事件!?」豊田巧作;NOEYEBROW絵　KADOKAWA(角川つばさ文庫)　2020年5月

吉岡 陽菜　よしおか・ひな
大地の幼なじみの小学6年生の女の子「猛獣学園!アニマルパニック : 百獣の王ライオンから逃げきれ!」緑川聖司作;畑優以絵　集英社(集英社みらい文庫)　2018年11月

吉岡 陽菜　よしおか・ひな
大地の幼なじみの小学6年生の女の子「猛獣学園!アニマルパニック [2]」緑川聖司作;畑優以絵　集英社(集英社みらい文庫)　2019年3月

吉岡 美鈴　よしおか・みすず
浩介のクラスメート、おまじないや占いが好きな女の子「怪談収集家山岸良介と人喰い遊園地 図書館版―本の怪談シリーズ ; 22」緑川聖司作;竹岡美穂絵　ポプラ社　2020年4月

吉岡 美鈴　よしおか・みすず
浩介のクラスメート、おまじないや占いが好きな女の子「怪談収集家山岸良介と人喰い遊園地」緑川聖司作;竹岡美穂絵　ポプラ社(ポプラポケット文庫)　2019年7月

吉岡 美鈴　よしおか・みすず
浩介のクラスメート、おまじないや占いが好きな女の子 「怪談収集家山岸良介の最後の挨拶 図書館版―本の怪談シリーズ ; 23」 緑川聖司作;竹岡美穂絵 ポプラ社 2020年4月

吉岡 美鈴　よしおか・みすず
浩介のクラスメート、おまじないや占いが好きな女の子 「怪談収集家山岸良介の最後の挨拶」 緑川聖司作;竹岡美穂絵 ポプラ社(ポプラポケット文庫) 2019年12月

吉岡 美鈴　よしおか・みすず
浩介のクラスメート、おまじないや占いが好きな女の子 「怪談収集家山岸良介の妖しい日常 図書館版―本の怪談シリーズ ; 21」 緑川聖司作;竹岡美穂絵 ポプラ社 2020年4月

吉岡 美鈴　よしおか・みすず
浩介のクラスメート、おまじないや占いが好きな女の子 「怪談収集家山岸良介の妖しい日常」 緑川聖司作;竹岡美穂絵 ポプラ社(ポプラポケット文庫) 2018年7月

由川 浩太　よしかわ・こうた
12歳で鍛冶屋になりたいと六郎を訪ね毎日見学に通う少年 「親方と神様」 伊集院静著 あすなろ書房 2020年2月

吉川 さくら　よしかわ・さくら
フルートを吹きたいとずっと思っていた中学1年生の女の子 「君のとなりで。: 音楽室の、ひみつのふたり」 高杉六花作;穂坂きなみ絵 KADOKAWA(角川つばさ文庫) 2019年9月

吉川 さくら　よしかわ・さくら
吹奏楽部でフルート担当の中学1年生の女の子 「君のとなりで。2」 高杉六花作;穂坂きなみ絵 KADOKAWA(角川つばさ文庫) 2020年1月

吉川 さくら　よしかわ・さくら
吹奏楽部でフルート担当の中学1年生の女の子 「君のとなりで。3」 高杉六花作;穂坂きなみ絵 KADOKAWA(角川つばさ文庫) 2020年6月

吉川 さくら　よしかわ・さくら
吹奏楽部でフルート担当の中学1年生の女の子 「君のとなりで。4」 高杉六花作;穂坂きなみ絵 KADOKAWA(角川つばさ文庫) 2020年12月

由川 タエコ　よしかわ・たえこ
息子が中学校に行かず鍛冶職人の修行をしたいと言い出し六郎に断ってほしいと頼む浩太の母親 「親方と神様」 伊集院静著 あすなろ書房 2020年2月

芳木くん　よしきくん
同級生の男の子 「ネムノキをきらないで」 岩瀬成子作;植田真絵 文研出版(文研じゅべにーる) 2020年12月

吉沢 ハルキ　よしざわ・はるき
「ピエール・ロジェ」で修行をつんでいるマリエの兄 「プティ・パティシエールガラスの心(ハート)のクレーム・ブリュレ―プティ・パティシエール ; 5」 工藤純子作;うっけ絵 ポプラ社 2018年7月

吉沢 ハルキ　よしざわ・はるき
「ピエール・ロジェ」で修行をつんでいるマリエの兄 「プティ・パティシエール涙のウェディング・シュークリーム―プティ・パティシエール ; 6」 工藤純子作;うっけ絵 ポプラ社 2019年3月

吉沢 麻由香　よしざわ・まゆか
陽詩の同い年で幼なじみの女の子 「探偵犬クリス : 柴犬探偵、盗まれた宝石を追う!」 田部智子作;KeG絵 KADOKAWA(角川つばさ文庫) 2020年8月

吉沢 マリエ　よしざわ・まりえ
洋菓子屋の娘、兄のハルキが働く「ピエール・ロジェ」でお菓子作りの修行中の小学5年生 「プティ・パティシエールガラスの心(ハート)のクレーム・ブリュレ―プティ・パティシエール ; 5」 工藤純子作;うっけ絵 ポプラ社 2018年7月

吉沢 マリエ　よしざわ・まりえ
洋菓子屋の娘、兄のハルキが働く「ピエール・ロジェ」でお菓子作りの修行中の小学5年生 「プティ・パティシエール涙のウェディング・シュークリーム―プティ・パティシエール ; 6」 工藤純子作;うっけ絵 ポプラ社 2019年3月

吉田 カイト　よしだ・かいと
年老いたおじいちゃんと一緒に暮らし祖父の変化に戸惑いながらも次第に心を通わせる1年生の男の子 「ぼくはおじいちゃんのおにいちゃん」 堀直子作;田中六大絵 ポプラ社(本はともだち♪) 2020年4月

吉田 春　よしだ・はる
入学初日に乱闘事件を起こし不登校になるも水谷雫を友達と認定する純粋で問題児の男子高生 「小説映画となりの怪物くん」 ろびこ原作;金子ありさ脚本;松田朱夏著 講談社 2019年2月

吉田 春　よしだ・はる
入学初日に乱闘事件を起こし不登校になるも水谷雫を友達と認定する純粋で問題児の男子高生 「小説映画となりの怪物くん」 ろびこ原作;金子ありさ脚本;松田朱夏著 講談社(講談社KK文庫) 2018年4月

吉田 美羽　よしだ・みう
ミコのクラスメート、家族旅行で屋久島に訪れておりミコと一緒に「邪馬台国」の証拠探しに参加する女の子 「ミコとまぼろしの女王 : 新説・邪馬台国in屋久島!?」 遠崎史朗作;松本大洋絵 ポプラ社(ノベルズ・エクスプレス) 2018年6月

吉田 瑠奈　よしだ・るな
内気な中学1年生の少女 「恋する図書室 : 放課後、あこがれの先輩と」 五十嵐美怜作;桜井みわ絵 集英社(集英社みらい文庫) 2019年9月

吉留 藍堂　よしとめ・らんどう
性格が良く何でもほどほどにこなす14歳の少年 「メイドイン十四歳 = Made in 14 years old」 石川宏千花著 講談社 2020年11月

ヨシノ
沢井のおばあちゃんの姿をしたこの世の人間ではない存在 「湖の国」 柏葉幸子作;佐竹美保絵 講談社 2019年10月

吉野 耕治　よしの・こうじ
作文「祖父の思い出」で入賞し穂乃香から手紙を受け取る長崎在住の小学6年生 「手紙 : ふたりの奇跡」 福田隆浩著 講談社 2019年6月

吉野 将大　よしの・しょうた
生徒会副会長で冷静で頼れる中学2年生の少年 「あこがれの彼は生霊クン―生徒会(秘)レポート」 住滝良作;kaworu絵　講談社(講談社青い鳥文庫) 2020年5月

吉野 将大　よしの・しょうた
生徒会副会長で冷静で頼れる中学2年生の少年 「蜘蛛のお姫様はスマホ好き―生徒会マル秘レポート」 住滝良作;kaworu絵　講談社(講談社青い鳥文庫) 2020年11月

吉見 花音　よしみ・かのん
音楽が好きでプロのピアニストを目指すクールな女の子 「ピアノ・カルテット 2」 遠藤まり作;ふじつか雪絵　KADOKAWA(角川つばさ文庫) 2018年4月

吉見 ゆかり　よしみ・ゆかり
茶髪でお金持ちの中学3年生の少女 「ぼくらののら犬砦―「ぼくら」シリーズ；26」 宗田理作　ポプラ社 2019年7月

吉村 祥吾　よしむら・しょうご
ぶっきらぼうだけど実は優しい夏月の幼なじみの男の子 「キミと、いつか。[13]」 宮下恵茉作;染川ゆかり絵　集英社(集英社みらい文庫) 2020年3月

吉村 祥吾　よしむら・しょうご
夏月の幼なじみで不器用だけど心の優しい男の子 「キミと、いつか。ボーイズ編」 宮下恵茉作;染川ゆかり絵　集英社(集英社みらい文庫) 2019年3月

吉村 祥吾　よしむら・しょうご
野球一筋で夏月の幼なじみの少年 「キミと、いつか。[9]」 宮下恵茉作;染川ゆかり絵　集英社(集英社みらい文庫) 2018年11月

四石 礼門　よついし・れいもん
三洲小学校5年1組の少年 「エンマ先生の怪談帳 [2]」 池田美代子作;戸部淑絵　講談社(講談社青い鳥文庫) 2020年2月

四石 礼門　よついし・れいもん
寺国小学校5年3組の少年 「エンマ先生の怪談帳：霊の案件で放課後は大いそがし!」 池田美代子作;戸部淑絵　講談社(講談社青い鳥文庫) 2019年10月

ヨッちゃん
あおばほいくえんの年長さんで一番の弱虫な男の子 「ヨッちゃんのよわむし」 那須正幹作;石川えりこ絵　ポプラ社(本はともだち♪) 2018年7月

四ツ橋 桃希(椿吉 トウキ)　よつばし・とうき(つばよし・とうき)
四つ子のいとこ、人気アイドルグループ・リュミファイブのメンバー 「四つ子ぐらし 7」 ひのひまり作;佐倉おりこ絵　KADOKAWA(角川つばさ文庫) 2020年11月

四ツ橋 李央　よつばし・りお
トウキくんの双子の弟で大企業クワトロファリアの次期社長 「四つ子ぐらし 7」 ひのひまり作;佐倉おりこ絵　KADOKAWA(角川つばさ文庫) 2020年11月

四ツ橋 麗　よつばし・れい
大企業・クワトロファリアの社長夫人、四つ子のお母さんを知る人物 「四つ子ぐらし 5上下」 ひのひまり作;佐倉おりこ絵　KADOKAWA(角川つばさ文庫) 2020年2月

四葉 四郎　よつば・しろう
神様にプレゼントをお願いしたところ関西弁を話す不思議なおっさんウシに出会う小学4年生の男の子 「ウシクルナ!：飛ぶ教室の本」 陣崎草子著 光村図書出版 2018年6月

米倉 功人　よねくら・いさと
特撮映画「大怪獣ゴメラVS仮面ヤイバー」のプロデューサー 「名探偵コナン 大怪獣ゴメラVS仮面ヤイバー」 青山剛昌原作;大倉崇裕脚本;水稀しま著 小学館（小学館ジュニア文庫） 2020年1月

頼宗　よりむね
藤原道長の子、「今光君」と呼ばれている美少年 「紫式部の娘。賢子がまいる! [図書館版]」 篠綾子作;小倉マユコ絵 ほるぷ出版 2019年3月

頼宗　よりむね
藤原道長の子、「今光君」と呼ばれている美少年 「紫式部の娘。賢子はとまらない! [図書館版]」 篠綾子作;小倉マユコ絵 ほるぷ出版 2019年3月

鎧を着た武者　よろいをきたむしゃ
夜の図書館に現れる鎧をまとった武士の姿をしているおばけ 「図書館の怪談―ナツカのおばけ事件簿；16」 斉藤洋作;かたおかまなみ絵 あかね書房 2018年1月

【ら】

雷（ライニイ）　らい（らいにい）
小学5年生の日和子の兄 「ルヴニール = Revenir：アンドロイドの歌」 春間美幸著;長浜めぐみイラスト 小学館 2020年10月

らいおん
おなら大会に登場する動物の王様、「くさいにおい」では一番だがおならの音が出ないライオン 「まよなかのおならたいかい 新装改訂版」 中村翔子作;荒井良二絵 PHP研究所（とっておきのどうわ） 2018年10月

ライオン
はぐれたララとピピの前に現れる老いたライオン 「キリンの山のぼり：どうぶつのかぞくキリン―シリーズどうぶつのかぞく」 茂市久美子作;しもかわらゆみ絵 講談社 2019年2月

らいおんシェフ
魔法の冷蔵庫を使いお客の注文に合わせた料理を作る真夜中だけ開く「ふしぎ亭」のシェフ 「ふしぎ町のふしぎレストラン 1」 三田村信行作;あさくらまや絵 あかね書房 2019年6月

らいおんシェフ
魔法の冷蔵庫を使いお客の注文に合わせた料理を作る真夜中だけ開く「ふしぎ亭」のシェフ 「ふしぎ町のふしぎレストラン 2」 三田村信行作;あさくらまや絵 あかね書房 2020年3月

らいおんシェフ
魔法の冷蔵庫を使いお客の注文に合わせた料理を作る真夜中だけ開く「ふしぎ亭」のシェフ 「ふしぎ町のふしぎレストラン 3」 三田村信行作;あさくらまや絵 あかね書房 2020年10月

雷太　らいた
都市伝説の呪いで行方不明になった妹を探す少年 「恐怖コレクター 巻ノ10」 佐東みどり作;鶴田法男作;よん絵 KADOKAWA(角川つばさ文庫) 2018年12月

雷太　らいた
都市伝説の呪いで行方不明になった妹を探す少年 「恐怖コレクター 巻ノ8」 佐東みどり作;鶴田法男作;よん絵 KADOKAWA(角川つばさ文庫) 2018年4月

雷太　らいた
都市伝説の呪いで行方不明になった妹を探す少年 「恐怖コレクター 巻ノ9」 佐東みどり作;鶴田法男作;よん絵 KADOKAWA(角川つばさ文庫) 2018年8月

ライナス
ブランケットを持った哲学者、チャーリー・ブラウンの親友 「スヌーピーと幸せのブランケット : ピーナッツストーリーズ―キラピチブックス」 チャールズ・M.・シュルツ原作・イラスト;たかはしみか著;チャールズ・M.・シュルツ・クリエイティブ・アソシエイツ監修 学研プラス 2019年9月

ライナス
ブランケットを持った哲学者、チャーリー・ブラウンの親友 「スヌーピーの友だちは宝もの : ピーナッツストーリーズ―キラピチブックス」 チャールズ・M.・シュルツ原作・イラスト;たかはしみか著;チャールズ・M.・シュルツ・クリエイティブ・アソシエイツ監修 学研プラス 2020年7月

ライニイ
小学5年生の日和子の兄 「ルヴニール = Revenir : アンドロイドの歌」 春間美幸著;長浜めぐみイラスト 小学館 2020年10月

ラオくん
ターくんに手紙を送り草原への冒険を促すライオン 「タコのターくんうみをでる」 内田麟太郎作;井上コトリ絵 童心社(だいすき絵童話) 2019年6月

ラケット
体育館の仲間でほうきやはねと一緒に金魚を探すためのポスターを貼ることに協力するラケット 「体育館の日曜日 : ペットショップへいくまえに」 村上しいこ作;田中六大絵 講談社(わくわくライブラリー) 2018年5月

ラタ
中原の小国「永依」の武将 「X-01 3」 あさのあつこ著 講談社(YA!ENTERTAINMENT) 2019年11月

ラッキー
あゆに愛されている飼い犬 「わんこのハッピーごはん研究会!」 堀直子作;木村いこ絵 あかね書房(スプラッシュ・ストーリーズ) 2018年10月

ラッコ
子どもグルメ選手権チャンピオンの少女 「グルメ小学生 [3]」 次良丸忍作;小笠原智史絵 金の星社 2020年7月

ラヴィニア
不思議議な筆を持つ画家魔女、セレニティスを絵の中に閉じ込めた魔女の子孫 「ムーンヒルズ魔法宝石店 4」 あんびるやすこ作・絵 講談社(わくわくライブラリー) 2020年7月

ラビントット
漁師を目指しながら自身のルーツを探る耳長族の少年 「ラビントットと空の魚 第4話―福音館創作童話シリーズ」 越智典子作;にしざかひろみ画 福音館書店 2020年6月

ラビントット
漁師を目指し苦難を乗り越える耳長族の少年 「ラビントットと空の魚 第5話―福音館創作童話シリーズ」 越智典子作;にしざかひろみ画 福音館書店 2020年6月

ラプンツェル
森の奥深くの塔の上で暮らす美しい金髪の美少女 「塔の上のラプンツェル」 ディズニー監修 KADOKAWA(角川アニメ絵本) 2020年11月

ラムセス
夢羽と一緒に暮らすサーバル・キャット 「IQ探偵ムー絵画泥棒の挑戦状―IQ探偵シリーズ ; 36」 深沢美潮作 ポプラ社 2018年4月

ララ
エリカのために食パンを使ったお菓子を作る女の子 「ルルとララのアニバーサリー・サンド」 あんびるやすこ作・絵 岩崎書店(おはなしトントン) 2018年4月

ララ
チーター四きょうだいの長女、まだ小さいが勇敢に獲物を狩るしっかり者の姉 「ちいさなハンター : どうぶつのかぞくチーター―シリーズどうぶつのかぞく」 佐藤まどか作;あべ弘士絵 講談社 2019年3月

ララ
ルルと一緒におまじないのスイーツ作りに挑戦する女の子 「ルルとララのおまじないクッキー」 あんびるやすこ作・絵 岩崎書店(おはなしトントン) 2019年2月

ララ
生まれたばかりのキリンの子、まだ小さなツノをピピにからかわれつつ成長していく女の子 「キリンの山のぼり : どうぶつのかぞくキリン―シリーズどうぶつのかぞく」 茂市久美子作;しもかわらゆみ絵 講談社 2019年2月

ラルフ
アクションゲーム「フィックス・イット・フェリックス」の壊し屋で力持ちの大男 「シュガー・ラッシュ・オンライン・」 中井はるの文 講談社(ディズニームービーブック) 2018年12月

ラン
カンフー娘でしんのすけたちにぷにぷに拳を教える頼れる仲間 「映画クレヨンしんちゃん爆盛!カンフーボーイズ～拉麺大乱～」 臼井儀人原作;うえのきみこ脚本;蒔田陽平ノベライズ 双葉社(双葉社ジュニア文庫) 2018年4月

ランス
人気も実力もトップのギルド龍喚士 「パズドラクロス 3」 ガンホー・オンライン・エンターテイメントパズドラクロスプロジェクト2017・テレビ東京原作;諸星崇著 双葉社(双葉社ジュニア文庫) 2018年5月

嵐太郎 らんたろう
江戸時代に生きる空のことを得意とする少年、黒船再来航の日を予測するという重大な任務に挑む天気予報の先駆者 「江戸の空見師嵐太郎」 佐和みずえ作;しまざきジョゼ絵 フレーベル館(文学の森) 2020年11月

ランタン
栗色の毛の子馬 「戦争にいったうま 改訂版」 いしいゆみ作;大庭賢哉絵　静山社　2020年11月

ランタン
栗色の毛の子馬 「戦争にいったうま」 いしいゆみ作;大庭賢哉絵　静山社　2020年6月

ランペシカ
ヤイレスーホに呪いの力を求めてやってきた心に復讐の炎を抱える少女 「ヤイレスーホ = Yaylesuho」 菅野雪虫著　講談社　2018年6月

【り】

Rii　りー
「ソライロ」の動画師、コウスケと幼なじみ 「ソライロ♪プロジェクト 3」 一ノ瀬三葉作;夏芽もも絵　KADOKAWA(角川つばさ文庫)　2018年5月

Rii　りー
「ソライロ」の動画師、コウスケと幼なじみ 「ソライロ♪プロジェクト 4」 一ノ瀬三葉作;夏芽もも絵　KADOKAWA(角川つばさ文庫)　2018年11月

Rii　りー
「ソライロ」の動画師をしている小学5年生の女の子 「ソライロ♪プロジェクト 5」 一ノ瀬三葉作;夏芽もも絵　KADOKAWA(角川つばさ文庫)　2019年4月

リオレウス
すべてのハンターたちから恐れられる空の王者のモンスター 「モンスターハンター:ワールド : オトモダチ調査団」 相坂ゆうひ作;貞松龍壱絵　KADOKAWA(角川つばさ文庫)　2018年12月

リカ
妖怪お悩み相談員で妖怪たちの問題を解決するために奮闘する小学6年生の少女 「こちら妖怪お悩み相談室」 清水温子作;たごもりのりこ絵　岩崎書店　2019年4月

里佳子　りかこ
怪盗の山猫の仕事仲間 「怪盗探偵山猫 [4]」 神永学作;ひと和絵　KADOKAWA(角川つばさ文庫)　2019年6月

理科 ヒカル　りか・ひかる
理科の教科書から生まれた動物や植物が大好きな男子 「時間割男子 1」 一ノ瀬三葉作;榎のと絵　KADOKAWA(角川つばさ文庫)　2019年10月

理科 ヒカル　りか・ひかる
理科の教科書から生まれた動物や植物が大好きな男子 「時間割男子 2」 一ノ瀬三葉作;榎のと絵　KADOKAWA(角川つばさ文庫)　2020年2月

理科 ヒカル　りか・ひかる
理科の教科書から生まれた動物や植物が大好きな男子 「時間割男子 3」 一ノ瀬三葉作;榎のと絵　KADOKAWA(角川つばさ文庫)　2020年7月

理科 ヒカル　りか・ひかる
理科の教科書から生まれた動物や植物が大好きな男子 「時間割男子 4」 一ノ瀬三葉作;榎のと絵　KADOKAWA(角川つばさ文庫)　2020年12月

リク
ルーチカたちが流れ着いた小島で出会う記憶喪失の少年 「はりねずみのルーチカ：人魚の島」 かんのゆうこ作;北見葉胡絵　講談社(わくわくライブラリー)　2019年7月

リク
修一の友達、修一と共に犬のマックの散歩を手伝い修一を支える少年 「もう逃げない!」 朝比奈蓉子作;こより絵　PHP研究所(わたしたちの本棚)　2018年10月

リク
小学5年生の夏休みに引っ越してきたばあちゃん思いの少年 「七不思議神社 [2]」 緑川聖司作;TAKA絵　あかね書房　2019年11月

リク
小学5年生の夏休みに引っ越してきたばあちゃん思いの少年 「七不思議神社」 緑川聖司作;TAKA絵　あかね書房　2019年7月

理沙　りさ
17世紀のオランダにタイムスリップし魔女裁判の恐怖に巻き込まれる少女 「魔女裁判の秘密」 樹葉作;北見葉胡絵　文研出版(文研じゅべにーる)　2019年3月

梨崎 佳乃　りさき・よしの
第47代こわいもの係の少女 「五年霊組こわいもの係 13」 床丸迷人作;浜弓場双絵　KADOKAWA(角川つばさ文庫)　2018年3月

りす
いつも元気で遊ぶことが大好きなげっしーず 「げっし〜ず：みんなちがうけど、みんななかよし」 しまだよしなお著;しろいおもち絵　集英社(集英社みらい文庫)　2019年8月

リズ
和奏が生まれ変わった人物でシンデレラの意地悪な義理の姉 「パティシエ志望だったのに、シンデレラのいじわるな姉に生まれ変わってしまいました!」 日部星花著;中嶋ゆかイラスト　小学館(小学館ジュニア文庫)　2019年10月

李 小狼　り・ちゃおらん
香港からやってきた転校生、さくらのライバル 「小説アニメカードキャプターさくら クロウカード編上下」 CLAMP原作;有沢ゆう希著　講談社(講談社KK文庫)　2018年1月

李 小狼　り・ちゃおらん
魔術師クロウ・リードの遠い親戚、さくらの元ライバル 「小説アニメカードキャプターさくら クリアカード編1」 CLAMP原作;有沢ゆう希著　講談社(講談社KK文庫)　2018年3月

李 小狼　り・ちゃおらん
魔術師クロウ・リードの遠い親戚、さくらの元ライバル 「小説アニメカードキャプターさくら クリアカード編2」 CLAMP原作;有沢ゆう希著　講談社(講談社KK文庫)　2018年5月

李 小狼　り・ちゃおらん
魔術師クロウ・リードの遠い親戚、さくらの元ライバル 「小説アニメカードキャプターさくら クリアカード編3」 CLAMP原作;有沢ゆう希著　講談社(講談社KK文庫)　2018年7月

李 小狼　り・ちゃおらん
魔術師クロウ・リードの遠い親戚、さくらの元ライバル 「小説アニメカードキャプターさくら クリアカード編4」 CLAMP原作;有沢ゆう希著　講談社(講談社KK文庫) 2018年9月

李 小狼　り・ちゃおらん
魔術師クロウ・リードの遠い親戚、さくらの元ライバル 「小説アニメカードキャプターさくら さくらカード編上下 」 CLAMP原作;有沢ゆう希著　講談社(講談社KK文庫) 2018年2月

李徴　りちょう
中国の役人だったが詩人を志しワケあってトラの姿となった人 「山月記・李陵：中島敦名作選」 中島敦作;Tobi絵　KADOKAWA(角川つばさ文庫) 2019年3月

リック
クールで歴史マニアな少年 「鹿鳴館の恋文—歴史探偵アン&リック」 小森香折作;染谷みのる絵　偕成社 2019年11月

リドルズ
IQ200の天才、「Qube」のゲームマスター 「天才謎解きバトラーズQ：vs.大脱出!超巨大遊園地」 吉岡みつる作;はあと絵　講談社(講談社青い鳥文庫) 2020年3月

リドルズ
IQ200の天才ゲームマスター 「天才謎解きバトラーズQ [2]」 吉岡みつる作;はあと絵　講談社(講談社青い鳥文庫) 2020年8月

リーナ
ひらめき系の暗号が得意な女の子 「暗号サバイバル学園：秘密のカギで世界をすくえ! 01」 山本省三作;丸谷朋弘絵;入澤宣幸暗号図;松本弥ヒエログリフ監修　学研プラス 2020年9月

リーバー
名探偵のゴールデン・レトリーバーの子犬のぬいぐるみ 「ぬいぐるみ犬探偵リーバーの冒険 = The Adventures of RIEVER」 鈴木りん著　KADOKAWA(カドカワ読書タイム) 2020年12月

リ・ハオ
李子分として趙金雲監督の助手をしていた中国代表のエース 「小説イナズマイレブン：オリオンの刻印 2」 レベルファイブ原作;日野晃博総監督・原案・シリーズ構成;江橋よしのり著　小学館(小学館ジュニア文庫) 2019年7月

莉穂　りほ
揉め事を避けるため大人しい子を演じている少女 「かなわない、ぜったい。[2]」 野々村花作;姫川恵梨絵　集英社(集英社みらい文庫) 2019年4月

莉穂　りほ
揉め事を避けるため大人しい子を演じている少女 「かなわない、ぜったい。[3]」 野々村花作;姫川恵梨絵　集英社(集英社みらい文庫) 2019年8月

リボンちゃん
ジェットくんの友達 「カラスてんぐのジェットくん」 富安陽子作;植垣歩子絵　理論社 2019年11月

リーマ
ダヤンの飼い主の女の子 「猫のダヤン 1」 池田あきこ作 静山社(静山社ペガサス文庫) 2018年4月

リーマ
ダヤンの飼い主の女の子 「猫のダヤン 2」 池田あきこ作 静山社(静山社ペガサス文庫) 2018年6月

りみ
パパと二人暮らしをしていたがパパの再婚に戸惑い新しいママとの出会いを経験する女の子 「パパのはなよめさん」 麻生かづこ作;垂石眞子絵 ポプラ社(本はともだち♪) 2020年6月

リャクラン
永依国の美少年軍師 「X-01 3」 あさのあつこ著 講談社(YA!ENTERTAINMENT) 2019年11月

リュウ
ヒトの死を確認する仕事をしている不思議な少年 「明日、きみのいない朝が来る」 いぬじゅん著;U35イラスト PHP研究所(PHPジュニアノベル) 2018年11月

リュウ
転校してきた活発な男の子 「となりはリュウくん」 松井ラフ作;佐藤真紀子絵 PHP研究所(とっておきのどうわ) 2019年8月

竜王 創也 りゅうおう・そうや
同級生の内人と「夢幻」というゲームを創った頭脳明晰な中学生 「都会(まち)のトム&ソーヤ 15」 はやみねかおる著 講談社(YA!ENTERTAINMENT) 2018年3月

竜王 創也 りゅうおう・そうや
内人の成績優秀な同級生、竜王グループの後継者 「都会(まち)のトム&ソーヤ 16」 はやみねかおる著 講談社(YA!ENTERTAINMENT) 2019年2月

竜王 創也 りゅうおう・そうや
内人の同級生、内人と共にお宝探しに巻き込まれる学校創設以来の秀才 「都会(まち)のトム&ソーヤ 外伝16.5」 はやみねかおる著 講談社(YA!ENTERTAINMENT) 2020年3月

竜ケ崎先生 りゅうがさきせんせい
新しく新聞部の顧問になった3年生の担任の先生 「謎新聞ミライタイムズ = The Mirai Times 5」 佐東みどり著;フルカワマモる絵;SCRAP謎制作;「シャキーン!」制作スタッフ監修 ポプラ社 2020年3月

竜宮 レナ りゅうぐう・れな
いつもみんなを気遣っている同級生の少女 「ひぐらしのなく頃に 第2話[上][下]」 竜騎士07著;里好イラスト 双葉社(双葉社ジュニア文庫) 2020年12月

竜宮 レナ りゅうぐう・れな
圭一のクラスメートで元気でおおらかな性格の少女 「ひぐらしのなく頃に 第1話[上][下]」 竜騎士07著;里好イラスト 双葉社(双葉社ジュニア文庫) 2020年10月

隆二 りゅうじ
海翔の友達 「いつか、太陽の船」 村中李衣作;こしだミカ絵;根室の子ども達絵 新日本出版社 2019年3月

リュウタ
兄のキーホルダーを失くしうらないグミで次々に嫌な目に遭うタケルの弟 「魔女のうらないグミ」 草野あきこ作;ひがしちから絵 PHP研究所(とっておきのどうわ) 2020年7月

リュウちゃん
筋ジストロフィーという難病を抱えたわんぱくな男の子 「ぼくにできること―子どものみらい文芸シリーズ」 土屋竜一著 みらいパブリッシング 2018年2月

龍羽 努 りゅうば・つとむ
チャイハロの社長 「小説秘密のチャイハロ 1」 鈴木おさむ原作;伊藤クミコ文;桜倉メグ絵 講談社(講談社青い鳥文庫) 2019年1月

龍羽 努 りゅうば・つとむ
チャイハロの社長 「小説秘密のチャイハロ 2」 鈴木おさむ原作;伊藤クミコ文;桜倉メグ絵 講談社(講談社青い鳥文庫) 2019年5月

龍羽 努 りゅうば・つとむ
チャイハロの社長 「小説秘密のチャイハロ 3」 鈴木おさむ原作;伊藤クミコ文;桜倉メグ絵 講談社(講談社青い鳥文庫) 2019年8月

リュカ
モンスターを倒しながら父親と共に世界中を旅する少年 「ドラゴンクエスト ユア・ストーリー : 映画ノベライズみらい文庫版」 堀井雄二原作;山崎貴脚本;宮本深礼著 集英社(集英社みらい文庫) 2019年8月

リョウ
13歳の誕生日に卵の世界を出ることを決断した少年 「ぼくたちは卵のなかにいた」 石井睦美作;アンマサコ絵 小学館 2019年7月

リョウ
記憶迷宮の管理人 「君型迷宮図」 久米絵美里作;元本モトコ絵 朝日学生新聞社 2018年12月

リョウ先輩 りょうせんぱい
お店のムードメーカーのパティシエ 「めざせ!No.1パティシエ : ケーキ屋さん物語―あこがれガールズコレクションストーリー」 しまだよしなお文;森江まこ絵 小学館 2018年3月

良太 りょうた
小学4年生、突然現れた海賊トレジャと共に宝探しをすることになった少年 「ぼくんちの海賊トレジャ」 柏葉幸子作;野見山響子絵 偕成社 2019年7月

りょうたくん
小学生、マンホーくんの友人で共に問題を解決しようとする男の子 「へんなともだちマンホーくん [4]」 村上しいこ作;たかいよしかず絵 講談社(わくわくライブラリー) 2020年2月

りょうた先生 りょうたせんせい
2年2組の担任、給食の余ったごはんをおむすびにして子どもたちに提供する優しい先生 「おかわりへの道」 山本悦子作;下平けーすけ絵 PHP研究所(とっておきのどうわ) 2018年3月

涼人 りょうと
体が弱く教室で過ごすことが多い男の子 「消えた時間割」 西村友里作;大庭賢哉絵 学研プラス(ジュニア文学館) 2018年5月

リーリー
シャンシャンのお父さんパンダ 「パンダのシャンシャン日記：どうぶつの飼育員さんになりたい!」 万里アンナ作;ものゆう絵 KADOKAWA（角川つばさ文庫） 2018年8月

リリ
15歳の少女、白ウサギのぬいぐるみスノポンの持ち主 「十年屋 時の魔法はいかがでしょう? 児童版」 廣嶋玲子作;佐竹美保絵 ほるぷ出版 2019年12月

りり
あかりと一緒にケガをしているこうすけのお世話をする女の子 「あしたもチャーシューメン」 最上一平作;青山友美絵 新日本出版社 2018年3月

リリ
アンティーク家具屋「ねこの森」に住む白ねこ 「ルビねこと星ものがたり―本屋さんのルビねこ」 野中柊作;松本圭以子絵 理論社 2020年6月

リリ
ピアノコンクールに出ることになったナナの姉 「まじょのナニーさんふわふわピアノでなかなおり」 藤真知子作;はっとりななみ絵 ポプラ社 2018年10月

利里 りり
父の単身赴任先を訪れ父に対して幻滅するが新しい友達との出会いを通して素直な気持ちを取り戻す少女 「おとうさんのかお―こころのつばさシリーズ」 岩瀬成子作;いざわ直子絵 佼成出版社 2020年9月

リリア
猫の町のパン職人、レオとルルの母親 「ねこの町の小学校：たのしいえんそく」 小手鞠るい作;くまあやこ絵 講談社（わくわくライブラリー） 2020年11月

リリイ
世界最高の魔法使いを目指して頑張る前向きで明るい魔法学校のアニメの主人公の学生 「声優さんっていいな：おしごとのおはなし声優―シリーズおしごとのおはなし」 如月かずさ作;サトウユカ絵 講談社 2018年2月

リリーエ
サトシのクラスメート 「ポケットモンスターサン&ムーン サトシ編―よむポケ」 福田幸江文;姫野よしかず絵;小学館集英社プロダクション監修 小学館 2018年7月

リリコ
魔女の血を受け継ぐ小学1年生の女の子 「小学生まじょとまほうのくつ」 中島和子作;秋里信子絵 金の星社 2018年9月

りりな
真実の恋を求めて恋愛リアリティーショーに参加する本気の恋を追い求める若者、読者モデル 「オオカミくんには騙されない：本気の恋と、切ない嘘」 AbemaTV『オオカミくんには騙されない♥』原案・企画協力;深海ゆずは作;遠山えま絵 KADOKAWA（角川つばさ文庫） 2020年1月

りりむ
おっとりしたマイの親友 「小説ゲキカワデビル：恋するゲキカワコーデ―CIAO BOOKS」 やぶうち優原作・イラスト;宮沢みゆき著 小学館 2019年3月

りん
ちゃんと一緒に学校に通い日々の繰り返しに退屈を感じつつ楽しい方法を考えようとしている女の子「学校へ行こう：ちゃんとりん」いとうひろし作　理論社　2018年11月

リン
ヤマビトの子ども、ヒロキと共に冒険する美しい少女「山のうらがわの冒険」みおちづる作;広瀬弦絵　あかね書房(読書の時間)　2020年6月

リング
バーバが飼っている犬「ゆっくりおやすみ、樹の下で」高橋源一郎著　朝日新聞出版　2018年6月

リンちゃん
学童に通う2年生のリンゴ「くだものっこの花―おはなしのまど；6」たかどのほうこ作;つちだのぶこ絵　フレーベル館　2018年2月

竜堂 ルナ　りんどう・るな
悪い妖怪を「妖界」へ連れ戻すために冒険の旅に出た少女、うなじに第3の目を持つ伝説の子「妖界ナビ・ルナ 5」池田美代子作;戸部淑絵　講談社(講談社青い鳥文庫)　2018年1月

竜堂 ルナ　りんどう・るな
悪い妖怪を「妖界」へ連れ戻すために冒険の旅に出た少女、うなじに第3の目を持つ伝説の子「妖界ナビ・ルナ 6」池田美代子作;戸部淑絵　講談社(講談社青い鳥文庫)　2018年5月

竜堂 ルナ　りんどう・るな
悪い妖怪を「妖界」へ連れ戻すために冒険の旅に出た少女、うなじに第3の目を持つ伝説の子「妖界ナビ・ルナ 7」池田美代子作;戸部淑絵　講談社(講談社青い鳥文庫)　2018年9月

竜堂 ルナ　りんどう・るな
悪い妖怪を「妖界」へ連れ戻すために冒険の旅に出た少女、うなじに第3の目を持つ伝説の子「妖界ナビ・ルナ 8」池田美代子作;戸部淑絵　講談社(講談社青い鳥文庫)　2019年1月

竜堂 ルナ　りんどう・るな
悪い妖怪を「妖界」へ連れ戻すために冒険の旅に出た少女、うなじに第3の目を持つ伝説の子「妖界ナビ・ルナ 9」池田美代子作;戸部淑絵　講談社(講談社青い鳥文庫)　2019年5月

【る】

ルー
わがままで個性的な性格で一だけに姿を見せる石像に宿る精霊「精霊人、はじめました!」宮下恵茉作;十々夜絵　PHP研究所(カラフルノベル)　2020年12月

ルー
人と同じ言葉を話すミャーゴの弟子ウサギ「魔法医トリシアの冒険カルテ 5」南房秀久著;小笠原智史絵　学研プラス　2018年3月

ルイ
かわいいドレスや洋服をデザインする人になりたい女の子 「まじょ子とステキなおひめさまドレス—学年別こどもおはなし劇場 ; 117 2年生」 藤真知子作;ゆーちみえこ絵 ポプラ社 2018年4月

るい子 るいこ
霊感を持つ小学4年生で怪談研究クラブを結成する少女 「怪談研究クラブ [2]」 笹原留似子作 金の星社 2020年9月

るい子 るいこ
霊感を持つ小学4年生で怪談研究クラブを結成する少女 「怪談研究クラブ」 笹原留似子作絵 金の星社 2019年8月

ルイジンニョ
著者にポルトガル語を教えてくれた陽気で親切な少年 「ルイジンニョ少年 ブラジルをたずねて」 かどのえいこ文;福原幸男絵 ポプラ社 2019年1月

ルイス(ルイジンニョ)
著者にポルトガル語を教えてくれた陽気で親切な少年 「ルイジンニョ少年 ブラジルをたずねて」 かどのえいこ文;福原幸男絵 ポプラ社 2019年1月

ルイーゼ
13人の探偵卿をまとめる元・探偵卿 「怪盗クイーンニースの休日 : アナミナティの祝祭 前編」 はやみねかおる作;K2商会絵 講談社(講談社青い鳥文庫) 2019年7月

ルイーゼ
13人の探偵卿をまとめる元・探偵卿 「怪盗クイーンモナコの決戦 : アナミナティの祝祭 後編」 はやみねかおる作;K2商会絵 講談社(講談社青い鳥文庫) 2019年8月

ルイルイ
6年5組にやってきた転校生、生活向上委員の一人 「生活向上委員会! 10」 伊藤クミコ作;桜倉メグ絵 講談社(講談社青い鳥文庫) 2019年3月

ルイルイ
6年5組にやってきた転校生、生活向上委員の一人 「生活向上委員会! 11」 伊藤クミコ作;桜倉メグ絵 講談社(講談社青い鳥文庫) 2019年8月

ルイルイ
6年5組にやってきた転校生、生活向上委員の一人 「生活向上委員会! 12」 伊藤クミコ作;桜倉メグ絵 講談社(講談社青い鳥文庫) 2019年12月

ルイルイ
6年5組にやってきた転校生、生活向上委員の一人 「生活向上委員会! 13」 伊藤クミコ作;桜倉メグ絵 講談社(講談社青い鳥文庫) 2020年4月

ルイルイ
6年5組にやってきた転校生、生活向上委員の一人 「生活向上委員会! 7」 伊藤クミコ作;桜倉メグ絵 講談社(講談社青い鳥文庫) 2018年3月

ルイルイ
6年5組にやってきた転校生、生活向上委員の一人 「生活向上委員会! 8」 伊藤クミコ作;桜倉メグ絵 講談社(講談社青い鳥文庫) 2018年7月

ルイルイ
6年5組にやってきた転校生、生活向上委員の一人 「生活向上委員会! 9」 伊藤クミコ作;桜倉メグ絵 講談社(講談社青い鳥文庫) 2018年11月

るう
晴れた日にぽんぽん山へ散歩に出かけるクマの子 「くまのこのるうくんとおばけのこ」 東直子作;吉田尚令画 くもん出版(くもんの児童文学) 2020年10月

ルウ子 るうこ
「雨ふる本屋」を訪れる人間の少女 「雨ふる本屋と雨かんむりの花」 日向理恵子作;吉田尚令絵 童心社 2020年7月

ルウ子 るうこ
お話を書くのが好きな人間の女の子 「雨ふる本屋と雨もりの森」 日向理恵子作;吉田尚令絵 童心社 2018年6月

流羽・シュナイダー るうしゅないだー
夢羽の幼なじみで10歳の少年 「IQ探偵ムー夢羽のホノルル探偵団」 深沢美潮作;山田J太画 ポプラ社(ポプラカラフル文庫) 2019年7月

ルカ
のび太たちの学校にやってきた不思議な雰囲気のある転校生 「小説映画ドラえもんのび太の月面探査記」 藤子・F・不二雄原作;辻村深月著 小学館(小学館ジュニア文庫) 2019年2月

ルカ
マリエと同い年の双子、「ピエール・ロジェ」の店主ピエールさんの孫 「プティ・パティシエールガラスの心(ハート)のクレーム・ブリュレ―プティ・パティシエール ; 5」 工藤純子作;うっけ絵 ポプラ社 2018年7月

ルーカス 舞子 るーかす・まいこ
ガードロイドを探そうとする6年1組の生徒 「つくられた心 = Artificial soul」 佐藤まどか作;浦田健二絵 ポプラ社(teens' best selections) 2019年2月

ルキ
お菓子作りが得意で気弱な小学4年生の女の子 「ルキとユリーカのびっくり発明びより」 如月かずさ作;柴本翔絵 講談社 2019年12月

ルギア
風祭りの最終日に姿を現すと言われている伝説のポケモン 「劇場版ポケットモンスターみんなの物語」 梅原英司脚本;高羽彩脚本;水稀しま著;石原恒和監修 小学館(小学館ジュニア文庫) 2018年7月

ルーグ
ウラの世界の住人で常にマイナス思考の男の子 「ウラオモテ世界! : とつぜんの除霊×ゲームバトル」 雨蛙ミドリ作;kaworu絵 KADOKAWA(角川つばさ文庫) 2019年7月

ルーグ
ウラの世界の住人で常にマイナス思考の男の子 「ウラオモテ世界! 2」 雨蛙ミドリ作;kaworu絵 KADOKAWA(角川つばさ文庫) 2019年12月

ルーグ
ウラの世界の住人で常にマイナス思考の男の子 「ウラオモテ世界! 3」 雨蛙ミドリ作;kaworu絵 KADOKAWA(角川つばさ文庫) 2020年5月

ルクス・オルリック
貴族出身でプライドが高いがアルムと切磋琢磨する少年 「白の平民魔法使い:無属性の異端児」 らむなべ著 KADOKAWA(カドカワ読書タイム) 2020年11月

ルーシー・スティーヴンス
テレビ局「CNM」の新人記者 「名探偵ピカチュウ」 ダン・ヘルナンデス脚本;ベンジー・サミット脚本;ロブ・レターマン脚本;デレク・コノリー脚本;江坂純著 小学館(小学館ジュニア文庫) 2019年7月

ルーシー・ワイルド
超極秘組織「反悪党同盟」の女性エージェント 「怪盗グルーのミニオン危機一発」 澁谷正子著 小学館(小学館ジュニア文庫) 2018年7月

ルソンバン
かつて雷のマジックで一世を風びしたが一度の失敗で名声を失い現在はカフェで細々と手品を続ける男性マジシャン 「ルソンバンの大奇術」 牡丹靖佳著 福音館書店 2018年2月

ルーチカ
ジャム作りと歌が大好きな心優しいハリネズミ 「はりねずみのルーチカ:フェリエの国の新しい年」 かんのゆうこ作;北見葉胡絵 講談社(わくわくライブラリー) 2018年10月

ルーチカ
フェリエの国に住む冒険好きで心優しいハリネズミ 「はりねずみのルーチカ:トゥーリのひみつ」 かんのゆうこ作;北見葉胡絵 講談社(わくわくライブラリー) 2020年3月

ルーチカ
心優しいハリネズミ、仲間たちと共に人魚のいる島を目指して船旅を楽しむ冒険者 「はりねずみのルーチカ:人魚の島」 かんのゆうこ作;北見葉胡絵 講談社(わくわくライブラリー) 2019年7月

ルッツ
近所の男友達 「本好きの下剋上 第1部[2]」 香月美夜作;椎名優絵 TOブックス(TOジュニア文庫) 2019年10月

ルッツ
近所の男友達 「本好きの下剋上 第1部[3]」 香月美夜作;椎名優絵 TOブックス(TOジュニア文庫) 2020年4月

ルッツ
近所の男友達 「本好きの下剋上 第1部[4]」 香月美夜作;椎名優絵 TOブックス(TOジュニア文庫) 2020年6月

ルッツ
近所の男友達 「本好きの下剋上 第1部[5]」 香月美夜作;椎名優絵 TOブックス(TOジュニア文庫) 2020年10月

ルドルフ
読み書きを習得した黒猫、新たな冒険に出ることになる知的な猫 「ルドルフとノラねこブッチー：ルドルフとイッパイアッテナ 5―児童文学創作シリーズ」 斉藤洋作;杉浦範茂絵 講談社 2020年6月

ルーナ
大切な「ガーコ」をなくし犯人のミチルちゃんを追いかけるチビ魔女 「おばけのたからもの―おばけマンション；44」 むらいかよ著 ポプラ社(ポプラ社の新・小さな童話) 2018年4月

ルナ
クラス替えで仲良しの友達と別れ少し落ち込んでいる女の子 「まじょのナニーさん青空のお友だちケーキ」 藤真知子作;はっとりななみ絵 ポプラ社 2019年4月

ルナ
セーラー戦士を見つけるためにやってきた不思議な黒猫、うさぎのパートナー 「小説美少女戦士セーラームーン：青い鳥文庫版 1」 武内直子原作・絵;池田美代子文 講談社(講談社青い鳥文庫) 2018年6月

ルナ
セーラー戦士を見つけるためにやってきた不思議な黒猫、うさぎのパートナー 「小説美少女戦士セーラームーン：青い鳥文庫版 2」 武内直子原作・絵;池田美代子文 講談社(講談社青い鳥文庫) 2018年11月

ルナ
セーラー戦士を見つけるためにやってきた不思議な黒猫、うさぎのパートナー 「小説美少女戦士セーラームーン：青い鳥文庫版 3」 武内直子原作・絵;池田美代子文 講談社(講談社青い鳥文庫) 2019年3月

ルナ
マリエと同い年の双子、「ピエール・ロジェ」の店主ピエールさんの孫 「プティ・パティシエールガラスの心(ハート)のクレーム・ブリュレ―プティ・パティシエール；5」 工藤純子作;うっけ絵 ポプラ社 2018年7月

ルビ
「本屋本の木」で本のほこりから生また好奇心旺盛な子猫 「本屋さんのルビねこ」 野中柊作;松本圭以子絵 理論社 2018年6月

ルビ
本屋「本の木」の片隅で本に積もったほこりから生まれた子ねこ 「ルビねこと星ものがたり―本屋さんのルビねこ」 野中柊作;松本圭以子絵 理論社 2020年6月

ルビ
本屋「本の木」の片隅で本に積もったほこりから生まれた子猫 「ルビとしっぽの秘密：本屋さんのルビねこ」 野中柊作;松本圭以子絵 理論社 2019年6月

ルビー
ソフィアが村にいた時からの友達 「ちいさなプリンセスソフィア友情ストーリー：エンチャンシアのうた クローバーといっしょ―はじめてノベルズ」 駒田文子文・編集協力 講談社(講談社KK文庫) 2018年2月

ルマ家 るまけ
再び覇権を握ろうとする陰謀を企むこの世界の文明を築いた一族 「少年Nの長い長い旅 05」 石川宏千花著 講談社(YA!ENTERTAINMENT) 2018年8月

留美子　るみこ
赤い人による恐怖の中バラバラになった自分たちのカラダを探し仲間たちと共に命を守るために奮闘する少女 「カラダ探し 第3夜2」 ウェルザード著　双葉社(双葉社ジュニア文庫) 2019年3月

留美子　るみこ
謎の少女に死を告げら「カラダ探し」の恐怖に巻き込まれる女子生徒 「カラダ探し 第3夜1」 ウェルザード著　双葉社(双葉社ジュニア文庫) 2018年11月

留美子　るみこ
夜の学校で「赤い人」に殺され続けながら真実を突き止めようと奮闘する少女 「カラダ探し第3夜3」 ウェルザード著　双葉社(双葉社ジュニア文庫) 2019年7月

ルミーナおばさん
お鍋に宿る妖精、ワロン一家のお母さん 「おなべの妖精一家 1」 福田隆浩作;サトウユカ絵　講談社(わくわくライブラリー) 2018年7月

ルミーナおばさん
お鍋に宿る妖精、ワロン一家のお母さん 「おなべの妖精一家 2」 福田隆浩作;サトウユカ絵　講談社(わくわくライブラリー) 2018年9月

ルル
エリカのために食パンを使ったお菓子を作る女の子 「ルルとララのアニバーサリー・サンド」 あんびるやすこ作・絵　岩崎書店(おはなしトントン) 2018年4月

ルル
おまじないのスイーツ作りに挑戦する女の子 「ルルとララのおまじないクッキー」 あんびるやすこ作・絵　岩崎書店(おはなしトントン) 2019年2月

ルル
がんばりやさんで新しいお仕事に挑戦するかわいい双子の女の子の一人 「がんばれ!ルルロロ [2]」 あいはらひろゆき著　小学館(小学館ジュニア文庫) 2019年3月

ルル
元気いっぱいで何事にも一生懸命に取り組む好奇心旺盛な双子の姉妹の一人 「がんばれ!ルルロロ」 あいはらひろゆき著　小学館(小学館ジュニア文庫) 2018年4月

ルル
慎重派で野菜博士オリビアの話に感心し、記録をつけるのが得意な猫の小学生 「ねこの町の小学校 : たのしいえんそく」 小手鞠るい作;くまあやこ絵　講談社(わくわくライブラリー) 2020年11月

【れ】

レイ
脱獄計画において策を練る冷静で知略に優れた少年 「約束のネバーランド : 映画ノベライズみらい文庫版」 白井カイウ原作;出水ぽすか作画;後藤法子脚本;小川彗著　集英社(集英社みらい文庫) 2020年12月

レイ
父親の仕事の都合でアメリカから日本に引っ越してきた少年 「れいとレイ : ルックアットザブライトサイド」 うちやまともこ作;岡山伸也絵　絵本塾出版 2020年8月

レイア
アメリカからの転校生で小学4年生、超高性能AIを操り危険な計画を企てる謎めいた少女 「科学探偵VS.暴走するAI 前編―科学探偵謎野真実シリーズ」 佐東みどり作;石川北二作;木滝りま作;田中智章作;木々絵 朝日新聞出版 2020年8月

レイア
アメリカから転校してきた小学4年生、IT企業「クロノス」社長の娘で超高性能AIの開発者 「科学探偵VS.暴走するAI 後編―科学探偵謎野真実シリーズ」 佐東みどり作;石川北二作;木滝りま作;田中智章作;木々絵 朝日新聞出版 2020年12月

レイカ
オカルト好きの小学5年生の少女、優助の幼なじみ 「青鬼調査クラブ：ジェイルハウスの怪物を倒せ!」 noprops原作;黒田研二原作;波摘著;鈴羅木かりんイラスト PHP研究所(PHPジュニアノベル) 2019年12月

レイカ
オカルト好きの小学5年生の少女、優助の幼なじみ 「青鬼調査クラブ 2」 noprops原作;黒田研二原作;波摘著;鈴羅木かりんイラスト PHP研究所(PHPジュニアノベル) 2020年7月

レイカ
オカルト好きの小学5年生の少女、優助の幼なじみ 「青鬼調査クラブ 3」 noprops原作;黒田研二原作;波摘著;鈴羅木かりんイラスト PHP研究所(PHPジュニアノベル) 2020年11月

レイジさん
ふしぎな古書店「福神堂」の店主、小学5年生のひびきを仮弟子にした福の神 「ふしぎ古書店 7」 にかいどう青作;のぶたろ絵 講談社(講談社青い鳥文庫) 2018年1月

レイヤ(日守 黎夜) れいや(ひのもり・れいや)
サーヤの双子の弟、サーヤと共に戦う仲間の一人 「魔天使マテリアル 30」 藤咲あゆな作;藤丘ようこ絵 ポプラ社(ポプラカラフル文庫) 2020年3月

レイヤ(日守 黎夜) れいや(ひのもり・れいや)
破魔のマテリアル・サーヤの双子の弟で小学6年生、魔界の王の子として生まれた光のマテリアル 「魔天使マテリアル 25」 藤咲あゆな作;藤丘ようこ画 ポプラ社(ポプラカラフル文庫) 2018年6月

レイヤ(日守 黎夜) れいや(ひのもり・れいや)
破魔のマテリアル・サーヤの双子の弟で小学6年生、魔界の王の子として生まれた光のマテリアル 「魔天使マテリアル 26」 藤咲あゆな作;藤丘ようこ絵 ポプラ社(ポプラカラフル文庫) 2018年11月

レイヤ(日守 黎夜) れいや(ひのもり・れいや)
破魔のマテリアル・サーヤの双子の弟で小学6年生、魔界の王の子として生まれた光のマテリアル 「魔天使マテリアル 27」 藤咲あゆな作;藤丘ようこ絵 ポプラ社(ポプラカラフル文庫) 2019年6月

レイヤ(日守 黎夜) れいや(ひのもり・れいや)
破魔のマテリアル・サーヤの双子の弟で小学6年生、魔界の王の子として生まれた光のマテリアル 「魔天使マテリアル 28」 藤咲あゆな作;藤丘ようこ絵 ポプラ社(ポプラカラフル文庫) 2019年9月

レイヤ(日守 黎夜)　れいや(ひのもり・れいや)
破魔のマテリアル・サーヤの双子の弟で小学6年生、魔界の王の子として生まれた光のマテリアル 「魔天使マテリアル 29」 藤咲あゆな作;藤丘ようこ絵 ポプラ社(ポプラカラフル文庫) 2019年12月

レオ
ダンスユニット「レオン」に所属するイケメン高校生 「ダンスの王子様 : 男子のフリしてダンスなんかできません!」 麻井深雪作;朝香のりこ絵 ポプラ社(ポケット・ショコラ) 2020年5月

レオ
元気いっぱいの猫の小学生、探検が大好きなリーダー的存在 「ねこの町の小学校 : たのしいえんそく」 小手鞠るい作;くまあやこ絵 講談社(わくわくライブラリー) 2020年11月

レオ
父さんとお母さんたち、子どもたちとともに暮らすライオンの女の子 「レオたいせつなゆうき : どうぶつのかぞくライオン―シリーズどうぶつのかぞく」 村上しいこ作;こばようこ絵 講談社 2019年1月

レオ
墓地で墓守りを務め霊と会話をする能力を持つ孤独な少年 「墓守りのレオ [2]」 石川宏千花著 小学館 2018年1月

レオナ
成美の元親友で隣町の道場に通う剣道仲間 「まっしょうめん! [3]」 あさだりん作;新井陽次郎絵 偕成社(偕成社ノベルフリーク) 2020年3月

レオナルド・ダ・ヴィンチ
野球チーム「世界ワールドヒーローズ」の3番キャッチャー 「戦国ベースボール [13]」 りょくち真太作;トリバタケハルノブ絵 集英社(集英社みらい文庫) 2018年7月

レクト
クールなファッションに身を包んだ新聞記者 「白猫プロジェクト : 大いなる冒険の始まり」 コロプラ原作・監修;橘もも作;布施龍太絵 KADOKAWA(角川つばさ文庫) 2019年3月

レッツ
3歳の男の子 「レッツとネコさん」 ひこ・田中さく;ヨシタケシンスケえ 講談社 2018年6月

レッツ
4歳の男の子 「レッツのふみだい」 ひこ・田中さく;ヨシタケシンスケえ 講談社 2018年7月

レッツ
5歳の男の子 「レッツがおつかい」 ひこ・田中さく;ヨシタケシンスケえ 講談社 2018年8月

レッツ
母親とのおへそのつながりについて考える5歳の子ども 「レッツはおなか」 ひこ・田中さく;ヨシタケシンスケえ 講談社 2020年4月

レッド
盲導犬候補として生まれた子犬の女の子 「さよならをのりこえた犬ソフィー : 盲導犬になった子犬の物語」 なりゆきわかこ作;あやか挿絵 KADOKAWA(角川つばさ文庫) 2019年9月

レッドねえさん
「ねこカフェあのよ」の常連さん、美形の赤毛猫 「さよなら弟ねこのヤン―ねこたちからのメッセージ」 なりゆきわかこ作;あやか挿絵 KADOKAWA(角川つばさ文庫) 2018年4月

レハナ先生 れはなせんせい
弁護士でありファルザーナの恩師 「《世界》がここを忘れても:アフガン女性・ファルザーナの物語」 清末愛砂文;久保田桂子絵 寿郎社 2020年2月

レミ
隣の席になったリュウくんに嫌なことをされ最初は彼を苦手に思っている女の子 「となりはリュウくん」 松井ラフ作;佐藤真紀子絵 PHP研究所(とっておきのどうわ) 2019年8月

レン
トリシアの幼なじみの男の子 「魔法医トリシアの冒険カルテ 6」 南房秀久著;小笠原智史絵 学研プラス 2018年10月

煉獄 杏寿郎 れんごく・きょうじゅろう
鬼殺隊の「炎柱」で情熱的かつ圧倒的な実力を誇る最強の剣士 「劇場版鬼滅の刃無限列車編:ノベライズみらい文庫版」 吾峠呼世晴原作;ufotable脚本;松田朱夏著 集英社(集英社みらい文庫) 2020年10月

レンちゃん
ことばどおりの出来事に巻き込まれるコトノハ町に住む小学生の女の子 「コトノハ町はきょうもヘンテコ」 昼田弥子作;早川世詩男絵 光村図書出版(飛ぶ教室の本) 2020年3月

レント
陸南工業高校3年の銀髪の男子 「制服ラプンツェル」 麻井深雪作;池田春香絵 ポプラ社(ポケット・ショコラ) 2018年11月

【ろ】

老人 ろうじん
アガルタに伝わる伝説に詳しいマナの祖父 「星を追う子ども」 新海誠原作;あきさかあさひ文;ちーこ絵 KADOKAWA(角川つばさ文庫) 2018年1月

六見 遊馬 ろくみ・あすま
花依に好意を抱くクールな性格の先輩 「小説映画私がモテてどうすんだ」 ぢゅん子原作;時海結以著 講談社(講談社KK文庫) 2020年6月

轆轤 六花 ろくろ・ろっか
家族全員がろくろ首の小学4年生の女の子 「イケてる!ろくろ首!!」 丘紫真璃著 講談社 2020年5月

ロコン
タケシが連れているきつねポケモン 「ミュウツーの逆襲EVOLUTION」 首藤剛志脚本;水稀しま著;石原恒和監修 小学館(小学館ジュニア文庫) 2019年7月

ロコン
リリーエの相棒のきつねポケモン 「ポケットモンスターサン&ムーン サトシ編―よむポケ」 福田幸江文;姫野よしかず絵;小学館集英社プロダクション監修 小学館 2018年7月

ロゼちゃん
ロゼ・ワインの妖精 「にじいろフェアリーしずくちゃん 2」 ぎぼりつこ絵;友永コリエ作 岩崎書店 2020年6月

六角 ろっかく
アテンダント「北斗星 : ミステリー列車を追え! : リバイバル運行で誘拐事件!?」 豊田巧作;NOEYEBROW絵 KADOKAWA(角川つばさ文庫) 2020年5月

ロビン・ジュニア
ほねほねアーチャー 「ほねほねザウルス 21」 カバヤ食品株式会社原案・監修;ぐるーぷ・アンモナイツ作・絵 岩崎書店 2019年7月

ロビン・ジュニア
ほねほねアーチャー 「ほねほねザウルス 22」 カバヤ食品株式会社原案・監修;ぐるーぷ・アンモナイツ作・絵 岩崎書店 2020年1月

ロベルト石川 ろべるといしかわ
給食マスターを目指しているブラジル生まれの転校生の少年 「牛乳カンパイ係、田中くん [8]」 並木たかあき作;フルカワマモる絵 集英社(集英社みらい文庫) 2018年11月

ロベルト 本郷 ろべると・ほんごう
翼にサッカーをたたきこんだ元ブラジル代表選手 「キャプテン翼 中学生編上下」 高橋陽一原作・絵;ワダヒトミ著 集英社(集英社みらい文庫) 2018年12月

ロボ
運動が苦手だがロボットダンスをかっこよく踊りたい男の子 「ダンシング☆ハイ [5]—ガールズ」 工藤純子作;カスカベアキラ絵 ポプラ社(ポプラポケット文庫) 2018年1月

ロボ
運動が苦手だが太極拳をしているカメラ好きな男の子 「ダンシング☆ハイ = DANCING HIGH 1 図書館版」 工藤純子作;カスカベアキラ絵 ポプラ社 2018年4月

ロボ
運動が苦手だが太極拳をしているカメラ好きな男の子 「ダンシング☆ハイ = DANCING HIGH 2 図書館版」 工藤純子作;カスカベアキラ絵 ポプラ社 2018年4月

ロボ
運動が苦手だが太極拳をしているカメラ好きな男の子 「ダンシング☆ハイ = DANCING HIGH 3 図書館版」 工藤純子作;カスカベアキラ絵 ポプラ社 2018年4月

ロボ
運動が苦手だが太極拳をしているカメラ好きな男の子 「ダンシング☆ハイ = DANCING HIGH 4 図書館版」 工藤純子作;カスカベアキラ絵 ポプラ社 2018年4月

ロボ
運動が苦手だが太極拳をしているカメラ好きな男の子 「ダンシング☆ハイ = DANCING HIGH 5 図書館版」 工藤純子作;カスカベアキラ絵 ポプラ社 2018年4月

ロボ
生意気で態度がでかく口の悪い小学生 「天才謎解きバトラーズQ : vs.大脱出!超巨大遊園地」 吉岡みつる作;はあと絵 講談社(講談社青い鳥文庫) 2020年3月

ロボ
天才的な数学脳を持つ小学生 「天才謎解きバトラーズQ [2]」 吉岡みつる作;はあと絵 講談社(講談社青い鳥文庫) 2020年8月

ロリポップ
魔界の火の国でお菓子屋さんを営む姉妹 「6年1組黒魔女さんが通る!! 08」 石崎洋司作;亜沙美絵;藤田香絵・キャラクター原案 講談社(講談社青い鳥文庫) 2019年7月

ロロ
がんばりやさんで新しいお仕事に挑戦するかわいい双子の女の子の一人 「がんばれ!ルルロロ [2]」 あいはらひろゆき著 小学館(小学館ジュニア文庫) 2019年3月

ロロ
ルルと共に日々さまざまなことに挑戦し家族や友だちを思いやる心優しい双子の姉妹の一人 「がんばれ!ルルロロ」 あいはらひろゆき著 小学館(小学館ジュニア文庫) 2018年4月

ロロノア・ゾロ
三本の刀を使って闘う不屈の剣士 「劇場版ONE PIECE STAMPEDE : ノベライズみらい文庫版」 尾田栄一郎原作・監修・カバーイラスト;冨岡淳広脚本;大塚隆史脚本;志田もちたろう著 集英社(集英社みらい文庫) 2019年8月

【わ】

若武 和臣　わかたけ・かずおみ
サッカーチームKZのエースストライカー、探偵チームKZのリーダー 「ブラック保健室は知っている―探偵チームKZ事件ノート」 藤本ひとみ原作;住滝良文;駒形絵 講談社(講談社青い鳥文庫) 2020年7月

若武 和臣　わかたけ・かずおみ
サッカーチームKZのエースストライカー、探偵チームKZのリーダー 「初恋は知っている 砂原編―探偵チームKZ事件ノート」 藤本ひとみ原作;住滝良文;駒形絵 講談社(講談社青い鳥文庫) 2020年12月

若武 和臣　わかたけ・かずおみ
サッカーチームKZのエースストライカーの男の子 「ブラック教室は知っている―探偵チームKZ事件ノート」 藤本ひとみ原作;住滝良文;駒形絵 講談社(講談社青い鳥文庫) 2018年3月

若武 和臣　わかたけ・かずおみ
サッカーチームKZのエースストライカーの男の子 「消えた黒猫は知っている―探偵チームKZ事件ノート」 藤本ひとみ原作;住滝良文;駒形絵 講談社(講談社青い鳥文庫) 2018年12月

若武 和臣　わかたけ・かずおみ
サッカーチームKZのエースストライカーの男の子 「恋する図書館は知っている―探偵チームKZ事件ノート」 藤本ひとみ原作;住滝良文;駒形絵 講談社(講談社青い鳥文庫) 2018年7月

若武 和臣　わかたけ・かずおみ
探偵チームKZのリーダー 「学校の影ボスは知っている―探偵チームKZ事件ノート」 藤本ひとみ原作;住滝良文;駒形絵 講談社(講談社青い鳥文庫) 2019年3月

若武 和臣　わかたけ・かずおみ
探偵チームKZのリーダー 「校門の白魔女は知っている―探偵チームKZ事件ノート」 藤本ひとみ原作;住滝良文;駒形絵 講談社(講談社青い鳥文庫) 2019年7月

若武 和臣　わかたけ・かずおみ
探偵チームKZのリーダー 「呪われた恋話(こいばな)は知っている―探偵チームKZ事件ノート」 藤本ひとみ原作;住滝良文;駒形絵 講談社(講談社青い鳥文庫) 2019年12月

若菜　わかな
風太と出会い心を通わせる村に暮らす人間の少女 「とべ!小てんぐ!」 南史子作;牧村慶子絵 国土社 2019年2月

若葉 沙夜　わかば・さよ
2学期からヒナと同じ中学に転入予定の少女 「この声とどけ! [3]」 神戸遥真作;木乃ひのき絵 集英社(集英社みらい文庫) 2019年2月

若葉 沙夜　わかば・さよ
放送部に加わったヒナの友達で五十嵐先輩に片思いしている少女 「この声とどけ! [4]」 神戸遥真作;木乃ひのき絵 集英社(集英社みらい文庫) 2019年6月

若葉 沙夜　わかば・さよ
放送部に加わったヒナの友達で五十嵐先輩に片思いしている少女 「この声とどけ! [5]」 神戸遥真作;木乃ひのき絵 集英社(集英社みらい文庫) 2019年11月

ワカヒコ
ナカツクニの少年、卑弥呼の密偵 「邪馬台戦記 2」 東郷隆作;佐竹美保絵 静山社 2019年1月

ワカヒコ
ナカツクニの少年、卑弥呼の密偵 「邪馬台戦記 3」 東郷隆作;佐竹美保絵 静山社 2020年1月

若宮 恭介　わかみや・きょうすけ
バスケ部のイケメン四天王の一人 「小説映画春待つ僕ら」 あなしん原作;おかざきさとこ脚本;森川成美著 講談社 2019年2月

若宮 恭介　わかみや・きょうすけ
バスケ部のイケメン四天王の一人 「小説映画春待つ僕ら」 あなしん原作;おかざきさとこ脚本;森川成美著 講談社(講談社KK文庫) 2018年11月

若宮 美知子　わかみや・みちこ
まじめだけど優柔不断なクラスの委員長 「人生終了ゲーム : センタクシテクダサイ」 cheeery著;シソ絵 スターツ出版(野いちごジュニア文庫) 2020年12月

若宮 和子　わかみや・わこ
昔からダンスを習っているクラスの有名人の女の子 「ファースト・ステップ : ひよっこチームでダンス対決!?」 西本紘奈作;月太陽絵 KADOKAWA(角川つばさ文庫) 2019年5月

わかもの
サラおばさんのしあわせのホットケーキを注文する男性のお客さん 「ふしぎ町のふしぎレストラン 3」 三田村信行作;あさくらまや絵 あかね書房 2020年10月

脇坂 亜美　わきさか・あみ
部活動推進のために新設した「そば打ち部」を立ち上げそば打ちに青春を賭けてしまった女子高生 「そば打ち甲子園!」 そば打ち研究部著 学研プラス(部活系空色ノベルズ) 2019年3月

和久田 悦史　わくた・えつし
野依のクラスメートで都市伝説を実行して異世界に飛ばされる男子 「少年Nの長い長い旅04」 石川宏千花著 講談社(YA!ENTERTAINMENT) 2018年1月

和久田 悦史　わくた・えつし
野依のクラスメートで都市伝説を実行して異世界に飛ばされる男子 「少年Nの長い長い旅05」 石川宏千花著 講談社(YA!ENTERTAINMENT) 2018年8月

和久 寿　わく・ひさし
奈良君の叔父で塾の先生 「青春ノ帝国」 石川宏千花著 あすなろ書房 2020年6月

ワサビ
ヒロと同じ大学でレーザーの研究をしている男性 「ベイマックス帰ってきたベイマックス」 李正美文・構成;講談社編 講談社(ディズニームービーブック) 2018年11月

ワ助　わすけ
コン七の弟分、わらじのつくも神妖怪 「ようかいとりものちょう 8」 大崎悌造作;ありがひとし画 岩崎書店 2018年6月

和田 俊太　わだ・しゅんた
千春のクラスメート、修理屋のおじさんの店で千春と出会い共に特別な時間を過ごす男の子 「たまねぎとはちみつ」 瀧羽麻子作;今日マチ子絵 偕成社 2018年12月

渡瀬 明日菜　わたせ・あすな
しっかり者だが人付き合いは苦手な小学6年生 「星を追う子ども」 新海誠原作;あきさかあさひ文;ちーこ絵 KADOKAWA(角川つばさ文庫) 2018年1月

渡瀬 明日菜　わたせ・あすな
父の形見の鉱石ラジオから聴こえた不思議な唄を忘れられない少女 「小説星を追う子ども—新海誠ライブラリー」 新海誠原作;あきさかあさひ著 汐文社 2018年12月

渡瀬 遥　わたせ・はるか
真斗の同級生の女子高生 「小説\映画明日、キミのいない世界で」 服部隆著 講談社 2020年1月

渡辺 完司　わたなべ・かんじ
満州での生活を経て戦地グアムに赴き左足を失いながらもジャングルで生き抜いた少年 「完司さんの戦争」 越智典子文;コルシカ絵・漫画 偕成社 2020年8月

渡辺 健弥　わたなべ・けんや
しょったんの同学年の幼なじみ、猛烈な将棋のライバル 「泣き虫しょったんの奇跡」 瀬川晶司作;青木幸子絵 講談社(講談社青い鳥文庫) 2018年8月

渡辺 昴　わたなべ・すばる
結が片思いするクラスメートの男の子 「スキ・キライ相関図 1」 このはなさくら作;高上優里子絵 KADOKAWA(角川つばさ文庫) 2020年1月

渡辺 昴　わたなべ・すばる
結が片思いするクラスメートの男の子 「スキ・キライ相関図 2」 このはなさくら作;高上優里子絵 KADOKAWA(角川つばさ文庫) 2020年5月

渡辺 昴　わたなべ・すばる
結が片思いするクラスメートの男の子 「スキ・キライ相関図 3」 このはなさくら作;高上優里子絵 KADOKAWA(角川つばさ文庫) 2020年10月

綿貫 真樹那　わたぬき・まきな
サッカー部のマネージャーで高校2年生の少女 「青の誓約 = Fate of The BLUE : 市条高校サッカー部」 綾崎隼著 KADOKAWA 2018年5月

綿野 あみ　わたの・あみ
脳内実況が趣味で生け花部に入部した中学生 「ハジメテヒラク」 こまつあやこ著 講談社 2020年8月

渡部 陽菜　わたべ・ひな
蘭の友達の女の子 「七つのおまじない―泣いちゃいそうだよ」 小林深雪作;牧村久実絵 講談社(講談社青い鳥文庫) 2018年8月

渡部 マオ　わたべ・まお
情報通なマリナのクラスメート 「学園ファイブスターズ 1」 宮下恵茉作;kaya8絵 講談社(講談社青い鳥文庫) 2019年8月

渡部 マオ　わたべ・まお
情報通なマリナの元クラスメート 「学園ファイブスターズ 2」 宮下恵茉作;kaya8絵 講談社(講談社青い鳥文庫) 2019年12月

和田 桃子　わだ・ももこ
大学のサイエンスプロジェクトに参加することになった少女 「ビューティフル・ネーム = BEAUTIFUL NAME」 北森ちえ著 国土社 2018年6月

綿谷 新　わたや・あらた
永世名人を祖父に持ち幼い頃からかるたの実力は全国レベルの少年 「小説映画ちはやふる 結び」 末次由紀原作;小泉徳宏脚本;時海結以著 講談社 2018年2月

ワタル
意地悪なトモヤのクラスメート 「魔女のいじわるラムネ」 草野あきこ作;ひがしちから絵 PHP研究所(とっておきのどうわ) 2019年10月

渉　わたる
サキと出会い共にシバノザキ島を以前の姿に戻すために力を尽くす少年 「図書館からの冒険」 岡田淳作 偕成社(偕成社ワンダーランド) 2019年12月

わっこ
誰にも見えないおじさんが見えてしまった女の子 「歯っかけアーメンさま」 薫くみこ作;かわかみたかこ絵 理論社 2018年1月

和登 千秋　わと・ちあき
クラスに友だちがいないすみっこ系女子の中学1年生 「すみっこ★読書クラブ : 事件ダイアリー 2」 にかいどう青作;のぶたろ絵 講談社(講談社青い鳥文庫) 2020年1月

和登 千秋　わと・ちあき
嵐香丘学園中1年B組で人見知りな少女 「すみっこ★読書クラブ：事件ダイアリー 1」 にかいどう青作;のぶたろ絵 講談社(講談社青い鳥文庫) 2019年7月

ワドルディ
デデデ工場で働く腕利きの整備士 「星のカービィ 夢幻の歯車を探せ!」 高瀬美恵作;苅野タウ絵;ぽと絵 KADOKAWA(角川つばさ文庫) 2020年3月

ワドルディ
デデデ大王の部下、カービィの友達 「星のカービィ スターアライズフレンズ大冒険!編」 高瀬美恵作;苅野タウ絵;ぽと絵 KADOKAWA(角川つばさ文庫) 2018年7月

ワドルディ
デデデ大王の部下、カービィの友達 「星のカービィ スターアライズ宇宙の大ピンチ!?編」 高瀬美恵作;苅野タウ絵;ぽと絵 KADOKAWA(角川つばさ文庫) 2018年8月

ワドルディ
デデデ大王の部下、カービィの友達 「星のカービィ 決戦!バトルデラックス!!」 高瀬美恵作;苅野タウ絵;ぽと絵 KADOKAWA(角川つばさ文庫) 2018年3月

鰐淵 頼子　わにぶち・よりこ
幼なじみの犬走凪人と共に不思議な冒険に出かける空飛ぶくじらに吸い上げられる少女 「空飛ぶくじら部」 石川宏千花著 PHP研究所(カラフルノベル) 2019年8月

和良居ノ神　わらいのかみ
ことりと鞠香にだけ見える笑いの力でパワーアップする神様 「アイドル・ことまり! 3」 令丈ヒロ子作;亜沙美絵 講談社(講談社青い鳥文庫) 2018年1月

わらじのワ助　わらじのわすけ
コン七の一の子分 「妖怪捕物帖乙 古都怨霊篇1―ようかいとりものちょう；9」 大崎悌造作;ありがひとし画 岩崎書店 2019年2月

湾田 一平　わんだ・いっぺい
時代劇と家族を愛する好奇心旺盛な小学生の男の子 「子ども食堂かみふうせん」 齊藤飛鳥著 国土社 2018年11月

名前から引ける登場人物名索引

【あ】

【い】

育実 いくみ→多嶋 育実
育実 いくみ→竹中 育実
育朗 いくろう→鈴元 育朗
憩 いこい→憩
勲 いさお→近藤 勲
功人 いさと→米倉 功人
イザベラ→イザベラ
勇 いさみ→近藤 勇
勇 いさむ→矢場 勇
勇 いさむ→勇
イーサン→イーサン
イシシ→イシシ
石塚さん いしずかさん→石塚さん
石作の皇子 いしつくりのみこ→石作の皇子
出久 いずく→緑谷 出久
和泉 いずみ→黒崎 和泉
石上の中納言 いそのかみのちゅうなごん→石上の中納言
板チョコ いたちょこ→板チョコ
イチ→イチ
一歌 いちか→秋吉 一歌(いっちー)
一花 いちか→宮美 一花
市ヶ谷さん いちがやさん→市ヶ谷さん
1956317KK いちきゅうごろくさんいちななけーけー→1956317KK
一護 いちご→黒崎 一護
イチさん→イチさん
一善 いちぜん→大岡 一善
市之助 いちのすけ→村田 市之助
イチマツ→イチマツ
一輪車 いちりんしゃ→一輪車
イチロー→イチロー
一郎 いちろう→灰塚 一郎
一郎 いちろう→栗原 一郎
一郎太 いちろうた→風丸 一郎太
五河 いつか→橘 五河
一輝 いっき→光瀬 一輝
イツキ いつき→遠藤 イツキ
イツキ いつき→高城 イツキ
伊月 いつき→藤宮 伊月
一樹 いつき→神谷 一樹
樹 いつき→樹
樹 いつき→杉野 樹
樹希 いつき→佐野 樹希
一星 いっせい→橘 一星
一星 いっせい→篠宮 一星
一生 いっせい→桜 一生
いっちー→いっちー
一斗 いっと→神谷 一斗
イッパイアッテナ→イッパイアッテナ
イップ→イップ
一平 いっぺい→一平
一平 いっぺい→高橋 一平
一平 いっぺい→湾田 一平
イッポ→イッポ
イディス→イディス
イトツー→イトツー
イトワン→イトワン
いなさ いなさ→松谷 いなさ
イヌ→イヌ(サイトーさん)
犬江親兵衛仁 いぬえしんべえまさし→犬江親兵衛仁
犬飼現八信道 いぬかいげんぱちのぶみち→犬飼現八信道
犬川荘助義任 いぬかわそうすけよしとう→犬川荘助義任
犬坂毛野胤智 いぬさかけのたねとも→犬坂毛野胤智
犬塚信乃戌孝 いぬずかしのもりたか→犬塚信乃戌孝
犬田小文吾悌順 いぬたこぶんごやすより→犬田小文吾悌順
犬丸 いぬまる→犬丸
犬村大角礼儀 いぬむらだいかくまさのり→犬村大角礼儀
犬山道節忠与 いぬやまどうせつただとも→犬山道節忠与
イヌヨシ→イヌヨシ
井上さん いのうえさん→井上さん
伊之助 いのすけ→嘴平 伊之助
いのばあちゃん→いのばあちゃん
伊吹 いぶき→狩野 伊吹
伊吹 いぶき→楠本 伊吹
伊吹先輩 いぶきせんぱい→伊吹先輩
イーヨーツム→イーヨーツム
イライザ→イライザ
イルカ→イルカ
いるか いるか→水野 いるか
入鹿 いるか→辰巳 入鹿
イレシュ→イレシュ
色葉 いろは→五十嵐 色葉
巌 いわお→三雲 巌
イワン→イワン

【う】

ウィスピーウッズ→ウィスピーウッズ
ウィリアム・ホイットフィールド→ウィリアム・ホイットフィールド
ウィル→ウィル
ウィルヘム・グリム→ウィルヘム・グリム（ウィル）
ウィルヘルム→ウィルヘルム
宇吉郎 うきちろう→中谷 宇吉郎
右京 うきょう→右京
右京 うきょう→杉下 右京
右近衛中将頼宗 うこのえのちゅうじょうよりむね→右近衛中将頼宗（頼宗）
ウサギ→ウサギ
うさぎ うさぎ→月野 うさぎ
ウサギ うさぎ→黒宮 ウサギ
うさぎ うさぎ→麻宮 うさぎ
ウサギさん→ウサギさん
うさ子 うさこ→うさ子
丑の刻マイリ うしのこくまいり→丑の刻マイリ
ウスズ→ウスズ
ウソップ→ウソップ
宇太佳 うたか→宇太佳
ウタドリ→ウタドリ
ウチダ君 うちだくん→ウチダ君
宇宙人 うちゅうじん→宇宙人
ウーフ→ウーフ
うぶめ→うぶめ
ウマル→ウマル
海 うみ→宇津木 海
海 うみ→西室 海
海未 うみ→杉浦 海未（ネコ）
ウメコ うめこ→沢木 ウメコ
梅バアチャン うめばあちゃん→梅バアチャン
麗乃 うらの→本須 麗乃
羽心 うらら→白鳥 羽心
ウリ坊 うりぼう→ウリ坊
ウル→ウル
ウルウル→ウルウル
うるおいちゃん→うるおいちゃん
ウルトラマンジード→ウルトラマンジード
ウルトラマントレギア→ウルトラマントレギア
ウルトラマンブル→ウルトラマンブル
ウルトラマンロッソ→ウルトラマンロッソ
ウルフギャング→ウルフギャング
うるる うるる→水嶋 うるる
ウロロ→ウロロ
うんこるめん→うんこるめん

【え】

瑛 えい→瑛
栄一 えいいち→渋沢 栄一
鋭吉 えいきち→三角 鋭吉
えいこ えいこ→かどの えいこ
詠子 えいこ→詠子
詠子 えいこ→古都村 詠子
笑生子 えいこ→笑生子
エイジ えいじ→遠松 エイジ
英治 えいじ→菊地 英治
英治 えいじ→菊池 英治
英智 えいじ→橘 英智
鋭次 えいじ→柳 鋭次
嬴政 えいせい→嬴政
栄太 えいた→岡本 栄太
栄太 えいた→栗井 栄太
エイト→エイト
瑛人 えいと→白馬 瑛人
エイプリル→エイプリル
エイリアン→エイリアン
エオナ→エオナ
絵かき えかき→絵かき
エカシ→エカシ
エクサ→エクサ
エース→エース
エス→エス
越 えつ→平林 越
悦史 えつし→和久田 悦史
えっちゃん→えっちゃん
エナ→エナ
エナ えな→永泉 エナ
エビータ→エビータ
えびのや→えびのや
エーファ→エーファ
エマ→エマ
エマ えま→百井 エマ
絵麻 えま→小路 絵麻
絵真理 えまり→絵真理
エミ えみ→木南 エミ

絵美　えみ→赤城 絵美
絵美　えみ→赤木 絵美
恵美　えみ→窪田 恵美
笑美　えみ→鮎川 笑美
恵美奈　えみな→村井 恵美奈
エミリー・ワン→エミリー・ワン
恵夢　えむ→神立 恵夢
エメラ→エメラ
エリ→エリ
絵梨　えり→坂本 絵梨
絵里　えり→園田 絵里
エリカ→エリカ
エリカ　えりか→西尾 エリカ
エリカ　えりか→立花 エリカ
エリカさん→エリカさん
エリザベス→エリザベス（リズ）
エリザベス女王　えりざべすじょおう→エリザベス女王
エリーゼさん→エリーゼさん
絵理乃　えりの→秋山 絵理乃
えるくん→えるくん
エルサ→エルサ
エルミラ・ロードピス→エルミラ・ロードピス
エロエース→エロエース
エンゲル→エンゲル
袁傪　えんさん→袁傪
えんま大王　えんまだいおう→えんま大王
エンヤ→エンヤ

【お】

お篤　おあつ→お篤
おいち→おいち
オーウェン→オーウェン
王さま　おうさま→王さま
王様　おうさま→王様
王様ライオン　おうさまらいおん→王様ライオン
旺太郎　おうしろう→福留 旺太郎
桜備　おうび→秋樽 桜備
王蜜の君　おうみつのきみ→王蜜の君
オオカミ→オオカミ
大かみくん　おおかみくん→大かみくん
大鯨　おおくじら→大鯨
大久間屋　おおくまや→大久間屋
大てんぐ先生　おおてんぐせんせい→大てんぐ先生
大殿　おおとの→大殿
大伴の大納言　おおとものだいなごん→大伴の大納言
鳳　おおとり→鳳
オオハシ・キング→オオハシ・キング（キンちゃん）
おかあさん→おかあさん
お母さん　おかあさん→お母さん
お母ちゃま　おかあちゃま→お母ちゃま
おかみさん→おかみさん
おきの→おきの
お京　おきょう→お京
おくさん→おくさん
オーケン→オーケン
お紅　おこう→お紅
オコジョ姫　おこじょひめ→オコジョ姫
おさかべひめ→おさかべひめ
オサム　おさむ→井上 オサム（サムくん）
治　おさむ→太宰 治
治　おさむ→田丸 治
長女　おさめ→長女
小沢　おざわ→小沢
オシ→オシ
おじいさん→おじいさん
おじいさん　おじいさん→おじいさん（林 大助）
おじいちゃん→おじいちゃん
おじさん→おじさん
おしゃべりうさぎ→おしゃべりうさぎ
おしりたんてい→おしりたんてい
おすいようかいオッシー→おすいようかいオッシー
雄蜂　おすばち→雄蜂
オソマツ→オソマツ
おたこさん→おたこさん
おたまじゃくし→おたまじゃくし
お茶の水博士　おちゃのみずはかせ→お茶の水博士
おちゃパン→おちゃパン
おっこ→おっこ
おっさんウシ→おっさんウシ
オッシー→オッシー
おっちょこ先生　おっちょこせんせい→おっちょこ先生
音　おと→江戸川 音
おとうさん→おとうさん
お父さん　おとうさん→お父さん

【か】

香　かおり→石川 香
香織　かおり→平野 香織
香里　かおり→遠山 香里
かおる→かおる
かおる　かおる→犬童 かおる
薫　かおる→加賀美 薫
薫　かおる→亀山 薫
薫　かおる→真弓 薫
薫　かおる→西見 薫
薫子　かおるこ→花毬 薫子
薫子　かおるこ→相沢 薫子
薫子　かおるこ→牧瀬 薫子
薫さん　かおるさん→薫さん
カキ→カキ
隠し蓑　かくしみの→隠し蓑
額蔵　がくぞう→額蔵
かぐたん→かぐたん
かぐや　かぐや→四宮 かぐや
かぐやひめ→かぐやひめ（かぐたん）
かぐや姫　かぐやひめ→かぐや姫
神楽　かぐら→神楽
影法師　かげぼうし→影法師
影山　かげやま→影山
カケル→カケル
カケル　かける→山口 カケル
カケル　かける→望月 カケル
駆　かける→松岡 駆
翔　かける→藤倉 翔
カーコ→カーコ
風音　かざね→高原 風音
風祭警部　かざまつりけいぶ→風祭警部
和夫　かずお→立花 和夫
和臣　かずおみ→乾 和臣
和臣　かずおみ→三木 和臣
和臣　かずおみ→若武 和臣
春日　かすが→西島 春日
かずき→かずき
カズキ　かずき→那須野 カズキ
一樹　かずき→広瀬 一樹
和貴　かずき→和貴
和樹　かずき→飛鳥 和樹
和樹　かずき→和樹
カー助　かーすけ→カー助
一紗　かずさ→松岡 一紗
一人　かずと→瀬尾 一人
数斗　かずと→三上 数斗
一朋　かずとも→山田 一朋
一成　かずなり→山村 一成
和典　かずのり→上杉 和典
一葉　かずは→葛城 一葉
和彦　かずひこ→小塚 和彦
和平　かずへい→小澤 和平
一歩　かずほ→野間 一歩（イッポ）
一馬　かずま→佐野 一馬
一馬　かずま→新海 一馬
一翔　かずま→桧山 一翔
和真　かずま→佐伯 和真
和真　かずま→山之内 和真
和真　かずま→秋川 和真
和馬　かずま→桜庭 和馬
和馬　かずま→風早 和馬
和馬　かずま→和馬
一将　かずまさ→滝川 一将
カスミ→カスミ
かすみ　かすみ→春野 かすみ
和美　かずみ→楠本 和美
カズミちゃん→カズミちゃん
和也　かずや→関本 和也
和也　かずや→清宮 和也（キヨ）
和幸　かずゆき→栗林 和幸
風おじさん　かぜおじさん→風おじさん
加瀬くん　かせくん→加瀬くん
風の楽人　かぜのがくじん→風の楽人
片岡先輩　かたおかせんぱい→片岡先輩
賢子　かたこ→賢子
カタツムリのあかちゃん→カタツムリのあかちゃん
語　かたる→語
カチコチさん→カチコチさん
勝己　かつき→爆豪 勝己
ガッくん→ガッくん
勝三郎　かつさぶろう→勝三郎
ガツさん→ガツさん
勝四郎　かつしろう→江口 勝四郎
かっぱ→かっぱ
かっぱおんせんのおばちゃん→かっぱおんせんのおばちゃん
克大　かつひろ→南丘 克大
活真　かつま→島乃 活真
克哉　かつや→蒼井 克哉
ガーディアン→ガーディアン
カトリーエイル・レイトン→カトリーエイル・レイトン

【き】

黄色いかさ きいろいかさ→黄色いかさ
黄色のカービィハンマー きいろのかーびぃはんまー→黄色のカービィハンマー
キウイ→キウイ
記憶細胞 きおくさいぼう→記憶細胞
キキ→キキ
キキ きき→佐々木 キキ
キキ先生 ききせんせい→キキ先生
菊池くん きくちくん→菊池くん
希子 きこ→希子
衣更月 きさらぎ→衣更月
木澤先輩 きざわせんぱい→木澤先輩
キジオ→キジオ
北原 きたはら→北原
北原先生 きたはらせんせい→北原先生
キダマッチ先生 きだまっちせんせい→キダマッチ先生
キッキ→キッキ
希子 きっこ→内 希子
きつね→きつね
狐ゴンザ きつねごんざ→狐ゴンザ
桔平 きっぺい→小澤 桔平
希都 きと→中沢 希都
絹 きぬ→小澤 絹
キノコたち→キノコたち
キバ→キバ
ギバさん→ギバさん
紀保 きほ→三浦 紀保
キマ→キマ
キマイラ→キマイラ
キマイラ きまいら→キマイラ(魔王)
希実十 きみと→西森 希実十
公洋 きみひろ→中村 公洋
キムジナー→キムジナー
キャット→キャット
キャットシー→キャットシー
キャトラ→キャトラ
キャベたまたんてい→キャベたまたんてい
キャーロット・ホース→キャーロット・ホース
キュー→キュー
キユウ→キユウ
ギュウカク ぎゅうかく→青山 ギュウカク
球児 きゅうじ→野宮 球児
給食室のおばさん きゅうしょくしつのおばさん→給食室のおばさん
久蔵 きゅうぞう→久蔵
九尾 きゅうび→妖狐亭 九尾
球真 きゅうま→北沢 球真
Q子 きゅーこ→Q子
ギュービッド→ギュービッド
キュルル→キュルル
ギュンター→ギュンター
キヨ→キヨ
キョウ→キョウ
京 きょう→大形 京
鏡花 きょうか→鏡花
今日香 きょうか→小沢 今日香(キョウちゃん)
キョウコ→キョウコ
京子 きょうこ→京子
響子 きょうこ→水沢 響子
今日子 きょうこ→今日子
今日子 きょうこ→入口 今日子
鏡子さん きょうこさん→鏡子さん
ぎょうざたろう→ぎょうざたろう(おぶぎょうざさま)
教授 きょうじゅ→教授
京十郎 きょうじゅうろう→鬼灯 京十郎
杏寿郎 きょうじゅろう→煉獄 杏寿郎
京志朗 きょうしろう→鬼灯 京志朗
恭介 きょうすけ→若宮 恭介
キョウちゃん→キョウちゃん
きょうとう先生 きょうとうせんせい→きょうとう先生
京平 きょうへい→犬井 京平
恭平 きょうへい→恭平
恭平 きょうへい→轟 恭平
きょうりゅう→きょうりゅう
キョト→キョト
清正 きよまさ→佐次 清正(キヨ)
綺羅 きら→神無月 綺羅
綺羅 きら→綺羅
キラーT細胞 きらーてぃーさいぼう→キラーT細胞
キララ きらら→夢見 キララ
黄良々 きらら→羽野 黄良々
希星 きらら→井上 希星
星 きらり→上空 星
霧男 きりおとこ→霧男
キリリ→キリリ
キルケ→キルケ
ギロンパ→ギロンパ
きわ子 きわこ→きわ子
極 きわみ→真名子 極

【く】

【け】

【こ】

航 こう→河合 航
航 こう→向井 航
昴 こう→霧島 昴
洸 こう→大神 洸
ゴウ→ゴウ
江 ごう→江
豪 ごう→界耳 豪
光一 こういち→徳川 光一
広一 こういち→広一
光一郎 こういちろう→園崎 光一郎
光一郎 こういちろう→坂崎 光一郎
光輝 こうき→宝田 光輝
幸紀 こうき→四宮 幸紀
幸輝 こうき→重田 幸輝
紅玉 こうぎょく→紅玉
コウくん→コウくん
煌四 こうし→煌四
光次 こうじ→一本木 光次
孝司 こうじ→伊藤 孝司
孝司 こうじ→相葉 孝司
耕児 こうじ→耕児
耕治 こうじ→吉野 耕治
公史郎 こうしろう→水本 公史郎
浩次郎 こうじろう→浩次郎
こうすけ→こうすけ
コウスケ こうすけ→犬神 コウスケ
幸介 こうすけ→幸介
幸介 こうすけ→野々井 幸介
浩介 こうすけ→浩介
浩介 こうすけ→高浜 浩介
浩介 こうすけ→佐藤 浩介
幸蔵 こうぞう→山里 幸蔵
虎汰 こうた→野須 虎汰
功太 こうた→加瀬 功太
幸太 こうた→今 幸太(コンタ)
浩太 こうた→相原 浩太
浩太 こうた→由川 浩太
豪太 ごうた→神宮寺 豪太
皇太后彰子 こうたいごうあきこ→皇太后彰子
こうたくん→こうたくん
公達 こうたつ→公達
豪太郎 ごうたろう→麻倉 豪太郎
光平 こうへい→井上 光平
孝平 こうへい→音石 孝平
康平 こうへい→田中 康平
航平 こうへい→航平
航平 こうへい→島田 航平
光真 こうま→春田 光真
光哉 こうや→結城 光哉
五右衛門 ごえもん→獅子川 五右衛門
ゴォ・チャオミン→ゴォ・チャオミン
こがらしぼうや→こがらしぼうや
ゴキブリさん→ゴキブリさん
悟空 ごくう→孫 悟空
こぐま→こぐま
ココ→ココ
ゴー・ゴー→ゴー・ゴー
ココア→ココア
ここあ ここあ→白鳥 ここあ(ショコラ)
ココちゃん→ココちゃん
心音 ここね→青葉 心音(ココ)
ココミ ここみ→桜衣 ココミ
ココモモ→ココモモ
こころ こころ→田嶋 こころ
こころ こころ→木下 こころ
小五郎 こごろう→毛利 小五郎
こごろうくん→こごろうくん
コーザ→コーザ
コージ→コージ
悟浄 ごじょう→沙 悟浄
小次郎 こじろう→日向 小次郎
コズエ→コズエ
こずえ こずえ→佐藤 こずえ
コスモ→コスモ
小竹丸 こたけまる→小竹丸
こだま→こだま
コタロウ→コタロウ
虎太郎 こたろう→虎太郎
虎太郎 こたろう→山田 虎太郎
小太郎 こたろう→小太郎
コックカワサキ→コックカワサキ
ゴッゴ→ゴッゴ
GOD先輩 ごっどせんぱい→GOD先輩
コットン→コットン
虎鉄 こてつ→前田 虎鉄
琴 こと→蓮実 琴
コトコト→コトコト
琴名 ことな→高科 琴名
琴音 ことね→小野原 琴音
奏音 ことね→鳥居 奏音
琴乃 ことの→琴乃
コトノハ→コトノハ

【さ】

桜 さくら→安芸 桜
桜 さくら→木之本 桜
桜良 さくら→山内 桜良
さくら子 さくらこ→たにざき さくら子
桜子 さくらこ→山崎 桜子
佐倉さん さくらさん→佐倉さん
サクラハナ・ビラ→サクラハナ・ビラ
桜丸 さくらまる→桜丸
早沙 ささ→新実 早沙
佐々木 ささき→佐々木
座敷童 ざしきわらし→座敷童（あの子）
サージュ→サージュ（アンジュ）
サスケ→サスケ
佐助 さすけ→二宮 佐助
定省 さだみ→定省
貞道 さだみち→平 貞道
サダン・タラム さだんたらむ→サダン・タラム（風の楽人）
サチ→サチ
幸 さち→信田 幸
早知恵 さちえ→佐々木 早知恵
沙知子 さちこ→沙知子
咲月 さつき→舘野 咲月
咲月 さつき→石野 咲月
早月ちゃん さつきちゃん→早月ちゃん
さっこ→さっこ
さっこちゃん→さっこちゃん
さっちゃん→さっちゃん
サット→サット
沙斗 さと→浅窪 沙斗
沙都子 さとこ→北条 沙都子
サトシ→サトシ
サトシ さとし→月村 サトシ
慧 さとし→慧
聡 さとし→華嵐 聡
聡 さとし→倉沢 聡
智 さとし→真柴 智
智 さとし→神野 智
智 さとし→大岡 智
理未 さとみ→中田 理未
聡 さとる→谷本 聡
智 さとる→烏丸 智
沙奈 さな→高橋 沙奈
沙那 さな→河村 沙那
紗奈 さな→宮里 紗奈
紗奈 さな→紗奈
紗奈 さな→目良 紗奈
早苗 さなえ→日高 早苗
サノ→サノ
佐野さん さのさん→佐野さん
サーハ→サーハ
サーバル→サーバル
サーマ→サーマ
サムくん→サムくん
サメ次郎 さめじろう→さいとう サメ次郎
サーヤ さーや→サーヤ（日守 紗綾）
さや→さや
沙也 さや→沙也
沙弥 さや→花岡 沙弥
才弥 さや→島津 才弥
さやか さやか→金森 さやか
さやか さやか→紺野 さやか
さやかさん→さやかさん
さゆり さゆり→藤野 さゆり
さよ→さよ
沙夜 さよ→若葉 沙夜
小夜 さよ→黒池 小夜
小夜子 さよこ→小夜子
小夜子 さよこ→倉木 小夜子
沙羅 さら→結城 沙羅（チャラ）
沙羅 さら→黒木 沙羅
沙羅 さら→中澤 沙羅
沙羅 さら→北浦 沙羅（イライザ）
サラおばさん→サラおばさん
サラちゃん→サラちゃん
サリー→サリー
沙理奈 さりな→白鳥 沙理奈
紗里奈 さりな→結城 紗里奈
サリフ→サリフ
ザルード→ザルード
早和 さわ→沢口 早和
沢井のおばあちゃん さわいのおばあちゃん→沢井のおばあちゃん
佐和氏 さわし→佐和氏
サワメ→サワメ
砂羽哉 さわや→砂羽哉
サン→サン
サンカク先パイ さんかくせんぱい→サンカク先パイ
珊瑚 さんご→海野 珊瑚
珊瑚 さんご→大城 珊瑚
サンジ→サンジ
賛晴 さんせい→石橋 賛晴
三蔵 さんぞう→玄奘 三蔵

【し】

真司　しんじ→伊藤 真司
真次　しんじ→植松 真次
真実　しんじつ→謎野 真実
シンシン→シンシン
信介　しんすけ→山口 信介
仁太　じんた→高井戸 仁太
慎太郎　しんたろう→古賀 慎太郎
シンちゃん→シンちゃん
シンデレラ→シンデレラ
信如　しんにょ→信如
しんのすけ　しんのすけ→野原 しんのすけ
慎之介　しんのすけ→狭間 慎之介
慎之介　しんのすけ→金室 慎之介
新八　しんぱち→志村 新八
新聞記者　しんぶんきしゃ→新聞記者
心平　しんぺい→青木 心平
ジンペイ　じんぺい→寺刃 ジンペイ
ジンボ→ジンボ
信也　しんや→円城 信也
晋夜　しんや→佐伯 晋夜

【す】

スー→スー
彗佳　すいか→立山 彗佳
スイカちゃん→スイカちゃん
季　すえ→季（スーちゃん）
季武　すえたけ→平 季武
澄恵美　すえみ→澄恵美
好子　すきこ→本賀 好子
杉下先生　すぎしたせんせい→杉下先生
ズグロキンメフクロウ→ズグロキンメフクロウ
スコット→スコット
朱雀　すざく→朱雀
すず→すず
鈴　すず→吹井 鈴
鈴鬼　すずき→鈴鬼
スズキ君　すずきくん→スズキ君
鈴木さん　すずきさん→鈴木さん
スズコ→スズコ
すずちゃん→すずちゃん
スズナ→スズナ
鈴奈　すずな→石川 鈴奈
涼音　すずね→涼音
ススヒコ→ススヒコ
すすむ　すすむ→いがらし すすむ
進　すすむ→猪原 進
進　すすむ→堀 進
スズメ→スズメ
スーちゃん→スーちゃん
ステイシー→ステイシー
スヌーピー→スヌーピー
スネ夫　すねお→骨川 スネ夫
スネリ→スネリ
春原さん　すのはらさん→春原さん
スノポン→スノポン
スノーマン→スノーマン
スパナ→スパナ
すばる→すばる
スバル　すばる→星井 スバル
すばる　すばる→星野 すばる
スバル　すばる→赤羽 スバル
昴　すばる→元木 昴
昴　すばる→上杉 昴
昴　すばる→渡辺 昴
昴　すばる→東條 昴
昴　すばる→白石 昴
スピカ→スピカ
スペード→スペード
スヴェン→スヴェン
スマホン→スマホン
澄子　すみこ→今村 澄子
すみれ→すみれ
すみれ　すみれ→岩本 すみれ
すみれ　すみれ→五井 すみれ
スミレ先生　すみれせんせい→スミレ先生
スラりん→スラりん

【せ】

セ　せ→セ
セイ　せい→白川 セイ
星　せい→一ノ瀬 星
星　せい→早乙女 星
星　せい→霧島 星
聖一　せいいち→聖一
成一郎　せいいちろう→渋沢 成一郎
青焔　せいえん→青焔
セイカ　せいか→美月 セイカ
正義　せいぎ→小林 正義
政作　せいさく→大井 政作
星司　せいじ→藤堂 星司

清次　せいじ→清次
聖二　せいじ→小林 聖二
誠二　せいじ→太川 誠二
青司　せいじ→織田 青司
清少納言　せいしょうなごん→清少納言
清少納言　せいしょうなごん→清少納言(ナゴン)
盛太郎　せいたろう→大島 盛太郎
征人　せいと→桐山 征人
青年のび太　せいねんのびた→青年のび太
青波　せいは→竜宮 青波
セイボリー→セイボリー
誠矢　せいや→山口 誠矢
セイラ　せいら→花森 セイラ
セイラ　せいら→紅羽 セイラ
セイラ　せいら→小川 セイラ
青龍　せいりゅう→青龍
精霊ノーナ　せいれいのーな→精霊ノーナ
関さん　せきさん→関さん
ゼシア→ゼシア
赤血球　せっけっきゅう→赤血球
セッセ→セッセ
セドリック→セドリック
ゼノン→ゼノン
セミクジラ→セミクジラ
芹香　せりか→東谷 芹香
せりな　せりな→藤宮 せりな
セレニティス→セレニティス
ゼロ吉　ぜろきち→ゼロ吉
セワシ→セワシ
善　ぜん→中城 善
善逸　ぜんいつ→我妻 善逸
然子　ぜんこ→海根 然子
ゼンさん→ゼンさん
センジュ→センジュ
先生　せんせい→先生
善太　ぜんた→阿久津 善太
千太郎　せんたろう→川渕 千太郎
千弥　せんや→千弥
千里　せんり→藤堂 千里

【そ】

奏　そう→神代 奏(GOD先輩)
奏　そう→天我通 奏
爽　そう→清瀬 爽
蒼　そう→谷崎 蒼
奏一　そういち→長谷部 奏一
総一朗　そういちろう→我妻 総一朗
総一郎　そういちろう→総一郎
双吉　そうきち→猫又家 双吉
ソウくん→ソウくん
草子　そうこ→瀬尾 草子
総悟　そうご→沖田 総悟
総司　そうし→沖田 総司
そうじきようかいジャッキー→そうじきようかいジャッキー
宗次郎　そうじろう→眠田 宗次郎
草介　そうすけ→島田 草介
ソウタ→ソウタ
ソウタ　そうた→阿部 ソウタ
創太　そうた→北山 創太
壮太　そうた→山崎 壮太
奏太　そうた→冴木 奏太
奏太　そうた→小倉 奏太
奏太　そうた→牧野 奏太
草太　そうた→夏坂 草太
草太　そうた→村上 草太
蒼太　そうた→望月 蒼太
颯太　そうた→窪田 颯太
颯太　そうた→中村 颯太
颯太　そうた→鈴木 颯太
草太郎　そうたろう→林 草太郎
宗鉄　そうてつ→宗鉄
創平　そうへい→花村 創平
颯真　そうま→藤木 颯真
颯真　そうま→颯真
そうまくん→そうまくん
創也　そうや→竜王 創也
宗六　そうろく→本田 宗六
ソッチ→ソッチ
空忍　そにん→盛田 空忍
園子　そのこ→鈴木 園子
ソファー→ソファー
ソフィー→ソフィー(レッド)
ソフィア→ソフィア
ソラ→ソラ
ソラ　そら→桜井 ソラ
空　そら→川村 空
空良　そら→伊藤 空良
蒼空　そら→広瀬 蒼空
宙　そら→結城 宙
宙　そら→山本 宙

宙　そら→日比野 宙（チュウ）
ソラタ→ソラタ
空魚　そらを→紙越 空魚
ソル→ソル
ゾロリ→ゾロリ

【た】

タイ→タイ
大　だい→大木 大
タイガ　たいが→松永 タイガ
虎　たいが→藤原 虎
大河　たいが→山口 大河
大河　たいが→相馬 大河
大河　たいが→二階堂 大河
大我　たいが→田中 大我
大牙　たいが→大野 大牙
大雅　たいが→鬼瀬 大雅
大樹　だいき→的場 大樹
大吉さん　だいきちさん→大吉さん
タイくん→タイくん
だいくん→だいくん
大吾　だいご→茂野 大吾
大悟　だいご→時川 大悟
大五郎　だいごろう→岩田 大五郎（横綱）
大志　たいし→砂地 大志
大志　たいし→大志
たいすけ　たいすけ→すずき たいすけ
退助　たいすけ→朝霧 退助
大介　だいすけ→遠藤 大介
大介　だいすけ→松田 大介
大助　だいすけ→林 大助
大輔　だいすけ→景山 大輔
大輔　だいすけ→五浦 大輔
太一　たいち→真下 太一
太一　たいち→石田 太一
太一　たいち→太一
太一　たいち→八神 太一
太一　たいち→反後 太一
大地　だいち→夏目 大地
大地　だいち→高橋 大地
大地　だいち→清野 大地
大地　だいち→川村 大地
大地　だいち→大地
大地　だいち→片瀬 大地
大智　だいち→白石 大智
ダイちゃん→ダイちゃん
大ちゃん　だいちゃん→大ちゃん
太一郎　たいちろう→井上 太一郎
大也　だいや→笹原 大也
泰陽　たいよう→宇田川 泰陽
タイルばあや→タイルばあや
タエ　たえ→有星 タエ
タエコ　たえこ→由川 タエコ
多恵子　たえこ→富岡 多恵子
妙子　たえこ→榎木 妙子
妙子　たえこ→南部 妙子
タオ→タオ
高子　たかいこ→藤原 高子
貴男　たかお→柳田 貴男
貴夫　たかお→貴夫
恭緒　たかお→宮本 恭緒
孝雄　たかお→秋月 孝雄
鷹雄　たかお→富士山 鷹雄
高臣　たかおみ→川島 高臣
貴和　たかかず→黒木 貴和
貴希　たかき→篠宮 貴希
貴樹　たかき→遠野 貴樹
たかし→たかし
貴志　たかし→三橋 貴志
孝　たかし→谷口 孝
だがし屋のおじいちゃん　だがしやのおじいちゃん→だがし屋のおじいちゃん
高田先輩　たかだせんぱい→高田先輩
高次　たかつぐ→京極 高次
尊憲　たかのり→中林 尊憲
孝彦　たかひこ→座木 孝彦
高広　たかひろ→高広
隆之　たかゆき→隆之
たから→たから
瀧　たき→立花 瀧
タク→タク
卓　たく→卓
拓　たく→桐谷 拓
拓　たく→拓
拓　たく→飛山 拓
たくと→たくと
たくと→たくと（たっくん）
タクト　たくと→小野 タクト
拓人　たくと→拓人
拓人　たくと→藤森 拓人
たくま→たくま
拓真　たくま→源 拓真

拓真　たくま→大橋 拓真
拓真　たくま→大原 拓真
拓馬　たくま→拓馬
タクミ→タクミ
タクミ　たくみ→真坂 タクミ
タクミ　たくみ→白河 タクミ
たくみ　たくみ→来南 たくみ
巧　たくみ→小田切 巧
巧　たくみ→瀬川 巧
匠　たくみ→信田 匠
匠　たくみ→矢神 匠
拓海　たくみ→西村 拓海
拓海　たくみ→池田 拓海
拓海　たくみ→二宮 拓海
拓海　たくみ→有村 拓海
匠鬼　たくみおに→匠鬼
たくみくん→たくみくん
タクヤ→タクヤ
タクヤ　たくや→佐藤 タクヤ
卓也　たくや→卓也
卓也　たくや→二階堂 卓也
拓哉　たくや→氷室 拓哉
拓弥　たくや→尾財 拓弥
卓郎　たくろう→卓郎
ターくん→ターくん
武揚　たけあき→榎本 武揚
竹夫　たけお→宮津 竹夫
たけし→たけし
武　たけし→剛田 武(ジャイアン)
武田　たけだ→武田
タケル→タケル
タケル　たける→天川 タケル
岳　たける→山脇 岳
丈　たける→大城戸 丈
丈瑠　たける→丈瑠
尊　たける→一ノ瀬 尊
猛　たける→飯綱 猛
タコにゅうどう→タコにゅうどう
翼　たすく→美門 翼
多鶴　たずる→鈴木 多鶴
忠勝　ただかつ→本多 忠勝
タダシ→タダシ
匡　ただし→神住 匡
忠志　ただし→清海 忠志
唯志　ただし→榊原 唯志
たちばさみ→たちばさみ
達男　たつお→達男
達夫　たつお→佐伯 達夫
達輝　たつき→堤 達輝
龍樹　たつき→高橋 龍樹
タック→タック
たっくん→たっくん
たつ子　たつこ→たつ子
辰子　たつこ→本村 辰子
竜子　たつこ→京極 竜子
達人　たつと→西野 達人
たつのオトシ子先生　たつのおとしこせんせい→たつのオトシ子先生
龍彦　たつひこ→鷹野 龍彦
竜広　たつひろ→柴田 竜広
達也　たつや→増永 達也
達矢　たつや→清水 達矢
竜也　たつや→小松崎 竜也
田所　たどころ→田所
田所教授　たどころきょうじゅ→田所教授
タヌキたち→タヌキたち
タヌキ父さん　たぬきとうさん→タヌキ父さん
タバ→タバ
タバー→タバー
旅人　たびと→大伴 旅人
食太　たべた→田中 食太
タマ→タマ
たまき→たまき
環　たまき→灰城 環(タマ)
珠子　たまこ→桃沢 珠子
たまごやき→たまごやき
タマ先生　たませんせい→タマ先生
タマゾー→タマゾー
玉雪　たまゆき→玉雪
タミー→タミー
保　たもつ→森田 保
有　たもつ→近藤 有
ダヤン→ダヤン
タラオ→タラオ
ダリウス→ダリウス
ダル→ダル
ダルタニャン→ダルタニャン
ダルマさん→ダルマさん
多朗　たろう→石島 多朗
太郎　たろう→浦島 太郎
太郎　たろう→漆戸 太郎
太郎　たろう→太郎

太郎吉　たろきち→太郎吉
タン司令官　たんしれいかん→タン司令官
炭治郎　たんじろう→竈門 炭治郎
タンダ→タンダ
探偵　たんてい→探偵
ダンボツム→ダンボツム
だんまりうさぎ→だんまりうさぎ

【ち】

チ　ち→チ
千秋　ちあき→遠山 千秋
千秋　ちあき→芹沢 千秋
千秋　ちあき→荘田 千秋（チャキ）
千秋　ちあき→和登 千秋
千明　ちあき→宇喜多 千明
チィちゃん→チィちゃん
チイちゃん→チイちゃん
知恵　ちえ→肥後 知恵
チェスタン氏　ちぇすたんし→チェスタン氏
ちえちゃん→ちえちゃん
ちぇるし～　ちぇるしー→ちぇるし～
チカ→チカ
チカ　ちか→近間 チカ
千夏　ちか→千夏
千歌　ちか→鳴沢 千歌
知花　ちか→宮下 知花
ちかこ　ちかこ→八木 ちかこ
千加子　ちかこ→生方 千加子
千賀子　ちかこ→千賀 千賀子
千方　ちかた→藤原 千方
周彦　ちかひこ→日野 周彦（チカ）
主税　ちから→造酒 主税
力　ちから→蝶野 力
千種　ちぐさ→雪村 千種
千草　ちぐさ→千草
チコ→チコ
千紗　ちさ→岩橋 千紗
千里　ちさと→千里
千弦　ちずる→千弦
ちせ→ちせ
チッタちゃん→チッタちゃん
チップス→チップス
千棘　ちとげ→桐崎 千棘
ちとせ　ちとせ→高梨 ちとせ
チトセ　ちとせ→佐藤 チトセ
ちなちゃん→ちなちゃん
千夏　ちなつ→千夏
千夏　ちなつ→百合草 千夏
チノ→チノ
千早　ちはや→綾瀬 千早
千春　ちはる→長谷川 千春
ちびぱん→ちびぱん
ちひろ　ちひろ→高梨 ちひろ
千裕　ちひろ→赤松 千裕（おマツ）
千紘ちゃん　ちひろちゃん→千紘ちゃん
千帆　ちほ→前田 千帆
千宝　ちほ→水原 千宝
チポロ→チポロ
チーマ→チーマ
チミばあさん→チミばあさん
チャイルド→チャイルド
小狼　ちゃおらん→李 小狼
チャキ→チャキ
茶々　ちゃちゃ→茶々
チャットくん→チャットくん
チャップ→チャップ
チャミー→チャミー
ちゃめひめさま→ちゃめひめさま
チャラ→チャラ
チャーリー・ブラウン→チャーリー・ブラウン
ちゃん→ちゃん
チュウ→チュウ
駐在さん　ちゅうざいさん→駐在さん
中将姫　ちゅうじょうひめ→中将姫
ちゆき　ちゆき→倉田 ちゆき
千雪　ちゆき→藤戸 千雪
チュチュ→チュチュ
長吉　ちょうきち→長吉
蝶子　ちょうこ→蝶子
聴田　ちょうだ→聴田
ちょきんばこ→ちょきんばこ
勅使川監督　ちょくしがわかんとく→勅使川監督
チョコ→チョコ
千代子　ちよこ→乙 千代子（おっちょこ先生）
千代子　ちよこ→黒鳥 千代子（チョコ）
千代子　ちよこ→中村 千代子
チョコル→チョコル
チョーパン→チョーパン
千代里　ちより→千代里
チョロマツ→チョロマツ

ちりか　ちりか→しらゆき ちりか
チロ→チロ
チロン→チロン

【つ】

司　つかさ→上月 司
司　つかさ→村瀬 司
司　つかさ→辻ノ宮 司
月うさぎ　つきうさぎ→月うさぎ
月殿　つきどの→月殿
継男　つぐお→矢戸田 継男
つくし　つくし→柄本 つくし
ツグミ→ツグミ
つぐみ　つぐみ→平林 つぐみ
月夜公　つくよのきみ→月夜公
ツチブタ→ツチブタ
つちんこ→つちんこ
つっきー→つっきー
津々実　つつみ→倉藤 津々実
ツトム　つとむ→五里 ツトム
努　つとむ→龍羽 努
勉　つとむ→駒野 勉
ツナテ→ツナテ
恒夫　つねお→鈴川 恒夫
雅姫　つねひめ→雅姫
つばさ→つばさ
つばさ　つばさ→三森 つばさ
ツバサ　つばさ→新庄 ツバサ
つばさ　つばさ→緑川 つばさ
翼　つばさ→紅月 翼
翼　つばさ→大空 翼
翼　つばさ→谷口 翼
翼　つばさ→中村 翼
翼　つばさ→天宮 翼
ツバメ　つばめ→紫崎 ツバメ
ツバメ　つばめ→水崎 ツバメ
つぼみ　つぼみ→佐藤 つぼみ
つむぎ　つむぎ→川村 つむぎ
つむぎ　つむぎ→梅野 つむぎ
紬　つむぎ→後谷 紬（ムギ）
紬　つむぎ→石倉 紬
つむりん→つむりん
津弓　つゆみ→津弓
強　つよし→強
強士　つよし→飯田 強士
剛　つよし→直江 剛（つよぽん）
剛　つよし→立石 剛
つよぽん→つよぽん
ツル→ツル
鶴岡のおじさん　つるおかのおじさん→鶴岡のおじさん
鶴屋　つるや→鶴屋
ツンコ→ツンコ
ツンデレラひめ→ツンデレラひめ（ツンコ）

【て】

ティガーツム→ティガーツム
定子　ていし→定子
DJオイリー　でぃーじぇいおいりー→DJオイリー
デイジーツム→デイジーツム
ディティ→ディティ
星空　ていな→山田 星空
ディノ→ディノ
ティム→ティム
ティム・グッドマン→ティム・グッドマン
ティム・テンプルトン→ティム・テンプルトン
ティモシー・レズリー・テンプルトン→ティモシー・レズリー・テンプルトン（ティム）
テオ→テオ
でかぱん→でかぱん
でぐー→でぐー
哲　てつ→哲
哲雄　てつお→山田 哲雄
テッド→テッド
哲平　てっぺい→哲平
徹平　てっぺい→稲城 徹平
哲平　てつぺい→哲平
デデデ社長　でででしゃちょう→デデデ社長
デデデ大王　でででだいおう→デデデ大王
デーヴァダッタ→デーヴァダッタ
デビル→デビル
デボンくん→デボンくん
テリー→テリー
輝　てる→東崎 輝
てるてるぼうず→てるてるぼうず
テレピン→テレピン
テン→テン
伝　でん→小林 伝
天狗じいさん　てんぐじいさん→天狗じいさん

【と】

【な】

【に】

【ぬ】

ヌー→ヌー
鵺 ぬえ→鵺
ヌク→ヌク
ぬしさま→ぬしさま
ヌーちゃん→ヌーちゃん
ヌラリヒョン→ヌラリヒョン

【ね】

ネア→ネア
ネイビー→ネイビー
音色 ねいろ→糸川 音色
ねこ→ねこ
猫神 ねこがみ→猫神(おまざりさま)
ネココ→ネココ
猫ばあさん ねこばあさん→猫ばあさん
ねこまる→ねこまる
猫竜のこども ねこりゅうのこども→猫竜のこども
禰豆子 ねずこ→竈門 禰豆子
ねずみ→ねずみ
ネム ねむ→鳥越 ネム
ねむいひめ→ねむいひめ(ねむリン)
ねむリン→ねむリン
ネモ→ネモ

【の】

ノア→ノア
ノーア→ノーア
ノア・モントール→ノア・モントール
野うさぎさん のうさぎさん→野うさぎさん
野うさぎパティシエ のうさぎぱてぃしえ→野うさぎパティシエ
野依 のえ→五島 野依
のえみ・サンダー→のえみ・サンダー
ノエル→ノエル
のえる のえる→塩谷 のえる
のこぎり→のこぎり
ノシシ→ノシシ
のぞみ→のぞみ
のぞみ のぞみ→稲森 のぞみ
のぞみ のぞみ→紺野 のぞみ
のぞみ のぞみ→杉田 のぞみ
のぞみ のぞみ→田原 のぞみ
ノゾミ のぞみ→和泉 ノゾミ
希 のぞみ→希
希実 のぞみ→篠崎 希実
希美 のぞみ→希美
希美 のぞみ→山口 希美
望 のぞみ→稲森 望
希 のぞむ→七島 希
のぞめ→のぞめ
ノダちゃん→ノダちゃん
ノッコ→ノッコ
のっぺらぼう→のっぺらぼう
ノノカ→ノノカ
乃波木 のはぎ→富士 乃波木
のび太 のびた→野比 のび太
伸夫 のぶお→伸夫
信長 のぶなが→織田 信長
昇 のぼる→寺尾 昇
ノーマン→ノーマン
ノーマン・ブライアン→ノーマン・ブライアン(スノーマン)
ノラネコぐんだん→ノラネコぐんだん
ノリオ のりお→大久保 ノリオ
典夫 のりお→典夫
紀介 のりすけ→武藤 紀介
のろ船長 のろせんちょう→のろ船長
ノワ→ノワ
のんちゃん→のんちゃん

【は】

ばあちゃん→ばあちゃん
パイナくん→パイナくん
ハイネス→ハイネス
ハイル→ハイル
パオット→パオット
はかせ→はかせ
バカボン→バカボン
袴垂 はかまだれ→袴垂
計 はかる→野畑 計
バク→バク
バク ばく→夢見 バク
白亜 はくあ→樹羅野 白亜
バクガメス→バクガメス
伯爵 はくしゃく→伯爵
バクちゃん→バクちゃん

バーグマン礼央　ばーぐまんれお→バーグマン礼央
バケツ→バケツ
ばけるニャン→ばけるニャン
ハシビロコウ→ハシビロコウ
ハジメ→ハジメ
一　はじめ→金田一 一
一　はじめ→信田 一
一　はじめ→矢神 一
一　はじめ→柳田 一
ハジメくん→ハジメくん
ヴァジュラ→ヴァジュラ
バジル→バジル
パスカル→パスカル
はづき　はずき→やの はづき
羽津実　はずみ→丸嶋 羽津実
長谷部　はせべ→へし切り 長谷部
バーソロミュー→バーソロミュー
ハダシくん→ハダシくん
肌目　はだめ→肌目
働き蜂　はたらきばち→働き蜂
ハチコ→ハチコ
八姫　はちひめ→八姫
ハチミツ→ハチミツ
ばーちゃん→ばーちゃん
初　はつ→初
八戒　はっかい→猪 八戒
葉月　はつき→葉月
白血球　はっけっきゅう→白血球
初音　はつね→初音
初音　はつね→白銀 初音
ハッポン→ハッポン
パトラ→パトラ
花　はな→花
花　はな→北上 花
華　はな→三雲 華
華　はな→山田 華
はなげばあちゃん→はなげばあちゃん
はなこ→はなこ
はなじろ→はなじろ
ハナちゃん→ハナちゃん
花ちゃん　はなちゃん→花ちゃん
花日　はなび→綾瀬 花日
花美　はなび→黒沢 花美
パナロ→パナロ
ハニー→ハニー
ハニーちゃん→ハニーちゃん
ハニノスケ→ハニノスケ
バニラ→バニラ
ハニー・レモン→ハニー・レモン
はね→はね
跳　はねる→日向 跳
ヴァネロペ→ヴァネロペ
母　はは→母
バーバ→バーバ
パパ→パパ
バーバヤガ→バーバヤガ
ハーピー→ハーピー
パピ→パピ
パフィ→パフィ
ハマモトさん→ハマモトさん
ハーミド→ハーミド
はむすたー→はむすたー
林さん　はやしさん→林さん
ハヤスサ→ハヤスサ
早瀬君　はやせくん→早瀬君
早矢太　はやた→早矢太
ハヤト→ハヤト
ハヤト　はやと→赤村 ハヤト
速人　はやと→赤坂 速人
隼人　はやと→加藤 隼人
隼人　はやと→四ノ宮 隼人
隼人　はやと→中尾 隼人
隼斗　はやと→天川 隼斗
ハリー→ハリー
ハリー・グッドマン→ハリー・グッドマン
はりさんぼん→はりさんぼん
ハリソンさん→ハリソンさん
ハリネズミ→ハリネズミ
ハル→ハル
ハル→ハル（パル）
ハル　はる→最上 ハル
春　はる→園崎 春
春　はる→吉田 春
春　はる→高田 春
晴　はる→春山 晴
晴　はる→相川 晴
晴　はる→朝霧 晴
波琉　はる→水上 波琉
陽　はる→桜木 陽
パール→パール
パル→パル
春生　はるお→春生

【ひ】

紘　ひろ→香川 紘
浩明　ひろあき→矢野 浩明
寛果　ひろか→仲井 寛果
ヒロキ→ヒロキ
弘基　ひろき→柳 弘基
大樹　ひろき→大樹（ヒロキ）
大子　ひろこ→茄間澤 大子
ひろし→ひろし
ひろし　ひろし→野原 ひろし
宏　ひろし→生井 宏
洋詩　ひろし→須藤 洋詩
ひろと　ひろと→中島 ひろと（ナカジ）
広翔　ひろと→西田 広翔
大翔　ひろと→大場 大翔
大翔　ひろと→堂本 大翔
広葉　ひろは→木下 広葉
寛仁　ひろひと→千木田 寛仁
ひろみ　ひろみ→小倉 ひろみ
博巳さん　ひろみさん→博巳さん
博行　ひろゆき→柳川 博行
ピンキー・ブルマー→ピンキー・ブルマー

【ふ】

闘志　ふぁいと→八潮 闘志
ファウスト→ファウスト
ファー・ズー→ファー・ズー
ファナ→ファナ
ファーマー→ファーマー（グランパ）
ファミ→ファミ
ファ・ムーラン→ファ・ムーラン
ファ・リー→ファ・リー
ファリード→ファリード
ファルザーナ→ファルザーナ
フィニー→フィニー
フウ→フウ
風雲　ふううん→西園寺 風雲
風花　ふうか→山谷 風花
風花　ふうか→水野 風花
風花　ふうか→早見 風花
風花　ふうか→風花
楓介　ふうすけ→蓮見 楓介
風太　ふうた→風太
風汰　ふうた→斗羽 風汰
風知　ふうち→小林 風知
風斗　ふうと→風斗
風馬　ふうま→東海林 風馬（ロボ）
フェアリー→フェアリー
フェニックス→フェニックス
フェン→フェン
フェンネール→フェンネール（フェン）
深津さん　ふかつさん→深津さん
プカプカ→プカプカ
フク→フク
ふくこ→ふくこ
フクタロウ→フクタロウ
フクフク→フクフク
フクロウ→フクロウ
プーさんツム→プーさんツム
フシギ　ふしぎ→千野 フシギ
伏姫　ふせひめ→伏姫
ふた口　ふたくち→ふた口
ブタ子　ぶたこ→ブタ子
ふたば→ふたば
二葉　ふたば→葛城 二葉
二葉　ふたば→橘 二葉
ブタムラ・ハナエ→ブタムラ・ハナエ
ブッダ→ブッダ
ブッチー→ブッチー
筆鬼　ふでおに→筆鬼
ブドウくん→ブドウくん
太　ふとし→菅原 太
ブナガヤ→ブナガヤ
ふなごろー→ふなごろー
ふなっしー→ふなっしー
吹雪　ふぶき→眠田 吹雪
プブル→プブル
ふみ　ふみ→花井 ふみ
ふみ　ふみ→来栖 ふみ
史果　ふみか→下月 史果
文乃　ふみの→青葉 文乃
文也　ふみや→新田 文也
冬樹　ふゆき→瀬賀 冬樹
ブラウン→ブラウン
ブラック・プリンス→ブラック・プリンス
ブラッサム→ブラッサム
フラッフ→フラッフ
ブラン→ブラン
フランケンシュタイン→フランケンシュタイン
フリーザ→フリーザ
フリーダ→フリーダ
ブリーフ→ブリーフ

【へ】

【ほ】

【ま】

まゆみ→まゆみ
マヨイ　まよい→行先 マヨイ
マヨネ→マヨネ
マライ→マライ
マリ→マリ
まり　まり→筒井 まり
真莉　まり→結城 真莉
麻里　まり→五木 麻里
マリー→マリー
マリア→マリア
マリア　まりあ→桜沢 マリア
マリー・アントワネット→マリー・アントワネット
マリィ→マリィ
マリエ　まりえ→吉沢 マリエ
真理恵　まりえ→大磯 真理恵
まりえちゃん→まりえちゃん
茉莉音　まりお→汐凪 茉莉音
鞠香　まりか→糸居 鞠香
万里香　まりか→大鳥 万里香
マリコさん→マリコさん
マリちゃん→マリちゃん
マリナ　まりな→遠藤 マリナ
マリリン→マリリン
まりん　まりん→小倉 まりん
まりん　まりん→大宮 まりん
マルコシアス→マルコシアス
マルコ・ポーロ→マルコ・ポーロ
マレスケ・コニシ→マレスケ・コニシ
マレット→マレット
マンガ家　まんがか→マンガ家
マンタ→マンタ
万太郎　まんたろう→伊能 万太郎（万ちゃん）
万ちゃん　まんちゃん→万ちゃん
マンホーくん→マンホーくん

【み】

ミア→ミア
水晶　みあ→水晶
ミイラ男　みいらおとこ→ミイラ男
みう　みう→白川 みう
美羽　みう→吉田 美羽
美羽　みう→日向 美羽
美羽　みう→如月 美羽
美羽　みう→美羽
美雨　みう→峯原 美雨
未羽　みう→清瀬 未羽
美海　みうみ→春日 美海
みお→みお
美音　みお→高屋敷 美音
美桜　みお→涼森 美桜
美緒　みお→黄瀬 美緒
美緒　みお→海江田 美緒
未央　みお→宮永 未央
澪　みお→鈴木 澪
美桜　みおう→会田 美桜
美桜　みおう→合田 美桜
美桜里　みおり→原 美桜里
美織　みおり→前田 美織
美織　みおり→天川 美織
美音　みおん→月原 美音
美音　みおん→桜井 美音
美音　みおん→東 美音
美音　みおん→美音
魅音　みおん→園崎 魅音
ミカ　みか→小野 ミカ
実花　みか→佐伯 実花
美佳　みか→四角 美佳
美香　みか→美香
御影　みかげ→瓜生 御影
美加子　みかこ→長峰 美加子
帝　みかど→帝
みき　みき→川井 みき
ミキ　みき→立花 ミキ
幹　みき→寒咲 幹
幹　みき→津田 幹
光希　みき→小石川 光希
美希　みき→青井 美希
美紀　みき→山梨 美紀
美貴　みき→美貴
ミギ→ミギ
未希子　みきこ→前田 未希子
幹久　みきひさ→宇渡 幹久
右哉　みぎや→夏目 右哉
ミーク→ミーク
未久　みく→未久
ミクちゃん→ミクちゃん
美雲　みくも→北条 美雲
ミケ→ミケ
みけねえちゃん→みけねえちゃん
三毛之丞　みけのじょう→化猫亭 三毛之丞

【む】

【め】

メーア→メーア
メアリー→メアリー
メイ→メイ
めい　めい→森原 めい
芽衣　めい→小野 芽衣
メイサ　めいさ→永瀬 メイサ
メイ・サクラ・ササキ・ブライアン→メイ・サクラ・ササキ・ブライアン
メガネくん→メガネくん
めがねのおじさん→めがねのおじさん
女神さん　めがみさん→女神さん
メグ→メグ
メグ　めぐ→紫苑 メグ
めぐ　めぐ→堀内 めぐ
めぐみ　めぐみ→天野 めぐみ
めぐみ　めぐみ→田屋 めぐみ
愛実　めぐみ→田所 愛実（グミ）
恵　めぐみ→夏目 恵
メーコ→メーコ
めさぶろ→めさぶろ
目白　めじろ→横塚 目白
雌蜂　めすばち→雌蜂
メタナイト→メタナイト
メノア・ベルッチ→メノア・ベルッチ
メフィストフェレス→メフィストフェレス
メリッサ→メリッサ
メル→メル

【も】

萌　もえ→信田 萌
萌　もえ→川勝 萌
萌　もえ→白石 萌
萌黄　もえぎ→萌黄
萌実　もえみ→桜庭 萌実
モカ　もか→浅野 モカ
萌花　もか→水口 萌花
もぐら→もぐら
もぐらのおじさん→もぐらのおじさん
モシモさん→モシモさん
モス→モス
もっくん→もっくん
もっけ→もっけ
モッチー→モッチー
モップ→モップ
モト→モト
元希　もとき→大野 元希
元助　もとすけ→渋沢 元助
元就　もとなり→毛利 元就
元芽　もとめ→神野 元芽
モナミ　もなみ→木村 モナミ
もののけ屋　もののけや→もののけ屋
紅葉　もみじ→紅葉
MOMO　もも→MOMO
モモ→モモ
モモ　もも→直毘 モモ
モモ　もも→有木 モモ
桃　もも→須藤 桃
桃　もも→大形 桃
モモエ　ももえ→木下 モモエ
ももか　ももか→鬼瓦 ももか
モモカ　ももか→長沢 モモカ
桃加　ももか→桃加
桃加　ももか→宝石 桃加
桃胡　ももこ→桃胡
桃子　ももこ→和田 桃子
モモコさん→モモコさん
ももこ先生　ももこせんせい→ももこ先生
桃さん　ももさん→桃さん
モモちゃん→モモちゃん
桃山さん　ももやまさん→桃山さん
モユ→モユ
モヨちゃん→モヨちゃん
モーラー博士　もーらーはかせ→モーラー博士
モリアーティ→モリアーティ
森川　もりかわ→森川
モリサキ→モリサキ
森野さん　もりのさん→森野さん
モール→モール
守　もる→木下 守
モン→モン
モンキー・D・ルフィ　もんきーでぃーるふぃ→モンキー・D・ルフィ
モン太　もんた→モン太
モンチ→モンチ
もんまくん→もんまくん

【や】

ヤイレスーホ→ヤイレスーホ

ヤウズ→ヤウズ
ヤエ→ヤエ
八重桐　やえぎり→八重桐
家持　やかもち→大伴 家持
やぎこ先生　やぎこせんせい→やぎこ先生
八苦喪　やくも→八苦喪
矢島･C･桃代　やじましーももよ→矢島･C･桃代
夜叉丸　やしゃまる→夜叉丸
ヤショーダラー→ヤショーダラー
ヤスオ→ヤスオ
安吉　やすきち→安吉
弥助　やすけ→弥助
靖宜　やすのぶ→今野 靖宜
ヤッコ→ヤッコ
八房　やつふさ→八房
やなぎ→やなぎ
ヤービ→ヤービ
ヤマ→ヤマ
耶摩　やま→三獄 耶摩
ヤマザキ→ヤマザキ
山崎先生　やまざきせんせい→山崎先生
山田　やまだ→山田
ヤマタノオロチ→ヤマタノオロチ
ヤマト　やまと→石田 ヤマト
大和　やまと→綾瀬 大和
大和　やまと→一条 大和
大和　やまと→橘 大和
大和　やまと→篠原 大和
大和　やまと→野田 大和
ヤマネ　やまね→白石 ヤマネ
山猫　やまねこ→山猫
山の神さん　やまのかみさん→山の神さん
闇のドラゴン　やみのどらごん→闇のドラゴン
也哉子　ややこ→小林 也哉子
ヤン→ヤン

【ゆ】

結亜　ゆあ→夏目 結亜
ゆい　ゆい→ひびき ゆい
ユイ→ユイ
惟　ゆい→惟
結　ゆい→結
結　ゆい→山口 結
結　ゆい→山野 結
結　ゆい→信田 結
結衣　ゆい→結衣
結衣　ゆい→向野 結衣
結衣　ゆい→西川 結衣
結衣　ゆい→蒼井 結衣
結衣　ゆい→長谷部 結衣
結衣　ゆい→藤谷 結衣
唯以　ゆい→虹ヶ丘 唯以
有衣　ゆい→川西 有衣
由衣　ゆい→小野田 由衣
ゆいか→ゆいか
ユウ→ユウ
ユウ　ゆう→早乙女 ユウ
結羽　ゆう→小澤 結羽
優　ゆう→瀬戸口 優
優　ゆう→成島 優
優羽　ゆう→七海 優羽
優羽　ゆう→春名 優羽
悠　ゆう→桜井 悠
悠　ゆう→内海 悠
有　ゆう→佐々木 有
由宇　ゆう→溝口 由宇
由宇　ゆう→赤羽 由宇
由宇　ゆう→村下 由宇
遊　ゆう→次元 遊
遊　ゆう→松浦 遊
勇一　ゆういち→山田 勇一
雄一　ゆういち→藤本 雄一
雄一　ゆういち→翼野 雄一
ユウキ　ゆうき→那須野 ユウキ
優季　ゆうき→登坂 優季
勇希　ゆうき→一ノ瀬 勇希
勇気　ゆうき→真之 勇気
勇気　ゆうき→清水 勇気
勇気　ゆうき→中沢 勇気
勇気　ゆうき→北原 勇気
祐樹　ゆうき→山岡 祐樹
裕樹　ゆうき→蓮見 裕樹
結子　ゆうこ→滝嶋 結子
裕子　ゆうこ→小木 裕子
遊児　ゆうこ→遊児
由治　ゆうじ→松山 由治
祐司　ゆうじ→森 祐司
祐二　ゆうじ→片山 祐二
佑臣　ゆうしん→大野 佑臣
優心　ゆうしん→宇佐美 優心

優助　ゆうすけ→優助
祐助　ゆうすけ→二宮 祐助
祐輔　ゆうすけ→五十嵐 祐輔
雄介　ゆうすけ→二ノ宮 雄介（ユウ）
優征　ゆうせい→西田 優征
優太　ゆうた→福士 優太
勇太　ゆうた→松田 勇太
裕太　ゆうた→森本 裕太
雄太　ゆうた→臼井 雄太
雄太　ゆうた→高橋 雄太
雄太　ゆうた→須藤 雄太
雄太　ゆうた→雄太
優太　ゆうた*→外山 優太
優大　ゆうだい→堀内 優大
雄大　ゆうだい→岸本 雄大
雄大　ゆうだい→雄大
ゆうたくん→ゆうたくん
優太郎　ゆうたろう→花山 優太郎
優太郎　ゆうたろう→来島 優太郎
優太郎　ゆうたろう→鈴木 優太郎
雄天　ゆうてん→有明 雄天
ユウト→ユウト
ユウト　ゆうと→佐藤 ユウト
佑人　ゆうと→鈴木 佑人
優人　ゆうと→針宮 優人
優斗　ゆうと→高尾 優斗
幽斗　ゆうと→影山 幽斗
悠人　ゆうと→永瀬 悠人
悠人　ゆうと→真下 悠人
悠人　ゆうと→柏木 悠人
悠斗　ゆうと→二海 悠斗
悠翔　ゆうと→沖田 悠翔
有人　ゆうと→鬼道 有人
侑人　ゆうと→才賀 侑人
ゆうな　ゆうな→関口 ゆうな
ゆうな　ゆうな→元木 ゆうな
ユウナ　ゆうな→三田 ユウナ
ゆうな　ゆうな→保坂 ゆうな
夕那　ゆうな→夕那
悠乃　ゆうの→九条 悠乃
悠平　ゆうへい→悠平
有平　ゆうへい→塩谷 有平
ユウマ→ユウマ
ゆうま　ゆうま→谷口 ゆうま
ユウマ　ゆうま→八坂 ユウマ
悠真　ゆうま→一ノ瀬 悠真
悠真　ゆうま→宇賀田 悠真
悠真　ゆうま→神田 悠真
悠真　ゆうま→白石 悠真
悠馬　ゆうま→坂本 悠馬
悠馬　ゆうま→小坂 悠馬
悠馬　ゆうま→麻倉 悠馬
悠馬　ゆうま→野坂 悠馬
祐真　ゆうま→菅野 祐真
遊民　ゆうみん→遊民
ユウヤ→ユウヤ
裕也　ゆうや→裕也
ユウユウ→ユウユウ
由羽来　ゆうら→由羽来
夢莉　ゆうり→栄 夢莉
油百七　ゆおしち→油百七
由加　ゆか→由加
ゆかり　ゆかり→吉見 ゆかり
縁利　ゆかり→北道 縁利
百香里　ゆかり→雪野 百香里
ゆき→ゆき
雪　ゆき→雪
雪　ゆき→和泉 雪
由紀　ゆき→由紀
由貴　ゆき→由貴
由樹　ゆき→田村 由樹
由姫　ゆき→白咲 由姫
雪うさ　ゆきうさ→雪うさ
幸恵　ゆきえ→幸恵
雪江　ゆきえ→山沢 雪江
雪雄　ゆきお→沢田 雪雄（ユッキー）
ゆきごろう→ゆきごろう
幸路　ゆきじ→暁 幸路（ユキネエ）
ゆきちゃん→ゆきちゃん
幸人　ゆきと→矢代 幸人
幸都　ゆきと→瀧島 幸都
行人　ゆきと→野見山 行人
雪人　ゆきと→雪人
雪人　ゆきと→池沢 雪人
雪兎　ゆきと→月城 雪兎
ユキナ　ゆきな→北園 ユキナ
侑名　ゆきな→藤枝 侑名
行成　ゆきなり→藤原 行成
ユキネエ→ユキネエ
雪の神　ゆきのかみ→雪の神
ユキヒメ→ユキヒメ
幸歩　ゆきほ→穂村 幸歩

【よ】

鎧を着た武者　よろいをきたむしゃ→鎧を着た武者

【ら】

雷　らい→雷（ライニイ）
らいおん→らいおん
らいおんシェフ→らいおんシェフ
雷太　らいた→大井 雷太
雷太　らいた→雷太
ライト　らいと→橘 ライト
ライト　らいと→月読 ライト
ライナス→ライナス
ライニイ→ライニイ
ラオくん→ラオくん
楽　らく→一条 楽
楽子　らくこ→花園 楽子（ラッコ）
ラケット→ラケット
ラタ→ラタ
ラッキー→ラッキー
ラッコ→ラッコ
ラヴィニア→ラヴィニア
ラビントット→ラビントット
ラプンツェル→ラプンツェル
ラムセス→ラムセス
ララ→ララ
ラルフ→ラルフ
ラン→ラン
蘭　らん→小川 蘭
蘭　らん→毛利 蘭
ランス→ランス
嵐太郎　らんたろう→嵐太郎
ランタン→ランタン
藍堂　らんどう→吉留 藍堂
ランペシカ→ランペシカ

【り】

Rii　りー→Rii
里衣子　りいこ→清藤 里衣子（Rii）
梨絵　りえ→肥後 梨絵
リオ　りお→一之瀬 リオ
李央　りお→四ツ橋 李央
梨央　りお→向坂 梨央
理央　りお→宇喜多 理央
理央　りお→夏目 理央
理央　りお→山本 理央
理緒　りお→神保 理緒
理緒　りお→船見 理緒
里桜　りお→松崎 里桜
莉緒　りお→辻本 莉緒
リオレウス→リオレウス
理音　りおん→星川 理音
リカ→リカ
梨花　りか→古手 梨花
理花　りか→佐々木 理花
莉香　りか→糸井 莉香
リカコ　りかこ→水島 リカコ
里佳子　りかこ→里佳子
リク→リク
リク　りく→桜井 リク
陸　りく→坂本 陸
陸　りく→石松 陸（リック）
陸人　りくと→加瀬 陸人（リク）
莉子　りこ→梶田 莉子
莉子　りこ→小森 莉子
理沙　りさ→園田 理沙
理沙　りさ→市毛 理沙
理沙　りさ→理沙
理沙子　りさこ→山里 理沙子
りす→りす
リズ→リズ
利世　りせ→水森 利世
李徴　りちょう→李徴
律　りつ→早瀬 律
六花　りっか→紅林 六花
リック→リック
律子　りつこ→迎 律子
リドルズ→リドルズ
リーナ→リーナ
梨奈　りな→広崎 梨奈
里菜　りな→山口 里菜
李乃　りの→村下 李乃
梨乃　りの→岩井 梨乃
莉乃　りの→桜木 莉乃
リーバー→リーバー
リ・ハオ→リ・ハオ
栗帆　りほ→坂口 栗帆
莉穂　りほ→莉穂
リボンちゃん→リボンちゃん
リーマ→リーマ
莉麻　りま→石川 莉麻
りみ→りみ

リャクラン→リャクラン
リュウ→リュウ
リュウ りゅう→赤城 リュウ
リュウ りゅう→有馬 リュウ
龍 りゅう→香田 龍
竜ケ崎先生 りゅうがさきせんせい→竜ケ崎先生
隆二 りゅうじ→隆二
竜司 りゅうじ→山本 竜司
竜司 りゅうじ→森崎 竜司
竜二 りゅうじ→山路 竜二
竜二 りゅうじ→多田 竜二
琉心 りゅうしん→速水 琉心
りゅうせい りゅうせい→いしだ りゅうせい
リュウタ→リュウタ
リュウちゃん→リュウちゃん
龍斗 りゅうと→藤岡 龍斗
龍之介 りゅうのすけ→大瀬 龍之介
龍之介 りゅうのすけ→武藤 龍之介
竜也 りゅうや→山下 竜也
リュカ→リュカ
りょう りょう→はらだ りょう
リョウ→リョウ
リョウ りょう→月村 リョウ
亮 りょう→御瀧 亮
涼 りょう→伊吹 涼
涼 りょう→眠田 涼
稜 りょう→片桐 稜
遼 りょう→紺野 遼
涼雅 りょうが→高槻 涼雅
涼子 りょうこ→小澤 涼子
遼子 りょうこ→沢村 遼子
亮二 りょうじ→河口 亮二
遼路 りょうじ→緑山 遼路
亮介 りょうすけ→酒井 亮介
涼介 りょうすけ→森 涼介
良介 りょうすけ→山岸 良介
リョウ先輩 りょうせんぱい→リョウ先輩
りょうた りょうた→にしむら りょうた
亮太 りょうた→北沢 亮太
涼太 りょうた→氷室 涼太
良太 りょうた→良太
諒太 りょうた→中嶋 諒太
りょうたくん→りょうたくん
りょうた先生 りょうたせんせい→りょうた先生
涼太郎 りょうたろう→岬 涼太郎
涼人 りょうと→涼人
亮平 りょうへい→堀田 亮平
凌平 りょうへい→小川 凌平
涼平 りょうへい→音石 涼平
遼兵 りょうへい→灰崎 遼兵
龍馬 りょうま→坂本 龍馬
陵馬 りょうま→鈴木 陵馬
リラ りら→里見 リラ
リーリー→リーリー
リリ→リリ
リリ りり→小暮 リリ
リリ りり→森沢 リリ
利里 りり→利里
リリア→リリア
リリイ→リリイ
リリーエ→リリーエ
リリカ りりか→赤妃 リリカ
璃々香 りりか→南 璃々香
リリコ→リリコ
りりな→りりな
りりむ→りりむ
りん→りん
リン りん→安田 リン
リン りん→天ケ瀬 リン
麟 りん→湯浅 麟
凛 りん→小清水 凛
凛 りん→小川 凛
凛 りん→上田 凛
凛 りん→中村 凛
凛 りん→飯島 凛
凛 りん→和泉 凛
リング→リング
りんご りんご→あきの りんご
林檎 りんご→上武 林檎
凛太 りんた→矢吹 凛太
凛太朗 りんたろう→羽生 凛太朗
凜太郎 りんたろう→花毬 凜太郎
凛太郎 りんたろう→南 凛太郎
リンちゃん→リンちゃん
りんね りんね→藤原 りんね

【る】

ルー→ルー
ルイ るい→なみ田 ルイ
ルイ→ルイ

【れ】

【ろ】

【わ】

収録作品一覧（作家の字順→出版社の字順並び）

溺愛 120%の恋：クールな生徒会長は私だけにとびきり甘い／*あいら*著;かなめもにか絵／スターツ出版（野いちごジュニア文庫）／2020 年 8 月
総長さま、溺愛中につき。 1／*あいら*著;茶乃ひなの絵／スターツ出版（野いちごジュニア文庫）／2020 年 12 月
サヨナラまでの 30 分：映画ノベライズみらい文庫版／30-minute cassettes and Satomi Oshima 原作;ワダヒトミ著／集英社（集英社みらい文庫）／2020 年 1 月
オオカミくんには騙されない：本気の恋と、切ない嘘／AbemaTV『オオカミくんには騙されない♥』原案・企画協力;深海ゆずは作;遠山えま絵／KADOKAWA（角川つばさ文庫）／2020 年 1 月
人生終了ゲーム：センタクシテクダサイ／cheeery 著;シソ絵／スターツ出版（野いちごジュニア文庫）／2020 年 12 月
小説アニメカードキャプターさくら クロウカード編上下／CLAMP 原作;有沢ゆう希著／講談社（講談社 KK 文庫）／2018 年 1 月
小説アニメカードキャプターさくら さくらカード編上下 ／CLAMP 原作;有沢ゆう希著／講談社（講談社 KK 文庫）／2018 年 2 月
小説アニメカードキャプターさくら クリアカード編 1／CLAMP 原作;有沢ゆう希著／講談社（講談社 KK 文庫）／2018 年 3 月
小説アニメカードキャプターさくら クリアカード編 2／CLAMP 原作;有沢ゆう希著／講談社（講談社 KK 文庫）／2018 年 5 月
小説アニメカードキャプターさくら クリアカード編 3／CLAMP 原作;有沢ゆう希著／講談社（講談社 KK 文庫）／2018 年 7 月
小説アニメカードキャプターさくら クリアカード編 4／CLAMP 原作;有沢ゆう希著／講談社（講談社 KK 文庫）／2018 年 9 月
VR 探偵尾野乃木ケイト：アリスとひみつのワンダーランド!!／HISADAKE 原作;前野メリー文;モグモ絵／講談社（講談社青い鳥文庫）／2020 年 7 月
おしゃれプロジェクト Step2／MIKA POSA 作;hatsuko 絵／講談社（講談社青い鳥文庫）／2018 年 5 月
悪ノ物語：紙の悪魔と秘密の書庫／mothy_悪ノ P 著;柚希きひろイラスト;△○□×イラスト／PHP 研究所（PHP ジュニアノベル）／2018 年 3 月
悪ノ物語 [2]／mothy_悪ノ P 著;柚希きひろイラスト;△○□×イラスト／PHP 研究所（PHP ジュニアノベル）／2018 年 7 月
青鬼調査クラブ：ジェイルハウスの怪物を倒せ!／noprops 原作;黒田研二原作;波摘著;鈴羅木かりんイラスト／PHP 研究所（PHP ジュニアノベル）／2019 年 12 月
青鬼調査クラブ 2／noprops 原作;黒田研二原作;波摘著;鈴羅木かりんイラスト／PHP 研究所（PHP ジュニアノベル）／2020 年 7 月
青鬼調査クラブ 3／noprops 原作;黒田研二原作;波摘著;鈴羅木かりんイラスト／PHP 研究所（PHP ジュニアノベル）／2020 年 11 月
青鬼：ジェイルハウスの怪物／noprops 原作;黒田研二著;鈴羅木かりんイラスト／PHP 研究所（PHP ジュニアノベル）／2018 年 3 月
青鬼 [2]／noprops 原作;黒田研二著;鈴羅木かりんイラスト／PHP 研究所（PHP ジュニアノベル）／2018 年 7 月
青鬼 [3]／noprops 原作;黒田研二著;鈴羅木かりんイラスト／PHP 研究所（PHP ジュニアノベル）／2018 年 11 月
青鬼 [4]／noprops 原作;黒田研二著;鈴羅木かりんイラスト／PHP 研究所（PHP ジュニアノベル）／2019 年 5 月
青鬼 [5]／noprops 原作;黒田研二著;鈴羅木かりんイラスト／PHP 研究所（PHP ジュニアノベル）／2019

年12月
青鬼 [6]／noprops原作;黒田研二著;鈴羅木かりんイラスト／PHP研究所（PHPジュニアノベル）／2020年5月
モンスターストライクTHE MOVIEソラノカナタ／XFLAGスタジオ原作;伊神貴世脚本;芳野詩子作／KADOKAWA（角川つばさ文庫）／2018年10月
モンスターストライク [3]／XFLAGスタジオ原作;高瀬美恵作;オズノユミ絵／KADOKAWA（角川つばさ文庫）／2019年1月
もちもち・ぱんだもちぱんのヒミツ大作戦もちっとストーリーブック―キラピチブックス／Yuka原作・イラスト;たかはしみか著／学研プラス／2018年4月
もちもち・ぱんだもちぱんのこわ～い?話もちっとストーリーブック―キラピチブックス／Yuka原作・イラスト;たかはしみか著／学研プラス／2018年9月
もちもち・ぱんだもちぱんのドキドキ芸能スキャンダルもちっとストーリーブック―キラピチブックス／Yuka原作・イラスト;たかはしみか著／学研プラス／2019年3月
もちもちぱんだもちぱんとわくわくキャンプもちっとストーリーブック―キラピチブックス／Yuka原作・イラスト;たかはしみか著／学研プラス／2020年3月
迷宮教室：出口のない悪魔小学校／あいはらしゅう作;肘原えるぼ絵／集英社（集英社みらい文庫）／2020年4月
迷宮教室 [2]／あいはらしゅう作;肘原えるぼ絵／集英社（集英社みらい文庫）／2020年9月
迷宮教室 [3]／あいはらしゅう作;肘原えるぼ絵／集英社（集英社みらい文庫）／2020年12月
がんばれ!ルルロロ／あいはらひろゆき著／小学館（小学館ジュニア文庫）／2018年4月
がんばれ!ルルロロ [2]／あいはらひろゆき著／小学館（小学館ジュニア文庫）／2019年3月
千里眼探偵部 3／あいま祐樹作;FiFS絵／講談社（講談社青い鳥文庫）／2018年5月
まっしょうめん! [2]／あさだりん作;新井陽次郎絵／偕成社（偕成社ノベルフリーク）／2018年12月
まっしょうめん! [3]／あさだりん作;新井陽次郎絵／偕成社（偕成社ノベルフリーク）／2020年3月
ぼくだけのファインプレー：スポーツのおはなし野球―シリーズスポーツのおはなし／あさのあつこ作;黒須高嶺絵／講談社／2020年2月
いえでででんしゃ、しゅっぱつしんこう!／あさのあつこ作;佐藤真紀子絵／新日本出版社／2020年3月
X-01 3／あさのあつこ著／講談社（YA!ENTERTAINMENT）／2019年11月
いみちぇん!×1%：1日かぎりの最強コンビ／あさばみゆき作;このはなさくら作;市井あさ絵;高上優里子絵／KADOKAWA（角川つばさ文庫）／2018年6月
いみちぇん! 11／あさばみゆき作;市井あさ絵／KADOKAWA（角川つばさ文庫）／2018年3月
いみちぇん! 12／あさばみゆき作;市井あさ絵／KADOKAWA（角川つばさ文庫）／2018年7月
いみちぇん! 13／あさばみゆき作;市井あさ絵／KADOKAWA（角川つばさ文庫）／2018年12月
いみちぇん! 14／あさばみゆき作;市井あさ絵／KADOKAWA（角川つばさ文庫）／2019年3月
いみちぇん! 15／あさばみゆき作;市井あさ絵／KADOKAWA（角川つばさ文庫）／2019年7月
いみちぇん! 16／あさばみゆき作;市井あさ絵／KADOKAWA（角川つばさ文庫）／2019年12月
いみちぇん! 17／あさばみゆき作;市井あさ絵／KADOKAWA（角川つばさ文庫）／2020年3月
いみちぇん! 18／あさばみゆき作;市井あさ絵／KADOKAWA（角川つばさ文庫）／2020年4月
いみちぇん! 19／あさばみゆき作;市井あさ絵／KADOKAWA（角川つばさ文庫）／2020年9月
星にねがいを! 1／あさばみゆき作;那流絵／KADOKAWA（角川つばさ文庫）／2019年8月
星にねがいを! 2／あさばみゆき作;那流絵／KADOKAWA（角川つばさ文庫）／2020年1月
星にねがいを! 3／あさばみゆき作;那流絵／KADOKAWA（角川つばさ文庫）／2020年6月
星にねがいを! 4／あさばみゆき作;那流絵／KADOKAWA（角川つばさ文庫）／2020年10月
小説映画春待つ僕ら／あなしん原作;おかざきさとこ脚本;森川成美著／講談社／2019年2月
小説映画春待つ僕ら／あなしん原作;おかざきさとこ脚本;森川成美著／講談社（講談社KK文庫）／2018年11月
雷になったいのばあちゃん／あらい太朗絵と文／さきたま出版会／2020年11月

マオのうれしい日―こころのつばさシリーズ／あんずゆき作;ミヤハラヨウコ絵／佼成出版社／2018年9月
夏に降る雪／あんずゆき著;佐藤真紀子絵／フレーベル館（文学の森）／2019年7月
大坂城のシロ／あんずゆき著;中川学絵／くもん出版／2020年12月
ハーブ魔女とふしぎなかぎ―魔法の庭ものがたり；22／あんびるやすこ作・絵／ポプラ社（ポプラ物語館）／2018年7月
100年ハチミツのあべこべ魔法―魔法の庭ものがたり；23／あんびるやすこ作・絵／ポプラ社（ポプラ物語館）／2019年7月
ジャレットと魔法のコイン―魔法の庭ものがたり；24／あんびるやすこ作・絵／ポプラ社（ポプラ物語館）／2020年12月
ルルとララのアニバーサリー・サンド／あんびるやすこ作・絵／岩崎書店（おはなしトントン）／2018年4月
ルルとララのおまじないクッキー／あんびるやすこ作・絵／岩崎書店（おはなしトントン）／2019年2月
ムーンヒルズ魔法宝石店 1／あんびるやすこ作・絵／講談社（わくわくライブラリー）／2018年10月
ムーンヒルズ魔法宝石店 2／あんびるやすこ作・絵／講談社（わくわくライブラリー）／2019年4月
ムーンヒルズ魔法宝石店 3／あんびるやすこ作・絵／講談社（わくわくライブラリー）／2019年11月
ムーンヒルズ魔法宝石店 4／あんびるやすこ作・絵／講談社（わくわくライブラリー）／2020年7月
コットンのティータイム―なんでも魔女商会；27／あんびるやすこ著／岩崎書店／2020年4月
らくだい記者と白雪のドレス―なんでも魔女商会；26／あんびるやすこ著／岩崎書店（おはなしガーデン）／2018年12月
とんかつDJアゲ太郎：映画ノベライズみらい文庫版／イーピャオ原作;小山ゆうじろう原作・絵;二宮健脚本;志田もちたろう著／集英社（集英社みらい文庫）／2020年10月
大嫌いな君に、サヨナラ／いかだかつら著／PHP研究所（カラフルノベル）／2020年7月
プリンシパル：恋する私はヒロインですか?：映画ノベライズみらい文庫版／いくえみ綾原作・カバーイラスト;持地佑季子脚本;百瀬しのぶ著／集英社（集英社みらい文庫）／2018年1月
プリンシパル：まんがノベライズ特別編～弦の気持ち、ときどきすみれ～／いくえみ綾原作・絵;百瀬しのぶ著／集英社（集英社みらい文庫）／2018年2月
戦争にいったうま／いしいゆみ作;大庭賢哉絵／静山社／2020年6月
戦争にいったうま 改訂版／いしいゆみ作;大庭賢哉絵／静山社／2020年11月
学校へ行こう：ちゃんとりん／いとうひろし作／理論社／2018年11月
くろりすくんとしまりすくん／いとうひろし作・絵／講談社／2020年5月
ぼくらの一歩：30人31脚／いとうみく作;イシヤマアズサ絵／アリス館／2018年10月
大渋滞／いとうみく作;いつか絵／PHP研究所（みちくさパレット）／2019年4月
おねえちゃんって、まいにちはらはら!／いとうみく作;つじむらあゆこ絵／岩崎書店（おはなしトントン）／2018年12月
おねえちゃんって、すっごくもやもや!／いとうみく作;つじむらあゆこ絵／岩崎書店（おはなしトントン）／2019年11月
おねえちゃんって、きょうもやきもき!／いとうみく作;つじむらあゆこ絵／岩崎書店（おはなしトントン）／2020年10月
ごきげんな毎日／いとうみく作;佐藤真紀子絵／文研出版（文研ブックランド）／2020年4月
ぼうけんはバスにのって／いとうみく作;山田花菜絵／金の星社／2018年9月
きみひろくん／いとうみく作;中田いくみ絵／くもん出版（くもんの児童文学）／2019年11月
ぼくはなんでもできるもん／いとうみく作;田中六大絵／ポプラ社（本はともだち♪）／2018年3月
すてきな3K：おしごとのおはなし看護師―シリーズおしごとのおはなし／いとうみく作;藤原ヒロコ絵／講談社／2018年1月
トリガー／いとうみく著／ポプラ社（teens' best selections）／2018年12月
朔と新／いとうみく著／講談社／2020年2月
羊の告解／いとうみく著／静山社／2019年3月

天使のにもつ／いとうみく著;丹下京子絵／童心社／2019年2月
明日、きみのいない朝が来る／いぬじゅん著;U35イラスト／PHP研究所（PHPジュニアノベル）／2018年11月
ぼくたちはプライスレス! 1／イノウエミホコ作;an絵／KADOKAWA（角川つばさ文庫）／2020年2月
ぼくたちはプライスレス! 2／イノウエミホコ作;an絵／KADOKAWA（角川つばさ文庫）／2020年6月
てっぺんの上／イノウエミホコ作;スカイエマ絵／文研出版（文研じゅべにーる）／2020年6月
ジャンプ!ジャンプ!ジャンプ!!／イノウエミホコ作;またよし絵／ポプラ社（ノベルズ・エクスプレス）／2018年10月
てんとくんのほしさがし／いぶき彰吾作;北原志乃絵／文研出版（わくわくえどうわ）／2018年3月
モンをさがしに／いよくけいこさく;兒玉季世え／みらいパブリッシング／2020年5月
あいつのすず 新装版―トガリ山のぼうけん；6／いわむらかずお文・絵／理論社／2019年10月
ウロロのひみつ 新装版―トガリ山のぼうけん；5／いわむらかずお文・絵／理論社／2019年10月
てっぺんの湖 新装版―トガリ山のぼうけん；8／いわむらかずお文・絵／理論社／2019年10月
ゆうだちの森 新装版―トガリ山のぼうけん；2／いわむらかずお文・絵／理論社／2019年10月
雲の上の村 新装版―トガリ山のぼうけん；7／いわむらかずお文・絵／理論社／2019年10月
空飛ぶウロロ 新装版―トガリ山のぼうけん；4／いわむらかずお文・絵／理論社／2019年10月
月夜のキノコ 新装版―トガリ山のぼうけん；3／いわむらかずお文・絵／理論社／2019年10月
風の草原 新装版―トガリ山のぼうけん；1／いわむらかずお文・絵／理論社／2019年10月
ディズニーツムツム：仲間をさがして大冒険!／うえくらえり作;じくの絵／KADOKAWA（角川つばさ文庫）／2018年11月
ディズニーツムツム [2]／うえくらえり作;じくの絵／KADOKAWA（角川つばさ文庫）／2019年10月
カラダ探し 第2夜2／ウェルザード著／双葉社（双葉社ジュニア文庫）／2018年3月
カラダ探し 第2夜3／ウェルザード著／双葉社（双葉社ジュニア文庫）／2018年7月
カラダ探し 第3夜1／ウェルザード著／双葉社（双葉社ジュニア文庫）／2018年11月
カラダ探し 第3夜2／ウェルザード著／双葉社（双葉社ジュニア文庫）／2019年3月
カラダ探し 第3夜3／ウェルザード著／双葉社（双葉社ジュニア文庫）／2019年7月
カラダ探し 最終夜1／ウェルザード著／双葉社（双葉社ジュニア文庫）／2019年11月
カラダ探し 最終夜2／ウェルザード著／双葉社（双葉社ジュニア文庫）／2020年3月
カラダ探し 最終夜3／ウェルザード著／双葉社（双葉社ジュニア文庫）／2020年7月
れいとレイ：ルックアットザブライトサイド／うちやまともこ作;岡山伸也絵／絵本塾出版／2020年8月
俳句ステップ!―こころのつばさシリーズ／おおぎやなぎちか作;イシヤマアズサ絵／佼成出版社／2020年8月
ジャンプして、雪をつかめ!／おおぎやなぎちか作;くまおり純絵／新日本出版社／2020年11月
ぼくたちのだんご山会議／おおぎやなぎちか作;佐藤真紀子絵／汐文社／2019年12月
どこどこ山はどこにある／おおぎやなぎちか作;松田奈那子絵／フレーベル館（ものがたりの庭）／2018年9月
ムーラン／おおつかのりこ文;講談社編;駒田文子構成／講談社（ディズニームービーブック）／2020年8月
オレは、センセーなんかじゃない!―感動のお仕事シリーズ／おかざきさとこ著;くじょう絵／学研プラス／2018年8月
ポシーとポパー＝Possy & Popper：ふたりは探偵：魔界からの挑戦／オカザキヨシヒサ作;小林系絵／理論社／2020年5月
つっきーとカーコのけんか―おはなしみーつけた!シリーズ／おくはらゆめ作／佼成出版社／2018年11月
つっきーとカーコのたからもの―おはなしみーつけた!シリーズ／おくはらゆめ作／佼成出版社／2020年11月
きつねのしっぽ／おくはらゆめ作／小峰書店／2020年6月
おかしえんのごろんたん 新装版／おくやまれいこ作・絵／双葉社／2019年8月

ぼくのドラゴン／おのりえん作;森環絵／理論社／2018 年 2 月
きっちり・しとーるさん／おのりえん作・絵／こぐま社（こぐまのどんどんぶんこ）／2018 年 9 月
クークの森の学校：友だちって、なあに?／かさいまり作・絵／KADOKAWA（角川つばさ文庫）／2018 年 6 月
きくち駄菓子屋／かさいまり文;しのとうこ絵／アリス館／2018 年 1 月
ルイジンニョ少年　ブラジルをたずねて／かどのえいこ文;福原幸男絵／ポプラ社／2019 年 1 月
ほねほねザウルス 19／カバヤ食品株式会社原案・監修;ぐるーぷ・アンモナイツ作・絵／岩崎書店／2018 年 8 月
ほねほねザウルス 20／カバヤ食品株式会社原案・監修;ぐるーぷ・アンモナイツ作・絵／岩崎書店／2019 年 2 月
ほねほねザウルス 21／カバヤ食品株式会社原案・監修;ぐるーぷ・アンモナイツ作・絵／岩崎書店／2019 年 7 月
ほねほねザウルス 22／カバヤ食品株式会社原案・監修;ぐるーぷ・アンモナイツ作・絵／岩崎書店／2020 年 1 月
ほねほねザウルス 23／カバヤ食品株式会社原案・監修;ぐるーぷ・アンモナイツ作・絵／岩崎書店／2020 年 8 月
まえばちゃん／かわしまえつこ作;いとうみき絵／童心社（だいすき絵童話）／2018 年 11 月
こぶたのタミーはじめてのえんそく／かわのむつみ作;下間文恵絵／国土社／2019 年 1 月
ソラタとヒナタ：ともだちのつくりかた／かんのゆうこさく;くまあやこえ／講談社（わくわくライブラリー）／2018 年 4 月
ソラタとヒナタ [2]／かんのゆうこさく;くまあやこえ／講談社（わくわくライブラリー）／2019 年 5 月
ソラタとヒナタ [3]／かんのゆうこさく;くまあやこえ／講談社（わくわくライブラリー）／2020 年 4 月
はりねずみのルーチカ：フェリエの国の新しい年／かんのゆうこ作;北見葉胡絵／講談社（わくわくライブラリー）／2018 年 10 月
はりねずみのルーチカ：人魚の島／かんのゆうこ作;北見葉胡絵／講談社（わくわくライブラリー）／2019 年 7 月
はりねずみのルーチカ：トゥーリのひみつ／かんのゆうこ作;北見葉胡絵／講談社（わくわくライブラリー）／2020 年 3 月
ぽぽとくるのしあわせのばしょ／かんのゆうこ著／幻冬舎メディアコンサルティング／2020 年 10 月
パズドラクロス 3／ガンホー・オンライン・エンターテイメントパズドラクロスプロジェクト 2017・テレビ東京原作;諸星崇著／双葉社（双葉社ジュニア文庫）／2018 年 5 月
にじいろフェアリーしずくちゃん 2／ぎぼりつこ絵;友永コリエ作／岩崎書店／2020 年 6 月
愛情融資店まごころ／くさかべかつ美著;新堂みやびイラスト／小学館（小学館ジュニア文庫）／2018 年 12 月
愛情融資店まごころ 2／くさかべかつ美著;新堂みやびイラスト／小学館（小学館ジュニア文庫）／2019 年 7 月
ふしぎないどうどうぶつえん／くさのたき作;つぼいじゅり絵／金の星社／2019 年 9 月
フルスイング!：おしごとのおはなしプロ野球選手—シリーズおしごとのおはなし／くすのきしげのり作;下平けーすけ絵／講談社／2018 年 2 月
空手、はじめます!：スポーツのおはなし空手—シリーズスポーツのおはなし／くすのきしげのり作;下平けーすけ絵／講談社／2019 年 11 月
まかせて!母ちゃん!!／くすのきしげのり作;小泉るみ子絵／文溪堂／2018 年 4 月
大熊猫(パンダ)ベーカリー：パンダと私の内気なクリームパン!／くればやしよしえ著;新井陽次郎イラスト／小学館（小学館ジュニア文庫）／2019 年 3 月
けものフレンズ：おうちを探そう!：角川つばさ文庫版／けものフレンズプロジェクト原作・原案;百瀬しのぶ文／KADOKAWA（角川つばさ文庫）／2019 年 4 月
けものフレンズ：角川つばさ文庫版 [2]／けものフレンズプロジェクト原作・原案;百瀬しのぶ文／

KADOKAWA（角川つばさ文庫）／2019年6月
ぽかりの木／こうだゆうこ作;黒須高嶺絵／学研プラス（ジュニア文学館）／2019年8月
紳士ヒーローうんこるめん [1]—紳士ヒーローシリーズ；1／コーヘーさく;すけまるえ／小学館／2018年11月
紳士ヒーローうんこるめん [2]—紳士ヒーローシリーズ；2／コーヘーさく;すけまるえ／小学館／2018年11月
おうちずきん／こがしわかおり作／文研出版（わくわくえどうわ）／2019年7月
4DX!!：晴とひみつの放課後ゲーム／こぐれ京作;池田春香絵／KADOKAWA（角川つばさ文庫）／2018年11月
4DX!!：晴のバレンタインデーは滅亡する!? [2]／こぐれ京作;池田春香絵／KADOKAWA（角川つばさ文庫）／2019年5月
神様の救世主：屋上のサチコちゃん／ここあ作;teffish絵／講談社（講談社青い鳥文庫）／2020年11月
1% 9／このはなさくら作;高上優里子絵／KADOKAWA（角川つばさ文庫）／2018年4月
1% 10／このはなさくら作;高上優里子絵／KADOKAWA（角川つばさ文庫）／2018年8月
1% 11／このはなさくら作;高上優里子絵／KADOKAWA（角川つばさ文庫）／2018年12月
1% 12／このはなさくら作;高上優里子絵／KADOKAWA（角川つばさ文庫）／2019年4月
1% 13／このはなさくら作;高上優里子絵／KADOKAWA（角川つばさ文庫）／2019年8月
1% 14／このはなさくら作;高上優里子絵／KADOKAWA（角川つばさ文庫）／2019年12月
スキ・キライ相関図 1／このはなさくら作;高上優里子絵／KADOKAWA（角川つばさ文庫）／2020年1月
1% 15／このはなさくら作;高上優里子絵／KADOKAWA（角川つばさ文庫）／2020年4月
スキ・キライ相関図 2／このはなさくら作;高上優里子絵／KADOKAWA（角川つばさ文庫）／2020年5月
1% 16／このはなさくら作;高上優里子絵／KADOKAWA（角川つばさ文庫）／2020年8月
スキ・キライ相関図 3／このはなさくら作;高上優里子絵／KADOKAWA（角川つばさ文庫）／2020年10月
1%×スキ・キライ相関図：みんな、がんばれ!学園祭／このはなさくら作;高上優里子絵／KADOKAWA（角川つばさ文庫）／2020年12月
この恋は、ぜったいヒミツ。／このはなさくら著;遠山えま絵／スターツ出版（野いちごジュニア文庫）／2020年12月
チョコルとチョコレートの魔女：cafeエルドラド／こばやしゆかこ著／岩崎書店／2020年11月
リマ・トゥジュ・リマ・トゥジュ・トゥジュ／こまつあやこ著／講談社／2018年6月
ハジメテヒラク／こまつあやこ著／講談社／2020年8月
白猫プロジェクト：大いなる冒険の始まり／コロプラ原作・監修;橘もも作;布施龍太絵／KADOKAWA（角川つばさ文庫）／2019年3月
わすれないよ!ヘッチャラくん／さえぐさひろこ作;わたなべみちお絵／新日本出版社／2018年1月
王さまのスプーンになったおたまじゃくし／さくら文葉作;佐竹美保絵／PHP研究所（とっておきのどうわ）／2018年2月
天地ダイアリー／ささきあり作／フレーベル館（文学の森）／2018年11月
おぶぎょうざさま／ささきみお作・絵／文研出版（わくわくえどうわ）／2020年3月
ラグリマが聞こえる：ギターよひびけ、ヒロシマの空に／ささぐちともこ著;くまおり純絵／汐文社／2020年6月
なかよしドングリ／さなだせつこ著／東京図書出版／2018年12月
ぼくはここにいる／さなともこ作;かみやしん絵／童話館出版／2018年3月
映画すみっコぐらし とびだす絵本とひみつのコ ストーリーブック／サンエックス監修;主婦と生活社編集／主婦と生活社／2019年11月
映画すみっコぐらしとびだす絵本とひみつのコ／サンエックス原作;角田貴志脚本;芳野詩子文／

KADOKAWA（角川つばさ文庫）／2019年10月
令和の旗：「万葉集」誕生ものがたり／しのざきこういち著／てらいんく／2019年11月
げっし〜ず：みんなちがうけど、みんななかよし／しまだよしなお著;しろいおもち絵／集英社（集英社みらい文庫）／2019年8月
めざせ!No.1パティシエ：ケーキ屋さん物語―あこがれガールズコレクションストーリー／しまだよしなお文;森江まこ絵／小学館／2018年3月
わんニャンペットショップ：生きものがかりが夢の始まり!―あこがれガールズコレクションストーリー／しまだよしなお文;森江まこ絵／小学館／2018年7月
そのときがくるくる／すずきみえ作;くすはら順子絵／文研出版（わくわくえどうわ）／2020年4月
ぼくが見たお父さんのはじめてのなみだ―おはなしみ一つけた!シリーズ／そうまこうへい作;石川えりこ絵／佼成出版社／2018年4月
小説映画ねこねこ日本史：龍馬のはちゃめちゃタイムトラベルぜよ!／そにしけんじ原作;清水匡小説;ジョーカーフィルムズ作画／実業之日本社（実業之日本社ジュニア文庫）／2019年12月
おはなし猫ピッチャー 空飛ぶマグロと時間をうばわれた子どもたちの巻／そにしけんじ原作・カバーイラスト;江橋よしのり著;あさだみほ挿絵／小学館（小学館ジュニア文庫）／2018年1月
そば打ち甲子園!／そば打ち研究部著／学研プラス（部活系空色ノベルズ）／2019年3月
くだものっこの花―おはなしのまど；6／たかどのほうこ作;つちだのぶこ絵／フレーベル館／2018年2月
ちゃめひめさまとあやしいたから―ちゃめひめさま；2／たかどのほうこ作;佐竹美保絵／あかね書房／2018年5月
ちゃめひめさまとおしろのおばけ―ちゃめひめさま；3／たかどのほうこ作;佐竹美保絵／あかね書房／2019年2月
夕焼け色のわすれもの／たかのけんいち作;千海博美絵／講談社（講談社文学の扉）／2019年2月
怪盗ジョーカー [7]／たかはしひでやす原作;福島直浩著;佐藤大監修;寺本幸代監修／小学館（小学館ジュニア文庫）／2019年4月
一富士茄子牛焦げルギー／たなかしん作・絵／BL出版／2019年11月
名探偵ピカチュウ／ダン・ヘルナンデス脚本;ベンジー・サミット脚本;ロブ・レターマン脚本;デレク・コノリー脚本;江坂純著／小学館（小学館ジュニア文庫）／2019年7月
スケッチブック：供養絵をめぐる物語／ちばるりこ作;シライシユウコ絵／学研プラス（ティーンズ文学館）／2018年12月
スヌーピーと幸せのブランケット：ピーナッツストーリーズ―キラピチブックス／チャールズ・M.・シュルツ原作・イラスト;たかはしみか著;チャールズ・M.・シュルツ・クリエイティブ・アソシエイツ監修／学研プラス／2019年9月
スヌーピーの友だちは宝もの：ピーナッツストーリーズ―キラピチブックス／チャールズ・M.・シュルツ原作・イラスト;たかはしみか著;チャールズ・M.・シュルツ・クリエイティブ・アソシエイツ監修／学研プラス／2020年7月
小説映画私がモテてどうすんだ／ぢゅん子原作;時海結以著／講談社（講談社KK文庫）／2020年6月
ねこやなぎ食堂 レシピ1／つくもようこ作;かわいみな絵／講談社（講談社青い鳥文庫）／2019年7月
ねこやなぎ食堂 レシピ2／つくもようこ作;かわいみな絵／講談社（講談社青い鳥文庫）／2020年1月
ねこやなぎ食堂 レシピ3／つくもようこ作;かわいみな絵／講談社（講談社青い鳥文庫）／2020年10月
パティシエ☆すばる 番外編／つくもようこ作;鳥羽雨絵／講談社（講談社青い鳥文庫）／2018年5月
トップラン／つげみさお作;森川泉絵／国土社／2020年10月
塔の上のラプンツェル／ディズニー監修／KADOKAWA（角川アニメ絵本）／2020年11月
しまうまのたんけん／トビイルツ作・絵／PHP研究所（とっておきのどうわ）／2019年5月
おしりたんてい あやうしたんていじむしょ―おしりたんていシリーズ. おしりたんていファイル；6／トロルさく・え／ポプラ社／2018年3月
おしりたんてい みはらしそうのかいじけん―おしりたんていシリーズ. おしりたんていファイル；7／トロルさく・え／ポプラ社／2018年8月

おしりたんてい カレーなるじけん―おしりたんていシリーズ. おしりたんていファイル／トロルさく・え／ポプラ社／2019年1月
おしりたんてい かいとうとねらわれたはなよめ―おしりたんていシリーズ. おしりたんていファイル；8／トロルさく・え／ポプラ社／2019年4月
おしりたんてい ラッキーキャットはだれのてに!―おしりたんていシリーズ. おしりたんていファイル；9／トロルさく・え／ポプラ社／2019年8月
おしりたんてい おしりたんていのこい!?―おしりたんていシリーズ. おしりたんていファイル；10／トロルさく・え／ポプラ社／2020年11月
ハンカチともだち／なかがわちひろ作／アリス館／2019年11月
あの日、ぼくは龍を見た／ながすみつき作;こより絵／PHP研究所（カラフルノベル）／2019年3月
こだぬきコロッケ／ななもりさちこ作;こばようこ絵／こぐま社（こぐまのどんどんぶんこ）／2018年6月
しろくまジローはすもうとり―福音館創作童話シリーズ／ななもりさちこ作・絵／福音館書店／2018年9月
やぎこ先生いちねんせい―福音館創作童話シリーズ／ななもりさちこ文;大島妙子絵／福音館書店／2019年1月
さよなら弟ねこのヤン―ねこたちからのメッセージ／なりゆきわかこ作;あやか挿絵／KADOKAWA（角川つばさ文庫）／2018年4月
さよならをのりこえた犬ソフィー：盲導犬になった子犬の物語／なりゆきわかこ作;あやか挿絵／KADOKAWA（角川つばさ文庫）／2019年9月
ふしぎ古書店 7／にかいどう青作;のぶたろ絵／講談社（講談社青い鳥文庫）／2018年1月
すみっこ★読書クラブ：事件ダイアリー 1／にかいどう青作;のぶたろ絵／講談社（講談社青い鳥文庫）／2019年7月
すみっこ★読書クラブ：事件ダイアリー 2／にかいどう青作;のぶたろ絵／講談社（講談社青い鳥文庫）／2020年1月
スベらない同盟／にかいどう青著／講談社／2019年9月
ぼくたちのP(パラダイス)／にしがきようこ作／小学館／2018年7月
ねことじいちゃん：映画版／ねこまき(ミューズワーク)原作・イラスト;坪田文作;伊豆平成文／KADOKAWA（角川つばさ文庫）／2019年1月
ゴキゲンめいちゃん森にくらす／のりぼうさく;りかさく;さげさかのりこえ／コスモス・ライブラリー／2018年1月
実況パワフルプロ野球：めざせ最強バッテリー!／はせがわみやび作;ミクニシン絵／KADOKAWA（角川つばさ文庫）／2018年5月
ドラガリアロスト：王子とドラゴンの力／はせがわみやび作;貞松龍壱絵／KADOKAWA（角川つばさ文庫）／2019年4月
とつぜんのシンデレラ：ひみつのポムポムちゃん―おともだちピース／ハタノヒヨコ原案・絵;講談社編集;村山早紀文／講談社／2020年5月
泣き虫千代子のダルマさん／はまひろと作;こばやしひろみち絵／ほおずき書籍／2018年6月
怪盗クイーンニースの休日：アナミナティの祝祭 前編／はやみねかおる作;K2商会絵／講談社（講談社青い鳥文庫）／2019年7月
怪盗クイーンモナコの決戦：アナミナティの祝祭 後編／はやみねかおる作;K2商会絵／講談社（講談社青い鳥文庫）／2019年8月
打順未定、ポジションは駄菓子屋前／はやみねかおる作;ひのた絵／講談社（講談社青い鳥文庫）／2018年6月
令夢の世界はスリップする ＝REMU'S WORLD SLIPS：赤い夢へようこそ：前奏曲／はやみねかおる著／講談社／2020年7月
都会(まち)のトム&ソーヤ 15／はやみねかおる著／講談社（YA!ENTERTAINMENT）／2018年3月
都会(まち)のトム&ソーヤ 16／はやみねかおる著／講談社（YA!ENTERTAINMENT）／2019年2月

都会(まち)のトム&ソーヤ 外伝16.5／はやみねかおる著／講談社（YA!ENTERTAINMENT）／2020年3月
奇譚ルーム／はやみねかおる著／朝日新聞出版／2018年3月
すみれちゃん、おはよう!／ばんひろこ作;丸山ゆき絵／新日本出版社／2019年8月
チ・ヨ・コ・レ・イ・ト!／ばんひろこ作;丸山ゆき絵／新日本出版社／2019年10月
まほうのハンカチ／ばんひろこ作;丸山ゆき絵／新日本出版社／2020年2月
レッツとネコさん／ひこ・田中さく;ヨシタケシンスケえ／講談社／2018年6月
レッツのふみだい／ひこ・田中さく;ヨシタケシンスケえ／講談社／2018年7月
レッツがおつかい／ひこ・田中さく;ヨシタケシンスケえ／講談社／2018年8月
レッツはおなか／ひこ・田中さく;ヨシタケシンスケえ／講談社／2020年4月
ネバーウェディングストーリー―モールランド・ストーリー；3／ひこ・田中作;中島梨絵画／福音館書店／2020年5月
ぼくは本を読んでいる。／ひこ・田中著／講談社／2019年1月
四つ子ぐらし 1／ひのひまり作;佐倉おりこ絵／KADOKAWA（角川つばさ文庫）／2018年10月
四つ子ぐらし 2／ひのひまり作;佐倉おりこ絵／KADOKAWA（角川つばさ文庫）／2019年2月
四つ子ぐらし 3／ひのひまり作;佐倉おりこ絵／KADOKAWA（角川つばさ文庫）／2019年6月
四つ子ぐらし 4／ひのひまり作;佐倉おりこ絵／KADOKAWA（角川つばさ文庫）／2019年10月
四つ子ぐらし 5上下／ひのひまり作;佐倉おりこ絵／KADOKAWA（角川つばさ文庫）／2020年2月
四つ子ぐらし 6／ひのひまり作;佐倉おりこ絵／KADOKAWA（角川つばさ文庫）／2020年7月
四つ子ぐらし 7／ひのひまり作;佐倉おりこ絵／KADOKAWA（角川つばさ文庫）／2020年11月
月あかり洋裁店／ひろいれいこ作;よしざわけいこ絵／PHP研究所（とっておきのどうわ）／2018年9月
活版印刷三日月堂 [1] 特装版／ほしおさなえ著／ポプラ社／2020年4月
活版印刷三日月堂 [2] 特装版／ほしおさなえ著／ポプラ社／2020年4月
活版印刷三日月堂 [3] 特装版／ほしおさなえ著／ポプラ社／2020年4月
活版印刷三日月堂 [4] 特装版／ほしおさなえ著／ポプラ社／2020年4月
活版印刷三日月堂 [5] 特装版／ほしおさなえ著／ポプラ社／2020年4月
活版印刷三日月堂 [6] 特装版／ほしおさなえ著／ポプラ社／2020年4月
小説12歳。：キミとふたり―CIAO BOOKS／まいた菜穂原作;山本櫻子著／小学館／2018年12月
小説黒崎くんの言いなりになんてならない 1―Kodansha Comics DELUXE／マキノ原作・イラスト;森川成美著／講談社／2019年2月
小説黒崎くんの言いなりになんてならない 2―Kodansha Comics DELUXE／マキノ原作・イラスト;森川成美著／講談社／2019年2月
小説黒崎くんの言いなりになんてならない 3―Kodansha Comics DELUXE／マキノ原作・イラスト;森川成美著／講談社／2019年2月
思いはいのり、言葉はつばさ／まはら三桃著／アリス館／2019年7月
無限の中心で／まはら三桃著／講談社／2020年6月
疾風の女子マネ!／まはら三桃著／小学館／2018年6月
らくがき☆ポリス 4／まひる作;立樹まや絵／KADOKAWA（角川つばさ文庫）／2018年2月
らくがき☆ポリス 5／まひる作;立樹まや絵／KADOKAWA（角川つばさ文庫）／2018年8月
らくがき☆ポリス 6／まひる作;立樹まや絵／KADOKAWA（角川つばさ文庫）／2019年2月
らくがき☆ポリス 7／まひる作;立樹まや絵／KADOKAWA（角川つばさ文庫）／2019年8月
ぼくたちと駐在さんの700日戦争：ベスト版 闘争の巻／ママチャリ著;ママチャリイラスト／小学館（小学館ジュニア文庫）／2018年1月
新聞記者は、せいぎの味方?：おしごとのおはなし新聞記者―シリーズおしごとのおはなし／みうらかれん作;宮尾和孝絵／講談社／2018年1月
化け猫落語 3／みうらかれん作;中村ひなた絵／講談社（講談社青い鳥文庫）／2018年6月
山のうらがわの冒険／みおちづる作;広瀬弦絵／あかね書房（読書の時間）／2020年6月

小説午前0時、キスしに来てよ＝COME TO KiSS AT 0:00 A.M 上下／みきもと凜原作;時海結以著／講談社（講談社KK文庫）／2019年11月
たったひとつの君との約束 [5]／みずのまい作;U35絵／集英社（集英社みらい文庫）／2018年4月
たったひとつの君との約束 [6]／みずのまい作;U35絵／集英社（集英社みらい文庫）／2018年6月
たったひとつの君との約束 [7]／みずのまい作;U35絵／集英社（集英社みらい文庫）／2018年10月
たったひとつの君との約束 [8]／みずのまい作;U35絵／集英社（集英社みらい文庫）／2019年2月
たったひとつの君との約束 [9]／みずのまい作;U35絵／集英社（集英社みらい文庫）／2019年6月
お願い!フェアリー 20／みずのまい作;カタノトモコ絵／ポプラ社／2018年4月
お願い!フェアリー 21／みずのまい作;カタノトモコ絵／ポプラ社／2018年9月
お願い!フェアリー 22／みずのまい作;カタノトモコ絵／ポプラ社／2019年4月
お願い!フェアリー 23／みずのまい作;カタノトモコ絵／ポプラ社／2019年10月
スターになったらふりむいて：ファーストキスはだれとする?／みずのまい作;乙女坂心絵／集英社（集英社みらい文庫）／2019年10月
スターになったらふりむいて [2]／みずのまい作;乙女坂心絵／集英社（集英社みらい文庫）／2020年2月
スターになったらふりむいて [3]／みずのまい作;乙女坂心絵／集英社（集英社みらい文庫）／2020年6月
中くらいの幸せの味／みとみとみ作;岡田千晶絵／国土社／2019年10月
龍にたずねよ／みなと菫著／講談社／2018年7月
白き花の姫王(おおきみ)：ヴァジュラの剣／みなと菫著／講談社／2020年9月
海色ダイアリー：おとなりさんは、五つ子アイドル!?／みゆ作;加々見絵里絵／集英社（集英社みらい文庫）／2020年3月
海色ダイアリー [2]／みゆ作;加々見絵里絵／集英社（集英社みらい文庫）／2020年7月
海色ダイアリー [3]／みゆ作;加々見絵里絵／集英社（集英社みらい文庫）／2020年11月
流れ星のように君は／みゆ作;市川ショウ絵／集英社（集英社みらい文庫）／2019年5月
おばけのたからもの―おばけマンション；44／むらいかよ著／ポプラ社（ポプラ社の新・小さな童話）／2018年4月
こわ～い!?わる～い!?おばけ虫―おばけマンション；45／むらいかよ著／ポプラ社（ポプラ社の新・小さな童話）／2019年2月
おばけひめがやってきた!―おばけマンション；46／むらいかよ著／ポプラ社（ポプラ社の新・小さな童話）／2019年9月
おばけのうんどうかい―おばけマンション；47／むらいかよ著／ポプラ社（ポプラ社の新・小さな童話）／2020年9月
おおあたり!／もとしたいづみ作;山西ゲンイチ絵／小峰書店（おはなしだいすき）／2019年1月
転校生は忍者?!―こころのつばさシリーズ／もとしたいづみ作;田中六大絵／佼成出版社／2018年11月
山のトントン／やえがしなおこ作;松成真理子絵／講談社（どうわがいっぱい）／2020年9月
小説ゲキカワデビル：恋するゲキカワコーデ―CIAO BOOKS／やぶうち優原作・イラスト;宮沢みゆき著／小学館／2019年3月
宇宙人がいた／やまだともこ作;いとうみき絵／金の星社／2020年9月
理花のおかしな実験室：お菓子づくりはナゾだらけ!? 1／やまもとふみ作;nanao絵／KADOKAWA（角川つばさ文庫）／2020年10月
天国から地獄に連れて行かれた男の子／やまもとよしあき著／青山ライフ出版／2020年8月
白の平民魔法使い：無属性の異端児／らむなべ著／KADOKAWA（カドカワ読書タイム）／2020年11月
戦国ベースボール [12]／りょくち真太作;トリバタケハルノブ絵／集英社（集英社みらい文庫）／2018年3月
戦国ベースボール [13]／りょくち真太作;トリバタケハルノブ絵／集英社（集英社みらい文庫）／2018年7月
戦国ベースボール [14]／りょくち真太作;トリバタケハルノブ絵／集英社（集英社みらい文庫）／2018年11月

戦国ベースボール [15]／りょくち真太作;トリバタケハルノブ絵／集英社（集英社みらい文庫）／2019年4月
戦国ベースボール [16]／りょくち真太作;トリバタケハルノブ絵／集英社（集英社みらい文庫）／2019年7月
戦国ベースボール [17]／りょくち真太作;トリバタケハルノブ絵／集英社（集英社みらい文庫）／2019年11月
戦国ベースボール [18]／りょくち真太作;トリバタケハルノブ絵／集英社（集英社みらい文庫）／2020年3月
戦国ベースボール [19]／りょくち真太作;トリバタケハルノブ絵／集英社（集英社みらい文庫）／2020年7月
戦国ベースボール [20]／りょくち真太作;トリバタケハルノブ絵／集英社（集英社みらい文庫）／2020年11月
小説映画二ノ国／レベルファイブ原作;日野晃博製作総指揮・原案・脚本;有沢ゆう希著／講談社（講談社KK文庫）／2019年8月
小説イナズマイレブン：アレスの天秤 1／レベルファイブ原作;日野晃博総監督・原案・シリーズ構成;江橋よしのり著／小学館（小学館ジュニア文庫）／2018年6月
小説イナズマイレブン：アレスの天秤 2／レベルファイブ原作;日野晃博総監督・原案・シリーズ構成;江橋よしのり著／小学館（小学館ジュニア文庫）／2018年8月
小説イナズマイレブン：アレスの天秤 3／レベルファイブ原作;日野晃博総監督・原案・シリーズ構成;江橋よしのり著／小学館（小学館ジュニア文庫）／2018年8月
小説イナズマイレブン：アレスの天秤 4／レベルファイブ原作;日野晃博総監督・原案・シリーズ構成;江橋よしのり著／小学館（小学館ジュニア文庫）／2018年10月
小説イナズマイレブン：オリオンの刻印 1／レベルファイブ原作;日野晃博総監督・原案・シリーズ構成;江橋よしのり著／小学館（小学館ジュニア文庫）／2019年4月
小説イナズマイレブン：オリオンの刻印 2／レベルファイブ原作;日野晃博総監督・原案・シリーズ構成;江橋よしのり著／小学館（小学館ジュニア文庫）／2019年7月
小説イナズマイレブン：オリオンの刻印 3／レベルファイブ原作;日野晃博総監督・原案・シリーズ構成;江橋よしのり著／小学館（小学館ジュニア文庫）／2019年8月
小説イナズマイレブン：オリオンの刻印 4／レベルファイブ原作;日野晃博総監督・原案・シリーズ構成;江橋よしのり著／小学館（小学館ジュニア文庫）／2019年10月
小説映画となりの怪物くん／ろびこ原作;金子ありさ脚本;松田朱夏著／講談社／2019年2月
小説映画となりの怪物くん／ろびこ原作;金子ありさ脚本;松田朱夏著／講談社（講談社KK文庫）／2018年4月
ゲンちゃんはおサルじゃありません／阿部夏丸作;高畠那生絵／講談社（どうわがいっぱい）／2018年5月
とどけ、サルハシ!／葦原かも作;石川えりこ絵／小峰書店／2020年9月
青の誓約 = Fate of The BLUE：市条高校サッカー部／綾崎隼著／KADOKAWA／2018年5月
一年間だけ。 1／安芸咲良作;花芽宮るる絵／KADOKAWA（角川つばさ文庫）／2019年4月
一年間だけ。 2／安芸咲良作;花芽宮るる絵／KADOKAWA（角川つばさ文庫）／2019年9月
一年間だけ。 3／安芸咲良作;花芽宮るる絵／KADOKAWA（角川つばさ文庫）／2020年2月
一年間だけ。 4／安芸咲良作;花芽宮るる絵／KADOKAWA（角川つばさ文庫）／2020年5月
一年間だけ。 5／安芸咲良作;花芽宮るる絵／KADOKAWA（角川つばさ文庫）／2020年10月
みんなはアイスをなめている―おはなしSDGs. 貧困をなくそう／安田夏菜作;黒須高嶺絵／講談社／2020年12月
むこう岸／安田夏菜著／講談社／2018年12月
DAYS 3／安田剛士原作・絵;石崎洋司文／講談社（講談社青い鳥文庫）／2018年2月
だんまりうさぎとおほしさま―だんまりうさぎとおしゃべりうさぎ／安房直子作;ひがしちから絵／偕成社／2018年6月

ゆきのひのだんまりうさぎ―だんまりうさぎとおしゃべりうさぎ／安房直子作;ひがしちから絵／偕成社／2019年2月
ゆめ☆かわ ここあのコスメボックス [2]／伊集院くれあ著;池田春香イラスト／小学館（小学館ジュニア文庫）／2018年2月
ゆめ☆かわ ここあのコスメボックス [3]／伊集院くれあ著;池田春香イラスト／小学館（小学館ジュニア文庫）／2018年7月
ゆめ☆かわ ここあのコスメボックス [4]／伊集院くれあ著;池田春香イラスト／小学館（小学館ジュニア文庫）／2019年4月
ゆめ☆かわ ここあのコスメボックス [5]／伊集院くれあ著;池田春香イラスト／小学館（小学館ジュニア文庫）／2019年7月
ゆめ☆かわ ここあのコスメボックス [6]／伊集院くれあ著;池田春香イラスト／小学館（小学館ジュニア文庫）／2020年4月
親方と神様／伊集院静著／あすなろ書房／2020年2月
兄が3人できまして：王子様のなんでも屋 1／伊藤クミコ作;あおいみつ絵／講談社（講談社青い鳥文庫）／2020年5月
兄が3人できまして：王子様のなんでも屋 2／伊藤クミコ作;あおいみつ絵／講談社（講談社青い鳥文庫）／2020年9月
生活向上委員会! 7／伊藤クミコ作;桜倉メグ絵／講談社（講談社青い鳥文庫）／2018年3月
生活向上委員会! 8／伊藤クミコ作;桜倉メグ絵／講談社（講談社青い鳥文庫）／2018年7月
生活向上委員会! 9／伊藤クミコ作;桜倉メグ絵／講談社（講談社青い鳥文庫）／2018年11月
生活向上委員会! 10／伊藤クミコ作;桜倉メグ絵／講談社（講談社青い鳥文庫）／2019年3月
生活向上委員会! 11／伊藤クミコ作;桜倉メグ絵／講談社（講談社青い鳥文庫）／2019年8月
生活向上委員会! 12／伊藤クミコ作;桜倉メグ絵／講談社（講談社青い鳥文庫）／2019年12月
生活向上委員会! 13／伊藤クミコ作;桜倉メグ絵／講談社（講談社青い鳥文庫）／2020年4月
ぼくらのセイキマツ／伊藤たかみ著／理論社／2019年4月
小説ゆずのどうぶつカルテ：こちらわんニャンどうぶつ病院 1／伊藤みんご原作・絵;辻みゆき文／講談社（講談社青い鳥文庫）／2019年4月
小説ゆずのどうぶつカルテ：こちらわんニャンどうぶつ病院 2／伊藤みんご原作・絵;辻みゆき文／講談社（講談社青い鳥文庫）／2019年8月
小説ゆずのどうぶつカルテ：こちらわんニャンどうぶつ病院 3／伊藤みんご原作・絵;辻みゆき文／講談社（講談社青い鳥文庫）／2019年11月
小説ゆずのどうぶつカルテ：こちらわんニャンどうぶつ病院 4／伊藤みんご原作・絵;辻みゆき文／講談社（講談社青い鳥文庫）／2020年2月
小説ゆずのどうぶつカルテ：こちらわんニャンどうぶつ病院 5／伊藤みんご原作・絵;辻みゆき文／講談社（講談社青い鳥文庫）／2020年5月
小説ゆずのどうぶつカルテ：こちらわんニャンどうぶつ病院 6／伊藤みんご原作・絵;辻みゆき文／講談社（講談社青い鳥文庫）／2020年8月
小説ゆずのどうぶつカルテ：こちらわんニャンどうぶつ病院 7／伊藤みんご原作・絵;辻みゆき文／講談社（講談社青い鳥文庫）／2020年12月
小説劇場版ウルトラマンR/B：セレクト!絆のクリスタル／伊豆平成文;布施龍太挿絵;円谷プロダクション監修／KADOKAWA／2019年3月
君の青色：いつのまにか好きになってた／伊浪知里作;花芽宮るる絵／ポプラ社（ポケット・ショコラ）／2019年11月
ちびだこハッポンの海／井上夕香作;松岡幸子さし絵／てらいんく／2019年11月
実験犬シロのねがい 新装版／井上夕香著;葉祥明絵／ハート出版／2020年12月
チーム怪盗JET：王子とフリョーと、カゲうすい女子!?／一ノ瀬三葉作;うさぎ恵美絵／集英社（集英社みらい文庫）／2019年3月

チーム怪盗JET [2]／一ノ瀬三葉作;うさぎ恵美絵／集英社（集英社みらい文庫）／2019年7月
チーム怪盗JET [3]／一ノ瀬三葉作;うさぎ恵美絵／集英社（集英社みらい文庫）／2019年11月
時間割男子 1／一ノ瀬三葉作;榎のと絵／KADOKAWA（角川つばさ文庫）／2019年10月
時間割男子 2／一ノ瀬三葉作;榎のと絵／KADOKAWA（角川つばさ文庫）／2020年2月
時間割男子 3／一ノ瀬三葉作;榎のと絵／KADOKAWA（角川つばさ文庫）／2020年7月
時間割男子 4／一ノ瀬三葉作;榎のと絵／KADOKAWA（角川つばさ文庫）／2020年12月
ソライロ♪プロジェクト 3／一ノ瀬三葉作;夏芽もも絵／KADOKAWA（角川つばさ文庫）／2018年5月
ソライロ♪プロジェクト 4／一ノ瀬三葉作;夏芽もも絵／KADOKAWA（角川つばさ文庫）／2018年11月
ソライロ♪プロジェクト 5／一ノ瀬三葉作;夏芽もも絵／KADOKAWA（角川つばさ文庫）／2019年4月
ソライロ♪プロジェクト 6／一ノ瀬三葉作;夏芽もも絵／KADOKAWA（角川つばさ文庫）／2019年9月
恋の始まりはヒミツのメールで／一色美雨季作;雨宮うり絵／ポプラ社（ポケット・ショコラ）／2018年5月
おいでよ、花まる寮!／宇津田晴著;わんにゃんぷーイラスト／小学館（小学館ジュニア文庫）／2018年4月
ウラオモテ世界!：とつぜんの除霊×ゲームバトル／雨蛙ミドリ作;kaworu絵／KADOKAWA（角川つばさ文庫）／2019年7月
ウラオモテ世界! 2／雨蛙ミドリ作;kaworu絵／KADOKAWA（角川つばさ文庫）／2019年12月
ウラオモテ世界! 3／雨蛙ミドリ作;kaworu絵／KADOKAWA（角川つばさ文庫）／2020年5月
オンライン! 15／雨蛙ミドリ作;大塚真一郎絵／KADOKAWA（角川つばさ文庫）／2018年2月
オンライン! 16／雨蛙ミドリ作;大塚真一郎絵／KADOKAWA（角川つばさ文庫）／2018年6月
オンライン! 17／雨蛙ミドリ作;大塚真一郎絵／KADOKAWA（角川つばさ文庫）／2018年10月
オンライン! 18／雨蛙ミドリ作;大塚真一郎絵／KADOKAWA（角川つばさ文庫）／2019年6月
オンライン! 19／雨蛙ミドリ作;大塚真一郎絵／KADOKAWA（角川つばさ文庫）／2020年1月
オンライン! 20／雨蛙ミドリ作;大塚真一郎絵／KADOKAWA（角川つばさ文庫）／2020年6月
映画クレヨンしんちゃん新婚旅行ハリケーン～失われたひろし～／臼井儀人原作;うえのきみこ;水野宗徳脚本;蒔田陽平ノベライズ／双葉社（双葉社ジュニア文庫）／2019年4月
映画クレヨンしんちゃん爆盛!カンフーボーイズ～拉麺大乱～／臼井儀人原作;うえのきみこ脚本;蒔田陽平ノベライズ／双葉社（双葉社ジュニア文庫）／2018年4月
映画クレヨンしんちゃん激突!ラクガキングダムとほぼ四人の勇者／臼井儀人原作;高田亮脚本;京極尚彦監督・脚本;蒔田陽平ノベライズ／双葉社（双葉社ジュニア文庫）／2020年4月
チア☆ダン ROCKETS 1／映画「チア☆ダン」製作委員会原作;後藤法子ドラマ脚本;徳尾浩司ドラマ脚本;みうらかれん文;榊アヤミ絵／KADOKAWA（角川つばさ文庫）／2018年8月
チア☆ダン ROCKETS 2／映画「チア☆ダン」製作委員会原作;徳尾浩司ドラマ脚本;木村涼子ドラマ脚本;みうらかれん文;榊アヤミ絵／KADOKAWA（角川つばさ文庫）／2018年10月
チア☆ダン ROCKETS 3／映画「チア☆ダン」製作委員会原作;木村涼子ドラマ脚本;徳尾浩司ドラマ脚本;渡邉真子ドラマ脚本;みうらかれん文;榊アヤミ絵／KADOKAWA（角川つばさ文庫）／2018年12月
ことばけ!：ツンツンでもふもふな皇子が私のパートナー!?／衛藤圭作;Nardack絵／集英社（集英社みらい文庫）／2020年11月
ガラスの梨：ちいやんの戦争／越水利江子作;牧野千穂絵／ポプラ社（ノベルズ・エクスプレス）／2018年7月
ラビントットと空の魚 第4話—福音館創作童話シリーズ／越智典子作;にしざかひろみ画／福音館書店／2020年6月
ラビントットと空の魚 第5話—福音館創作童話シリーズ／越智典子作;にしざかひろみ画／福音館書店／2020年6月
完司さんの戦争／越智典子文;コルシカ絵・漫画／偕成社／2020年8月
空ニ吸ハレシ15ノココロ：おばあちゃんへのラストレター／園田由紀子著／PHPエディターズ・グループ／2019年7月

ピアノ・カルテット 2／遠藤まり作;ふじつか雪絵／KADOKAWA（角川つばさ文庫）／2018年4月
ミコとまぼろしの女王：新説・邪馬台国 in 屋久島!?／遠崎史朗作;松本大洋絵／ポプラ社（ノベルズ・エクスプレス）／2018年6月
ルパンの娘／横関大作;石蕗永地絵／講談社（講談社青い鳥文庫）／2020年10月
ホームズの娘／横関大作;石蕗永地絵／講談社（講談社青い鳥文庫）／2020年11月
ルパンの帰還／横関大作;石蕗永地絵／講談社（講談社青い鳥文庫）／2020年11月
少女探偵月原美音 2／横山佳作;スカイエマ絵／BL出版／2019年3月
結び蝶物語／横山充男作;カタヒラシュンシ絵／あかね書房／2018年6月
ビワイチ!：自転車で琵琶湖一周／横山充男作;よこやまようへい絵／文研出版（文研じゅべにーる）／2018年4月
泣き神さまサワメ／横山充男作;よこやまようへい絵／文研出版（文研ブックランド）／2020年11月
一ツ蝶物語／横山充男作;辻恵絵／ポプラ社（teens' best selections）／2018年11月
ナイスキャッチ! 3／横沢彰作;スカイエマ絵／新日本出版社／2018年7月
ナイスキャッチ! 4／横沢彰作;スカイエマ絵／新日本出版社／2018年10月
ナイスキャッチ! 5／横沢彰作;スカイエマ絵／新日本出版社／2019年1月
青春!卓球部／横沢彰作;小松良佳絵／新日本出版社／2020年8月
純情!卓球部／横沢彰作;小松良佳絵／新日本出版社／2020年12月
手と手をぎゅっとにぎったら—こころのつばさシリーズ／横田明子作;くすはら順子絵／佼成出版社／2019年6月
アサギマダラの手紙／横田明子作;井川ゆり子絵／国土社／2019年9月
QK部：トランプゲーム部の結成と挑戦／黄黒真直著／KADOKAWA／2020年3月
いのちのカプセルにのって／岡田なおこ著;サカイノビー絵／汐文社／2019年12月
世界のはてのペンギン・ミステリー—宇宙スパイウサギ大作戦；パート2-4／岡田貴久子作;ミヤハラヨウコ絵／理論社／2018年10月
図書館からの冒険／岡田淳作／偕成社（偕成社ワンダーランド）／2019年12月
ルソンバンの大奇術／牡丹靖佳著／福音館書店／2018年2月
消滅都市：Everything in its right place／下田翔大原作;高橋慶著;裕龍ながれイラスト／PHP研究所（PHPジュニアノベル）／2019年5月
ポチっと発明ピカちんキット：キミのピラメキで大発明!?／加藤綾子文／KADOKAWA（角川つばさ文庫）／2018年7月
エカシの森と子馬のポンコ／加藤多一作;大野八生絵／ポプラ社（teens' best selections）／2020年12月
エレベーターのふしぎなボタン／加藤直子作;杉田比呂美絵／ポプラ社（本はともだち♪）／2018年11月
劇場版ひみつ×戦士ファントミラージュ!～映画になってちょーだいします～／加藤陽一脚本;富井杏著;ハラミユウキイラスト／小学館／2020年7月
幕末明治サバイバル!小説・渋沢栄一／加納新太作;野間与太郎絵／KADOKAWA（角川つばさ文庫）／2020年12月
本能寺の敵：キリサク手裏剣／加部鈴子作;田中寛崇画／くもん出版（くもんの児童文学）／2020年4月
わたしのチョコレートフレンズ／嘉成晴香作;トミイマサコ絵／朝日学生新聞社／2018年6月
HIMAWARI／嘉成晴香作;谷川千佳絵／あかね書房／2019年6月
夢見る横顔／嘉成晴香著／PHP研究所（カラフルノベル）／2018年3月
マンガ部オーバーヒート!：へっぽこ3人組、天才マンガ家に挑む／河口柚花作;けーしん絵／集英社（集英社みらい文庫）／2018年1月
FC6年1組：クラスメイトはチームメイト!一斗と純のキセキの試合／河端朝日作;千田純生絵／集英社（集英社みらい文庫）／2018年6月
FC6年1組 [2]／河端朝日作;千田純生絵／集英社（集英社みらい文庫）／2018年10月
FC6年1組 [3]／河端朝日作;千田純生絵／集英社（集英社みらい文庫）／2019年3月
徳治郎とボク／花形みつる著／理論社／2019年4月

ぼくの席がえ／花田鳩子作;藤原ヒロコ絵／PHP 研究所（とっておきのどうわ）／2020 年 11 月
君の声は魔法のように／花本かなみ作;藤もも絵／ポプラ社（ポケット・ショコラ）／2020 年 11 月
あおいの世界 =Aoi's World／花里真希著／講談社／2020 年 7 月
戦国ストライカー!：織田信長の超高速無回転シュート―歴史系スポーツノベルズ／海藤つかさ著／学研プラス／2018 年 3 月
おばけのアッチとくものパンやさん―小さなおばけ／角野栄子さく;佐々木洋子え／ポプラ社（ポプラ社の新・小さな童話）／2018 年 1 月
おばけのソッチぞびぞびオーディション―小さなおばけ／角野栄子さく;佐々木洋子え／ポプラ社（ポプラ社の新・小さな童話）／2018 年 8 月
おばけのアッチ スパゲッティ・ノックダウン!―小さなおばけ；40／角野栄子さく;佐々木洋子え／ポプラ社（ポプラ社の新・小さな童話）／2019 年 1 月
アッチとドッチのフルーツポンチ―小さなおばけ；41／角野栄子さく;佐々木洋子え／ポプラ社（ポプラ社の新・小さな童話）／2019 年 8 月
おばけのアッチおもっちでおめでとう―小さなおばけ；42／角野栄子さく;佐々木洋子え／ポプラ社（ポプラ社の新・小さな童話）／2019 年 12 月
おばけのアッチとコロッケとうさん―小さなおばけ；43／角野栄子さく;佐々木洋子え／ポプラ社（ポプラ社の新・小さな童話）／2020 年 11 月
境い目なしの世界／角野栄子著／理論社／2019 年 9 月
星くずクライミング／樫崎茜作;杉山巧画／くもん出版（くもんの児童文学）／2019 年 11 月
わたしのビーナス：スポーツのおはなしスポーツクライミング―シリーズスポーツのおはなし／樫崎茜作;本田亮絵／講談社／2019 年 12 月
ヴンダーカンマー：ここは魅惑の博物館／樫崎茜著／理論社／2018 年 11 月
へのへのカッパせんせい [1]―へのへのカッパせんせいシリーズ；1／樫本学ヴさく・え／小学館／2019 年 11 月
へのへのカッパせんせい [2]―へのへのカッパせんせいシリーズ；2／樫本学ヴさく・え／小学館／2019 年 11 月
生贄投票／葛西竜哉著／双葉社（双葉社ジュニア文庫）／2018 年 3 月
人狼サバイバル：絶体絶命!伯爵の人狼ゲーム／甘雪こおり作;himesuz 絵／講談社（講談社青い鳥文庫）／2019 年 6 月
人狼サバイバル [2]／甘雪こおり作;himesuz 絵／講談社（講談社青い鳥文庫）／2020 年 1 月
人狼サバイバル [3]／甘雪こおり作;himesuz 絵／講談社（講談社青い鳥文庫）／2020 年 4 月
人狼サバイバル [4]／甘雪こおり作;himesuz 絵／講談社（講談社青い鳥文庫）／2020 年 7 月
人狼サバイバル [5]／甘雪こおり作;himesuz 絵／講談社（講談社青い鳥文庫）／2020 年 11 月
よろしくパンダ広告社／間部香代作;三木謙次絵／学研プラス（ティーンズ文学館）／2019 年 6 月
区立あたまのてっぺん小学校／間部香代作;田中六大絵／金の星社／2020 年 6 月
泣きたい私は猫をかぶる／岩佐まもる文;永地挿絵／KADOKAWA（角川つばさ文庫）／2020 年 6 月
ぼくは気の小さいサメ次郎といいます／岩佐めぐみ作;高畠純絵／偕成社（偕成社おはなしポケット）／2019 年 7 月
花のお江戸の蝶の舞／岩崎京子作;佐藤道明絵／てらいんく／2018 年 10 月
おとうさんのかお―こころのつばさシリーズ／岩瀬成子作;いざわ直子絵／佼成出版社／2020 年 9 月
ネムノキをきらないで／岩瀬成子作;植田真絵／文研出版（文研じゅべにーる）／2020 年 12 月
もうひとつの曲がり角／岩瀬成子著／講談社／2019 年 9 月
地図を広げて／岩瀬成子著／偕成社／2018 年 7 月
ガリガリ君ができるまで／岩貞るみこ文;黒須高嶺絵／講談社／2020 年 7 月
ティンクル・セボンスター 4／菊田みちよ著／ポプラ社／2018 年 6 月
ティンクル・セボンスター 5／菊田みちよ著／ポプラ社／2019 年 9 月
天才謎解きバトラーズ Q：vs.大脱出!超巨大遊園地／吉岡みつる作;はあと絵／講談社（講談社青い鳥文庫）

／2020年3月
天才謎解きバトラーズQ [2]／吉岡みつる作;はあと絵／講談社（講談社青い鳥文庫）／2020年8月
ママレード・ボーイ：映画ノベライズみらい文庫版／吉住渉原作;浅野妙子脚本;廣木隆一脚本;はのまきみ著／集英社（集英社みらい文庫）／2018年3月
ど根性ガエル ピョン吉物語／吉沢やすみ原作;藤咲あゆな著;栗原一実絵／岩崎書店／2018年1月
きもだめしキャンプ―おばけのポーちゃん；7／吉田純子作;つじむらあゆこ絵／あかね書房／2018年3月
おばけのおばけやしき―おばけのポーちゃん；8／吉田純子作;つじむらあゆこ絵／あかね書房／2018年11月
きょうふ!おばけまつり―おばけのポーちゃん；9／吉田純子作;つじむらあゆこ絵／あかね書房／2019年7月
こわいぞ!おばけりょこう―おばけのポーちゃん；10／吉田純子作;つじむらあゆこ絵／あかね書房／2020年3月
moja／吉田桃子著／講談社／2019年5月
ばかみたいって言われてもいいよ 1／吉田桃子著／講談社／2020年3月
ばかみたいって言われてもいいよ 2／吉田桃子著／講談社／2020年5月
ばかみたいって言われてもいいよ 3／吉田桃子著／講談社／2020年7月
はじまりの夏／吉田道子作;大野八生絵／あかね書房（読書の時間）／2020年6月
部長会議はじまります／吉野万理子作／朝日学生新聞社／2019年2月
ピンポン兄弟ゆめへスマッシュ!：スポーツのおはなし卓球―シリーズスポーツのおはなし／吉野万理子作;サトウユカ絵／講談社／2019年11月
はらぺこペンギンのぼうけん：どうぶつのかぞくペンギン―シリーズどうぶつのかぞく／吉野万理子作;松成真理子絵／講談社／2018年12月
雨女とホームラン／吉野万理子作;嶽まいこ絵／静山社／2020年5月
南西の風やや強く／吉野万理子著／あすなろ書房／2018年7月
昨日のぼくのパーツ／吉野万理子著／講談社／2018年12月
ボンぼうや：はじめて見る世界／橘春香作・絵／PHP研究所／2018年8月
おりょうり犬ポッピー ハンバーグへんしんじけん／丘紫真璃作;つじむらあゆこ絵／ポプラ社（本はともだち♪）／2018年8月
イケてる!ろくろ首!!／丘紫真璃著／講談社／2020年5月
空を飛んだ夏休み：あの日へ／丘乃れい作;大西雅子絵／東方出版／2018年12月
赤ずきんと狼王―プリンセス・ストーリーズ／久美沙織作;POO絵／KADOKAWA（角川つばさ文庫）／2019年7月
言葉屋 5／久米絵美里作;もとやままさこ絵／朝日学生新聞社／2018年2月
言葉屋 6／久米絵美里作;もとやままさこ絵／朝日学生新聞社／2019年2月
言葉屋 7／久米絵美里作;もとやままさこ絵／朝日学生新聞社／2019年9月
言葉屋 8／久米絵美里作;もとやままさこ絵／朝日学生新聞社／2020年3月
君型迷宮図／久米絵美里作;元本モトコ絵／朝日学生新聞社／2018年12月
BLEACH：映画ノベライズみらい文庫版／久保帯人原作;羽原大介脚本;佐藤信介脚本;松原真琴小説／集英社（集英社みらい文庫）／2018年7月
もえぎ草子／久保田香里作;tono画／くもん出版（くもんの児童文学）／2019年7月
きつねの橋／久保田香里作;佐竹美保絵／偕成社／2019年9月
天からの神火／久保田香里作;小林葉子絵／文研出版（文研じゅべにーる）／2018年10月
桂太の桂馬：ぼくらの戦国将棋バトル／久麻當郎作;オズノユミ絵／集英社（集英社みらい文庫）／2020年2月
桂太の桂馬 [2]／久麻當郎作;オズノユミ絵／集英社（集英社みらい文庫）／2020年9月
トソックオマトソート!―ゆかいなことばつたえあいましょうがっこう／宮下すずか作;市居みか絵／くもん出版／2020年9月

龍神王子(ドラゴン・プリンス)! 12／宮下恵茉作;kaya8 絵／講談社（講談社青い鳥文庫）／2018 年 4 月
龍神王子(ドラゴン・プリンス)! 13／宮下恵茉作;kaya8 絵／講談社（講談社青い鳥文庫）／2018 年 8 月
龍神王子(ドラゴン・プリンス)! 14／宮下恵茉作;kaya8 絵／講談社（講談社青い鳥文庫）／2018 年 12 月
龍神王子(ドラゴン・プリンス)! 15／宮下恵茉作;kaya8 絵／講談社（講談社青い鳥文庫）／2019 年 4 月
学園ファイブスターズ 1／宮下恵茉作;kaya8 絵／講談社（講談社青い鳥文庫）／2019 年 8 月
学園ファイブスターズ 2／宮下恵茉作;kaya8 絵／講談社（講談社青い鳥文庫）／2019 年 12 月
学園ファイブスターズ 3／宮下恵茉作;kaya8 絵／講談社（講談社青い鳥文庫）／2020 年 4 月
龍神王子(ドラゴン・プリンス)! 外伝／宮下恵茉作;kaya8 絵／講談社（講談社青い鳥文庫）／2020 年 6 月
学園ファイブスターズ 4／宮下恵茉作;kaya8 絵／講談社（講談社青い鳥文庫）／2020 年 8 月
学園ファイブスターズ 5／宮下恵茉作;kaya8 絵／講談社（講談社青い鳥文庫）／2020 年 12 月
精霊人、はじめました!／宮下恵茉作;十々夜絵／PHP 研究所（カラフルノベル）／2020 年 12 月
たまごの魔法屋トワ = Magical eggs and Towa—たまごの魔法屋トワ ; 1／宮下恵茉作;星谷ゆき絵／文響社／2020 年 4 月
たまごの魔法屋トワ = Magical eggs and Towa 2—たまごの魔法屋トワ ; 2／宮下恵茉作;星谷ゆき絵／文響社／2020 年 7 月
キミと、いつか。 [7]／宮下恵茉作;染川ゆかり絵／集英社（集英社みらい文庫）／2018 年 3 月
キミと、いつか。 [8]／宮下恵茉作;染川ゆかり絵／集英社（集英社みらい文庫）／2018 年 7 月
キミと、いつか。 [9]／宮下恵茉作;染川ゆかり絵／集英社（集英社みらい文庫）／2018 年 11 月
キミと、いつか。 ボーイズ編／宮下恵茉作;染川ゆかり絵／集英社（集英社みらい文庫）／2019 年 3 月
キミと、いつか。 [11]／宮下恵茉作;染川ゆかり絵／集英社（集英社みらい文庫）／2019 年 7 月
キミと、いつか。 [12]／宮下恵茉作;染川ゆかり絵／集英社（集英社みらい文庫）／2019 年 11 月
キミと、いつか。 [13]／宮下恵茉作;染川ゆかり絵／集英社（集英社みらい文庫）／2020 年 3 月
キミと、いつか。 [14]／宮下恵茉作;染川ゆかり絵／集英社（集英社みらい文庫）／2020 年 7 月
キミと、いつか。 [15]／宮下恵茉作;染川ゆかり絵／集英社（集英社みらい文庫）／2020 年 11 月
スマイル・ムーンの夜に／宮下恵茉著;鈴木し乃絵／ポプラ社（teens' best selections）／2018 年 6 月
映画 10 万分の 1／宮坂香帆原作;中川千英子脚本;時海結以著／小学館（小学館ジュニア文庫）／2020 年 11 月
ももとこもも／宮崎祥子作;細井五月絵／岩崎書店（おはなしトントン）／2018 年 7 月
レベル 1 で異世界召喚されたオレだけど、攻略本は読みこんでます。／宮沢みゆき著;鈴木彩乃イラスト／小学館（小学館ジュニア文庫）／2020 年 7 月
ギルティゲーム stage4／宮沢みゆき著;鈴羅木かりんイラスト／小学館（小学館ジュニア文庫）／2018 年 1 月
ギルティゲーム stage5／宮沢みゆき著;鈴羅木かりんイラスト／小学館（小学館ジュニア文庫）／2018 年 8 月
ギルティゲーム Last stage／宮沢みゆき著;鈴羅木かりんイラスト／小学館（小学館ジュニア文庫）／2019 年 3 月
裏世界ピクニック = OTHERSIDE PICNIC : ジュニア版—ハヤカワ・ジュニア・ホラー／宮澤伊織著／早川書房／2020 年 12 月
月白青船山／朽木祥作／岩波書店／2019 年 5 月
みかん、好き?／魚住直子著／講談社／2019 年 9 月
いいたいことがあります!／魚住直子著;西村ツチカ絵／偕成社／2018 年 10 月
ディズニーツムツムの大冒険 [2]／橋口いくよ著;ウォルト・ディズニー・ジャパン株式会社監修／小学館（小学館ジュニア文庫）／2018 年 2 月
南総里見八犬伝 : かけぬけろ!宿命の八犬士／曲亭馬琴原作;奥山景布子著;縞絵／集英社（集英社みらい文庫）／2020 年 4 月
南総里見八犬伝 1／曲亭馬琴原作;松尾清貴文／静山社／2018 年 3 月
怪盗ネコマスク : 真夜中の小さなヒーロー／近江屋一朗作;ナカユウ絵／集英社（集英社みらい文庫）／

2019年4月
怪盗ネコマスク [2]／近江屋一朗作;ナカユウ絵／集英社（集英社みらい文庫）／2019年9月
菅原伝授手習鑑―ストーリーで楽しむ文楽・歌舞伎物語；1／金原瑞人著;佐竹美保絵／岩崎書店／2019年2月
ジョン万次郎―波乱に満ちておもしろい!ストーリーで楽しむ伝記；4／金原瑞人著;佐竹美保絵／岩崎書店／2020年2月
王様ゲーム 再生9.19-2／金沢伸明著／双葉社（双葉社ジュニア文庫）／2018年3月
王様ゲーム 再生9.24-1／金沢伸明著／双葉社（双葉社ジュニア文庫）／2018年7月
王様ゲーム 再生9.24-2／金沢伸明著;千葉イラスト／双葉社（双葉社ジュニア文庫）／2018年11月
ちいさなプリンセスソフィア友情ストーリー：エンチャンシアのうた クローバーといっしょ―はじめてノベルズ／駒田文子文・編集協力／講談社（講談社KK文庫）／2018年2月
銀魂：映画ノベライズみらい文庫版 2／空知英秋原作;福田雄一脚本;田中創小説／集英社（集英社みらい文庫）／2018年8月
星明かり／熊谷千世子作;宮尾和孝絵／文研出版（文研じゅべにーる）／2020年12月
しだれ桜のゴロスケ／熊谷千世子作;竹熊ゴオル絵／文研出版（文研じゅべにーる）／2018年2月
星空の人形芝居／熊谷千世子著／国土社／2018年12月
ガジェット発明ヒカル：電子怪人テレビ男あらわる!／栗原吉治作絵／岩崎書店／2018年10月
ガジェット発明ヒカル 2／栗原吉治作絵／岩崎書店／2020年3月
歯っかけアーメンさま／薫くみこ作;かわかみたかこ絵／理論社／2018年1月
スパイガールGOKKO：温泉は死のかおり／薫くみこ作;高橋由季絵／ポプラ社（ノベルズ・エクスプレス）／2018年8月
極秘任務はおじょうさま：スパイガールGOKKO／薫くみこ作;高橋由季絵／ポプラ社（ノベルズ・エクスプレス）／2019年11月
異界からのラブレター―スパイガールGOKKO／薫くみこ作;高橋由季絵／ポプラ社（ノベルズ・エクスプレス）／2020年5月
しらゆきちりかちっちゃいな／薫くみこ作;大島妙子絵／PHP研究所（とっておきのどうわ）／2020年2月
かいけつゾロリのドラゴンたいじ 2―かいけつゾロリシリーズ；63／原ゆたかさく・え／ポプラ社（ポプラ社の新・小さな童話）／2018年7月
かいけつゾロリロボット大さくせん―かいけつゾロリシリーズ；64／原ゆたかさく・え／ポプラ社（ポプラ社の新・小さな童話）／2018年12月
かいけつゾロリうちゅう大さくせん―かいけつゾロリシリーズ；65／原ゆたかさく・え／ポプラ社（ポプラ社の新・小さな童話）／2019年7月
かいけつゾロリスターたんじょう―かいけつゾロリシリーズ；66／原ゆたかさく・え／ポプラ社（ポプラ社の新・小さな童話）／2019年12月
かいけつゾロリのレッドダイヤをさがせ!!―かいけつゾロリシリーズ；67／原ゆたかさく・え／ポプラ社（ポプラ社の新・小さな童話）／2020年6月
かいけつゾロリきょうふのエイリアン―かいけつゾロリシリーズ；68／原ゆたかさく・え／ポプラ社（ポプラ社の新・小さな童話）／2020年12月
もりのともだち、ひみつのともだち／原京子作;高橋和枝絵／ポプラ社（本はともだち♪）／2019年5月
もりのゆうびんポスト／原京子作;高橋和枝絵／ポプラ社（本はともだち♪）／2019年5月
百桃太郎―イシシとノシシのスッポコペッポコへんてこ話／原京子文;原ゆたか絵／ポプラ社（ポプラ物語館）／2019年10月
キングダム：映画ノベライズみらい文庫版／原泰久原作;松田朱夏著／集英社（集英社みらい文庫）／2019年4月
ニセコイ：映画ノベライズみらい文庫版／古味直志原作;小山正太脚本;杉原憲明脚本;はのまきみ著／集英社（集英社みらい文庫）／2018年12月

ぼくの、ミギ／戸森しるこ作;アンマサコ絵／講談社（わくわくライブラリー）／2018年11月
すし屋のすてきな春原さん―おはなしSDGs. ジェンダー平等を実現しよう／戸森しるこ作;しんやゆう子絵／講談社／2020年12月
トリコロールをさがして ＝Recherche Tricolore／戸森しるこ作;結布絵／ポプラ社（ポプラ物語館）／2020年5月
レインボールームのエマ：おしごとのおはなしスクールカウンセラー―シリーズおしごとのおはなし／戸森しるこ作;佐藤真紀子絵／講談社／2018年2月
ゆかいな床井くん／戸森しるこ著／講談社／2018年12月
牙王物語： 新装合本／戸川幸夫著;田中豊美画／新評論／2018年11月
恋する図書室： 放課後、あこがれの先輩と／五十嵐美怜作;桜井みわ絵／集英社（集英社みらい文庫）／2019年9月
恋する図書室 [2]／五十嵐美怜作;桜井みわ絵／集英社（集英社みらい文庫）／2020年1月
恋する図書室 [3]／五十嵐美怜作;桜井みわ絵／集英社（集英社みらい文庫）／2020年5月
恋する図書室 [4]／五十嵐美怜作;桜井みわ絵／集英社（集英社みらい文庫）／2020年9月
西遊記 12―斉藤洋の西遊記シリーズ；12／呉承恩作;斉藤洋文;広瀬弦絵／理論社／2018年1月
西遊記 13―斉藤洋の西遊記シリーズ；13／呉承恩作;斉藤洋文;広瀬弦絵／理論社／2019年6月
西遊記 14―斉藤洋の西遊記シリーズ；14／呉承恩作;斉藤洋文;広瀬弦絵／理論社／2020年10月
劇場版鬼滅の刃無限列車編： ノベライズみらい文庫版／吾峠呼世晴原作;ufotable脚本;松田朱夏著／集英社（集英社みらい文庫）／2020年10月
鬼滅の刃： ノベライズ 炭治郎と禰豆子、運命のはじまり編／吾峠呼世晴原作・絵;松田朱夏著／集英社（集英社みらい文庫）／2020年6月
鬼滅の刃： ノベライズ きょうだいの絆と鬼殺隊編／吾峠呼世晴原作・絵;松田朱夏著／集英社（集英社みらい文庫）／2020年7月
赤毛証明／光丘真理作／くもん出版（くもんの児童文学）／2020年5月
トリプル★ゼロの算数事件簿 ファイル1 図書館版／向井湘吾作;イケダケイスケ絵／ポプラ社／2019年4月
トリプル★ゼロの算数事件簿 ファイル2 図書館版／向井湘吾作;イケダケイスケ絵／ポプラ社／2019年4月
トリプル★ゼロの算数事件簿 ファイル3 図書館版／向井湘吾作;イケダケイスケ絵／ポプラ社／2019年4月
トリプル★ゼロの算数事件簿 ファイル4 図書館版／向井湘吾作;イケダケイスケ絵／ポプラ社／2019年4月
トリプル★ゼロの算数事件簿 ファイル5 図書館版／向井湘吾作;イケダケイスケ絵／ポプラ社／2019年4月
トリプル★ゼロの算数事件簿 ファイル6 図書館版／向井湘吾作;イケダケイスケ絵／ポプラ社／2019年4月
トリプル★ゼロの算数事件簿 ファイル7 図書館版／向井湘吾作;イケダケイスケ絵／ポプラ社／2019年4月
トリプル・ゼロの算数事件簿 ファイル7／向井湘吾作;イケダケイスケ絵／ポプラ社（ポプラポケット文庫）／2018年5月
ノラネコぐんだんと海の果ての怪物／工藤ノリコ著／白泉社（コドモエのほん）／2018年5月
女優猫あなご／工藤菊香著;藤凪かおるイラスト／小学館（小学館ジュニア文庫）／2018年2月
プティ・パティシエールガラスの心(ハート)のクレーム・ブリュレ―プティ・パティシエール；5／工藤純子作;うっけ絵／ポプラ社／2018年7月
プティ・パティシエール涙のウェディング・シュークリーム―プティ・パティシエール；6／工藤純子作;うっけ絵／ポプラ社／2019年3月
ダンシング☆ハイ ＝DANCING HIGH 1 図書館版／工藤純子作;カスカベアキラ絵／ポプラ社／2018年4

月
ダンシング☆ハイ ＝DANCING HIGH 2 図書館版／工藤純子作;カスカベアキラ絵／ポプラ社／2018年4月
ダンシング☆ハイ ＝DANCING HIGH 3 図書館版／工藤純子作;カスカベアキラ絵／ポプラ社／2018年4月
ダンシング☆ハイ ＝DANCING HIGH 4 図書館版／工藤純子作;カスカベアキラ絵／ポプラ社／2018年4月
ダンシング☆ハイ ＝DANCING HIGH 5 図書館版／工藤純子作;カスカベアキラ絵／ポプラ社／2018年4月
ダンシング☆ハイ [5]―ガールズ／工藤純子作;カスカベアキラ絵／ポプラ社（ポプラポケット文庫）／2018年1月
リトル☆バレリーナ 1／工藤純子作;佐々木メエ絵;村山久美子監修／学研プラス／2020年8月
リトル☆バレリーナ 2／工藤純子作;佐々木メエ絵;村山久美子監修／学研プラス／2020年12月
てのひらに未来／工藤純子作;酒井以画／くもん出版（くもんの児童文学）／2020年2月
ぼくらの波を走る!：スポーツのおはなしサーフィン―シリーズスポーツのおはなし／工藤純子作;小林系絵／講談社／2019年12月
となりの火星人／工藤純子著／講談社（講談社文学の扉）／2018年2月
あした、また学校で／工藤純子著／講談社（講談社文学の扉）／2019年10月
センセイ君主：映画ノベライズみらい文庫版／幸田もも子原作;吉田恵里香脚本;平林佐和子著／集英社（集英社みらい文庫）／2018年7月
ひかりの森のフクロウ／広瀬寿子作;すがわらけいこ絵／国土社／2020年10月
あしなが蜂と暮らした夏／甲斐信枝著／中央公論新社／2020年10月
冒険は月曜の朝／荒木せいお作;タムラフキコ絵／新日本出版社／2018年9月
本好きの下剋上 第1部[1]／香月美夜作;椎名優絵／TOブックス（TOジュニア文庫）／2019年7月
本好きの下剋上 第1部[2]／香月美夜作;椎名優絵／TOブックス（TOジュニア文庫）／2019年10月
本好きの下剋上 第1部[3]／香月美夜作;椎名優絵／TOブックス（TOジュニア文庫）／2020年4月
本好きの下剋上 第1部[4]／香月美夜作;椎名優絵／TOブックス（TOジュニア文庫）／2020年6月
本好きの下剋上 第1部[5]／香月美夜作;椎名優絵／TOブックス（TOジュニア文庫）／2020年10月
いつだって僕らの恋は10センチだった。／香坂茉里作;モゲラッタ挿絵;ろこる挿絵／KADOKAWA（角川つばさ文庫）／2018年1月
特等席はキミの隣。／香乃子著;茶乃ひなの絵／スターツ出版（野いちごジュニア文庫）／2020年10月
占い師のオシゴト／高橋桐矢作;鳥羽雨絵／偕成社（偕成社ノベルフリーク）／2019年2月
あたしたちのサバイバル教室 特装版―学校に行けないときのサバイバル術；1／高橋桐矢作;芝生かや絵／ポプラ社／2020年4月
あたしたちの居場所 特装版―学校に行けないときのサバイバル術；2／高橋桐矢作;芝生かや絵／ポプラ社／2020年4月
ゆっくりおやすみ、樹の下で／高橋源一郎著／朝日新聞出版／2018年6月
キャプテン翼 中学生編上下／高橋陽一原作・絵;ワダヒトミ著／集英社（集英社みらい文庫）／2018年12月
15歳、まだ道の途中／高原史朗著／岩波書店（岩波ジュニア新書）／2019年10月
君のとなりで。：音楽室の、ひみつのふたり／高杉六花作;穂坂きなみ絵／KADOKAWA（角川つばさ文庫）／2019年9月
君のとなりで。 2／高杉六花作;穂坂きなみ絵／KADOKAWA（角川つばさ文庫）／2020年1月
君のとなりで。 3／高杉六花作;穂坂きなみ絵／KADOKAWA（角川つばさ文庫）／2020年6月
君のとなりで。 4／高杉六花作;穂坂きなみ絵／KADOKAWA（角川つばさ文庫）／2020年12月
君のとなりで片想い／高瀬花央作;綾瀬羽美絵／ポプラ社（ポケット・ショコラ）／2018年7月
君のとなりで片想い [2]／高瀬花央作;綾瀬羽美絵／ポプラ社（ポケット・ショコラ）／2019年7月

星のカービィ 決戦!バトルデラックス!!／高瀬美恵作;苅野タウ絵;ぽと絵／KADOKAWA（角川つばさ文庫）／2018年3月
星のカービィ スターアライズフレンズ大冒険!編／高瀬美恵作;苅野タウ絵;ぽと絵／KADOKAWA（角川つばさ文庫）／2018年7月
星のカービィ スターアライズ宇宙の大ピンチ!?編／高瀬美恵作;苅野タウ絵;ぽと絵／KADOKAWA（角川つばさ文庫）／2018年8月
星のカービィ 毛糸の世界で大事件!／高瀬美恵作;苅野タウ絵;ぽと絵／KADOKAWA（角川つばさ文庫）／2019年3月
星のカービィ 虹の島々を救え!の巻／高瀬美恵作;苅野タウ絵;ぽと絵／KADOKAWA（角川つばさ文庫）／2019年7月
星のカービィ スーパーカービィハンターズ大激闘!の巻／高瀬美恵作;苅野タウ絵;ぽと絵／KADOKAWA（角川つばさ文庫）／2019年12月
星のカービィ 夢幻の歯車を探せ!／高瀬美恵作;苅野タウ絵;ぽと絵／KADOKAWA（角川つばさ文庫）／2020年3月
星のカービィ メタナイトと黄泉の騎士／高瀬美恵作;苅野タウ絵;ぽと絵／KADOKAWA（角川つばさ文庫）／2020年7月
星のカービィ カービィカフェは大さわぎ!?の巻／高瀬美恵作;苅野タウ絵;ぽと絵／KADOKAWA（角川つばさ文庫）／2020年12月
君だけのシネマ／高田由紀子作;pon-marsh絵／PHP研究所（わたしたちの本棚）／2018年8月
ビター・ステップ ＝Bitter Step／高田由紀子作;おとないちあき絵／ポプラ社（ノベルズ・エクスプレス）／2018年9月
スイマー／高田由紀子著;結布絵／ポプラ社（teens' best selections）／2020年7月
ウサギのトリン：きゅうしょく、おかわりできるかな／高畠じゅん子作;小林ゆき子絵／小峰書店（おはなしだいすき）／2019年12月
ゆうびんばこはねこのいえ／高木あきこ作;高瀬のぶえ絵／金の星社／2019年8月
夢みる太陽 1／高野苺原作・イラスト;時海結以著／双葉社（双葉社ジュニア文庫）／2018年11月
夢みる太陽 2／高野苺原作・イラスト;時海結以著／双葉社（双葉社ジュニア文庫）／2019年3月
夢みる太陽 3／高野苺原作・イラスト;時海結以著／双葉社（双葉社ジュニア文庫）／2019年7月
夢みる太陽 4／高野苺原作・イラスト;時海結以著／双葉社（双葉社ジュニア文庫）／2019年11月
うちの執事が言うことには／高里椎奈作;ロク絵／KADOKAWA（角川つばさ文庫）／2019年4月
4ミリ同盟／高楼方子著;大野八生画／福音館書店／2018年3月
となりのアブダラくん／黒川裕子作;宮尾和孝絵／講談社／2019年11月
奏のフォルテ／黒川裕子著／講談社／2018年7月
天を掃け／黒川裕子著／講談社／2019年7月
遠い国から来た少年 ＝A Boy from a Distant Country 3／黒野伸一作;荒木慎司絵／新日本出版社／2018年3月
グリーズランド ＝THE GRiSE LAND 1／黒野伸一著／静山社／2019年2月
ギフト、ぼくの場合／今井恭子作／小学館／2020年6月
ぼくのわがまま宣言!／今井恭子著／PHP研究所（カラフルノベル）／2018年8月
キダマッチ先生! 2／今井恭子文;岡本順絵／BL出版／2018年2月
キダマッチ先生! 3／今井恭子文;岡本順絵／BL出版／2018年10月
キダマッチ先生! 4／今井恭子文;岡本順絵／BL出版／2020年2月
キダマッチ先生! 5／今井恭子文;岡本順絵／BL出版／2020年10月
友だちをやめた二人／今井福子作;いつか絵／文研出版（文研じゅべにーる）／2019年8月
しもやけぐま／今江祥智ぶん;あべ弘士え／文研出版（わくわくえどうわ）／2019年11月
クローンドッグ／今西乃子作／金の星社／2018年11月
かがやけいのち!みらいちゃん／今西乃子作;ひろみちいと絵／岩崎書店（おはなしトントン）／2018年5

月
子うしのきんじろう　いのちにありがとう／今西乃子作;ひろみちいと絵／岩崎書店（おはなしトントン）／2020年6月
わたしは保護犬モモ：モモの歩んだ365日／佐原龍誌作;角田真弓絵／合同フォレスト／2019年5月
兄ちゃんは戦国武将!／佐々木ひとみ作;浮雲宇一画／くもん出版（くもんの児童文学）／2018年6月
みちのく妖怪ツアー／佐々木ひとみ作;野泉マヤ作;堀米薫作;東京モノノケ絵／新日本出版社／2018年8月
カンガルーがんばる!：どうぶつのかぞくカンガルー―シリーズどうぶつのかぞく／佐川芳枝作;山田花菜絵／講談社／2019年1月
名探偵AI・HARA：ぼくの相棒はIQ500のスーパーAI／佐東みどり作;ふすい絵／毎日新聞出版／2020年3月
科学探偵VS.魔界の都市伝説―科学探偵謎野真実シリーズ；3／佐東みどり作;石川北二作;木滝りま作;田中智章作;木々絵／朝日新聞出版／2018年3月
科学探偵VS.闇のホームズ学園―科学探偵謎野真実シリーズ；4／佐東みどり作;石川北二作;木滝りま作;田中智章作;木々絵／朝日新聞出版／2018年8月
科学探偵VS.消滅した島―科学探偵謎野真実シリーズ；5／佐東みどり作;石川北二作;木滝りま作;田中智章作;木々絵／朝日新聞出版／2018年12月
科学探偵VS.超能力少年―科学探偵謎野真実シリーズ／佐東みどり作;石川北二作;木滝りま作;田中智章作;木々絵／朝日新聞出版／2019年12月
科学探偵VS.暴走するAI 前編―科学探偵謎野真実シリーズ／佐東みどり作;石川北二作;木滝りま作;田中智章作;木々絵／朝日新聞出版／2020年8月
科学探偵VS.暴走するAI 後編―科学探偵謎野真実シリーズ／佐東みどり作;石川北二作;木滝りま作;田中智章作;木々絵／朝日新聞出版／2020年12月
恐怖コレクター 巻ノ8／佐東みどり作;鶴田法男作;よん絵／KADOKAWA（角川つばさ文庫）／2018年4月
恐怖コレクター 巻ノ9／佐東みどり作;鶴田法男作;よん絵／KADOKAWA（角川つばさ文庫）／2018年8月
恐怖コレクター 巻ノ10／佐東みどり作;鶴田法男作;よん絵／KADOKAWA（角川つばさ文庫）／2018年12月
恐怖コレクター 巻ノ11／佐東みどり作;鶴田法男作;よん絵／KADOKAWA（角川つばさ文庫）／2019年4月
恐怖コレクター 巻ノ12／佐東みどり作;鶴田法男作;よん絵／KADOKAWA（角川つばさ文庫）／2019年8月
恐怖コレクター 巻ノ13／佐東みどり作;鶴田法男作;よん絵／KADOKAWA（角川つばさ文庫）／2019年12月
恐怖コレクター 巻ノ14／佐東みどり作;鶴田法男作;よん絵／KADOKAWA（角川つばさ文庫）／2020年6月
恐怖コレクター 巻ノ15／佐東みどり作;鶴田法男作;よん絵／KADOKAWA（角川つばさ文庫）／2020年12月
怪狩り 巻ノ1／佐東みどり作;鶴田法男作;冬木絵／KADOKAWA（角川つばさ文庫）／2019年6月
怪狩り 巻ノ2／佐東みどり作;鶴田法男作;冬木絵／KADOKAWA（角川つばさ文庫）／2019年11月
怪狩り 巻ノ3／佐東みどり作;鶴田法男作;冬木絵／KADOKAWA（角川つばさ文庫）／2020年4月
怪狩り 巻ノ4／佐東みどり作;鶴田法男作;冬木絵／KADOKAWA（角川つばさ文庫）／2020年10月
科学探偵VS.妖魔の村―科学探偵謎野真実シリーズ／佐東みどり作;木滝りま作;田中智章作;木々絵／朝日新聞出版／2019年8月
謎新聞ミライタイムズ ＝The Mirai Times 2／佐東みどり著;フルカワマモる絵;SCRAP謎制作;「シャキーン!」制作スタッフ監修／ポプラ社／2018年4月
謎新聞ミライタイムズ ＝The Mirai Times 3／佐東みどり著;フルカワマモる絵;SCRAP謎制作;「シャキー

ン!」制作スタッフ監修／ポプラ社／2018年12月
謎新聞ミライタイムズ＝The Mirai Times 4／佐東みどり著;フルカワマモる絵;SCRAP謎制作;「シャキーン!」制作スタッフ監修／ポプラ社／2019年7月
謎新聞ミライタイムズ＝The Mirai Times 5／佐東みどり著;フルカワマモる絵;SCRAP謎制作;「シャキーン!」制作スタッフ監修／ポプラ社／2020年3月
キャプテンマークと銭湯と／佐藤いつ子作;佐藤真紀子絵／KADOKAWA／2019年3月
ちいさなハンター：どうぶつのかぞくチーター―シリーズどうぶつのかぞく／佐藤まどか作;あべ弘士絵／講談社／2019年3月
セイギのミカタ／佐藤まどか作;イシヤマアズサ絵／フレーベル館（ものがたりの庭）／2020年6月
つくられた心＝Artificial soul／佐藤まどか作;浦田健二絵／ポプラ社（teens' best selections）／2019年2月
ぼくのネコがロボットになった／佐藤まどか作;木村いこ絵／講談社（わくわくライブラリー）／2018年1月
アドリブ＝ad lib.／佐藤まどか著／あすなろ書房／2019年10月
世界とキレル／佐藤まどか著／あすなろ書房／2020年9月
ボス・ベイビー [2]／佐藤結著／小学館（小学館ジュニア文庫）／2018年12月
ボス・ベイビー [3]／佐藤結著／小学館（小学館ジュニア文庫）／2019年12月
少年探偵カケルとタクト 6／佐藤四郎著／幻冬舎メディアコンサルティング／2018年7月
シロガラス 5／佐藤多佳子著／偕成社／2018年7月
江戸の空見師嵐太郎／佐和みずえ作;しまざきジョゼ絵／フレーベル館（文学の森）／2020年11月
あしたもチャーシューメン／最上一平作;青山友美絵／新日本出版社／2018年3月
ひきがえるにげんまん／最上一平作;武田美穂絵／ポプラ社（本はともだち♪）／2018年6月
山のちょうじょうの木のてっぺん／最上一平作;有田奈央絵／新日本出版社／2019年9月
へんてこテーマソング／最上一平作;有田奈央絵／新日本出版社／2019年11月
にんげんクラッシャー、さんじょう!／最上一平作;有田奈央絵／新日本出版社／2020年1月
未来のミライ／細田守作;染谷みのる挿絵／KADOKAWA（角川つばさ文庫）／2018年6月
あゆみ／坂井ひろ子著／解放出版社／2018年7月
ジュラシック・ワールド：炎の王国／坂野徳隆著／小学館（小学館ジュニア文庫）／2018年7月
お別れを前提にお付き合いしてください。／榊あおい作;伊藤里絵／ポプラ社（ポケット・ショコラ）／2020年7月
思い、思われ、ふり、ふられ：映画ノベライズみらい文庫版／咲坂伊緒原作;米内山陽子脚本;三木孝浩脚本;はのまきみ著／集英社（集英社みらい文庫）／2020年7月
思い、思われ、ふり、ふられ：まんがノベライズ特別編：由奈の初恋と理央のひみつ／咲坂伊緒原作・絵;はのまきみ著／集英社（集英社みらい文庫）／2020年7月
夕焼けの百合子／崎上玲子文;根本比奈子絵／郁朋社／2020年12月
マーゴットのお城：ある著名な建築家の最初の仕事のおはなし／桜咲ゆかこ作;黒田征太郎絵／今人舎／2018年5月
怪談研究クラブ [2]／笹原留似子作／金の星社／2020年9月
怪談研究クラブ／笹原留似子作絵／金の星社／2019年8月
ある日、透きとおる―物語の王国；2-15／三枝理恵作;しんやゆう子絵／岩崎書店／2019年10月
ビブリア古書堂の事件手帖 3／三上延作;越島はぐ絵／KADOKAWA（角川つばさ文庫）／2018年2月
ふしぎ町のふしぎレストラン 1／三田村信行作;あさくらまや絵／あかね書房／2019年6月
ふしぎ町のふしぎレストラン 2／三田村信行作;あさくらまや絵／あかね書房／2020年3月
ふしぎ町のふしぎレストラン 3／三田村信行作;あさくらまや絵／あかね書房／2020年10月
キャベたまたんてい大ピンチ!ミクロのぼうけん―キャベたまたんていシリーズ／三田村信行作;宮本えつよし絵／金の星社／2018年6月
キャベたまたんていじごくツアーへごしょうたい―キャベたまたんていシリーズ／三田村信行作;宮本えつ

よし絵／金の星社／2019年7月
キャベたまたんていこふん時代へタイムスリップ―キャベたまたんていシリーズ／三田村信行作;宮本えつよし絵／金の星社／2020年6月
月の王子砂漠の少年／三木笙子著;須田彩加イラスト／小学館（小学館ジュニア文庫）／2018年12月
朝顔のハガキ：夏休み、ぼくは「ハガキの人」に会いに行った／山下みゆき作;ゆの絵／朝日学生新聞社／2020年3月
スターライト号でアドリア海―ハリネズミ・チコ；4. 空とぶ船の旅；2／山下明生作;高畠那生絵／理論社／2018年4月
パピヨン号でフランス運河を―ハリネズミ・チコ；5. 小さな船の旅／山下明生作;高畠那生絵／理論社／2019年4月
タヌキのきょうしつ／山下明生作;長谷川義史絵／あかね書房／2019年7月
おれんち、動物病院／山口理作;岡本順絵／文研出版（文研じゅべにーる）／2019年4月
妖怪たぬきポンチキン雪わらしとのやくそく／山口理作;細川貂々絵／文溪堂／2018年4月
妖怪たぬきポンチキン最強の妖怪あらわる!／山口理作;細川貂々絵／文溪堂／2018年10月
復讐教室 2／山崎烏著／双葉社（双葉社ジュニア文庫）／2018年3月
スプラッシュ!：ぼくは犬かきしかできない／山村しょう作;凸ノ高秀絵／集英社（集英社みらい文庫）／2019年12月
スプラッシュ! [2]／山村しょう作;凸ノ高秀絵／集英社（集英社みらい文庫）／2020年4月
わたしの家はおばけ屋敷／山中恒作;ちーこ絵／KADOKAWA（角川つばさ文庫）／2018年11月
スペース合宿へようこそ／山田亜友美作;末崎茂樹絵／文研出版（文研じゅべにーる）／2018年8月
ふつうやない!はなげばあちゃん―福音館創作童話シリーズ／山田真奈未さく・え／福音館書店／2018年5月
ユーチュー部!!：〈衝撃&笑劇〉ユーチューブ参考にして練習したらポンコツ陸上部が全員覚醒したwww／山田明著／学研プラス（部活系空色ノベルズ）／2018年8月
ユーチュー部!! 駅伝編／山田明著／学研プラス（部活系空色ノベルズ）／2019年4月
ユーチュー部!! 受験編／山田明著／学研プラス（部活系空色ノベルズ）／2020年6月
星に語りて：Starry Sky／山本おさむ原作;広鰭恵利子文;きょうされん監修／汐文社／2019年10月
本を読んだへび／山本ひろみ作;ちばえん絵／みつばち文庫／2019年7月
犬がすきなぼくとおじさんとシロ／山本悦子作;しんやゆう子絵／岩崎書店（おはなしガーデン）／2019年9月
おかわりへの道／山本悦子作;下平けーすけ絵／PHP研究所（とっておきのどうわ）／2018年3月
神様のパッチワーク／山本悦子作;佐藤真紀子絵／ポプラ社（ポプラ物語館）／2020年9月
二年二組のたからばこ／山本悦子作;佐藤真紀子絵／童心社（だいすき絵童話）／2018年11月
がっこうかっぱのおひっこし／山本悦子作;市居みか絵／童心社／2019年12月
暗号サバイバル学園：秘密のカギで世界をすくえ! 01／山本省三作;丸谷朋弘絵;入澤宣幸暗号図;松本弥ヒエログリフ監修／学研プラス／2020年9月
キセキのスパゲッティー／山本省三作;十々夜絵／フレーベル館（ものがたりの庭）／2019年11月
メチャ盛りユーチューバーアイドルいおん☆／山本李奈著;ふじたはすみイラスト／小学館（小学館ジュニア文庫）／2020年12月
とねりこ通り三丁目ねこのこふじさん／山本和子作;石川えりこ絵／アリス館／2019年6月
チェンジ!：今日からわたしが男子寮!?／市宮早記作;明菜絵／集英社（集英社みらい文庫）／2020年6月
噂のあいつは家庭科部!／市宮早記作;立樹まや絵／ポプラ社（ポケット・ショコラ）／2018年3月
噂の彼女も家庭科部!／市宮早記作;立樹まや絵／ポプラ社（ポケット・ショコラ）／2019年3月
噂のあのコは剣道部!／市宮早記作;立樹まや絵／ポプラ社（ポケット・ショコラ）／2020年3月
しずかな魔女―物語の王国；2-13／市川朔久子作／岩崎書店／2019年6月
かのこと小鳥の美容院：おしごとのおはなし美容師―シリーズおしごとのおはなし／市川朔久子作;種村有希子絵／講談社／2018年1月

よりみち３人修学旅行／市川朔久子著／講談社／2018年２月
ケイゾウさんの春・夏・秋・冬／市川宣子さく;さとうあやえ／講談社（わくわくライブラリー）／2018年８月
一発逆転お宝バトル：僕らのハチャメチャ課外授業／志田もちたろう作;NOEYEBROW絵／集英社（集英社みらい文庫）／2019年１月
一発逆転お宝バトル：僕らのハチャメチャ課外授業 [2]／志田もちたろう作;NOEYEBROW絵／集英社（集英社みらい文庫）／2019年５月
ないしょのウサギくん／時羽紘作;岩ちか絵／ポプラ社（ポケット・ショコラ）／2020年１月
ちはやぶる：百人一首恋物語／時海結以文;久織ちまき絵／講談社（講談社青い鳥文庫）／2019年12月
グルメ小学生：パパのファミレスを救え!／次良丸忍作;小笠原智史絵／金の星社／2018年６月
グルメ小学生 [2]／次良丸忍作;小笠原智史絵／金の星社／2019年７月
グルメ小学生 [3]／次良丸忍作;小笠原智史絵／金の星社／2020年７月
チギータ!／蒔田浩平作;佐藤真紀子絵／ポプラ社（ノベルズ・エクスプレス）／2019年３月
サキヨミ!：ヒミツの二人で未来を変える!? 1／七海まち作;駒形絵／KADOKAWA（角川つばさ文庫）／2020年９月
紫式部の娘。賢子がまいる! [図書館版]／篠綾子作;小倉マユコ絵／ほるぷ出版／2019年３月
紫式部の娘。賢子はとまらない! [図書館版]／篠綾子作;小倉マユコ絵／ほるぷ出版／2019年３月
放課後、きみがピアノをひいていたから：出会い／柴野理奈子作;榎木りか絵／集英社（集英社みらい文庫）／2019年２月
放課後、きみがピアノをひいていたから [2]／柴野理奈子作;榎木りか絵／集英社（集英社みらい文庫）／2019年６月
放課後、きみがピアノをひいていたから [3]／柴野理奈子作;榎木りか絵／集英社（集英社みらい文庫）／2019年10月
放課後、きみがピアノをひいていたから [4]／柴野理奈子作;榎木りか絵／集英社（集英社みらい文庫）／2020年２月
放課後、きみがピアノをひいていたから [5]／柴野理奈子作;榎木りか絵／集英社（集英社みらい文庫）／2020年６月
放課後、きみがピアノをひいていたから [6]／柴野理奈子作;榎木りか絵／集英社（集英社みらい文庫）／2020年10月
ぼくの同志はカグヤ姫／芝田勝茂作;倉馬奈未絵;ハイロン絵／ポプラ社（ポプラ物語館）／2018年２月
GO!GO!アトム／手塚プロダクション監修／KADOKAWA（角川アニメ絵本）／2020年８月
牛飼い農家の山田さんち：3.11後の福島／酒井りょう著／かもがわ出版／2020年10月
ミュウツーの逆襲EVOLUTION／首藤剛志脚本;水稀しま著;石原恒和監修／小学館（小学館ジュニア文庫）／2019年７月
魔女裁判の秘密／樹葉作;北見葉胡絵／文研出版（文研じゅべにーる）／2019年３月
はじまる恋キミの音／周桜杏子作;加々見絵里絵／ポプラ社（ポケット・ショコラ）／2019年１月
はじまる恋キミとショパン／周桜杏子作;加々見絵里絵／ポプラ社（ポケット・ショコラ）／2020年９月
劇場版アニメぼくらの７日間戦争／宗田理原作;伊豆平成文;けーしん絵／KADOKAWA（角川つばさ文庫）／2019年11月
ぼくらの卒業旅行(グランド・ツアー)―「ぼくら」シリーズ；25／宗田理作／ポプラ社／2018年７月
ぼくらののら犬砦―「ぼくら」シリーズ；26／宗田理作／ポプラ社／2019年７月
探検!いっちょかみスクール 魔法使いになるには編／宗田理作／静山社／2020年11月
ぼくらの卒業いたずら大作戦 上下／宗田理作;YUME絵／KADOKAWA（角川つばさ文庫）／2018年３月
ぼくらの大脱走／宗田理作;YUME絵／KADOKAWA（角川つばさ文庫）／2018年７月
ぼくらのミステリー列車／宗田理作;YUME絵／KADOKAWA（角川つばさ文庫）／2018年12月
ぼくらの宝探し／宗田理作;YUME絵／KADOKAWA（角川つばさ文庫）／2019年３月

ぼくらの地下迷路／宗田理作;YUME 絵／KADOKAWA（角川つばさ文庫）／2019 年 7 月
早咲きの花：ぼくらは戦友／宗田理作;YUME 絵／KADOKAWA（角川つばさ文庫）／2019 年 8 月
ぼくらのメリー・クリスマス／宗田理作;YUME 絵／KADOKAWA（角川つばさ文庫）／2019 年 12 月
ぼくらのいじめ救出作戦／宗田理作;YUME 絵／KADOKAWA（角川つばさ文庫）／2020 年 3 月
ぼくらの『第九』殺人事件／宗田理作;YUME 絵／KADOKAWA（角川つばさ文庫）／2020 年 7 月
ぼくらの秘密結社／宗田理作;YUME 絵／KADOKAWA（角川つばさ文庫）／2020 年 12 月
悪ガキ 7：いたずら twins と仲間たち／宗田理作;いつか絵／静山社（静山社ペガサス文庫）／2020 年 10 月
ぼくら×怪盗レッド VR パークで危機一髪!?の巻／宗田理作;秋木真作;YUME 絵;しゅー絵／KADOKAWA（角川つばさ文庫）／2019 年 1 月
痛快!天才キッズ・ミッチー：不思議堂古書店三代目のベストセラー大作戦／宗田理著／PHP 研究所（カラフルノベル）／2018 年 4 月
悪ガキ 7：学校対抗イス取りゲーム!／宗田理著／静山社／2018 年 2 月
怪盗レッド 14／秋木真作;しゅー絵／KADOKAWA（角川つばさ文庫）／2018 年 3 月
怪盗レッド 15／秋木真作;しゅー絵／KADOKAWA（角川つばさ文庫）／2018 年 7 月
少年探偵響 5／秋木真作;しゅー絵／KADOKAWA（角川つばさ文庫）／2018 年 10 月
怪盗レッド 16／秋木真作;しゅー絵／KADOKAWA（角川つばさ文庫）／2019 年 3 月
少年探偵響 6／秋木真作;しゅー絵／KADOKAWA（角川つばさ文庫）／2019 年 7 月
怪盗レッド 17／秋木真作;しゅー絵／KADOKAWA（角川つばさ文庫）／2019 年 12 月
怪盗レッド 18／秋木真作;しゅー絵／KADOKAWA（角川つばさ文庫）／2020 年 6 月
少年探偵響 7／秋木真作;しゅー絵／KADOKAWA（角川つばさ文庫）／2020 年 10 月
悪魔召喚! 1／秋木真作;晴瀬ひろき絵／講談社（講談社青い鳥文庫）／2018 年 1 月
悪魔召喚! 2／秋木真作;晴瀬ひろき絵／講談社（講談社青い鳥文庫）／2018 年 4 月
悪魔召喚! 3／秋木真作;晴瀬ひろき絵／講談社（講談社青い鳥文庫）／2018 年 8 月
怪盗レッド THE FIRST：ここから、すべては始まった／秋木真著;しゅー絵／KADOKAWA／2020 年 3 月
あこがれの彼は生霊クン―生徒会(秘)レポート／住滝良作;kaworu 絵／講談社（講談社青い鳥文庫）／2020 年 5 月
蜘蛛のお姫様はスマホ好き―生徒会マル秘レポート／住滝良作;kaworu 絵／講談社（講談社青い鳥文庫）／2020 年 11 月
君の膵臓をたべたい／住野よる著／双葉社（双葉社ジュニア文庫）／2018 年 7 月
どうくつをこねる糸川くん／春間美幸作;宮尾和孝絵／講談社（わくわくライブラリー）／2018 年 1 月
ぼくのジユウな字／春間美幸作;黒須高嶺絵／講談社（わくわくライブラリー）／2018 年 9 月
ジークの睡眠相談所／春間美幸著;長浜めぐみイラスト／講談社／2019 年 6 月
ルヴニール ＝Revenir：アンドロイドの歌／春間美幸著;長浜めぐみイラスト／小学館／2020 年 10 月
キミマイ：きみの舞 1／緒川さよ作;甘塩コメコ絵／講談社（講談社青い鳥文庫）／2018 年 9 月
キミマイ：きみの舞 2／緒川さよ作;甘塩コメコ絵／講談社（講談社青い鳥文庫）／2019 年 2 月
キミマイ：きみの舞 3／緒川さよ作;甘塩コメコ絵／講談社（講談社青い鳥文庫）／2019 年 6 月
おばあちゃん、わたしを忘れてもいいよ／緒川さよ作;久永フミノ絵／朝日学生新聞社／2019 年 2 月
ドーナツの歩道橋／升井純子著／ポプラ社（teens' best selections）／2020 年 3 月
映画坂道のアポロン／小玉ユキ原作;髙橋泉脚本;宮沢みゆき著／小学館（小学館ジュニア文庫）／2018 年 3 月
はくねつ!モンスターバトル：きゅうけつき VS カッパ 雪男 VS 宇宙ロボット／小栗かずまたさく・え／学研プラス／2020 年 7 月
ヒャッハー!ふなっしーとフルーツ王国ふなっしーぜったいぜつめい!―ヒャッハー!ふなっしーとフルーツ王国；5／小栗かずまた作・絵;ふなっしー監修／ポプラ社／2018 年 3 月
でかいケツで解決デカ：怪盗チョッキンナーから歴史人物を守れ!／小室尚子作;たかいよしかず絵／PHP

研究所（とっておきのどうわ）／2020年2月
うさぎのマリーのフルーツパーラー／小手鞠るいさく;永田萌え／講談社（わくわくライブラリー）／2018年6月
窓／小手鞠るい作／小学館／2020年2月
ぼくたちの緑の星／小手鞠るい作／童心社／2020年5月
ねこの町の本屋さん：ゆうやけ図書館のなぞ／小手鞠るい作;くまあやこ絵／講談社（わくわくライブラリー）／2018年9月
ねこの町のホテルプチモンド：ハロウィンとかぼちゃの馬車／小手鞠るい作;くまあやこ絵／講談社（わくわくライブラリー）／2019年9月
ねこの町の小学校：たのしいえんそく／小手鞠るい作;くまあやこ絵／講談社（わくわくライブラリー）／2020年11月
ぼくのなまえはユウユウ―どうぶつのかぞくパンダ／小手鞠るい作;サトウユカ絵;今泉忠明監修／講談社／2018年12月
おとうとのたからもの／小手鞠るい作;すずきみほ絵／岩崎書店／2020年10月
星空としょかんへようこそ／小手鞠るい作;近藤未奈絵／小峰書店／2020年11月
空に向かって走れ!：スポーツのおはなしリレー―シリーズスポーツのおはなし／小手鞠るい作;大庭賢哉絵／講談社／2019年11月
森のとしょかんのひみつ／小手鞠るい作;土田義晴絵／金の星社／2018年9月
野うさぎレストランへようこそ／小手鞠るい作;土田義晴絵／金の星社／2019年7月
少女は森からやってきた＝The Girl Who Came from the Forest／小手鞠るい著／PHP研究所（わたしたちの本棚）／2019年1月
初恋まねき猫／小手鞠るい著／講談社／2019年4月
ある晴れた夏の朝／小手鞠るい著／偕成社／2018年8月
卒業旅行＝The Graduation Trip／小手鞠るい著／偕成社／2020年11月
ホテルやまのなか小学校の時間割／小松原宏子作;亀岡亜希子絵／PHP研究所（みちくさパレット）／2018年12月
夢とき師ファナ：黄泉の国の腕輪／小森香折作;うぐいす祥子絵／偕成社（偕成社ノベルフリーク）／2018年4月
ウパーラは眠る／小森香折作;三村晴子絵／BL出版／2018年11月
稲妻で時をこえろ!／小森香折作;柴田純与絵／文研出版（文研じゅべにーる）／2018年8月
鹿鳴館の恋文―歴史探偵アン&リック／小森香折作;染谷みのる絵／偕成社／2019年11月
王の祭り／小川英子著／ゴブリン書房／2020年4月
ライラックのワンピース／小川雅子作;めばち絵／ポプラ社（teens' best selections）／2020年10月
逃走中：オリジナルストーリー [2]／小川彗著／集英社（集英社みらい文庫）／2020年9月
逃走中：オリジナルストーリー：参加者は小学生!?渋谷の街を逃げまくれ!／小川彗著;白井鋭利絵／集英社（集英社みらい文庫）／2019年9月
渋沢栄一伝：日本の未来を変えた男／小前亮作／小峰書店／2020年12月
新選組戦記＝THE SHINSENGUMI'S WAR 上中下／小前亮作;遠田志帆絵／小峰書店／2019年11月
渋沢栄一：日本資本主義の父―歴史人物ドラマ／小沢章友作;十々夜絵／講談社（講談社青い鳥文庫）／2020年11月
ブッダ：心の探究者／小沢章友文;藤原カムイ絵／講談社（講談社火の鳥伝記文庫）／2020年3月
ピアノをきかせて／小俣麦穂著／講談社（講談社文学の扉）／2018年1月
わたしの魔法の羽：スポーツのおはなし体操―シリーズスポーツのおはなし／小林深雪作;いつか絵／講談社／2020年2月
ちびしろくまのねがいごと：どうぶつのかぞくホッキョクグマ―シリーズどうぶつのかぞく／小林深雪作;庄野ナホコ絵／講談社／2019年2月
作家になりたい! 3／小林深雪作;牧村久実絵／講談社（講談社青い鳥文庫）／2018年3月

これが恋かな? Case1／小林深雪作;牧村久実絵／講談社（講談社青い鳥文庫）／2018年4月
七つのおまじない—泣いちゃいそうだよ／小林深雪作;牧村久実絵／講談社（講談社青い鳥文庫）／2018年8月
作家になりたい! 4／小林深雪作;牧村久実絵／講談社（講談社青い鳥文庫）／2018年11月
作家になりたい! 5／小林深雪作;牧村久実絵／講談社（講談社青い鳥文庫）／2019年5月
作家になりたい! 6／小林深雪作;牧村久実絵／講談社（講談社青い鳥文庫）／2019年10月
作家になりたい! 7／小林深雪作;牧村久実絵／講談社（講談社青い鳥文庫）／2020年4月
作家になりたい! 8／小林深雪作;牧村久実絵／講談社（講談社青い鳥文庫）／2020年8月
未来を花束にして—泣いちゃいそうだよ《高校生編》／小林深雪著／講談社（YA!ENTERTAINMENT）／2019年7月
映画刀剣乱舞／小林靖子脚本;時海結以著／小学館（小学館ジュニア文庫）／2019年1月
ナンシー探偵事務所 [2]／小路すず作／岩崎書店／2020年7月
キミト宙(そら)へ 1／床丸迷人作;へちま絵／KADOKAWA（角川つばさ文庫）／2018年12月
キミト宙(そら)へ 2／床丸迷人作;へちま絵／KADOKAWA（角川つばさ文庫）／2019年3月
キミト宙(そら)へ 3／床丸迷人作;へちま絵／KADOKAWA（角川つばさ文庫）／2019年9月
キミト宙(そら)へ 4／床丸迷人作;へちま絵／KADOKAWA（角川つばさ文庫）／2020年2月
キミト宙(そら)へ 5／床丸迷人作;へちま絵／KADOKAWA（角川つばさ文庫）／2020年8月
五年霊組こわいもの係 13／床丸迷人作;浜弓場双絵／KADOKAWA（角川つばさ文庫）／2018年3月
となりはリュウくん／松井ラフ作;佐藤真紀子絵／PHP研究所（とっておきのどうわ）／2019年8月
青いあいつがやってきた!?／松井ラフ作;大野八生絵／文研出版（文研ブックランド）／2019年8月
スナックワールド [2]／松井香奈著;レベルファイブ監修／小学館（小学館ジュニア文庫）／2018年4月
スナックワールド [3]／松井香奈著;レベルファイブ監修／小学館（小学館ジュニア文庫）／2018年7月
保健室経由、かねやま本館。／松素めぐり著／講談社／2020年6月
保健室経由、かねやま本館。 2／松素めぐり著／講談社／2020年8月
保健室経由、かねやま本館。 3／松素めぐり著;おとないちあき装画・挿画／講談社／2020年10月
HELLO WORLD：映画ノベライズみらい文庫版／松田朱夏著／集英社（集英社みらい文庫）／2019年8月
白いブランコがゆれて：久美は二年生／松本梨江作;西真里子絵／銀の鈴社（銀鈴・絵ものがたり）／2018年12月
ごいっしょさん／松本聰美作;佐藤真紀子絵／国土社／2020年11月
クルルちゃんとコロロちゃん／松本聰美作;平澤朋子絵／出版ワークス／2018年10月
鹿の王 1／上橋菜穂子作;HACCAN絵／KADOKAWA（角川つばさ文庫）／2018年12月
鹿の王 2／上橋菜穂子作;HACCAN絵／KADOKAWA（角川つばさ文庫）／2019年2月
鹿の王 3／上橋菜穂子作;HACCAN絵／KADOKAWA（角川つばさ文庫）／2020年5月
鹿の王 4／上橋菜穂子作;HACCAN絵／KADOKAWA（角川つばさ文庫）／2020年8月
風と行く者：守り人外伝／上橋菜穂子作;佐竹美保絵／偕成社／2018年12月
風と行く者：守り人外伝／上橋菜穂子作;佐竹美保絵／偕成社（軽装版偕成社ポッシュ）／2018年12月
月(るな)と珊瑚／上條さなえ著／講談社（講談社文学の扉）／2019年7月
めっちゃ好きやねん／新井けいこ作;下平けーすけ絵／文研出版（文研ブックランド）／2019年9月
小説星を追う子ども—新海誠ライブラリー／新海誠原作;あきさかあさひ著／汐文社／2018年12月
星を追う子ども／新海誠原作;あきさかあさひ文;ちーこ絵／KADOKAWA（角川つばさ文庫）／2018年1月
小説ほしのこえ—新海誠ライブラリー／新海誠原作;大場惑著／汐文社／2018年12月
天気の子／新海誠作;ちーこ挿絵／KADOKAWA（角川つばさ文庫）／2019年8月
小説君の名は。—新海誠ライブラリー／新海誠著／汐文社／2018年12月
小説言の葉の庭—新海誠ライブラリー／新海誠著／汐文社／2018年12月
小説秒速5センチメートル—新海誠ライブラリー／新海誠著／汐文社／2018年12月

アリババの猫がきいている／新藤悦子作;佐竹美保絵／ポプラ社／2020年2月
本屋のミミ、おでかけする!／森環作／あかね書房／2020年5月
ペンギン・ハイウェイ／森見登美彦作;ぶーた絵／KADOKAWA（角川つばさ文庫）／2018年6月
おばあちゃんのわすれもの／森山京作;100%ORANGE絵／のら書店／2018年11月
おじいさんは川へおばあさんは山へ／森山京作;ささめやゆき絵／理論社／2019年7月
放課後のジュラシック：赤い爪の秘密／森晶麿著;田中寛崇イラスト／PHP研究所（PHPジュニアノベル）／2018年10月
マレスケの虹／森川成美作／小峰書店（Sunnyside Books）／2018年10月
なみきビブリオバトル・ストーリー 2／森川成美作;おおぎやなぎちか作;赤羽じゅんこ作;松本聰美作;黒須高嶺絵／さ・え・ら書房／2018年2月
ポーン・ロボット／森川成美作;田中達之絵／偕成社／2019年3月
さよ：十二歳の刺客／森川成美作;槇えびし画／くもん出版（くもんの児童文学）／2018年11月
ずっと見つめていた／森島いずみ作;しらこ絵／偕成社／2020年3月
蝶の羽ばたき、その先へ／森埜こみち作／小峰書店／2019年10月
わたしの空と五・七・五／森埜こみち作;山田和明絵／講談社（講談社文学の扉）／2018年2月
こちらパーティー編集部っ! 10／深海ゆずは作;榎木りか絵／KADOKAWA（角川つばさ文庫）／2018年1月
こちらパーティー編集部っ! 11／深海ゆずは作;榎木りか絵／KADOKAWA（角川つばさ文庫）／2018年7月
こちらパーティー編集部っ! 12／深海ゆずは作;榎木りか絵／KADOKAWA（角川つばさ文庫）／2019年2月
こちらパーティー編集部っ! 13／深海ゆずは作;榎木りか絵／KADOKAWA（角川つばさ文庫）／2019年7月
こちらパーティー編集部っ! 14／深海ゆずは作;榎木りか絵／KADOKAWA（角川つばさ文庫）／2020年3月
スイッチ! 1／深海ゆずは作;加々見絵里絵／KADOKAWA（角川つばさ文庫）／2018年2月
スイッチ! 2／深海ゆずは作;加々見絵里絵／KADOKAWA（角川つばさ文庫）／2018年8月
スイッチ! 3／深海ゆずは作;加々見絵里絵／KADOKAWA（角川つばさ文庫）／2018年12月
スイッチ! 4／深海ゆずは作;加々見絵里絵／KADOKAWA（角川つばさ文庫）／2019年6月
スイッチ! 5／深海ゆずは作;加々見絵里絵／KADOKAWA（角川つばさ文庫）／2019年12月
スイッチ! 6／深海ゆずは作;加々見絵里絵／KADOKAWA（角川つばさ文庫）／2020年8月
スイッチ!×こちらパーティー編集部っ!：私たち、入れ替わっちゃった!?／深海ゆずは作;加々見絵里絵;榎木りか絵／KADOKAWA（角川つばさ文庫）／2020年9月
さよなら、かぐや姫：月とわたしの物語／深山くのえ著;サカノ景子イラスト／小学館（小学館ジュニア文庫）／2018年8月
大好き!おじさん文庫／深山さくら著／文研出版（文研ブックランド）／2018年9月
IQ探偵ムー ピー太は何も話さない―IQ探偵シリーズ；37／深沢美潮作／ポプラ社／2018年4月
IQ探偵ムー絵画泥棒の挑戦状―IQ探偵シリーズ；36／深沢美潮作／ポプラ社／2018年4月
IQ探偵ムー元の夢、夢羽の夢―IQ探偵シリーズ；39／深沢美潮作／ポプラ社／2018年4月
IQ探偵ムー赤涙島の秘密―IQ探偵シリーズ；38／深沢美潮作／ポプラ社／2018年4月
IQ探偵ムー勇者伝説～冒険のはじまり―IQ探偵シリーズ；35／深沢美潮作／ポプラ社／2018年4月
IQ探偵ムー 夢羽、ホームズになる! 上下／深沢美潮作;山田J太画／ポプラ社（ポプラカラフル文庫）／2018年7月
IQ探偵ムー夢羽のホノルル探偵団／深沢美潮作;山田J太画／ポプラ社（ポプラカラフル文庫）／2019年7月
IQ探偵ムー踊る大運動会／深沢美潮作;山田J太画／ポプラ社（ポプラカラフル文庫）／2020年10月
悪魔使いはほほえまない：災いを呼ぶ転校生／真坂マサル作;シソ絵／集英社（集英社みらい文庫）／2020

年7月
レオナルドの扉 2／真保裕一作;しゅー絵／KADOKAWA（角川つばさ文庫）／2018年1月
怪盗探偵山猫 [4]／神永学作;ひと和絵／KADOKAWA（角川つばさ文庫）／2019年6月
ぼくのまつり縫い：手芸男子は好きっていえない／神戸遥真作;井田千秋絵／偕成社（偕成社ノベルフリーク）／2019年11月
ぼくのまつり縫い [2]／神戸遥真作;井田千秋絵／偕成社（偕成社ノベルフリーク）／2020年9月
ウソカレ!?：この"恋"はだれにもナイショです／神戸遥真作;藤原ゆん絵／集英社（集英社みらい文庫）／2020年5月
ウソカレ!? [2]／神戸遥真作;藤原ゆん絵／集英社（集英社みらい文庫）／2020年10月
この声とどけ!：恋がはじまる放送室☆／神戸遥真作;木乃ひのき絵／集英社（集英社みらい文庫）／2018年4月
この声とどけ! [2]／神戸遥真作;木乃ひのき絵／集英社（集英社みらい文庫）／2018年9月
この声とどけ! [3]／神戸遥真作;木乃ひのき絵／集英社（集英社みらい文庫）／2019年2月
この声とどけ! [4]／神戸遥真作;木乃ひのき絵／集英社（集英社みらい文庫）／2019年6月
この声とどけ! [5]／神戸遥真作;木乃ひのき絵／集英社（集英社みらい文庫）／2019年11月
恋とポテトと夏休み ＝Love & Potato & Summer vacation—Eバーガー；1／神戸遥真著／講談社／2020年4月
恋とポテトと文化祭 ＝Love & Potato & School Festival—Eバーガー；2／神戸遥真著／講談社／2020年5月
恋とポテトとクリスマス ＝Love & Potato & Christmas—Eバーガー；3／神戸遥真著／講談社／2020年8月
おかあさんおめでとう—くまの子ウーフのおはなし；2／神沢利子作;井上洋介絵／ポプラ社／2020年11月
さかなにはなぜしたがない—くまの子ウーフのおはなし；1／神沢利子作;井上洋介絵／ポプラ社（角川つばさ文庫）／2020年11月
花のち晴れ：花男 Next Season：ノベライズ／神尾葉子原作・絵;松田朱夏著／集英社（集英社みらい文庫）／2018年5月
死神デッドライン 1／針とら作;シソ絵／KADOKAWA（角川つばさ文庫）／2019年11月
死神デッドライン 2／針とら作;シソ絵／KADOKAWA（角川つばさ文庫）／2020年5月
絶望鬼ごっこ [10]／針とら作;みもり絵／集英社（集英社みらい文庫）／2018年4月
絶望鬼ごっこ [11]／針とら作;みもり絵／集英社（集英社みらい文庫）／2019年1月
絶望鬼ごっこ [12]／針とら作;みもり絵／集英社（集英社みらい文庫）／2019年7月
絶望鬼ごっこ [13]／針とら作;みもり絵／集英社（集英社みらい文庫）／2020年1月
絶望鬼ごっこ [14]／針とら作;みもり絵／集英社（集英社みらい文庫）／2020年6月
絶望鬼ごっこ [15]／針とら作;みもり絵／集英社（集英社みらい文庫）／2020年12月
きらわれもののこがらしぼうや／仁科幸子作・絵／PHP研究所（とっておきのどうわ）／2018年2月
初恋ロスタイム／仁科裕貴著;シソ絵／KADOKAWA（角川つばさ文庫）／2019年8月
マギオ・ムジーク ＝MAGIO MUZIK—JULA NOVELS／仁木英之作;福井さとこ絵／JULA出版局／2020年7月
ウシクルナ!：飛ぶ教室の本／陣崎草子著／光村図書出版／2018年6月
夏空白花／須賀しのぶ著／ポプラ社／2018年7月
柔道がすき!：スポーツのおはなし柔道—シリーズスポーツのおはなし／須藤靖貴作;大矢正和絵／講談社／2019年12月
アニメ厨病激発ボーイ：めざせ、学校のヒーロー!／厨病激発ボーイ製作委員会作;石倉リサ文;大神アキラ挿絵／KADOKAWA（角川つばさ文庫）／2019年11月
少女マンガじゃない! 1／水無仙丸作;まごつき絵／KADOKAWA（角川つばさ文庫）／2018年3月
少女マンガじゃない! 2／水無仙丸作;まごつき絵／KADOKAWA（角川つばさ文庫）／2018年9月
少女マンガじゃない! 3／水無仙丸作;まごつき絵／KADOKAWA（角川つばさ文庫）／2019年2月

虹色デイズ：映画ノベライズみらい文庫版／水野美波原作;根津理香脚本;飯塚健脚本;はのまきみ著／集英社（集英社みらい文庫）／2018年6月
虹色デイズ：まんがノベライズ特別編〜筒井まりの憂うつ〜／水野美波原作・絵;はのまきみ著／集英社（集英社みらい文庫）／2018年6月
花にけだもの／杉山美和子原作;松本美弥子脚本;橋口いくよ著／小学館（小学館ジュニア文庫）／2018年8月
花にけだもの Second Season／杉山美和子原作;松本美弥子脚本;橋口いくよ著／小学館（小学館ジュニア文庫）／2019年4月
映画『4月の君、スピカ。』／杉山美和子原作;池田奈津子映画脚本;宮沢みゆき著／小学館（小学館ジュニア文庫）／2019年3月
あいことばは名探偵／杉山亮作;中川大輔絵／偕成社／2018年8月
女神のデパート 4／菅野雪虫作;椋本夏夜絵／ポプラ社（ポプラポケット文庫）／2018年11月
女神のデパート 5／菅野雪虫作;椋本夏夜絵／ポプラ社（ポプラポケット文庫）／2020年4月
ヤイレスーホ ＝Yaylesuho／菅野雪虫著／講談社／2018年6月
アオハル・ミステリカ ＝AOHARU MYSTERICA／瀬川コウ著;くっかイラスト／PHP研究所（PHPジュニアノベル）／2019年2月
泣き虫しょったんの奇跡／瀬川晶司作;青木幸子絵／講談社（講談社青い鳥文庫）／2018年8月
白魔女リンと3悪魔［7］／成田良美著;八神千歳イラスト／小学館（小学館ジュニア文庫）／2018年1月
白魔女リンと3悪魔［8］／成田良美著;八神千歳イラスト／小学館（小学館ジュニア文庫）／2018年8月
白魔女リンと3悪魔［9］／成田良美著;八神千歳イラスト／小学館（小学館ジュニア文庫）／2019年4月
白魔女リンと3悪魔［10］／成田良美著;八神千歳イラスト／小学館（小学館ジュニア文庫）／2019年12月
映画ういらぶ。／星森ゆきも原作;高橋ナツコ脚本;宮沢みゆき著／小学館（小学館ジュニア文庫）／2018年10月
枕草子：平安女子のキラキラノート／清少納言作;福田裕子文;朝日川日和絵／KADOKAWA（角川つばさ文庫）／2020年2月
キラモテ先輩と地味っ子まんが家ちゃん／清水きり作;あおいみつ絵／ポプラ社（ポケット・ショコラ）／2018年9月
小説はたらく細胞／清水茜原作・イラスト;時海結以著／講談社（講談社KK文庫）／2018年7月
小説はたらく細胞 2／清水茜原作・イラスト;時海結以著／講談社（講談社KK文庫）／2019年7月
小説はたらく細胞 3／清水茜原作・イラスト;時海結以著／講談社（講談社KK文庫）／2020年5月
こちら妖怪お悩み相談室／清水温子作;たごもりのりこ絵／岩崎書店／2019年4月
中谷宇吉郎：雪と氷の探求者／清水洋美文;野見山響子絵／汐文社（はじめて読む科学者の伝記）／2020年12月
《世界》がここを忘れても：アフガン女性・ファルザーナの物語／清末愛砂文;久保田桂子絵／寿郎社／2020年2月
リアルゲーム 1／西羽咲花月著;梅ねこ絵／スターツ出版（野いちごジュニア文庫）／2020年10月
まく子／西加奈子著／福音館書店（福音館文庫）／2019年2月
今日から俺は!!劇場版／西森博之原作;福田雄一脚本・監督;江橋よしのり著／小学館（小学館ジュニア文庫）／2020年7月
のんちゃんとモンシロチョウ／西村友里作;はせがわかこ絵／PHP研究所（とっておきのどうわ）／2018年4月
コロッケ堂のひみつ／西村友里作;井波ハトコ絵／国土社／2019年7月
占い屋敷と消えた夢ノート／西村友里作;松嶌舞夢画／金の星社／2018年5月
消えた時間割／西村友里作;大庭賢哉絵／学研プラス（ジュニア文学館）／2018年5月
消えた落とし物箱／西村友里作;大庭賢哉絵／学研プラス（ジュニア文学館）／2020年7月
12歳で死んだあの子は／西田俊也作／徳間書店／2019年7月
四人のヤッコ―おはなしのくに／西内ミナミ作;はたこうしろう絵／鈴木出版／2018年4月

おじいちゃんとおかしな家／西美音作;石川えりこ絵／フレーベル館（ものがたりの庭）／2018 年 2 月
きみの心にふる雪を。—初恋のシーズン／西本紘奈作;ダンミル絵／KADOKAWA（角川つばさ文庫）／2018 年 1 月
ぼくの声が消えないうちに。—初恋のシーズン／西本紘奈作;ダンミル絵／KADOKAWA（角川つばさ文庫）／2018 年 6 月
ファースト・ステップ：ひよっこチームでダンス対決!?／西本紘奈作;月太陽絵／KADOKAWA（角川つばさ文庫）／2019 年 5 月
ファースト・ステップ 2／西本紘奈作;月太陽絵／KADOKAWA（角川つばさ文庫）／2019 年 11 月
名探偵コナン瞳の中の暗殺者／青山剛昌原作;古内一成脚本;水稀しま著／小学館（小学館ジュニア文庫）／2018 年 1 月
名探偵コナン紅の修学旅行／青山剛昌原作;水稀しま著／小学館（小学館ジュニア文庫）／2019 年 1 月
名探偵コナン ブラックインパクト!組織の手が届く瞬間／青山剛昌原作;水稀しま著／小学館（小学館ジュニア文庫）／2020 年 12 月
名探偵コナン 紺青の拳(フィスト)／青山剛昌原作;大倉崇裕脚本;水稀しま著／小学館（小学館ジュニア文庫）／2019 年 4 月
名探偵コナン 大怪獣ゴメラ VS 仮面ヤイバー／青山剛昌原作;大倉崇裕脚本;水稀しま著／小学館（小学館ジュニア文庫）／2020 年 1 月
名探偵コナン ゼロの執行人／青山剛昌原作;櫻井武晴脚本;水稀しま著／小学館（小学館ジュニア文庫）／2018 年 4 月
名探偵コナン：安室透セレクションゼロの推理劇／青山剛昌原作・イラスト;酒井匙著／小学館（小学館ジュニア文庫）／2018 年 4 月
名探偵コナン：怪盗キッドセレクション月下の予告状／青山剛昌原作・イラスト;酒井匙著／小学館（小学館ジュニア文庫）／2019 年 4 月
名探偵コナン：京極真セレクション蹴撃の事件録／青山剛昌原作・イラスト;酒井匙著／小学館（小学館ジュニア文庫）／2019 年 7 月
名探偵コナン赤井一家(ファミリー)セレクション緋色の推理記録(コレクション)／青山剛昌原作・イラスト;酒井匙著／小学館（小学館ジュニア文庫）／2020 年 4 月
名探偵コナン赤井秀一セレクション赤と黒の攻防(クラッシュ)／青山剛昌原作・イラスト;酒井匙著／小学館（小学館ジュニア文庫）／2020 年 4 月
名探偵コナン世良真純セレクション：異国帰りの転校生／青山剛昌原作・イラスト;酒井匙著／小学館（小学館ジュニア文庫）／2020 年 11 月
浜村渚の計算ノート 1／青柳碧人作;桐野壱絵／講談社（講談社青い鳥文庫）／2019 年 9 月
浜村渚の計算ノート 2／青柳碧人作;桐野壱絵／講談社（講談社青い鳥文庫）／2019 年 10 月
妖精のメロンパン／斉藤栄美作;染谷みのる絵／金の星社／2018 年 4 月
妖精のカレーパン／斉藤栄美作;染谷みのる絵／金の星社／2019 年 3 月
天保の虹—白狐魔記／斉藤洋作／偕成社／2019 年 12 月
図書館の怪談—ナツカのおばけ事件簿；16／斉藤洋作;かたおかまなみ絵／あかね書房／2018 年 1 月
暗闇の妖怪デザイナー—ナツカのおばけ事件簿；17／斉藤洋作;かたおかまなみ絵／あかね書房／2019 年 3 月
フラワーショップの亡霊—ナツカのおばけ事件簿；18／斉藤洋作;かたおかまなみ絵／あかね書房／2020 年 2 月
ルドルフとノラねこブッチー：ルドルフとイッパイアッテナ 5—児童文学創作シリーズ／斉藤洋作;杉浦範茂絵／講談社／2020 年 6 月
びっくり!ほしぞらスイーツ—ふしぎパティシエールみるか；5／斉藤洋作;村田桃香絵／あかね書房／2020 年 1 月
呉書三国志 = THREE KINGDOMS／斉藤洋著／講談社／2019 年 3 月
レディオワン／斉藤倫著;クリハラタカシ画／光村図書出版（飛ぶ教室の本）／2019 年 11 月

波うちぎわのシアン／斉藤倫著;まめふく画／偕成社／2018年3月
ぼくたちは卵のなかにいた／石井睦美作;アンマサコ絵／小学館／2019年7月
カイとティムよるのぼうけん／石井睦美作;ささめやゆき絵／アリス館／2019年3月
心霊探偵ゴーストハンターズ 4／石崎洋司作;かしのき彩画／岩崎書店／2019年8月
心霊探偵ゴーストハンターズ 5／石崎洋司作;かしのき彩画／岩崎書店／2019年12月
6年1組黒魔女さんが通る!! 06／石崎洋司作;亜沙美絵／講談社（講談社青い鳥文庫）／2018年10月
6年1組黒魔女さんが通る!! 07／石崎洋司作;亜沙美絵／講談社（講談社青い鳥文庫）／2019年1月
6年1組黒魔女さんが通る!! 10／石崎洋司作;亜沙美絵／講談社（講談社青い鳥文庫）／2020年2月
6年1組黒魔女さんが通る!! 11／石崎洋司作;亜沙美絵;藤田香キャラクター原案／講談社（講談社青い鳥文庫）／2020年6月
6年1組黒魔女さんが通る!! 12／石崎洋司作;亜沙美絵;藤田香キャラクター原案／講談社（講談社青い鳥文庫）／2020年10月
6年1組黒魔女さんが通る!! 08／石崎洋司作;亜沙美絵;藤田香絵・キャラクター原案／講談社（講談社青い鳥文庫）／2019年7月
6年1組黒魔女さんが通る!! 09／石崎洋司作;亜沙美絵;藤田香絵・キャラクター原案／講談社（講談社青い鳥文庫）／2019年10月
6年1組黒魔女さんが通る!! 05／石崎洋司作;藤田香絵;亜沙美絵／講談社（講談社青い鳥文庫）／2018年3月
黒魔女さんの小説教室：チョコといっしょに作家修行!：青い鳥文庫版／石崎洋司作;藤田香作;青い鳥文庫編集部作／講談社（講談社青い鳥文庫）／2019年1月
陰陽師東海寺迦楼羅の事件簿 1／石崎洋司著;亜沙美絵／講談社／2020年11月
しぶがきほしがきあまいかき―福音館創作童話シリーズ／石川えりこさく・え／福音館書店／2019年9月
きみの声をとどけたい／石川学作;青木俊直絵／ポプラ社（ポプラポケット文庫）／2018年8月
拝啓パンクスノットデッドさま = DEAR MR.PUNKS NOT DEAD／石川宏千花作;西川真以子装画・挿絵／くもん出版（くもんの児童文学）／2020年10月
空飛ぶくじら部／石川宏千花著／PHP研究所（カラフルノベル）／2019年8月
青春ノ帝国／石川宏千花著／あすなろ書房／2020年6月
メイドイン十四歳 = Made in 14 years old／石川宏千花著／講談社／2020年11月
少年Nの長い長い旅 04／石川宏千花著／講談社（YA!ENTERTAINMENT）／2018年1月
少年Nの長い長い旅 05／石川宏千花著／講談社（YA!ENTERTAINMENT）／2018年8月
墓守りのレオ [2]／石川宏千花著／小学館／2018年1月
見た目レンタルショップ化けの皮／石川宏千花著／小学館／2020年11月
わたしが少女型ロボットだったころ／石川宏千花著／偕成社／2018年8月
クラスメイトはあやかしの娘／石沢克宜@滝音子著;shimanoイラスト／PHP研究所（PHPジュニアノベル）／2018年10月
バドミントン★デイズ／赤羽じゅんこ作;さかぐちまや絵／偕成社（偕成社ノベルフリーク）／2019年2月
こぐまと星のハーモニカ―おはなしのまど；8／赤羽じゅんこ作;小池アミイゴ絵／フレーベル館／2020年7月
落語ねこ／赤羽じゅんこ作;大島妙子絵／文溪堂／2018年11月
トゲトゲトカゲをつかまえろ!／赤羽じゅんこ作;筒井海砂絵／国土社／2019年11月
かぐや様は告らせたい：天才たちの恋愛頭脳戦：映画ノベライズみらい文庫版／赤坂アカ原作・カバーイラスト;徳永友一脚本;はのまきみ著／集英社（集英社みらい文庫）／2019年9月
小説おそ松さん：6つ子とエジプトとセミ／赤塚不二夫原作;都築奈央著;おそ松さん製作委員会監修／小学館（小学館ジュニア文庫）／2018年2月
ぼくのパパは天才なのだ：「深夜!天才バカボン」ハジメちゃん日記／赤塚不二夫原作;日笠由紀著;深夜!天才バカボン製作委員会監修／小学館（小学館ジュニア文庫）／2018年10月
ふたごのプリンセスとマーメイドのときめきドレス―まほうのドレスハウス／赤尾でこ原作;まちなみなも

こ絵／学研プラス／2019年11月
ふたごのプリンセスとおしゃれまじょのスイーツ―まほうのドレスハウス／赤尾でこ原作;まちなみなもこ絵／学研プラス／2020年11月
きみと100年分の恋をしよう：はじめて恋が生まれた日／折原みと作;フカヒレ絵／講談社（講談社青い鳥文庫）／2020年4月
きみと100年分の恋をしよう [2]／折原みと作;フカヒレ絵／講談社（講談社青い鳥文庫）／2020年8月
宇宙(そら)を駆けるよだか：まんがノベライズ～クラスでいちばんかわいいあの子と入れかわれたら～／川端志季原作・絵;百瀬しのぶ著／集英社（集英社みらい文庫）／2018年8月
太陽ときみの声 [2]／川端裕人作／朝日学生新聞社／2018年11月
風に乗って、跳べ：太陽ときみの声／川端裕人著／朝日学生新聞社／2019年12月
砂漠の中の大きな木：月と砂漠と少年の物語／川島宏知作;はらだたけひで絵／冨山房インターナショナル／2020年12月
おじょうさま小学生はなこ VSりんじのしいくがかり／川之上英子作絵;川之上健作絵／岩崎書店（おはなしトントン）／2020年5月
ラスト・ホールド!／川浪ナミヲ脚本;高見健次脚本;松井香奈著／小学館（小学館ジュニア文庫）／2018年5月
大江戸もののけ物語／川崎いづみ文;渡辺ナベシ絵／KADOKAWA（角川つばさ文庫）／2020年6月
とりかえっこ／泉啓子作;東野さとる絵／新日本出版社／2020年3月
虹のランナーズ／浅田宗一郎作;渡瀬のぞみ絵／PHP研究所（カラフルノベル）／2020年11月
あやしの保健室 4／染谷果子作;HIZGI絵／小峰書店／2020年4月
夜カフェ 1／倉橋燿子作;たま絵／講談社（講談社青い鳥文庫）／2018年10月
夜カフェ 2／倉橋燿子作;たま絵／講談社（講談社青い鳥文庫）／2019年1月
夜カフェ 3／倉橋燿子作;たま絵／講談社（講談社青い鳥文庫）／2019年5月
夜カフェ 4／倉橋燿子作;たま絵／講談社（講談社青い鳥文庫）／2019年9月
夜カフェ 5／倉橋燿子作;たま絵／講談社（講談社青い鳥文庫）／2020年1月
夜カフェ 6／倉橋燿子作;たま絵／講談社（講談社青い鳥文庫）／2020年5月
夜カフェ 7／倉橋燿子作;たま絵／講談社（講談社青い鳥文庫）／2020年9月
まほろばトリップ：時のむこう、飛鳥／倉本由布著／アリス館／2020年7月
赤ちゃんと母(ママ)の火の夜／早乙女勝元作;タミヒロコ絵／新日本出版社／2018年2月
バウムクーヘンとヒロシマ：ドイツ人捕虜ユーハイムの物語／巣山ひろみ著;銀杏早苗絵／くもん出版／2020年6月
モンスト三銃士：ダルタニャンの冒険!／相羽鈴作;希姫安弥絵／集英社（集英社みらい文庫）／2018年5月
釣りスピリッツ：ダイヒョウザンクジラを釣り上げろ!／相坂ゆうひ作;なみごん絵／KADOKAWA（角川つばさ文庫）／2020年8月
モンスターハンター:ワールド：オトモダチ調査団／相坂ゆうひ作;貞松龍壱絵／KADOKAWA（角川つばさ文庫）／2018年12月
おれからもうひとりのぼくへ／相川郁恵作;佐藤真紀子絵／岩崎書店（おはなしガーデン）／2018年8月
青星学園★チームEYE-Sの事件ノート [2]／相川真作;立樹まや絵／集英社（集英社みらい文庫）／2018年5月
青星学園★チームEYE-Sの事件ノート [3]／相川真作;立樹まや絵／集英社（集英社みらい文庫）／2018年9月
青星学園★チームEYE-Sの事件ノート [4]／相川真作;立樹まや絵／集英社（集英社みらい文庫）／2019年1月
青星学園★チームEYE-Sの事件ノート [5]／相川真作;立樹まや絵／集英社（集英社みらい文庫）／2019年5月
青星学園★チームEYE-Sの事件ノート [6]／相川真作;立樹まや絵／集英社（集英社みらい文庫）／2019

年9月
青星学園★チーム EYE-S の事件ノート [7]／相川真作;立樹まや絵／集英社（集英社みらい文庫）／2019年12月
青星学園★チーム EYE-S の事件ノート [8]／相川真作;立樹まや絵／集英社（集英社みらい文庫）／2020年4月
青星学園★チーム EYE-S の事件ノート [9]／相川真作;立樹まや絵／集英社（集英社みらい文庫）／2020年9月
青星学園★チーム EYE-S の事件ノート [10]／相川真作;立樹まや絵／集英社（集英社みらい文庫）／2020年12月
ドエクル探検隊 = DOEKURU Expedition Party／草山万兎作;松本大洋画／福音館書店／2018年6月
魔女ののろいアメ／草野あきこ作;ひがしちから絵／PHP 研究所（とっておきのどうわ）／2018年10月
魔女のいじわるラムネ／草野あきこ作;ひがしちから絵／PHP 研究所（とっておきのどうわ）／2019年10月
魔女のうらないグミ／草野あきこ作;ひがしちから絵／PHP 研究所（とっておきのどうわ）／2020年7月
ジェンと星になったテリー／草野あきこ作;永島壮矢絵／岩崎書店（おはなしトントン）／2020年2月
またね、かならず―物語の王国；2-14／草野たき作;おとないちあき絵／岩崎書店／2019年10月
地底アパートと幻の地底王国 特装版―蒼月海里の「地底アパート」シリーズ；5／蒼月海里著／ポプラ社／2020年4月
地底アパートのアンドロイドは巨大ロボットの夢を見るか 特装版―蒼月海里の「地底アパート」シリーズ；3／蒼月海里著／ポプラ社／2020年4月
地底アパートの咲かない桜と見えない住人 特装版―蒼月海里の「地底アパート」シリーズ；4／蒼月海里著／ポプラ社／2020年4月
地底アパートの迷惑な来客 特装版―蒼月海里の「地底アパート」シリーズ；2／蒼月海里著／ポプラ社／2020年4月
地底アパート入居者募集中! 特装版―蒼月海里の「地底アパート」シリーズ；1／蒼月海里著／ポプラ社／2020年4月
こどもしょくどう／足立紳原作;ひろはたえりこ文／汐文社／2019年7月
ナイチンゲール：「看護」はここから始まった／村岡花子文;丹地陽子絵／講談社（講談社青い鳥文庫）／2020年8月
シェーラ姫の冒険 = The adventures of Princess Scheherazade 上下 愛蔵版／村山早紀著;佐竹美保絵／童心社／2019年3月
ちょきんばこのたびやすみ／村上しいこさく;長谷川義史え／PHP 研究所（とっておきのどうわ）／2020年3月
夏に泳ぐ緑のクジラ／村上しいこ作／小学館／2019年7月
イーブン／村上しいこ作／小学館／2020年6月
みけねえちゃんにいうてみな／村上しいこ作;くまくら珠美絵／理論社／2018年11月
みけねえちゃんにいうてみな モフモフさいこう!―みけねえちゃんにいうてみな；2／村上しいこ作;くまくら珠美絵／理論社／2019年12月
みけねえちゃんにいうてみな ともだちのひみつ―みけねえちゃんにいうてみな；3／村上しいこ作;くまくら珠美絵／理論社／2020年12月
レオたいせつなゆうき：どうぶつのかぞくライオン―シリーズどうぶつのかぞく／村上しいこ作;こばようこ絵／講談社／2019年1月
へんなともだちマンホーくん [1]／村上しいこ作;たかいよしかず絵／講談社（わくわくライブラリー）／2018年8月
へんなともだちマンホーくん [2]／村上しいこ作;たかいよしかず絵／講談社（わくわくライブラリー）／2019年2月
へんなともだちマンホーくん [3]／村上しいこ作;たかいよしかず絵／講談社（わくわくライブラリー）／

2019年7月
へんなともだちマンホーくん [4]／村上しいこ作たかいよしかず絵／講談社（わくわくライブラリー）／2020年2月
フルーツふれんずスイカちゃん／村上しいこ作角裕美絵／あかね書房／2019年9月
フルーツふれんずブドウくん／村上しいこ作角裕美絵／あかね書房／2020年10月
こだわっていこう／村上しいこ作陣崎草子絵／学研プラス（ジュニア文学館）／2018年7月
体育館の日曜日：ペットショップへいくまえに／村上しいこ作田中六大絵／講談社（わくわくライブラリー）／2018年5月
図工室の日曜日：おいしい話に気をつけろ／村上しいこ作田中六大絵／講談社（わくわくライブラリー）／2018年11月
職員室の日曜日 [2]／村上しいこ作田中六大絵／講談社（わくわくライブラリー）／2019年5月
家庭科室の日曜日 [2]／村上しいこ作田中六大絵／講談社（わくわくライブラリー）／2019年11月
教室の日曜日 [2]／村上しいこ作田中六大絵／講談社（わくわくライブラリー）／2020年5月
防災室の日曜日：カラスてんぐととうめい人間／村上しいこ作田中六大絵／講談社（わくわくライブラリー）／2020年11月
七転びダッシュ! 1／村上しいこ作木乃ひのき絵／講談社（講談社青い鳥文庫）／2018年5月
七転びダッシュ! 2／村上しいこ作木乃ひのき絵／講談社（講談社青い鳥文庫）／2018年10月
七転びダッシュ! 3／村上しいこ作木乃ひのき絵／講談社（講談社青い鳥文庫）／2019年5月
キャンドル／村上雅郁作／フレーベル館（文学の森）／2020年12月
あの子の秘密／村上雅郁作カシワイ絵／フレーベル館（文学の森）／2019年12月
ぼくと賢おじさんと山の学校／村上淳子作下平けーすけ絵／国土社／2019年11月
いつか、太陽の船／村中李衣作こしだミカ絵根室の子ども達絵／新日本出版社／2019年3月
あららのはたけ／村中李衣作石川えりこ絵／偕成社／2019年7月
マネキンさんがきた／村中李衣作武田美穂絵／BL出版／2018年4月
まいごのビーチサンダル／村椿菜文作チャンキー松本絵／あかね書房／2018年3月
あらいぐまのせんたくもの／大久保雨咲作相野谷由起絵／童心社（だいすき絵童話）／2019年11月
雨の日は、いっしょに―おはなしみーつけた!シリーズ／大久保雨咲作殿内真帆絵／佼成出版社／2020年5月
生き残りゲームラストサバイバル [3]／大久保開作北野詠一絵／集英社（集英社みらい文庫）／2018年3月
生き残りゲームラストサバイバル [4]／大久保開作北野詠一絵／集英社（集英社みらい文庫）／2018年7月
生き残りゲームラストサバイバル [5]／大久保開作北野詠一絵／集英社（集英社みらい文庫）／2018年11月
生き残りゲームラストサバイバル [6]／大久保開作北野詠一絵／集英社（集英社みらい文庫）／2019年2月
生き残りゲームラストサバイバル [7]／大久保開作北野詠一絵／集英社（集英社みらい文庫）／2019年6月
生き残りゲームラストサバイバル [8]／大久保開作北野詠一絵／集英社（集英社みらい文庫）／2019年10月
生き残りゲームラストサバイバル [9]／大久保開作北野詠一絵／集英社（集英社みらい文庫）／2020年2月
生き残りゲームラストサバイバル [10]／大久保開作北野詠一絵／集英社（集英社みらい文庫）／2020年5月
生き残りゲームラストサバイバル [11]／大久保開作北野詠一絵／集英社（集英社みらい文庫）／2020年10月
炎炎ノ消防隊：悪魔的ヒーロー登場／大久保篤原作・絵緑川聖司文／講談社（講談社青い鳥文庫）／2020

年3月
炎炎ノ消防隊 [2]／大久保篤原作・絵;緑川聖司文／講談社（講談社青い鳥文庫）／2020年6月
炎炎ノ消防隊 [3]／大久保篤原作・絵;緑川聖司文／講談社（講談社青い鳥文庫）／2020年9月
炎炎ノ消防隊 [4]／大久保篤原作・絵;緑川聖司文／講談社（講談社青い鳥文庫）／2020年12月
ばけるニャン：まほうのほうきレース／大空なごむ作・絵／金の星社／2018年5月
ばけるニャン [2]／大空なごむ作・絵／金の星社／2019年4月
世界一クラブ [2]／大空なつき作;明菜絵／KADOKAWA（角川つばさ文庫）／2018年1月
世界一クラブ [3]／大空なつき作;明菜絵／KADOKAWA（角川つばさ文庫）／2018年5月
世界一クラブ [4]／大空なつき作;明菜絵／KADOKAWA（角川つばさ文庫）／2018年9月
世界一クラブ [5]／大空なつき作;明菜絵／KADOKAWA（角川つばさ文庫）／2019年1月
世界一クラブ [6]／大空なつき作;明菜絵／KADOKAWA（角川つばさ文庫）／2019年4月
世界一クラブ [7]／大空なつき作;明菜絵／KADOKAWA（角川つばさ文庫）／2019年9月
世界一クラブ [8]／大空なつき作;明菜絵／KADOKAWA（角川つばさ文庫）／2020年3月
世界一クラブ [9]／大空なつき作;明菜絵／KADOKAWA（角川つばさ文庫）／2020年7月
世界一クラブ [10]／大空なつき作;明菜絵／KADOKAWA（角川つばさ文庫）／2020年11月
空飛ぶのらネコ探険隊 [5]／大原興三郎作;こぐれけんじろう絵／文溪堂／2018年4月
空飛ぶのらネコ探険隊 [6]／大原興三郎作;こぐれけんじろう絵／文溪堂／2019年4月
空飛ぶのらネコ探険隊 [7]／大原興三郎作;こぐれけんじろう絵／文溪堂／2020年6月
小説聲の形 上下／大今良時原作・絵;倉橋燿子文／講談社（講談社青い鳥文庫）／2019年3月
真夜中のパン屋さん [5] 図書館版／大沼紀子著／ポプラ社（teenに贈る文学）／2018年4月
真夜中のパン屋さん [6] 図書館版／大沼紀子著／ポプラ社（teenに贈る文学）／2018年4月
クッキとシルバーキング／大塚静正著／創英社/三省堂書店／2019年1月
107小節目から／大島恵真著／講談社／2018年9月
映像研には手を出すな!／大童澄瞳原作;英勉脚本・監督;高野水登脚本;日笠由紀著／小学館（小学館ジュニア文庫）／2020年9月
グランパと僕らの宝探し：ドゥリンビルの仲間たち／大矢純子作;みしまゆかり絵／朝日学生新聞社／2018年1月
ハロー、マイフレンズ／大矢純子作;みしまゆかり絵／朝日学生新聞社／2019年11月
デジモンアドベンチャーLAST EVOLUTION絆：映画ノベライズみらい文庫版／大和屋暁脚本;河端朝日著／集英社（集英社みらい文庫）／2020年2月
ようかいとりものちょう 8／大崎悌造作;ありがひとし画／岩崎書店／2018年6月
妖怪捕物帖乙 古都怨霊篇1—ようかいとりものちょう；9／大崎悌造作;ありがひとし画／岩崎書店／2019年2月
妖怪捕物帖乙 古都怨霊篇2—ようかいとりものちょう；10／大崎悌造作;ありがひとし画／岩崎書店／2019年9月
妖怪捕物帖乙 古都怨霊篇3—ようかいとりものちょう；11／大崎悌造作;ありがひとし画／岩崎書店／2020年2月
妖怪捕物帖乙 古都怨霊篇4—ようかいとりものちょう；12／大崎悌造作;ありがひとし画／岩崎書店／2020年9月
たまねぎとはちみつ／瀧羽麻子作;今日マチ子絵／偕成社／2018年12月
大坂オナラ草紙／谷口雅美著;イシヤマアズサ画／講談社／2018年6月
ぼくらのなぞ虫大研究／谷本雄治作;羽尻利門絵／あかね書房（読書の時間）／2020年6月
仮面病棟／知念実希人作;げみ絵／実業之日本社（実業之日本社ジュニア文庫）／2019年12月
世にも奇妙な商品カタログ 1／地図十行路作;望月けい絵／KADOKAWA（角川つばさ文庫）／2019年2月
世にも奇妙な商品カタログ 2／地図十行路作;望月けい絵／KADOKAWA（角川つばさ文庫）／2019年7月

世にも奇妙な商品カタログ 3／地図十行路作;望月けい絵／KADOKAWA（角川つばさ文庫）／2020年1月
世にも奇妙な商品カタログ 4／地図十行路作;望月けい絵／KADOKAWA（角川つばさ文庫）／2020年6月
世にも奇妙な商品カタログ 5／地図十行路作;望月けい絵／KADOKAWA（角川つばさ文庫）／2020年10月
猫のダヤン 1／池田あきこ作／静山社（静山社ペガサス文庫）／2018年4月
猫のダヤン 2／池田あきこ作／静山社（静山社ペガサス文庫）／2018年6月
猫のダヤン 3／池田あきこ作／静山社（静山社ペガサス文庫）／2018年8月
猫のダヤン 4／池田あきこ作／静山社（静山社ペガサス文庫）／2018年10月
猫のダヤン 5／池田あきこ作／静山社（静山社ペガサス文庫）／2018年12月
猫のダヤン 6／池田あきこ作／静山社（静山社ペガサス文庫）／2019年2月
猫のダヤン 7／池田あきこ作／静山社（静山社ペガサス文庫）／2019年4月
猫のダヤン ex／池田あきこ作／静山社（静山社ペガサス文庫）／2019年6月
ダヤン、奇妙な夢をみる―ダヤンの冒険物語／池田あきこ著／ほるぷ出版／2020年5月
ダヤンと恐竜のたまご 新版―ダヤンの冒険物語／池田あきこ著／ほるぷ出版／2020年7月
川のむこうの図書館／池田ゆみる作;羽尻利門絵／さ・え・ら書房／2018年1月
妖界ナビ・ルナ 5／池田美代子作;戸部淑絵／講談社（講談社青い鳥文庫）／2018年1月
妖界ナビ・ルナ 6／池田美代子作;戸部淑絵／講談社（講談社青い鳥文庫）／2018年5月
妖界ナビ・ルナ 7／池田美代子作;戸部淑絵／講談社（講談社青い鳥文庫）／2018年9月
妖界ナビ・ルナ 8／池田美代子作;戸部淑絵／講談社（講談社青い鳥文庫）／2019年1月
妖界ナビ・ルナ 9／池田美代子作;戸部淑絵／講談社（講談社青い鳥文庫）／2019年5月
エンマ先生の怪談帳：霊の案件で放課後は大いそがし!／池田美代子作;戸部淑絵／講談社（講談社青い鳥文庫）／2019年10月
エンマ先生の怪談帳 [2]／池田美代子作;戸部淑絵／講談社（講談社青い鳥文庫）／2020年2月
劇部ですから! Act.3／池田美代子作;柚希きひろ絵／講談社（講談社青い鳥文庫）／2018年2月
劇部ですから! Act.4／池田美代子作;柚希きひろ絵／講談社（講談社青い鳥文庫）／2018年8月
劇部ですから! Act.5／池田美代子作;柚希きひろ絵／講談社（講談社青い鳥文庫）／2019年3月
緒崎さん家の妖怪事件簿 [3]／築山桂著;かすみのイラスト／小学館（小学館ジュニア文庫）／2018年1月
緒崎さん家の妖怪事件簿 [4]／築山桂著;かすみのイラスト／小学館（小学館ジュニア文庫）／2018年10月
森の診療所ものがたり：カモの子がやってきた／竹田津実作;岡本順絵／偕成社／2019年11月
シュガー・ラッシュ・オンライン・／中井はるの文／講談社（ディズニームービーブック）／2018年12月
アナと雪の女王家族の思い出／中井はるの文／講談社（講談社KK文庫）／2018年3月
雷のあとに／中山聖子作;岡本よしろう絵／文研出版（文研じゅべにーる）／2020年1月
その景色をさがして／中山聖子著／PHP研究所（わたしたちの本棚）／2018年4月
どろだんご、さいた―おはなしのまど；7／中住千春作;はせがわかこ絵／フレーベル館／2019年1月
がんばれ給食委員長／中松まるは作;石山さやか絵／あかね書房（スプラッシュ・ストーリーズ）／2018年11月
リルリルフェアリルトゥインクル スピカと恋するケーキ―リルリルフェアリル；3／中瀬理香作;瀬谷愛絵／ポプラ社／2018年7月
リルリルフェアリルトゥインクル スピカとふしぎな子ねこ―リルリルフェアリル；4／中瀬理香作;瀬谷愛絵／ポプラ社／2019年3月
リルリルフェアリルトゥインクル スピカと冬の夜のきせき―リルリルフェアリル；5／中瀬理香作;瀬谷愛絵／ポプラ社／2019年11月
おとのさま、ほいくしさんになる―おはなしみーつけた!シリーズ／中川ひろたか作;田中六大絵／佼成出版

社／2018年12月
おとのさま、にんじゃになる―おはなしみ一つけた!シリーズ／中川ひろたか作;田中六大絵／佼成出版社／2019年12月
おとのさま、まほうつかいになる―おはなしみ一つけた!シリーズ／中川ひろたか作;田中六大絵／佼成出版社／2020年12月
ぼくとキキとアトリエで／中川洋典作／文研出版（文研ブックランド）／2020年5月
鬼ガール!!：ツノは出るけど女優めざしますっ!／中村航作;榊アヤミ絵／KADOKAWA（角川つばさ文庫）／2020年9月
ネコ・トモ：大切な家族になったネコ／中村誠作;桃雪琴梨絵／KADOKAWA（角川つばさ文庫）／2018年11月
まよなかのおならたいかい 新装改訂版／中村翔子作;荒井良二絵／PHP研究所（とっておきのどうわ）／2018年10月
まよなかのくしゃみたいかい 新装版／中村翔子作;荒井良二絵／PHP研究所（とっておきのどうわ）／2019年11月
氷室のなぞと秘密基地／中谷詩子作;よこやまようへい絵／国土社／2020年7月
八月のひかり／中島信子著／汐文社／2019年7月
太郎の窓／中島信子著／汐文社／2020年11月
山月記・李陵：中島敦名作選／中島敦作;Tobi絵／KADOKAWA（角川つばさ文庫）／2019年3月
小学生まじょとまほうのくつ／中島和子作;秋里信子絵／金の星社／2018年9月
ワタシゴト：14歳のひろしま／中澤晶子作;ささめやゆきえ／汐文社／2020年7月
さくらのカルテ／中澤晶子作;ささめやゆき絵／汐文社／2018年4月
ジグソーステーション／中澤晶子作;ささめやゆき絵／汐文社／2018年11月
その声は、長い旅をした／中澤晶子著;ささめやゆき装画・カット・地図／国土社／2019年10月
コトノハ町はきょうもヘンテコ／昼田弥子作;早川世詩男絵／光村図書出版（飛ぶ教室の本）／2020年3月
ランウェイで笑って＝smile at the runway：158cmモデル、パリコレへ!／猪ノ谷言葉原作・絵;有沢ゆう希作／講談社（講談社KK文庫）／2020年4月
嘘恋ワイルドストロベリー／朝比奈歩作;サコ絵／ポプラ社（ポケット・ショコラ）／2019年5月
もう逃げない!／朝比奈蓉子作;こより絵／PHP研究所（わたしたちの本棚）／2018年10月
空の青さを知る人よ／超平和バスターズ原作;額賀澪作;あきづきりょう挿絵／KADOKAWA（角川つばさ文庫）／2019年9月
魔女のレッスンはじめます／長井るり子作;こがしわかおり絵／出版ワークス／2018年7月
ネッシーはいることにする／長薗安浩著／ゴブリン書房／2019年8月
サンドイッチクラブ／長江優子作／岩波書店／2020年6月
お絵かき禁止の国／長谷川まりる著／講談社／2019年6月
竹取物語／長尾剛文;若菜等絵;Ki絵／汐文社（すらすら読める日本の古典：原文付き）／2018年10月
ドラゴンボール超(スーパー)ブロリー：映画ノベライズみらい文庫版／鳥山明原作・脚本・キャラクターデザイン;小川彗著／集英社（集英社みらい文庫）／2018年12月
覚悟はいいかそこの女子。：映画ノベライズみらい文庫版／椎葉ナナ原作;李正姫脚本;はのまきみ著／集英社（集英社みらい文庫）／2018年9月
あの日、そらですきをみつけた／辻みゆき著;いつかイラスト／小学館（小学館ジュニア文庫）／2018年4月
図書館B2捜査団：秘密の地下室／辻堂ゆめ作;bluemomo絵／講談社（講談社青い鳥文庫）／2020年6月
図書館B2捜査団 [2]／辻堂ゆめ作;bluemomo絵／講談社（講談社青い鳥文庫）／2020年9月
冒険考古学失われた世界への時間旅行／堤隆著;北住ユキ画／新泉社（13歳からの考古学）／2019年7月
相棒 season4-1 新装・YA版／碇卯人ノベライズ／朝日新聞出版／2018年1月
相棒 season4-2 新装・YA版／碇卯人ノベライズ／朝日新聞出版／2018年1月
相棒 season4-3 新装・YA版／碇卯人ノベライズ／朝日新聞出版／2018年2月

相棒 season4-4 新装・YA版／碇卯人ノベライズ／朝日新聞出版／2018年2月
相棒 season4-5 新装・YA版／碇卯人ノベライズ／朝日新聞出版／2018年3月
相棒 season4-6 新装・YA版／碇卯人ノベライズ／朝日新聞出版／2018年3月
金田一くんの冒険 1／天樹征丸作;さとうふみや絵／講談社（講談社青い鳥文庫）／2018年1月
金田一くんの冒険 2／天樹征丸作;さとうふみや絵／講談社（講談社青い鳥文庫）／2018年6月
悪魔のパズル：なぞのカバンと黒い相棒／天川栄人作;香琳絵／集英社（集英社みらい文庫）／2020年9月
初恋オレンジタルト＝Hatsukoi Orange tart／天沢夏月著;高上優里子イラスト／PHP研究所（PHPジュニアノベル）／2019年5月
転校生ポチ崎ポチ夫／田丸雅智著;やぶのてんやイラスト／小学館（小学館ジュニア文庫）／2020年7月
オバケがシツジの夏休み／田原答作;渡辺ナベシ絵／KADOKAWA（角川つばさ文庫）／2018年9月
オバケがシツジの七不思議／田原答作;渡辺ナベシ絵／KADOKAWA（角川つばさ文庫）／2019年1月
ポケットモンスターミュウツーの逆襲EVOLUTION：大人気アニメストーリー／田尻智原案;首藤剛志脚本;桑原美保著;石原恒和監修／小学館／2019年7月
劇場版ポケットモンスターココ―大人気アニメストーリー／田尻智原案;冨岡淳広脚本;矢嶋哲生脚本;桑原美保著;石原恒和監修／小学館／2020年12月
劇場版ポケットモンスターココ／田尻智原案;冨岡淳広脚本;矢嶋哲生脚本;水稀しま著;石原恒和監修／小学館（小学館ジュニア文庫）／2020年12月
リーナのイケメンパパ／田沢五月作;森川泉絵／国土社／2018年1月
落語少年サダキチ さん／田中啓文作;朝倉世界一画／福音館書店／2019年5月
探偵犬クリス：柴犬探偵、盗まれた宝石を追う!／田部智子作;KeG絵／KADOKAWA（角川つばさ文庫）／2020年8月
幽霊探偵ハル [4]／田部智子作;木乃ひのき絵／KADOKAWA（角川つばさ文庫）／2019年6月
アニメ映画ジョゼと虎と魚たち／田辺聖子原作;百瀬しのぶ文;あきづきりょう挿絵／KADOKAWA（角川つばさ文庫）／2020年12月
小説映画L・DK：ひとつ屋根の下、「スキ」がふたつ。／渡辺あゆ原作;江頭美智留脚本;有沢ゆう希著／講談社（講談社KK文庫）／2019年2月
映画弱虫ペダル／渡辺航原作;板谷里乃脚本;三木康一郎脚本;輔老心ノベライズ／岩崎書店（フォア文庫）／2020年7月
小説弱虫ペダル 1／渡辺航原作;輔老心ノベライズ／岩崎書店（フォア文庫）／2019年10月
小説弱虫ペダル 2／渡辺航原作;輔老心ノベライズ／岩崎書店（フォア文庫）／2019年10月
小説弱虫ペダル 3／渡辺航原作;輔老心ノベライズ／岩崎書店（フォア文庫）／2020年3月
小説弱虫ペダル 4／渡辺航原作;輔老心ノベライズ／岩崎書店（フォア文庫）／2020年10月
天邪鬼な皇子と唐の黒猫―TEENS'ENTERTAINMENT；18／渡辺仙州作／ポプラ社／2020年1月
小説映画きみの瞳が問いかけている＝Your eyes tell／登米裕一脚本;時海結以著／講談社（講談社KK文庫）／2020年10月
妖怪いじわるスマートフォン／土屋富士夫作・絵／PHP研究所（とっておきのどうわ）／2018年6月
モン太くんのハロウィーン―モンスタータウンへようこそ／土屋富士夫作・絵／徳間書店／2019年9月
ぼくにできること―子どものみらい文芸シリーズ／土屋竜一著／みらいパブリッシング／2018年2月
無限×悪夢：午後3時33分のタイムループ地獄／土橋真二郎作;岩本ゼロゴ絵／集英社（集英社みらい文庫）／2019年11月
馬のゴン太の大冒険／島崎保久著;Lara絵／小学館／2018年7月
あやめさんのひみつの野原／島村木綿子作;かんべあやこ絵／国土社／2018年11月
邪馬台戦記 1／東郷隆作;佐竹美保絵／静山社／2018年1月
邪馬台戦記 2／東郷隆作;佐竹美保絵／静山社／2019年1月
邪馬台戦記 3／東郷隆作;佐竹美保絵／静山社／2020年1月
謎解きはディナーのあとで 2／東川篤哉著／小学館（小学館ジュニア文庫）／2018年8月

謎解きはディナーのあとで 3／東川篤哉著／小学館（小学館ジュニア文庫）／2019年12月
くまのこのるうくんとおばけのこ／東直子作;吉田尚令画／くもん出版（くもんの児童文学）／2020年10月
そらのかんちゃん、ちていのコロちゃん—福音館創作童話シリーズ／東直子作;及川賢治絵／福音館書店／2018年10月
疾風ロンド／東野圭吾作;TAKA絵／実業之日本社（実業之日本社ジュニア文庫）／2020年11月
オオハシ・キング：ぼくのなまいきな鳥／当原珠樹作;おとないちあき絵／PHP研究所（みちくさパレット）／2020年10月
かみさまにあいたい／当原珠樹作;酒井以絵／ポプラ社（ポプラ物語館）／2018年4月
絶体絶命ゲーム 3／藤ダリオ作;さいね絵／KADOKAWA（角川つばさ文庫）／2018年3月
絶体絶命ゲーム 4／藤ダリオ作;さいね絵／KADOKAWA（角川つばさ文庫）／2018年9月
絶体絶命ゲーム 5／藤ダリオ作;さいね絵／KADOKAWA（角川つばさ文庫）／2019年3月
絶体絶命ゲーム 6／藤ダリオ作;さいね絵／KADOKAWA（角川つばさ文庫）／2019年10月
絶体絶命ゲーム 7／藤ダリオ作;さいね絵／KADOKAWA（角川つばさ文庫）／2020年4月
絶体絶命ゲーム 8／藤ダリオ作;さいね絵／KADOKAWA（角川つばさ文庫）／2020年9月
からくり探偵団：茶運び人形の秘密／藤江じゅん作;三木謙次絵／KADOKAWA／2019年3月
からくり探偵団 [2]／藤江じゅん作;三木謙次絵／KADOKAWA／2020年3月
戦国姫 初の物語／藤咲あゆな作;マルイノ絵／集英社（集英社みらい文庫）／2018年6月
魔天使マテリアル 25／藤咲あゆな作;藤丘ようこ画／ポプラ社（ポプラカラフル文庫）／2018年6月
魔天使マテリアル 26／藤咲あゆな作;藤丘ようこ絵／ポプラ社（ポプラカラフル文庫）／2018年11月
魔天使マテリアル 27／藤咲あゆな作;藤丘ようこ絵／ポプラ社（ポプラカラフル文庫）／2019年6月
魔天使マテリアル 28／藤咲あゆな作;藤丘ようこ絵／ポプラ社（ポプラカラフル文庫）／2019年9月
魔天使マテリアル 29／藤咲あゆな作;藤丘ようこ絵／ポプラ社（ポプラカラフル文庫）／2019年12月
魔天使マテリアル 30／藤咲あゆな作;藤丘ようこ絵／ポプラ社（ポプラカラフル文庫）／2020年3月
小説STAND BY MEドラえもん／藤子・F・不二雄原作;山崎貴著／小学館（小学館ジュニア文庫）／2020年11月
小説STAND BY MEドラえもん2／藤子・F・不二雄原作;山崎貴著／小学館（小学館ジュニア文庫）／2020年11月
小説映画ドラえもんのび太の宝島／藤子・F・不二雄原作;川村元気脚本;涌井学著／小学館（小学館ジュニア文庫）／2018年2月
小説映画ドラえもんのび太の新恐竜／藤子・F・不二雄原作;川村元気脚本;涌井学著／小学館（小学館ジュニア文庫）／2020年2月
小説映画ドラえもんのび太の月面探査記／藤子・F・不二雄原作;辻村深月著／小学館（小学館ジュニア文庫）／2019年2月
教室に幽霊がいる!?／藤重ヒカル作;宮尾和孝絵／金の星社／2018年9月
さよなら、おばけ団地—福音館創作童話シリーズ／藤重ヒカル作;浜野史子画／福音館書店／2018年1月
まじょのナニーさん女王さまのおとしもの／藤真知子作;はっとりななみ絵／ポプラ社／2018年2月
まじょのナニーさんふわふわピアノでなかなおり／藤真知子作;はっとりななみ絵／ポプラ社／2018年10月
まじょのナニーさん青空のお友だちケーキ／藤真知子作;はっとりななみ絵／ポプラ社／2019年4月
まじょのナニーさんなみだの海でであった人魚／藤真知子作;はっとりななみ絵／ポプラ社／2020年6月
まじょ子とステキなおひめさまドレス—学年別こどもおはなし劇場；117 2年生／藤真知子作;ゆーちみえこ絵／ポプラ社／2018年4月
チビまじょチャミーとほしのティアラ／藤真知子作;琴月綾絵／岩崎書店（おはなしトントン）／2018年6月
湊町の寅吉／藤村沙希作;Minoru絵／学研プラス（ティーンズ文学館）／2019年12月
ヤキモチの答え 愛蔵版—告白予行練習／藤谷燈子著／汐文社／2018年2月

告白予行練習 愛蔵版／藤谷燈子著／汐文社／2018年2月
ナナフシさん／藤田千津作;夏目尚吾絵／文研出版（文研ブックランド）／2018年7月
パンダにんじゃ：どっくがわまいぞう金のなぞ／藤田遼さく;SANAえ／PHP研究所（とっておきのどうわ）／2018年8月
ブラック教室は知っている—探偵チームKZ事件ノート／藤本ひとみ原作;住滝良文;駒形絵／講談社（講談社青い鳥文庫）／2018年3月
恋する図書館は知っている—探偵チームKZ事件ノート／藤本ひとみ原作;住滝良文;駒形絵／講談社（講談社青い鳥文庫）／2018年7月
消えた黒猫は知っている—探偵チームKZ事件ノート／藤本ひとみ原作;住滝良文;駒形絵／講談社（講談社青い鳥文庫）／2018年12月
学校の影ボスは知っている—探偵チームKZ事件ノート／藤本ひとみ原作;住滝良文;駒形絵／講談社（講談社青い鳥文庫）／2019年3月
校門の白魔女は知っている—探偵チームKZ事件ノート／藤本ひとみ原作;住滝良文;駒形絵／講談社（講談社青い鳥文庫）／2019年7月
呪われた恋話(こいばな)は知っている—探偵チームKZ事件ノート／藤本ひとみ原作;住滝良文;駒形絵／講談社（講談社青い鳥文庫）／2019年12月
ブラック保健室は知っている—探偵チームKZ事件ノート／藤本ひとみ原作;住滝良文;駒形絵／講談社（講談社青い鳥文庫）／2020年7月
初恋は知っている 砂原編—探偵チームKZ事件ノート／藤本ひとみ原作;住滝良文;駒形絵／講談社（講談社青い鳥文庫）／2020年12月
しあわせなハリネズミ／藤野恵美作;小沢さかえ絵／講談社／2019年10月
こちらへそ神異能少年団／奈雅月ありす作;アカツキウォーカー絵／ポプラ社（ノベルズ・エクスプレス）／2019年1月
めいたんていサムくん／那須正幹作;はたこうしろう絵／童心社（だいすき絵童話）／2020年9月
めいたんていサムくんとあんごうマン／那須正幹作;はたこうしろう絵／童心社（だいすき絵童話）／2020年12月
秘密基地のつくりかた教えます／那須正幹作;黒須高嶺絵／ポプラ社（ノベルズ・エクスプレス）／2018年8月
ヨッちゃんのよわむし／那須正幹作;石川えりこ絵／ポプラ社（本はともだち♪）／2018年7月
小説映画3D彼女リアルガール／那波マオ原作;高野水登脚本;英勉脚本;松田朱夏著／講談社／2019年2月
小説映画3D彼女リアルガール／那波マオ原作;高野水登脚本;英勉脚本;松田朱夏著／講談社（講談社KK文庫）／2018年8月
タコのターくんうみをでる／内田麟太郎作;井上コトリ絵／童心社（だいすき絵童話）／2019年6月
大どろぼうジャム・パン [2]／内田麟太郎作;藤本ともひこ絵／文研出版（わくわくえどうわ）／2018年11月
大どろぼうジャム・パン [3]／内田麟太郎作;藤本ともひこ絵／文研出版（わくわくえどうわ）／2019年11月
大どろぼうジャム・パン [4]／内田麟太郎作;藤本ともひこ絵／文研出版（わくわくえどうわ）／2020年11月
とべ!小てんぐ!／南史子作;牧村慶子絵／国土社／2019年2月
小説映画青夏：きみに恋した30日／南波あつこ原作;持地佑季子脚本;有沢ゆう希著／講談社／2019年2月
小説映画青夏：きみに恋した30日／南波あつこ原作;持地佑季子脚本;有沢ゆう希著／講談社（講談社KK文庫）／2018年7月
華麗なる探偵アリス&ペンギン [11]／南房秀久著;あるやイラスト／小学館（小学館ジュニア文庫）／2018年7月
華麗なる探偵アリス&ペンギン [12]／南房秀久著;あるやイラスト／小学館（小学館ジュニア文庫）／2018年12月

華麗なる探偵アリス&ペンギン [13]／南房秀久著;あるやイラスト／小学館（小学館ジュニア文庫）／2019年10月
華麗なる探偵アリス&ペンギン [14]／南房秀久著;あるやイラスト／小学館（小学館ジュニア文庫）／2020年2月
華麗なる探偵アリス&ペンギン [15]／南房秀久著;あるやイラスト／小学館（小学館ジュニア文庫）／2020年8月
魔法医トリシアの冒険カルテ 5／南房秀久著;小笠原智史絵／学研プラス／2018年3月
魔法医トリシアの冒険カルテ 6／南房秀久著;小笠原智史絵／学研プラス／2018年10月
へんくつさんのお茶会：おいしい山のパン屋さんの物語／楠章子作;井田千秋絵／学研プラス（ジュニア文学館）／2020年11月
ハニーのためにできること／楠章子作;松成真理子絵／童心社／2018年12月
ベートーベンと名探偵!：タイムスリップ探偵団音楽の都ウィーンへ／楠木誠一郎作;たはらひとえ絵／講談社（講談社青い鳥文庫）／2018年4月
マリー・アントワネットと名探偵!：タイムスリップ探偵団眠らない街パリへ／楠木誠一郎作;たはらひとえ絵／講談社（講談社青い鳥文庫）／2018年9月
お江戸怪談時間旅行／楠木誠一郎作;亜沙美絵／静山社／2018年9月
花見べんとう／二宮由紀子作;あおきひろえ絵／文研出版（わくわくえどうわ）／2018年2月
メガネくんとハダシくん／二見正直さく／偕成社／2018年11月
オン・アイス!!：拾った男子はフィギュアスケーター!?／二本木ちより作;kaworu絵／KADOKAWA（角川つばさ文庫）／2019年2月
オン・アイス!! 2／二本木ちより作;kaworu絵／KADOKAWA（角川つばさ文庫）／2019年6月
セパ!＝SEPAK!／虹山つるみ作;あきひこ絵／ポプラ社（ノベルズ・エクスプレス）／2018年7月
こぎつねチロンの星ごよみ／日下熊三作・絵／誠文堂新光社／2019年10月
ボス・ベイビー／日笠由紀著／小学館（小学館ジュニア文庫）／2018年3月
日曜日の王国／日向理恵子作;サクマメイ絵／PHP研究所（わたしたちの本棚）／2018年3月
雨ふる本屋と雨もりの森／日向理恵子作;吉田尚令絵／童心社／2018年6月
雨ふる本屋と雨かんむりの花／日向理恵子作;吉田尚令絵／童心社／2020年7月
火狩りの王 1／日向理恵子作;山田章博絵／ほるぷ出版／2018年12月
火狩りの王 2／日向理恵子作;山田章博絵／ほるぷ出版／2019年5月
火狩りの王 3／日向理恵子作;山田章博絵／ほるぷ出版／2019年11月
火狩りの王 4／日向理恵子作;山田章博絵／ほるぷ出版／2020年9月
今日から死神やってみた!：イケメンの言いなりにはなりません!／日部星花作;Bcoca絵／講談社（講談社青い鳥文庫）／2020年3月
今日から死神やってみた! [2]／日部星花作;Bcoca絵／講談社（講談社青い鳥文庫）／2020年8月
パティシエ志望だったのに、シンデレラのいじわるな姉に生まれ変わってしまいました!／日部星花著;中嶋ゆかイラスト／小学館（小学館ジュニア文庫）／2019年10月
レイトンミステリー探偵社：カトリーのナゾトキファイル 1／日野晃博原作;レベルファイブ原案・監修;氷川一歩著／小学館（小学館ジュニア文庫）／2018年7月
レイトンミステリー探偵社：カトリーのナゾトキファイル 2／日野晃博原作;レベルファイブ原案・監修;氷川一歩著／小学館（小学館ジュニア文庫）／2018年8月
レイトンミステリー探偵社：カトリーのナゾトキファイル 3／日野晃博原作;レベルファイブ原案・監修;氷川一歩著／小学館（小学館ジュニア文庫）／2018年8月
レイトンミステリー探偵社：カトリーのナゾトキファイル 4／日野晃博原作;レベルファイブ原案・監修;氷川一歩著／小学館（小学館ジュニア文庫）／2018年10月
映画妖怪ウォッチ FOREVER FRIENDS／日野晃博製作総指揮・原案・脚本;レベルファイブ原作;松井香奈著;レベルファイブ監修;映画妖怪ウォッチ製作委員会監修／小学館（小学館ジュニア文庫）／2018年12月

映画妖怪学園Y猫はHEROになれるか／日野晃博製作総指揮・原案・脚本;レベルファイブ原作;松井香奈著;レベルファイブ監修;映画妖怪ウォッチ製作委員会監修／小学館（小学館ジュニア文庫）／2019年12月
父とふたりのローマ／日野多香子著;内田新哉絵／銀の鈴社（鈴の音童話）／2018年5月
ふたりはとっても本がすき!／如月かずさ作;いちかわなつこ絵／小峰書店（おはなしだいすき）／2018年7月
セミクジラのぬけがら：ミッチの道ばたコレクション／如月かずさ作;コマツシンヤ絵／偕成社／2019年8月
ドラねこまじんのボタン―ミッチの道ばたコレクション／如月かずさ作;コマツシンヤ絵／偕成社／2020年11月
声優さんっていいな：おしごとのおはなし声優―シリーズおしごとのおはなし／如月かずさ作;サトウユカ絵／講談社／2018年2月
おねがい流れ星―なのだのノダちゃん／如月かずさ作;はたこうしろう絵／小峰書店／2020年4月
ルキとユリーカのびっくり発明びより／如月かずさ作;柴本翔絵／講談社／2019年12月
たんじょう会はきょうりゅうをよんで／如月かずさ作;石井聖岳絵／講談社（わくわくライブラリー）／2018年1月
よわむしトトといのちの石：どうぶつのかぞくアフリカゾウ―シリーズどうぶつのかぞく／如月かずさ作;田中六大絵／講談社／2019年1月
い～じ～大波小波／乃波木著／ロクリン社／2019年3月
劇場版ポケットモンスターみんなの物語／梅原英司脚本;高羽彩脚本;水稀しま著;石原恒和監修／小学館（小学館ジュニア文庫）／2018年7月
エトワール!4／梅田みか作;結布絵／講談社（講談社青い鳥文庫）／2018年4月
エトワール!5／梅田みか作;結布絵／講談社（講談社青い鳥文庫）／2018年12月
エトワール!6／梅田みか作;結布絵／講談社（講談社青い鳥文庫）／2019年6月
エトワール!7／梅田みか作;結布絵／講談社（講談社青い鳥文庫）／2020年4月
エトワール!8／梅田みか作;結布絵／講談社（講談社青い鳥文庫）／2020年12月
しんぶんのタバー／萩原弓佳作;小池壮太絵／PHP研究所（とっておきのどうわ）／2019年2月
あんみんガッパのパジャマやさん／柏葉幸子作;そがまい絵／小学館／2018年2月
モンスター・ホテルでプレゼント／柏葉幸子作;高畠純絵／小峰書店／2018年3月
モンスター・ホテルでハロウィン／柏葉幸子作;高畠純絵／小峰書店／2018年9月
モンスター・ホテルでオリンピック／柏葉幸子作;高畠純絵／小峰書店／2019年9月
湖の国／柏葉幸子作;佐竹美保絵／講談社／2019年10月
魔女の産屋―竜が呼んだ娘／柏葉幸子作;佐竹美保絵／朝日学生新聞社／2020年11月
魔女が相棒?ねぐせのヤマネ姫／柏葉幸子作;長田恵子絵／理論社／2018年11月
魔女が相棒?オコジョ姫とカエル王子／柏葉幸子作;長田恵子絵／理論社／2020年11月
ぼくんちの海賊トレジャ／柏葉幸子作;野見山響子絵／偕成社／2019年7月
ぼくと母さんのキャラバン／柏葉幸子著;泉雅史絵／講談社（講談社文学の扉）／2020年4月
約束のネバーランド：映画ノベライズみらい文庫版／白井カイウ原作;出水ぽすか作画;後藤法子脚本;小川彗著／集英社（集英社みらい文庫）／2020年12月
パティシエ=ソルシエお菓子の魔法はあまくないっ!：オレ様魔法使いと秘密のアトリエ／白井ごはん作;行村コウ絵／集英社（集英社みらい文庫）／2019年6月
パティシエ=ソルシエお菓子の魔法はあまくないっ![2]／白井ごはん作;行村コウ絵／集英社（集英社みらい文庫）／2019年12月
いたずら★死霊使い(ネクロマンサー)：大賢者ピタゴラスがあらわれた!?／白水晴鳥作;もけお絵／講談社（講談社青い鳥文庫）／2019年9月
映画『あのコの、トリコ。』／白石ユキ原作;浅野妙子映画脚本;新倉なつき著／小学館（小学館ジュニア文庫）／2018年10月

うそつきタケちゃん／白矢三恵作;たかおかゆみこ絵／文研出版（文研ブックランド）／2019年7月
つなげ!アヒルのバトン／麦野圭作;伊野孝行絵／文研出版（文研じゅべにーる）／2020年6月
ユンボのいる朝／麦野圭作;大野八生絵／文溪堂／2018年11月
つくもがみ貸します／畠中恵作;もけお絵／KADOKAWA（角川つばさ文庫）／2018年6月
ブランの茶色い耳／八束澄子作;小泉るみ子絵／新日本出版社／2019年4月
ぼくらの山の学校／八束澄子著／PHP研究所（わたしたちの本棚）／2018年1月
団地のコトリ／八束澄子著／ポプラ社（teens' best selections）／2020年8月
8・9・10(バクテン)!／板橋雅弘作;柴崎早智子絵／岩崎書店／2020年4月
たけくらべ：文豪ブックス—Kodomo Books／樋口一葉著／オモドック／2018年7月
劇場版ONE PIECE STAMPEDE：ノベライズみらい文庫版／尾田栄一郎原作・監修・カバーイラスト;冨岡淳広脚本;大塚隆史脚本;志田もちたろう著／集英社（集英社みらい文庫）／2019年8月
ねらわれた学園 新装版／眉村卓作;れい亜絵／講談社（講談社青い鳥文庫）／2019年2月
なぞの転校生 新装版／眉村卓作;れい亜絵／講談社（講談社青い鳥文庫）／2019年11月
あだ名はナカジ：男の子ってこういうものだ!／美砂ロッコ著／風詠社／2018年1月
ネイビー：話すことができるイルカ／姫川明月作・絵／KADOKAWA（角川つばさ文庫）／2019年6月
ゼツメッシュ!：ヤンキー、未来で大あばれ／百舌涼一作;TAKA絵／講談社（講談社青い鳥文庫）／2020年11月
菜の子ちゃんとキツネ力士—福音館創作童話シリーズ. 日本全国ふしぎ案内；3／富安陽子作;蒲原元画／福音館書店／2018年5月
菜の子ちゃんとマジムンの森—福音館創作童話シリーズ. 日本全国ふしぎ案内；4／富安陽子作;蒲原元画／福音館書店／2019年10月
ゆりの木荘の子どもたち／富安陽子作;佐竹美保絵／講談社（わくわくライブラリー）／2020年4月
妖怪一家の温泉ツアー—妖怪一家九十九さん／富安陽子作;山村浩二絵／理論社／2018年2月
妖怪一家のウェディング大作戦—妖怪一家九十九さん／富安陽子作;山村浩二絵／理論社／2019年2月
妖怪たちと秘密基地—妖怪一家九十九さん／富安陽子作;山村浩二絵／理論社／2020年6月
幽霊屋敷貸します 新装版／富安陽子作;篠崎三朗絵／新日本出版社／2018年2月
オバケが見える転校生!—ホオズキくんのオバケ事件簿；1／富安陽子作;小松良佳絵／ポプラ社／2018年9月
オバケはあの子の中にいる!—ホオズキくんのオバケ事件簿；2／富安陽子作;小松良佳絵／ポプラ社／2019年10月
4年1組のオバケ探偵団—ホオズキくんのオバケ事件簿；3／富安陽子作;小松良佳絵／ポプラ社／2020年9月
カラスてんぐのジェットくん／富安陽子作;植垣歩子絵／理論社／2019年11月
サラとピンキーたからじまへ行く／富安陽子作・絵／講談社（わくわくライブラリー）／2018年8月
サラとピンキーサンタの国へ行く／富安陽子作・絵／講談社（わくわくライブラリー）／2018年11月
夢の森のティーパーティー—シノダ!／富安陽子著;大庭賢哉絵／偕成社／2019年10月
いじめ-希望の歌を歌おう-／武内昌美著;五十嵐かおる原案・イラスト／小学館（小学館ジュニア文庫）／2018年4月
いじめ-女王のいる教室-／武内昌美著;五十嵐かおる原案・イラスト／小学館（小学館ジュニア文庫）／2020年7月
小説美少女戦士セーラームーン：青い鳥文庫版 1／武内直子原作・絵;池田美代子文／講談社（講談社青い鳥文庫）／2018年6月
小説美少女戦士セーラームーン：青い鳥文庫版 2／武内直子原作・絵;池田美代子文／講談社（講談社青い鳥文庫）／2018年11月
小説美少女戦士セーラームーン：青い鳥文庫版 3／武内直子原作・絵;池田美代子文／講談社（講談社青い鳥文庫）／2019年3月
未完成コンビ 1／舞原沙音作;ふすい絵／KADOKAWA（角川つばさ文庫）／2020年11月

あの空はキミの中：Play ball,never cry!／舞原沙音作;柚庭千景絵／ポプラ社（ノベルズ・エクスプレス）／2019年6月
氷の上のプリンセス ジュニア編2／風野潮作;Nardack絵／講談社（講談社青い鳥文庫）／2018年7月
氷の上のプリンセス ジュニア編3／風野潮作;Nardack絵／講談社（講談社青い鳥文庫）／2018年12月
氷の上のプリンセス ジュニア編3.5／風野潮作;Nardack絵／講談社（講談社青い鳥文庫）／2019年5月
氷の上のプリンセス ジュニア編4／風野潮作;Nardack絵／講談社（講談社青い鳥文庫）／2019年10月
氷の上のプリンセス ジュニア編5／風野潮作;Nardack絵／講談社（講談社青い鳥文庫）／2020年2月
氷の上のプリンセス ジュニア編6／風野潮作;Nardack絵／講談社（講談社青い鳥文庫）／2020年7月
氷の上のプリンセス ジュニア編7／風野潮作;Nardack絵／講談社（講談社青い鳥文庫）／2020年12月
まじょかもしれない?／服部千春作;かとうようこ絵／岩崎書店（おはなしトントン）／2019年10月
はるかちゃんが、手をあげた／服部千春作;さとうあや絵／童心社（だいすき絵童話）／2019年11月
トキメキ・図書館 PART15／服部千春作;ほおのきソラ絵／講談社（講談社青い鳥文庫）／2018年1月
もしも、この町で 1／服部千春作;ほおのきソラ絵／講談社（講談社青い鳥文庫）／2018年7月
もしも、この町で 2／服部千春作;ほおのきソラ絵／講談社（講談社青い鳥文庫）／2018年12月
もしも、この町で 3／服部千春作;ほおのきソラ絵／講談社（講談社青い鳥文庫）／2019年6月
はじめまして、茶道部!／服部千春作;小倉マユコ絵／出版ワークス／2019年11月
小説\映画明日、キミのいない世界で／服部隆著／講談社／2020年1月
しゅくだいクロール／福田岩緒作・絵／PHP研究所（とっておきのどうわ）／2018年6月
しゅくだいかけっこ／福田岩緒作・絵／PHP研究所（とっておきのどうわ）／2019年8月
しゅくだいなかなおり／福田岩緒作・絵／PHP研究所（とっておきのどうわ）／2020年12月
ポケットモンスターサン&ムーン サトシ編—よむポケ／福田幸江文;姫野よしかず絵;小学館集英社プロダクション監修／小学館／2018年7月
ないしょのM組 [2]／福田裕子作;駒形絵／KADOKAWA（角川つばさ文庫）／2018年11月
ないしょのM組：あかりと放課後の魔女／福田裕子文;駒形絵／KADOKAWA（角川つばさ文庫）／2018年1月
テニスキャンプをわすれない!：スポーツのおはなしテニス—シリーズスポーツのおはなし／福田隆浩作;pon-marsh絵／講談社／2020年1月
おなべの妖精一家 1／福田隆浩作;サトウユカ絵／講談社（わくわくライブラリー）／2018年7月
おなべの妖精一家 2／福田隆浩作;サトウユカ絵／講談社（わくわくライブラリー）／2018年9月
手紙：ふたりの奇跡／福田隆浩著／講談社／2019年6月
アニメ文豪ストレイドッグス小説版／文豪ストレイドッグス製作委員会作;香坂茉里著;oda本文イラスト／KADOKAWA（角川つばさ文庫）／2019年3月
糸：映画ノベライズ版／平野隆原案;林民夫脚本;時海結以著／小学館（小学館ジュニア文庫）／2020年8月
牛乳カンパイ係、田中くん [6]／並木たかあき作;フルカワマモる絵／集英社（集英社みらい文庫）／2018年4月
牛乳カンパイ係、田中くん [7]／並木たかあき作;フルカワマモる絵／集英社（集英社みらい文庫）／2018年7月
牛乳カンパイ係、田中くん [8]／並木たかあき作;フルカワマモる絵／集英社（集英社みらい文庫）／2018年11月
凸凹あいうえおの手紙／別司芳子著;ながおかえつこ絵／くもん出版／2018年6月
ぼくとニケ／片川優子著／講談社／2018年11月
きょうからトイレさん／片平直樹作;たごもりのりこ絵／文研出版（わくわくえどうわ）／2019年6月
ここはエンゲキ特区!／保木本佳子著;環方このみイラスト／小学館（小学館ジュニア文庫）／2020年9月
北斗星：ミステリー列車を追え!：リバイバル運行で誘拐事件!?／豊田巧作;NOEYEBROW絵／KADOKAWA（角川つばさ文庫）／2020年5月
撮り鉄Wクロス!：対決!ターゲットはサフィール号／豊田巧作;田伊りょうき絵／あかね書房／2020年10

月
電車で行こう!：鉄道&船!?ひかりレールスターと瀬戸内海スペシャルツアー!!／豊田巧作;裕龍ながれ絵／集英社／2020年8月
電車で行こう!：80円で関西一周!!駅弁食いだおれ463.9km!!!／豊田巧作;裕龍ながれ絵／集英社（集英社みらい文庫）／2018年2月
電車で行こう!：東武特急リバティで行く、さくら舞う歴史旅!／豊田巧作;裕龍ながれ絵／集英社（集英社みらい文庫）／2018年5月
電車で行こう!：目指せ!東急全線、一日乗りつぶし!／豊田巧作;裕龍ながれ絵／集英社（集英社みらい文庫）／2018年10月
電車で行こう!：運気上昇!?西鉄と特急で行く水路の街／豊田巧作;裕龍ながれ絵／集英社（集英社みらい文庫）／2019年2月
電車で行こう!：奇跡を起こせ!?秋田新幹線こまちと幻のブルートレイン／豊田巧作;裕龍ながれ絵／集英社（集英社みらい文庫）／2019年6月
電車で行こう!：西武鉄道コネクション!52席の至福を追え!!／豊田巧作;裕龍ながれ絵／集英社（集英社みらい文庫）／2020年1月
電車で行こう!：特急宗谷で、目指せ最果ての駅!／豊田巧作;裕龍ながれ絵／集英社（集英社みらい文庫）／2020年3月
電車で行こう!：追跡!スカイライナーと秘密の鉄道スポット／豊田巧作;裕龍ながれ絵／集英社（集英社みらい文庫）／2020年12月
魔女と花火と100万円／望月雪絵作／講談社／2020年7月
ビューティフル・ネーム = BEAUTIFUL NAME／北森ちえ著／国土社／2018年6月
ふでばこから空／北川チハル作;よしざわけいこ絵／文研出版（わくわくえどうわ）／2019年5月
だれもしらない図書館のひみつ／北川チハル作;石井聖岳絵／汐文社／2019年9月
ドラゴンクエスト ユア・ストーリー：映画ノベライズみらい文庫版／堀井雄二原作;山崎貴脚本;宮本深礼著／集英社（集英社みらい文庫）／2019年8月
僕のヒーローアカデミア THE MOVIE ヒーローズ:ライジング：ノベライズみらい文庫版／堀越耕平原作・総監修・キャラクター原案;黒田洋介脚本;小川彗著／集英社（集英社みらい文庫）／2019年12月
僕のヒーローアカデミア THE MOVIE～2人の英雄(ヒーロー)～：ノベライズみらい文庫版／堀越耕平原作総監修キャラクター原案;黒田洋介脚本;小川彗著／集英社（集英社みらい文庫）／2018年8月
ゆけ、シンフロ部!／堀口泰生小説;青木俊直絵／学研プラス（部活系空色ノベルズ）／2018年1月
きんたろう―日本の伝説／堀切リエ文;いしいつとむ絵／子どもの未来社／2019年1月
俳句ガール／堀直子作;高橋由季絵／小峰書店／2018年12月
セラピードッグのハナとわたし／堀直子作;佐竹美保絵／文研出版（文研ブックランド）／2020年9月
ぼくはおじいちゃんのおにいちゃん／堀直子作;田中六大絵／ポプラ社（本はともだち♪）／2020年4月
わんこのハッピーごはん研究会!／堀直子作;木村いこ絵／あかね書房（スプラッシュ・ストーリーズ）／2018年10月
江戸っ子しげぞう わたる世間に虫歯なし!の巻―江戸っ子しげぞうシリーズ；3／本田久作作;杉﨑貴史絵／ポプラ社／2018年4月
望みがかなう魔法の日記／本田有明著／PHP研究所（わたしたちの本棚）／2019年6月
メロンに付いていた手紙／本田有明文;宮尾和孝絵／河出書房新社／2018年6月
ジャンピング・サクラ：天才テニス少女対決!／本條強作;himesuz絵／講談社（講談社青い鳥文庫）／2019年10月
制服ジュリエット／麻井深雪作;池田春香絵／ポプラ社（ポケット・ショコラ）／2018年3月
制服ラプンツェル／麻井深雪作;池田春香絵／ポプラ社（ポケット・ショコラ）／2018年11月
制服シンデレラ／麻井深雪作;池田春香絵／ポプラ社（ポケット・ショコラ）／2019年9月
ダンスの王子様：男子のフリしてダンスなんかできません!／麻井深雪作;朝香のりこ絵／ポプラ社（ポケット・ショコラ）／2020年5月

霧島くんは普通じゃない：転校生はヴァンパイア!?／麻井深雪作;那流絵／集英社（集英社みらい文庫）／2020年10月
「未完成」なぼくらの、生徒会／麻希一樹著／KADOKAWA／2019年7月
パパのはなよめさん／麻生かづこ作;垂石眞子絵／ポプラ社（本はともだち♪）／2020年6月
およぐ!／麻生かづこ作;大庭賢哉絵／文研出版（文研ブックランド）／2020年11月
小説映画ちはやふる 結び／末次由紀原作;小泉徳宏脚本;時海結以著／講談社／2018年2月
五七五の秋／万乃華れん作;黒須高嶺絵／文研出版（文研じゅべにーる）／2018年10月
五七五の冬／万乃華れん作;黒須高嶺絵／文研出版（文研じゅべにーる）／2020年3月
パンダのシャンシャン日記：どうぶつの飼育員さんになりたい!／万里アンナ作;ものゆう絵／KADOKAWA（角川つばさ文庫）／2018年8月
小説MAJOR 2nd 1／満田拓也原作・イラスト;丹沢まなぶ著／小学館（小学館ジュニア文庫）／2018年6月
小説MAJOR 2nd 2／満田拓也原作・イラスト;丹沢まなぶ著／小学館（小学館ジュニア文庫）／2018年7月
バロルの晩餐会：ハロウィンと五つの謎々／夢枕獏作／KADOKAWA／2018年10月
妖しいクラスメイト：だれにも言えない二人の秘密／無月兄著／KADOKAWA（カドカワ読書タイム）／2020年11月
僕はまた、君にさよならの数を見る／霧友正規作;よん絵／KADOKAWA（角川つばさ文庫）／2020年9月
青影神話―TEENS'ENTERTAINMENT；17／名木田恵子著／ポプラ社／2018年11月
窓をあけて、私の詩をきいて／名木田恵子著／出版ワークス／2018年12月
魔法のたいこと金の針／茂市久美子作;こみねゆら画／あかね書房／2019年12月
キリンの山のぼり：どうぶつのかぞくキリン―シリーズどうぶつのかぞく／茂市久美子作;しもかわらゆみ絵／講談社／2019年2月
魔女バジルと魔法の剣／茂市久美子作;よしざわけいこ絵／講談社（わくわくライブラリー）／2018年3月
ベランダの秘密基地：しゃべる猫と、家族のカタチ／木村色吹著／KADOKAWA（カドカワ読書タイム）／2020年9月
ねこの小児科医ローベルト／木地雅映子作;五十嵐大介絵／偕成社／2019年3月
AIロボット、ひと月貸します!／木内南緒作;丸山ゆき絵／岩崎書店（おはなしガーデン）／2020年8月
honey：映画ノベライズみらい文庫版／目黒あむ原作・カバーイラスト;山岡潤平脚本;はのまきみ著／集英社（集英社みらい文庫）／2018年2月
渚くんをお兄ちゃんとは呼ばない [2]／夜野せせり作;森乃なっぱ絵／集英社（集英社みらい文庫）／2018年3月
渚くんをお兄ちゃんとは呼ばない [3]／夜野せせり作;森乃なっぱ絵／集英社（集英社みらい文庫）／2018年7月
渚くんをお兄ちゃんとは呼ばない [4]／夜野せせり作;森乃なっぱ絵／集英社（集英社みらい文庫）／2018年11月
渚くんをお兄ちゃんとは呼ばない [5]／夜野せせり作;森乃なっぱ絵／集英社（集英社みらい文庫）／2019年3月
渚くんをお兄ちゃんとは呼ばない [6]／夜野せせり作;森乃なっぱ絵／集英社（集英社みらい文庫）／2019年7月
渚くんをお兄ちゃんとは呼ばない [7]／夜野せせり作;森乃なっぱ絵／集英社（集英社みらい文庫）／2019年11月
渚くんをお兄ちゃんとは呼ばない [8]／夜野せせり作;森乃なっぱ絵／集英社（集英社みらい文庫）／2020年3月
渚くんをお兄ちゃんとは呼ばない [9]／夜野せせり作;森乃なっぱ絵／集英社（集英社みらい文庫）／2020年7月

渚くんをお兄ちゃんとは呼ばない [10]／夜野せせり作;森乃なっぱ絵／集英社（集英社みらい文庫）／2020年11月
びっくりしゃっくりトイレそうじ大作戦―こころのつばさシリーズ／野村一秋作;羽尻利門絵／佼成出版社／2019年12月
世々と海くんの図書館デート：恋するきつねは、さくらのバレエシューズをはいて、絵本をめくるのです。／野村美月作;U35絵／講談社／2020年10月
世々と海くんの図書館デート 2／野村美月作;U35絵／講談社（講談社青い鳥文庫）／2020年10月
本屋さんのルビねこ／野中柊作;松本圭以子絵／理論社／2018年6月
ルビとしっぽの秘密：本屋さんのルビねこ／野中柊作;松本圭以子絵／理論社／2019年6月
ルビねこと星ものがたり―本屋さんのルビねこ／野中柊作;松本圭以子絵／理論社／2020年6月
魔法のハロウィン・パイ―パンダのポンポン／野中柊作;長崎訓子絵／理論社／2018年9月
紙ひこうき、きみへ／野中柊作;木内達朗絵／偕成社／2020年4月
タミーと魔法のことば＝Tammy and the words of magic／野田道子作;クボ桂汰絵／小峰書店／2020年5月
さいごの海賊と妖怪牛鬼／野田道子作;藤田ひおこ絵／文研出版（文研ブックランド）／2018年2月
かなわない、ぜったい。：きみのとなりで気づいた恋／野々村花作;姫川恵梨絵／集英社（集英社みらい文庫）／2018年12月
かなわない、ぜったい。[2]／野々村花作;姫川恵梨絵／集英社（集英社みらい文庫）／2019年4月
かなわない、ぜったい。[3]／野々村花作;姫川恵梨絵／集英社（集英社みらい文庫）／2019年8月
かなわない、ぜったい。[4]／野々村花作;姫川恵梨絵／集英社（集英社みらい文庫）／2019年12月
漱石先生の事件簿：猫の巻／柳広司作;Akito絵／KADOKAWA（角川つばさ文庫）／2018年10月
響-HIBIKI-／柳本光晴原作;西田征史脚本;時海結以著／小学館（小学館ジュニア文庫）／2018年8月
カタコイ 1／有沢ゆう希作;なま子絵／講談社（講談社青い鳥文庫）／2019年2月
カタコイ 2／有沢ゆう希作;なま子絵／講談社（講談社青い鳥文庫）／2019年4月
カタコイ 3／有沢ゆう希作;なま子絵／講談社（講談社青い鳥文庫）／2019年9月
お庭番デイズ：逢沢学園女子寮日記 上下／有沢佳映著／講談社／2020年7月
それでも人のつもりかな／有島希音著;流亜絵／岩崎書店／2018年7月
花里小吹奏楽部 1 図書館版／夕貴そら作;和泉みお絵／ポプラ社／2019年4月
花里小吹奏楽部 2 図書館版／夕貴そら作;和泉みお絵／ポプラ社／2019年4月
花里小吹奏楽部 3 図書館版／夕貴そら作;和泉みお絵／ポプラ社／2019年4月
花里小吹奏楽部 4 図書館版／夕貴そら作;和泉みお絵／ポプラ社／2019年4月
花里小吹奏楽部 5 図書館版／夕貴そら作;和泉みお絵／ポプラ社／2019年4月
花里小吹奏楽部キミとボクの輪舞曲(ロンド)／夕貴そら作;和泉みお絵／ポプラ社（ポプラポケット文庫）／2018年1月
花里小吹奏楽部キミとボクの交響曲(シンフォニー)／夕貴そら作;和泉みお絵／ポプラ社（ポプラポケット文庫）／2018年6月
あやかし図書委員会／羊崎ミサキ著;水溜鳥イラスト／PHP研究所（PHPジュニアノベル）／2019年2月
まえむきダブルス!：スポーツのおはなしバドミントン―シリーズスポーツのおはなし／落合由佳作;うっけ絵／講談社／2020年1月
流星と稲妻／落合由佳著／講談社／2018年9月
恐怖チャンネル：なぞのKチューバーと呪いの動画／藍沢羽衣作;べま絵／集英社（集英社みらい文庫）／2020年12月
ベイマックス帰ってきたベイマックス／李正美文・構成;講談社編／講談社（ディズニームービーブック）／2018年11月
ココロ屋つむぎのなやみ／梨屋アリエ作;菅野由貴子絵／文研出版（文研ブックランド）／2020年9月
エリーゼさんをさがして＝Looking for Elize／梨屋アリエ著／講談社／2020年11月
ヤービの深い秋―Tales of Madguide Water；2／梨木香歩著;小沢さかえ画／福音館書店／2019年8月

ひぐらしのなく頃に 第1話[上][下]／竜騎士07著;里好イラスト／双葉社（双葉社ジュニア文庫）／2020年10月
ひぐらしのなく頃に 第2話[上][下]／竜騎士07著;里好イラスト／双葉社（双葉社ジュニア文庫）／2020年12月
いじめられたお姫さま：中将姫物語／寮美千子文;上村恭子絵／ロクリン社／2018年5月
七不思議神社／緑川聖司作;TAKA絵／あかね書房／2019年7月
七不思議神社 [2]／緑川聖司作;TAKA絵／あかね書房／2019年11月
怪談収集家山岸良介と学校の怪談 図書館版―本の怪談シリーズ；19／緑川聖司作;竹岡美穂絵／ポプラ社／2020年4月
怪談収集家山岸良介と人喰い遊園地 図書館版―本の怪談シリーズ；22／緑川聖司作;竹岡美穂絵／ポプラ社／2020年4月
怪談収集家山岸良介と人形村 図書館版―本の怪談シリーズ；20／緑川聖司作;竹岡美穂絵／ポプラ社／2020年4月
怪談収集家山岸良介の帰還 図書館版―本の怪談シリーズ；17／緑川聖司作;竹岡美穂絵／ポプラ社／2020年4月
怪談収集家山岸良介の最後の挨拶 図書館版―本の怪談シリーズ；23／緑川聖司作;竹岡美穂絵／ポプラ社／2020年4月
怪談収集家山岸良介の冒険 図書館版―本の怪談シリーズ；18／緑川聖司作;竹岡美穂絵／ポプラ社／2020年4月
怪談収集家山岸良介の妖しい日常 図書館版―本の怪談シリーズ；21／緑川聖司作;竹岡美穂絵／ポプラ社／2020年4月
怪談収集家山岸良介の妖しい日常／緑川聖司作;竹岡美穂絵／ポプラ社（ポプラポケット文庫）／2018年7月
怪談収集家山岸良介と人喰い遊園地／緑川聖司作;竹岡美穂絵／ポプラ社（ポプラポケット文庫）／2019年7月
怪談収集家山岸良介の最後の挨拶／緑川聖司作;竹岡美穂絵／ポプラ社（ポプラポケット文庫）／2019年12月
猛獣学園!アニマルパニック：百獣の王ライオンから逃げきれ!／緑川聖司作;畑優以絵／集英社（集英社みらい文庫）／2018年11月
猛獣学園!アニマルパニック [2]／緑川聖司作;畑優以絵／集英社（集英社みらい文庫）／2019年3月
霧見台三丁目の未来人／緑川聖司著;ポズイラスト／PHP研究所（カラフルノベル）／2020年1月
いじめ14歳のMessage／林慧樹著;細居美恵子イラスト／小学館（小学館ジュニア文庫）／2018年1月
こごろうくんと消えた時間／林原玉枝文;高垣真理絵／冨山房インターナショナル／2018年11月
ねこの商売―福音館創作童話シリーズ／林原玉枝文;二俣英五郎絵／福音館書店／2018年9月
若おかみは小学生!：映画ノベライズ／令丈ヒロ子原作・文;吉田玲子脚本／講談社（講談社青い鳥文庫）／2018年8月
異能力フレンズ：スパーク・ガールあらわる! 1／令丈ヒロ子作;ニリツ絵／講談社（講談社青い鳥文庫）／2019年11月
異能力フレンズ 2／令丈ヒロ子作;ニリツ絵／講談社（講談社青い鳥文庫）／2020年3月
異能力フレンズ 3／令丈ヒロ子作;ニリツ絵／講談社（講談社青い鳥文庫）／2020年8月
アイドル・ことまり! 3／令丈ヒロ子作;亜沙美絵／講談社（講談社青い鳥文庫）／2018年1月
パンプキン!：模擬原爆の夏／令丈ヒロ子作;宮尾和孝絵／講談社（講談社青い鳥文庫）／2019年6月
長浜高校水族館部!／令丈ヒロ子文;紀伊カンナ絵／講談社／2019年3月
小説秘密のチャイハロ 1／鈴木おさむ原作;伊藤クミコ文;桜倉メグ絵／講談社（講談社青い鳥文庫）／2019年1月
小説秘密のチャイハロ 2／鈴木おさむ原作;伊藤クミコ文;桜倉メグ絵／講談社（講談社青い鳥文庫）／2019年5月

小説秘密のチャイハロ 3／鈴木おさむ原作;伊藤クミコ文;桜倉メグ絵／講談社（講談社青い鳥文庫）／2019年8月
ぬいぐるみ大探偵リーバーの冒険 = The Adventures of RIEVER／鈴木りん著／KADOKAWA（カドカワ読書タイム）／2020年12月
貞子：角川つばさ文庫版／鈴木光司原作;杉原憲明映画脚本;山室有紀子文;あきづきりょう絵／KADOKAWA（角川つばさ文庫）／2019年5月
妖怪の子預かります 1／廣嶋玲子作;Minoru 絵／東京創元社／2020年6月
妖怪の子預かります 2／廣嶋玲子作;Minoru 絵／東京創元社／2020年6月
妖怪の子預かります 3／廣嶋玲子作;Minoru 絵／東京創元社／2020年7月
妖怪の子預かります 4／廣嶋玲子作;Minoru 絵／東京創元社／2020年7月
妖怪の子預かります 5／廣嶋玲子作;Minoru 絵／東京創元社／2020年8月
妖怪の子預かります 6／廣嶋玲子作;Minoru 絵／東京創元社／2020年9月
妖怪の子預かります 7／廣嶋玲子作;Minoru 絵／東京創元社／2020年10月
妖怪の子預かります 8／廣嶋玲子作;Minoru 絵／東京創元社／2020年11月
妖怪の子預かります 10／廣嶋玲子作;Minoru 絵／東京創元社／2020年12月
妖怪の子預かります 9／廣嶋玲子作;Minoru 絵／東京創元社／2020年12月
もののけ屋：一度は会いたい妖怪変化／廣嶋玲子作;アンマサコ絵／静山社（静山社ペガサス文庫）／2020年11月
ゆうれい猫と魔術師の少年／廣嶋玲子作;バラマツヒトミ絵／岩崎書店（おはなしガーデン）／2020年5月
おっちょこ魔女先生：保健室は魔法がいっぱい!／廣嶋玲子作;ひらいたかこ絵／KADOKAWA／2020年3月
おっちょこ魔女先生 [2]／廣嶋玲子作;ひらいたかこ絵／KADOKAWA／2020年11月
世界一周とんでもグルメ：はらぺこ少女、師匠に出会う／廣嶋玲子作;モタ絵／KADOKAWA（角川つばさ文庫）／2018年5月
十年屋　時の魔法はいかがでしょう? 児童版／廣嶋玲子作;佐竹美保絵／ほるぷ出版／2019年12月
作り直し屋：児童版：十年屋と魔法街の住人たち／廣嶋玲子作;佐竹美保絵／ほるぷ出版／2020年2月
十年屋：児童版 2／廣嶋玲子作;佐竹美保絵／ほるぷ出版／2020年2月
十年屋：児童版 3／廣嶋玲子作;佐竹美保絵／ほるぷ出版／2020年2月
十年屋：時の魔法はいかがでしょう?／廣嶋玲子作;佐竹美保絵／静山社／2018年7月
十年屋 2／廣嶋玲子作;佐竹美保絵／静山社／2019年2月
作り直し屋：十年屋と魔法街の住人たち／廣嶋玲子作;佐竹美保絵／静山社／2019年4月
十年屋 3／廣嶋玲子作;佐竹美保絵／静山社／2019年7月
いろどり屋―十年屋と魔法街の住人たち；2／廣嶋玲子作;佐竹美保絵／静山社／2020年3月
十年屋 4／廣嶋玲子作;佐竹美保絵／静山社／2020年6月
猫町ふしぎ事件簿：猫神さまはお怒りです／廣嶋玲子作;森野きこり絵／童心社／2020年10月
怪奇漢方桃印 [3]／廣嶋玲子作;田中相絵／講談社／2020年12月
もののけ屋 [1] 図書館版／廣嶋玲子作;東京モノノケ絵／ほるぷ出版／2018年2月
もののけ屋 [2] 図書館版／廣嶋玲子作;東京モノノケ絵／ほるぷ出版／2018年2月
もののけ屋 [3] 図書館版／廣嶋玲子作;東京モノノケ絵／ほるぷ出版／2018年2月
もののけ屋 [4] 図書館版／廣嶋玲子作;東京モノノケ絵／ほるぷ出版／2018年2月
かみさまのベビーシッター／廣嶋玲子作;木村いこ絵／理論社／2020年4月
トラブル旅行社(トラベル)：砂漠のフルーツ狩りツアー／廣嶋玲子文;コマツシンヤ絵／金の星社／2020年3月
しらとりくんはてんこうせい／枡野浩一ぶん;目黒雅也え／あかね書房／2018年2月
14歳の水平線／椰月美智子作;またよし絵／講談社（講談社青い鳥文庫）／2020年6月
昔はおれと同い年だった田中さんとの友情―ブルーバトンブックス／椰月美智子作;早川世詩男絵／小峰書店／2019年8月

近くて遠くて、甘くて苦い：咲月の場合／櫻いいよ作;甘里シュガー絵／講談社（講談社青い鳥文庫）／2020年9月
近くて遠くて、甘くて苦い ひかりの場合／櫻いいよ作;甘里シュガー絵／講談社（講談社青い鳥文庫）／2020年12月
世界は「 」で満ちている／櫻いいよ著／PHP研究所（カラフルノベル）／2019年5月
イイズナくんは今日も、／櫻いいよ著／PHP研究所（カラフルノベル）／2020年8月
ウラオモテ遺伝子／櫻いいよ著;モゲラッタイラスト／PHP研究所（PHPジュニアノベル）／2019年4月
怪盗グルーのミニオン危機一発／澁谷正子著／小学館（小学館ジュニア文庫）／2018年7月
怪盗グルーの月泥棒／澁谷正子著／小学館（小学館ジュニア文庫）／2018年7月
ローズさん／澤井美穂作;中島梨絵絵／フレーベル館（文学の森）／2018年7月
小説一度死んでみた／澤本嘉光映画脚本;石井睦美文;榊アヤミ絵／KADOKAWA（角川つばさ文庫）／2019年12月
いたずらカー助／濱昌宏著／文芸社／2018年8月
この川のむこうに君がいる／濱野京子作／理論社／2018年11月
南河国物語 =Nangakoku story 暴走少女、国をすくう?の巻／濱野京子作;Minoru絵／静山社／2019年10月
県知事は小学生?／濱野京子作;橋はしこ絵／PHP研究所（カラフルノベル）／2020年2月
夏休みに、ぼくが図書館で見つけたもの／濱野京子作;森川泉絵／あかね書房（スプラッシュ・ストーリーズ）／2019年11月
ウィズ・ユー =with you／濱野京子作;中田いくみ装画・挿画／くもん出版（くもんの児童文学）／2020年11月
ドリーム・プロジェクト =Dream project／濱野京子著／PHP研究所（わたしたちの本棚）／2018年6月
みつきの雪／眞島めいり作;牧野千穂絵／講談社（講談社文学の扉）／2020年1月
右手にミミズク／蓼内明子作;nakaban絵／フレーベル館（文学の森）／2018年10月
きつねの時間／蓼内明子作;大野八生絵／フレーベル館（文学の森）／2019年9月
魔女ラグになれた夏／蓼内明子著／PHP研究所（わたしたちの本棚）／2020年3月
子ども食堂かみふうせん／齊藤飛鳥著／国土社／2018年11月
森のクリーニング店シラギクさん／髙森美由紀作;jyajya絵／あかね書房（スプラッシュ・ストーリーズ）／2019年9月

日本の児童文学
登場人物索引 単行本篇
2018-2020

2025年1月20日　第1刷発行

発行者	道家佳織
編集・発行	株式会社ＤＢジャパン 〒151-0073 東京都渋谷区笹塚1-52-6 千葉ビル1001
電話	03-6304-2431
ファクス	03-6369-3686
e-mail	books@db-japan.co.jp
装丁	ＤＢジャパン
電算漢字処理	ＤＢジャパン
印刷・製本	大日本法令印刷株式会社

ISBN 978-4-86140-570-9
Printed in Japan